詩經解釋學の繼承と變容

——北宋詩經學を中心に据えて——

種村和史著

研文出版

詩經解釋學の繼承と變容——北宋詩經學を中心に据えて——／目　次

第八章 小序に對する蘇轍の認識――穩やかさの内實 その三――……323

第Ⅲ部　解釋のレトリック

第Ⅳ部　儒教倫理と解釋

第Ⅴ部　宋代詩經學の清朝詩經學に對する影響

凡　例

○本書で考察の對象とした主な詩經解釋學關係の著述は以下の通りである。文中、誤解の恐れがない場合は略稱によって示した。使用したテキストともに、略稱を附す。

●唐・孔穎達等奉敕撰『毛詩正義』（略稱『正義』。ただし、「傳箋正義」など他の語と竝列する際、バランスをとるために二重鍵括弧をつけない場合がある）

十三經注疏附挍勘記（嘉慶二十年江西南昌府學刊本景印）第二冊（臺灣、藝文印書館）に據りつつ、十三經注疏整理本（北京大學出版社、二〇〇〇）第四～六冊を參照した。

なお、臺灣中央研究院の漢籍電子文獻（Scripta Sinica）瀚典全文檢索系統2.0版（史語所漢籍全文資料庫計畫制作）所收の『十三經注疏』を、字句の檢索に活用した。

毛傳の著者については、周知の通り古來「毛亨」とする説と、「毛萇」とする説があった。現在では「毛亨」のことを指すという考え方の方が主流であるが、本書が問題にしている時代の詩經學者達の閒では説が一致していなかったことに鑑み、本書では、「毛公」の表記に統一する。

●北宋・歐陽脩撰『詩本義』

四部叢刊廣篇、據吳縣潘氏滂憙齋藏宋刊本影印本。

『詩本義』は、巻一〜十二が詩經の各篇ごとの論釋であり、解釋上の問題點について古人の說を掲げながら論述を行った「論」と、歐陽脩の考えに基づいて詩を通釋した「本義」とに分かれる。この部分からの引用の出處は、「篇名」、論／本義の要領で示す。巻十三以後は、詩經をめぐる種々の問題を論じた文章を集める。この部分からの引用は、巻數「篇名」の要領で示す。

●北宋・王安石『詩經新義』（略稱『新義』）

程元敏輯、『三經新義輯考彙評（二）—詩經』（中華叢書、臺灣、國立編譯館、一九八六）

●北宋・蘇轍撰『詩集傳』（略稱『蘇傳』）

續修四庫全書據淳熙七年蘇詡筠州公使庫刻本影印本（上海古籍出版社、二〇〇二）

●北宋・程頤「詩解」（略稱「程解」）

「河南程氏經說巻第三」（理學叢書『二程集』下册、中華書局、一九八一）

●南宋・范處義『詩補傳』

詩經要籍集成第五册、據通志堂經解本影印本（學苑出版社、二〇〇二）

●南宋・呂祖謙『呂氏家塾讀詩記』

四部叢刊廣編04、據常熟瞿氏鐵琴銅劍樓藏宋刊本影印本

●南宋・朱熹『詩集傳』（略稱『集傳』）

四部叢刊廣編04、據靜嘉堂文庫藏宋本影印本

●同「詩序辨說」

『朱子全書　修訂本』第一册（上海古籍出版社・安徽教育出版社、二〇一〇）

●同『朱子語類』

王星賢點校、理學叢書本（中華書局、一九八六）
●南宋・李樗・黃櫄『李迂仲黃實夫毛詩集解』（略稱『李黃解』）
通志堂經解本（江蘇廣陵古籍出版社、一九九三、第七册）
●南宋・嚴粲『詩緝』
據明趙府味經堂刊本影印本（臺灣、廣文書局、一九七〇）
●南宋・段昌武『毛詩集解』
歷代詩經版本叢刊第八册據清抄本影印（齊魯書社、二〇〇八）
●元・許謙『詩集傳名物鈔』
文淵閣四庫全書本
●清・錢澄之『田閒詩學』
文淵閣四庫全書本
●清・段玉裁『毛詩故訓傳定本小箋』
『段玉裁遺書』、據經韻樓叢書影印本（臺灣、文化書局、一九八六）
●清・焦循『毛詩補疏』
皇清經解本（『清經解』第六册、上海書店、一九八八）
●清・方玉潤『詩經原始』
中華書局排印本（一九八六）
●清・陳奐『詩毛氏傳疏』
據漱芳齋一八五一年（咸豐元年）影印本（北京中國書店、一九八四）

●清・胡承珙『毛詩後箋』
安徽古籍叢書本（黃山書社、一九九九）
●清・王先謙『詩三家義集疏』
十三經清人注疏本（中華書局、一九八七）
●『文淵閣四庫全書電子版――原文及全文檢索版』（上海人民出版社・迪志文化出版有限公司）
○多くの注釋書においては、篇名および章を示すことで容易に檢索できるので、引用文の出處についてテキストの卷數・ページ數など詳細な出典データは、必要な場合を除いて省略した。
○引用は、基本的に現代語譯と原文とを併記した。譯文中、（　）で筆者の補足した說明を、〔　〕で翻譯上、必要と思われる補充語句を補った。
○詩篇の訓讀は、注釋者の意圖が明瞭に傳わるように平明な訓讀を心がけた。漢唐詩經學の解釋に基づく訓讀は、主に『毛詩鄭箋』（一～三）（古典研究會叢書　漢籍之部、汲古書院、一九九二～一九九四）および淸原宣賢講述・倉石武四郎・小川環樹・木田章義校訂『毛詩抄　詩經』（岩波書店、一九九六）を參考にしつつ當該解釋を反映するように行った。
○書名の表記のうち、『詩經』については、本稿では出現回數は夥しく、煩雜を避け、誤解の恐れのない場合は二重かぎ括弧は省略した（ただし、詩篇名の標示など、他の語とのバランスを考えて二重鍵括弧をつける場合がある）。

詩經解釋學の繼承と變容

——北宋詩經學を中心に据えて——

はじめに——本研究の概要

1

注釋とはいったい何であろうか。「餘計な注釋は拔きにして」という決まり文句にも現れているように、一般的には、注釋は本文の附隨《つけたり》物、本質とは關わりのない異物にすぎないという考え方が主流なのではないか。本文中の難解な語句の意味を解説したり、人名・地名、いにしえの文物制度など現代の我々にとっては見慣れない耳慣れない事柄を説明したりするものというようなイメージである。したがって、本文の意味がすらすら理解できるのであれば、別に注釋など放っておいてもいっこうにかまわないではないか、と思われるかも知れない。喩えるならば、本文に對する注釋とはヴィーナスの身體を覆う寛衣《ローブ》のようなもので、ヴィーナスが身に纏った衣を脱ぎ捨てたとしてもその美しさに何ら失われるところも損なわれるところもないのと同樣に、本文から注釋を取り拂ったとしても、それによって本文の意味が變質することもその價値が失われることもないというのが、常識的な見方なのではないだろうか。

しかしながら、中國古典、特に儒教の經典に付された注釋は、そのような通常のイメージでは捉えきれない。經典の注釋は、經文（經の本文）を讀者がどのように理解すべきかを規定する役割を擔っている。讀者が自分勝手に讀んだのでは經文を正しく理解できない、注釋に據らなければ經文の本當の意味、經文の教えにたどり着くことができないと考えられた。その意味で、注釋は本文に匹敵する存在である。

もう少し説明を加えたい。古典中國において、文化のエッセンス・道徳の根幹を文章に表現したのが儒教の經典、易・書・詩・禮・春秋の五つの經典であるとされた。この五經は、人類が萬物の靈長たる所以を言語に表したものであるから、文化人たる者、必ず習得しなければならない。とりわけ政治を擔當する人閒は、五經の精神を體得し、その精神に基づいてこの世界を治めなければならないと考えられた。故に、國家官僚となるべき人閒を選拔する國家試驗、科擧においては五經についての理解度を測る試驗が課せられた。

しかし、ただ五經を讀んだことがある、五經の文章を諳んじているというだけではだめである。五經に書かれている教えを正しく理解できていなければならない。すなわち、五經を正しく讀解できなければならない。ここに、正しい教えとは何か、五經に書かれていることをどのように理解しなければならないのか、それを統一的に示す必要が生じる。その正しい讀み方を提示するものが注釋である。かくして、科擧においては、ただに五經が必修の文獻として受驗生に課せられたばかりではなく、五經の教えを正しく説明したものと國家によって認定された注釋書が公認のテキストとして受驗生に課された。五經についての問題に答えるときには、受驗生は必ず公認のテキストの解釋に基づいて解答しなければならず、それに外れた解釋を用いた場合には不合格とされた。場合によっては、五經の注釋自體を諳んじ、最初の數字を提示されただけでそれに續く注釋を正しく答えられることが課せられたりもした。時代によって指定されたテキストこそ異なるが、官僚登用試驗として科擧が行われた唐代以降、國家によって經典の正しい解釋が指定され、受驗生たる者——中國の知識人は原則的にみな科擧を目指して幼い頃から研鑽を積んでいた——暗唱するほど國家公認の注釋書を讀み込まなければならないという狀況は一貫して續いたのである。テキストに示された經典の解釋とそこに込められた道德的な教えが、當時の知識人の腦髓深くに染みこんでいたであろうことは、想像に難くない。

このように、國家によって定められた正しい五經の解釋というものがあるわけだが、五經が人閒存在の根幹となる文化・道德を教える至高の存在である以上、そこに書かれていることの本當の意味に迫りたいという欲求が生まれるのは當然のことである。陳寅恪のいわゆる「獨立の精神、自由の思想」を有する人閒であればあるだけ、國家公認の解釋を鵜吞みにするのに飽き足りず、經典の眞の意味を明らかにしたいという思いは強くなる。かくして、科擧に定められたテキスト以外にも、歷代樣々な學者がそれぞれの理念と方法論とによって新たな注釋を生み出し續けた。儒教の歷史とは、一面では歷代の學者によって新たな注釋が絕え閒なく生み出され續けた歷史である。このようにして、同じ一つの經典、同じ一つの經文に對して多種多樣な解釋が積み上げられた。それぞれの注釋に表れた說の違いには、それを書いた學者の價値觀の違いが反映されていよう。また、それぞれの學者の認識は彼が生きた時代の思潮や歷史的狀況の影響を受けているであろう。ある學者と別の學者の注釋、ある時代と別の時代の注釋羣とを比較し、その違いがなぜどのようにして生まれたかを考察することによって、中國人のたどってきた思想的な變遷、あるいは感性の變化を捉えることができるのではないかと考えられる。

詩經は、中國最古の詩集であり、西周から春秋時代にかけての各地の民謠や、朝廷の儀式歌、宗廟の祭祀歌を集めたものである。傳說に據ると、當時、朝廷には采詩の官が置かれていた。采詩の官は各地に派遣され、民謠を採集し朝廷に獻納した。納められた民謠は、國家の音樂を管理する太師のもとで整理保存された。その後、春秋時代、儒教の創始者である孔子が當時殘されていた詩篇を取捨選擇し、三〇五篇からなる詩集にまとめ上げ、今見る詩經ができあがったと言われる。詩經の詩には、民の政治に對する贊美や批判の感情が素朴に表現されており、それを讀むことで爲政者は政治の正しいあり方を知ることができるとともに、そこに詠われた古代人の純粹な心を體得することにより、讀者は道德的に教化されると考えられた。故に、古代の詩集である詩經は、儒教の經典たる五經の一つとなったのである。

つまり詩經には、中國最古の詩集、諸國の民謠・朝廷の儀式歌・祭祀歌を集成した詩集という性格がまずあり、もう一方に、五經の一つとして、人閒にあるべき道德を教えるために編纂されたという性格がある。前者は言うなれば詩經の文學的存在としての性格であるのに對して、後者は道德的存在としての性格である。詩經という經典およびそこに收められた詩篇には二つの相異なった性格が混在しているのである。

ところで、詩經は五經の一つとして絶大な影響を中國の人々に與え續けてきたのだが、しかし、その影響力は詩篇そのもののみから生まれたわけではない。詩篇がいったい何を歌っているのか、そこにどのような道德的な意圖が込められているのかを、歷代の學者たちが考察しその成果を注釋として詩篇と併せて提示することによって、詩經ははじめて單に民謠・儀式歌・祭祀歌集に止まらない「經」としての感化力を發揮したのである。つまり詩經は、裸の詩篇が種々の解釋の衣を纏うことによってはじめてその道德的な姿を發現したということができる。そうであるならば、詩經本文における文學的性格と道德的性格の混在は、當然その注釋にも反映されるであろう。すなわち、詩經の注釋には、それを著した學者の文學的な認識と道德的な認識とが混在していることになる。歷代の注釋を比較することによって、それぞれの學者の文學觀・道德觀を知ることができ、またそれを總合することによって、中國における文學觀・道德觀の變遷の樣子を知ることができると考えられる。

本研究はこのような認識に立って、歷代のさまざまな詩經の注釋を比較し、注釋閒のさまざまな解釋の違いを比較することによって何が見えてくるか、考察してみたいと思う。それによって、中國人の思考樣式を考える手掛かりも得られるのではないかと思う。

ここで、あるいは疑問が起こるかも知れない。いくら學者によって解釋が異なるとは言っても、注釋は所詮、經文を解釋したもの、詩經で言えばある特定の詩を解釋したものにすぎないではないか。もととなる經文、詩經で言えば詩が一つである以上、いくら解釋に違いがあるといっても、そこには自ずと限界があり、言って見れば五十歩百歩の違いに過ぎないのではないか、そのような注釋を比較したところで、そこから見えてくるのはごくごく限られたものなのではないか、このような疑問である。確かにこのような疑問は理屈が通っているように思えるが、實狀とは異なる。このことを實例に則して見てみよう。

例として『詩經』邶風「靜女」を擧げる。

靜女

靜女其姝　靜女《せいじょ》　其《そ》れ姝《しゅ》たり
俟我於城隅　我を城隅《じやうぐう》に俟《ま》つ
愛而不見　愛すれども見えず
搔首踟躕　首《かうべ》を搔《か》きて踟躕《ちちう》す

靜女其孌　靜女　其れ孌《れん》たり
貽我彤管　我に彤管《とうくわん》を貽《おく》る
彤管有煒　彤管　煒《ゐ》たる有り
説懌女美　女《なんぢ》の美を説懌《えつえき》す

自牧歸荑　　牧より荑《つばな》を歸《おく》る
洵美且異　　洵《まこと》に美にして且つ異なり
匪女之爲美　女《なんぢ》の美たるに匪《あら》ず
美人之貽　　美人の貽《おくりもの》なり

現代の一般的な解釋では、本詩をどう讀んでいるであろうか。一例として、目加田誠氏の翻譯を掲げる。

可愛いいあの子の器量よし
私を待ってる城の隅
あたりほのかに姿は見えず
頸をかきかきじれったさ

可愛いいあの子の器量よし
私にくれた彤《あか》い管《くだ》
彤《あか》いその管《くだ》あかい色
ほんに嬉しい美しさ

野から荑《つばな》を私にくれた
ほんにきれいでめずらしい
つばながきれいというではないが

きれいな人のおくりもの

（目加田誠『定本　詩經譯注（上）』、目加田誠著作集第二巻、龍溪書舍、一九八三、一一一頁。波線は筆者が付した）

この詩は若い男女の恐らくは初戀であろうと思われるが、その喜びを詠った詩である。第一章では、男の子が可愛らしい女の子に戀をし、はじめて二人きりで會う約束をして、城壁の片隅（古代中國の町は外敵の侵入を防ぐために城壁でぐるりと圍まれているのが普通であったので、城壁のあたりと言えば町外れで、戀人同士が人目に付かず逢瀬を樂しむには恰好の場所ということになる）で待ち合わせをした、けれども本當に彼女がやって來てくれるかどうか不安で、あたりを行ったり來たりしながら待っているのである。第二章では、男の子は女の子から赤い管をプレゼントされたことを喜んでいる。赤い管というのは、その實體が何なのかは諸說あって未詳であるが、恐らく漆塗りの裝飾が施された洒落た品物と思われる。それに對して第三章では、男の子は女の子から野花を贈られている。これは恐らく畑仕事かなにかで女の子が野に出て働いているときに見つけたきれいな花なのであろう、それを自分の戀人に贈っている。第二章の赤い管がやや高級で、言ってみればよそ行きの贈り物なのに對して、つばなは日常生活の中でふと目にとめたものである。日常の些細な喜びを愛しい人と共有したいという思いが表れており、女の子の男の子に對する愛情もより深いものになっていることを窺わせる。このように見ていくと、「靜女」の詩は、若い男女が出會い、初めての逢瀬に胸を躍らせる頃、戀人同士としてつきあい始めたがまだ少し遠慮がちでぎこちなさの殘る頃、そして二人の仲が深まって、日常のふとした喜びを共有するまでになった頃、という愛情の進展する樣子を描いた、瑞々しい戀愛詩として讀むことができる。これが現代の普通の解釋であろう。

ところが、詩經を儒教の經典とする立場では解釋は大きく異なる。漢代から唐代までの標準的な解釋を集成した『毛詩正義』に從ってこの詩を譯してみよう。

心正しくしとやかなこの娘はまことに美しい。

彼女は常に禮儀を守って行動し、自らを守ること城壁のごとくで犯すべからざる威厳にあふれている。

かくも淑徳にあふれている彼女を私は心より慕わしく思い、わが主君の妃にしたいものと思っている。

ところが、彼女がいっこうに姿を見せてくれないので私は頭をかきながらたちもとおる。


心正しくしとやかなこの娘はまことに美しい。

彼女は私に赤い管の法を贈ってくれた。

この法こそ、宮中の女官が赤い管の筆によって、王の妃として踏み行うべき道を書き示したものである。

彼女はこの教えに従っているからこそ、かくも淑徳あふれる女性になったのだ。

誰かが私に美しく優れた茅花を贈ってくれたならば、私はそれを先祖の祭りに供えよう。

そのように誰かがあの美しい娘を私のもとに連れてきてくれたならば、私は彼女をわが主君の妃として進め奉ろう。

それというのもこの娘が美しいからばかりではない。

彼女が私に贈り示してくれたあの赤い筆の法を守っているからなのだ。


現代の解釋とは、とても同じ詩とは思えない程、解釋が異なっている。譯文中、波線を附したのは現代の解釋とは字句の解釋が異なっている部分である。そしてその異なった字義解釋には道德的な意味づけがなされている。「城の隅で待つ」というのが、「女性が自らを守ること城壁のごとくで犯すべからざる威厳にあふれている」という解釋に變わっている。また「赤い管」——實體はよくわからないものではあるが、ともかくきれいに装飾された管——が

「赤い管の法」――いにしえ大奥において妃たちの言行を逐一記録する女官が置かれ、その女官が用いた筆が「赤い管」であった。その記録は女性の行うべき道徳を示したものとして残り、したがって赤い管の法とは貞淑な女性の踏み行うべき道徳という意味になる――、そのような道徳を女性が體現して私に教えてくれるのだと解釋している。

また破線で示したのは、經文＝詩句には書かれていない、詩句と詩句との閒に隱された文脈を疏家（『毛詩正義』の著者）が補った部分である。これもまた、詩句と詩句とを道徳的な文脈で結びつけようとして補われている。「靜女其れ姝たり」と「我を城隅に俟つ」との閒に、「かくも淑徳にあふれている彼女を私は心より慕わしく思い、わが主君の妃にしたいものと思っている」という一節を補い、詩の語り手自身が戀をしているのではなく、自分が仕える主君の妃としてふさわしい淑徳にあふれた女性を探し求めているのだと説明している。それによって、本詩は初戀のあこがれととまどいではなく國のため主君のために忠節を盡くす家臣の思いが披瀝されたものとなり、詩中に描かれた女性も單なる美少女ではなく道徳的に優れた淑女となり、この詩が道徳的な教化をするという目的に適ったものということになるわけである。

このように、字句の解釋を行いながらそこに道徳的な意味を付與していき、また道徳的な內容が詩句の表面には表現されておらずコンテキストの中に隱されていると考えて補っていく、このような手法を驅使して詩篇を解釋したならば、解釋の自由度がきわめて大きなものになるだろうということは想像に難くない。解釋上の操作を用いることによって、注釋の中に注釋者自身の價値評價や認識を容易に込めることができ、その結果、注釋それぞれの閒の差異はきわめて大きいものとなる。このように見てくると、本文に對する注釋はヴィーナスの寛衣《ローブ》のようなものではなく、むしろ昆蟲の幼蟲の身のうちに取り付いていつしかそれを冬蟲夏草の靈藥に變えてしまう菌類に比すべきであろうことが理解される。本文は注釋によって、全く別のものに生まれ變わるのである。したがって、注釋と注釋とを比較することによって、注釋者のオリジナルな要素、あるいはそれを生み出した時代思潮といったものも見えてくるだろうと期待できるわけである。

3

詩經の解釋史は二千年を優に超え、そこで生み出された注釋も膨大な數量に上る。ここで、詩經解釋學の變遷を通說に從って概述したい。

儒學において、詩經とは、孔子が人々を道德的に教化するために——詩經がなぜどのようにして人々を教化するのかについては様々な考え方があるが——そのころ民間で行われていた、あるいは宴會や國家祭祀の場で演奏されていた詩の中から、嚴選して編集した——ただし、詩經の編纂過程における孔子の關與の程度についても様々な考え方がある——ものである。この、孔子の編集した詩經に基づいて様々な學問が發達してきたが、それらは大きく分けて漢學（唐代の『毛詩正義』まであわせて漢唐の學と總稱する）、宋代の詩經學（および、その餘波としての元・明の詩經學）、清朝の詩經學（清朝考證學の詩經研究）という、三つの山にまとめることができる。[1]

漢唐の詩經學と總稱される學問はきわめて複雜な構造を持っていて、解釋がいくつも重層的に重なって成立している。まず、一篇一篇の詩について、その詩がいかなる歷史的な背景のもとに作られ、そこにいかなる道德的な讚美や諷刺の意圖が込められているかを說明した「詩序」が各詩の前に付けられている。この詩序は、「小序」とも呼ばれ、孔子の弟子の子夏という人が、孔子の教えに基づいて著したものと言い傳えられる。編纂者孔子の意圖を表したものとして、詩經を解釋する際の根本的なよりどころとして篤く尊崇された。

詩經の經文や詩序に對して、様々な學者が注釋を行ったのであるが、その中でも毛傳（正式名稱は『毛詩故訓傳』）は、秦漢の際の毛亨《もうこう》の撰（一說には毛萇《もうちょう》の撰ともいう）になり、後代への影響が最も大きいものである。この毛傳は、主に詩經の文字や語句の意味を極めて簡潔に注釋したものである。

詩序や毛傳の說に基づいて、より具體的に詩の言わんとするところを說明したのが、後漢末の大儒、鄭玄が著した「箋（鄭箋）」である。これは、毛傳に基づくとは言いながら、個別の解釋においては毛傳と說を異にするところも多い。しかし、基本的には小序に則って詩篇を解釋しているという點で毛傳と同質であり、「傳箋」と一括されて詩經漢學の代表的著述とされ尊崇された。

詩序・毛傳・鄭箋の詩經解釋を基本として、六朝時代には樣々な再注釋（「義疏」）が行われたが、唐初に至り、第二代皇帝太宗の敕命により、孔穎達を中心とする學者が集まり、五經の權威ある注釋に對して詳細な再解釋（「正義」）を施した書物、『五經正義』が作られた。詩經で言えば、『毛詩正義』である。これは、六朝の詩經に對する義疏に基づいて――基づいてというよりは切り貼りをしてと言った方が實情に近いと思われるが[2]――、詩序・毛傳・鄭箋を統一的に、きわめて詳細に解說したものである。前述したとおり、毛傳と鄭箋との閒にはかなり多くの說の違いがあるが、疏家たちはそのどちらも立てながら、またでき得る限り毛傳と鄭箋の說の違いを合理的に解消しつつ、一つの學問體系の枠內に收められるように、論理と考證を驅使して壯大極まりない再解釋の大伽藍を構築している。官吏登用試驗として隋代に始められ唐代に受け繼がれた科擧では五經が試驗科目になったが、『毛詩正義』は詩經のスタンダードの解釋とされ、大きな權威を持つようになる。以上が、漢唐の詩經學の概觀である。

まとめてみれば、漢唐の詩經學というのは、經文に小序が付され、毛傳が付され、鄭箋が付され、そしてそれをまとめあげるように正義が覆い包んでいるという、言うなればタマネギ狀の構造體になっている。それぞれの閒には個別的な說の違いはあるものの、小序の說をよりどころにしているという意味で本質的には同質であり、一體のものとして捉えられるというのが通說である。はたして本當に一體の存在として捉えられるのであろうか、ということはここで問題として提起しておき、本研究を通じて考えてみたい。

宋代に入ると、科擧の標準的なテキストとして絶大な權威を誇った『毛詩正義』に對する疑問の聲が上がり、詩序・傳・箋・正義の桎梏から脱し新たな詩經解釋を志向する動きが起こった。その先驅けが北宋の歐陽脩の『詩本義』であり、それに續いて、王安石の『詩經新義』・蘇轍の『詩集傳』・程頤の「詩說」といった著述が陸續と現れ、それらが曲節を經て南宋の朱熹の『詩集傳』に結實し、『詩集傳』は、その後、元明淸において正義に代わって科擧の場における標準的な解釋とされ、大きな權威を持つに至る。歐陽脩・王安石・蘇轍・程頤・朱熹などは、當時一流の學者であり文學者であり政治家でありといった、多面的な才能を發揮した人々である。そのような人物が、詩經の本當の意味を追求して切磋琢磨し、競って新しい解釋を行ったのが宋代である。言うなれば、漢唐の詩經學というタマネギ狀の構造體に對してさまざまな人がそれぞれの立場から批判を展開したのである。あるいはタマネギ狀の構造體を分解して小序に直に結びつき、小序の說に基づきながらも漢唐の詩經學とは異なる獨自の視點からの解釋を行うという動きもある。

その後淸朝に入ると、宋代以來の經學に對する批判が高まり、淸朝考證學と呼ばれる學問が興って、その一環として新たな詩經學が模索されることになる。淸朝考證學の詩經學の特徵は、漢學への復歸を志したことである。故に、詩序や毛傳という、宋代の詩經學で否定され閒却されてきたものが再び權威をもって復活するのである。彼らはそういう漢代の學者の經說にのっとりながら、文獻學的あるいは言語學的に嚴密な硏究を目指した。この學派の詩經硏究の集大成的な著作として、胡承珙の『毛詩後箋』・馬瑞辰の『毛詩傳箋通釋』および陳奐の『詩毛氏傳疏』が擧げられるが、中でも『詩毛氏傳疏』は、詩序や毛傳を排他的に尊崇して、それに徹頭徹尾基づいて硏究を行うというところにその特徵があり、淸朝考證學の學問理念を尖鋭的に實現したものとして注目される。

詩經解釋史は、このようにきわめて複雜な變遷をたどってきたのであるが、これを圖示すれば、圖0―1のようになろう。

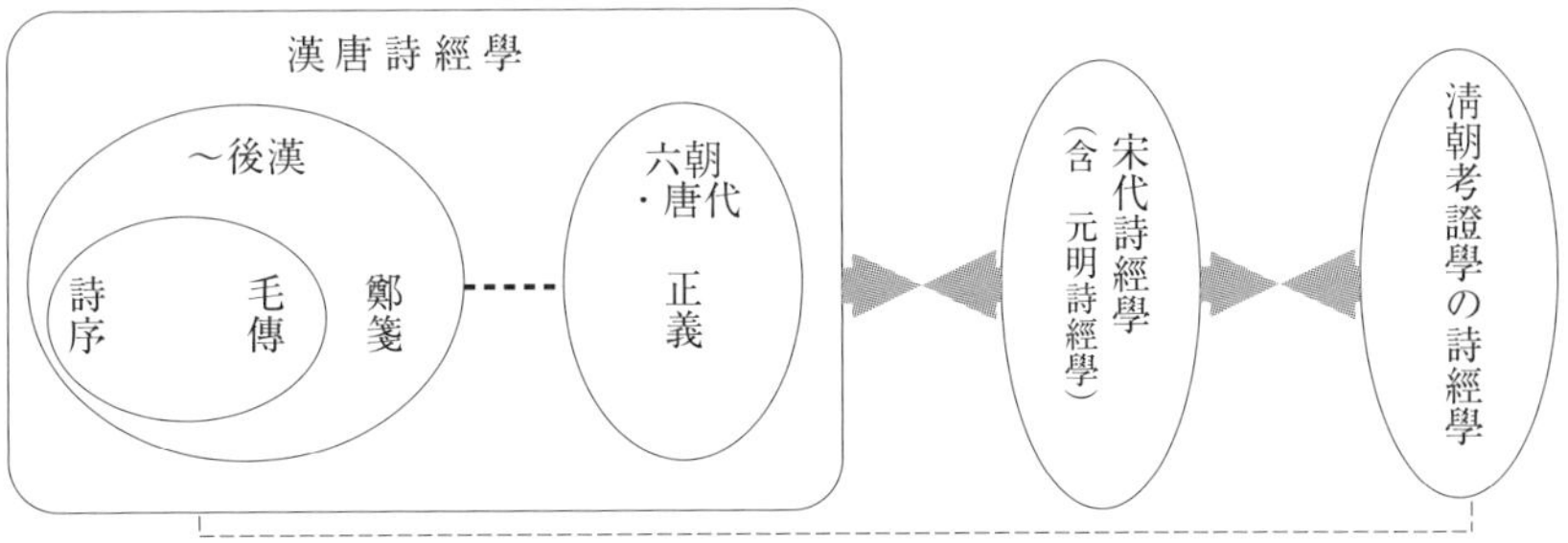

圖０—１　歴代詩經學の變遷（通說による）

4

このように詩經の解釋は時代の趨勢とともに様々な變遷があり、大きく言って漢唐の詩經學・宋元明の詩經學・清朝考證學の詩經學という三つの連峰に分けられる。從來の研究においては、その連峰ごとに、あるいはその連峰を構成する各學派・各學者ごとに、その學問の様相を分析することが主流であった。一方、三つの連峰間の關係については、對立的・斷絶的に捉え、新しい時代を擔う學者は前代の詩經學の理念・方法に對する批判をバネにして自分たちの學問を作り上げてきたという側面を重視して考察を行うところに傳統的な認識の特徴がある。すなわち、前代の詩經學に對する反發・批判をそれぞれの時代の詩經學成立の原動力であるとして最重要視してきたのである。

本研究は、詩經解釋學史の實相を探ることを目的に据えるものであるが、從來の研究とは若干異なった視點を持っている。新しい時代の學者が前代の學問への批判をバネとして自らの學問を構築してきたということに、筆者は異を唱えるものではない。それは何よりもその時代の學者が自覺的に選擇した態度であるからである。しかし、從來の研究はそのような既存の枠組みをあまりに無批判に受け入れてきたのではないかと思う。新たな時代の詩經學が前代の學問に對するアンチテーゼであるということを考察の前提に据え、その獨自性、その新しさを解明することに努力を傾注するあまり、ともすれば、前代の學問あるいは後世の學問との相對關係を常に吟味しつつ對象を捉える態度に乏しかったのではないだろうか。その時代の學問が前代のそれと異なるのは當然のことだと考え、そのためかえって時代の學問が幾多の曲折を經つつ形成されたことの歴史的意義を過小に捉えたり、また逆に時代を超えて受け繼がれる詩經學の大きな流れに氣づかないままに來たのではないかと思う。先ほどの比喩を用いれば、連峰と連峰との閒を斷絶的に捉えがちで、それぞれの關係に注目することが少なかったのではないだろうか。

連峰を形成する山々についても相似た狀況を指摘できる。從來の詩經學史研究においては、各詩經學者の業績を個別的に取り上げて研究を進める傾向が強く、それぞれの學者の業績の閒にどのような關係があるかについての考察が充分なされてきたとは言いがたい。しかもその考察方法として、個別の詩篇の解釋とその解釋を導き出す方法論、それを支える認識というレベルにまで下りて、歴代の詩經學における繼承と革新の實態を捉えていこうという動きが鈍かったように感じられる。喩えるならば、一つ一つの山の姿を見極める業績は數多く積み上げられてきたが、その山が實際には連峰の形成要素の一つであるということを常に念頭に置きつつ眺める習慣に缺けており、しかも、その山と隣りの山、あるいは連峰全體との關係を、山を形成する岩石や土壤、あるいは植生のレベルまで下りて考えることがなされてこなかったのである。

あるいは、そのようなことは自明のことであるという暗默の了解があったのかもしれない。經學とは、經というテキストを「正しく」解釋することを目的とする學問である。注釋書の中に學者の主張が込められていたとしても、それは經文を正しく解釋した結果、經文から導き出されたものという形で主張されなければならない。さらに個々の經には、解釋をする上での様々な前提條件が存在している。詩經研究における解釋上の前提條件について言えば、例えば采詩の官が集め太師が樂曲に編成し孔子が三千篇から取捨選擇した、という成立に關する傳説であり、文王大姒を褒め稱えた正風正雅と亂世を嘆く變風變雅という枠組みであり、詩序・毛傳・鄭箋など歴代の學者によって權威として尊崇され續けた經説である。また何よりも、詩經は風教のために作られた道德的な存在であるという觀念である。それらの前提條件に對して、學者は尊崇するにせよ否定するにせよ、自己の姿勢を明確に表明しながら解釋を進めていかなければならなかった。宋代は、傳統的な經學に對する根本的な疑義が活發に提出され、樣々の新しい學問的な取り組みが試みられた時代であったが、詩經が經であるという前提にいささかの搖るぎもなかった以上、祖述の對象としてであれ批判の對象としてであれ、右のような前提條件はなお大きな存在感を持って屹立していた。

そうである以上、その經説も無から生まれることはあり得ず、常に前代の經説との繼承・反發兩樣の密接な關係の上に成立していたということは、言わずもがなの共通認識として問題にされてこなかったのかもしれない。

しかし、たとえそうだとしても、それではその學術的・歷史的な連關が實際の詩經學の論著の中でどのように結晶化しているのかということは、やはり解明されなければならないものであり、そうでありながらいまだ充分に明らかにされていない問題である。實際には、詩經學史上、重要な意義を有すると認められた著述についても、その具體的な經説がどのような連關の上に成り立っているのか充分な分析がなされていないために、その詩經學を、それが生み出され、成長し、確立するという力動的な樣相のもとに捉えることがいまだ充分にできていないのが現狀であると思われる。ひいては詩經學の一つ一つの論著を詩經學の流れの中に正しく定位し、その學術的意義を把握するという點においても今後に殘された課題は多いと言わざるを得ないのではないだろうか。

歷代の詩經學者が詩經研究を通して何を主張したかという從來の視點とは別に、何層にもわたる前提條件に包まれた經學としての詩經學に對して、彼らがいかなる態度と方法で切り込み切り結んだか、その有樣を追體驗することが必要である。同時に、彼らの態度と方法が詩經に對するどのような認識に基づいているかも考えなければならない。そうしてこそはじめて、歷代の學者による詩經學が彼以前の詩經學から何を受け繼ぎ、彼以後の詩經學に何を殘したのかを明らかにすることができる。またそのような考察を經てこそ、從來の視點からの考察もより發展的な命題となるであろうと考える。

以上の認識に立って、筆者は從來の詩經學の枠組みにとらわれずに、詩經學の學的理念と方法の形成と繼承の樣相を見つめ直してみたい。それを通して、詩經學の流れに對する從來と異なる見取り圖を畫いてみたい。

このような問題意識に照らして、研究の對象として最も重要であるのは、北宋の詩經學である。この時代は、漢唐の詩經學の桎梏から脫し、自分自身の目で詩經を見るための努力が多くの學者によってなされた時代であり、そこで積み上げられた學的成果は、後の詩經學に大きな影響を與えた。このような、ダイナミックな奔流の中で新しい詩經學が今まさに形成されつつある北宋という時代について、右に述べたような研究の必要性はもっともよく當てはまるであろう。それが漢唐詩經學という搖るぎない學の大伽藍とのいかなる格闘を經て構築されたものなのか、またその格闘の過程で、彼ら相互の閒でいかなる繼承と反發が繰り廣げられたのか、これらの問題を考えることによって、單にこの時代の研究史を解明するばかりでなく、詩經解釋學史全體の性格と流れについての本質的な問題に迫り得ると考える。また、このような考察を經て、そもそも北宋詩經學という枠組みで見ることが妥當なのか、この時代の詩經學に共通する性格が認められるのかを再檢討することも可能となる。そしてはたして確かにそこに共通の性格が認められたならば、そこに止まらず、いったいそれがいかなる學問的志向性、および認識の枠組みから生まれたものなのかを追究していきたい。それによって、詩經學の斷代史の單なる竝列ではなく、二千年以上の長きにわたって脈々と受け繼がれ變容し發展し續けた詩經學の生態史の中に、この時代の詩經學を定位することが可能となるであろう。

5

前節で述べたような問題意識を持って研究を進める上で、複數の注釋に據る比較對照という方法、個別の經說に基づいた分析という方法、この二つの方法を意識的に用いたい。

詩經解釋學史の力動的な樣相を解明することを重視する視點に立ち、各學者の詩經學を詩經學の流れの中に置いて考えるためには、彼の經說それのみを見るのでは不充分であり、他者と比較しながら考察することが必要である。比較考察によって、はじめてそれぞれの經說が提出された論理的な筋道、學術的な條件、およびその必然性ということを考えることができるからである。特に、北宋詩經學の實相を探る上で、比較の對象として唐の孔穎達等によって著された『毛詩正義』がもっとも重要である。とりわけこの著述との關係にこだわって行きたい。本研究は、北宋の詩經學に視點を据えるものであるが、したがって一面では、宋代からの反照という新しい視點からの『毛詩正義』の性格と歷史的價値の再考ともなるはずである。

さらに、それぞれの詩經學者の學問の實相を考察するためには、彼らによる總論的硏究、大きな問題についての概括的な發言のみを分析するだけでは不充分である。それらの著述からは、詩經全體についての彼らの認識を把握するために重要な情報が得られるが、しかしそれらの全體的認識から、直接、個別の詩篇の解釋が導き出されているかというと、必ずしもそうではない。その閒には幾層ものフィルターが介在していると思われ、彼らの全體的な認識は、彼らの詩經注釋の實像と等價にはなっていない。そして、彼らの詩經學を詩經解釋學の繼承と變容の流れの中に置いて見るためには、むしろ全體的認識についての發言で覆い盡くせない事柄こそが大切である場合が多いと感じられる。このような認識に立ち、筆者はミクロの視點、個別の詩篇の個別の詩句・語句の解釋を廻る具體的な經說に徹底的にこだわり分析していきたい。個別の經說を、同樣の問題に對する彼自身の他の經說、あるいは他の學者の經說と比較し、比較によって浮かび上がった差異の意味を考えることによって、その經說が學者のどのような思考の流れの歸結として生み出されたものなのかを考えていく。細部についての考察を積み上げていくことによって、學者の詩經觀・解釋理念・方法論を探る。このような作業によって、詩經解釋學の流れの中における、それぞれの學者の詩經解釋の性格と存在意義とがより鮮明に見えてくるであろうと考える。

また、詩經全體をどのように考えたのかではなく、個別の詩篇をどのように讀んだのかを探ることは、とりもなおさず、詩篇からどのようなイメージ世界を讀み取ったかを探ることに他ならない。これは、彼らが詩經という書物を文學としてどのように捉えていたかを探ることに繋がるであろう。すなわち、詩經という文學性豊かな經典に收められた個別の詩篇に基づいて、その解釋理念と方法を分析することによって、文學研究としての詩經研究と經學研究としての詩經研究とが分離しがちであった從來の狀況を乘り越えて、文學と經學を同時に見る研究の視點が得られるのではないかと考える。

6

以下に、本書の構成を概述する。

第Ⅰ部「歷代詩經學の鳥瞰」に收めた二篇の論文では、詩經學における具體的な問題を取り上げて、それに歷代の詩經學者がどのような解釋を行っているか、その解釋からどのような解釋學的立場の相違が見えてくるか、それを通して、詩經解釋學史に關わる問題とはいかなるものかを概說する。具體例を通じて、右に述べた筆者の歷代詩經學に關する基本的な視座と研究の方法をよりわかりやすく提示することが目的である。

第Ⅱ部「北宋詩經學の創始と展開」では、宋代詩經學が新しい詩經觀と解釋理念・方法論とをもって、いままさに構築されつつある北宋時代の代表的な學者の研究を考察する。歐陽脩・王安石・蘇轍・程頤といったこの時代の代表的な詩經學者の論著に視點を据えて、そこに表れた解釋理念と方法を考察していく。考察を通じて、北宋詩經學者は彼らが批判した前代の學問から何を受け繼いでいたか、彼らの構築した學問がその後の詩經學にどのような貢獻をしたか、詩經解釋學史を動的に捉えることを目的とする。考察の際には、個別の學者の研究のみを見るのではなく、それが北宋時代の他の學者とどのような關わり合いを持っているか、また、それが前代の學問——漢唐詩經學——とどのような視點の違いがあるか、あるいはどのような繼承關係を持つか、その實相を探るよう努める。それによって、北宋詩經學に共通の學問的特徵についても新たな知見を得られるのではないかと期待する。

第Ⅱ部が學者本位の考察であるのに對して、第Ⅲ部・第Ⅳ部は、より包括的な視點から、北宋詩經學に共通する學問的特徵がどのような要因によって生み出されたかを、詩經解釋學史を通してその底流に流れる、解釋に關する認識との關係において探る。一言で要因と言っても多種多様な要因が考えられる。詩篇からどのようにして意味を抽出するかという、解釋の方法に關わる問題もその要因となるであろう。この問題を扱った、第Ⅲ部「解釋のレトリック」は、詩經解釋學史の文學的側面についての考察と位置づけられよう。また詩經が儒教の經典である以上、倫理・道德的な認識に關わる要因も存在しているであろう。さらに、解釋者が生きた歴史的・政治的環境もその要因として大きな影響を與えたであろう。また、詩篇解釋に、解釋者自身の時代に對するメッセージが込められていることもあるだろう。第Ⅳ部「儒教倫理と解釋」ではこのような問題を扱った。

ただし、以上の様々な要因は、それぞれ截然と分けられるものではなく、ある場合には渾然と一體化している。したがって、本書で二部に分けこのような標目を立てたのはあくまで便宜的な措置に過ぎない。實際には、これら様々な要因について相互關係も重視することによって、詩經解釋學という學問がどのように成り立ちどのように形成されたのかを考えていきたい。

詩經解釋學史の實相を探るために、本研究は、これまであまり深く檢討がなされていなかった漢唐詩經學と宋代詩經學との有機的關係を考察することに重點を置いた。同様に、清朝考證學の詩經學に對して宋代詩經學がどのような影響を與えたかということもこれまで充分な研究が行われていなかった問題である。第Ⅴ部「宋代詩經學の清朝詩經學に對する影響」では、第Ⅳ部までで明らかになった、宋代詩經學の解釋理念・方法論が清朝の詩經學にどのような影響を與えたかを考察した。考察の對象として取り上げたのは、清朝考證學の詩經學における集大成的な著述であると評價される『詩毛氏傳疏』である。著者陳奐は、漢學獨尊を高らかに標榜した學者であり、この書はそのような研究姿勢で貫かれているとされる。したがって、宋代の詩經學からの影響關係はほぼないと考えられ、これまで兩者の關係についてはほとんど考察されることがなかった。そのような著述をあえて俎上に載せることによって、宋代詩經學と清朝考證學の詩經學との關係を鮮明に論證できると考え、ここに考察を集中する。

本書は、以上述べてきた問題意識に立った筆者の研究の中間報告である。詩經學史の流れの中に置いて北宋詩經學史の實相を探るという問題についてだけ言っても、考察されなければならない問題はなお多い。毛傳、鄭箋の學的性格――とりわけ鄭玄の詩經學の性格は重要である――、六朝義疏の學の實態、およびそれと『毛詩正義』との關係、などは前提條件を明らかにするという意味で不可缺である。また、北宋詩經學の成果を受けて一齊に花開いた南宋詩經學の意味、あるいは北宋詩經學が元明清の詩經學に與えた影響を探ることも必要となろう。しかし、これらの諸問題については、本研究では手が及ばなかった。すべて、今後の研究の進展に待ちたい。そのためにも、本研究では、研究の視點を定め、研究方法を確立し、次の段階に進む里程標を得ることを目指した。

注

（1）　もちろん、詩經には現在まで殘る毛亨の學問の他に、漢代には國家公認の學問として認められた三家詩があり、その詩序はまた異なったものであった。しかし、三家詩はその後滅びてしまった。古典中國における詩經解釋學史を動態的に考察することが本研究の意圖であるため、清朝まで學問的に後繼を持ち續けた毛傳とそれが採用した詩序を考察の起點とし、後の儒學に對する影響が少なかった三家詩の流れは、原則として考察の對象外とする。

（2）　岡村繁『毛詩正義譯注』第一冊「『毛詩正義』解說」に實例を擧げつつ次のように言う、「『毛詩正義』の編修は、私の見た限り、かなり安易な方法に墮している傾向が認められ、甚だしい場合は、のりとはさみで稿本（または自稿）をつぎ合わせたのではないかと疑われるような個所さえ少なくない……とはいえ、それだけにこの『毛詩正義』は、幸いにも六朝以來の『毛詩』解釋の蓄積結果が比較的なまの姿を殘して集大成されたものと見てよいであろう」（中國書店、一九八六、七頁）。筆者も、研究の過程で、『毛詩正義』中の議論が前後で相矛盾していて、同一人物の著述とは見なせないことを表す例を發見した。これも岡村氏の推測の傍證となるであろう。本書第十五章注（24）・第十八章第4節參照。

第Ⅰ部　歴代詩經學の鳥瞰

第一章　イナゴはどうして嫉妬しないのか？
——詩經解釋學史素描——

1　はじめに

優に二千年を超える詩經解釋學史の中に、歴代の最高の知性を惱ませつづけた問題があった。事柄はきわめて他愛ないものではあるが、しかし詩經學の構築という觀點からすると看過できない重要性をはらんだ問題、ぜひとも解決しなければならない問題であった。——すなわち、イナゴは嫉妬するのかしないのか、しないのならばいったいイナゴはどうして嫉妬しないのか、という問題である。

本章は、いったいなぜこのような問題が生まれたのか、また、この問題をめぐって歴代の詩經學者がどのような議論を繰り廣げてきたのかを瞥見したいと思う。その作業を通して、詩經解釋學史の展開の實相がほの見えてくることを期待する。また、それと同時に詩經解釋學の歴史を追跡するにあたっての筆者の視點と方法も自ずから浮かび上がってくるであろう。

2　「螽斯」の詩

『詩經』周南「螽斯」は、次のような詩である。

螽斯羽　螽斯《しゆうし》の羽
詵詵兮　詵詵《しんしん》たり
宜爾子孫　宜《むべ》なり　爾《なんぢ》の子孫
振振兮　振振《しんしん》たり

螽斯羽　螽斯の羽
薨薨兮　薨薨《こうこう》たり
宜爾子孫　宜なり　爾の子孫
繩繩兮　繩 繩《じようじよう》たり

螽斯羽　螽斯の羽
揖揖兮　揖揖《しふしふ》たり
宜爾子孫　宜なり　爾の子孫
蟄蟄兮　蟄蟄《ちふちふ》たり

現代語に譯せば、おおよそ以下のような意味になろう。

イナゴ(1)の羽が
びっしりあつまっている
きっとおまえの子孫も
そのように繁榮するだろう

イナゴの羽が
ぎゅうぎゅうにあつまっている
きっとおまえの子孫も
そのように榮えるだろう

イナゴの羽が
ほんとにたくさんだ
きっとおまえの子孫も
そのように和やかに集まることだろう

この詩は本來、樂器の伴奏に合わせ踊りながら歌われた民謡で、三章とも同じ内容を字句をわずかに變えながら繰り返して詠われている。「詵詵《しんしん》」と「振振《しんしん》」（上古音韻部(2)——以下同じ——文部）、「薨薨《こうこう》」と「繩繩《じょうじょう》」（蒸部）、「揖揖《しふしふ》」と「蟄《ちふ》蟄《ちふ》」（緝部）とが韻を踏んで詩にリズムを與えている。

この詩は、現在の我々の常識的な感覺から見れば、イナゴの旺盛な繁殖力にあやかって、若い夫婦にたくさんの子どもが生まれ家が繁榮するようにとの祝福の思いを歌ったものだと解釋できよう(3)。あるいはイナゴの繁殖力を歌うことによって、人間にもそういう多産の力が授けられるという呪術的な目的のために詠われたという解釋もできるかも知れない。このような詩であるが、これが儒學の經典として解釋されると、かなり異質なものになってしまう。

3　漢唐詩經學の解釋

「はじめに」で述べたように、漢唐の詩經學において詩序は詩篇の解釋の方向性を決定づけるものである。「螽斯」の詩序は、この詩の解釋の方向性をどのように規定しているであろうか。『毛詩正義』（以下、誤解の恐れがない場合は『正義』と略稱）の說に據って句讀をつけ訓讀を示す。

螽斯は、后妃の子孫衆多なり。言ふこころは螽斯の若《ごと》くして妬忌せずんば、則ち子孫衆多なり（螽斯、后妃子孫衆多也。言若螽斯不妬忌、則子孫衆多也）

この詩序のうち、「『螽斯』の詩は、周の文王の妃（大姒）の子孫がたくさんであることを歌った詩である」という初句には、特に問題はない。國風周南の詩は、周の創業の君主文王の后である大姒の淑德を贊美し、それが民の風俗を教化したことをことほぐものであるというのが詩經學の基本的認識であり、この詩序はその枠組みにのっとったものである。しかし、その次に「イナゴのように嫉妬しなければ、子孫はたくさん增える」と言う。この「イナゴのように嫉妬しなければ」の眞意が何かということが、後の詩經學者にとって大問題になるのである。本詩について毛傳は、

「螽斯」とは、イナゴのことである。「詵詵」とは、たくさん、ということである（螽斯、蚣蝑也。詵詵、衆多也）

などと、きわめて簡單な訓詁を示すに止まる。したがって、毛亨がこの問題をどのように解釋していたかは把捉しがたい。一方、鄭箋はこの詩の言わんとするところを次のように説明する。

およそ萬物の中で雌雄があり情欲がありながら嫉妬しないものはない。ただし、イナゴだけは嫉妬しない。おのおの氣を受けて、子どもを生むことができるのでたくさん增えるのである。后妃もこのような德を持つことができれば、きっとそのようになるだろう（イナゴのようにたくさん子どもができるだろう）（凡物有陰陽情慾者無不妬忌、維蚣蝑不耳。各得受氣而生子、故能詵詵然衆多。后妃之德能如是、則宜然）

「后妃もイナゴのように嫉妬しないという德を持つことができれば、子供をたくさん得られる」という部分の論理は、『正義』の説明に從えば次のようになる。文王には大姒の他にたくさんの妃妾がいたのだが、彼女たちが生んだ子どもは、名義上はすべて正妃の大姒の子どもになる。それで、大姒が嫉妬心を起こさなければ、文王も何はばかるところなく妃妾たちと交わることができ、妃妾たちもたくさん子どもを生んで、結果的に正妻の大姒は子澤山になる(4)というのである。

ところで、鄭箋には「氣を受けて子を生む」という言葉が出てくる。これは、いったい何を意味しているのであろうか。これについて、『正義』は次のように解釋している。

イナゴという蟲は嫉妬しない。だからもろもろのイナゴはみんな、ともども交尾しそれぞれ氣を受けて子どもを生む。だからイナゴはたくさん繁殖するのである（螽斯之蟲不妬忌。故諸蚣蝑皆共交接、各各受氣而生子。故螽斯之羽詵詵然衆多）

これが后妃の德とどういう關係があるのかということについては、

ということで、次のことを比喩する。妃が嫉妬を起こさないので、多くの妾たちはみな、ともども文王の夜伽をしておのおの氣を受けて子どもを生むことができる。だから妃の子孫も數が増えるのである（以興后妃之身不妬

忌。故令衆妾皆共進御、各得受氣而生子。故后妃子孫亦衆多也）

と説明する。妃妾たちが進御して、「各おの氣を受けて子を生むを得」と言っているので、『正義』は、「氣を受ける」を「雄の精氣を受ける」という意味で解釋していることがわかる。したがって、たくさんのイナゴが、みなともども交尾し受精して、子どもを生む、特定のつがいに縛られることがないため、交尾する機會も多くなり、したがって多產となるのだと解釋するわけである。

*

はたして、鄭玄はそのようなことを言っているのであろうか。筆者ははなはだ疑問に感じる。鄭箋には、もう一つの解釋の可能性がある。それは、イナゴは雌雄が交尾することなく子供を產むから嫉妬することもない、という解釋である。すなわち、それぞれの個體が天の氣を受け子孫を増やすことを「各おの氣を受け」と言い、雄雌の交わりがないのだから當然嫉妬の心も起こらないという論理と考えるのである。この説を採るものに、『藝文類聚』卷十五后妃部「后妃」がある。そこに「螽斯」の詩序を引用し、雙行注に次のように言う。

凡物有陰陽慾者無不妬忌。惟螽斯不妬。各得大氣而生子。[5]　（句讀點・傍點は筆者）

これは、明らかに鄭箋の引用であるが、「大いなる氣を得て子を生む」に作っていることからすれば、これをイナゴの雄の氣とはとっていないと考えられ、したがって上記の解釋をしていることがわかる。

この解釋を採用すれば、「凡そ物の陰陽情慾有る者にして妬忌せざるもの無し、維だ蚣蝑はしからざるのみ」ということの理由を「各おの氣を受くるを得て子を生む」という句が説明していることになる。それに對して、『正義』の鄭箋解釋では「螽斯の蟲は妬忌せず。故に諸の蚣蝑は皆な共に交接し……」という言い方からもわかるように、イナゴが嫉妬しないということを檢證無しに前提として、「だからイナゴは勝手氣ままに交尾することができ……」と論を進めていることになり、「なぜイナゴだけが嫉妬しないのか」という當然起こるべき疑問に答えていないことになる。これでは、注釋として不完全のそしりを免れない。そのように考えれば、筆者の提出した説の方が鄭箋の解釋としてより優れるのではないだろうか。

この二つの解釋のうち、いずれが鄭玄の意圖を正しく汲んだものであるかを考えるためには、イナゴの繁殖形態に關する中國古代の人々の考え方を調べることが最も早道であろう。しかし、『文淵閣四庫全書電子版――原文及全文檢索版』を檢索しても、イナゴの繁殖のしかたについては本詩序および鄭箋の説を踏襲したもの以外には、他書に參考とすべき記述を見出すことはできなかった。このことは、鄭箋の記述が當時の博物學的知識に據ったものではなく、本詩の詩序を解釋するために捏造した、擬似博物學的記述であることを疑わせる。

そもそも、昆蟲が交尾することなく子を生むことがあり得ると考えられていたのであろうか。時代は下るが、南宋の羅願『爾雅翼』(6)巻二四「釋蟲一」に「螈」の解説として次のように言う。

螈とは、再蠶のことである。「原」とはすなわち「再」の意味である。ある説に、交尾しないで生まれた蠶は、往々にして「原蠶」となる、という（螈再蠶也。原卽再之義。或曰、蠶不交而生者、往往爲原蠶）

「原蠶」については、『周禮』夏官司馬「馬質」にすでに、「馬質の官は、馬の取引價格を管掌する。『原蠶』を禁止する（馬質掌質馬……禁原蠶者）」という記述がある。「原蠶」＝「再蠶」とは、遲れて孵化した蠶のことを指す。蠶を育てる時には、卵を鹽水につけて優良な卵を選別するのであるが、そのようにしてもなお、他の卵が一齊に孵化した後に遲れて孵化するものがあり、それを「再蠶」というのである。羅願は、そのような蠶は、雌雄の交尾によらずに產卵された卵から生まれたものだという說を紹介しているのである。羅願の說が何に據っているのかは不明であり、また彼は鄭玄の生きた後漢から時代を遠く下った南宋の人ではあるが、ともあれ交尾せずに子を生む昆蟲も存在するという考え方が古く行われていたことの例證とはなろう。

同じく『爾雅翼』卷二六「釋蟲三」の「蠭」(7)に次のように言う。

蜂には、きわめて多くの種類がある。身體が黄色で腰の細いものを「稚蜂」という。その腰は極めて細く、胸と腹とを繋げているばかりである。天地の性として、腰の細いものは「純雄（雄そのもの）」で、腰の大きいものは「純雌（雌そのもの）」である。純雄は蜂のことであり、純雌は、龜やスッポンの屬である。『列子』にも、「純雌はその名『大腰』、純雄はその名『稚蜂』」と言う。これはつまり雌雄の別がなく、みずから發生するものである。だから、『淮南子』では、蜂の類を「貞蟲」と言う。これは、蜂には欲望がないということである。『博物志』には、「蜂には雌がなく、桑蟲や阜螽の子を養い育て自分の子供とする」と言う(8)（蠭、種類至多、其黄色細腰者、謂之稚蜂。腰閒極細、僅相聯屬。天地之性、細腰純雄、大腰純雌。純雄謂蜂、純雌、龜鼈之屬也。列子亦曰、純雌其名大腰、純雄其名稚蜂。言無雌雄而自化。故淮南子以蜂之類爲貞蟲。言其無欲也。博物志以爲蜂無雌。取桑蟲或阜螽子抱而成己子）

ここで引用されている、『列子』（「天瑞篇」）『淮南子』（「原道訓」）そして、晉・張華の『博物志』といった書名から窺えるように、蜂が交尾することなく子を生む、あるいは自ら子を生まずに他の昆蟲を養い變身させるというのは、中國古代に廣く知られていた考え方のようである。交尾をしないので貞淑であるというのは、鄭箋を「雌雄が交尾しないので嫉妬もしない」という意味で解釋した場合、これと對をなす論理である。すなわち、雌雄が交尾をするとい

うことが、不貞や嫉妬といった悪徳を生み出す源となっていると考える點が共通している。(9)

　これらの例から、一部の昆蟲が交尾をせずに子を生むと人々に廣く信じられていたことがわかる。一方、『正義』が言う「萬物の中でイナゴだけが嫉妬しないので、イナゴが特定のつがいに縛られることなく交尾する」という説を補强する例は管見の限り見つからなかった。これから考えれば、「各おの氣を受く」という鄭箋を、雌雄の交わりなく子を生むという意味に解することは可能であろう。反面、イナゴ以外の蜂や蠶が交尾をしないで子を生むと信じられていたことは、鄭玄が「萬物の中でイナゴだけが交尾をせずに子を生み嫉妬をしない」と言っているのに齟齬していることになるが、先に述べたように、鄭箋の記述が擬似博物學的なもので、必ずしも當時の常識と合致しているものではないと考えれば説明がつく。

　次に、視點を變えて、「氣を受けて」という言葉を「受精して」という意味にとるのが妥當か、あるいは「大氣／大いなる自然の氣を受けて」という意味にとるのが妥當かを、古典の用例から検討してみよう。

　まず、疏家自身の用例を見よう。『周易』「乾」卦の「文言傳」に、「天に本づける者は上に親しみ、地に本づける者は下に親しむ。則ち各おの其の類に從ふなり（本乎天者親上、本乎地者親下、則各從其類也）」とあり、その『正義』に、

> 本來的に天から氣を受けるものは、動物のように知覺を持つものである。……本來的に地より氣を受けるものは、植物のように知覺のないものである（本受氣於天者、是動物含靈之屬。……本受氣於地者、是植物无識之屬）

と言う。『尙書』周書「洪範」に、「惟だ天は陰《ひそ》かに下民を騭《さだ》む（惟天陰騭下民）」とあり、その『正義』に、

> 言うこころは民は上天から生を受け、その形質と精神とは天の與えたものである。だから天はものを言わない

が、沈默の内に民を決定づけているのである。もろもろの生命は氣を受け形體に流れ込ませ、それぞれ性靈と知覺とを有している。民はそれに氣づかない。これが、天が「沈默の内に決定づけている」ということである（言民是上天所生、形神天之所授、故天不言而默定下民。羣生受氣流形、各有性靈心識、下民不知其然、是天默定也）と言う。これらは、「氣を受く」という言葉を、「天地の氣を受ける」という意味で用いているものである。『禮記』「昏義」に、「故に曰く、昏禮なる者は禮の本なりと（故曰、昏禮者禮之本也）」とあるが、それに對して鄭玄は、

言うこころは子供が受けた氣と性が純であれば孝となる。孝であれば忠となる（言子受氣性純則孝、孝則忠也）

と注し、『正義』は、

婚禮は禮の基本であるというのは、夫婦の婚姻の禮は、もろもろの禮の基本だということである。婚禮を禮の基本とする理由は、婚姻がきちんと行われたならば、受ける氣は純にして和であり、生まれる子は必ず孝となり、君に仕えては必ず忠となる。孝であれば父と子は親しみ、忠であれば朝廷は正しく治まる（昏禮者禮之本也者、夫婦昏姻之禮、是諸禮之本。所以昏禮爲禮本者、昏姻得所、則受氣純和、生子必孝、事君必忠、孝則父子親、忠則朝廷正）

と疏通している。ここでの「氣を受く」は、「子が親の『氣（氣性・氣質）』を受ける」という意味で使っている。いずれも交接によって「受精する」という卽物的な意味とは大きな懸隔がある。

以上は、『毛詩正義』と同じく、孔穎達の敕撰になる『五經正義』中の用例である。もちろん、『五經正義』は、孔穎達およびその協力者のオリジナルな著述ではなく、六朝の諸家が著した義疏類の集積から、彼らの意圖に適ったものを切り貼りしてできたものとされる。したがって、右の用例を孔穎達等の個人的な用語法として歸納することはで

きないが、しかし、當時の儒者たちの使用法の傾向を見出すことは許されよう。
遡って「受氣」の用例を考えて見よう。『莊子』外篇「秋水」に、

にもかかわらず、この私（北海若）がその（海の）大きさに得々としないのは、思うに海がいかに大きなものであろうとも、萬物と形をならべる天地の一物でしかなく、他の萬物と同じように、天地陰陽の氣を受けて生成した「物」としての存在でしかないこと、そしてこの天地の一物でしかない私が果てしなく廣大な宇宙空間の中に存在するのは、あたかも大きな山に小さな石ころがころがり、樹木の生えているような物だということを認識するからなのだ（而吾未嘗以此自多者、自以比形於天地而受氣於陰陽、吾在於天地之閒、猶小石小木之在大山也）（譯文は福永光司氏の解説(10)に基づき手を加えた）

と言い、晉・張華の「鷦鷯賦」に、

何ぞ造化の多端なる、羣形を萬類に播く。惟だ鷦鷯の微禽なる、亦た生を攝《と》りて氣を受け、翩翾たるの陋體を育《やしな》ひ、玄黃無くして以て自ら貴しとなす（何造化之多端兮、播羣形於萬類。惟鷦鷯之微禽兮、亦攝生而受氣、育翩翾之陋體、無玄黃以自貴(11)）

と言い、晉・陶淵明「感士不遇賦」に、

咨《ああ》、大塊の氣を受くるや、何ぞ斯れ人の獨り靈なるや（咨大塊之受氣、何斯人之獨靈(12)）

と言い、いずれも「天地の氣を受ける」という意味で用いられている。

ただし、「受氣」を「男性の精氣を受ける」という意味で用いている例もないわけではない。『論衡』巻二「命義篇」

に、

精氣を受ける時、母が愼み深くなく、よこしまな思いを抱いたならば、子は成長してから、心ねじけ、顔かたちも醜くなる（受氣時、母不謹愼、心妄慮邪、則子長大、狂悖不善、形體醜惡）[13]

と言うのは、女性が男性の精氣を受けるという意味と解釋でき、同巻三「奇怪篇」、

夏王朝の末期、二匹の龍が王宮の庭で戰い、地面に唾を吐いた。龍はいなくなったが、唾は殘っていたので、それを箱に入れて隱しておいた。周の幽王の世になってその龍の唾を發掘したところ、オオスッポンとなって後宮に入り、處女と交わり、そうして褒姒が生まれた。オオスッポンと人とは異類であるのに、どうして處女と交わって精氣を施すことができたのだろうか（夏之衰、二龍鬪於庭、吐漦於地。龍亡漦在、櫝而藏之。至周幽王發出龍漦、化爲玄黿、入於後宮、與處女交、遂生褒姒。玄黿與人異類、何以感於處女而施氣乎）[14]

に「施氣」というのは、男性（雄）が女性に精氣を送り込むという意味に解釋できるだろう。しかし、これらはみな人閒について（異類であっても人閒との交わりについて）言うもので、本例のようにイナゴのような昆蟲同士、あるいは動物の雌雄同士が「受精する」という意味で用いられているものは見あたらなかった。「受氣」のもう一つの意味が「天」や「地」という萬物を生み出す、言わば創造主のごとき存在からエッセンスを吸收するという意味であることを考えれば、萬物の靈長たる人閒について「受氣」を用いるのはよいとして、無限定に動物一般まで用法を擴大し得たであろうか、受精するという意味での「受氣」という言葉が人閒か動物かに關わりなく用いることができる、生殖に關するプレーンな用語となり得たかは、なお疑問が殘る。

これらの用例から考えると、「氣を受け」を「オスの氣を受けて＝受精して」と解釋する『正義』の説は苦しいと

思われる。[15] さらに、『五經正義』のなかでも、この用例が孤立していることから考えれば、疏家はみずから苦しい論理であることは知りながら、あえてこのような解釋をしたものと推測できる。

このようにみると、「イナゴは交尾せずに子を生むので嫉妬しない」と考えていると解釋した方が、鄭玄の意圖に合うのではないかと思われる。

＊

以上のような筆者の推定が正しいとして、このような牽强附會の解釋を疏家があえてしたのはなぜだろうか。イナゴが交尾をせずに子を生むというのが、疏家の自然認識から見て受け入れがたいものだったために、彼らの常識に合致する形で解釋しようとしたためであろうことは想像に難くない。しかし、その他にもう一つ重要な要因が考えられる。それは、疏家の比喩に對する認識である。

漢唐の詩經學においては、比喩を解釋する際には、比喩と比喩されるものとの間に全的な對應を求めようとする傾向がある。[16] 典型的な例が、周南「關雎」である。「關關たる雎鳩、河の洲に在り」に毛傳が「雎鳩」について「獰猛な鳥であるが雌雄が別れて暮らす（鳥の摯にして別有り）」というのに對し、鄭玄は、大姒と文王の夫婦を比喩するものが「獰猛」なものであってはおかしいと考え、「『摯』の言は『至』である」と、「摯」を同音の「至」に讀みかえ、關雎の「雌雄の愛情がこの上なく深いが、しかしながら禮儀を守って別れて暮らす（雌雄情意至、然而有別）」と解釋し、『正義』もそれに從って傳箋を疏通する。比喩の「雎鳩の雌雄」と比喩される「文王大姒夫妻」とが、どちらも夫婦がお互いに禮儀を守って接するという美德を持っているということ以外にも、その德が全面的につり合っていなければならない、したがって比喩される文王・大姒夫妻の聖德と矛盾する「獰猛」という習性が雎鳩にあってはいけない、という認識を見ることができる。

「螽斯」序の「イナゴが嫉妬をしない」という言葉に鄭箋や『正義』がかくもこだわったのも、イナゴが單に子だくさんの比喩としてのみ用いられているのではなく、比喩される后妃の婦徳をも比喩しているはずだという認識があったためだろう。[17]「イナゴは交尾することなく天の氣を受けて子を生む」という解釋には、彼らの「比喩と比喩されるものが全的に對應している」という認識からすれば難點がある。なぜならば、圖式化すれば次のようになるからである。

　イナゴは大いなる氣を受けて（雌雄が交尾することなく）子を生む↔后妃（および妃妾）は文王と交わりを交わすことなく子を生む

つまり、文王の妃たちは超自然的な出産をしたということになる。ところが、このような神異的事象は、史書に徴して裏付けることができない。『史記』「管蔡世家」に「周の武王は母を同じくする兄弟が十人いた。母を大姒といい、文王の正妃であった（武王同母兄弟十人。母曰大姒、文王正妃也）」とあり、大姒は文王の閒に十人の子を儲けているが、その出産に超自然的なものであったとの記事はない。大雅「思齊」に、「大姒　徽音を嗣ぐ、則ち百の斯の男あり（大姒嗣徽音、則百斯男）」とあり、毛傳に「大姒は十人の子を生んだ。衆妾を合わせれば百人の子となるだろう（大姒十子、衆妾則宜百子也）」と言うが、鄭箋・『正義』ともそれが超自然的な出産であったのと記述はなく、文王とその妃たちは、通常の交わりの中で子を儲けた（傳箋正義ともそのように認識していた）と考えられる。したがって、「氣を受け」を交尾せずに子を生むと解すると、眞であるべき詩序が事實無根の荒誕な言辭を弄していることになってしまう。疏家は、そのような鄭箋の難點を回避するために「氣を受け」を「受精して」という意味で解釋したのではないかと考えられる。

ただし、彼らの比喩認識から見た場合、『正義』の解釋も完全な對應關係を實現し得ているわけではない。大姒は文王の後宮において絕對的な存在であったから、その彼女が嫉妬するかしないかということは、妃妾が文王の夜伽をできるかどうかに直結する問題である。しかし、イナゴの世界には、人間世界のようなヒエラルキーはないであろうから、個々のイナゴが嫉妬するか否かがそれぞれの交尾の自由度を決定する要素になるとは思われない。また、そもそも數ある生物の中で特定のつがいに縛られずに交尾をするのがイナゴだけで、しかもそれがイナゴが嫉妬しないことが理由であるというのは、『正義』の當時にあっても說得力に缺けていたであろう。

このように、『正義』は自分の常識に合うように序・傳・箋を故意に曲解している可能性がある。通常、疏家の學問的態度を端的に表すものとして「疏は注を破らず」という言葉が用いられ、義疏・正義は注の說を逸脫することは決してない、そこに自己の解釋を織り交ぜない、とされる。しかし、この定說は見直しが必要ではないかと、筆者は考える。『正義』は、確かに序・傳・箋を忠實に解釋するという建前を揭げているが、その解釋の中に疏家獨自の考えが混入している可能性がある。言い換えれば、「疏は注を破らず」とは、現實的には貫徹不可能であるし、疏家は貫徹しようともしておらず、彼らの恣意的な曲解を隱蔽するためのスローガンとして用いられたという側面もあったと思われる。したがって、「はじめに」圖0—1で示したような、詩序・毛傳・鄭箋・正義を漢唐詩經學という名のもとに一體化して考える認識は不充分であろう(18)。むしろ、その恣意的な曲解を丹念に讀み解くことにより、序・傳・箋の單なる敷衍に止まらない疏家獨自の認識を知り詩經解釋の新たな轉換を捉えることができ、ひいては六朝・唐の疏家が經學の歷史的展開に果たした役割を正確に捕捉することができるのではないかと筆者は考える。

4　宋代詩經學の解釋

宋代に入ると、詩人であり藝術家であり政治家であり哲學者であるという、いわば全人的な才能の持ち主が陸續と歴史の表舞臺に現れ文化の擔い手となった。儒學も、彼らによって新たな思想體系・學問體系として再構築され、その中で、漢唐の詩經學に對する批判が起こった。その先驅けとなったのは歐陽脩の『詩本義』である。その彼が「螽斯」についての從來の解釋を嚴しく批判したことは有名であり、彼の「人情說」に基づく詩經解釋の好例としてしばしば取り上げられてきた[19]。そうではあるが、「螽斯」の解釋の歷史を概觀するためには、本章でもやはり彼の說に觸れざるを得ない。その說の要點を紹介する。

歐陽脩が『詩本義』で用いた「人情說」とは、一言で言えば、人閒の常識と道德は不變であり、詩經の詩に歌われていることも、宋代に生きる歐陽脩自身の健全な道德的感情と常識的な思索によって正しく解釋することができる、というものである。この立場から彼は、漢唐の「螽斯」解釋を次のように批判する。――イナゴが嫉妬するかしないかなど人閒にどうしてわかろうか。この詩は、イナゴの子孫が多いことを、后妃が子澤山であることの比喩にしているだけである。したがって、鄭箋にせよ『正義』にせよ、「イナゴが嫉妬しない」ということを前提にしてその理由を穿鑿しているのはナンセンスである――このように、彼の批判は至極もっともなものである。それでは、詩序は荒誕なことを言っているのかといえば、そうではないと彼は考える。詩序は本來閒違ってはいなかったのが、その後の流傳の過程で文字が轉倒してしまったために問題が發生したのだと言う。『正義』の解釋に據れば詩序は次のようになっていた。

螽斯は、后妃の子孫衆多なり。言ふこころは螽斯の若《ごと》くして妬忌せずんば、則ち子孫衆多なり（螽斯、后妃子孫衆多也。言若螽斯不妬忌、則子孫衆多也）

歐陽脩は、詩序は本來次のような語順であったと考える。

螽斯は、后妃の子孫衆多なり。言ふこころは妬忌せずんば則ち子孫衆多なること螽斯の若きなり（螽斯、后妃子孫衆多也。言不妬忌則子孫衆多若螽斯也）

このような語順であれば、后妃が妃妾に嫉妬しなければ子孫はまるでイナゴのようにたくさん生まれる、ということになり、イナゴの多産と「嫉妬しない」ということの間の因果關係はなくなるので、非常に合理的に解釋できる。歐陽脩は、詩序はこのように本來情理に適ったことを述べていたのだが、流傳の過程で誤寫や錯簡といったアクシデントが起こり今見る語順に誤ってしまった、そのことに漢唐の學者たちは氣づかず轉倒した詩序に基づいて解釋したために、事態を混迷させてしまったのだと考えるのである。

歐陽脩の詩序解釋が、詩經の詩篇は常識に適ったものであるという認識から導き出されてきたことはもちろんであるが、そのような説を成立させる基盤として、詩經の比喩についての認識において新たな展開があったことは注意しなくてはならない。前節で觸れたように、漢唐の詩經學では、比喩と比喩される對象とが全的な對應關係を持つという認識が一般的であり、そのために、イナゴが嫉妬しないのはなぜかということも問題になった。しかし、歐陽脩の比喩解釋はそれとは異なっている。彼は、比喩と比喩される對象との對應關係は一側面だけでよいのだと考えた。「螽斯」でいえば、この詩ではイナゴの多産という側面だけが比喩として用いられているのであり、イナゴのその他の屬性は詩人の意識には全く登っていない。同様に、大姒の「嫉妬しない」という美徳は、イナゴの比喩とは無關係である。ここで歐陽脩は、イナゴの羣居する様を見てその多産に感じ入り、そこから周王家の繁榮に思いを及ぼしたという、詩人が本詩を發想した心理的過程を追體驗して解釋している。『正義』までの比喩解釋が比喩と比喩されるものとの對應關係を論理的に解讀することに興味が注がれているのに對し、歐陽脩の比喩解釋には比喩として描かれた形象そのものを吟味し味わおうとする姿勢が見て取れる。このような歐陽脩の、比喩を詩想の起點であると考える態度からすれば、イナゴが嫉妬するかしないかということを詩解釋の問題として取り上げる必要は全くないのである。[20]

このように、歐陽脩の詩經學の最大の貢獻と評價される「常識にかなった解釋」は、詩經の修辭・詩作の過程についての理解が新たな境地に達して、はじめて成立したのである。思想的側面と文學的側面とが不可分一體となって、歐陽脩の詩經研究は成立しているのであり、「人情説」だけを取り出して議論したのでは、彼の詩經研究を全面的に捉えることはできない。

＊

歐陽脩の批判の後、イナゴが嫉妬しないということは、「螽斯」解釋においてもはや問題とはなり得ないように思われるが、事實はそうではなく、その後もやや曲折を必要とした。蘇軾の弟の蘇轍が著した『詩集傳（潁濱先生詩集傳とも）』は、詩篇に對する穩當な解釋で評價されるが、「螽斯」について次のように言う。

「螽斯」は、「蚣蝑」のことである。嫉妬しなくて子供が多い。一回に八十一子を生む。……つまり、后妃の子孫が多いことイナゴのようであると言っているのである（螽斯蚣蝑也。不妬而多子、一生八十一子。……言后妃子孫衆多如螽斯也）

蘇轍の詩經學に對する貢獻の一つに、詩序の初一句（「首序」とも言う）とその後の句（「後序」とも言う）とでは作者が異なり、初一句は孔子の教えを受けた信頼すべき説であるが、その後の句は後世の學者が自己の解釋によって初一句の内容を演繹したものであり、信ずるに足りないと考え削除したことがある。[21]「螽斯」で言えば、「螽斯は、后妃の子孫衆多なり」は、孔子の弟子（蘇轍に據れば必ずしも子夏とは限らない）が孔子の教えを受けて著した眞正の序であるのに對し、「言ふこころは、螽斯の若《ごと》くして妬忌せずんば、則ち子孫衆多なり」は、後の時代の學者が附加したもので、本來の詩序ではないと考えて削除したのである。

そのような彼の認識からすれば、「イナゴが嫉妬しない」という說は初一句のものではないので、本來ならば問題にしなくてもよいはずである。にもかかわらず、「螽斯」の說明の中で「不妬而多子」とその說を踏襲しているのは興味深いことである。[22]

ここには、常識に合わないこと・超自然的なことに對する、歐陽脩とは異なった蘇轍の認識を見ることができる。歐陽脩は常識に適合しない事柄は一律に謬說として退けたが、蘇轍はそれを受け入れた。このことは、大雅「生民」の解釋によく表れている。鄭箋に從えば、「生民」には周の始祖后稷の生誕にまつわる神話が詠われている。それは后稷の母姜嫄が大人の足跡を踏んで后稷を身ごもったというものだが、歐陽脩は、そのような解釋を荒誕だとして退けた。一方、蘇轍はそれを正しい解釋と考え、次のように言った。

> これを要するに、常の物に異なった物は、天地の氣を廣く多く受けているので、その生まれ方も異常であることがある。虎や豹の生まれ方は犬や羊とは異なり、ミズチやオオハマグリの生まれ方は魚やスッポンとは異なっている。動物でさえこうしたことがあるのだから、神人の誕生の仕方が常人と異なっていたところで何の怪しむべきことがあろうか。近世になってもなおこうしたことはある。しかしながら、學者はそうしたことが常識から推論できないことだと言って信用しない。けれど、常識で推論できないことは何もこれに限ったことではない。彼らは、取るに足らない耳目の能力に頼って、萬物の變異を信用しようとしない。物の變化は窮まりなく、耳目のおよぶところには限りある。限りある能力で窮まりないものを捉えようとしたならば、いかにくどくどと說明しても世の人々は納得しない。いにしえの聖人はそうではなかった。もし本當に起こったことであったなら、自分の知識で說明できないことでも疑ったりはしなかった。……その說のひろやかな事かくのごとくであった。後

世もし聖人が再び現れたとしても、（異常なことが）もし起こらなければ、それを無理強いすることはないが、もしあったとしたら、それを怪しんだりしないのである。これこそ聖人の考え方である（要之、物之異於常物者、其取天地之氣弘多、故其生也或異。虎豹之生異於犬羊、蛟蜃之生異於魚鱉。物固有然者。神人之生而有以異於人、何足怪哉。雖近世猶有然者。然學者以其不可推而莫之信。夫事之不可推者何獨此。以耳目之陋而不信萬物之變。物之變無窮、而耳目之見有限。以有限待無窮則其爲說也勞而世不服。古之聖人不然。苟誠有之、不以所見疑所不見。……其說蓋廣如此。使後世復有聖人、無是固不可少之、而有是亦不足怪。此聖人之意也）

このように、蘇轍は異常なこと神祕なことを一概に否定はしなかった。そこには、人間の理性や常識は限りあるもので、世界のすべての事象を説明しきれるものではないという考え方が現れている。これは、歐陽脩の「人情」說に對して不可知論の立場から反論を加えたものである。「イナゴが嫉妬しない」ということを受け入れたのも、彼のこうした考え方からすれば當然と言えよう。南宋・呂祖謙の『呂氏家塾讀詩記』にある人の說として引用された「古人は物の理をきめ細かに觀察していたから、イナゴが嫉妬しないことを知っていたということも當然あり得るのである（古人精察物理、固有以知其不妬忌也）」という說も、現代の自分たちが知らない物の理を古人は知っていたという論理で、やはり理性有限論を展開したものと言えよう。(23) このような考え方が大きな勢力を持っていたことがわかる。

＊

この後、宋代は序の信頼性をめぐって様々な議論が行われた。總體として見れば、詩序は信頼できないとして次第に輕視されるようになっていった。ただしそこには、單に詩序を信じるか信じないかという次元に留まらず、文學的な認識の展開も見ることができる。その典型例として朱熹の解釋の變化を見よう。

『呂氏家塾讀詩記』に「螽斯」に關する次のような朱熹の經說が引かれている。

イナゴは、ひとところに集まり仲良い様で、卵を産みたくさん繁殖する。だから嫉妬することなく子孫がたくさん增えることの比喩としたのである。本當にイナゴが嫉妬しないということを知っていたと考える必要はない（螽斯聚處和一、而卵育蕃多、故以爲不妬忌而子孫衆多之比。非必知其不妬忌也。）

これは、朱熹の早年の學說である。(24) このころの朱熹の詩經觀の最も大きな特徴は、詩序を信ずるということにある。本詩でも、詩序の「螽斯の若《ごと》くして妬忌せずんば」に從った解釋をしている。しかし、朱熹は詩序を消化して、彼自身の論理を用いて常識に適うように說明している。そしてその合理化の方向は、歐陽脩のそれとは異なっている。

前述したように、歐陽脩の求めた合理性は「人情」への適合であった。つまり、彼は人間感情と常識の不變を信じ、詩經もそのようなコモンセンスへの信賴に據って正しい解釋に到達できると信じた。彼が不變と信じた人間感情と常識とは、何より解釋者である歐陽脩自身に具現されているものであり、煎じ詰めれば、彼は自分の感情と自分の常識によって詩を解釋するために「人情說」を唱えたということができる。そうした彼にとって神祕的な事象は、現實にはあり得ないことと考えられたから、自ずと詩解釋からも神異的な解釋は排除されることとなる。つまり、歐陽脩にとっての詩の合理性とは現實世界の合理性と一致するものであった。

それに對し、朱熹の「合理性」は別のところを目指している。彼には、現實にそれがあり得るか否かはさておき、それが詩作の場であり得る發想か否かという觀點から解釋の妥當性を見ようとしている。本詩で言えば、イナゴが羣居する様を見て仲がよいと感じ、そこからイナゴは嫉妬しないと考えることは、詩人の發想として充分あり得ることだという認識が、朱熹にはあった。ここには、詩世界の原理や秩序が現實世界のそれと異なっており、現實世界の論理のみで詩は解釋できないという考え方を見ることができる。言い換えれば、歐陽脩は詩的虛構を認めず、朱熹は認めたということになる。「螽斯」の詩序の解釋のスタンスの違いには、以上のような兩者の認識の違いが反映されている。

　このような朱熹の解釋は、前述の蘇轍の説の土壌の上に生まれたと考えられるのではないだろうか。なるほど、蘇轍はイナゴが嫉妬しないということを信じていたのに對し、朱熹はそれを虚構と捉えているという違いはある。しかし、兩者を歐陽脩と比べた場合、自分たちの常識で捉えられる世界と詩に描かれた世界とが次元を異にするという考え方を持っていたことでは共通している。ここに、詩經を文學として捉える視點の成熟の過程を見ることができるのではないだろうか。そのように考えれば、蘇轍が神祕的なこと・常識に合わないことを受け入れたのは、歐陽脩の到達點からの後退ではなく、時代の文學觀を成熟させるための觸媒として機能したと考えることができる。

　『詩集傳』執筆の段階[25]では、朱熹は詩序の信頼性を否定し、自己の讀みに從って詩篇を把握している。本詩においても詩序の「螽斯の若《ごと》くして妬忌せずんば」という言葉の束縛を脱し、常識に從った解釋を行っている。

　「螽斯」はイナゴの屬であり、體が長く青い觸覺を持ち後ろ足が長い。後ろ足をこすりあわせて音を立てる。一回の産卵で九十九匹の子を生む。……「比」とは、物に比喩することである。后妃が嫉妬しなくて子孫がたくさん生まれる。だから、多くの妃妾は、螽斯が羣がり仲良く集まり子供が多いということで后妃を比喩したのである。つまり、このような德があればこのような幸福に惠まれるということである（螽斯蝗屬、長而靑角。長股。能以股相切作聲。一生九十九子。……比者以彼物比此物也。后妃不妬忌而子孫衆多。故衆妾以螽斯之羣處和集而子孫衆多比之。言其有是德而宜有是福也）

　朱熹の新説においても、「后妃妬忌せず」と、やはり后妃の婦德には言及している。これは、詩經の詩篇が人々に道德を教えるものであるという儒學的認識からきたものである。しかし、ここで「衆妾　螽斯の羣處和集して子孫衆多なるを以て之に比す」と言い、「衆妾」が后妃の婦徳をことほいで詠ったと考えていることに注目したい。ここには、朱熹の詩經解釋においては、詩が誰によって詠われたかということに關心が寄せられていたことが現れており、詩が發想された現場を追體驗しようとする朱熹の解釋態度を見ることができる。それに加えて、ここでもイナゴは多産の比喩として用いられているだけで、嫉妬しないという后妃の德とは無關係であると考えられており、比喩と比喩されるものとの關係の論理的解讀より、比喩のイメージそのものを味わうことを重視する態度が見られる。これは、上述した歐陽脩の比喩認識（發想としての比喩）を受け繼ぐものである。比喩解釋における歐陽脩の功績が大きかったことを知ることができる。(26)

*

イナゴが嫉妬しないなどというのは間違いである。イナゴのようなちっぽけな蟲のことを、どうして嫉妬しないなどとわかろうか（若螽斯不妬忌則非也。螽斯微蟲、何由知其不妬忌乎）

宋・嚴粲『詩緝』の說である。これが代表するように、イナゴが嫉妬するという說を常識という視點から退けた歐陽脩『詩本義』の說は、時代とともに次第に詩經學者の中に浸透していった。事實、元・明の學者の詩經學の著述を見ると、この時代にはもはやイナゴが嫉妬するかしないかという問題は問題として扱われなくなっていったことがわかる。(27)詩序の權威が失墜した以上、これは當然の歸着であろう。

「イナゴがどうして嫉妬しないか」という問題が後景に退くとともに、代わりに二つの志向が本詩の解釋の前景に浮上してきた。一つ目は、博物學的興味であり、これは「イナゴが一度に何匹子を生むか？」という問題意識として現れる。上に見たように、蘇轍は「一生八十一子」と言い、朱熹は「一生九十九子」と言う。(28)さらに、陸佃は「一母百子也」という說を出している。(29) 彼らの說に現れる實數がどこから出てきたのかは不明であるが、『太平廣記』卷四七九「螽斯」（出『玉堂閒話』）に次のように言うのが參考になるであろう。

イナゴは災いをもたらす。おそらくよどんだ氣から發生するもので、それで惡臭を放つのであろう。ある說には、魚の卵が化したものだという。毎年繁殖し、あるいは一年に三、四度も產卵する。一度產卵するごとにその卵は一〇〇個にもなんなんとする。卵から羽化まで、凡そ一ヶ月で成長し飛行する。だから、『詩』に「螽斯は數多い」と詠われているのだ。「螽斯」は蝗の屬である。羽がまだ生えきっていないうちには跳躍して動く。それを「蝻」という（衆多蝗之爲孽也。蓋沴氣所生、斯臭腥。或曰、魚卵所化。每歲生育、或三或四。每一生、其卵盈百。自卵及翼、凡一月而飛。故詩稱螽斯衆多。螽斯卽蝗屬也。羽翼未成、跳躍而行。其名蝻）

ここにはイナゴに關する俗信を含んだ樣々の博物學的知識が盛り込まれているが、「一たび生む每に、其の卵百に盈《み》つ」というイナゴの多產を述べた一節がある。このように概數として表現していたのが、いつのまにか「八十一子」、「九十九子」という實數に變化していったものであろう。これまた嚴粲によって、

實數がいくつか說明する必要はない。ただ子を產む數が多いのはイナゴに勝るものがないから比喩に用いただけである（不必以定數言之。但以生子多者莫如蝗耳）

と輕く一蹴されているのだが、元明を通じて、蘇轍・朱熹・陸佃のいずれが正しいか、すなわち「イナゴは何匹子供を生むか」が、詩經學の著述にしばしば提起され、彼らの頭を惱ませることになる。

もう一つは、「螽斯」の詩をイナゴの生態に卽して構造的に解釋しようとする志向である。これは、王安石や呂祖謙の解釋に見られる。第2節で述べたように、本詩はいわゆる「疊詠」と呼ばれる形式で、三章とも同じ內容をわず

かに字句を變えて繰り返し詠うという形式を持っている。そのため、從來の解釋では三章ともイナゴがたくさん羣がる様子を繰り返し詠っているに過ぎないと考えられてきた。それを、王安石の『詩經新義』では、

［一章］イナゴが發生する→［二章］イナゴが飛翔する→［三章］イナゴが（攝食・交尾のために）集合する

というイナゴの生活史に沿った一連の内容として解釋した(30)。呂祖謙『呂氏家塾讀詩記』の説はこれを受け繼ぎ、次のように言う。

呂氏曰く、イナゴが孵化したばかりの時には、その羽はびっしりとして竝んで立っている。すでに羽化すると、一齊に飛び立ち、ウォンウォンと音を立てる。飛び終わると羽を閉じて、一齊に集まる。（三章で）多い様を繰り返し述べるが、その變化の様子はかくのごとくである（呂氏曰、螽斯始化、其羽詵詵然比次而起、已化則齊飛、薨薨然有聲。既飛復斂羽、揖揖然而聚、歴言衆多之狀、其變如此也）

彼らの説には、詩篇に複雑で起伏のある構成を見出そうという志向を窺うことができる。これは、學者であると同時に詩人でもあった彼らが、自分が詩を作る時に一篇の詩に込める意味の重さを詩經の詩篇にも見出そうとしたものと考えることができる。先に、歐陽脩の比喩解釋において、詩人が詩を作る過程に思いを馳せて解釋をしたと論じたが、王安石・呂祖謙は別の側面において、やはり、自分と詩人とを重ね合わせて解釋を行ったということができる(31)。

＊

以上のように、宋代には「螽斯」をめぐって様々な説の展開が見られた。その口火を切ったのは、歐陽脩である。歐陽脩は、詩序や傳箋正義に對する違和感を基にして批判を加え、自分の常識に合うような新しい説を提示した。こ

こに、漢唐の詩經學を乘り越えて新たな時代の詩經學を切り開いていった原動力を見ることができる。しかし、前節で『正義』もすでに鄭箋に對して違和感を感じそれを疏通という形で調整していた可能性があると指摘した。この筆者の認識が正しいとすれば、序・傳・箋を詩經解釋のスタンダードとして定着した『正義』と、序傳箋に對し本質的な批判を加え詩經學の新たな地平を開いた『詩本義』とは、「序傳箋に對する違和感」という共通の地盤に立っていたということになる。兩者の違いは、その違和感を疏通という方法によって解消しようとするか、逆にその違和感に基づいて正面から批判を加えるかというその後の對應に過ぎない。ここから考えれば、宋代詩經學の新たな展開の芽は、『正義』の疏通の中にすでに存在していたということができる。(32) 漢唐の學といって一括りにして考える一方、宋代の詩經學は漢唐の詩經學の對極に立つとして兩者を斷絶させる從來の認識は不十分であろう。

5　清朝考證學の解釋

宋代以後の「螽斯」解釋は、おおむね詩序を解釋の絶對的基準とは考えなくなり、イナゴが嫉妬するかしないかということも問題にしないようになっていた。このような解釋から現代の解釋までの距離は、それほど道のりが遠くはなかろう。したがって、本來ならばこの問題はこれで決着がついていたはずである。しかし、ことはそれほど簡單には落着しなかった。清朝になって考證學が起こり再び漢學が脚光を浴びるに伴い、詩序が復權し毛傳が尊重されたのである（ただし清朝考證學の詩經學は、鄭箋と『正義』を重視しなかった。彼らは後漢や唐代の學問を乘り越えて、詩序と毛傳を直に受け繼ごうとした）。

このような學風を最もよく體現しているのが陳奐の『詩毛氏傳疏』である。彼は、詩序や毛傳をきわめて嚴格に遵守して『詩經』の解釋を行った。また彼は、詩序についての『詩本義』の説にも從わなかった。これは恐らく、語順が轉倒しているという『詩本義』の說は、原典に對して恣意的な改竄を行うことになると考えたからであろう。今ある原典の姿に忠實に解釋するのが解釋の本道であると考えたのであろう。このように嚴格に漢代の詩經學に復歸しようとした陳奐ではあるが、彼の經說では再びあのイナゴが嫉妬するとか嫉妬しないとかいう議論に立ち戻ることになったのかと言えば、そうではなかった。問題をうまく回避しつつ、漢代の經學を復活させる解釋を彼は行ったのである。

鄭箋や『正義』は、「螽斯」の詩序を、

螽斯、后妃子孫衆多也。言若螽斯不妬忌、則子孫衆多也。

と讀み、そのために「イナゴがどうして嫉妬しないのか」という難題に陥った。陳奐は、この詩序の文字自體には錯簡・誤脫はないのだが、歷代の注釋家たちは句讀を誤っていると考えたのである。どのように切るべきかというと、「螽斯の若し」で句讀を切るのである。

螽斯、后妃子孫衆多也。言若螽斯。不妬忌則子孫衆多也。

このように讀めば、「妬忌せず」は、「螽斯」には繫からないことになる。つまり、

「螽斯」は、后に子孫がたくさんいることを詠う。イナゴのようだ、と言うのである。嫉妬しなければ子孫はたくさん增える。

となり、「嫉妬しない」主體は直接には明示されていないが、文脈上から「后妃」が嫉妬しないのだと理解できる。こうすれば、イナゴが嫉妬するとかしないとかという問題は消失し、常識に適う解釋が可能になるのである。陳奐は、このように解釋して問題を合理化する。

筆者は彼のこの説を目にして、巧緻さを感じる反面、巧みすぎてむしろ狡猾だという印象を抱いてしまう。この印象は、この問題に臨む陳奐の、詩經解釋學史における自身の位置の置き方から生じたものである。

陳奐は、漢代の、特に毛亨の詩經學を受け繼ぐために、詩序に嚴格に從うという立場をとる。その一方で、彼は詩序をきわめて合理的に解釋する。この合理的な解釋というのはいったい何かと言えば、鄭箋と『正義』の説に對する常識的立場からの異議申し立てであり、それは歐陽脩の『詩本義』に淵源するものである。事實、陳奐が斷句を變えることによって得た詩序の意味は、歐陽脩が語順を變えることによって得た詩序の意味と全く同じである。兩者の相違は、同じ意味を詩序からどのようにして引き出すか、その筋道（所與の詩序の文に加工を施すことを是とするか否とするか）という點に過ぎない。つまり、彼が詩序に施した合理的解釋とは宋代の詩經學の理念に由來しているのである。したがって陳奐は、漢代の詩經學に忠實に從うというスタンスをとりながら、實際には宋代の詩經學の理念を解釋の指針としていることになる。單なる漢學の繼承に止まらない一筋縄ではいかない複雑な性格を持ちながら、それを漢學の復興というスローガンで蔽っているところに、僞裝性を感じてしまうのである。

陳奐のこの説自體は、彼のオリジナルではない。これについては胡承珙が『毛詩後箋』で説明している。

「螽斯」の詩序に次のように言う、……これについて、歐陽脩『詩本義』に次のように言う、……朱克升（元・朱公遷の字。『詩經疏義』十二卷の著がある）、蔣仁叔（明・蔣悌生の字。『五經蠡測』の著がある）は、いずれも彼の説に從っている。元・許謙『詩集傳名物鈔』に、金仁山（宋末元初・金履祥の號）の説を引用し、「若螽斯」で斷句し、上の文に繫げ、「妒忌せず」というのを后妃の德として、下の文に繫げている。明・何楷『詩經世本古義』、清・朱鶴齡『詩經通義』はいずれも、この説に從っている（序云、……歐陽本義云、……朱克升、蔣仁叔皆從之。許氏名物鈔載金仁山說、以言若螽斯絕句、屬上文、以不妒忌歸之后妃、屬下文。何氏古義、朱氏通義皆從之。）

これに従えば、「螽斯」の序の斷句を變える説は、宋末元初の名儒、金履祥が唱えたものである。おそらく詩序を常識に適うように解釋できるとともに、文獻學的にも原典の改變を必要としない、という二つの點で優れていると考えられたのであろう、細々と傳えられてきたこの説は、清朝に入ると詩序・毛傳を篤信する學者によって注目されることとなった。段玉裁の『毛詩故訓傳定本小箋』、焦循『毛詩補疏』もこの説を採っている。陳奐は、直接的にはおそらく彼の經學の師である段玉裁の説に從ったのであろう。このような説の由來を見れば、斷句を變えるという發想が、歐陽脩の説の焼き直しであることはますます明らかである。(33)

陳奐が漢の詩經學に立ち戻ることを目指したことは事實である。しかし彼が立ち戻ろうとした漢の詩經學は、陳奐自身の解釋によって再構築されたものであった。そしてそれは、上に見たように宋代詩經學の影響が著しいものであった。すなわち、陳奐は宋代詩經學の思考の筋道によって、漢代詩經學を再構築したと言える、少なくともその性格は無視できないほどのウェイトを占めていると考えられる。この事實から、漢唐の詩經學との關係にばかり目を奪われることなく、宋代詩經學が與えた影響を深く考察しなければ、清朝考證學の詩經學の實相は捉えられないのではないかと筆者は考える。(34)

＊

清代は、漢學を繼承したと言っても詩序はもはやアプリオリに權威を持っていたわけではない。胡承珙は『毛詩後箋』の中で次のように言う。

私が考えるに、詩序の初句に「螽斯、后妃子孫衆多也」と言う。これは單にイナゴを用いて子孫がたくさん生まれることの比喩にし、そこからその理由を推察して、嫉妬しないからだと考えたに過ぎない。確かに「嫉妬しない」ということをイナゴの德としているが、それはただイナゴが羣居したくさんの卵を産んで子を育てるところからそう言ったのに過ぎない。宋・范處義の『逸齋詩補傳』に、「およそ萬物で羣居しながらたがいに傷つけ合わないものは、彼らが嫉妬しないことがわかるのである」と言う。多くの學者は詩序の文を變えて讀もうとしているが、それは必要ないことである（承珙案、序首句云、螽斯、后妃子孫衆多也。是但以螽斯喩子孫之衆多、因而推衍其意、以爲不妒忌耳。卽以不妒忌歸之螽斯、亦不過因其羣處和集而卵育蕃多之故。范氏補傳曰、凡物之羣處而不相殘者、則知其能不妒忌也。諸儒改讀序文、皆可不必）

胡承珙は、詩序が「イナゴは嫉妬しない」と言っていることを受け入れ、それは、イナゴは本當に嫉妬しないのではなく、單にイナゴの羣居の様を見た詩人が、そこに嫉妬しないという德を讀みとったものに過ぎないと考えている。つまり、「イナゴが嫉妬しない」というのは、一種の擬人法的表現、あるいは感情移入の結果であって、そこに自然科學的眞理を讀みとろうとする必要はないと考えるのである。これは、『呂氏家塾讀詩記』に引用された朱熹の説と相似し、現實世界の論理と詩世界の論理とは異なり、詩に常識に合わないことが詠われていても差し支えないという認識で共通している。陳奐の説が歐陽脩の説を下敷きにしているのと同樣に、胡承珙の説は朱熹の説を下敷きにしているということができる。清朝考證學が宋代詩經學から多くを學んでいることはここからも窺える。

王先謙の『詩三家義集疏』は、詩序・毛傳を相對化する。その彼が、詩序の説を問題にしないのは當然であった。

この詩は、后妃が嫉妬することなく、そのために子孫がたくさん生まれ、それぞれがみな賢者であったことを褒め稱えたもので、古來解釋者はそれ以外のことは言っていなかった。詩序に、「言ふこころは螽斯の若く妬忌せずんば、則ち子孫衆多なり」と言う。だが、イナゴのようなちっぽけな蟲が嫉妬するかしないかは人間にわかりようもないのであり、鄭箋は詩序に敷衍してますます誤ってしまった。陳奐は、毛傳に與し「若螽斯」で斷句したが、つまるところ牽强附會の説に過ぎない（是此詩美后妃不妒忌、以致子孫衆多、能使皆賢、自來説詩者無異詞。

序說言若螽斯不妬忌、則子孫衆多。螽斯微蟲、妒忌與否、非人所知、箋說因之而益謬。陳氏奐祖傳、於斯字斷句、究屬牽强）

かくして、さしも長きの閒學者の頭を惱ませ續けた問題も、詩經學の表舞臺から身を引くこととなったのである。

6　歷代詩經學の學的關係

以上、「螽斯」の詩をめぐる研究史を概觀してきたが、この小さな問題を通じても、詩經解釋學史の認識にまつわる諸問題が浮かび上がってきた。

「はじめに」圖0―1で、歷代の詩經學の變遷についての從來の見解を圖式化して示した。そこでは、漢唐の詩經學↓宋代の詩經學↓清朝考證學、という詩經學の變遷が、いずれも前代の學問に對する批判反發の相で捉えられていた。それにともない、それぞれの時代の學問も個別的に論じられることが多かった。もちろん、ある時代・ある學者の學問に焦點を合わせ、その特徵を正確に把握することは、詩經解釋學史を正しく理解するための前提として何より必要であることは言うまでもない。したがって、從來の研究の努力の方向は正當に評價されるべきである。しかし、以上の「螽斯」の解釋の變遷過程の分析から考えた場合、もう少し枠組みを變えて考える必要がある。

すなわち、それぞれの時代の詩經學が前代の學問に對する批判を核にして形成されているのはもちろんだが、それぞれは完全に相分離しているのではなく、批判し反發した前代の學問からもしたたかに榮養を吸收し、それを自分自身の學問の中に消化しているという關係を見て取ることができる。つまり、反發といっても、磁石のN極とN極のように完全に離脫し遠ざかるようなものではなく、より粘着力のある反發、すなわち共感する部分や依存する部分を色濃く殘しながら、それを自分の新たな學問を形成するためにからめ取っていくという關係を見るべきではないかとい

圖１－１　歴代詩經學の相互關係についての筆者の認識

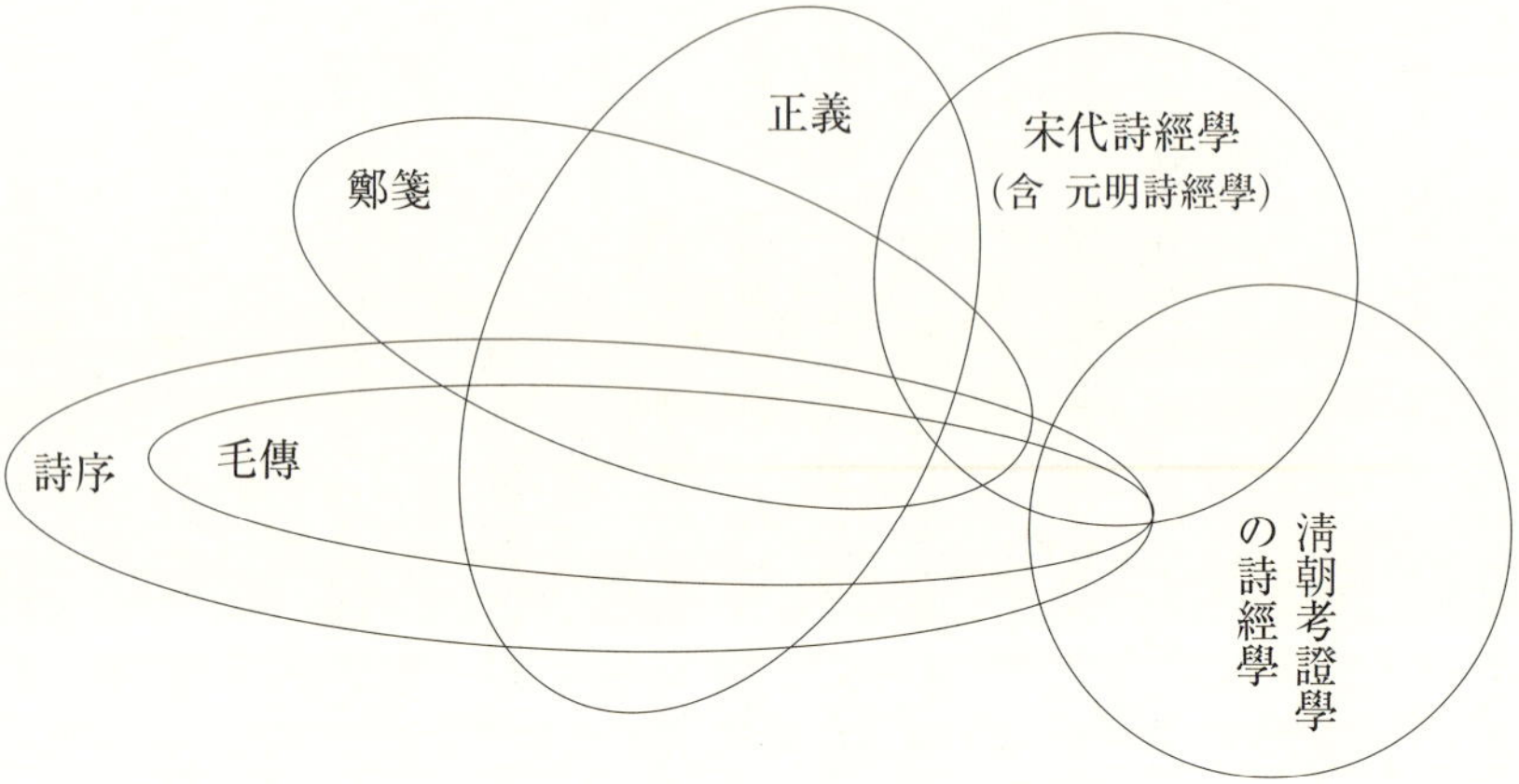

うことである。その意味で、各時代の學問を反發の相で捉え孤立的に論じるだけではなく、時代を超えた一貫した關心や學的繼承關係についても、より積極的に分析の光が當てられるべきと考える。

　これの裏返しで、詩序・毛傳・鄭箋・『正義』という、「漢唐詩經學」という枠組みで一體的に捉えられてきたものも、それぞれが獨自の認識を持ち、存在價値を有していることにも注意が拂わなければならない。「祖述」という言葉がある。これは、遠く先人の言葉を信じ、みずからの賢しらな考えを差し挾むことなく、それを忠實に受け繼ぎ述べ傳えるという、儒學の基本的な立場を表した言葉である。そうした學問精神の中から「疏は注を破らず」という言葉も生まれてくる。しかし、本章で見てきたように、注釋者・再注釋者は先人の詩經解釋の忠實な再解釋という形を取りながら、實際には變形や誇張を解釋に加えることによって自分自身の認識を表明している。表現形式としての「祖述」に目をくらまされて、そこで表現されている内容を見失ってはなるまい。

　以上の關係を圖にすれば、圖1—1のようになる。

7　むすび

祖述の對象とその注釋・再注釋との閒にあるねじれやずれに目を向ければ、そこから注釋者自身の思惟、彼が生きた時代の思潮を讀み取ることができる。またそれを通して、從來は水と油のような關係で捉えられてきたものの閒に、重要なつながりが存在することにも氣づくことができる。このように、これまで一體であると考えられてきたものの中にある違いを見極め、これまで關係が薄いと思われてきたもの同士の中の關係を見いだすというのが筆者の研究の方法である。既存の時代的・學派的な枠組みにとらわれず、詩經解釋學の理念・方法の繼承關係を考察していき、その展開を實態に卽して見ていきたい。

このような筆者の視點に立てば、宋代詩經學、とりわけそれの形成過程にある北宋の詩經學こそが、詩經學の歷史を捉えるための鍵となる。北宋の詩經學を中心に据えて、それが前代の詩經學との關係の中でどのように生み出されてきたか、そして後代、特に淸朝考證學の詩經學にどのような影響を與えたのかを見ることによって、詩經解釋の中でどのような認識の展開があったかを把握することができる。

北宋詩經學の成立の過程を見極めるためには、『正義』を新たに讀み直し疏家の認識を正しく把握することが重要である。義疏の學は、從來は「疏は注を破らず」という先入主の枷をはめられていたために、獨自の發展をすることができなかった生產性の低い學問であったと考えられていた。しかし、丹念に讀み解いていけば、彼らがその枷の中で獨自の認識を表現していたことを知ることができる。そして、それこそが、漢唐の詩經學と宋代詩經學を結ぶ架け橋になっているのである。確かに、『正義』には「曲解」「穿鑿」「强辯」といった言葉で表現するのがふさわしい說に滿ちているが、このような彼らの「曲解」「穿鑿」「强辯」は、むしろ經學に新たな地平を切りひらくだけの創造性をもって機能しているのであり、ひとり『正義』のみならず、創造性を持った「曲解」「穿鑿」「强辯」が中國の詩經學を推進する原動力となっていると筆者は考える。

さらに、本章で見たように各時代の「螽斯」解釋の變化には詩經の比喩をどのように捉えるかという、彼らの文學觀の變化が伴っていた。このように、詩經解釋史の變遷は、思想的な變化だけではなく、それと不可分に詩經を文學としていかに捉えるかという認識の變化によってはじめて實現した。ここで言う「文學」的な認識とは、單に內容を文學的に把握するということだけではなく、詩篇の構造や修辭といった、文學の「形」というべきものをどのように考えるかということも含まれている。そして、そこには詩經學者自身の文學觀が濃厚に反映されている。故に、この問題を分析することによって、經學研究と文學研究とが相分離している現在の狀況を乘り越え、より總合的な視野で中國の古典文化を捉えることができると思う。そのためには、詩經研究に現れた歷代の學者の考え方をその感性にまで切り込んで分析する必要がある。この意味でも、新たな詩經學を構築した學者が同時に豐かで鋭い感性を持った文學者だったという、北宋の詩經學は深く考察するべき內容を有しているのである。

注

（1）「螽斯」が何の昆蟲であるかについても、歷代樣々な說が出されいまだ定論には至っていないが、この問題について論評する能力は筆者にはない。また、本章の問題意識からすれば、螽斯の同定は本質的には必要ないことであるので、とりあえず、本章では螽斯＝イナゴと考えて論を進めていく。

（2）上古音韻部の分類は、王力『詩經韻讀』（上海古籍出版社、一九八〇）の二九部分類に從った。

（3）目加田誠『定本詩經譯注』（目加田誠著作集第二卷、龍溪書社、一九八三）四四頁、白川靜『詩經國風』（東洋文庫518、平凡社、一九九〇）六三頁。

（4）『正義』に、「此不妒忌、得子孫衆多者、以其不妒忌、則嬪妾俱進、所生亦后妃之子孫、故得衆多也」と言う。

（5）上海古籍出版社影印宋紹興刊本、二〇一三、四三三頁。同版本による校訂排印本（上海古籍出版社、一九八二年新一版、二七七頁）には、「大」の字の下に「明本作天（明本は天に作る）」との校語がある。

（6）筆者は、石雲孫點校、安徽古籍叢書（黄山書社、一九九一）本を用いた。

（7）「蜂」の異體字。

（8）蜂が桑蟲の幼蟲を捕まえて養い自分の子供とするという傳説は、『詩經』小雅「小宛」にすでに見える。

　螟蛉有子　螟蛉　子有り
　蜾蠃負之　蜾蠃　之を負ふ

毛傳に「螟蛉、桑蟲也。蜾蠃、蒲盧也」と言う。『正義』に陸璣の説を引き、

　螟蛉者、桑上小青蟲也。似步屈、其色青而細小。或在草萊上。蜾蠃土蜂也。似蜂而小腰。取桑蟲負之於木空中。七日而化爲其子。

と言い、桑蟲を自分の子にする方法について、

　謂負而以體、煖之以氣。煦之而令變爲己子也。

と言う。

（9）ここで、蜂の純雄と對比されて純雌とされている「龜鼈」は、單爲生殖をするのではなく、より奇妙な生殖——異類交婚——をすると説明されている。『爾雅翼』卷三一「釋魚四」「攝龜」に、

　案ずるに、大きな腰のものは純雌で、細い腰のものは純雄である。故に、龜は蛇とつがいとなる。龜の性質はねたみ深いので、雌の蛇に出會うと、戰って嚙みついたりする（按大腰純雌、細腰純雄、故龜與蛇牝牡、龜之性妬、或遇雌蛇、相趁鬥噬）

と言い、同「黿」にも、

　天地の性として、細い腰のものは純雄で、太い腰のものは純雌である。故に龜やスッポンの類は、蛇を雄とするのである……いまオオスッポンも太い腰を持つが、かえってスッポンを雌にする。だからオオスッポンが鳴くとスッポンがそれに答えるのである（天地之性、細腰純雄、大腰純雌、故龜鼈之類、以蛇爲雄、……今黿亦大腰、乃復以鼈爲雌、故曰黿鳴鼈應）

と言う。大腰＝黿＝雌と細腰＝蛇＝雄とがつがうという論理である。ここで、黿が雄蛇と交尾するので雌の蛇に對して嫉妬心を燃やすとあるのは、螽斯が交尾をしないので嫉妬心も起こさず、蜂が交尾しないので「貞蟲」と呼ばれるというのと裏返しの論理であり、交尾という行爲の存在が嫉妬という悪徳のもととなるという考え方である。

(10) 『莊子集釋』（新編諸子集成（第一輯）、中華書局、一九八五）第三册五六三頁。譯文は、中國古典選14『莊子　外篇・中』（朝日新聞社、一九七八）一六四頁を參照。

(11) 『文選』卷十三（中國古典文學叢書、上海古籍出版社、一九八六、第二册六一七頁）。

(12) 袁行霈撰『陶淵明集箋注』卷五（中華書局、二〇〇三）四三一頁。

(13) 『論衡校釋』（新編諸子集成（第一輯）、中華書局、一九九〇）第一册五五頁。

(14) 同右一六一頁。

(15) 『呂氏春秋』季春紀「盡數」に、

凡食之道、無飢無飽、是之謂五藏之葆。口必甘味、和精端容、將之以神氣。百節虞歡、咸進受氣。飲必小咽、端直無戻。

と言い、食物から「氣」を受けるという意味で使っているのは、やや用法が異なるが、やはり「受精する」という意味とは隔たりがある。

(16) 詩經解釋學史における比喩の問題については、本書第四章、同第五章を參照のこと。

(17) その裏返しとして、そもそもイナゴのような昆蟲が理想的な后妃である大姒の比喩として用いられているのはいったいふさわしいのだろうかという疑念は、歴代の詩經學者の心の奥にわだかまっていたようで、その問題が詩經學の著述にしばしば論じられている。

(18) 本書第三章を參照のこと。

(19) 例えば、江口尚純氏「歐陽脩の詩經學」（『詩經研究』第十二號、一九八七）、邊土名朝邦「歐陽脩の鄭箋批判」（『活水論文集』二三號、一九八〇）。

(20) 本書第四章參照。

(21) この問題については、本書第八章で詳しく論じる。

(22) 宋・陸佃『埤雅』巻十「釋蟲」「螽」に、「螽斯蟲之不妬忌、一母百子也。故詩以爲子孫衆多之況」と言い、やはりイナゴが嫉妬しないという説を踏襲している。王安石『詩經新義』の集佚部分からは、この問題についての彼の考えを知ることはできない。しかし、歐陽脩の弟子である陸佃がこのような説を立てていること、王安石は詩序を尊崇する立場に立つことから考えれば、彼も陸佃と同じ説を持っていた可能性は高いだろう。

(23) 清原宣賢『毛詩抄』に「螽斯が嫉妬せぬを何として知《シツ》たぞ。推してか。又古人はよく物を知り、この數をだに知《シル》程に、是をも知たぞ」と言うのは、『呂氏家塾讀詩記』が引く「或曰」と同趣旨である。

(24) 『呂氏家塾讀詩記』に引用された朱熹の解釋については、朱熹自身によって著された「呂氏家塾讀詩記序」(淳熙壬寅九月己卯)の中で、

そうではあるが、この書の中で「朱氏」と言っているのは、實は私の若い時の淺はかな説であり、伯恭(呂祖謙)が誤って採用したものである。その後長い時を經て、私はその説が妥當でないと氣づいた(雖然、此書所謂朱氏者實熹少時淺陋之説、而伯恭父誤有取焉。其後歷時既久、自知其説有所未安)

と辯明されているように、遲くともこの序の書かれた淳熙九年(一一八二)、朱熹五九歳、には、放棄されてしまったものである。

(25) 東景南『朱熹年譜長編』(華東師範大學出版社、二〇〇一)に據れば、『詩集傳』の執筆は、淳熙五年(一一七八)、に開始され、淳熙十三年、一一八六に完成している。

(26) この他、朱熹は『朱子語類』巻八一においても「螽斯」について言及している。

「螽斯」の如きは、要するに「比」である。つまり、イナゴを借りて后妃の子孫がたくさん生まれることに喩えているのである「宜爾子孫、振振兮」というのは當然、イナゴの子孫のことを詠ったものであり、后妃の子孫を詠ったものではない。思うに、「比」の詩の多くは、(比喩として用いる事物のみを詠い、比喩されているものを)はっきりとこうだとは言い表さないが、詩によってははっきり言い表したものもある(若螽斯則只是比、蓋借螽斯以比后妃之子孫衆多。宜爾子孫振振兮、卻自是説螽斯之子孫。不是説后妃之子孫也。蓋比詩之多不説破這意、然亦有説破者)

(時擧)——中華書局排印本第六冊二〇九七頁——

(「螽斯」で詠われている)嫉妬をしないというのは、后妃の(德の)一つの表れである。一方、「關雎」で論じら

れているのは、（后妃の德を）全面的に捉えたものなのである（不妬忌、是后妃之一節。關雎所論是全體）（方子）

――同二〇九八頁――

特に前者は、「比」の詩體について重要な説であり、後世の詩經學者によってしばしば引用されている。

(27) 夏傳才・董治安主編『詩經要籍集成』（學苑出版社、二〇〇二）に收められた元明の詩經學の專著を參照。

(28) 清原宣賢『毛詩抄』は、「東坡は八十一子をうむと云、朱文公は九十九子を生と云、世俗には百うむと云ぞ。信宿をへずして飛《トブ》と云て、生れて二三日をも隔《ヘダテ》いで飛ぞ。其時子の多《オホイ》が見《ミユル》ぞ、飛處《トブ》で多を知《シル》ほどに羽ありと云ぞ」と言う。彼が「東坡」というのは、蘇轍を兄の蘇軾に誤ったものであろう。

(29) 注（22）參照。

(30) 詳細は、本書第五章第2節を參照のこと。

(31) 同上。また、周裕鍇『中國古代闡釋學研究』（上海人民出版社、二〇〇三）第五章「兩宋文人談禪説詩」も參照のこと。

(32) 詳細は、本書第三章を參照のこと。

(33) 陳奐の詩序・毛傳篤信も割り引いて考える必要があるかもしれない。彼は、詩序・毛傳を本心から信じたというよりは、方法的態度として詩序篤信の立場を採用したとも考えられる。このように考えるのは、次の三點に據る。

一、彼の師、段玉裁も詩序・毛傳に從って詩經を解釋したが、それは排他的な篤信ではなく、毛傳と鄭箋それぞれの學説を正しく認識するためには、從來のように兩者を混同して扱ってはならず、兩者を別個の存在として別々に研究すべきだと考えた上でのことであり、鄭箋にも獨自の價値を認めようとしていた。

二、彼のもうひとりの師、王念孫、そして彼の子で、陳奐とは親しく交わった王引之は、どれほど權威のある學者であろうとも絕對視してはならないと考えていた。王引之はこの立場から、陳奐の毛傳墨守を批判したこともある。

三、彼は、彼とは解釋態度を異にする胡承珙の『毛詩後箋』を補筆し、完成させている。彼の補筆部分は、『詩毛氏傳疏』の説の引き寫しであり、胡承珙の方法論を用いてはいないとはいえ、ともかくも彼には、自分とは異なった詩經學を許容する心理的餘裕があった。

以上の三點から考えれば、詩序・毛傳を墨守することが詩經解釋の唯一の方法ではないという立場に常に接し、しかもそのような考え方をある程度許容しながらも、方法的に自分の詩經研究のよりどころとして詩序・毛傳を採用したと考えられる。この點については今後さらに考察していきたい。陳奐と彼の師たちの詩經研究の立場については、拙論「淸朝詩經學の變容――戴段二王の場合――」（慶應義塾大學文學部『藝文研究』第六二號、一九九三）、「陳奐『詩毛氏傳疏』の性格」（同第七十號、一九九六）を參照のこと。

（34）この問題については、本書第二十章を參照のこと。

第二章　妃は夫のために賢者を求めるか？

1　はじめに

前章では、歴代の詩經解釋の流れを概觀するとともに、それぞれの時代の詩經解釋學相互の關係について改めて考察することが必要であるという筆者の問題意識を説明した。詩經解釋學史を考察するに當たっては、このような歴史的視野とは別に必要な觀點がある。それは、それぞれの注釋はいかなる認識の樣態によって生み出されたものなのか、そこには注釋者のいかなる（文學・道德・歴史・社會狀況などの面についての）價値觀が結晶化しているのかという觀點である。前章では主として、注釋間の歴史的關係についての考察の必要性について論じたとすれば、ここで言わんとしているのは、それぞれの注釋を成り立たせている多樣かつ多重な思惟の構造を明らかにすることの必要性についてである。注釋間の歴史的關係の實相を捉えるためにも、その前提として、一つ一つの注釋という結晶體の組成を分析することが必須の作業となるのである。

本章では、宋代詩經學に屬する各學者の著述を材料に、彼らが同じく漢唐の詩經學に反對する詩説を立てる上で、それぞれがどのような思索の過程を經ているか、それはいかなる價値觀の違いを反映しているか、という問題を考えてみたい。

2　「巻耳」に對する小序の解釋

本章で考察の對象とするのは、周南「巻耳」である。まず、本詩全體を見てみよう。

采采巻耳　　巻耳《けんじ》を采《と》り采る
不盈頃筐　　頃筐《けいきやう》に盈《み》たず
嗟我懷人　　嗟《ああ》 我 人を懷《おも》ふ
寘彼周行　　彼《か》の周行《しうかう》に寘《お》かん

陟彼崔嵬　　彼の崔嵬《さいくわい》に陟《のぼ》りて
我馬虺隤　　我が馬 虺隤《くわいたい》たり
我姑酌彼金罍　　我 姑《しばら》く彼の金罍《きんるい》に酌《く》みて
維以不永懷　　維《こ》れ以て永く懷はざらん

陟彼高岡　　彼の高岡《かうかう》に陟《のぼ》りて
我馬玄黄　　我が馬 玄黄《げんくわう》たり
我姑酌彼兕觥　　我 姑く彼の兕觥《じくわう》に酌みて
維以不永傷　　維れ以て永く傷《いた》まざらん

陟彼砠矣　　彼の砠《しよ》に陟りて

我馬瘏矣　　我が馬　瘏《や》みぬ
我僕痡矣　　我が僕　痡《や》みぬ
云何吁矣　　云《ここ》に何ぞ吁《うれ》ふる

この詩の解釋については、現代においてもいくつか異説があるが、ここではわかりやすい解釋の一例として、吉川幸次郎氏の譯を紹介しよう。

はこべをつんでもつんでも
手かご一ぱいにならない
ああわたしはあの人のことを思って
〔一ぱいにならない籠を、〕街道におく

〔あの人のいる方をみはるかそうと馬車をしたて、〕土の山をのぼって行けば
わたしの馬はとぼとぼとしかあゆまない
わたしはしばらくあの黄金のさか樽のお酒をくみ
いつまでも物おもいにふけらぬこととしよう

高い尾根をのぼって行けば
わたしの馬はしおたれる
わたしはしばらく牛の角の盃でお酒をのみ
いつまでも悲しみにふけらぬこととしよう

石の山をのぼってゆけば
わたしの馬はつかれ
わたしの馭者もつかれはてた
ああせんもなや(1)

吉川氏は、この詩を兵士が出征し——あるいは兵士ではなく、朝廷に命じられて使者として他國へ旅立った官僚なのかも知れないが——、その留守を預かる妻が夫を思って詠った詩と解釋している。

ところが、儒學の立場に立つと本詩はまったく異質の解釋がなされることになる。漢唐の詩經學の根本である小序は次のように言う(2)。

「巻耳」の詩の歌っているのは、后妃の志である。また、君子を補佐して賢者を求めその官職を審査し、臣下の勤勞の様子を知り、心の内に賢者を推薦する志を持ち、不正や情實を行う氣持ちなどなく、朝夕にそのことばかり思い續けるあまり心の憂いにまでなってしまうのである（巻耳、后妃之志也。又當輔佐君子。求賢審官、知臣下之勤勞。內有進賢之志、而無險詖私謁之心。朝夕思念、至於憂勤也）

小序に言う「后妃」とは、「太姒」を指す。太姒とは、周王朝の礎を築いた聖人である文王のきさきの名で、淑德にあふれた理想的な女性であったと言われている。「巻耳」は、『詩經』國風のうち周南という編に收められているが、この周南およびそれに續く召南の二編は、后妃太姒の淑德を詠った組詩であると、漢唐の詩經學では位置づけられている。

小序は、「巻耳」という詩が太姒という歷史的に實在した人物の、ある歷史的時點における行動と心情を詠ったものであると言う。ここには、漢唐詩經學の詩經解釋の大きな特徵が表れている。それは、詩經の詩篇が歷史上實在した人物が實際に遭遇した出來事について詠われたものであると考え、詩の內容を歷史的な事件・事實に一對一對應させながら解釋を行うという態度である。このような漢唐詩經學の解釋態度を、「史を以て詩に附す」と言う。容易に考えられるように、このような解釋姿勢はとかく牽強附會な解釋に陷りやすく、ために宋代詩經學の格好の批判の的となり克服されたと通說では言われている。宋代詩經學がこのような態度を克服してどのような解釋姿勢に轉換したのかは、後に見ていく。さらに、史を以て詩に附すという解釋態度が宋代詩經學によって克服されたという通說がはたしてそうなのかどうかは、後で檢討してみたい(3)。

それはさておき、「卷耳」の小序が言わんとしているのは、后妃である太姒が夫の文王を補佐して、夫のために賢者を搜し求め、臣下として推薦し、なおかつ彼に何の官職を與えるべきなのかを審査する、そのように夫の政治の補佐をしようと惱み憂うるまでに一心に思い詰めるのだということである。すなわち、この詩には女性である太姒が夫を補佐し官僚を搜し求め審査する、言い換えれば女性が夫を補佐するという名目で政治參加をする狀況が詠われていると、小序は言うのである。その後の詩經解釋史上、この點が大きな論議を呼ぶことになる。

3　道德的見地からの批判

宋代の詩經學者は、なぜ漢唐の詩經學に飽き足りなかったのか。その大きな理由の一つに、漢唐の詩經學の根本である小序の說明が、はたして詩篇の本當の主旨を捉えているのだろうか、という疑問を抱いたことが擧げられる。「卷耳」の小序に對しても、樣々な學者からの批判がなされたのだが、彼らの批判の觀點は大きく二つに分かれる。そしてこの二つの觀點は、宋代詩經學が漢唐の詩經學を乘り越えてどのような學問を構築しようとしたかを如實に表すものとなっている。

まず、一つ目の觀點は歐陽脩と蘇轍の說に現れている。宋代詩經學の先驅けとなった歐陽脩の『詩本義』は、「卷耳」の小序に對して次のように言っている。

婦人には、家の外での仕事はない。賢者を求め官職を審査するというのは、后妃の仕事ではない。使者として出かけた臣下が歸還したのを宴を設けて苦勞をねぎらうというのは、これは凡庸な君主であってもできることである。國君の身でありながら人にふさわしい官位を授け臣下の列に置くことができず、そのため后妃が本來の職責でもないのに深く憂えて、自分の仕事も手につかないほど心を惱ませたり、また、臣下の勤勞を氣遣おうとせず、常の儀禮であるねぎらいの宴をも缺かして、それを后妃が深く憂え惱むというのでは、聖天子たる文王の志はもはや荒れ果ててしまったということになる（婦人無外事。求賢審官、非后妃之職也。臣下出使、歸而宴勞之、此庸君之所能也。國君不能官人於列位、使后妃越職而深憂、至勞心而廢事、又不知臣下之勤勞、闕宴勞之常禮、重貽后妃之憂傷、如此則文王之志荒矣）

歐陽脩は、「婦人には、家の外での仕事はない。賢者を求め官職を審査するというのは、后妃の仕事ではない」、すなわち、小序の言うように后妃が賢者を求め官職を審査するというように、女性でありながら政治參加をするというのは越權行爲であると言う。そして、詩序の說によると、このような不合理なことになってしまうと批判し、だから、小序の說は誤りであると結論づけている。

蘇轍『詩集傳』も次のように言う。

婦人は、賢者を求めて自らの助けとするよう夫を勵ますことを心得ている。そのような志を持っているだけでよいのである。賢者を求めるとかその官職を審査するとかいったようなことは、君子の職分である（婦人知勉其君子求賢以自助、有其志可耳。若夫求賢審官則君子之事也）

彼も、后妃の政治參加を認めていない。夫が賢者を求めるよう勵ましはするが、自分が表舞臺に立って賢者を捜したり審査をしたりはしないと言っているのである。

歐陽脩と蘇轍の小序批判は、その動機において共通している。すなわち、「后妃が天子の政に口を挾むべきではない」という道德觀に發していることである。彼等はそのような道德觀に立った上で、「『卷耳』にそのような内容が詠われているはずはない、だから小序の説は誤っている」と結論するのである。ここで、「すべきではない」が、「詠われているはずがない」を引き出していることに注意しなければならない。古典中國にあって詩經は經典という至高の存在、人閒に道德を教える存在として考えられていた。歐陽脩や蘇轍もその例外ではない。したがって、詩篇の中には基本的に「すべきでない」行爲は「詠われているはずがない」ということになる。かくして、先人の解釋を檢討したとき、そこに道德的見地から「すべきでない」行爲が詠われていることになるならば、その解釋は誤っていると結論されるのである。端的に言うならば、道德的な理由に基づいて小序の説を批判しているわけである。

この道德的な理由に基づく批判を考えるときに、一つ注意すべきことがある。歐陽脩・蘇轍が詩序に述べられた事柄が道德に反しているとなぜ考えるのかといえば、それは歐陽脩や蘇轍自身が、「女性が政治に參加すべきではない」と考えているからである。つまり、彼等二人は自分たちの道德觀を根據として詩序の説は誤っていると斷定していることになる。歐陽脩・蘇轍の當時はどうあれ、「卷耳」の詩篇が書かれた古代にあってはあるいは后妃も夫の政に積極的に參加することが道義的に問題とされなかったのかも知れない、古《いにしえ》と今との閒に道德觀の變化があったのかもしれないという可能性はそこでは考えられていない。彼等の生きる現在の道德・常識・論理はそのまま古代にも當てはまるはずであるという認識に彼等の說は基づいている。このような考え方を「人情說」と言う。歐陽脩の『詩本義』の大きな特徵が、このような「人情說」に基づいた解釋である。彼は、詩經の詩篇に詠われていること、そこに込められた道德は至ってわかりやすい形で提示されているはずだと考える。そして、彼はこの人情說に基づいて彼自身の道德觀・常識・論理によって詩經を解釋すれば正しい解釋に到達することができるはずだと信じた。彼のこのような人情說は、漢唐の詩經學がともすれば難解で迂遠な解釋を詩篇に對して行いがちであった弊害を改め、より合理的な解釋を導き出すのに大いに預かって力があった。彼の後の學者にもこの人情說は受け繼がれており、宋代詩經學の革新の一大推進力ということができる。ただし、この人情說という認識は、一面では古と今との閒の歷史的變化を認めない、認めないというのが言いすぎであったとしても少なくとも歷史的變化の可能性に對して鈍感である、という意味で主觀性の強い古典解釋にも繫がったということは忘れてはいけない。今取り上げている「卷耳」においても、人情說の強みと弱みが非常にデリケートな形で表れている。

4　文學的見地からの批判

次に、小序批判の批判を支えるもう一つの觀點について考察してみたいと思う。性理の學を大成した南宋の朱熹は詩經學の分野でも巨大な足跡を殘し、その影響力は元代以降絕大なものとなった。彼は小序に對してきわめて痛烈な批判を行い、「詩序辨說」という著述にまとめた。その中で「卷耳」の小序について次のように批判している。

この「卷耳」の序は、初句は的を得ているが、そのほかはみな牽强附會の說である。后妃は臣下が苦勞しているのを理解してこれを憂えるけれども、しかしながら、「嗟《ああ》 我 人を懷《おも》ふ」という句は、その口振りがとても親密げであり、后妃が使者に對してかける口調ではない。しかも本詩の首章の「我」だけは后妃の自稱なのに、後の章の「我」はみな使臣の自稱だというのでは、詩の首尾が相照應しておらず、一貫した文章の體をなしていないことになる（此詩之序、首句得之、餘皆傅會之鑿說。后妃雖知臣下之勤勞而憂之、然曰嗟我懷人、則其言親暱、非后妃之所得施於使臣者矣。且首章之我獨爲后妃、而後章之我皆爲使臣、首尾衡決不相承應、亦非文字之體也）

朱熹の小序批判は、歐陽脩・蘇轍とは異なっている。「卷耳」の第一章にある「嗟《ああ》 我 人を懷《おも》ふ」、吉川幸次郎氏の譯で言えば「ああわたしはあの人のことを思って」という詩句は、愛しい人を思って發せられた口調であって、とても小序が言うように、后妃が夫の政に有用な人材を求めようと賢者を思う口ぶりとは解釋できない、と言う。また、「卷耳」の中には章ごとに「我」という第一人稱が出てくるが、小序の解釋に據れば首章だけが后妃の自稱であるのに、その他は政務のために外地に旅する使者の自稱と言うことになり、一篇の詩であるのに、首章と他の章とで歌い手が異なることになり、首尾一貫していない、だから小序の說は間違いだと言う。[4] ここに表れた態度は、「卷耳」という詩の姿に着目して、詩句自體に卽してその意味するところを考察した上で、小序を批判するものである。歐陽脩や蘇轍の批判が小序を詩句から切り離してそれ自體を問題にし、その道德的な面での弱點を突いたものであるのに對して、朱熹の批判は、小序の說を詩篇と關連させた場合、それによって詩篇が合理的に解釋できるかどうかという見地からの批判がなされている。詩篇に卽した解釋という姿勢が窺えるという意味で、この朱熹の解釋を文學的な理由からの批判と呼ぶことができよう。このように詩句に卽してその意味を考えるというのが、宋代詩經學の有力な解釋態度である。この點に着目して、宋代詩經學はしばしば、漢唐詩經學の「史を以て詩に附す」という態度から脱却して、文學的な解釋へと轉換したと評價される。また、これにより、朱熹の『詩集傳』を含む宋代の詩經學の說は、現代の我々の解釋の生みの親とも言える立場に立っているという面もある。

このような文學的な視點による解釋をもう少し詳しく見てみたい。朱熹は自分の詩經解釋を『詩集傳』という著述にまとめた。その中の「卷耳」の注に次のように言う。

后妃は、夫がいないのでそれを思慕して、故にこの詩を作った。〔夫への思慕を采摘みの〕詩句に託し、卷耳を摘んでもかごに滿たすことができず、心に夫を思うがあまりもうこれ以上摘むことができず、これを道の傍らに置くのである（后妃以君子不在而思念之、故賦此詩。託言方采卷耳、未滿頃筐、而心適念其君子、故不能復采而寘之大道之旁也）　〔首章〕

これもまた、〔夫への思慕を山に登る〕詩句に託し、小高い山に登って、思う人を遠く眺めて彼について行こうと思うのだが、馬は疲れ病んで進むことができない。そこで金の器に酒を酌んで飲み、夫への思いをしばし忘れようとするのである（此又託言欲登此崔嵬之山、以望所懷之人而往從之、則馬罷病而不能進。於是且酌金罍之酒、而欲其不至於長以爲念也）　〔第二章〕

この注釋の中に「託言」という言葉が二度使われている。「託言」を筆者なりに譯すと、「夫への思慕を采摘の詩句に託し」、「夫への思慕を山に登る詩句に託し」ということになるかと思う。つまり、「託言」というのは、詩句に詠われているのが、作者の心情を詠い訴えるためのいわばよりどころである、詩句に書かれていることが作者が本當に詠いたいことではなく、それは詩句の裏に隱されているという認識である。[5]ここには、詩句の意味を明らかにするということだけではなく、詩句に書かれている內容を通じて、表現者、すなわち作者がどのような思いを訴えようとしているのか、別の言い方をするならば、作者はいったいなぜこのような表現をしているのか、を明らかにしたいという朱熹の解釋姿勢が表れている。つまり、ここには漢唐の詩經學においては稀薄だった、詩の表現のあり方に對する關心、あるいは表現者としての詩人に對する關心というものが表れていると考えることができる。このことが、彼等の詩經解釋の可能性を擴大させると同時に、詩中の人物の感情を深く考察する結果をもたらしたと考えられる。

以上、宋代詩經學の「卷耳」小序に對する批判を考察して、その批判には、道德的な觀點からの動機と文學的な關心からの動機とが存在していることを説明した(6)。宋代詩經學が漢唐の詩經學を批判するときには、この他にも歴史認識に基づく批判も見受けられる。宋代は、歴代の王朝の中で對外的にはもっとも弱體な王朝であり、周圍に遼・金・元・西夏などといった强大な異民族國家の壓迫を常に受けていた。その結果、國家意識が强まり、それが詩經の解釋にも影響している。さらに、政治的な動機による解釋も見受けられる。周知の通り、宋代には王安石による新法政策が行われ、傳統的な政策とは相異なる價値觀に基づいた政策が强力に推進された。それに對して傳統を重んじる立場からの批判も强烈なものがあり、そのため、宋代の末期には舊法黨と新法黨とが激しく爭うという狀況を招いた。新法を推進した王安石は、『詩經新義』という獨自の詩經の注釋を著し、後に國家公認の科擧の指定教科書となった。一方、彼と同時期に詩經の注釋を著した蘇轍や程頤といった人物は舊法黨に屬していた人物である。彼等の著述を見ると、中には自分の奉じる政策・政治的認識をその解釋の上にも反映させた例を見ることができる(7)。

このように、宋代の學者が漢唐詩經學を批判し、新たな詩經學を構築したというとき、その革新を支える動機には、道德的な理由、文學的理由、歴史認識に基づく理由、政治的な理由等々と言った樣々な要素が混在していた。例えば、道德的な動機といった場合、儒教的倫理をもって詩經全體を貫かせるという意圖に發し、道德的な價値觀をもって詩經を歪曲させた面も確かにあり、數多くの先學はそれを批判的に捉えてきた。對して、文學的觀點からの解釋は詩經の本來の姿を捉える可能性を切り開いたものとして肯定的に評價されることが多い。このようにかたや反動的、かたや進歩的と選別されることが多いのであるが、そのように判然と分けてしまうことができるかどうか疑問である。「卷耳」の例で見たように、その意圖がどうあれ、樣々な見地から漢唐の詩經學の妥當性を見直したことが新しい解釋を生むことに繋がっている。そのように考えれば、一つ一つの觀點を選別するのではなく、多樣な動機が混在し、混沌とした状態で詩經學を新たな局面に押し上げたのだと考えた方が、實情を捉えているのではないだろうか。

5　宋代詩經學に見られる漢唐詩經學の影響

前節までに、宋代詩經學が漢唐詩經學を批判し、新たな學問を構築していったことに視點を合わせて説明した。このように言うと、宋代詩經學は漢唐の詩經學と完全に手を切ったところからその歴史を開始したというように思えるかも知れない。しかし、實はそれだけではなく、宋代詩經學の中には漢唐詩經學以來の認識を受け傳えているところもある。それを説明したいと思う。

「巻耳」の詩について、朱熹は『詩集傳』の詩題下で次のように述べている。

　この詩もまた后妃が自ら作ったものであり、操正しくしとやかで思いを專一にする様がよく現れている。これは文王が朝廷に立ち征伐に赴いた時、羑里《ゆうり》に幽閉されていた時に作ったものだろうか。しかし、考證する手掛かりはない（此亦后妃所自作、可以見其貞靜專一之至矣。豈當文王朝會征伐之時、羑里拘幽之日而作歟。然不可考矣）

朱熹は「巻耳」の詩を、漢唐の詩經學のごとく、太姒が文王を助けて政務を擔當するとは解釋しない。自分のもとから離れ遠方にいる夫のことを妻が思って作った詩だと解釋している。しかし、その一方で朱熹はこの詩を太姒の自作だと言っている。漢唐の詩經學と同様、この詩を文王の妃太姒という歴史上の人物と結びつけるのである。漢唐の詩經學を説明したときに、その特徵として「史を詩に附す」、すなわち詩を歴史的に實在した人物や實際に起こった事件と結びつけて解釋する傾向があることを指摘したが、朱熹のこの解釋を見ると、歴史主義的解釋はなお根強く殘っていることがわかる。

それは、引用の後半「これは文王が朝廷に立ち征伐に赴いた時、美里《ゆうり》に幽閉されていた時に作ったものだろうか。しかし、考證する手掛かりはない」という部分を見ると一層よくわかる。「しかし、考證する手掛かりはない（然れども考ふべからず）」という言葉には、詩句に明確な證據がないから不明とすべきである、という、客觀的な根據に基づいて解釋を行おうという朱熹の學問的な姿勢が表れている。しかしその一方で、朱熹は、その前に文王が美里に幽閉されていた時に太姒が夫のことを思って作ったのだろうかと推量しているのである。冷静に考えれば證明できないことはわかっているし、彼自身證據はないと言っているので、憶測と言うよりほかないわけであるが、それを書いてしまっているのである。ここには、詩經解釋は客觀的であるべきだという學問的信念を持ちながら、それにもかかわらず詩がいつどのような歴史的狀況の下で詠われたのかを詮索せずにはいられない朱子のアンビバレントな思いが表れている。當時の學者の思惟の根幹に歴史主義的な志向が流れていたことがわかる。[9] このように見ると、宋代の詩經學は漢唐の詩經學の解釋の志向性をなお色濃く殘していたということができる。

6　漢唐詩經學は一體か？

それでは、反對に漢唐詩經學自體はどうであろうか。「はじめに」で、序・傳・箋・正義がタマネギ狀に重なっている漢唐の詩經學は一體のものだというのが通常の認識だと述べたが、はたしてそれは本當であろうか。

「巻耳」の小序を『正義』は次のように敷衍している。

「巻耳」の詩の作者は、后妃の志を言っているのである。后妃は……さらに君子を補佐すべきである。この志は、夫に賢德のある人物を求めさせ、審査してしかるべき官位を與えさせたいと願っているのである。また、臣下が國外へ使いとして出て苦勞しているのを知り、夫に彼を勞い表彰させたいと思うのである。……「賢を求め官を審らかにす」、「憂勤に至る」というのは、いずれも君子を補佐することである。これらは君子の專權事項であるが、后妃もまた君子と同じように心に思うのであり、だから、后妃の志というのである（作卷耳詩者、言后妃之志也。后妃……又當輔佐君子、其志欲令君子求賢德之人、審置於官位、復知臣下出使之勤勞、欲令君子賞勞之。……又朝夕思此、欲此君子官賢人、乃至於憂思而成勤。此是后妃之志也。……求賢審官、至於憂勤、皆是輔佐君子之事、君子所專、后妃志意如然、故云后妃之志也）

この『正義』を見ると興味深いことがわかる。疏家は、賢者を求め、審査し官位を與えるのは夫であり、また國外へ使者として出かけ苦勞した後歸ってきた臣下を勞うのも夫であると言う。これに據れば、后妃は國事の表舞臺に立つわけではなく、あくまで夫がよき政治を行うことを願っているだけである。「君子を補佐する」という言葉が出てくるが、それも具體的に政務を補佐するわけではなく、心に憂うるまで賢者を得たいという思いを夫と共有し、夫のよき同情者・理解者となることと解釋している。

ここには、自ら政務を執り夫を補佐するという后妃の姿は現れない。前に見たように、宋代の學者は、「后妃が夫を補佐し、后妃自らが賢者を求めふさわしい官職を審査する」と小序が言っていると考えて、小序を批判していた。ところが、小序を敷衍しているはずの『正義』には、后妃が自ら政務に携わるとは言っていない、これはいったいどういうことなのだろうか。

實は、『正義』は、小序に對して宋代の學者とは異なる讀み方をしているのである。宋代詩經學者の讀み方は、

又た當に君子を輔佐し、賢を求め官を審《つまび》らかにし、臣下の勤勞を知るべし

となる。后妃は夫を補佐すべきであると言い、さて補佐する内容は、賢者を求め官職を審査し、使者として旅立った臣下の苦労を理解することだ、と小序は言っていることになる。

それに對して、『正義』の讀み方はどうなるかというと、

又た當に君子の賢を求め官を審《つまびら》かにするを輔佐すべし。臣下の勤勞を知り……

となる。夫が賢者を求めその官職を審査するのを后妃は補佐する、と解釋するわけである。つまり、毛傳・『正義』と宋代の詩經學者とでは、小序の意味の區切り方が異なっており、「君子」というのを「補佐す」の目的語ととるか、「賢を求め官を審かにす」の主語ととるかで、說が分かれているのである。『正義』と宋代の詩經學者は、同じ小序に對して異なる讀み方をして、まったく違う解釋を導き出しているのである。このことからわかるように、詩經解釋學史研究が取り組むべきは、歴代の詩經學者が詩經をいかに解釋したかということに止まらず、歴代の詩經學者は先人の解釋をいかに解釋したかという問題も含まれるのである。

それでは二者のうちのどちらがより合理的な讀み方なのであろうか。このことを考えるヒントは、小序の次の「臣下の勤勞を知り」という句に對する解釋にある。これを『正義』は、「后妃は使者として國外に赴いた臣下の苦勞を思いやり、やはり夫が彼を勞い表彰することを期待する」と解釋している。この句を上の「又た當に君子の賢を求め官を審かにするを輔佐すべし」という句に關連させて分析すると、『正義』は同じような論理構造の二句が對句のように竝べられていると捉えていることがわかる。すなわち、上の句が「后妃が夫を補佐し(10)」、「夫に賢者を求め官職を審査させようとする」とつながっているのに對し、下の句も「后妃が臣下の勤勞を知り」、「(夫に臣下を賞め勞わせようとする)」とつながっていると解釋するのである。ところが、下の論理構造のうちの「夫に臣下を賞め勞わせようとする」と言うのは、詩序には書かれていない。『正義』は、小序に書かれていないことを、文脈上こういうことを言

いたいのだとして、補っているのである。つまり、『正義』の示す對句的構造は、實は下の句に小序にない言葉を補ってはじめて成立する人爲的なものなのである。

このことから見ると、おそらく宋代詩經學者のように、主體をすべて后妃と考え、「賢を求め官を審かにする」のも「臣下の勤勞を知る」もすべて后妃の行動だと考えるのが、小序の自然な解釋であろうと考えられる。つまり、小序の作者は、后妃が表舞臺に立って政務をつかさどったと言っていると考えられる。それを『正義』は無理に「賢を求め官を審かにする」のを夫の行動と解釋し、そのために生じた論理の不整合を繕わなければならなかったのであろう。

なぜ、『正義』はこのような無理な解釋をしたのだろうか。それは疏家たちが、女性が政治に口をはさむべきではないと考えていたからである。つまり、疏家は小序を解釋する時に自分たちの價値觀に合うように合理化して解釋しているのである。そう考えれば、疏家の價値觀は、宋代詩經學者の價値觀と變わらないということになる。逆に言えば、女性が國事に關わることをどう考えるかという問題について、小序と『正義』とでは價値觀が異なっている、つまり、漢唐の詩經學は一體とは必ずしも言えないということになる。

「巻耳」の小序に對する時、『正義』も宋代の詩經學者もいずれも、「后妃が政治に口を出すべきではない」という考えを持っていた。その點は共通である。しかし、『正義』と宋代の詩經學者とではその後の反應の仕方が異なっていた。『正義』にとって小序は神聖かつ無缺の存在であるからそこに誤りがあるはずはない、そのような考え方のもとに、彼ら自身の價値觀に合致するように小序を解釋し、右に見たように少々無理な解釋をしてでも小序の正しさを守ろうとした。それに對して、宋代の詩經學者は小序を相對化することができたから、小序を平易に讀み取り、そこに道德的な誤りを發見し批判したのである。つまり、『正義』と宋代の詩經學者は同じような道德的價値觀を持っていたのだが、それぞれの學問的立場によって、かたや小序を擁護すべく、かたや小序を批判すべく、解釋を行ったのだ、ということになる。

以上の考察をもとにすると、漢唐の詩經學は一體のものであり、かつ宋代の詩經學は漢唐の詩經學と眞っ向から對立するものだという、通常の詩經解釋學史の常識は考え直さなければならないことになる。實はこの問題については、毛傳がすでに小序と異なる認識を示していると考えられる。「卷耳」首章の「嗟　我　人を懷ふ、彼の周行に寘かん」に對して、毛傳は次のように注釋している。

　　夫が賢人に官職を與え、周の竝み居る大臣の列に加えることを思う（思君子官賢人置周之列位）

毛傳に據れば賢人に官職を與え、大臣の列に加えるのは、あくまで「夫」、すなわち文王である。太姒はあくまで、夫が賢人に官職を與えることを、思う、つまり願っているだけである。后妃は夫がよい政治を行うことを心に願うだけで、主體的に政務に關わるということは考えられていない。この點、『正義』と同樣の認識をしていると思われる。このことから考えると、一體のように見えていた序と毛傳・『正義』との閒に實は道德的價值觀の違いがあり、毛傳・『正義』の價值觀は、實際には宋代の詩經學者の價值觀と同樣のものであった、つまり、毛傳・『正義』は小序を尊重しながらも、宋代の學者と同樣の價值觀で小序を讀み替えていたということになる。小序と宋代の學者たちとの道德觀の違いを連結するような位置に傳と『正義』があることになる。

このような例は實は數多い。ただそれは『正義』だけを見ていると氣づきにくい。『正義』のみを見ていると、毛傳・『正義』は小序の言わんとするところを正しく受け止めているように見える、それが、宋代詩經學という異質の說と比較することによって、はじめて一體のように見えていた漢唐の詩經學の內部に考え方の違いがあることがわかるのである。特に目につくのは、小序・毛傳・鄭箋の三者と『正義』との閒に價值觀の違いが認められ、『正義』の價值觀が宋代詩經學の價值觀と同じであるという例である。これは、『正義』の意義に新たな光を當てるものである。

從來は『正義』は小序・毛傳・鄭箋を忠實に再解釋したオリジナリティに缺ける著述にすぎないという認識がほとんどであった。しかし、序・毛傳・鄭箋を忠實に解釋しているように見える中にも、實際には疏家自身の價値觀によって先行の解釋を再解釋し直している部分が多くある。そして、再解釋を必要とした『正義』の價値観は宋代の學者と共通性がある。すなわち、『正義』は詩經學を革新した宋代の學問のいわば準備をしていたという側面が認められる。

宋代の詩經學は漢唐の詩經學と對立するものだと言われるが、その對立の仕方は、磁石のN極とN極のように完全に反發し相遠ざかるような對立ではなく、言ってみれば納豆の一粒一粒が絲を引きながら繋がっているように、互いに自己主張しながらも切っても切れぬ關係でつながっているというような、粘着力のある對立であったと考えるべきである。

このように、いろいろな時代の注釋を見比べることにより、まったく新しいものを生み出したように見えるけれども、底流で確實に前の時代から學び受け繼ぐものがあること、逆に停滯して動きがないように見える中にも、着實に新しい要素を育み、次の時代に渡しているのだということが理解できる。さらに、例えば、歷史主義的解釋のように、古典中國において一貫して流れ續ける志向、時代が變わっても變わらない精神とは何かを考える手がかりも得られる。注釋を比較することの面白さがここにある。

注

（1）吉川幸次郎『詩經國風　上』（中國詩人選集、岩波書店、一九五八、三六頁）。表記は、本書の體例に合わせ一部變更した。
（2）以下の小序の現代語譯は、宋代詩經學者の小序解釋に據った。その理由は、本章第6節を參照のこと。
（3）この問題については、本書第十一章で詳しく扱う。

（4）ただし、目加田誠氏のように現代でも首章が夫を思う妻の思い、以下の章が旅に疲れ家を懐かしむ夫の思いという、相聞歌風の解釋を行う說もある（目加田氏前掲書）。朱熹の說はあくまで文學的な見地から行われた解釋のうちの一つと捉えるべきであり、それが確定的な說であるかどうかは、本章では問題としない。

（5）『詩集傳』の中に、「託言」の語は五首の詩中に全六例見出せる。「卷耳」以外の例を擧げる。

①邶風「簡兮」、「云誰之思、西方美人」『集傳』

西方美人託言以指西周之盛王、如離騷亦以美人目其君也。

②衞風「氓」、「乘彼墝垣、以望復關」『集傳』

復關男子之所居也、不敢顯言其人。故託言之耳。

③衞風「有狐」、「有狐綏綏、在彼淇梁」『集傳』

國亂民散、喪其妃耦、有寡婦見鰥夫而欲嫁之、故託言有狐獨行而憂其無裳也。

④魏風「碩鼠」、「碩鼠碩鼠、無食我黍」『集傳』

民困於貪殘之政。故託言大鼠害己而去之也。

いずれの例についても、「託言」という言葉が表しているのが、詩句に詠われている事柄は作者の心情を詠い訴えるためのよりどころであり、作者が本當に言いたいことは詩句に詠われていることではなく、その裏に隱されているという認識である、ということが確認できる。

（6）この問題については、本書第十八章、第十九章で詳しく扱う。

（7）宋代詩經學の著述に、當時の歴史狀況を反映した注釋、政治的な意圖に出た注釋が見られることについては、本書第十七章を參照。

（8）文王は後世に文王とはいうものの、彼の在世の時にはいまだ天子の位には就いておらず、當時中國を治めていた殷王朝の最後の天子で暴虐な悪王として有名な紂王に仕える諸侯の一人という身分に止まっていた。ただ文王は德高く天下の人々が彼になびき、あたかも天下の主となったかの狀況を呈していたので、紂王は危險に思い、彼を美里に幽閉したことがあった。

（9）本書第十一章參照。

（10）前述したとおり、ここでの「補佐」は先ほど見たように、實際に政務に關わることではなく、夫の苦勞に同情し、心情を共有するということにすぎない。

第Ⅱ部　北宋詩經學の創始と展開

第三章　歐陽脩『詩本義』の搖籃としての『毛詩正義』

1　はじめに

〔父上は〕かつておっしゃった、「先儒は經の解釋において無論誤りを犯さないわけにはいかなかったけれど、本義を得たところもはなはだ多い。その誤りを正すのはよいことであるが、勇んでそれを攻撃するというのはよくない。できる限り彼らの說に從って考え、どうしても理に合わない所があったならば、そこではじめてその得失を論ずることができる。私は好んで異論を立てる者ではない」と。その『詩經』と『易經』との研究においては、多く發明するところがあった。『詩本義』を著し、〔傳箋を〕改正するところ百餘篇。その他については「毛鄭の說が正しい。また何を付け加えることがあろうか」と言った。その公平な心、通達した議論はかくのごとくであった（嘗曰、先儒於經不能無失、而所得已多矣。正其失、可也。力詆之、不可也。盡其說而理有不通。然後得以論正。予非好爲異論也。其於詩易、多所發明。爲詩本義。所改正百餘篇。其餘則曰、毛鄭之說是矣。復何云乎。其公心通論如此）（四部叢刊正編『歐陽文忠公集』附錄五、二葉表）

歐陽發が父親の歐陽脩のために撰した「事迹」の一節である。[1] 歐陽脩の詩經研究の主眼が毛傳・鄭箋の改正にあったこと、また、毛傳・鄭箋をいたずらに批判するのではなくそれらを篤く尊重しその成果を積極的に受け繼ぐ姿勢をもっていたことがわかる。この治學の精神は、南宋の晁公武以來、歴代『詩本義』を論ずるもののほとんどによって、高い評價を受けてきた。(2)また、歴代の論者が『詩本義』の特徴と經學史的意義を考察する際、詩序・毛傳・鄭箋という漢唐の詩經學における スタンダードに對する歐陽脩の（批判・繼承の兩面からの）態度に視點を据えて論ずるのが常であった。これは、現代の『詩本義』研究においても基本的に同様である。

ところで、詩序・毛傳・鄭箋の標準的な解釋を示した著述として唐の孔穎達らの『毛詩正義』があり、『詩本義』成立當時にあってもなお科擧の標準的テキストとして地位を保っていたのであるが、(4)『詩本義』とこの『正義』との關係については、これまでほとんど問題にされることがなかった。(3)言い換えれば、從來の『詩本義』研究においては、『詩本義』を詩序・毛傳・鄭箋に直接對峙させて論じるのが常であった。『詩本義』が詩經學を刷新したというとき、それは序傳箋という後漢までの詩經學に對して尖鋭な批判を展開したという意味でそう言われるのであり、六朝から唐にかけて積み上げられた注疏の學の傳統はそこから捨象されている。あたかも歐陽脩の眼中にはそもそも『正義』は存在せず、彼は漢代の學問に直接立ち向かったかのごときイメージで捉えられてきたと言えよう。

このような觀點は、右に見たように歐陽脩の自覺的な繼承・批判の對象が毛傳・鄭箋であることが彼自身によって言明されていることに基づいており、その意味で正當である。また、歐陽脩當時の經典の讀書形態に照らせば、『詩本義』撰述において『正義』を參考にしなかった可能性も確かにあり得る。歐陽脩當時は經注と疏とが別々に流布していたので、歐陽脩が單疏本『正義』を參照することなく、もっぱら經注本に向き合って研究を行ったという状況も考えられるからである。この立場に立つならば、『正義』は國家公認の經學書としての餘命はなお保っていたものの、當時の學者にとっては、もはや省みる價値のない「見捨てられた書物」と考えられていた、という結論を導き出せるかも知れない。

しかしその可能性も含めて、また歐陽脩の自覺とは別に、事實がどうであったかは檢證する必要があろう。歐陽脩の詩經學の主要な功績が、序傳箋の墨守を否定することによって詩經研究の新たな方法を開拓したというところにあり、この意味で『詩本義』がまさしく革新的な業績であったことは疑い得ない。しかし、その革新がいかにして成し遂げられたかを明らかにするためには、彼がいかなる學問的な基盤の上に自己の研究を構築したかを考察しなければならず、そのためには歐陽脩と彼の直前の詩經學との關係に目を向けることは必須の手續きとなろう。

一、歐陽脩はそもそも『詩本義』執筆の際、『正義』を見ていたか。假に見ていたとしてもそれを參照すべき文獻として取り扱っていたか。
二、もしそうならば、歐陽脩は『正義』からなにを學びとったか。
三、あるいは歐陽脩は『正義』の何を批判したのか。

このような考察を進めることで、歐陽脩の詩經學の成立の過程を明らかにすることができると思われる。とりわけ彼の方法論が形成された過程を具體的に知ることができよう。

別の側面から言えば、歐陽脩當時『五經正義』は公には國家標準の經學書としての地位を占めていたけれども、當時の學術に對していかなる影響を與えていたかは明らかではない。それ故に、宋代の學問が唐代の注疏學からどのように脱却していったか、また、『五經正義』がどのようにして經學上の地位を失っていったのかについての具體的な樣相が今ひとつ明らかにされていない。これについては、當時の學者の著述の中から『五經正義』の經說についての議論を見出すことが困難だという、資料的な制約が大きな原因として擧げられよう。この點からも、『詩本義』は興味深い存在である。なぜならばこの著述は、詩經の詩篇の個別の問題について先行の經說を取り上げ、それを再檢討した上で自己の解釋を示すという體例をとっているので、歐陽脩が『毛詩正義』の經說を問題にしているとすると、それに對する彼の意見を比較的わかりやすい形で抽出できるはずだからである。それを檢討することにより、宋代の學者の『正義』に對する見方の一つのモデルを得ることが期待できる。

本稿では以上のような問題意識に立ち、『詩本義』中に『正義』の影響がどのように現れているかを實例に則して檢討したい。

2　『詩本義』に見える『毛詩正義』からの引用

まず、歐陽脩の詩經研究で『正義』が參考にされているか否かを明らかにしなければならない。實は、『詩本義』全篇を通じて『正義』からの引用を明示する箇所はきわめてまれで、筆者の氣づいた範圍では次の二例があるのみである。

2―①　〔齊風〕「敝笱」は文姜を刺《そし》る也。……毛は「鰥《くわん》は大魚也」と謂ひ、鄭は「鰥は魚子也」と謂ふ。孔穎達の『正義』に『孔叢子』を引きて「鰥魚の大いなること車に盈《み》つ」と言う。則ち毛の大魚と爲すは據《よりどころ》無きにあらず矣。鄭は「鰥」の字を改めて「鯤《こん》」と爲し、遂に以て魚子と爲す。其の義の得失 較《くら》べずして知るべき也
（敝笱刺文姜也。……毛謂鰥大魚也、鄭謂鰥魚子也。孔穎達正義引孔叢子言鰥魚之大盈車。則毛爲大魚不無據矣。鄭改鰥字爲鯤、遂以爲魚子。其義得失不較可知也）（「取舍義」／巻十三、十葉裏）

2―②　譜序の「周公 太平を致す」より已上は、皆な其の文を亡《うしな》へり。予 孔穎達の『正義』に載する所の文を取りて補足し、因りて之が爲めに注す。「周公」より已下は卽ち舊注を用ふと云ふ（譜序自周公致太平已上、皆亡其文。予取孔穎達正義所載之文補足、因爲之注。自周公已下、卽用舊注云）（「詩譜補亡」／十六葉裏）

この二例、特に後者によって歐陽脩が『正義』を見ていたことが明らかになる。ただし第一例は、毛傳の經說を裏附ける資料である『孔叢子』を『正義』から引用したもの、第二例は鄭玄の「詩譜序」の逸文を『正義』から輯佚したとの記載であり、いずれも『正義』の說そのものを議論の對象としたものではない。したがってこれらは、歐陽脩が『正義』に對してどのような學問的態度を持っていたかという問題を解明する資料とはなり得ない。

それでは、歐陽脩が『正義』の學說を議論の對象として取り上げた例はまったくないのだろうか。單純にそうとは言い切れない。歐陽脩が先人の經說を引用したものの中に、「孔穎達」「毛詩正義」などの名は現れないものの、『正義』が出典ではないかと推測できる例を見出すことができるからである。まず、

2―③　於鑠《あぁ》きかな王の師、遵《したが》ひて時の晦《くら》きを養《と》る（於鑠王師、遵養時晦）」について毛傳はただ「〈遵〉は率、〈養〉は取、〈晦〉は味なり」というだけでそれ以上のことは說明していないが、「義疏を爲《つく》る者」が毛公の意を敷衍して「此の師を率いて以て是の闇昧の君を取る。紂を誅して以て天下を定むるを謂ふ」ということからすれば、毛公のいわゆる「於鑠王師」なるものは武王の軍のことである（「於鑠王師遵養時晦」毛傳但云「遵率養取晦味」而更無他說。爲義疏者述其意云「率此師以取是闇昧之君。謂誅紂以定天下」則毛公謂「於鑠王師」者武王之師也）（周頌「酌」論／卷十二、八葉裏）

傍點を附した十七字は、『正義』中に同一の句を見出すことができる（藝文印書館影印本卷十九之四、十六葉表）。このほか『詩本義』には「爲義疏者」という語で標出される引用句は、卷五「鳲鳩」論（ただし「爲疏義者」に作る）と卷十二「有駜」論にもあるが、いずれも文字は完全に一致しないものの、『正義』に對應する文が存在する（附表1「詩本義引用毛詩正義說一覽」參照）。

「爲義疏者」以外の語で標出される引用句にも、論の趣旨から見て對應する經說を『正義』に求めることができる

例がある。それぞれに對應する『正義』の文を擧げながら検討したい。

2―④　小雅「十月・雨無正・小旻・小宛」

「小宛」の詩は内容にもとづく限り、厲王幽王いずれにも當てはまり、鄭玄といえども説明することができなかった。ここから、厲王を刺るとしている鄭説が誤りであることが知られる。ところが鄭玄の學問を學ぶものはなんと「十月」「雨無正」「小旻」「小宛」の四詩の序はいずれも「大夫刺《そし》る」と言っていて、「十月之交」が厲王を風刺するという以上「小旻」「小宛」も厲王を風刺することは明らかだという。……また、「小旻」「小宛」の卒章はどちらも恐れおののく詩句を詠っており、作者が同一であるらしいと言う（小宛之詩據文求義、施於厲幽皆可、雖鄭氏亦不能爲説。以見非刺厲也。而爲鄭學者强附益之、乃云、四詩之序皆言大夫刺、既以十月爲刺厲王、則小旻小宛從可知。……又云、小旻小宛其卒章皆有怖畏恐懼之言、似是一人之作）（「十月・雨無正・小旻・小宛」論／巻七、十三葉裏）

小雅「十月之交」の序に「十月之交、大夫刺幽王也」とある。鄭玄は、この序は本來「刺幽王」ではなく「刺厲王」であったのだが、毛公が『詁訓傳』を作るときに詩の配列を變えそれに合うように序の文字を改めたと述べる（當爲刺厲王、作詁訓傳時移其篇第、因改之耳）。そして續く「雨無正」「小旻」「小宛」も同じく「厲王」を刺った詩とするが、その論證は特に行っていない。それを『正義』は次のように敷衍する。

鄭玄はこの「十月之交」が厲王を刺ったものであり、その理がすでに明らかであるが、續く三詩もまた厲王を刺ったものと考えた理由は、四詩とも序に「大夫」といい、かつ内容も似たものである。「十月之交」と「雨無正」の卒章では、自分が留まり相手が去り、友を思う情が共通し、「小旻」と「小宛」の卒章は罪に陥ることをおそれ、恐怖する情が共通していて、同じ作者の手になるもののようである。それで（四詩とも）厲王を刺ったものであると考えたのである（鄭檢此篇爲厲王、其理故〈もと「欲」に作る。挍勘記に據って改める〉明而知下三篇亦當爲刺厲王者、以序皆言大夫、其文大體相類。十月之交・雨無正卒章說己留彼去、念友之意全同。小旻・小宛卒章說怖畏罪辜、恐懼之心如一、似一人之作。故以爲當刺厲王也）（「十月之交」序『正義』／巻十二之二、二葉表）

歐陽脩の批判はこれに對應している。

2—⑤　小雅「正月」

鄭玄は〔「父母生我、胡俾我瘉、不自我先、不自我後」〕を「苟《かりそめ》に身を免れんと欲する」ことを言うと解釋し、後の學者たちはそれをもとにして敷衍し「自分の父祖や子孫に災いを押しつけてでも、とりあえずはその身の苦しみを逃れようとする」と言うけれど、それが詩人の意圖であるはずがない（鄭謂苟欲免身而後學者因益之曰、寧貽患於父祖子孫以苟自免者、豈詩人之意哉）（「正月」論／巻七、七葉裏）

これは、小雅「正月」第二章の

父母生我　　父母　我を生む
胡俾我瘉　　胡《なん》ぞ我をして瘉《や》ま俾《し》む
不自我先　　我自《よ》りも先ならず
不自我後　　我自りも後ならず

の鄭箋「〈自〉は〈より〉である。天は父母に私を生ませたのに、いったいなぜ私を一人前にせず、私をこのような暴虐な政治が行われる世に巡り合わせて病に伏せさせるのか。このような世はなぜ私より前に現れたり、私より後に出現したりしなかったのか。苦しみが極まったその心はとにかくその身が免れさえすれば、と思うのである（自、從也。天使父母生我、何故不長遂我、而使我遭此暴虐之政而病。此何不出我之前、居我之後、窮苦之情、苟欲免身）」についての『正義』の次の文章に對應していると考えられる。

前の章で王が酷く嚴しいことを言ったので、この章では暴虐な政に出會って苦しむことを言う。願うべきでないことを願ってまでもこれから免れようとする。そこで「私より先でもなく私より後でもなく」と言うのである。忠恕なるものは「已の欲せざる所を人に施す」（『論語』「顏淵」「衞靈公」）ことはしないもの、まして虐政を過去未來に押しやってしまうのは、父祖でなければ子孫に苦しい目を押しつけるということになるが、これというのも苦しみがあまりに甚だしいため、ともかくも身を逃れたいと思ってのことなのである(5)（上章言王急酷、故此〈「此」下にもと「病」字あり。挍勘記に據り削る〉遭暴虐〈もと「虐」の字無し。挍勘記に據り補う〉之政而病也。以所願不宜願、免之而已。乃云不自我先、不自我後、忠恕者己所不欲、勿施於人、況以虐政推之先後、非父祖則子孫、是窮苦之情苟欲免身）（卷十二之一、十葉裏）

2—⑥　小雅「小宛」

また〔毛鄭が〕「先人」を文王武王ととるのでさえ思慮不足であるのに、後の學者は「先人」が文王武王であるならば「有懷二人」もまた文王武王であるはずだと言うが、同じ意味の言葉を繰り返して別のことを言わないということはありえない（又謂先人爲文武亦踈矣。而後之學者既以先人爲文武而有懷二人又爲文武、不應重複其言而無他義也）（「小宛」論／卷七、十五葉裏）

小雅「小宛」首章の

我心憂傷　我が心 憂《うれ》へ傷《いた》む
念昔先人　昔の先人を念ふ
明發不寐　明發《よもすがら》 寐《い》ねられず
有懷二人　二人を懷ふこと有り

の「先人」を毛傳は「先人文武」と解釋するが、『正義』ではさらに進めてこの詩句を「昔日の先人文王武王を追想する。……思うのはただこの文王武王の二人だけである（追念在昔之先人文王武王也。……有所思者唯此文武二人）」（巻十二之三、一葉表）と疏通し「二人」も文王武王を指すと解している。

以上の例はいずれも『正義』中に對應する經説を見出すことができるので、歐陽脩はこれらの説を『正義』から引用した蓋然性が高い。このような見地から『詩本義』全體を見渡すと、「爲疏義者」「爲義疏者」「爲鄭學者」「後學者」「爲毛鄭學者」[6]「學者」[7]などの語で示される先人の説四十例のうち、二三例について『正義』の説との對應關係を見出すことができる（附表1「詩本義引用毛詩正義説一覧」參照）。その他にも、『正義』からの再引用と考えられるものが四例ある。對應關係を見いだせない例は、鄭玄の改字説を批判したという「先人」が誰を指すのか未調査なのを除けば、ほとんどが舊説を引用したものではなく語の一般的な意味で用いたものなので[8]、例外と見なし得る。このことから、歐陽脩はその詩經研究にあたって『正義』を參照し、かつ重要な資料として『正義』の經説を取り上げ論議していると考えられる。

あるいは、『正義』とたまたま同じ説を唱える他書から引用した可能性もある、例えば、六朝の諸義疏など『正義』

以外の文獻を出典としているとは考えられないのか、との反論を受けるかも知れない。しかし、目錄類に據れば謝沈『毛詩釋義』十卷・劉炫『毛詩述義』三十卷・張氏『毛詩義疏』五卷などをはじめとする六朝・唐の義疏は『新唐書』「藝文志」の著錄を最後として、以降の目錄『崇文總目』『郡齋讀書志』『直齋書錄解題』には著錄されないので、歐陽脩當時すでに亡逸していた可能性が高い[9]。義疏類に限らず、『崇文總目』『郡齋讀書志』『直齋書錄解題』に著錄された『詩本義』以前の毛詩の研究書は寥々たるもので、歐陽脩の引用の候補として考えられるものは見あたらない。假にこれらの書物が當時存在していたとしても、歐陽脩が目睹した可能性は、敕命により開版された『正義』とは比較にならないほど小さいはずである。彼の當時、詩經研究に資する文獻としてまとまったものは、毛傳鄭箋以外には、『經典釋文』を除けば[10]『正義』ぐらいしか見あたらなかったというのが實狀ではないだろうか。2—①②から歐陽脩が『正義』を參照していたことが明らかな以上、右に擧げた例も『正義』からの引用と考えるのが自然であろう[11]。

ところで、彼はなぜ『正義』からの引用であることを明示しなかったのだろうか。

まず、歐陽脩が『正義』說を引用するときはそれを批判的に扱うのがほとんどなので、當時なお標準的なテキストとして國家公認の位置にあった『正義』に對して表立った批判を行うのをはばかった、ということが考えられよう。しかし、歐陽脩は孔穎達の『正義』以上に敬意を持たれていたはずの詩序・毛傳・鄭箋については『詩本義』中でかなりあからさまな形での批判を行っていること[12]、また當時の文獻中には、『五經正義』についての公然とした批判が行われていたことを示す例を見出すことができる[13]ことから考えると、『正義』をタブー視した可能性は少ない。

次に考えられるのは、歐陽脩は『毛詩正義』という書名に抵抗感を持った、ということである。彼の「『九經正義』中より讖緯を刪去せんことを論ずるの劄子（論九經正義中刪去讖緯劄子）」に、

唐の太宗の時に至りて、始めて名儒に詔して九經の疏を撰定せしめ號して正義と爲す。凡そ數百篇。これより

以來著して定論と爲す。凡そ正義に本づかざるは、之を異端と謂う。則ち學者の宗師、百世の取信也。然れども其の載する所既に博ければ、擇ぶ所精ならず。多く讖緯の書を引き、以て相雜亂せしめ、怪奇詭僻たるは、所謂非聖の書にして正義の名に異なれる也（至唐太宗時、始詔名儒撰定九經之疏號爲正義。凡數百篇。自爾以來著爲定論。凡不本正義者、謂之異端。則學者之宗師、百世之取信也。然其所載既博、所擇不精、多引讖緯之書、以相雜亂、怪奇詭僻、所謂非聖之書、異乎正義之名也）（『歐陽文忠公集』卷一一二、『奏議集』第十六　翰苑／第二册、八六四頁）

とある。この建議は結局實現に至らなかったが[14]、彼がおもに『五經正義』が讖緯說を採用したことからその疏通に不信感を持ち、「正義」という名にふさわしくないと考えていたことがわかる[15]。『詩本義』執筆に際しても、彼が誤りと判斷した經說を「正義」の名で呼ぶことに抵抗感を抱き、あえて「爲義疏者」「爲鄭學者」「後學者」「學者」などの呼稱を用いることで價値の相對化をはかったと考えることができるのではないだろうか。2―①、2―②の例で撰者名と書名を明記しているのは、この二例では引用の意圖が、他とは違い批判を行うためではなく、また引用文の所在・輯佚の出所を示すために正確な出典を記す必要があったためと解釋することができる。

ただし、このような理由で「正義」という書名を使わないにしろ、なぜ撰者の孔穎達の名前を出すこともしなかったのかについてはこの假說では說明が附かない。

さらにもう一つの可能性としては、歐陽脩には、『正義』が孔穎達（および彼のもとで撰述に當たった疏家たち）のオリジナルな著述ではなく、六朝の義疏類を集成したものである、という撰述の事情[16]を正しく認識していて、『正義』に載る說を學術史的に正確に位置づけ考察しようとしたということも考えられよう。「義疏を爲す者」「鄭學を爲す者」「毛鄭の學を爲す者」と言うことによって、自分の批判は一『正義』に止まるのではなく、「注疏學」という學問方法とそれを代々受け繼いできた疏家全體に向けられているのだという表明をした、とも考えられる。

以上考えられる可能性を列擧したが、考察の資料に缺けており、いずれの假説が妥當かについては目下のところ結論を出すことはできない。待考としたい[17]。

3　『正義』の方法論に對する批判

前節で擧げた例では、問題のある（と歐陽脩の考える）傳箋の訓釋を『正義』が敷衍したことに對して、歐陽脩は批判を向けていた。つまりそこでの『正義』批判は、傳箋批判の延長線上にあるもので、『正義』はそれほど獨自性を持った經說として扱われているわけではない。單純化すれば、歐陽脩の批判の眞の對象はあくまでも傳箋であり、『正義』批判はそのつけたりにすぎないということもできる。したがって、これは『詩本義』を毛傳鄭箋との關係性から考察する、從來の理解の枠内で充分論じることのできる事例であり、本章で提起するように『正義』に對する歐陽脩の立場という視點をことさら設定して論議するに及ばない、という意見もあり得よう。

しかしながら、歐陽脩の詩經研究にとって『正義』の說は常に傳箋のつけたりとしてしか考えられていなかったわけではない。『詩本義』中の『正義』に關する言及のなかには、右の諸例とは性格の異なるものが存在する。

3—①　曹風「鳲鳩」第二章

淑人君子　　淑人　君子
其帶伊絲　　其の帶　伊《こ》れ絲《いと》
其帶伊絲　　其の帶　伊れ絲
其弁伊騏　　其の弁　伊れ騏《き》

鄭箋に「〈騏〉は當に〈琪〉に作るべし。玉を以て之を爲《つく》る。此の帶弁を言ふは、其の服に稱《かな》はざるを刺《そし》る（騏當作琪、以玉爲之、言此帶弁者刺不稱其服）」と言う。これについて『詩本義』は次のように批判する。

　また、この（曹風「鳲鳩」）詩の三つの章（首・三・卒章）はみな「淑人君子」を褒め稱えているのだが、中閒の一章（第二章）だけがその薄德が立派な服裝に釣り合っていないのを風刺していると〔毛傳鄭箋は〕解釋するが、詩人がそのような意圖でこの詩を作ったはずがあろうか。疏義を著した者に至ってはこの閒違いに氣がつき、はじめて「淑人君子」という言葉は曹の國にこの人がいないことを風刺すると言い、「其子在梅」「其子在棘」で無理な說明をしてつじつま合わせをしているが[18]、それは毛傳鄭箋の本來の意圖ではない（又其三章皆美淑人君子、獨於中閒一章刺其不稱其服、詩人之意豈若是乎。至爲疏義者覺其非、是始略言淑人君子刺曹無此人而在梅棘强爲之說以附之、然非毛鄭之本意也）（「鳲鳩」論／巻五、五葉裏）

たしかに、同詩の首章「淑人君子、其の儀 一なり兮」の鄭箋に「善人君子 其の義を執ること當に一の如くなるべき也（善人君子其執義當如一也）」と言い、第三章「淑人君子、其の儀 忒《うたが》はず」についても鄭玄は「義を執ること疑はず（執義不疑）」と釋し、いずれも「淑人君子」を褒め稱えた詩句と解釋するのに、この章だけを「淑人君子」の薄德を風刺すると解釋するのは、歐陽脩の言うとおり一貫性に缺ける印象は否めない。ところが、これについて『正義』は次のように說明している。

　その帶と弁を擧げているのは、〔いにしえの善人君子の〕德がその服裝にふさわしいものであるので、人民は彼を敬愛したことをいうのである。これは曹の主君がその服裝にふさわしくないので人民に憎まれていると風刺するのである（擧其帶弁、言德稱其服、故民愛之、刺曹君不稱其服、使民惡之）（巻七之三、八葉表）

つまり、本章でもやはり詩句の上では古の君主の立派な容儀を褒め稱えているのだが、その裏に現在の曹の主君の薄德を批判する意圖を込めていると解釋する。それによって、鄭箋に「その服に稱《かな》わざるを刺《そし》る」と言われているのは現在の曹の主君のことだが、詩句に詠われた理想の君子への贊美の裏に隱された作詩者の批判を明らかにするのが鄭玄の意圖であると言う。歌われているのは昔のこと、裏で批判されているのは今のことという構造を讀みとって、鄭箋の他の章との矛盾を解決しようとするのである。これを歐陽脩は、毛鄭の間違いに氣がつきながら、無理な正當化をこころみていると批判している。

同樣の例は「生民」「麟之趾」についての議論にも見られる。

3―② 大雅「生民」第六章

誕降嘉種　誕《おほ》いなるかな嘉種を降《くだ》すこと
維秬維秠　維《こ》れ秬《きよ》　維《こ》れ秠《ひ》あり
維穈維芑　維れ穈《ぼん》　維れ芑《き》あり

毛傳は「天　嘉種を降す（天降嘉種）」と言い、鄭箋は「天　堯の后稷を顯すに應ず。故に之が爲に嘉種を下す（天應堯之顯后稷、故爲之下嘉種）」と言う。これについて『正義』は、

「天　種を降す」というのは、后稷を褒め稱えるものである。后稷が種を蒔けば必ず實って收穫に至ることについて、その功を天佑に歸しているのであり、天が本當に種を地に降らせたというわけではない[19]（天降種者、美大后稷、以稷之必獲、歸功於天、非天實下之也）（卷一七之一、十五葉裏）

と言う。豐作になったことを天の惠みと感じた詩人が「天が穀物を下してくださった」と表現したのであり、本當に

天から穀物が降ってくるという神話的な情景を詠っているわけではなく、傳箋もそれを了解した上であえて詩句に沿った訓釋をしたまでだと考える。これに對して歐陽脩は、

こういうわけで先儒で毛鄭の學に從うものも、その誤りに氣づき「詩人がそのことを褒め稱え天佑に歸して言ったまでだ」と言うにとどまった。しかしながら毛鄭が后稷の詩について怪奇な説を好んでなしたことは前後に一ならず例がある（是以先儒雖主毛鄭之學者亦覺其非、但云詩人美大其事推天以爲言爾。然則毛鄭於后稷喜爲怪說、前後不一）（「思文・臣工」論／卷十二、五葉裏）

と言い、傳箋がとかく讖緯説を詩解釋に持ち込む傾向があることから考えると「生民」についても毛鄭はやはり神話的な事實を歌っていると信じ込んで訓釋しているのであり、疏家の疏通は傳箋の本來の解釋を曲げて合理主義的な疏通をしたものに過ぎないと批判する。

3―③　麟之趾

「麟趾」の詩序に「麟之趾、關雎の應なり。關雎の化 行はるれば、則ち天下に非禮を犯すもの無し、衰世の公子と雖も、皆な信厚なること麟趾の時の如きなり（麟之趾、關雎之應也。關雎之化行、則天下無犯非禮、雖衰世之公子、皆信厚如麟趾之時也）」とあり、それを鄭玄は「關雎の時、麟を以て應と爲す、後世衰へたりと雖も、猶ほ關雎の化を存する者、君の宗族 猶尚《なお》 振振然として、麟 應ずるの時に似る有りて、以て過ぐること無き也（關雎之時、以麟爲應、後世雖衰、猶存關雎之化者、君之宗族猶尚振振然。有似麟應之時、無以過也）」と敷衍する。これに對し『詩本義』は次のように批判する。

「關雎」「麟趾」は同じ作者によって作られたものではない。「麟趾」の作者は「關雎」の意について全く關知

するところはない。故に、昔の學者で毛鄭の學をなすものも彼らの誤りに氣づき、そこで曲說をなして次のように言う。「本當は麒麟の應などないのだが、太師が詩を編纂するとき、この義を假に設定して關雎の化が完成したからには麒麟が出現するのがふさわしいと考えて、そこでこの「麟趾」の篇を借りて最後に置き、あたかも化が完成して麒麟が出現したかのようにした」と。そうであるならば、詩序の述べるところは詩人の作詩の本來の意圖ではなく、太師が詩を編んだときに假に設定した意義づけである。毛鄭はついに詩序の意にこだわって詩を解釋した。そのため太師の假に設定した意義づけによって詩を解釋することになってしまった。本義から遠くはずれてしまったのももっともなことである（關雎麟趾作非一人、作麟趾者了無及關雎之意。故前儒爲毛鄭學者自覺其非、乃爲曲說云、實無麟應、太師編詩之時、假設此義以謂關雎化成、宜有麟出、故借此麟趾之篇、列於最後、使若化成而麟至爾。然則序之所述乃非詩人作詩之本意、是太師編詩假設之義也。毛鄭遂執序意以解詩。是以太師假設之義解詩人之本義、宜其失之遠也）（卷一、九葉裏）

ここで歐陽脩が批判しているのは、『正義』の次の部分が對應する。

この「麟之趾」の篇の本意は、公子の信厚なる樣子がいにしえ麒麟が出現した時にさながらであることをストレートに褒め稱えるものであり、「關雎」で稱えられているような后妃の徳がまず天下を教化して、それからその應驗として公子が信厚になったという因果關係を言っているわけではない。太師が詩篇を樂章用に編纂したとき、「關雎」と「麟之趾」の二篇を照應させようとしたのであり、詩序の作者はこのような太師の意圖を說明してその編纂の方法を示そうとしたまでである。そうではないと言うなら、いったい一人の詩人が二篇の詩を相顧みて首尾一貫させせようとしながら作ったということがあるだろうか。さらに、天下の人々すべて非禮を犯すことがなくなって、それからようやく公子が信厚なるに至るというのでは、公子が天下の人々より教化しがたいということになり、理に合わない。明らかにこれは詩を編纂したときのその方法を示そうとしたものである（此篇本意直美公子信厚似古致麟之時、不爲有關雎而應之。太師編之以象應、敍者述以示法耳。不然此豈一人作詩而得相顧以爲終始也。又使天下無犯非禮、乃至公子信厚、是公子難化於天下、其豈然乎。明是編之以爲示法耳）（巻一之三、十葉裏）

『正義』は、「關雎」と「麟之趾」とが照應するというのは、太師が詩を樂章に編纂したときのことと認識し、詩序はその太師の編纂意圖を説明したものと解釋する。『正義』は他の詩篇については「『關雎』の詩を作る者は、后妃の德を言う也」「『葛覃』の詩を作る者は、后妃の本性を言う也」などという表現を用いて、「詩序は作詩の本義を傳えたものである」という認識に立って疏通を行ったことを明示するが、「麟之趾」の詩序の『正義』では「『麟之趾』を作る者は」という表現は用いず、「此の『麟趾』の末に處るは、『關雎』の應有れば也」と言う。[20] このことからも疏家が、「麟之趾」の詩序は作詩者の本義を傳えたものではないと考えていたことがわかる。しかし、他の詩序については作詩者の本義を説いていると考えているのに、この詩序では太師の編纂の意圖を説明しているというのでは、疏家の詩序認識には一貫性が缺けているということになる。歐陽脩の批判はそれを衝いたものである。

右の三例では、毛傳鄭箋のみならず、『正義』の疏通の妥當性をも視野に入れた批判が展開されている。歐陽脩にとって、『正義』は單なる傳箋の附屬物ではなく、それ自身檢討すべき問題をはらんだ獨立した存在として認識されていたことがわかる。歐陽脩の考察に從えば、3—①②では、疏家は傳箋の注釋に疑問を感じながらそれを無理に疏通したために、結果的に傳箋の本來の意圖を歪曲した解釋をしてしまったのであり、傳箋は常に正しい解釋を行っているという立場を固守するために、傳箋の眞意にもとった疏通をしてしまうという自己矛盾に陷ってしまったことになる。言い換えれば歐陽脩は、「疏は注を破らず」という學的立場は貫徹することができないと斷案を下しているに等しい。また、3—③では、詩序に問題を感じながらそれをあえて疏通したために、詩篇の本義から乖離することになったと批判している。「疏は注を破らず」という態度によっては經の本義に達することはできないと斷案を下しているわけである。この二つの斷案は、『五經正義』を代表とする從來の經學の方法論を根本から否定したものであり、新たな詩經學をうち立てようとする歐陽脩の學問姿勢を如實に表すものということができる。

ところで、『正義』が「疏は注を破らず」という態度を貫徹できないという歐陽脩の斷案の論理的根據を考えると き、奇妙な事實に氣づく。それは、疏家が自分と同じ違和感を序傳箋に對して抱いていたという認識がこのような斷案の據って立つところになっているということである。少なくとも、疏家の心理を「疏義を爲る者に至りては其の非を覺る」「前儒の毛鄭の學を爲す者 自ら其の非を覺る」「先儒 毛鄭の學を主とする者と雖も亦た其の非を覺る」と忖度する歐陽脩は、この點に關して疏家に對してある種の親近感を抱いていたことになる。3—②を例にすれば、歐陽脩は、毛傳・鄭箋の讖緯説による詩解釋に對する違和感を疏家も自分と共有していると考えていた。二者の違いはそれを無理に合理的に疏通するか、正面から批判するかという對處の仕方の違いに過ぎない。兩者の共通點と相違點とをいささか圖式的にまとめれば次のようになるだろう。歐陽脩に據れば、疏家は傳箋の解釋に對して違和感を感じつつもあえて疏通をしたために自己矛盾に陷った。その反省の上に立って、歐陽脩は傳箋に對する違和感を出發點にして新たな詩經解釋の道を模索した、と。傳箋に對する違和感を基準にすると、疏家と歐陽脩との隔たりは意外に大きくないのである。

とりわけ、3—③は注目すべき事例である。ここで『正義』は、詩には「本意」と「太師編詩の意圖」という二つの意味層が存在し、それがともすれば乖離しがちなものである、という認識を述べている。これは、歐陽脩の詩經研究の基盤をなす學的認識に通じるものである。歐陽脩の學的認識は『詩本義』卷十四「本末論」において展開されており、從來の『詩本義』研究でも一樣に重視されてきたものであるが、その概要を示せば以下のようになる。詩經の成立およびその後の詩經學の展開の過程で、詩經の詩篇には次の四つの異なる意味的・解釋的位相が存在することになってしまった。すなわち、

一、詩人の意　個々の詩篇が民間の詩人によって作られた段階。事物に感じ美刺の義を込め、喜怒哀樂を言葉に表したものが詩となった。

二、太師の職　民間の歌謠が諸國の采詩官によって採集され、太師のもとで、朝廷の祭宴、民間の宴席で演奏するために樂章として編成された段階

三、聖人の志　孔子の手によって教化に資するように改編を施され、六經に列せられた段階

四、經師の業　春秋戰國の混亂、秦の焚書坑儒などを經て、學者が殘缺を整理し義訓を施したが、詩の本義に悖る恣意的な解釋を行う場合もあったために、據るべき說と斥けるべき說とが混亂してしまっている段階

である。このような混亂した狀況を前にして學者がなすべきことは「詩人の意」を捉えることによって「聖人の志」を得るという「本」に沿った研究を行うことであり、「太師の職」「經師の業」といった「末」義にとらわれてはいけない。このような學的認識のもとに歐陽脩は「詩人の意」「聖人の志」を解明すべく『詩本義』を著したのであるが、(21)詩篇に異なった意味層が併存するという認識は、『正義』の說と共通している。(22)ただし、疏家は詩經中にこの二つの意味層が存在することを認識しつつも、詩の「本意」の解明に研究の目的を定めるという態度を貫徹できず、その場その場で序傳箋が指向するものに從うに止まっているのであるが。歐陽脩は『正義』の說を精密化すると同時に、それを自分自身の研究對象の選擇の問題として重視したということができるのではないだろうか。このように詩經解釋上の重要な問題について、兩者で認識の共有が見られることは特筆に値することである。

『正義』と『詩本義』の問題意識の共有は、次の例にもいささか曲折を經た形で現れている。

3―④　小雅「小明」第四章

嗟爾君子　嗟爾《ああなんぢ》君子
無恆安處　恆《つね》に安處すること無かれ

鄭箋に「恆は常也。嗟女《ああなんぢ》君子とは、其の友の未だ仕へざる者を謂ふ也。人の居るや、常に安んずるの處無しとは、當に安に安んずるとも能く遷るべきを謂ふ。孔子曰く、鳥は則ち木を擇ぶ（恆常也。嗟女君子、謂其友未仕者也。人之居、無常安之處、謂當安安而能遷。孔子曰、鳥則擇木）」と言う。これを歐陽脩は次のように批判する。

鄭玄は、「嗟爾君子」を友人でいまだ出仕していないものを指すと解する。しかしながら、詩中の大夫は亂世に巡り合わせ、出仕したことを悔いているのであるからには、なすべきはいまだ出仕していない友人に、安居して出仕しないように勸めることであり、「一つ國に腰を落ち着けてはいけない」と教えることなどあろうはずがない。思うに鄭玄は、大夫が出仕していない友人に「亡命して他國に行け。周の國に留まってはいけない」と勸めていると解釋しているのであり、だからこそ「鳥は則ち木を擇ぶ」ということわざも引くのであろうが、出仕を悔いるものは退隱せずして窮地に陷ったことを悔いるもの、鄭玄の説のごとくならば、周の大夫はみな國に對して二志を抱き、友に周に背いて亡命するよう教えていることになり、これでは教えを垂れる詩と云うにふさわしからぬものである（鄭乃以嗟爾君子爲其友之未仕者。[23]且大夫方以亂世悔仕、宜勉其未仕之友以安居而不仕、安得教其無恆安處。蓋鄭謂大夫勉未仕之友去之他國、無安處於周邦也、故引鳥則擇木之説、夫悔仕者悔不退而窮處爾、如鄭之説則周之大夫皆懷貳志、教其友以叛周而去、此豈足以垂訓也）（「小明」論／巻八、十葉裏）

歐陽脩は、鄭箋が「亂世に出仕して窮状に陷った大夫が友人に、亂れたこの國を捨て他國に別天地を求めるよう勸める」と解釋していると考え、これでは國への裏切りを勸める詩になってしまうと批判する。(24) 一方、『正義』は鄭箋を次のように疏通している。

「ああ君、有德でありながらいまだ仕えていない君子よ。人が人生を送る場で、常に心安らかに樂しく過ごせるところなどない」と言っているのは、仕官の身の上に安んじることのないようにせよ、君はただ安んじて天命を待ち、仕官を求めることに汲々としてはいけない、ということである（嗟乎、汝有德未仕之君子。人之居、無常安樂之處、謂不要以仕宦爲安、汝但安以待命、勿汲汲求仕）（卷十三之一、二十五葉表）

「常に安んずるのところ無し」とは、隱遁と出仕と、安んずるところが常ならぬことを言うのである。「安きに安んじて能く遷る」とは、明君がいなければ世に隱れ暮しているこの安居に安んずるべきであり、明君が現れたならば、遷りゆきて彼に仕えることができるようにすべきことを言う。これは出仕するにも隱遁するにも必ず時期を見るべきで、いずれかの境遇にいつまでも安んじてはならず、時が來るのを待って別の境遇に遷るべきだというのである。孔子が「鳥は則ち木を擇ぶ」といった。これはちょうど臣下が主君を選ぶようなものであり、だからこの安きに安んじて主君を選んで遷ることができるのである（無常安之處、謂隱之與仕、所安無常也、安安能遷者、無明君、當安此潛遁之安居、若有明君、而能遷往仕之、是出處須時、無常安也。必待時而遷者。孔子曰、鳥則擇木、猶臣之擇君〈もと「遷也」の二字有り。挍勘記に據って削る〉、故須安此之安、擇君而能〈もと「而能」の二字無し。挍勘記に據って補う〉遷也）（同、二十五葉裏）

『正義』は、鄭玄が「大夫が友人に勸めているのは亂世に際しては仕官せずに隱遁せよということであり、國を捨て他國に去れと勸めているわけではない」と解釋していると考える。この『正義』の疏通に據れば、鄭箋は「大夫は亂世に巡り合わせて出仕したことを悔いているところなので、出仕前の友人にその身に安んじて出仕しないようにと勸めている」という歐陽脩の解釋と齟齬することはないことになってしまう。つまり、歐陽脩は『正義』に從わずに獨自に鄭箋を解釋した上で、鄭玄が詩の本義を捉え得ていないと批判しているのである。これを逆の觀點から見れば、『正義』は、歐陽脩と同じように「大夫は主君を選んで仕えず隱遁することはすべきだが、國を捨て他國に仕官を求めることは許されない」という君臣關係についての倫理觀に適合するように鄭箋を解釋していると考えることができる。[25] であるならば、『正義』と歐陽脩とは、「小明」の詩がいかなる倫理觀のもとに詠われているのかについて共通の認識を持っていて、それに基づいて一方は鄭箋の合理化に取り組み、もう一方は鄭箋を批判し本義を解明する作業に取り組んでいると言うことができる。

同様の例を「氓」「賓之初筵」にも見ることができる。

3—⑤　衛風「氓」第三章

桑之未落　桑の未だ落ちざるときに
其葉沃若　其の葉　沃若《おくじやく》たり
于嗟鳩兮　于嗟《ああ》　鳩
無食桑葚　桑の葚《み》を食《は》むこと無かれ
于嗟女兮　于嗟《ああ》　女
無與士耽　士と耽《ふけ》ること無かれ
士之耽兮　士の耽《ふけ》るをば
猶可說也　猶ほ說《と》く可し

女之耽兮　　女の耽《ふけ》るをば
不可説也　　説《と》く可からず

鄭箋に「是の時に於いて、國の賢者 此の婦人の誘《あざむ》かるることを刺る。故に于嗟《ああ》として戒む。鳩の時に非ざるを以て葚《み》を食むこと、猶ほ女子の嫁するときに禮を以てせざるがごとし。耽《ふけ》るは禮に非ざるの樂（於是時國之賢者刺此婦人見誘、故于嗟而戒之。鳩以非時食葚、猶女子嫁不以禮、耽非禮之樂）」と言う。これを歐陽脩は、詩の構成を無視した解釋と批判する。

〔この章の詩句は〕みな女が棄てられ逐われて困じ果てて、自分のしたことを後悔する言葉である。鄭玄は、國の賢者がこの婦人が欺かれたのを刺って、そのために「ああ」といって戒めた言葉と解するが、前章の「私の財産をもってあなたについていった（以我賄遷）」と下章の「桑の葉が落ち出すと（桑之落矣）」がどちらも女性が自分で語った言葉なのに、その閒の數句ばかりが國の賢者の言葉だというはずがあろうか（皆是女被棄逐困而自悔之辭。鄭以爲國之賢者刺此婦人見誘、故于嗟而戒之、今據上文以我見賄遷、下文桑之落矣、皆是女之自語、豈於其閒獨此數句爲國之賢者之言）（巻三、八葉表）

歐陽脩に據れば、鄭玄の解釋では前後が女性の後悔の言葉なのに中閒に他人（國の賢者）の言葉が脈絡なく現れることになってしまうので、これは詩の構成の有機的繫がりを無視した解釋である、というのである。ところが、『正義』はすでに鄭箋を次のように疏通している。

鄭玄は次のように解する……國の賢者が私（男に棄てられた女）が誘惑されるのを刺ってこのように言った。……私はその時賢者の言葉に從わなかった。……それで今になってそれを思って後悔している（鄭以爲……國之賢者刺

己見誘、故言、……己時不用其言、……故今思而自悔）（巻三之三、三葉裏）

『正義』は、國の賢者の言葉は、女性の回想の中で思い出されたものと位置づけて、鄭箋を解釋している。棄てられた女性が繰り言を列ねる中でむかし國の賢者に忠告されたことを思い出し、それに從わなかった自分の愚かさを悔やんでいると考えるのである。このような入れ子構造的な解釋上の處置を施すことにより、歐陽脩が批判するような問題は解消され、女性の心理の流れの中に詩句の意味世界が統合されている。これを逆の面から考えれば、歐陽脩は、『正義』の説に從わず獨自の讀解をして鄭箋の缺陷を發見し批判しているのだが、本詩の構成についての基本的な認識は、結局は『正義』とそれほど異なるところはなかった、ということになる。

3—⑥　小雅「賓之初筵」

この詩の前半二章は折り目正しい宴席の様子が詠われ、後半三章は亂れた宴席の杯盤狼藉の様が詠われている。これについて『詩本義』は次のように言う。

鄭玄の説のとおりならば、王が酒宴を開いて、……一日のうちに、朝には禮を心得た賢君であるのに暮れには亂れた暗君となるというのでは、人情にかなったものとは言えない。思うに詩人は詩を作るとき、古のありさまを述べることによって當世を風刺することしばしばである。この詩は五章あるが、前二章はいにしえの〔賢君の宴席の〕様子はかくのごとくであったと述べ、後三章では、それが今ではこんな〔ぶざまな〕ありさまになってしまったと風刺しているのである。それを鄭玄は判別しなかった。そのため彼は、この詩を大いに誤解してしまったのである（如鄭氏之説則王之飲酒……是其一日之內朝爲得禮之賢君、暮爲淫液之昏主、此豈近於人情哉。蓋詩人之作常陳古以刺今、今詩五章、其前二章陳古如彼、其後三章刺時如此、而鄭氏不分別之、此其所以爲大失也）（「賓之初筵」論／巻九、

一葉裏）

ところが、疏家は本詩の小序の『正義』で次のように言う。

本詩五章、……鄭玄は、前二章は古《いにしえ》大射の禮で祭りを行ったときの様を述べ、次の二章では今の王の祭の最後の宴席を詠っていると解する。〔毛傳・鄭箋〕ともに、前二章は古の様子を述べることにより今を風刺し、次の二章では當世の荒廢したありさまを風刺すると解釋する（此經五章、……鄭以上二章陳古大射行祭之事、次二章言今王祭末之燕、倶以上二章陳古以駁今、次二章刺當時之荒廢）（巻十四之三、二葉表）

これに據れば『正義』ではすでに歐陽脩の主張する、前半は古を詠い後半は今を詠うという構造を讀みとっており、それによって鄭箋を解釋している。そのため、歐陽脩が批判したような「一日のうちに賢君が暗君に變わり果ててしまう」という矛盾を生じることなく鄭箋を理解し得ている。兩者の違いは本詩第三章、

賓之初筵　　賓の初め筵《むしろ》につくとき
溫溫其恭　　溫溫として其れ恭《うやうや》し
其未醉止　　其れ未だ醉はざるときは
威儀反反　　威儀　反反たり
曰既醉止　　曰《ここ》に既に醉ひぬるときは
威儀幡幡　　威儀　幡幡たり
舍其坐遷　　其の坐を舍《す》てて遷《うつ》るときは
屢舞僊僊　　屢《しば》しば舞ふこと僊僊《せんせん》たり

の鄭箋「此は言ふは、賓 初め筵《むしろ》に卽《つ》くの時に能く自ら敕戒《ちょくかい》するに禮を以てす。旅酬《りょしゅう》に至りて小人の態 出づ（此言賓初卽筵之時能自敕戒以禮。至於旅酬而小人之態出）」の解釋に關わる。すなわち『正義』は、鄭箋の「賓の初めて筵に卽くの時」を本章の初四句のみを指したものと考え、そこから鄭玄が首章・第二章は古の先王の御代の禮儀にかなった宴席の様子を詠っていて、この第三章にいたって場面轉換をして作詩の當時の幽王の宴席の亂れた様を歌い風刺しはじめると解していると考える。それに對して歐陽脩は、鄭箋の言う「賓 初めて筵に卽くの時」とは、本章初四句を指すのみならず、第一・二章をも包含していると考え、そこから鄭玄が本詩の構造を誤解して、全體を幽王の宴席のありさまを時間の流れを追って描寫したものと解釋したと判斷するのである。このことから、歐陽脩が『正義』に從わずに獨自の鄭箋解釋を行ったことがわかると同時に、彼が獨自に鄭箋を解釋し批判を加えながら、提示した詩解釋は、結局『正義』が鄭箋の意を敷衍したのと同じ趣旨のものであったことがわかる。

以上の三例においては、歐陽脩は『正義』の疏通を無視して、獨自に傳箋の意を解釋した上で批判を展開している。彼がどのような基準で、『正義』を引用したり無視したりしたのかという問題については後の節で考察するが、ここでは歐陽脩が鄭箋を批判して詩篇の本義を追求しながら、そこで提示されたのは結局のところ鄭箋を疏通した『正義』と同方向の解釋であったという點に注目したい。このことは、傳箋を篤信して疏通を行った『正義』と、傳箋の一部を謬説として批判を加えた歐陽脩とが、實は傳箋に對して同様の問題意識を持っていたことを表す。兩者が道を異にするのは、一方は傳箋に問題を感じつつもそれを何とか合理的に疏通しようと努力したのに對し、一方は傳箋を大膽に批判し傳箋から脱却して詩解釋を行おうとした、その姿勢においてである。3―①②③で見たように、歐陽脩は疏家の意を忖度して「疏家は傳箋の解釋に對して違和感を抱いていた」と考えているが、それも一概に獨りよがりな推測と斷じてしまうことはできず、これらの例を見ると、傳箋の説にとまどいを覺えながらも「疏は注を破らず」という態度を貫くために苦しい論理構成を強いられていた疏家の姿がほの浮かんでくる。『正義』がすでに矛盾の解消を目指して説明を行った問題を、歐陽脩はふたたび蒸し返し鄭箋を批判している、と言えよう。

このように見ると、歐陽脩が『詩本義』で行った傳箋批判の芽は、『正義』の中にすでに萌芽的な形で提起されているということができる。疏家が疏通という方法で何とか解決を目指した問題を、歐陽脩は注疏の學の枠を破ることで、詩經の本義に達するための考察のいとぐちとして捉え直したのである。この視點に立てば、『正義』と『詩本義』との經學史的關係を斷絶の層ではなく、連續の層——つまり詩經研究の發展・成熟の層——で捉えることが可能になろう。漢代の詩經學と、宋代詩經學の先聲を告げる歐陽脩との方法論の乖離をつなぐ存在として『正義』が浮かび上がってくるのである。次節では、この點をより明確にするために、『詩本義』の中に『正義』の影響がどのように現れているか、言い換えれば歐陽脩が『正義』の詩經研究の成果をどのように攝取しているかを、より廣い視點から考察してみたい。

4　歐陽脩の詩經研究における『正義』の意義

前節までの議論に基づいて『詩本義』を見直してみると、歐陽脩が様々の形で『正義』の成果を吸收していたことがわかる。第一に指摘できるのは、考證の材料の出典としての『正義』利用である。『詩本義』の引用文獻の數と種類はごく限られていて、『尚書』『春秋左傳』『國語』『史記』の歷史的記錄、『爾雅』の詁訓、『春秋左傳』『孟子』その他に見える詩説などのほかに引用される文獻は多くない(26)。このような狀況の中で、やや特殊な文獻で引用されているものの多くが『正義』からの再引用と推定できる。一例を擧げれば、『詩本義』中の『爾雅』の引用はそれほど多くないのであるが(27)、そのほとんどは『正義』にすでに引用されているものであり、歐陽脩獨自の引用と考えられるのは一例を數えるのみである。(28) また、詁訓に關する漢魏六朝の學者の説の引用もその多くが『毛詩正義』に出典を求めることができる。歐陽脩には古文獻を博く渉獵して詳細な考證を行うという志向性はないのであるが、そのような彼にとって、『正義』は數少ない參考文獻であり、それを資料の寶庫として用いていたことが窺われる。

第二に、『正義』の經説が『詩本義』の議論構築に直接的な影響を與えている例が指摘できる。

4—①　大雅「棫樸」首章

芃芃棫樸　芃芃《ほうほう》たる棫樸《よくぼく》
薪之槱之　薪《たきぎ》にし槱《つみ》にす

鄭箋「白桵《はくすい》（毛傳に〈棫は白桵なり〉とある）は相樸《あつ》まり屬《つ》いて生じたる者なり。枝條芃芃然たり。豫《あらかじ》め斫《き》りて以て薪と爲す。皇天上帝及び三辰を祭るに至れば則ち聚めて積みて以て燎す（白桵相樸屬而生者。枝條芃芃然。豫斫以爲薪。至祭皇天上帝及三辰、則聚積以燎之）」について『詩本義』は、

鄭説のごとくならば、「あらかじめ棫樸を伐っておき、これから祭を行おうというときに薪にするためにそれを積む」ということになる……鄭玄がこのような解釋をしたのは第二章の「奉璋」の説に引きずられたためなのである（如鄭説則豫斫棫樸將祭而積薪……鄭所以然者牽於二章奉璋之説也）（「棫樸」論／巻十、五葉表）

と言うが、これは『正義』の

〔鄭玄が〕これが天を祭ることを詠っていると知ったのは、下の章に「奉璋峨峨」とあり、祭を行うときのことを詠っているので、これも祭のことだと考えたのである（知此爲祭天者、以下云奉璋峨峨、是祭時之事、則此亦祭事）

（巻十六之三、一葉裏）

という疏通に基づいたものと考えられる。もちろん、『正義』はこのように説明することによって鄭玄の解釋の論理的整合性を證明しようとしているのに對し、『詩本義』はこの引用の後で鄭玄説が成り立たないことを主張するというように兩者の意圖は正反對ではあるが、歐陽脩が鄭玄の詩解釋の構造を把握する上で『正義』の説に據っているというのは、歐陽脩の傳箋批判が『正義』の疏通を土臺にして行われたことを示すものであり、『正義』と『詩本義』との閒で學説の繼承が行われた一例とすることができる。同様の例として、2―③「酌」論で毛傳の意味を『正義』の説に基づいて推定しているものが擧げられる。

第三に、『正義』説の批判を通じて、歐陽脩獨自の研究の方法論が披瀝されている例を見たい。まず、詩の編次についての議論を行っているものに次の例がある。

4―②　邶風「匏有苦葉」

『正義』は、詩の編次はおおむね時代順に竝べられていると考えていた。

諸々の變風の詩の中でひとりの君主について數篇の詩が收められている場合には、おおむねことの前後によって編次されている。……邶風では「匏有苦葉」が先、「新臺」が後に置かれている。これは、夫人が宣公につかえたそのあとさきで編次されているのである（諸變詩一君有數篇者、大率以事之先後爲次。……邶詩先匏有苦葉、後次新臺、是以事先後爲次也）（「邶鄘衛譜」『正義』／巻二之一、五葉表）

〔衛の〕宣公は〔父の莊公の妾の夷姜を娶り、二人の閒に生まれた伋《きゆう》を太子としたが、その〕伋《きゆう》の妻〔として齊から迎えた皇女が美しいのを見て、その彼女〕を自分の夫人〔宣姜〕としたが、彼女もまた淫亂であったのに、鄭箋がここで〔「雄雉」の詩序の「淫亂不恤國事」に注して「淫亂者荒放於妻妾、烝於夷姜之等」とのみ言い、宣姜のことに〕言及しなかったのは、この〔「雄雉」の〕詩の作られた當時、宣公はあるいはまだ宣姜を夫人として迎えていなかったのであろう。故に〔「雄雉」の次に置かれている〕「匏有苦葉」で「雉が鳴きて其の牡を求む（雉鳴求其牡）」と譏られている「夫人」が夷姜のことを指している以上、この「雄雉」の詩も夷姜のことを詠っているのは明らかなのである（宣公納伋之妻亦是淫亂、箋於此不言者、是時宣公或未納之也。故匏有苦葉譏雉鳴求其牡夫人爲夷姜、則此亦爲夷姜明也）（「雄雉」序『正義』／巻二之二、三葉裏）

邶風「匏有苦葉」序の「公と夫人と竝に淫亂爲り（公與夫人竝爲淫亂）」の鄭箋に「夫人とは夷姜を謂ふ（夫人謂夷姜）」と言う。衛の宣公は、前後に夷姜と宣姜のふたりと不義の交わりをなし夫人として迎えたが、鄭玄は、この詩で宣公とともに「淫亂」と刺られている夫人は夷姜一人であり、後に宣公の夫人となった宣姜は含まれないと解釋する。この鄭玄説を擁護するために『正義』は、變風の詩がそれぞれおおむね時代順に編次されているという説を展開しているのである。これについて、歐陽脩は、「夫人」が夷姜であるか宣姜であるかは決めがたいとして次のように言う。

この詩は衛の宣公と夫人とがともに淫亂であったことを風刺するものであるが、鄭玄は夫人というのは夷姜のことだと言う。……學者はそこで鄭説を敷衍してこの詩が作られたときまだ伋のために娶ってはいなかったので、これは夷姜のことであるはずだ、という。しかしながら詩がいつ作られたかは知ることができない。〔それなのに〕今詩經の編次上、たまたま他の詩（宣姜を迎えるために新たに臺を築いたことをそしる「新臺」の詩）の前に置かれていることを根據にしている。してみると鄭説は據ることができない（詩刺衛宣公與夫人竝爲淫亂、而鄭氏謂夫人者夷姜也……學者因附鄭説謂作詩時未爲伋娶、故當是刺夷姜。且詩作早晩不可知。今直以詩之編次偶在前爾。然則鄭説胡爲可據也）（「匏有苦葉」論／巻二、十一葉裏）

歐陽脩は、現在の詩經の編次は作詩の順序・詩に詠われている史實の年代を考える根據とはならないので、詩がいつ何を詠ったのかは、あくまで詩の內容から考察していかなければならないと反論している。この議論の中で、歐陽脩が詩の編次に關する『正義』の認識を批判することによって鄭說を覆すという手續きをとっていることが注目される。これは、鄭說を批判する前提として、『正義』の疏通に從って鄭玄の思考の筋道を推定しているということで、2―③や4―①と同樣である。

同樣に、「斷章取義」の意義についての考察を見よう。

4―③　邶風「匏有苦葉」首章

匏有苦葉　匏《ひさご》苦き葉有り

濟有深涉　濟《わたり》深き涉有り

の毛傳に「興也。匏　之を瓠と謂ふ、瓠の葉　苦くして食《くら》ふ可からざる也（興也。匏謂之瓠、瓠葉苦不可食也）」と言う。これに從ってこの二句を解釋すれば「ひょうたんには苦い葉があって食べられない。渡しには深みがあって渡れない」と言うことになる。ところで、この詩については『國語』卷五「魯語　下」に叔孫穆子がこの詩に託して決意を述べた故事があり、そこでは「匏」を腰につけて川を渡るときの浮き袋とするものとして解していて、毛傳の訓詁と異なる。詩を斷章取義的に用いた叔孫穆子の詩說に信賴性を認めるかどうかが問題になるが、『正義』は、

叔孫穆子・叔向がひょうたんを取って川を渡るための道具にすると言っていて、本詩の毛傳と解が異なるのは、詩を賦して斷章取義をしたものである（彼云取匏供濟、與此傳不同者、賦詩斷章也）（卷二之二、六葉表）

と言って、斷章取義であるから詩解釋の根據とすることはできないと斥ける。一方、歐陽脩は次のように言う。

むかし魯の叔孫穆子が〔晉の叔向に對して〕「匏有苦葉」の詩を賦し〔自分の秦討伐の覺悟を示し〕たとき、晉の叔向は〔その意を次のように推し量って〕言った、「苦いひょうたんは食べられないので切られることはない。川を渡るときに使われるだけだ〔叔孫穆子はひょうたんにすがって川を渡ってでも秦討伐を決行するつもりだ〕。」つまり要舟（ひょうたんを腰にくくりつけて浮き袋にする）として川を渡ることをいったのである。『春秋』『國語』に載る諸侯大夫が詩を賦した故事は、多くは詩の本義を用いず、ただ略略一章や一句を取って、その言葉を假に用いてその場に合うように用いるのであり、「鵲巣」「黍苗」などがその例である。したがって、そのような故事を引いて詩の本義の根據として用いることはできない。しかし、鳥獸草木などで日常的な用途に供される事物については、その意味を誤解したりでたらめを言ったりするということはあるはずはない。苦いひょうたんというものの意味は、毛鄭が詩の解釋をする以前には叔孫穆子・叔向が言ったように考えられていたのだろう。叔孫穆子は詩が作られた時にほど近い時代の人なので、閒違えるはずがない。今彼の說によってこの詩を解釋すれば本義は得られる（昔魯叔孫穆子賦匏有苦葉、晉叔向曰、苦匏不才、供濟於人而已。蓋謂要舟以渡水也。春秋國語所載諸侯大夫賦詩、多不用詩本義、第略取一章或一句、假借其言以苟通其意。如鵲巣黍苗之類、故皆不可引以爲詩之證。至於鳥獸草木諸物常用於人者則不應謬妄。苦匏爲物、當毛鄭未說詩之前其說如此、若穆子去詩時近、不應謬妄也。今以其說以解詩、則本義得矣）（「匏有苦葉」論／卷二、十一葉裏）

斷章取義はその場限りのものであり、句全體の意味づけに關しては詩解釋の論據とすることはできないが、生活に身近な動植物についての訓詁は本義と異なるでたらめな意味を附加するはずがないから、論據となし得ると考える。斷章取義を一律、詩解釋の資料として不的確であると排する『正義』に比べて、歐陽脩は一歩積極的に利用しようという姿勢を示していたことがわかる。

詩の編次についての考え方・斷章取義の利用の仕方、いずれについても歐陽脩の議論は、『正義』が傳箋の説を正當化するために立てた論に對して向けられている。歐陽脩は、『正義』に盛り込まれている解釋理論を論破するという手續きを經て、はじめて序傳箋への有效な批判を展開することができた。その意味で歐陽脩の古注批判は、單に序傳箋にのみ照準が合わされているのではなく、序傳箋が『正義』という疏通に守られることによって成立している多層的な構造體全體に向けられていると言うことができる。別の見方から言えば、歐陽脩が序傳箋を批判する手がかりを『正義』は提供しているとも言えよう。さらに、詩の編次・斷章取義の意義についての認識は歐陽脩の詩經研究にとって重要な意味を持つものであるが、右の二例は、そのような重要な解釋理論が『正義』とのぶつかり合いの中で練り上げられていったことを物語っている。歐陽脩が詩經研究の方法論を構築する上でも、『正義』は多大な貢獻を果たしているのである。

詩經觀および詩經研究理論に關して、『正義』と歐陽脩とで相似た認識を示している例もある。3—③でとりあげた、詩篇の意味の多層性に關して『正義』『詩本義』が共通した認識を示すことなどは、その顯著な例として擧げられる。これは、『正義』が歐陽脩の詩經研究にとって、單に個別の經説についての影響を與えただけではなく、あるいは單に批判の對象としてのみ存在していただけではなく、歐陽脩の詩經研究の本質的な特質を生み出す母體としても機能していた可能性を示すものである。たしかに、歐陽脩の説の確立には、さまざまの事柄がさまざまな形で示唆や影響を與えたことであろうから、單純に歐陽脩の説は『正義』の説から發展したものであると斷定することはできない。しかし、これまでに見た歐陽脩の『正義』利用状況から考えるならば、詩の原理についての考察に際しても、歐陽脩の説の確立に對して、『正義』が寄與するところは大きかったと言えるのではないか。輕々に斷定はできないが、義疏の學と歐陽脩の詩經學との關係を示唆するものとして、今後の考察が待たれる問題であると思われる。

以上の考察から、歐陽脩の『正義』との關わりの形を次のようにまとめることができよう。

一、考證資料の出典としての役割
二、『詩本義』中の議論との關わり
a、『正義』の說を『詩本義』の議論に取り入れている面
b、『正義』の說を批判することで『詩本義』の議論を構築している面
三、歐陽脩の詩解釋理論の淵源としての影響

このように見ると、歐陽脩の詩經研究の確立にとって『正義』は極めて重要な役割を擔っていたと言えよう。

さらに、『正義』から學んだものの活用の仕方に注意しなければならない。歐陽脩は『正義』の成果を様々な形で吸收しているが、それをそのままの形で踏襲して利用するのではなく、學んだものを消化し自家藥籠中のものとして、逆に古注や『正義』を批判する武器として用いることが多い。後漢の時代、何休が公羊學を好み『公羊墨守』『左氏膏肓』『穀梁癈疾』を著したところ、鄭玄が『發墨守』『鍼膏肓』『起癈疾』によってそれに反駁し、ために何休をして「康成吾が室に入り、吾が矛を操《と》り、以て我を伐《う》つか」と嘆かせた（『後漢書』「鄭玄傳」）というが、疏家と歐陽脩との關係はそれを彷彿とさせるものがある。歐陽脩は『正義』との對話の中で、漢唐の詩經學の持つ方法的問題點を認識し、獨自の詩經觀を練り上げていった。また、詩經研究の方法を模索する際にも『正義』の中に萌芽的な形で用いられている方法論を抽出し、それを自己の研究に資するように發展させていったと考えることができる。『正義』は歐陽脩にとって單なる死んだ知識の堆積ではなく、新たな光を當てることにより變化發展する可能性を持った生きた知識が詰まった寶庫であったと言えよう。

第一節で指摘したように、從來の研究では歐陽脩の詩經學が詩序・毛傳・鄭箋に直接對峙したと考える傾向が强かったが、本節の考察の結果、歐陽脩は『正義』と對話することによって、徐々に自分の詩經觀と研究方法を成熟させて

いた、つまり序傳箋と直接對峙したのではなく『正義』の介在を通して、前代の學問と向き合っていたと考えるべきではないか、と筆者は考える。歐陽脩の詩經學は『正義』の懐の中で、徐々に形成し熟成され、やがて『正義』の懐から巣立っていったということができるのではなかろうか。野開文史氏は六朝義疏の學が宋初まで受け繼がれていたことを論じて、「六朝時代の『義疏』は、唐初に『五經正義』としてまとめられて完結したかに見えたが、唐末五代を經て北宋初めに至り、印刷刊本として、おそらくより多くの讀者を得、さらにはまた『論語正義』・『爾雅疏』（その『孝經疏』）として装いを新たに再生させられることとなった。邢昺は依然として漢唐訓詁の學の段階にとどまっているのである。道學の祖といわれるかの周敦頤が生まれるのは、『爾雅疏』が修定された咸平四年（一〇〇一）よりさらに十六年ののちのことである」[29]と指摘するが、歐陽脩の詩經學における『正義』の影響關係を檢討した結果、氏の指摘に付け加える形で次のように言うことができよう。『爾雅疏』が修定されてから半世紀あまりを經て、六朝義疏學・漢唐の訓詁學は、もはや直接的に模倣されることはなくなったが、當時の先進的な學者である歐陽脩によって『毛詩正義』はなお丹念に讀まれ、その成果を批判的に吸收・應用されていた。その意味で『正義』はなお生命力を保っていた。『詩本義』を見る限り、六朝唐の義疏學は新しい學問の淵源として存在感を示していたと思われる。

5　歐陽脩の『毛詩正義』批判の理由

このように、歐陽脩は『正義』から多様かつ重大な影響を受けていると考えられるのだが、一方で、3―④⑤⑥で見たように時として『正義』に據らず、あたかも『正義』の存在を無視するかのように獨自に毛鄭の意圖を考察した上で議論を行うことがあるのも事實である。歐陽脩が『正義』の疏通の正否を判斷するのは、どのような基準に據るのであろうか。この問題を考えるために、3―④⑤⑥とは若干性格を殊にする例を檢討しよう。

5—①　周南「葛覃」首章

葛之覃兮　葛の覃《は》ひて
施于中谷　中谷に施《うつ》る
維葉萋萋　維《こ》れ葉　萋萋

毛傳に「興なり。覃は延なり。葛は絺綌《ちげき》（葛で織った布）を爲《つく》る所以なり。女功の事　煩辱なる者なり。施は移るなり。中谷は谷中なり。萋萋は茂盛なる貌（興也。覃延也。葛所以爲絺綌。女功之事煩辱者。施移也。中谷谷中也。萋萋茂盛貌）」と言い、鄭箋に「葛は婦人の事有る所なり。此は葛の性に因りて以て興《たと》ふ。興ふる者は、葛　谷中に延蔓するは、女の父母の家に在りて、形體　浸浸《やうやく》日びに長大するに喩ふるなり。葉　萋萋然たるは、其の容色の美盛なるに喩ふるなり（葛者婦人之所有事也。此因葛之性以興焉。興者葛延蔓於谷中、喩女在父母之家、形體浸浸日長大也。葉萋萋然喩其容色美盛也）」と言う。

黄鳥于飛　黄鳥　于《ゆ》き飛び
集于灌木　灌木に集まる
其鳴喈喈　其の鳴くこと喈喈たり

毛傳に「黄鳥は摶黍《たんしよ》なり。灌木は藂木なり。喈喈は和げる聲の遠く聞こゆるなり（黄鳥摶黍也。灌木藂木也。喈喈和聲之遠聞也）」と言い、鄭箋に「葛の延蔓するの時は、則ち摶黍　飛び鳴く、亦た因りて以て興《たと》ふ。藂木に飛び集まるは、女の君子に嫁するの道有るに興ふ。和聲の遠く聞こゆるは、女の才美の稱有りて、遠方に達するに興ふ（葛延蔓之時、則摶黍飛鳴、亦因以興焉。飛集藂木、興女有嫁于君子之道。和聲之遠聞、興女有才美之稱、達於遠方）」と言う。

これについて、『詩本義』は次のように言う。

論に曰く、「葛覃」の首章は、毛傳が正しく、鄭箋は閒違っている。葛は絺綌を作るための物にすぎないことは下の章に據れば明らかである。どうしてむすめの成長していくことを喩えるなどということがあろうか。黃鳥は栗留である。麥が熟すると栗留が鳴く。つまり季節の到來を知らせる鳥である。詩人はこれを引いて夏に草木が繁茂し葛が育って女功のことがまさに始まろうとしていることを記しているのである。どうしてむすめの才美の評判が遠くまで聞こえることに喩えるなどということがあろうか。鄭箋の說のごとくであるとすれば下の章とつながらない。行き過ぎの說と言えよう（論曰、葛覃之首章、毛傳爲得、而鄭箋失之。葛以爲絺綌爾。據其下章可驗。安有取喩女之長大哉。黃鳥栗留也。麥黃椹熟、栗留鳴、蓋知時之鳥也。詩人引之以志夏時草木盛、葛欲成而女工之事將作爾。豈有喩女有才美之聲遠聞哉、如鄭之說則與下章意不相屬、可謂衍說也）（「葛覃」論／卷一、二葉裏）

歐陽脩は、「葛」はこれから始まる女功の主たる材料、「黃鳥」は女功の季節の到來を告げる鳥であるとする毛傳の說を是とし、この二つの事物を主人公の女性の美しさとその評判とを喩えると考える鄭箋の說を誤りだと言う。ところが『正義』は次のように疏通している。

葛が次第に成長していき、だんだんと蔓を伸ばし谷の中に移っていく。ただ枝や幹が次第に成長するだけではなく、その葉も萋萋然として生い茂っていく。これによって、后妃が生まれて次第に時がたち父母の家で成長していく、ただ身體が日々に大きくなるだけではなくその容色もまた美しくなっていく、ということを喩える。この葛が蔓を伸ばすころは黃鳥が叢木の上に飛び集まっていく。その聲は喈喈然として遠くまで聞こえる。これによって、后妃の姿形がすでに君子の家に嫁ぐにふさわしいまでに成長して、その才色の評判が遠方まで達したこ

とを喩える（言葛之漸長、稍稍延蔓兮而移於谷中。非直枝幹漸長、維葉則萋萋然茂盛。以興后妃之生浸浸日大而長於父母之家。非直形體日大、其容色又美盛。當此葛延蔓之時有黄鳥往飛集於叢木之上。其鳴之聲喈喈然遠聞、以興后妃形體既大宜往歸嫁於君子之家、其才美之稱亦達於遠方也）（巻一之二、二葉表）

毛傳が「興なり」と言い、さらに「葛は絺綌を爲る所以なり」と言うのは、下章では后妃が葛を使って女功をすることを描寫し興に用いていないので、この章では實事によって興えとしていることを明らかにしようとしたのである。だから、鄭箋はその意を敷衍して「葛は婦人の事有る所なり。此は葛の性に因りて以て興《たと》ふ」と言うのである（傳既云興也、復言葛所以爲絺綌者、以下章説后妃治葛不爲興、欲見此章因事爲興、故箋申之云、葛者婦人之所有事、此因葛之性以興焉是也）（同右）

『正義』は、この詩は、絺綌を作る材料の葛が伸び女功の季節が到來したことを告げる黄鳥がさえずり渡る光景を實事として詠じると同時に、そこから連想を廣げて、后妃の成長の様とその評判が四方に知れ渡る様にも喩えていると解釋する。その上で、毛傳は實景につき解釋し、鄭箋はそれが喩えているものを説明していると兩者の機能を位置づけ、したがって、傳箋を總合的に解釋することによって、詩句の意味ははじめて全的に理解されるという立場を取る。この『正義』の説明に從って傳箋を讀むならば、歐陽脩の批判は生まれ得ない。彼が『正義』の説に據らず獨自に傳箋を解釋していたことがわかる。

5―②　小雅「青蠅」

營營青蠅　營營たる青蠅
止于樊　樊に止まる

毛傳に「興也。營營は往來する貌。樊は藩也（興也。營營往來貌。樊藩也）」と言い、鄭箋に「興とは蠅の蟲爲るや白を汚し黑とせ使め黑を汚し白とせ使む。佞人の善惡を變亂しむるに喩ふ也。藩に止め外にして物に遠ざから令めんと欲するを言ふ也（興者蠅之爲蟲汚白使黑汚黑使白。喩佞人變亂善惡也。言止于藩欲外之令遠物也）」と言う。これについて『詩本義』は次のように言う。

蠅が黑白を汚すというのは、鄭玄のみの說ではなく、前代の儒者たちはこのように言うものが多い。しかし蠅というものに古今變わりがあるはずはないが、いったい昔の人はどうしてこのような說を述べたのだろう。今の蠅がものを汚したところでそれはほんのかすかなもので、白いものに黑い點をつけるということはなるほどあるかも知れないけれど、それはほんのわずかなこと、ものの色を變えることなどできはしない。詩人は讒言が善惡を變え亂すのを憎んでいるのだが、その害たるや甚だしいものであり、蠅を引いて喩えにするはずはない。黑いものを白くするなどというのに至っては、こんなことはあるはずがない。そこで毛傳の解釋は鄭說とは異なることがわかる。齊風「鷄鳴」に「鷄が鳴いているのではない、蠅のうなる音だ」という。おそらく古人はたくさんの蠅の飛ぶ音が耳鳴りがするかのようにうるさいことを喩えに用いたのであり、これはちょうど今「聚蚊雷と成る」というのと同じことであろう（靑蠅之汚黑白、不獨鄭氏之說、前世儒者亦多見於文字、然蠅之爲物、古今理無不同、不知昔人何爲有此說也。今之靑蠅所汚甚微、以黑點白、猶或有之、然其微細、不能變物之色、詩人惡讒言變亂善惡、其爲害大、必不引以爲喩。至於變黑爲白、則未嘗有之、乃知毛義不如鄭說也。齊詩曰、匪鷄則鳴、蒼蠅之聲。蓋古人取其飛聲之衆可以亂聽、猶今謂聚蚊成雷也）（卷九、一葉表）

彼は、毛傳の訓釋は蠅の飛び回る音のうるささを比喩として用いていると言っていると考え、その說を是とし、一方蠅がものの色を變えてしまうことが比喩として用いられていると考える鄭箋を否とする。ところが、『正義』は次のように疏通している。

あの營營然として行き來するのは蠅である。この蟲は白いものを黒く汚し、黒いものを白く汚してしまう。白黒を變え亂してしまうのだから寄せ附けてはいけない。追い拂ってまがきの上に止まらせておき、屋敷の中に入らせないようにしなければいけない。これによって、あの行き來するのは讒言をこととする奸佞の輩である。讒言をするものは善いものを惡く言い、惡いものを善く言い、善惡を變え亂してしまうのだから、これに親しんではいけない。荒野の外に追放して、朝廷の中に置いてはいけない、ということを比喩する（言彼營營然往來者靑蠅之蟲也。此蟲汚白使黑、汚黑使白。乃變亂白黑不可近之。當去止於藩籬之上。無令在宮室之內也。以興彼往來者讒佞之人也。讒〈もと「詩」に作る。挍勘記に據って改める〉人諭善使惡、諭惡使善、以變亂善惡、不可親之。當棄於荒野之外、無令在朝廷之上也）（巻十四之三、一葉表）

『正義』は靑蠅の比喩の意味するところを毛公も鄭玄と同樣に捉えていると考える。毛傳が「往來する貌」と言うのは、詩人の目にした實景につき述べているのであり、それを奸臣の讒言の害のはなはだしさの比喩として用いていることについては鄭箋が說明しているのだと、兩者の機能を分け、その上で毛鄭を總合的に解釋している。これに從うならば、歐陽脩の批判は生まれ得ない。ここでも彼は『正義』の疏通を無視しているのである。

以上の二例は、毛傳と鄭箋の關係に對する『正義』と歐陽脩の認識の違いを表している。『正義』が傳箋が互いに補完しあって詩の全體的な解釋を提示していると考えるのに對し、歐陽脩は兩者を別のものとして捉え、それぞれの訓釋を考えていこうとしている。歐陽脩が『正義』の疏通に從わないのは、毛公は詩句の字義について本來正確な訓詁を提示しているのに鄭玄が誤解して箋をつけてしまった、あるいは鄭箋が別解を施しているのを『正義』が誤って疏通したために毛傳の本來の意味が埋もれてしまったという認識があったからであろう。

さらに、鄭箋から切り離した上で自分なりに毛傳を解釋する際の彼の態度もわかる。それは、毛傳を字句通りに理解しようとする、言い換えれば字句に現れない毛公の考えを詮索しないという態度である。これは彼の次の指摘からも裏附けられる。「毛公の『新臺』の傳は、訓詁にとどまる。その言葉は簡潔すぎて、彼のこの詩の解釋がいかなるものであったのかは知るよしがない（毛傳新臺、訓詁而已。其言既簡、不知其意如何）（邶風「新臺」／巻三、四葉表）」「『斯干』の毛傳は詁訓にすぎない（毛於斯干詁訓而已）（小雅「斯干」／巻七、一葉表）」「『棫樸』全五章のうち、第四章の毛傳の訓解はきわめて簡潔で、それが正しいか否か判斷する手がかりがない（棫樸五章、毛於其四章所解絶簡、莫見其得失）（大雅「棫樸」／巻十、四葉裏）」などの言葉は、毛傳が簡潔でありその解釋を補足しがたいという指摘であると同時に、簡潔な毛傳の字句の裏に隱された意味を探ることを否定する立場の表明でもある。

毛傳と鄭箋を切り離すこと、毛傳の字句に現れない毛公の意を詮索しないこと、この二つの態度は漢唐の學者と對蹠的である。詩經の書題の「鄭氏箋」の下に付せられた、陸德明『毛詩音義』に鄭玄が箋を著した動機について述べた言葉、

> 案ずるに鄭の六藝論に云ふ、「詩を註するには毛を宗とするを主と爲す。其の義 若し隱略なれば則ち更に表明し、如し同じからざるもの有れば卽ち己の意を下して識別すべから使むる也」と（案鄭六藝論云註詩宗毛爲主。其義若隱略則更表明、如有不同、卽下己意使可識別也）（巻一之一、三葉表）

に表れているように、鄭玄の詩經研究の中心課題は毛傳に顯わに示されない毛公の詩解釋を「表明」することであった。また疏家も、同箇所に附せられた『正義』に

> 鄭は毛學の審《つまび》らかに備はれるを以て、厥《そ》の旨を遵暢す。毛の意を表明し、其の事を記識する所以の故に特に稱

して箋と爲す（鄭以毛學審備、遵暢厥旨。所以表明毛意、記識其事、故特稱爲箋）（卷一之一、三葉表）

と言い、鄭玄の態度を受け入れ、毛傳鄭箋を融合させて疏通を行った。したがって、毛傳の斷片的な訓詁と訓詁の間の空隙は、鄭箋によって埋められる。疏通の過程で兩者の閒に斷絶がある場合、あるいは兩者が説明していない語義がある場合にも右の認識に從って疏家が忖度し補うという操作が行われることになる。歐陽脩は、そのような毛公以後の學者が毛公の意を自由に忖度しようとしたことが毛傳の眞意を見失う結果をもたらしてしまったという認識に立ち、自らの學的態度を選擇したものと考えられる。

先に見た3―④⑤⑥も同樣に考えることができる。歐陽脩が『正義』の鄭箋解釋に從わないのは、疏家が鄭箋に示されない鄭玄の意を忖度しているからである。3―⑤では、鄭箋には「女が、國の賢者の言葉を思い出して後悔した」という言葉がないので、歐陽脩は女の回想という構造で讀みとる『正義』の解釋に從わないのであり、3―⑥では、前二章が「古の王の宴會の樣子である」という言葉が鄭箋にないので、歐陽脩は鄭玄が本詩全編、今の王の宴會の樣子を歌っていると解釋していると考えるのである。歐陽脩は鄭箋を讀む際にも、鄭箋の字句に示されるもののみで鄭玄の意圖を考えていこうとしている。言語に現れない意圖を忖度することを否定するという態度は、『詩本義』全體を貫く學的態度であるということができる。

ところで、このことを別の角度から考えてみたい。周知のごとく、毛傳の訓詁は基本的に斷片的な形で記述がされているので、歐陽脩のように言外の意を忖度しないという讀み方によって得られるのは、『毛氏故訓傳』＝毛公の詩經解釋という全體性から切り離された、訓詁の斷片に過ぎない。つまり、歐陽脩の讀み方は毛傳と鄭箋との關係を斷ち切るばかりではなく、毛傳を解體し、訓詁それ自體を徹底的に斷片化するものでもある。これは前代の學問に對する批判から來る態度とはいえ、見方を變えれば極めて機能主義的な一面も持っている。なぜならば、斷片化され他とのつながりを失った毛傳の訓詁は、それが内包する意味内容が極めて限られたものになるが、このことは歐陽脩にとっては、毛傳の訓詁が單なる素材として自己の詩解釋の文脈に組み込みやすいものになることを意味するからである。したがって、動機はどうあれ歐陽脩の毛傳の扱いは、漢代の訓詁を彼の詩經研究に取り込むために有效な手段として機能しているということができる。

歐陽脩が毛傳と鄭箋のみならず、從來常識とされていた詩經學の樣々な學問的連關を斷ち切ろうとしたことも、このことと關連して考えることができる。毛傳と詩序・詩序と詩あるいは毛傳と『爾雅』など、漢唐の詩經學が學的前提として遵奉し、全體として不可分の一體性を持った體系と考えていた師承の系譜の純粹性・無謬性を彼は否定した。また、詩序の作者としての子夏、『爾雅』の作者としての孔門弟子などの、師承を權威づけんがための作者の想定を否定した。そればかりではなく、彼は詩經そのものの全體性・統一性にもさまざまな面で留保條件をつけた。これは例えば、4―⑥で見たように現行の詩經の配列における必然性を否定し、詩經編纂者の意圖を前提にした安易な詩解釋を批判し、また「詩の作者は一人ではない」という事實を强調することにより、詩經の全體的な性格・傾向を探る際に愼重な態度を保持していることなどに表れている。[30] もちろん、彼も詩篇の言語・修辭の樣相を詩經全體から抽出する方法を用いているが、その場合にもあくまで「こういう傾向がある」という冷靜な認識を持しており、抽出した詩經の特徴・性格を詩經全體の統一的な原理として絕對視し、それを詩篇の解釋の前提として用いるという、安易な一般化は行わない。言い換えれば歐陽脩は、一篇の詩をまずそれ自體で獨立し完結した意味世界を持つものとして解釋したり、歷代の詩經學の成果をそれぞれ獨立したものとして參照しようとしたりする傾向が强い。これも彼の學問的な嚴格さを物語るものであると同時に、一面歐陽脩の詩經解釋にとっては、他との連關を失い斷片化された前代の詩經學の成果を素材として自由に自己の詩經研究に取り込むことを可能にし、また一篇の詩を全體性の束縛を受けることなくそれのみで理解することを可能にしたという意味で解釋の自由度をもたらすことにつながっている。このような處置を施すことにより、歐陽脩は自由な解釋の可能性と、前代の訓詁を用いることによる解釋の穩當性・信賴性とを同時に確保できたのである。

このように考えると、漢唐の詩經學がアプリオリに遵奉してきた、體系性・關係性のチェーンを外すことが、歐陽脩の詩經の讀み直し・古注の讀み直しの基盤となっていると考えることができる。『詩本義』のもっとも優れた點として「詩序・毛傳・鄭箋を批判しつつ尊重するという異質の態度を共存させた」ということが賞贊を集めてきたことは第1節で見たとおりだが、この學的態度を歐陽脩が實現できた理由をここに求めることができる。また、このような方法的態度によって、『正義』から大きな影響を受けながら、それの持つ體系性・統一性に束縛されることなく、彼自身の構想した詩經學の體系の中で自由に活用することができたと考えられる。

6　歐陽脩の詩經研究の據って立つところ

ところで、このような歐陽脩の學問姿勢は、一面で大きな問題に直面せざるを得ない。すなわち、詩經の詩を樣々なレベルで全體的な連關から切り離して考える以上、詩經の經たるゆえんは何かという問題に直面せざるを得ないのである。

言うまでもなく詩經は單なる文學作品の總集ではなく、經典であり、詩經を解釋するものは、詩經が人々を道德的に教化するために編纂されたものであるという大前提から逸脱することは許されない。歐陽脩は、漢唐の詩經學を構成する各要素を斷片化し、また詩篇を獨立した意味世界を持つものと認識することによって自由な解釋の餘地を確保したのであるが、これは、突き詰めれば詩經を統一的に解釋することの意味を疑わせ、ひいては詩經の經たる論理的根據を喪失してしまうことにもつながる。詩經と詩經學とを、その成立と展開に至るまで一體的な師承の體系として理解し、みずからもその全體性の中に安住する『正義』においては、このような問題は顯在化しない。漢唐の學の詩經觀を超克するため、その學的前提を否定した歐陽脩にあっては、自己の詩經學を經學たらしめるため（同義反復的な冗語であるが、現代の我々には經學ならざる詩經學の方が親しいものとなっているため、あえてこういう言い方をしたい）、詩經の經たるゆえんを新たに提示しなければならないのである。それはいったいなんだろうか。

この問題を考えるとき、『詩本義』における孔子についての言及が注目される。つとに何澤恆氏によって指摘されている[31]ように、孔子が詩經の刪定者であるという說が『詩本義』の中で繰り返し强調されている。

6—① 『詩』は孔子の刪正する所なり。『春秋』は孔子の修むる所なり。（詩孔子所刪正也。春秋孔子所修也）（『詩本義』卷十四「魯問」）

6—② 詩の作るや、事に觸れ物に感じて之を文となす。言の善なる者を以て之を美《ほ》め、惡なる者もて之を刺《そし》り、以て其の揄揚怨憤を口より發し、其の哀樂喜怒を心より道《い》ふ。此れ詩人の意なり。……世久しくして其の傳を失ひ、其の雅頌を亂して、其の次序を亡《うしな》ひ、又た採る者積もりて多くして擇ぶ所無し。孔子周末に生れて方《まさ》に禮樂の壞れたるを修む。是に於いて其の雅頌を正し、其の煩重を刪り、六經に列ね、其の善惡を著し、以て勸戒と爲す。此れ聖人の志也（詩之作也、觸事感物文之、以言善者美之、惡者刺之、以發其揄揚怨憤於口、道其哀樂喜怒於心。此詩人之意也。……世久而失其傳、亂其雅頌、亡其次序、又採者積多而無所擇。孔子生於周末、方修禮樂之壞。於是正其雅頌、刪其煩重、列於六經、著其善惡、以爲勸戒。此聖人之志也。（『詩本義』卷十四「本末論」）

司馬遷の「古《いにしへ》は詩三千餘篇あり。孔子に至るに及び、其の重なれるを去り、禮儀に施すべきを取る（古者詩三千餘篇、及至孔子、去其重、取可施於禮儀）」（『史記』「孔子世家」）という說に對して『毛詩正義』は批判的な立場をとった[32]が、歐陽脩は逆に司馬遷の説を再評價した。

6―③　司馬遷「古詩三千餘篇、孔子之を刪《けづ》り、存する者三百あり」と謂ふ。鄭學の徒 皆な遷の説の謬言にして、古詩多しと雖も、十分の九を去るを容れずと以ふ。予を以て之を考ふるに、遷の説然るなり。何を以てか之を知る。今 書傳に載する所の逸詩は何ぞ數ふべけんや。圖を以て之を推すに、十君を更へて其の一篇を取る者有り。又た二十餘君にして一篇を取る有り。是に猶《よ》りて之を言へば、何ぞ啻《ただ》に三千ならんや（司馬遷謂古詩三千餘篇、孔子刪之。存者三百。鄭學之徒皆以遷説之謬言、古詩雖多、不容十分去九。以予考之、遷説然也。何以知之。今書傳所載逸詩何可數焉。以圖推之、有更十君而取其一篇者。又有二十餘君而取其一篇。猶是言之。何啻乎三千）（『詩本義』「詩圖總序」）

何澤恆氏は、このような歐陽脩の孔子刪詩説が經學史見地から孤立的なものであったこと、また後代多くの學者から批判を受けたことを概觀し、結論として歐陽脩の孔子刪詩説は據りがたいとする。[33] この結論については筆者に異論はない[34]が、ここで視點を變えてこの問題を考えてみたい。歐陽脩は薄弱な根據しかないにもかかわらず、なぜ「孔子刪詩説」にこだわったのであろうか。「孔子刪詩説」は、彼の詩經學にとってどのような意義を持つものであろうか。

南宋・段昌武の『毛詩集解』卷首「論詩總説・詩之次」に歐陽脩の言葉が記載されている。

6―④　歐陽永叔曰く、孔子刪詩というのは、ただ一篇すべてを削り去ったというだけではない。ある篇ではその章を削り、ある篇ではその句を削り、ある篇ではその字を削ったのである。例えば、「唐棣之華、偏其反而。豈不爾思、室是遠而」これは小雅「唐棣」の詩である。[35] 孔子はその室を遠いとしたのが、兄弟の義を害すると考えて、この篇からこの章を削った。「衣錦尙絅文之箸也」とは邶鄘風「君子偕老」の詩である。[36] 孔子はその飾りを盡くすことが過ぎてはその風は元に戻らないことをおそれて、故にこの章からこの句を削った。「誰能秉國成、不自爲政、卒勞百姓[37]」というのは小雅「節南山」の詩である。孔子は「能」の一字が詩の意を害するというのでこの句からこの字を削ったのである（歐陽氏……又曰、刪云者非止全篇刪去也。或篇刪其章、或章刪其句、或句刪其字。如唐棣之華偏其反而豈不爾思室是遠而此唐棣之詩也。夫子謂其以室爲遠害于兄弟之義。故篇刪其章也。衣錦尙絅文之箸也。邶鄘風君子偕老之詩也。君子謂其盡飾之過恐其流而不返。故章刪其句也。誰能秉國成、不自爲政、卒勞百姓、此小雅節南山之詩也。夫子以能之一字爲意之害、故句刪其字也）（十五葉裏）

この說は、『詩本義』および『歐陽文忠公集』では殘念ながら確認できなかった。これが本當に歐陽脩の言葉であれば、彼が詩經編纂における孔子の役割を非常に大きなものとして考えていたということができる。つまり、孔子はただに三千篇の詩の中から三百餘篇の道德に資する詩を選び出しただけではなく、選び出した詩を道德に資するようにかなり自由に改作していた、すなわち詩經の詩は、孔子の道德觀が色濃くにじみ出るように孔子の手が加えられたものであるという意味で、孔子の述作に準ずるものと歐陽脩は考えていたということになる。

孔子が詩經を刪正したということを判斷基準に据えて傳箋の解釋の當否を判斷した例が『詩本義』には複數存在する。

6―⑤　衞風「考槃」論

鄭玄の說のごとくならば、廷臣として出仕しているときには喜び樂しみ、退隱したならば恨み辛みを言う。これでは天命を知らぬ横着者であり、賢者などと言えたものではない……もし詩人の意が本當に鄭玄の說の通りだとしたら、孔子が詩を錄したときに決してとりはしなかったろう（如鄭之說、進則喜樂、退則怨懟、乃不知命之狠人爾、安得爲賢者也。……使詩人之意果如鄭說、孔子錄詩必不取也）（巻三、七葉表）

6―⑥　小雅「正月」論

幽王厲王を詠った詩は、怨みそしりを言葉の限り述べ立てて王の悪をあげつらっている。孔子がこれらを収録したのは、それが主君の過ちをあからさまにさらけ出しあげつらったのを評價したのではない。その主君の心が改めがたく諫言もその耳に入りはしなくても、その臣下はなお主君を愛する忠の心を持ち續け、民衆の苦しみを述べ盡くし、主君の悪を數えたて、それによって主君が國を滅ぼすことを恐れいましめ、舊悪を悔い改めることをこいねがっている、ということをよしとし〔て收錄し〕たのである。王はその悪を悔い改めずに敗亡するに至ったが、この詩を收錄することによって後の王の戒めとしたのである。毛鄭の「瞻烏」の説のごとくに解釋するのでは、孔子錄詩の趣意に反している（幽厲之詩、極陳怨刺之言、以揚君之惡。孔子錄之者、非取其暴揚主過也。以其君心難革、非規誨可入、而其臣下猶有愛上之忠。極盡下情之所苦。而指切其惡、尙冀其警懼而改悔也。至其不改悔而敗亡、則錄以爲後王之戒。如毛鄭瞻烏之説、異乎孔子錄詩之意也）（卷七、八葉表）

6―⑦　小雅「四月」論

今この大夫は不幸にして亂世に巡り會い、かえって深くその先祖を責めるというのは、人情から考えてあり得ないことである。詩人の意は決してかくのごときものではない。假にそうだとしたら、教えを垂れることはできない。だから聖人が詩を刪したときに必ずや捨てて收錄しなかったはずである（今此大夫不幸而遭亂世、反深責其先祖。以人情不及之事。詩人之意決不如此。就使如此、不可垂訓。聖人刪詩必棄而不錄也）（卷八、八葉表）

これらから見ても、詩經には孔子の道德觀が色濃く反映されているので、孔子が詩篇に見出した道德的意義という觀點から、詩篇の意味を明らかにすることができる、と歐陽脩が考えていたことがわかる。「孔子錄詩の意」から演繹的に詩解釋を行っているのである。以上の歐陽脩の説をまとめれば、次のようになる。

一、詩の作者は道徳的に優れたものばかりであったとは限らず、また詩も道徳的な意圖から作られたものばかりとは限らない。……「作者は一人ではない」という認識の歸結

二、にもかかわらず、三百篇の詩は孔子の選擇と修正とを經たことにより、質的な同一性を保持している。……「作者は一人ではない」という認識にもかかわらず、詩經を一貫した視點と方法論のもとに考察することの妥當性が保證される。

したがって、詩經は孔子の編纂意圖に據って解釋することが要請される。この歐陽脩の觀點は、『正義』と比較すると特徴的である。『正義』に據れば、孔子の詩經編纂は選擇・修正ではなく集成・保存である[38]。つまり、孔子は當時亡佚の危機に瀕していた詩經を集成し後世に傳えるという役割を果たしたのであり、孔子が豐富な詩羣から獨自の基準によって嚴格に取捨したとは疏家は考えない。疏家に據れば、孔子に代わって詩經成立の中心的な役割を占めるのが「太師」であり[39]、したがって『正義』においては「太師」の役割が强調される[40]。周の官僚である太師が編者であるという認識自體からは詩經の經たるゆえんは直接的には引き出されないが、これは、詩經の編纂者がだれなのかということが、疏家にとっては本質的な問題として捉えられなかったことを示す。彼らは、詩經が詩人―太師―孔子―子夏……と正しい師承によって受け繼がれてきたという、そのことに詩經の經たるゆえんを見出しているのであろう。その師承の系譜は毛公…鄭玄と傳わったのであるが、『正義』は、毛公・鄭玄を祖述することによって師承の系譜の中に自らを置き、そこで自足していたと考えられる。

それに對して、師承という權威を否定した歐陽脩の詩經研究においては、それに替わり詩經を經たらしめる原理を新たに設定することが必要であった。ここに歐陽脩が、孔子の役割を强調する要因を求めることができる。個々の詩篇は、それぞれ獨立したものであっても、そのすべてが孔子の目による選擇および改編の意圖で貫かれているとすれば、前節で見たような自由な解釋と經學研究の立場とを共存させることができる。すなわち、この立場に立つならば、

孔子が詩篇を收錄した理由――詩篇にどのような道德的な意味を見出し、あるいは附與して詩經に收錄したか――という觀點から、詩篇の本義を探ることが妥當となる。方法論的な要請によって、詩序・毛傳・鄭箋の有機的な結合を分解し、個別の經說という要素の段階にまで分解して、自己の詩經研究に取り込もうとした歐陽脩にとって、經學としての詩經解釋を成り立たせるものとして、孔子の存在を強調することが必要であったと考えられる。第3節で概觀したように、歐陽脩は「本末論」において「〈詩人の意〉を捉えることによって〈聖人の志〉を得る」というプログラムを提示したのであるが、實際の詩解釋の場においては、これと正反對のベクトルをもつ「〈聖人の志〉から〈詩人の意〉を把捉する」という方法が併用されていたことを、6―⑤から6―⑧は示している。孔子刪詩說は、歐陽脩の詩經研究にとって缺かせない論理的支柱であった。

ところで、歐陽脩の考える孔子の意とは何であろうか。この問題は邊土名朝邦氏により詳しく論じられている。それに據れば、「このような彼の聖人の本志を簡直明白なものとするその見方の背後には、「聖人の言は、人情にありて遠からず。」（居士外集卷十一、答宋咸書）にその明證をみるように、われわれ凡人の古今を通じて不變である人情と、聖人の志とは、けっきょく合致するものだとする歐陽脩の信念があるのであろう[41]」、「もとより道理とは形而上的なものであるが、それはつねに人情の顯在化するわれわれの現實的經驗的事象に相卽している。だからこそ人閒であるわが本情にもとづきながら、天下萬物の道理に推及することが可能である。逆にいえば、人情に合するものは合理的なもの、はずれるものは非合理的なものといいうる。そうして、合理的なものほど、簡直明白な屬性をもつことになる。つまり、誰もがその本情においてはっきりとわかるのが聖人の本志であり、そこに天の道理が存するのであると。こうなると、自己の本情にもとづきつつ、誰もが充分に聖經について、自由に聖人の本志を伺うことができることになる[42]」のであり、究極のところ、孔子の意は歐陽脩が自分の意をもって推し量ることができるものだと考えられていた。したがって、歐陽脩が詩經における孔子の存在を強調することは、自分の主觀と常識によって詩經の詩を解釋することの正當性を確保することに他ならない。このように歐陽脩は孔子の意を强調することによって、自分自身の目で詩經の詩を解釋するという學問方法を、師承を絶對視した『正義』の詩經學の立場より優位に立つものと位置づけることができたのである。

7　前節までの留保條件

　このように、『正義』に據らずに毛傳鄭箋を解釋し直すことによって、自己の詩經研究の榮養とすることができた歐陽脩であるが、その説には弱點も指摘することができる。そのうちの二點を擧げれば、第一の問題點として、方法論の不徹底ということが擧げられる。すなわち、歐陽脩は一貫して毛傳鄭箋を分けるという方法論を貫いているわけではないということである。

7―①　周南「螽斯」

「螽斯」の序に、

　后妃子孫衆多也。言若螽斯不妬忌則子孫衆多也

とあり、首章「螽斯《しゅうし》の羽《はね》あり、詵詵《しんしん》たり（螽斯羽、詵詵兮）」の鄭箋に、

　凡そ物 陰陽情慾有る者 妒忌せざる無し。維《た》だ蚣蝑《しょうしょ》はしからず。各おの氣を受けて子を生むことを得るが故に能く詵詵然《しんしんぜん》として衆多《しゅうた》なり。后妃の德 能く是の如くんば、則ち宜しく然るべし（凡物有陰陽情慾者無不妬忌。維蚣蝑不耳、各得受氣而生子、故能詵詵然衆多。后妃之德能如是、則宜然）（巻一之二、十二葉裏）

と言うところから、鄭玄は序を「后妃の子孫　衆多也。言ふこころは螽斯の若く妬忌せざれば則ち子孫衆多也」と讀んでいたことがわかる。これを歐陽脩は、

螽螽はイナゴの仲間でちっぽけな蟲である。詩人はどうしてそれが嫉妬しないという心をもっているなどと知ることができようか。これこそとりわけ人情に近からざるものである（螽螽蝗類微蟲爾。詩人安能知其心不妬忌、此尤不近人情者）（巻一、五葉表）

と言って批判する。このように誤った理由は、詩序の文が轉倒しているのに氣づかなかったためと言う。

「螽斯」の全體的な意味はいたって明らかでわかりやすい。ただその詩序の文が轉倒しているために、とうとう毛鄭がしたがって訓解を誤ってしまったのである。……序は「妬忌せざれば則ち子孫　衆多なること螽斯の如き也」とあるべきところ、今のテキストでは轉倒しているために、毛鄭はとうとう螽斯に嫉妬しない性質があると説明したのは間違いである（螽斯大義甚明而易得。惟其序文顚倒、遂使毛鄭從而解之失也。……據序宜言、不妬忌則子孫衆多如螽斯也。今其文倒、故毛鄭遂謂螽斯有不妬忌之性者失也）（同）

ところで、ここで歐陽脩は「毛鄭」と言い、兩者が詩序の轉倒に氣づかずに解釋を誤ったという。ところが「螽斯」の毛傳を見る限り、毛公が詩序をこのように讀んでいたことを伺わせる記述はない。つまり歐陽脩は、鄭玄の解釋を毛公にも援用しているのである。これは、前節で見た毛傳と鄭箋を區別し、それぞれの記述にあることのみをもとに解釋していく態度とは相反するものである。このような例は、召南「野有死麕」・邶風「匏有苦葉」・小雅「巧言」などにも見られる。歐陽脩の方法論の不徹底ということができる。

歐陽脩の方法の第二の問題點は、彼が毛傳と鄭箋とを別々のものとして考えることがはたして本當に妥當なのだろ

うかということである。

第5節で見たように、鄭玄の箋撰述の基本的態度は、毛傳を宗とし、その隠れた意味を「表明する」というところにあった。鄭玄自身には毛傳との連續性の自覺が確かに存在しており、『正義』もそれに基づいて傳箋疏通という方法を取ったのである。歐陽脩は、毛傳から鄭箋を切り離すことにより毛傳の眞意を探ろうとしたのであるが、その態度には問題がないのだろうか。

例として、5—①周南「葛覃」を再びとりあげよう。毛傳は訓詁學的な説明、鄭箋は詩人の意圖の解説という機能分擔を認めることによって、傳箋が相補いあって詩を解釋していると『正義』が考えたのを歐陽脩は否定し、毛傳と鄭箋とが異なる詩解釋を行っていると考えた。歐陽脩の立論は明快で『正義』の説はいたずらなこじつけにすぎないように見える。しかし、『正義』の疏通は根據のないものではない。毛傳を見直すと、「興也」という定義づけが行われていることに氣づく。つまり、毛公は「葛之覃兮、施於中谷、維葉萋萋」という詩句を「興」と捉えているのである。鄭箋は「興者……」と言い毛傳の「興也」という定義を解説しようとしている。これから考えると、「葛は絺《ち》綌《げき》を爲《つく》る所以なり。女功の事 煩辱なる者なり」「黄鳥は搏黍《たんしょ》なり。……喈喈は和げる聲の遠く聞こゆるなり」という毛傳はあくまで詩語の語義レベルでの訓詁を施したもので、詩の本義を解釋したものではなく、それは鄭玄が説明したとおりである、と『正義』が考えたのは毛傳の「興也」の定義を忠實に捉えようとしたものであるということができる。一方、歐陽脩の毛傳理解に從えば、この詩句は葛が成長している實景を詠ったものということになるので、毛傳の「興也」という定義が宙に浮いてしまう。歐陽脩は「毛傳得たりと爲す」といって毛傳を是としながら、實は毛傳の意圖を全面的には汲んでいないのである。

以上の二つの問題點は、第5節で論じた、歐陽脩の詩經研究の性格を裏付けるものといえよう。彼は、自分にとって有用か否かという基準によって方法的態度を選擇している。歐陽脩は確かに『正義』に從わずに獨自に傳箋を讀み直してはいるが、それはあくまでも自分の詩經解釋に資する素材を見つけるためであったと考えられる。「葛覃」に見られるように毛傳の「興也」という定義を無視したのも、自分の詩經解釋に有利な訓詁があればそれを全體の文脈とは切り離して使用しようとしたからであろう。歐陽脩は毛傳鄭箋をいわば「斷章取義」的に、素材として利用したのであり、傳箋の眞の意味を解明しようとして傳箋自體を研究對象にしたのではなかった。一言でいえば、歐陽脩の詩經研究は客觀的考證と主觀的選擇とが相半ばしたものであった。

8　まとめ

以上、これまであまり注意されなかった『正義』と『詩本義』との關係を檢討した。それを通して、漢唐の訓詁・注疏學から歐陽脩の『詩本義』へと、詩經學が變遷する具體的な樣相をある程度明らかにすることができたと思う。漢唐の詩經學と宋代の詩經學との閒に大きな學問姿勢の轉回があり、その轉回點に『詩本義』が位置しているのはもちろんであるが、『詩本義』の成立が唐代の學問に負うところ、想像以上に大なるものがある。したがって、序傳箋との關係性のみに目を向けてきた從來の『詩本義』觀は修正を要すると思われる。歐陽脩は、自覺的には序傳箋に對峙しようとしたのであろうが、具體的には序傳箋を融合して統一的な解釋世界を提示した『正義』に向かい合って自己の學問を構築していった。それは、『正義』を批判しそれを超克するという形とともに、『正義』から樣々な榮養分を吸收し自分なりに消化するという形でも行われた。その意味で『正義』は『詩本義』の搖籃ということができる。

またこのことは、『正義』の學術史的價値を再考すべきであることを表しているのではないだろうか。『正義』という著述、そしてそこで用いられている疏通という方法論については、學術的には生產性の低い、經學の停滯を表すものだったと考えられることが多い。しかし、例えば、第3節で見たように毛傳鄭箋の詩解釋に對して『詩本義』と同様の問題意識を『正義』が示していたことは、疏家たちの意識が宋代の先進的な學者のそれにかなり接近していたことを示す。確かに、疏家は疏通という範圍内でしか彼らの問題意識を表明しなかったために、その説は充分に展開されておらず、結果として傳箋とは異なるレベルの彼ら獨自の詩解釋が見えにくいものになっている。しかし彼らは、來るべき歐陽脩の『詩本義』のために論點を準備していたのである。われわれは、疏家によって疏通という枠組みの中で漢代の經學が新しい意識と合致するように解釋し直されていることを詳しく檢討し直す必要があると思われる。

ただし、この問題を考える際には『正義』という著述の性格について充分な注意を拂う必要があろう。本章では、比較の作業を、歐陽脩が實際に參照したと考えられる『正義』について行ったため、そこに見られる經説も「『毛詩正義』の説」と單純化して考えたが、實は『正義』の説は、六朝の諸義疏の切り張りであると言われている。であれば、歐陽脩の意識に近い「開かれた」解釋意識は、『正義』の撰者のものというよりは、それが據った六朝の疏家のものだった可能性が高いということになる。もちろん、『正義』の撰者もその說に賛成したからこそそれを引用したのであり、その意味では六朝の疏家と意識を共有していると言うことができるが、オリジナルという點から言えば、『正義』に止まらずより前の時代に遡る可能性がある。その意味からすれば、敕撰『正義』の編纂と發布は、經典解釋の固定化・制度化をもたらし、そのため、六朝の疏家によって準備された、漢代とは異なる詩經解釋の新たな方向性がそれ以上の發展を遂げることができなくなったと考えることもできる。それが宋代中葉の歐陽脩の時代、自由な學的雰圍氣（過去の儒學の方法を自由に批判する風潮）の中で、息を吹き返し新たな形で復活した、という見取り圖を描けるのではないか。ただし、『正義』が六朝義疏をどのように取り込んだのか、その際にどのような處理が施されたのか、についての具體的な姿はなお充分には明らかにされていない。したがって、『正義』の經説がどれほど六朝の義疏のオリジナルの姿を止めているのは現在のところ判斷することは困難であるので、右の見取り圖はあくまで今後の考察の可能性として提示するに止めたい。

本章は、あくまで『詩本義』一例について検討したにすぎない。『詩本義』の學問姿勢が當時の學界で一般的なものだったのか、非常に特殊な形だったのかについては考察することができなかった。本章で得た知見が同時代の詩經學の動向について一般化できるかどうかは、引き續き個々の文獻を考察することにより檢證されなければならない。その意味で、本章を宋代詩經學のありかたを再考するための、問題提起としたい。また、本章で考察した注疏學と宋代中葉に勃興した新たな經學との關係が、詩經一經の問題に止まるのか、他の經典についても同様の現象が見出せるのかということも興味深い問題であるが、これについての考察も他日を期したい。

注

（1）同じ言葉は、吳充撰「行狀」にも引かれている（四部叢刊正編『歐陽文忠公集』附錄一、十二葉裏）。『詩本義』「鄭氏詩譜」「詩譜補亡後序」に、「予於鄭氏之學、盡心焉爾。夫盡其說而不通、然得以論正。予豈好爲異論哉」と言う。また、段昌武『毛詩集解』巻首「學詩總說・讀詩之法」に、「歐陽曰……先儒之論、苟非詳其終始而牴牾、質諸聖人而悖、有不得已而後改易者。何以徒爲異論以相訾也」と言う。

（2）晁公武の評語は以下の通り。

歐公 詩を解するに、毛鄭の說 已に善なれば、之に因りて改めず、諸《これ》を先聖に質《ただ》せば則ち理に悖《もと》り、人情に考ふれば則ち行ふ可からざるに至りて、然る後に之を易《か》ふ。故に得る所 諸儒に比ぶるに最も多し（歐公解詩、毛鄭之說已善、因之不改、至於質諸先聖則悖理、考於人情則不可行、然後易之、故所得比諸儒最多）（『郡齋讀書志校證』巻二詩類、上海古籍出版社、一九九〇、六六頁）

ちなみに陳振孫の『直齋書錄解題』の評語は以下の通り。

『詩本義』十六巻、圖譜附

歐陽脩撰。先ず論を爲し、以て毛鄭の失を辨じ、然る後に斷ずるに己の見を以てす。末の二巻は「一義解」「取舍義」「時世本末二論」「豳魯序三問」爲《た》り、而して「補亡鄭譜」及び「詩圖總序」、巻末に附す。大意は以て毛鄭の已《すで》に善なる者は皆な改めず、已むを得ずして乃ち之を易《か》ふと爲す、樂しみて先儒に異なるを求むるに非ざる也（歐陽脩撰。先爲論、以辨毛鄭之失、然後斷以己見。末二卷爲一義解・取舍義・時世本末二論・豳魯序三問、而補亡鄭譜及詩圖總序附於卷末。大意以爲毛鄭之已善者皆不改、不得已乃易之、非樂求異於先儒也）（『直齋書錄解題』卷二 詩類／筆者は、徐小蠻・顧美華點校、上海古籍出版社、一九八七、三六頁に據った）

歷代の『詩本義』評價の典型として、『四庫全書總目提要』經部 詩「詩本義」提要（臺灣商務印書館、二九六頁）を擧げる。

唐以來、詩經を研究するものは、毛傳鄭箋をあえて議論の俎上に載せようとはしなかった。學識豊かな儒者であっても、また謹んで小序に從った。宋に至って新しい解釋が次々と出現し、舊來の說はみな廢れてしまったが、おおもとを尋ねれば、これは歐陽脩に始まったことなのである。（中略）歐陽脩がこの『詩本義』を著したのは、もともと穩やかで公正な心から出たことであり、「意を以て志を逆え」たものである。ゆえに彼の議論は、毛鄭の二家を輕々しく批判することもないし、また二家を輕々しく墨守するということもないのである。その訓釋は往々にして詩人の本志を捉え得ている（自唐以來、說詩者莫敢議毛鄭。雖老師宿儒、亦謹守小序。至宋而新義日增、舊說俱廢、推原所始、實發於脩。……是脩作是書、本出於和氣平心、以意逆志。故其立論、未嘗輕議二家、而亦不曲徇二家。其所訓釋、往往得詩人之本志）

（3）華孳亨撰「增訂歐陽文忠公年譜」（以下「年譜」と略稱。『昭代叢書』丙集補、縮葉影印道光二四年世楷堂刊本、上海古籍出版社、一九九〇、第一册五三一頁）は、『詩本義』の成書を嘉祐四年己亥（一〇五九）、歐陽脩五三歲、に繫年する。その根據として華氏は「卷首の公の自題の官知 是の年に在るを以てす（以卷首公自題官知在是年）」と言う。筆者の見た四部叢刊本・通志堂經解本には歐陽脩の自題はなく、華氏の言葉がいずれの本に據ったものか不明であるが、華氏の繫年以外に有力な說はないので、しばらくこれに從う。ちなみにこの嘉祐四年當時、歐陽脩は龍圖閣學士の地位にあり、給事中同提擧在京諸司庫務の官に就いていた。同年二月には御試進士詳定官に充てられ、御書「善經」の二字を賜っている。知禮部貢擧として蘇軾・蘇轍・曾鞏・程顥・張載などを及第させ、「貢擧得人之盛獨絕前後」と稱される嘉祐二年から數えて二年後のことである。

（4）熙寧八年（一〇七五）になって、王安石等の『三經新義』が天下に頒布され、新たな標準的テキストとして定められた。

（5）この『正義』では疏家の意圖がややわかりにくいが、小雅「四月」の「先祖匪人、胡寧忍予」の『正義』を併せて考えると、歐陽脩の引用と同趣旨であることがわかる。

人困《くる》しめば則ち本に反し、窮まれば則ち親を告《うつた》ふ。故に「我が先祖は人に非ず」と言ひ、悖慢の言を出だし、怨恨の甚しきを明らかにす。猶ほ「正月」の篇に、「父母の己を生むに、自ら先後にせざる」と怨めるがごとき也（人困則反本、窮則告親。故言我先祖非人、出悖慢之言、明怨恨之甚、猶正月之篇、怨父母生己不自先後也）（巻十三之一、十六葉表）

（6）「爲毛鄭學者」で標出される引用文が『正義』に據ったものである例は、3―③の周南「麟之趾」が擧げられる。

（7）「學者」で標出される引用文が『正義』に據ったものである例は、4―②の邶風「匏有苦葉」が擧げられる。

（8）例えば、大雅「文王」論の「鄭玄がその上、西伯（後の文王）が天命を受けたので、〔いまだ天子の位に就いていないにもかかわらず〕王と呼んだのであるなどと言うのは、後學を惑わす言述の甚だしきものである（鄭又謂天命之以爲王云者惑後學之述甚者也）」（巻十、一葉裏）など。

（9）『通志』「藝文略」には六朝の義疏類も著録されるが、これは亡逸書も記載する鄭樵の方針によること、内藤湖南「支那目錄學」校讐略の大要（『内藤湖南全集』第十二巻、筑摩書房、一九七〇、四一五頁）參照。

（10）『經典釋文』は、五代後周顯德二年（九九五）に刊行され、その後もたびたび刊行されていたので、歐陽脩が目にする機會は多かったと思われる。『經典釋文』の寫刊の歴史については、木島史雄「『經典釋文』の著述構想とその變容の構圖――（書物の情報表示形式の適正化）の視點から――」（『東方學報　京都』第七一冊、一九九九）を參照。なお、『詩本義』中に『經典釋文』からの學的影響をほとんど認められないことは注意すべき點であるが、この問題については本章では論じない。

（11）目錄類に著錄されない歐陽脩以前の宋人による詩經研究の書物や言説が當時存在しており、歐陽脩はそれを參照したという可能性も一應考えなければならないかも知れない。しかし、その經説がすでに『正義』に見える以上、それらは『正義』の經説の引き寫しであり、歐陽脩はそれらの書物・言説を通じて『正義』の説を再引用したにすぎないことになる。したがって、このケースは『正義』からの引用と單純化して考えることができる。

（12）大雅「生民」の論で「妄儒　守る所を知らずして擇ぶ所無く、惟だ傳ふる所あれば則ち信じて從へり。而して曲學の士奇を好み、怪事を得れば則ち喜び、附して說を爲す。前世 此を以て六經の患を爲す者 一に非ざる也（妄儒不知所守而無所擇、惟所傳則信而從焉。而曲學之士好奇、得怪事則喜、附而爲說。前世以此爲六經患者非一也）」（卷十、十二葉表）と言って毛鄭批判を繰り廣げているもの、「一義解」菁菁者莪で鄭玄の說を「拘儒之狹論也」と批判しているものなどはその顯著な例である。

（13）李覯『直講李先生文集』卷二六「寄周禮致太平論上諸公啟」に「世の儒者 注疏に異なれるを以て學と爲し、其の詞句を奇とするを以て文と爲す（世之儒者以異於注疏爲學、以奇其詞句爲文）」というものなどが例として擧げられる。

（14）華孳亨撰「年譜」に據れば、歐陽脩の建議を受け、仁宗は「國子の學官に命じ、諸經の正義の引く所の讖緯の說を取りて、逐旋寫錄して奏上せしめ」ようとしたが、「時の執政者 甚だしくは之を主らずして竟に行われ」なかった。

（15）華孳亨撰「年譜」では「公の劄子 年月を注せず。『呂氏家塾記』に、『公 翰林に在りし日 建言すと云ふ』。故に此に附す」と注した上で、この建議を『詩本義』完成と同じ己亥嘉祐四年に繫ける。これに從えば、『詩本義』撰述は歐陽脩によって政治的實踐を伴った經學改革の大きな構想の一環として位置づけられていたと考えられよう。

（16）「毛詩正義序」に「其れ近代 義疏を爲りし者、全緩・何胤・舒瑗・劉軌思・劉醜・劉焯・劉炫等有り。然れども焯・炫竝に聰穎特達、文にして又た儒、秀幹を一時に擢んで、絕轡を千里に騁す。固より諸儒の揖讓する所にして、日下の無雙なるものなり。其の作る所の疏內に於いて特に殊絕たり。今 敕を奉じて刪定するに、故に據りて以て本と爲す。然れども焯炫等 才氣を負恃し、輕がるしく先達を鄙しみ、其の異なる所を同じくし、其の同じき所を異にす。或いは應に略すべきにして反って詳しく、或いは宜しく詳らかにすべくして更に略せり。其の繩墨に準ずるに差忒は未だ免れず、其の會同を勘するに時に顚躓有り。今 則ち其の煩なる所を削り、其の簡なる所を增す。唯だ意は曲直に存し、心を愛憎に有つに非ず（其近代爲義疏者、有全緩・何胤・舒瑗・劉軌思・劉醜・劉焯・劉炫等。然焯炫竝聰穎特達、文而又儒、擢秀幹於一時、騁絕轡於千里、固諸儒之所揖讓、日下之無雙。於其所作疏內特爲殊絕。今奉敕刪定、故據以爲本。然焯炫等負恃才氣、輕鄙先達、同其所異、異其所同。或應略而反詳、或宜詳而更略。準其繩墨差忒未免、勘其會同時有顚躓。今則削其所煩、增其所簡。唯意存於曲直、非有心於愛憎）」

（17）本節の議論に關連して、『詩本義』が『周易正義』からも引用していた可能性を窺わせる例を指摘する。曹風「候人」論に次のように言う。

第三章「不遂其媾」について毛傳・鄭箋は「媾」を「厚」と訓釋し、鄭玄はその上「遂」を「久」と解している。今前世の訓詁をあまねく調べてみるに「厚」「久」の訓釋はない。……「媾」は「婚媾」である。馬融は「重婚を媾と爲す」と言うが、彼が何に據ってこのように言っているのかはわからない。鄭玄は『易』を注してまた「媾」を「會」と解している。おおむね「婚媾」と古人は熟語としていうことが多い。おそらく相集まりよしみをかわすという意味であろう（不遂其媾毛鄭訓媾爲厚、鄭又以遂爲久。今徧考前世訓詁無厚久之訓。……媾婚媾也。馬融謂重婚爲媾。不知其何據而云也。鄭於注易又以媾爲會。大抵婚媾古人多連言之。蓋會聚合好之義也）（巻五、四葉裏）

ここで歐陽脩が引いている馬融と鄭玄の訓詁は『周易正義』屯、六二の卦辭「匪寇婚媾」の『正義』に引かれている。

馬季長「重婚を媾と曰ふ」と云へり。鄭玄「媾は猶ほ會のごとし」と云ふ也（馬季長云重婚曰媾。鄭玄云媾猶會也）

（藝文印書館景印嘉慶二十年江西南昌府學刊本　巻一、二九葉裏）

ただし、同じ引用は『經典釋文』の「周易音義」屯卦の「媾」の注記にすでに見える。

媾は古后の反。馬「重婚」と云ふ。本「冓」に作る。鄭「猶ほ會のごとし」と云ふ（媾古后反。馬云重婚。本作冓。鄭云猶會）（據北京圖書館藏宋刻本影印本、上海古籍出版社、一九八五、上册七七頁）

したがって、歐陽脩が『周易正義』と『經典釋文』のいずれに據ったかは不明である。しかし、かりに『經典釋文』に據った場合でも、『詩本義』執筆に際し六朝唐の義疏類を參考にしたという事實は動かないので、本論文の論旨に反するわけではない。

(18)　『正義』が、

第二・三章に「其の子　梅に在り」「其の子　棘に在り」と言うのは、子の住む木のことを歌っている。これは、鳲鳩が雛鳥を平等に養い、無事育てあげられたら巣立たせて他の木に住まわせることを表現しているのである。鳲鳩を歌うときにはいつも「桑に在り」と言い、その子を歌うときには毎章　異なる木を言うのは、子が飛び去っても、母鳥は常にもとの木から移らないことを歌っているのである（下章云在梅在棘、言其所在之樹。見鳲鳩均壹養之、得長大而處他木也。鳲鳩常言在桑、其子毎章異木、言子自飛去、母常不移也）（巻七之三、七葉表）

と言い、鳲鳩の子について「梅に在り」「棘に在り」と言うのは、母鳥の「均一」の徳を引き立たせる技法だと説明したのを批判していると考えられる。歐陽脩は、その子が成長して他の木に飛び去る時になると、母鳥の心もまたそれに從ってゆく。だから、その身は桑に止まっていても、心は子供を念じるが故に、梅にあったり棘にあったり榛にあったりするのである。これまた「心を用いること一ならざる」ことを言っているのである（及其子長而飛去在他木、則其心又隨之、故其身則在桑、而其心念其子、則在梅在棘在榛也、此亦用心之不一也）（卷五、六葉表）

と言い、母鳥の「均一ならざる」心を表すと考える。こちらの方が詩句が視點を移動させているのに素直に沿った解釋だと彼は考えたのであろう。

(19) 魯頌「閟宮」の「是生后稷、降之百福」の『正義』でも同趣旨の主張が繰り返されている。

「生民」に「誕降嘉種」と云へるは、上從《よ》りして下にするの辭なり。是れ天神 多く后稷に與ふるに五穀を以てする也。言ふこころは天神 與ふるは之を種《う》うれば必ず長ずるを以てす。功を天に歸す。天 實に之に與ふるに非ざる也（生民云誕降嘉種者從上而下之辭、是天神多與后稷以五穀也。言天神與者以種之必長。歸功於天。非天實與之也）（卷二十之二、四葉表）

(20) 召南「騶虞」の詩序について『正義』は「〈騶虞〉を以て末に處らしむるは、〈鵲巢〉の應を見《あらは》す也（以騶虞處末者見鵲巢之應也）」と言い、詩序が召南の首尾の照應關係を説明しているという考え方をしている（卷一之五、十四葉表）。

(21) 『詩本義』卷十四「本末論」參照。この認識が、歐陽脩の詩經研究の基盤を爲すものであることは、從來の『詩本義』研究でも一様に强調されてきた。

(22) 『正義』は意味層が二層なのに對し、歐陽脩では四層である理由は次のように説明できる。

第6節で検討するように、疏家は詩經編纂における孔子の役割をきわめて限定的に考えていた。すなわち疏家に據れば、詩經編纂の主要な功績は周の朝廷および各國の太師に歸せられ、孔子はそれを保存し後世に傳えたにすぎない。したがって編纂者の意圖ということに關しては、太師の意圖を考えるだけでよく孔子の意圖（聖人の志）は考慮する必要はない。また、漢代に三家詩に代表されるような多様な詩説が出現したのは事實であるが、疏家の認識ではその中で殘った毛傳こそ太師・孔子・子夏以來の正しい師承を繼ぐものであり、そこには解釋者による誤謬はない。『正義』はその正しい師承にもとづく傳箋を疏通するという立場に立つので、「經師の業」の混亂した状況を考える餘地もないわけである。したがって、疏家の立場に立てば、「詩人の意」と「太師の職」の二層の意味關係を考えれば充分なことになる。これを、歷史的文脈に沿って言い換えれば、歐陽脩は「詩人の意」「太師の職」の二層だけでは、詩經の成立・展開の實像を説明できないと考えて、詩經編纂の狀況から新たに「聖人の志」を抽出し、さらに師承の絶對性を否定し序傳箋の價値を相對化する立場から、「經師の業」に考え及ぶに至った、ということになる。

(23)『詩本義』中には、このように「且」が前後の文が逆接の關係にあることを示していると考えられる例を多數見出すことができる。諸種の辭典類に徵するにこのような「且」の用法に關する説明は見あたらないようである。行文の流れを重んじて假に「しかしながらと」という譯語を當てたが不安が殘る。この點に關して御示教を乞う次第である。

(24)自分の國を棄て明君を求めて別の國に遷るという行爲を倫理に悖るものとして批判するのは歐陽脩の一貫した立場である。小雅「正月」の「瞻烏爰止、于誰之屋」の毛鄭の解釋を歐陽脩は次のように批判する。

毛鄭の考えは違う。彼らは烏が金持ちの家を選んで集まるのは、人民が明君を選んで歸服することを喩えていると考える。これでは、大夫ともあろうものが國に忠たるの心なく、王の惡事を止めさせようともせずに人民に謀反を教えるということになる（毛鄭之意不然、謂烏擇富人之屋而集、譬民當擇明君而歸之、是爲大夫者無忠國之心、不救王惡而教民叛也）（卷七、八葉表）

(25)ただし、疏家がこのような臣下としての倫理觀を一貫させて詩經を疏通しているかどうかは微妙である。例えば、小雅「正月」第三章の「瞻烏爰止、于誰之屋」の『正義』には次のように言い、「小明」の『正義』における倫理觀は見られない。

毛公は次のように考える。……今わが國の民草の境遇はかくも哀れであり、いずこで天祿を受けられるというのだろうか、これは天祿のないことを言うのである。ここで烏が止まるところに目を向けて見ると、彼らはいったい誰の家に止まるのであろうか。これによってわが民草の歸すべきはいずれの君主であろうかということを興する。烏は金持ちの屋敷に集まり食べ物を求める。これは、民草が明德を持つ君主に歸服して天祿を求むべきであることを喩えている。民に歸するところがないことを言って、王の惡の甚だしいことを表しているのである（毛以爲……今我民人見遇如此、於何所從而得天祿乎。是無祿也〈もと「世」に作る。挍勘記に據って改める〉。此視烏於所止、當止於誰之屋乎。以興視我民人所歸、亦當歸於誰之君乎。烏集於富人之屋以求食。喩民當歸於明德之君以求天祿也。言民無所歸以見惡之甚也）（卷十二之一、十一葉表）

これに據れば疏家も、善き君主を選んで自分の國を捨てることを必ずしも忌んではいないようである。ただし、これは人民について論じているので、士が國を棄てることを論じる「小明」の場合とは状況が異なる。士と人民とはおのずから倫理を異にすると考えていた可能性もある。この問題については、本書第十七章で詳しく論じる。

(26)『詩本義』の引用文獻の種類の少なさの原因としては、當時の古文獻の流布状況から來る制約とともに、歐陽脩の方法的態度があったであろうことを付言したい。卷十四「豳問」の「今の所謂る周禮なる者は不完の書也(今之所謂周禮者不完之書也)」からわかるように、詩の本義を考える資料として禮が必ずしもふさわしくないと考えていたようである。また、小雅「賓之初筵」の「鄭氏 禮學に長ず。其れ禮家の說を以て曲げて詩人の意に附會するを爲すは、本と未だ必ずしも然らず(鄭氏長於禮學、其以禮家之說曲爲附會詩人之意、本未必然)」(卷九、二葉表)という文章に端的に現れているように、鄭玄が詩を禮に關連させて解釋したために本義を失ってしまったという認識に立って、「禮」を詩解釋に用いることへの警戒心は顯著なものがある。おそらくそのためであろう、『詩本義』中に三禮からの引用はほとんど見あたらない。これからわかるように歐陽脩は、古典を博捜して多角的に考證する方法より、むしろ詩解釋の視點をストイックに定め、限られた文獻のみから詩の本義を探るという方法を採用している。鄭箋が歷史的解釋と禮制的解釋とのはざまでしばしば自家撞着を起こしたのに對して、歐陽脩は禮制的解釋を捨て歷史的解釋に焦點を定めることによって鄭玄の轍を踏むまいとしたことが、引用文獻の性格からも窺える。先に引用した「論九經正義中刪去讖緯劄子」の「然れども其の載する所 既に博ければ、擇ぶ所 精ならず(然其所載既博、所擇不精)」も合わせて、歐陽脩の治學の要諦として考えることができるのではなかろうか。

(27)これには、歐陽脩の『爾雅』に對する考え方も理由の一つとして考えなければならない。すなわち、歐陽脩は『爾雅』の訓詁は秦漢の學者が詩の詁訓を集めて作ったもので、毛傳と本質的には同源であるので、毛傳の傍證となし得る資料ではないと考えていた。『詩本義』大雅「文王」論に次のように言う。

『爾雅』は聖人の書に非ず。其の文理を考ふるに乃ち是れ秦漢の閒 詩を學ぶ者 說詩博士の解詁の言を纂集せし爾。凡そ『爾雅』を引く者は本と旁《あまね》く他書を取りて以て說詩の失を正さんと謂ふ。若し『爾雅』は止だ是れ說詩博士の言を纂集せしのみなれば則ち何ぞ復た引くを煩はさんや(爾雅非聖人之書。考其文理乃是秦漢之閒學詩者纂集說詩博士解詁之言爾。凡引爾雅者本謂旁取他書以正說詩之失。若爾雅止是纂集說詩博士之言則何煩復引也)(卷十、一葉裏)

（28）『詩本義』巻十二、周頌「思文・臣工」に次のように言う。

『爾雅』「釋草」に詩の有る所の諸穀の名、黍稷稲粱の類を載すること甚だ多くして、獨り「麥 之を來牟と謂ふ」は無し。是れ毛公の前 詩を説く者 來牟を以て麥と爲さざること知る可し矣（爾雅釋草載詩所有諸穀之名、黍稷稻粱之類甚多、而獨無麥謂之來牟。是毛公之前說詩者、不以來牟爲麥可知矣）（巻十二、六葉裏）

（29）「邢昺『爾雅疏』について」（『五經正義の研究——その成立と展開——』、研文出版、一九九八、四七五頁）

（30）例えば『詩本義』小雅「鴻鴈」論に、「詩の刺美する所は、或いは物を取りて以て喩へと爲せば、則ち必ず先づ其の物を道《い》ひ、次いで刺美する所の事を言ふ者多し矣。……詩は一人の作に非ず、體は各おの同じからず、盡く此の如くにあらずと雖も、然れども此の如き者 多き也（詩所刺美、或取物以爲喩、則必先道其物、次言所刺美之事者多矣。……詩非一人之作、體各不同、雖不盡如此、然如此者多也）」（巻六、十葉表）と言い、大雅「蕩」論に「然れば則ち刺る者は其の意は淺し、故に其の言は切なり。而して傷む者は其の意は深し、故に其の言は緩にして遠し。詩を作れるの人は一ならず、其の用心は未だ必ずしも皆な同じからず、然れども詩の意を考ふるに此の如き者多し、蓋し人の常情也（然則刺者其意淺、故其言切。而傷者其意深、故其言緩而遠。作詩之人不一、其用心未必皆同、然考詩之意如此者多、蓋人之常情也）」（巻十一、三葉裏）と言うなど、詩の法則的な問題を論ずるうえでも、安易な一般化を戒める意識があった。

（31）『歐陽脩之經史學』第二章、七〇頁

（32）「詩譜序」の「故孔子錄懿王夷王時詩」の『正義』に、「案ずるに書傳の引く所の詩の見在せる者は多く亡逸せる者は少なし。則ち孔子錄する所 十分に九を去るを容れず。馬遷古詩三千餘篇と言ふは、未だ信ずべからざる也（案書傳所引之詩見在者多、亡逸者少。則孔子所錄不容十分去九。馬遷言古詩三千餘篇、未可信也）」（五葉裏）と言う。

（33）注（31）所掲書七一頁

（34）何氏の結論を支持する根據として氏の言及しないものを付け加えれば、『毛詩正義』が司馬遷の説を疑う根據として注（32）に引いたとおり、諸書に引用される逸詩の數が少ないと認識しているのに對し、歐陽脩は逆に「今書傳に載する所の逸詩は何ぞ數ふべけんや」と逸詩の數が多いと言い、それを自説の根據としていることが擧げられる。つまり歐陽脩の立論は逸詩の數の主観的な評價を根據にしており、客觀的な論證とは言えない。おそらくそのためであろう、彼の主張にも關わらず彼の後輩たちは『正義』説と同樣に、經典に引用される詩の中に逸詩は少ないということを、孔子刪詩を否定

する根據として用い續けた。このことからも何氏の判斷は正しいと考えられる。

なお、孔子刪詩の有無を巡っての議論は『經義考』卷九八　詩一「古詩」の條に集成された歷代の諸家の說および朱彝尊の按語を參照。歐陽脩と年代的に近接している諸家の說を例示する。

鄭樵「上下千餘年、詩纔三百五篇。有更十君而取一篇者、皆商周所作、夫子併得之、於魯太師編而錄之、非有意於刪也。刪詩之說漢儒倡之」

葉適「史記古詩三千餘篇、孔子取三百五篇。……按周詩及諸侯用爲樂章、今載於左氏傳者、皆史官先所采定。就有逸詩殊少矣。疑不待孔子而後刪十取一也。又論語稱詩三百。本謂古人已具之詩、不應指其自刪者言之。然則詩不因孔氏而後刪矣」

朱熹「人言夫子刪詩、看來只是采得許多詩。夫子不曾刪去、只是刊定而已」

「當時史官收詩時、已各有編次。但經孔子時已經散失。故孔子重新整理一番、未見得刪與不刪」

(35)『論語』「子罕」「子曰。可與共學。未可與適道。可與適道。未可與立。可與立。未可與權。唐棣之華。偏其反而。豈不爾思。室是遠而。子曰。未之思也。夫何遠之有」に見える。

(36)『禮記』「中庸」に「詩曰。衣錦尙絅。惡其文之著也。」とある。

(37)『禮記』「緇衣」に見える(王先謙『詩三家義集疏』には齊詩とする)。

(38)「商頌譜」の「孔子が詩經の詩を錄した時、〔商頌は〕五篇を得ただけであった(孔子錄詩之時、則得五篇而已)」の『正義』に、「現在の詩經は孔子が編定したものであるが、商頌が五篇しかないのは、明らかに孔子が詩を錄したときすでにその七篇が亡佚し、五篇しか手に入れられなかったということなのである。(今詩是孔子所定、商頌止有五篇、明是孔子錄詩之時已亡其七篇、唯得此五篇而已)」(卷二十之三、三葉裏)と言う。

(39)「商頌譜」に「政が衰え、商の禮樂が散逸してから、七世にして戴公の時、すなわち周の宣王の時代となった。大夫の正考父なるものが、商の美しい頌十二篇を周の太師のもとで校定し、『那』を首篇に据え、宋に歸り商の先王を祀った(自從政衰、散亡商之禮樂。七世至戴公時、當宣王、大夫正考父者、校商之名頌十二篇於周太師、以那爲首、歸以祀其先王)」(商頌譜/卷二十之三、三葉裏)と言う。

(40)「『蟋蟀』の詩の義を序し、そのうえ晉の詩を名づけて唐風を呼んだということを序している。つまり、唐風の詩は實は晉の詩なのである。それなのに『唐』風というのは太師がその詩の音色と本旨を吟味したところ、その國の風俗に基づき、憂えていることは深く、思うことは遠く、儉約でよく禮に從っていて、唐堯の遺風がある。そこでこれを『唐』風と名づけたのである（既序一篇之義、又序名晉爲唐之意、此實晉也。而謂之唐者、太師察其詩之音旨、本其國之風俗、見其所憂之事深、所思之事遠、儉約而能用禮、有唐堯之遺風。故名之曰唐也）（唐風「蟋蟀」序『正義』／巻六之一、三葉裏）

「『鳧鷖』の詩の作者は、成功を保守し失墜せしめないことを詠っているのである。……前の『既醉』の詩が太平を詠い、本詩は守成を詠う。つまりこの太平の成功を守るということである。太師は詩篇をかく編次することによってこの義を示し、序はこの編次の意圖を述べたので、『太平の君子』と言って、また前の詩にかぶせて發言しているのである（作鳧鷖詩者言保守成功、不使失墜也。……上篇言太平、此篇言守成、卽守此太平之成功也。太師次篇、見有此義、敘者述其次意、故言太平之君子、亦乘上篇而爲勢也）」（大雅「鳧鷖」序『正義』／巻十七之二、十五葉裏）

（41）　邊土名朝邦「歐陽脩の鄭箋批判」（『活水論文集』二三號、一九八〇）四六頁。

（42）　同右。

附表１　詩本義引用毛詩正義說一覽

凡例○本表は『詩本義』に先人の說として引用された經說と『毛詩正義』との對應關係を調査する目的で作成した。標出したのは、『詩本義』の引用のうち、人名・書名を示していないものである。

○『詩本義』の引用箇所を、卷數・丁數・表裏・詩題の要領で示し、引用された文の他に、そこで用いられている呼稱も示した。

○對應すると考えられる『毛詩正義』の所在と文を示した。

○參考として、『毛詩正義』との直接的な對應關係の見られない引用句を示した。

卷數	丁數	表裏	篇名	文	呼稱	正義所在	正義文
1	6	表	兔罝	今爲詩說者泥於序文莫不好德、賢人衆多之語、因以爲周南之人擧國皆賢、無復君子小人之別、下至兔罝之人、皆負方叔召虎吉甫春秋賢大夫之材德、則又近誣矣	今爲詩說者	卷一之三、１葉表	由后妃關雎之化行、則天下之人莫不好德、是故賢人衆多、有賢人多、故兔罝之人猶能恭敬、是后妃之化行也
1	9	裏	麟之趾	關雎麟趾作非一人、作麟趾者了無及關雎之意。故前儒爲毛鄭學者自覺其非、乃爲曲說云、實無麟應、太師編詩之時、假設此義以謂關雎化成、宜有麟出、故借此麟趾之篇、列于最後、使若化成而麟至爾。然則序之所述乃非詩人作詩之本意、是太師編詩假設之義也。毛鄭遂執序意以解詩。是以太師假設之義解詩人之本義、宜其失之遠也	前儒爲毛鄭學者	卷一之三、10葉裏	此篇本意直美公子信厚似古致麟之時、不爲有關雎而應之。太師編之以象應、敍者述以示法耳。不然此豈一人作詩而得相顧以爲終始也。又使天下無犯非禮、乃至公子信厚、是公子難化於天下、其豈然乎。明是編之以爲示法耳
2	11	裏	匏有苦葉	詩刺衞宣公與夫人竝爲淫亂、而鄭氏謂夫人者夷姜也……學者因附鄭說謂作詩時未爲伋娶、故當是刺夷姜。且詩作早晩不可知。今直以詩之編次偶在前爾。然則鄭說胡爲可據也	學者	卷二之一、５葉表／卷二之二、３葉裏	諸變詩一君有數篇者、大率以事之先後爲次。…邶詩先匏有苦葉、後次新臺、是以事先後爲次也／宣公納伋之妻亦是淫亂、箋於此不言者、是時宣公或未納之也。故匏有苦葉譏雉鳴求其牡夫人爲夷姜、則此亦爲夷姜明矣

5	1	表	東門之枌	附其說者、遂引春秋莊公時季友如陳、葬原仲、爲此原氏	附其說者	卷七之一、6葉表	春秋莊二十七年季友如陳、葬原仲。是陳有大夫姓原氏也
5	5	裏	鳲鳩	又其三章皆美淑人君子、獨於中間一章刺其不稱其服、詩人之意豈若是乎。至爲疏義者覺其非、是始略言淑人君子刺曹無此人而在梅棘强爲之說以附之、然非毛鄭之本意也	爲疏義者	卷七之三、8葉裏	說善人君子而言此帶弁者、以善人能稱其服、刺今不稱其服也
7	4	表	無羊	又謂「衆維魚矣、維此豐年」、謂人衆相與捕魚、是歲熟庶人相供養之祥。…據詩「衆維魚矣」、但言魚多爾、何有捕魚之文、…而爲鄭學者遂附益之以爲庶人無故不殺鷄豚、惟捕魚以爲養	爲鄭學者	卷十一之二、14葉表	魚者庶民之所以養者、以庶民不得殺犬豕、維捕魚以食之、是所以養也
7	5	裏	節南山	說者遂謂幽王之時有兩家父	說者	卷十二之一、1葉裏	但古人以父爲字、或累世同之…此家氏或父子同字父、未必是一人也
7	7	裏	正月	鄭謂苟欲免身、而後學者因益之曰、寧貽患於父祖子孫以苟自免者、豈詩人之意哉	後學者	卷十二之一、10葉裏	上章言王急酷、故此遭暴虐之政而病也。以所願不宜願、免之而已。乃云不自我先、不自我後、忠恕者己所不欲、勿施於人、況以虐政推於先後、非父祖則子孫、是窮苦之情苟欲免身
7	13	裏	十月之交	小宛之詩據文求義、施於厲幽皆可、雖鄭氏亦不能爲說以見非刺厲也。而爲鄭學者强附益之、乃云、四詩之序皆言大夫刺、既以十月爲刺厲王、則小旻小宛從可知…又云、小旻小宛其卒章皆有怖畏恐懼之言、似是一人之作	爲鄭學者	卷十二之二、2葉表	鄭檢此篇爲厲王、其理欲明而知、下三篇亦當爲刺厲王者、以序皆言大夫、其文大體相類。十月之交・雨無正卒章說己留彼去念友之意全同。小旻・小宛卒章說怖畏罪辜恐懼之心如一、似一人之作。故以爲當刺厲王也

7	15	裏	小宛	又謂先人爲文武亦疎矣。而後之學者既以先人爲文武而有懷二人又爲文武、不應重複其言而無他義也	後之學者	卷十二之三、1葉表	追念在昔之先人文王武王也。……有所思者唯此文武二人
8	1	表	巧言	且當爲語助。鄭音苟且之且、言王卽位且爲民父母、其後乃刑殺無罪。非。惟學者附益以增鄭過、就令只依鄭說曰父母且、亦豈成文理	學者	卷十二之三、一〇葉裏	皆以且爲辭
10	2	表	文王	說者但言殷未滅時、文王自稱王於一國之中、理已爲不可	說者	卷一六之一、5葉裏	文王雖稱王改正統德行其統內六州而已
10	9	裏	皇矣	而爲毛鄭之學者又謂周侵三國召兵於密而不從者尤疎也	爲毛鄭之學者	卷一六之四、10葉表	其所徵者是侵阮・徂・共三國之義兵也。文王欲侵此三國、徵兵於密、密人拒而不從
10	13	裏	生民	今史記本紀出於大戴禮世本諸書。其言堯及契稷皆爲帝嚳之子。先儒以年世長短考之、理不能通	先儒	卷一七之一、2葉裏	堯爲聖君、契爲賢弟、在位七十載而不能用…若稷契堯之親弟當生在堯立之前比至堯崩百餘歲矣…若稷契卽是嚳子則未嘗隔世
10	14	裏	生民	附毛說者謂后稷是帝嚳遺腹子	附毛說者	卷一七之二、5葉表	諸書傳言、姜嫄履大迹生稷、簡狄呑鳦卵生契者、皆毛所不信。故以帝爲高辛氏帝。蓋以二章卒章皆言上帝、此獨言帝、不言上。故以爲高辛氏帝也。
10	14	裏	生民	附鄭說者謂是蒼帝靈威仰之子	附鄭說者	卷一七之一、6葉表	鄭以姜嫄非高辛之妃、自然不得以帝爲高辛帝矣。此上帝卽蒼帝靈威仰也
12	5	裏	思文　臣工	是以先儒雖主毛鄭之學者亦覺其非、但云詩人美大其事推天以爲言爾。然則毛鄭於后稷喜爲怪說、前後不一也	先儒雖主毛鄭之學者	卷一七之一、15葉裏	孔叢云…詩美后稷能大敎民種穀以利天下…以此而言、明非實降之也
12	6	裏	思文　臣工	而後之學者以麥不當有二名、因以牟爲大麥、然謂麰爲麥之類、	後之學者	卷一九之二、12葉表	孟子云、麰麥播種而耰之。趙岐注云、麰麥大麥也。說文云、

				或謂大麥、理尙可通。若謂來麰謂麥則非爾			麰周受來牟也。一麥二夆、象其芒刺之形。天所來也
12	8	裏	酌	於鑠王師、遵養時晦毛傳但云遵率養取晦昧而更無他說。爲義疏者述其意云率此師以取是闇昧之君。謂誅紂以定天下則毛公謂於鑠王師者武王之師也	爲義疏者	卷一九之四、16葉表	於乎美哉武王之用師也。率此師以取是闇昧之君。謂誅紂以定天下
12	10	裏	有駜	故爲義疏者廣鄭之說、謂僖公君臣既明德義、則潔白之士慕其所爲、羣集於朝、因謂在公爲舊臣、振鷺爲新來之士	爲義疏者	卷二〇之一、12葉表	絜白之士不仕庸君、以僖公君臣無事相與、明義明德而已。德義明、乃爲賢人所慕、故絜白之士則羣集於君之朝。既言君臣相與、明義明德、別言絜白之士羣集君朝、則絜白之士謂舊臣之外新來者也
13	10	裏	取舍義	敝笱刺文姜也。…毛謂鰥大魚也、鄭謂鰥魚子也。孔穎達正義引孔叢子言鰥魚之大盈車。則毛爲大魚不無據矣。鄭改鰥字爲鯤、遂以爲魚子。其義得失不較可知也	孔穎達正義	卷五之二、9葉裏	孔叢子云、衞人釣於河、得鰥魚焉、其大盈車…是鰥爲大魚也。傳以鰥爲大魚、則以大爲喩
	16	表	詩譜補亡	譜序自周公致太平已上皆亡其文予取孔穎達正義所載之文補足因爲之注。自周公已下卽用舊注云	孔穎達正義	卷五之一	周公致太平、敷定九畿、復夏禹之舊制
	2	裏	詩圖總序	鄭學之徒以遷說之謬言。古詩雖多不容十分去九	鄭學之徒	詩譜序、5葉裏	如史記之言、則孔子之前詩篇多矣。案書傳所引之詩見在者多、亡逸者少。則孔子所錄不容十分去九。馬遷言古詩三千餘篇、未可信也

參考：『正義』に對應する文が見られないもの

卷數	丁數	表裏	篇名	文	呼稱	參考
1	2	裏	關雎	先儒辯雎鳩者甚衆、皆不離於水鳥。惟毛公得之曰	先儒	
1	9	裏	麟之趾	後儒異說爲詩害者、常賴序文以爲證	後儒	
2	5	表	摽有梅	故前世學者多云、詩人不以梅實記時早晩。	前世學者	孫卿曰…孫卿毛氏之師、明毛亦然。家語曰…王肅曰…譙周曰…此皆取說於毛氏矣（正義、卷一之五、1葉表）
3	2	裏	靜女	改經就注先儒固已非之矣	先儒	
3	12	裏	丘中有麻	前世諸儒皆無考據	前世諸儒	毛時書籍猶多、或有所據、未詳毛氏何以知之（正義、卷四之一、20葉表）
5	8	表	鴟鴞	諸儒用爾雅、謂鴟鴞謂鸋鴂	諸儒	鴟鴞鸋鴂、釋鳥文。舍人曰…方言曰…陸璣疏云…（正義、卷八之二、2葉裏）
5	10	裏	九罭	前儒解罭爲囊、謂緵罟百囊網也	前儒	釋器云、緵罟謂之九罭、九罭魚網也。孫炎曰…郭璞曰…（正義、卷八之三、6葉裏）
6	3	裏	棠棣	鄭改不爲拊。先儒固已言其非矣	先儒	
6	7	裏	出車	求詩義者以人情求之、則不遠矣。然學者常至於迂遠、遂失其本義	學者	
7	2	表	斯干	改字先儒已知其非矣	先儒	
9	1	表	靑蠅	靑蠅之汚黑白、不獨鄭氏之說、前世儒者亦多見於文字	前世儒者	
10	1	裏	文王	鄭又謂天命之以爲王云者、惑後學之沭甚者也	後學	
13	3	表	一義解　野有蔓草	周禮言、仲春之月、會男女之無夫家者、學者多以此說爲非	學者	
13	4	表	一義解　七月	鄭多改字、前世學者已非之	前世學者	
13	7	表	一義解　雲漢	改字先儒不取	先儒	
13	9	表	取舍義	鄭改綠爲椽……先儒所以不取	先儒	
	15	表	詩譜補亡後序	後之學者因迹前世之所傳而較其得失	後之學者	

附表２　詩本義引用書目表

卷數	帖數	表裏	篇名	文	引用書名	正義有無
1	3	裏	卷耳	云卷耳易得、頃筐易盈、而不盈者以其心之憂思在於求賢、而不在於采卷耳、此荀卿子之說也	荀子	無
1	6	裏	兔罝	春秋左氏傳晉郤至爲楚子反言天下有道則諸侯有享宴以布政成禮而息民。此公侯所以扞城其民也。及其亂也、諸侯貪冒爭、尋常以盡民則略、其武夫以爲腹心	春秋左氏傳	無
2	1	表	鵲巢	且鳲鳩爾雅謂之秸鞠、而諸家傳釋、或以爲布穀、或以爲戴勝	爾雅	有
2	2	裏	草蟲	按爾雅、阜螽謂之蠜、草蟲謂之負	爾雅	有
2	5	裏	野有死麕	孔子曰三分天下有其二以服事殷	論語	有（ただし野有死麕以外）
2	10	表	擊鼓	擊鼓五章、自爰處而下三章、王肅以爲衞人從軍者與其室家訣別之辭	王肅	［正義］王肅云、言國人室家之志、欲相與從生死、契闊勤苦而不相離、相與成男女之數、相扶持俱老
2	10	裏	擊鼓	春秋左傳言、伐鄭之師、圍其東門、五日而還	春秋左氏傳	有
2	11	裏	匏有苦葉	按史記、夷姜生子曰伋。其後宣公爲伋娶齊女奪之。是爲宣姜	史記	有
2	12	表	匏有苦葉	魯叔孫穆子賦匏有苦葉、晉叔向曰、苦匏不才、供濟於人而已	國語	有
2	12	表	匏有苦葉	春秋國語所載諸侯大夫賦詩、多不用詩本義	春秋左氏傳・國語	有
3	4	表	新臺	國語、晉胥臣對文公言、籧篨不可使俯、戚施不可使仰	國語	有
3	5	裏	二子乘舟	亦猶語謂暴虎馮河、死而無悔也	論語	無
3	12	裏	丘中有麻	莊王事迹略見春秋史記。當時大夫留氏亦無所聞於人	春秋・史記	無
4	1	裏	叔于田	六經所在三數甚多	六經	無
4	8	裏	蒹葭	史記秦本紀、周幽王時西戎犬戎與申侯伐周、殺幽王。秦襄公將兵救周	史記秦本紀	無
5	3	表	匪風	老子彭小鮮之說	老子	有（書名は擧げず）
5	4	表	候人	今徧考前世訓詁無厚久之訓		［正義］重昏媾者以情必深厚故媾

						爲厚也
5	8	表	鳲鳩	諸儒用爾雅、謂鳲鳩爲鶻鵃	爾雅	有
5	10	裏	九罭	爾雅云、緵罟謂之九罭者謬也	爾雅	有
5	12	表	狼跋	考於金縢自成王啟鑰見書之後、悔泣謝天、遂迎公以歸、是已知公矣	書	無
6	2	裏	皇皇者華	皆用魯穆叔之說	春秋左氏傳	有
8	8	裏	四月	書曰、官不必備惟其人謂惟其才也	書	無
8	11	表	鼓鐘	旁考詩書史記無幽王東巡之事		無
8	11	表	鼓鐘	書曰徐夷竝興	書	無
10	2	裏	文王	爾雅云緝熙光	爾雅	有
10	13	裏	生民	今徧記本紀出於大戴禮世本諸書。其言堯及契稷皆爲帝嚳之子	史記本紀・大戴禮・世本	有
11	5	裏	抑	今徧考詩書稱小子者多矣。皆王自稱爲謙損自卑之言也		有
11	5	裏	抑	書曰小子封	書	無
11	6	裏	抑	書言惟聖罔念作狂也	書	無
11	11	表	桑柔	據國語史記及詩大小雅皆無用兵征伐之事	國語・史記	無
12	6	裏	思文／臣工	爾雅釋草載詩所有諸穀之名	爾雅	不明
12	14	裏	烈祖	如鵲巢本述后妃而魯穆叔引以喩晉君有國而趙孟治之之類是也	春秋左氏傳	無
12	14	裏	烈祖	方晏子引頌和羹雖非詩義而未爲甚失	春秋左氏傳	有
12	15	表	烈祖	杜預注左氏傳言總大政、能使上下皆如和羹	春秋左氏傳杜預注	無

第四章　『詩本義』に見られる歐陽脩の比喩說
――傳箋正義との比較という視座で――

1　問題の所在

宋代詩經學の幕開けとなった歐陽脩の『詩本義』については、宋代から現代に至るまで樣々な角度から評論・研究が行われ、その解釋理念・學問的特徴・學術史的意義を明らかにする努力が續けられてきた。詩序・毛傳・鄭箋という漢唐以來の詩經解釋の權威とされてきた經說に對する本格的な批判や、人閒の本性の不變性についての樂觀的な信賴の上に立ち、平易で常識を重んじた解釋を志向した、いわゆる「人情」說などは、『詩本義』の性格をよく表すものとしてしばしば擧げられるものである。

ところで、「毛詩大序」に詩の六義として風・雅・頌と竝列されている賦・比・興は、長い閒、詩經を代表する修辭技法として重んじられ、その內容（とりわけ興の內容）をめぐって古來樣々な議論が戰わされ、優に一個の學說史を形成している。歐陽脩については、江口尙純氏(1)や蔣立甫氏(2)により彼の比喩に關する言說が抽出されているものの、いまだ總合的な考察は行われていない。そのため彼の比喩論が、彼以前の學說から何を受け繼ぎ、何が異なるか、彼以後の詩經學の展開にどのような影響を與えたかは明らかにされていない。本章は、先學の硏究成果を踏まえながら歐陽脩の比喩説の全體像を解明し、詩經學の流れの中に位置づけることを目指す。

南宋の朱熹が漢唐の詩經學とは大きく異なる賦比興論を展開したことは周知の事實であるが、これについては近年、莫礪鋒氏(3)と檀作文氏(4)がそれぞれ詳細な分析を行い、その具體的な様相を明らかにしている。本章が考察する問題は、漢唐の詩經學と朱熹の詩經學の閒の空隙を埋め、朱熹の比喩論がどのように成立したかを考える基礎資料を提供するものと考えられる。

2　賦比興の枠組みに對する認識

まず、賦比興という詩經の修辭技法の三つの枠組みについての歐陽脩の認識を問題にしたい。

『詩本義』中で、修辭用語として「賦」の用例は見出せないが、「詩人　物を取りて比と爲すは、刺美する所に比するのみ。己の事を陳《の》ぶるに至りては以て直述すべし（詩人取物爲比、比所刺美之事爾。至於陳己事可以直述）」（巻三、王風「采葛」論）と言っているので、直敘（「直述」）を比喩（「比」）に竝ぶ修辭法として認識していたことがわかる。この「直述」が六義の「賦」にあたるものと考えられる。

一方、比喩の下位分類として「比」「興」とを竝立させる傳統的な認識をどう評價していたであろうか。『詩本義』中には「比」「興」の語は散見するが、この二語の定義はなく、しかも巻二、召南「鵲巢」論のように二者が意圖的に混用された例もある。

> 拙鳥〔鳩〕自《みづか》ら巣を營む能はずして鵲の成せる巣に居る者有り、以て興と爲す爾《のみ》。……古《いにしへ》の詩人は物を取りて比興するに、但だ其の一義を取りて以て意を喩《たと》ふるのみ。此の「鵲巣」の義は、詩人但《た》だ鵲の巣を營むや功を

用ふること多きを取りて、以て周室行ひを積み功を累《かさ》ねて以て王業を成すに比す。鳩 鵲の成せし巢に居る、以て夫人起家して來たり、已に成れるの周室に居るに比する爾《のみ》。其の云《かくい》ふ所以の意は、以て夫人來たりて其の位に居る、當に周室創業の積累の艱難を思ひて、宜しく君子を輔佐し、共に守りて失はざるべきことを興する也（拙

鳥不能自營巢而有居鵲之成巢者、以爲興爾……古之詩人取物比興、但取其一義以喩意爾。此鵲巢之義、詩人但取鵲之營巢用功多、以比周室積行累功以成王業。鳩居鵲之成巢、以比夫人起家來、居已成之周室爾。其所以云之意、以興夫人來居其位、當思周室創業積累之艱難、宜輔佐君子、共守而不失也）

一つの論の中に、「比」「興」が併用され、さらに二字が合成された「比興」という語も出現することから、歐陽脩は比と興とを竝立する概念とは捉えていないことがわかる。

ただし、右の引用から歐陽脩が比と興との概念をどのように把握していたかはある程度推測できる。「比」の語は、「……を取りて、以て……に比す」というように、比喩として用いられる事物や情景にどのような意味が込められているかを説明する場合に用いられる。つまり、「比」は「比喩句↔比喩の意味」という一對一對應の關係を表している。一方、「興」は、「其の云《かくい》ふ所以の意は、以て……を興する也」というように、個別の比喩表現が組み合わされてできている一種の文脈を持った表現の言わんとするところを説明する時に用いられることが多い[5]。つまり歐陽脩は、比と興とを竝立する修辭技法ではなく、興の中に比が包含されるという、上位下位の概念として把握していると思われる。

しかし、これらの語の分布状況を見ると、「興」は國風、「比」は國風・小雅に偏っているので[6]、歐陽脩がこれらを詩經解釋の術語として系統的に用いていたとは言いがたい。この點、「歐陽脩の比と興との區別は必ずしも嚴密ではなかった[7]」という江口氏の指摘は正しい。さらに、『詩本義』中で比喩を説明する際には、上記の三語と合わせて

「喩」「譬」「譬喩」などの語が全書を通じて現れる。以上のことから、歐陽脩は比喩を比と興とに分類する傳統的思考には従わず、直敍（賦）と比喩（比興）という、より包括的な二項對立によって詩經の修辭技法を分析しようとしていたと考えられる。

3　比喩の意義に對する認識

先に『詩本義』では「賦」という語を修辭技法を表す術語としては用いていないことを指摘した。しかし、これは歐陽脩が修辭法としての直敍を輕視したことを意味するわけではない。王風「釆葛」の論に、

詩人が事物を取り上げて比として用いるのは、風刺したり贊美したりする對象に比するためなのである。自分のことを自述する場合には直敍すればよいのであり、何も婉曲的に他の事物を用いて表現する必要などはないのである（詩人取物爲比、比所刺美之事爾。至於陳己事、可以直述、不假曲取他物以爲辭）（巻三）

と言うように、彼は比喩と竝ぶ修辭法として直敍を重視していた。これは、歐陽脩が詩句を比喩として解釋することの危險性を認識していたことによる。魯頌「有駜」を例にとろう。この詩の、

有駜有駜　　駜《ひつ》たる有り駜たる有り
駜彼乘黄　　駜たる彼の乘黄あり

について、毛傳は「駜は馬肥えて彊き貌《さま》なり（駜馬肥彊貌）」と字義の訓詁を示し馬の狀態を説明し、「馬肥えて彊ければ則ち能く高きに升《のぼ》り遠きに進む（馬肥彊則能升高進遠）」と馬の狀態からその能力を推し量った後、一轉して「臣

彊く力あれば則ち能く國を安んず（臣彊力則能安國）」と、馬が肥え太って力が強い＝臣下が強力であるという詩句の裏に込められた比喩を見出す。鄭箋はさらに、「此れ僖公の臣を用ふるには必ず先づ其の祿食を致すことを喩ふ（此喩僖公之用臣必先致其祿食）」と、視點を君主側に轉換して、臣下が強力なのは君主が臣下を手厚く養っているからだと推論し、そこから「祿食足りて臣其の忠を盡さざるは莫し（祿食足而臣莫不盡其忠）」と道德的な教訓を見出していく。

傳から箋へと詩の原意に次々と意味が附加されているが、その過程で比喩解釋が大きな役割を果たしていること、その目的が道德的な教訓を導き出すことにあったことがわかる。比喩の解讀は、解釋の過剩化をもたらす危險性をはらんでいるのである。

本文に卽した詩解釋を重んじた歐陽脩は、意味の過剩化をもたらす比喩解釋の手法に反對し、傳箋の説を「皆な詩文に無き所。此れ又妄《みだ》りに詩人を意《おも》ひて委曲して説を爲す。故に詩の義を失ふこと愈《いよ》いよ遠きなり（皆詩文所無。此又妄意詩人而委曲爲說。故失詩之義愈遠也）」（卷十二、魯頌「有駜」論）と批判し、「詩に據れば但だ乘馬の肥彊なるを述ぶる爾（據詩但述乘馬肥彊爾）」（同上）と直敍として解釋し、無理に比喩を讀み取らない姿勢を明らかにする。ここから、歐陽脩が直敍という修辭法を正當に評價し、逆に詩における比喩の役割を限定的に捉えていたことがわかる。

歐陽脩は、詩人が比喩を用いる場合を次のように説明する。

いったい詩人が事物を用いて比興とするのは、本來、明らかにしがたい思いがあって、他の事物を借り用いてその思いを表現するのである（且詩人取物比興、本以意有難明、假物見意爾）（卷三、鄘風「牆有茨」論）

いったい詩人は、本來明らかにしがたい思いがあるので、それで事物を借り用いて思いを表現するのである。(8)〔毛鄭の〕「彤管」の説の如きはこのようにいかにしても意味が通じない。これでは詩人はそれを借り用いて何の思いを明らかにできるというのであろうか（且詩人本以意有難明、故假物以見意。如彤管之説、左右不通如此。詩人假之、何以明意）（巻三、邶風「靜女」論）

ここから彼の次の二つの認識を見ることができる。

一、比喩は作者の意圖をより明瞭に表現するために用いられる以上、比喩を解釋することによって詩の意味は簡潔でわかりやすいものにならなければならない。したがって比喩解釋によって往々にして文脈が混亂しかえって意味が難解になってしまいがちな傳箋正義の方法論は批判されなければならない。

二、比喩は、詩人の「言い表しがたい思い」を表現するためのものである。したがって、「思い」ではなく「教訓」を讀みとろうとする傳箋正義の比喩解釋は批判されるべきである。教訓を讀みとるための比喩解釋から詩人の思いを讀みとるための比喩解釋へと態度を轉換している。

これから考えると、歐陽脩が詩經の修辭法を考える時、賦比興という傳統的な三分法に従わず直敍—比喩という二分法をとったのも、比・興の機能についての認識が未熟だったためだけとはいえず、より積極的な意味があったと推測できる。鄭玄の「比は今の失を見《あらは》し、敢えて斥言《せきげん》せず、比類を取りて以て之を言ふ。興は今の美を見《あらは》し、媚諛を嫌ふ、善事を取りて以て之に喩勸す（比見今之失、不敢斥言、取比類以言之。興見今之美、嫌於媚諛、取善事以喩勸以之）」（『周禮』「太師」注）という解釋では、比興は單なる修辭技法ではなく、「美」「刺」という政治的道德的な論評性と深く結びついたものとして認識されていた。この立場に立てば、比喩には「教訓」を讀みとらなければならなくなる。一方、比興に對するもう一つの代表的な見解「比は顯《あら》はにして興は隱なり（比顯而興隱）」（毛詩大序「故詩有六義焉…」正義）の立場をとっても、興の隱された意味を探るために過剰な解讀をして、難解な解釋や「教訓」的な解釋に陥ってしまう恐れがある。このように、傳統的な比興定義は、政治的・道德的な論評と過剰解釋とを導きやすいものであり、

「經義は固《もと》より常に簡直明白（經義固常簡直明白）」（巻三、鄘風「相鼠」論）であるという信念を持つ歐陽脩にとって受け入れがたいものであった。先に引用した王風「采葛」論の「詩人　物を取りて比と爲すは、刺美する所に比するのみ」は鄭玄の比興説に相似しているが、『詩本義』中の比喩解釋を見ると、鄭玄のように超然とした論評を讀みとるというよりは、やはり詩人の感情が強く込められた風刺や贊美を讀みとるという性格が強い。彼は、解釋の剩餘物を取り除き、詩人の「思い」が込められた純粹な比喩表現としての意味を探求していくために、あえて比と興とを區別することなく、大まかな概念把握のもとに比喩を解釋していこうとしたのだと考えられる。

4　詩全體との整合性を重視した比喩解釋

それでは比喩を實際に解釋する際に、歐陽脩はどのような態度をもって臨んでいたであろうか。江口氏・蔣氏の所論に基づきつつ、方法論の體系における位置・歷史的意義を考えながら見ていこう。まず、蔣氏が指摘するように、文脈から總合的に比喩を考えていく態度がある。(9)

且つ詩の比興は必ず須らく上下文を成して以て相發明して、乃ち推據すべし。今若し獨《た》だ一句を用ひて上下の文理を以て之を推さざれば、何を以てか詩人の意を見《あらは》さん（且詩之比興必須上下成文以相發明、乃可推據。今若獨用一句而不以上下文理推之、何以見詩人之意）（巻七、小雅「斯干」論）

詩の刺美する所は、或いは物を取りて以て喩へと爲せば、則ち必ず先づ其の物を道《い》ひ、次いで刺美する所の事を言ふ者多し矣（詩所刺美、或取物以爲喩、則必先道其物、次言所刺美之事者多矣）（巻六、小雅「鴻鴈」論）(10)

これは、鄭箋が文脈全體の意味を無視して句ごとに比喩を解釋していることを批判したものである。「鴻鴈」を例にすれば、この詩の、

鴻鴈于飛　鴻鴈于《ゆ》き飛ぶ
肅肅其羽　肅肅たる其の羽

という二句は、下の、

之子于征　之《こ》の子于《ゆ》き征《ゆ》く
劬勞于野　野に劬勞《くろう》す

の二句の比喩として用いられており、故に「鴻鴈」は「之の子」の比喩である、と歐陽脩は考える。(11) 一方鄭玄は、この二句は鴻鴈の陰を避けて陽に就くことを知る性質に喩えて、民は有德の君主に就くものであるということを言っているのであり、(12) 下の句の「之の子」は侯伯卿士の職にかなえる者を指したものである、(13) と章の前半と後半を別個に解釋する。それを歐陽脩は、上下の文の關連性を無視した解釋であると批判する。(14) ここには、鄭玄と歐陽脩の比喩解釋の射程の違いがよく表れている。鄭玄は比喩句それ自體で比喩―意味の關係を完結させようとするのに對し、歐陽脩は比喩句の意味をその他の詩句と關連させて考えようとしている。檀作文氏は、傳箋正義が興句のみで解釋を完結させようとするのに對し、朱熹が興とは興句と下文との關係に立ち現れてくるものだという認識を持って解釋をしたと指摘するが、(15) この例は檀氏の傳箋正義についての分析の正しさを證明すると同時に、歐陽脩にも朱熹と同樣の認識があったことを示し、兩者の閒の學的繼承關係が窺うことができる。

比喩句とその他の句、あるいは詩全體との關係を重視する態度は、次のような解釋の方法論を導き出している。

鼠は穴の中に生活する動物なので、詩人は高位の人に喩えたりはしない。もともと詩中で「禮儀を知らない」と刺っているのだから、〔その上〕鼠が食べ物を盗むことに喩えたりなどするはずがない（鼠穴處、詩人不以譬高位也。本刺無禮儀、何取鼠之偸食）（巻三、鄘風「相鼠」論）

詩人は類似點に注目して事物をたとえに用いて、比喩が得意である。〔毛傳に言う〕斧で禮に喩えるなどは、比喩が詩意にふさわしくない（詩人引類比物、長於譬喩。以斧斨比禮義、其事不類）（巻五、豳風「破斧」論）

〔鄭箋で文王が國王になる前に木こりをしたというが〕「伐木」は、文王を稱えた雅である。……木を切るのは、身分の低い庶民の仕事であり、文王の詩にふさわしくない。……文王を詠ったこの詩は、およそ人はみな友あってこそ一人前になるということを萬人の教えとして言っているとはいえ、天子諸侯のことを詩に詠って、そこから身分の低い庶民のことにも言い及ぶというのならわかるが、もしこの詩が〔傳箋の説のように〕毎章、木こりのことを詠っているのだとしたら、身分の低い庶民の仕事を主題としていることになり、文王を詠った詩とは言えなくなってしまう（伐木文王之雅也……伐木庶人之賤事、不宜爲文王之詩……且文王之詩、雖欲汎言凡人須友以成、猶當以天子諸侯之事爲主、因而及於庶人賤事可矣、今詩每以伐木爲言是以庶人賤事爲主、豈得爲文王之詩）（巻六、小雅「伐木」論）

歐陽脩は、比喩として用いる事物は單に類似點があるだけではなく、比喩されるものや詩の主題に見合ったものでなければならないと考え、「相鼠」「破斧」については比喩とは取らず、「伐木」は不詳としている。これは、詩の文脈から比喩の意味を考えていく姿勢に基づく方法論である。

ところで、比喩と比喩されるものとの閒に意味的類比以上の對應關係を求める考え方は、正義にもある。邶風「凱

風」卒章の、

睍睆黄鳥　睍睆《けんくわん》たる黄鳥あり
載好其音　載《すなは》ち其の音を好《よ》くす

の箋に「『睍睆』は〔孝子の〕顏色を和らげている樣を興する。『其の音を好くす』とは〔孝子の〕の言葉遣いがもの柔らかな樣を興する（睍睆以興顏色説也。好其音者興其辭令順也）」と言うのに對して『正義』が、

興は必ず類を以てす、睍睆は是れ好《よ》き貌、故に顏色を興する也。音聲は猶ほ言語のごとし、故に辭令を興する也（興必以類、睍睆是好貌、故興顏色也。音聲猶言語、故興辭令也）

と言う。「興は必ず類を以てす」とは、單に「美しい」という點が對應しているだけではなく、この詩で言えば鳥の姿→孝子の顏つき（視覺的事象）、鳥の聲→孝子の言葉遣い（聽覺的事象）、と五感の上でも對應しているというように、興は興されるものと類縁關係がある事物を用いるという指摘である[16]。比喩は比喩されるものにふさわしいものを用いると考える點で、歐陽脩と相似する。

ただし、兩者はその基本的態度において大きな違いが見られる。鄭箋と『正義』で問題にしているのは、比喩とその裏に込められた意味とが對應しているか否かということであり、詩全體との關係は問題にしないミクロな視點である。彼らが對應を求めるのは興句とその内部の意味に限定され、その外部には廣がらない。この詩でなぜ鳥が比喩として用いられているのか、その必然性を考える觀點はそこにはない。歐陽脩のように、比喩に用いる事物が詩全體で詠われている内容とどう關わるかという、詩全體を視野に入れた見方はなく、あくまで修辭的な比喩の説明に止まったものである。

5　比興は事物の一端を取る

周南「關雎」首章、

關關雎鳩　　關關たる雎鳩は
在河之洲　　河の洲に在り

の毛傳に、「興也。關關は和げる聲也。雎鳩は王雎也。鳥の摯にして別有るなり（興也。關關和聲也。雎鳩王雎也。鳥摯而有別）」と言うが、それについて鄭箋は、「摯の言は至也。王雎の鳥、雌雄情意《じやうい》至れり、然れども別有るを謂う（摯之言至也。謂王雎之鳥雌雄情意至、然而有別）」と解説する。文王の后大姒《たいじ》の淑德を稱える詩に「摯（鷙猛である）」のイメージが現れるのはおかしいと考え、「摯」を「至」に讀み替え解釋したのである。歐陽脩は、鄭箋を曲解だと批判し、毛傳の「摯」は本來の字義通り「鷙猛」の意味で使っていると主張する。そして、イメージの齟齬という問題については次のように説明する。

「詩人は本來、后妃の淑善の美德を歌っているというのに、かえって鷙猛な鳥を比喩に用いるというのはおかしいではないか」と言う人があれば、それに對して私は「詩人は雎鳩の鷙猛な性質を無視して、ただその雌雄の別れて暮らすところにのみ注目したのである。雎鳩が河の中洲にいて、その聲を聽けばなごやかで、その樣子を見れば雌雄別れて暮らしている、これが詩人が比喩として用いたものである」と答えよう（或曰、詩人本述后妃淑善之德、反以猛摯之物比之、豈不戾哉。對曰、不取其摯、取其別也。雎鳩之在河洲、聽其聲則和、視其居則有別、此詩人之所

取也）（巻一、「關雎」論）

歐陽脩は、毛傳は「摯」と言うのは詩人がこの鳥に託した「夫婦 別有り」というイメージを解說するついでに、この鳥の持つ別の特徵である「獰猛さ」についてもいわば博物學的な興味から付言しただけであり、比喩として用いられていると言っているわけではないと考える。この考え方は、召南「鵲巢」論で具體的に說明されている。

古の詩人が事物を喩えに使うときには、その一つの特徵のみに目をつけて喩えにするのである（古之詩人取物比興、但取其一義以喩意爾）（巻二）

事物を比喩として用いる場合、それをどのような側面から捉え、どのような點から評價するかは詩人の選擇に任されているのであり、比喩に用いる事物が比喩されているものと全面的に對應しているわけではない、それを全面的に對應させようとするところに解釋の無理が生ずる、解釋者は詩人が事物をどの側面から捉えているかを見極めて解釋を行わなくてはならない、と考えるのである[17]。曹風「鳲鳩」論ではこの考えに基づき、やや極端な議論が展開される。歐陽脩は「不壹を刺《そし》るなり。在位 君子無し、心を用ふることの壹ならざるなり（鳲鳩、刺不壹也。在位無君子、用心之不壹也）」という詩序に基づき、この詩を爲政者が公室に忠誠を盡くさないことを風刺したものと考える。ところがこの詩で比喩として詠われているのは、朝には上の枝から下の枝に、暮れには下の枝から上の枝にと、七羽の雛に餌を與えるために飛びまわり續け、雛が巣立ってもなおその身を案じ續ける慈愛深い鳲鳩の母鳥の姿であり、イメージが齟齬している。そのため『正義』では、母鳥の子を思う様が「均一の德」を表していて、それによって今の爲政者のしからぬことを風刺しているのだと解するのだが、歐陽脩はそれでは興が詩序と矛盾すると退け[18]、その上で次のように言う。

だから、鳲鳩が雛に餌を與える時には、朝には上の巣の雛から下の巣の雛という順に與え、それでは下の雛の餌が足りないのではないかと思い返して、暮には下から上へと與え、するとまた今度は上の雛の餌が足りないのではと思い返して、またもや次には上から下へと與える。母鳥の子育ての苦勞はかくのごとくであり、これが序に言う「用心の一ならざる」さまである。雛鳥が成長し他の木へと飛び去ってしまっても、母鳥の心は依然として雛鳥のことばかり心配しているので、その身は桑にありながら心は子を思って、子が梅に在れば母の心も梅に、棘に在れば心は棘に、榛に在れば心は榛に、というように子に從って移っていくのである。これまた「用心の一ならざる」さまである（故其哺子也、朝從上而下、則顧後其下者爲不足、故暮則從下而上、又顧後其上者爲不足、則復自上而下。其勞如此、所謂用心不一也。及其子長而飛去在他木、則其心又隨之、故其身則在桑、而其心念其子、則在梅在棘在榛也、此亦用心之不一也）（卷五）

鳲鳩の母鳥の愛情の美しさは捨象して、子を思う故に千々に亂れる母心の「一ならざる」さまを、爲政者の私利に走って公室に心を「一にしない」のに喩えると解釋するのである。

このように歐陽脩は、詩人は比喩に用いられている事物の屬性のうちの一つに目をつけて用いているにすぎないのだ、という考えに立って合理的な比喩解釋を提示しようとする。「關雎」の解釋が從來の解釋に比べて說得力を持っていることからわかるように、この比喩論は古注を越えて詩の實相に迫るための大きな武器として機能している。「鳲鳩」では、イメージの喚起力を全く無視して比喩を解釋しているので、いささか理論が先走った印象があり說得的な論とは言えないが、それゆえにかえって、歐陽脩がこの解釋理論に自信を持って驅使していたことがわかる。以上の點は、江口氏・蔣氏がともに注目しているように、歐陽脩の比喩論の大きな成果と言える(19)。

ところで、右の比喩說に似た考え方はすでに『正義』にも見られる。大雅「卷阿」首章の、

有巻者阿　巻たること有るは阿なり
飄風自南　飄風　南自《よ》りす

の鄭箋「大陵の巻然として曲れる有り。迴風　長養の方より來入す。興は王　當に體を屈し以て賢者を待つべし。賢者則ち猥《しき》りに來りて就くこと、飄風の曲阿に入るが如く然り、其の來るは民を長養せんが爲なるに喩ふ（有大陵巻然而曲。迴風從長養之方來入之。興者喩王當屈體以待賢者）」に對する『正義』に次のように言う。

つむじ風は別に決まった所からやってくるわけではないが、「南よりす」という言葉で説明しているので、この詩では南に意味を持たせていることは明らかである。故に南が物を養い育てる方角なので、賢者がものを養い育てる徳があることに喩えていることがわかるので、それが民を養い育てるためにやってきたといっているのである。檜風「匪風」に「匪風　飄たり兮」と言い、小雅「何人斯」に「其れ飄風を爲《す》る」と言う。それらはどちらも「南よりす」と言っていないので、だから「悪いもの」としているのである。一方、本詩では「養い育てる方角から來る」と言っているので善いものに喩えているのである。興はそれぞれ個別の現象を取りあげるのであり（興取一象）、同じ事物を用いた比喩をみな同じ意味に解釋できるわけではない。ここでは賢人が素早くやってくることを言うので、疾風を喩えにしているのである（飄風之來、非有定所、而以自南言之、明其取南爲義。故知以南是長養之方、喩賢者有長養之德、故云其來爲長養民也。檜風云、匪風飄兮、何人斯篇云、其爲飄風。彼皆不言自南、故以爲惡。此言從長養之方、故爲喩善。興取一象、不得皆同。此言賢人疾來、故以疾風爲喩）

『正義』の「興は一象を取る」とは、詩人が喩えとして用いた事物は多義的であり、詩ではそのうちの一つの意味を選擇して用いるので、それ以外の、詩の文脈に沿わない意味（＝イメージ）にとらわれるべきではない、という認

識である。[20] 周南「巻耳」首章の、

采采巻耳　巻耳《けんじ》を采《と》り采《と》る
不盈頃筐　頃筐《けいきやう》に盈《み》たず

の毛傳「憂へる者の興也。采采とは采ることを事とする也（憂者之興也。采采、事采之也）」に對する『正義』にも次のように言う。

「興也」と言わずに「憂者の興」と言うのは、他の興と異なるところがあるのを明らかにするのである。他の詩で興を説明する時、「采菜」と言っていればそれは菜を採ることを喩えにするのであり、喩えとして「生長」と言っていれば、それは生長することを喩えにするのである。この詩では「采菜」と言いながら〔菜を摘む女の〕憂えるさまを喩えとして使っているので、だから特に「憂者の興」と言っているのである。つまりその憂いを喩えにしているだけで、「菜を采る」ことを喩えにしているわけではないと言うのである。「采ることを事とす」と言うのは、この菜を摘む仕事につとめ勵んでいるということである。この詩と「芣苢」とはどちらも「采采」と言うが、「芣苢」の傳では「一に非ざるの辭」と言い、この詩と異なっているのは、この詩では憂えるさまを喩えとして使っていて、「采菜」の仕事にいくら勵んでも、小籠にいっぱいにならないので、たいへん心配していることを言っているのであり、だから「之を采るを事とす」と言うのである。「芣苢」の方は婦人が子供ができることを願っている詩なので、詩中で菜がたくさん摘まれているであろうことは明らかであり、だから「一に非ざるの辭」と言っているのである（不云興也而云憂者之興、明有異於餘興也。餘興言采菜卽取采菜喩。言生長卽以生長喩。此言采菜而取憂爲興、故特言憂者之興。言興取其憂而已、不取其采菜也。言事采之者、言勤事采此菜也。此與芣苢俱言采采、

彼傳云非一辭、與此不同者、此取憂爲興、言勤事采菜尙不盈筐、言其憂之極、故云事采之。彼以婦人樂有子、明其采者衆、故云非一辭）

これらの例からわかるように、『正義』にも、ある比喩が意味しうるところは多様であること、詩人はその中の一つの意味を選擇して用いるのだ、という認識がある。比喩の多義性という點において、歐陽脩の比喩論との關連性を認めることができる。

兩者の比喩論は、いずれも『文心雕龍』「比興篇」の、

たとえば『關雎』の雎鳩は折り目正しい鳥であるところから、后妃の德の高さが比喩され、『鵲巣』の鳩には操の正しさがあるから、君主の夫人の貞節がそこに象徵される。いまここでは操の正しさを問題にしているのだから、鳩という凡鳥についてあれこれかかずらう必要はなく、折り目正しいという德が大切なのだから、雎鳩がぶかっこうな猛禽であってもいっこうかまわないのである（關雎有別、故后妃方德。尸鳩貞一、故夫人象義。義取其貞、無從於夷禽、德貴其別、不嫌於鷙鳥）（譯文は、興膳宏氏譯[21]に據った）

の影響を受けたものと考えられる。したがって、歐陽脩の認識はその淵源を古くまでさかのぼることができる[22]。

しかし、同じく「比喩の意味は多様である」と言っても、歐陽脩と正義の比喩論には大きな相違點がある。『正義』における比喩の多様性の認識とは、ある事物を用いた詩句の意味がなぜ複數の詩篇中で互いに異なるのかを説明するためにある。それに對し歐陽脩においては、比喩として用いる事物のどこに詩人が目をつけているかを見極めることに重點が置かれている。

この相違は、兩者の詩經學の指向するところの違いに由來する。『正義』の比喩論は、鄭箋を説明するために用い

られている。すなわち、鄭箋が同じ事物の喩えを複數の詩で異なった意味に解釋していることを合理的に説明するためにその比喩論は用いられている。それに對し歐陽脩の比喩論は詩の本義を解明するために用いられている。すなわち、序傳箋における牽强附會な（と彼が考える）詩解釋を批判し、より合理的な解釋を提示するためにこの比喩論を用いている。これを歴史的文脈で言えば、歐陽脩は漢唐の詩經學の權威にとらわれず、詩の本義を獨自に追求したことにより、『正義』で部分的にしか用いられなかった比喩論の可能性を全面的に開花させることができたことになる。

6　作詩の過程の追體驗

ところで、第5節で引用した周南「關雎」論の中で、獰猛な鳥を淑女を贊美する詩に用いるのはおかしいという批判に對して、「比興は事物の一端を取る」という理論で答えていた。ここで批判者の用いているのは、第4節で検討した「比喩は詩全體にふさわしいものを用いる」という考え方である。したがって、歐陽脩は自分の比喩説の一つに基づく批判にもう一つの比喩説で反論していることになる。つまりこのままでは、「比喩は詩全體にふさわしいものを用いる」と「比興は事物の一端を取る」という二つの比喩説は兩立できないことになってしまう。歐陽脩はいかにしてこの二つの理論の間に整合性を確保するのであろうか。

この二つの理論の溝を埋めるものと考えられるのが、詩人が實際に目にしているものを比喩に用いるという指摘である。「關雎」本義に、「詩人は雎鳩の雌雄が川の中洲の上にいるのを見て、その鳴き聲を聽き、……」と言い、詩人が雎鳩の様子を實見していることが强調されている。詩人が實見して詩興を驅り立てられたもの、それを詩人は比喩として使うと考えるのである。詩人がそこから詩を發想したものを比喩として用いる以上、當然、詩全體と比喩とは内容的に深く結びついたものということになる。一方、詩人が興趣を覺えたものということならば、それは事物の一面（「關雎」では雌雄が別れて暮らす様子）だけでかまわないわけである。詩人は事物を直觀的に捉えるのであり、詩人の目に映らなかった事物の全體像・全屬性を改めて吟味してから比喩に用いるわけではないので、事物が全面的に詩の内容にふさわしいかどうかは問題にはならない。詩人の視點という考え方を導入することで、先の二つの理論の閒の矛盾は解消される。

天がものを濡らし潤すのは、雨とか雪とかあるいは泉から溢れた水とか、様々な種類がある。それなのにこの詩でただ「露」だけを言っているのは、露は夜降りるものだからである。作者が夜飮んでいたので、身近なものを持って比喩に用いたのである（天之潤澤於物者、若雨若雪若水泉之浸、其類非一、而獨以露爲言者、露以夜降者也。因其夜飮、故近取以爲比）（巻六、小雅「湛露」本義）

ここでも、詩の比喩はただ比喩されるものとの類似性のみが問題なのではなく、それが詩人が作詩している情況と何か必然的な關わりを持つことが重要なのだという考え方が見られる。振り返ってみれば、比喩が詩全體とマッチしていないと言って傳箋正義の説を批判した歐陽脩の説を第4節で引用したが、それらは、鼠─高位の人、斧─禮儀、木こり─文王と、いずれも視覺的印象の不適合を問題にしたものであった。そのような事物を見て當該詩を發想するはずがないという判斷があったものと思われ、ここからも、歐陽脩の比喩論が詩人が實見したかどうかを重視していたことが裏附けられる。つまり歐陽脩は、詩の比喩は單に類似性によってAをBに言い換える修辭上の役割以上に、詩人が詩を發想する源としての意味を持つと考えていたのである。これは、別の見方をすれば、從來のように「比喩─比喩の意味」を解明する以外に、比喩の解釋を通して詩人の詩作の情況を追體驗しようという態度と言えよう。

歐陽脩のこの說は、「興」という言葉の持つ「興起」、つまり詩を詠い起こすという面を重視したものと考えられる。もちろん、「興」が「興起」の意味を持つという考え方は、歐陽脩以前の學者にもあった(23)。しかし、これまでも見たように、詩を解釋する時には、歐陽脩以前の學者は興の比喩としての意味を解明するのに急で、興が詩想といかに關わっているか、興のイメージが詩全體においていかなる役割を果たしているかについての考察はほとんど行われていなかった。詩人の立脚點を考慮に入れた比喩という考え方は、認識としては存在しながらも現實の解釋方法には應用されないままであった。この意味で歐陽脩は、比喩解釋に新たな展開をもたらしたと言うことができる。

7　歐陽脩の比喩説の位置

歐陽脩は、なぜこのような比喩論を構築できたのであろうか。

本章でも何度か觸れてきたように、歐陽脩の比喩論は概念的には、『正義』をはじめとする彼以前の詩經研究の中でも言及されているものが多い。その意味では、歐陽脩は漢唐の詩經學を繼承する部分が大きいということができる。(24) しかし彼の先人たちは、それらの認識を詩經解釋に充分に應用することはできなかった。漢唐の詩經學では、詩序・毛傳・鄭箋という權威的な解釋がありその枠内で、それを敷衍するという形でしか研究が行われなかった。そのため學者が新たな解釋理念を發見しても、本文理解のための理論ではなく、傳箋合理化のための理論としてのみ用いていた。一言で言えば、解釋理念・方法論の發展に研究態度が追いついていなかった。

これに對し、そのような權威の束縛を脱した歐陽脩は、それらの諸概念を獨自の比喩論にまとめ上げ、詩そのものを解釋するために自在に用いることができた。本格的な展開という意味で、歐陽脩はやはり先驅者の位置に立つ。

傳箋正義が部分的にしか展開できなかったさらなる理由として、第4節と第5節で指摘したように、『正義』が比喩と比喩される意味との關係のみにしか關心を持っていなかったことが擧げられる。檀氏が指摘するように、傳箋正義においては比喩は全體から切り離されたもののみ解釋されているのである。一方、これまでに擧げた例からわかるように、歐陽脩には詩を一個の全體として捉えるという態度が強くあった。比喩句についても、それが詩全體の中でどういう存在意義を持っているのかを考えながらその意味を解明しようとしていた(25)。このことが彼の比喩解釋を單なる意味の解讀の次元を越えて、文學的意義を追求するものにした理由と考えられる。第3節で見たように、歐陽脩は比喩表現に教訓ではなく、作者の思いの表白を讀み取ろうとしたのである。

このような考え方を導いたのは、彼の詩經觀である。彼は、詩經の詩人達の性格は貴賤・賢不肖、一樣ではなく、内容的に雜駁なものを含むと考えていた(26)。また、彼は詩經の詩を「古詩」という一般的な概念に含めて認識し、思いが深ければ技巧は單純になると考えていた(27)。つまり歐陽脩は、詩經の詩とは樣々な人々の樣々な深い思いが素朴な表現の中に詠われたものだと考えていたのである。したがって、詩に過剰な意味を求める傳箋の解釋態度は受け入れがたいものとなる。

ところで、詩經は經典であり、詩經研究は經學の一部である。歐陽脩にあっては、詩經は古詩であるという認識と詩經は經書であるという認識とはどのようにして兩立するのであろうか。歐陽脩は、詩經成立過程における孔子の役割を重視していた。孔子が三千篇の中から三百篇を嚴選し、また必要とあれば自ら改編の手を加えていた、そのことによって、はじめて詩經は道德の書としての價値を付與されていると歐陽脩は考える。これを裏返せば、孔子が手を加える前の詩經の原テキストは非常に素樸なものであることを許されることになる。彼は『詩本義』「本末論」において、詩經には「詩人の意」「太師の職」「聖人の志」「經師の業」の四つの層があり、「詩人の意」「聖人の志」こそが學者が追求すべき「本」だという説を展開する。從來の研究では「詩人の意」と「聖人の志」は、同次元のものとして扱われがちであったが、右のような歐陽脩の認識から考えると、彼はむしろこの二つを異質のものとして考えていたのではないかと思われる。現代的な用語で言えば、歐陽脩は詩經を文學としての解釋することと經學として解釋することは別であると冷靜に認識し、かつ、「聖人の志」という考え方を導入して、詩の道德的な價値というのは孔子によって詩の本來の意味の外側に付加されたものと考えることによって、詩經の經典性を擔保しつつ詩經の實態に卽した解釋（詩人の意）を行う自由を手に入れようとしたのではないだろうか。(28)

詩人は比喩として用いた事物を實見していたという認識は、彼の詩經解釋に大きな貢獻を果たした。しかし、彼には今一方で、修辭的な性格の強い比喩（決まり文句としての比喩）に對する發言も存在する。

詩人は「采葛」「采蕭」「采艾」など（の比喩）で、みなわずかのことも積もり積もればたくさんになるということを言う（詩人以采葛采蕭采艾者、皆積少以成多）（巻三、王風「采葛」本義）

詩の王風・鄭風およびこの唐風には「揚之水」が三篇あるが、王風と鄭風ではいずれも波だった水の力が弱くて束ねられた薪を流すことができないことを言っているのに、この篇だけが波が激しくて汚れや濁りを洗い流すということを言うはずはない（詩王風鄭風及此、有揚之水三篇、其王鄭二篇皆以激揚之水、力弱不能流移束薪、豈獨於此篇謂波流疾湍洗去垢濁）（巻四、唐風「揚之水」論）

ここには同樣の比喩は同樣の意味を表すという考え方が見られる。むしろ常套表現としての比喩という性格が強い。はたして詩人が實見していたということがすべての比喩についていえるのか、比喩の性質は一樣に捉えられるものなのか。このことを考えるためには、彼が方法的に一般化して扱った「比」と「興」との違いを再檢討する必要があるが、歐陽脩はそれを行わなかったので、最終的な結論には達することはなく、あいまいさを殘したまま終わっている。この問題は彼以後の詩經學者に持ち越され、最終的に朱熹によって宋代詩經學を代表する賦比興論にまとめられたと考えられるのではないだろうか。朱熹の賦比興論については、はじめに述べたように莫礪鋒氏と檀作文氏の分析に詳しいが(29)、注目すべきは、興句の詠い起こしとしての機能を強調し、興句のみで意味を探るのではなく他の詩句との關係性を重視するなど、歐陽脩から觸發されたと思われる點が存在することである。ここから考えると歐陽脩の比喩説は、宋代の詩經學の起點をなすものとして重要な位置を占めると言えよう。

注

（1）江口尚純氏「歐陽脩の詩經學」（『詩經研究』第十二號、一九八七）。氏は論文中で、歐陽脩の比と興の區別は必ずしも嚴密ではなかったこと、詩人は一側面を捉えて比興すると彼が考えていたこと、舊説の牽强附會な比喩解釋を批判したことを指摘する。本章は、氏の見方を實例を通して檢證しさらに詳しく分析することによって、歐陽脩の比喩説を彼の詩經學の中に正當に位置づけることを目的とする。

（2）潘嘯龍・蔣立甫『詩騷詩學與藝術』「論歐陽脩對『詩經』的文學研究」（上海古籍出版社、二〇〇四・五）。

（3）莫礪鋒『朱熹文學研究』第五章「朱熹的詩經學」（南京大學學術文庫、南京大學出版社、二〇〇〇・五）。

（4）檀作文『朱熹詩經學研究』（中國詩歌研究中心學術叢刊、學苑出版社、二〇〇三・八）。

（5）『詩本義』中における「興」の用例を列擧する。ただし、この他に傳箋で「興」と言うのを引用したものがあるが、それは批判の對象としての引用であるので除外した。使用がはじめの數巻に偏っていることから、系統的に用いられてはいないことがわかる。また、用例がすべて「論」ではなく、歐陽脩が自分の説によって詩を通釋した「本義」の部分においてであるのは、「興」が比喩と意味との一對一對應ではなく、作者の言わんとすることを全體的に表現したものであるという筆者の考えを裏付けるものと考えられる。

①捕兔之人布其網罟於道路林木之下、肅肅然嚴整、使兔不能越逸、以興周南之君列其武夫爲國守禦、赳赳然勇力、使姦民不得竊發爾（周南「兔罝」本義）

②誰謂雀無角、何以穿我屋者、以興事有非意而相干者（召南「行露」本義）

③梅之盛時、其實落者少而在者七。已而落者多而在者三。已而遂盡落矣。詩人引此以興物之盛時不可久、以言召南之人顧其男女方盛之年、懼其過時而至衰落、乃其求庶士以相婚姻也（召南「摽有梅」本義）

④濟盈不濡軌者、濟盈無不濡之理、而涉者貪於必進、自謂不濡、又興宣公貪於淫慾、身蹈罪惡而不自知也。雉鳴求其牡者、

又興夫人不顧禮義而從宣公、如禽獸之相求、惟知雌雄爲匹、而無親疏父子之別……凡涉水者淺則徒行、深則舟渡、而腰匏以涉者、水深而無舟、蓋急遽而蹈險者也。故詩人引以爲比（邶風「匏有苦葉」本義）

⑤激揚之水、其力弱不能流移白石、以興昭公微弱、不能制曲沃、而桓叔之彊於晉國、如白石鑿鑿然見於水中爾。其民從而樂之（唐風「揚之水」本義）

（6）『詩本義』中の「比」の用例は、國風十六、小雅九、大雅一（ただし、傳箋で比としているのを批判するために引用したものは除く）。

（7）前掲江口論文。

（8）歐陽脩のこの言葉は、陸德明『經典釋文』「毛詩音義」周南「關雎」「在河之洲」傳「興也」に、「案ずるに興は是れ譬諭の名なり、意に盡くさざる所有り故に題して興と曰う（案興是譬諭之名。意有不盡、故題曰興）」と言うのに近く、説の繼承關係を想定すべきかも知れない。

（9）前掲蔣氏論文。

（10）前掲蔣氏論文にもこの二例を引くが、重要な論點であるので本章でも取り上げる。

（11）「以文義考之、當是以鴻鴈比之子」（『詩本義』卷六、小雅「鴻鴈」論）

（12）鄭箋に、「鴻鴈知辟陰陽寒暑。興者喩民知去無道就有道」と言う。

（13）毛傳に、「之子、侯伯卿士也」と言い、鄭箋に、「是時……侯伯久不述職、王使廢於存省諸侯、於是始復之、故美焉」と言う。

（14）「而康成不然、乃謂鴻鴈知辟陰就陽、喩民知就有道。之子自是侯伯卿士之述職者。上下文不相須、豈成文理」（『詩本義』卷六、小雅「鴻鴈」論）

（15）「毛傳が『興』を釋する時、基本的にはAがBを比喩するという一種の類比的比喩の構造モデルを採用している。……Aは詩文自身のある句羣だが、Bは、詩文自身の句羣ではなく、毛傳が理解したいわゆる『經義』である」（前掲檀氏著書一五九頁）。

（16）鄧國光「唐代詩論抉原——孔穎達詩學」（『中華文史論叢』第五六輯、二二三頁）參照。

（17）この他周南「螽斯」でもこの比喩論に基づいて詩解釋を行っている。第一章第4節・第三章第7節參照。

（18）「毛鄭のごときは鳲鳩に均一の德があるとし、またいわゆる『淑人君子』もまた三章に述べるごとく國の人々を正すにふさわしいというのだから、やはりその『心を用いること均一』なることを稱贊していることになり、これでは詩序に〈均一ならざるを刺る〉といっているのと全く反對になってしまう（如毛鄭以鳲鳩有均一之德、而所謂淑人君子又如三章所陳可以正國人、則乃是美其用心均一、與序之義特相反也）」

（19）前揭、江口氏論文および蔣氏論文參照。

（20）『正義』における「興取一象」の意義については、鄧氏前揭論文（二二三頁）がすでに指摘するところである。

（21）世界古典文學全集『陶淵明・文心雕龍』、筑摩書房、一九六八、三八五頁）。

（22）ただし、劉勰は「關雎」では「別有り」、「鵲巢」では「貞一」を比喩の意味としているが、これは毛傳・鄭箋の解釋を踏襲したものと言える。

（23）例えば、鄭司農「興者託事於物、則興者起也。取譬引類起發己心。詩文諸擧草木鳥獸以見意者、皆興辭也」（「大序」、「故詩有六義焉…」正義）。

（24）本書第三章參照。

（25）これを彼の詩人としての特質から發したものと考えてもよいであろう。

（26）『歐陽文忠公集』卷四「酬學詩僧惟悟」詩に、「詩三百五篇、作者非一人。羈臣與棄妾、桑濮乃淫奔。其言或可取、龐雜不全純」と言う。

（27）「古詩の體、意深ければ則ち言緩やかにして、理勝てば則ち文簡なり（古詩之體、意深則言緩、理勝則文簡）」（卷八、小雅「何人斯」論）。その他、小雅「四月」（卷八、九葉裏）、大雅「蕩」（卷十一、三葉裏）などの「論」および「時世論」（卷十四、三葉裏）にも同樣の說が見える。

（28）歐陽脩には、詩の本來の意味とそれに現實社會の要請から付與された意義とが併存するという思考があり、後者にも場合によっては存在意義を認めていた。彼が「末義」と考える「經師の業」についても、小雅「青蠅」論に「鄭氏長於禮學。其以禮家之說曲爲附會詩人之意、本末必然」と、鄭玄が禮制による解釋で詩の本義を捉え損なったと批判しながら、「義或可通、亦不爲害也。學者當自擇之」と學者がそれぞれの立場によって本義を取るか末義を取るかをまかせている。

（29）本書第五章で、歐陽脩と王安石の比喩說の關係について檢討を加えているのも參照されたい。

第五章　詩の構造的理解と「詩人の視點」
――王安石『詩經新義』の解釋理念と方法――

1　はじめに

『詩經新義』[1]（以下『新義』と略稱）は、『三經新義』の一つであり、詩經の正統的な解釋を示すために王安石を中心に國家的な事業として修撰されて世に廣められ、後には科擧において據るべき唯一の解釋と定められた。[2]三經新義が北宋末において知識人の思考を強く支配したことは、例えば、朱剛氏「蘇轍晩年の詩について――簞瓢　吾　何をか憂へん、詩を作りて中腸熱す――」[3]に詳しい。また、その巨大な支配力と存在感のゆえに、晁說之・楊時らをはじめとする學者達による痛烈な批判の的にもなった。[4]そして元以後には次第に顧みられなくなり、今では完本は失われ、諸書の引用から集佚した斷片的な姿でしか見られなくなり、[5]その經學史上の意義ももはや充分には確認できなくなってしまった。

しかし、先學はかろうじて殘された『新義』の斷片から、王安石の詩經學の相貌を探る努力を重ねてきた。[6]その考察は、主に次の諸點に向かっている。

一、獨特な字義解釋——特に王安石の著述『字說』との關係。
二、禮制との一致を志向した解釋。
三、新法と關連させた解釋——政治的プロパガンダのメディアとしての役割。

王安石の詩經學は右のような特徵を持っていたために、宋代詩經學の中で特異な位置を占め、また牽强附會な解釋を多く生み出すことになった、というのが諸氏の一致した見解である。

このような考察は、『新義』に對する宋代以來の言論のほとんどがこれらの觀點から行われていることを見ても(7)、正しい研究方向といえる。また、思想・政治・文學など各方面について巨大な足跡を殘した王安石の全體像の中に『新義』を位置づけるためにも、これらの考察が不可缺であることは言うまでもない。

しかしながら、詩經學史の中に『新義』を正當に位置づけるためには、これらとは異なったアプローチも必要ではないだろうか。右に擧げた『新義』研究の方向性は、王安石が『新義』の中で何を主張しているかに視點を据えたものである。これに比べて、王安石がどのように言っているかについての考察は、なお不充分ではなかろうか。すなわち、詩經の詩篇をどのようなものとして捉え、どのような方法を用いて解釋したかという問題である。我々は從來の視點とは別に、何層にもわたる前提條件に包まれた經學としての詩經學に、王安石がどのような態度と方法で臨んだかを問題にしなければならない。同時に、そのような態度と方法は詩經に對するどのような認識に基づいているかも考えなければならない。そうしてこそはじめて、王安石の詩經學が彼以前の詩經學から何を受け繼ぎ、彼以後の詩經學に何を殘したのかを明らかにすることができる。またそのような考察を經てこそ、從來の視點からの考察もより發展的な命題となるであろう。

こうした考えに立ち、本章では王安石がいかなる方法によって詩經解釋を行ったかを考察し、それを通じて彼の詩經觀を探っていきたい。

『新義』の經說の中に牽强附會なものが多いことは、早くも宋代に數多くの學者によって指摘され、すでに定說となっている。まして彼以後の經學の展開を知る者にとって、とりわけ清朝考證學の研究方法とその成果を知っている我々にとっては、『新義』の經說の中には客觀的な檢討に堪え得ない、方法論として問題があると感じられるものが少なくない。しかし、本章においては、彼の個別の經說についてその學問的な適否によって選別することはしない。本章は、王安石が舊來の經說にどのような問題を感じ、それを克服するためにどのような詩經學を構築しようとしたかを考察の對象とするものである。假に個々の經說が學問的吟味に耐え得ないものであったとしても、そこから彼の問題意識と研究の方向性を讀みとり得るならば、それは考察の對象として充分な價値を持つと筆者は考える。

考察の前提として、王安石が詩序を信じる立場を取っていたことに留意いただきたい。宋代の詩經學において、毛傳や鄭箋の解釋の最大のよりどころとなる詩序の權威性に對して根本的な批判が展開されたのは周知の事實である(8)。そのような中で、毛傳・鄭箋・『正義』の解釋に反對して新たな詩經研究を構築しながら、詩序を無條件に尊崇する王安石の態度はそれ自體興味深い問題である。これについては第5節で取り上げる。本章で、詩のテーマを紹介する際に詩序の說に從ったのは、王安石の立場に從ったものであること、了解いただきたい。

2　章と章との閒の關係を重視した解釋

まず、詩經の詩篇がどのような構想によって作られているかについての王安石の考え方を檢討したい。詩經の詩篇のほとんどは、複數の章から構成されているが、各章の關係を王安石はどのように捉えているだろうか。

周南「螽斯」は、その小序に「〈螽斯〉は、后妃の子孫が非常に多いことを詠う詩である。嫉妬しないことイナゴのようであれば、子孫が多くなることを言うのである（螽斯、后妃子孫衆多也。言若螽斯不妬忌、則子孫衆多也）[9]」というように、イナゴの旺盛な繁殖力を詠い、周の文王と大姒の子孫が繁榮することを祈った歌である。その各章は、それぞれイナゴの様子を詠う詩句で始まる。毛傳の訓詁とともに示そう。

螽斯羽、詵詵兮　　螽斯の羽、詵詵たり　［首章］
［傳］「詵詵」は、衆多なり（詵詵、衆多也）
螽斯羽、薨薨兮　　螽斯の羽、薨薨たり　［第二章］
［傳］「薨薨」は、衆多なり（薨薨、衆多也）
螽斯羽、揖揖兮　　螽斯の羽、揖揖たり　［卒章］
［傳］「揖揖」は、會聚するなり（揖揖、會聚也）

「揖揖」の訓詁が他の二語とやや異なるものの、毛傳は基本的には、三語いずれもイナゴが数多く集まっている様子を形容すると解釋している。この毛傳、およびそれに従った鄭箋・『正義』の解釋に據れば、本詩はイナゴが羣居する様を三章それぞれで、反復し繰り返していることになる。鄭箋・『正義』が本詩の各章に内容の差異を全く認めていなかったことは、第二章・第三章に箋釋や疏通が施されていないことでもわかる。このように首章のみ詳しく解説し、それ以下の章ではほとんど説明がされない例は、鄭箋と正義では枚擧にいとまが無い。單調な「疊詠」は詩經の代表的な詩體であるというのが彼らの基本的な認識であり、本詩はその代表例と見なすことができる。

これに對し、『新義』では次のように言う。

「詵詵」は、イナゴがたくさん生まれる様を言う（詵詵、言其生之衆）　［首章］

「薨薨」は、イナゴが羣飛する様を言う（薨薨、言其飛之衆）　［第二章］

「揖揖」は、イナゴが羣集する様を言う（揖揖、言其聚之衆）　［卒章］

（程元敏『三經新義輯考彙評（二）―詩經』一四頁―以下同じ）

『新義』が、「衆（數多い）」という意味を三語とも持っているとするのは毛傳を受けたものであるが、それぞれの語が「生まれる」「飛ぶ」「聚まる」という異なった動作狀態を形容していると考える點は、傳箋正義とは異なる獨特の解釋である。しかもこの三語が、發生し――飛翔し――（攝食・交尾のために）集合する、とイナゴの生活史に沿って經時的に配列されているところが注目される。すなわち『新義』の解釋によれば、この詩は、イナゴの發生と成長、そして次世代を生み出す様を特徵的に示す行動を詠うことによって、イナゴが世代交代を繰り返しながら無限に繁殖していくありさまを動的に描いたものということになる。それを比喩として、后妃の淑德により周王家の子孫が永遠に繁榮し續けることが祈念されことほがれるのである。傳箋正義が單純な疊詠として解釋するのに比べると、王安石の解釋ははるかにダイナミックで變化に富む。

王安石の解釋は、どこから生まれたものであろうか。問題の三語のうち「薨薨」をイナゴが羣飛する様と解するのは、齊風「鷄鳴」卒章に「蟲飛ぶこと薨薨たり、甘《ねが》はくは子と夢を同じくせん（蟲飛薨薨、甘與子同夢）」という詩句があることからわかるように、典據のある穩當な訓詁と言える。それに對し、「詵詵」には、イナゴが羣れなして孵化する様子という『新義』の解釋の根據となり得る先行の用例・訓詁は見あたらない。おそらく王安石は鄭箋の、

およそ萬物で雄雌があり感情と欲望を持つものの中に、嫉妬の氣持ちを起こさないものはないが、ただイナゴだけはその例外である。イナゴはそれぞれ自由に「氣」を受けて子を産むので、「詵詵」然として數多くなるのである（凡物有陰陽情慾者、無不妬忌、維蚣蝑不耳。各得受氣而生子、故能詵詵然衆多）（五二頁）

という訓釋に發想を得たと推測できるが、これは「螽斯羽、詵詵兮」という二句全體を詩序を參考にして解說したものであり、「詵詵」の語自體に「生まれる」という意味があるという根據にはならない。このことから考えると、王安石は嚴密に訓詁學的な思考によってこの三語の意味を求めたのではなく、誕生・成長・生殖という、イナゴの生活史に沿うように語義を定めていったと考えられる。王安石以後の詩經學者である蘇轍の『詩集傳』[10]・朱子の『詩集傳』[11]などを見ると、『新義』の「薨薨」の訓詁は受け繼がれているが、「詵詵」の訓詁は受け繼がれていない。これは、『新義』の「詵詵」の解釋が訓詁學的な裏付けに缺けているためと思われる。

　傳箋正義が單純な疊詠と見なしていた詩篇について、各章の閒に何らかの事態の變化・推移を見出して解釋する例は、「螽斯」にのみに限らず、『新義』の中から多數見出すことができる。以下に二例を擧げよう。幽王が淮水のほとりに諸侯を集めて逸樂に耽ったことを刺《そし》ったという小雅「鼓鍾」の各章には、淮水の樣子を詠った詩句が現れる。

淮水湯湯　淮水　湯湯たり　［首章］
淮水湝湝　淮水　湝湝たり　［第二章］
　［傳］湝湝は猶ほ湯湯たり（湝湝猶湯湯）
淮有三洲　淮に三洲有り　［第三章］
　［傳］三洲は淮上の地なり（三洲淮上地）

毛傳からわかるように、傳箋正義は、三章いずれも淮水の同じ風景を別の言葉で言い換えたものに過ぎないと考えている。

　これに對して、『新義』では、次のように注する。

「湝湝」と言っているので、淮水はもはや溢れていないのである（湝湝、則既不溢矣）　［第二章］

宴會の音樂を始めたのはちょうど淮水が溢れていた時だった。そこから淮水の水が引くまで時が過ぎたということで、宴會の時間の長さを詠っている。幽王たちが逸樂に浸りきったこと、またはなはだしいものがある（作樂當淮水之溢、至淮水之降、以言其久也。其流連亦甚矣）　［第三章］（一九二頁）

第三章の「淮に三洲有り」の句は、今まで水に隠れて見えなかった中洲が水が引いて姿が現れたことを詠っていると考え、首章から第三章にかけて、淮水の水量の變化を詠うことによって、經過した時間の長さを表し、そのことによって、幽王が逸樂に溺れきっていつまでも歸ろうとしない様子を暗示していると解釋するのである。王安石はまた次のようにも言う。

幽王は淮水のほとりで鐘や太鼓で音樂を奏で、いつまでもだらだらと逸樂に耽って、歸るのを忘れていたので、人はそれを愁い悲しんだのである。本詩に「淑人君子、允《まこと》を懷《いた》して忘れず」というのは、今の現狀を悲しみ昔の優れた人々の節度のある遊び方を懷かしんだものである（幽王鼓鍾淮水之上、爲流連之樂、久而忘反、故人憂傷。淑人君子、懷允不忘者、傷今而思古也）（同右）

傳箋正義が單に幽王の享樂の舞臺をスチール寫眞のように寫しとったに過ぎないと考えていた詩句が、王安石の解釋では風景描寫によって詩世界の時間の流れを表現し、それによって風刺の對象である幽王の享樂の甚だしさをより說得的に訴えることになっている。王安石は傳箋正義に比べ、より重層的で複雑な意味內容を本詩に認めているのである。またこの三句の存在によって、三章が一聯の時間の流れによって結ばれ、詩全體がより緊密な構成を持つことにもなっている。

ところで、「灥斯」の場合とは異なり「鼓鍾」の『新義』の解釋は、後の學者にとって魅力的な説であったらしい。『蘇傳』に、

はじめに「湯湯」と言うのは、水が滿々とみなぎっているのである。次に「湝湝」と言うのは水が流れているのである。最後に「三洲」と言うのは水が引いて中洲が現れたのである。幽王が淮水のほとりに長らく止まっていることを表現しているのである（始言湯湯水盛也。中言湝湝水流也。終言三洲水落而洲見也。言幽王之久於淮上也）

と、『新義』と同樣の解釋をしているのはその例である。朱熹『集傳』の解釋は、いっそう示唆的である。『集傳』では、

「湯湯」はみなぎりたぎる樣子である（湯湯沸騰之貌）〔首章〕
「湝湝」は「湯湯」と同じ意味である（湝湝猶湯湯）〔第二章〕
「三洲」は淮水のほとりの地である（三洲淮上地）〔第三章〕

と、毛傳の訓詁に據りながらも、「王氏曰く」として「幽王鼓鍾淮水之上……傷今而思古也」の説を、また「蘇氏曰く」と言って『蘇傳』の説を紹介し、さらに最後に、

この詩の意味はわからないところがある。しばらくその語句と事物の意味を訓釋し、ほぼ王安石と蘇轍の説に據って解釋した。それが本當に正しいかどうかについては自信がない（此詩之義有不可知者、今姑釋其訓詁名物而略以王氏蘇氏之説解之。未敢信其必然也）

と言い、一方で毛傳に據り、一方で王安石・蘇轍の説に據って解釋している。

朱子が字義の訓詁では基本的に毛傳に據っているのは、王安石の訓詁が安定性に缺けると判斷したためであろう。そのポイントは「湝湝」の訓詁にある。『經籍纂詁』を閲するに「湝湝」には水が引く様、あるいは相對的に「湯湯」に比べて水量が少ないことを表す訓詁の例は載せられていない。そこには、『說文解字』十一上、水部の「湝は、水流れること湝湝なり（湝、水流湝湝也）」と、『廣雅』「釋訓」の「湝湝、流也」とが引用されており、蘇轍の訓はこれらに據ったものであることがわかる。蘇轍は、王安石の先例のない語釋を用いず、『廣雅』の訓を用いて王安石と同じことを言おうとしたのである。しかし、たとえ流れる様を表すとしても、淮水という川についての描寫であるから、水が流れる様が溢れるほどあった水量が減る様を表すことには直接的にはならない。したがって舊訓に據っては三つの語句で水量が徐々に減っていく様子を表していることは證明できないのである。振り返ってみれば、「湝湝なれば、則ち既に溢れず」という『新義』の注釋も、「湝湝、流也」という訓詁をもとに、「流れ出しているからには水量も減っている」と考えたものと思われ、字義を定義する口調というより王安石の主觀的な斷定の言辭の趣が強い。こうした點から判斷して、朱熹は字義の訓詁としてはより信頼性の高い毛傳を採用したのだと考えられる。

しかしそれにもかかわらず、朱子が詩全體の把握においては、幽王が逸樂に流連しているという解釋に贊成しているのは、各章を時間的な經過によって結びつけるという王安石の發想に魅力を感じたためだと思われる。嚴密に言えば、三章に時間的經過があるとする王安石の說の根幹が「湯湯」「湝湝」「三洲」の語義解釋にある以上、字義の訓詁のレベルでは毛傳に據りながら、詩全體の意味の流れのレベルでは王安石の說に據るというのは、矛盾している。その矛盾を朱熹自身も感じていたことは、最後の「未だ敢えて其の必ず然るを信ぜざるなり」という表白からも窺える。そうした矛盾をあえてさせるほど、本詩における王安石の把握の仕方は、優れたものと捉えられているのである。

さらにもう一例、衞風「淇奧《きいく》」を擧げてみよう。

瞻彼淇奧　彼の淇奧を瞻《み》れば　［首章］
綠竹猗猗　綠竹　猗猗《いい》たり
［傳］「猗猗」は、竹の美しく盛んな樣子である（猗猗、美盛貌）

瞻彼淇奧　彼の淇奧を瞻れば　［第二章］
綠竹靑靑　綠竹　靑靑たり
［傳］「靑靑」は竹が盛んに茂っている樣子である（靑靑、茂盛貌）

瞻彼淇奧　彼の淇奧を瞻れば　［卒章］
綠竹如簀　綠竹　簀《さく》の如し
［傳］「簀」は、竹が積まれている樣子である（簀、積也）
［正義］「傳」に、「積まるる也」と言うのは、盛んに茂っている樣が、集められ積まれているようであるというのである。これも美しく盛んな樣と解しているのである（傳云積也、言茂盛似如積聚、亦爲美盛）

三章すべて綠竹が美しく盛んに茂っている樣を詠っていると解釋している。これに對し『新義』は次のように注釋し、各章の閒に綠竹の成長の一連の過程を見出し、それによって章と章とを意味的に緊密に結びつけている。

「綠竹猗猗」とは、綠竹がまだ若くてしっかり固まっていない時を言う。「靑靑」とは、ようやくしっかり引き締まった時を言う。「如簀」とは、その成長の頂點に至ったことを言う（綠竹猗猗、言其少長未剛之時。靑靑、爲方剛之時。如簀、爲盛之至）（五三頁）

王安石は、なぜ本詩において綠竹の成長過程を見出したのであろうか。本詩の詩序に「武公の德を褒め稱えた詩である（美武公之德也）」と言うように、各章の前掲の句の後には武公の徳を稱えた詩句が續く。

有匪君子　匪たる君子有り
如切如磋　切する如く磋する如く
如琢如磨　琢する如く磨する如し　［首章］

［正義］ここに見目麗しい君子がいる。すなわち、武公は學問し人の諫言を聞き入れ、禮によって修養を積みその美徳を完成させることができ、その有様は骨が切られ、象牙が磨かれ、玉が彫刻され、石が磨かれ、そうしてそれらが寶となるようなものである――こういうことを言っているのである（言此有斐然文章之君子。謂武公能學問聽諫、以禮自脩而成其德美、如骨之見切、如象之見磋、如玉之見琢、如石之見磨、以成其寶器）

有匪君子　匪たる君子有り
充耳琇瑩　充耳に琇瑩《しうえい》せり
會弁如星　會弁　星の如し　［第二章］

［正義］武公の徳は、その美しい衣服にふさわしいほど高い。だから、朝廷に入って卿相となるにふさわしいと言う（言有其德而稱其服、故宜入王朝而爲卿相也）

有匪君子　匪たる君子有り
如金如錫　金の如く錫の如く
如圭如璧　圭の如く璧の如し　［卒章］

［正義］見目麗しい君子がいる。すなわち武公はその器量と美徳がすでに完成され金や錫のごとく練り上げ

られていて、彼の道德と業績はすでに完成され、圭や璧といった玉器のごとく磨き上げられていると言う（言有匪然文章之君子謂武公器德已成、練精如金錫。道業既就、琢磨如圭璧）

この章は、首章と相關連する。首章は、武公が學問をし人の諫めを聽いている時を問題にして、ちょうど寶器がまだ完成しないときには彫琢され磨かれなければならないようなものだ、と言う。この章では、武公の道德がすでに完成した時を取り上げているので、その有様はすでに完成された寶器である圭璧のようなものだと、言っている（此與首章互文。首章論其學問聽諫之時、言如器未成之初、須琢磨。此論道德既成之時、故言如圭璧已成之器）

第三章の『正義』の説は、「如金如錫、如圭如璧」に對する鄭箋の「この四者もまた、武公が學問することによってその德を完成させたことを言っている（四者亦道其學而成也）」という説を敷衍したものであり、鄭箋と『正義』は首章と第三章の閒に、武公が學問的な修練を積み、その結果として美德を完成させたという、因果關係あるいは時閒的經過を見出している。一方、第二章と第三章のつながりについては、第三章の『正義』に、

すでに外面的に美しく着飾られている上に、內面的にも人を受け入れるひろやかな心を持っている（既外脩飾而內寛弘）

と言っていて、武公の德を第二章は外面から、第三章は內面から稱えたものと解釋している。つまり、箋と『正義』に據れば、舊説は三つの章の閒に、武公の德の成熟と深化完成という一連の過程を見出していることになる。

ところで、本詩首章の「瞻彼淇奧、綠竹猗猗」の毛傳に「興也」と言い、綠竹の描寫が武公の德を興するものであ

ることが示されているが、先に見たように傳箋正義の解釋に據れば、興句は三章とも基本的に同義である。それなのに、興句によって詠い起こされる武公の德については三章の閒に成熟への一連の變化があるということになれば、興句と下の句との對應關係に齟齬が生じることになる。『新義』に從えば、このような齟齬はうまく解消される。

このように考えると、王安石は興句と下の句とをうまく對應させるために、「綠竹」の描寫も三章の閒に成長・成熟の過程を見出したと考えられる。すなわち、章と章との閒の關係を緊密化させるばかりではなく、一つの章の內部における詩句についても意味關係を緊密化させているのである[12]。

滕志賢氏に據れば、詩章閒に事態の推移・發展を持たせる技法は「層遞法（漸層法）」と言い、「近から遠、淺から深、少から多、緩から急、先から後、下から上……といった順序に基づいて言語を組み立て、時閒・空閒・程度・リズム・數量などが順序に從って少しずつ進み、次第に深まる」技法であり、詩經で多用される修辭法の一つである[13]。王安石の詩解釋は、傳箋正義が必ずしも充分な注意を拂わなかったこの技法を重視し、この技法に基づいた表現を積極的に發見しようとしているのである。このような例は『新義』を通じて見出すことができ（附表參照）、これが王安石の詩經解釋において、自覺的に採用された方法的態度であったと考えることができる。

王安石のこの詩經解釋の態度は、從來の解釋が同質同內容の章が分散的・孤立的・單純反復的に竝立していると考えていたものの中に、あるダイナミズムを發見し、それによって詩全體を緊密に結びつける努力と言うことができよう。

3　詩句と詩句の閒の關係を重視した解釋

前章では、王安石が詩の章と章との閒の關係に注目し、詩全體の構成を明らかにしようとしていたことを見た。このように詩の要素の關係性を重視しつつ解釋を行うというのは、王安石の詩經研究にとって本質的な方法論と言えるであろうか。本章では、一つの章を構成する詩句と詩句との關係について、王安石がどう考えていたかを考察したい。

鄭風「羔裘」は詩序に、

羔裘の詩は、今の鄭の朝廷を刺《そし》った詩である。いにしえ鄭の朝廷の君子のことを言い、それによって今の朝廷の有様を諷刺するのである（羔裘刺朝也。言古之君子以風其朝焉）

と言うように、いにしえの鄭の朝廷の理想的な有様を詠う。例えば、首章は以下の通りである。

羔裘如濡　羔《ひつじ》の裘《かはごろも》濡《うるほ》へるが如し
洵直且侯　(14)洵直にして且つ侯たり
彼其之子　彼の其の子は
舍命不渝　命に舍《お》りて渝《か》へず

これを傳箋正義は、一章すべて古の鄭の家臣の優れた風采と徳とを褒め稱えたものと解釋する。第二句の「侯」は毛傳に「侯は君なり（侯君也）」と言うが、これを鄭箋と『正義』は、家臣を褒め稱えた詩であるという解釋との整合性をとるために、「人君となってもおかしくないほどの美徳を有している」という意味であると説明している。彼らの解釋に據れば、詩序に言う「君子」も「立派な徳を備えた臣下」という意味になる。

　これに對して、『新義』は次のように解釋する。

　人々といっしょにいても調子を合わせたりせず自分の意志を貫けるならば「直」と言うにふさわしい。この上なく恭謙でありながら禮にかなっているならば「侯」となるにふさわしい。「侯」であるのは天子の命令を守って善政を行うからだ。一國の君主が自分を「直」に保って、天子の命に従うことができるならば、彼の臣下たちは感化され、君主の命を守って變わらないようになる（羣而不黨則宜直、致恭而有禮則宜侯。侯以順王命爲善故也。君能直己以順王命、則其臣化之、舍命不渝矣。洵直且侯爲君、舍命不渝爲臣）（七〇頁）

王安石は本章を二つの部分に分け、上二句が鄭の君主を褒め稱えた句、下二句が臣下が君主に感化されたことを褒め稱えた句であると考えている。これを圖示すれば次のようになる。

羔裘如濡、洵直且侯。	彼其之子、舍命不渝
君	臣

本詩の第二・卒章は、

羔裘豹飾　羔の裘　豹の飾《ふちかざり》
孔武有力　孔《はなは》だ武にして力有り
彼其之子　彼の其の子は
邦之司直　邦《くに》の司直なり　〔第二章〕

羔裘晏兮　羔の裘　晏《あん》（鮮やか）たり
三英粲兮　三英（三つの德）粲たり
彼其之子　彼の其の子は
邦之彦兮　邦の彦（立派な男）なり　〔卒章〕

であるが、王安石はこれらについても、首章と同様に一つの章を君主と臣下の二部構成として解釋している。

本詩は、章を分けて君主と臣下のことを詠う。「孔武有力」は君主のこと、「邦之司直」は臣下のことである。「三英粲兮」は君主のこと、「邦之彦兮」は臣下のことである（此詩皆分作君臣事。孔武有力爲君、邦之司直爲臣。三英粲兮爲君、邦之彦兮爲臣）（同右）

彼の説に據れば、詩序の「君子」は鄭君と家臣の兩方を指していることになる。王安石がこのような構成を讀みとったのは、第一章第二句に「侯」の字があることから、傳箋正義がこの句を臣下を歌ったと解釋するのに無理を感じたからであろう。鄭箋と『正義』にもこの無理は意識されていたと思われる。

〔鄭箋〕〔毛傳が「侯は、君なり」と言って「侯」の訓詁としている〕「君」の字の意味は、〔『論語』「子張」の〕「〔君子は〕其の衣冠を正しくし、其の瞻視を尊くし、儼然として人望んで之を畏る」という境地である（君者言正其衣冠、尊其瞻視、儼然人望而畏之）（三四一頁）

〔正義〕彼らの性格行動は偏りなく正直で、しかも人君たる度量があった（其性行均直且有人君之度也）

〔『論語』「雍也」で〕孔子が「雍〔弟子の仲弓〕や、南面せしむべし」と稱贊しているのは、仲弓が人君の位に堪え得る人物だと褒めた言葉であるが、これは本詩で「侯」と言って褒めているのと同じことである（孔子稱雍也可使南面、亦美其堪爲人君。與此同也）（三四二頁）

と言い、「侯たり」というのは假定の言い方だと言って矛盾を解消しようとしている。王安石の説は、その矛盾を別の方法によって解消しているのであるが[15]、その基本には、章の中の構成が單純ではなく、かなり複雑な構成を取り得るという認識がある。[16]

章の構成を複雑なものとして解釋する手法は、他にも例が擧げられる。小雅「伐木」を見てみよう。詩序に次のように言う。

「伐木」の詩は、友人や古い友人をもてなす詩である。天子から庶民に至るまで、友なくして身を立てたものはいない。親族に睦まじく交わり、いつまでも變わることなく賢者を友人として大切にする。そうすれば民の道德も眞心厚いものになるのである（伐木、燕朋友故舊也。自天子至于庶人、未有不須友以成者。親親以睦、友賢不棄、不遺故舊、則民德歸厚矣）

ところで、この詩の首章は木を切る音に驚き飛び立った鳥が鳴き交わす様子を詠う。

伐木丁丁　　木を伐ること丁丁たり
鳥鳴嚶嚶　　鳥　鳴くこと嚶嚶《あうあう》たり
出自幽谷　　幽谷より出でて
遷于喬木　　喬木に遷る
嚶其鳴矣　　嚶として其れ鳴く
求其友聲　　其の友を求むる聲あり

それが、第三章以下では、

伐木許許　　木を伐ること許許たり

釃酒有萸　　釃酒　萸《しょ》たること有り
既有肥羜　　既に肥羜《ひちょ》有り
以速諸父　　以て諸父を速《まね》く
寧適不來　　寧ろ適《まさ》に來たらずとも
微我弗顧　　我を顧りみずということ微《な》かれ

などと、木を切る音を詠った部分と親族友人を招いて宴を催す様を詠った部分とが前後して現れる。このことをめぐって傳と箋とで説の違いが見られる。

毛傳の解釋を『正義』の敷衍に從ってまとめれば次のようになる。

第一章の「伐木丁丁、鳥鳴嚶嚶」は興であり、木を切ったために、鳥が驚き懼れて飛び立つのを、友人二人がお互いを勵まし叱りあって切磋琢磨し、それによって互いに勉め勵むことに喩える。第二章ではそのような關係の友がうまい酒を酌み交わすことを詠う。

ここでは、木を切る音で鳥が驚き鳴き交わす様子はあくまで友人が切磋琢磨することの比喩として詠われている修辭的な言辭であり、木を切る音とそれに驚く鳥自體は、下の詩句――親族友人との和やかな宴の様子――とは實際上のつながりはない。

それに對し鄭玄は、木を切る音とそれに驚いた鳥が鳴き交わす様を比喩ではなく實事ととり、次のように解釋する。

文王はむかし世に出る前、木こり仕事をし、仲間たちと酒を酌み交わしたものだが、天子となった今では親族王族を集めて盛大な酒盛りをする。

鄭玄の解釋に對しては、歐陽脩が『詩本義』で批判している。その要點は、天子の位に就く前とはいえ、文王が木こりのような庶民の仕事に自ら就くはずがない、というものである。[17]

ところで、鄭玄が毛傳と異なる説を立てたのは、詩序に忠實な解釋を行うためだったと考えられる。すなわち、詩序には、「天子より庶人に至るまで、未だ友を須《もち》ひずして以て成る者有らず」と言うにもかかわらず、毛傳の解釋では親族・友人と宴を張っているのは天子（文王）だけということになり「庶人」が現れてこない。この點に問題を感じたために、鄭玄は天子となる以前の、木こりをしている「庶人」としての文王という存在を想定して解釋し、詩の內容を詩序と對應させようとしたと考えられる。

周知のように歐陽脩は詩序を絶對視しないので、鄭玄とは問題意識を共有しない。したがって鄭箋に對して痛烈な批判を行うことができた。一方、詩序を尊崇する王安石は、鄭玄と同じ問題に直面する。彼はどのような方法で、詩序との整合性を保ちつつ鄭箋を越える解釋を提出しようとしたであろうか。

『新義』は本詩第一章について、

鶯すらもなお古なじみの友を尋ね求める（鶯猶尋舊友）

と注する。そして、第二章以下については、

貧しい庶民の身であっても、木こりの友のように漉したうまい酒でもてなすものである。ましてや（天子の身で）太った小羊の肉があるのだから、親族を招くのは當然のことである（以庶人之窶、而伐木之友然猶釃酒有藇以待之。又況於既有肥羜、以速諸父乎）

と言い、木こり（庶民）と天子との對比、という構造を見出す。木こりを貧しい庶民の象徴と解し、彼らですら眞心

を込めて友をもてなすのだから、まして位の高い者はいっそう手厚く友をもてなすのだと解する。これを圖示しよう。

首章　鳥でさえも友を呼ぶ
　├ 第三・四章前半　庶民の友愛
　└ 第三・四章後半／第五章　天子の友愛
　　（庶民の友愛 ⟷ 天子の友愛：對比）

つまり、王安石はこの詩の中に萬物みな友と親しむという構造を見出している。このように解釋することによって『新義』は、歐陽脩が批判した鄭玄説のような不合理な解釋に陥らず、かつ詩序に忠實な解釋を提示したのである。

さらに王安石は、本詩で天子がもてなす對象が第三章では「諸父」、第四章では「諸舅」、第五章では「兄弟」と次第に身近な存在になっていき[18]、それに對應してもてなしのご馳走も、

諸父――肥羜
諸舅――八つの丸口の器（八簋）と肥牡
兄弟――竹製の器と木製の器にずらりと竝べてご馳走を盛る（籩豆有踐）

と次第に手厚くなっていると指摘し、

　章ごとに次第に程度が高くなる一方で低くなることはない（毎有隆而無殺也）

と言う。第2節で見たような章ごとの程度の高まりが、この詩にも存在すると言う。つまり、王安石はこの詩の中に、

一、鳥――庶民――天子　萬物はみな友愛の感情を持っている。

二、疎遠――→親近　友愛の感情も深まっていく。

という、二つの種類の發展・變化の關係が描かれていると考えるのである。このようにして解釋された本詩は、傳箋正義の解釋に比べ詩篇全體の構造が格段に複雜化している。またそれとともに友愛を贊美する本詩の主題もより說得力を增すことになる。

以上のように王安石の解釋は、傳箋正義が單純な構造として考えていた章の內容について、複雜な構造を見出して解釋する傾向がある。このような解釋は、詩に論理の流れを與えるものということができよう。これと、第2節で見た章と章との閒に變化・推移を認める解釋方法とを合わせて考えると、王安石の解釋によって立ち現れてくる詩の內容は、ある感情を表現すると言うより、理詰めである主張を訴える散文的な論理の要素が強い。

4　比喩の問題と構造的理解の關係

このように、詩の中に散文的な論理を見出そうとする王安石の解釋の指向性は、詩の中でも散文的論理性とは對極にある、比喩表現を解釋する場合にはどのように働いているであろうか。ここで思い出されるのが、第2節で檢討した衞風「淇奧」である。この詩で、王安石が各章閒に綠竹の成長の樣を見出した理由を探った結果、興句と詩句の中に詠われている武公の學問の修練と完成の過程とを對應させるためであろうという結論に達した。[19]章から章へという橫の關係に對する配慮の他に、興句を他の詩句と關連させて解釋するという、縱の關係に對する王安石の配慮を見出したのであった。『新義』の比喩の解釋については、牽强附會な說が多いとして歷代の諸家の批判が最も集中する點であるが[20]、これを逆に考えれば、比喩の解釋が王安石の詩經研究の特徵を最もよく反映していると考えることもできる。そこで本章では、比喩の問題を手がかりにして、詩句と詩句の關係について王安石がどのように認識していたかを探ってみたい。

「興」は、言うまでもなく詩の六義の中の「賦」「比」「興」の一つであり、詩經の詩的技法として最重要視され、またその意味をめぐって古來様々な說が唱えられてきたものである。王安石が「興」をどのような技法と考えていたかということが興味深い問題であることは言うまでもない。しかし、現存する『新義』の經說の中で具體的な詩句に對して「これは興である」という定義を下しつつ解釋したものはきわめて少ないため[21]、興に視點を絞って考察することは困難である。そこで、考察の對象を擴大して王安石の比喩認識という問題を論じたい。王安石が詩の中のある句を比喩句と考えるとき、それを他の詩句、あるいは詩全體との關係においてどのように解釋しているか、そこに王安石の特徴が見出せるかどうかを考察する。そのような考察を經た上で、彼が「興」と規定する詩句を分析し、彼の興認識に迫りたい。また、本章は王安石の詩經研究を主に傳箋正義との比較を通じて考察することを主眼にしている。したがってこの問題を考える上でも、毛傳が「興である」と規定した詩句を王安石がどのように解釋しているかを考察するという方法をとりたい。傳箋正義の興認識については檀作文氏の研究成果に基づいた[22]。

毛傳が「興也」と規定している詩句についての『新義』の經說を檢討していくと、そこに次のような類型を求めることができる。

一、『新義』も當該詩句を常識的な意味での比喩と見なしており、傳箋正義との著しい說の違いを認められないもの。

二、『新義』も當該詩句を比喩と見なしてはいるが、そこに傳箋正義の解釋との性格の違いを見出すことができるもの。

三、『新義』は、傳とは異なりいわゆる比喩的な意味を與えていないもの。

本節で取り上げるべきは、二、三である。まず、傳と最も大きな違いを見せる三について檢討してみよう。

①　傳箋と異なり比喩として解釋しない例

周南「桃夭」首章の初二句の傳箋は次の通りである。

桃之夭夭　　桃の夭夭たる
灼灼其華　　灼灼たる其の華

［傳］興である。花が咲き誇っている桃がある。「夭夭」は、その若く元氣なものである。「灼灼」は花の盛んなものである（興也。桃有華之盛者。夭夭、其少壯也。灼灼、花之盛也）

［箋］興とは、婦人がみな盛りの時を迎え、（結婚するに）ふさわしい時を迎えたことを喩える（興者、喩〈もと「踰」に作る。挍勘記に據って改める〉時婦人皆得以年盛時行也）

これは、桃の花が咲き誇るさまを、女性が年頃になったことに喩えていると解したものである。それに對し、『新義』は、これを次のように解釋する。

桃は仲春に花を咲かせる。それによって婚禮を行う時節になったことを記す（桃華於仲春、以記昏姻之時）（一五頁）

桃の花を詠っているのは、時あたかも婚姻にふさわしい季節であることを言わんがためであると説明するのである。

傳箋が言う比喩の意味ではなく、詩の季節を表す役割を持った象徴的な事物を點描したものという解釋である。
同じく桃を詠った魏風「園有桃」でも同様のことが言える。

園有桃　　園に桃有り
其實之殽　　其の實を殽《さかな》とす

［傳］興である。魏公の宮殿の庭に桃の木があり、その實は食することができる。國に民がいて、彼らの力を使うことができる（興也。園有桃、其實之食〈もと「殽」に作る。挍勘記に據って改める〉。國有民、得其力）

［正義］魏公の宮殿の庭に桃の木があり、その實を取って酒の肴にすることができる。これによって、魏の國に民がおり、彼らを使って君主のために使うことができるということを興する（園有桃、得其實爲之殽、以興國有民、得其力爲君用）

『正義』の敷衍に従って考えると、傳は桃の實を國の民の比喩と解釋している。それに對し『新義』は、

庭園の桃を貯えて酒の肴にし、庭園のナツメを食料として頼みにする。これではただ吝嗇であるだけではなく、その上、人民を用いることもできない（資園桃以爲殽、賴園棘以爲食、非特儉嗇而已、又不能用其民）（八二頁）

と注する。魏公が吝嗇のあまり庭園内の桃やナツメを貯藏して食用にしたのを歌い、その德のなさを諷刺したものであると解釋するのである。ここでも桃の句を、毛傳のように比喩としてではなく、魏公の薄德の象徴的な事例として解釋している。

このように『新義』には、毛傳が「興也」と規定した詩句を、比喩としてではなく、詩人が本來詠おうとした主たる内容（以下、「主内容」と略稱）の一部として解釋している例が見受けられる。これは毛傳の「興也」という規定を

全否定し單なる直敍として解釋したものと考えられる。(23)

傳箋正義の解釋に據ればこれらの詩は、比喩的な意味を持った「興」句——修辭的な機能のみを擔い、主内容と直接つながらない部分——がまず詠われ、その後に主内容が詠われるという二段構成を持つ。それに對し、『新義』の解釋によれば、詩の歌い出しと同時に主内容が展開されることになり、詩の流れが單刀直入になる。また、毛傳が興句と規定した部分に、主内容に關する敍述が組み込まれる分、詩の論理的な内容が豐富になり複雜化することになる。このように、『新義』の解釋は、詩に單刀直入な流れを與え、敍述内容を複雜化させるものである。

②　比喩解釋における傳箋との相違

次に、毛傳で「興也」と規定している詩句を『新義』も比喩として解釋しているが、その解釋が傳箋正義とは質的な差異を持つものを検討してみたい。唐風「山有樞」は各章、

山有樞　山に樞《おう》（サネカズラ）有り
隰有楡　隰《さは》に楡《ゆ》（ニレ）有り　［首章］

山有栲　山に栲《かう》（ヌルデ）有り
隰有杻　隰に杻《ちゆう》（カシ）有り　［第二章］

山有漆　山に漆有り
隰有栗　隰に栗有り　［卒章］

という句で始まるが、これを毛傳は、

國の君主が財貨を持ちながらそれを自ら用いることができない。これは山や澤がそこに生える有用樹木を自ら用いることができないようなものである（國君有財貨而不能用、如山隰不能自用其財）と單純な比喩句にすぎないと捉え、比喩の意味するところを説明するのみである。それに對して、『新義』は、

山と澤には樞・楡・栲・杻・漆・栗が生え、〔山澤は〕それによって美しく着飾り、人はそれを〔資源として〕頼りにする。今、國君には、衣裝があるけれどそれを着て引きずることができない……これでは山澤にさえ及ばない（山隰有樞・楡・栲・杻・漆・栗、以自庇飾爲美者、而人所資賴、今也有衣裳弗能曳婁……曾山隰之不如也）（八五頁）

と、山澤が國君を、そこに生える樹木が彼の衣裝や宮殿などの財産を比喩していると説明すると同時に、次のようにも言う。

樞・楡・栲・杻は、宮廷で様々の器具を作る材料となり、漆は器具を飾り立てるのに用いられ、栗は食用となる。……という具合にこれらの植物は君主がそのまつりごとを遂行するための道具なのであり、だからこそ、樞・楡・栲・杻によって君主の政治を風刺するのである（樞・楡・栲・杻、宮室器械之材、而漆則可以飾器械、栗則可食也。……則所以修其政、故以樞・楡・栲・杻刺之）（同右）

王安石は、これらの句を單なる比喩として解釋するに止まらず、これらの樹木が宮中でどのような用途で使われるかについて言及する。これは、これらの樹木と風刺される君主の日常生活との關連性に着目したものである。すなわち彼は、比喩句を單純な修辭的な機能しか持たないと考えるのではなく、主内容との意味的關連を追求しているのである。

同じことは、小雅「何草不黃」にも言える。この詩の卒章の詩句に對する鄭箋と『正義』は以下の通りである。

有芃者狐　芃《ほう》たること有るは狐なり
率彼幽草　彼の幽草に率《したが》ふ
有棧之車　棧《さん》たる車有り
行彼周道　彼の周道を行く

〔箋〕狐は草の中を行ったり止まったりするので、棧車〔士卒が兵役に用いる車〕を比喩するのである（狐草行草止、故以比棧車輦者）

〔正義〕ちっぽけなのは狐である。狐は草の中にいる獸なので、あの深い草の中を行くのである。今私には棧車があり人が引いて行く。この人は禽獸でもないのに、どうしてあの周道の上を行くのか。常に野外にいて、狐が深い草の中にいるのと同じだからであろうか（有芃芃然而小者、當狐也。此狐本是草中之獸、故可循彼幽草。今我有棧之輦車、人輓以行。此人本非禽獸、何爲行彼周道之上、常在外野、與狐在幽草同乎）

狐が草の中を行ったり止まったりするのによって、棧車もまた道路を行ったり止まったりするのに喩える。そこで、深い草と周道とを對比させているのである（以狐草行草止、故比輦者亦道行道止、故以幽草與周道相對也）

箋・『正義』とも、狐が深い草の中を行くということと棧車が道路を行くこととの閒の類比關係を指摘するのみである。一方、『新義』は次のように說明する。

四夷がこもごも中國に侵入し、諸侯は、朝廷での勤めを行おうとしない。そうであるため、周の都への道は草が生い茂っているので、そこで、深い草によって「行彼周道」を比喩しているのである（四夷交侵中國、諸侯莫肯

朝事、則周道鞠爲茂草、故以彼幽草況行彼周道也）（二一八頁）

國が亂れ諸侯の朝覲が途絶えているために周の都へ續く道に草が生い茂っているという因果關係を指摘し、それによって深い草の中を行く狐と周道を行く兵士とを比喩で結びつけることの必然性を説明している。「幽草」が單なる修辭上の比喩ではなく、主內容を構成する荒れ果てた風景の一部分としてとらえられている。比喩句を單なる修辭的なものとして見るのではなく、主內容を構成する一部分として解釋するのは「山有樞」と同じである。

このことを觀點を變えて考えると、王安石は、詩人が比喩として使われる事物を頭の中で考え出したのではなく、詩の場面の中から選び取ったと認識していたことになる。彼にとっては、比喩と主內容は別次元のものとして考えられてはいないのである。[24]

③　比喩と詩人の視點

比喩句が主內容の一部となるということは、詩人が實際にそれらの風景や事物を目にしてそれを詩に歌ったという認識につながる。『新義』の中である詩句を「興」と言っている例を見ると、王安石にまさしくそのような認識があったことがわかる。大雅「棫樸《よくぼく》」第三章を例にとろう。

淠彼涇舟　　淠《へい》たる彼の涇舟あり
烝徒楫之　　烝徒　之を楫《こ》ぐ

［箋］涇水を快調に下る舟が流れに順って行くのは、たくさんの舟人たちが櫂を漕いでいるからである。これによって多くの賢明な家臣たちが主君の出した政令を實行するのを興する（淠淠然涇水中之舟、順流而行者、乃衆徒船人以楫櫂之故也。興衆臣之賢者、行君政令）

〔正義〕流れに乘って快調に漕ぎ下っていくのは、涇水の舟である。この舟が流れに乘ってこぎ下るのは、たくさんの舟人たちが櫂を使って漕ぐからである。ということによって次のことを興する――民を率いて教化するのは文王の政令である。この政令が世に行われるのは、もろもろの賢明な家臣たちが力を盡くしてこれを實行させるからである。（言淠淠然順流而行者、是涇水之舟船。此舟船所以得順流而行者、乃由衆徒船人以楫櫂之故也。以興隨民而化者、是文王之政令也。此政令所以得隨民而化者、乃由諸臣賢者以力行之故也）

鄭箋と『正義』の興解釋は、舟が多くの舟人に漕がれることによって涇水の流れに乘って航行していることと、文王の政令が多くの賢臣たちの獻身的な努力によって實現されていることとの閒に類比關係が存在する――故に比喩として用いられる――ことを指摘するのみである。一方、『新義』は次のように言う。

涇は周の國内にある。目にしたものを興として用いたものである（涇在周地、興所見也）（二二九頁）

『新義』が「興」というのは、箋・『正義』の説を承けたものと考えられるが、『新義』の説明は比喩の解釋に止まらない。「見る所に興す」という指摘は、箋と『正義』が言及しないところである。「涇は周の地に在り」と注するのも、周の文王の功業を詠っている詩人が實際に文王に因んだ地に立っていることに、讀者の注意を喚起するためと考えられる。つまり王安石はこの注で、詩人が實際に涇水を行く舟の姿を眼前にしながら本詩を作ったという情況を説明しているのである。興句の必然性を强調した注釋ということができる。この點は、鄭箋と『正義』では、興句を比喩として解釋するに止まり、涇水に浮かぶ舟を詩人が實際に目にしているか否か――詩人の視點――は問題としていないのに比較して、『新義』の解釋の特徴ということができる。

同様の例は邶風「燕燕」に見ることができる。

燕燕于飛　　燕燕　于《ゆ》き飛ぶ
差池其羽　　其の羽を差池《さち》す　　　　　［首章］

［箋］「其の羽を差池す」とは、その尾羽や翼を張り廣げていると詠うことで、戴嬀が實家に今まさに歸っていこうとして、自分の服を見やっているのを興するのである（差池其羽、謂張舒其尾翼、興戴嬀將歸、顧視其衣服）

燕燕于飛　　燕燕　于き飛ぶ
下上其音　　其の音を下上す　　　　　［第三章］

［箋］「其の音を下上す」とは、戴嬀が實家に今まさに歸ろうとして、言葉を發して氣持ちが高まり、聲が大きくなったり小さくなったりするのを興するのである（下上其音、興戴嬀將歸、言語感激、聲有小大）

ここでも鄭箋は、飛びかう燕の様と實家へ歸ろうとする戴嬀の様との類似關係を指摘しており、やはり單純に修辭上の比喩として解釋している。一方『新義』は、

ツバメが春の初め、そのつがいがやってきたので、巣を作って產卵しようとしていたのだが、その時期に間に合わなかったので去っていった。その羽を廣げ、高く飛んで鳴いたり、低く飛んで鳴いたりしている。だから、莊姜はそうした様子を見て思いを發したのでそれを興として用いたのである（燕方春時、以其匹至、成巣而生之、失時而去。其羽相與差池、其鳴一上而一下、故莊姜感所見以興焉）（三二頁）

と言い、本詩の作者である莊姜が實際に燕の様子を見てそれに感じて詩を作ったということが、强調されている。

この二例から考えると、小雅「車舝《かつ》」の、

閈闗車之舝兮　　閈闗たる車の舝《くさび》あり
思孌季女逝兮　　孌《れん》たる季女に逝《ゆ》かしむことを思う

につき、『新義』が、

くさびが車體に使われるときには、「閈」によってこれを固め、「闗」によってこれを通し(25)、そうして後に車を走らせることができる。賢女が君子の伴侶となると、操によって夫婦の中を固め、從順によって夫婦の心を通わせる。ちょうどこれはくさびの車における働きと同じである。だからこれによって興するのである（舝之在車、閈以固之、闗以通之、然後足以與行。賢女之配君子、貞以固之、順以通之、如舝之在車、故因興焉）（二一〇五頁）

と言うのも、嫁ぎ先の幽王のもとへ向かう齊の季女を載せた車の舝（車軸の頭の鐵の部分）を實際に目にして、齊の季女の淑德を思い起こして歌ったものと解釋していると考えることができる。

以上のように、『新義』がある句を注する際に「興」という用語を使っているときには、その句を單なる比喩として捉えるのではなく、詩人が實見しているということに重きを置いた解釋をしていることがわかる。『新義』は、詩人の視點という觀點を導入することにより、興句の內容と主內容との現實的な關係性を捉え、一つの次元において說明しようとしているということができる。

比喩として用いる事物を詩人が實見しているという考え方は、興味深いことに、鄭玄にもあったと思われる。周南「卷耳」の、

采采卷耳　　卷耳を采《と》り采る
不盈頃筐　　頃筐に盈たず

〔傳〕憂える者の興である（憂者之興也）

〔箋〕すぐにいっぱいになる器なのに、それがいっぱいにならないのは、志が夫を補佐するところにあり、憂い思う氣持ちが深いからである（器之易盈而不盈者、志在輔佐君子、憂思深也）

『正義』は、この毛傳と鄭箋の閒に解釋の違いはないと考えて次のように疏通する。

「頃筐」はすぐにいっぱいになる容器であるのに、いっぱいにすることができないというのは、その人が心に思うところがあり、憂い思う氣持ちで心ここにあらざるためである。この菜を摘む人は憂いの氣持ちが深い。これによって后妃の志が夫の文王を補佐するところにあり、賢者を官僚に迎え勞苦をいたわりたいと思い、朝夕にそればかりを思って、心配しながら仕事をするまでになった。その憂いの氣持ちが深いことが、菜を摘む人のようだというのである（頃筐、易盈之器、而不能滿者、由此人志有所念、憂思不在于此故也。此采菜之人憂念之深矣、以興后妃志在輔佐君子、欲其官賢賞勞、朝夕思念、至於憂勤。其憂思深遠、亦如采菜之人也）

『正義』に據れば傳箋とも、「巻耳」の二句は深い愁いに沈む后妃を喩えるための比喩句であり、蔬菜を取る行動は主内容とはつながらず、菜を摘む人と后妃とは別人であると解釋したことになる。

しかし、鄭箋に駕籠をいっぱいにできないのは夫（君子）を「補佐」することで心がいっぱいであるためだ（志在輔佐君子）と言っていることから考えると、この主體は「后妃」であり、菜を摘んでいるのは后妃自身であると鄭玄は解釋しているとも受け取ることができる。そうであるならば、鄭玄は、「采采巻耳」は比喩であるとともに、實景でもあるという解釋をしていることになる。しかるに『正義』が、鄭箋は菜を摘む人と后妃とは別人だと考えていると解釋するのは、傳箋を疏通するために、また后妃が自ら菜を摘むはずがないという疏家自身の常識に合致するように、鄭箋を故意に曲解したものと考えられる。

筆者がこのように考える根據は、「卷耳」と同じく蔬菜を取る女性を興句として詠った詩の鄭箋と『正義』にある。小雅「采綠」の、

終朝采綠　終朝　綠を采るに
不盈一匊　一匊《きく》に盈《み》たず

〔傳〕興也。

〔箋〕朝中これを摘んでいるのに手にも滿たないのは、夫から離れている恨みが深いから、仕事が手につかないのである（終朝采之而不滿手、怨曠之深、憂思不專於事）

この箋の説明は、「卷耳」と基本的に同質である。しかし『正義』は、本詩については、毛傳と鄭箋とで解釋が異なっていると考える。毛傳については、

毛傳はこの菜摘をしているものが〔朝中摘んでも手にいっぱいにならないのは〕、その人の心が他のところにむかっているからである。これによってこの婦人が一日中家事をしても一つもきちんとできないのは夫を思っているためであることを興する（毛以爲……此采者由此人志在於他故也。以興此婦人終日爲此家務、而不能成其一事者、此婦人由志念於夫故也）

と、「卷耳」と同じく單純な比喩であり、菜摘をする人と夫を思う人は違うと考えるのに對して、鄭箋については、鄭玄は、婦人が自ら綠の草の葉を摘むと考える。「興」とは取らないところが〔毛傳と〕異なる（鄭唯婦人身自

采綠、不興爲異）

と言い、第二章の「終朝　藍を采る、一襜〔前垂れ〕に盈たず（終朝采藍、不盈一襜）」の箋についても、

鄭玄はこの二句を「賦」ととる（鄭以上二句爲賦也）

と言う。つまり『正義』は、鄭箋がこれらの句を婦人自らの行動を詠った直敍であると解釋していると考えるのである。しかし、鄭箋が同じように注釋をしている以上、そこから讀みとられる鄭玄の解釋も同方向のものでなければならない。「卷耳」の箋が興ととっていると考えるのであれば「采綠」でも興ととっていると考えるべきであり、「采綠」の箋が菜を摘んでいるのは婦人自身だととっていると考えるならば「卷耳」でも菜を摘んでいるのは后妃自身だととっていると考えなければならない。『正義』の解釋は二つの箋で矛盾していることになる。(26)

二つの箋を矛盾なく解釋するには、以下のようにすればよい。

一、鄭箋は二詩とも興ととっている（毛傳と説の違いはない）。

二、しかしこの興は比喩の役割を果たすと同時に、詩の主人公自らの行動を直敍してもいると鄭箋は考えている。

つまり、この二詩における「興」は、比喩と直敍の機能を擔っている、と鄭玄は考えていると解釋するのである。

筆者の推定が正しいとすれば、鄭玄の解釋は王安石の比喩觀に近いものであり、王安石の比喩理論自體は鄭玄の頃からすでにあったことになる。王安石の比喩理論は、鄭箋から發想のヒントを得た可能性も生じよう。しかし、ここで注意しなければならないのは、假にそのような比喩に對する認識が一部に見られたとしても、詩經全體を見た場合には、やはり鄭箋は興を單純な比喩として解釋する例が多いということである。したがって右の比喩解釋は、鄭箋にお

いては一貫性をもった方法論ということはできない。

さらに、二詩の箋に對する『正義』の解釋が矛盾していることも注意すべきである。『正義』は、「卷耳」においては、鄭箋が毛傳と同じく詩句を興と考えて比喩として解釋していると主張するために、后妃自身が菜摘をするという解釋をとらなかった。逆に、「采綠」では、鄭玄は女性自身が菜摘をすると解釋していると主張するために、鄭箋が毛傳と異なり詩句を興としてではなく賦と考えたと解釋した。『正義』にあっては、興の中に比喩と直敍とを共存させる認識はなかったことがわかる。これは、漢唐の詩經學の中において、このような比喩論がいまだ一般的な認知を受けていなかったことを表している。だからかりに王安石の比喩理論が右の鄭箋の説と關係があるとしても、彼は萌芽としてあった比喩理論を學び取った上で、それを成熟させ自身の詩經解釋において本格的に展開していったと考えられる。

ちなみに二詩についての『新義』の解釋は以下の通りである。

卷耳は手に入りやすい蔬菜であり、頃筐はいっぱいになりやすい容器である。今「采采卷耳」というように、何度も何度も摘んでいるのにいっぱいにならないのは、その思いが賢者を夫に推薦することにあり、卷耳を摘むことにないからである。これはまた、「采綠」の詩が……と言うのが、その思いが夫と離れて暮らすことを怨むところにあって藍や綠の草を摘むところにないからというのと同じことである（卷耳易得之菜、頃筐易盈之器。今也采采卷耳、非一采而乃至於不盈者、以其志在進賢、不在於采卷耳也。亦猶采綠之詩曰……謂其志在於怨曠、而不在於采藍采綠也）（周南「卷耳」）（一二頁）

王安石の解釋は、先に筆者が提示した鄭玄の解釋に近い。「比喩であると同時に直敍でもある」という鄭玄の比喩論と親近性が高いことがわかる。

④　王安石の興說

以上の考察から、「興」についての認識で、傳箋正義と『新義』とで最も大きく異なるのが、傳箋正義が興と興されるものとの閒の類似關係を明らかにすることに專ら力を注ぎ、興が詩人によって實見されているかどうかについては基本的に關心を示さないのに對し、『新義』は、詩人が實見していることに特にこだわって解釋しているということである。言い換えれば、傳箋正義は「興」の比喩の機能に最大の關心を寄せるのに對し、『新義』はそれと同時に詩の生まれ出ずるところとしての「興」の機能に大きな關心を注いでいるということである。そのために、傳箋正義の解釋による興句は主内容とはつながらない、單なる修辭上の措辭という性格が強いのに對し、『新義』の解釋による興句は、敍述の一部分として主内容に組み込まれ、詩の内容をより複雜にし屈折したものにしている。

このような、『新義』の興の解釋のしかたはいかなる認識に基づくものであろうか。「毛詩大序」の「故詩有六義焉。……二曰賦、三曰比、四曰興……」に對して、『新義』は次のように注する。

其の類するを以てして之に比するを之れ比と謂う（以其所類而比之之謂比）

其の感發する所を以てして之に況するを之れ興と謂う、興は比と賦とを兼ぬる者なり（以其所感發而況之之謂興、興兼比與賦者也）（四頁）

『新義』に據れば、比と興との違いは、比が單なる類似關係に基づく比喩なのに對し、興が「感發する所」による比喩であるということである。比が二つの事物に類似關係がありさえすれば成立するものであるのに對し、興は、詩人がそれによって思いを起こしたものであることが必要條件となっている。つまり、「興」とは、詩人がそこから詩を發想するものである。この定義は4―③で見た諸例に合致している。一方、傳箋正義の興の解釋は、類比關係に基づいて興句とその比喩する意味を解明しているので、王安石の定義からすれば「興」ではなく「比」となる。また、「興は比と賦とを兼ぬる者なり」という定義は、興句が比喩であると同時に直敍でもあるということを意味するが、これは4―②で見た、比喩として用いられている事物が同時に主内容の一部として敍述の一端を擔っている、という王安石の興解釋に當てはまる。

先に、毛傳が「興也」と規定している詩句を『新義』がいかに解釋しているかを檢討し、その結果を次の三つに分類した。

一、『新義』も當該詩句を常識的な意味での比喩と見なしており、傳箋正義との著しい說の違いを認められないもの。

二、『新義』も當該詩句を比喩と見なしてはいるが、そこに傳箋正義の解釋との性格の違いを見出すことができるもの。

三、『新義』は、傳とは異なりいわゆる比喩的な意味を與えていないもの。

これを王安石の定義に照らせば、一は「比」であり、二こそが「興」にあてはまると推測できよう。これに加えて三を「賦」と考えれば、毛傳で「興」と規定する詩句を王安石が「賦」「比」「興」のいずれと考えていたかを分類することができよう。また、『新義』中には「喩～」「況～」などと比喩について說明している注が多數殘るが、これらを、王安石の定義にしたがって「比」と「興」とに分類することも可能かも知れない。

興は詩をそこから發想した事物を詠ったものである、興は詩人が實見したものである、という認識自體は、もちろん古くからあった。例えば、『文心雕龍』「比興篇」に見える次の定義は、發想の起點としての興を說明したものとして有名である。

「比」は「附《ちか》づける」意、「興」は「起こす」意である（故比者附也、興者起也）

心情を搖り「起こす」ことから「興」が生まれ、論理的に「附《ちか》づける」ことから「比」が始まるのだ（起情故興體以立、附理故比例以生）（興膳宏譯(27)）

『詩經』大序の「故詩有六義焉」の『正義』に引く鄭司農の説に、

司農がさらに言うには、興は事を物に託するものである。すなわち興は「起」である。類似性のあるものを喩えに引き、自分の心に感情を起こさせるのである。詩文で様々草木鳥獸を引いて思いを表すのはみな興の言葉である（司農又云、興者託事於物、則興者起也。取譬引類、起發己心、詩文諸舉草木鳥獸以見意者、皆興辭也）

と言うのも、興を詩想の起點として認識したものである。前節で取り上げた「卷耳」と「釆綠」において、筆者が推定したように「興は比喩を意味すると同時に、詩の主人公自らの行動を直敍したものでもある」と鄭玄が考えていたとすれば、王安石の「興兼比與賦者也」という定義に直接つながる認識を鄭玄は持っていたことになる。このように、王安石の定義自體には獨自性はそれほど認められない。

しかし、これまで見てきたように、個々の詩の解釋という次元では、傳箋正義では比喩の意味の解明という所に力を用い、それが詩人の發想とどのように關わるか、主内容とどのような關係を持っているか、ということについてはほとんど關心が拂われていなかった。それに對して、『新義』が、興が詩人が實見したものであり詩の生まれ出づるところである・比喩と同時に賦であるという認識を驅使して詩解釋を行っていることは、詩經學に新たな方法論を提示したものと評價できる。

それでは、王安石はなぜこのように興認識に基づいて詩解釋の方法論を提示することができたのであろうか。それには、詩の把握のしかたが大きく關わっていると筆者は考える。傳箋正義にあっては、詩を構成する言語的要素をバラバラにして意味を考え、その閒のつながりにはあまり意を拂わない傾向があった(28)。興が發想の起點であるという認識自體は、鄭箋・『正義』ともに持ちながら、興と詩全體の關係に考察が及ばないのは、詩解釋におけるこのような分散的な視點のためと考えられる(29)。それに對して、王安石は第1・2節で見たように、要素の解明よりもまず章と章との連關、章の中の詩句の連關（比喩句と他の要素との連關）などを重視し、詩を全體的に把握することを、その研究的態度として持っていた。つまり、彼には詩を有機的な統合體として考える態度があった。それが、彼の興の考察にも自然に結びついたのだと考えられる。興句を分析する時にも、他の句との連關、詩全體における興句の役割を重視しながら解釋したことにより、發想の起點としての興が重視されることになったと考えられる。

詩が有機的な統合體であるという王安石の認識を形成するのに、最も重要な要素となったのは、彼が詩人の視點・作詩の情況を重視しながら詩解釋を行ったことであったと考えられる。彼には、詩人がどのようにして一篇の詩を作り上げたかについての強い關心があり、作者が詩を發想する過程を詩中に讀みとろうとする態度を持っていた。やや比喩的な言い方を許されたい。詩人の存在を強く意識しながら解釋を行った王安石にとって、詩經の詩のイメージとは、例えば、王粲の「七哀詩」、杜甫の「石壕別」、梅堯臣の「田家語」におけるそれに近いものであったのではないだろうか。すなわち、中原の戰亂の中で餓えのために子供を捨てる母親を横目で見やりながら、「馬を驅って之を棄てて去る、此の言を聽くに忍びず」とその場面を後に棄てて去る作者、自分の身代わりとなって老妻が徵發されたあと家の中でひそかにむせび泣く老人の聲を聽きながら「天明前途に登らんとして、獨り老翁と別る」る作者、農民の苦しみを見やりながら、なすすべもない自分を恥じ「我聞きて　誠に慙《は》ずる所あり、徒爾《とじ》として君祿《くんろく》を叨《むさぼ》る。却って歸去來を詠じ、薪を刈りて深谷に向《お》らん」と言う作者、これらの詩には、作者が見聞した出來事を描きながら、それが作者一身に收斂していく趣がある。王安石が考える詩經の詩のイメージもそれに近く、詩の中心に詩人の目が確固として存在し、讀者も詩人が詩を發想し想像していく有様を追體驗しながら詩を讀んでいくことになる――『新義』によって解釋された詩は、そのような洗練された構造をもったものとして我々の目に映る。

5　思古詩の構造

このような、詩人の立脚點を重んじた解釋をする王安石の態度をよく反映していると考えられるものに、思古傷今――古の治まった御代の有様を思うことによって亂れた當世を嘆き悲しむ――の一連の詩がある。これらの詩は、詩序に

「瞻彼洛矣」は、幽王を刺った詩である。いにしえの明哲な王が諸侯を正しく敘爵・任命し善を賞し悪を罰することができたことを思うのである（瞻彼洛矣、刺幽王也。思古明王能爵命諸侯賞善罰惡焉）（小雅「瞻彼洛矣」序）

「楚茨」は、幽王を刺った詩である。政令は煩雜で稅は重く、田畑は荒れ果て、飢饉と悪疫が發生し、民はみな流亡し、祭祀は行われない。だから君子が古を思うのである（楚茨、刺幽王也。政煩賦重、田萊多荒、饑饉降喪、民卒流亡、祭祀不饗、故君子思古焉）（小雅「楚茨」序）

「信南山」は、幽王を刺った詩である。成王の功業を受け繼いで、天下をしっかりと治め、禹王の功績を奉ずることができない。だから君子は禹王の功績を思うのである（信南山、刺幽王也。不能脩成王之業、疆理天下、以奉

禹功。故君子思古焉）（小雅「信南山」序）

というように、「思古」と書かれており、そのため解釋の方向性も自ずと決定されているのだが、これらの詩の構造をどう捉えるかについて、傳箋正義と『新義』との閒には相違がある。

小雅「瞻彼洛矣」の首章初二句は次の通りである。

瞻彼洛矣　彼の洛を瞻《み》れば
維水泱泱　維《こ》れ水　泱泱《あうあう》たり

［傳］興である。洛水は宗周にある灌漑用の川である。「泱泱」は、深く廣い様である（興也。洛宗周漑浸水也。泱泱深廣貌）

［箋］私が彼の洛水を見ると、適切な時期に灌漑が行われ、その恵みで地を潤し、穀物を實らせる。興とは、いにしえの明王の恩澤が天下に行われ、敍爵・任命・褒賞・恩賜によって賢臣を賢臣たらしむることを喩えている（我視彼洛水、灌漑以時、其澤浸潤、以成嘉穀。興者喩古明王恩澤加於天下、爵命賞賜以成賢者）

毛傳・鄭箋はこの二句は興であり、洛水が田畑を潤す様によって古の王の恩澤が天下に滿ち渡ることを比喩していると解釋する。つまり傳箋に據れば、この詩は初句から古の明王の世を追想し贊美する詩句となる。今を刺る（幽王を刺る）氣持ちは、言外に込められていると考えるのである。これに對し『新義』は次のように言う。

「彼の洛水を瞻」て古の賢明な王を思う、古の明王ゆかりの地を見てもそこにその人はいないのである（瞻彼洛水而思古之明王、見其地而不見其人也）（二〇一頁）

初二句は詩人の見た實景であり、詩人が古の王ゆかりの地に立ちその風景を目の前にして明王の不在を實感し現在の亂世を憂う思いを募らせ、その感慨によって古代贊美の詩を詠い始める、という構造を王安石は讀みとるのである。つまり、ここには詩人が確固として存在し、讀者は彼が風景に觸發されて詩を詠うという、創作に至る心理の動きを詩を通して追體驗することになるのである。實景によって思いを起こし想像の古の世界を歌うという構造であり、詩人の視點・創作に至る心理的過程を重視した解釋ということができる。

もちろん、本詩には「彼の洛を瞻《み》れば……」と作者の視線があからさまに詠われており、そのために鄭箋の中にも「我　彼の洛水を視るに……」と詩人の視點が言及されている。しかし、これによってかえって鄭玄と王安石の解釋の志向性の相違が浮き彫りになる。鄭箋が詩人の視線を意識するのはあくまでも上記詩句に對する解釋部分においてのみであり、その後は洛水の惠みが王の恩澤と類比關係にあることを説明するのに筆が費やされている。したがって詩人が洛水を實見しているかいないかは、鄭玄の解釋では詩の主內容にほとんど關わりがないことになっている。實景ではあるがあくまで單純な修辭的な比喩としてのみ機能しているのであり、王安石の解釋のように、詩の構成を決定づける要素とはなっていない。これは、鄭玄の詩解釋において詩人の視點が重視されていなかったことを表している。

このように、思古詩の中に、現在の情況・および詩人の創作の現場についての詩句を讀みとるのは、王安石の詩解釋の特徵である。小雅「楚茨」の首章は、以下の通りである。

楚楚者茨　　楚楚たるものは茨
言抽其棘　　言　其の棘を抽く
［箋］イバラやカラタチを切り拂うというのは、古の人はどうして苦勞をしてこの農作業をしたのであろう

か（伐除蒺蔾與棘、自古之人何乃勤苦爲此事乎）

鄭箋は、この二句は古の明王の御代、民が苦勞してイバラやカラタチを拔いて耕地を開墾したことを詠うと解釋する。やはり初句から古の有様を贊美しており、詩人の「傷今」の思いは言外に込められているということになる。それに對して『新義』は、この二句が詩人が目にしている今のありさまを詠ったものだと解する。

上の二句は、今のありさまを悲しんだものである。「楚楚者」というのは、茨が生い茂ったことを言うのである（上二句、傷今也。言楚楚者茨、則茨生衆也）

いま茨が生えている所は、昔は私が穀物を植えたところである（今棘茨之所生、乃自昔我蓺黍稷之地）（一九三頁）

彼の解釋に據れば、この詩は、詩人が今の荒れ果てた田畑を前にして悲しみ、そこから古の明王の御代の農作業の盛んな有様を思いあこがれるという構成になる。「瞻彼洛矣」に同様に、讀者は詩人の詩の生まれる現場に立ち會うことになるのである。

王安石のこの解釋に對しては、南宋の李樗による批判がある。

王安石の解釋に據れば、この詩は今を嘆き悲しんで作られたものであるという。しかし、この「楚茨」を見ると、全篇古人を思慕する氣持ちばかりであって、「信南山」「甫田」「大田」と同様の詩である。これらは全篇すべて古人を思う詩であり、一句として幽王を諷刺した言葉はない。この「楚茨」もまたそうである（王氏之意、以爲傷今而作、然觀楚茨一篇、乃是思古人之意、如信南山、甫田、大田、全篇盡是思古人之詩、全無一句及於刺幽王、楚茨之詩亦然也）（『李黄解』巻二七、小雅「楚茨」）

李樗の解釋は、傳箋正義と同じである。この批判を見ても、王安石の詩構造の解釋がいかに特殊なものであったかがわかる。

小雅「信南山」の初二句、

信彼南山　信《まこと》なり　彼の南山

維禹甸之　維《こ》れ禹　甸《おさ》むるとは(30)

について、『新義』は、

「信なり彼の」と言うのは、それによって幽王の時代に王者の治世が衰えてしまったことを言い表しているのである。政治の得失の有様に明らかでない者が、先王の事跡についての言い傳えを聞いても、それはそんなはずがないと疑っているのでこう言うのである（言信彼者、以見幽王之時王政衰矣、不明乎得失之迹(31)者、聞有道先王之事、則疑其不能如彼故也）

と、詩人が「信彼」という歌い出しをしたことの意味にこだわる(32)。そして、それが衰世に生き理想を持てなくなってしまった人々——古の理想の世についての傳承に疑いを懷いている人々——に向けて言った言葉であると說明する。詩人が特定の聽衆（讀者）に向けて詠われたものであり、詩人の作詩の場が言外に暗示されていると考えるのである。ここにもやはり、詩人が現實の中に身を置きながら、古を詠うという構造を讀みとることができる。單なる古代贊美ではなく、衰世の現實の中に生きる人閒の懷疑というフィルタを通して古代を見るという屈折した視點を持ったものとして解釋している。

このように、比喩の意味が込められているか、直敍であるかに關わらず、『新義』の思古詩解釋には、詩を創作する時點での詩人の立脚點と彼が詩を發想するに至る心理的過程を讀みとるという特徴が認められ、詩人が生きる現在とそこから見た古との落差が強く意識された解釋になっている。

6　詩篇の作者について

以上、『新義』の中に見られる王安石の詩經解釋の態度と方法論を考察してきた。考察の結果、彼が傳箋正義に比べて詩の構造を強く意識した解釋を行っていることが明らかになった。王安石にとって、詩篇は複雑で重層的な構造を持ち、散文的な説得力を強く持ったものであった。王安石の解釋態度は、次のようにまとめることができよう。すなわち、「詩とは、特定の作者が特定の状況のもとにある明確な主旨、主張を表現するために作られたものである」ということである。

このように王安石の詩の解釋には、詩人の存在が強く意識されている。これは、詩經に對する一般的なイメージ、自然發生的な民謠であり、民の素朴な思いを飾らぬ言葉で詠ったもの、というイメージとはかけ離れている。歐陽脩によって、詩人とはどのように捉えられていたのであろうか。

詩經大序の「國史明乎得失之跡……」に對して、『新義』は次のように注する。

世に、詩の作られた意味を説明したのは〔詩序を作ったのは〕子夏だと言い傳えられている。詩序の文章を見ると、秦漢以來の學者は、それを書くだけの力量はないであろう。しかし、子夏の作だというのも、私はひそかにこれを疑っている。詩には、古くは周の文王、殷の高宗、成湯のことを詠ったものがある。……詩が作られた時にあたってもし後世の人々に示すべくその詩が作られた主旨を表す言葉〔詩序〕が附されていたのでなかったら、孔子といえどもそれを知る手だてはなかったはずである。ましてや子夏はなおさらである（世傳以爲言其義者子夏也。觀其文辭、自秦漢以來諸儒、蓋莫能與於此。然傳以爲子夏、臣竊疑之。詩上及於文王、高宗、成湯。……方其作時、無義以示後世、則雖孔子亦不可得而知、況於子夏乎）（五頁）

「其の作りし時に方《あた》りて義無くんば……」と言うのは、詩序は詩の作者自身が附したものという認識を示したものと考えられる。[33] それでは、詩序を著したのはどのような人物であろうか。『臨川先生文集』巻七二「韓求仁に答うるの書（答韓求仁書）」に、

詩序を著したのがどのような人物であるかはわからない[34]が、しかしながら、先王の模範とすべき言葉に通曉した人閒でなければ著すことはできない。だから詩序の言葉は簡潔かつ明快、思うがままに筆を走らせながらかつ深淵であるので、じっくりと味わい考えるべきである。詩序には誤りはあるはずがないのである（蓋序詩者不知何人、然非達先王之法言者、不能爲也。故其言約而明、肆而深、要當精思而熟講之爾。不當有失也[35]）

とあり、詩序の作者が高い道徳と教養の持ち主であるという考え方が示されている。すなわち、詩の作者もまた、高い道徳と教養を具えたものと言うことになろう。さらに、先に引用した『新義』の逸文に續き、次のような注目すべき逸文が現れる。

詩序は國史が撰述したものである（詩序是國史撰作）（五頁）

この發言に關し、程元敏氏は、右の引用との閒に矛盾を感じて、「前條では、王安石は『詩序は詩人の自作である』と言い、この上では『國史の作である』と言う。私が思うに、王安石が詩人の自作だというのは、詩序の初一句「〜

也」までであり、それ以下は國史が時の政治の得失を明らかにするために作ったものであろう（前條、安石意謂詩序乃詩人自作、此條則謂國史作。余謂安石蓋謂詩人所作止於也字以上、其餘則國史爲明乎得失之跡而作）」と説明する。[36]しかし、詩序の初一句とそれ以下の部分とで作者が違うという考え方を示したのは蘇轍と程頤であり、[37]王安石にはそのような發言はない。また、王安石がそのように考えていたと推定できる根據も『新義』の注の中に見出すことができない。したがって、この二つの逸文を字義通り受け取ってしかも矛盾を生じさせないような解釋を考えるべきである。それはすなわち、王安石は「詩は國史の作である」と考えていた、という解釋である。

王安石がこのように考えていたことがわかる例として、前節で引用した小雅「信南山」を擧げよう。「君子　古を思う」という序を持つこの詩を、「新義」は「得失の迹に明らかならざる者」に向けて詠われたと解釋していた。とすれば、この詩を作ったのは「得失の迹に明らかなる者」ということになるが、この言葉は毛詩大序の「國史　得失の迹に明らかにして……以て其の上を風す」から出たものなので、この詩の作者は「國史」であるということになる。詩序に言う古を思う「君子」とは「國史」のことであると、王安石が考えていたことになる。

もちろん詩の作者が國史であるという考え方は、右の毛詩大序の說に據るものであり、王安石の獨創ではない。『正義』も大序の「國史明乎得失之迹……」を敷衍して、

國の史官は、みな博覽强記の人々なので、君主の得失善惡の事跡に通曉していて、禮儀が廢れれば人倫が亂れ、政教が失われれば法令が殘酷なものになるのである。國史は人倫が廢れ、刑政が酷薄なものになったことを嘆き悲しみ、嘆き悲しみの心が内に鬱積したので、そこで自分の心を詩に詠い上を風刺し、彼らが惡事を改めて善につくことを願った。これが變風變雅の作られたゆえんである（言國之史官皆博聞强識之士、明曉於人君得失善惡之迹、禮義廢則人倫亂、政教失則法令酷。國史傷此人倫之廢棄、哀此刑政之苛虐、哀傷之志鬱積於内、乃吟詠己之情性以風刺其上、

覬其改惡爲善、所以作變詩也）

と言い、天子や諸侯の史官が變風の作者であるという說を立てている。しかし『正義』においては、說が搖らぐ傾向を看取することができる。「史」とは何かという問題をめぐっては鄭玄が張逸に答えた、

かりに文章を制作することができるものは、また「史」と言ってよいのであり、「史官」という官職に就いている必要はないのである。史官自ら詩を作るということももちろんあったろうが、すべてが史官が作ったものと考える必要はないのである（苟能制作文章、亦可謂之爲史、不必要作史官……史官自有作詩者矣、不盡是史官爲之也）

を引き、文章を制作できる知識人であれば、みな「史」と言ってよく、詩の作者となることができると言う。「信南山」の作者についても小序に從って「君子」とするのみで、王安石のように毛詩大序と關連づけて「國史」と說明してはいない。またさらに、

凡そ臣民であればみな諷刺することができるので、必ずしも國史が作ったと限定する必要はない（凡是臣民皆得風刺不必要其國史所爲）

と、風刺できる臣民ならばみな詩の作者たり得ると言う。したがって、『正義』では、國史が詩の作者であるという說を立ててはいるが、個別の作者を考えるときには、限りなく條件が緩やかになっていく傾向がある。

王安石に國史は詩の作者であるという考えがあったとしても、それが彼の詩經解釋全體でどれほどの一貫性を持った認識であったのか、現存の『新義』からは充分に確認することはできない。詩すべてを國史の作として考えるのか、かりにそうだとして彼の言う「國史」の意味內容がどのようなものであったのかは不明である。しかし、前章までに

検討したように、詩を複雑な構成と一貫した主張を持ったものとする解釋から考えれば、彼にとって詩經の詩は、我々が素樸にイメージする民謠のような自然發生的なものとしては捉えられていない。したがって彼が想定する作者の範圍は、『正義』のように「凡そ臣民であれば皆」というようには無限定に擴散していかない。彼にとって詩の作者は、高い言語運用能力・表現能力を持った知識人階級が擬せられていたと考えられる。「國史」は、その代表と考えられているのではなかろうか。

詩の作者の問題は、詩が誰に向かって詠われたか・何のために詠われたかについての認識を考察することによっていっそう明らかになる。大序「是以一國之事、繫一人之本。謂之風」をめぐる『正義』と王安石の説の違いを取り上げよう。ここに見える「一人」という言葉の意味するところについては、『正義』と王安石では説を異にする。『正義』は、「一人」とは、詩の作者のことだと言う。

「一人」というのは、詩の作者のことである。詩の作者は、自分一人の心を詠い、言っていることはおのれ一人のことである。それが、一國の心になるというのは、詩人は國全體の思いを見てそれをおのれの心にするからで、だから國全體に關わる事態がこの詩人一人に繫がれて表現されるのである（一人者作詩之人。其作詩者、道己一人之心耳。要所言一人心。乃是一國之心、詩人覽一國之意以爲己心、故一國之事繫此一人使言之也）

一人が稱贊すれば、それは國全體が稱贊していることになり、一人が風刺すれば天下みな風刺していることになる（一人美則一國皆美之、一人刺則天下皆刺之）

『正義』の説に據れば、詩人はあくまで個人の感慨を詠っているのであり、明確な意圖を持って誰かに對して何かを主張するために詩を作ったわけではない。だが、そこに詠われた個人的感慨が自然に國全體の人々の思いと合致するので、結果的に詩人が民の聲の代表となる。したがって詩經の詩は、道德的・政治的な意圖を持った作爲的なものではなく、詩人も沒個性的な、民衆の一人であってかまわない。それでは、そのような平凡な人間の手になる創作意圖の希薄な詩の集積である詩經がいったいなぜ風教に資する、きわめて道德的なテキストになるのであろうか。『正義』に據れば、それは詩經が國史による取捨選擇と編集作業を經て成立したものだからである。

必ずその言が當世の心と符節し一國の思いと合致して、はじめて風雅となり樂章に載せられるのであり、そうでなければ、國史がその文を記錄したりしないのである（必是言當擧世之心動合一國之意然後得爲風雅載在樂章不然則國史不錄其文也(38)）

つまり、詩に政治的・道德的な價値を付與するのは編集者であって作者個人ではない、詩人はあくまで個人的感慨を詠う平凡な民衆でかまわないというのが『正義』の立場であるということを、この「一人」に關する經說から讀みとることができる。

王安石の「一人」の解釋は、『正義』とはベクトルが逆である。

風は本來、君主一人の身みずからの行動より發し、それが下々に及んで國全體の事態につながるのである（風之本出於人君一人之躬行、而其末見於一國之事）（六頁）

王安石は、『正義』と異なり「一人」を君主のこととととる。國のすべての事態は君主の行動から引き起こされるものであり、逆から言えば、大小問わず何を題材にしようと、國の出來事を論ずれば、それはすなわち君主の行動に對する論評になると考える。『正義』の「一人」解釋が、創作主體の無意識性を主張するものであるのに對して、王安石の「一人」解釋は、詩作の對象を一極集中させ、詩作の意義を固定化するものである。この考え方に立てば、すべての詩はその創作時點で君主に對する政治的あるいは道德的な論評たることを宿命づけられているものであり、『正義』のように國史の取捨選擇と編集作業を待ってはじめて政治性・道德性が付與されるのではない。このように王安石の詩經觀は、詩の中に特定の對象に向けられた明確な主張を讀みとろうとする傾向があり、ここから詩人の創作意圖が解釋者の重要な關心事になることは自然の流れであろう。鄘風「干旄」の『新義』にも、このような考え方が表れている。

邶風「柏舟」の仁者は、羣れなす小人どもの怒りを受け、憂いに遭い侮りを受けるまでになったのは、主君である頃公が至らないせいである。であればこの詩で詠われている文公の臣下がかくも優れているのは、これもやはり文公が優れているためなのである。だから、「一國の事一人の本に繫く、之を風と謂ふ」というのである（柏舟之仁人、見慍於羣小、以至於覯閔受侮者、以頃公故也。然則文公之臣子好善如此、亦以文公故也、故曰一國之事一人之本、謂之風）（五〇頁）

詩が表面的に詠っているのは臣下のことだが、詩人の意識が眞に向けられているのは君主に對してであるという考え方であり、詩のメッセージ性を重視した解釋であることがわかる。

作詩の政治的な動機についての『正義』と『新義』の考え方の違いは小雅「采綠」の序、

「采綠」の詩は、〔夫が行役に行き歸還の時期が過ぎて久しいのに歸ってこないため〕夫と離れて暮らすことを怨んでいるのを刺った詩である。幽王の時、夫と離れて暮らすのを怨む者が多かった（采綠、刺怨曠也。幽王之時多怨曠者也）

に對する兩者の注釋を見るといっそう明らかになる。『正義』は、婦人が夫と長い閒別れて暮らすこと自體は王の政治に關わることではないが、これを小雅に收錄したのは、夫と離れて暮らすのを怨んでいるのは夫が行役から歸るはずの時期が過ぎている〔のに歸ってこない〕からで、これは王の失政であるので、そこでこれを收錄して王を風刺したのである（婦人之怨曠非王政、而錄之於雅者、以怨曠者爲行役過時、是王政之失、故錄之以刺王也）

と言い、詩自體は政治を批判したものではなく個人的感慨を詠ったに過ぎず、編者がある政治的な意圖のもとにこの詩を記錄保存したことではじめてこの詩に政治的な意味が生まれたと考えている。それに對して『新義』は、

明らかで盛んな世には、外には妻から離れて暮らす夫はなく內には夫と離れて暮らすことを怨む女もいない。ところが今幽王の世はこれに反しているので、そこで「采綠」の詩を賦してこれを風刺したのである（明盛之朝、外無曠夫、內無怨女。今幽王之世反此、故賦采綠之詩以刺焉）（二一三頁）

と言い、作詩者の動機自體が政治批判にあるという解釋をしている。[39] ここからも、詩は政治的目的のために作られた、きわめて意圖的な創作物だと王安石が考えていたことがわかる。また、正義はこの詩の作者は夫と別れて暮らす婦人であると考えているのに對して、王安石は、作者は婦人の口吻に假託しているのだと考えている。

前章までに見てきた、複雜で重層的な構造を持ったものとして詩を解釋する彼の方法論は、彼のこのような詩經觀から考えると、きわめて自然に理解できる。すなわち王安石には、詩は高い道德と教養を持った知識人が、その政治的な目的を遂行するために、入念に作った創作物だという認識があったと考えられるのである。このように考えると王安石にとって詩經の詩とは、彼自身もその傑出した作者の一人であった、文人詩ときわめて性格が近いものであったことがわかる。

7　王安石の解釋理念と方法論の歴史的位置

これまで見てきた王安石の詩經解釋理念と方法論は、宋代詩經學の中でいかなる位置を占めるものなのであろうか。この問題を包括的に論じる用意は、現在のところ筆者にはない。ここでは、比喩・興に關する問題を糸口に、宋代詩經學の開拓者である歐陽脩と、宋代詩經學の集大成者である朱熹との二人をメルクマールとして王安石と對照させ、大まかな見取り圖を描いてみたい。

歐陽脩と王安石の詩經學には、様々な相違點がある。最も顯著な違いとしては、詩序に對する態度が擧げられる。歐陽脩は、子夏が孔子から學んだ所に從って詩序を著したというのは虛構であると考え、詩序の權威を否定し、自らの詩經觀と方法論とを用いて詩の本義を探っていった。詩序が作詩者自身の手になるものだと考えて篤く尊崇し、詩經解釋の出發點を詩序に置く王安石の研究態度とは對極に位置する。

また歐陽脩にとって、詩經の詩が人間を教化する道德的な存在であることの根據は、詩經が孔子の編纂になるという一事にある。孔子が當時世に存していた詩三千篇の中から、風教の目的にかなう三百篇を嚴選し、ある場合にはもともとの詩篇を道德にかなったものとするために手ずから改變しすらしたと歐陽脩は主張する。このような孔子の删定改變を經ているからこそ詩經は經典たり得ているのであって、詩人がみな高い教養と道德を身につけた人物ばかりである必要もないし、詩が作られた時點において道德的に優れたものばかりであったとも限らない。これは、王安石の詩および詩序の作者についての考え方と對照的である(40)。

何より「經義は固より常に簡直明白」（『詩本義』卷三、鄘風「相鼠」論）なものと信じて詩經を解釋する歐陽脩と、詩經は複雜な構成と高尚な主張を持ったものだと考える王安石とは、互いに相反する理念を持っていると言えよう。

このように王安石とは様々な面で異なる歐陽脩であるが、比喩についての認識は王安石と興味深い相似點がある。歐陽脩は王安石のように、「賦」「比」「興」について明確な定義を殘していない。それだけではなく、「比」と「興」を別の修辭法として扱う視點は王安石にまして乏しい。彼はむしろ考察の視點を詩經における比喩一般に廣げて考察し、以下のような原理を見出す。

一、比喩は詩全體の內容とふさわしい事物が用いられる。
二、詩人が比喩として事物を用いる場合には、その一端に視點を合わせる。
三、比喩は詩人が實見し、そこから詩を發想したものである。

そして、彼はこれらの原理を詩解釋に應用し、傳箋正義の解釋を批判する。(41) 比喩と詩全體との對應關係を問題にする視點・詩人が比喩に用いた事物を實見していると考える視點で、王安石の認識に符合する。

次に、比喩に關する朱熹の學說を、莫礪鋒氏(42)と檀作文氏(43)の分析に基づいて概觀しよう。莫氏は、「興について言えば、曖昧であるというところが朱熹の定義の優れた點である（對於興而言，鶻突正是朱熹定義的優點）」と言う。詩經の興が樣々な概念を內包した多義的なものであることを朱熹が認識していたことを高く評價するのである。氏の分析に據れば興は、

①比喩（包含有比喩關係的興體）
②言わんとすることと對立する意味を持つものを比喩的に使うもの（包含有反比關係的興體）
③論理的な關係ではなく、詩人が目にした事物で歌い起こしたもの（不包含邏輯關係、只是借眼前物事說將起的興體）
④論理的な關係でも、詩人が目にしたものでもなく、音韻的に近い言葉を使ったもの（不包含邏輯關係、也不是借眼

前物事説將起的興體、聲韻之相近）

⑤句型が似ているもの（句法上有類似之處）

など、多樣な修辭技法が含まれた多義的な概念である。そのことに朱熹以前の學者は氣づかず、興の機能をきわめて限定的に捉え、比喩としてのみ理解しようとしたため、牽强附會な解釋に陷った。一方、朱熹は興の多義性を認識したことで、興を合理的に解釋することができた、と指摘する。[44]

朱熹がこのような認識に到達したのは、興句を傳箋正義より廣い視點から解釋したためだと考えられる。このことは檀氏の分析に詳しい。――傳箋正義においては、「興」とは興句それ自體で閉じた存在であった。興の比喩の機能は、興句自體がその興義（比喩の意味）を包含していると考えられていた。故に傳箋正義は、興句を解釋するときそれ自體が包含している興義を探り當てることに視點を集中し、興句とその他の詩句との關わりには關心を拂わなかった。それに對して朱熹の理解では、「興」とは、興句とその下の句との關係の中に立ち現れるものであり、興句それ自體の中に比喩の意味が閉じこめられて存在しているのではない。[45]――氏は、興に對する傳箋正義と朱熹の考え方の最も大きな差異をこのように説明する。

兩氏に據れば、朱熹の「興」に關する功績はさらに、ある句が「賦」「比」「興」のいずれか一つに屬するのではなく、「賦であり興」「比であり興」「賦であり比」「賦であり比であり興」というように、重なる場合があることを發見したことである、と言う。[46]これも興句を他の詩句との關係性において考えることから生まれてきた發想と言える。

歐陽脩・王安石・朱熹の説を比較すると、比喩から興へと視點が集中し、また興の機能がより明確になっていくというように、認識が精密化していく樣が讀みとれるが、またそこに三人の説に共通點が存在することに氣づく。それは、比喩句（興句）をそれだけ取り出して論じるのではなく、一篇の詩を一つの有機的な統合體として考え、比喩句

（興句）をその關係性の中で把握するということである。彼らはそうすることによって、傳箋正義が興句を詩の内容と切り離して解釋したために牽强附會の解釋に陷ってしまった弊害を乘り越えようとした。つまり彼らは、詩の要素をバラバラに解釋してそれを組み合わせても、一篇の詩の全的な理解につながらないという考える點で共通している。

そうした視點の源になっているのは、詩がいかにして作られたかという問題意識であろう。それは、作者が比喩に用いる事物を實見しているということにこだわる歐陽脩と王安石の態度に端的に現れている。一篇の詩を作った作者、それが作られた情況、それらを總合的に理解することによって、はじめて詩の創作意圖がわかるという認識が、三人の學者に共通して窺われる。それは、創作主體への强い關心を持った研究であり、創作過程を追體驗しようという志向を持った研究ということができる。

周裕鍇氏は、「意を以て志を逆《むか》ふ」（『孟子』「萬章上」）を「『詩』を說く者は、文を以て辭を害せず、辭を以て志を害せず」（同右）と竝ぶ宋代の解釋學の理念として注目する。氏に據れば、中國の古典解釋學のテーゼとされた「意を以て志を逆《むか》ふ」という孟子の言葉を、宋人は「己の意を以て詩人の志を逆《むか》ふ」（趙岐注）という意味で捉え、「讀者が自分の心理的な經驗を根據として推測し、忖度する」という「同情による理解」という方法によって讀者ははじめて詩人の思想（志）を感得することができる、と考えた(47)。氏は、この考え方の典型例として蘇軾の詩經に關する發言を擧げて次のように說明する。

> 蘇軾は詩經を研究し、「興」と「比」という二つの創作方法の違いを發見した。「比」はたしかに、詩人が意識的に事物をもって意味を表現したものであるが、「興」は無意識的に偶然に、事物に觸れて想いを起こしたものである。……したがって、「興」を解釋する際には、讀者が己の意によって推測するしかなく、文辭を通して分析することはできないのである(48)。

ここに現れた蘇軾の興についての認識と解釋の方法論は、歐陽脩・王安石・朱熹の詩經研究の共通點を考える時、非常に示唆的である。彼らの詩經研究も、注釋者自身が詩人の詩の創作の場を追體驗するという「同情による理解」を志向しており、「意を以て志を逆える」方法を體現したものであると言うことができるのではないだろうか。以上のように見ていくと、歐陽脩により始まり、朱熹により集大成された宋代詩經學の發展の中で、王安石の詩經學も確かな位置を占めていることがわかる。

このような追體驗を追求する詩經學が成立した大きな要素として、歐陽脩・王安石・朱熹いずれもが詩人であり、實作者としての經驗が詩經研究においても反映された、ということが考えられよう。一篇の詩を、要素ごとに解體して論じる傳箋正義の方法を否定し、あくまで有機的統合體として全的に解釋するという態度は、自ら詩を作り續けた體驗が基盤になっているのではないだろうか。つまり、傳箋正義と宋代の詩經學、とりわけ文學者による詩經學、とを決定的に隔てるものは、前者が詩人でなく後者が詩人であったことにあると思われる。

これを王安石に卽して言えば、王安石の詩經研究の批判者が常に言う「牽強附會」という批判は、言い換えれば、王安石が詩經の詩に過剰な意味を認めてしまったということを指している。これは、彼が自分が作る詩に込める意味の大きさを、そのまま詩經の詩にも當てはめてしまったことに起因すると言うことができるのではないだろうか。先に指摘した、彼にとっての詩經の詩のイメージが後世の文人詩に近いものであったと考えられるというのはこのことを表しているのではないだろうか。とすれば、彼のこの「缺點」すらも、宋代の解釋學の一つの反映であると考えられる。

宋人は、「人情」という基準で經說の正しさを判斷することが、しばしばある。歐陽脩の『詩本義』がその代表であることは、周知の事實である。この「人情」說が主張するのは、古人も自分たちと同じ價値觀・常識を持ち同じ道德律で行動している、つまり「人情」は不變である、ということである。したがって「人情」說に立った解釋とは、煎じ詰めれば、注釋者自身の價値觀・常識・道德律をもって古典を研究すれば本義に達し得るという考え方に基づくものである。これは周氏の指摘する宋人の「同情による理解」の根底をなす認識である。ところで、王安石の詩經研究が、詩人としての自己の價値觀・美意識を基準にして詩經の詩に適用したものとすれば、古人も自分たちも詩作の態度は同じという考え方があったということになり、これもまた「人情」說の一つの展開と考えることができる。王安石の『新義』については、「人情」からはずれているとしてしばしば批判されたが[49]、このような觀點からすれば、人情に遠いと批判された王安石の詩經學も廣い意味での人情說に含まれる。この點からも、彼の詩經學は歐陽脩以來の詩經學の流れの中にいると考えることができる。

もちろん、歐陽脩――王安石――朱子の閒に、一續きの學問的繼承關係があるわけではない。詩序を尊崇するということ、またそこから發する詩人の性格に對する認識という一點だけを見ても、王安石と歐陽脩・朱子の閒には越えがたい溝がある。しかしむしろ、だからこそ歐陽脩――王安石――朱子の閒で、上に見たような共通項があるということは、宋代の詩經學が個別の學的認識の相違を越えて、無意識に一つのところを目指していたということを表している。

8　今後の課題

以上、王安石『新義』に見える解釋理念と方法論を探り、それを宋代の詩經學に位置づけられる試みを行った。最後に、いくつか檢討しなければならない課題を列擧し備忘としたい。

王安石の詩經學は、一言で言えば抒情よりも敍事を重んじた解釋と言えよう。これは、宋詩の理念に相通ずるのではないだろうか。つまり、王安石は自身の詩の理念に基づいて詩經解釋の方法を確立していったということが言えるのではないだろうか。彼の詩經研究の理念が彼の文學觀とどのような關係を持っているかは、さらに深く考察を行う必要がある。

本章では、六義のうち「賦」「比」「興」という修辭方法に着目し、そこから彼の詩經觀を探っていった。ところで、彼が「風」「雅」「頌」という詩體による內容の差異をどのように認識していたかについては、本章の檢討對象としなかったが、これは當然考察しなければならない問題である。本章では、王安石が「詩人」の存在を強く意識した詩經解釋を行ったと結論したが、彼が、「風」「雅」「頌」の成立事情や性格が異なると考えていたとすれば、當然詩體閒において、「詩人」の性格にも差異を認めていたことが考えられる。本章の推論をより發展させるために今後檢討していきたい。

王安石の詩解釋の目指すところが、傳箋正義とは大きく異なっていたことは本章で考察したとおりであるが、その上でなお、4―③で檢討した「卷耳」と「采綠」の興解釋に見られるように、王安石と鄭玄とは見逃すことのできない相似點がある。また、兩者には根本的な態度として過剩な解釋に對する執着がある。禮制との一致を志向した解釋というのはその一つの現れである。樣々な側面から考えてみたい問題である。

宋代の詩經學の達成が、詩を要素ごとに解體するのではなく有機的統合體として全的に解釋したところにあったとすれば、これが後代の詩經學に對してどのような影響を及ぼしたのかも考える必要があろう。とりわけ、宋明の學の空疎さを批判し、漢の學問に立ち返ることを標榜した淸朝考證學にあって、宋代の詩經學の解釋理念がどのような影響を與えたか、あるいは與えなかったかは興味深い問題である。これについても、他日を期したい。

注

（1）　程元敏氏「三經新義修撰通考」（『三經新義輯考彙評（一）――尙書』所載）に據れば、煕寧八年（一〇七五）六月に皇

帝に呈上し、國子館に送って版刻せしめた。元豐三年（一〇八〇）に字句の改正を行いふたたび刊刻せしめた。『詩經新義』は王安石が門人の陸佃・沈季長に命じて著させたものをもとにして、熙寧六年、神宗の命で經義局が開設されると、息子の王雱・呂惠卿・呂升卿などを中心とした經義局のメンバーが實際の撰述にあたってなったものである。しかし、その修撰の全過程を通じて王安石が目を通し、彼の考えに基づいて修改されている。その經說は、王安石の考えに基づいたものであり、先學も『新義』を王安石の詩經學が具現化された著述として扱っている。本書でも、こうした態度を受け繼ぎ、『新義』を王安石の著述に準ずるものとして考え、そこに展開されている經說を王安石のものとして扱う。また、「三經新義」「詩經新義」という書名についても、程氏著書を踏襲した。

（2）『三經新義』が、宋一代の儒學、特に科場に及ぼした影響とその經過については、程元敏氏「三經新義修撰通考」「三經新義與字說科場顯微錄」（『三經新義輯考彙評（一）尚書』所載）に詳しい。

（3）宋代詩文研究會『橄欖』第十二號（二〇〇四）。

（4）宋代における『新義』擁護派と反對派の概要については、戴維『詩經研究史』第六章第一節「北宋『詩經』研究」三「王學與反王學的鬪爭」（湖南教育出版社、二〇〇一、二七七頁）參照。

（5）『新義』の輯本としては、邱漢生輯校『詩義鉤沈』（中華書局、一九八二）と、程元敏『三經新義輯考彙評（二）―詩經』（中華叢書、臺灣・國立編譯館、一九八六）とがある。

（6）本章で參考にした著作として、李祥俊『王安石學術思想研究』（北京師範大學出版社、二〇〇〇）、戴維『詩經研究史』（前揭）、洪湛侯『詩經學史』第三編第二章（中華書局、二〇〇二）などが擧げられる。

（7）『新義』に對する歷代の言論は、前揭程氏の著書に集成されている。

（8）宋代詩經學の詩序認識については、前揭、戴維『詩經研究史』、洪湛侯『詩經學史』などを參照のこと。

（9）この小序については、歐陽脩『詩本義』がイナゴが嫉妬しないなどというのはナンセンスだと批判したこと、第一章參照。歐陽脩の提出した批判に對して、詩序を尊重する王安石がどのように對應したかは明らかではない。したがってこの小序の句讀については、本章は、傳統的な句讀である正義の讀み方によって示した。

（10）『蘇傳』では、三語をそれぞれ「詵詵、衆多也」「薨薨、羣飛聲也」「揖揖、會聚也」と訓じている。なお、『蘇傳』の正確な成立時期は不明であるが、孔凡禮氏に據れば、蘇軾が蘇轍の『詩傳』『春秋傳』『古史』を稱贊した言葉に基づき、この書が紹聖四年（一〇九七）までに成立したと言う（孔凡禮『蘇轍年譜』紹聖四年六月六日の條／學苑出版社、五六二頁）。『新義』發布の後であり、『新義』の影響の大きさを考慮に入れれば、蘇轍が『新義』を見ていた可能性はきわめて高い。

（11）朱熹『詩集傳』では、三語を「詵詵、和集貌」「薨薨、羣飛聲」「揖揖、會聚也」と訓じている。

（12）朱熹『詩集傳』も、

猗猗、始生柔弱而美盛也（首章）
青青、堅剛茂盛之貌（第二章）
簀、棧也。竹之密比似之。則盛之至也（第三章）

と、『新義』と同説である。

（13）滕志賢『詩經引論』第二章、五〇頁（江蘇教育出版社、一九九六）。

（14）毛傳に「洵は均なり（洵均）」と言い、『正義』は「其の性行均直なり（其性行均直）」と解釋する。本文の訓讀はこれに從った。一方、『集傳』に「洵は信なり、直は順なり、侯は美なり（洵信、直順、侯美也）」と言い、「〔羔裘の〕毛、順にして美なり（毛順而美）」と解釋するので、「洵」を强調の副詞としてとっていることがわかる。後に引く『新義』では「洵」に實字として意義を付していないところから考えると、毛傳の訓詁には從わず、むしろ朱熹のように副詞として解釋しているのではないかと思われる。しかし、他に決定的な根據がないので、王安石の說は未詳とし毛傳の訓に從った。

（15）ちなみに『蘇傳』は、本詩第一章は君主を褒め稱えたもの、第二章は、大臣を褒め稱えたもの、第三章は卿大夫を褒め稱えたものと解釋する。また朱熹『詩集傳』は、「侯は美なり（侯美也）」と解釋する。

（16）君臣の二部構成で解釋したものは、他に檜風「匪風」の首章で「匪風發兮」を君主のこと、「匪車偈兮」を臣下のことと解するものなどがある。

（17）第四章第4節參照。

（18）「諸父」「諸舅」「兄弟」の解釋は、學者によって說が異なる。毛傳に「天子謂同姓諸侯、諸侯謂同姓大夫皆曰父。異姓則稱舅」と言い、鄭箋に「兄弟、父之黨、母之黨」と言い、『集傳』は、「諸父、朋友之同姓而尊者也……諸舅、朋友之異姓而尊者也。先諸父而後諸舅者親疎之殺也」「兄弟朋友之同儕者、無遠皆在也。先諸舅而後兄弟者尊卑之等也」と言う。

兩説は、

諸父――範圍限定（親）・貴

諸舅――範圍限定（疎）・貴

兄弟――範圍無限定・卑

という配列を認めたものである。しかし、毛傳も『集傳』ももてなす對象と食事の質との閒に、王安石のような比例關係は認めていない。

『新義』の「諸父」「諸舅」「兄弟」の語義解釋は残っていないが、それらが次第に豪華になっていく食事と比例關係にあるという説明から考えると、毛傳・『集傳』とは違い「諸父」から「兄弟」へ、疎から親という變化を認めていたと考えられる。

(19) ここで、「淇奧」の「綠竹猗猗」の句を「興句」と言うのは毛傳の定義に從ったものであり、『新義』がこれを「興」としたか否かは嚴密には不明である。本章で『新義』の比喩理解を考察する際に、毛傳の「興」認定をどのように扱うかについては、下文參照のこと。

(20) 例えば、宋・唐仲友は、「詩序に本づくを知ると雖も、比興に至りては、穿鑿苛碎たり。學者此に由りて拘牽せられ、小文勝ちて大義隱る（雖知本詩序、至於比興穿鑿苛碎。學者由此拘牽、小文勝而大義隱）」と言う（『九經發題』／程氏引用による。九頁）。また、前揭洪湛侯『詩經學史』では、「『詩經新義』缺點擧例」の一つに「引喩失義之例」という項目を設けて、『新義』の比喩の牽强附會の解釋を列擧している（三二一頁）。

(21) 「興」という言葉が使われている例としては、衞風「碩人」、小雅「車舝《かつ》」、大雅「棫樸」が擧げられる。詳しくは4―③參照。

(22) 檀作文『朱熹詩經學研究』（學苑出版社、二〇〇三）第三章「朱熹對『詩經』文學性的認識（下）――以〈興〉爲中心」は、傳箋正義の「興」の解釋について詳細な分析を加えて、その結論として、毛傳の「興」の解釋は、基本的にAがBを比喩するという構造モデルを採用している。Aは詩文自身の一つの句羣であり、Bはそうではなく毛傳が理解したところの「經義」である（同書一五九頁）。すなわち氏は、傳箋正義は、興句と詩全體の他の要素との關係を重視せず、興句を自己完結したものとして孤立的に捉え解釋する傾向がある、としている。例えば、先に檢討した「淇奧」の傳箋正義の性格は、氏の分析をよく反映したものと考えられる。

(23) ただし、現存の『新義』が集佚書であるということを考慮に入れると、もう一つの考え方も可能である。すなわち、毛傳の「興也」の規定は受け入れたうえで、「興」という技法に單純な比喩以上の機能を見出していた、比喩についての解釋は今失われた部分に述べられていて、今殘っているのは單なる比喩以上の機能を述べた部分である、という考え方である。しかしこれを證明することは不可能であるので、とりあえずは、毛傳の「興」の規定に從わない例として考えておきたい。

(24) 前節で紹介した『新義』の經説においては、傳箋正義が興として捉えている詩句を比喩としてではなく詩の主内容の一部として解釋していたが、本節の考察から考えれば、あるいはこれらにも本來はその他に比喩としての意味も見出していた可能性もあろう。あるいは今失われた部分に比喩としての解釋をしていた可能性がある。

(25) この部分、未詳。

(26) 『正義』が「卷耳」と「采綠」で鄭箋を兩樣に讀みとったのは、二詩の主内容の主人公である女性の身分の違いに據ると考えられる。詩序に據れば、「卷耳」で詠われているのは文王の后妃の大姒であり、天子の后が手ずから菜摘をする情況は考えにくい。一方「采綠」で詠われているのは兵役に出た夫の歸りを空しく待つ妻であり、それほど身分の高くない女性なので手ずから菜摘をすることは大いにあり得る。この點に着目して『正義』は箋が「卷耳」は興、「采綠」は賦として解釋したと讀みとったと考えられる。

(27) 『陶淵明／文心雕龍』（世界古典文學全集、筑摩書房、一九六八、三八五頁）。原文は詹鍈『文心雕龍義證』（上海古籍出版社、下冊一三三一頁）に據った。なお同書がこの問題についての歴代の諸家の評論／論考を集成するのを參照。

(28) 前掲の檀氏所説を參照のこと。

(29) おそらく、これは彼らの詩經研究が斷章取義的な性格を拂拭し得ていないことが原因だと豫想されるが、この點については漢唐の詩經學のさらなる學術史的定位を待って改めて考察したい。

(30) 傳箋正義に據れば、この二句の訓は「信なるかな彼の南山、維れ禹甸《おさ》めたり」であるが（『毛詩抄』を參考にした）、ここでは下文に引用した王安石の説に從って訓讀した。

(31) 『毛詩』大序に「國史明乎得失之迹」と言うのを引用した表現。

（32）傳箋は「信彼」の意味にこだわらない。『正義』（初二句の鄭箋に對する『正義』）は、「言信乎者、文通於下。言禹治南山、成王田之、皆信然矣」と、「信」の字が意味的にかかる範圍を説明するのみで、やはりそれが誰に對して言われた言葉なのかと言うことは問題にしない。

（33）晁公武『郡齋讀書志』卷二、詩類「毛詩故訓傳二十卷」に、「其序……王介甫獨謂詩人所自製。……序若詩人所自製、毛詩猶韓詩也、不應不同若是、況文意繁雜、其出二人手甚明、不知介甫何以言之、殆臆論歟」と王安石を批判しているところから、かえって晁公武も程元敏氏や筆者と同様、王安石が詩序の作者を詩人自身と考えていたと認識していたことがわかる。

（34）ここに見られるように、詩序の作者についての王安石の考え方には搖れがある。例えば、陳風「月出」序の注では、「詩所言者、説美色而已。然序知其不好德者……」と言い、詩の作者と序の作者を別人と考えている。詩序は詩人の作者という認識が必ずしも一貫していたわけではないようである。この點については待考としたい。

（35）卷七二、一葉表（四部叢刊正編）。

（36）『三經新義輯考彙評（二）――詩經』「附註」註一（三一五頁）。

（37）蘇轍の詩序說については、『蘇傳』卷一「關雎序」、「關雎、后妃之德也」注。程頤の詩序說については、第十章注（33）に概略をまとめたのを參照。

（38）ここで國史が詩の記錄者・編集者としての役割をもつと言うのは、先に引用した作者としての國史の役割を與えているのと合わない。ここから考えても、『正義』は、作者としての國史というものを詩經に全面的に適用していないことがわかる。

（39）「賦詩」が、「詩を作った」ではなく「もとあった詩を歌った」という意味であるという可能性もあり得るが、これが「采綠」の詩序についての注である（『呂氏家塾讀詩記』卷二四は「采綠序」の下に掛けてこの『新義』の注を引用している）ことから考えて、作詩の情況を言ったものと考えてよいであろう。

（40）本書第三章第6節。

（41）詳しくは、本書第四章參照。

（42）莫礪鋒『朱熹文學研究』（南京大學學術文庫、南京大學出版社、二〇〇〇）第五章「朱熹的詩經學」。

(43)　檀氏前掲書第三章。
(44)　莫氏前掲書二五〇～二五四頁。
(45)　檀氏前掲書第三章。
(46)　莫氏前掲書二四三頁。檀氏前掲書二一一頁。
(47)　周裕鍇『中國古代闡釋學研究』（上海人民出版社、二〇〇三）第五章「兩宋文人談禪說詩」、二一九頁。
(48)　周氏前掲書、二二三頁。周氏は、『蘇軾文集』卷二「詩論」（五六頁）によって、この文章を蘇軾のものとする。しかし、この文章は、蘇轍『欒城集』「欒城應詔集」卷三「進論五首」（上海古籍出版社、下册一六一三頁）にも見え、蘇轍の作になる可能性もある。
(49)　一例として、黄櫄の批判を擧げよう。

此不知詩之理者也。……竊以爲人民天地鬼神、皆同此心、則同此理。以理求理、夫何遠之有。先王知此理之不遠於人心、人心之所同然、故用之以經夫婦、以無邪之理而正之也。以是推之、則孝敬之所以成、人倫之所以厚、教化之所以美、風俗之所以移、皆此理之所以用也。

（毛詩大序「故正得失、動天地、感鬼神、莫近於詩」についての『新義』注に對する批判）

この人情説による詩解釋の正當性を主張した發言は、裏返せば『新義』が人情に配慮していないことへの非難と考えられる。王安石の詩説は「人心」に基づいた詩經の本質を知らないものだ、という批判はまさしく歐陽脩の詩經學の根本精神をもって王安石を批判したものと言えよう。

附表　『詩經新義』で「漸層法」によって解釋しているもの

（ページ數は程元敏『三經新義輯考彙評（二）――詩經』に據る）

①周南、螽斯（14頁）

螽斯羽、詵詵兮［新義］詵詵言其生之衆
螽斯羽、薨薨兮［新義］薨薨言其飛之衆
螽斯羽、揖揖兮［新義］揖揖言其聚之衆
（［傳］詵詵衆多也。……薨薨、衆多也。……揖揖、會聚也。）

②邶風、日月（33頁）

照臨下土［新義］照臨下土、爲日之與月相繼而生明、以照臨下土。

下土是冒［新義］下土是冒、爲月之明雖有時而蔽虧、不足以臨照、然尚與日中天而冒下土。

出自東方［新義］出自東方、爲月雖不得中天而冒下土、然尚與日代出於東方。

（［序］衞莊姜傷己也。遭周吁之難、傷己不見荅於先君、以至困窮之詩也。）

③鄘風、相鼠（50頁）

［新義］鼠猶有皮毛以成體、人反無儀容以飾其身、曾鼠之不若也。皮以被其外、齒以養其內、體者內外之所以立。

④鄘風、干旄（50頁）

素絲紕之
素絲組之
素絲祝之

［新義］組成而祝之、故初言紕、中言組、終言祝。祝斷也。
（［序］干旄、美好善也。衞文公臣子多好善、賢者樂告以善道也。）

⑤衞風、淇奧（54頁）
瞻彼淇奧、綠竹猗猗
瞻彼淇奧、綠竹青青
瞻彼淇奧、綠竹如簀
［新義］綠竹猗猗者、言其少長未剛之時。青青、爲方剛之時。如簀、爲盛之至。

⑥衞風、有狐（59頁）
心之憂矣、之子無裳
心之憂矣、之子無帶
心之憂矣、之子無服
［新義］無裳則憂其無裳而已、無帶則又憂無服、則所憂者衆矣。

⑦王風、兔爰（63頁）
我生之後、逢此百罹
我生之後、逢此百憂
我生之後、逢此百凶
［新義］凶甚於憂、有甚於罹。
（［評］宋李樗曰、罹、憂也。百憂、百凶亦是百罹之意。……據詩、三章皆是一意、但換其韻耳。）

⑧鄭風、將仲子（68頁）

將仲子兮、無踰我里、無折我樹杞
將仲子兮、無踰我牆、無折我樹桑
將仲子兮、無踰我園、無折我樹檀
［新義］始曰無踰我里、中曰無踰我牆、卒曰無踰我園。以言仲子之言彌峻、而莊公拒之彌固也。始曰無折我樹杞、中曰無折我樹桑、卒曰無折我樹檀。以言莊公不制段於早、而段之彌强也。

⑨齊風、還（77頁）
子之還兮、遭我乎峱之閒兮
子之茂兮、遭我乎峱之道兮
子之昌兮、遭我乎峱之陽兮
［新義］峱之閒、禽獸所在。峱之道、則人所往來、禽獸宜少。以峱之陽、則出於峱閒遠矣、禽獸宜甚少也。

⑩唐風、杕杜（87頁）
獨行踽踽、豈無他人、不如我同父。
［新義］言既無同父、雖有他人、猶獨行也。
獨行睘睘。豈無他人、不如我同姓。
［新義］同姓雖非同父、猶愈於他人耳。

⑪唐風、羔裘（88頁）
羔裘豹袪。……羔裘豹褎。
［新義］羔裘而豹袪、則其在位操事、使人以猛而已。非恤其民者也。……羔裘而豹褎、則其猛又甚矣。

⑫唐風、鴇羽（89頁）

[新義]　此詩始曰鴇羽、中曰鴇翼、卒曰鴇行……中甚於始、終甚於中。

⑬秦風、蒹葭（95頁）
蒹葭萋萋、白露未晞。
蒹葭采采、白露未已。
[新義]　淒淒（萋萋）爲成材、故於淒淒曰未晞。於采采曰未已、言成物之易而速、有如此者。

⑭小雅、南山有臺（140頁）
南山有臺、北山有萊。
南山有桑、北山有楊。
南山有栲、北山有杻。
南山有枸、北山有楰。
[新義]　臺爲賤者所衣、萊爲賤者所食、桑可以衣、楊可以爲宮室器械之材、栲可以爲車之巾、杻可以爲弓弩之幹、枸有美食、楰有文理而又高大中宮室器械之材。

⑮小雅、菁菁者莪（142頁）
既見君子、樂且有儀
既見君子、錫我百朋
[新義]　以樂且有儀爲大、錫我百朋爲小。以樂且有儀爲先、錫我百朋爲後。

⑯小雅、庭燎（154頁）
夜如何其、夜未央、庭燎之光。
夜如何其、夜未艾、庭燎晰晰。

夜如何其、夜鄕晨、庭燎有煇。
［新義］光者燎盛也。晣晣則其衰也。煇則其光散矣。

⑰小雅、鼓鍾（191頁）
淮水湯湯……淮水湝湝……淮有三洲
［新義］湝湝、則既不溢矣。
作樂當淮水之溢、至淮水之降、以言其久也。其流連亦甚矣。
（［傳］湝湝猶湯湯。）

⑱小雅、青蠅（205頁）
營營靑蠅、止於樊。
營營靑蠅、止於棘。
營營靑蠅、止於榛。
［新義］止於樊棘榛者、以譬其入之有漸也。

⑲大雅、皇矣（232頁）
作之屛之、其菑其翳。脩之平之、其灌其栵。啓之辟之、其檉其椐。攘之剔之、其檿其柘。
［新義］其始、作之屛之也、則菑翳而已。旣而又就之者衆、無所容之、則其脩之平之也、及於灌栵。其啓之辟之也、及於檉椐、則皆材之小者爾。至其甚衆、則無以處之也、則其攘之剔之者、及其檿柘矣。檿柘、材之美、人所恃以蠶者也、今乃攘剔以至於檿柘者、蓋以民歸之多、無所容之、不得已而及於檿柘之木也。

［補足］
⑳［臨川先生文集卷七二、答韓求仁書］

刺亂、爲亂者作也。閔亂、爲遭亂者作也。何以知其如此、平王之揚之水、先束薪而後束楚、忽之揚之水、先束楚而後束薪、周之亂在上、而鄭之亂在下故也。亂在上則刺其上、亂在下則閔其上、是以知如此也。

［鄭風、揚之水序］揚之水、閔無臣也。君子閔忽之無忠臣良士、終以死亡、而作是詩也。

揚之時、不流束楚

揚之水、不流束薪

［王風、揚之水序］揚之水、刺平王也。不撫其民、而遠屯戍于母家、周人怨思焉。

揚之水、不流束薪

揚之水、不流束楚

揚之水、不流束蒲

第六章　蘇轍『詩集傳』と歐陽脩『詩本義』との關係

――穩やかさの內實　その一――

1　はじめに

歐陽脩の『詩本義』、王安石の『詩經新義』、そして蘇轍の『詩集傳』（以下、『蘇傳』と略稱）――漢唐の詩經學にとってかわる宋代詩經學の形成過程の中で、北宋期における最重要の著述として、この三書を擧げることにおそらく異論はないであろう。この三書は右の順序に世に問われ、時の詩經學の歩みに大きな影響を與えた。中でも、『蘇傳』は、『詩本義』とは異なり詩經全篇にわたる注釋が施され、『詩經新義』とは異なり長い時の經過によってもその全貌を失うことなく、現在も完本の形で我々の眼前にある。その意味で、もっとも行き屆いた考察が可能な稀有の資料と言うことができる。

さらに、この注釋に對する評價も歷代高い。朱熹は、この書を「子由（蘇轍の字）の詩經解釋は優れたところが多い（子由詩解好處多）[1]」と評價する。事實、彼がその詩經研究において『蘇傳』から大きな裨益を受けていたことは、陳明義氏[2]や石本道明氏[3]の研究に明らかである。

このように、著述としての價値も高くまた研究の條件も揃っている蘇轍の詩經學であるが、しかし、本格的な研究が始動したのはようやく近年になってからである[4]。これは、かなり早い時期から多くの研究者の注目を集め研究が蓄積されてきた歐陽脩の詩經學とは對照的である[5]。

このことは、蘇轍の詩經解釋の「穩やかさ」に由來するものではないだろうか。『蘇傳』の「穩やかさ」については、洪湛侯氏が紹介する『蘇傳』に對しての褒貶兩極端の批評が、共通して言及するところである[6]。すなわち、『四庫全書總目提要』は、

> 蘇轍は毛詩の學に對しては、激しく批判することもなくかといって附和雷同することもなく、務めて公平な評價をしているのである（轍於毛詩之學、亦不激不隨、務持其平者[7]）

と、その平心さを評價する一方で、清・周中孚は『鄭堂讀書記』で、

> 〔蘇轍の〕そのいわゆる「集解」というのも、また舊說を融合して簡略にまとめたものにすぎず、人の意表を突く說はない（其所謂集解、亦不過融洽舊說、以就簡約、未見有出人意表者[8]）

と、その保守性を批判している。この穩やかさが、『蘇傳』における傳統的な詩經學と一線を畫する際だった特徴を捉えがたくし、ひいては蘇傳研究の展開を遲らせることにもつながっているのではないだろうか。『鄭堂讀書記』の批判は、そのようなもどかしさを表出したもののように思われる。

最近の蘇傳研究の關心の所在を端的に表すものとして、試みに二つの詩經研究史の記述を掲げよう。戴維氏の『詩經研究史』は、『蘇傳』の特徵を以下のようにまとめる[9]。

①將小序僅保存首句、其餘皆刪汰以盡。

②十五國風的次序、是孔子預先知道各國滅亡的次序而排列的。
③對於雅的大小問題、提出小雅言政事之得失、大雅言道德之存亡、這樣新的看法。
④頌只爲頌德、幷非爲天子所專用的詩體。
⑤提出音樂在詩經中分類的作用。
⑥對於王安石的新經義、持反對態度、但幷未如司馬光一樣深惡痛絕。

一方、洪湛侯氏の『詩經學史』は、次のように言う(10)。

①懷疑詩序、僅採首句
②詮釋篇名、別有見解
③論詩釋詞、每多創見

二書が擧げる『蘇傳』の特徴は異なるところも多いが、しかし、共通した傾向を看取することができる。すなわち、詩經の個別の詩篇の解釋に關わる『蘇傳』の具體的な經說について、どのような解釋理念と方法論から生まれた說であるか、また先人の業績とどのような關係を持っているか、を分析し、それを積み上げることによって抽出された學的特徴ではない、ということである(11)。これは、二氏のみではなく、從來の蘇傳研究に共通してみられる傾向である。

從來の研究は、『蘇傳』を個別的に取り上げて考察することで、彼の詩經學の特徴をある程度明らかにすることができた。また確かに、先に擧げた陳明義氏や石本氏の論文をはじめとして、『蘇傳』が朱熹『詩集傳』を代表とする後世の詩經學にどのような影響を與えたのかという問題に取り組んだ業績は多い。しかし、それとは對照的に、蘇轍が先人の業績にいかに向かい合って自身の詩經學を構築していったかについての考察はほとんどなされていない(12)。例えば、歐陽脩・王安石の詩經學と蘇轍の詩經學との關係について具體的な考察を行った研究は管見の限りない。さらに、それ以前の唐・孔穎達の『毛詩正義』との關係についても、ほとんど顧みられることがなかった。

しかし、『蘇傳』が詩經學史上に有する意義を正しく把握するためには、このような考察は不可缺である。『蘇傳』についての本格的な研究がようやく動き出した現在であるからこそ、このような觀點で『蘇傳』を見直してみることの價値は大きい。

別の側面から考えるならば、歐陽脩『詩本義』や王安石『詩經新義』が詩經學史上畫期をなした著述であることは、周知の事實である反面、それらが後世に對してどのような學的影響を與えたかということについてはいまだ充分に明らかにされていない(13)。特に、その解釋の方法論と理念が後にどのように受け繼がれていったかは、ほとんど未開拓の領域である。具體的な經說に焦點を當てて、それが後の學者によってどのように繼承されているか、またそれがどのように止揚され發展されているかを分析する必要がある。このような考察を進めることによって、解釋の學としての宋代詩經學が何を目指していたのかも明らかになってくるだろう。また、宋代の人々が詩經という文學をいかに認識し、またどのような文學的養分を吸收しようとしていたかを探る手がかりもそこから得られるだろう。

そのような觀點からいっても『蘇傳』は貴重な存在である。歐陽脩・王安石といった先人の後を受け、それを南宋の詩經學へとリレーする位置にいるのが『蘇傳』だからである。

筆者は、このような認識に立って、蘇轍が歐陽脩・王安石の詩經學からどのような影響を受け、それを自身の研究に血肉化させていったかを、個別の經說の繼承關係を調査することで明らかにしていきたい。本章ではまず、歐陽脩の『詩本義』と『蘇傳』との關係を考察する。

周知の通り歐陽脩は、蘇轍が兄蘇軾とともに進士科を受驗したときの知貢擧であり(14)、いわば蘇轍の恩師にあたる人物である。したがって、歐陽脩の詩經研究が蘇轍に繼承されていると想定するのはごく自然のことであろう。この點は、王安石と蘇轍との人間關係、そこから豫想される兩者の學術的關係とは極めて對照的である。むしろ解明すべき問題は、蘇轍が歐陽脩の詩經學のいかなる解釋理念と方法論を繼承したか、反對に蘇轍が繼承せず、獨自の理念と方法をもって補完したのは、歐陽脩の詩經學のいかなる部分であったのか、ということである。

『蘇傳』と『詩本義』との比較については、郝桂敏氏に先行の業績があり參考になる。(15) ただし、同氏の考察の視點は、歐陽脩と蘇轍兩者の詩經學の特徵の比較ということにあって、兩者の學問の繼承關係については踏み込んだ考察を行っていない。本章では郝氏の業績に基づきながら、『詩本義』と『蘇傳』の詩篇の解釋を比較し、そこから伺われる解釋理念や方法論の繼承と發展の樣相を分析していきたい。

2　視點の一元化

邶風「擊鼓」を、鄭箋と『正義』は、衞の州吁に徵發された兵士が辛苦を嘆き、明日をも知れぬ我が身を嘆き、戰友と生死を共にすることを誓いながら、いざ戰鬪という時になって軍が瓦解し、友が自分を捨てて逃亡したことを怨み嘆く詩であると解釋する。

それに對して、歐陽脩は、この詩は州吁に徵發された兵士がまさに出立しようとして自分の妻に對して今生の別れを告げ、身の不運を嘆く詩であると解釋する。鄭箋・『正義』と歐陽脩との說の違いが最も顯在化するのは第三章の解釋である。

死生契闊　　死生　契闊《けつかつ》たり
與子成說　　子と說《よろこ》びを成さん(16)

執子之手　　子の手を執りて
與子偕老　　子と偕に老いん

鄭箋は、この章は兵士が戰友に對して呼びかけた言葉であると解釋する。

從軍した兵士が戰友と約束する。死ぬのも生きるのもお互い苦勞をともにしよう。私と君とは睦み愛しみあう友情を結ぼう。このように言うのはお互いに危難を救い合おうという氣持ちを表しているのである。友の手を取り、彼と誓いその眞心を示している。「ともに年老いよう」と言っているのは、願わくはともに危難を免れたいと思っているのである（從軍之士與其伍約、死也生也、相與處勤苦之中、我與子成相說愛之恩、志在相存救也。執其手、與之約誓示信也。言俱老者、庶幾俱免於難）

歐陽脩はこの說を退け、この章は兵士が妻に別れを告げる場面であるととる。

そこで、君と生死も苦樂も、何事もともにし、年老いるまでいっしょに暮らそうともともと願っていたのだが、それなのに今こうして別れ別れとなり、明日をも知れぬ身となってしまった（因念與子死生勤苦、無所不同、本期偕老、而今闊別不能爲生）

歐陽脩の解釋は鄭箋・『正義』の解釋に比べると、詩篇の敍述の一貫性・視點の一元化という意味で特徵的である。すなわち、鄭箋・『正義』の解釋では、首章から第三章までは軍隊の出發前の出來事ではあるが、首章・第二章が兵士の獨白、第三章が友人への語りかけと異なる場面を內に含んでいる。さらに第四章に至っては、場面が變わり前線で軍が瓦解して後の出來事ということになる。それに對して、歐陽脩の解釋では、彼が、「故にその詩に兵卒がまさに出發しようとして、妻にかけた決別の言葉を載せている（故於其詩載其士卒將行、與其室家訣別之語）」と言うように、全章とも軍隊の出發前、旅立つ兵士が妻へ語りかけた言葉ということになり、詩篇全體で敍述の視點が一貫している。『蘇傳』は、『詩本義』と同樣、次のように解釋する。

人民が出征しようとして、妻に別れを告げて次のように言う、……「契闊」は苦勞することである。「成說」は、一つ一つ數え上げることである。しかし、それでもなお何とか死ぬのを免れることができないかと願い、故に「君の手を取り、君とともに年老いたいものだ」と言うのである（民將征行、與室家訣別曰、……契闊勤苦也。成說、歷數之也。然猶庶幾獲免於死亡、故曰、執子之手、與子偕老）

同樣の例を、鄭風「女曰雞鳴」にも見ることができる。この詩の卒章に次のように言う。

知子之來之
雜佩以贈之

『正義』に、

古の賢き士が異國の賓客と宴會を催し酒を酌み交わして相親しみ、假定の事柄を述べて（賓客に立派な贈り物を差し上げられないことを）恥じ入り謝っているのである（古者之賢士與異國賓客燕飮相親、設辭以愧謝之）

というように、鄭箋はこの章を賢士がその賓客に呼びかけた言葉ととる。清原宣賢の『毛詩抄』に、「子が來らんことを知らましかば、雜佩これを以て贈らまし」[17]と訓じるように、「あなたがいらっしゃることをもしあらかじめ知っていたならば、雜佩を用意してあなたへの贈り物としていたでしょうに（あなたがこうしていらっしゃることを知らなかったのでふさわしい贈り物をご用意できませんでした）」と解釋するのである。鄭箋の解釋に據れば、本詩の首章は大夫と妻との會話を描いたものなので、第二章・卒章で場面が大きく轉換しているということになる。

歐陽脩はこれを不自然な解釋として批判し、本詩全體が大夫と妻との會話からなると捉え、この部分を次のように解釋する。

この詩で「子」というのは、すべて妻がその夫を呼んだものである。卒章ではまた、「あなたが仲のよい友を招待したならば、何か贈り物をしなければならない。そうすることによって、夫がただ妻ばかりをかわいがるのではなく、また賢者を貴び善人を友として、贈り物をして友情を結ぶように勵ましているのである。これが「徳を說《よろこ》び色を好まず」ということである。このように歌うことによって、當時の時勢がそうでないことを刺っているのである（凡云子者皆婦謂其夫也。其卒章又言知子之來相和好者、當有以贈報之。以勉其夫不獨厚於室家、又當尊賢友善而因物以結之、此所謂說德而不好色、以刺時之不然也）

この說に據れば、右に擧げた二句は鄭箋とは異なり、「子の來らしむることを知らば、雜佩これを以て贈らん」と訓讀することになる。『蘇傳』も『詩本義』と同じく、次のように解釋する。

もしあなたに家に招待するような友人がいるのなら、私はあなたのためにその人に贈り物として雜佩を差し上げましょう。このように言うのは、夫が私との愛に心を奪われることなく德を好むようにとの思いからである。（苟子有所招來而與之友者、吾將爲子雜佩以贈之、言不留色而好德也）

以上の二例は、鄭箋・『正義』が詩篇の中で場面・視點の轉換が行われていると考えるのに對して、『詩本義』と『蘇傳』は、詩篇が一貫した視點から歌われていると考えて解釋を行っている例である。鄭箋・『正義』は、詩篇の各章で歌われている内容にある種の飛躍を感じた場合に、それが別の時、別の場面で歌われたか、あるいは別の主體によって歌われたことによって生じたと説明しようとしたのであろう。歐陽脩はそのような解釋が不自然であると考え、敍述の視點を一元化させ詩篇の緊密性・一貫性を高めようとしたと考えられる。視點の一元化を圖ったことにより、各章ごとの内容の飛躍も單一の主體の内面に集約されることになる。そのため、それは歌い手の感情の盛り上がりや心理のたゆたいを反映したものになり、詩篇の内容をむしろ豊かなものにすることにつながっている。『蘇傳』の解釋が『詩本義』にすでに見られるものであることから、蘇轍は、これらの説を歐陽脩から受け繼いだと考えることができる。すなわち蘇轍は、詩經の詩篇が一貫した構想の下に作られているという認識に基づいて解釋を行う方法を、歐陽脩から學んだと考えることができる。

3　道德的教訓の讀み取り

前節では「女曰鷄鳴」を取り上げ、蘇轍が歐陽脩から詩の敍述の視點についての認識を繼承していることを考察したが、敍述の視點について漢唐の詩經學と異なる認識を持つということは、必然的にその詩がどのような道德を教えているかという問題についても、漢唐の詩經學とは異なる解釋をすることにつながっている。

「女曰鷄鳴」において、妻が夫の友人に雜佩を贈ろうと言った眞意を、歐陽脩は「此れ所謂る德を説びて色を好まず」と言い、蘇轍は「言ふこころは色に留まらずして德を好むなり」と言う。ここで言う「德を説びて色を好まず」「色を留めず」は、本詩の小序・鄭箋・『正義』に基づく言葉である。すなわち「德を説びて色を好まず」は、「女曰鷄鳴」序の「德を説《よろこ》ばざるを刺《そし》るなり。古の義を陳《の》べて以て今の德を説《よろこ》ばずして色を好めるを刺るなり（刺不説德也。陳古義以刺今不説德而好色也）」の『正義』に「古の賢士　德を好みて色を好まざるの義を陳ぶ（陳古之賢士好德不好色之義)」とあるのに基づき、「色に留まらず」は、「女曰鷄鳴」首章の「女 鷄鳴けりと曰ひ、士 昧旦なりと曰ふ（女曰鷄鳴、士曰昧旦）」の鄭箋に「此れ夫婦 相ひ警覺するに夙興を以てす、言ふこころは色に留まらざるなり（此夫婦相警覺以夙興、言不留色也）」と言うのに基づいている。しかしながら、歐陽脩と蘇轍はこれに鄭箋・『正義』とは異なる道徳的意味を付與している。

鄭箋は、小序の「徳を説ばず」の「徳」に注して、「徳とは、士大夫の徳のある賓客のことを言う（徳、謂士大夫賓客有徳者）」と言う。すなわち鄭箋の理解に據れば、この「徳」は抽象的な道徳的理念を表す言葉ではなく「有徳の人」という具體的な人物を指す言葉である。また、『正義』は鄭箋の「留色」を説明して、

> いにしえの賢明なおのこは美しい容色のために家でぐずぐずすることがなかった（古之賢士不留於色）
>
> 妻が時間通りに起きた以上、夫もだらだらとしてはいられない。これが、相戒めあうという意味である。それぞれがその時間通りに起きる。これが美しい容色のために（家に）留まらない、ということである（彼既以時而起、此亦不敢淹留、卽是相警之義也。各以時起、是不爲色而留也）

と言う。これに據れば、見目麗しい妻に戀々していつまでも家でぐずぐずし朝廷に出仕するのを遲らせたりしないという意味になる。つまり、ここでの「色」は、勤勉な社會生活の阻害要因となる危險性をはらむものと考えられている。以上から考えると、鄭箋・『正義』の解釋では、序の「徳を説ばずして色を好む」は、「有徳の君子を交際するのを好まず、容色の美しい女（との色欲に耽る）のを好む」という意味になる。「徳」と「色」とが二律背反的なもの、すなわち「徳」のある友と交際するために、言い換えれば男子が道徳的な自己實現を圖るためには、「色」が邪魔になるので、妻への戀情を抑制すべきだという極めて嚴格主義的な道徳觀が窺われる。このことは、鄭箋・『正義』

の解釋では本詩三章の内、妻が登場するのは首章のみで、後の二章は君子が有德の君子をもてなす言葉のみが續くことからもわかる。鄭箋は「此れ夫婦 相ひ警覺す」と言うが、實際には男性の立場に立って、男性の公的生活における道德の完成のみを問題にしているのに過ぎないのである。

それに對して、歐陽脩と蘇轍の解釋にはそのような息苦しさはない。『詩本義』に次のように言う。

本詩は全篇みな夫婦の語らいを歌っている。思うに、いにしえの賢明な夫婦がこのように語らい、その妻が容色によって夫に甘えようとせず、夫の方もその妻を容色ゆえにかわいがるのではなく、家庭内でお互いに刻苦勉勵し合い、その賢明さを完成させようとするのである（其終篇皆是夫婦相語之事、蓋言古之賢夫婦相語者如此、所以見其妻之不以色取愛於其夫、而夫之於其妻不説其色而内相勉勵、以成其賢也）

ここからわかるように、兩者は「説德」「好德」の「德」を「有德の人」とはとらず、夫婦がたがいに勵まし合い助け合って目指すべき道德的境地・道德的生活として解釋する。したがって、「色を好まず德を説ぶ」も夫婦が共有する道德的狀態となる。つまり、「夫婦の愛情に溺れることなく道德的な生活にいそしもう」という意味になる。夫が自分との愛情生活の中に自足してその社會的立場と道德的責務を忘れてしまうことがないように、夫が家庭外の社會でその德を發揮するように激勵し、それによって妻自身も賢女としての道德性を高めるのである。ここでは、「德」と「色」とが排他的に存在するものではなく、むしろ「色」をその要素とする夫婦の愛情に基づく幸福な家庭生活に支えられながら、夫婦協力し合ってより高い道德的境地を目指すべきことが主張されている。すなわち、歐陽脩と蘇轍は「色」を含む人閒の欲望に對して、鄭箋・『正義』よりも寛容な態度を持っていたということがわかる。(18)

欲望に對するこのような態度は、檜風「隰有萇楚」の、

隰有萇楚　　隰に萇楚有り
猗儺其枝　　猗儺たる其の枝

の次の『蘇傳』からも確認することができる。

「萇楚」とは銚弋《イラグサ》である。[19] 蔓をはわせるがその枝をからみつかせることはない。これによって君子が欲望を持つが欲望にとらわれないことを比喩している（萇楚銚弋也。蔓而不纍、其枝猗儺而已。以喩君子有欲而不留欲也）

ここでも欲望を全否定することなく、節度を持った欲望は肯定的に捉えている。これを鄭箋の、

　これを興というのは、人が若いときから嚴格であれば長じても情欲を持たないことを比喩する（興者、喩人少而端愨、則長大無情慾）

や、『正義』の、

　これは國の民が主君が情欲を恣にしているのを憎み、情欲のない人がいないかと思い願う……これによって人が幼いときからよく行い正しく嚴格であるならば、長じて後もまたみだりに情欲を恣にすることがないことを興する（此國人疾君淫恣情慾、思得無情慾之人……以興人於少小之時能正直端愨、雖長大亦不妄淫恣情慾）

と、情欲を罪惡視し、情欲の無いことを理想とする考え方と比べるならば、欲望に對する寬容な態度が際だつ。この點で歐陽脩と蘇轍とは道德觀を共有しているということができる。

　同じように詩篇から讀み取る道德觀を共有している例として、邶風「二子乘舟」が擧げられる。この詩は、衞の宣

公に疎まれ刺客を放たれた太子の伋を救おうと身代わりとなって殺された異母弟の壽と、壽が殺された後、殺害の現場に驅けつけて、刺客に自分こそが殺すべき相手であることを明かし、結局、刺客の手にかかって殺された伋という二兄弟の悲劇を憐れんだものである。漢唐の解釋では、詩の作者は二兄弟の死を惜しみ憐れむばかりであるとするのに對し、歐陽脩は、この詩には憐れみ以外に、自分から死地に赴きむざむざと命を散らした二子の無謀さを批判する氣持ちが込められていると解釋する。『詩本義』に次のように言う。

本詩は、あの舟に乘るものが流れに乘って舟をコントロールすることもなく、ついに舟が轉覆したために溺れてしまったのが、哀れむべきではあるが人の模範として尊ぶことはできないことを、比喩として用いている。これはちょうど『論語』〔「述而」〕で「素手で虎と組み合い、徒《かち》で大河を渡り、死んでも悔いない者」と言われているのと同じことである（以譬夫乘舟者、汎汎然無所維制、至於覆溺。可哀而不足尙。亦猶語謂暴虎馮河、死而無悔也）

一方、『蘇傳』は次のように言う。

この詩は以下のようなことを言っている――二兄弟がかりに危害に遭うのを避け國を去ったとしても、道義上何ら責められるところはない。それなのに、どうして逃げ去らなかったのか。そもそも宣公が伋を殺害しようとしているのだから、伋が逃げずに殺されたというのはまだよい。しかし、壽が死んだのはいったいどういうことであろうか。兄を救うのに役立ったわけでもないばかりか、父親に罪惡を重ねさせることになった。だから、君子はこれを義に悖ると考えるのである（言二子若避害而去、於義非有瑕疵也。而曷爲不去哉。夫宣公將害伋、伋不忍去而死之、尙可也。而壽之死獨何哉。無救於兄而重父之過、君子以爲非義也）

これは、歐陽脩の「哀しむべけれども尙《たつと》ぶに足りず」という評價を繼承し、二子の批判すべき點をより具體的に指摘したものである。

以上の例から、詩篇にどのような道德的教訓を讀み取るか、またそれを詩經解釋にどのように反映させるかということに關しても、蘇轍が歐陽脩から學んでいることがわかる。

4　孔子刪詩說について

ところで、同じく「女曰鷄鳴」と「二子乘舟」とを對象にしていても、鄭箋・『正義』と歐陽脩・蘇轍とで、そこから讀み取る道德的教訓が異なっていたことからわかるように、詩篇から道德的教訓を讀み取る場合には、注釋者自身の道德的價値觀が色濃く反映される。道德的な教訓とは詩篇の字句を解釋することによって自然に得られるものというよりも、むしろ詩句の裏にある作者の心理を忖度して生み出され、そのため詩篇の意味解釋にかこつけて注釋者自身の道德觀が表出されることが多い。筆者は先に、歐陽脩が自分自身の道德觀を交えて詩經解釋を行うことを論理的に正當化するための理論的根據として、彼の唱えた詩經刪詩說と人情說が機能していることを考察した[20]。筆者の論點を要約すれば以下のようになる。

孔子が既存の詩羣の中から道德に資する詩を嚴選したのが詩經であるという孔子刪詩說の立場に立てば、孔子が詩篇に見出した道德的意義とはなにかという觀點から詩篇を解釋するのが正しい方法ということになる。ところで邊土名朝邦氏の言うとおり、歐陽脩の理解では、孔子の意とは結局のところ古今不變の人情に合致するものであるから[21]、結局は詩經において孔子の存在を強調するということは、歐陽脩が自分の主觀と常識によって詩經の詩を解釋することの正當性を確保するということにつながる。

このような論理についても、蘇轍は歐陽脩から學んでいると考えられる。郝桂敏氏が指摘するように[22]、蘇轍は歐陽脩と同じく、孔子删詩説の立場をとっていた。孔子が詩經を編集したという事實が、詩經を經典たらしむるための決定的な要因となっていると、蘇轍が考えていたことがわかる例を以下に列擧する。

① 孔子は詩を嚴選して三〇五篇を採用した。そのうち現在詩句が失われてしまったものが六篇ある（孔子删詩而取三百五篇。今其亡者六焉）

（巻一、周南「關雎」序「關雎后妃之德也」注）

② 實家へ歸りたいと思うのは當然の感情である。歸ることができないというのはやむを得ない法である。聖人はやむを得ない法によって當然の感情を廢したりはしない。故に（詩中の人物を）哀れに思って詩經に收錄したのである（夫思歸情之所當然也。不歸法之不得已也。聖人不以不得已之法而廢其當然之情、故閔而錄之也）

（巻二、邶風「泉水」首章注）

③ 僖公から孔子の時代まで八代を經ている。その閒に小さな事柄は失われてしまうこともあるだろう。しかし重大な事柄は必ず記錄されているのである〔ところが、この詩に歌われているような偉大な功績を僖公が擧げたという記錄はない〕。今、この詩の言葉ははなはだ美しく偉大であるところから考えると、これは君臣閒の〔主君の行爲にまつわる事實を過大に誇張した〕言葉であろうか。あるいは、「君臣の閒柄でこのような〔主君を誇大に褒め稱える〕言葉遣いをするのはまあよいとして、孔子がこれを詩經に收錄したのは問題ないのだろうか」という疑問が起こるかもしれない。それに對しては、問題ないからこそ、收錄したのであり、孔子は收錄してよいものを收錄し、收錄すべきではないものを捨て去ったのである、これが、孔子の詩經編集の仕方である、と答えよう（自僖公至於孔子八世、事之小者容有失之。其大者未有不錄也。今此詩之言甚美而大、則君臣之辭歟。或曰、以君臣而爲此辭可也、而孔子錄之可乎。曰、維可之、是以錄之。錄其所可而去其所不可。此孔子之所以爲詩也）

（卷十九、魯頌「泮水」序「泮水頌僖公也」注）

④　詩經の詩は、陳の靈公の時代で終わるのはなぜであろうか。古の論者は、「王者の恩澤が盡きたので詩も作られなくなった」と言ったが、それは違う。私が思うに、陳の靈公の後にも天下に詩が無くなったわけではないのだが、孔子がそれを詩經に收錄しなかったのである。どうして、詩自體が作られなくなったなどということがあろうか。詩が作られるのは、自ら抑えきれない思いから發するものであり、王者の恩澤が存しているか失われたかということに關わらないのである。であるから、國の盛時においては、人々は純乎たる王者の恩澤を親しく被り、その心は和やかで樂しみ、逸樂に流れないのである。そうした中で思いを發して詩を作るとき、作られた詩はみな善いものである。これがすなわち正詩として今我々が目にするものである。國が衰えると、愁いや怒りが湧き起こり、平靜な心を保てなくなり、隱逸放蕩に流れ、禮に合わないものとなる。それでもなお正しき道に復歸することを知っているので、その詩は亂れていはいるが亂れっぱなしにならない。これが變詩として我々が目にするものである。國が最終的に滅亡に向かっているときには主君を怨み謀反を思い、禮に悖ってももはや正しきに歸ろうとはしない。すると、その詩も義に悖り收拾のつかないものになる。このように見ると、天下に一日として詩のないことはないのだが、孔子が採用しないことがあるのである。故に、「變風は情に發し、禮義に止まる」というのである。情に發するのは、民の性情のしからしむるところである。禮儀に止まるのは先王の恩澤のなせるわざである。先王の恩澤がなお存していて、民の邪心がそれを打ち消すことがなければ、なおその詩を採用し變風とした。民の邪心が大いに起こって禮儀が日に日に遠いものとなれば、その詩は淫らで止めどないものとなるので、もはや採用することができないのである。故に、詩經の詩は陳の靈公の時代で終わるけれども、天下に詩が無くなったというわけではない。詩はあるけれども教訓とすることができないだけである。故に、

「陳靈の後も天下に未だ嘗て詩無きことなし」と言うのはこうした理由である（詩止於陳靈何也。古之說者曰、王澤竭而詩不作。是不然矣。予以爲陳靈之後天下未嘗無詩、而仲尼有所不取也。盍亦嘗原詩之所爲作者乎。詩之所爲作者、發於思慮之不能自已、而無與乎王澤之存亡也。是以當其盛時、其人親被王澤之純、其心和樂而不流。於是焉發而爲詩、則其詩無有不善、則今之正詩是也。及其衰也、有所憂愁憤怒、不得其平、淫泆放蕩、不合於禮者矣。而猶知復反於正、故其爲詩也亂而不蕩、則今之變詩是也。及其大亡也、怨君而思叛、越禮而忘反、則其詩遠義而無所歸嚮。由是觀之、天下未嘗一日無詩、而仲尼有所不取也。故曰、變風發乎情、止乎禮義。發乎情、民之性也。止乎禮義、先王之澤也。先王之澤尚存而民之邪心未勝、則猶取焉以爲變詩。及其邪心大行而禮義日遠、則詩淫而無度、不可復取。故詩止於陳靈而非天下之無詩也。有詩而不可以訓焉耳。故曰、陳靈之後天下未嘗無詩、由此言之也）（卷七、陳風「澤陂」卒章注）

このうち、②と④からは、蘇轍が詩經の詩人をどのような存在として認識していたかが窺える。すなわち蘇轍は、詩人とは必ずしも道德を體現し人々を教化するリーダー的存在ではなく、むしろその時々の社會の風氣に影響されて、道德的にも不道德にもなりうる受動的な存在であると考えていた。したがって、②のように、子としての感情と嫁としての規則の狹間で心を引き裂かれ嘆く弱い人閒であることもあるのである。蘇轍は、普通の人閒である詩人が自分の思うがままを率直に表白したものが詩であると考えていた。故に③に見られるように、本來、道德性・眞實性に鑑みて問題なしとはしきれない詩も存在するのである。

であるならば、詩を道德的な經典たらしむるのは、道德的な顧慮なく自分の思いを率直に歌った詩の作者というよりも、詩に道德的な效用・價値を見出して詩經に收錄した孔子である。詩篇の道德性とはそれが作られた時から確立しているのではなく、孔子が詩經に編入したことによって保證されたものなのである。すなわち、詩經の右の經說からは、詩經の詩は孔子の選擇眼を通して詩經に收められたからこそ經典たり得ているのだという蘇轍の認識が現れている。歐陽脩とは違って蘇轍には、孔子がもともとあった詩篇を道德に合致するように改作して詩經に收錄したとまで考えていたことを窺わせる資料はないが、(23) やはり、詩經の道德性にとって、孔子の編集作業を經ていることが重要な意味を持つと考えていたことがわかる。(24)

したがって、詩篇を解釋する際には孔子がそれをどのように解釋したか——いかなる道德的な意圖からそれを詩經に收めたのか——を考察することが必須の手續きになる。その意味では、天下の太平と人民の幸福の維持に政治的・道德的責任を擔っているという自負を持つ宋代の士大夫たる蘇轍にとって、思いの丈を抑えることなく歌った詩篇の作者より、そこに道德的價値と效用を見出したという意味で一種の解釋者であった孔子の方がより近しい存在と感じられたであろう。

このように見ていくと、蘇轍においても歐陽脩と同じく孔子刪詩説と人情説が彼自身の道德觀に基づいて詩經解釋を行うことの理論的根據として機能していることがわかる。これも歐陽脩から繼承した詩經學の方法論と位置づけることができる。ただし、詩經の道德性と孔子刪詩説および人情説については、章を改めて複數の角度から蘇轍の詩經學の性格を考察した上で、もう一度問題にしてみたい。

5　歐陽脩の方法論と理念の應用と發展

前章までに考察した詩經解釋の方法論は、蘇轍においてどれほど血肉化しているであろうか。このことを考える一つの方法として、蘇轍が歐陽脩と同じ詩經解釋の方法論を、歐陽脩が言及しない詩について用いている例を小雅「杕《てい》杜《と》」に見てみよう。

「杕杜」は、四章からなる。その首章は以下の通りである。

有杕之杜　杕《てい》たる杜有り
有睆其實　睆《くわん》たる其の實有り
王事靡盬　王事　盬《もろ》きこと靡《な》し
繼嗣我日　我が日を繼嗣す
日月陽止　日月　陽たり
女心傷止　女の心傷む
征夫遑止　征夫　遑《いとま》あらん

鄭箋と『正義』に據れば、この章は極めて複雜な構造を持っている。すなわち、この詩は小序に「杕杜、役より還るを勞《ねぎら》ふなり（杕杜、勞還役也）」とあり、文王が國境守備から還った臣下を勞い、その苦勞を偲んだ歌であるが、『正義』に、「言うこころは、おまえ達が外地に居て、おまえ達の妻はみなおまえ達のことを思っていた（言汝等在外、妻皆思汝）」と言うように夫を待つ妻の身になって歌われた歌と解釋する。ところが、この章の「我が日を繼嗣す」に限っては、鄭箋に「私が出征してから、毎日毎日兵役の日々が續いている。常に苦勞し、休む暇がないことを言う（我行役續嗣其日。言常勞苦、無休息）」と言い、『正義』に「私の出征の日々が續き、今朝も明日も行軍し、休息する閒もない（繼續我所行之日、朝行明去、不得休息）」と言い、出征した夫が自分の思いを歌った句と解釋する。すなわち、鄭箋・『正義』の解釋では、この章は、王が臣下の心を思いやる視點・出征中の臣下の視點・夫を待つ妻の視點という異質の三つの視點が絡み合って構成されているということになる。

これに對して、『蘇傳』は、本詩全體を行役に出た夫を待つ妻の視點で一貫させ、問題の句も、

いかんせん、王から命じられた任務は日夜やむことなく、我が夫を久しい時がたったのに、家に歸らせてくれ

ない（奈何王事日夜不已、使君子久而不反乎）

と解釋する。鄭箋・『正義』が文字通り「私」という意味でとった「我が日」の「我」を、蘇轍は「私の夫」と解釋するのである。おそらく、妻が夫を思うあまりに自分と夫とを一體化させていると考えるのであろう。[25] 第2節で、鄭箋・『正義』によって複數の視點が錯綜していると解釋されている詩篇を、歐陽脩は單一の視點からの敍述に統一する立場から解釋し、蘇轍もそれに從っている例を見た。本詩は、『詩本義』では取り上げられていないものであるが、蘇轍はここでも、敍述の視點の統一という方法論によって新たな解釋を提示している。これは、蘇轍が單に歐陽脩の個別の經說を引用するのみに止まらず、歐陽脩の方法論を受け繼ぎ、自己の詩經解釋に應用したことを表す例である。

また、歐陽脩と說を同じくしながら、歐陽脩よりつっこんだ議論をしている例もある。例として疊詠についての認識を擧げよう。

詩經中に疊詠の詩が多いということは歐陽脩も指摘している。周南「樛木《きゅうぼく》」の『詩本義』に

　およそ、詩經の詩には、毎章、前章の言葉を繰り返すという例がはなはだ多い。これは詩人の常套手段なのである（凡詩每章重複前語、其甚多、乃詩人之常爾）

と言う。歐陽脩はこの認識をもとにして、章ごとに敍述の視點を變え、解釋を複雜なものにする鄭箋・『正義』を批判する。つまり、この認識は、視點の單一化を含む簡明な解釋を志向する歐陽脩にとって基盤となるものであった。しかし、彼はどうして疊詠の詩が生まれるのかと言うことについては言及しなかった。

一方、蘇轍は周南「卷耳」の第三章が第二章の言葉をわずかに變えながら同じ內容を繰り返しているのを說明して、次のように言う。

この章は詩人の氣持ちがいまだ收まらないので重ねて丁寧に歌っているのである。およそ詩經で詩句が重複しているのはこれと同様の理由である（此章意不盡申殷勤也、凡詩之重複類此）

ここには、歐陽脩の言い及ばなかった、疊詠の生まれる理由についての考察がなされている。詩人の感情の高ぶりという、作詩の現場に思いを致すことによって、歐陽脩より一歩詩經のレトリックについての理解を深めたということができる。

このように見ていくと、蘇轍は歐陽脩の方法論や理念に學びながら、それを自分の中で血肉化し、より發展させていることがわかる。

6　歐陽脩説の繼承と修正

以上、蘇轍の詩解釋の中から歐陽脩から學んでいると考えられる例を檢討した。これは、蘇轍の詩經研究が歐陽脩の業績を土臺にして築き上げられたことを示すものである。それでは、蘇轍は、歐陽脩の業績に基づきながら、いかにして彼獨自の詩經研究を作り上げていったのであろうか。言い換えれば、蘇轍の詩經學が歐陽脩のそれの單なる模倣・延長ではなく、詩經學史上獨立した意義を持ち得ているとすれば、それはいかなる獨自性に據るものなのだろうか。この問題を考えるにあたって、本章では『蘇傳』の中から、『詩本義』の説に基づきながらもそこに獨自の視點から修正を加え自説として展開していると考えられる例を見ていきたい。

唐風「揚之水」首章の、

揚之水　　揚る水あり

白石鑿鑿　　白石　鑿鑿たり

を、鄭箋は次のように解釋する。

激しく揚がる水は、その水勢は速く激しく、ものの汚れを洗い流し、白い石をきれいにする。ということによって、桓叔の勢いが盛んで、民が憎惡するものを取り除いたために、民は禮儀正しく振る舞うことができるようになった、ということを比喩する（激揚之水、波〈もと「激」に作る。挍勘記に據って改める〉流湍疾、洗去垢濁、使白石鑿鑿然。興者喩桓叔盛彊、除民所惡、民得以有禮義也）

これに對して歐陽脩は、次のように言う。

激しく揚がる水は、その水勢が弱いので、白い石を押し流すことができない。ということで、晉の昭公の勢力が微弱なために、曲沃（に封じられた桓叔）をコントロールすることができない、それに對して桓叔は主家である晉國より強大で、まるで白石が白々として水中から姿を現しているかのようである、ということを喩える（激揚之水、其力弱、不能流移白石。以興昭公微弱、不能治曲沃、而桓叔之彊於晉國、如白石鑿鑿然見於水中爾）

鄭箋と歐陽脩との說の違いは、「揚之水」を、「勢いの激しい水」と解釋するか、逆に「勢いの弱い水」と解釋するかという點にある。歐陽脩が箋の說を退けるのは、この詩と同じ「揚之水」の詩題を持つ王風と鄭風の二篇とこの詩とで解釋を一貫させるためである。[26] すなわち、王風と鄭風の「揚之水」では、

揚之水　　揚《あが》る水あり
不流束薪　　束薪を流さず　　（王風「揚之水」）

揚之水　　揚る水あり
不流束楚　　束楚を流さず　（鄭風「揚之水」）

と水流が薪を流さないと歌っているので、水勢が弱いのだろうと考え、その解釋を唐風「揚之水」にも適用したのである。毛傳・鄭箋いずれにしろ、三篇の閒で「揚之水」の解釋に不一致が見られること[27]と比べると、歐陽脩の解釋はより合理的なものということができる。

『蘇傳』は次のように言う。

例えば、水が流れるように揚水した場合、（水勢が弱いので）流れやすいものでも流れないことがある。ましてや、石が流れるはずがない。水流はせいぜい、石の白さをますます際だたせるだけである（譬如揚水、以求其能流、雖物之易流者有不能流矣。而況於石乎。祇以益其鑿鑿耳）

前揭の二說と比較すると、蘇轍は基本的には歐陽脩の說と同樣であることがわかる。右の說が王風・鄭風の二「揚之水」でも一貫していることから見ても、彼が、歐陽脩の說の合理性を評價してそれに從っていることは明らかである。彼は「揚之水」という語句の意味を王風「揚之水」で詳しく說明し、

「揚之水」とは、自然に流れるのではない水のことである。水が自然に流れない場合、それを揚水したりする。（そのような水は）束ねた薪のように流れやすいものでも流れないことがある。自然に流れる水であれば、物は水流に從って流れるのであり、人力で揚げたりする必要はないものである（揚之水、非自流之水也。水不能自流而或揚之。雖束薪之易流有不流矣。水之能自流者、物斯從之、安在其揚之哉）

と言う。この解釋自體は、毛傳の「揚、激揚也」という訓詁に從う歐陽脩とは異なっているが、しかし、水勢がなぜ微弱であるのかを合理的に説明しようという動機に出た解釋であるという意味で、歐陽脩の解釋を補強するものだということができる。

ところで、歐陽脩の説と蘇轍の説とを比べた場合、微妙な違いがあることがわかる。それは、「白石鑿鑿」の解釋である。『詩本義』では、この句は白石のもともとの美しさを描寫するものと考えられている。この石は水中にあるものとは言え、前句で歌われる勢いの弱い水が流れる様子とは、意味的な關連は薄い。それに對して、蘇轍の解釋では、この句は白石が水に洗われることによってさらにその美しさを増す様子を歌っているとされ、前句「揚之水」と「白石鑿鑿」との因果關係が具體的に説明されている。すなわち、勢いの弱い水は白石を押し流すどころか、逆にその美しさを際だたせると説明されている。このことによって、比喩される晉の昭公のふがいなさがいっそう强調されることになる。すなわち、昭公は、自分の脅威となっている曲沃の桓叔を押さえつけることができないばかりか、逆にそのふがいなさによって桓叔の有爲さを際だたせ、いっそう自分の立場を悪くしている、ということになる。歐陽脩では、單にふがいない昭公と强力な桓叔が竝立的に對比されていたのに過ぎなかったのに對し、『蘇傳』ではこの對照的な二人の關係が因果關係によって强調されることになる。

このような蘇轍の解釋は、鄭箋の「激揚の水、波流湍疾として、垢濁を洗去し、白石をして鑿鑿然たら使む」から發想されているであろう。鄭箋も蘇轍と同樣に、水流が白石を洗い清め、その美しさをいっそう増すという、水流と白石の美しさとの因果關係を説明しているからである。

蘇轍の解釋には、詩篇の詩句閒の意味の連關を緊密にするという解釋態度が見られる。これは、先に見た詩篇全體の敍述の視點の一致を追究することによって詩全體の意味の連關を緊密にするという、歐陽脩の解釋の姿勢と相通ずるものである。つまり、蘇轍は歐陽脩と異なる説を立てているけれども、それは二人の解釋の基本姿勢に差違があるということではなく、むしろ歐陽脩から受け繼いだ解釋姿勢をより强固なものにしようという意圖に發するものであったということができる。そして、その目的のために歐陽脩の排斥した鄭箋の長所を再發見して利用していったわけである。

小雅「出車」第五章の、

喓喓草蟲　喓喓《えうえう》たる草《そう》蟲《ちゅう》
趯趯阜螽　趯趯《てきてき》たる阜《ふ》螽《しゅう》
未見君子　未だ君子を見ざれば
憂心忡忡　憂心　忡忡《ちゅうちゅう》たり
既見君子　既に君子を見れば
我心則降　我が心　則ち降《くだ》る

の歐陽脩と蘇轍の解釋からも、蘇轍の歐陽脩說の受容と修正の仕方を見ることができる。『蘇傳』の解釋は以下の通りである。

草蟲《ハタオリ》が鳴くと阜螽《イナゴ》が跳ねる。(28) 妻が夫を思う様もまたこれと同様である。夫婦が再會していないうちは、ただただ會えないということでつらく感じるばかりである。ようやく會えた後にはじめて夫が首尾よく任務を果たしたことを喜ぶ氣持ちが湧くのである（草蟲鳴而阜螽躍。婦人之念君子亦猶是矣。方其未見也、以不見爲憂耳。及其既見而後知喜其成功也）

『蘇傳』は、この章を夷狄との戰いに勝って遠征から歸ってきた夫を迎える妻の喜びを描いたものと解釋する。これは、歐陽脩の說を受けたものである。『詩本義』に次のように言う。

その妻は次のように言う、「あなたが出發してからというもの、私はイナゴが跳ねて異類のハタオリと交尾するのを見るにつけ、自分が獨り住まいをして（惡い男に）無理矢理迫られ禮に悖る行いをしでかしてしまうことを懼れ、常にこの草蟲の振る舞いを見て戒めとしておりました。ですから、あなたがお歸りにならないうちは、私は常に心憂えておりました。今こうしてあなたがお歸りになって、私の心はようやく安らぎました」（其室家則曰、自君之出、我見阜螽躍而與非類之草蟲合、自懼獨居有所强迫而不能守禮、毎以此草蟲爲戒。故君子未歸時、我常憂心忡忡。今君子歸矣、我心則降）

歐陽脩の說は、次の鄭箋に對する批判の上になったものである。

イナゴが鳴くとハタオリが跳ねて後に從う、というのはその本能のしからしむるところなのである。ということで、西戎の近くに領地を持つ諸侯は、南仲《なんちゅう》が玁狁《げんいん》征伐を果たした後、西戎討伐の命を受けたことを聞き、躍り上がって彼の到來を待ち望んだ。その姿は、ちょうど阜螽が草蟲の鳴くのを聞く樣と同じである。ハタオリが鳴くのは晩秋の季節である。これはその當時作者が目にした事物によって詩想を湧き起こしたのである（草蟲鳴阜螽躍而從之、天性也。喩近西戎之諸侯聞南仲既征玁狁、將伐西戎之命、則跳躍而鄕望之。如阜螽之聞草蟲鳴焉。草蟲鳴晚秋之時也。此以其時所見而興之）

鄭箋はこの章を、周の將軍南仲が西戎討伐のため赴いた前線地帶の諸侯の樣子を描いたものと解釋している。しかし、この章に續く第六章では南仲が西戎を破り都に凱旋した後の狀景を歌っているので、展開があまりに急に過ぎる印象を受ける。それに對して歐陽脩の說では、詩の場面轉換がよりスムーズである。そのために、蘇轍は歐陽脩の說に従ったものと考えられる。

しかし、『蘇傳』は『詩本義』の説と異なるところがある。それは、「喓喓たる草蟲、趯趯たる阜螽」の比喩の意味の取り方である。この句は草蟲《ハタオリ》と阜螽《イナゴ》という種の異なる昆蟲が交尾することを歌うものであるが、歐陽脩は、これを天理に背く現象と捉え、故に夫以外の男性に關係を迫られ道義に悖る行いをしてしまうことを比喩していると解釋する。詩句に歌われているところを道德的な見地から批判的に捉えているのである。それに對して蘇轍は異種どうしで交尾するという現象を、自分の主觀に基づく道德的な評價を加えずそのまま素直に受け入れ、妻が夫に従うことの比喩ととる。兩者の認識の差違は、本詩と同じ「喓喓たる草蟲、趯趯たる阜螽」の句を持つ召南「草蟲」における注釋を見るといっそう明らかになる。『詩本義』では、

およそ蟲や鳥はすべて同種のもの同士で交尾するのだが、ただこのハタオリとイナゴだけは種が異なるのに交尾する。交尾すべきではないもの同士が交尾するのである。故に詩人はこれを引いて、男女が道義に背いた關係を結んでしまうことを比喩しているのである（凡蟲鳥皆於種類同者相匹偶、惟此二物異類而相合、合其所不當合、故詩人引以比男女之不當合而合者爾）

というのに對し、『蘇傳』では、

草蟲はハタオリである。阜螽はイナゴである。この二つはいずれもイナゴの仲間である。……ハタオリが鳴くとイナゴは飛び跳ねてこれに従う。婦人が夫に従う様は、ちょうどイナゴとハタオリとの關係と同じで、天性のしからしむるところなのである（草蟲常羊也、阜螽蠜也。二者皆蝗類。……草蟲鳴則阜螽躍而從之、婦人之於君子猶二物之相從、其性然矣）

と言う。歐陽脩がハタオリとイナゴが異種であることを强調するのに對し、蘇轍はむしろ兩方とも同じイナゴの仲間である、という相同點を强調する。それによってこの二つの昆蟲が交尾することが異常でないことを證明し、歐陽脩のように道德的な評價が解釋に影響を及ぼすことを回避するのである。

蘇轍の論理は、「出車」の鄭箋の「草蟲鳴けば阜螽躍りて之に從ふは、天性なり」という注と、「草蟲」の鄭箋の「ハタオリが鳴くとイナゴは跳ねて從う。異種同類である（草蟲鳴、阜螽躍而從之、異種同類）」という注に基づいている。つまり、「出車」の解釋において鄭玄と蘇轍とは、二種の昆蟲を南仲と西方の諸侯を比喩しているととるか、夫と妻を比喩しているととるかで説を異にしてはいるが[29]、しかし、いずれにせよ正常な關係を比喩すると考える點では一致する。すなわち、蘇轍は、基本的には歐陽脩の説に從いながらも、鄭箋の説によって修正を加えているのである。

蘇轍の解釋からは、彼が詩句をできるだけそのままの形で解釋し、歐陽脩のように自分の道德的見地からの判斷を介入させようとしないという姿勢を伺うことができる。それは、常識的にはいかに奇妙なことであれ、詩句に歌われていることをそのまま受け入れるという態度である。それは、文學作品が現實世界とは次元を異にする自律的な論理・價値觀を持って存在しているということを重視し、解釋に自分の常識を介入させすぎない、という態度と言い換えることもできる。蘇轍はそのような態度に基づいて、歐陽脩の説に修正を加えていると考えられる。

ところで、我々は第3節において、蘇轍が歐陽脩から詩篇から道德的教訓を讀み取る方法を繼承している例を見た。今ここに、自分の道德的意見を介入させて詩篇を解釋する歐陽脩の方法を蘇轍が受け繼いでいないことを見た。この二つは矛盾しているように見える。本詩においてはなぜ歐陽脩の説を受け繼がないのだろうか。

この疑問は、「草蟲」の『詩本義』の解釋を見ることによって解決の手がかりを得ることができる。『詩本義』に次のように言う。

召南の大夫が仕事のため外地に旅し、妻が留守を守っている。この大夫の妻は禮義によって自分の操を守り、當時の淫亂な風氣の影響を受けずにいられた。あのハタオリが鳴き、イナゴが跳ねてそれに從うのを目にし、男女が夫婦でもないのに呼び求め合い驅け落ちしてしまうのに似ていると思い、それを指さして戒めにし、禮を守り、自分の操を守り、夫の歸るのを待っていた。故に夫の姿を目にしないうちは常に自分の身を守れないのではないかと愁いていた。夫と再會して後に、ようやく心は落ち着いたのである（召南之大夫出而行役、妻留在家。……此大夫之妻能以禮義自防、不爲淫風所化、見彼草蟲喓喓然而鳴呼、阜螽趯趯然而從之、有如男女非其匹偶而相呼誘以淫奔者。故指以爲戒而守禮以自防閑、以待君子之歸、故未見君子時、常憂不能自守。既見君子、然後心降也）

「草蟲」の首章は以下の通りである。

喓喓草蟲　　喓喓《えうえう》たる草蟲
趯趯阜螽　　趯趯《てきてき》たる阜螽
未見君子　　未だ君子を見ざれば
憂心忡忡　　憂心 忡《ちゆう》 忡《ちゆう》たり
亦既見止　　亦た既に見
亦既覯止　　亦た既に覯《あ》へば
我心則降　　我が心 則ち降《くだ》る

これを見ると歐陽脩では、第一・二句とそれ以下の句の間に、解釋上の付帶物がかなりあることがわかる。「喓喓《えうえう》たる草蟲、趯趯《てきてき》たる阜螽」という詩句自體には道德的評價を明示する語句がなく、その意味ではこの二句は襃貶いずれにも解釋可能ではある。しかしその一方でこれを淫亂の比喩と解釋すると、貞淑な妻の心理を歌った第三句以降との閒に文脈上の斷絶ができてしまうため、それを埋めるため、詩句から讀み取れる以上の解釋の補塡をしなければならないのである。つまり、淫亂の象徵としてのハタオリとイナゴの樣子と、貞淑な大夫の妻の心理とをつなぐために、「ハタオリとイナゴの交尾する樣子からから淫亂な男女の振る舞いに思いを馳せ、自分はそうならないようにと務めながらなおそのような振る舞いに身を染めてしまうのではないかと我が身を憂う」という筋を作らざるを得ないのである。蘇轍の解釋では、第一・二句と第三句以降にそのような斷絶は存在しないので、解釋上の人爲的な操作も必要としない。

一方、第3節で見た、歐陽脩と蘇轍が意見を同じくする二例では、道德的見地からの判斷と詩篇の語句に則した解釋とが齟齬することなく共存している。ここに、第3節の二例と本詩とにおける蘇轍の態度の違いの理由を求めることができるのではないだろうか。つまり、蘇轍は、詩篇に則してできるだけスムーズに解釋を紡ぎ出すことを、自分の道德や常識に照らしてどう評價するかという判斷よりも優先させているのである。歐陽脩は、『詩本義』「草蟲」論で、鄭箋の解釋を否定して次のように言う。

毛傳鄭箋は「婚家へ向かいつつある女が、その夫にまみえて禮に叶わない扱いをされるのではないかと憂い、また、いずれ追い出されて實家に戻されてしまうのではないかと憂えている」と解釋するが、これらの事柄はいずれも詩句には歌われていないので、詩が本當に言わんとするところとは言えない（毛鄭乃言在塗之女、憂見其夫而不得禮、又憂被出而歸宗、皆詩文所無、非其本義）

しかし、いささか皮肉な言い方になるが、歐陽脩自身も詩解釋に自分の道德的價値觀を持ち込んだために、「詩文に無き所」を交えさせなければならないことになったのである。このように見ると、蘇軾は、歐陽脩が理想としながら貫徹しきれなかった解釋理念を彼に代わって實現したということができる。

蘇轍がこのような態度を持っていたことは、例えば、周南「螽斯」にも見ることができるが、これについては本書第一章で論じたのでそれを參照されたい。さらに、神話的な事象に對する歐陽脩と蘇轍の態度の違いも同様に説明できるかもしれない。例えば、大雅「生民」に歌われる后稷誕生の様子を始祖神話——母親が神人の足跡を踏んだために身ごもって后稷を生んだ——として解釋する鄭箋に對して、歐陽脩が常識的な見地からそのような荒唐無稽な事柄はあり得ないとして批判を加えたことはよく知られている。(30) それに對して、蘇轍はこれを神話として受け入れて解釋している。(31) 李冬梅氏がこれを蘇轍の思想的な特徴を表す例として考察している(32)ように、この問題は神話的な傳説を信じるか否かという、兩者の思想上の違いという觀點から考察されるのが常である。しかし別の面から考えれば、これは兩者の解釋學的な立場の違いを表したものと捉えることもできるのではないだろうか。

つまり、詩經の詩篇に自分の常識や理性に照らして不合理で荒唐無稽だと考えられる事象が歌われていることを受け入れるか、それを認めず合理化して解釋するかという立場の違いである。歐陽脩は、經典たる詩經に不合理で荒唐無稽な事象が歌われているはずはないと考えていた。その認識から、詩解釋に自分の常識を持ち込んで、できるだけ合理的に現實的に解釋を行おうとする姿勢を持っていた。歐陽脩にあっては、詩經の詩篇に詠われている世界は、歐陽脩自身が生きる世界、彼の常識や道德觀などによって合理的に秩序づけ評價し得る世界と地續きである。

それに對して、蘇轍には、現實にあり得るか非合理ではないかという視點からの檢證はひとまずおいて、詩篇の言葉本位に解釋することを優先させていると考えることができる。その結果、詩篇が表現していると思われる内容を、自己の主觀や常識など外的な評價基準を介入させることなく素直に受け入れようとする解釋態度を持っていたということができるのではないだろうか。彼にとっての詩經の世界は、蘇轍自身が生きる世界からある程度切り離されて自律的に存在する世界として客體化されていたのではないだろうか。そのような世界觀が、歐陽脩に比較して非常識なこと・神話的な事象に對する寛容な態度を生んでいるのではないだろうか。
石本道明氏が指摘するように、蘇轍も「そもそも六經の道というものは、人情に近いからこそ、故に長く傳えられて廢れることがないのである（夫六經之道、惟其近於人情、是以久傳而不廢）[33]」と言い、歐陽脩と同じく經學における「人情」の觀點を重視している。[34] この立場に立つことによって、歐陽脩と同樣、自身の道德觀を解釋に反映させることを正當化することにつながったと考えることができる。しかし、この考察の結果、歐陽脩に比べて蘇轍は、自己の常識・價値觀を投影させる裝置としての「人情」を解釋に介在させる程度が低かったと言うことができる。端的に言えば、蘇轍の詩經解釋は、文學解釋として歐陽脩より進んだ立場に立っていたということができると考える。

7　おわりに

周南「兔罝」の『蘇傳』に次のように言う。

周南「桃夭」の詩は、文王の后の太姒が、婦人に自分の容色を鼻にかけて夫におごらないようにさせることができたことを歌う。一方、「兎罝」の詩は、婦人に禮に基づいて夫の傲慢を矯正させることができたことを歌う。故に、「桃夭」の序に「致す」と言い、「兎罝」の序に「化す」と言うのである。そもそも「致す」というのはただちに實現できるのだが、「化」を實現したとなると、その功績は遠大なのである（桃夭言后妃能使婦人不以色驕其夫。而兎罝言其能使婦人以禮克君子之慢。故桃夭曰致而兎罝曰化。夫致者可以直致、而化者其功遠矣）

ここには、詩篇の一篇一篇は孤立的に存在するのではなく、まとまった數からなる詩羣の構成要素として、その詩羣の中で意味的役割を分擔しつつ存在しているという認識を見ることができる。蘇轍はこのような認識に基づいて、一つの詩篇を他の詩篇と關連づけて解釋を行っているのである。すなわち、彼は、詩經が全體的なまとまりを持ち、その中の詩篇がたがいに意味的に有機的なつながりを持っていると考えているのである。このような認識とまたそれに基づいた詩經解釋は歐陽脩には稀薄であった。筆者は先に、歐陽脩の詩經解釋の方法論を考察して、一篇の詩を解釋する際にそれを獨立した存在として捉え、安易に詩經とか國風とかというまとまりにおける詩篇同士の關係性を想定した上で解釋することに愼重であると指摘した。[35]ここにも兩者の詩經觀と解釋の方法論の違いを見ることができる。

しかしながら考えてみると、孔子が彼獨自の道德的基準に據って詩を嚴選し編集して成ったのが詩經であるという孔子刪詩說の立場からすれば、詩經を全體的存在として捉える蘇轍の認識はごく自然に導出されるものである。したがって、學的姿勢においては蘇轍が特殊なのではなく、むしろ歐陽脩の方が特殊なのである。ここには、歐陽脩がその詩經學を構築していった時代の狀況が絡んでいると考えられる。

歐陽脩は、傳箋正義という、當時の權威的な學問であった漢唐の詩經學[36]に對して初めて本格的な批判を開始した存在である。その彼にとって、傳箋正義の經說を支える、詩經の全體的構造というのはぜひとも解體すべきものであったろう。全體とのつながりを捨象して、まず詩篇それ自體の表現する意味を考察することが、歐陽脩の解釋戰略であったと思われる。つまり、孔子刪詩說を取りながら詩經の全體性を捨象した解釋を行ったのは、漢唐の詩經學に對抗する新たな詩經學を構築するための戰略的な選擇であったのではないだろうか。

それに對して蘇轍の時代には、漢唐の詩經學に對する疑義も一般的なものとなっていた。まして、王安石によって『三經新義』が新たに作られ一世を風靡する狀況のもとで、漢唐の詩經學の權威性も大きく低下していた。そのような中で自身の詩經學を構築した蘇轍には、歐陽脩のような切迫感はなく、ゆとりを持って詩經全體に向かい合うことができるようになっていたであろう。そうした中で孔子刪詩說を選擇した彼は、この學說が必然的に導き出す詩經の全體的把握にも虛心に從うことができたと考えられる。

このように考えると、この問題に對して蘇轍が歐陽脩と異なった態度をとったのは、宋代詩經學の進展に伴う自然な學的發展の結果であったと考えることができる。

以上の考察によって、蘇轍は歐陽脩の詩經研究から豊かな滋養を汲み取りつつ、自己の詩經研究に役立てていったことが明らかになった。しかし、それは單に歐陽脩の詩經學の模倣・延長に止まるものではなく、蘇轍獨自の展開も確認することができる。そこに見られる展開は、歐陽脩の詩經學と對立的なものというよりは、むしろ歐陽脩の詩經學が本來志向しながら、種々の歷史的要因により、充分に達成できなかったものを十全に展開したものと位置づけることができる。その意味で、蘇轍は歐陽脩の詩經學の正統な後繼者と見ることができよう。

蘇轍がそのような達成を實現することができた最も興味深い要因として、解釋者である自分と解釋の對象である詩經との距離の取り方を擧げることができる。それは、例えば、前章に見た、比喩や神話的事象に對して、それを自律的な文學的世界の論理によるものとして率直に受け入れる態度をとっていたと考えられることに現れている。蘇轍は歐陽脩に比べ、自分と經典との距離を充分に自覺して、ゆとりを持って突き放した目で詩經に向かい合っていたことがわかる。蘇轍のこのような態度を示す文章をもう一例擧げよう。

毛傳は「興」とは、天下の萬物の中からあるイメージを取り出して、そこを用いて歌わんとする事柄を自然に浮かび上がらせようとしたものと考えている。故に、およそ詩というものはある事柄を歌うために作られているのだが、その詩句の中で〔それとは直接的な關係を持たない〕別のある物について言及することがある。だから、歌われている物を無理に歌わんとする事柄に合致させせようとして解釋するのは無駄なことである。……そもそも、興というスタイルは、その思いはしかじかであるというようなもので、作詩の當時、詩人の思いが何かに觸發されて生まれたものであるから、時が過ぎてしまった後では、知ることができないものである。だから、それは心で推し量るべきもので、言語によって説明できないのである。……おそらく、作詩の當時、詩人は見たものによって思いを動かされたので、後の人には彼がどうしてそのように言ったかはわからない。これが興たるゆえんである（其意以爲興者、有所取象乎天下之物、以自見其事。故凡詩之爲此事而作、而其言有及於是物者、則必彊爲是物之説、以求合其事、蓋其爲學亦以勞矣……夫興之爲體、猶曰其意云爾、意有所觸乎當時、時已去而不可知、故其類可以意推、而不可以言解也……蓋必其當時之所見而有動乎其意、故後之人不可以求得其説、此其所以爲興也）[37]

これは、詩經の修辭技法の一つ「興」についての認識であるが、ここにも、詩中に描かれているのはそれ自體の論理で完結した世界であり、本來的に外部の人閒である解釋者の經驗や論理によっては理解しきれない部分を持っているという考え方を見ることができる。外在的な論理によっては完全には説明づけられない部分が詩にはあるという考え方である。したがって、解釋者としては、詩文の言語によって理解できる範圍で解釋を行うことによって滿足すべきであるという一種の諦念を伴った、解釋の可能性についての冷靜な認識を感じることができる。第6節の「草蟲」「出車」に見たように、蘇轍には詩の言語に則して解釋し、そこに解釋的付加物を交えないようにしようという態度があったが、これも詩世界の自律性と、解釋可能性の有限性の認識から導き出される愼重な態度によるのではないかと考えられる。ここに兩者の閒の繼承と相違の樣相を見ることができるのではないだろうか。

注

（1）朱熹『朱子語類』卷八〇、詩一、解詩（理學叢書、中華書局、第六册二〇九〇頁）。

（2）陳明義「蘇轍《詩集傳》在《詩經》詮釋史上的地位與價值」第五章第二節（林慶彰主編『經學研究論叢』第二輯、臺北聖環圖書公司、一九九四年、一四九頁～一五五頁）。同論文の中で、陳氏は朱熹『詩集傳』が引用している宋人の詩説二十家中、蘇轍『詩集傳』からの引用が最も多く四十三條に及ぶことを指摘し、その影響を、①詩序への批判、②詩篇の意味の解釋、③訓詁、④詩經の篇名についての解釋、⑤國風の改題、⑥「小雅」の篇目の改訂、⑦章句の改訂、の七點にまとめて分析している。

(3) 石本道明「蘇轍『詩集傳』と朱熹『詩集傳』」（『國學院雜誌』一〇二〔一〇〕〔通號一一三四〕、二〇〇一・一〇）

(4) 筆者が參考にした近年の代表的な研究は、前掲陳明義論文・石本論文の他に以下のものがある。

李冬梅『蘇轍《詩集傳》新探』（四川大學「儒藏」學術叢書、二〇〇六、四川大學出版社）

于昕「蘇轍著《詩集傳》攻《序》的内容和特點」（『第四屆詩經國際學術研討會論文集』、二〇〇〇）

郝桂敏「歐陽脩與蘇轍〈詩〉學研究比較論」（『遼寧大學學報』、二〇〇一・三）

同『宋代《詩經》文獻研究』（中國社會科學博士論文文庫、中國社會科學出版社、二〇〇六）

李冬梅前掲書緒論に據れば、陳明義氏に「蘇轍〈詩集傳〉研究」（中國臺北東吳大學中國文學系碩士論文、一九九三）があり、目下のところ『蘇傳』についての最も包括的な論文であるとのことで、それはこの論文のエッセンスをまとめたものとおぼしい同氏の前掲論文からも窺えるが、殘念ながら筆者は未見である。

(5) 陳明義氏も、「然而就北宋的《詩經》詮釋而言、學者的研究多集中於歐陽脩一人、有關的論文甚多、而對於蘇轍的研究則鮮少致意」（前掲論文、一〇九頁）とこの點を指摘している。

(6) 洪湛侯『詩經學史』（中華書局、二〇〇二）三三七頁。

(7) 『四庫全書總目提要』經部詩類一「詩集傳」提要（國學基本叢書排印本、臺灣、商務印書館、二九九頁）。

(8) 『鄭堂讀書記』卷八、經部五之上、詩類（中國目錄學名著第一集、世界書局、一九六五年再版）。

(9) 戴維『詩經研究史』（湖南教育出版社、二〇〇一）第六章第一節五「北宋後期其他《詩經》著述」。

(10) 洪湛侯前掲書、三三四～三三八頁。

(11) 洪湛侯氏は、『蘇傳』の特徵として「論詩釋詞、毎多創見」と指摘しているが、そこで擧げられている例は、優れたあるいは後代への影響力が大きかった經説を個別的に紹介したものであり、そのような經説を生み出したのはどのような方法論と詩經觀であったのかという筆者の關心とは若干ずれている。

(12) 實はこのことは、近年『蘇傳』研究に取り組んでいる諸家が共通に問題意識として懷いている。例えば、陳明義氏は前揭論文で、從來の『蘇傳』研究の問題點を、「屈萬里先生曾指出蘇轍的《詩集傳》『能獨抒己見、而不迷信舊說』、說明了此書的價值。囿於前人專研蘇轍《詩集傳》的文章極少、而已探究論述者、似亦未能抉發此一義蘊、而僅將蘇轍《詩集傳》作一種孤立的研究、竝不能從《詩經》詮釋史上漢、宋學演變的角度入手、從而不能認識此書在《詩經》詮釋史的意義和價値」（一一〇頁）と指摘する。さらに、李冬梅氏前揭書は、その陳明義氏の研究に對して、「陳氏論文祇是從著作本身入手、就蘇轍《詩經傳》本身所討論的問題進行評述、幷未將其所論問題放入整個《詩經》學史的範疇內、造成了自身的孤立、因此也就未能盡顯《詩集傳》在整個《詩經》學史上的價値和地位」（十九頁）と批判する。兩氏が共通して『蘇傳』を孤立的に研究することの不可を指摘し、『蘇傳』を詩經解釋學史全體の視野の中で論じなければならないと說いているのは、筆者と同じ問題意識である。そして、そのように考える陳氏の研究がいまだ不十分であると李氏が批判していることは、このような視野に立っての研究の難しさとを示すと同時に、この問題に取り組むためにはなお多樣な切り口が必要とされていることを表すものであろう。兩氏とも、具體的な經說を成り立たせる詩經解釋の理念と方法論について詩經解釋學史の視野から考察してはいないことは、筆者の問題意識と視點とが『蘇傳』研究において貢獻を果たし得ることを示していると思われる。

（13）裴普賢『歐陽脩詩本義研究』（臺灣、東大圖書有限公司、一九八一）第三章「詩本義內容與對宋代詩經學影響的考察」では、「歐陽脩一一四篇詩本義內容與朱熹詩集傳對照表」を載せて、歐陽脩と朱熹との詩經學上の經說の繼承關係を詳細に考察しており、貴重な研究である。しかし、歐陽脩の詩經學がどのような學的繼承と發展を經て朱熹の詩經學に至ったかを調べることは必要であり、そのような研究は管見の限りなされていない。

（14）『宋史』卷三一九「歐陽脩傳」に、「嘉祐二年の貢擧に知たり。時の士子 尙ほ險怪奇澀の文を爲《つく》り、太學體と號す。脩痛く之を排抑し、凡そ是の如き者は輒ち黜《しりぞ》く（知嘉祐二年貢擧。時士子尙爲險怪奇澀之文、號太學體。脩痛排抑之、凡如是者輒黜）」（中華書局排印本第三〇冊一〇三七八頁）と言う。同卷三三八「蘇軾傳」に、「嘉祐二年、禮部に試し……但だ第二に置かれ、復た春秋對義を以て第一に居る（嘉祐二年、試禮部……但置第二、復以春秋對義居第一）」（同、第三一冊一〇八〇一頁）と言い、同卷三三九「蘇轍傳」に、「年十九、兄の軾と同に進士科に登り、又た同に制擧を策す（年十九、與兄軾同登進士科、又同策制擧）」（同、第三一冊一〇八二一頁）と言う。

（15）郝桂敏前揭書一三四～一四〇頁、および同氏前揭論文。

(16) 鄭箋の説に從って訓讀した。『詩本義』『蘇傳』の説に據れば、「子と説《かぞ》ふることを成さん」となる。

(17) 清原宣賢講述、倉石武四郎・小川環樹・木田章義校訂『毛詩抄　詩經』（岩波書店、一九九六）第一冊三六九頁。

(18) 朱熹『詩集傳』は、この箇所に「つまり、ただ家をきちんと治めるだけでなく、その夫に賢い友と親しく交際してもらうために、その好意を取り結ぶことができ、そのために服飾の飾りを惜しんだりしないのであろう（蓋不唯治其門内之職、又欲其君子親賢友善、結其驩心、而無所愛於服飾之玩也）」と注する。「色」を「容色」ではなく美しい装飾品ととり、夫の友情のために高價な物を惜しまないという意味に解釋する。この解釋では、男女の愛情という要素が消されている。朱熹の「色欲」に對する警戒的な態度が解釋に反映されたものではないかと考えられ、歐陽脩・蘇轍の欲望に對する寛容な態度がより際だつ。

(19) 「銚弋」の日本名は、『大漢和辭典』の比定に從った。

(20) 本書第三章第6節。

(21) 邊土名朝邦「歐陽脩の鄭箋批判」（『活水論文集』二三號、一九八〇）四六頁。

(22) 郝桂敏前掲書一四〇頁。

(23) 南宋・段昌武『毛詩集解』に、「歐陽永叔曰く、孔子刪詩というのは、ただ一篇すべてを削り去ったというだけではない。ある篇ではその章を削り、ある篇ではその句を削り、ある篇ではその字を削ったのである（歐陽氏……又曰、刪云者非止全篇刪去也。或篇刪其章、或章刪其句、或句刪其字。）」と言う。本書第三章第6節を參照のこと。

(24) 例えば、「二雅の正と、その詩の順序は、周の最盛期にはおそらくすでに定まっていたものであり、仲尼もそれを變更はしなかったであろう。だから、『儀禮』に記載される宴席で詩を歌う順序は今の詩經と合致しているのである（二雅之正、其詩之先後、周之盛時蓋已定之矣、仲尼無所升降也。故儀禮之歌詩、其次與今詩合）」（小雅「菁菁者莪」）のように、孔子の編集作業にも、自ずから一定の限定が存在していたという認識も蘇轍にあったことを示す例もあるが、本章で論じた孔子が詩經の編定を通して、詩經に道德性を付與することに主體的に關わったことを否定するものではないだろう。

(25) 「我」のこのような理解の仕方は、他にも例えば王風「葛藟」の『蘇傳』にも見られる。「葛藟」首章の「謂他人父、亦莫我顧」の「我」を鄭箋・正義では王の同族である作者を指すととるが、『蘇傳』は作者が王の心理を讀み、「目をかけた〈他人〉が（王である）私のことを顧みようとしない」と、王に成り代わって言っているととる。詳しくは、本書第七章を參照。

(26)　唐風「揚之水」の『詩本義』に、「詩經中には王風・鄭風およびこの唐風とあわせて三篇の『揚之水』詩がある。このうち、王風と鄭風の『揚之水』二篇はいずれも激しく揚がる水の水勢が弱いので束ねられた薪を押し流すことができないと歌っている。それなのに、どうしてこの唐風『揚之水』だけが水流が速く激しくて汚れを洗い流す、という意味であるはずがあろうか（詩王風鄭及此有揚之水三篇、其王鄭二篇皆以激揚之水力弱不能流移束薪、豈獨於此篇謂波流疾湍洗去垢濁）」と言う。

(27)　例えば、王風「揚之水」では、毛傳は「興なり。〈揚〉は、激揚するなり（興也。揚、激揚也）」と言い、鄭箋は、「激しく揚がる水は水流は速いのだが束ねられた薪を押し流すことができない。と言うことで、平王の政治と教化が煩わしく性急であるが、恩澤に滿ちた命令が下々の民に行き渡らないということを興している（激揚之水至湍迅而不能流移束薪。興者喩平王政教煩急而恩澤之令不行于下民）」と言い、激揚の水はスピードこそ速いが水勢が弱いと解釋しているのに、鄭風「揚之水」では、毛傳が「〈揚〉は、激揚するなり。激揚の水、束楚を流漂する能はずと謂ふべけんや（揚、激揚也。激揚之水、可謂不能流漂束楚乎）」と反語でとり、「水勢が弱いなどと言うことがあろうか」と言い、矛盾している。

(28)　草蟲・阜螽の日本名は、『大漢和辭典』の比定に從った。

(29)　召南「草蟲」では、毛傳に「卿大夫の妻が禮の定めにしたがって行き、夫に付き隨う（卿大夫之妻待禮而行、隨從君子）」と言い、鄭箋に「ハタオリが鳴くとイナゴは跳ねて從う。異種同類である。ちょうど男女が婚禮にふさわしい時節に禮にしたがってお互いを呼び求めるのと似ている（草蟲鳴阜螽躍而從之、異種同類、猶男女嘉時以禮相求呼）」と言い、『詩本義』『蘇傳』と同じく男女の比喩ととる。

(30)　大雅「生民」の『詩本義』に、「男女の交わり無しに子を產んだというのと、天が自然に人間に子を受胎させたというのは、人間の道理においてはあり得ないことであり、天を誣するものと言うべきである（無人道而生子與天自感於人而生之、在於人理、皆必無之事、可謂誣天也）」と言う。

(31)　大雅「生民」の『蘇傳』に、「后稷誕生の時、姜嫄が禋祀郊禖のまつりに赴き、子供が生まれない病を祓おうとした。巨大な人間の足跡を見つけ、その親指を踏んだ。歆然として感じ、何かが身に止まったかのように感じた。そうして身ごもり、身を清め愼み夫との交わりを絶ち后稷を生んだ。思うにこの詩には后稷の誕生の樣子がはっきりと書かれていて疑う餘地がない。（稷之生也、姜嫄禋祀郊禖、以祓去無子之疾。見大人迹焉、而履其拇。歆然感之、若有覺其止之者。於是有身、肅戒不御而生后稷。蓋此詩言后稷之生甚明無可疑者）」と言う。合わせて、本書第一章第4節に、本條の續きを引用し論ずるのを參照のこと。

（32）李冬梅前掲書第四章第二節參照。

（33）『欒城應詔集』卷四「進論五首・詩論」（上海古籍出版社排印本『欒城集』下冊一六一三頁）。

（34）前掲石本論文參照。

（35）本書第三章參照。

（36）『能改齋漫錄』卷二「注疏之學」に、「國史に、「慶曆年閒以前には學者は裝飾の多い文章を貴び、章句注疏の學を守ることが多かった。劉敞、字は原父が『七經小傳』を著すに至って、初めて諸々の儒者に異を唱えた」と言う（國史云、慶曆以前學者尚文辭、多守章句注疏之學。至劉原父爲七經小傳、始異諸儒之說）」（文淵閣四庫全書850、五二〇頁）と言うのを參照。

（37）『欒城應詔集』卷四「進論五首・詩論」（上海古籍出版社排印本『欒城集』下冊一六一四頁）。

第七章　蘇轍『詩集傳』と王安石『詩經新義』との關係

――穩やかさの內實　その二――

1　はじめに

前章では、宋代詩經學の開拓者であり、彼の恩師にあたる歐陽脩の『詩本義』と『蘇傳』との關係を取り上げた。本章はこれを承け、北宋詩經學のもう一つの重要な著述である王安石の『詩經新義』と『蘇傳』との關係を考察していきたい。

歐陽脩とは對照的に、王安石は蘇轍とは政治的な面で對立的な立場に立つ存在である。蘇轍の屬する舊法黨が王安石に反對した爭點の一つに、王安石による科擧改革と、それを實現するために作られた三經新義があったことを思えば、三經新義の一つである『詩經新義』に對して蘇轍が批判的な考えを持っていたであろうことは推測に難くない。蘇轍の孫蘇《そ》籀《ちゅう》が祖父の言葉を記した『欒城遺言』に、三經新義に對する蘇轍の批評が載せられている。

　公讀新經義曰、乾纏了濕纏、做殺也不好。(1)

この評語について筆者はいまだ正確な意味を把握できないが、しかしこれが三經新義に對する批判の語であること

は動かないであろう。彼の兄の蘇軾に三經新義を批判した、

しかしながら、王安石氏はその學問によって天下中を同じくしようとした。豊饒な土地というのはどこも、物を生み育てるということでは同じだが、そこで生み出されるものは同じではない。ただ、荒れて痩せた鹽分混じりの不毛の土地というのは、はるかに見渡す限り一面、黄色いチガヤ白いアシが生えているばかりだ。これこそが王氏のいわゆる「同じ」ということなのである（而王氏欲以其學同天下、地之美者、同於生物、不同於所生。惟荒瘠斥鹵之地、彌望皆黄茅白葦、此則王氏之同也）[2]

という有名な言葉があるが、蘇轍も同様の思いを持っていたであろう。

しかしながら、蘇轍が王安石の詩經學を具體的にどのように評價していたのかは實は明らかではない。戴維氏は、蘇轍の『新義』に對する考え方をまとめて、「王安石の『新義』に對しては、批判的な態度をとっていたが、しかし、司馬光のように『新義』を洪水か猛獸のように扱い、骨の髓から憎んでやまないということはなかった（對於王安石的新經義、持反對態度、但也幷未如司馬光一樣、視之如洪水猛獸、深惡痛絕）[3]」と説明する。氏のこのような評價の主な根據は、次に擧げる『宋史』「蘇轍傳」の記載である。

司馬光は、王安石が自分勝手に『詩經』『書經』の新義を作り天下の知識人に試驗を行ったのに對して、科擧制度を改め、新たに規則を作ろうとした。蘇轍は次のように言った、「進士科は來年の秋に試驗が行われ、日數はもう幾ばくもありません。それなのに、時ならずして制度改變が決まっては、詩賦は取るに足らぬ技能とはいえ、語句の配列や韻律など多くの訓練がやはり必要です。經典の考究に至っては、暗唱や解釋など軽々しく行えるものではありません。要するに、いずれも明年實施するのはよくありません。どうか、來年の科擧は一切舊來

通りとし、ただ經典解釋については注疏や諸家の議論など、あるいは受驗生自身の見解による回答も認め、王安石の新義のみに從わなくてもよいことにしてくださるようお願い申し上げます（光以安石私設詩書新義考試天下士、欲改科擧、別爲新格。轍言、進士來年秋試、日月無幾、而議不時決、詩賦雖小技、比次聲律、用功不淺。至於治經、誦讀講解、尤不輕易、要之、來年皆未可施行。乞來年科場、一切如舊、惟經義兼取注疏及諸家論議、或出己見、不專用王氏學(4)）。

これは、司馬光が王安石の三經新義を廢し、科擧をもとの制度に戻そうとしたのに對する反對意見であるが、蘇轍の反論の理由は司馬光の改革プロセスが性急にすぎるというところにあった。現行の制度にいかに問題があったとしても、科擧受驗者の立場に立てば、制度改變は受驗者が對應できるように猶豫期閒をおいた上で行わなければならない、という政策實施に當たっての現實的配慮を求めたまでであって、彼の三經新義自體に對する評價に基づいたものとは言いがたい。したがって、蘇轍が『新義』に批判的であったと言うにせよ、『新義』に柔軟な姿勢を示していたと言うにせよ、それはあくまで外在的な事實からの推測に止まる。蘇轍が『新義』をいかに評價していたかは、『新義』と『蘇傳』の經說を具體的に比較することによってのみ明らかになるであろう。

このような視點から、『蘇傳』と『新義』を見比べてみると、實は、『蘇傳』中には『新義』に由來するのではないかと考えられる經說が多く存在することに氣づく。本章では、そのような例を分析し、そこから兩者の閒にどのような學問的な關係を推定できるのかを考えてみたい。

2　字句の訓詁について

まず、『蘇傳』が字句の訓詁に關する問題で、『新義』の說を參考にしたと考えられる例を見てゆこう。

小雅「北山」第二章の詩句にある「賢」の訓詁は歴代議論の的となったものである。まず、毛傳と鄭箋の訓詁を掲げる。

大夫不均　　大夫 均《ひと》しからずして
我從事獨賢　　我 事に從ふこと獨り賢なり
［傳］「賢」は苦勞するということである（賢、勞也）
［箋］王は大夫の使者としての任務を平等に與えず、專ら私が賢明で才高いがために、私ばかりに使者の仕事を負わせる。自分の苦勞を託つ言葉である（王不均大夫之使、而專以我有賢才之故、獨使我從事於役。自苦之辭）

これに對して、『蘇傳』は「賢」の字について、「〈賢〉は、人よりも（事柄の）程度が高いという意味である（賢、過人也）」と解釋するが、これは『新義』の、

取った數が多いのを「賢」という。『禮記』「投壺」に「某は某より賢なること若干なり」というのは、これと同じ意味である（取數多謂之賢、禮記曰、某賢於某若干。與此同義）

という訓詁と關係があると考えられる。つまり、「王に任命される頻度が他の大夫より多い」と解釋するのである。この解釋は鄭箋に見られるような意味的な飛躍を必要とせず、またこの訓詁は『儀禮』「鄕射禮」の「もし右側の矢數が勝っていたならば『右が左より勝っております』と言い、もし左側の矢數が勝っていたならば『左が右より勝っております』と言う（若右勝、則曰右賢於左。若左勝、則曰左賢於右）」の鄭玄注に、「〈賢〉は勝ると同じ意味である（賢猶勝也）」と言うのに基づくと考えられるところから、毛傳の「苦勞する」という訓詁に比べても用例的に安定していると言える。(5) 以上のような理由から、蘇轍は先行著述である『新義』の說を參考にして自身の注釋に取り入れたも

のと考えられる。

小雅「鹿鳴」首章の、

　人之好我
　示我周行

は、毛傳と鄭箋とで解釋を異にする。毛傳は、「〈周〉は、至れるということである。〈行〉は、道である（周、至。行、道也）」と言う。これに據ればこの二句は、「人の我を好《この》みて、我に周《いた》れる行《みち》を示す」と訓じられ、「臣下が私（文王）を愛し、私に至善の道を教える」という意味に解釋される。

一方、鄭箋は、「〈周行〉は、周王朝の竝み居る大臣たちである（周行、周之列位也）」と言う。これに據れば二句は、「人の我を好《よ》みするあれば、我が周行に示《お》かん」と訓じ、「その德で私を善導してくれる人がいたならば、私は彼を周王朝の竝み居る臣下の一員として取り立てよう」という意味に解釋される。

これに對して、『蘇傳』の解釋は以下の通りである。

　「周」は忠信である。……私には良き賓客がおり、禮と樂とで彼らをもてなし、ゆったりとさせて樂しみを盡くさせ、鹿が苹《カワラヨモギ》(6)を食べるように滿足した氣分に彼らをさせたならば、彼らは忠信の道を思って私に示してくれるだろう。忠信というものは、それを得たいと願うことはできるが、人に無理強いして手に入れられるものではない（周忠信也……我有嘉賓而禮樂以燕之、從容以盡其歡、使其自得如鹿之食苹、則夫思以忠信之道示我矣。忠信者、可以其願得之、而不可强取也）

この『蘇傳』の解釋に據れば、二句は「人の我を好《この》みて、我に周なる行《みち》を示す」と訓じられる。これからわかるように、蘇轍の說は毛傳の說に近いが、「周」を君主に對する臣下の忠信と解するところに違いがある。これは、小雅「都人士」首章の、

行歸于周　行ひは周に歸し
萬民所望　萬民の望む所なり

の毛傳に、「周は忠信なり（周忠信也）」と言い、小雅「皇皇者華」第二章の、

我馬維駒　我が馬　維《こ》れ駒《く》
六轡如濡　六轡《りくひ》　濡るるが如し
載馳載驅　載《すなわ》ち馳せ載ち驅りて
周爰咨諏　周に爰《ここ》に　諏《はかりごと》を咨《とぶら》ふ

の毛傳に、「忠信を周と爲す（忠信爲周）」と言うのに基づいた訓詁である。蘇轍が古訓に據り所を求めつつ、詩經全體に一貫する字義解釋を行おうとしていることがわかる。

ところで、「鹿鳴」における「周行」の解釋は、蘇轍の獨創というわけではなく、すでに『新義』に、

「周」は忠信の意味の「周」である。「行」は道である。彼に忠信の道を示すということを言うのである（周爲忠信之周。行、道。言示之忠信之道）

とあり、蘇轍は王安石と說を同じくしていることがわかる。この王安石の說に對しては、南宋の李樗《りちょ》による興味深い批判がある。

王安石の考えでは、この詩の序に「其の心を盡くすを得」とあるので、故にこのような解釋をしたのであろう。しかし、小序の「其の心を盡くすを得」という言葉は、詩中にこのような内容が述べられているとは必ずしも限らない。……臣下をこのように手厚くもてなすならば、羣臣は自然とその眞心を君主に盡くさないわけにはいかなくなるのである（王氏之意、謂序云得盡其心、故爲此說。然序所謂盡其心、詩中未必有此意。……能待臣下如此、則羣臣不得不盡其心也）（『李黃解』巻十六、小雅「鹿鳴」）

李樗が問題にしている「鹿鳴」序の全文は、次の通りである。

「鹿鳴」は、羣臣嘉賓をもてなす詩である。食べ物と飲み物でもてなした上に、幣帛を小箱に入れて送り、その厚意を臣下に示すのである。このようにすると、忠義の臣下と良き賓客は自分の眞心を君主に示そうとするようになるのである（鹿鳴、燕羣臣嘉賓也。既飲食之、又實幣帛筐篚以將其厚意。然後忠臣嘉賓得盡其心矣）

李樗は、王安石が詩序の「然る後に忠臣嘉賓　其の心を盡くすを得」にあたる内容を詩篇中に求め、「周行」をそれに適合するように解釋したと考える。その上で李樗は、詩序のこの部分は詩中の内容――文王が臣下と賓客を手厚くもてなす――から豫想される臣下の心理的な反應を序の撰者自身が推し量って補足的に書いた部分であるとして、序の内容をすべて詩句に對應させようとする王安石の認識は誤っていると批判するのである。

李樗の批判の當否はさておいて、彼が推測する「周行」を解釋するにあたっての王安石の論理は、同樣の說をとる蘇轍にも當てはまるであろう。そうであるならば、蘇轍もまた小序の第二句以下にある「忠臣嘉賓、其の心を盡くす」という句を詩經解釋の依據としているということになる。蘇轍が小序の首句のみを孔子に由來する眞正のものと認め、第二句以下を後人の付加したものと考え削除したことは、經學史上あまりにも有名であり、彼の詩經學の最も重要な特徴とされている。しかし、本例から考えると、蘇轍が第二句以下をオリジナルの序でないという理由で削除したからといって、彼が小序の第二句以下に書かれた内容そのものの價値まで否定したとは必ずしも言い切れない。蘇轍の、小序の原初の姿を復元しようという、いわば文獻學上の關心と、第二句以下の内容に對する彼の評價とは、別個の問題として考えなければならないことを本例は示唆している(7)。

3　詩篇の構成について

前章では、詩經の字義解釋において、蘇轍が王安石の說を踏襲していると考えられる例を考察した。しかし、これは詩經解釋においては比較的表層的な問題であり、ここから蘇轍の詩經學を成立させる不可缺の要素として王安石の影響があると結論づけるのは無理ではないか、という反論もあり得よう。しかしながら、兩者の經說の類似關係は字義解釋のみに止まるわけではない。詩篇の構成をどのように捉えるか、言い換えれば詩經の詩篇はどのように敍述されているのかという、解釋のかなり本質的な部分に關わる事柄についても興味深い共通點を指摘することができる。本章では、これについて考察したい。

①　視點の一貫性の重視

王風「葛藟」首章の鄭箋と『正義』の解釋を以下に示す。なお、詩句の訓讀も鄭箋・『正義』の解釋に基づいた。

緜緜葛藟　　緜緜《めんめん》たる葛藟《かつらい》
在河之滸　　河の滸《こ》に在り

〔箋〕葛や藟は、河の岸邊に生え、河の水に潤されて、長く大きく成長し、とぎれることがない。ということで、王の同族が、王の恩顧を受けて、子孫を生み育てることを比喩する（葛也藟也、生於河之厓、得其潤澤以長大而不絕。興者喩王之同姓、得王之恩施、以生長其子孫）

終遠兄弟　　終に兄弟を遠ざけ

謂他人父　　他人を父と謂ふ

〔箋〕「兄弟」というのは一族というのと同義である。王は恩顧を施すことが少なく、今ではすでに一族の者を捨てて顧みようとしない。これでは、私は赤の他人を自分の父と呼んでいるようなものだ。一族の者が〔王に對して〕親族を親族として扱ってくれるようこいねがっている言葉である（兄弟猶言族親也。王寡於恩施、今已遠棄族親矣。是我謂他人爲己父。族人尙親親之辭）

謂他人父　　他人を父と謂ふ

亦莫我顧　　亦た我を顧みる莫し

〔箋〕他人を自分の父と呼んでいるようなもので、〔王は〕私に恩德を施してくれず、また私を顧みようともしない（謂他人爲己父、無恩於我、亦無顧眷我之意）

〔正義〕……王はとうとう兄弟〔のような同族である我々〕から遠ざかり、私に恩德を施そうとしない。これでは私は他人を自分の父としているようなものだ。他人を自分の父としても、私に恩德を施してもくれないし、私を顧み愛してくれる心などない。これは、王が自分に恩德を施すことがないので、他人を父としているのと同じだと言っているのである。王に父のような恩德がないことを責めているのである（王終是遠於兄弟、無復恩施於我。是我謂他人爲己父也。謂他人爲己父、則無恩於我、亦無肯於我有顧戀之意。言王無恩於己、與他人爲父同。責王無父之恩也）

一方、『蘇傳』は次のように言う。

王は今、兄弟を見捨てて遠ざけ、他人の父となっている。しかし、彼は王族ではないのだから、またどうして、王のことを顧みようとすることがあろうか（王今棄遠兄弟、而爲他人父。彼非王族、亦安肯顧王哉）

鄭箋・『正義』と『蘇傳』とを比較すると、次のような違いが指摘できる。

まず、「謂他人父」の解釋の違いである。鄭箋・『正義』とは、作者が王のことを「父」と呼ぶ、と捉え、王が一族を疎略に扱っているために、同族である私は王に對して親密な感情を抱くことができず、まるで、他人を父親と呼んでいるかのようで、呼稱こそ親族の呼稱を用いてはいるけれども、内實をなす親愛の情が存在しないと訴えていると解釋する。

一方、『蘇傳』では、王が同族を遠ざけ同族ではない赤の他人を寵愛するので、まるで、赤の他人の父親になったかのようである、と解釋している。彼の解釋に基づけば、「謂他人父」の「謂」は「爲」に通じている[8]と考え、この句を「他人の父と謂《な》る」と訓じることになる。

もう一點は、「亦莫我顧」の解釋である。鄭箋・『正義』は、これを王が私を顧みようともしない、と解釋するが、『蘇傳』は、王がいくら恩顧を施しても赤の他人は王のことを心配しようとしない、ととる。彼に據れば、「我」はここでは王のことを指すということになる。つまり、歌い手が王に成り代わって王の心理を歌っているととるのである[9]。

鄭箋・『正義』と『蘇傳』の解釋の違いを生んでいるのは、いかなる考え方の違いであろうか。鄭箋・『正義』の解釋に據れば、

終遠兄弟　〔王が〕自分たちを遠ざけたので

謂他人父　〔私は〕王に對してまるで他人を父と呼んでいるかのような氣持ちを感じる
謂他人父　（同右）
亦莫我顧　〔王は〕私を顧みようともしない

となる。各句の言外に隱されている主語が「王」―「私（作者）」―「王」となり、歌われている主體が錯綜している。これに對して『蘇傳』の解釋は、

終遠兄弟　〔王は〕我々を遠ざけ
謂他人父　〔王は〕他人の父となった
謂他人父　（同右）
亦莫我顧　しかし、〔その他人は〕王のことを顧みようとはしない

となる。主語が「王」―「他人」と直線的に移動しているので、敍述の視點がより一貫性を持っている。

さらに、鄭箋・『正義』と『蘇傳』とを比較すると一章における敍述內容の進展という意味でも違いが認められる。鄭箋・『正義』の解釋では、自分たちが王に遠ざけられた怨み悲しみを言い方を變えて繰り返すのみで、內容的な進展は見られない。それに對して、『蘇傳』の解釋では、王の行動とその報いという流れで、敍述に進展が見られる。言い換えれば、鄭箋・『正義』の解釋では、感情の單純な訴えに止まっているのが、『蘇傳』では、怨み悲しみの感情の裏に、冷靜に事態の成り行きを觀察した上での王への批判が含まれていることになる。

これから考えると、蘇轍は敍述の一貫性を保持するとともに、敍述內容をより豐富なものとするためにこのような解釋を行ったと考えることができる。

實は、蘇轍のこのような解釋は彼獨自の說ではなく、王安石にもすでに同樣の解釋が見られる。『新義』に次のように言う。

川の岸邊は（波が打ち寄せ）水に洗われるところなので、もろい場所である。葛や藟を潤して成長させ、それによってその地盤を固めるのである。これは、ちょうど王者が親族を序列づけ親しみ、それによって自分の地位を安泰にするのと同じである（河滸、水所盪、危地也。潤澤葛藟而生之、則所以自固。猶之王者敦敘九族而親之、亦所以自固）

「謂他人父」（首章）、「謂他人母」（二章）、「謂他人昆」（卒章）とは、その親族を愛さず他人を愛することを言うのである（謂他人父、謂他人母、謂他人昆、所謂不愛其親而愛他人）

王安石も、王がその親族を愛さず他人を愛するという解釋をとっているので、蘇轍と同じく「他人の父と謂《な》る」と訓じている可能性が高い。さらに、王者が親族をなつかせることによって自分の地位を安泰にすべきことを言っているので、本詩を王者の行動とその目的という視點で解釋していることがわかる。彼の說を敷衍すれば、他人に恩を施しても親族のようには賴りにはならないということになり、「王は他人の父となったが、その他人は王を顧みようとしない」という蘇轍の解釋と近くなる。蘇轍と王安石は、王を主體として詩句を一貫的に解釋するという點において共通していることがわかる。

②　時間の流れの合理化

王安石と蘇轍とは、鄭箋・『正義』の解釋に比べて、詩篇で歌われている時間の流れをより合理的なものにする方向で解釋を行うという點でも共通している。

小雅「采芑」第三章に次のように言う。

鴥彼飛隼　鴥《いつ》たる彼の飛隼《ひしゅん》あり
其飛戾天　其れ飛びて天に戾《いた》る
亦集爰止　亦た爰《ここ》に止まるべきに集まる
方叔涖止　方叔《ほうしゅく》　涖《のぞ》む
其車三千　其の車三千
師干之試　師干《しかん》の試なり
方叔率止　方叔　率《ひき》ゐる
鉦人伐鼓　鉦人《せいじん》　鼓を伐《う》ち
陳師鞠旅　師を陳《つら》ねて旅を鞠《つ》ぐ
顯允方叔　顯《あき》らかに允《まこと》なる方叔
伐鼓淵淵　鼓を伐つこと淵淵《えんえん》たり
振旅闐闐　振旅　闐闐《てんてん》たり

『正義』は次のように解釋する。

方叔は、すでに軍隊を閱兵し終わり、その後、軍を率いて戰線へと出發した。戰う前には兵士を閱兵し、その時には鉦人に鉦を撃たせ軍を靜肅にさせ、鼓人に太鼓を打たせて軍を動かす。陣地に臨んでこれから戰おうというときには、師（二千五百人から編成される）と旅（五百人から編成される）を整列させ、賞罰によって彼らを使役し、王命に誠實に從って行動することを宣言する。方叔は軍隊に誓い、戰闘の際には自ら太鼓を打ち軍隊を率い、その意氣を高くし淵淵《えんえん》然として軍隊のために力を盡くす。ついに荊蠻を下し、戰闘を終えて歸還しようとするときには軍を集めて整列させ、闐闐《てんてん》然と太鼓を打つ。將帥がかくのごとくであるから、勝利することができるのである（方叔既臨視、乃率之以行也。未戰之前、而〈もと「則」に作る。挍勘記に據って改める〉陳閱軍士、則有鉦人擊鉦以靜之、鼓人伐鼓以動之。至於臨陳欲戰、乃陳師陳旅誓而告之、以賞罰使之、用命明信之。方叔既誓師衆、當戰之時、身自伐鼓率衆以作其氣、淵淵然爲衆用力。遂敗蠻荊及至戰止將歸、又斂陳振旅、伐鼓闐闐然、由將能如此、所以克勝也）

これに對して、『蘇傳』は以下のように言う。

　故に方叔は、かの鉦人に命じて太鼓を打って誓わせ、兵士はその太鼓の音を聞きその合圖に從わないものはいない、ということを言う。これは、方叔が南征するにあたってまず、その兵士の訓練をし、そのため兵士は數が多いばかりではなくよく訓練されてもいたので、それで荊蠻は彼に降伏したということを言おうとしたのである。故に、詩人は方叔が兵の訓練をしたことを詳しく描寫し、彼が出兵したことについての描寫は簡略にしたのである。首章で歌われる車は從軍に用いる車ではなく、第二章で歌われる服は、從軍用の軍服ではなく、第三章で軍隊で陣取りをさせているのも、戰う前に行軍を奮い立たせるためのものである。卒章に至って後にはじめて敵に遭遇したことを歌うのである。だから三章はいずれも軍隊を訓練する様を歌っているのである（故方叔命其鉦人擊鼓以誓之、士之聞其鼓聲者、無不服其明信也。意者方叔之南征、先治其兵、既衆且治。而蠻荊遂服。故詩人詳其治兵、而略其出兵。首章之車非卽戎之車。二章之服、非卽戎之服。三章之陳師未戰而振旅。至於卒章而後言其遇敵。故三章皆治兵也）

『正義』と『蘇傳』を比較すると、次のような違いが認められる。『正義』では、第三章の中で、

出發前……「方叔涖止」～「師干之試」
戰う前……「方叔率止」～「陳師鞠旅」
戰鬪中……「伐鼓淵淵」
戰勝後……「振旅闐闐」

と、場面が目まぐるしく轉換しながら歌われていると解釋している。『正義』に據れば、第一章・第二章では軍が出發する前の閱兵の様子が歌われ、卒章では戰勝後の歸還の様子が歌われている。いずれも一つの章の中ではある一つの場面のみが歌われている。それとは異なり、第三章では一章の中に異質の四つの場面が繼起することになる。つまり、他の章に比べてこの章では時閒の流れが壓縮されていることになる。

それに對して、『蘇傳』は、第三章でも前の二章と同様に戰場に出發する前、軍隊を訓練する様子を歌っていると解釋する。そして續く卒章で敵に遭遇しこれから戰おうとする場面が描かれると言う。すなわち周の中興の君主宣王が異民族を征伐し周の威勢を擴張したことを褒め稱えることをテーマとした本詩は、敵と戰う場面をあえて歌わずに、戰鬪に向けた軍の準備の様子といざ戰わんとして士氣を高揚させている様子を歌っていると解釋するのである。『正義』と比べて『蘇傳』の解釋は、章のつながりが明晰であり、かつ時閒の流れもより均質である。これから考えると、彼は『正義』の解釋における章のつながりと時閒の流れとに對して不自然さを感じ、それを解決するためにこのような解釋を提示していると考えられる。

ところで、蘇轍の解釋と同様の解釋は王安石にも見られる。『新義』に次のように言う。

前三章は、方叔が軍を收める樣を詳述し、卒章は、その成功を褒め稱え、實際に戰う樣子は省略して歌っていない。おそらく宿將が大軍をよく操ったので、荊人は自分から降伏し、戰わずして屈服したのであろう（前三章詳序其治兵、末章美其成功、出戰之事、略而不言。蓋以宿將董大衆、荊人自服、不挨戰而後屈也）

王安石にあっても、蘇轍と同じく第三章全體を戰う前の描寫とする。やはり、『正義』のようには、一章の中に異質の時間が壓縮されているとは考えていないのである。王安石も蘇轍も詩の各章の時間の流れを均一にしようという立場で解釋を行っている。さらに、本詩中ではあえて戰鬪の描寫をしていないと考えている點でも、兩者の理解は共通している。

兩者の差異も興味深い。蘇轍が卒章は敵に遭遇して今にも戰おうとするその時を描寫したと考えるのに對して、王安石は、兩者の對決が終わった後の場面ととる。王安石の解釋が『正義』を踏襲したものであるのに對して、蘇轍の解釋は『正義』と異なる獨自の解釋を行っている。王安石の解釋では、詩中の時間の流れの中に歌われることのない空白の時間（戰鬪中の時間）が存在することになるのに對して、蘇轍の說ではそのような時間的な斷絕は生じることはない。その意味でより合理的である。さらに蘇轍の解釋では、詩人は本來もっとも歌われることが期待されるべき場面であるだろう、戰鬪と戰勝の樣子をあえて歌わず、軍が戰鬪に向けて刻一刻と緊張感を增していく有樣を歌い、戰鬪開始の直前で描寫を打ち切り、兵士らの興奮の餘韻を殘して詩が終わることになる。王安石の解釋に比べて詩全體の時間の流れがより濃密であり、緊迫感が著しく增している。このように見ると、蘇轍は王安石の解釋を參考にしつつ、詩篇の文學性を高めるためにいっそうの工夫をしているということができる。

ところで、詩篇の視點の一貫・詩篇の時間の整序化は、歐陽脩『詩本義』にもすでに見ることができる。(10) これから考えると、王安石はこの解釋の態度を歐陽脩から學び、蘇轍は歐陽脩・王安石兩方の回路を通して學んだと言えるかもしれない。

4　王安石の方法論の應用――漸層法による解釋――

　詩篇の構成に關する認識としては、『蘇傳』と王安石との閒には、視點の一貫の他にも興味深い共通點がある。それは漸層法による解釋である。詩經の詩篇のほとんどは數章仕立てで構成されているが、その中には一般に疊詠と呼ばれる、同様の內容を少しずつ語句や表現を變えながらたたみかけていくという構成を取るものが多く見られる。そのような詩を、單に同じ內容が繰り返されていると考えるのではなく、ある事件・事物が時閒の推移・事態の進展の中で少しずつ變化を見せたり、あるいは程度を大きくしていったりしている様子を描いているのだと解釋するのが、漸層法である。王安石の詩經解釋において漸層法が多用されていることは先に論じた[11]。また、小雅「鼓鍾」の解釋で『蘇傳』が王安石の漸層法による解釋を受け繼いだと思われることも指摘した。

　ところで、漸層法による解釋は單に王安石の個別の經說を踏襲したものにのみ見えるわけではない。現存の『新義』に見えない部分についても、『蘇傳』は漸層法による解釋を行っているものがある。

　小雅「白駒」は、周の宣王が賢臣を朝廷に引き止めることができなかったことを刺《そし》る詩である。宣王の朝廷から白駒に乘って立ち去っていく賢者に對する思いが歌われている。全四章からなるが、『蘇傳』の解釋に據れば次のようになる。

［首章］故に、〔賢者が朝廷を去ろうとしているまさに〕このときになっても、なお彼が朝廷でのんびり日を過ごしてくれるよう願っている。のんびり過ごすということは政治向きの仕事をしないということである。朝廷內で

仕事をせずのんびり日を過ごされた方が、去られるよりはましである（故於其去也、猶欲其於是逍遙。逍遙不事事也。雖逍遙猶愈於去耳）

［第二章］〈客〉というのは、やはり〔朝廷で〕仕事をしない〔で留まっている賢者の〕ことを言っているのである（出仕しなくとも留まってほしいという氣持ちを表している）（客亦非執事者也）

［第三章］賢者は去ってしまったが、なお彼がまたやってきてくれることを願っている。だから彼に、「あなたがもし來てくれるのならば、公侯の待遇であなたを扱おう」と呼びかける（既去矣、而猶欲其復來。故告之曰、子苟來也、將待爾以公侯）

［卒章］賢者は〔一旦は〕來たのだが〔王から〕相手にされず、朝廷を去って空谷に入り、山菜を食べる生活に甘んじている。人々はそれを見て玉のように清いと褒め稱える。詩人である君子はそこで、賢者がしばしも朝廷に留まりたくないと思っていることを知る。それでもなお、彼の聲を聞きたくて、「私にその聲を聞かせるのを惜しんで、遠くに去りたいなどと思わないでほしい」と告げる。彼をこの上もなく愛惜しているのである（來而莫之顧、則去而入於空谷、甘於生芻。人之望之、如玉之絜也。君子於是知其不肯少留、而猶欲聞其音聲。故告之曰、無貴爾音而有遠去之心。愛之至也）

蘇轍は本詩に、王に疎外された賢者が朝廷を去ろうとしている時——去ってしまった時——去ってから時が經過した後（彼の隱遁を人々が噂するようになった頃）という、一連の時の經過を見出している。それに伴って詩人の思いも、朝廷を去らずに留まっていてほしい——再び朝廷に戻ってほしい、と賢者を何とか朝廷に引き留めようとする心境から、卒章では、彼が戻る意志がないことを受け入れた上で、せめて時々は會えるよう遠くへ行かず、近くで隱遁生活を送ってほしい、という諦念を含んだ愛惜の情へと變化している。章ごとに時間と心理に進展が見られる、典型的な漸層法による解釋である[12]。

この種の漸層法を用いた解釋は他にも、王風「中谷有蓷」などにも見ることができ、蘇轍がこの解釋方法を自家藥籠中のものにしていたことがわかる。これは取りも直さず彼が、詩經の詩篇には論理的構造と敍述のダイナミズムが備わっていると認識していたことを表す。つまり、詩經がどのような表現様式を持っているかという認識の面でも、また、その認識に基づいてどのように解釋を展開させるべきかという方法論の面でも、王安石と共通するところが大きかったことを表している。

5　以上述べたことの但し書き

以上、詩經解釋において『蘇傳』が『新義』から影響を受けていると考えられる例を考察した。考察の結果、蘇轍が王安石に學んだと考えられる點は豫想以上に大きく、兩者の政治的な對立關係、またその根底に横たわる價値觀・人間觀の違いにもかかわらず、詩經解釋學の立場においては、王安石と蘇轍とは共通の志向性を持っていたと言うことができる。

ただし、これまでの考察の有效性を推し量る際、念頭に置かなければならないことがある。それは、王安石の『新義』が、ひとたび歴史の大海の中に亡佚し、いま我々が目にすることができるのは、諸家の努力によってかろうじてすくい上げることのできた、ほんの斷片的な經説にすぎないということである。その意味では蘇轍と王安石の詩經解釋上の關係のほんの一部分しか我々は議論することができないのである。このことは、我々の考察を進める上で、正反兩方の方向について、大きな空白が横たわっているということを意味する。

王安石の經説が十全な形で殘されていない以上、本章の中で、『新義』に見えないと述べた經説であっても、實は必ずしも王安石の詩經解釋に本來なかった經説であると斷言することはできない。言い換えれば、王安石と蘇轍の學問的關係はさらに多樣かつ深いものであった可能性はあり得る。しかし逆に言えば、現存しない『新義』の經説の中には、蘇轍の詩經學と大きく對立する性格を持つものがなかったとも言い切れない。その意味では、現在殘されている『新義』との比較から、王安石と蘇轍の學問的親近性を强調しすぎることは戒めなければなるまい。

また本章では、『新義』と『蘇傳』の閒に共通する詩説が見られる場合、蘇轍が王安石から學的影響を受けたと假定して考察した。これはあるいは事態をあまりに單純に捉えすぎているという批判を受けるかもしれない。異なる學者が同じ説を唱えたとしても、單なる偶然の一致である可能性は常に否定できない。特に、蘇轍の詩經研究が蘇轍二十歲のみぎりから着手され(13)、その一生をかけて完成されたこと(14)を考慮に入れるならば、王安石が『新義』を世に問う以前に蘇轍がすでに王安石と同じ説に達していたこともあり得、偶然の一致である可能性はより高くなる。

しかし、たとえ兩者の説が偶然に一致していたに過ぎないとしても、その説を導き出す理念・方法論が共通していることはやはりなおざりにはできない。なぜならば、直接的な繼承關係はなかったとしても、それは學派的立場を超えて北宋の詩經學がどのような認識の基盤の上に成り立って、どのような學問的あり方を志向していたかを示唆するものだからである。また、このような時代の學問的志向性・集團的學術活動を把握するために、作業假説として、そこに學問的繼承の關係があったと假定したとしても、それほど大きな誤解にはつながらないであろう。むしろ、事態を繼承關係として模式化して考えた方が、個別の經説單位に考察を重ねていく際に、問題の本質を捉えやすくし、ひいては詩經學の大きなうねりを捉えることができる。その意味で、以上に行った考察は北宋詩經學史を考える上で一定の意味を持つと筆者は考える。

6　『蘇傳』の解釋戰略――北宋詩經解釋學の方法論の志向性――

これまで見てきた王安石と蘇轍の詩經學の共通點のうち、學術的な繼承關係としてより本質的と思われる、詩篇の內容の解釋に關する點をまとめてみると、次のようになる。

一、詩篇における敍述の視點の一貫性の追求
二、詩篇における時間の流れの合理化
三、漸層法による解釋

このうち、一・二は、すでに歐陽脩によって詩經研究の方法論として用いられており、蘇轍は歐陽脩と王安石兩方の回路を通じて學んだと見られるものであり、三は、王安石の詩經解釋に顯著に現れるものであった。この三つには、共通した志向性がある。それは一篇の詩における敍述の一貫性を追求し、詩篇の包含する詩的內實を濃密なものにするという解釋姿勢である。

詩篇の各章閒に敍述上の有機的連關が存在するということは、周南「關雎」の『蘇傳』に詩經の一般法則として指摘されている。

「芼」は、選ぶである。求めて見つけたならばそれを摘み取り、摘み取って手に入れたならば選び分けるのである。時開的な前後の順に從って敍述しているのである。およそ詩經の敍述というのは、みなこれに類する（芼、擇也。求得而采、采得而芼、先後之敘也。凡詩之敘類此）

これは、「關雎」の「參差荇菜、左右流之」（第二章）、「參差荇菜、左右采之」（第四章）、「參差荇菜、左右芼之」（卒章）の關係について説明したものである。この三種の詩句に、荇菜という水草を先祖のみたまやに祀るために「探し求め―摘み取り―選び分ける」という、一連の過程が歌われていると言うのである。[15] 一方、鄭玄はこの三つについて、

言后妃將共荇菜之葅、必有助而求之者　　［第二章］
言后妃既得荇菜、必有助而采之者　　［第四章］
后妃既得荇菜、必有助而擇之者　　［卒章］

と解釋する。第四章と卒章が「既に荇菜を得て」という言葉を共有していることから考えると、鄭玄はこの三章を時閒的前後關係を含む一連の過程という觀點から解釋しているわけでは必ずしもないと考えられる。これと比較するならば、蘇轍には、詩全體の意味的な一貫性を追求することを自己の解釋における大きな理念としていたことがわかる。そしてこの解釋姿勢の有無によって、蘇轍は歐陽脩・王安石とともに、漢唐詩經學と對立する北宋詩經學という學的流派を確かに構成しているということができる。[16]

このことは、詩經の比喩、特に「興」に對する認識についての漢唐詩經學と『詩本義』との差異からも傍證が得られる。漢唐の詩經學では、興句內部における比喩と比喩されるものとの意味の對應を解明しようという意識が強く、そこで使われている比喩が詩篇全體の內容とどのように關わっているのかということについては、それほど關心を持たない傾向がある。それに對して、歐陽脩の詩經解釋では詩篇全體を視野に入れ、比喩が詩篇全體の內容とどのように關わっているのかを考察していこうという態度が顯著である。[17] ここからも、一篇の詩における意味的一貫性に對する漢唐詩經學と宋代詩經學との意識の違いが見られる。

このように考えると、詩篇の意味的な一貫性・詩的內實の濃密化の追求こそが、宋代詩經學が漢唐詩經學を乘り越

え獨自の意義を有する解釋學を構築するに至った大きな原動力であったと言えるのではないだろうか。またそのような意味で、この解釋姿勢を歐陽脩・王安石の兩者から受け繼ぎ、解釋の方法論として活用し、3—②の小雅「采芑」で見られるように詩篇の敍述内容の緊密性をより一層追求した蘇轍という人物は、北宋詩經解釋學の理念と方法論を完成に導いた存在であったということができるのではないだろうか。

7　おわりに

前章までに、蘇轍が歐陽脩と王安石の兩者の詩經解釋學の方法論を繼承して詩經研究を行った樣子を見ていった。歐陽脩・王安石・蘇轍の三者が詩經解釋の志向性において共通する部分があったということは、別の視點から考えれば、王安石の詩經學の位置についても再檢討の必要があることを示唆している。王安石の詩經學は、從來宋代詩經學の中で孤立的な存在として扱われるのが常であったが、本章の考察に從えば、宋代詩經學の確立の道筋の中で確かな位置を占めていたと言うことができる。今後、彼の貢獻と影響とはより具體的に考察されなければならない。

ところで、歐陽脩と王安石の詩經學は必ずしも一筋の流れではなく、異質な方法論・詩經觀もまま見られる。兩者の詩經觀の最も顯著な違いとして、詩の作者についての認識の違いを擧げることができる。歐陽脩は、詩經の詩篇を「古詩」の一つと位置づけ、その作者は貴賤・賢不肖一樣ならざる多くの人々からなると考えていた。彼に據れば、詩經の詩篇が人民を教化する聖典たり得るのは、あくまでそれが孔子による嚴密な取捨選擇と改編を經ているからである。[18]それに對して、王安石は、詩經の詩篇を後世の文人詩に近い性質を持つものと捉え、その作者は高い知性と道德とを備えた知識人であると認識していた。彼は歐陽脩とは違い、詩經の詩篇は孔子の存在を待たずに、本來的に經典たり得る道德的內實を備えたものと考えていた。[19]

第4節で見たように、蘇轍の詩經解釋には王安石から學んだと考えられる漸層法によって詩篇を解釋している例が多く見られる。ところで、漸層法による解釋は王安石にあっては、詩篇の作者が高い文學的素養を持っているという認識と極めて整合的に結びついて存在しているものであった。一方、蘇轍は詩の作者についての認識・詩經における孔子の役割についての認識は歐陽脩を踏襲している。[20] ここには、蘇轍が先人の業績を取り入れつつ自身の詩經學を構築していく際に、異質の詩經觀とそれに基づく方法論を自己の詩經學の中でどのように整合させ調和させていたかという問題が存在している。本章では、このことを明らかにする餘裕がなかった。この問題については、蘇轍の漢唐詩經學についての認識をより詳細に考察した上で、それとの關連において取り上げ考えてみたい。

注

（1）文淵閣四庫全書864、一七六頁。

〔附記〕

本章初出稿發表後、孔凡禮『蘇轍年譜』（學苑出版社、二〇〇一）熙寧八年（一〇七五、蘇轍三七歳）の條によって、蘇轍に王安石の『三經新義』を諷刺した「東方書生行」（『欒城集』卷五、上冊一二二頁）の作があることを知った。詩中に、「辟雍新説從上公、冊除僕射酬元功……康成穎達棄塵灰、老聃瞿曇更出入…東鄰小兒識機會、半年外舍無不知…是非得失付它年、眼前且買先騰踔」と言い、科擧合格を狙って『新義』に飛び付く受驗生の樣子が活寫されていると同時に、漢唐の學の輕視、佛道の混入という、『三經新義』の要害を衝いた諷刺が行われている。

（2）蘇軾「張文潛縣丞に答ふるの書（答張文潛縣丞書）」（中華書局排印本『蘇軾文集』卷四九、第四冊一四二七頁）。

（3）戴維前掲書、三〇九頁。

（4）『宋史』「蘇轍傳」（中華書局排印本、第三一冊一〇八二四頁）。なお蘇轍のこの上奏文は、『續資治通鑑長編』卷三七四、元祐元年四月庚寅の條（中華書局排印本、九〇六〇頁）に載り、裁可されている。また、それを受けた司馬光の上奏文が同卷三七六、元祐元年四月辛亥の條（同九一一七頁）、および「乞先行經明行修科劄子」の題名で、彼の文集『溫國文正司馬公文集』巻五二（四部叢刊正編41）に收められている。それに據れば、この時の決定が元祐五年以降の科擧での改正を見据えた暫定措置であると書かれており、蘇轍の建議が『新義』そのものに對する評價に基づいて出されたものではなく、あくまで行政上の配慮によるものだったことが確認できる。

（5）ただし、蘇轍もその「苗授保康軍節度を知潞州に除するの制（除苗授保康軍節度知潞州制）」の、「獨り煩使に賢《つか》るるを憖《あはれ》み、暫《しばら》く近藩に佚《たの》しましむ（憖獨賢於煩使、俾暫佚於近藩）」（『欒城集』巻三三、上海古籍出版社排印本、中册六九三頁）の句では、毛傳の「賢、勞也」の字義を用いているところから見て、毛傳の訓詁を全面的に否定していたわけではないと考えられる。

（6）鄭箋に、「苹、藾蕭也」と言う。日本名については、『大漢和辭典』の比定に從った。

（7）蘇轍の詩序認識の性格については、本書第八章に詳しく考察したい。

（8）『漢語大詞典』に據れば、『韓非子』「解老」の「嗇之謂術也、生於道理」、同じく「亡徵」の「知有謂可斷而弗敢行者可亡也」の「謂」が「作爲」「成爲」の意味で用いられていると言う。馮其庸審定・鄧安生纂著『通假字典』（花山文藝出版社、一九九八）でも、「謂」が「爲」と通じると言い、『漢書』巻四六「萬石君傳」の「子孫謂小吏、來歸謁」を例に擧げる。本詩における蘇轍の訓詁はこの用法にあたるものであろう。

（9）「我」のこのような解釋の仕方が小雅「杕杜《ていと》」にも見られることは、本書第六章を參照。

（10）本書第六章を參照。

（11）本書第五章第二節。

（12）「白駒」の鄭箋の解釋では、全篇朝廷を立ち去った賢者に對して、思慕しつつ自分を見捨て去ったことを怨む内容と解釋していて、『蘇傳』のような時間的な變化を明確に見出していない。

（13）蘇轍の詩經研究に關しては、孔凡禮『蘇轍年譜』（學苑出版社、二〇〇一）の繫年に從った。それに據れば、『欒城遺言』に、「年二十、作詩傳」とあり、さらに「公解詩時、年未二十。初出魚藻兔罝等說、曾祖編札、以爲先儒所未喩」という記事があるのを根據にして『蘇傳』の著述開始を、蘇轍二十歳の年（仁宗嘉祐三年、一〇五八）とする。時に、歐陽脩が『詩本義』を完成させた年（嘉祐四年、一〇五九）の一年前、王安石が『三經新義』を皇帝に呈上し、國子館に送って版刻せしめた年（神宗熙寧八年、一〇七五）の十七年前である。

(14)　孔凡禮『蘇轍年譜』では、『蘇傳』の定稿時期を、兄蘇軾が「詩傳・春秋傳・古史三書は以爲らく古人の未だ至らざる所なり」と論じているのを根據にして、紹聖四年（一〇九七、蘇轍五九歲）に比定する。しかし、孔氏はさらに、大觀四年（一一一〇、蘇轍七二歲）の年に、詩を作り「西方他日事、東魯一經傳」と歌っているのを取り上げ、「其時、蘇轍心中所繫念者乃詩傳與春秋傳」と言い、定稿の後もさらに手が加えられ續けたと考えている。筆者はその說に從った。蘇轍の沒年は政和二年（一一一二）であるのでその二年前まで、詩經研究が繼續していたということになる。なお、『蘇軾文集』卷五二「與王定國」第十一簡に、「子由亦了却詩傳」とあり、元豐四年（一〇八二、蘇轍四三歲）に脫稿したことがわかるが、孔氏はこれはあくまで初稿であり、その後もたえず手が加えられていったと推定する。

(15)　この三つの詩句についての解釋は、『詩本義』と現存の『新義』には見えない。

(16)　土田健次郎氏は、王安石の批判者として有名な程頤が、推稱すべき易解として王弼・胡瑗と竝べて王安石の易解を擧げていることに注目し、その理由を考察し、王安石の易解は『易經』の文義の考證に力を入れる義理易に屬するものであり、その點で程頤の易學と親近性をもっていたのであろう、と述べる（『道學の形成』、創文社、二〇〇二、第四章、二四〇頁）。經典内部の意味的連關を重視し、全體的視點から解釋を行うという點で王安石の詩經學と似た性格を看取することができる。さらにそうした解釋姿勢が彼の批判者からも認められていたという點で、本論で檢討した王安石と蘇轍との關係と共通している。王安石の學問が宋代詩經學の成立に果たした功績を考える上で、興味深い視點を提供してくれる。

(17)　本書第四章、第4節參照。

(18)　同右、第7節參照。

(19)　本書第五章、第6節參照。

(20)　本書第六章、第4節參照。

第八章　小序に對する蘇轍の認識
――穏やかさの内實　その三――

1　はじめに

蘇轍は、小序の初一句を孔子以來の傳承を持つ眞正なものとして尊重する一方、第二句以下を漢代の學者による敷衍にすぎないとして、『蘇傳』には載せなかった。これは、漢唐の詩經學の最大の據り所であった小序に部分的ながらも疑問符を突きつけ、その權威を相對化することによって、後の鄭樵や朱熹等による小序全面否定の流れを開いた學說であり(1)、宋代詩經學の重要な里程標として常に取り上げられるものである(2)。

この通說に對して、筆者は基本的には異論はない。ただし、從來の研究では蘇轍の小序說を單獨に取り上げて論じる傾向が强かった。言い換えれば、蘇轍が小序の第二句以下を削除したことが、また逆に小序の初句を孔子傳來の眞正なものとして第二句以下から切り離して殘したことが、詩篇の解釋にどのように反映されているか、漢唐の詩經學と異なる新しい解釋を生み出すことにどのようにつながっているのか、という視點が從來の研究には少なかったように思う(3)。

しかしながら、詩序が一篇の詩の趣旨を規定したものである以上、その詩序に對する新たな認識は詩篇の解釋に新たな局面をもたらしているだろうと考えるのはごく自然であり、この假說は當然檢證されなければならない。この視點は、彼の詩經解釋學の全貌を知るために不可缺であることはもちろん、南宋の朱熹を代表とする學者が、詩序を全否定した後、どのような思惟によって詩篇の内容を解釋しようとしたかを考える上でも、重要な意義を持つ。本章ではこのような視點から改めて蘇轍の小序認識を考察してみたい(4)。

考察にあたって、比較の對象として北宋以前において小序の權威的な解釋とされてきた鄭箋、およびその再解釋である『正義』の説を取り上げることになる。また、蘇轍が小序第二句以下の主要な撰者として毛公を想定していること(5)から、必然的に毛傳も考察の視野に入ってこよう。したがって、本研究は『蘇傳』と漢唐の詩經學との關係について考えることにもつながるだろう。

2　小序初句と第二句以下に對する認識に違いが見られない例

小序の第二句以下を削除したことは、蘇轍の詩經研究にとってどれほど必然的な意味を持っていたのだろうか。その詩篇の解釋をどれほど新しい局面へと導いているだろうか。この問題を考えるためには、個々の詩篇の『蘇傳』において、彼が削除した詩序の第二句以下に述べられている内容からどれだけ自由な解釋がなされているかを調べる必要があるだろう。本章では、その事例を檢討し、そこから蘇轍の詩經解釋の方法の性格について考えてみたい。

①小序第二句以下に據って初句に規定されていない内容を讀み取っている例

小雅「伐木」の『蘇傳』に次のように言う。

仕事としては非常にささやかなものながら友を必要とするのは、木を切る仕事である。動物の中で無知であるが、その羣れを忘れないのは鳥である。鳥は谷から出て木に登り、木を安全なすみかとするが、自分一羽で獨占しようとはせず、嚶然《おうぜん》と鳴いてその友を求める。ましてや、木を切るよりも重大な仕事に携わり、かつ知恵のある人間であればなおさらである。だから先王は友人や古いなじみを忘れることはなく、人が自分を助けてくれるばかりではなく、鬼神も自分を助けて平和をもたらしてくれると考えた（事之甚小而須友者、伐木也。物之無知而不忘其羣者鳥也。鳥出於谷而升於木、以木爲安、而不獨有也、故嚶然而鳴以求其友。況於事之大於伐木而人之有知也哉。是以先王不遺朋友故舊、以爲非特有人助也、鬼神亦將祐之以和平矣）

木を切るのは至ってささやかな仕事だが、それですらなお友を必要とする。故に、君子は閑暇の折には酒食をもって友をもてなし、その歡心を求める（伐木至小矣、而猶須友。故君子於其閒暇而酒食以燕樂之、所以求其歡也）

ここには、谷閒を飛び回る鳥から人閒まで、そして木こりのような庶民から天子まで、生けとし生けるものすべてが友を求めるというイメージが展開されている。この解釋は、おそらく王安石の解釋に學んだものと考えられる。(6)

一方、毛傳では、本詩の首章の「木を伐つこと丁丁たり、鳥鳴くこと嚶嚶たり（伐木丁丁、鳥鳴嚶嚶）」の二句を、木を切る音に鳥が驚いて鳴き交わす樣子によって、友人二人がたがいに怠りなく切磋琢磨する樣子を喩えていると解釋する。また鄭箋は、世に出る前の文王が友人と伐木の勞働に携わっていた時の實際の樣子を描いたものと解釋する。(7)いずれも、そこに描かれているのはある一對の友人同士の友愛のありさまに止まり、王安石や蘇轍が提示したような、萬物みな友を求めるというような廣がりのある解釋はしていない。

それでは、王安石・蘇轍の解釋は何をもとにして發想されたのだろうか。それは蘇轍が採用した小序の初一句、「伐木」は友人と古いなじみをもてなす詩である（伐木燕朋友故舊也）

ではないだろう。ここには、卑賤の者や鳥獣も含めて萬物がみな友人を必要とするという構圖は描かれていないからである。それでは、彼らの説に見られるような廣がりのある解釋の先行例はないだろうか。詩序の全文を見てみよう。

「伐木」は友人と古いなじみをもてなす詩である。天子から庶民に至るまで友を必要とせずに事を成就するものはいない。親族に親しみ睦まじくつきあい、賢者を友として捨てることなく、古いなじみを忘れたりしなければ、人民の德も眞心あるものとなっていく（伐木燕朋友故舊也。自天子至于庶人未有不須友以成者。親親以睦、友賢不棄、不遺故舊、則民德歸厚矣）

ここには鳥も友を求めるということには觸れられていないものの、「天子より庶人に至るまでいまだ友を須《もと》めずして以て成る者有らず」とあり、人間は誰でも友が必要だと述べられている。王安石の説は、これを擴張して成ったものと考えられる。その王安石の説に基づいた蘇轍は、自分が採用しなかった第二句以下に述べられている内容に從って解釋を行っていることになる。

②　小序第二句以下に據って初句と詩句との不整合を解消している例

曹風「鳲鳩」において、『蘇傳』に載せる序は、「鳲鳩は壹ならざるを刺るなり（刺不壹也）」である。ところがこの詩は首章に、

鳲鳩在桑　鳲鳩　桑に在り
其子七兮　其の子　七なり
淑人君子　淑人君子

其儀一兮　其の儀　一なり

とあるように一貫した態度を褒め稱えるものであり、蘇轍もまたそのような解釋をしている。

鳲鳩が雛に餌を與えるときには、朝には上の枝にいる雛に餌を與えてから下の枝にいる雛へ、夕方には反對に下の枝にいる雛から上の枝にいる雛へと餌を與え、均しく不公平が出ないようにする。君子が人に接するときにも、公平な態度をとることはちょうどこれと同樣である。（鳲鳩之哺其子、朝從上下、莫從下上、平均如一。君子之於人、其均一亦如是也）

すなわち本詩は、詩句を讀む限り、序に言う「壹ならざるを刺る」という形象は現れないので、序と詩句との間に乖離が存在していることになる。しかもこの乖離は、右の『蘇傳』を讀む限りでは解決されていないように見える。

蘇轍が削除した部分も含めて本來の詩序を見てみよう。

鳲鳩は壹ならざるを刺るなり。在位に君子無く、心を用ふること壹ならざるなり（鳲鳩刺不壹也。在位無君子、用心之不壹也）

第二句の「在位に君子無し」が注目される。これは本詩の首章に言う「淑人君子」の「君子」と呼應している。すなわち、詩篇で詠われている均一の德を持つ君子は、現今の在位の中には存在しない、そのような現狀を詩人は批判している、と詩序は言っているのである。詩人の生きる現實の世界には存在しない理想の人物のありさまを思い描くことによって、現實の亂れた世を嘆き批判するという圖式で詩を讀み取っているので、「陳古刺今」(8)という考え方ときわめて似た詩解釋であるが(9)、このような考え方を橋渡しにすることで、初句の「壹ならざるを刺る」と、詩篇に詠われた理想的な君子に對する贊美との閒の乖離が解消されることになる。注釋中に明言していないものの、やはり蘇轍は自身が削除した第二句、特にその「君子無し」という語を前提として本詩を解釋していることになる。(10)

③　小序第二句以下を批判している例

右に、蘇轍が實際の詩篇の解釋において小序の初句と第二句とを切り離して考えていたわけではないことを表す例を檢討した。このような特徴は、逆に詩序の第二句以下の解釋を批判しているものを見ることで傍證を得ることができる。

陳風「墓門」の小序全文は以下の通りである。

墓門、陳佗《ちんた》を刺るなり。陳佗　良き師傅無く、以て不義に至り、惡は萬民に加ふ（墓門、刺陳佗也。陳佗無良師傅、以至於不義、惡加於萬民焉）

陳佗は、陳の桓公の弟で、桓公が病に倒れたとき、太子の免を殺して陳君の位を簒奪した人物である。蘇轍はこの序の初句「墓門は、陳佗を刺るなり」のみを採用し、第二句以下に對しては注の中で以下のように批判する。

陳の人々は、陳佗が臣下としての道を全うできない人閒であると知っていた。しかし、桓公は彼を追放せず、その結果反亂を引き起こしてしまった。だから、國の民は亂の原因を追及して桓公にその責任があるとし、桓公には將來を見通すだけの知惠がなかったと考え、故にこの「墓門」の詩で彼を刺ったのである。……しかしながら毛公は「墓門」が桓公のことを歌っていることがわからず、陳佗のことを歌っていると考えた。だから、彼は詩中の「斧」や「鴞」がいずれも陳佗の師傅を指すと解釋した。また、この詩に序をつけてやはり、「佗に良き師傅無く以て不義に至り悪は萬民に加ふ」と言った。これらは誤りである。（陳人知佗之不臣矣、而桓公不去以及於亂。是以國人追咎桓公、以爲桓公之智不能及其後、故以墓門刺焉。……然毛氏不知墓門之爲桓公、而以爲陳佗。故以斧鴞皆爲佗之師傅。其序此詩亦曰、佗無良師傅以至於不義悪加于萬民。失之矣）

蘇轍は、「墓門」が陳佗の反亂を引き起こした桓公を刺る詩であるという解釋を取り、その立場から、毛傳の訓詁や毛公が著したと彼が考える小序の第二句以下の説を批判する。しかし、右に見たように小序の初一句がすでに第二句以下と同様に「陳佗を刺る」詩と規定しているのである。つまり、蘇轍の立場からすれば、初一句も誤った解釋をしていることになる。にもかかわらず、蘇轍はこれに對して何ら批判を加えていない(11)。これは、この詩の中で蘇轍は小序の初一句を信頼すべき説として揭出してはいるが、實はそれに基づいて詩篇の解釋を行っているわけではないことを示している。

①②で見た例は、蘇轍が詩序に從って詩篇を解釋する場合において、必ずしも詩序の初一句と第二句以下とを切り離して考えていたわけではないことを表すが、「墓門」の例は逆に、蘇轍が詩序の解釋に反對するという立場に立った場合でも、必ずしも詩序の初一句と第二句以下の閒に性格の違いを認めていなかったということを表している。

以上檢討した例においては、小序の初一句を採用し第二句以下を削除するという蘇轍の詩序認識は、詩篇の解釋を從來の解釋を超えた新たな次元に踏み出させるような生產性を持ったものとしては機能していない。このような事例が複數存在するということは、蘇轍の詩序説がその詩經研究全體に占める意義についての從來の見方を再考する必要があることを示している。はたして、蘇轍は小序の記述を重んじていたのか輕んじていたのか、あるいはその價値をどの程度に見積もっていたのであろうか。この問題について、別の側面からさらに考察を加えよう。

3　小序第二句以下の削除が新たな解釋と整合的である例

蘇轍の詩序認識は、詩篇の解釋に全く關係しない、彼の詩經學において孤立した存在にすぎないのであろうか。必ずしも性急にそのように結論づけることはできない。『蘇傳』の中には、前章で檢討したものとは異なる性格を持った例も見出すことができるからである。本章では、それら——蘇轍の詩序認識が詩篇解釋と論理的に整合している例——を檢討してみよう。

①詩篇の構成についての認識

邶風「雄雉」の小序の全文は以下の通りである。

「雄雉」は、衞の宣公を刺った詩である。淫亂で、國事を心に掛けず、戰爭をたびたび起こし、そのため大夫は長い間外地で使役され、夫も妻も獨り寢を恨むようになった。國の民はこれを愁いこの詩を作った。（雄雉、刺衞宣公也。淫亂不恤國事、軍旅數起、大夫久役、男女怨曠、國人患之而作是詩）

ここには、衞の宣公を刺る要素が複數擧げられている。すなわち、

○淫亂な行いをした。
○戰爭をたびたび起こした。
○國人達はそのため、夫は妻と別れ、
○妻は夫から別れなければならなくなった。

である。毛傳と鄭箋は詩中にこれらの要素を見出そうとする。まず、首章において次のような解釋をする。

雄雉于飛　雄雉　于《ゆ》き飛ぶ
泄泄其羽　其の羽を泄泄《えいえい》す

［傳］興である。雄の雉は雌の雉を見ると、飛びながらその翼を震わせるように頻りに羽ばたく（興也。雄雉見雌雉、飛而鼓其翼泄泄然）

［箋］興とは、宣公がその衣服を整えて立ち上がり、その姿形を威勢よく見せるが、頭の中は女性のことしかなく、國家の政治を心に掛けたりしないということを比喩している（興者喩宣公整其衣服而起、奮訊其形貌、志在婦人而已、不恤國之政事）

我之懷矣　我の懷《やす》んずる
自詒伊阻　自ら伊《こ》の阻《なや》みを詒《のこ》す

［箋］「懷」は安んじることである。……主君の行いがこのようであるのに、私はその朝廷に腰を落ち着けて立ち去らなかった。今や從軍して長いこと使役され歸還することができないでいる。これは、つらく苦しい境遇を自らにもたらしたというものである（懷安也。……君之行如是、我安其朝而不去。今從軍旅久役、不得歸。此自遺以是患難）

傳と箋は首章を二つに分けて考え、前半の雉の比喩が序の「淫亂」を歌ったもので、後半が「軍旅數《しば》しば起こり、大夫久しく役せられ、男曠《こう》す」を歌ったものだと考える。第二章も首章と同樣の內容を持つと考えた上で、第三・卒章が「女怨す」にあたる內容を歌っているとする。例として、第三章を擧げる。

瞻彼日月　彼の日月を瞻《み》れば
悠悠我思　悠悠として　我　思ふ

［箋］日と月とは、一方が沈み行けばもう一方が上り來るというように運行する。今、夫は私を置いて長いこと遠征に行ったままで戻ってこない。そのため私の心は夫を思い愁いに沈んでいる。女性が怨んでいる言葉である（視〈もと「視」無し。校勘記に據って補う〉日月之行、迭往迭來。今君子獨久行役而不來。使我心悠悠然思之。女怨之辭）

道之云遠　道の云《ここ》に遠く
曷云能來　曷《いず》くにか云《ここ》に能く來らん

［箋］「曷」は何である。いつになったら夫が戻ってきてその姿を望み見ることができるのだろうか（曷何也。何時能來望之也）

以上をまとめると、傳箋の解釋による本詩の構成は次のようになり、きわめて複雑な構成を持った詩篇ということになる。

首章　｝…｛淫亂不恤國事
第二章｝　　｛軍旅數起・大夫久役・男曠
第三章｝………女怨
卒章　｝

一方、『蘇傳』の解釋は單純である。彼は序について次のように言う。

そもそもこの詩は、宣公が戰を起こすのを好むことが、雄雉が闘争に勇み立つ様子と似ていることを歌う。……「軍旅數《しば》しば起こり、大夫久しく役せらる」と解釋するのは正しい。しかし、それとともに、彼の淫亂を刺《そし》り、夫が妻から離れ妻が夫から離れることを怨むと解釋するのは、詩中にそのようなことは言っていない（夫此詩言宣公好用兵、如雄雉之勇於鬬。……以爲軍旅數起、大夫久役是矣。以爲幷刺其淫亂怨曠、則此詩之所不言也）

彼は、この詩を宣公が戰を好んだことを刺る詩だという觀點で解釋を一貫させる。したがって、詩篇も傳箋の解釋のように複雜な構成をとるのではなく、長く外地で使役せられる大夫が、宣公を刺り、自分の不明を恥じ、故郷を思うという、單一の視點からの敍述として全篇解釋される。このような淫亂・男曠女怨という要素を否定する解釋は、小序の第二句以下を排除したことと合致している。初一句のみを採用するという態度が詩篇の構成の讀み取りと對應している例ということができる。

とはいえ、蘇轍も小序第二句以下の「軍旅數しば起こり、大夫久しく役せらる」という部分については解釋のよりどころとしている。初句の「衞の宣公を刺る」からは、宣公が外征軍をしばしば起こしたために、大夫が久しく外地で使役されたということはわからず、詩篇中にもそれと關係し得る詩句は、第三章の「道の云に遠く、曷くにか云に能く來らん」しかなく、またこの二句にしても右のような解釋を導き出すほどの情報量をもったものではないからである。したがってこの詩においても、蘇轍は第二句以下から完全に自由な解釋を行っているとは言えない。

王風「兔爰」の『蘇傳』に次のように言う。

ウサギはずるがしこくてなかなか捕らえることができない。キジは節操が高くて簡單に捕らえることができる。世が亂れると輕薄でずるがしこい人間が好き放題に振る舞い、高潔な士が常にその災禍を被る。詩中に、「尙《こひねが》はくば寐《い》ねて吪《うご》くこと無からんと」と言うのは、死んでも會いたくないという氣持ちを表した句である。別解に次のように言う、――網はウサギを捕まえるために仕掛けられたものである。ところがウサギはうまく免れてキジの方が網にかかってしまった。天下の禍は、眞っ先に世を亂した人閒の報いである。しかし、眞っ先に世を亂した人閒はすでにこの世を去ってしまった。そして、彼の跡を繼いだ人閒がその報いを受けることになった。自分がしでかしたことでもないのに、かえってその災禍を被ってしまった。だから、眠りについて動きたくないと思うのである（兔狡而難取、雉介而易執。世亂則輕狡之人肆而耿介之士常被其禍。其曰尙寐無吪、寧死而不欲見之之辭也。或曰、羅所以取兔也。兔則免矣而雉則罹之。天下之禍、首亂者之報也。首亂者則逝矣。而爲之繼者受之。非其所爲而反受其禍。是以寐而不欲動也）

『蘇傳』には、二つの説が擧げられているが、いずれの説にしても、混亂の原因を作った張本人が災禍を免れ、責任のない人閒が災禍を被るという不條理な狀況を歌ったものだという解釋をとる。特定の事件や狀況に限定されない、世の習いを一般論として描いたものという立場をとるのである。

この解釋も、小序の第二句を削除したことと對應している。本詩の詩序の全文に次のように言う。

「兔爰」は、周をあわれんだ詩である。桓王は信頼を失い、諸侯は王室に背き反亂を起こし、怨みを構え禍が立て續けに起こり、王の軍隊は敗北して疲弊してしまった。君子は生きているのを樂しいと思わなくなってしまった（兔爰、閔周也。桓王失信、諸侯背叛、構怨連禍、王師傷敗。君子不樂其生焉）

この詩の第二句以降には、桓王の失信・諸侯の反亂・およびその災禍・王の軍隊の敗北、といった歴史的事件について歌われた詩だという説明がある。これに従うならば、詩中の内容が、右の歴史的事件をどのように歌っているか、その對應關係を分析的に考證しなければならなくなる。鄭箋と『正義』には、まさに小序に述べられた内容を逐一詩句の中から讀み取ろうとする努力が見られる[12]。

これと比較すると、詩句の内容を世の習いを一般論として述べたものと讀み解く『蘇傳』の解釋は、小序の初一句の「兔爰は、周を閔《あわれ》むなり」という、それ自體きわめて抽象的な定義と合致している。

ちなみに、南宋・朱熹の『詩集傳』の「兔爰」の解釋は、右の『蘇傳』の説と同樣であり[13]、蘇轍の説が後世に對して影響力を持っていたことが伺われる。

②蘇轍の道德觀・價値觀が反映されている例

檜風「隰有萇楚」においては、蘇轍がその道德觀に基づいて解釋を行っている樣子を見ることができるが、そこでも、小序の第二句以下を削除したことと漢唐詩經學と異なる解釋を行ったこととの閒に論理的な整合性を確認できる。この詩の小序に次のように言う。

「隰有萇楚」は、放恣な振る舞いを憎む詩である。國人は、自分の主君が淫らな振る舞いをほしいままにしているのを憎んで、情欲のない者を思うのである（隰有萇楚、疾恣也。國人疾其君之淫恣、而思無情慾者也）

これに基づいて首章鄭箋は、

これを興というのは、人が若いときから誠實で謹嚴であれば長じても情欲を持たないことを比喩する（興者喩人少而端愨則長大無情慾）

と言い、『正義』は、

これは國の民が主君が情欲を恣にしているのを憎み、情欲を持たない人がいないかと思い願う……これによって人が幼いときから行い正しく謹嚴な態度を持つことできるならば、長じて後もまたみだりに情欲を恣にすることがないことを興する（此國人疾君淫恣情慾、思得無情慾之人……以興人於少小之時能正直端愨、雖長大亦不妄淫恣情慾）

と言う。ここには、情欲を否定し、情欲のない人間を理想とする、きわて嚴格主義的な考え方が見られる。[14] 彼らのこのような解釋は、小序の「情慾無き者を思う」から發展したものである。つまり、鄭箋と『正義』においては、小序を墨守するという學的態度と、詩中から嚴格な道德觀を讀みとるということとが不可分に結びついている。

一方、『蘇傳』は次のように言う。

「萇楚」とは銚弋《イラグサ》である。[15] 蔓をはわせるがその枝にからみつかせることはない。柔らかく寄り添うだけである。これによって君子が欲望を持つが欲望をとらわれないことを比喩している（萇楚銚弋也。蔓而不纍其枝、猗儺而已。以喩君子有欲而不留欲也）

「君子　欲有れども欲に留まらざるなり」という言葉に注目したい。蘇轍は、欲望を持つこと自體を否定してはおらず、欲望を持ちながらもそれに支配されずうまくコントロールできる人間を「君子」として評價している。鄭箋と『正義』の說に比べ、欲望に對して寬容な態度を持っているということができる。彼のこのような解釋は、小序の「情慾無き者を思う」を排除したことと對應している。

同樣の例を、周南「巻耳」においても見ることができる。『蘇傳』が採用する周南「巻耳」の小序の初一句は、

「巻耳」の詩が歌っているのは、后妃の志である（巻耳、后妃之志也）

であるが、そこに蘇轍は以下のような注釋をつけている。

婦人は、賢者を求めて自らの助けとするよう夫を勵ますことを心得ている。そのような志を持っているだけでよいのである。賢者を求めるとかその官職を審査するとかいったようなことは、君子の職分である（婦人知勉其君子求賢以自助、有其志可耳。若夫求賢審官則君子之事也）(16)

これは、次に擧げる小序の第二句以下を批判したものである。

さらに、君子を補佐して賢者を求めその官職を審査し、臣下の勤勞の樣子を知り、心の內に賢者を推薦する志を持ち、不正や情實を行う氣持ちなどなく、朝夕にそのことを思い、一心に考えるあまり心の憂いにまでなってしまうのである（又當輔佐君子求賢審官、知臣下之勤勞、內有進賢之志、而無險詖私謁之心、朝夕思念、至於憂勤也）

ここでは、后妃自身が夫を助けて臣下にすべき賢者を探し求め、またどの官職に就けるべきか審査すると述べられている。それを蘇轍は批判しているのである。この他に、小序第二句以下と『蘇傳』とを比較すると、小序にあった「后妃の憂い」という要素が『蘇傳』にはないことが注目される。この憂いは、國事を自分の責任として引き受けることから生まれたものであるので、それが排除されているのは、后妃が國家の政治に關與するという解釋を否定したことと對應している。

本詩の首章の『蘇傳』にも、

（摘もうとしている）卷耳は手に入れやすいものであり、（手にしている）頃筐は滿たしやすい器である。それなのに、いっぱいにならないというのは、氣持ちが卷耳にないからである。今、賢者を求めて大臣の列に加えようとしても、志がそこにないならば、賢者を見つけることはできない（巻耳易得之物、頃筐易盈之器而不盈焉。則志不在巻耳也。今將求賢、寘之列位而志不在。亦不可得也）

と述べられている。これは、后妃が夫の天子に、賢者を求める「志」を持つように勵まし勸めているのだという解釋である。これを、「器が滿たしやすいものでありながら滿たすことができないのは、その志が君子を補佐するところにあり、憂うる氣持ちが深いからである（器之易盈而不盈者、志在輔佐君子、憂思深也）」という鄭箋と比較すると、國事を憂う后妃の形象が消失していることがわかる。そこでは、后妃の仕事は自らが國事に關與するという役割から、單に夫を勵ます――内助の功――という役割にシフトしている。故に、國事に對して第三者的な立場から冷靜に夫を諭しているのである。

蘇轍の小序第二句に對する批判の動機には、后妃が政治に容喙することは望ましくないという認識があったと考えられる。小序の第二句以下を削除したことが、彼の政治觀、道德觀を表出した解釋と對應している。

③詩篇の類似性に着目して、小序第二句以下に從わない例

齊風「盧令」の首章、

盧令令　　盧《かりいぬ》　令令たり
其人美且仁　　其の人　美にして且つ仁あり

について、『蘇傳』は次のように言う。

當時の人は、狩獵によってたがいに尊敬しあった。だから、その獵犬の首輪の音を聞くと褒めて、「彼は仁德

ある人だ」と言う。ちょうど齊風「還《せん》」に、「我に揖《いふ》して我を儇《けん》と謂ふ」というのと同じである（時人以田獵相尙。故聞其纓鐶之聲而美之曰、此仁人也。猶還曰揖我謂我儇兮耳）

本詩の小序の全文は以下の通りである。

「盧令」は、荒廢を刺《そし》る詩である。襄公は鳥や獸を狩ることを好み民政を治めようとしなかったので、人民はこれに苦しみ、故に古のありさまを述べて風刺したのである（盧令刺荒也。襄公好田獵畢弋而不脩民事、百姓苦之、故陳古以風焉）

小序第二句以下に、「古を陳《の》べて以て風す」という言葉がある。これは、この詩で詠われているのは古のうるわしい風氣に對する贊美であるという捉え方である。したがって、序の初句に言う「荒を刺る」という詩人の作詩の意圖は詩句の上には表されておらず、詩句に詠われた古への贊美の裏に隱されていると言うことになる。

蘇轍の解釋はこれと正反對である。彼は本詩は、詩人が當時の不道德な風氣をありのままに描き批判を加えたものだと考える。「其の人　美にして且つ仁あり」という贊美の言葉も、當時の人々が自らが不道德な狀況に陥っていることに氣づかず、いたずらにうわべの華美さを追求し褒め稱えあっていることを批判するために、皮肉を込めて彼らの口吻をそのまま詩に讀み込んでいるのだととるのである。

蘇轍が小序第二句以下と異なる解釋をしたのは、本詩と齊風「還《せん》」との內容の類似による。この詩の小序および首章は次の通りである。

「小序」「還」は荒廢を刺る詩である。哀公は狩りを好み禽獸を追いかけて倦むことがなかった。國の民はそれに感化され、とうとう國中の風俗になってしまい、狩りに習熟しているのを賢者と見なし、獸を追いかけるのに慣

れているのを良しとした（還刺荒也。哀公好田獵、從禽獸而無厭。國人化之、遂成風俗、習於田獵謂之賢、閑於馳逐謂之好焉）

子之還兮　　子の還《せん》たる
遭我乎猫之閒兮　　我に猫《だう》の閒に遭へり
竝驅從兩肩兮　　竝び驅けて兩肩を從《お》ふ
揖我謂我儇兮　　我に揖《いふ》して我を儇《けん》と謂ふ　［首章］

小序第二句以下に據れば、詩句の中で「我に揖《いふ》して我を儇《けん》と謂ふ」と、相手が自分に敬意を表していると詠っているのは、詩人が當時の人々の口吻を借りてその不道德さを批判していることになる。詩人の意圖が詩句の表面上の意味とは異なることを小序第二句以下が説明しているのである。これは、『蘇傳』の「盧令」解釋と同じ認識である。

「還」について、『蘇傳』は次のように言う。

齊人は狩りを好み、「還《せん》（身輕で早い）」とか「儇《けん》（身のこなしが早い）」などとお互いに褒めあって、それが恥ずべきことだと悟らないというのは、國がひどく荒廢したことの現れであるということを言う（言齊人好田、至以還儇相譽而不知恥之、則荒之甚也）

「盧令」と「還」とは、獵に出かけた仲間同士でお互いを褒めあう様を描いているという點で同樣の詩である。小序の初句も「荒を刺る」と同文である。このことから、蘇轍は「盧令」も詩人の生きた當時、爲政者達が道德的に墮落し、亂脈な生活を送りながらそれを恥ずかしいとも思わない樣子をありのままに描いた詩であり、その點で齊風「還《せん》」の詩と軌を一にしている、と認識し、それを「猶ほ『還《せん》』に……と曰ふがごとし」と表現しているのである。

つまり、彼は同様の内容が描かれている詩は、作者の表現意圖も同じはずであると考え、その認識に基づいて二つの詩で解釋を合致させているのである。蘇轍は、小序第二句以下の詩篇解釋から自由な立場に身を置くことによって、「盧令」「還」の詩句自體の描寫の相似性を解釋に生かすことができたのである。

4　小序第二句以下に補充・修正を加えつつ新たな解釋に利用している例

以上、蘇轍が小序の第二句以下を削除したことと、詩篇の内容についての彼の詩篇の解釋とが論理的に整合している例を見た。彼の小序第二句以下に對する扱い方は、この他にもある。以下、それらについて検討してみよう。

①　第二句以下に自分の解釋を加えた例

『蘇傳』に見える邶風「新臺」の序は、「『新臺』は、衛の宣公を刺るなり（新臺刺衛宣公也）」である。その首章、

新臺有泚　　新臺　泚《し》たる有り
河水瀰瀰　　河水　瀰瀰《びび》たり
燕婉之求　　燕婉《えんえん》を之れ求むるに
籧篨不鮮　　籧篨《きよじよ》の鮮ならざるなり

について、『蘇傳』は次のように言う。

宣公は息子の伋の妻を自分の妃妾として迎え、河のほとりに新しい臺を作って、彼女を自分のもとに來させよ

うとした。國の人々はこの行爲を憎んだものの、それを言葉に出すことはためらわれたので、ただその臺の所在を記すだけに止めたのである（宣公納伋之妻、作新臺于河上而要之。國人疾之而難言之、故識其臺之所在而已）

蘇轍が削除した詩序の第二句以下にはいかに述べられているであろうか。全文を掲げる。

「新臺」は、衞の宣公を刺った詩である。彼は、息子の伋の妻を自分の妃妾として迎え、河のほとりに新しい臺を築いて、彼女を自分のもとに來させようとした。國の人々はこの行爲を憎んで、この詩を作った（新臺刺衞宣公也。納伋之妻、作新臺于河上而要之。國人惡之而作是詩也）

兩者の字句がほとんど同じであることから、蘇轍が詩序第二句以下に依據して詩篇解釋を行ったと考えられる。ただし、『蘇傳』には詩序にない一節が含まれている。すなわち、「國人　之を疾《にく》めども之を言うことを難しとし、故に其の臺の在る所を識《しる》すのみ」である。これは、河のほとりの臺がいかなる目的で誰によって築かれたものであるのか詩中に述べられていないことに着目し、述べられていないというところに込められた作者の意圖を推し量って說明したものである。すなわち、君主の惡行を露骨に表現することをためらって象徴的な表現の中に批判を込めたという理解である。これは、この表現を詩人の「溫柔敦厚」（『禮記』「經解」）、「主文譎諫」（『詩經』「大序」）の態度の現れ、つまり、感情を爆發させることなく、節度を持った批判を行う詩經の精神の反映と考えるものであろう。この蘇轍の解釋は、詩人の表現の裏に隱された意圖を探り明らかにしたという意味で、小序の解釋に基づきながらもさらにそれを深めたものということができる。

②　第二句以下を修正しながら利用している例

『蘇傳』に見える陳風「東門之池」の詩序初句は、「『東門之池』は、時を刺る也（東門之池、刺時也）」である。その首章、

東門之池　東門の池あり
可以漚麻　以て麻を漚《ひた》すべし
彼美淑姫　彼の美なる淑姫
可與晤歌　與に晤《あ》ひて歌ふべし

を蘇轍は次のように解釋する。

　陳國の君主は、限度もなく荒淫に耽り、國の民もそれに感化されてしまい、誰も諫言できる者がいない。そこで陳國の君子は淑女を搜し出して（陳君の妃とし）家庭内において彼らを徳化したいと思うのである。婦人は君子と日夜ともに暮らし分け隔てがないので、池の水が麻を浸して柔らかくするとき知らず知らずのうちに少しずつ水を浸み込ませるように、少しずつ夫の暴虐を改めてくれることを期待するのである。（陳君荒淫無度而國人化之、皆不可告語。故其君子思得淑女以化之於内。婦人之於君子、日夜處而無間。庶可以漸革其暴、如池之漚麻、漸漬而不自知也）

この解釋は、彼が採用した「時を刺る（時勢を刺る）」という初一句や詩句自體から讀み取り得るものではない。彼は、いかにして首章の解釋を引き出したのだろうか。

陳風「東門之池」の小序の全文およびその『正義』は、以下の通りである。

東門之池は、時を刺る也。其の君の淫昏なるを疾《にく》み、而して賢女を思ひて以て君子に配せんとす。（東門之池、刺時也。疾其君之淫昏、而思賢女以配君子）
［正義］この詩は實際には主君を刺ったものであるのに、序に「時を刺る」と言うのは、主君に感化されたことによって、當時の世の中がみな淫らになってしまったので、そこで「時を刺る」と言って、より大きな視點から問題視したのである。主君にめあわせようと考えているのに、「君子（に配す）」と言っているのは、妻が夫を「君子」と呼ぶのは上下共通の呼稱であり、賢女の立場に立った文章であるので、故に「君子に配す」と稱しているのである。經文三章すべて賢女を得たいと思う内容である。「其の君の淫昏なるを疾む」と言うのは、その賢女を思う氣持ちがなぜ生まれるのかということを説明したものであり、經文の中に「其の君の淫昏なるを疾む」にあたる詩句はない。（此實刺君而云刺時者、由君所化、使時世皆淫、故言刺時以廣之。欲以配君而謂之君子者、妻謂夫爲君子、上下通稱、據賢女爲文、故稱以配君子。經三章皆思得賢女之事。疾其君之淫昏、序其思賢女之意耳。於經無所當也）

小序第二句には、陳君の荒淫、陳君に淑女をめあわせたいという思い、という蘇轍が首章の解釋で用いた要素が現れている。蘇轍はこれに基づいて首章の解釋を行ったと考えられる。

さらに、本詩は小序初一句に「時を刺る」というのに、詩中では陳君一人に關する内容が歌われていて、兩者の間に斷絶があるように見える。『正義』にはこの問題を解決するための説明がなされている。すなわち、「君の化する所に由りて、時世をして皆な淫たら使む」がそれである。詩に歌われているのは確かに陳君一人に關することではあるが、その背後に國中がみな主君の悪德に影響されてしまっている情況が存在すると言うことによって、初一句と詩の内容とに關連性を持たせようとするのである。『蘇傳』が「國人　之に化す」と言うのは、『正義』を踏襲したものと考えられる。ここから考えると、蘇轍は彼が削除した第二句とその『正義』の言うところを暗默の前提としながら、詩を解釋しているのである。

しかし「時を刺る」の意味する内容について、小序の第二句以下およびその『正義』と『蘇傳』とをさらに詳しく比較すると、兩者の間に違いが存在することがわかる。

『正義』の説では「實際には主君を刺ったものであるのに序に『時を刺る』と言うのは、主君に感化されたことによって、當時の世の中がみな淫らになってしまったので、そこで『時を刺る』と言って、より大きな視點から問題視したのである」と言う。小序の「時を刺る」という言葉は、主君の惡德が國中に波及した情況を全體的に捉えることによって、原因となっている惡德の深刻さを浮き彫りにしようとしたものだと考えるのである。この解釋に據れば、本詩の批判は、やはりあくまで陳君一人の惡德に焦點が當てられていることになる。

一方、『蘇傳』の理解はそれとは異なる。彼は「陳國の君主は、限度もなく荒淫に耽り、國の民もそれに感化されてしまい、誰も諫言できる者がいない」と言う。[17] ここには『正義』に見えない言葉として、「皆な語を告ぐべからず」という言葉がある。『蘇傳』では、陳君の惡德自體が問題というより、陳君に感化されたため、主君に諫言する者が世の中にいなくなったことが問題であると考えられている。「故に其の君子　淑女を得て以て之を内より化せんことを思ふ」という言葉は、このような情況を受けて、陳君を矯正し得る存在としての賢夫人が待望されていることを表す。つまり、『蘇傳』の解釋では、この詩で問題視されているのは陳君の惡德というよりも、それを正す者がいない國家の情況なのであり、そのような狀況に對する批判を指して、小序は「時を刺る」と言っているのである。『蘇傳』の解釋では、『正義』に比べて初一句と詩篇の内容とがより對應している。つまり、蘇轍は初一句と詩篇の内容が對應するように、第二句以下およびその『正義』の解釋を利用しながらもそれに修正、あるいは意味の補完を加えた上で用いているということができる。

5　蘇轍の小序說

以上、『蘇傳』の中から、蘇轍の詩序についての考え方を表す特徴的な事例を分析した。小序に對する蘇轍の態度は多様であることがわかる。ここまでの考察をまとめると次のようになる。

一、第1節で觸れたように、蘇轍は小序の初一句を孔子以來の傳承を持つ眞正なものとして尊重する一方、第二句以下を漢代の作者の敷衍にすぎないとして削除した。しかし、第2節で檢討したように、この認識は必ずしも蘇轍の詩篇解釋に反映されているわけではなく、削除した第二句以下に從って詩篇の解釋をしている例を多數見ることができる。このことは、蘇轍の第二句以下の削除がいったいどのような學術的意圖からの行爲であったのかを再考すべきことを示唆する。

二、その一方で、第3節で檢討したように、蘇轍の詩篇解釋が詩序の第二句以下を削除したことと論理的に整合している例も多い。また、第4節で檢討したように、詩序の第二句以下を利用しながらも、自分の解釋や價値觀によって補充修正を加えて利用している例も多い。我々はこれらの例を檢討することで、蘇轍がどのような認識に基づいて詩篇の全體的意味を捉えようとしていたのかを考えることができる。

本章では、蘇轍の詩序認識の以上の兩側面について檢討していきたい。まず、一について考えよう。郝桂敏氏は、蘇轍の小序認識について、次のように論じている。

從來の研究者のほとんどは、蘇轍『詩集傳』は小序の首一句のみを採用し、そのほかの部分は盡く捨て去ったと考えているが、しかし、蘇轍は確かに『詩集傳』の中で小序の第二句以下を省略して問題にしなかったが、しかし、第二句以下に對する彼の批判は決して一般に言われるように『盡く捨て去る』という態度ではなく、部分的に捨て去り、部分的に保留するというものであった。

……………

したがって從來、蘇轍『詩集傳』は小序の首一句のみを採用したと言われてきたが、これは一面的な見方である。(18)

郝氏の根據は以下の通りである。第一に、『蘇傳』では序の注に、「毛詩之敘曰」と言う形で、小序の第二句以下がしばしば引用される。その中には、その内容に對する批判もあるが、多くは作詩の年代に關する付隨的な情報として紹介されている。いわば、初一句を補うものという形で引用されるのである。(19)第二に、彼の詩篇の解釋中に、詩序の第二句以下の内容が織り込まれている例を多く見出すことができる。(20)

これは氏も言うとおり、蘇轍の詩序認識についての從來の認識を覆す新しい見解である。(21)現時點では氏の見解はいまだ定論として受け入れられているとは言えないが、(22)前章までの考察から、筆者も郝氏の見解に賛同するものである。さらに、郝氏が擧げるものの他に、詩の作者がどういう内容をどのように歌っているかという詩篇の構想を把握するにおいても、蘇轍が小序第二句以下から吸收したところが大であることが、第2節の考察によって明らかになったと考えられる。

蘇轍はどうして自分自身で削除した第二句以下の詩説に基づいた詩經解釋を行ったのだろうか。錢志熙氏は、詩序の持つ意義について詳しく論じている。(23)氏は、詩經の詩篇を「歌謠」として位置づけた上で、次のように論じる。「歌謠の抒情性と比較すると、歌謠がある事件を再現する能力は比較的弱い。〈事に緣りて發す〉とはいうものの、それは敍事ではなく、事件に觸發されて湧き上がった悲しみや樂しみ、賞贊や批判の感情であり[24]」、「歌謠と本事（詩作のもとになった現實の出來事――筆者注――）との閒にあるのは、一種の主觀の表現（主觀的抒情）であり、客觀的な再現の關係ではない[25]」。したがって、「一般的に言って、これらの歌謠はもし本事についての記載が存在しなければ、その本事を推測することは困難である[26]」。氏はこのような認識に立った上で、詩經の詩篇について次のように言う。

國風の詩の絕對多數の作品には、いずれもこのような一種の簡單な筋と場面とがあるだけである。そしてその單一で具體的な筋と場面は、そこにどういう傾向の感情が流れているかがわかる以外には、そこに込められた思想的なテーマは、往々にして判斷が困難である。これが、「詩に達詁無し」という現象を生み出す根本的な原因なのである[27]。

このような性質を持つ詩經の詩篇の「本事を推測する」手掛かりを與えるものこそ小序に他ならず、小序以上に詩經の「本事を推測」させる手掛かりは求め得ない。詩序を信奉した王安石はもちろん、詩序がそれまで持っていた權威性を打破した歐陽脩にあっても、個別の詩篇の解釋においては詩序の說に從うところが多い。詩序の初一句を正統な由來を持つものとして尊重する蘇轍にあっても、もちろん詩序に基づいて本事を考えようという態度はあったのである。

さらに錢志熙氏は別の論文で、「その作者が孔子か子夏かあるいは他の誰かという問題はさておいて、本當に小序は本來ただ一句のみであったのであろうか。おそらくは、そうとは言えないであろう。なぜならば、一部の詩の小序は、その初句だけを讀んでも、完全な意味を表しているとは言えず、その後の句が初句と意味的に緊密につながっているからである[28]」と述べている。『蘇傳』の小序に對する態度も、その理由をここに求めることができる。初一句のみでは意味を表現する能力を充分に備えていない以上、詩篇の解釋の指針として用いるためには、蘇轍も第二句以下をその注釋として利用せざるを得なかった。つまり、蘇轍は理念としては初一句の獨立性を信じていたが、實際の詩篇解釋においては、初一句の持つ意味表現能力の缺如という壁にぶつかった時、それを補うべきものとして第二句以下の記述に據らざるを得なかったと考えられる。

ただし、蘇轍が初一句と第二句以下とが成立の異なる異質な存在だと考えていたことは、やはり重要である。なぜならば、兩者が異質なものである以上、その必要がない場合には第二句以下の說に從わずともすみ、獨自に初一句の意味を解釋することができるからである。蘇轍の詩序認識は、蘇轍自身の判斷基準で第二句以下の內容を採用するかしないか決定する自由を與えているのである。

それでは第二句以下の內容を詩篇解釋に援用することとしないこととの、蘇轍の判斷基準とはいったい何であろうか。この問題について全面的に論じるためには、『蘇傳』全體にわたる詳細な分析とともに、蘇轍の詩經についてのその他の論著についても檢討を加える必要があるが、本稿ではその準備がない。從ってここでは、本章の關心の焦點である、漢唐の詩經學についての評價、及び北宋詩經學の先行研究との關係を考える上で重要と思われるポイントを取り上げて論じたい。第3・4節で見た小序第二句以下を削除したことと詩篇の解釋との閒に論理的必然性を見出し得る例を取り上げ、その詩序との關係からまとめると次のようになる。

一、蘇轍にとって道德的・常識的に受け入れ難い說が第二句以下で述べられている。……檜風「隰有萇楚」、周南「卷耳」

二、詩の構成を過度に複雜にしたり、混亂を來す說が第二句以下で述べられている。……邶風「雄雉」、王風「兔爰」

三、第二句以下の記述が初一句に充分に整合的でない……陳風「東門之池」

四、相似した内容を詠ったと考えられる詩篇でありながら、小序第二句以下の内容が相違している……齊風「盧令」

ここではこのうちの二と三とに注目したい。第2節で見た、小序の第二句以下を利用している例では、いずれも一篇の小序全體で一貫した視點からの敍述がなされていた。一つの視點による詩篇解釋を提示しているのである。それに對して「雄雉」「兔爰」では、小序に複數の視點が混在し、それに據った場合、一貫した視點では詩篇を解釋することができない。「東門之池」において、初一句により整合的になるように第二句以下を修正しつつ利用していることも、同樣に、一つの視點からの解釋を志向していることを表している。

一方、第2節で見た小雅「伐木」において、第二句以下に初句より廣い視點からの記述がなされているのに『蘇傳』が從っているのは、右に述べたことと矛盾するように見える。しかし、それらは論理的には「友を求める」という主題で一貫していて、一つの方向性を持ちながら詩の内容を豊かにする方向で機能している。これは、「雄雉」他の第二句以下が擴散的であることと異なる。つまり、一貫性を重んじるという解釋態度に齟齬しない範圍で詩序を用いていると考えることができる。

このように見ると、詩序全體として一貫した視點で作詩の意圖を説明しているか否かが、蘇轍が第二句以下を採用するか否かの一つの判斷基準となっていることがわかる。これは、詩篇は一篇全體として一貫した主題と描寫や敍述の方向性を持っており、解釋者も解釋の一貫性を追求することで詩の本義に到達できるという認識を蘇轍が持っていたことの現れである。

四もこれと關連させて考えることができるであろう。蘇轍は一篇の詩についての小序の整合性に止まらず、詩序全體を通してその整合性を追究しようとしている。これは、詩經全體を通した小序の一貫性に對する認識があったことを意味すると同時に、詩經の詩篇も詩經全體の一貫性の中に存在しているという認識があったことを表すものである。

なお、蘇轍は詩序第二句以下の説に對して批判的な立場を取る時にも、全面的に排除するのではなく、第4節で見たようにある場合にはそこで述べられている説を補完し修正しながら、自分の解釋に取り入れている。これから考えると蘇轍は第二句以下を一律に同じ性格のものと單純化して考えるのではなく、玉石混淆の存在として捉えていたことがわかる。

以上、『蘇傳』において、小序の評價と詩篇の解釋とがどのように關係しているかを考察した。その結果、初一句を尊重し第二句以下を削除するという彼の小序認識が、その詩經學においていかなる位置を占めるかが明らかになったように思う。すなわち、第二句以下は漢儒の作にすぎないと言って削除したことが蘇轍が詩篇を解釋するための方法論を構築する上での原動力として働いているわけではない。また、逆に個々の詩篇の檢討を總合した結果、第二句以下の內容が無價値であるという結論に達し、その上で第二句以下を削除したわけでもない。

確かに、蘇轍は孔子の文體という見地から、詩序の文章は簡潔なものであったはずだと考え、故に第二句以下を冗長なものとみなし、原詩序の文章ではないと考えて、排除した。(29) しかし、それはあくまで詩序の本來の姿を復元するという、文獻學的な關心から行った處置であり、第二句以下に述べられていることの當否の判定とは關わるものではなかった。そのように考えれば、蘇轍の詩經學においては、彼の認識はさておいて、その利用の實態に卽して言えば、小序の初一句と第二句以下は、あたかも『春秋』とその傳のような關係に立つものとして機能していたということができる。

このように考えると、蘇轍の詩經解釋學におけるその詩序説の意義とは、第二句以下を『蘇傳』に載せなかったというところにあるのではない。載せなかったということは、それが無價値だと蘇轍が考えていたことを意味するわけではない。そうではなくその眞の意義は、初一句と第二句以下とが性質の異なるものであると區別し、第二句以下が作者層・成立事情および内容から見て毛傳と同レベルの價値を有するとしたところにある。第二句以下の不可侵性を剝奪したことによって、それらは毛傳や鄭箋と同樣に蘇轍が自由に扱える對象となった。そしてそのことにより、據るべきは據り、至らないところは補完修正し、誤りは正すという融通無碍な態度をもって自分の詩經學に取り込んでいった。故に第4節で見たように、ある場合にはもとの詩序の內容を生かしつつそこにより深い意味を付與して再生させることもできたのである。このようにして彼の詩經解釋は、先人の業績に據りながらその單なる踏襲に終わらず、自分の目で解釋しながら獨斷に陷らないという、穩當さと獨自性とを兩立することができたと考えられる。

6　詩經學の傳授についての認識

詩序第二句以下および漢唐の詩經學を、その全體像に對しては批判的な立場を取りながら、しかしその學問の形成要素をなす個別の經說は、樣々なアプローチによって最大限に利用しようとする。このような蘇轍の方法論は、どのような學的認識の上に成立しているのであろうか。詩序第二句以下の成立については、周南「關雎」序の『蘇傳』に、

〔詩經の詩のうち〕本文が亡佚せず傳承されているものに對して、後の學者達は、その本文を讀み解釋して、小序初句に從って敷衍の言葉を書き加え、自說を正しい解釋と信じ〔ひけらかし〕たのである。從ってその言葉は時としてくどくどと煩わしく、一人の人間の筆ではないように見えるのは、すべて毛氏の學問を衞宏が集錄したものである（其存者將以解之、故從而附益之、以自信其說。是以其言時有反覆煩重、類非一人之詞者、凡此毛氏之學而衞宏之所集錄也）

とあり、もとあった初句に對して、後代の學者がこもごも自說を敷衍したのを集めて成ったのが第二句以下だという。

しかし、ならば彼らの敷衍がどのような性質のものであったのかはここでは説明されておらず、それらが學術史的にどのように位置づけられると蘇轍が考えていたのか明らかではない。このことを考える材料を提供してくれるのが「詩説」[30]である。

詩序は詩の作者自身によって作られたものではなく、また、ただ一人の人間によって作られたものでもない。おそらく、國史（國家の歴史記録を掌る役人）が世の變轉の様に明るく、大師（國家の音樂を總括する長官）が雅の精神に通曉していた時以來、詩篇が作られた意圖は作詩の時より傳承されるところがあったのであろう。ましてや孔子が詩經を刪定した後、およそ孔子に學んだ七十人の弟子の列に數えられる者は、作詩の意圖を説明することができた。そして、鄒魯地域の知識人や社會的地位を持つ人々の中にも理解できた人が多く存在した。漢が興り、戰國の混亂の中で殘り傳わった文獻を得て、諸々の儒者達はたがいに傳授し、これを序に作った。その教えには必ず師から傳えられたところがあったはずである。このようにして訓詁傳注の學問が起こり、相祖述し自説を唱え、後の學者達が詩經の意味を知ろうとしてできないと、すぐに詩序を根據とするようになった。彼らは詩序もまた詩の本義を得ていないということに氣がつかないでいたのであり、このことはきちんと指摘しておかなくてはいけない（詩序非詩人所作、亦非一人作之。蓋自國史明變、太師達雅、其所作之義、必相授於作詩之時。況聖人刪定之後、凡在孔門居七十子之列、類能言之。而鄒魯之士、縉紳先生多能明之。漢興、得遺文於戰國之餘、諸儒相與傳授講説、而作爲之序、其義必有所授之也。於是訓詁傳注起焉、相與祖述而爲之説、使後之學者釋經之旨而不得、卽以序爲證。殊不知序之作亦未爲得詩之旨、此不可不辨）

このように見てくると、詩序は漢代の諸々の儒者が議論し撰述したものと考えられるのではなかろうか。さもなくば、どうしてこのように詩人の本義を捉え損なうことがあろうか（卽此觀之、詩之序非漢諸儒相與論撰者歟。不

然、何其誤詩人之旨尙如此）

詩序が詩の作者自身の手になるものでも、子夏の述作でもなく、漢代の複數の詩經學者の作であるという説が述べられているが、その結論を導くために、漢代までの詩經學の傳承について、興味深い考え方が展開されている。蘇轍に據れば、作詩の意圖は、國史・太師――詩經の删定者孔子――孔門弟子――魯の學者――と代々傳授され、それを承けた漢代の儒者によって「詩序」という形にまとめられ、同時に訓詁傳注の學が起こった。秦の焚書によって學問が斷絶し、遺文を集佚しなければならないという情況を經たために不完全な形にならざるを得なかったものの、漢の學者の手になる詩序には、詩經學の由緒正しい傳統が傳えられていると蘇轍は言う。ここには、漢代の詩經學は基本的に詩經の詩が作られた當初の詩説を繼承したものであり、それが代々の師弟閒の「師承」と「祖述」の行爲によって傳えられたものであるという認識が見られる。この認識は、漢唐の詩經學者が自身の詩經學に對して持っていた認識――彼らはこのような師承の中に身を置いているということこそが、自身の學問的正統性を保證するものと考えていたのであるが――と基本的には同じである。(32)

ところが、蘇轍はこのような師承の系譜の存在を肯定しながら、そこから議論を一轉させ、「後の學者をして經の旨を釋きて得ざれば、卽ち序を以て證と爲さ使む。殊に序の作や亦た未だ詩の旨を得たりと爲さざるを知らず」と言う。詩序が詩の本義を捉え得ていなかったために、それを信奉した學者に誤った認識をもたらしたとする。ここには、「師承」という行爲に對する漢唐の學者と蘇轍の評價の違いが現れている。

漢唐の學者は、代々の學説の傳承者が明示的に把握できることが、すなわち學説が純粋な形で傳承されていることを保證すると考えていた。故に、正しい師承の系譜に自分たちが連なっていることを自説の權威の根據としたのである。しかし蘇轍は、そのような師承の系譜はその流れにつながる學者の説の正しさを必ずしも保證しないと考える。

蘇轍は、その理由を具體的に述べてはいないが、その學問が「必ずや之を授くる所有」ったとしても、「未だ詩の旨を得たりと爲さざ」る結果に終わるということは、おそらく、師承という行爲が、世代を重ね複數の學者が關與するものである以上、そこに夾雜物が混入するのは避けられないと考えたのだと思われる。邶風「柏舟」序の『蘇傳』に、

> 變風の詩が作られてから漢に至るまで長い年月が過ぎている。學者が詩を傳承していく中にも、作詩當時の時世がわからなくなったこともあろう。しかしそれでもなおこれを明らかにしようとして、傳承された知識に〔自説を〕付け加えていったのである（變風之作而至於漢其閒遠矣。儒者之傳詩容有不知其世者矣。然猶欲必知焉。故從而加之）

と言い、時代が遠ざかるにつれ確かな傳承が失われていったにもかかわらず、學者は不明を不明のままに措くことを善しとせず、憶測による説を付加してしまいがちであったと推測している。來歷・出自による價値は絕對不變のものではなく、歷史的經過と多くの人閒の關與によって劣化するという考え方がここには見られる。漢唐の學者が無邪氣に信賴していた「師承」という行爲自體が本質的に內包する問題點を指摘したものと言うことができる。

その一方で、蘇轍が今に傳わる詩序や漢代の學者の訓詁傳注の學が、周の國史・太師以來の傳承を保持していると考えていることも重要である。なぜならばこれは、蘇轍にとって詩序や訓詁傳注の學が全否定の對象ではなく、詩の本義に到達するための不可缺の要素と認識されていたことを示すものであるからである。一言で言えば、蘇轍は漢唐の詩經學を眞なるものと眞ならざるものとの混合によって成り立つ、混沌とした存在と認識していたことになる。

したがって、師承の虛僞性を認識しその呪縛から離脱し得た詩經學者の取るべき學問的態度とは、漢唐の詩經學を全否定することでなく、その混沌の中から歷史的經過によって混入した誤謬を濾過し去り、醇乎たる傳承を持つ詩説を掬い出して、それに基づきつつ詩の本義を解明するということになる。

ところで、漢唐の詩經學の混沌の中から眞なるものと誤謬とを見極めるのは、蘇轍自身の判斷基準に據るのであり、そこでは蘇轍自身の常識的な感覺に基づく判斷が、「師承」「祖述」という體系的な經說の傳承より優位に立つことになる。これはある意味で、主觀性の強い研究方法と言わざるを得ない。しかし蘇轍にとっては、そのような自分の主觀的な感覺を有效に活用することが、漢唐の詩經學の混沌を素材にしながら、正しい傳統に遡り「詩人の旨」を正しく捉えるのに不可缺だったのである。この認識が、前章までに見た蘇轍の詩序及び漢唐の詩經學の利用の仕方の理論的な正しさを主張しているのである。

これまで見たように『蘇傳』中には、視點の統一・論理の一貫性を追求し、彼自身の道德的價値觀を解釋に反映させる例が多い。さらには訓詁考證の面において通用義に基づく字義解釋を行う傾向も強い。(33) これらはいずれも、常識的な感覺を重んじるという姿勢が具體的な解釋方法として現れたものである。興味深い例として、常識に基づく字義解釋と道德的價値觀に從った解釋とが一體化した例もある。陳風「宛丘」の首章に次のような句がある。

子之湯兮
宛丘之上兮
洵有情兮
而無望兮

これについて、鄭箋は次のように言う。

この君はまことに淫蕩荒耽の情があり、仰ぎ望み模範とすべき威儀はない（此君信有淫荒之情、其威儀無可觀望而則傚）

一方、『蘇傳』は次のように言う。

陳の幽公は遊蕩に耽り際限なく、まことに情がある。しかしながら、民が仰ぎ見るべき威儀はない（幽公遊蕩無度、信有情矣、然而無威儀以爲民望）

鄭箋に「此の君　信に淫荒の情有り」と言い、『蘇傳』に「幽公　遊蕩して度無し」と言っているのは、小序に、

宛丘は幽公を刺るなり。淫荒昏亂にして、游蕩して度無し（宛丘刺幽公也。淫荒昏亂、游蕩無度焉）

と言うのに基づいたものであるが[34]、陳の幽公の「淫荒昏亂、游蕩無度」という悪徳と「洵《まこと》に情有り」という句とをいかに整合させるかという點で鄭箋と『蘇傳』の説の違いが生まれている。

鄭箋は「情」を「淫荒の情」＝悪徳であり、「洵《まこと》に情有り」という句に詩人の幽公に對する批判が込められていると考える。したがって下句の「望むこと無し」とも順接の關係でつながっている。この解釋に據れば、「洵《まこと》に情有りて、望むこと無し」と訓讀されることになる。

それに對して『蘇傳』の解釋では、幽公は確かに「淫荒昏亂、游蕩無度」という悪徳を持つ暗愚な主君ではあるが、自己の欲望を一心に追求するという意味において「洵《まこと》に情が有る」一面を持った人物でもあるということになる。ここでは「情」自體は自己の欲望に忠實だという意味で、悪徳とは捉えられていない。蘇轍は「情」を「眞情」として捉え、それ自體としては善も悪もなく、故に「洵《まこと》に情有り」という句は、詩人が幽公に對してある程度の情狀酌量の氣持ちを持っていることを表すものであると考えている。詩序が言う幽公に對する風刺は、下句にのみ込められているのであり、故に、この句と下句とを「而」という逆接を表す接續詞がつないでいると考えるのである。彼の解釋に據れば、この二句は「洵《まこと》に情有れども、望むこと無し」と訓じられることになる[35]。蘇轍は、「情」を道德的善悪とは

無關係に獨自の存在意義をもつ概念と捉えている。これは「情」についての彼の認識を考察する上で、興味深い材料ということができる。(36)

字義の解釋という面から見ると、陳の幽公の情を「淫荒の情」と解する鄭玄の説に比べると、眞情と解釋する蘇轍の説は、より日常的な用法に近い平易な解釋ということができる。鄭玄は、陳の幽公が批判すべき人物である以上、彼を歌った詩句の中に彼を評價する言葉があるはずがないと考え、「情」という語も批判的な意味に解釋したと考えられる。詩の外部にある前提的知識に齟齬しないように解釋するということを、常識的で穩當な語義解釋を行うことより優先したということができる。それに對して、『蘇傳』の説からは、詩中の語を平易で常識的な意味で捉え、外在的な事情に合わせるために語に餘分な意味的内包を付加しないという解釋態度を見ることができる。語句解釋においても常識的感覺を重んじた例ということができる。(37)

7　同時代の詩經學との關係

第5節で蘇轍の詩經解釋には、詩篇の内容の一貫性を重んじるという特徴があると指摘した。この態度は歐陽脩・王安石の詩經學にも見られたものである。(38)歐陽脩の詩經解釋においては、詩篇の描寫の視點をできるだけ單一な視點・單純な視點から捉えて解釋する傾向があるのに對し、王安石の詩經解釋では詩を複雜な内容と論旨を持つものとして解釋しようとする傾向があった。こうした違いはあるものの彼らの詩經解釋は、例えば鄭玄の詩經解釋にしばしば論理的混亂が看取されるのと比べると、詩篇の内容の一貫性と論理性を重んじて解釋しようという態度を共通して持っている。このような研究姿勢を、蘇轍も歐陽脩・王安石と共有している。

さらに、前章で見た常識を重んじた蘇軾の解釋態度は、歐陽脩の詩經學から學んだものと考えられる。特に、歐陽脩の「人情説」——人閒の常識・良識は古今不變であり、それに基づくことに據って古人の言わんとするところ、ひいては聖人の教えを正しく捉えることができるという説——を繼承したところは大きいであろう。

それでは、蘇轍の詩經學は歐陽脩・王安石のそれの單なる延長・焼き直しにすぎないのであろうか。蘇轍の「詩論」(39)に次のように言う。

〔極めて嚴格な態度で著された『禮』や『春秋』でさえ人情から乖離して法則や道德が一人歩きするということはなく、特定の狀況の下に發せられた言葉を記した『書』、卜筮の文句を記した『易』はあらかじめ定まった原理や道德に完全に則っているわけではなく、〕ましてや詩というものは、庶民の夫婦、旅の空の臣下や賤しい下僕らをはじめとする天下の人々が、喜怒哀樂の感情に任せて作ったものである。そもそも天下の人々が貧しく苦しい生活から來る憂いのために自らを憐れみ、あるいは豐かで盛大な樂しみの思いを自ら述べ、その言葉は上は君臣や夫子の閒の道德、天下の興亡、治世と亂世の跡に及び、下は日常の些事や昆蟲草木の類にまで及び、題材として取り上げないものはないのであるから、どうして法則とか道德とかによって細かく縛り付けられることがあろうか。それから見れば、作詩の意圖が我々に通じないところがあるというのも至極當然のことなのである。そもそも聖人の詩に對する態度というのは、つまるところ仁義に合致しさえすればそれでよいので、その中の一言が妥當でなかろうと問題にはしなかったのであり、このように考えてこそ作者の意圖を窺うこともでき、その言葉も理解することができるのである（而況乎詩者、天下之人、匹夫匹婦、羈臣賤隷、悲憂愉佚之所爲作也。夫天下之人自傷其貧賤困苦之憂、而自述其豐美盛大之樂、其言上及於君臣父子、天下興亡治亂之迹、而下及於飲食牀笫、昆蟲草木之類、蓋其中無所不具、而尙何以繩墨法度、區區而求其閒哉。此亦足以見其志之不通矣。夫聖人之於詩、以爲其終要入於仁義、而不責其一言之無當、是以其意可觀、而其言可通也）

ここには、詩經の作者像、および詩經編集者としての孔子と役割についての蘇轍の考え方が述べられている。彼に據れば詩の作者は男女貴賤多様であり、詩中の内容や表現も一々道德規範に合致したものとばかりとは限らない。このような作者觀は、歐陽脩のそれと近く、反對に詩經の詩は深い教養と高い道德とを兼ね備えた知識人によって作られたと考えていた王安石とは對照的である(40)。

しかし、孔子の詩篇への關わり方については、蘇轍の考え方は歐陽脩と異なっている。歐陽脩は、多様な作者によって作られた詩篇を孔子が詩經に編集する際、道德的か否かという基準に從って嚴密な取捨選擇を行ったばかりか、場合によっては道德に合致した内容にするためにもとの詩に修正加工を加えさえした場合もある、と考えていた(41)。それに對して蘇轍は、孔子は詩篇の内容が全體として仁義に適っているならば、部分的な瑕疵があっても問題とはしなかったと述べ、孔子が自分の道德的價値觀に合致させるために詩篇に手を加えることはなかったと考えている。これは、詩經の道德性についての兩者の認識の違いにもつながっている。歐陽脩に據れば、詩經は、孔子の積極的な關與によって道德に合致した無謬の存在となっている。したがって、詩經解釋においても、詩篇の隅々まで道德的基準に合致しないならば解釋が誤っているということになる。それに對して蘇轍の考え方に據れば、詩經解釋も道德性の基準に過度に束縛されることがないので、詩篇に自然な人情の流露を讀み取ることが可能となる(42)。

蘇轍は歐陽脩と同様に「人情に近い」ということを解釋態度として重視したが、「人情」という言葉の内包するものは歐陽脩とは若干異なっている。歐陽脩は、

詩の文句は簡單平易であるけれども、人事の曲折をつぶさに表現し盡くしている。しかし、古今の人情は同一である。詩の意味を知ろうとするものは、人情という視點に立って考察すれば本義に近づくことができる。しかし、世の學者は常々迂遠な解釋を弄び、遂にその本義を見失ってしまうものである（詩文雖簡易、然能曲盡人事、

而古今人情一也。求詩義者、以人情求之則不遠矣。然學者常至於迂遠、遂失其本義）」（『詩本義』巻六「出車」論）

と言う。これに見えるように、歐陽脩は「人情」を、時空を越えた人閒共通の良識・常識であり、孔子という聖人の道德の源泉となっているものと考えていた。「人情」とは正しい道德と不可分の存在であり、したがって歐陽脩は自分の信じる「人情」に基づいて解釋することによって聖人の道德的意圖をも正確に捉え得ると信じていた。つまり、彼の詩經學において「人情」は、作者の身分や境遇・作詩の情況などに由來する詩篇の多樣性や一回性を克服して、普遍性を持った解釋に到達するための裝置として機能している[43]。

それに對して蘇轍は、「人情」を平凡な人閒の自然な感情の流露として捉えており、したがって、「人情」を追求することは歐陽脩のように道德性や原理性を追求することとはつながっていない。つまり、蘇軾にあっては歐陽脩とは異なり、「人情」は詩篇の內容や思想・感情の複雜性・多樣性を生み出す源泉として捉えられ、詩經を一貫的に解釋するための理念としては機能していない[44]。この認識は結果的に、詩篇に流れる人閒感情の自然な發露を重視する姿勢を生んでいる。例えば3—②で檢討した檜風「隰有萇楚」において「君子欲有りて欲を留めず」と言い、欲望を持つこと自體を否定しない例、第6節で檢討した陳風「宛丘」において、暗愚な陳の幽公に對してもその「情」を肯定的に捉える例などは、この態度が詩篇の解釋に現れたものと見ることができる[45]。

これと關連して、蘇轍は解釋という行爲自體の限界も認識していたと考えられる。彼は、詩經ははるか古代の人々によって作られたもので、後の人々が完全に理解しきれるものでもないと考えていた。また彼は、詩經には合理的な思考・客觀的な考證によっては說明し盡くせないところがあると考えている。例えば、蘇轍は詩經の中に常識を外れた事柄、超常現象が歌われていることを否定しなかった[46]。また、彼は「詩論」の中で、

そもそも「興」という修辞法は、ちょうど「ここ〔に込められた作者の〕意はかくかくしかじかである」とい

うのと同様で、その意というのは、詩が作られた時點で〔作者の〕心に觸れたところがあったのであり、時すでに過ぎてしまったならばもはや理解することはできないものである。故に、こうした類は讀者自らの意（主觀）によって推察することはできるが、それを言語化して解釋することはできないのである（夫興之爲體、猶曰其意云爾、意有所觸乎當時、時已去而不可知、故其類可以意推、而不可以言解也）

ああ、天下の人々が詩を理解しようとするならば、まず始めに「興」を「比」と同じものと考え、無理に理屈をつけて解釋し、詩が作られた事情に當てはめようとしてはならないことを理解しなければならない。それができたならば、詩の意味は、何の困難もなく心に悟ることができるようになるであろう（嗟乎、天下之人欲觀於詩、其必先知夫興之不可以與比同、而無彊爲之説、以求合其作詩之事、則夫詩之義庶幾乎可以意曉而無勞矣）

という。ここには詩の六義の一つである「興」は、比喩ではなく詩の發想の源であり、したがって、作者ならぬ人間は「興」に込められた作者の意圖と思いを完全には理解することはできない、と述べられている。理論に基づく解釋の限界を認識し、それに代わるものとして共感による理解を重視している。これは歐陽脩の「興」説とは對照的である。

歐陽脩は、比と興とを嚴密に區別することなく、比喩という枠組みの中で捉えていた。彼は、比喩とは敍述によっては言い難い内容を明らかにするために用いるものであり、基本的に明晰に解釋できるものであると考えており[47]、蘇轍のように、興が本來的に解釋不可能な性格を持っているとは考えていなかった[48]。

ここからも窺えるように、蘇轍に見られる、詩は本質的に解釋不可能な性格を有するという考え方は歐陽脩には稀薄である。彼は「經義は固より常に簡直明白（經義固常簡直明白）」（『詩本義』巻三、鄘風「相鼠」論）なものだという考え方を持っていた。彼も闕疑の精神を貴び[49]、穿鑿を戒める[50]發言を行っているが、彼にとっての解釋不能とは、様々な歴史的要因・人爲的混亂により本來の意味が明らかにしがたくなったということであり、蘇轍の言う、詩が本質的に有する解釋不可能性とは性質を異にしている。「人情」說における兩者の違いと合わせて考えると、蘇轍は歐陽脩のように理性や合理性が解釋において發揮する力を無條件に信頼してはいないということができる。

このような蘇轍の認識は、漢唐の學者や北宋の先人達の詩經學に對してのみならず、自分の詩經解釋の方法論にも當然向けられるであろう。すなわち蘇轍は、限界を冷静に見据えながら自己の詩經學の方法論を構築していったのである。理論的な方法論を用いながら、非論理的な理解をも重視するというバランス感覺こそが蘇轍の詩經學の成熟を表すものということができるのではないだろうか。

8　おわりに

清・周中孚は『鄭堂讀書記』の中で『蘇傳』を、

其の所謂る集解も、亦た舊說を融洽し、以て簡約に就くに過ぎず、未だ人の意表に出づる者有るを見ず(51)

と批判した。この評語は蘇轍の詩經學の性格をある意味で正しく捉えたものであると言うことができよう。『蘇傳』には、歐陽脩・王安石という蘇轍の先輩にあたる學者の詩經研究の方法論が確かに受け繼がれている。このことは、前二章に見たとおりである。しかも、そればかりではなく、より穩當な解釋を求めて小序および漢唐の詩經學からその精華を旺盛に取り入れている。この意味で、彼の詩經學の方法は、獨自の方法論を開拓し、人の意表を突く新說を展開することを眼目にするのではなく、彼以前の詩經學の成果を廣く取り入れ、自分の基準で再編成し自家藥籠中のものとして、先人よりも穩やかな詩經解釋を行うことを目的にしていたということができる。したがって、周中孚の評語からは批判的な口吻を取り除けば、そのまま蘇轍の詩經學の本質をよく表した批評とすることができる。また、筆者は『蘇傳』研究が遲れた理由を、『蘇傳』の注釋の穩やかさがその學的特徵を把握しにくいものとしていたためではなかったかと述べた[52]が、その穩やかさの中には右のような內實が存在しているのである。これこそが『蘇傳』に詩經學史上確かな位置を占めさせている、他に際だった特徵であるということができるのではないだろうか。

注

（1）例えば、郝桂敏『宋代《詩經》文獻研究』第三章「宋代《詩經》學的經學闡釋（下）」に、「蘇轍《詩集傳》略《小序》後句而不觀、卻把歐陽脩對《毛詩》的懷疑向前推進了一步、他同歐陽脩一起、共同拉開了宋代廢序派《詩經》研究的序幕」（八七頁）と言う（中國社會科學博士論文文庫、中國社會科學出版社、二〇〇六）。

（2）南宋・晁公武『郡齋讀書志』卷二「蘇氏詩解二十卷」に、「其說以毛詩序爲衞宏作、非孔氏之舊、止存其首一言、餘皆刪去」（孫猛校證『郡齋讀書志校證』、上海古籍書店、一九九〇、六七頁）と言い、南宋・陳振孫『直齋書錄解題』卷二、詩類、「詩解集傳二十卷」に、「門下侍郎眉山蘇轍子由撰。於序止存其首一言、餘皆刪去」（上海古籍書店、一九八七、三七頁）と言い、『四庫全書總目提要』經部、詩類「詩集傳二十卷」に、「其說以詩之小序、反復繁重、類非一人之詞、疑爲毛公之學、衞宏之所集錄、因惟存其發端一言、而以下餘文、悉從刪汰」と言う。

（3）『蘇傳』についての包括的な研究としては、李冬梅『蘇轍《詩集傳》新探』（四川大學出版社、二〇〇六）が擧げられるが、筆者の問題意識に關わる考察は行われていない。また、同書緖論に據れば、臺灣・陳明義氏に「蘇轍〈詩集傳〉研究」（中國臺北東吳大學中國文學系碩士論文、一九九三）があり、目下のところ『蘇傳』についての最も包括的な論文であるとのことであるが、殘念ながら筆者は未見である。ただし、この論文のエッセンスをまとめたものとおぼしい同氏「蘇轍《詩集傳》在《詩經》詮釋史上的地位與價值」（林慶彰主編『經學研究論叢』第二輯、臺北聖環圖書公司、一九九四）を見る限り、やはり筆者の問題意識に答える考察は行われていないようである。

（4）蘇轍の詩序についての認識に視點を据えて論じた論文に、于昕「蘇轍著《詩集傳》攻《序》的內容和特點」（『第四屆詩經國際學術研討會論文集』、二〇〇〇）がある。

（5）國風「關雎」序の『蘇傳』に、「其存者將以解之、故從而附益之以自信其說、是以其言時有反覆煩重、類非一人之詞者。凡此皆毛詩之學而衞宏之所集錄也」と言う。

（6）王安石の「伐木」解釋については、本書第五章第3節を參照。

（7）毛傳が「伐木」をいかに解釋していたかについては、『正義』が「毛以爲有人伐木於山阪之中、丁丁然爲聲。鳥聞之、嚶嚶然而驚懼。以興朋友二人相切磋。設言辭以規其友切切節節然。其友聞之、亦自勉勵猶鳥聞伐木之聲然也」と說明するのに從った。鄭箋に「言昔者未居位在農之時、與友生於山巖伐木爲勤苦之事、猶以道德相切正也」と言う。

（8）「陳古刺今」については、本書第五章第5節を參照。

（9）ちなみに歐陽脩『詩本義』では、「故詩人以此刺曹臣之在位者、因思古淑人君子其心一者」と言い、この詩が陳古刺今の詩であると考えている。

（10）ちなみに歐陽脩『詩本義』では、詩序の「壹ならざるを刺る」と詩の內容とを調和させるために、鳲鳩の比喩の意味について新たな解釋を行う。すなわち、上の巢の雛から下の巢の雛へと餌を與えたかと思うと、それでは下の雛の餌が足りないのではと思い下の巢の雛から上の巢の雛へと餌を與えては、今度は上の巢の雛が餓えてしまうのではないかと心配する、その子育ての氣苦勞が「心を用いること一ならず」なのであり、これを爲政者の心の「壹ならざる」樣の比喩としているのである、と解釋するのである。しかし、この解釋では母親の雛鳥への美しい愛情を爲政者の醜い行爲の比喩とすることになり、イメージが齟齬し說得力のある說とは言えない。故に、蘇轍はこれに從わず、彼なりの解釋を提示したものと考えられる。歐陽脩の「鳲鳩」の比喩の解釋については本書第四章第5節を參照のこと。

（11）蘇轍は、小序の初一句に示された說がすべて正しいわけではなく、誤った說もあると考えていたが、その場合、例えば秦風「終南」序の、「終南、戒襄公也」に對する注に、「此詩美襄公耳。未見所以爲戒者。豈以壽考不忘爲戒之歟」と、疑問と反論を示すのが常である。「墓門」の詩序の下にはこのような注釋はなく「刺陳佗」という初一句が誤っていると明言してはいない。

（12）本詩の首章の、

有兔爰爰　　兔有りて爰爰たり

雉離于羅　　雉　羅に離《かか》る

について毛傳は、「〈爰爰〉とは、緩やかの意味である。鳥の網を〈羅〉と言う。まつりごとを行うのに、緩やかな時と急な場合とがあり、心の用い方が一定しないことを言う（爰爰緩意。鳥網爲羅。言爲政有緩有急、用心之不均）」と言い、鄭箋は、「緩やかな時があるというのは、相手の言いなりになる場合があるということである。急な場合があるとは、せかしたり騒いだりする場合があるということである（有緩者有所聽縱也。有急者有所躁蹙也）」と言い、桓王が自己の好惡に從い臣下の扱いを變え、「信を失ふ」樣子を歌っていると解釋する。また、

我生之初　　我が生れしの初《はじ》めに
尙無爲　　爲すこと無からんと尙《こひねが》ふ
我生之後　　我が生れて後に
逢此百罹　　此の百の罹《うれ》ひに逢ふ
尙寐無吪　　尙《こひねが》はくば寐ねて吪《うこ》くこと無からんと

について鄭箋は、「私が成長した後に、何とこのような軍役が多いという憂いに遭遇することになってしまった。今はただただ横たわって動かされないように願うのみである。生を樂しいとは思わない氣持ちが甚だしいのである（我長大之後、乃遇此軍役之多憂。今但庶幾於寐不欲見動。無所樂生之甚）」と言い、軍役が多いということを歌っていると解釋することによって、小序の「諸侯　背叛し」に對應させる。さらに卒章の、

我生之後　　我が生れて後に
逢此百凶　　此の百の凶に逢ふ

について鄭箋は、「〈百凶〉とは、王が人の恨みを買い災いが引き續くという凶事である（百凶者、王構怨連禍之凶）」と言い、小序の「構怨連禍」に對應する內容だとする。これらは、小序の第二句以下に書かれている內容を詩中から讀み取ろうという努力の表れである。

（13）朱熹『詩集傳』王風「兔爰」首章の注に、「周室衰微、諸侯背叛。君子不樂其生而作此詩。言張羅本以取兔、今兔狡得脫、而雉以耿介、反離于羅、以比小人致亂、而以巧計幸免。君子無辜、而以忠直受禍也」と言う。

（14）「隰有萇楚」の解釋に見られる道德觀の問題については、すでに論じたことがある。本書第六章第3節を參照のこと。

(15)「銚弋」の日本名は、『大漢和辭典』の比定に従った。

(16) これは、歐陽脩『詩本義』の「婦人無外事、求賢審官、非后妃之職也。臣下出使、歸而宴勞之、此庸君之所能也。國君不能官人於列位、使后妃越職而深憂、至勞心而廢事、又不知臣下之勤勞、闕宴勞之常禮、重貽后妃之憂傷、如此則文王之志荒矣」および「后妃以采卷耳之不盈、而知求賢之難得、因物托意、諷其君子以謂賢才難得、宜愛惜之」という説を受けたものと考えられる。

(17) 本文に引用した『蘇傳』には、「君子」の語が二箇所出てくる。筆者は、前者の「君子」を詩の作者でもある高德の士と解し、後者の「君子」を（妻に對する）夫の意味で、ここでは陳君を指していると解した。同一の文章の中に、しかも近接して出てくるところから兩者が同じ人間を指していると考えるべきではないかという考え方もあろう。

(18) 郝桂敏前掲書第三章第一節、八一頁。引用は拙譯によって示した。

(19) 例えば、邶風「柏舟」序の『蘇傳』に、「毛詩之敘曰、此衞頃公之詩也。變風之作而至於漢其間遠矣。儒者之傳詩容有不知其世者矣。然猶欲必知焉。故從而加之。其出於毛氏者其傳之也。其出於鄭氏者其意之也。傳之猶可信也。意之疎矣。是以獨載毛氏之說。不敢傳疑也」と言う。

(20) 例えば、邶風「綠衣」の首章の『蘇傳』に、「言妾上僭而夫人失位也」というが、これは小序の、「綠衣衞莊姜傷己也。妾上僭夫人失位而作是詩也」の第二句を引用したものである。また、邶風「凱風」首章の『蘇傳』に、「衞之淫風流行、雖有七子之母、猶不能安室」というが、これは小序の、「凱風美孝子也。衞之淫風流行、雖有七子之母、猶不能安其室。故美七子能盡其孝道、以慰其母心而成其志爾」に基づくものである。

(21) 洪湛侯『詩經學史』（二〇〇二、中華書局）第三編「詩經宋學」第二章第三節「蘇轍不采《詩序》續申之詞」に、次のように言うのは注目される。

《詩序》首句固然簡古、然有時總難盡括全詩旨意、因此蘇轍往往採用補充辦法、加注〝毛詩之序曰〟云云、以補首句之所未備、如此者近三十例。又或在所引首句之下、加寫一段、……這些也都説明蘇轍當時也已感到僅用首句並不能完全説明問題。（三二五頁、傍點筆者）

(22) 近年出版された詩經學の通史的研究や『蘇傳』に對する研究（例えば、李冬梅前掲書など）においても、從來の見解が踏襲されていることでも、そのことが確認できる。洪湛侯前掲書第三編「詩經宋學」第二章第三節「蘇轍不采《詩序》續申之詞」に蘇轍の詩經研究の後人にしばしば指摘される特徴の一つとして、「懷疑《詩序》、僅罙首句」を舉げている。戴維『詩經研究史』第六章「宋代《詩經》研究」第一節五に蘇轍『詩集傳』を紹介して、「蘇轍解《詩》、最獨特的是《小序》僅保存首句、其餘皆刪汰以盡」（三〇四頁）と言う。

(23) 錢志熙「從歌謠的體制看風詩的藝術特點 兼論對《毛詩》序傳解詩系統的正確認識 北京大學學報（哲學社會科學版）Vol. 42, No.2（二〇〇五・三）。以下、引用は拙譯によって示す。

(24) 同六四頁。

(25) 同六三頁。

(26) 同六三頁。

(27) 同六五頁。

(28) 錢志熙「永嘉學派の詩經學の思想について（下）」（宋代詩文研究會『橄欖』第十五號、二〇〇八、拙譯）。原文は、「永嘉學派《詩經》學思想述論」（『國學研究』第十八卷、二〇〇六、北京大學出版）。後、同氏『溫州文史論叢』（上海三聯書店、二〇一三）に收錄。

(29) 周南「關雎」序の『蘇傳』に、「孔子之敘書也……其贊易也……未嘗詳言之也。非不能詳、以爲詳之則隘、是以常舉其略、以待學者自推之……今毛詩之敘何其詳之甚也」と言う。

(30) この論文は通行の蘇轍の文集『欒城集』には收載されないものである。詳しくは李冬梅前掲書第一章、四六頁參照。

(31) これは、詩序の作者についての王安石の說に反對したものと考えられる。本書第五章第6節參照。

(32) 漢唐の學者の詩經學の師承の認識については、本書第三章第6節で概觀したのを參照のこと。

(33) 一例を舉げよう。小雅「六月」第四章の「鎬及び方を侵し、涇陽に至る（侵鎬及方、至于涇陽）」の『蘇傳』に、「〈鎬〉は、鎬京である。〈方〉は未詳である（鎬、鎬京也。方未詳）」と言う。これは鄭箋に、「〈鎬〉とか〈方〉とかいうのは、いずれも北方の地名である（鎬也、方也、皆北方地名）」と言うのと異なる說である。兩者の說の違いはどこから生まれているのであろうか。鄭箋がこのような注釋をつけた理由を、『正義』は、「北狄の侵略を受ける土地として登場しているので、故に〈鎬〉も〈方〉もいずれも北方の地名であるとわかるのである（以北狄所侵、故知鎬也方也、皆北方地名也）」と說明している。これに從えば、北方の異民族が攻めてきたということに基づきそれならば都ではあり得ないと考え、北狄の領域との境界付近の地名だろうと推定したということになり、鄭箋は歴史地理的な知識に據ってこのような注をつけたのではなく、詩句以外の知識との整合性を保つためにいわば地理を捏造したということができる。それに對して蘇轍はそのような外部的な要因を持ち込まずに詩の字句から最も一般的に推測される地名に當てている。詩篇の言葉に對して平易で常識的な意味解釋を行おうとするに態度を見ることができる。

（34）ここでも蘇轍が彼が採用しなかったはずの第二句以下の記述に基づいて詩篇を理解しようとしていることがわかる。

（35）この解釋は朱熹にも受け繼がれている。『集傳』に「國民はこの人が常に宛丘の上で遊蕩に耽っているのを見、故にそのことを述べて批判している。まことに思いがあって樂しむべきであるが、仰ぎ見るべき威儀は無いと言っているのである（國人見此人常遊蕩於宛丘之上、故敘其事以刺之。言雖信有情思而可樂矣、然無威儀可瞻望也）」と言う。ここからも、蘇轍の解釋姿勢が彼以後の詩經學に影響を與えていることがわかる。

（36）蘇轍の詩經學における「人情」の重要性については、石本道明「蘇轍『詩集傳』と朱熹『詩集傳』」（『國學院雜誌』十二〔一〇〕〔通號一三四〕、二〇〇一・一〇）および、李冬梅前掲書第三章に詳しい。

（37）蘇轍には、『蘇傳』の他に詩經に關するいくつかの論文があり、その中には、彼の詩經解釋理論を考える上で重要な學說が述べられている。特に、その「詩說」（李冬梅前掲書第一章、四六頁參照）では詩序に對する批判的檢討が行われており、本章で考察したもの以外に、蘇轍が詩序第二句以下にどのような問題點を感じていたかを知ることができる貴重な資料である。ここでは紙幅の關係で詳しい檢討は行えないので、その具體例を『蘇傳』中の關連箇所とともに列擧し、備忘としたい。

A　希望を述べた假構の描寫を實事と取り違えているという批判

「夫魯之有頌、詞過於實。閟宮之詩有曰、居常與許、復周公之宇……蓋此詩之作、……皆國人祝之之辭、望其君之能如此也。序詩者徒得其言、而未得其意。」

（〔魯頌、閟宮序、蘇傳〕毛詩序曰、駉……有駜……泮水……閟宮……、夫此詩所謂居常與許、復周公之宇者、人之所以願之而其實則未能也。而遂以爲頌其能復周公之宇。是以知三詩之序皆後世之所增而駉之序則孔氏之舊也。）

B　詩中の特定の語に拘泥した結果、比喩を捉え損なっているという批判

「言魚何在、在藻爾。或頒首、或莘尾、或依蒲、自以爲得所也。然特在藻在蒲而已。焉足恃以爲得所。猶之幽王何在、

在鎬爾。或豈樂而後飮酒、或飮酒而後豈樂、若無事而那居自以爲樂者。然徒在鎬飮酒、湛於耽樂、而不恤危亡之至、亦焉足恃以爲至樂、此詩人所刺也」

（［小雅、魚藻序］魚藻、刺幽王也。言萬物失其性、王居鎬京、將不能以自樂、故其君子思古之武王焉）

（［蘇傳］毛氏因在鎬之言、故序此詩爲思武王、以在藻頒首爲魚得其性、蓋不識魚之在藻之有危意也）
C　史實と食い違っているという批判
「將仲子之序曰、小不忍以至大亂……故春秋譏之、而左氏謂之鄭志、以鄭伯之志在於殺也。將仲子之刺、亦惡乎養成其惡而終害之、序詩者曰、……、則莊公之用心豈小不忍者乎」
D　詩中の部分的な言說（敍述）を詩全體の大義と取り違えているという批判
「召旻所刺、刺幽王大壞也。……思召公之辟國、特其一事耳、而序詩者遂以旻爲閔天下無如召公之臣、焉足以盡一詩之義」

（［大雅、召旻序］召旻凡伯刺幽王大壞也。旻、閔也。閔天下無如召公之臣也）
E　詩句の言わんとするところを捉え切れておらず、過小に解釋しているという批判
「淇奧所美、美武公之德也。武公之德如詩所賦、無施不可。序詩者徒見詩言曰、有匪君子、卽稱其有文章、武公所以爲君子、非止文章而已。見詩言曰、如切如磋、如琢如磨、卽稱其又能聽其規諫。武公所以切磋琢磨、非止聽規諫而已」

（［衞風、淇奧序］美武公之德也。有文章、又能聽其規諫、以禮自防、故能入相于周、美而作是詩也）

(38)　本書第六・七章參照。
(39)　『欒城應詔集』卷四、（中華書局排印本『欒城集』下册一六一三頁）。
(40)　本書第四章第7節および第五章第6節を參照のこと。
(41)　本書第三章第6節を參照のこと。
(42)　楊新勛氏の言うとおり、歐陽脩は『詩本義』の中で、一部の詩を不道德な內容を歌った「淫詩」（筆者の理解に據れば、歐陽脩の認識は朱熹の言う「淫詩」とは異なるので「淫詩的詩篇——準淫詩」と呼ぶのが妥當であると思うが、今あえて氏の用語に從う。詳しくは本書第十四章第3節を參照のこと）と規定している（『宋代疑經硏究』第二章第二節、中華書局、二〇〇七、七四頁）。しかし、孔子がそのような「淫詩」をあえて詩經に收錄したのは、それを讀む人に不道德な行

いに對する嫌惡の氣持ちを起こさせ、道德的な生き方に向かわせるという目的があったためであると歐陽脩は考えていたので、逆說的な意味でやはり一篇が道德的な視點で一貫している——詩篇が不道德な內容で一貫していることによって、教化という目的に資する——ことには違いない。これに對して陳風「宛丘」で、陳の幽公に對して道德的な指彈を行う中にも彼の「情」に對する肯定的な氣持ちも交えていると解釋するように、蘇轍には、一面的な道德の基準によって解釋を貫徹させず、そこに相對立する視點——「宛丘」で言えば、道德的な視點に對する眞情という視點——による感情や評價の搖れを認めるという傾向が見られる。このような多面的な見方は歐陽脩には乏しいと思われる。

(43)『詩本義』卷十一「蕩」論に、「刺者其意淺、故其言切。而傷者其意深、故其言緩而遠。作詩之人不一、其用心未必皆同、然考詩之意如此者多、蓋人之常情也」と言う。また、本書第三章第6節を參照のこと。

(44)『蘇傳』中、「人情」の語は三箇所に使用されている。召南「江有汜」に、「江有汜、欲求嫡之悔過而不以怨言犯之。蓋事之不失而嫡自悔矣。此則善原人情也」と言い、邶風「泉水」に、「衞國之女思衞而作詩、其爲衞音也。固宜猶莊舄之病而越吟、人情之所必然也」「故禮緣人情、使得歸寧」と言う。いずれの用例も、『詩本義』におけるがごとく、詩解釋の原理としては用いられていない。

(45)衞風「氓」の主人公である、戀人と出奔した後裏切られ捨てられた女性に對する評價においても、人情と道德についての蘇轍の認識を見ることができる。この詩の「匪來貿絲、來卽我謀」に對して、鄭玄は「此民非來買絲、但來就我、欲與我謀爲室家也」と言い、淫亂な行動に走った者と言うより、男性に騙されたという被害者としてこの女性を規定している。さらに彼は、この女性の性格を「用心專者怨必深」（第二章鄭箋）、「又明己專心於女」（第四章鄭箋）と表現し、主人公の女性を美化しようという配慮を見ることができる。これに比べて『蘇傳』では、「託買絲而就之謀爲淫亂也」と言い、蘇轍がこの女性の出奔を「淫亂」と表現し、詩篇の主人公の道德性を守ろうという配慮は見られない。眞情を吐露した詩篇が必ずしも道德的なものとは限らないという蘇轍の認識が現れている。

(46)本書第一章第4節、第六章第6節を參照のこと。

(47)「且詩人取物比興、本以意有難明、假物見意爾」（『詩本義』卷三「牆有茨」論）。

(48)歐陽脩の比喩認識については、本書第四章を參照のこと。

(49)例えば、『詩本義』卷四「南山」論に、「詩人之意必不如此、然本義已失矣。故闕其所未詳」と言い、卷八「鴛鴦」論に、

「故此篇本義未可知也。宜闕其所未詳」と言い、巻十「生民」論に、「蓋君子之學也、不窮遠以爲能、闕所不知、愼其傳以惑世也。闕焉而有待可矣。毛鄭之説、余能破之不疑、生民之義、余所不知也、故闕其所詳」と言う。

(50) 例えば、『詩本義』巻五「衡門」論に、「大抵毛鄭之失在於穿鑿」と言い、巻十「鳧鷖」論に、「然學者戒於穿鑿而汨亂經義也」と言う。

(51) 『鄭堂讀書記』巻八、經部五之上、詩類（中國目錄學名著第一集、一九六五再版、世界書局）。

(52) 本書第六章第1節。

〔追記〕

本章初出原稿提出の後、江口尚純氏が早くに「蘇轍の詩經學」（『靜岡大學教育學部研究報告（人文・社會科學編）』第四四號、一九九四年三月）を發表していることを知った。特にその第五章「比興説」には、本章第7節で觸れた蘇轍の比興の認識についての興味深い考察が行われており、その所論を參考に出來なかったことが悔やまれること、ここに注記する次第である。

第九章　漢唐の詩經學に對する蘇轍の認識

――穩やかさの內實　その四――

1　はじめに

前章で筆者は、漢唐詩經學の學問的根幹をなす詩序を彼がどのように認識し詩經解釋に用いたかについて考察した。考察の結果、蘇轍は小序第二句以下を素材として自由に扱える立場に身を置き、「據るべきは據り、至らないところは補完修正し、誤りは正すという融通無碍な態度をもって、自身の詩經學に取り込んでいった」と結論した。このような學問的態度は、漢唐詩經學全體に對しても當てはまるものであろうか。このことを知るために、本章では、毛傳および『正義』の經說が『蘇傳』でどのように活用されているかを見ていきたい。

2　毛傳に對する態度

本章では、蘇轍が毛傳をどのように利用しているかを考えたい。ただし、毛傳は後世まで傳わった詩經の注釋として最古のものであり、その訓詁は、後の學者が詩經を研究するためには、學問的立場に關わらずおしなべて重視せざるを得ないものであった。『蘇傳』の注釋に毛傳からの引用があったとしても、それ自體は何ら不思議なところはない。しかし、『蘇傳』には、毛傳の訓詁を利用しつつ詩篇の內容について毛傳と異なる解釋を導き出している例を見出すことができる。そこに見られる二重性は、彼の漢唐詩經學に對する認識を知るために、興味深い視點を提供してくれる。

陳風「衡門」の首章に次のように言う。

衡門之下　衡門《こうもん》の下

可以棲遲　以て棲遲《せいち》すべし

［傳］「衡門」とは、横木を用いて門に作ったものである。淺く狹いことを言う。「棲遲」は憩い安らぐことである（衡門横木爲門、言淺陋也。棲遲遊息也）

［箋］賢者は、衡門が淺く狹いからといってそのもとに休息しないということはない。君主たるもの國が小さいからといって、政治を興してよいまつりごとと人民の敎化との實現に努力しないというのはいけない、ということを喩える（賢者不以衡門之淺陋則不遊息於其下。以喩人君不可以國小則不興治致政化）

泌之洋洋　泌《ひ》の洋洋たる

可以樂飢　以て飢えを樂しむべし

［傳］「泌」は泉である。「洋洋」は廣大である。「樂飢」とは、道を樂しんで餓えを忘れることができるということである（泌泉水也。洋洋廣大也。樂飢可以樂道忘飢）

［箋］「飢」とは食べ物が足りないことである。泌水の流れは廣々としていて、餓えたものはこれを見ては飲んで餓えを癒すことができる。それによって、人君が愼み深く善良で、賢臣を任用するならば、政治と敎化

が行き届くこともなおそのようなものであるということを比喩する（飢者不足於食也。泌水之流洋洋然、飢者見之可飲以瘵飢。以喩人君慤愿、任用賢臣則政教成、亦猶是也）

毛傳鄭箋は、「衡門」が狭苦しい（淺陋）というマイナスイメージが込められた言葉であり、狭隘な陳國を喩えるものとして用いられていると解釋している。それに對して、「泌」は廣大で豊かな泉の意で、かつえたものの喉を潤し、いっときその空腹を忘れさせる恵みの水というプラスイメージが込められていると解釋し、そこに國を救う賢臣が喩えられていると考える。この解釋に據れば、同じ章の中で、またいずれも後ろに「可以○○」という句を伴って對應關係にある「衡門之下」「泌之洋洋」の二句にかたやマイナスイメージ、かたやプラスイメージと反對のイメージが付與されていることになる。それに伴って下句との接續關係もかたや「～であっても、……できる」という逆接關係、かたや「～は、……できる」という順接關係と異なることになる。(1)

一方、『蘇傳』の解釋は以下の通りである。

「衡門」とは、横木を用いて門に作ったものである。「棲遲」とは憩い安らぐことである。……そもそも、安らいで居住するのであれば必ずや大きな屋敷がよく、餓えをいやすのであれば必ずや飲食すべきであり、魚を食べるなら必ずや魴鯉がよく、妻を娶るならば必ずや姜氏の娘がよい。この四者は誰が望まないことがあろうか。しかし、人間はこの四者を手に入れて、はじめて事を行うことができるとは必ずしも限らない。この四者を得た上でなければだめだというのであれば、一生涯手に入れられないこともあり得る。だから、自分が實際に持っているものに從って事を進めるべきであり、そうしてできるかぎりのところまでしたならば、天下の優れたものをもってしてももはや何も付け加えるべきものはないということになるのである。さもなければ、天下で最も麗しいものを持っていても、それでも常に滿ち足りない氣持ちを抱き續けて、ひいては最後まで何もしないという結果に終わるのである。僖公が、自分の國が小國だといって政治に關心を持とうとしなかったので、故にこのように述べて誘掖しようとしたのである（衡門橫木爲門也。棲遲遊息也。泌泉水也。夫棲遲必大屋、樂飢必飮食、食魚必魴鯉、取妻必姜子。此四者誰不欲之、然人未嘗必此四者而後可以爲。必此四者而後可則終身有不獲者。故從其所有而爲之、及其至也、雖天下之美無加焉。不然雖有天下之至美而常挾不足之心以待之、則終亦不爲而已矣。僖公自謂小國無意於爲治、故陳此以誘之）

蘇轍の解釋では、「衡門」は大きな屋敷（大屋）を象徴するものとなり、「泌」と同樣、プラスイメージを持つ比喩ということになる。すなわち、「衡門の下、以て棲遲すべし」と「泌《ひ》の洋洋たる、以て飢えを樂しむべし」とは、意味のベクトルを共有しつつ、對句的に竝列されることにより、「望ましい環境」という意味を疊みかけつつ强調していることになる。『蘇傳』に言うように、この二つは、さらにプラスイメージの「魴鯉」「姜子」と竝列されているのであるが、傳箋の解釋では、四者のうち「衡門」のみがマイナスイメージを表していることになり、ややバランスを缺く。蘇轍はそこに無理を感じ、四者同じ意味のベクトルを持つような解釋を提示したものであろう。つまり、『蘇傳』は、詩篇に論理の一貫性を付與し得るような解釋を追求したということができる。

ただし、ここで注目されるのは、『蘇傳』は「衡門」の語義を新たに訓釋し直しているのではないということである。『蘇傳』の「衡門は橫木もて門と爲すなり」という訓詁は、毛傳を引用したものである。しかしながら、毛傳ではこの後に「淺陋なるを言ふなり」が續いている。毛傳の理解では橫木で作られた門は淺陋なものである。ところが、蘇轍は毛傳の意圖を無視して、自分の解釋と齟齬しない部分のみを引用し、そこに全く逆方向のイメージを付與しているのである。ここに見られるのは、毛傳の論理構造——訓詁の意圖するところ——を捨象して、自分の解釋に資する部分のみを斷片的に取り上げ利用するという態度である。かくして、毛公の訓詁は本來付與されていたイメージを捨象されることによって、蘇轍自身の設計圖に從って樣々な形に自由に組み合わせることができるような部品として機能することになる。これを蘇轍の立場に立って言えば、毛公の意圖から解放することにより、その訓詁に新たな意義を付與し、より詩經の眞の意義に近い解釋（と蘇轍が考えるもの）の中で息を吹き返させることができた——あたかも、江西詩派の綱領である「點鐵成金」のように——ということになろう。ここに、蘇轍の漢唐の詩經學の受容の態度の一典型を見ることができる。

このような毛傳の扱い方は、前章で檢討した詩序に對するそれと同樣である。詩序および漢唐の詩經學に對する蘇轍の態度が一貫性を持った方法論として結實していることが確認できる。

3　『正義』に對する態度

唐の孔穎達等が敕命を受けて編纂した『毛詩正義』が、宋代の詩經學にどのような影響を與えたかは、宋代詩經解釋學史研究においては、從來等閑に附されていた問題である。『蘇傳』研究にあっても、『正義』との關係に言及したものはほとんど見られない。筆者は第三章において、宋代詩經學の先聲たる歐陽脩『詩本義』が、『正義』の影響を受けながらその學問を形成していった樣子を考察し、宋代詩經學の成立において『正義』が重要な影響を與えていたという結論を得た。(2) その上で、『正義』と『詩本義』との閒に見られるこのような學問的繼承關係が同時代の詩經學の動向において一般化できるか、あるいは非常に特殊な形にすぎなかったのか、については改めて考察する必要がある、という問題提起を行った。この觀點からすれば、歐陽脩の詩經學を繼承し發展させる位置に立つ蘇轍が、その詩經學の學的態度・方法論を確立していく過程で、『正義』からどのような影響を受けたかということは、見過ごすことのできない問題となる。本章では、この問題を考えてみたい。

①『正義』の解釋および方法論の受容

蘇轍にとって、『正義』が考證のための古文獻や資料の巨大な寶庫として存在していたであろうということは言うまでない。事實、字義の考證、人名・地名の比定などについて、『蘇傳』が『正義』を利用している例を見出すことは容易である。(3) しかし、『蘇傳』にとって『正義』は、單にそのような資料源としてのみ存在していたわけではない。蘇轍の詩經學の形成に、『正義』が様々な形で影響を與えていることが確認できる。

小雅「六月」の、

玁狁匪茹　玁狁《げんいん》茹《はか》るに匪《あら》ず(4)
整居焦穫　焦穫《しょうかく》に整居《せいきょ》し
侵鎬及方　鎬《こう》及び方《ほう》を侵し
至于涇陽　涇陽《けいよう》に至る

について、『蘇傳』は「『匪茹』とは、異民族玁狁が侵入すべきでない所〔に侵入した〕ということである。(5)『整居す』とは憚《はばか》るところがないことを言う（匪茹非其所當入也。整居言無憚也）」と言うが、これは『正義』の、

〔玁狁が〕隊列を整えて亂れることがないというのは、彼らが〔敵地である〕周の地に〔侵入して〕居りながら、何の恐れ憚るところがない樣子であることを表している（整齊而處之者、言其居周之地、無所畏憚也）

に基づいたものと考えられる。『正義』は、詩人が「玁狁が整然と居並んでいる」と詠っているのはいったい何を言わんがためなのだろうかという問いを立て、それは玁狁の大膽不敵さを表現し、それによって彼らが中國にとってい

かに强敵であったかを傳えようとしているのだと解釋している。『蘇傳』はその說を繼承したものと考えられる。このように、『蘇傳』は、字義の考證、人名・地名の比定などに關する『正義』の說を參考にするのに止まらず、詩人の表現意圖の解明に關する考察においても、『正義』から學んでいる。蘇轍にとって疏家が詩篇の内容の分析という側面においても先達であったことを示している。

蘇轍は『正義』の解釋を受容するにあたって、『正義』の說をそのままの形で踏襲するだけではなく、それを吸收消化した上で、様々な形や方法によって錬成し自分のものにしながら利用している。以下にその例を見よう。

邶風「日月」首章の、

胡能有定　　胡《なん》ぞ能く定まること有らんや
寧不我顧　　寧《なん》ぞ我を顧《かへり》みざらんや

の『正義』に次のように言う。

したがって、莊公は、事を定めることのできない人間であった。鄭玄が、事を定めることのできないことの應驗である出來事を引いて、「莊公は完を定めることができなかった」というのは、『春秋左氏傳』「隱公三年」に、「公子州吁《しゆうく》は莊公から寵愛を受け兵を動かすのを好んだが、莊公はそれを禁じなかった。石碏《せきさく》は諫めて、『もし州吁を跡繼ぎに立てたいのならば、そのようにお定め下さい。もしぐずぐずしていたら、次第に災いとなってしまいます』と言った」とある。この記事は、莊公が州吁を太子に立てたいと思っていたことを表すものであり、だから、杜預は、「完《かん》は〔莊公の正妻である〕莊姜《そうきよう》の養子となったけれども、しかしながら、太子の位はいまだ定まってはいなかった」と言ったのである。これは完は太子でなかったことを表す（然則莊公是不能定事之人、鄭

引不能定事之驗、謂莊公不能定完者、隱三年左傳曰、公子州吁有寵而好兵、公不禁。石碏諫曰、將立州吁、乃定之矣。若猶未也、階之爲禍。是公有欲立州吁之意、故杜預云、完雖爲莊姜子、然太子之位未定。(6)是完不爲太子也）

これに對して、『蘇傳』は次のように言う。

石碏は莊公を諫めて、「もし州吁を跡繼ぎに立てたいのならば、そのようにお定め下さい。もしぐずぐずしていたら、次第に災いとなってしまいます」と言った。しかし、莊公はそれに從わず、故に災いを引き起こしてしまった。これが、「胡《なん》ぞ能く定まること有らんや」と言っていることの意味であろうか（石碏之諫莊公曰、將立州吁、乃定之矣。若猶未也、階之爲亂。莊公不從、故及於禍。此胡能有定之謂歟）

詩に言う「胡《なん》ぞ能く定まること有らんや」の直接的な意味は、莊公が夫人である私莊姜を然るべく處遇し、德と志を同じくして國を治めていくべきなのに、夫婦の閒柄さえきちんと保つことができないのだから、ましてや他のもろもろのことをきちんと處理することなどできるはずがない、ということであるが、(7)「他のもろもろのこと」とはいったい何か、詩中には具體的に表現されていない。それを『正義』『蘇傳』兩書とも、この詩句の裏には衞の莊公が妾腹の州吁を寵愛し增長を許したために、後々莊公の跡を繼いだ完が州吁によって弑殺される事態を招いたことが含意されていると考え、(8)またそれを論證するのに、『春秋左氏傳』「隱公三年」の記事を引いている。このことから見て、蘇轍が『正義』の說に依據していることは明らかである。しかし、兩說を比較すると違いがある。それは、莊公のいかなる行爲を「事を定める能わざる」ことの現れであると考えるかについての違いである。

『正義』は、莊公が「事を定むること能わざる人」であるのは、妾腹の州吁への愛情にほだされて正妻莊姜の養子の完を太子の位に就けることができなかったからであると言う。それに對して蘇轍は、完を差し置いて、石碏の諫言に從って州吁に太子の位を與えることを躊躇しできなかったことを指していると言う。兩者の考え方の違いは、その『左傳』の引用の仕方にも反映されている。『正義』は、石碏の諫言に對する莊公の反應を述べた部分を引用していない。これに對して、『蘇傳』は、「莊公從わず」（『左傳』では「弗聽」に作る）と莊公の反應に言及している[9]。これは石碏の言葉に從わなかったことが問題の焦點であると、蘇轍が認識していたことを表す。

『正義』の解釋は、鄭箋の說に從ったものである。鄭箋に「詩中で詠われている缺點を持っていたことが、莊公が完を太子に定めることができなかった理由である（是其所以不能定完也）」と言う。『正義』は、これを疏通している。一方、蘇轍は『正義』とは著述の主旨を異にし、鄭箋の說に束縛されることなく自由に自分の說を主張できる立場にあった。蘇轍のもう一つの著述『穎濱先生春秋集解』卷一「隱公四年」では、『春秋』の「衞州吁弑其君完」に注して次のように言う。

衞の莊公の世子は完、庶子は州吁であった。州吁は寵愛を受け兵を動かすのを好んだが、莊公はそれを禁じなかった。莊公が卒すると、州吁は完を弑殺し自ら衞公として立った（衞莊公之世子完、庶子州吁。州吁有寵而好兵、公弗禁、公卒、州吁弑完而自立[10]）

蘇轍は「世子完」と言っているので、杜預の說とは違い、完が太子であったと考えていることがわかる。そのため、鄭箋と『正義』の說は史實に悖ると考え、自說に合致するよう改めたのであろう。つまり、蘇轍は『正義』の說に依據しながら、『左傳』―鄭箋―『正義』と異なる自分の考え方を反映させるために、必要な修正を加えたものと考えられる。

小雅「六月」第二章の、

比物四驪　比物　四驪

閑之維則　閑《なら》ひて維れ則あり

［傳］物は毛物なり。則は法なり。言ふこころは、先ず戰ふを教へて、然る後に師に用ふ。（物毛物也。則法也。言先教戰、然後用師）

について、『正義』は次のように言う。

そうであるならば、「比物」とは同じ力の物を竝べることである。戰に用いる車〔につける馬〕は、その力を均一にし強力であることを貴ぶのであり、毛竝みの色が同じであるかどうかは問題にしないものである。それなのに、「四驪（四頭の純色の馬）」といっているのは、確かに馬力が均一であることが優先されるけれども、その上で、毛竝みが同じ色であってももちろんかまわないのである。……同じ毛の色の馬がないと、異なる毛色のものを用いるのである（然則比物者、比同力之物。戎車齊力尙强。不取同色、而言四驪者、雖以齊力爲主、亦不厭其同色也……無同色者、乃取異毛耳）

『正義』は、毛傳では必ずしも明瞭にされていない（この部分には鄭箋はない）「比物」の語義を「馬力が同じもの」と説明している。その上で、詩句に「力が均一」でありかつ「色が同じ」であると詠われていることについて、「力が均一」であることが「色が同じ」であることより優先されると、二者に輕重の差をつける。しかし、それでは、詩人はなぜ輕重の差のあるこの二つを竝列して詠っているのか、それによってなにを表現しようとしているのかという疑問が湧くが、これについては特に明確な解答を與えてはいない。一方、『蘇傳』は『正義』の說に從った上で、次のように言う。

馬は同じ毛竝みの色のものに揃えられている。體力も同じものに揃えられている。馬力が同じものに揃えられていて、しかも色が同じ純色の馬が四頭揃えられているというのは、馬が有り餘るほどたくさんいることを表している。（毛齊其色也。物齊其力也。既比其物而又四驪、言馬有餘也）

「比物」を力が同じ馬を揃えること、「四驪」は馬の色が同じことを言ったものと説明するのは、『蘇傳』が『正義』の説に基づいていることを示す。しかし『蘇傳』はそればかりではなく、力が均一であり、しかも毛色が同じ馬が集められていると詠うことによって、馬が有り餘っている、すなわち國の財力が豊かであることを表そうとしているのだと、詩人の表現意圖を讀み取り解説している。『正義』と『蘇傳』とを竝べてみると、『蘇傳』はあたかも『正義』の「同色の者無ければ、乃ち異毛を取るのみ」という句が言わんとして充分に説明し盡くしていないものを、言葉を補いわかりやすく説明しているかのように見える。すなわち、『蘇傳』は『正義』の説に依據した上で、さらにそれを敷衍してより平易な解釋として提示しているのである。

先に見た「獵犺　茹るに匪ず……」の例では、毛傳の言い盡くしていない詩人の表現意圖を『正義』が的確に説明していたのを、蘇轍は踏襲していた。本例では、『正義』が言い盡くしていない詩人の表現意圖を『蘇傳』が的確に説明している。あたかも、『正義』が傳箋に對して果たした役割と同樣のことを、『蘇傳』が『正義』に對して行っているように見えるのである。

唐風「葛生」第四章に、次のように言う。

夏之日　　夏の日
冬之夜　　冬の夜
［傳］長いことを言う（言長也）
［箋］ものを思う者は、晝や夜が長い時にはとりわけひどく物思いに耽るものである。だから、極言して思

いの丈を表現するのである（思者於晝夜之長時尤甚、故極之以盡情）

百歳之後　　百歳の後

歸于其居　　其の居に歸らん

［箋］「居」というのは墳墓のことである。このように言っているのは妻が思いを專一にしているのは義の至りであり、情を盡くしているということである（居墳墓也。言此者婦人專一、義之至、情之盡）

この箇所には『正義』はない。一方、『蘇傳』には次のように言う。

夏の日と冬の夜は、物思う者の氣持ちが昂ぶるときである。夫を思ってもかなわない。そこで、「生きてお會いすることはできません。再會するには、死んでからあの居室に歸るしかありません（あの世でお目にかかるしかありません）」と言う。「居」とは、墳墓のことである。思いが深くふたごころがない。これは眞心あつい唐風の特徴をよく表したものである（夏之日、冬之夜、思者於是劇矣。思之而不可得、則曰、不可生得而見之矣。要之、百歳之後、歸于其居而已。居墳墓也。思之深而無異心。此唐風之厚也）

鄭箋と『蘇傳』との對應關係を考えてみると次のようになる。

鄭箋	蘇傳
思者於晝夜之長時尤甚、故極之以盡情	夏之日、冬之夜、思者於是劇矣
	思之而不可得、則曰、不可生得而見之矣。要之、百歳之後、歸于其居而已
居墳墓也	居墳墓也
言此者婦人專一、義之至、情之盡	思之深、而無異心。此唐風之厚也

これを見ると、鄭箋の説が『蘇傳』に取り込まれており、蘇轍が鄭箋を踏まえて解釋を行っていることがわかる。そしてその上で、『蘇傳』には、「之を思へども得べからざれば則ち曰ふ、生きながらにして得て之に見《まみ》ゆべからず。之を要《もと》むるには、百歳の後、其の居に歸るのみ、と」という、鄭箋にはない一節が插入されている。このうち、詩句からの引用ではない部分として、「……之に見ゆべからず」までの前半部分が特に注目される。これは、本詩の「夏の日、冬の夜」の二句と「百歳の後、其の居に歸らん」の二句との間に存在する、意味上の飛躍を説明する役割を擔っている。と同時に、鄭箋が前二句に對して「之を極めて以て情を盡す」という言葉で概括している詩中の妻の思い――愛しい夫に會うことがいかにしても適わないがゆえの切羽詰まった思い――の具體的な内容を、わかりやすく展開させたものであり、その意味で鄭箋の意を敷衍した注釋ということができる。とすれば、これは『正義』の著述の主旨と一致する方法論によって行われた注釋ということになる。つまり、蘇轍は『正義』の疏通の方法を用いて、傳箋をよりわかりやすい形に敷衍しながら自己の注釋に取り入れ、詩人の意圖を説明しているのである。

以上検討した四例からは、『正義』からの影響を様々な形で見ることができる。いずれの場合においても、單に詩句の字義・語義の注釋で滿足するのではなく、表現された詩句の中に詩人がいかなる意圖を込めているかを明らかにし的確に説明しようという、蘇轍の解釋姿勢が指摘できる。すなわち、蘇轍は特に字句の訓詁において、毛傳・鄭箋の成果を活用するが、その單純な引用に滿足せず、傳箋の訓詁・解釋を詩人の意圖の闡明に繫げていくために、『正義』の説およびその方法論を積極的に利用しているのである。『正義』がそれを的確に説明していればそれを自分の注釋に受容し、『正義』の説明で不足があればそれを補い、さらに『正義』が説明を加えていない場合には、『正義』の方法論を應用して自ら説明を加えている。このように見ると、『蘇傳』が傳箋の訓釋という詩經學史上の財產を最大限有效に利用するために、『正義』の殘した研究業績とその方法論とが極めて大きな意義を持っていたことがわかる。

②　『正義』と『蘇傳』が異なる説をとっているもの

『正義』と『蘇傳』との關係は、前節に見たような直接的な影響だけに留まらない。傳箋正義と『蘇傳』とが、表面的には反對の說を唱えているように見えるが、實際には、兩者は同樣の認識を持っていると考えられる例もある。

小雅「菁菁者莪」第三章の、

既見君子　　既に君子を見れば
賜我百朋　　我に百朋を賜《たま》ふ

の鄭箋に、「古は貝を貨とし、五貝を朋と爲す（古者貨貝、五貝爲朋）」という。

これに對して、『蘇傳』は「古は貝を貨とし、二貝を朋と爲す（古者貨貝、二貝爲朋）」と言う。これは、『漢書』「食貨志下」の次の記事に據った說である。

大貝四寸八分以上、二枚爲一朋、直二百一十六。壯貝三寸六分以上、二枚爲一朋、直五十。幺貝二寸四分以上、二枚爲一朋、直三十。小貝寸二分以上、二枚爲一朋、直十。不盈寸二分、漏度不得爲朋、率枚直錢三。是爲貝貨五品。[11]（傍點筆者）

一見すると、鄭箋と『漢書』「食貨志下」とは說を異にしているように見える。しかし、『正義』に據れば、兩者には說の食い違いはないという。

（鄭箋に言う）「五貝」とは、『漢書』「食貨志」に、大貝・壯貝・幺貝・小貝・不成貝[12]を五種類（の貝）としている。「朋と爲す」と言っているのは、小貝以上の四種類の貝をそれぞれ二個ずつ組にして一朋と數えたのであるが、不成貝は二個ごとに「朋」という組をなさない。鄭玄は經文（が「百朋」という言い方をしていることに基づいて）大きな見方をして解釋したのであり、貝には五種類があり、その貝の中には、二個ずつ組にして朋とするものがある、と言っているのである。貝五個で組にして一朋と數えると言いたいわけではない。（五貝者、漢書食貨志以爲大貝・壯貝・幺貝・小貝・不成貝爲五也。言爲朋者、爲小貝以上四種各二貝爲一朋、而不成者不爲朋。鄭因經廣解之、言有五種之貝、貝中以相與爲朋。非摠五貝爲一朋也）

つまり、鄭箋の「五貝爲朋」の「五貝」とは、貨幣に用いた貝にはその大きさに據って五種類に分類されるということを言っており、一方「二貝爲朋」は、貝二枚でひと組とする古代の單位を言っているのであり、兩者は異なる觀點から說明しているので、「朋」の語義の理解が兩者で食い違っているわけではないと考えるのである。この說明に據れば、鄭箋の「五貝爲朋」は「五貝には朋を爲すあり」と訓じ、「貨幣に用いる五種類の貝の中には、二枚でひと組になるもの――すなわち、大貝・壯貝・幺貝・小貝の四種類――がある」と解釋することになろう。

果たして、鄭箋の言わんとするところが『正義』の解說の通りであるか否かは、議論の餘地があるだろう[13]。しかし、ここで注目したいのは、鄭箋をこのように理解しようとする疏家は、蘇轍のそれと同じく「朋」は貝二枚であるという認識をもっていたであろうと考えられるということである。『正義』は、このような認識のもとに鄭箋を正當化するために、『漢書』「食貨志下」の說明に合致するように說明しているだろうということが、『蘇傳』と異なっているだけである。

このような例は、語句の訓詁に關する問題について見られるだけではない。前章第3節―②で検討した、周南「卷耳」を再び取り上げよう。この詩の小序は以下の通りである。

巻耳、后妃之志也。又當輔佐君子求賢審官、知臣下之勤勞、內有進賢之志、而無險詖私謁之心、朝夕思念、至於憂勤也

これに対し、蘇轍は次のように述べる。

婦人は、賢者を求めて自らの助けとするよう夫を勵ますことを心得ている。そのような志を持っているだけでよいのである。賢者を求めるとかその官職を審査するとかいったようなことは、君子の職分である（婦人知勉其君子求賢以自助、有其志可耳。若夫求賢審官則君子之事也）(14)

蘇轍は、小序第二句を、「又當輔佐君子、求賢審官……」と句讀し、后妃が夫のために自分で賢者を求め官職を審査する、と述べていると解釋する。(15) その上で蘇轍は、后妃が政治に容喙すべきではないという認識から、小序に批判を加えている。

ところが、后妃が政治に容喙すべきではないという認識は傳箋正義にもすでに存在すると考えられる。

嗟我懷人　嗟《ああ》　我　人を懷ふ
寘彼周行　彼の周行《しうかう》に寘《お》かん

について、毛傳は、

夫が賢人を官職を與え、周の竝み居る大臣の列に加えることを思う（思君子官賢人置周之列位）

と言う。ここには、賢人を官職につけるのはあくまで夫である天子であり、后妃はそれを心に願っているだけだという考え方が見られる。后妃が主體的に政務に携わるという姿は毛傳の解釋では現れない。この毛傳の説に據るならば、小序第二句は、蘇轍とは違い「又當輔佐君子求賢審官……」と句讀し、后妃は夫が賢者を求めその官職を審査するのを補佐する、と解釋することになるであろう(16)。

小序を敷衍した『正義』も次のように言う。

「卷耳」の詩の作者は、后妃の志を言っているのである。后妃はただに賢者を進めるところに憂いを持ち、自ら婦道を實踐するだけではなく、さらに君子を補佐すべきである。この志は、夫に賢德のある人物を求めさせ、審査してしかるべき官位を與えさせたいと願っているのである。また、臣下が國外へ使いとして出て苦勞しているのを知り、夫に彼を勞い表彰させたいと思うのである。內に賢人を推薦したいとの志を持ち、ただ德があるかどうかということで採用するのであり、不正なふるまいをしたり、自分の親戚を官位につけてもらうよう裏から働きかけるようなことは考えない。さらに、朝夕にこのことを思い、自分の夫が賢人を官位につけてくれることを願い、とうとう心配になってしまうまで、そればかり考えるのである。これがすなわち后妃の志なのである。「賢を求め官を審らかにす」、「憂勤に至る」というのは、いずれも君子を補佐することである。これらは君子の專權事項であるが、后妃もまた君子と同じように心に思うのであり、だから、后妃の志というのである（作卷耳詩者、言后妃之志也。后妃非直憂在進賢、躬率婦道、又當輔佐君子、其志欲令君子求賢德之人、審置於官位、復知臣下出使之勤勞、欲令君子賞勞之。內有進賢人之志、唯有德是用、而無險詖不正、私請用其親戚之心、又朝夕思此、欲此君子官賢人、乃至於憂思而成勤。此是后妃之志也。……求賢審官、至於憂勤、皆是輔佐君子之事、君子所專、后妃志意如然、故云后妃之志也。）

『正義』は、小序第二句に對して『蘇傳』とは異なった讀みをしている。『蘇傳』では、「求賢審官」を「補佐君子」

の具體的内容ととり、「后妃自身が夫を補佐して賢者を求め官位を審査する任務を執り行う」と言っているのだと解釋した上で、それを批判した。それに對して、『正義』は「求賢審官」を、后妃が「君子を補佐し」ながら心に懷いている夫への願いと考えている。「求賢審官」を后妃の行動とはとっていないのである。このことは、その下に「君子の專らにする所、后妃の志意然るが如し」と言っていることからも裏付けられる。確かに、「賢者を推薦する（進賢）」ことは后妃が行うとは考えているけれども、「求賢審官」という實際の政務に后妃が携わるという解釋は巧妙に回避されている。(17)

「臣下の勤勞を知る」についても、『正義』の説に據れば后妃は使者として國外に赴いた臣下の苦勞を思いやりこそすれ、やはり夫が彼を勞い表彰することを期待するのであり、自分が表立って臣下を勞うことはないのである。國事の表舞臺に立つことなく、夫を善導するという役割に徹する后妃の姿をここから讀み取ることができる。

ここで、『正義』の解釋の妥當性を檢討してみよう。『正義』の解釋によって小序を見直すと、小序の「輔佐君子求賢審官」という句は、后妃が君子を輔佐することによって、夫が「賢を求め官を審す」るようしむける、という論理で構成されていることになる。后妃の行爲と、それによって夫に實行を求める内容という論理關係が見出される。

それに對して下の文の、「臣下の勤勞を知る」は后妃の行爲であるが、それによって實現されるべき事柄——后妃が臣下の勤勞を知った上で、夫に實現するよう働きかけるべき事柄——についての記述が續いていない。「后妃が臣下の勤勞を知る」から導き出される「夫が○○することを願う」に當たる句がないのである。このことは、小序のこの部分を疏通した『正義』を見るといっそう明瞭である。

『正義』は、「又當輔佐君子、其志欲令君子求賢德之人、審置於官位。復知臣下出使之勤勞、欲令君子賞勞之」と言い、小序を踏襲した「復た臣下の出使の勤勞を知りて」という句の後に、小序に述べられていない「君子をして之を賞勞せしめんと欲す」という句が補入されている。それによって、后妃の行爲とそれによって夫に求める内容（欲令君子……）という同じ構造を持った二つの文が對句的に竝列することになっている。[18] これを圖示すれば、次のようになる。

又當輔佐君子　→　其志欲令君子求賢德之人、審置於官位

復知臣下出使之勤勞　→（欲令君子賞勞之）〔正義の補入〕

后妃が夫を補佐する　→　夫に賢者を求め官職を審査させようとする

臣下の勤勞を知る　→（夫に臣下を賞め勞わせようとする）〔正義の補入〕

つまり、『正義』の解釋は、本來小序に述べられていない架空の一節を補うことによって初めて成立し得る說である。これは、「輔佐君子求賢審官、知臣下之勤勞」の主體をすべて后妃と考えるのが、本來自然な理解であるはずのところを、あえて「求賢審官」を夫の行動と解釋したために生じた論理の不整合を繕おうとして編み出されたものであることを意味している。すなわち、『正義』の解釋は、小序の文脈を自然に敷衍したものではなく、多分に意圖的な論理操作を伴ったものであったと考えることができる。疏家には「求賢審官」は后妃の行爲ではなく夫の行爲であるべきだという解釋の前提となる價値觀があって、文脈上の飛躍が生じることを承知の上で、その價値觀に合致するような解釋を小序に施したのであろう。このように考えると、疏家の認識は女性が國事に關與すべきではないという意見を前面に出した蘇轍のそれと、それほどかけ離れてはいないことになる。

以上の二例は、『正義』の撰者が自分たちの價値觀に合致するように種々の工夫を凝らしつつ、序傳箋を解釋していたことを表すものであるが、[19] 疏家の再解釋に隱微な形で現れた價値觀は蘇轍と共通のものであったことになる。兩者の差異は、かたやその價値觀に合うよう小序を解釋し、かたやその價値觀によって小序を批判する、というように表現形式のベクトルが逆であるというだけである。『正義』が序傳箋の疏通という著述の趣旨に制約されていたとい

うことを念頭に置きつつ、『正義』と『蘇傳』の說の共通性の意義を考えた場合、『正義』が漢代の詩經學と『蘇傳』との架け橋となっていることがわかる。このように考えれば、蘇轍が自身の詩經研究を構築していくにあたって、『正義』が到達した學的水準の基礎の上に立って、その業績を旺盛に咀嚼し、自身の詩經研究に取り入れていったであろうことが推測される。

蘇轍の先輩に當たる歐陽脩は詩經學の革新を行った人物として有名であるが、第三章で考察したように、漢唐の詩經學から歐陽脩の詩經學への變容は、鋭角的で突然の方向轉換ではなく、すでに唐代の『正義』の段階で傳箋の說を尊崇しつつもその趣旨を柔軟に變質させるという再解釋の過程を經ており、その準備的な業績を十分に利用できたからこそ、歐陽脩は新たな詩經學の地平へ向けてスムーズに離陸することができたのである。本章の考察を通して浮かび上がった蘇轍の『正義』に對する關係は、歐陽脩のそれを受け繼ぐものである。これは、本章冒頭に觸れた「(『正義』から學問的養分を吸收しながら自己の學問を形成していくという)『詩本義』の學問姿勢が當時の學界で一般的なものだったのか、非常に特殊な形だったのか……同時代の詩經學の動向について一般化できるかどうか」という問いに對する答えの一部となるであろう。すなわち、歐陽脩と『正義』との關係は、決して特異で孤立的な事例ではなく、歐陽脩の開拓した詩經學が時代の學問として發展していく中で、彼の後繼者によって基盤的な態度として受け繼がれていたことがわかる。また、『蘇傳』はそのような、唐から宋への順調な發展曲線上に確かに存在していたからこそ、地に足の着いた着實な研究を行うことができたのであろう。宋代詩經學にとって、『正義』は利用價値のない過去の遺物ではなく、學的方法論を構築していく上で、不可缺の先達として生きた影響を與えていたことが改めて確認できる。

4　まとめ

以上、毛傳および『正義』に對する『蘇傳』の態度を考察した。毛傳についての檢討からは、毛傳の訓詁を毛公の詩篇解釋から切り離してその字義解釋のみを利用するという態度を見ることができた。ここに見られるのは機能主義的な態度で前代の詩經學の成果を吸收しようという態度である。また、『正義』についての檢討からは、唐代の詩經學からその成果と方法論とを自身の詩篇解釋に旺盛に取り入れている樣子を見ることができた。ここで明らかになったのは、學的立場を異にする前代の詩經學と『蘇傳』との閒には實は密接な關係があったということである。これら二つの視點から浮かび上がった蘇轍の態度は、前章で取り上げた小序に對する態度と同樣である。すなわち、彼は小序にせよ傳箋正義にせよ、自分の詩經觀と合致するものは積極的に受容し、齟齬するものについても一律に排除するのではなく、有用なものを部分的に切り取って利用し、あるいはまた加工を施して自分の說に沿うものとして再生して用いる。そのような形を取りながら、蘇轍は自分の詩經學の形成のために、漢唐の詩經學の成果を貪欲に吸收している。このように、漢唐の詩經學に對して繼承・排斥の一方向に偏ることない融通無碍な態度を持って臨んだことは、蘇轍が新鮮さと安定性とを兼ね備えた詩經學を打ち立てるための重要な要素となっており、またそれ故にこそ、『蘇傳』は宋代詩經學史上に確固たる地位を占める典型的な著述となり得たと考えられる。

注

（1）傳箋正義が同一句形の反復について不均衡な解釋を行っている例は、他にも邶風「柏舟」に見られる。傳箋正義は、本詩の「我心匪鑒、不可以茹」を「我が心　鑒《かがみ》の、以て茹《はか》るべからざるには匪《あら》ず」と讀むのに對して、「我心匪石、不可以轉也、我心匪席、不可以卷也」は「我が心　石に匪《あら》ざれば、以て轉がるべからず、我が心　席《むしろ》に匪ざれば、以て卷くべからず」と、句構造を變えて解釋している。一方、歐陽脩以後の學者は、この三句を同じ意味構造として解釋する。『蘇傳』も、「我心匪鑒、不可以茹」の「茹」を「入」と訓釋し、「（鏡は善いものであろうとも惡いものであろうとも選ぶことなく受け入れその像を映すが）私の心は鏡ではないから、善惡嫌わずに受け入れることはできない」と解釋し、他の二句との句構造の對應を圖っている。これは、傳箋正義とそれ以後の詩經學との解釋態度の違いを表すものということができよう。

（2）本書第三章參照。

（3）一例を擧げよう。小雅「六月」第四章、「玁狁　茹《はか》るに匪ず、焦穫に整居し（玁狁匪茹、整居焦穫）」の毛傳に「焦穫は周地の玁狁に接する者なり（焦穫周地接于玁狁者）」と言う。ここに見える「焦穫」という地名について、『蘇傳』は毛傳よりさらに具體的に、「焦穫は周の藪なり。郭璞曰く、扶風池陽縣瓠中是れなり、と。（焦穫周之藪也。郭璞曰、扶風池陽縣瓠中是也）」と言うが、これは『正義』の、「『爾雅』「釋地」に、『周に焦穫有り』と言う。郭璞の注に、『今の扶風池陽縣の瓠中是れなり』と言う。この巨大な沼澤は瓠中にあり、沼澤の外もやはり焦穫の地である。周の國境が玁狁の領土と接している場所である（釋地云、周有焦穫。郭璞曰、今扶風池陽縣瓠中是也。其澤藪在瓠中、而藪外猶焦穫。所以接于玁狁也）」に基づいた説だと考えられる。『爾雅』「釋地」を見ると、「焦穫」は、魯の大野・晉の大陸・楚の雲夢などとともに「十藪」すなわち十の巨大な沼澤地の中の一つであると説明されている。『正義』は、『爾雅』の記述によって焦穫が「藪（大沼澤）」であることを付記しているのであるが、蘇轍の注釋もこれに據ったものと考えられる。

（4）「茹《はか》る」の訓は、鄭箋の「茹、度也」に據った。『正義』は鄭箋に基づき、「玁狁匪茹」の句を「言玁狁之來侵、非其所當度爲也」と解釋する。

（5）蘇轍は、「茹」の語義について鄭箋とは異なり、「入る」という意味でとる。兩者の訓詁の差違が邶風「柏舟」の「我心匪鑒、不可以茹」におけるそれぞれの解釋に對應していることは、注（1）を參照のこと。

（6）『春秋左氏傳』「隱公三年」の、「其娣戴嬀、生桓公、莊姜以爲己子」の杜預注に「雖爲莊姜子、然大子之位未定」と言う。これについて『春秋左氏傳正義』は、「石碏言、『將立州吁、乃定之矣。』請定州吁、明大子之位未定。衞世家言立完衞大子、非也」（『十三經注疏』藝文印書館、第六册、巻三、十葉裏）と言う。これに據れば、完は太子の位を授けられていなかったと杜預が考える根據は、ほかでもなく『左傳』の石碏の言葉からの推測であったことになる。これに對立する史料として『史記』「衞世家」に「莊公五年、取齊女爲夫人、好而無子。又取陳女爲夫人、生子、蚤死。陳女女弟亦幸於莊公、而生子完。完母死、莊公令夫人齊女子之、立爲太子」（中華書局排印本、一五九二頁）と言い、完がすでに太子に立てられていたと言う。ここでは、石碏の諫言も「庶子好兵、使將、亂自此起」であり、州吁を太子に立てるよう主君に進言はしていないので、當時完が太子に立てられていたことと矛盾はしない。先に述べたように、杜預の說が『正義』が言うように『左傳』の石碏の言葉からの演繹的な推測に過ぎないからには、それのみを根據として『史記』の記述が誤りであると論斷することはできないわけである。したがって、本文の後に論ずるように、蘇轍が完が太子に立てられていたと考えるのも、一つの立場として成立することになる。

（7）『正義』の、「今乃如是人莊公、其所接及我夫人、不以古時恩意處遇之、是不與之同德齊意、失月配日之義也。公於夫婦尚不得所、於衆事亦何能有所定乎。適曾不顧念我之言而已、無能有所定也」に據る。

（8）「日月」の詩序に、「日月、衛莊姜傷己也。遭周吁之難、傷己不見答於先君、以至困窮之詩也」と言う。傳箋正義が、本詩を周吁と關係づけて解釋するのは、詩序の第二句に「遭周吁之難」とあるのに據ると考えられる。同じくこの詩を周吁と絡めて解釋する蘇轍は、やはり詩序第二句に從っていることになる。であればこれも前章で論じた、蘇轍が詩序第二句を削除しながら、實際にはその記述に從って解釋を行っている一例ということになる。

（9）『正義』の引用の仕方にも理由があると考えられる。すなわち、石碏の諫言の眞の意圖は、莊公が州吁を太子に就けるよう勸めているのではなく、太子に就ける意志がない以上、莊公は州吁に對する溺愛を改め、彼に身の程をわきまえた振る舞いをさせるよう訓育すべきであると諫めるところにあった。そのような說明を加えずに「將立州吁、乃定之矣。若猶未也、階之爲禍」の後に「弗聽」だけを引用すると、石碏の諫言の眞意が見失われ、いたずらに主君に無道を勸めている印象になってしまうことを怖れて、『正義』は引用しなかったと考えられる。このように見ると、『蘇傳』は、引用の完結性こそあるけれども、『左傳』の意圖を無視した形で引用しているとも言うことができるかも知れない。

（10）『兩蘇經解』（京都大學漢籍善本叢書第一期、一九八〇、同朋社）第四冊、一七四六頁。

（11）中華書局排印本第四冊一一七八頁。

（12）本文に掲出した『漢書』「食貨志下」の中で、「一寸二分に滿たないものは、度《きまり》から漏れて朋とすることができず、おおむね一枚につき値三錢である（不盈寸二分、漏度不得爲朋、率枚直錢三）」（譯文は小竹武夫譯、ちくま學藝文庫『漢書2 表・志 上』、四八四頁、一九九八、に據った）が、『正義』に言う「不成貝」にあたる記事である。

（13）清・陳奐『詩毛氏傳疏』では、鄭箋の「古者貨貝、五貝爲朋」を說明するのに、『淮南子』「道應篇」の「散宜生得大貝百朋以獻紂」の高誘注にも「五貝爲一朋也」とあることを引き、「一朋五貝、百朋五百貝」と結論する。これは、『正義』

とは異なり、鄭玄が貝五枚で一朋であると言っているものと考えるものである。『正義』の説が定論とは言えないことがわかる。ちなみに、清・胡承珙『毛詩後箋』は、『正義』説を是とする。

(14) これは、歐陽脩『詩本義』の「婦人無外事、求賢審官、非后妃之職也。臣下出使、歸而宴勞之、此庸君之所能也。國君不能官人於列位、使后妃越職而深憂、至勞心而廢事、又不知臣下之勤勞、闕宴勞之常禮、重貽后妃之憂傷、如此則文王之志荒矣」および「后妃以采巻耳之不盈、而知求賢之難得、因物托意、諷其君子以謂賢才難得、宜愛惜之」という説を承けたものと考えられる。「巻耳」の解釋については第二章參照。

(15) 蘇轍の説に據れば、詩序の全文の解釋は、「〈巻耳〉の詩の歌っているのは、后妃の志である。さらに、君子を補佐して賢者を求めその官職を審査し、臣下の勤勞の様子を知り、心の内に賢者を推薦する志を持ち、不正や情實を行う氣持ちなどなく、朝夕にそのことを思い、一心に考えるあまり心の憂いにまでなってしまうのである」となる。

(16) もちろん、『正義』が小序は第二句以下も含めて子夏が孔子の教えを受けて作ったものだと考えるのに對して、蘇轍は毛公こそ小序第二句以下の主たる作者であると考えているように、古來、詩序の作者を誰と考えるかは諸説入り亂れ定論はない。したがって、はたして毛公が詩序に則り詩序を解釋する立場にいたかどうか（蘇轍の考えるように、毛公自身が詩序の作者であるならば、そもそも毛公が詩序を解釋したと想定するのは無意味なものとなるのであるから）も、斷定することができないことになる。であれば、ここで問題にしている詩序の説と毛傳の説との關係についても、それが毛公の詩序解釋であるのか、あるいは毛公という一人の著者が詩序と傳という別の場所で同じ説を反復しているのか、どちらと考えるべきなのかも微妙な問題をはらむことになるだろう。しかし、本章ではこの問題には立ち入らない。

(17) 『正義』の説に據れば、詩序の全文の解釋は、「〈巻耳〉の詩の歌っているのは、后妃の志である。さらに、君子が賢者を求めその官職を審査するのを補佐して、臣下の勤勞の様子を知り、心の内に賢者を推薦する志を持ち、不正や情實を行う氣持ちなどなく、朝夕にそのことを思い、一心に考えるあまり心の憂いにまでなってしまうのである」となる。

(18) 『正義』は、引用文の中略部分に「補佐君子、摠辭也。求賢審官、至於憂勤、皆是輔佐君子之事……」と言う。これに據れば、『正義』は「補佐君子」が、「知臣下之勤勞」をも含み、「求賢審官、……至於憂勤」全體にかかっていると考えているようにも見える。しかし、『正義』に「欲令君子……」が二度繰り返されているところから考えると、やはり本文で論じたように、「輔佐君子、求賢審官」と「知臣下之勤勞」とを對句的に竝列されて説明されているようである。つまり、『正義』自體の説明に矛盾があるように思われる。しかしかりに、「輔佐君子」が「求賢審官、……至於憂勤」全體にかかっているとしても、『正義』が「知臣下之勤勞」を后妃の行動ととっている以上、「又當輔佐君子求賢審官、知臣下之勤勞」についての『正義』の解釋には、本文で指摘したような論理上の不整合が存在し、疏家はそれを承知した上で、あえてこのように説明したと考えられるので、筆者の論旨は成立すると思われる。

(19)　この問題については、本書第三章も參照されたい。

第十章　深讀みの手法
――程頤の詩經解釋の志向性とその宋代詩經學史における位置――

1　はじめに

程頤先生の詩經解釋は、あまりにも多くの意味を詩篇から引き出そうとする。詩經の詩人の作詩の態度は平易なものであり、恐らくは先生が考えておられるようなものではなかったであろう（程先生詩傳取義太多。詩人平易。恐不如此）(1)

南宋の朱熹が、北宋の理學者程頤の詩經解釋の態度と方法の本質的な問題點を道破した言葉である。宋代理學の大成者である朱熹は程顥・程頤兄弟に深く私淑したが、しかしその詩經學には贊同せず、程頤の解釋が深讀みに過ぎることを批判し、より平明な解釋を求めるべきだと主張している。彼にとって程頤の詩經學は、反面教師の役割を果たしたことになる。このような朱熹の評價は定説となり、程頤の詩經解釋をまとめた「詩解」は、北宋詩經學のいわば徒花として顧みられることのもはや稀な著述となっている。また、この著述に關する研究も少ない(2)。

しかし、定評はどうあれ、また現代の我々が詩經を理解するためにどれだけ參考になるかはしばらく措き、程頤という、時代の學術を牽引した人物の詩經學がどのような解釋理念と方法論とを持っているか、またそれが詩經に對するどのような認識の上に成り立っているのかはなおざりにできない問題である。たとえそれが結局は時代の徒花に終わってしまったものであったとしても、宋代詩經學の形成期におけるその學術的挑戰は、當時の詩經學者たちが何を志向し、どのような模索の過程を經ながら新時代の詩經學を構築していったかを考える上で、重要な材料を提供してくれるものと思われる。また、程頤の詩經學はとかく孤立的な存在として捉えられがちであるが、はたして本當にそうであるか否かはやはり檢討されなければならないだろう。程頤の詩經學が先行の詩經學と、あるいは同時代の學者の詩經學とどのような關係を有しているかを考察することは、詩經學史において普遍的なものとは何か、特殊性とは何かという問題を考える上で、貴重なヒントを與えてくれるものと思われる。

本章は、以上のような問題意識に立ち、「程解」に見える詩篇解釋がどのような思惟によって導き出されているか、通時的・共時的雙方の視點から他の學者の說と比較しながら考察していきたい。

2　程頤の詩經解釋の志向性――「皇矣」を例に――

朱熹が「義を取ること太《はなは》だ多し」と評する程頤の解釋とは、具體的にはいかなるものであろうか。本章では實例に基づいて、程頤の詩經解釋の特徵を抽出し、そこから彼の學術的な志向性を探っていきたい。考察の素材として取り上げるのが、大雅「皇矣」の解釋である。この詩の、とりわけその第二章の程頤の解釋には、他の學者との際だった差異を見ることができる。まず、本章の全文を揭げる。

作之屏之　　之を作《おこ》し之を屏《はら》ふ

其菑其翳　　其れ　菑《たちがれしき》　其れ　翳《たふれしき》
脩之平之　　之を脩《おさ》め之を平《たひ》らかにす
其灌其栵　　其れ　灌《むらしげるき》　其れ　栵《つらなれるき》
啓之辟之　　之を啓《ひら》き之を辟《ひら》く
其檉其椐　　其れ　檉《カハラヤナギ》　其れ椐《ヘミノキ》
攘之剔之　　之を攘《はら》ひ之を剔《き》る
其檿其柘　　其れ檿《ヤマグハ》　其れ柘《ヤマグハ》
帝遷明德　　帝　明德に遷《うつ》る
串夷載路　　串《したが》ひ夷《たひらか》なること載《すなは》ち路《みちにみ》つ
天立厥配　　天　厥《そ》の配を立つ
受命既固　　命を受くること既に固し(3)

本章を唐・孔穎達等『毛詩正義』は次のように解説する。

毛公は次のように解釋する。天は文王を心に掛け彼に居住の地を與えた。そこで四方の民は大いに文王に歸服しそのもとに集まった。周の地は狹く險しく、樹木がとりわけ多く生えていた。人々は競って相ともにそれらを伐採し、田畑や居宅を作った……天帝が文王の明德のもとに遷って寄り添い彼を心に掛けたのは、その家が代々常なる道に慣れ親しんでいたからであり、故に文王はこの大いなる位に居ることができたのである。天は彼を心に掛け寄り添ったばかりでなく、彼のために賢女を生み妃に立てて、文王を補佐し手助けさせようとした。內に賢明な妃の助けを得たので、文王が天命を受けた道はもはや堅固なものとなった。天の助けは昔からあったので今に始まったことではないことを言う（毛以爲天顧文王而與之居。於是四方之民大歸往之。周地險隘樹木尤多。競共刊除以爲田宅……帝所以徙就文王之明德而顧之者、以其世世習於常道則得居是大位也。天既顧而就之、又爲生賢女立之以爲妃、令當佐助之。內有賢妃之助、其受命之道既堅固也。言天助自遠非始於今也）

漢唐の詩經學は、本章には文王のもとに集まった民が周の土地を開拓し、文王が天下の主としての實力を固めていったことが詠われていると考え、また「天厥《そ》の配を立つ」の「厥《そ》の配」を文王の妃太姒のことととる。「天助は遠き自《よ》りし今に始まるに非ず」とは言うものの、詩句に表現されているのは、一章全體が文王の事蹟に關わると考えるのである。

一方、朱熹『詩集傳』は、本章を文王の祖父大王が岐周に移り住みその地を開拓したことを詠ったものと考え、[4]「厥《そ》の配」を大王の妃大姜のことととる。[5] この說は、程頤と同時代の蘇轍がすでに唱えているので、[6] 朱熹はそれを繼承したと考えられる。

漢唐詩經學と朱熹の解釋は、詠われていると考える時代こそ異なるが、いずれも本章前半の詩句を、周の君主に率いられた民衆が周の地を開拓する樣子を詠ったものととる點で共通している。實際に起こったある具體的な出來事を敍述した「賦」であると考えるのである。

これらと比較すると、程頤の解釋は異色である。

> 前章の末尾では、天命が周に歸したことが詠われた。本章では、それ（=周——筆者が文脈より判斷した。以下同じ）が中國の西方に居住して興した事業について言う（上章之末言天命歸周、此言其居西土所興之業）

程頤は、本章には天命を受けた周が西方において德治の實績を蓄積し徐々に實績を積み上げていったことが詠われていると解釋する。ここで、敍述の對象を「周」と言っていることに注意したい。特定の王の事蹟――すなわち特定の歴史的時點における具體的な出來事――を敍述したものとは考えないのである。彼はまた次のようにも言う。

「天　厥《そ》の配を立つ、命を受くること既に固し」とは、天はその（＝周の）徳が天に配《なら》ぶほどであったので、その（＝周の）君主を立て天下の王とした、だからそれ（＝周）が天命を受けたことは堅固で變えることができないということを言う。天命がついにそれ（＝周）に歸したのだから必ずや王業を成し遂げるであろうことを言う（天立厥配、受命既固、言天以其德之配天、而立之使王、則其受命堅固而不易也。言天命終歸之、必成王業也）

程頤は「厥《そ》の配を立つ」を、周の徳が天の徳に竝ぶほどであることを言うと解釋する。「配」を特定の王の妃という意味ではとらないのである。

さらに、程頤は本章の樹木を伐採し土地を開拓する様子を詠った詩句について、次のように言う。

それ（＝周）が惡を取り除き善を養い、その人民を生み憩わせたことを、すべて材木を養い治めることによって興した……〔「之を作《おこ》し之を屛《はら》ふ、其れ菑《たちがれしき》　其れ翳《たふれしき》」と言うのは〕そもそも人閒は惡事を行って自ら滅びるので、故に自然に枯死した木によって興した……〔「之を脩《おさ》め之を平《たひ》らかにす、其れ　灌《むらしげるき》　其れ　栵《つらなれるき》」と言い〕樹木が羣落をなして生えていたり、列をなして生えているのにきちんと手を入れ、粗密を均等にし列を眞っ直ぐにすると言うのは、人民を平らげ治め、相應しい狀態に置くことを言う。「之を啟《ひら》き之を辟《ひら》く」と言うのは……伐《き》り拂い取り除いた後に繁茂するというのは、民を養うことを興する。上の四句は取り除くべき物と行列させるべきことを言うのみであったが、この句の「檉椐」と言うに至って、はじめて民を興するのである。「檉《カハラヤナギ》」「椐《ヘミノキ》」の二種類の木はよく見かける木で、大變多い物なので、民を興する。「之を攘《はら》ひ之を剔《き》る」と言うのは、その煩雜で無駄に茂りすぎている部分を取り除き、成長させることである。「栗《ヤマグハ》」「柘《ヤマグハ》」は實用に供すべき木であり、それによって賢明で才能ある者を養い育てることを興する（其去惡養善、生息其人民、皆以養治材木爲興。……夫人之爲惡以自亡、故以自死之木興之。……謂修治其叢列、使疏密正直得其宜、此興平治民物、各得其宜也。啟之辟之……必芟除而後茂盛、此興養民也。上四句止言所當去者及行列、至此言檉椐、乃興民也。二木、常木、衆多者、故以興民。攘之剔之、謂穿剔去其繁冗、使成長也。栗柘、待用之木、以興養育賢才也）

本章で詠われる樹木の伐採の樣子を實事とはせず、周が西方にあって德によって民を治め養う樣を喩えた比喩と捉えるのである。このように程頤の本章についての解釋は、周王朝の興隆の樣子を比喩によって描き出していると捉える點で、漢唐詩經學および蘇轍・朱熹の解釋に比較して詩句の內容の抽象性が高いものとなっている。意味を引き出す手續きが複雜であり、朱熹がこの說を受け繼がず實事として解釋していることから考えても、これを朱熹の批判する「義を取ること太《はなは》だ多」い解釋の例と見てもよいであろう。

ところでなぜ程頤は本章を實事から離れた抽象的な敍述であると解釋するのであろうか。このことを、本詩の構成に對する程頤の考え方という點に着目して考えてみよう。

本詩は、全八章からなるが、本章に續く第三・四章では、

帝作邦作對　　帝　邦を作《な》し對を作す
自大伯王季　　大伯王季自《よ》りす　　［第三章］

とあり、文王の父王季の德治――およびその兄太伯が王季に位を讓った美擧――を贊美する內容が詠われており、續く第五章以下では、文王の聖德がことほがれている。先に見たように、漢唐の詩經學では第二章を文王の事跡を詠っ

たものと捉えるので、彼等の考える本詩の構成は、

第一・二章[7]　文王
第三・四章　王季（および太伯）
第五章以下　文王

と言うことになり、敍述の流れに錯綜が生じることになる。程頤が漢唐詩經學の說に從わなかったのはこの點を問題視したためと考えられる。ただし、單に詩の敍述の流れを整序化するという目的のためであれば、程頤の同時代人蘇轍が提出し朱熹が受け繼いだように、本章を文王の祖父大王を詠ったものと捉え、本詩を大王——太伯・王季——文王という周王朝の草創期の三代の事蹟を敍述した作品と解釋する方法もあったわけである。[8]程頤はなぜ、本章を特定の人物の實事と捉えず、周の代々の治世を包括的に描いたものとしたのであろうか。程頤は、本詩の主旨について次のように言う。

この詩は、周の家が王業を興した所以を褒め稱えたものである……この詩の主旨は、王季を褒め稱えることにある。最後に王業が成就したことを言い、盛んに文王の事蹟を述べているのである（此詩美周家所以興王業……此詩主意、在美王季。終言王業之成、而盛述文王之事）

この詩の本當に言わんとするのは、王季を褒め稱えることにある。だから、詩中で太伯が王季に君主の位を讓ったことを言っているのも、それはみな王季〔が天性その兄を愛し親しんだために、太伯は彼を賢者と認めたこと〕によるのである。下の章で文王の事蹟を詠っているが、それもまた本をたどれば王季の德業のたまものなのである（此詩本意、在美王季。故其言太伯之讓、皆由王季。下言文王之事、亦歸本王季也）

ここに見られるように、程頤は本詩の中心人物は王季であると考える。文王において十全に實現される周の世世代代の德治による興隆を、その要たる王季の功業を中心に据えて詠ったのが本詩であると捉えるのである。そのような彼の考えからすれば、第二章で、王季以外の人物にスポットが當たったならば、敍述の焦點が擴散してしまうことになる。それを避けるために、第二章を抽象的な比喩として解釋したのであろう。すなわち、程頤が本章を特定の人物の實事と解釋しなかったのは、本詩の敍述の焦點を明確にし、詩の内容の凝集性を高めようという動機に發したものと考えられる。

右の筆者の説に對しては、あるいは異論が出るかも知れない——かりに、程頤が本詩のテーマを王季に對する贊美だと捉え、そこに詩の敍述を焦點化しようとしたのだとしても、なお、第二章を實事と捉えていないことは充分に説明できない。第二章を王季の事蹟を敍述したものと解釋する道もあるではないか——このような異論である。この問題を考えるためには、本詩の首章についての彼の解釋姿勢を檢討してみる必要がある。本詩首章に、

維此二國　　維れ此の二國
其政不獲　　其の政　獲《え》ず
維彼四國　　維れ彼の四國
爰究爰度　　爰《ここ》に究《もと》め(9)爰に度《はか》る

という語句がある。この中の「二國」が何を指すかについては、歷代議論があった(10)。程頤は毛傳の説に從い、「二國」が夏と殷という、周に先立つ二つの王朝を指していると考えた。ところで、この毛傳の解釋については、つとに歐陽脩による論難がある。

詩中の「二國」という語を、毛傳は夏と殷とを指すと解釋したがこれは誤りである。本詩は文王のことを敍述した詩であるのに、いったいどういうわけで遙か昔の夏王朝の事に言及することがあろうか、また一篇全體の中に殷の事を詠った箇所もない。だから毛傳の說は誤りである（詩謂二國者、毛以爲夏殷者非也。且詩述文王、何因遠及夏世、而終篇無殷事、則毛說非也(11)）

歐陽脩は、本詩が文王の興隆を描いたものである以上、周王朝と關係のない夏が問題になるはずもないし、また、詩中で殷の失政についての具體的な言及がない以上、「二國」を夏と殷ととるのは閒違いだと言う。これは、詩の具體的な文脈との整合性から毛說を否定したものである。

歐陽脩の指摘する毛傳の問題點は、漢唐の詩經學者も認識していたと思われる。『正義』に毛傳を合理化しようとして次のような說明がなされているからである。

この詩の言わんとするところは紂のことを主としている。紂の惡は桀と同じなので、故に〔「桀」を「紂」に〕配して言ったのである（此詩之意主於紂耳。以紂惡同桀、故配而言之）

「二國」は、たしかに桀王の治める夏王朝と紂王の治める殷王朝とを指すが、言いたいのは殷の方で、夏は同じ暴虐の王という關係から添え物として加えられたまでであると言うのである。しかし、確かに惡王の代表として「桀紂」と熟語化して言うことはあり得ようが、詩では固有名詞ではなく「二國」という表現がなされている以上、そのうちの一國はもう一國の添え物に過ぎないというのは充分な說得力を持っているとは言えないであろう。そこを歐陽脩は突いているのである。

それでは、毛傳と同樣に「二國」を夏と殷という二王朝のことと解する程頤は、歐陽脩の提起したこの問題をどのように解消しているであろうか。彼は次のように言う。

〔天は〕ただただ民が安定できるまつりごとを求めるので、君主が善でなければ、これを斷絶させるのである。彼の夏と商の二國は、その政治がよろしきを得なかったというのは、君主としてあるべき道を失ったことを言う。そこで、四方の國の中から有徳の君主を求め謀って、彼を天下の王たらしめたのである（維求民所定、故君不善則絶之、如彼夏商二國、不得其政、謂失君道也。則於四方之國、求謀有德之君、使王天下）

程頤は、前掲四句は夏殷周三代の歴史の總括から見出された天の意志を表したものと考える。右の歐陽脩の批判は、四句が文王という歴史的人物を主人公としその事蹟を具體的に敍述したものであるということを前提にして、毛傳の不合理を指摘したものである。故に、程頤の說のように特定の歴史的事實に關する敍述ではなく歴史の原理を說明したものととれば、その批判を無效化することができる。このような程頤の認識は首章全體を通して表されている。

「四方を監觀し、民の莫《さだ》まれるを求む」と言うのは、〔天が〕民が安定できるまつりごとを求めることを言う。これは、天は下々の民衆に佑助を垂れるものであり、民の安定を得させるために、彼らを治める天子や諸侯を立てるのであることを一般論として言う（監觀四方、求民之莫、求民所定也。此泛言天祐下民、作之君長、使得安定也）

「乃ち眷《けん》として西のかた顧りみ、此れ惟れ宅を與《あた》ふ」と言うのは、前に天道がこのようであることを一般論として述べ、そこで民を安定させるに足る德を有する者を求めて、彼の存在を大きくして天下の王とすると言ったので、故に、西方に目をやり周に天下を歸することにした。「此れ惟れ宅を與ふ」と言うのは、彼を西方の土地に居らしめて天下の王としたことを言う（乃眷西顧、此惟與宅、上泛言天道如此、上所云求德可安民者、大而王之、故其眷西顧而歸於周、此維與宅、謂使其居西土以王天下也）

ここで、程頤が首章の內容を「泛言」と言っていることに注意したい。「泛言」（または「汎言」とも書く）は、詩中に詠われていることが具體的な事件や出來事を敍述したものではなく、この世界の原理や人生の教訓と言った抽象的な內容を一般論的に述べたものであるという認識を表す語である。これは、詩が主內容に屬する事柄を具體的に敍述するだけではなく、具體的な敍述の中にそれに關連する一般的な原理・教訓を織り交ぜながら構成されているという認識が解釋者にあったことを表すものであり、いわば詩を構造的に解釋する態度の存在を表すものである。このような認識は漢唐詩經學の解釋には顯著には現れず、北宋以後廣く用いられるようになった[12]。右の發言から、程頤が本詩の構造とその機能に焦點を當てて解釋を行っていることがわかる。

このような視點から再度彼の「皇矣」解釋を全體的に見てみると、第二章の程頤の解釋の意圖が見えてくる。彼は首章では、現在の君主が無道であれば新たな天下の主とするため德ある者を求めるのが天の意志であり歷史の原理であることを說明し、そこで天に注目されたのが周であると解釋する。第二章では、大王や文王などの特定の君主の事蹟ではなく、周の家が代々民を育み憩わせ人材を育成してきたことが比喩を用いて述べられていると解釋した。續く三章以下では、程頤が本詩の眞の主人公と考える王季の事蹟を描く具體的な敍述に入ることになる。この解釋に從えば、天の意志という一般論を說明した後、周王朝という家系に焦點を絞った首章を承け、第二章では天の付託を受けた周が着々と天下の君主となるに相應わしい實績を積み上げたことが詠われていることになる。首章の一般論から三章以下の歷史的かつ具體的な敍述を橋渡しする位置に第二章が置かれ、周という王朝のことではあるけれども、特定の人物の敍述ではない、半ば具體的、半ば抽象的な敍述が展開されている、と程頤は本詩の構成を捉えているのである。このように解釋することによって、歷史的原理からおもむろに讀者の視點を主人公に絞っていく過程が見出されるのである。

ここで付言しておきたいことがある。先に述べたように、本詩の全體的構成についての認識、および第二章の解釋姿勢において、朱熹は程頤とは大きく異なっているけれども、しかし、首章の捉え方に關しては程頤と相似た説を述べているということである。『集傳』に次のように言う。

本詩は、大王・大伯・王季の德、および文王が密と崇とを征伐したことを敘述する。この首章では、まず天が極めて明らかに天下に臨み、ただ民が安定することのみを求める。彼の夏と商のまつりごとは正しきを得なかったので、天は四方の國々から〔新たな天下の主を〕求め探した。かりに上帝が天下の主にしようと思った者がいたならば、その領土の規模を擴大させるものである。かくして天は西方の地を眺めやり、この岐周の地を大王に居宅として與えた（此詩敘大王、大伯、王季之德、以及文王伐密伐崇之事也。此其首章先言天之臨下甚明、但求民之安定而已。彼夏商之政既不得矣、故求於四方之國。苟上帝之所欲致者、則增大其疆境之規模。於是乃眷然顧視西土、以此岐周之地與大王爲居宅也）

朱熹は、本詩の題下注において、「本詩一・二章は天が太王に命じたことを言う（一章二章言天命太王）」と言っているが、右の「苟に上帝の致さんと欲する所の者」という表現は、周の王を特定して言ったものではなく、天理を一般的に説明したものであることを表す。すなわち、「此の首章は先ず言ふ」から「則ち其の疆境の規模を增大す」までは、個別の事象ではなく、天道の原理を説明したものと考えられる。したがって、朱熹が「天が太王に命じ」たことを言うとするのは首章十二句のうち末二句についてのみであり、彼も程頤と同樣に前十句は「泛言」であると捉えていたと考えることができる。とすれば、彼は程頤の説を繼承していることになる。[13]このように、全體としては程頤のそれとは異なる朱熹の解釋の中に、程頤の説を繼承する部分が存在するのは注目すべきことである。朱熹は、第1節で紹介したように程頤の詩經學に對する鋭い批判を行ったが、しかし程頤の詩經學を全否定したわけではなく、むしろ程頤から學んだ面もあることになるからである。これが何を意味するかは、十分な檢討に値する問題である。

以上、「皇矣」の分析を通して、程頤の詩經解釋の志向性が浮かび上がってきた。それをまとめれば、

一、特殊性の高い（操作性の強い）詩句解釋
二、詩篇の構造に對する關心
三、抽象性の高い解釋

ということになるだろう。すなわち、程頤の詩經解釋には、その語句・詩句を解釋する際に、本例で言えば第二章の情景を比喩として解釋する點など、解釋上の特殊な操作を伴うものが多い。それによって彼は、抽象性の高い解釋を實現している。そのような抽象性の高い解釋を行う動機の一つに、詩篇の構造に對する關心がある。すなわち、程頤は詩篇が重層的な構造を持っていると考え、この觀點から解釋を進めている。

「皇矣」解釋から抽出されたこれらの特徵は、はたして程頤の詩經解釋全體に當てはまるであろうか。また、これらの特徵は、程頤に固有のものと言えるであろうか。言い換えれば、程頤の詩經學は本當に孤立的なものであろうか。先人の詩經學から影響を受けていたところはないだろうか。同時代の學術傾向を反映したところはないであろうか。また、後代の詩經學者に對して影響を與えたところはないであろうか。次節以降ではこれらの點に留意しつつ、他の詩篇の解釋に視野を廣げて考察を進めていきたい。

3　獨特な字義訓釋

まず、一の特殊性の高い詩句解釋について見ていきたい。「皇矣」において、詩に凝集性の高い構成を見出すために程頤が用いたのは、民衆が樹木を伐採する樣子を詠った詩句を、周王朝の始祖たちが民を慈しみ育てたことの比喩

として讀み取るという解釋方法であった。このように、詩句を比喩として、しかも道德的な比喩として讀み取るのは程頤の詩經解釋の顯著な特徴である。また、朱熹の「義を取ること太だ多し」という批判も、一義的には、程頤の比喩解釋に見られる牽强附會な說を指していると考えられる。程頤の比喩解釋については、譚德興氏に詳細な考察が存在するので(14)、本章ではこの問題についての詳しい檢討は控え、特殊な詩句解釋を生み出す、今ひとつの要因である字義の訓釋に視點を合わせて考察していきたい。程頤は詩篇を解釋する際、從來の訓詁と異なる獨自の字義訓釋をしばしば行った。その中にはもちろん確たる根據のある場合もある。鄘風「蝃蝀」の首章に、

女子有行　　女子　行《みち》有りて
遠父母兄弟　　父母兄弟に遠ざかる

［箋］「行」は道である。婦人は生まれながらにして人に嫁ぐ道がある。どうして嫁げないことを憂えて淫奔の過ちを犯す必要があろうか（行、道也。婦人生而有適人之道、何憂於不嫁、而爲淫奔之過乎）

の「遠」の字に傳箋は訓詁を示さないが、『正義』が、

ここでは、女子には人に嫁ぐ道があり、おのずからその父母兄弟から遠ざかることになっており、道理から言って當然嫁ぐはずである。いったいどうして嫁げないことを憂えて淫奔の過ちを犯すことがあろうか（言女子有適人之道、當自遠其父母兄弟、於理當嫁。何憂於不嫁、而爲淫奔之過惡乎）

と疏通していることから、文字通り「遠ざかる」の意に解釋していると考えられる。これに對して程頤は、いったいどうして女子の行いというものがありながら、父母兄弟に背き違えるのか。「違」は、背き違えて父

母兄弟の命令に從わずに出奔することを言う（奈何女子之行、而違背父母兄弟乎、違謂違背不由其命而奔也）[15]と言い、「遠」の字を「違」の意味で解釋している。[16]この程頤の字義訓釋は獨自の說である。歐陽脩『詩本義』・王安石『詩經新義』二書には、この字についての經說はないが、蘇轍『詩集傳』が、

女性は生まれながらにして實家から離れ人に嫁ぐものなのである。どうして嫁がないことを心配して、そのため禮に外れたことをするということがあろうか（女子生而當行適人矣。何患於不嫁而爲是非禮也）

と通釋するのは、「遠」を「遠ざかる」の意に解釋したものと考えられる。また、朱熹『集傳』は、

ましてや女性には去るということがあり、また父母兄弟から遠ざかるものである。どうしてこの道理を顧みず行うべき道を外れてしまうことが許されようか（況女子有行、又當遠其父母兄弟、豈可不顧此而冒行乎）

と、やはり『正義』の說に據り、程頤の說に從っていない。このように、彼の訓釋は宋代の詩經解釋學の中で孤立的な存在であったと考えられる。

ただし、この語についての程頤の訓釋には基づくところがある。『漢書』「公孫弘傳」に、「故法不遠義、則民服而不離。和不遠禮、則民親而不暴」とあり、その顏師古注に、「遠、違也」と言うのがそれである。[17][18]しかし彼の字義訓釋には、そのような根據とすべき故訓が見出せないものもまま見られる。大雅「皇矣」首章の、

上帝耆之
憎其式廓

という句について、「程解」は次のように言う。

「耆」は致すという意味である。……「上帝之を耆《いた》す」というのは、天命が歸する者であることを言う。「式廓」は、規模限度である。「規模範圍」というのと同じである。天命が致すところは、その規模限度が增大し、諸侯の身から天子の位に上り、百里の地を治めるところから天下を慰撫するまでになる。これが增して大きくなるということである。「憎」の字は「增」と同じである。憎めば心に限度を超えるところがある。だから、その字義は「增」と通じるのである（耆、致也……上帝耆之、謂天命所歸。式廓謂規限也。猶云規模範圍也。天命所致、則增大其規限、自諸侯而升天子、由百里而撫四海、是增而大之也。憎字與增同。憎、心有所超也。義與增通矣）

程頤が「憎」を「增」の意で解釋するのは、基づく故訓が見あたらない。また、「憎めば心に超ゆる所有るなり。義は增と通ず」という説明を見ても、程頤が自らの推論によって强引に演繹し出した字訓であると推測できる。ところで、この二句について朱熹は次のように言う。

「耆」「憎」「式廓」の意味は未詳である。ある學者は次のように言った、「〈耆〉は、致すということである。〈憎〉は〈增〉の字に作るべきである。〈式廓〉は「規模」と言うのと同じである。これは、岐周の地のことを言っているのである……〔天下の主の地位に〕登りつめさせようと上帝が欲した者であるならば、その領土の境の規模を增大させるのである（耆、憎、式廓、未詳其義。或曰、耆、致也。憎、當作增。式廓、猶言規模也。此謂岐周之地也……苟上帝之所欲致者、則增大其疆境之規模）

朱熹は「或ひと曰く」と言って名指しをしていないが、ここで引用されているのは程頤の詩説である。程頤の詩經解釋の牽强附會さを批判した朱熹ではあるが、ここでは故訓に基づかない程頤の訓釋を自らの詩篇解釋に用いているのである。ただし、朱熹は恐らくは程頤の論理に無理を感じたためであろう、意味の引伸という觀點からの程頤の説明は引用せず、「憎は、當に增に作るべし」と、二字の關係を字形の相似に據る傳寫の誤りとして說明する。本例からも、朱熹の程頤詩經學批判は、必ずしも額面通りに受け取ってはいけないことがわかる。

4　詩篇の構造に關する關心

次に、二の詩篇の構造に對する關心について檢討したい。漢唐詩經學に比較して程頤には詩篇の構造を複雜に捉え、句と句のつながりにも論理的關係を讀み取ろうとする傾向があることが、「皇矣」の解釋から窺われた。このような傾向は、衞風「碩人」卒章の「庶姜孽孽、庶士有朅」でも見られる。毛傳は「〈孽孽〉はきらびやかに飾ることである（孽孽、盛飾）」と訓じ、「有朅」を「〈朅〉は、勇ましく盛んな樣子である（朅、武壯貌）」と訓じる。これに據ればこの二句は、

庶姜《しよきやう》　孽孽《げつげつ》として
庶士《しよし》　有朅《いうけつ》たり

となり、「〔衞の莊公の妃莊姜に附き從って齊國からやって來た、莊姜の〕腰元で莊姜の姪や妹たち(19)はきらびやかな服裝であり、〔莊姜を送って來た〕齊國の大夫たち(20)も意氣盛んである」という意味になる。すなわち毛傳は、同じく盛んな樣子が詠われた二句が竝列されていると解釋するのである。それに對して、程頤はこの二句を、

庶姜　孽孽たれば
庶士　朅《さ》る有り(21)

と解釋した。彼は次のように述べる。

諸々の姜姓の妃妾は數多いが、孽孽として從順ではなく、まるで葭《アシ》と菼《オギ》のような有樣である。賢明な大夫の中にもこの狀況を正すことのできる者はおらず、ただ立ち去る者がいるだけである（庶姜衆多、孽孽不順、如葭菼然。賢士大夫莫能正、有去而已）(22)

程頤は、二句を毛傳のように同質の內容の單純な竝列とはとらず、「姬妾が言うことを聞かない」ので、「賢者も如何ともし難く立ち去る他ない」という因果關係で結ばれていると解釋する。二句で一連の意味單位と捉え、二句の間に論理の展開を見出しているために、その解釋が複雜で起伏のあるものとなっている。(23)

同樣の例を、齊風「東方未明」卒章の解釋に見ることができる。

折柳樊圃　　柳を折りて圃《その》を樊《かこ》ふ
狂夫瞿瞿　　狂夫　瞿瞿《くく》たり
不能辰夜　　辰夜すること能はず
不夙則莫　　夙《はや》からざれば則ち莫《おそ》し

の上二句について毛傳は、

柳を折って、庭園の垣根としても、人が侵入するのを防ぐには役に立たない。「瞿瞿」というのは、守ることがない樣子である（折柳以爲藩園、無益於禁矣。瞿瞿、無守之貌）

と言い、鄭箋は、

柳の枝が〔柔らかすぎて〕垣根の材料として用いるにはふさわしくないのは、ちょうど狂夫が〔いにしえ、時刻を計って告げ知らせることを掌った〕挈壺氏《けっこし》の任務に堪えないのと同じことである（柳木之不可以爲藩、猶是狂夫不任挈壺氏之事）

と言う。すなわち、毛傳鄭箋はこの二句を、柳が垣根としての役に立たないように、狂夫も時を守る役には立たないと比喩關係で捉えている。比喩と比喩されるものとは意味のベクトルが同じであるという點で、「碩人」と同じく、相似た意味を持つ句が單純に竝列されていることになる。

これに對して、程頤は本章を次のように解釋する。

政治が亂れ節度が無くなり、行動するにも相應しい時を守らず、早すぎるかと思えば遲すぎたりして、一定のきまりというものがない。挈壺氏は水時計の管理を掌るが、朝廷の起居が決められた時刻にされなくなったということは、挈壺氏の職務が廢れたということである。これは人々が正しい時に行動するということができなくなったことを言っているので、この挈壺氏に限って批判を加えているわけではない。柳を折って庭園の圍いとすれば、愚かな男はそれを見てまずは驚いて跳び上がり、そこが入ってはならない場所だということを知る。柳は柔らかく折れやすいものである。これを折りとって垣根を作っても頑丈ではない。それでも愚かな男は、それを見たら跳び上がって驚く。晝と夜との境は至って明らかである。それなのにそれに氣づかず、早すぎるかと思えば今度は遲すぎたりするというのは、これではあまりに節度がないというものである（政亂無節、動非其時、或早或暮、無常度也。挈壺氏司漏刻、而朝廷興居不時、是其職廢也。言其不能正時矣、非特刺是官也。折柳以樊圃、狂夫見之且驚矍、知其爲限也。柳、柔脆易折之物、折之以爲藩籬、非堅固也。狂夫以知其有限、見之則矍然而驚。晝夜之限、非不明也。乃不能知、而不早則晏、乃無節之甚）

程頤は、右の二句を漢唐の詩經學の解釋のように比喩關係では捉えず、「柳を折りて圃《その》を樊《かこ》ふのみなれども、狂夫瞿瞿たり」と、二句で一續きの敍述とし、上の句と下の句が逆接的な接續關係に立っていると捉える。すなわち上の句については、柳の枝が垣根を作るには弱々しすぎることを詠ったものという、傳箋以來の解釋を受け繼いでいるが、下の句では、「そのような頼りない垣根でも、境界を表す目印としての役割は果たし、狂夫は中に侵入しようとはしない」と、意味が逆接的に展開していると解釋するのである。

右の二句に轉折關係を見出したことは、本章においてさらに大きな意味の轉折を引き出すことに繋がっている。漢唐詩經學においては、卒章下二句、「辰夜すること能はず、夙《はや》からざれば則ち莫《おそ》し」は、前の「狂夫　瞿瞿たり」を承け、能力もないのに時を守る役目を命じられた狂夫が見せる失態を詠ったものと解釋されている。それに對して程頤の解釋では、上二句を「ものの役に立ちそうもない柳の枝でさえ、狂夫を防ぐ役割は果たす」と解釋するため、下の二句との閒に意味の斷絶が生じてしまう。そのために、下二句は決められた時刻を守って行動しようとせず、無規律で漫然と日を送っている爲政者たちは柳の垣根にさえも及ばないと解釋する。上二句は比喩を用いて下二句を引き出す、六義で言えば「興」にあたるものではあるが、通常の順接的な比喩關係を表すものではなく、逆接的に下二句の意味を際だたせる比喩關係を表すものとして考えるのである。このように、興句とその下の主内容に屬する詩句との意味内容が正反對のベクトルを持ち、興句が主内容に屬する詩句を逆接的に導き出しているという構造を認めて解釋する例は、「程解」に他にも見出すことができ[24]、詩句に複雜な論理展開を見出そうとする程頤の志向が解釋方法として具體化したものということができる[25]。

このように程頤は、上二句において第一句と第二句との閒に意味の轉折が存在するのみならず、さらに上二句と下二句とが轉折關係で繋がっているという、二重の轉折關係を持って解釋をしている。漢唐詩經學の解釋に比べるときわめて複雜な意味展開であり、その意味で、朱熹の「義を取ること太だ多し。詩人は平易なり。恐らくは此の如くならざらん」という評が相應しい解釋ということになるであろう。

ところが、朱熹『集傳』では、本詩を次のように解釋している。

柳の枝を折って庭園を圍っても賴りにはならない。しかしながら、狂夫がこれを見ればそれでもなお、驚いてきょろきょろし、それを超えて中に入ろうとはしない。と言うことで、晝と夜との區切りはきわめて明らかで人は苦もなく知ることができる。それなのに、今はそれすら知ることができず、早すぎなければ遲すぎるような狀態になってしまっている（折柳樊圃雖不足恃、然狂夫見之、猶驚顧而不敢越、以比辰夜之限甚明、人所易知、今乃不能知、而不失之早則失之莫也）

これは、明らかに程頤の解釋を踏襲したものである。つまり、朱熹は自ら「義を取ること太だ多」い解釋を行っていることになる。すなわち、彼は程頤を批判してはいるものの、必ずしも「平易」な解釋態度を貫いているわけではなく、詩篇に複雜な意味展開を見出す解釋を志向する側面もあったことがわかる。これは、程頤の平易ならざる解釋態度が彼特有のものではなく、むしろ朱熹を含めた、時代に共通した解釋の志向性が顯著に現れたものであることを示唆するものである。次章ではこのことを檢討し、程頤の解釋態度の時代的意義を考えてみよう。

5　同時代の詩經學者との關係

ともすれば特殊に見える程頤の解釋も、時代の詩經學の志向性と關連させながら見ていくべきこと、このことの傍證は、前章で取り上げた齊風「東方未明」の『蘇傳』から得ることができる。具體的な解釋こそ異なるが、蘇轍もまた詩句と詩句との關連を複雜に捉え、そこにストーリー性・論理的展開を讀み取っているからである。

そもそも、政を行うにあたっての節度をわきまえなければ、あるいは行動があまりに早すぎるか、あるいはあまりに遲すぎるかし、事を行うに相應しい機會を常に逃してしまうものである。まだまだ早いと思っていると、そのため行動がゆっくりになってしまうのが常である。もう遲いと思っていると、そのためあわてて行動することになるのが常である。ゆっくりしていると、事がすでに起こってしまっているのにそれに氣付かないものである。一方、あわてていると、事がまだ起こっていないのにそれがわからないものである。故に、いずれも憂患に對する備えが閒に合わせでしっかり氣が配られていないものになってしまう。だから、「柳を折って庭園を圍い、狂夫は瞿瞿として」垣根を作って防御とすることになる。柳が垣根の役に立たないことを狂夫が知らないわけではない。その準備がないためにそうせざるを得ないのである。これは節度がないことの招いた誤りである。「瞿瞿」とは、狂おしい様子である（夫苟不知爲政之節、則或失之蚤、或失之莫、常不能及事之會矣。以爲尙蚤者、爲之常緩。以爲已晩者、爲之常遽。緩者、不意事之已至、而遽者不知事之未及、故其所以備患者、常出於倉卒而不精。故曰、折柳樊圃、狂夫瞿瞿爲藩以禦、狂夫豈不知柳之不可用哉。無其備而不得已也。此無節之過也。瞿瞿、狂貌）

蘇轍は程頤とは異なり、「狂夫」を庭園に侵入しようとする不埒者とは解釋せず、庭園を守る役目を負っている者と解釋する。故に第一句と第二句の閒には、程頤に見られるような轉折關係は存在しない。また、「柳の枝で垣根を作った狂夫は、境を守る役目を果たすことができない」と上二句を解釋するため、下二句との閒で意味のベクトルが逆行することもなく、順接的に下の句を引き出す通常の「興」として解釋することができる。したがって、一見すると蘇轍の解釋は漢唐詩經學の解釋を踏襲しているように見える。しかし、兩者の解釋には大きな違いがある。蘇轍は上二句を傳箋のように「柳で垣を作っても役に立たないように、狂夫に時を守らせても役に立たない」という比喩關係では解釋していない。

柳を折りて圃《その》を樊《かこ》ふは
狂夫　瞿瞿たればなり

とでも訓讀できるように、彼はこの二句を一つの意味單位として捉え、狂夫に視點を集中させ彼の行動とその動機を詠うという、一つの筋を見出している。漢唐詩經學のように二句を比喩關係で捉えた場合、同じ事柄を別の言い方で繰り返しているということになるのに對して、蘇轍の解釋では、それぞれ異なる內容を持つ二句が相連なることによって、相對的に複雑な意味が表現されていることになる。見出された意味こそ異なるが、二句を論理性を有する一連の意味單位として解釋する點は程頤と同樣である。つまり、程頤と蘇轍は詩句を複雑な構造で捉え、できるだけ起伏に富んだ多くの意味を引き出そうという態度を持っているという點で共通している。このことからも、「義を取ること太だ多し」が程頤の特異な解釋姿勢ではなかったことがわかる。

詩篇から複雑な意味內容を引き出すために程頤がしばしば用いた解釋手法の一つとして、漸層法を用いた解釋が擧げられる。詩篇の章を追うごとに、ある事態・狀況の程度が次第に增すように詠う技巧を「漸層法」と言う。この技法によって詠われていると解釋することによって、詩篇は單純な疊詠――同じ內容を字句をわずかに變えながら繰り返し詠う技法――ではなく、ある事態・狀況の進展・變化が描かれた一貫したストーリーを具えたものとなり、意味內容はより複雑になる。この方法を用いた解釋は漢唐詩經學でもその例があるが、筆者が本書第四章で考察したように、これを詩篇解釋に多用したのは王安石である。その意味で、漸層法を多用した解釋は程頤の詩經解釋の方法が王安石のそれと共通性を持っていることを示すものである。例として、鄘風「干旄」を見よう。本詩の各章に以下のような句がある。

素絲紕之　　素絲もて之を紕《ひ》す

良馬四之　良馬　之を四にす　［首章］
彼姝者子　彼の姝たる者は子
何以畀之　何を以てか之に畀《あた》へん

素絲組之　素絲もて之を組《そ》す
良馬五之　良馬　之を五にす
彼姝者子　彼の姝たる者は子
何以予之　何を以てか之に予《くみ》せん(26)　［第二章］

素絲祝之　素絲もて之を祝《しゆく》す
良馬六之　良馬　之を六にす
彼姝者子　彼の姝たる者は子
何以告之　何を以てか之に告げん　［卒章］

これを程頤は次のように解釋する。

「紕」は、目の粗い布の様子である。「組」は、縱絲横絲がぎっしりと織りあげられた様子である。「祝」は、「笁」の通假字で、厚く積み重なっているという意味と思われる。馬が四頭から五六頭になり、馬と絹帛はますます多くなり、その禮がますます手厚くなっていることがわかる。始めはこれに畀《あた》える、「畀」は與《あた》えることである。彼に答禮することを言う。次に「之に與《くみ》す」と言うのは彼と親しくつきあうことを言う。最後に「之に告ぐ」と言うのは、彼に忠告することを言う。彼へのもてなしがますます手厚くなってくれば、それに答えるのもますます手厚くなる。そこで喜んで告げるようになるのである（紕、疎布之狀。組、錯密之狀、祝、疑爲笁、厚積之意。馬四至於五六、馬帛之益多、見其禮之益加也。始畀之、畀、與也。謂答之、中與之、謂交親之。終告之、謂忠告之。待之益至、報之益厚、是爲樂告也）

各章で「良馬」の數が次第に增えているのに呼應して、白い絹絲から織られる布が、目の粗い布—目の細かい布—分厚い布へと程度を增し、また、送り主への報いも、答禮—親しい交際—教導へと、やはりその程度を次第に增していると解釋している。典型的な漸層法による解釋である。特に注目すべきは、第二章の「何以予之」の解釋である。程頤は、この句の中の「予」を「與」の通用とし、「與《くみ》す」の意味でとった。文字通り「予《あた》える」の意味で訓じると第一章「之に畀《あた》へん」と意味が重複してしまう。詩篇全體を漸層法によって解釋するためにこのような解釋上の操作を行ったものと考えられる。

一方、王安石は次のように解釋する。

白絲で組紐を作り、馬を繫ぐ用具に使う。……これを編んで組紐を作り……組紐ができたらこれを斷ち切る。だからはじめに「紕」と言い、次に「組」と言い、最後に「祝」と言うのである。「祝」とは、裁斷することである（素絲爲組、所以帶馬、……紕之以爲組……組成而祝之、故初言紕、中言組、終言祝、祝、斷也）

具體的な解釋は異なるが、王安石も程頤と同樣、ある事態が章を追うごとに進展している樣が詠われていると捉えており、やはり漸層法を用いた解釋をしている。(27)

程頤の解釋も王安石と共通の認識を示す例である。漸層法に限らず、程頤の解釋が王安石のそれと共通性を持つ例は他にも見出すことができる。小雅「伐木」の次の續けて「鳥鳴嚶嚶」と言うのは、さらに動物のことを例に擧げて、友達同士の好みを興する。……鳥を見てもやはりこのように友を求め合っているというのに、どうして人間たるものが友を求めないですまされようか（繼言鳥鳴嚶嚶、又以物情興朋友之好……相鳥如是、豈人而不求友乎）

一方、『新義』は本詩第一章について、

　鶯すらもなお古なじみの友を尋ね求める（鶯猶尋舊友）

と注する。そして、第二章以下については、

　貧しい庶民の身であっても、木こりの友のように漉したうまい酒でもてなすものである。ましてや（天子の身で）太った小羊の肉があるのだから、親族を招くのは當然のことである（以庶人之窶、而伐木之友然猶釃酒有藇以待之。又況於既有肥羜、以速諸父乎）

と言う。つまり、王安石はこの詩の中に萬物みな友と親しむという構造を見出している。(28) これは、程頤と同様の解釋である。

　邶風「簡兮」の首章に、

　日之方中　　日の方に中せんとするとき
　在前上處　　前上處に在り
　［傳］國の貴族の師弟を教育するには、眞晝時をその時間とする（教國子弟、以日中爲期）
　［箋］「前上處」にいるというのは、前列の中心にいるということである（在前上處者、在前列上頭也）

〔正義〕大いなる徳を持った人がいる……また、太陽が南中するころになって、貴族の子弟に舞樂を學習させる時に、また彼を舞いの前列の中心に据えて、舞いのあれこれを親しく教えさせる（有大德之人兮……又至於日之方中、教國子弟習樂之時、又使之在舞位之前行而處上頭、親爲舞事以教之）

という句がある。これについて程頤は次のように言う。

太陽がまさに南中しているのは、明るい時間帯である。その上、前列にいて上席にいるのだから、一目見ればすぐに見分けることができるはずである。それなのに氣づかないのである（日之方中、明朗之時、又在前列而處上、見之宜可辨、而不能知之也）

王安石も次のように言う。

太陽が南中しているのは、至って明るくものが見えやすい時間帯である。前の上席にいるのは、至って近くで見つけやすい場所である。ところがその時に見つけて用いることができないでいる。だから刺っているのである（日之方中、至明而易見之時也。在前上處者、至近而易察之地也。於時不能察而用之、此其所以刺之也）

程頤・王安石兩者とも、この二句の意味を説明するに止まらず、その時間その場所がそこにいる人物を見つけるのに最適であるにもかかわらず、見つけられないことを言わんとしているのだと、詩人が詩句によって何を表現しようとしているのかを忖度し、衞の君主が自分の身近にいる賢者の眞價を見拔けず卑賤な官職に從事させていることを刺るためであると考える。兩者のこの解釋は、本詩の小序に、

「簡兮」は、賢者を用いないことを刺った詩である。衞の賢者は、わざおぎの小官として仕えていたが、みな

王者の側近くでその用向きを果たすに充分な能力を備えている（簡兮、刺不用賢也。衞之賢者仕於伶官。皆可以承事王者）

と言うのに、詩句を關連させようとしたものである。つまり兩者は、詩中の詩句が單なる情景の描寫ではなく、詩句には隅々にまで作者の作詩の意圖が浸透しているという考えのもとに、小序を指針として解釋を進めているのである。これは、漢唐詩經學には稀薄な解釋態度である。右に擧げた傳箋正義からわかるように、彼等はこの句を單なる情景描寫としてしか捉えていないからである。王安石と程頤の解釋態度は、詩句の表現意圖を過度に穿鑿することにつながる危險もあるが、一面では、詩の表面的な內容の解釋で滿足することなく、作者の思いに意を馳せて、詩篇を有機的な表現體として讀み解くことにもつながる。このような解釋態度が、朱熹のそれとそれほど懸け離れたものではないことは、右の二句の解釋において、『集傳』も、

太陽が南中し、前の上席に座っているというのは、明らかで見つけやすい場所であることを言う（日之方中在前上處、言當明顯之處）

と、兩者の解釋を踏襲していることでもわかる。(29) これから考えても、朱熹の解釋が王安石あるいは程頤のいずれかに基づいていることが推測される。朱熹は、「義を取ること太だ多」い解釋を必ずしも一概に斥けているわけではないのである。

第４節で齊風「東方未明」卒章についての程頤の解釋を取り上げ、興句と主內容の句との閒に逆接的な論理關係を見出すという彼の解釋方法について論じたが、このような解釋方法も王安石『新義』に數多く見えるものである。例えば、小雅「小宛」首章の、

宛彼鳴鳩　宛《えん》たる彼の鳴鳩
翰飛戻天　翰《たか》く飛びて天に戻《いた》る

について、毛傳は、

「鳴鳩」は鶻鵰である……小人の道を行い、高く明らかな功績を求めようとしても、結局手に入れられない（鳴鳩鶻鵰……行小人之道責高明之功、終不可得）

と言い、『正義』は、

宛然《ちっぽけ》として羽が小さいのは彼の鳴鳩という鳥である。この鳥を高く飛翔させ天に届かせようと思っても、きっとできない。ということで、ちっぽけな才知しかないものは幽王である、その彼に天下を徳によって教化し理想の政治を行わせようとしても、やはりできることではない、ということを興する（宛然翅小者是彼鳴鳩之鳥也、而欲使之高飛至天必不可得也。興才智小者幽王身也、而欲使之行化致治、亦不可得也）

と解釋するが、『新義』は次のように言う。

鳩はちっぽけな鳥であるが、それでもなお、高く飛翔し天に屆こうという志を持っている。ところが、幽王は自ら發憤勉勵しようとしないのは、鳩にも及ばない（鳩雖小鳥、尙有高飛及天之志、而幽王不自奮勉、致鳩不如也）

毛傳・『正義』とは異なり、王安石は興句を主內容と逆接的な論理關係で結びつけて解釋している。これは、程頤と同樣の解釋方法である。(30)

王安石と程頤とは、新法をめぐって鋭く對立した者同士である。程頤の詩經解釋にも、その動機に王安石『詩經新義』に對する反發があったと言われる(31)。それにもかかわらず、詩經解釋の方法において兩者の閒に共通性を見出せるのは興味深いことである。政治的・學派的見解の相違を超えて、詩篇がどのように詠われているかについて共通の認識が存在していたことを示すからである。時代の趨向の中でそれぞれの解釋を進めた兩者の姿を暗示するものである(32)。

6　抽象性の高い解釋

さて、第2節の考察から抽出された程頤の詩經解釋の特徴のうち、殘る三の抽象化された解釋を志向することについて考察しよう。程頤には、詩篇を歷史的な實事と關連させず、詩の教訓性を重視して解釋を行う傾向がある。

程頤は詩序の說を尊重して詩經解釋を行う「尊序」派の學者として知られる(33)。確かに、「程解」中には漢唐詩經學に比べても一層、小序と詩句との對應關係を追求した詩篇解釋をしている例を見出すことができる(34)。しかし、その彼も小序の說に從わないこともある。特にその中で注目されるのが、小序が詩を歷史的な人物・事件と關連づけようとするのを斥けて、程頤は一般的な教訓が詠われていると解釋するものである。

例えば、周南「關雎」の序に、「〈關雎〉は、后妃の德を詠った詩である（關雎、后妃之德也）」と言う「后妃」は文王の妃太姒のことを指していると考えるのが定說であるが、南宋・呂祖謙『呂氏家塾讀詩記』に引くところに據れば、

　程氏は言う、「詩序に〈后妃の德〉と言うのは、后妃の位にある特定の人閒を指して言ったものではない。后妃は太姒のことを指すという說があるが、閒違いである」（程子曰、詩言后妃之德、非指人而言、或謂太姒、失之矣）(35)

とあり、程氏が本詩を太姒という特定の人物を詠ったものだと捉えることに反對し、后妃の位にある者が一般的に持

つべき德について詠った詩だと主張する。
また、小雅「常棣」の序に、

「常棣」は、宴を催して兄弟をもてなす詩である。〔周公旦の兄弟の〕管叔と蔡叔が道を踏み外し〔周公旦に反逆し〕たのを憐れんで、ゆえに「常棣」の詩を作ったのである（常棣、燕兄弟也。閔管蔡之失道、故作常棣也）

というのに對して、「程解」は、

本詩は宴を催して兄弟を樂しませ、一族の親睦を圖る詩である。管叔・蔡叔の事件によって作られたものではない（此燕樂兄弟、親睦宗族之詩、不因管蔡而作也）

と言って、本詩が歴史上のある事件によって作られたものであるという說を否定する。「關雎」とともに、詩篇がある特定の歴史的な狀況を詠ったものと考えず、より一般性の強い內容を持っていると解釋している。
程頤が、詩篇の教訓性を重視したことを示すもう一つの解釋のあり方がある。小雅「鹿鳴」の「程解」に次のように言う。

「鹿鳴」以下の二十二篇は、それぞれある事を直敍し、その事を行う際にその詩を用いて演奏した。これらは周公の作ったものであろうか。二南と同樣である。羣臣嘉賓をもてなす際には「鹿鳴」の詩を用いた（自鹿鳴以下二十二篇、各賦其事、於其事而用之、其周公之謂乎。與二南同也。燕羣臣嘉賓則用鹿鳴）(36)

ここには、詩篇は本來はある歴史的な出來事を詠うために作られたものだが、後にはもとの歴史的一回性が捨象され、一般的な用途に用いられたという考え方が見られる。例えば、小雅「采薇」の「程解」に次のように言う。

文王の時代、〔西方の異民族〕昆夷と〔北方の異民族〕玁狁による〔中國に侵入するという〕事件があり、國境守備の兵を派遣して防衛させたとき、この詩を詠って彼等を派遣し、彼等が任務に苦勞し哀しむ氣持ちを陳べて、かつ道義によって教えなびかせた。これらのことは當時の出來事である。後世においてはこの詩を國境守備の兵を派遣するのに用いた（文王之時、有昆夷玁狁之事、遣戍役以守衞、歌此詩以遣之、敘其勤勞悲傷之情、且風以義、當時之事也。後世因用之以遣戍役）

「采薇」は本來、文王時代の異民族征伐の實事を詠うために作られたが、後世にはその本來の歴史的事實を捨象して、一般化して兵士を派遣する際に演奏されたと言う。(37)詩篇が後世の人閒にとって意義を持つのは、そこに歴史上の出來事が描かれているからではなく、それが抽象化され普遍的な事柄を表現するものとして讀まれることによってであるという考え方が見られる。

このような解釋は、小雅「伐木」「程解」にも見られる。

山中で木を切る仕事は、一人の力でできることではなく、必ず志を同じくするものと協力し合わなければならない。同じ仕事に携わっている以上、お互いに相親しみ、友人の道義を完成する。木こりの仕事をする人にさえこのような道義があるのだから、士大夫ならばなおさらのことである。故に、木こりのことを直敘し、その感情を陳べ、その道義を押し廣め、朋友の義を進めるのである。友人や古いなじみをもてなすのにこの詩を歌うのはそれによって天下の人々を教化しようとしてのことである（山中伐木、非一人能獨爲、必與同志者共之。既同其事、則相親好、成朋友之義。伐木之人、尚有此義、況士君子乎。故賦伐木之人、敘其情、推其義、以勸朋友之義、燕朋友故舊則歌之、所以風天下也）

もちろん、ここで擧げた小雅の詩は天子や諸侯の朝廷での儀式や宴會の席で演奏されたものである以上、本來の意味が抽象化され一般的な意味・機能が付與されたというのは、ごく常識的な認識ではある。しかし、實際の詩篇解釋の場面では、傳箋正義はもとより歐陽脩においても、それが歴史上のいずれの人物に關するどのような出來事を詠ったものであるかを究明することにその努力が注がれているのに比較すると、そういった問題に興味を示していない程頤の解釋は、やはり特徴的である。そして、このような解釋の特徴は朱熹においても見られ、この面でも程頤と朱熹との共通性が見出すことができる。(38)(39)

唐風「葛生」の「程解」もこれに準じて考えることができるかも知れない。本詩の詩序に、

「葛生」は、晉の獻公を刺った詩である。獻公は戰を好んだので、國の民は命を失う者が多かった（葛生、刺晉獻公也。好攻戰則國人多喪矣）

と言うのに對して、程頤は、

本詩は、生きている夫を思慕して詠ったものであり、亡き人を悼んだ詩ではない。詩序は誤っている。君主が戰を好むと夫婦が長い閒生き別れになり怨みを託つ者が多くなる……夏の晝、冬の夜という長い時閒には、人を思う氣持ちが最も強くなる。故に、夫と死んでは同じ穴に葬られることを誓い、決して離れればなれになろうとしないのである（此詩思存者、非悼亡者、序爲誤矣。好攻戰則多離闊之恨……晝夜之永時、思念之情尤切、故期於死而同穴、乃不相離也）

と言って、小序に反對してまで、この詩が夫を亡くした悲しみではなく夫を戰場に送り出した妻が夫と引き裂かれた悲しみを詠った詩であると主張する。これは詩句からは説明が難しい解釋である。なぜならば、本詩には、

予美亡此
誰與獨處

という詩句があり、「亡」を通用義によって解釋すると夫はすでに死亡したように讀み取れるからである。程頤は、これを「死んでしまった」とはとらず「〔ここには〕いない」ととり、「私の愛しい人はここ（わたしのもと）にいない」と解するのである。この説は、次の鄭箋に基づいている。

「亡」とは、無しということである。わたしが愛しく思うあの人はここにいないと言っているのであり、自分の夫のことを言う……從軍していまだ歸還せず、生き死にもわからない。今〔わたしのいる〕ここに〔夫は〕いないのである（亡、無也。言我所美之人無於此、謂其君子也……從軍未還、未知死生、其今無於此也）

鄭箋は、「亡」を死亡とは取らず「無（不在）」と解釋するが、この解釋には違和感を持つ者が多かったと思われる。このことは、『正義』が鄭箋を次のように疏通していることから推測できる。

今わたしが愛しく思うあの人は、その身はここにいない。わたしは誰といっしょに暮らすのか。一人家を守っているのである。獻公が戰を好んだせいで、自分の夫を死亡させたので、だから妻は怨んでいるのである（今我所美之人、身無於此、我誰與居乎。獨處家耳。由獻公好戰、令其夫亡、故婦人怨之也）

正義は、前半では「身は此に無し」と言い、鄭箋に従い「亡」を「無」と解しているが、後半では「其の夫をして亡ぜ令む」夫が死亡したと言う。これは、小序の「國人　多く喪す」の意味を言わば外付けして疏通しようとした[40]ものである。このように、できるだけ明快な字義解釋を行うという點から言っても、あるいは小序に卽した字義解釋をするという點から言っても、「亡」を「（ここに）いない」の意で取るのは屈折した訓詁であるが、程頤はそれを採用し、さらに踏み込んで「國人　喪するもの多し」という小序を誤りだと批判しているのである。[41] その理由は程頤は說明していないが、これも、詩篇をより一般的な状況が詠われているという解釋をする彼の志向性が表れたものと考えられるのではないだろうか。夫が戰死したと解するよりも、夫が出征して家を離れていると解釋した方が、より現實的に當てはまる狀況が多い。前の二例を參考にして考えると、程頤はより普遍性を持つ解釋を志向したのではないかと考えられる。

歷史的な出來事を詠ったものではなく、一般的教訓を詠うために作られた詩として解釋することと、本來は歷史上の具體的な出來事を詠うものとして作られたのだが、後に歷史性が捨象されて一般的な意味・機能を擔うようになったと解釋すること、この二者はその現れ方こそ異なるが、しかしいずれも同じ解釋の志向性を示している。すなわち、詩篇の持つ普遍的な意味、言い換えれば後世に生きる人閒がその詩篇をどのようにして自身の生活や人生に役立たせていけばよいかという「用詩」に對する興味が解釋態度として具現化しているということである。

宋代詩經學の特徵として、漢唐詩經學が解釋の基本的態度としていた「史を以て詩に附す」という態度からの脫却ということがしばしば言及される。ここで言う「史を以て詩に附す」からの脫却とは、必ずしも、詩篇が歷史的な事實に基づいて作られたという考え方を完全に捨てたということではないと筆者は考えるが、[42] しかしながら、歷史的に著名な人物、あるいは著名な事件を背景にして詩が作られたという認識を前提に詩篇の意味を探る漢唐詩經學の解釋態度から、宋代詩經學の諸家が脫却したことは事實である。このような視點に立つならば、右に見たような程頤の抽象的な解釋を志向する態度も、「史を以て詩に附す」からの脫却の一つのあり方だということができる。この點からも、程頤の詩經學は、宋代詩經學の共通の學的志向性を備えているということができる。

7　おわりに

以上、程頤「詩解」の經說に現れた彼の詩經解釋の特徵について考察した。確かに、程頤の經說は、個別の解釋においては定評どおり極めて特殊なものが多い。それは、朱熹の「義を取ること太だ多し」という批判が相應しく、深讀みに過ぎるのではないかと思われるものである。しかし、そのような解釋が、詩經に對する彼のどのような認識に基づいているか、あるいは彼がどのような解釋を志向したことから生まれたものなのかを考えた場合、一見、彼とは全く解釋態度を異にするように思える北宋の詩經學者たちと共通する性格が浮かび上がってきた。とりわけ、王安石と關係は注目に値する。程頤は、王安石とは政治的には完全なる敵對關係に立ち、また彼の目指した新しい儒教解釋——「新學」にも強く反對した。それにも關わらず、彼の詩經解釋の解釋態度と方法には王安石との共通性を濃厚に認めることができる。これは二人の學者としての資質の類似性を表すものであるとともに、また、しばしば宋代詩經學の學問的な主流からは除外されがちな彼ら二人の詩經學が、實際には時代の學問的な志向性を共有し、また時代の學問的要請に確實に應えようとしたものであることを表すだろう。

むろん、それでは王安石と程頤の詩經學の差異はいったいどこに求められるのか、程頤の王學批判は、詩經について言えばいったいどこに照準が合わせられていたのであろうか、この問題は詳しく考察されなければならない。むしろ、本章で明らかにした兩者の學術の共通性は、その差異の實相を明らかにするための前提條件を提供するものと捉えるべきであろう。この問題については稿を改めて考えてみたい。

さらに、程頤と朱熹との關係についても新たな光を當てるべきことも示唆された。その程頤評があまりに斷定的であったためか、朱熹の詩經學における程頤の詩經學からの繼承については、これまでほとんど考察が加えられてこなかった。(43) しかし、本章の考察の中で、しばしば程頤の經說が朱熹に受け繼がれている例が見出された。それは單に個別の詩句や文字の解釋を採用したに止まらず、詩篇を構造的に把握するための方法論を繼承したものもあった。さらに、自身が批判した「義を取ること太だ多」き解釋を取り入れている例も複數あった。このことから考えると、朱熹の程頤批判を額面どおり受け取るのは不充分である。

端的に言えば、程頤の解釋が「義を取ること太だ多」きものであるように、朱熹の解釋もまた「義を取ること太だ多」かったのである。と言うよりも、むしろ宋代詩經學はそのような解釋に對する志向性を共有していたと考えるべきであろう。宋代の詩經學者は、漢唐の詩經學が、「史を以て詩に附す」に典型的なようにあまりに牽强附會であまりに煩瑣な解釋に陷ってしまったことに反發して、新たな學問を構想したと言われる。しかし、詩篇の構造、およびその論理という觀點から言えば、漢唐詩經學の學者は、詩篇が表しているのは至って單純な構造と論理であると考えていた。それから考えると、宋代の學者が從來の解釋に飽き足りなかったのは、むしろそれが詩篇の構造と論理に對する充分な關心と理解を持たず、そのために、詩篇の意味をあまりに皮相的に單純に捉えすぎていると感じたからではないか。前代の詩經學に對するそのような反省の上に立って、彼らは詩篇からより複雜で豊かな意味を引き出そうとして、さまざまな解釋の方法を編み出し驅使したと考えるべきではないだろうか。

ただし筆者は、詩篇の內容を單純に捉える漢唐詩經學の解釋が誤っており、複雜に捉える宋代詩經學のそれが正しいと言いたいわけではない。いずれが正しい解釋かということは問わず、それぞれの時代で詩經という同一の對象に相異なる性格を見出していた、そのこと自體が重要だと考えるのである。詩經解釋という鏡を用いて、それぞれの時代の精神を映し出すことができるのではないかと考えるからである。本章の考察を通して浮かび上がってきた程頤の詩經解釋の時代性は、そのような面から詩經解釋學史を再考するための絕好の材料を提供するように思われる。

注

（1）『朱子語類』卷八〇、詩一、解詩（理學叢書、中華書局、排印本、第六册二〇八九頁）。

（2）近年の成果として、管見の限りでは以下の三つがある。
①戴維『詩經研究史』第六章「宋代《詩經》研究」第四節「《詩經》的理學化」（湖南教育出版社、二〇〇一）。
②譚德興「試論程顥程頤的《詩》學思想」（中國詩經學會編『詩經研究叢刊』第六輯、學苑出版社、二〇〇四）。
③張立文・祁潤興『中國學術通史――宋元明卷――』第五章第三節第二項「《詩序》作者和價值的論爭」（人民出版社、二〇〇四）。

（3）訓讀は、「程解」の解釋に基づいた。文字の訓は、語釋の煩を避け讀者の理解に便ならしむるように、「程解」およびそこに說解がない場合は『正義』の說に基づいて、筆者がかりに付けたものがある。

（4）第二章の『集傳』に、「此章言大王遷於岐周之事」と言う。

（5）「配、賢妃也。謂大姜」（同右）と言う。

（6）第二章の『蘇傳』に、「大王之徙於岐周也、伐山刊木而居之……自立其賢妃大姜以配之、而其受命旣固矣」と言う。

（7）首章『正義』に、「在上之天……乃從殷都眷然迴首西顧於岐周之地、而見文王。天意遂歸於此文王、維與之居。言天常居文王之所、使之爲主、以定民也」と言い、首章も第二章と同じく文王の事跡を詠ったものだと解釋する。

（8）首章の『集傳』に、「此詩敘大王、大伯、王季之德、以及文王伐密伐崇之事也」と言い、題下注に、「一章二章言天命太王。三章四章天命王季。五章六章言天命文王伐密。七章八章言天命文王伐崇」と言う。

（9）「究」の訓は、程頤の說に從った。

（10）毛傳は、「二國」を「夏」と「殷」ととる。鄭箋は、「殷の紂王」と彼の側近の「崇侯」ととる。歐陽脩は傳箋の說に反對し、「密」と「崇」の二國ととる。

（11）『詩本義』卷十、大雅「皇矣」論。

（12）この術語に顯れた解釋者の認識とその詩經解釋における意義については、本書第十二章で詳しく考察する。

（13）朱熹が末二句を大王という特定の人物についての敘述に入るとして、程頤と異なる解釋をするのは、本詩の敘述の焦點についての兩者の考え方の違いによる。注（8）で引いたように、朱熹は、本詩を周王朝創業の君主三代の功業を列擧し褒め稱えたものと捉えており、程頤のようにいずれか一人を中心人物とは考えなかった。したがって、三代についての敍述の量をできるだけ均等にするために、抽象的敍述の範圍を縮小した方がよいと考えたのであろう。

(14) 譚氏前揭論文、第二章「《詩》分六義、以〈興〉爲重」を參照。

(15) 理學叢書本『二程集』、文淵閣四庫全書『程氏經說』とも「違」に作るが、前後の文脈から考えると「遠」の誤りではないかと疑われる。ただし、李氏朝鮮・宋時烈（一六〇七～一六八九）が朱熹編『二程全書』に基づき内容別に分類した『程書分類』所載の本條は、排印本を見る限りやはり「違」に作っている（徐大源校勘評點、上海辭書出版社、二〇〇六、上册八七頁）。待考としたい。

(16) ただし、本詩第二章「女子　行《みち》有りて、兄弟父母に遠ざかる（女子有行、遠兄弟父母）」においては、程頤は、「いったいどうして女子はかえってその父母兄弟から遠ざかろうとするのか（奈何女子反遠其父母兄弟乎）」と訓釋し、「遠」の字義について漢唐詩經學と同樣の解釋をしていて、一訓をもって貫いていない。その理由は未詳である。

(17) 宗福邦・陳世鏡・蕭海波主編『故訓匯纂』（商務印書館、二〇〇七）に據る。

(18) もう一例擧げよう。衞風「碩人」卒章の、

庶姜孽孽
庶子有朅

について、毛傳は、「〈朅〉は、勇ましく盛んな樣子である（朅、武壯貌）」と訓釋するのに對し、程頤は「朅」に「去る」の字義を與えているが、これには基づくところがある。『楚辭』九歎「遠遊」の「貫澒蒙以東朅兮」の王逸注に、「朅、去也」とあり、『漢書』「司馬相如傳　下」の「朅輕擧而遠游」の顏師古注に、「朅、去意也」というのがそれである。

(19) 鄭箋に、「庶姜、謂姪娣」と言うのに據った。

(20) 毛傳に、「庶士、齊大夫送女者」というのに據った。

(21) 程頤の解釋に從って訓讀した。なお、「朅」を「去る」と解釋するのは、『說文解字』卷五、去部に、「朅、去也」とあり、基づく故訓のある字訓である。

(22) 程頤は、傳箋正義の解釋とは異なり、「庶姜」を本詩の主人公莊姜をないがしろにする者と捉えた。これは、本詩の小序に「莊公惑於嬖妾、使驕上僭」と言う中の、莊公を惑わす「嬖妾」が「庶姜」だと考えたためである。

（23）「孽孽」を「順はず」と訓じる例は、故訓には見あたらない。「孽」一字の字義（例えば、漢・賈誼『新書』「道術」に「反孝爲孽」と言うのが近いか）から程頤が類推してつけたものか。

（24）以下に二例を擧げる。豳風「狼跋」の「程解」に次のように言う。

　狼、獸之貪者、猛於求欲、故檻於機穽、羅縶前跋後疐、進退困險、詩人取之以言夫狼之所以致禍難危困如是者、以其有貪欲故也。若周公者、至公不私、進退以道、無利欲之蔽、以謙退自處、不有其尊、不矜其德、故雖在危疑之地、安步舒泰、赤舃几几然也。

唐風「采苓」の「程解」に次のように言う。

　首陽山生堅實之物、故以興讒誣不實之人。

（25）詩篇の構造に注意して解釋を行う程頤の態度については、譚德興氏も、「《詩》之章句間的結構、有詩人爲抒情需要而作的特殊安排。其中蘊蓄着豐富的情感内涵。二程對此有深刻的認識」と述べ、實例を擧げつつその重要性を指摘している（前揭論文一一四頁）。

（26）「予」の訓讀は、程頤の説に據った。傳箋正義の解釋に據れば、「予《あた》へん」になる。

（27）これに對して、「干旄」小序『正義』は次のように言う。

　衛の文公の臣下は善を好む者が多かったので、故に處士の賢者は彼等に善き道を告げることを願った。本詩三章はみな、賢者が善き道を告げることを願ったことを陳べる……鄭箋は三章はいずれも前四句で文公の臣下が旗指物を立てて馬に乗り、しばしば賢者を浚邑に尋ねたことを陳べると考える。これは善を好んだことを表す。彼が善を好む様子を見て、下の二句では賢者が善なる道を告げることを願ったことを言うと考える（衛文公臣子多好善、故處士賢者樂告之以善道也。經三章皆陳賢者樂告以善道之事……鄭以三章皆上四句言文公臣子建旌乘馬、數往見賢者於浚邑、是好善。見其好善、下二句言賢者樂告以善道也）

この『正義』に現れているように、漢唐の詩經學では本詩各章が基本的に同内容の繰り返しであると捉え、各章間で事態が推移しているという認識が薄い。

（28）これについては、本書第四章を參照のこと。

（29）ちなみに、朱熹がしばしばその解釋が妥當であると評價して踏襲した蘇轍は、この二句については、晝日中になっても舞いをやめないというのは、限度がないことを言う。「前上處に在り」とは、舞い手の前列にいることを言う（日中而舞未止、言無度也。在前上處居舞者之前列也）と異なる解釋を示す。

(30)『新義』中で、このような解釋方法が用いられているものとして、筆者が氣がついた例を以下に掲げる。

唐風「山有樞」

山隰有樞、楡、栲、杻、漆、栗、以自庇飾爲美者、而人所資賴。今也有衣裳弗能曳婁、有車馬弗能馳驅、有朝廷弗能洒埽、有鐘鼓弗能鼓考、有酒食弗能爲樂、曾山隰之不如也。

唐風「杕杜」

杕之實不足食而又特生、然其葉湑湑然則亦能庇其本根。君不能親其宗族、骨肉離散、曾杕杜之不如也。

小雅「我行其野」

樗、惡木、尙可芘而息。今以婚姻之故言就爾居、而爾不我畜、則樗之不如也。

このような解釋方法は、衞風「有狐」首章の『正義』に、

有狐綏綏然匹行、在彼淇水之梁而得其所、以興今之男女皆喪妃耦、不得匹行、乃狐之不如。

と言うように、漢唐詩經學においてすでに用いられている（臺灣・中央研究院歴史語源研究所『漢籍電子文獻・瀚典全文檢索系統』http://hanchi.ihp.sinica.edu.tw/ihpc/hanjiquery に據り、「之不如」をキーワードにして檢索し、關係のない例を除外すると、『正義』は十二首の詩について興と主内容とが逆說的に結びついていると解釋していることがわかる）。しかし、漢唐詩經學とは異なる解釋を行うためにこの方法を活用していることから、程頤・王安石の詩經學にとってこの解釋法が重要な意義を持っていると言うことができる。

(31)戴維氏前揭書に、「王安石新經義一出、反對者衆、主要以元祐黨人爲核心、對三經義都有專著攻擊、其中反新《詩義》是以洛學派爲首、主要代表有程頤及其弟子楊時、游酢……」（二八九頁）、「程氏兄弟是反王安石的先鋒、其《詩經》說也是反王氏《詩義》的……」（二九六頁）と言う。

(32)土田健次郎氏は次のように言う。

程頤は易學習の際に推稱すべき參考書として、王弼、胡瑗、王安石の易解を擧げる。……ここでこの三者があげら

れていることは、これらと程頤が同じ路線に立つものであることを意味することになろう。……要するにここで程頤が三家を推しているのは義理易對象數易という枠内であって、彼が義理易の路線に立つことの表明なのである。……程頤の王安石批判は有名である。しかしこと『易經』解釋にかけては、程頤は王安石に一應の評價をしたようである。王安石の易解は現在佚してしまっているが……おそらくそれは『易經』の文義の考證に力をいれるもの、つまり義理易に屬する性格であったようである……また彼の「卦名解」(『王文公文集』三〇)等を見ると、「序卦傳」的な各卦相互の有機的關連に留意し各卦の特質を定めようとしている。……胡瑗述の『口義』も程頤の『易傳』も、共に『序卦傳』を各卦の冒頭に配し注を付している。……「序卦傳」的易解への三者の親近性は同時に彼らの易解の同類性をあらわしているのではなかろうか。おそらく王安石の易解は、胡瑗、程頤と同一方向のものであり、それゆえ程頤もあえて彼の易説を推稱したと考えられる。(『道學の形成』第四章、創文社、二〇〇二、二四〇頁)

王安石『新義』をめぐる對立にもかかわらず、學問的志向性と方法において王安石と程頤との『易經』解釋の間にも同質性が存在していたこと、そして詩經解釋と同樣に論理性を重視したことを指摘したものとして參考にすべきである。

(33) 戴維氏前揭書に「程氏是主張尊《序》的」と言い、その詩序説を概説する。それを參考にしつつ程頤の詩序説をまとめてみよう。程頤は、大序は、孔子の作と考える。

夫子慮後世之不知詩也、故序關雎以示之。學詩而不求序、猶欲入室而不由戶也。(「關雎」程解)

一方、小序については、その首句は、國史が記錄したものであるのに對し、第二句以下は後人の附加であると考える。

得失之迹、刺美之義、則國史明之矣。史氏得詩、必載其事、然後其義可知、今小序之首是也。其下則說詩之辭也。(「關雎」程解)

程氏曰、國史得詩於采詩之官、故知其得失之迹(『呂氏家塾讀詩記』卷二、四葉表)

なお、右の引用からもわかるように、程頤は詩經成立に對する孔子の關與を重く見る。

至夫子之時、所傳者多矣。夫子刪之、得三百篇、皆止於禮義、可以垂世立教、故曰興於詩(「關雎」程解)

孔子當時、世に傳えられていた詩は多數に上っていたのだが、それに對して孔子が嚴正な取捨選擇を加えた後、三百篇を選び出して詩經を編纂したと考えるのは、歐陽脩と同樣の考え方である。本書第三章第6節參照。

(34) 一例を擧げよう。齊風「東方之日」、

東方之日兮
彼姝者子
在我室兮
在我室兮
履我卽兮

の下二句について鄭箋は、

私の部屋にいる男が、もし禮を守ってやって來たならばわたしは彼について行こう。言わんとするのは、今ここにいる男は禮を守ってやって來ていないということである（在我室者、以禮來、我則就之、與之去也。言今者之子、不以禮來也）

と言う。それに對して、「程解」は次のように解釋する。

齊國は政治が衰え、君主と家臣はみな道義を失ったために、故に風俗は崩壊し、男女は淫らな關係を結んで出奔するようになった。〔本詩首章の〕「日」は君主を興し、〔第二章の〕「月」は家臣を興し、日と月が明るく照らせば、萬物は覆い隱されるものがなくなり、姦慝も目こぼしされることがない。これは、ちょうど朝廷が民の上にあって明らかに治めているようなものである。今、君主は明らかでないため、淫奔の風俗が起こった。詩人は「東方の日」に據って、それが明るく照らすはずであるのに薄暗いことを刺っているのである。日が上れば明るくなるはずだが、しかし、見目よい私の思い人は私の部屋にいる。私の部屋にいるのは、私の後についてやって來たのだ。「卽」とはついてくることである。私の後についてやって來て出奔したのである、……お上が明察を持たず、このような悪事が行われることを容認していることを言う（齊國政衰、君臣皆失道、故風俗敗壞、男女淫奔。日興君、月興臣、日月明照、則物無隱蔽、姦慝莫容、如朝廷明於上也。今君不明、故有淫奔之俗、詩人以東方之日、刺其當明而昏也。日出當明、而姝美之人在我室。所以在我室、履我卽而來也。卽、就也。謂行跡履我跡而來奔也。……由在上之人不明、容此姦慝也）

鄭箋が、男は不道德だが女性は男に對して批判的な態度を示す、すなわち道德的であると解釋するのに對して、程頤は、男女が出奔しようとしている様子を詠ったものととり、男女ともに不道德だと考える。これは本詩の小序が、

「東方之日」は、衰亡を刺った詩である。君主と家臣が道義を失い、男女は淫らな關係を結んで出奔し、禮によっ

て教化することができなくなってしまったのである（東方之日、刺衰也。君臣失道、男女淫奔、不能以禮化也）と言い、「男女は淫奔す」と言い、男女いずれも不道徳だと言っているのに忠實に解釋しようとしたものと考えられる。すなわち、序に忠實な解釋を行う態度は、鄭玄より徹底している。なお、前注で説明したとおり程頤は小序の初句と第二句以下との間に位相の違いを認め、首句が作詩の状況を知る國史が記録したもので尊重すべきであるのに對して、第二句以下は後人の附加と考え、相對的に價値が低いものと考える。しかし、本詩においては第二句以下に忠實な解釋を提示している。程頤は詩篇を解釋する際に、必ずしも彼の考える位相の違いにより第二句以下を全面的に排斥しているわけではなく、詩篇によって臨機應變に採用するかしないか態度を決定していることがわかる。詩序に對するこのような態度は蘇轍にも見られた。本書第八章參照。

　ちなみに、本詩についての右の程頤の解釋は、『集傳』に、

　　興也。履、躡也。卽、就也。言此女躡我之跡而相就也　［首章］

　　興也。闥、門内也。發、行去也。言躡我而行去也　［卒章］

と言うとおり、朱熹も採用している。

（35）『呂記』巻二、三葉表。

（36）「關雎」の「程解」においても、「如小雅鹿鳴而下、各於其事而用之也。爲此詩者、其周公乎。古之人由是道者、文王也。故以當時之詩繫其後」と言う。

（37）朱熹の「采薇」解釋は、程頤よりもさらに普遍化を進めている。その「詩序辨説」において、

　　此未必文王之詩。以天子之命者、衍説也。

と言い、本詩を文王に繫けることに反對する。

（38）「鹿鳴」首章の『正義』は、

　　言鹿既得苹草、有懇篤誠實之心發於中、相呼而共食。以興文王既有酒食、亦有懇篤誠實之心發於中、召其臣下而共行饗燕之禮以致之。

と言い、『詩本義』は、

　　鹿鳴言文王能燕樂嘉賓以得臣下之歡心爾。

と言う。「伐木」序の『正義』は、

天子至于庶人、未有不須友以成者、卽序首章之事、因文王求友而廣言貴賤也。

と言い、同首章『正義』は、

鄭以爲……言文王昔日爲居位之時、與友生伐木於山阪、丁丁然爲聲也。

と言い、『詩本義』は、

伐木文王之雅也……此詩文王之詩也。

と言う。いずれも文王を詠った詩であることに焦點を當てて解釋している。

(39)『集傳』は「鹿鳴」について、

此燕饗賓客之詩也。

と言い、「伐木」について、

此燕朋友故舊之樂歌。

と言い、文王の詩としない。

(40) ちなみに、蘇轍は『正義』と同樣、夫が死亡していると考える。

今予所美亡矣、將誰與哉。亦獨處而已……思之而不可得、則曰、不可生得而見之矣。要之百歲之後、歸于其居而已。居墳墓也。思之深而無異心、此唐風之厚也。

ただし蘇轍は鄭箋とは異なり、「今予所美亡矣」とし、詩句の「亡」を「死亡」の意味で取り、詩句にすでに夫が死亡したと詠われていると考える。「以詩解詩」の態度による解釋と考えてよいであろう。

(41) ただしここで程頤が批判しているのは「葛生」序の第二句以下であるので、彼の尊序の姿勢に反しているわけではない。注 (33) 參照のこと。

(42) この問題については、本書第十一章で詳しく考察する。

(43) もちろん、個別の詩の解釋について、朱熹が程頤の說を繼承している例は、先學も言及している。例えば、譚德興前掲論文一一三頁に、朱熹が程頤の鄭風「丰」の解釋に從っているという指摘がある。

第Ⅲ部　解釋のレトリック

第十一章　それは本當にあったことか？

——詩經解釋學史における歷史主義的解釋の諸相——

1　はじめに

第Ⅱ部では、北宋の代表的な詩經學者が詩篇の解釋を導き出すために用いた具體的な解釋の方法論や理念について考察を行い、漢唐詩經學から宋代詩經學への變容の過程、各學者が共通する解釋學的な姿勢を持ち、繼承と發展を繰り返しつつ、宋代詩經學を構築していった實態をある程度解明することができた。そのような考察を積み上げていく中で、次第に次のような問題意識が筆者の胸に蟠ってきた。すなわち、詩經解釋の個別の方法論・理念を生み出す土壤となった思惟のなかに、學者・學派・時代を超えて通底する志向性は存在したのだろうか、存在したとすれば、それはどのようなものだったのだろうか、このような詩經解釋學史に通底する思惟の志向性を軸として捉えることによって、これまで見てきた北宋の各學者の業績に結實する多樣な方法論や解釋理念を、より包括的な視點から論じることはできないだろうか、このような問題意識である。

あるいは、このような思惟の一つとして考えられるのではないかと思われるものが、歷代の詩經解釋の背後に見え隱れする。それは、詩篇で詠われていることは現實に起こった事柄の忠實な再現なのか、それとも詩人が頭の中で組み立てた虛構なのか、という問題をめぐる思惟である。

詩に詠われている人物や事物あるいは出來事が、必ずしも現實に存在したり起こったりしたものであるとは限らない、往々にして作者が假構したものであるというのは、我々にとってはあまりにも當然のことである。しかし、歴代の詩經解釋を見ると、このことは必ずしも自明の前提として受け入れられているわけではない。むしろ、この問題をめぐって歴代の詩經學者が苦闘した形跡を窺うことができる。そしてこの問題をめぐる試行錯誤は、歴代の詩經解釋學を推進させる原動力として働いたのではないかと思われる。

本章ではこの問題を正面に据えて、それが歴代の詩經學の中でどのようなヴァリエーションとなって現れ、それぞれの研究方法・理念にどのような影響を與えているか、を見ていきたい。

別の側面から考えると、詩の表現における虛構とは、すぐれて文學的な問題である。故に、この概念がどのように詩經解釋に導入されたのかを考えることは、經學としての詩經學の中にいかにして文學研究的要素が入ってきたかを考えることもつながるであろう。

「歴史化された詩經學」から「文學化された詩經學」ということが、漢唐の詩經學と宋代の詩經學とを分ける大きな差違であることにはすでに通説になっている(1)。ところで、宋代詩經學が歴史主義から脱却し文學主義的解釋を志向したというのは、具體的にはどのような內實を持っているのだろうか。視點を變えて問うならば、宋人が脱却したとされる漢代の詩經學における「歴史化された詩經學」とはいったいどのような枠組みのものだろうか。本章の考察を通して、この問題を考えるヒントが得られることを期待する。

解釋の方法論や理念を生む土壤になった思惟は、必ずしも經時的に變化發展していくものとは限らない。時代を超えて一種の關心（あるいは懸念）のような形で人々の心の中に存在し續けることもあり得よう。また、そのような考え方が、それと眞っ向から對立する考え方と同時に存在して衝突を繰り返すということも往々にして起こるだろう。

あるいは互いに對立する認識がひとりの人間の中に併存し、時によっていずれかが優勢になったり衰えたりする可能性もあろう。様々な形で存在しながら詩經學を動かすダイナミズムを形成しているのではないかと考えられる。

以上のことを踏まえて、本章ではあるいは時代を超越して關連する事例をつきあわせ、場合によっては論理的關係を明瞭にするためにあえて時間を逆戻りさせながら、歴代の詩經研究に潛在しているダイナミズムを持った興味關心を浮かび上がらせたい。

そのために、詩經から一篇の詩篇を例にして、これについての歴代の解釋を比較することによって問題を探っていきたい。その詩とは、歴代の詩經解釋の中でとりわけ異説の多い王風「丘中有麻」である。そこに見られる各學者の説を成り立たせる認識の差違は、本章の問題意識を探っていくために絶好の材料を提供してくれる。

2　「丘中有麻」の詩

まず、「丘中有麻」とはどのような内容の詩であるか、詩經解釋學の最初のピークである漢代の詩經學の注釋とともに見ていきたい。なお、訓讀は毛傳の解釋を反映したものであり、當該部分の鄭箋と齟齬する場合もあるが、それについては後に説明する。

［詩序］丘中有麻は賢を思ふ。莊王不明にして賢人放逐せらる。國人之を思ひて是の詩を作るなり（丘中有麻思賢也。莊王不明、賢人放逐。國人思之而作是詩也）

丘中有麻　　丘中に麻有り
彼留子嗟　　彼の留の子嗟《しさ》なり

［傳］「留」とは、大夫の氏族名である。「子嗟」は字《あざな》である。丘の中の地味の痩せた所に、ことごとく麻や麥や草木が生えているのは、かの子嗟が管理したものである（留大夫氏。子嗟字也。丘中墝埆之處、盡有麻麥草木、乃彼子嗟之所治）

［箋］子嗟は朝廷から放逐され、去って卑賤な仕事をして功績があった。どこに身を置いても、きっとそこをしっかりと治め管理する。だからこそ賢者とされるのである（子嗟放逐於朝、去治卑賤之職而有功。所在則治理、所以爲賢）

彼留子嗟　彼の留の子嗟

將其來施施　將に其れ來たらんときに施施たらん

［傳］「施施」とは、進みにくそうにするという意味である（施施難進之意）

［箋］「施施」とは、緩やかに歩むことである。暇を見つけて一人でやってきて、私に會う樣である（施施舒行。伺閒獨來、見己之貌）

［首章］

丘中有麥　丘中に麥有り

彼留子國　彼の留の子國なり

［傳］「子國」は、子嗟の父である（子國子嗟父）

［箋］子國は丘の上に麥が育つようにしたということを言う。彼の一族が世々賢者であったことを明らかにする（言子國使丘中有麥。著其世賢）

彼留子國　彼の留の子國

將其來食　將に其れ來たらんときに食らはん

［傳］子國がまた來てくれたら、私はようやく食糧を得ることができる（子國復來、我乃得食）

［箋］彼が食事をしにやってきて、私に親しんでくれたら、私は彼を厚くもてなすことができるということを言う（言其將來食、庶其親己、己得厚待之）　［第二章］

丘中有李　丘中に李有り
彼留之子　彼の留の子なり
［箋］丘の中にスモモが生えているのは、やはり留氏の子が管理しているものだ（丘中而有李、又留氏之子所治）
彼留之子　彼の留の子
貽我佩玖　我に佩玖を貽《おく》れり
［傳］「玖」は、石の中で玉に次ぐものである。私に美しい寶を贈ることができることを言う（玖石次玉者。言能遺我美寶）
［箋］留氏の子というのは、思う對象は「朋友の子」（意味については後述する――筆者補記）のこと。彼が私を敬って、私に贈り物をしてくれることを願う（留氏之子、於思者則朋友之子。庶其敬己而遺己也）　［卒章］

以上の引用からもわかるように、本詩の解釋については毛傳と鄭箋とですでに說を異にする部分がある。『正義』の疏通を參考にして、毛傳・鄭箋それぞれの說に基づき通釋してみよう。まず、毛傳に從えば本詩は次のように通釋できる。

丘の上に麻が生えている。あれはかの留氏の子嗟が管理し〔民に育てさせ〕ていたもの。かの留氏の子嗟は、こちらに來ようとする時には、ぐずぐずしていかにも來るのが氣が進まぬ樣子である。

丘の上に麥が生えている。あれは、かの留氏の〔子嗟の父親の〕子國が管理し〔民に育てさせ〕ていたもの。かの留氏の子國がやってきてくれたならば、我々〔民百姓〕は食糧を手に入れることができたものを。

丘の上にスモモが生っている。あれはかの留氏の一族のものが管理していたもの。かの留氏の一族のものは私に美しい寶とも言うべきうるわしい道德を教えてくれたものだ。(2)

毛傳は、本詩を、周の暗君莊王に放逐された賢者を、民が思い懐かしんでいる詩と考える。賢者は朝廷から地方に放逐され、民は彼の在職當時の治政を追想し褒め稱えている。(3)故に、民は放逐された賢者が故國に足を踏み入れるのをためらう樣子を殘念に思い、彼らが國政に參與していた時に民のために働いてくれたことを懷かしんでいる——このように解釋する。

一方、鄭箋に從った本詩の通釋は、以下の通りである。

丘の上に麻が生えている。あれはかの留氏の子嗟が植え育てているもの。かの留氏の子嗟は、緩やかに歩みを進めて私に會いに來てくれればよいのに。

丘の上に麥が生えている。あれは、かの留氏の〔子嗟の父親の〕子國が植え育てているもの。かの留氏の子國は、私のところに食事をしにやってきてくれればよいのに。

丘の上にスモモが生っている。あれはかの留氏の一族のものが管理しているもの。かの留氏の一族のものは、私に美しい寶とも言うべきうるわしい道德を教えてくれればよいのに。(4)

鄭箋は毛傳の解釋に比べて民がより積極的な感情を持って、何とかして賢者等を招き寄せたいものだと思っている詩とする。箋に據れば、賢者は朝廷を放逐され丘中に隱棲し、そこで農業に従事していて、(5) その手際が見事なのを見て、民は彼が賢者であることを知るのである。鄭箋では、賢者等の功績を懷かしむというよりも、隱君子を呼び寄せようとする自分達の願いが實らないことをもどかしく思う氣持ちが主として詠われていると考える。

このように毛傳と鄭箋には解釋を異にする部分があるが、逆に兩者で說を共通にするところもある。それをまとめてみよう。

一、「麻」「麥」「李」を、子嗟・子國・子が何らかの形で實際に栽培に關わるものだと考える點（ただしどのように關わるかについては傳箋で說が異なる）。

二、「留」を子嗟・子國・子の屬する氏族名ととる點。

三、子嗟・子國・子が、親子關係にあると考える點（ただし卒章の「子」については次章參照）。

この三點は、宋代以後、解釋のポイントとして常に問題になるものである。その議論の發端を開いたのは歐陽脩である。しかし、我々は歐陽脩に目を移す前に、もうしばらく傳箋に向き合いその解釋の據って來たるところとその意義について考えてみたい。

3　『正義』による傳箋の正當化

前章で掲げた傳箋の說の共通點のうち、最も中心的な問題は、三の「子嗟」「子國」「子」をどのように解釋するかであり、その他の二つの論點はこの問題を考える過程で派生的に現れたものと位置づけられる。

「子嗟」「子國」「子」とは誰であるのか、改めて考えてみよう。毛傳・鄭箋は「留」を氏族名ととり、それに伴って、「子嗟」「子國」「子」を留氏の人閒のことと考える。すなわち、傳箋は彼らを歴史上に實在した人々と考えるのである。子嗟と子國の關係については、毛傳に「子國は子嗟の父なり」と言うように、傳箋ともに「子國」が父、「子嗟」が子の親子關係にあると考える。一方、卒章に「彼の留の子」という「子」が誰なのかは、微妙な問題をはらむ。『正義』の説明を見よう。

　この第三章では、「留氏の子」が私にうるわしい道德を贈ってほしいと言い、「留氏の子」が自分に教えてくれることを願っている。これは、思っている人閒が留氏の親しい友人であることを表している。だから、鄭箋は「留氏の子は思ふ者に於いては則ち朋友の子なり」と言うのであり、〔「留氏の子」が〕思う者にとっての朋友その人〔すなわち子嗟〕のことだと考えているのである。その父親と自分とが朋友だ〔すなわち、「劉氏の子」は子嗟の子息〕ということではない。孔子が、子路が「夫《か》の人の子を賊《そこな》っ[6]」たと〔子羔その人のことを指して「夫の人の子」と〕言っているのがちょうどこれと同じ理屈である。（此章留氏之子遺我以美道、欲留氏之子敎己。是思者與留氏情親、故云留氏之子、於思者則朋友之子、正謂朋友之身、非與其父爲朋友。孔子爲子路賊夫人之子、以此類也）

『正義』は次のように考える——卒章の「子」はその人に親しみを込めて言う呼稱であり、詩人の友人、すなわち首章に詠われた「子嗟」その人を指す。鄭箋が「朋友之子」と言っているのも、別に友人の子息という意味ではなく、「朋友であるあなた」の意味で言っているのである——。したがって『正義』に據れば、この詩に登場するのは子嗟と子國の二人の人物であり、

〔首章〕子嗟——〔二章〕子國——〔卒章〕子嗟

という順序で詠われていることになる。ここからわかるように、『正義』の疏通による傳箋の解釋では、子嗟と子國

の詠われ方が不均衡になっている。この點を『正義』はどのように説明するのであろうか。

子國は子嗟の父親であり、父子兩人はいずれも賢人であったが、同時に放逐されることはないであろう。もし同時に放逐されたとすれば、詩人はまず先に子國を思うはずであり、先に子供の子嗟の方を思うということはないだろう。ところが實際の詩では首章でまず子嗟のことが詠われ、第二章に至ってようやく子國のことが詠われている。これから考えれば、賢人で放逐されたというのは、ただ子嗟のみを指しているのである。けれども作者は子嗟のことを思った上で、さらに彼の一族が代々有德の君子であったことを褒め稱え、そのために子國のことにも言及したのである。だから、本詩首章の傳では、「麻・麥・草木は乃ち彼の子嗟の治むる所なり」と言っているのである。これはつまり、〔子國が登場する第二章で詠われる〕麥もまた子嗟の管理したものなのであり、子國の功績ではないということを説明しているのである。第二章の鄭箋に「子國丘中をして麥有らしむ。其の世よ賢なるを著す」と言うが、「其の世よ賢なるを著す」とあるように、父の子國を引くのは息子の子嗟を顯彰するためであり、その眞意は子國を思っているわけではないのである。卒章に「彼の留の子」と言っているのは、やはり子嗟のことを指しているのである（子國是子嗟之父、俱是賢人、不應同時見逐。若同時見逐、當先思子國、不應先思其子。今首章先言子嗟、二章乃言子國。然則賢人放逐、止謂子嗟耳。但作者既思子嗟、又美其弈世有德、遂言及子國耳。故首章傳曰、麻麥草木乃彼子嗟之所治。是言麥亦子嗟所治、非子國之功也。二章箋言子國使丘中有麥、著其世賢、言著其世賢、則是引父以顯子、其意非思子國也。卒章言彼留之子、亦謂子嗟耳）（「丘中有麻」小序『正義』）

この『正義』には、興味深い認識が現れている。それは、本詩があくまで子嗟一人を思慕して作られたものであると考えることである。その根據が二點述べられている。一點は、父と子兩方同時に放逐されることは考えにくいということである。もう一點は、子嗟と子國の詠われる順序にある。もし、作者が子嗟と子國の兩者を同じように思慕しているならば、父親である子國が息子の子嗟に先立って詠われるはずであるのに、實際には子の方が父より先に詠われている、そこから考えると、父親の子國は主として詠われる對象ではあり得ないというのが、『正義』の論理である。ここには、長幼の順という現實世界の倫理秩序が詩の構成にも反映されているはずだという考え方が見られる。その上で、子嗟を詠おうとしているのに父親の子國が詠われていることを合理化するために、この詩には確かに子國と子嗟の父子が歌われているが、子國は子嗟の德をより褒め稱えるために引き合いに出されたまでで、子國は王に放逐されたわけではないと説明する。

ここには、詩篇の內容の歷史的實在性を前提にし、歷史記述としての合理性を追求し、かつ倫理秩序に基づけることで正しい解釋に到達できるという認識が見られる。(7) この立場に立つ解釋者は、現實世界の論理を全的にあてはめて詩を解釋できることになる。(8)

4　歐陽脩の批判——解釋の抽象化——

宋代詩經學の開拓者歐陽脩は、前章で紹介した傳箋の解釋に異議を唱えた。その論點こそは、「丘中有麻」詩に關する問題の核心を衝くものである。(9)

先に見たように、本詩各章「彼留子嗟」「彼留子國」「彼留之子」の「留」を毛傳は「留は、大夫の氏なり」と言い、詩中に詠われる人物たちの屬する氏族名と解釋した。これに據ればこの三句はそれぞれ、「留の子嗟」「留の子國」および「留の子」(10)と訓じられることになる。この解釋を、歐陽脩は次のように批判する。

「留」という語が姓氏を表すというのは、古には確かにそういうことがあった。しかし、詩人の意圖を考えたならば、いわゆる「彼留子嗟」というのは、大夫の留という姓を指しているわけではない。莊王の事跡は、おおむね『春秋』と『史記』に見えるが、當時の大夫で留という氏族は知られていない。また、留氏のものが放逐させられたということも、史書には見えない。そのことが世に知られていないというのに、後世の人間はいったい何によって知ることができるというのだろうか（留爲姓氏、古固有之。然考詩人之意、所謂彼留子嗟者、非爲大夫之姓留者也。莊王事迹、略見春秋史記、當時大夫留氏、亦無所聞於人。其被放逐、亦不見其事。既其事不顯著、則後世何從知之）

傳箋の說を批判した歐陽脩は、「留」を固有名詞ではなく動詞としてとり、「子嗟を留む」「子國を留む」「之の子を留む」と訓じる。丘壑のなかで、賢者にむなしく日を過ごさせることを「留む」と表現していると考えるのである。さらに彼は詩中の「麻」「麥」「李」について、傳箋の解釋のようにこれらが留氏の子嗟・子國らの經營になるものだとし、それが見事に經營されていることが彼らの賢者たる所以であると考えた場合、その賢者たる根據があまりに薄弱なものとなってしまうと言う。

　まして、毛鄭の說のとおりだとすれば、留氏が、賢者と稱されるその理由とは、麻や麥を管理し、木を植えることに長けているからだということになる。そもそも周の人間は多い。それなのにこれらのことに長けているのが、留という一氏族だけであったということがあろうか。ましてやこれに長けていたからといって、賢者と見なすほどのことではない[11]（況如毛鄭之說、留氏所以稱其賢者、能治麻麥種樹而已矣。夫周人衆矣。能此者豈一留氏乎。況能之、未足爲賢矣）

　したがって、「麻」「麥」「李」は、子嗟・子國・之子が直接栽培に關わるものではなく、一種の比喩として用いられていると考える。つまり、子嗟・子國・之子という賢者の境遇と對比させて、丘の上に生える植物は人間にとって有用であれば收穫されるのに、本來國政に能力を發揮すべき賢者たちは、朝廷に迎えられず、いたずらに丘壑の中で隱遁生活のままに置かれていると詠い、賢者を放逐した周の莊王を風刺しているのだと解釋するのである。

周の莊王の時、賢人は放逐され、退いて丘壑の中で生活した。國の民は彼のことを思い、麻や麥の類が丘の中に育っていたら、それらが有用であるというので、いずれも人に收穫される、それなのに、あの子嗟や子國のように賢い人々だけが、丘壑のうちに留められたまま、官僚として取り立てられることがないとは、と考えるのである（莊王之時賢人被放逐、退處於丘壑、國人思之、以爲麻麥之類、生於丘中、以其有用、皆見收於人、惟彼賢如子嗟子國者、獨留於彼而不見錄）

さらに、歐陽脩は子國と子嗟とを父子とした傳箋の解釋をも批判した。その根據は二つある。一つは、先に見たとおり留の子國・子嗟という人物がいたことが史書から裏付けられないということである。もう一つの理由は、彼らを賢者の一族と考えるのは荒唐無稽であるということである。彼はまず、子嗟一人ならばともかく、一族あげて放逐されるということが常識的に考えにくい、と言う。

その「子國」という者については、毛公はさらに子嗟の父であるという。前世の諸々の學者は、これについて誰も考證を加えていない。毛公はいったいどこからこれを知ったのであろうか。かりに、子國を子嗟の父とした場合、次の章の「彼留之子」というのは、いったい誰になるのだろうか。父と子がどちらも賢者で、ともに放逐されるというのは、理屈から言ってすでにありそうもないことであるが、もし一般化して留の氏は一族擧げてみな賢者で、しかもみな放逐されたというのは、ますます人情からかけ離れた解釋となってしまう。（及其云子國、則毛公又以爲子嗟之父。前世諸儒皆無考據。不知毛公何從得之。若以爲子嗟父、則下章云彼留之子、復是何人。父子皆賢而竝

被放逐、在理已無、若汎言留氏擧族皆賢而皆被棄、則愈不近人情矣）

以上二つの理由から傳箋の説を批判した上で、歐陽脩は自分の説を述べる。それは、「子嗟」「子國」という人名は、特定の個人を指すものではないという説である。

「子嗟」「子國」というのは、當時の賢人の字である。一般化して言ったものである（子嗟子國當時賢士之字。汎言之也）

すなわち、この詩は當時多くの賢者が放逐されたことを詠ったものであり、特定の一族のみを敍述の對象にしているわけではないと言う。本詩の歌う内容は、ある個人の身に起こった出來事に限定されるものではなく、暗愚な主君に仕える賢者ならば誰でも遭遇したかも知れない狀況を世の習いとして詠ったものであると考える。「子嗟」「子國」は賢者の代名詞として用いられており、あるいは當時そのような字を持った賢者がいたかも知れないが、ここではそのような歷史的内實は捨象されていると考えるのである。

詩人は、ただ莊王が不明で、賢人が多く放逐されたために刺っているのである。必ずや留という一つの氏に限定して詠っているのではないだろう（詩人但以莊王不明、賢人多被放逐、所以刺爾。必不專主留氏一家）

以上、見てきた傳箋と歐陽脩との説の分岐を要約すれば、

一、「麻」「麥」「李」の表現意圖

二、「留」の字義

三、「子國」「子嗟」の實體性

の三點にまとめられる。總合すれば、歐陽脩の解釋は傳箋と比較して、詩中に詠われた內容は實在した歷史的事象を忠實に敍述したものであるという認識が薄れ、抽象性が高まっている。確かに彼も本詩を周の莊王という實在の暗愚な王を批判したものと解するのであるが、詩中に詠われていることは、特定の個人・事件を詠ったものではなく、亂世の習いとしてあり得ることを一般論として詠っていると捉えている。(12) これは、劉毓慶氏が言う、歷史主義的な牽强附會から脫却した詩經解釋の例である。(13)

　歐陽脩の行った解釋の抽象化は、彼以後にどのように發展したであろうか。(14) 程頤の解釋を見てみよう。彼は、麻・麥・李は實事ではなく比喩ととる。(15) この點歐陽脩と同様である。

> 丘の上というのは廣々と平坦なところであり、土地の肥えているところである。麻は衣を作る材料になり、麥は食糧になるので、丘の上に植えるにふさわしいものである。これによって、賢者というのは朝廷にいれば、人に養われることができるものであることを興す……「李《スモモ》」はただ人の口を甘くすることができるだけで、人閒を養うことはできないものである。丘中にかえってスモモがあるというのは、賢ならざる人閒を比喩している（丘中宛宛平窊之處、地之美者也。麻可衣、麥可食、宜植丘中。興賢者宜在朝、則能養於人。……李者徒能甘人之口、而不能養人之物。丘中反有李、乃比不賢之人也(16)）

また、程頤は「彼」を莊王の朝廷に巢くう小人と解釋し、彼らが朝廷に居座ることを「留」というととる。主體を誰と考えるかという點で歐陽脩と異なるが、「留」を氏族名ではなく動詞ととるのは、歐陽脩說を繼承するものである。

　程頤は「子嗟」「子國」については、こじつけと見まごうまでに抽象化を進めた解釋を行った。

〔「彼留子嗟」などの〕「彼」とは、賢者でないものを指す。賢者でないのにもかかわらず朝廷にとどまっている。君のような賢者は反對に窮迫した生活を餘儀なくされ嘆いている。だから、君がゆったりとした様子でやってくることを待ちこがれているのである。第二章では、彼ら賢者でない者どもが朝廷に留まっているのに、君のような賢者は逆に故郷に歸されていると言う。……君がやってきて朝廷で食事するのを待ちこがれていると言う。〔卒章に言う〕「佩」とはうわべを飾るものであり、「玖」は本物の玉ではない。彼ら朝廷に留まっている人が私に贈るものは、ただうわべの飾りに過ぎず、實のあるものを私や人に贈ったりすることはない（彼謂不賢者、乃留於朝。子之賢反窮處而咨嗟、故思望其施施而來。次章云彼乃留而子反歸鄕國。思望其來食於朝。……佩者外飾、玖非眞玉。彼留之人所貽我者、徒文飾、而無實貽我及人者）[17]

彼の説に據れば、三章の問題の句は次のように訓讀されることになる。

彼《かれ》は留まり子《きみ》は嗟く　（あやつは朝廷に留まっているのに君は〔放逐されて〕嘆いている）
彼《かれ》は留まり子《きみ》は國ゆく　（あやつは朝廷に留まっているのに君は放逐されて故郷へと歸っていった）
彼《か》の留まれる子《こ》　（あの朝廷に留まっている男は……）

程頤は子嗟・子國を人名としてはとらず、「子《きみ》は嗟《なげ》く」「子《きみ》は國ゆく」と主述構造として解釋する。ただし第三章に關しては、「彼の留まるの子《こ》」とし、小人のことをいうととる。つまり、首章、第二章と句構造を變えて解釋すると同時に、この章の「子」のみ、他とは異なり小人を指すと考えるので、訓詁の一貫性という見地から食い違いを生じることになる。

程頤の解釋は、結果的に歐陽脩のそれとかなり異なるものとなってはいるけれども、しかし歷史的實在性に拘らずに、抽象化された解釋を行うという意味で、歐陽脩の態度と共通の性格を持っている。つまり、歐陽脩の解釋をもとにして、さらに句構造を捉え直し、彼留まる――子嗟《きみなげ》く、彼留まる――子國《きみくに》ゆく、と小人と賢人との境遇の明暗の對比を發見しているとまとめることができる。歐陽脩の解釋姿勢を繼承しつつ、さらに解釋の抽象化を徹底したものと位置づけることができる。

程頤のように、「子嗟」「子國」を解體して解釋する立場をとるものに、例えば南宋の黄櫄《こうちゅん》がいる。

私が考えるに、「嗟」とは詩人が賢者を引き留めようとしたこころがため息となって表れたものである。「國」とは、詩人が賢者を留めて國《みやこ》に居らせたいと思っているのである（予竊以爲嗟者詩人欲留賢者而形於嗟歎。國者詩人欲留賢者而使之在國也）[18]

黄櫄の說では「彼」が何を指しているか明らかではないが、かりにこれが莊王を指していると假定するならば、訓讀は次のようになる。

彼　子《きみ》を留めんことを　嗟《ああ》　（あの莊王が君を留めてくれたらよいのに　ああ）
彼　子《きみ》を留めて國にあらしめんことを　（あの莊王が君を留めてこの國の中に住まわせたらよいのに）
彼　之の子を留めんことを　（あの莊王がこの人を留めてくれたらよいのに）

このように「丘中有麻」の解釋史には、歷史的實在への比定からの脫却・抽象的解釋への移行という流れが見られ、この流れを開いた人物として、歐陽脩を位置づけることができる。

5　失われた書物に據って

莊王の事跡は、おおむね『春秋』と『史記』に見えるが、當時の大夫で留という氏は、人に知られていない。また、彼が放逐させられたということも、史書には見えない。そのことが世に知られていなければ、後世の者は一體何によって知ることができるというのだろうか。

毛傳が「留」を姓氏ととり、「子國」を「子嗟」の父ととるのを批判して、歐陽脩はこのように言った。彼は『春秋』『史記』という歷史書に記載があるか否かによって、それが歷史上の事實であるか否かを判斷することができ、それによって詩解釋として正しいか否かを決定し得ると考えていたのである。

このような筋道による傳箋批判および新しい解釋の提示は、大雅「桑柔」にも見られる。本詩の解釋と比較するために要點を紹介する。「桑柔」第二章、

四牡騤騤　四牡《しぼ》　騤騤《きき》たり
旟旐有翩　旟旐《よてう》　翩《へん》たる有り
亂生不夷　亂　生じて　夷《たひら》がず
靡國不泯　國として泯《ほろ》びざる靡《な》し

について、鄭箋が厲王の時代に實際に興された遠征を詠ったものだと解釋したのを歐陽脩は批判して次のように言う。

しかしながら、周の厲王の事跡を考察してみると、『國語』『史記』および『詩經』の大雅小雅を閲するにいず

れも軍隊を動かし征伐を行ったという事實はない。この「桑柔」の詩句の中にもやはり王が征伐を行った國の名はない、およそ征伐のため軍隊が久しく遠征に出ていると鄭玄が言っているのは、詩の詠わんとするところを捉えたものではない（然考厲王事跡、據國語史記及詩大小雅皆無用兵征伐之事。在此桑柔語文亦無王所征伐之國、凡鄭氏以爲軍旅久出征伐、士卒勞苦等事、非詩義也）

ここでも、詩中に具體的な表現があるかどうかということとともに、現存の歴史書に記載があるかどうかということを根據にして、鄭玄の解釋の當否を考えている。そして、それらの文獻によって實在が確認できないので、鄭玄の說は史實に合わないと言う。(19)

「桑柔」における傳箋批判と自說の提示も「丘中有麻」と同様の論法によって行われ、歴史記錄に基づいて詩中の內容が歴史的に實在したものではないことを確認した上で、詩で詠われているのは一般論だと結論するという思考の流れが見られる。歐陽脩の詩經解釋における基本的な思考の一端が表れたものとして注目される。このような歐陽脩の態度を「文獻依存の歴史主義」と呼ぼう。

ところで、歐陽脩が、毛傳鄭箋の說が歴史的に正しいか否かを判斷する根據として擧げているのは、『春秋』『國語』『史記』といった書物である。すなわち歐陽脩は、彼の時代に現存し彼自身が見ることができた文獻に記錄があるかないかということを、毛傳鄭箋の記述の正確性を測る基準としているのである。

振り返って『正義』の議論を見ると、疏家は歐陽脩のような批判があり得ることを承知していたことがわかる。毛傳が「子國は子嗟の父」と言うのについて、『正義』は次のように言っているからである。

毛公の時には書籍がなお多かった。〔毛傳がこのように言うのには〕あるいは根據とするものがあったのであろう。しかしながら、毛公が何に基づいてこのことを知ったのかは明らかではない（毛時書籍猶多、或有所據。未

詳毛氏何以知之）

『正義』は、毛公は本來確かな根據に基づいてその說を提示しているのだが、しかし毛公が根據とした文獻はすでに失われていてそれを再檢證することができないのだと言う。歐陽脩が立論の依據とした『春秋』『史記』以外にも、據るべき史書は本來存在していたというのである。これはもちろん證明不可能な論法であるが、歷史的事實として、樣々な原因によって數え切れない書籍が亡佚している以上、これを全面的に否定し去ることは誰にもできない。故にこの論法に從えば、歐陽脩のように現存の史書によって毛傳の正否を檢證するという方法は、その根據を失ってしまうことになる。『正義』は、歐陽脩のような批判が起こることを想定し、その起こり得べき批判を豫め封じる說明を行ったと考えることができる。(20)

「失われた書物」を根據として、毛傳の說の正しさを主張するという論法は、『正義』中には他に大雅「烝民」にも見ることができる。本詩第七章の、

王命仲山甫　王　仲山甫に命じて
城彼東方　彼の東方に城《きづ》かしむ

の毛傳に、

古は諸侯の居所が狹隘になると、王はその邑を遷して居所を定めさせた。おそらく〔周の宣王は仲山甫に命じて〕薄姑（山東省博興）を去って臨菑（山東省淄博）に都を遷させたのであろう（古者諸侯之居逼隘、則王者遷其邑而定其居、蓋去薄姑而遷於臨菑也）

というのを説明して、『正義』は次のように言う。

その「居」を定めたと言いながら、どこに居を定めたのかわからないので、「蓋し薄姑を去りて臨菑に遷らしめしならん」と言うのである。毛公の時には書籍はなお多く、孔子の在世時からいまだ時を隔てていなかった。だから、「蓋し」と言って疑うような言葉遣いをしているけれども、きっとよりどころとするところがあってこう言っているのであろう。『史記』「齊世家」に、「獻公元年に薄姑から遷って臨菑に都を經營した」と言う。計算すると齊の獻公の治世は周の夷王の時に當たり、この毛傳と合わない。司馬遷の記載はいまだ必ずしも事實に合っているとは言えない（既言所定、不知定在何處、故云蓋去薄姑而遷於臨菑也。毛時書籍猶多、去聖未遠、雖言蓋爲疑辭、其當有所依約而言也。史記齊世家云、獻公元年徙薄姑都治臨菑。計獻公當夷王之時、與此傳不合。遷之言未必實也）

ここでもやはり、毛公は唐代の疏家たちが見ることのできない文獻に基づいて詩經の意味を解釋したのだという考え方が見られる。自分たちの時代には失われてしまった文獻があり、その信頼性は自分たちが見ることのできる『史記』の記録よりも高く、しかもそこには毛傳の正しさ（＝詩經の正しい意味）を證明してくれるような記載があったはずであるという認識である。さらにここでは、『史記』の記載の信頼性を計るのに、毛傳の記述と合致するか否かを基準にし、毛傳と合わないことを理由に『史記』の記載を疑っている。毛傳の信頼性は失われた文獻によって保證されているとして、歴史記録の確かさという點で『史記』よりも毛傳を上位に置いているのである。(21)

この『正義』の論も、言うまでもなく論證不可能な强辯であり、歴史的記録によって故訓の妥當性を檢證するという方法論を無效化するものである。しかしながら、この强辯が詩經の意味の眞實性は他の文獻に基づいて檢證できるという認識を下敷きにして構成されていることは見逃すことができない。むしろ、詩經の眞の意味は詩經自體および毛傳のみによっては確證できず、他の由來正しい文獻に依存することが必要であると考えていたからこそ、「失われた書籍」という架空の根據を使ってまでもよりどころを求めようとしているのである。

歐陽脩も「丘中有麻」の解釋の中で、毛傳の記載を『春秋』『史記』という彼にとっての信賴すべき古籍に照らしてその眞實性を確認しようとしていた。『史記』の信賴性という觀點で疏家と歐陽脩とでは評價が眞っ向から分かれているが、[22]いずれも毛傳の記載は信賴のおける文獻と合致してこそ、その眞實性が保證されると考えている點では一致している。すなわち、兩者とも詩經の詩に詠われた事柄の眞實性を、歷史記錄によって證明しようとする態度を持っているのである。言い換えれば、兩者とも詩經の詩篇は、他の據るべき書籍の記錄に照らしてはじめて眞實の意味を開示されると考える。詩經そのものの獨立した眞實性が充分に認められていないのである。

先に、歐陽脩の詩經解釋の態度を名づけて「文獻依存の歷史主義」といったが、このように考えると、疏家もやはり「文獻依存の歷史主義」の立場に立っていると言うことができる。

筆者は前節で、歐陽脩の「丘中有麻」の解釋は漢唐詩經學の歷史主義的な牽强附會から脫却したものであると言った。本詩において用いられている、詩句を「汎言」すなわち一般論と見なすことによって、歷史上の人物の具體的な事件と結びつけず虛構化して解釋する方法は、漢唐の歷史主義的な解釋の枠から脫却するための重要な方法となっている。しかし、本節の考察からわかるように、それはあくまで個別の詩句の解釋という範圍にのみ適用されており、詩全體としては、「莊王の時、賢人は放逐せられ、退きて丘壑に處り、國人之れを思ひ……」と言うように、歷史的に實在した事件と結びつけて解釋されている。つまり歐陽脩は、詩篇のすべての要素が歷史的事實を忠實になぞっている必要はなく、その一部が虛構であってもかまわない、詩は虛構と實事との絡まり合いによって成り立っている——歷史的に實在した事件を虛構を織り込みながら詠う——という認識を持っていたが、そこから突き詰めて詩全體が虛構であり得るという考え方には至っていない。その意味から言えば、彼も漢唐の歷史主義的詩經解釋から完全に離脫していたとは言えないのである。[23]

文獻依存の歴史主義はそれ自體の脆弱性をはらんでいる。このことについて、黄櫄は次のように言う。

そもそも莊王が不明の君主であるというのに、どうして留氏父子だけが放逐されるということがあろうか。かりにもしそのようなことがあったとしたら、『春秋』に當然書かれるはずであり、『史記』に當然記載されるはずである。今、どちらも他の經典に現れず、毛傳だけに現れている。この說の唱え方は、牽強附會を免れない。これについては、かつて歐陽脩公が批判した。しかし、〔歐陽脩が〕子嗟子國を當時の賢者と言うのも、これまた證據のないことである（夫莊王不明而何獨棄留氏父子乎。借或有之、則春秋當書、史記當載。今皆不見於他經而獨見於毛氏、此其爲說、不免於附會、歐陽公嘗辨之矣。然亦以子嗟子國爲當時賢者、是亦無所經見也）[24]

彼の說は、基本的には歐陽脩の論法を支持するものであるが、しかし同時に、「然れども亦た子嗟子國を以て當時の賢者と爲すも、是れ亦た經に見る所無きなり」と指摘しているのは、歐陽脩の解釋の弱點を衝いたものである。歐陽脩の言うように詩經の內容の眞實性は他の信頼すべき古籍の記錄に徵してはじめて確認できるとするならば、歐陽脩の示した新たな解釋もやはり、歷史記錄によって實在を證明できない以上、その眞實性を主張できないことになるからである。歐陽脩自身がその奉じる文獻依存の歷史主義によって自繩自縛の狀態に追い込まれてしまうことを、黄櫄は指摘している。文獻依存の歷史主義は先行の經說の脆弱さを指摘するためには有力な武器となるが、諸刃の劍となって、自分自身が新たな解釋に到達することをも不可能にするのである。

清朝考證學は漢代の學問を尊崇する。この特徵はこの詩においても現れている。清の胡承珙は、「この疏は毛傳鄭箋の意圖を正しく捉えている（此疏善達傳箋之意）」と言い[25]、さらに次のように言う。

毛公に必ずや説のよりどころとするものがあっただけではない。鄭箋が毛傳に從って、異説を唱えていないのは、鄭玄の時代にもやはり古籍が傳えられていて、信ずべきよりどころに徵することができたのである。歐陽脩の『詩本義』では、その人その事が『春秋』『史記』に見えないので、毛傳を牽强附會の説としている。李氏の『集解』が、「これはちょうど陳風に所謂る〈子仲の子〉のケースと同様で、どうして他の書物に根據を求める必要があろうか。けだし詩中に述べられていることはすなわちそれが實際の事跡なのであり、『春秋』『史記』の中から根據を見出そうとする必要などないのである」というのは、まことにもっともなことだ（不但毛公必有所據、鄭箋從毛、竝無異説、亦必其時古籍尙存、有可徵信者。歐陽本義謂其人其事不見於春秋史記、以毛爲附會。善乎、李氏集解曰此猶陳風所謂子仲之子、豈必求於他書。蓋詩中所陳便是實事跡、不必於春秋、史記中求之也[26]）

彼は『正義』の説を一歩進めて、毛傳に從っていることを根據にして、鄭玄もまた自分たちより有利な文獻的條件を享受していたと推測し、だからその説は信頼できるのだと言う。「失われた古籍」という考えが後世までいかに有効に働いていたかがわかる。

6　歴史主義と據所見作詩との關係

ところで、前章に引いた胡承珙の説は、『正義』の説を支持するものであるが、その前半で失われた書籍に據っているから毛傳（のみならず鄭箋）の説は信ずべきだと言っているのに對して、後半で傳箋の説の眞實性を主張する根據は前半とは微妙に異なっている。本章では、これについて考察したい。

『毛詩後箋』の後半で引用されている南宋・李樗《りちょ》の説を確認しよう。彼は、歐陽脩の文獻依存主義を批判して次のように言う。

「彼留子嗟」（の「留」）を歐陽脩は姓氏とは考えず、「淹留する」の「留」と解釋した。……この解釋は正しくない。けだし、詩經中に述べられていることは、それ自體が實際の事跡なのであり、『春秋』『史記』の中にその根據を求める必要はないのである（彼留子嗟……歐陽不以爲姓、而以爲淹留之留。……此說不然……蓋詩中所陳、便是實事迹、不必於春秋史記中而求之也(27)）。

「蓋し詩中に陳ぶる所は、便ち是れ實の事跡なり」といっているのが注目される。これは、詩篇に詠われたことが歷史上實在したという立場に立つ場合に、文獻中心の歷史主義とは異なるもう一つの考え方があったことを示している。すなわち、詩篇に詠われていることが紛れもない眞實であるとして、はたしてその眞實性とは他の古籍に傍證を求めてはじめて確證されなければならないものなのかといえば、そうではない、詩經に述べられていること自體がその歷史的實在性を保證するのだという考え方である。

南宋・范處義は以下のように言う。

古人の姓氏で經典に殘されているものは廢することはできない。例えば「丘中有麻」の留氏や「桑中」の姜氏・弋氏・庸氏などはみなその類である。（古人姓氏幸而存於經不得而廢也。如丘中有麻之留氏、如桑中之姜氏弋氏庸氏皆其類也(28)）

清・管世銘『韞山堂文集』巻一「丘中有麻說」は、子嗟子國が歷史的實在だと考えて次のように言う。

子嗟や子國はおのずから賢者の名である。毛傳が父子とするのは、いったい何を根據にしているのかはわからない。要するに必ずや秦風「黃鳥」に登場する「奄息」「仲行」「鍼虎」などのように、もっぱらその人のために思いを發して〔詩に作った〕のである。惜しむらくは、彼らの事跡が『春秋左傳』に見られないので、後世の人間は彼らがいかなる人であるか、また、どうして詩が作られたかを知る手だてがない（子嗟子國自是賢者之名、毛傳以爲父子、則不知其何據。要必如黃鳥之奄息、仲行、鍼虎、專爲其人而發、惜其事未見於春秋傳、後世無從確指其何如人與作詩之緣起(29)）

以上の三者は、子嗟・子國を歷史的な實在として考える點では先に見た『正義』と立場を同じくする。しかし、彼らが子嗟・子國を歷史的實在であると認める論理は、『正義』と異なり、「失われた書物」をよりどころにしていない。經典たる詩經に記載されていること、それ自體がそれが歷史的眞實であることを保證しているので、『春秋』『史記』といった史書の記錄によって傍證される必要はないというのである。

この立場をとるならば、前章で黃櫄が指摘した歐陽脩の陷らざるを得なかった自繩自縛の狀態から逃れることができる。そればかりではなく、眞實性は證明の必要なく明らかだと言って、經典の言葉から史實を抽出することさえできるようになる。南宋・嚴粲は以下のように言う。

〔子嗟・子國の〕二人の留氏の名前もその一族も著名ではなく、事跡も傳わらないが、國人が彼らを思慕するところから、彼らが賢者であったことがわかる（二留名氏不顯、事迹無傳、以國人思之、知其賢矣(30)）

詩中で子嗟・子國を思慕する言葉があるので子嗟・子國は賢者だったことがわかるのだと言う。ここでは歷史的な實在性の考證が、詩篇自體で完結している。前章で見た「文獻中心の歷史主義」とは、詩經はそれ自身のみではその眞の意味を開示することができず他者の介在を必要とする、という考え方であったが、これらの解釋は、詩經は詩經自體でその眞の意味を開示できる、という認識である。「詩經自足型の歴史主義」とでも言えようか。

これは、他に傍證を求めようとしないという點では主觀的な說と言わざるを得ない。しかし、このような認識を持つことによって、解釋者は詩の內容の歴史的實在性を信じつつも、『正義』はもちろん歐陽脩でさえ囚われていた、史書の記載との對應という束縛から離脫することができた。詩を詩の言葉に卽して考える可能性を擴大したという意味から言えば、解釋の自由度を增すことに貢獻したと言うことができる。その意味で、歴史主義的解釋の新しい展開と言うことができる。

このような態度をより突き詰めれば、詩の內容に對應するのは歴史上どの事件なのか穿鑿することになろう。清の錢澄之は次のように言う。

> 私が考えるに、この〔首〕章は劉氏が楊に出奔したその當初、あわてふためいて國を去った時に、詩人が愁い嘆いたもののようである（愚按此章似劉子初奔楊時張皇去國、詩人憂而嗟之）[31]

錢澄之は、本詩の「留」は「劉」の音通であり、『春秋左氏傳』「昭公二三・二四年」に見える、劉子（伯蚠《はくふん》）が、王子朝に王位を簒奪された敬王とともに王城から追放され、揚に逃れたという史實が本詩に對應すると考える。詩の內容と史書の記載の對應を探るという點では、文獻中心の歴史主義と共通する部分を持つが、しかし考察のベクトルは逆である。文獻中心の歴史主義では、詩の內容の眞實性を確認するために他の文獻に依存しなければならなかったが、錢澄之の考證はむしろ逆で、詩の內容が歴史的眞實であることを篤信し、それを考察の起點としてそれに對應する歴史的記錄を探そうという態度を持っている。眞なる詩經の記載から照射されて、史書の記錄の詩篇との關係を浮かびあがらせようとしていて、むしろ史書が詩に從屬している。

＊＊＊　＊＊＊

詩に詠われている内容が實際に存在したことだと考える立場には、もう一つ見逃すことのできない認識の發展の形があった。南宋・范處義は以下のように言う。

子嗟・子國は留氏の兄弟の字のように思われる。「彼の留の子」もまた、彼らの兄弟を指して言ったものである。……終始ただ一留氏のみを話題にしているのは、おそらく詩人が自ら目睹したところによってこの詩を作ったからであろう（子嗟子國似是留氏兄弟之字、彼留之子亦指其兄弟而言……終始止及一留氏、蓋詩人據所見者作此詩也）(32)

范處義の說の中で、「見る所に據りて詩を作る」という言葉が注目される。この「見る所に據りて」という考え方は詩經の比喩についての歐陽脩の解釋を特徵付けるものとして、先に考察したことがあるが(33)、その要點をまとめれば、これは詩に何が述べられているのかについての關心、すなわち詩篇の內容についての關心を越えて、作者がなぜどのようにしてこの詩篇を作ったのかについての關心、すなわち作詩にあたっての作者の心の動きに思いを致し、作詩の現場を想起することによって、詩の表現がどのようにして發想されたかを追體驗することを、解釋姿勢として持っていることを示すものである。

傳箋正義が詩篇の內容が歷史的實在だと主張する時には、作者がその事實をどのような位置からどのような思いで見ていたのかということについては考えられていなかった。詩篇の內容を客體として、いわば死んだ標本を觀察するような視線で臨んでいたということができる。それに對して、范處義の態度は、詩人の身に成り代わって、詩人が直接對峙した生きた現實として、詩篇を捉え切り込もうとしていたということができよう。

兩者とも、詩篇の內容が歷史的に實在したものであると考える點では共通しているが、――范處義は先に引用したように、經典に書かれていること自體が事柄の事實性を保證するという考え方も同時に示していた——、その認識の性質が根本的に異なっている。范處義の立場に立てば、詩中で詠われている事柄は、それを見た詩人に詩的感興を湧かせるだけのインパクトを持つものであったということが重要なのであって、それが歴史的な重大事であるか否かは問題ではなくなる。そればかりではなく、詩篇に書かれていることが歴史的に實在したとなぜ證明できるのかもそれほど重要な問題とはならなくなる。「詩人の目」を重んじるという立場に立つことによって、歴史主義的解釋は、その內實を大きく變えることが可能となるのである。その意味で、漢唐の歴史主義的な解釋——特に文獻依存の歴史主義——から離脱するために大きな役割を果したであろうと考えられる。

7　朱熹の解釋とその批判——淫奔詩としての解釋——

南宋の朱熹は、以上見てきた諸家とはまったく異なる解釋を行った。彼は本詩を道德に悖った男女關係を詠った淫奔の詩であると考え、次のように言う。

女性が彼女の私通している相手の男を待ち望んでいるのにやって來ないので、男には丘の上の麻の生えているところに、自分の他にも私通している女性がいてそこにとどまっているのではないかと疑っているのである（婦人望其所與私者而不來、故疑丘中有麻之處、復有與之私而留之者）

朱熹は、「留」を氏族名ではなく「（不實な男が浮氣相手の女のもとに）引き留められている」という意味を表す動詞と解釋する。これは第４節で見た歐陽脩の說を繼承するものである。

彼は、本詩の首章と二章に「子嗟」と「子國」という別の男の名が現れることについて次のように述べる。

「子嗟」は男子の字である（子嗟男子之字也）　［首章］
「子國」もまた男子の字である（子國亦男子之字也）　［二章］
「之子」は、首章と二章の二人を合わせて指している（之子幷指前二人也）　［卒章］

傳箋のように「子嗟」「子國」を作詩當時に地位と名聲を持っていた人物の名前と考えるのではなく、不道德な女性の不實な戀愛相手という、無名の人間の名前として解釋するのである。これは、歐陽脩を經由することによってはじめて到達することができた說と考えることができるのではないだろうか。つまり、歐陽脩の解釋は「子嗟」「子國」を不特定の賢者を代表する代名詞のようなものだと捉えるものであるが、これは「子嗟」「子國」が當時社會的な地位を持ち本來史書に記錄されていてもよいはずの著名な人物であり、本詩はそのような歷史的一回性を有する具體的人物の實際に遭遇した事件を詠ったものであるという、漢唐の詩經學が確信する詩の內容の歷史的具體性・個別性を薄める働きをしている。著名な（著名であったはずの）人物との結びつきから解放することによって、無名の人物を詠ったものだという解釋を發想しやすくしたと考えられる。このように見れば、朱熹の詩經解釋は歐陽脩から影響を受けていると考えることができる。

しかし、歐陽脩の解釋と朱熹のそれとを直線的な繼承關係で結びつけることはできない。兩者の解釋には大きな性格の違いがあるからである。このことは、朱熹の解釋に對する後世の批判を見ることで明らかになる。淸の朱彝尊は次のように言う。

丘中有麻麥　　丘中に麻麥有り
兩雄共一雌　　兩雄　一雌を共にし
雙雙李樹下　　雙雙　李樹の下

寧免相詬訾　寧んぞ相ひ詬訾《こうし》するを免れんや
立言詎可訓　立言　詎《なん》ぞ訓《おし》へとすべけん
説者宜再思(34)　説く者　宜しく再思すべし

（丘の上の麻が生えているところと麥が生えているところでは、二人の男が一人の女を共有し、李の木の下では二人の男が鉢合わせをしている。いったいお互いに相手を罵りあい責めあわずにすもうか。このようなことを詠う詩がどうして人々の教訓とすることができようか。このような説を唱える者はよくよく考え直した方がよい）

同じく清の管世銘『韞山堂文集』巻一「丘中有麻説」に見える朱熹説への批判も同樣である。

『集傳』の言うとおりだとすると、一人の女性が二人の男性と逢い引きをしていることになるが、ならばどうして詩を作って自分からそのことを彼らに聞かせたりすることがあろうか……もし本詩が女性の口から出たのだとすると、いかに賤しく無知な人閒であろうと、おそらくそのことを自分の口から出したりすることはなかろう

（若如集傳所云、則一婦人而期二男子、尙安肯作詩以聞諸其人。……若以爲出於婦人、雖苟賤無恥之甚、恐亦不忍出諸口也(35)）

朱彝尊と管世銘の理解に據れば、朱熹は「子嗟」「子國」ともに詩の作者である女性が私通している相手の男性のことであると解釋したことになる。つまり、詩の作者であり主人公である女性はもちろん、「子嗟」「子國」らも實在した人閒であると考えるのである。歐陽脩の解釋では「子嗟」「子國」は、賢者の代名詞的な表現として用いられ、その實在性は問題とされていないのに對し、朱熹は、本詩を實在の人物たちによって行われた現實の行爲を詠ったものと理解しているのである。そのために、一人の女性が二人の男性と關係を持つという、儒教倫理に照らして不道德極まりない狀況が歌われていることになってしまう。いかに破廉恥な人閒であろうと、萬人に指彈されるような自分

の恥を自ら詠ってあからさまにするはずがないというのが、朱彝尊・管世銘の批判の骨子である。
朱熹說を擁護する立場の學者にとっても、この點は難問とされたようである。元の許謙は、次のような解釋の修正を施すことによってこの問題を回避しようとした。

> 私が考えるに、「子嗟」の「嗟」は女性の戀人の字ではなく、單に感歎詞にすぎない。第三章の「之子」〔が人名ではないこと〕から〔類推して〕そのように理解できる。「子國」の方は、女性の思い人のことである。すなわち、第一章と第二章とはその詩句の構造が異なっているのである（愚恐嗟非其人之字、特歎語爾。以三章之子可見。子國則所私之人。上下兩章皆異其文也）(36)

許謙は、「彼留子嗟」「彼留子國」という形を同じくする二句を、あえて異なる句構造を持つもののと考え、「彼子を留む　嗟《ああ》」「彼　子國を留む」と解釋するのである。道德的な問題を生じない解釋を、句の形に卽した自然な解釋よりも優先したのである。「淫奔詩」——不道德な行いをした人物が自分の醜行を詠った詩であり、讀者にそれを輕蔑しそのような行いから遠ざからんとする氣持ちを起こさせることで、結果として道德的な生活を送るきっかけを與えるためにあえて詩經に收錄された詩——を解釋しながら、あまりに不道德な状況になることを回避し、「容認可能」な不道德さの埒内に納まるように、解釋の合理化を圖っている。ある意味で皮肉なこの状況は、詩で詠われていることが現實に實在したという認識の歸結である。このように、朱熹の淫奔詩說とその批判者および辯護者いずれも、「丘中有麻」の作者＝主人公は自分の體驗をありのままに歌っている、したがってこの詩の中で詠われている人間關係と事件とは現實に起こったことであり、作者の虛構ではないという認識を前提にしているのである。

ここであるいは、次のような疑問が出るかも知れない——朱彝尊と管世銘とは、本詩全體が一人の歌い手＝主人公の女性によって詠われているということを前提にして、朱熹の解釋を批判した。しかし、それははたして朱熹の考えに沿ったものであったのだろうか。あるいは朱熹は、作者が各章ごとに異なる主人公を設定して、それぞれの事情を詠っていると考えた可能性はないだろうか。そうだとすれば、各章ごとに内容は關連しないことになるので、朱彝尊・管世銘の指摘するような問題は生じないことになる――と。

この可能性は、朱熹の「詩序辨説」に見える本詩小序に對する、

> 本詩はやはり淫奔者の言葉で、……賢者を望む内容ではなく、小序はやはり誤っている（此亦淫奔者之詞、……非望賢之意、序亦誤矣）[37]

という批判から、おそらく成り立たないであろうと推測することができるが、さらに鄘風「桑中」を參考にすることで傍證を得ることができる。[38]「桑中」には章ごとに「孟姜」「孟弋」「孟庸」という異なる三人の女性の名前が出現する。朱熹に據ればこの詩も淫奔の詩であり、次のような内容が詠われているという。

> 衛の風俗は淫亂で、世よ續く一族や朝廷で地位を有しているものは、妻妾を互いに盗み合っている。故にこの人は唐《ネナシカヅラ》を沫（河南省淇縣）で採って彼の思い人に與えて、このように約束して送り迎えしようと自分から言っているのである（衛俗淫亂、世族在位、相竊妻妾。故此人自言將采唐於沫而與其所思之人、相期會迎送如此也）[39]

朱熹はまた、「桑中」の詩序、

> 「桑中」は、淫奔を刺る詩である。衛の公室は淫亂で、男女が道ならぬ行いをし、世々續く一族や朝廷で地位を持っている者が、互いに妻妾を奪い合い、遠く人目につかないところで逢い引きし、政治は亂れ民は流浪し、止めることができない狀態になってしまった（桑中、刺奔也。衛之公室淫亂、男女相奔、至于世族在位、相竊妻妾、期

於幽遠、政散民流、而不可止）を批判して次のように述べる。

　この詩は淫奔者みずから作ったものである。小序の初句で「奔を刺る」と言っているのは誤りである。第二句以下でしかじか言っているのは、詩の意味を正しく把握している。……ある者は、「『刺詩』のあり方は、もとよりそのことをそのまま敍述してそれ以外に一言も加えないけれども、哀れみ惜しみ懲らしめ批判する氣持ちは自ずから言外に現れるのであり、この『桑中』の類がそうである」と言う。しかし、「刺詩」は必ず問い質し譴責する内容でなければならないということがあろうか。この説は間違いである（此詩乃淫奔者所自作。序之首句以爲刺奔誤矣。其下云云者、乃復得之。……而或者以爲刺詩之體、固有鋪陳其事、不加一辭、而閔惜懲創之意、自見於言外者、此類是也。豈必譙讓質責然後爲刺也哉。此説不然）[40]

「刺詩」と言っても、必ずしも道徳的な作者が他人の不道徳な行いを非難するために作った詩である必要はなく、不道徳な行いをしている者が自身の醜行を告白した詩であってもよい、いずれにしても、讀者が詩中に詠われた醜行を讀んで、それを批判する氣持ちが起こりさえすれば、その詩を「刺詩」と呼ぶことができると考えるのである。彼は、また次のようにも言う。

　今必ず、「彼は邪な思いを持たずに淫亂な行いを率直に敍述し、哀れみ惜しみ、懲らしめ批判する氣持ちは自ずから詩の言外に立ち現れるのである」と言うならば、「彼は邪な思いを抱いて詩を作ったのだが、私は邪な思いを持たずにそれを讀むので、彼が自らの醜行を白状する言葉は、私が懼れ戒め懲らしめ批判するための材料となる」と言った方がずっとましではないだろうか（今必曰彼以無邪之思鋪陳淫亂之事、而閔惜懲創之意自見於言外、則

曷若曰彼雖以有邪之思作之、而我以無邪之思讀之、則彼之自狀其醜者、乃所以爲吾警懼懲創之資耶(41)

これらの發言から、朱熹が「桑中」を作者自らがその醜行を述べた詩であると考えていたことがわかる。(42) そうであるならば、「桑中」は一人の男性と複數の女性、「丘中有麻」は一人の女性と複數の男性、とちょうど對照的ではあるが、一人の主人公が複數の異性と關係するという點で同樣のシチュエーションを詠う兩詩を、朱熹は同樣の構造で讀み取ったと、彼の批判者達が考えるのは合理的な推論であるということができる。

詩に詠われているのが實事であることを前提しているという點で、朱熹およびその周邊の學者の認識は、「子嗟」「子國」が歷史上實在した人物で、彼らに關する實在の事件を詠ったと解釋する『正義』とその繼承者と同樣である。全く異なる解釋の閒にこのような共通の認識があったと言うことは、詩に詠われている內容が實際にあったという考え方が、詩經解釋學史上いかに根强いものであったかを示す。

8　現代の解釋

目加田誠氏は、「丘中有麻」を解釋して次のように言う。

毛傳に子國は子嗟の父だとかいうのは意味のないことで、ただ麻、麥、李に合せて、嗟・國・子と、韻を換えて詠うだけのこと(43)

詩經解釋學史の實相を考察するに當たって、我々は、ある一つの解釋を正解とし最終的な到達目標として捉え、歷代の詩經學のそれぞれの解釋がゴールからどれほどかけ離れているか、その距離を測定することで價値づけようとすることは嚴に愼まなければならない。筆者の研究の目的は、それぞれの解釋を成り立たせる理念と方法論を解明することを通じて、そこに息づく時代の精神と學者の思惟とを感得せんとするところにあり、詩篇の唯一の正しい解釋に到達するところにはない。したがって、ここで目加田氏の解釋を擧げたのは、それが最終的な正解であると考えてのことではない。

しかしその一方で、それぞれの詩經學者がなぜ數え切れない解釋の可能性が存在する中で、別の可能性ではなくこの可能性を選び取ったのかは、彼らの詩經學を構築した認識・思惟を知るためにぜひ考えなければならない問題である。そして、彼らの解釋の意義を知るためには、潛在的な可能性としてはあり得たはずなのに、實際には實現することなく別の可能性に取って代わられた一つの解釋の道筋を考えることは意味がある。筆者が目加田氏の解釋を引用するのは、歷代の詩經學が潛在的に持っていた方向性・可能性を考えてみようと思ってのことである。

目加田氏は、「丘中有麻」詩を戀愛歌と考える點で本詩を「淫奔詩」と位置づけた朱熹の後繼者である。しかし、氏の說は朱熹の解釋と大きな違いがある。それは、「子嗟」「子國」が歷史的な實在者を反映しない、一種の代名詞的な名前にすぎないと考える點である。『詩經』國風の詩を民間歌謠と捉え、本詩を庶民の素直な戀愛感情を詠った詩であると捉える氏の立場からすれば、このような解釋はごく自然に導出されるものであろう(44)。

ところで、氏の「子嗟」「子國」を代名詞的用法とする解釋は、歐陽脩の解釋に見えた「汎言」という考え方と近い。歐陽脩は「子嗟」「子國」を當時の賢者の代表例として擧げられたものと考え、その歷史的實在性を事實上問題にしなかった。彼の解釋の中では、「子嗟」「子國」は目加田誠氏と同じく實態を持たない代名詞的なものとして捉えられている。歐陽脩以後の學者はこの解釋を參照することができたはずである。例えば朱熹が歐陽脩に則って、「子嗟」「子國」を代名詞的用法として捉えたならば、彼の陷った隘路――一人の女性が複數の男性と關係するという道德上の難問――を回避することができたはずである。

しかし現實には、そうはならなかった。このことは、詩經解釋において詩に詠われた內容が歷史的に實在していたという前提に立って解釋を進めるべきであるという考え方が、いかに鞏固な思惟の枠組みとして働いていたかを示すものである。

この問題については、清・方玉潤の『詩經原始』が興味深い資料を提供してくれる。彼は「桑中」について、淫奔者が自分の行爲を詠ったというのが不合理であることを指摘し朱熹の說は成り立たないと批判した上で、次のように言う。

詩を作った人閒は詩中の登場人物ではあり得ない以上、詩中の出來事もまた作者の體驗したことを詠ったものではないのである。詩を作った人閒は詩中の人閒の口ぶりに成り代わって詩を詠ったのに過ぎない。しかも、詩中の出來事がかくも出來過ぎ、かくもめずらしい偶然であるわけはないだろう。〔三人の女性と〕同じある一日のうちに約束して、しかも約束の場所が同じ一つの場所だというのだから。つまり、詩中の人物もまた本當にそういう人がいたわけでもないし、詩中に詠われていることが實際にあったわけではなく、詩人が頭の中で作り上げた虛構にすぎない……三章に登場する孟姜とか孟弋とか孟庸とかも、ぼんやりとした幽靈のようなもので、夢の中でおぼろに現れた形象に過ぎない。だから、「我と期す」とか「我を要《むか》ふ」とか「我を送る」とか言っているのも、本當にやって來たり行ったりしたわけではない。これは、後世のいわゆる「無題詩」のようなものである（賦詩之人既非詩中之人、則詩中之事亦非賦詩人之事、賦詩人不過代詩中人爲之辭耳。且詩中事亦未必如是之巧且奇、同期於一日之中、卽同會於一席之地。是詩中人亦非眞有其人、眞有其事、特賦詩人虛想。……而此姜與弋與庸、則尙在神靈恍惚、夢想依稀之際。卽所謂期我、要我、送我、又豈眞姍姍其來、冉冉而逝乎。此後世所謂無題詩也）[45]

彼は、朱熹の作者＝主人公という圖式を否定するばかりか、作中の人物の實在性をも否定し、詩の內容が純粹に作者の頭の中で作り上げられた虚構であると言う。これは目加田氏と同様の認識であり、從來の詩經學の基本的な思惟の枠組みとなってきた「詩中の內容は歷史的な實在である」という認識を根本的に否定するものであり、注目されるべき認識と言うことができる。ところが、このように傳統的思惟を覆す認識を「桑中」において示した方玉潤は、一方で「丘中有麻」について次のように言う。

毛鄭は……「子嗟」「子國」を父子二人と解している。朱熹『集傳』は序傳箋の〔「賢を思う」詩という〕說に反對して、婦人が自分が密通している男を思う言葉だと解釋しているのは、とりわけ奇異な說である。〔毛鄭が〕「子嗟」「子國」が父と子であるとしている以上、朱熹も「子嗟」「子國」を人名ととる毛鄭の說に從っているのだから〔子嗟と子國とを子と父と考えることになるが、そうすると〕、一人の婦人が父と子の二人と關係しているということになってしまうが、どうしてそんなことがあり得よう。これは天理に悖る暴言であり、朱熹のような先賢がこのような說を出したと言うことは思いもよらぬことで、慨然たらざるを得ない（毛鄭……且以子嗟、子國爲父子二人。惟集傳反其所言、以爲婦人望其所與私者之詞、殊覺可異。子嗟、子國既爲父子、集傳且從其名矣、則一婦人何以私其父子二人耶。此眞逆理悖言、不圖先賢亦爲是論、能無慨然）(46)

ここでは、朱熹の說では一人の女性が二人の男性、しかも父と子の二人と關係することになり、甚だしく不道德な事態となると批判する。この批判の骨子は先に見た朱彝尊・管世銘の批判と基本的に同樣であり、作者はすなわち主人公であり、かつ詩に歌われた人物と事柄が實在したことを前提にした議論となっている。ここには、「桑中」で展開された、詩の內容は虛構であり得るという認識は現れない。同樣のシチュエーションを詠った詩と考える朱熹の解釋に對する論評であるのに、かたや虛構という概念を用いながら、かたや傳統的な歷史的實在性を前提とした議論を行っているのである。(47)つまり、方玉潤は、「桑中」詩において虛構という考え方による詩の解釋を提唱しているが、それを詩經解釋全體において全面的に展開していないのである。

同樣の狀況は、現代の詩經學においても見ることができる。程俊英・蔣見元氏は「桑中」について、次のように言う。

民謠のなかで人名を擧げている場合、その多くが汎稱であり、深く拘泥すべきではないと思われる。本詩中の三つの姓の女性は、おそらくは詩人が褒め讚える對象の代名詞として用いているのであろう。詩人は菜を摘み麥を刈っている時、戀人のことを思慕しているのであるが、彼の眞實の姓名を口に出すことを望まなかったので、何人かの美女の名前を代名詞として用いたのである（民歌中稱人之名、多屬泛指、似不應過於拘泥。詩中的三姓女子、可能都是詩人稱所美者的代詞。他在採菜摘麥時、想念起戀人、但不願將她的眞實姓名說出來、就借用幾個美女作代稱(49)）

この解釋は、目加田氏の解釋に近い(49)。しかし、一方彼らは「丘中有麻」の解釋においては次のように言う。

これは、一人の女性が自分と戀人との婚約に至る過程を述べた詩である。まず彼ら二人のなれそめは、子嗟に麻を植えるのを手傳ってくれるよう賴んだことがきっかけとなって二人が知り合ったところから始まったと述べる。後にまた子嗟の父親の子國を食事に招いた。そして明くる年の夏スモモが熟する頃に、彼らはようやく婚約した。子嗟は婚約の贈り物として彼女に佩玉を贈ったのである（這是一位女子敍述她和情人定情過程的詩。首先敍述他們二人的關係、是由請子嗟幫忙種麻認識的。後來又請他父親子國來喫飯。到明年夏天李子熟的時候、他們才定情。子嗟送她佩玉、作爲定情的禮物(50)）

ここで展開される、複雜なストーリーを伴った解釋は、「子嗟」「子國」を實在の人物ととり、作者と彼らの閒に起こった實際の出來事を敍述したのが本詩であるという認識に基づいている。「桑中」において提起された、詩中の人物の實在性を捨象する解釋姿勢がここではとられていない。これは方玉潤と同様の現象である。このように、詩の內容が虚構であり得るという認識を持った學者においても、その認識を詩經全體に適用することは難しかったことがわかる。そして虚構認識が影を潛めるとそれに取って代わって、詩中の內容が歴史的に實在したという認識が再び前景化して解釋の前提として力を發揮するのである。

ところで、目加田誠氏や方玉潤のように歴史的實在性を否定した解釋において「丘中有麻」は單純な疊詠の詩と捉えられている。一方、これまで見てきた歴史的實在性に立った解釋では、詩中に何らかのストーリーが見出されていた。つまり、歴史的實在性に立った解釋を行うか否かは、詩中に物語性を見出すか、それとも物語性を否定するかに對應していた。はたして第三の道はないのであろうか。すなわち、歴史的實在性を前提にせず、なおかつ詩中に物語性を見出すという解釋の道はないのであろうか。

錢鍾書氏は、「桑中」について次のように言う。

> そもそも自作であるか否かは、知ることができないし、また問題にする必要もないことである。別の人格に成り變わり、他人の口を借りて發言したりということは、詩歌ではきわめてありふれた手法である。みずからの經驗を話しているような形をとりながら、實は架空の出來事を本當のことのように話したりすることもあるので、詩中に「私」と言っていても、必ずしも詩人の自稱であるとは限らない。……人は詞を讀む時には、事實と虚構との境界の曖昧さをはっきり辨えることができるのに、詩經を讀む段になると、假託や比擬といった表現手法を推し量ることをすっかり忘れてしまう（夫自作與否、誠不可知、而亦不必辯。設身處地、借口代言、詩歌常例。貌若現身說法（Ichlyrik）、實是化身賓白（Rollenlyrik）、篇中之「我」、非必詩人自道。……人讀長短句時、了然於撲朔迷離之辨、而讀《三百篇》時、渾忘有揣度擬代之法[51]（Prosopopeia））

「桑中」の詩は、必ずしも淫奔者が自分で自分のことを詠ったものであるとは限らない。しかし、詩の語氣は、明らかに淫奔者が自述したというスタイルで詠われている……〔この詩は〕ただ出來事をそのまま記録したもので、出來事に對する議論や意見を述べてはいない。男が行ったアバンチュールのカタログとして見てもよいし、自分の醜行を自供したものと見てもまたかまわない（桑中未必淫者自作、然其語氣則明爲淫者自述……直記其事、不著議論意見、視爲外遇之簿錄也可、視爲醜行之招供又無不可）(52)

錢氏の解釋では、一人の多情な男が複數の女性と關係を持つという、一つのストーリーが見出されている。これは、目加田氏や方玉潤が本詩を單純な疊詠として捉え、また、詩中の人名は單に韻を合わせるために字を換えた、實體のない言葉に過ぎないと考えるのとは異なっている。この點は、漢唐以來のおおかたの解釋姿勢と同じである。しかし錢氏は、詩にストーリーを見出す時、それが歴史上實在した事柄であると考える必要はないと言う。この點で傳統的な解釋者の認識とは異なる。

彼は、詩が自作であるか否かは、詩を文學として鑑賞するためには本質的な問題ではないとする。たとえ詩が自稱によって敍述されていたとしても、それが事實か虛構か測りがたい、というよりも詩における事實と虛構の境界は本質的に定めがたいものである以上、むしろ作詩の事情を顧慮することなく、作品自體に向き合い、それがどういう趣向を持っているか、どのような表現がなされているかを考えることを解釋・鑑賞の眼目と考えるのである。したがって、詩にストーリーを發見したとしてもそれが歴史上實在したか作者の虛構であるかを問題にすることなく、そのストーリー自體の面白さを鑑賞し分析すればよいことになる。

ここで取り上げられているのは「桑中」であるが、錢氏が論じているのは詩經全體に普遍性を持った問題であり、當然「丘中有麻」の解釋にも適用することができるものである。錢氏の立場に立つならば、詩の內容の歴史的實在性の問題はその意味を失ってしまう。文學作品が本質的に持つ虚構性に注目することによって、歴史主義的解釋から完全に脱却しながら、詩に物語性を讀みとることを可能にしたという意味において、錢氏の解釋姿勢は詩經解釋學史上、畫期的なものである。

9　結　び

以上、詩中に詠われていることは現實の世界に起こったことなのか、それとも作者の頭の中で作り上げられた虚構なのかをめぐる認識を中心に据えて、「丘中有麻」に關する歴代の議論を通觀した。考察を通して、詩の內容の歴史的實在性を前提にした解釋態度には多様なヴァリエーションが存在することが明らかになった。

一つは、歴史的實在性を歴史上の大事に結びつける立場である。その中には、筆者が「文獻依存の歴史主義」と呼んだ、詩中の內容は史書などの記錄に對應しているという考え方があり、また「詩經自足型の歴史主義」と呼んだ、他の文獻に記錄がなくても詩經に書かれていること自體で歴史的實在性は保證されるという考え方もある。

また詩篇に書かれている內容の性格についての認識から見ると、詩經に詠われる歴史的事實とは史書に記錄される（あるいは記錄されるに足る）歴史的大事であるという考え方がある。この考え方は『正義』に顯著であったが、その批判者である歐陽脩にあっても潛在的には存在し、彼以後も根強く殘り清朝考證學の興起に伴って再び詩經解釋の前面に出た。その一方で、歴史的事實とは詩の作者がその場に立ち會いそれを目の當たりにし、それによって感興を引き起こされ詩として表現したという、作詩の動機となったという意味で現實の事柄であるのだという考え方も存在する。この考え方に立つならば、その事實が歴史的重要性を持った事件か、記錄として殘っているか、ということは問題とはならず、むしろその出來事が作者の詩興を湧き起こすだけの印象的なものであったのかということが重要となる。

詩經解釋に淫奔詩という觀點を導入し、漢唐の詩經學とは全く異なる解釋を行った朱熹とその周邊の學者も歷史的實在性についての認識を持っている點で、廣い意味ではこの考え方に屬するものと言うことができる。

一方、歐陽脩は「子嗟」「子國」の歷史的實在性を捨象する解釋を提示した。これは詩を一般論として、あるいは虛構として解釋する道を開いたものということができるが、[53] しかし、この考え方をさらに擴大して、詩篇全體を作者の虛構の產物とする考え方は、一部、淸の方玉潤などに見られるものの詩經解釋の基本的な認識として全面的に展開されることはなかった。「丘中有麻」の解釋史を通觀してわかるのは、詩中の內容が、歷史上實際に起こったものであるという前提に立った解釋が終始優勢を保っていたことである。

このように見ていくと、詩經解釋學史における「歷史主義」の問題は、通常言われる「以史附詩」よりも槪念を擴大すべきである。「以史附詩」の指す「史」とは、『春秋』『史記』その他の史書に記錄が載っている事柄、あるいはそこに記錄されるのにふさわしい大事を指し、詩で詠われている內容は、そのような歷史上に起こった重要な出來事と對應しているという考え方である。宋代の詩經學が漢唐の歷史主義的詩經學から脫却し、文學的解釋への道を進んだ、と言う場合の「歷史主義」とは、實際は「文獻依存の歷史主義」および歷史上の大事を詠っているという考え方に限定されるのである。

歷史上實在したといっても、記錄に留めるほどの重要性を持たない出來事である場合も當然ある。大事ではないが、現實に確かに存在した事實を反映して詩の內容があると考えるのも、一つの歷史主義的立場である。このように考えると、廣い意味での「歷史主義」は宋代以降も詩經學の諸家の思考の枠組みであり續けた。すなわち、歷史主義的解釋は「以史附詩」の壽命より長く命脈を保っていたのである。[54] そして、それは各學者の解釋姿勢に應じて、あるいは詩經學の樣々な認識の變化に應じて、樣々なヴァリエーションに分岐しながら、各時代の詩經學の發展を支える槪念として存在し續けたのである。

とりわけ筆者が注目したいことがある。宋代の歴史主義的解釋のひとつの形として、作者が詩中の狀況を實見したという考え方があった。筆者は、これまで宋代詩經學の諸問題について考察していく中で、「詩人が實際に見たものを詩に詠う」という考え方が、北宋の詩經學の發展において重要な役割を果たしている姿を見てきた。(55) それは、創作主體と創作過程とを重視した考え方であり、漢唐詩經學に見られる不整合で牽強附會な解釋を乘り越えるために大きな役割を果たしたものである。

ところで、作者が詩中の狀況を實見していたという考え方は、當然、詩で詠われている事柄が歴史上實在したということを前提としている。したがって、この認識は本章で見たように歴史主義的解釋を存續する要素として働いてもいる。同一の認識が、ある側面では漢唐の詩經學を乘り越え新たな詩經學を構築する役割を果たしながら、別の面では古より續く傳統的な思考形態を繼續させる役割を果たしているのである。これは興味深い現象であり、詩經學が幾多の變容を遂げながらも、なお一個の學問として本質的な同一性を保ちながら長く存續したその原因を考える上で重要なヒントとなるのではないかと考えられる。

歐陽脩という個人についても、同じような現象を見出すことができる。彼の詩經學には新しい時代の詩經研究を切り開く先進的な理念と方法論が存在する一方で、漢唐の詩經學に顯著な學問認識がなお殘存している。本章で檢討した例で言えば、「子嗟」「子國」が賢者の代名詞として用いられているという考え方によって、歴史的實在性の束縛から脱却するに足る認識を提示していながら、その裏になお文獻依存の歴史主義を保持していることに現れている。

これは、恐らくは偶然ではないのだろう。歐陽脩の詩經學とは彼が獨自に無から作り上げたのではなく、從來の詩經學の中に萌芽的に存在していた要素を鍛鍊することによって作り上げられたものであったことに付隨する現象なのであろう。これを歐陽脩の學問の過渡性と捉えることももちろんできようが、別の見方をすれば、傳統的な學問成果に立脚した上で新たな可能性を追求するという意味で、着實な研究態度ということができる。つまり、革新性を追求することにより詩經學の新しい可能性を切り開くと同時に、一面で保守的性格を持つことによって傳統的な學問との連續性を保持しつつ穩當な研究を維持することもでき、そのことが彼の詩經學を彼以後の學者にとって模範としやすいものとした。故に、それは多くの學的後繼者を持ち、時代の學問として發展することができたのであろう。

本章は、歴代の詩經學における歴史主義的解釋の命脈の長さを確認するとともに、その多樣なヴァリエーションを通觀した。當然この作業を承けて、歴史主義的解釋がなぜかくも長い生命力を保ったのか、歴史主義的解釋はどのような意義を持っているのかを考えていかなければならないが、これは今後の課題とせざるを得ない。ここで一つの問題を指摘しておきたい。詩序は、言うまでもなく漢唐の詩經學の骨格をなす。その意味では詩經の一部として存在しているが、しかし詩篇自體に述べられていない、その歴史的實在性を規定しているという意味では、文獻中心主義の歴史學を奉じる學者たちが必要とした史書に似た性格も持っている。そのように考えれば、本章で提示した問題意識から、詩序が詩經學で大きな存在感を持ち續けたことの理由と意義とを再考することができるかも知れない[56]。今後の考察の可能性として、備忘として記しておきたい。

注

（1）滕志賢氏は、「南宋鄭樵・朱熹等人會作詩、也懂一點文學、所以有時解《詩》比較吻合詩人之原意」と言う（『詩經引論』江蘇教育出版社、一九九六、一九九頁）。洪湛侯氏は、『詩經學史』（中國古典文學史料研究叢書、中華書局、二〇〇二）の中で一章を割き、歐陽脩・王安石・鄭樵・王質・朱熹・嚴粲についてこの問題を論じている（第六章「宋代學者已注意到《詩》的文學特點」）。本書第十二章第1節も參照されたい。

（2）本詩卒章『正義』に毛傳を敷衍して、「玖是佩玉之名、故以美寶言之。美寶猶美道……謂在朝所施之政敎」と言うのに據る。

（3）本詩首章『正義』に毛傳を敷衍して、「子嗟在朝有功、今而放逐在外。國人覩其業而思之」と言うのに據る。

（4）本詩卒章『正義』に鄭箋を敷衍して、「箋亦以佩玖喩美道」と言うのに據る。

（5）本詩首章『正義』に鄭箋を敷衍して、「子嗟放逐於朝、去治卑賤之職……故云所在則治理、信是賢人」と言うのに據る。

（6）『論語』「先進」に、「子路使子羔爲費宰。子曰、賊夫人之子。子路曰、有民人焉。有社稷焉。何必讀書、然後爲學。子曰、是故惡夫佞者」と言い、邢昺『論語正義』に、「夫人之子、指子羔也」と言う。

（7）ところで、この『正義』の議論を前節で見た歐陽脩の批判と比べてみると、興味深いことに氣づく。それは、『正義』が「子國は子嗟の父親であり、……父子兩人が同時に放逐されることはないだろう」と言っているのが、歐陽脩が「父と子がどちらも賢者で、ともに放逐されるというのはありそうもないことだ」と傳箋を批判しているのに對應していることである。つまり兩者は同じ問題を論じているのである。そして、『正義』はその問題に對し傳箋を正當化するように説明を加え、對して歐陽脩はそれによって傳箋の説が成り立たないことを論證している。兩説比較するとあたかも歐陽脩の論難に『正義』が先んじて答えているかのような印象を受ける。これを時代の先後に卽して言えば、歐陽脩は『正義』がすでに傳箋の説の難點として認識し、疏通によって一應の決着をつけた問題を改めて取り上げているということになる。これはある面から考えれば、詩經解釋において兩者が同樣の興味關心を持っていたことを意味するであろう。この問題はすでに本書第三章で論じた。

（8）この『正義』の解釋に對して、淸の馬瑞辰は『毛詩傳箋通釋』の中で、異論を唱え、次のように言う。

第三章の「彼留之子」について、鄭箋は、「留氏之子、於思者則朋友之子」と言う。私が案ずるに、毛傳は本詩第二章の「子國」を子嗟の父としているからには、ここで「彼の留の子」と言うのは子嗟の子供ということになる。だから、鄭箋は「思う者にとっては友達の子供である」と言っているのである。「思う」とは、國の民が彼のことを思慕することを言っていて、その人は子嗟にとっては友人に當たる。鄭箋は本章の第一・二句を解釋して、「丘中にして李有り、又た留氏の子の治む所なり」と言う。「又」という字はまさに「子國」「子嗟」を承けて言ったものである。『正義』が「朋友之子」はまさしく朋友自身を指していると言うのは鄭箋の言わんとするところを取り違えているのである（彼留之子、箋留氏之子、於思者則朋友之子。瑞辰按、傳以詩子國爲子嗟父、則此言彼留之子宜爲子嗟之子、故箋言於思者則朋友之子。思謂國人思之、於子嗟爲朋友也。箋上釋上二句云、丘中而有李、又留氏之子所治。又字正承子國子嗟言之。正義乃謂朋友之子正爲朋友之身、失箋恉矣）。

馬瑞辰は、卒章の「子」は子嗟の子であり、本詩は、子國―子嗟―子嗟の子という親子三代が詠われていると言う。彼は、子國を子嗟の父と毛傳が言っている以上、「子」もやはり同様に子嗟と血縁關係にある人間であるはずだと考える。つまり、馬瑞辰は詩の構成が現實世界の倫理秩序を反映しているとは考えず、三章が對等の關係で竝んでいる本詩の構成から意味を求めようとしている。『正義』が詩の主題を重んじる立場をとっているのに對して、馬瑞辰は詩の構成を重んじているということができる。

（9）なお、歐陽脩の「丘中有麻」論については、本書第十二章でも別の問題意識から考察する。本章の議論は一部それと重なるところがある。

（10）毛傳・鄭箋が第三章の「之子」をどのように理解しているかということについて、歐陽脩は『正義』とは異なった解釋をしている。本章第3節で見たように、『正義』は鄭箋の「留氏之子、於思者則朋友之子」とは結局子嗟のことを指していると考えていた。それに對して歐陽脩は、

かりに子國を子嗟の父とした場合、次の章の「彼留之子」というのは、いったい誰になるのだろうか。父と子がどちらも賢者で、ともに放逐されるというのは、理屈から言ってすでにありそうもないことであるが、もし一般化して留の氏族は一族擧げてみな賢者で、しかもみな放逐されたというのは、ますます人情からかけ離れた解釋となってしまう（若以子國爲父、則下章云彼留之子、復是何人。父子皆賢而竝被放逐、在理已無、若汎言留氏舉族皆賢而皆被棄、則愈不近人情矣）

と言って、傳箋の不合理を批判している。これからわかるように、歐陽脩は鄭箋の「朋友の子」を、朋友自身（＝子嗟）とはとらず、朋友の子息（＝留氏の若者）と解釋している。

（11）歐陽脩は、麻・麥・李などをうまく管理し育てることができるということが國政を任すに足るほどの賢人かどうかを判斷する基準になり得ないとして、傳箋を批判した。しかし、傳箋を疏通した『正義』では、このような批判に對して少なくとも毛傳についてはこれを正當化し得るような疏通が行われている。毛傳を疏通して、

毛公の解釋は以下の通りである。子嗟は朝廷にあって功績があったが、今では朝廷を放逐されて外地に居る。國の民は彼の業績を見て思い出して次のように言う、丘の上の痩せた土地に、麻が生えているのはなぜかと言えば、それは留氏の子嗟が管理したものなのである。子嗟が民に農業を教えて、彼らが耕作して麻を育つようにしたのである。

それが今外地に放逐されてしまったので、國の民は彼を思い、そこで在りし日の彼の行いを述べたのである（毛以爲子嗟在朝有功、今而放逐在外、國人覩其業而思之。言丘中墝埆之處、所以得有麻者、乃留氏子嗟之所治也、由子嗟教民農業、使得有之。今放逐於外、國人思之、乃遙述其行）と言う。この解釋に從えば、子嗟は自ら耕作に携わったのではなく、民に農業を指導したということになり、高位の身にありながら民のすべき農業に携わったのはおかしいという歐陽脩のような批判に答えることができる。歐陽脩は「況如毛鄭說……」と言って、毛鄭を同說と見なしているが、『正義』の疏通に從うならば、彼の批判は鄭箋に對してのみ有效ということになる。

（12）歐陽脩の解釋を可能にしたのは、人物・事件の歷史的屬性を消去し一般論化するという手續である。このことについては、本書第十二章に詳しく論じる。

（13）「〔宋人〕擺脫前人《附詩於史》的附會之談」「宋儒努力拂除歷史附會、强調對《詩經》的獨立感受」（劉毓慶『從經學到文學――明代《詩經》學史論』、商務印書館、二〇〇一、二八・二九頁）。

（14）歐陽脩以後の說の中では、蘇轍・呂祖謙は上に擧げたような歐陽脩の論點に反應することなく、傳箋正義の說を踏襲している。

（15）程頤の解釋では、一章の「麻」と二章の「麥」とが賢人を比喩するのに對して、三章の「李」のみは小人を比喩することになり、前二章と扱いが異なり、構成の一貫性という點で齟齬が生じることになる。

（16）『河南程氏經說』卷三「詩解」。

（17）同右。

（18）『李迂仲黃實夫毛詩集解』卷九。

（19）本詩に對する歐陽脩の解釋の詳細については、本書第十二章を參照のこと。

（20）『正義』の疏證中には、あたかも歐陽脩が『詩本義』で展開する傳箋批判と同樣の批判に對應して傳箋を正當化する議論が見られ、あたかも疏家が歐陽脩の批判をあらかじめ豫想していたかのようにさえ見えることは、筆者がこれまでしばしば指摘してきたとおりである。なぜ、このような現象が見られるのであろうか。賴惟勤氏に據れば、『正義』の母體になった六朝の義疏とは、佛家の法に倣い、儒學上の問題について知的鍛錬のため討論形式で問題を檢討した結果を集成したものである（頼惟勤監修・説文會編『説文入門――段玉裁の「説文解字注」を讀むために――』大修館書店、一九八三、二〇六頁）。その場合、討論者はいずれも自説とは無關係に、主張者・論難者の役割を演ずる（ちょうど現代のディベートのように）のだとすれば、論難者の提出する論難は學説の違いに發するものではなく、論難のための論難、常識的な立場から穿鑿して發せられた論難に勢いなるであろう。故に、「人情」という人閒不變の常識・良識を信じその立場から傳箋の非常識を突いた歐陽脩の批判と相似のものになりやすかったのではないだろうか。現時點では論證するだけの材料は持たないが、一つの假説として記したい。

(21) 疏家の『史記』に對する評價とその理由については、田中和夫「『毛詩正義』に於ける司馬遷『史記』の評價について」（『毛詩正義研究』、白帝社、二〇〇三）に詳しく考證があるのを參照のこと。

(22) 『史記』に對する評價という點では、詩經編集における孔子の役割についても疏家と歐陽脩とは興味深い對象を見せる。すなわち、孔子が當時存在していた三千首もの詩の中から「禮義に施すべき」もの三〇五篇を嚴選したと『史記』「孔子世家」が言うのを、『正義』は經傳に引用されている詩における佚詩の割合から考えて、孔子が捨て去った詩が現存の詩の九倍に達するはずはないと言って否定した。一方、歐陽脩は逆に書傳に殘された佚詩の數が膨大であると言って『史記』の説を支持し、詩經における孔子の關與の深さを主張している。詳しくは本書第三章第6節を參照のこと。

(23) なお、「丘中有麻」に關する歐陽脩の議論からは、古代の文獻世界に關する彼の認識についての興味深い事實が明らかになる。『正義』は、毛公の時には自分たちの時代より書籍が多かったと言っている。書籍は時代の變化に伴って亡佚してしまうものであり、したがって後世の學者は古の學者と同じ資料的條件のもとで研究を進めていくことはできないのだという認識を、疏家が持っていたことがわかる。疏家は、自分たちの研究には歴史の推移に由來する限界が存在すると自覺していたということができるだろう。それに對して、歐陽脩は毛公が見ることができたのは、自分と同じ『春秋』『史記』に過ぎなかったはずであるということを前提に議論を展開している。そこから、「そのことが世に知られていないというのに、後世の者はいったい何によって知ることができるというのだろうか」という發言も出てくる。毛公は自分が見ることのできる以上の文獻資料を持ってはいなかった、すなわち資料的條件から言えば、毛傳と歐陽脩との閒には優劣の差はないと歐陽脩は考え、その上で理性による推論によって毛公の不備を突き、毛公の優位に立とうとしているのである。
　これは、ある意味で「人情説」の極端な展開ということができるだろう。歐陽脩の人情説とは端的に言えば、人閒の道德・理性は時代を超えて不變であり、だから後世の人間は正しい道德的判斷・理性的推論を用いることによって、古の眞實・古の人々の眞意を正しく捉えることができるという考え方である。この「人情說」は、漢唐の詩經學の限界を明らかにし、より自由な詩經學を形成する原動力になったものとして、古來高く評價されている（歐陽脩の人情說に對する評價については、本書第三章を參照のこと）。しかし、見方を變えれば、それは歷史的變化を考慮に入れないという側面も持っている。そしてそれは單に思想上の事柄だけではなく、古と今とが物質的にも條件を同じくする、少なくとも資料的條件において今が古に劣っている可能性を考慮しないという態度を誘發したのではないだろうか。

さらにこのことと關連して、『正義』が「毛公の時には書籍が多かった」と言っているのも興味深い。『正義』にあっても、毛公が解釋のよりどころとしたのは「書籍」であるという認識があったことがわかるからである。書籍以外の情報傳達手段、例えば口承による傳授、などは思考に登っていなかったことがわかる。これはある意味では、古と今とで物質的條件が不變であるという考え方につながる。だとすれば、『正義』と歐陽脩とは案外、認識の形態を共有する部分があったのかも知れない。現段階では結論を出すことはできないが、興味深い問題として記しておきたい。

(24)『李迂仲黃實夫毛詩集解』卷九。
(25)『毛詩後箋』卷六（上册三六〇頁）。
(26)同右。なお、清・陳奐『詩毛詩傳疏』も、「〔首章の毛傳に〕「盡く麻麥草木有り」と言っているのは、後の二章も合わせてその意味を說いているのであり、さらに「乃ち彼の子嗟の治むる所」と言っているのは、おそらく本詩はもともと子嗟のために作られたのであろう（云盡有麻麥草木者、合下二章作訓而又云乃彼子嗟之所治、蓋此詩本爲子嗟而作也）」と言って、『正義』の說に贊同する。
(27)『李迂仲黃實夫毛詩集解』卷九。
(28)南宋・范處義『詩補傳』卷十二、陳風「東門之枌」。
(29)劉毓慶等撰『詩義稽考』（學苑出版社、二〇〇六）第三册九一〇頁。
(30)南宋・嚴粲『詩緝』卷七。
(31)清・錢澄之『田間詩學』卷二。
(32)前出『詩補傳』卷六。

（33）本書第四章第6節。なお、この考え方は王安石の『詩經新義』にも見られ、その意味で宋代詩經學を特徴付ける考え方ということができる。本書第五章第4節參照。

（34）朱彝尊「齋中讀書十二首」其六（四部叢刊正編81『曝書亭集』卷二一、五葉表）。

（35）前出『詩義稽考』第三冊九一〇頁。

（36）許謙『詩集傳名物鈔』卷三。

（37）『朱子全書』（上海古籍出版社、二〇〇二、第一冊三六九頁）。

（38）鄘風「桑中」の全文は以下の通り。

爰采唐矣　　爰《ここ》に唐を采る
沬之鄉矣　　沬《まい》の鄉に
云誰之思　　云《ここ》に誰をか之れ思ふ
美孟姜矣　　美なる孟姜《まうきやう》を
期我乎桑中　　我を桑中に期し
要我乎上宮　　我を上宮に要し
送我乎淇之上矣　　我を淇の上《ほとり》に送る

爰采麥矣　　爰に麥を采る
沬之北矣　　沬の北に
云誰之思　　云に誰をか之れ思ふ
美孟弋矣　　美なる孟弋《まうよく》を
期我乎桑中　　我を桑中に期し
要我乎上宮　　我を上宮に要し
送我乎淇之上矣　　我を淇の上に送る

爰采葑矣　爰に葑を采る
沫之東矣　沫の東に
云誰之思　云に誰をか之れ思ふ
美孟庸矣　美なる孟庸《まうよう》を
期我乎桑中　我を桑中に期し
要我乎上宮　我を上宮に要し
送我乎淇之上矣　我を淇の上に送る

(39)『詩集傳』鄘風「桑中」首章注。

(40)前掲「詩序辨説」（三六四頁）。

(41)「讀呂氏詩記桑中篇」（四部叢刊正編53『晦庵先生朱文公文集』巻七〇。なお同書は篇題を「讀呂氏詩記桑中高」に誤る）。

(42)朱熹の批判者にあっても、この點の認識は變わりない。『毛詩後箋』鄘風「桑中」に次のように言う。

　この詩は淫奔をただ刺るためにのみ作られた。故に擧げられている貴族はみな明らかにその人本人を列擧している。しかも、「桑中」とか「上宮」とかもまたいちいちその場所を明示している。おそらく陳の「宛邱」や鄭の「溱洧」と同様、男女が出會う場所なのであろう。だから三人の淫奔者がいずれも同じ場所で待ち合わせし、出迎え、見送っているのだろう。もし〔この詩が朱熹が言うように〕淫奔者がみずから作った詩だとしたら、このような邪なことをしでかした上には、至って愚かな者であっても、自分の相手や密會の場所を憚ることなく人に告げたりはしないであろう。さらに、もし一人の作としたならば、一人の男が三人の貴族の女性を誘惑し、いずれもそれが〔「孟姜」「孟弋」「孟庸」と〕その家の長女ということになり、約束し出迎え見送る場所もまたみな同じ場所ということになるので、道理に合わない。また、もし三人の人閒が作ったとすれば、三人が連れだって一所に集まりこの不道德な詩を作ったと言うことはあり得ない。もしそのようなことがあったとしたら、廉恥の道は地に落ち、惡逆これに勝るものがなく、聖人がこれを詩經に收錄して後世に示すことなどあり得ない（此詩惟爲刺奔而作、故所舉貴族皆明列其人、而桑中上宮又歷著其地、蓋如陳之宛邱、鄭之溱洧爲男女聚會之所、故奔者三人而期要送皆在一處耳。若以爲淫者自作、則非僻之事、雖至不肖者、亦未必肯直告人以其人其地也。且若以爲一人所作、則一人亂三貴族之女、而其輩行與期會迎送之

地又皆相同、故無是理、若以爲三人所作、亦必無三人羣聚一處而賦此狹邪之詩者。卽有之、則廉恥道喪、惡莫甚焉、聖人肯錄之以示後世乎）

胡承珙は、この詩を淫奔者の自作と捉える朱熹に反對し、戀人が集まるところで密會をする複數の不道德な男女の姿を見た詩人がそれを刺って作った詩だとする。しかし、彼も朱熹と同じく特定の男女が密會をしたという事實が實際にあったと考えている。歷史的實在性に基づいた解釋と言うことができる。

(43) 目加田誠『定本詩經譯注（上）』（目加田誠著作集第二巻、龍溪書舍、一九八三）一六九頁。ちなみに、氏は「桑中」についても、「孟姜、姜姓の姉娘。あとの孟弋・孟庸も同じ。姜・弋・庸皆家柄の姓。それをただ次々に語を變えて詠ったものである」と、同樣の說を述べている（同一二三頁）。

(44) 目加田誠氏は、「丘中有麻」「桑中」の詩について以下のような考えを述べている。

丘中有麻の詩は、一章に彼留子嗟といゝ、二章に彼留子國といゝ、山有扶蘇の詩は一章に不見子都といゝ、二章に不見子充という。又桑中の詩にも、美孟姜、美孟弋、美孟庸と各章にその歌の中の名を換えているのを見ても（そしてその子都とか、孟姜とかは皆きわめて一般的なよい男、よい女を現す名である）之は決して個人的な感情をのべているのでないことは云うを俟たぬ。

又屢ば見られるように、相手の異性をさして、男に仲といゝ叔といゝ伯といゝ、女に孟姜といゝ叔姬というごとく、その歌われる戀愛感情は決して個人の告白ではない。全く男女相引く一般的な感情を詠うもので、個性というものに缺けているのは、要するに之が民閒歌謠である特色なのである。（目加田誠著作集第一巻『詩經硏究』、龍溪書舍、一九八五、下篇「詩經の本質的硏究」、二「形式よりする諸考察」、一四九頁）

氏が指摘する「個人的感情」と「一般的な感情」とは、筆者が本章で問題にしている、詩經解釋における歷史的實在性の追求とその捨象という概念におおむね對應するものであり、示唆に富む把握である。

(45) 『詩經原始』巻四（上冊一六〇頁）。

(46) 同右巻五（上冊二〇一頁）。方玉潤は、「子嗟」「子國」を人名ととる說に反對し朱熹の淫奔詩說を批判した上で、「嗟」は感嘆詞、「國」は名詞で、「彼らは君を留めようとしている、ああ」「彼らは自分の國に君を留めようとしている」という意味であり、この「丘中有麻」は、隱者が自分の友に、亂れた朝廷に出仕することを辭め俗世を離れ、自分と共に隱遁するように勸める「賢を招きて偕に隱せんとする」詩であると解釋する。

(47) 二つの詩でなぜこのような解釋態度の違いが見られるのかは不明である。もっとも目につくのは兩詩を淫奔詩として解釋した場合、「桑中」が一人の男性對三人の女性、「丘中有麻」が一人の女性對三人の男性と、主人公の性別の違いが發生することである。儒教道德の見地から後者がとうてい受け入れられなかったということが、解釋態度の違いにつながった可能性もあると思われるが、檢證は今後に委ねたい。

(48) 程俊英・蔣見元『詩經注析』（中國古典文學基本叢書、中華書局、一九九一第一版）上册、一三二頁。

(49) ただし、詩に歌われる三人の女性を虛構だという裏で、作者が現實の一人の女性を戀い慕っているという狀況を想定している點では、やはり、詩が歷史的に實在した狀況を詠っていると考えていることになる。

(50) 同右、二一六頁。

(51) 『管錐編』「毛詩正義・桑中」（中華書局、一九八六第二版）第一册八七頁。

(52) 同右八八頁。

(53) 歐陽脩が「子嗟」「子國」という人名から歷史的實在性を捨象するために用いた「汎論」「汎言」という解釋上のレトリックについては、本書第十二章で考察する。

(54) 漢代の「以史附詩」は宋代の學者に批判されたが、より廣い意味での歷史主義は、淸朝に至るまで盛んに使われ續けたという意味で息の長い概念であった。ここで息が長いというのは、例えば小序が淸朝まで尊崇を受けたというのとは質が異なる。小序は宋代の學者によって一度はその價値を否定されたものである。元明においてはむしろ小序は信ずるに足らないとするのが通說であった。その意味からすれば、小序は學的繼承が一度は中絕し、淸朝考證學者により再發見されたものなのである。歷史主義はこれとは異なる。これまで見てきたように、この概念は時代や學的立場を越えて使われ續けてきたものなのであり、小序のごとき中絕の期間は含まない。この意味でこの概念は詩經解釋においてより根本的な概念として存在し續けたということができる。

(55) 例えば、本書第四章第6節、第五章第4節など。

(56) この問題については、錢志熙「從歌謠的體制看風詩的藝術特點——兼論對《毛詩》序傳解詩系統的正確認識」（『北京大學學報（哲學社會科學版）』Vol.42, No.2、二〇〇五・三）が參考になる。

第十二章　一般論として……
——歴史主義的解釋からの脱却にかかわる方法的概念について——

1　問題の所在

歐陽脩は、彼の豊かな文學的感性を働かせて詩經解釋を行ったと、しばしば言われる。(1) 彼が發展の基盤を作った宋代の詩經學全體についても、やはり文學的な視點を有する研究を行ったという評價がなされることが多い。(2) 文學的な詩經研究は、明代詩經學に至ってはじめて十全に行われたと論じる劉毓慶氏であっても、各時代の詩經學を概說する中で、中唐から兩宋にかけての詩經學の特徴の一つとして、「前代の學者の陷った『詩を史に附し』(4) た牽强附會の議論から脫却して、詩それ自身に向き合いそれを受け止めるべきことを强調した（擺脫前人《附詩於史》的附會之談、强調對詩的獨立感受）(5)」と指摘し、また、「宋代の學者が力を盡くして歷史への牽强附會を排除し、詩經それ自體に向き合ってそれを受け止めるべきことを强調した時は、事實上詩經が經學上の意義から文學上の意義へと方向轉換を開始した時であった（當宋儒努力拂除歷史附會、强調對《詩經》的獨立感受時、實際上則是《詩經》由經學意義向文學意義轉變的起步）(6)」と述べ、宋代の詩經學が文學研究の性格を持っていたことを限定的ではあるが認めている。

ところで、詩經解釋學において、解釋が文學的であるというのはいったいどのようなことを指して言うのであろうか。

詩經學者がその有する「文學的感性」——大量の文學作品の讀書を通じて釀成された鑑賞力や批評眼、また、自ら詩人として創作經驗を積む中で養われた見識といったもの——を發揮して、詩經の詩篇を解釋・鑑賞する、それを指して文學性を持った詩經解釋であるというのは、理解しやすい事柄である。儒教の經典ではあるが、一面では文學的存在である詩經を解釋する時、學者の持つ文學的感性が重要な要素として働き、そこから數々の精彩ある經說が生まれたのは否定できない事實である。

ただし、「詩經解釋學の文學性」をこのように理解した場合、注意しなければならないことがある。それは、このような「文學的な詩經解釋」は、解釋者個人の文學的資質に強く依存するものであり、詩經解釋の方法論という形に昇華することが難しいという意味で、個別事例的な性格を強く帶びるものである、ということである。言うなれば、それは優れた解釋者達による目の覺めるような個人技に屬するものである。後の學者は、それを先行の經說の引用という形で取り込むことはできるにしても、そうした經說を發想する方法、詩篇を讀みとる祕訣を自身で體得し應用することは難しい。つまり、研究方法としての繼承・發展が困難なものである。したがって、文學的な詩經解釋がそのようなものに限られるとすれば、それは、詩經解釋史の中で不連續に偶發的に出現するしかないことになるのではないだろうか。

むろん筆者は、文學的な詩經解釋の一つの形としてこのような不連續で偶發的な現れ方が存在すること自體を否定するものではない。代々の學者による繼續的かつ漸進的な發展よりも、時として出現する強い個性と天才を兼ね備えた學者によって提示された奇矯なまでに斬新な學說が、時代の詩經學の相貌を一變させ、新たな局面に押し上げることも確かにあっただろう。

しかし、はたして文學的な詩經解釋はすべて、このような不連續に出現する個人技に限定されるのだろうか。それ以外に、連續性のある繼承可能な文學的な詩經解釋のあり方というものは存在しなかったのであろうか。詩篇を把握する上での基本的な視座として、あるいは解釋を行う上での基本的な方法的態度として、後學が學びとり應用することのできるような形に收斂された文學的詩經解釋はなかったのであろうか。いやむしろ、脈々と受け繼がれ育まれたそのような方法的態度が底流にあってそれを基盤とすることができたからこそはじめて、少數の天才が個性的な解釋を存分に展開することができた、というようなことはなかったであろうか。

筆者はこのような問題意識を持ちながら、歐陽脩の『詩本義』を見ていくうちに、そこにある志向性を持った解釋姿勢が存在することに氣づいた。それは、詩篇は詩の主內容だけではなく、それとは性格や位相の異なる事柄も詠うのであり、一篇の詩はそのような異質の要素の複合體として構成されている場合がある、という認識を持って解釋を進めるという姿勢である。彼のこのような解釋姿勢を考察することによって、宋代の詩經學者が文學的志向を有する新たな詩經解釋を進めるための原動力となったものを知ることができるのではないかと考える。

このような歐陽脩の議論は、いくつかの特徴的な用語を用いて行われることが多い。本章では、その中から「汎言」「汎論」という言葉を取り上げてみたい。

「汎論」とは「氾論」(7)「泛論」とも表記され、辭書に據れば、「廣く論述する」という意味であり、またマイナスの意味として「氣ままに議論する」という意味で用いられることもある。(8)後に見るように、『詩本義』でもそのような用法が見られる。しかし『詩本義』における「汎論」はこのような通常の意味用法とは別に、詩篇の新しい解釋を導き出すための概念としても用いられている。また、その同義語として「汎言」という術語もしばしば使われる。

それは、「一般論に抽象化して言う」「全般的に言う」と譯し得るような用法である。つまり、詩中で詠われている內容が、主內容に卽した具體的な事物・事件・狀況ではなく、より抽象化され一般化された言說であるという理解のしかたである。この概念を用いて詩篇の內容を說明することは、詩篇に詠われている內容は、主內容に卽した具體的な敍述・描寫と抽象的な言説との絡まり合いによって構成されるという認識を持っていたことを表す。この用語の機能・意義を検討することで、歐陽脩の解釋に見られる詩篇理解の特徴を知ることができ、またそこから、歐陽脩以後の詩經研究における文學的解釋の方法的態度を考える手掛かりを得ることができると思われる。

2　「抑」の詩

『詩本義』の中で、「汎言」「汎論」という言葉が最も頻繁に用いられているのが、大雅「抑」である。本章ではこの詩を例にして歐陽脩の詩經解釋において、「汎言」「汎論」という概念がどのような役割を果たしているかを考察する(9)。

本詩は、

「抑」の詩は、衞の武公が周の厲王を刺り、またそれによって自身を戒めたものである（抑、衞武公刺厲王、亦以自警也）

という小序を持つ長編の詩である。この小序には作詩の意圖が正しく述べられていると考える點では、歐陽脩の理解は傳箋正義と同じである。しかしながら、具體的な内容の解釋に關して歐陽脩は、傳箋正義が大きな誤りを犯していると批判し、獨自の説を提示する。彼は次のように言う。

この詩は、人間の善惡というのは、人ごとに定まっていて變わることのないものではなく、自ら修養を積めば哲人となり、さもなければ愚人となるということを一般論として述べている。作詩の意圖は確かに厲王が自ら修養することなく不善に陷ってしまったことを刺っているのだが、しかし、詩の言葉はおおむね哲人と愚人とを一般的に論じ、それによって自らを戒めるものである。思うに、本詩は全篇一般論を述べた言葉が多く、直接的に厲王を指した言葉は少ない。それなのに、毛鄭は一般論の言葉を厲王を刺った言葉と考えたところが多い……いずれも詩の本來の意味ではない（其詩汎論人之善惡無常在人。自脩則爲哲人、不自脩則爲愚人爾。其意雖以刺王不自脩而陷於不善、然其言大抵汎論哲人愚人、因以自警也。蓋詩終篇汎論之語多、指切厲王之語少。而毛鄭多以汎論之語爲刺王……皆非詩義也）

詩中には一般論を述べた部分と具體的な内容を述べた部分とがあるので、それを辨別することが肝要だと言う。それでは歐陽脩が考える一般論を述べた部分とはどのようなものであり、それは具體的な内容を述べた部分とどのような關係に立つのであろうか。歐陽脩の各章ごとの解釋の要點を詩句とともに見ていこう。首章・第二章について、彼は次のように言う。

抑抑威儀　　抑抑たる威儀は
維德之隅　　維れ德の隅
人亦有言　　人　亦た言ふ有り
靡哲不愚　　哲として愚ならざる靡し

［詩本義］人は外面はその容姿を謹直にすべきで、そうすれば、その擧動も罪惡に陷ることがなくなると一般論として言っている（汎言人當外謹其容止、則擧動不陷於過惡）

庶人之愚　　庶人の愚かなるは

亦職維疾　亦た職《もと》として維れ疾なり
哲人之愚　哲人の愚かなるは
亦維斯戾　亦た維れ斯の戾《つみ》なり

［詩本義］これは、人の善惡というのは自ら修養し愼重に身を處するか否かにかかっている、ということを一般論として述べ、それによって王を批判し勉勵しているのであるが、それとともに怠りゆるがせにしないようにと自分自身にも言い聞かせているのである（此雖汎論人之善惡在乎自脩愼與不脩愼、以譏王而勉之、亦以自警其怠忽也）［首章］

無競維人　競《つよ》きこと無からんや　維《こ》れ人
四方其訓之　四方を其れ訓《おし》ふ

［詩本義］また、人に強制してはいけない、すなわち自分一身の行いによって世の中を訓導せよ、それが天下を以て己の任と爲すということだ、それでこそ自分を高めようと努力する者と言えるのだ、ということを一般論として述べている（亦汎言莫彊於人、乃以一身所爲而訓道四方、謂以天下爲己任、可謂自彊者也[10]）［第二章］

［詩本義］この首章と二章が汎論で、以下の章からは、もっぱら厲王を刺る内容となる（一章二章皆汎論、下章乃專以刺王）

このように歐陽脩は、首章・第二章では、厲王の言動を取り上げて具體的な批判を展開しているわけではなく、萬人に適用される人間的眞理・道德的教訓を抽象的に示していると解釋する。そこで述べられるのは、第三章から始まる具體的批判の前提となるような道德的な一般論である。それは、抽象的な内容ではあるが、第三章からの具體的な敍述や描寫の方向性を暗示するものであり、一般論から具體的內容へという流れに讀者を誘う、いわば序曲のような役割を果たしていると、歐陽脩は考えるのである。

第十章・第十一章については次のように言う。

荏染柔木　荏染たる柔木
言緡之絲　言《われ》　絲を緡《を》にす
溫溫恭人　溫溫たる恭人は
維德之基　維れ德の基なり

［詩本義］人閒は必ずまず、その性質がどうであるかということを見極めなければならないと一般論として述べている（汎言人必先觀其質性之如何也）　［第十章］

其維哲人　其れ維の哲人は
告之話言　之に話言を告ぐれば
順德之行　德に順ひて之れ行ふ
其維愚人　其れ維の愚人は
覆謂我僭　覆《かへ》りて我を僭と謂ふ
民各有心　民　各おの心有り

［詩本義］さらに、このように哲人は教えることができるが、愚人は教えることができないものだということを一般論として述べている（又汎言哲人可教、愚人不可教如此）　［第十一章］[11]

［詩本義］この後十二章からは、厲王を刺る内容となる（其下章乃以刺王）

ここでもやはり、第十・十一章の一般論から第十二章以後の具體的内容という敍述の流れを、歐陽脩は見出している。以上をまとめれば、本詩の構成は、

汎言　　　　專刺厲王
一・二章――――三～九章
十・十一章――――十二章以下

となり、一般的教訓を詠った章と周の厲王を具體的に批判した章との組み合わせが前後に二つ竝んでいることになる。ここから歐陽脩が、詩には主内容に屬する具體的な描寫や敍述だけではなく、主内容から離れた一般論・抽象論が述べられている場合もあり、性格の異なるこの二者を正しく辨別し、詩におけるそれぞれの役割を把握しなければならないという認識を持っていたことがわかる。この認識は、詩の構成を明らかにすることと密接につながっているのである。

　それでは、このような認識を持たなかったために誤った解釋に陥ってしまったと、歐陽脩によって批判されている傳箋正義では、本詩をどのように理解しているであろうか。先に『詩本義』から引用した部分に對應する鄭箋・『正義』は以下の通りである。

［箋］今、王の政治は暴虐であるため、賢者はみな僞って愚者のふりをし、容貌を整えず、まるで不肖の人間のようである（今王政暴虐、賢者皆佯愚、不爲容貌、如不肖然）

［正義］古の賢人は、「無道の世には、愚者のふりをしない哲人は一人たりとていない」と言った。當時の賢者哲

人がみな威儀を自ら損ない、僞って愚人のふりをしていることを言う（古之賢人有言曰、無道之世、無有一哲人而不爲愚者。言當時賢哲皆故毀威儀、而佯爲愚人也）　［首章］

［箋］大衆の性質は無知であり、愚であることがほとんどである。賢者でありながら愚となるのは罪せられるのを怖れてのことである（衆人性無知、以愚爲主、言是其常也。賢者而爲愚、畏懼於罪也）

［正義］今、哲人がこのような愚かな様子をしているのは、やはりただ、時世によって罪科を被ることを怖れてのことなのであり、もともとの性質がそうなのではないのである。王が殘酷暴虐であり、罪のないものをみだりに罰しているので、故に賢哲の人はみな愚者を裝っている。王の暴虐が甚だしいことを言う（今哲人之爲此愚、亦維乃畏懼於時之罪戾、非性然也。由王酷虐、濫罰無罪、故賢哲之人皆佯爲愚病。言王虐之甚也）　［首章］

［正義］毛公は、これより前の部分では、賢者が用いられず、容儀を損なって愚者のふりをすることを詠っており、ここでは賢者を用いて容儀を愼ませるべきことを詠っていると解釋する……王はこのようにすべきであり、賢者を棄てて用いず、民の模範とすべきものが存在しないような状況を作ってはならないことを言う（毛以爲上言賢人不用、毀儀佯愚、此言宜用賢者使之愼儀……言王當如此、不得棄賢不用、使民無所法也）　［第二章］

傳箋正義の解釋は、首章・第二章の内容をいずれも一般論とはとらず、周の厲王の暗愚とそれに由來する事態が詠われていると解釋する。すなわち、主内容に屬する個別的狀況・具體的敍述であると考えるのである。

傳箋正義と歐陽脩の說の違いが端的に表れているのは、「靡哲不愚」の解釋である。歐陽脩はこの句を「どんな賢哲であっても心構えいかんによっては——愼重に身を修めなければ——墮落して愚者になる可能性がある」と解釋し、萬人に當てはまる教訓と解釋する。それに對して傳箋正義は、「厲王の治下の賢哲はすべて、無實の罪に陷れられることを怖れて愚者のふりをして嵐をかわそうとしている」と解釋し、あくまで暴虐を奮った厲王の統治下という特異な歷史的狀況下で起こった個別的な出來事を詠ったものだと解釋する。兩者の解釋のいずれが正しいかは問わない。しかし、歐陽脩の解釋が「哲として愚ならざる靡し」という詩句から直に導き出されるものであるのに對して、傳箋正義の解釋は「哲として愚な〔るをいつわ〕らざる靡し」と、字句の背後に隱された意味があると想定してはじめて得られるものである。したがって、解釋上の操作が必要とされる——それだけより屈折した——解釋ということができよう。

次に、後半部分を檢討しよう。

〔正義〕前の部分では王に德行を行わせようとしたと詠われていた、この部分では王は教えることができない……これは民の賢愚がおのおのその本來的な心によるものであると言う。王には導くべき本性がないから教えることができないことを言う（上既教王行德、此言王不可教……是爲民之賢愚各自其有本心、言王無本性不可教也）

〔第九章、歐陽脩の分章では第十章・十一章〕

この第九章（歐陽脩の分章では第十・十一章）の解釋は、第一・二章ほどのきわだった特徵は見せない。しかし、傳箋正義の解釋では、この章の表面上の意味の裏に厲王に對する具體的な非難の意味が隱されていると考えており、首・第二章と同樣、章の內容を厲王という歷史上の一個人と結びつけて解釋しようとする傾向が強い。その點から言えば、その前後の章の厲王に向けての具體的な非難・教戒と同じ位相に竝ぶもので、同じく主內容に屬する敍述だということができる。歐陽脩が、一般論を述べた章と考えて前後から切り離し、獨立した意義を認めているのとは、やはり差違がある。

以上のように傳箋正義は、本詩の全篇が、厲王の暴政についての具體的な敍述とそれに對する批判で占められている、つまりあくまで一回的で特異な歴史的出來事を訴えるのに終始していると考えるのである。全篇の内容が主内容から離れることがないと考えるので、讀み取った詩篇の構造は單純である。このように見ると確かに歐陽脩が指摘するように、傳箋正義には、詩中に具體的敍述とは別に人閒的眞理や道德的教訓のような一般論が詠われることもある、言い換えれば一篇の詩の中には性格・次元の違う内容が複合的に存在することがあるという認識が乏しい。少なくとも、そのような認識を驅使して詩篇の解釋を行うという自覺的な態度は存在しない。

兩者の解釋態度の差違を象徵するのが、『詩本義』における「汎言」「汎論」という語およびそこに込められた認識の有無である。歐陽脩の解釋において、「汎言」「汎論」は、傳箋正義が詩の主内容である歷史的一回性を帶びた特殊な狀況として解釋した語句を、人閒全體に當てはまる教訓に昇華して解釋するための概念裝置として機能し、本詩の文學的な構成を演出している。歐陽脩にとって詩篇の新たな解釋を可能にするための重要な認識であったということができる。

ところで、歐陽脩の解釋では、一般論を述べた部分が二箇所に配置されることによって、本詩は大きく前半と後半とに分かれていることになる。前半と後半で描かれる内容にはどのような違いがあるだろうか。このことを考える手掛かりとして、本詩の内容についての歐陽脩の見解を述べた「本義」の部分に散見する、各章の内容を總括している語に注目したい。それらを列擧することで、歐陽脩が本詩にどのような流れを見出していたかがわかるからである。まず、前半について見てみよう。

第三章・第四章　刺王
第五章　教王
第六章～第八章　戒王

前半はこのように、王の失政を「刺り」現狀批判をした上で、王にあるべき行いを「教え」「戒める」という流れになっており、理路整然とした批判および教戒の言辭によって構成されている、と歐陽脩が考えていたことがわかる。本詩の作者にして主人公（厲王に卿士として仕えた衞の武公）[12]も、この段階では自分の感情を露わにすることなく冷靜な建言者・助言者の立場に身を置いている。その分、武公の人閒性も詩句からそれほどは立ち現れては來ない。

それでは、本詩後半には歐陽脩はどのような流れを見出しているであろうか。「本義」から各章の内容を要約した部分を取り出してみよう。

〔第十二章〕厲王が人の教えを受け入れ反省することができないことを刺りつつ、武公が自らを悔いている……武公は自らを悔いた後、さらに自らを慰めている……——たとえ私がそれが意味があるかどうかもわからないのにやみくもに王を教導しようとしたと言われたとしても、しかしながら私は卿士であり、王を支え助けなければならない身、やみくもに教えたからと言って、それが誤りだというわけではない——と（刺王之不可教告而武公自悔也……武公已自悔而又自解也……假使我未知可否而遽教告王、然我爲卿士、當扶持王、雖遽教之不爲過也）

〔第十三章〕武公はこのような時世に生まれ合わせてしまったことを自ら悲しんでいる。……たとえ、私がこんな困難があると知らずに、王を教導しようとしたと言われたとしても、しかしながら私は年老いた身體、今この時に言わなかったとしたら、おそらく後になったら、ついに死んでしまい、もはや言うことはできなくなってしまう（武公自傷丁此時也……使我不知如此之難而教告王、然我亦老矣、今而不言、恐後遂死而不得言也）

〔第十四章〕王を見捨てて、教導しないでいるに忍びない。私というこの人閒がかく告げたことは、私のでたらめの言葉などではなく、みな實際に起こった古い出來事に基づいたものなのである。願わくば私の言うことを聞き入れてほしいものだ、そうすればなお後々大きな後悔には至らずにすむものを。……〔最後の詩句は〕天が民を愛し、必ずや王に罰として災禍を降すであろう、ということである（不忍棄王而不告也。言我小子所告爾者、非我妄言、皆據舊事之已然者、庶幾聽我、猶可不至於大悔也。……言天愛民、必降禍罰於王也）

ここには、厲王に對する批判と同時に、それとは異なる要素が現れている。それは、作者＝主人公武公の横溢する感情である。武公は前半の、理路整然とした教戒の言葉を冷靜に說くという態度から一變して、王への進言が無意味なことであったと後悔し、無力感を感じている。そしてそのような後悔と無力感を抱えながらもなお、王に進言せずにはいられない、強い使命感を吐露している。そこに表れた武公の心情は、北宋の士大夫たちの使命感、すなわち政治に對する強い責任感を彷彿とさせるものである(13)。第二章の解釋の中に、「天下を以て己の任と爲す（以天下爲己任）」という言葉があったが、これは范仲淹に代表される宋代士大夫の理想のあり方を表す言葉として、しばしば用いられるものである(14)。つまり歐陽脩は、武公を自分たち士大夫の理想を體現した人物として捉え、本詩をそのような武公が眞情を吐露したものとして理解しているのである。

このように後半部分には、作者＝主人公の大きな感情の振幅と強烈な自己主張とが詠われていて、作者＝主人公の人間像もきわめて鮮明なものになっている。全篇を通して見ると、歐陽脩は本詩を、單なる政治批判、教訓に止まらず、厲王の暴政を道德的・政治的な見地から諫めると同時に、暗愚な王に忠義を盡くさなければならない大きな苦惱を抱えながら、それでも抑えることのできない使命感によって行動せずにはいられない、知識人の人間像を描く詩として解釋しているのである。このことを歐陽脩の解釋行爲を主として言い換えるならば、彼は本詩の中に宋代知識人の理想像を發見している――むしろ、解釋を通じて宋代知識人の理想像を創出している、と言うべきであろうか――のである。

以上のような歐陽脩の解釋は、傳箋正義とはきわめて對照的である。傳箋正義による本詩の流れは以下の通りである。

[正義] 賢哲の人がみないつわって愚者のふりをする。王の暴虐が甚だしいことを言う（賢哲之人皆佯爲愚病、言王虐之甚也）　[首章]

[正義] 王は……賢者を棄てて用いず、民の模範が存在しないようにしてはいけない（王……不得棄賢不用、使民無所法也）　[第二章]

[正義] 王が賢者を用いず、小人と享樂に耽ることを責める（責其不用賢者、而與小人荒耽）　[第三章]

[正義] さらに前の章に加えて王を責める……今や王は次第に滅亡へと歩んでいる。さらに羣臣に告げて自らも警戒している（又乘而責之……今王漸漸將致滅亡也。又告語羣臣以自警戒）　[第四章]

[正義] 卿邑の大夫および邦國の君を戒め……臣下を戒め終わった後さらにまた王を諫める（又戒卿邑之大夫及邦國之君……既戒臣事畢又復諫王）　[第五章]

[正義] 王に命令を愼重に行い、民の模範となり、順當な道を踏み行い、子孫の基となるように勸めている（勸王使愼教令爲下民之法、施順道爲子孫之基也）　[第六章]

[正義] 王が友とする者は不忠である（王朋友不忠〈「忠」もと「思」に作る。挍勘記に據って改める〉）　[第七章]

[正義] 王がもし善なる道を民に施せば、民はきっと善い行いによって王に報いるだろう……王后が本來徳がないのにあるふりをし、自ら差し出がましく政治に口出しをしている（王若以善道施民、民必以善事報王……王后本實無徳而爲有徳、自用橫干政事）　[第八章]

[正義] 前の章では王に徳を踏み行うように教えているが、ここでは王は教えるに値しないと言う（上既教王行徳、此言王不可教）　[第九章]

［正義］この章では重ねて王が教えるに値しないという（此又言王不可教）　［第十章］
［箋］王は自ら好き勝手をし、忠臣を用いないと訴える（愬其自恣、不用忠臣）　［第十一章］
［正義］前の章から、王を諫める氣持がここでは極限に達し、諫める氣持を自ら言って本詩を結ぶ（自上以來、諫王之情已極於此、自言諫意以結之）　［卒章］

傳箋正義の理解に據れば、本詩は基本的に全篇「王を責める」「王を諫める」言葉に終始しており、主君への批判と教導から内容が發展することがない。王に對する批判の中にも賢者を用いることができないということのほかに、民に善道や恩德をもって對しないなどの他の要素が混在している。しかも、間に、王に向けてではなく王の臣下に對する忠告や王后に對する批判、および「王は教えることができない」という教導を放棄するような言葉が、前後の章と關連性を持たないまま插入されている。詩篇から一貫した流れを發見しようという配慮は明らかに薄い。故に單調で擴散的な詩ということになる。

また、傳箋正義の解釋には、作者＝主人公の感情の大きな振幅もなく、強い政治的な使命感を持った人間像も現れない。(15) 現れるのは、過酷な政治の荒波の中でいかにわが身を守るかに腐心する人物であり、むしろ環境に對して受動的な印象が強い。これと比べるならば、歐陽脩の解釋の斬新さが、精緻な構成のもとに展開されるダイナミックでしかも合理的な詩の流れを見出し、そこから印象深い作者＝主人公の存在を浮かび上がらせたことにあることがわかる。つまり、歐陽脩は本詩が詠っているのが何なのかという關心に止まらず、それをどのような人物がどのように詠っているかについて強い關心を持っている。すなわち、內容だけではなく表現のあり方を、解釋を通じて明らかにしようという意志を感じることができるのである。

ところで、詩の表現という視點から振り返れば、歐陽脩の解釋では、本詩前半（冷靜な批判と教戒）と後半とで詠われている內容（作者＝主人公の感情の橫溢）が大きく異なる。このような內容の異質性を抱えながら、なお一篇の詩として成立するためには、異質な內容に有機的なつながりを持たせ、一連の流れの中で融合させるような仕掛けが存在しなければならない。その役割を擔っているのは、つまり、前半から後半への內容的な大きな變化を結節する役割を擔っているのは何であろうか。歐陽脩は、第十章・第十一章を解釋して次のように言っていた。

人間は必ずまず、その性質がどうであるかということを見極めなければならないと一般論として述べている。さらに、このように哲人は教えることができるが、愚人は教えることができないものだということを述べている

ここで、前半部分で展開された具體的な敍述から一般論に移行していることが注目される。それによって、前半の敍述の完結性が強まっている。それとともに、厲王に對する事細かな教戒を受け止めて、「愚人は教えても甲斐ない」という世の習いを提示することで、前半で縷々述べられた武公の苦勞が實を結ばないだろうという結末を暗示しつつ、おもむろに讀者の興味の方向を轉換させている。その意味で、後半の序曲的な役割を果たしている。九章に及ぶ前半の敍述に續けて、武公の心理を具體的に表白した內容に直截に移るのではなく、このように汎言＝一般論を述べる章を介在させたことは、詩をスムーズに方向轉換させるのに有效なクッションとなっている。

このように考えると、本詩は前半・後半ともに具體的な敍述に先んじてそれを導くために一般論を前置することによって、內容の分節とその連結を自然に實現している。すなわち、歐陽脩は二つの「汎言」「汎論」を發見することによって、精緻な構成のもとダイナミックな解釋を行うことができたのである。先に、歐陽脩の解釋態度には、詩がどのように詠われているかに對する關心があることを指摘したが、それを構成・レトリックの側面から解明するために、「汎言」「汎論」という認識が缺くことのできない役割を果たしていることがわかる。

3　『詩本義』中の「汎言」「汎論」のその他の例

『詩本義』の中には、「抑」の他にも何篇かの詩の解釋について、「汎言」「汎論」の語を使って、詩句に詠われたことがらを一般論として解釋している例を見ることができる。本章では、これらを検討し、詩句を一般論として理解することが、歐陽脩の詩經學にとってどのような意義を持っているのかをより詳しく考えていきたい。

王風「丘中有麻」は、「丘中有麻は賢を思ふ。莊王不明にして賢人放逐せらる。國人之を思ひて是の詩を作る也（丘中有麻思賢也。莊王不明、賢人放逐。國人思之而作是詩也）」という詩序を持つ。各章の初二句は以下の通りである。

丘中有麻　丘中に麻有り
彼留子嗟　彼の留の子嗟《しさ》なり[16]　［首章］

丘中有麥　丘中に麥有り
彼留子國　彼の留の子國なり　［第二章］

丘中有李　丘中に李有り
彼留之子　彼の留の子なり　［卒章］

傳箋正義は、各章に現れる「留」を、周の大夫であった氏族の名とし、[17]「子嗟」を莊王に仕えていた留氏の賢者、[18]「子國」を子嗟の父親、[19]「留の子」を留氏のある人物、と考える。そして、彼ら留氏の人びとは代々賢者ぞろいであった[20]のだが、周の莊王という暗愚な君主に疎まれ、朝廷から追放されてしまった[21]のを、人びとが悲しんでいると考えるのである。

この解釋を歐陽脩は、

一、『春秋』『史記』といった史書に、周の莊王の時に留氏という氏族があったという記録がないことから考えて、「留」を氏族名ととるのは誤りである。(22)

二、子嗟一人ならばともかく、一族あげて放逐されるということは、常識的に考えにくい。(23)

という點から批判した上で、「子嗟」「子國」という人名は、特定の個人を指して言ったものではないと考える。

「子嗟」「子國」というのは、當時の賢人の字である。一般化して言ったものである（子嗟子國當時賢士之字。汎言之也）

すなわち、この詩は留氏のごときある特定の一族の個別的な事件を詠ったのではなく、當時多くの賢者が放逐されたことを詠ったのだと考える。(24)本詩の歌う内容は、歴史上のある個人の身に起こった出來事に限定されるものではなく、當時、暗愚な主君に仕えた賢者ならば誰でも遭遇したかも知れない狀況を世の習いとして詠ったものであり、「子嗟」「子國」はここでは賢者の代名詞のように用いられているに過ぎないと考えるのである。

歐陽脩は本詩を次のように解釋する。

周の莊王の時、賢人は放逐され、退いて丘壑の中で生活した。國の民は彼のことを思い、痲や麥の類が丘の中に育っていたら、それらが有用であるというので、いずれも人に收穫される。それなのに、あの子嗟や子國のように賢い人々だけが、丘壑のうちに留められたまま、官僚として取り立てられることがないとは、と考えるので

ある（莊王之時賢人被放逐、退處於丘壑、國人思之、以爲麻麥之類、生於丘中、以其有用、皆見收於人。惟彼賢如子嗟子國者、獨留於彼而不見錄）

歐陽脩は、漢唐詩經學が本詩を歷史上に實在した特定の個人および一族に關連づけて解釋するのに反對して、「子嗟」「子國」は、歷史的な實在性を捨象された、すなわち實態を持たない名前にすぎない、と考える。このように考えることで、本詩の内容が特殊な歷史的狀況下で起こった個別的な事態に限定されるのではなく、時代・場所・人間に限定されず、ごく普通に起こり得る世の習いのようなものである、という性格が強まっている。つまり、詩の内容を抽象化することによって、本詩の訴えの普遍性も增している。ここでも、「汎言」という考え方を解釋に導入することで、傳箋正義がとらわれていた、詩篇の内容が歷史的實在性に卽していなければならない、という認識の枠から脫却している。(25) この詩においても歐陽脩は、「汎言」という概念を持ち得たことで、解釋の可能性を大きく廣げることができたのである。(26)

大雅「桑柔」においても、「丘中有麻」と同樣の思考を見ることができる。「桑柔」第二章、

四牡騤騤　四牡《しぼ》　騤騤《きき》たり
旟旐有翩　旟旐《よてう》　翩《へん》たる有り
亂生不夷　亂　生じて　夷《たひら》がず
靡國不泯　國として泯《ほろ》びざる靡《な》し

について、鄭箋は、

軍の大部隊が征伐に出て久しいのに、反亂は日々に生じて平定されることが無く、國という國がすべて滅ぼさ

れてしまう。王がふさわしい時に兵を用いることが無かったので、反亂軍の暴虐が長く續くということを言うのである（軍旅久出征伐、而亂日生不平、無國而不見殘滅也。言王之用兵不得其所、適長寇虐）と言う。やはり、詩に歌われていることが當時（周の厲王の時世）實際に起こった事件だと考えて解釋を行っている。これに對して歐陽脩は、そのような事實があったことは史書に照らして確かめられないので、鄭玄の說は誤っていると結論した上で次のように言う。(27)

　これらは、臣下や民衆が苦勞する言葉である。暴虐な政治が行われ、臣下や民衆が苦勞して休む暇もなければ、災いや反亂が日々に生じ、平定されることもかなわない。滅亡へと至らない國というのはない。民百姓がどんなに多くても、みな灰燼に歸することになる。……これらは暴虐な政治が害を及ぼし、國という國は滅び、民という民は全滅してしまうことを一般論として言う。そのように述べた上で、哀王の政治や行いがこのように急激で嚴しいことを嘆いているのである（此臣民勞苦之辭也。暴虐之政、臣民勞苦不息、則禍亂日生、而不可平夷。無國不至於泯滅。民人雖衆、皆爲灰燼矣。……此汎言暴政之爲害、有國必滅、有民必盡。既則歎嗟哀王爲國所行之道、方頻急如此也）

ここでも、まず世の習いを一般論として提示して、その後にある特定の歴史的狀況を詠う、一般論→具體的內容、という構成が見られる。これは、前章で檢討した「抑」の敍述の流れと共通する。歐陽脩の詩經解釋において「汎言」「汎論」が、詩の構成を捉え直すための概念裝置となっていることが再確認できる。

　この他にも、小雅「伐木」において歐陽脩は、

　文王を詠ったこの詩は、およそ人はみな友あってこそ一人前になるということを萬人の教えとして言おうとしている……（且文王之詩、雖欲汎言凡人須友以成……）

と言って、この詩が一般的な教訓を詠っているものだという認識を示している。これに對する傳箋正義には「汎言」という言葉は見えない。これは、詩が一般論を詠うこともあるという認識を傳箋正義が自覺的には持っていないのに對し、歐陽脩はそのことを認識し、しかも解釋のための方法的概念として自覺的に用いているということを表すものである。

以上のように、歐陽脩は「汎言」「汎論」を、漢唐の詩經學にあった、史實に基づけた解釋という枠組みから脫却するためのレトリックとして積極的に用いている。(28) このレトリックは、詩が複數の位相の錯綜から成立している場合があるという、詩の構成についての認識から生まれたものであり、これを自覺的に用いることによって、解釋の可能性を大きく廣げることができたということができる。

4　『正義』における「汎言」「汎論」

歐陽脩の「汎論」「汎言」という概念は詩經解釋學史上、どのような意義を持つのだろうか。このことを考えるため、歐陽脩以前に、「汎論」「汎言」が、どのように使われているかを調べてみよう。(29)

「汎論」という言葉は、『毛詩正義』中に二例ある。一つ目は、小雅「大東」小序、

「大東」は、亂を刺る詩である。東國は賦役に苦しみ民の財産を損なうことになった。譚の國の大夫は、國の疲弊を周王に告げようとして、この詩を作ったのである（大東、刺亂也。東國困於役而傷於財、譚大夫作是詩以告病焉）

に對する『正義』で、次のように言う。

詩序が本詩の作者を「譚國の大夫」と呼んでいるのは、周王の朝廷と區別しようとしたためである。普天の下、王臣にあらざるはないのに、詩序がこのように區別しなければならないと思ったのは、本詩が主に譚國に勞役の苦勞が偏ってかけられていて、西方の人々は優遇され安逸を樂しんでいて、そのため、〔「東人の子は、職《もと》として勞すれども來《いた》はられず。西人の子は、粲粲《さんさん》たる衣服（東人之子、職勞不來。西人之子、粲粲衣服）」という〕彼我を對照させる言葉が詩中にあるので、故に區別しなければならないと考えたのである。本詩は譚國について作られたことが明らかであるが故である。もし當時の世情を全般的に論じようとするならば、このような區別は必要ない。小雅「小明」の詩は大夫が亂世に出仕したことを悔いる詩で〔天下全體に當てはまる状況を詠った詩で〕ある[30]。こちらの詩の作者は「牧伯の大夫」[31]で〔「大東」の作者、譚國の大夫と同樣の立場で〕あるのに、詩序にはその國の名を擧げない[32]のは、そのためである（譚大夫者以別於王朝也。普天之下莫非王臣、必別之者、以此主陳譚國之偏苦勞役、西之人優逸、是有彼此之辭、故須辨之。明爲譚而作故也。若汎論世事則不須分別。小明大夫悔仕於亂。彼牧伯大夫不言其國是也）

本詩が譚國一國の状況を詠ったものであり「汎論」ではないと説明している。ここではある一地方の状況と對比して、天下全體の状況を詠うことを「汎論」と言っている。『詩本義』に見られたように、具體的な状況と對比させて一般論を指したものでも、歴史的に實在した人物と對比させて歴史性を持たない代名詞的な用法として人名を指したものでもない。

もう一例は、大雅「蕩」の第二章、

文王曰咨　　文王曰く　咨《ああ》
咨汝殷商　　咨《ああ》　汝《なんぢ》　殷商

の箋、

周の厲王は臣民が自分を批判するのを禁止した[33]。本詩の作者召穆公は朝廷に仕える臣下であったので、厲王の悪を名指しで言うわけにいかなかった。故に、歌い出しに周の文王が殷の紂王を嘆いたことを述べて切實に厲王を批判したのである（厲王弭謗、穆公朝廷之臣、不敢斥言王之悪、故上陳文王咨嗟殷紂以切刺之）

に對する『正義』に、次のように言う。

大雅「民勞」もまた本詩と同様召穆公が作った詩であり、いずれも〔厲〕王の悪行を明らかにしたものである[34]。ところが、この「蕩」の詩篇だけが時の王に對する批判が禁じられたことを怖れて、直接厲王のことを述べていないのは、「民勞」の詩は王の悪行を漠然と述べ、王が中國に恩恵をもたらし四方を安んじてくれるのを願っているからには、その悪は深くないため、〔いにしえのことに〕假託する必要がなかったのである。一方、「蕩」の方は王が凶暴で、まさに滅亡に瀕しているにもかかわらず、大聲でわめき酒色に溺れ沈湎し、晝も夜もない生活を送っていると述べ立てている。その言葉は切實なものなので、だから、文王の言葉に假託したのである（民勞亦穆公所作、皆斥王悪。此篇獨畏弭謗、不斥言者、民勞之詩汎論王悪、欲王惠中國以綏四方、其悪非深、不須假託。蕩則陳王凶暴、將至滅亡、號呼沈湎、俾晝作夜。其言既切、故假文王）

これは、「蕩」と「民勞」とがいずれも同じ作者によって同じ對象を刺るために作られたものでありながら、「蕩」が周文王の殷紂王批判に假託しているのに對して、「民勞」が厲王を直接批判しているのは、「民勞」の批判が切實なものではないから、婉曲な表現をする必要がなかったためであると言う。それを指して、「民勞」の批判は「汎言」であると言っている。したがって、これも『詩本義』の用法とは異なり、「漠然とした」という意味で使っていると考えられる。

以上のように、傳箋正義においては、「汎論」は具體的な敍述と對置される抽象化された言説を指す用語として、使われていない。したがって、「汎論」を詩經解釋において詩篇の重層的な構造を表すための方法的概念として本格的に導入したのは、歐陽脩に始まると考えることができる。

5　後の詩經學への影響

前章で見たように、「汎言」「汎論」という概念は北宋以前にはその用例は少なく、特に詩經解釋の分野について言えば、歐陽脩以前には解釋に關わる概念としてほとんど存在感を持たなかった。それに對して、歐陽脩以後の詩經學の著述においては、「汎論」「汎言」という術語は頻出する。[35] 本章では、それらを検討してみたい。

まず、歐陽脩が「汎言」「汎論」という概念を用いて行った解釋が、彼の後の詩經學に繼承されているか確認しよう。南宋・戴溪『續呂氏家塾讀詩記』[36]巻三に、大雅「抑」について次のように言う。

> 「抑」の詩は、かつ勸めかつ戒め、その言葉は緩やかである。卒章の言葉は切實である。首章では人閒たるものの必ず畏怖されるような威儀を内なる徳の外面的な表れとして持たなければならず、そうしてこそ他の人はあえて逆らうことなく抑抑として謙遜な態度でへりくだるのである、ということを一般論として言う。……第二章はみな天下を治める道として當然すべきことを一般論として言う。第三章「其れ今に在りて（其在于今）」から「淪《りん》胥《しょ》して以《とも》に亡ぶこと無かれ（無淪胥以亡）」までは、實際の事柄を取り上げて戒めている（抑、且勸且戒、其辭緩。末章之辭切矣。首章泛言人必有威儀可畏爲徳之隅、然後人莫敢犯抑抑謙下也……二章皆泛言治道之當然也。三章自其在于今以

下至無淪胥以亡指實以戒之也）

戴溪は本詩第一・二章では一般論が述べられ（「泛言……」）、その後の章で厲王の時世の具體的狀況および厲王に對する具體的な教戒の言が述べられている（「指實以戒之」）、と考える。一般論→具體的內容、という流れに沿った理解がなされており、これは第2節で檢討した歐陽脩の理解と同じである。「汎言」「汎論」に基づく歐陽脩の解釋が、後世に確かに繼承されている例である。(37)

「汎言」「汎論」という考え方は、單に經說の引用という形でのみ繼承されたわけではない。宋代詩經學の完成者とされる朱熹の『詩集傳』では、小雅「車攻」の詩の流れについて次のように言う。

首章では、周の宣王が今まさに東都洛邑に赴こうとすることを全般的に詠う（首章汎言將往東都也）

第二章では、具體的に宣王が東都洛邑の畿內にある圃田に田獵に赴こうとすることを指して詠う（此章指言將往狩于圃田也）

第三章では、東都洛邑に到着して車徒を選拔して田獵を行うことを詠う（此章言至東都而選徒以獵也）

第四章では、諸侯が東都洛陽に集まって宣王にお目通りすることを詠う（此章言諸侯來會朝於東都也）

第五章では、諸侯が會同し終わり、田獵を行うことを詠う（此章言既會同而田獵也）

第五章では、田獵を行い、その弓射の腕前、御車の腕前の素晴らしさを發揮することを詠う（此章言田獵而見其射御之善也）

第六章では、田獵を終えるまで嚴正に事が行われ、捕獲した獲物を均等に分け與えることを詠う（此章言其終事嚴而頒禽均也）

卒章では、宣王の田獵の一部始終をまとめて述べ、それを深く褒め讃える（此章總序其事之始終而深美也）

本詩は周の中興の英主宣王が東都洛陽郊外に諸侯を會同させ、田獵を行ったことを褒め讃えるものであるが、(38)朱熹の解釋では、その一部始終が、各章ごとに時系列に沿って整序化されている。これに對して、傳箋正義の解釋では本詩各章は時系列に沿って竝んでいない。本詩小序の『正義』に次のように言う。

> はじめ三章は、まず田獵の意圖を傳える。首章は諸侯を會同させる意圖を傳える。第二・三章は、田獵を行う意圖を傳える。だから、「駕言」（二章）とか「搏獸」（三章）といっているのは、いずれもそうしようという意志を傳えているのであって、この時點ではいまだ實行してはいないのである。第四章では、東都洛邑に到着し、諸侯がやってきて會同したことを言う。第五章では、田獵が終わった後、王が捕え殘した獲物を射ることを言う。第六・七章は田獵のことを言う。卒章は總括して贊嘆贊美する。（上三章先致其意。首章致會同之意。二章三章致田獵之意、故云駕言搏獸、皆致意之辭、未實行也。四章言既至東都、諸侯來會。五章言田罷之後、射餘獲之禽。六章七章言田獵之事。卒章摠歎美之也）

この解釋では、王の田獵の樣を詠う第六・七章に先んじて、第五章で田獵が終わった後のことが詠われていて、時間的な逆轉が起こっている。なぜこのような詠われ方をしているのか、『正義』は次のように説明する。

> 王が捕え殘した獲物を射て分けるというのは、田獵が終わった後のことであるのに、田獵に先だってそのことを言うのは、餘獲を射るのは諸侯羣臣が行うことであるので、そこで前の第四章で諸侯がやってきて會同したことを詠っているのに因んで、そのままそれに續けて述べたのである。臣下の行うことをまとめて竝べたのである（班餘獲射在田獲之後、而先田言之者、以射是諸侯羣臣之事、因上章諸侯來會而卽説之、令臣事自相次也）

つまり、まず臣下の行爲をまとめて述べてから、その後で王の行爲の敍述に移っているのだと説明している。本詩の構成には、時系列と君臣の別という禮制秩序との二つの異なる論理が混在していると考えるのである。このような複雜な說明を必要とする解釋と比較するならば、朱熹の解釋が平易で自然な論理に基づいていることがわかる。

ところで朱熹の解釋では、首章と第二章とでいずれも出發前の狀況が詠われている。時間的にはこの二章は重複していることになるが、その性格の違いを、朱熹は首章は「汎言」――宣王が東行しようとしていることを漠然と詠ったもの――、二章は「指言」――この度の東行が諸侯を會同して田獵を行うためにするのだと目的を明示して詠ったもの――と說明する。これによれば、一章から二章にかけて、漠然とした敍述から明確な情景へと焦點が絞られていくことになる。始めから具體的な敍述に入るのではなく、讀者の視點・關心をおもむろに誘導しようとしていると考えており、作者の讀者に對する働きかけに注意を拂った解釋になっている。また、首章で具體的な內容に入らない敍述を置いたことは、本詩の最後に事柄の一部始終を全體的に述べる章が置かれていることとちょうど呼應して、詩の構成を均整の取れたものとしている。これもやはり、一般論→具體的內容の流れによる理解である。詩から合理的な構成を讀み取る上で、「汎言」という概念が役立っていることがわかる。

「汎言」「汎論」は、學派・詩經觀の違いに關わりなく用いられている。周知の通り朱熹は、漢唐の詩經學の根幹として絕大な權威を有していた詩序を廢して獨自に作詩の意を考察したが、彼とは逆に詩序を尊崇するという意味で漢唐の詩經學の傳統を認める立場に立つ程頤・呂祖謙においても、「汎言」「汎論」による詩篇理解を見ることができる。一例として、大雅「皇矣」の首章を擧げる。

皇矣上帝　皇いなるかな　上帝
臨下有赫　下に臨むに赫たる有り
監觀四方　四方に監觀し

求民之莫　民の莫《さだ》まらんことを求む
維此二國　維れ此の二國は
其政不獲　其の政　獲ず
［傳］「莫」は、定まるという意味である（莫、定也）

鄭箋と『正義』の解釋は以下の通りである。

［箋］おおいなるかな、天の天下を見そなわす様は、赫然としてはなはだ明らかである。殷の紂王が暴慢で世を亂しているので、そこで、天下の多くの國を觀察して、民が安定するものを求めた、つまり、民が歸服すべきものを言っているのである（大矣、天之視天下、赫然甚明。以〈もと「以」無し。挍勘記に據って補う〉殷紂之暴亂、乃監察天下之衆國、求民之定、謂所歸就也）

［正義］殷の紂王が暴虐なのを知り、民が安定した生活を送ることができないでいるので、彼らを安定させようと努め、そこで天下四方の多くの國を注意深く見て觀察し、善なるものを選んで、そのもとで民が安定できるものを求めようとする。聖人を君主にして、民衆を安定させたいと欲したことを言う（知殷紂之虐、以民不得定、務欲安之、乃監視而觀察天下四方之衆國、欲擇善而從以求民之所安定也。言欲以聖人爲主、使安定下民）

殷の紂王の暴政のため天下が混亂しているという危機にあって、天がその狀況を打開するために新しい君主を天下から捜そうとしている、と解釋している。詩が全篇特定の歷史的狀況についての敍述から成り立っていると考えられているので、詩篇は單純な構造を持つことになる。

これに對して、『呂氏家塾讀詩記』が引く程頤の說は以下の通りである。

これは、天は民衆を助けて、彼らに主君を與え安定した生活を送られるようにさせるものであることを一般論として言う。ただこの二國だけがまつりごとによろしきを得ない（此泛言天祐下民、作之君長、使得安定也。維此二國其政不獲）

程氏と箋・『正義』は、本詩の構想の把握のしかたに違いがある。程氏は、初四句で天の本來のあり方をまず述べ、それに續く二句でそれに悖った二國が存在すると逆說的に述べていると解釋する。つまり、天の一般的あり方――それに悖る具體的狀況という流れで、現今の狀況の異常さを際だたせていると解釋するのである。傳箋正義の解釋に比較すると、詩が重層的な構造を持っていると考えられていることがわかる。この兩者の違いをもたらしているのが程頤[39]における「泛言」という概念による詩篇理解である。つまり、これは先に歐陽脩について考察した例と一致する。

この他にも、「汎言」「汎論」という概念によって、詩篇の構造を重層的に解釋している例は多い。以下に、その代表的な例をいくつか掲げる。

①南宋・嚴粲『詩緝』卷二五、大雅「大明」

首章は、もっぱら天命が殷を滅ぼしたことを述べる。その始めの二句は天と人との理を一般論として述べている。……舊說では、本詩首章の「明明在下」を文王のこととしているがこれは誤りである。首章ではまず天と人との理を一般論として述べてから、その後、殷が滅んだ原因に言い及び、周の文王・武王を褒め讃える根幹としている（首章專述天命喪殷之事也。首二句泛言天人之理……舊說以明明在下爲文王非也。首章先泛言天人之理、然後及殷亡之由、爲美文武張本）

②同右卷二八、大雅「板」

第六章では、民を治める道を一般論として言う。言わんとしていることは、人閒の心は本來空っぽで明らかであるが、物欲のために塞がれてしまっているので、まるで壁に圍まれて眞っ暗で何もわからないような狀態になっているのである。かりに天理に從って人心を開き明らかにすることができれば、まるで壁に窓を開けたように、本來の明るさを取り戻すことができるのである。……第七章は人を用いる效果を一般論として言う。……第八章は天を敬う誠を言う（六章泛言治民之道也。言人心本虛明、以物欲窒之、則如牆然冥昧罔覺。苟能順天之理以開明人心、如開牖於牆、復其本然之明也……七章泛言用人之效也……八章泛言敬天之誠也）

③元・劉玉汝『詩纘緒』卷十二、小雅「角弓」

首章に「兄弟昏姻、無胥遠矣」と言うのは、兄弟の當然の道德を一般論として言っている。その上で第二章では、王がそうでないので、民も王の振る舞いを眞似ようとすると言う（首章言無遠者、汎言兄弟之當然。次章乃言王不然、則民將傚其然）

以上の例では、「汎言」「汎論」という術語によって、詩句の中で一般論（道德的教訓に關わることが多い）を述べた部分を指摘している。注目されるのは、①③で一般論に引き續き、その具體的な現れとしての主內容、あるいは一般的原則に反するような現實の事象が詠われると指摘されていることである。ここには、一般論と具體的敍述の絡み合いによって詩篇が構成されているという認識を見ることができる。これは、傳箋正義には希薄で歐陽脩に顯著な詩篇認識の形であった。歐陽脩以後の詩經學者は共通に、漢唐の詩經學では充分に關心が拂われていなかった詩篇の構成を解明しようとしていたこと、そのために、詩の中で性格・次元の異なる層を切り分けるところに研究のエネルギーを傾注していたことがわかる。その位相の切り分けの一つの視點として、「汎言」「汎論」という概念が利用されているのである。

以上のことから見て、本章で檢討した歐陽脩の方法的概念は、後の學者に影響を與えたと考えることができる。

6　おわりに

詩篇に詠われているのが、すべて一様の性格のものではなく、性格・次元の異なる內容が重層的に組み合わされて構成されている、という認識は、我々にあまりに自明なことのように思える。詩經の六義の中に、「興」がある。これは、主內容を詠うに先立って、主內容とは現實的關係を持たない事象を詠う修辭技法であり、詩篇が重層的な構造を持つと理解されることになる。このことから考えれば、詩篇が重層的な構造を持つという認識は、詩經解釋學史の開幕當初からごく自然に共通認識とされていたのではないかと思われるだろう。

しかし、本章で考察したように、實際の詩經解釋の歷史では、詩篇が複數の位相による構造體であるという認識に立って解釋を行うことは、興以外には漢唐の詩經學では稀薄であり、詩篇全體をできる限り、主內容の一部として理解しようとする傾向があった。

そのような狀況から考えると、歐陽脩をはじめとする宋代の詩經學者が漢唐の詩經解釋を乘り越える新たな詩經學を構築しようとした時、彼らは詩篇がいかなる構造を持ち得るかを再檢討するという課題にも直面したのである。本章で「汎言」「汎論」を檢討しながら明らかになった宋代の詩經學者の解釋姿勢は、そのような課題に答えようとした努力のあらわれであったと理解できる。

「汎言」「汎論」に見られるのは、詩が何を詠っているのかという關心と竝行して、作者がそれをどのように詠っているのかという關心を抱いて、解釋者が詩篇の解明に取り組んでいる姿である。作者の創作行爲への關心を強く持つという意味で、これを文學的關心の強い詩經解釋と言ってよいだろう。したがってこれを、筆者が本章のはじめに提起した、後代の學者によって受け繼がれ應用されるような文學的解釋の方法的概念はなかったか、あったとしたらそれはどのようなものだったかという疑問に對する解答の一つとして考えることができる。

ただし歐陽脩及び彼以後の詩經學者の著述における用法を見ると、「汎言」「汎論」は、なお一般的な語義で使われている例も散見される。その中には、淸の段玉裁のいわゆる「渾言」對「析言」の「渾言」と相似た、字義の訓詁に關わる用法も見られる[39]。これはもちろん本章で問題にしている、詩篇の構造についての認識に關わるものではない。さらに、「汎言」「汎論」を取り上げ、專門的に論じた發言や著述も管見の限りない。これらの事實から考えれば、「汎言」「汎論」が歷代の詩經學者によって、詩經解釋のための概念として認知され、專門的な術語として意識的に使用されたとまでは言いきれないと思う。

しかし、「汎言」「汎論」という用語を用いて、歐陽脩以後の學者が、歐陽脩以前には希薄だった問題意識を共通に表現していることは爭えない事實である。この認識を持つことによって、詩篇の解釋の自由度はそれ以前より飛躍的に大きいものとなり、彼らの詩經解釋の可能性を高めることに貢獻した。そのような彼らの新しい解釋意識を象徵するものとして「汎言」「汎論」は存在していると考えることができる。また、そのような見地から、詩篇解釋の基本的な枠組みとして機能した諸概念を檢討することは、詩經解釋學史の實相に迫るために有益な材料を提供するものと考える。

注

（1）『四庫全書總目』經部、詩類一「毛詩本義十六卷」提要に、
林光朝『艾軒集』は……（『詩本義』を）批判し非難することはなはだ急である。けだし、文士の詩解釋は詩の言わんとするところを考究することが多いのに對して、講學者の詩解釋は務めて理に合致させようとする（林光朝艾軒

集……辨難甚力、蓋文士之説詩、多求其意、講學者之説詩、則務繩以理）

と言い、歐陽脩の詩解釋を「文士の説詩」と規定する。滕志賢氏は、「北宋歐陽脩著《毛詩本義》、已經以文學家的見識開始用文學的眼光來探求《詩》義、所以頗得朱熹讚賞」と言う（『詩經引論』江蘇教育出版社、一九九六、一九九頁）。洪湛侯氏は、「歐陽脩《詩本義》中、從文學角度論詩的文字雖然不多、但也還可以舉出一些、説明作者已經自覺或不自覺地接觸到這一問題了」と言う（『詩經學史』、中國古典文學史料研究叢書、中華書局、二〇〇二、上册、三九三頁）。

（2）第十一章注（1）參照。

（3）劉毓慶『從經學到文學――明代《詩經》學史論』（商務印書館、二〇〇一）上編第一章第一節。

（4）詩經解釋學史における「史を以て詩に附す」からの脱却の實態と意義については、第十一章參照。

（5）劉毓慶前掲書二八頁。

（6）同書二九頁。

（7）最も端的かつ著名な例としては、『淮南子』に「氾論訓」という篇がある。高誘の題下注に「博説世閒古今得失、以道爲化、大歸於一、故曰氾論。因以題篇」と言う。

（8）『漢語大詞典』『新字源』などの説明に據る。

（9）本詩の分章は、傳箋正義と歐陽脩とでは異なる。傳箋正義が全十二章に分章するのに對して、歐陽脩は全十四章とする。兩者の分章の關係は次のようになる。ゴシック數字は第何章かを表す。（　）内の數字は章の句數を表す。

傳箋正義	1（8）	2（8）	3（8）	4（10）	5（10）	6（10）	7（10）	8（10）	9（10）	10（10）	11（10）	12（10）		
詩本義	1（8）	2（8）	3（11）	4（7）	5（6）	6（8）	7（9）	8（7）	9（6）	10（8）	11（6）	12（10）	13（10）	14（10）

（10）『易』「乾卦・象傳」に、「天行健、君子以自强不息」と言う。

（11）傳箋正義の分章に據れば、第九章に當たる。

（12）武公が厲王に仕えたかどうかに關しても、『正義』と歐陽脩では見解が異なる。『正義』は、武公は厲王の時代にはまだ朝廷に出仕する年齢に達しておらず、この詩は、後になってから武公が厲王の時代を追想して作った詩だと考える。ただし、本章ではこの問題には立ち入らない。本書第十八・十九章參照。

(13) 王水照氏は、「宋代士人的人格類型……從其政治心態而言、則大都富有對政治・社會的關注熱情、懷有『以天下爲己任』的責任感和使命感、努力於經世濟時的功業建樹中、實現自我的生命價値」と言う（王水照主編『宋代文學通論』（宋代研究叢書、河南大學出版社、一九九七、「緒論」、一三頁）。

(14) 『朱子語類』巻一二九「自國初至熙寧人物」に、「范公平日胸襟豁大、毅然以天下國家爲己任」（理學叢書、中華書局、第八册三〇八七頁）、「且如一箇范文正公、自做秀才時便以天下爲己任、無一事不理會過」（同、三〇八八頁）と言う。

(15) 作者＝主人公の形象が出現していると考えるか否かは、本詩後半にたびたび現れる「小子」をどのように解釋するかにも關わっている。傳箋正義は「小子」を厲王ととるため、「小子」が使われる詩句をいずれも厲王に對する批判の句として解釋する。一方、歐陽脩は「小子」は作者の自稱ととるため、「小子」を含む詩句はいずれも作者が自分の行動や感情を内省する句と解釋するのである。

(16) 訓讀は、傳箋正義の解釋に基づいた。歐陽脩の解釋に據れば異なった訓讀になるが、これについては後に説明する。

(17) 毛傳に、「〈留〉とは、大夫の氏族名である（留大夫氏）」と言う。

(18) 毛傳に、「〈子嗟〉は字《あざな》である（子嗟字也）」と言う。

(19) 毛傳に、「〈子國〉は、子嗟の父である（子國子嗟父）」と言う。

(20) 鄭箋に、「子國は丘の上に麥が育つようにしたということを言う。彼の一族が世々賢者であったことを表す（言子國使丘中有麥。著其世賢）」と言う。

(21) 鄭箋に、「子嗟は朝廷から放逐され、去って卑賤な仕事をして功績があった（子嗟放逐於朝、去治卑賤之職而有功）」と言う。

(22) 『詩本義』に次のように言う。

「留」という語が姓氏を表すというのは、いにしえには確かにそういうことがあった。しかし、詩人の意圖を考えたならば、いわゆる「彼留子嗟」というのは、大夫の留という姓を指しているわけではない。莊王の事跡は、おおむね『春秋』と『史記』に見えるが、當時の大夫で留という氏は、人に知られていない。また、留氏のものが放逐させられたということも、史書には見えない。そのことが世に知られていないというのに、後世の人間はいったい何によって知ることができるというのだろうか（留爲姓氏、古固有之。然考詩人之意、所謂彼留子嗟者、非爲大夫之姓留者也。

莊王事迹、略見春秋史記、當時大夫留氏、亦無所聞於人。其被放逐、亦不見其事。既其事不顯著、則後世何從知之）

(23)『詩本義』に次のように言う。

その「子國」という者については、毛公はさらに子嗟の父であるという。前代の諸々の學者は、これについて誰も考證を加えていない。毛公はいったいどこからこれを知ったのであろうか。かりに、子國を子嗟の父とした場合、次の章の「彼留之子」というのは、いったい誰になるのだろうか。父と子がどちらも賢者で、ともに放逐されるというのは、理屈から言ってすでにありそうもないことであるが、もし一般化して留の氏族は一族擧げてみな賢者で、しかもみな放逐されたというのは、ますます人情からかけ離れた解釋となってしまう。（及其云子國、則毛公又以爲子嗟之父。前世諸儒皆無考據。不知毛公何從得之。若以子國爲父、則下章云彼留之子、復是何人。父子皆賢而竝被放逐、在理已無、若汎言留氏擧族皆賢而皆被棄、則愈不近人情矣）

(24)『詩本義』に次のように言う。

詩人は、ただ莊王が不明で、賢人が多く放逐させられたために刺っているのである。必ずや留という一つの氏に限定して詠っているのではないだろう（詩人但以莊王不明、賢人多被放逐、所以刺爾。必不專主留氏一家）

(25)一言で「歴史的實在性」と言っても、その意味内容は單純ではなく、「歴史的實在性からの脱却」も詩經解釋學史の實相に照らして言えば、きわめて複雜な問題をはらんでいる、と筆者は考えている。歐陽脩にとっての歴史主義からの脱却がいかなるものであったか、また、それが詩經解釋學史の中でどのような意義を持つものなのかは、本書第十一章參照。本章では、「以史附詩」に代表される、史書に記載されるような歴史的事件にことよせて詩句を逐一解釋する、という傳箋正義の態度からの脱却をもって、「歴史主義からの脱却」と規定し、「汎言」「汎論」によって表される一般化した解釋が、そのような歴史主義から脱却するための概念装置として働いていることを考察する。

(26)なお、歐陽脩は、傳箋正義の説を批判する際にも、「若し留の氏族を擧げて皆な賢にして皆な棄てらると汎言すれば、則ち愈いよ人情に近からず」と述べ、傳箋正義が、留氏全體に一般化して、留氏の者全員が放逐されたと考えるのは誤りだと言う。これに據れば、傳箋正義も歐陽脩と同じく「汎言」という概念で本詩を解釋ししかも誤ったということになる。しかし、ここで言う「汎言」と歐陽脩が自説として提出する際に用いる「汎言」とはニュアンスが異なっていることに注意しなければならない。すなわち、傳箋正義の考える（と歐陽脩が想定している）「汎言」とは、あくまで留氏という氏族の範圍内でその成員全體に問題を一般化するということであり、一般化とは言いながら、なお、歴史上實在した――傳箋正義の考えに從えば――存在であることには違いがない。それに對して、歐陽脩が自説の説明に用いる「汎言」は、賢者の代名詞としての「子嗟」「子國」ということであり、歴史的な實在からはもはや離れた、一種虚構の存在と言うことになっている。歴史的實在性に拘って詩經を解釋するか、その枠から脱して解釋の可能性を廣げ、虚構の存在が詩中に詠われているととるかという點で、傳箋正義と歐陽脩とではその認識が大きく異なっているのである。

(27)『詩本義』に次のように言う。

しかしながら、周の厲王の事跡を考察してみると、『國語』『史記』および詩經の大雅小雅を閲するにいずれも軍隊を動かし征伐を行ったという事實はない。この「桑柔」の詩句の中にもやはり王が征伐を行った國の名はない、およそ鄭玄が軍隊が久しく征伐のため遠征に出て、士卒が苦勞をしているなどと言っているのは、詩の詠わんとしていることではない（然考厲王事跡、據國語史記及詩大小雅皆無用兵征伐之事。在此桑柔語文亦無王所征伐之國、凡鄭氏以爲軍旅久出征伐、士卒勞苦等事、非詩義也）

(28)『詩本義』中の「汎言」は、本文で考察した以外に、小雅「無羊」にも次のような用例が見られる。

〔鄭箋に「牧人は乃ち夢に人衆くして相ひ與に魚を捕る」と言うけれど〕本詩に「衆維魚矣」とあるのに據れば、これは單に魚が多いことを言っているだけであり、どこに「魚を捕る」ことを言う言葉があるだろうか。これおよび〔鄭箋は「子孫衆多なり」と言うが〕人の子孫が多いということは、いずれも〔本詩の主題である〕牧畜とは關係のないことである。詩人は本來、〔小序に言うとおり〕「牧人の制度を〔復興し〕完成させる（考牧）」ことを詠うためにこの詩を作ったのだから、廣く王に夢見の占いを獻じることを言うはずがない。ところが、鄭玄の學を奉じるもの〔すなわち『正義』〕は、とうとうこれを敷衍して、「庶民は故無くして鶏や豚を殺すことはなく、ただ、魚を捕らえて身の榮養とする」と言う。これがでたらめの説であることは論じなくても明らかである（據詩衆維魚矣、但言魚多爾。何有捕魚之文。及人之子孫衆多、皆不關牧事。詩人本爲考牧、不應汎言獻夢。而爲鄭學者遂附益之、以爲庶人無故不殺雞豚、惟捕魚以爲養。此爲繆説、不待論而可知）

これは、詩の主内容「牧畜の制度を完成させる」からかけ離れている「夢見」のことが詠われるはずはないという議論である。したがって、ここで言う「汎言」は、詩の主題から逸脱した事柄をいい加減に言い及ぶ、という意味で使われていると考えられる。これは、第1節で見た「汎論」の一般的意味のうち、②の「氣ままに論ずる」にあたる用法であり、本章で検討する詩篇の意味の構造に關わる概念とは性格を異にするため、考察の外に措く。

(29)『十三經注疏』の中で、「汎言」の用例は五例あり、内譯は次の通り。

①『儀禮』「士冠禮」『正義』(巻三)
②『儀禮』「特牲饋食禮」『正義』(巻四六)
③『禮記』「檀弓」『正義』(巻六)
④『禮記』「哀公問」『正義』(巻五十)
⑤『論語』「堯曰」『注疏』

「汎論」の用例は三例あり、内譯は次の通り。

①『尚書』「尚書序」『正義』
②『毛詩』小雅、谷風之什「大東」『正義』
③『毛詩』大雅「蕩」『正義』

『毛詩正義』の用例は、本論で検討するが、それ以外の用例は、基本的には經文や注釋の言わんとするところが、具體的限定的なものではなく、抽象的・全般的なものであるという意味を表している。基本的な語義に沿った用法であり、用例の少なさとあわせて考えれば、疏家は「汎言」「汎論」を、特殊な意圖を持って用いているのではないことがわかる。典型的な例を二例擧げる。

『尚書正義』「尚書序」の「書序、序所以爲作者之意」の『正義』に次のように言う。

　ところで、書序は、「序」と名づけられているものの、これは尚書の著述の意圖についての全般的な議論をまとめて述べ表したものではなく、篇ごとにそれぞれその意圖するところを序したものである(而書序雖名爲序、不是揔陳書意汎論、乃篇篇各序作意)

『禮記』「哀公問」の、

　妻は主婦として夫の親たちの祭にはだいじな役を勤めるのですから、尊重せねばなりません。またわが子はわが親たちの血筋を傳えてゆく者ですから、尊重せねばなりません。そもそも君子は何ぴとをも尊重いたしますが、わけてもわが身の尊重こそたいせつです。わが身は親たちから出た枝ですから尊重しなければなりません。……それゆえ〔君主にとって、わが身と妻と子の〕三者は、人民の象徴となるものです。〔君主が〕わが身を愛することからはじめて人民の身を愛することに及び、わが子を愛することからはじめて人民の子を愛することに及び、わが妃を愛することからはじめて人民の妻を愛することに及びます（妻也者、親之主也。敢不敬與。子也者、親之後也、敢不敬與。君子無不敬也。敬身爲大。身也者、親之枝也。敢不敬與。……三者、百姓之象也。身以及身、子以及子、妃以及妃）

（譯文は基本的に、竹内照夫譯、新釋漢文大系29『禮記　下』、明治書院、一九七九、七六八頁、に従ったが、『禮記正義』に基づいて後半を改めた）

の『正義』に次のように言う。

「身以て身に及び、子以て子に及び、妃以て妃に及ぶ」というのは、これは、人民の象徴のことを言っている。〔君主が〕自分の身を愛することができれば、そこから人民の身を愛することにも及び、自分の子を愛することができれば、そこから人民の子を愛することにも及び、自分の妃を愛することができれば、そこから人民の妻を愛することにも及ぶ。つまり、自分の身と妻と子はやはり人民の身と妻と子と同じものだからである。故に「百姓の象」というのである。經文の前の部分〔「妻也者、親之主也」〕では一般論を言っており、だから「妻」という語彙が使われているのに對して、この箇所では君主が國政を治めるにあたっての心構えが議論されているので、故に「妃」と言っているのである（身以及身、子以及子、妃以及妃者、此言百姓之象。能愛己身則以及百姓之身、能愛己子則以及百姓之子、能愛己妃則以及百姓之妃。是身與妻子、還是百姓身與妻子。故云百姓之象也。前汎言、故云妻。此論人君治國政、故云妃）

（30）小雅「小明」序に、「小明は大夫亂世に仕へるを悔ゆるなり（小明、大夫悔仕於亂世也）」と言う。

（31）小雅「小明」首章の鄭箋に、「詩人は牧伯に仕える大夫である（詩人、牧伯之大夫）」とある。「牧伯」とは、『正義』に據れば「一州、大率《あらまし》二百一十二國を部領す」る者である。

（32）「小明」序には、『正義』が言うとおり、作者の大夫がいずれの國の者であるかは示されていない。注（30）參照のこと。

（33）『國語』「周語上」に、次のように言う。

厲王が暴虐で、國民が王の惡口をいったので、……王は立腹して、衞國のみこを召し出し、惡口をいうものを監視させ、告發すると殺してしまった。それ以來國民は口に出そうとせず、道路の上では互いに目で合圖した。そこで王は喜んで邵公に告げた。「わしは悪口をやめさせたぞ。もうだれもよう言わん。」（厲王虐、國人謗王。……王怒。得衞巫使監謗者、以告、則殺之。國人莫敢言、道路以目。王喜、告召公曰、我能弭謗矣、乃不敢言）（譯文は、大野峻譯、新釋漢文大系『國語　上』、明治書院、一九七五、六八頁、に基づき、書式上の修正を加えた）

(34) 大雅「民勞」序に、「民勞は召穆公厲王を刺るなり（民勞、召穆公刺厲王也）」と言う。

(35) 『文淵閣四庫全書電子版――原文及全文檢索版』（上海人民出版社・迪志文化出版有限公司）に據り、經部詩經類に著錄された書籍（六二部、うち『詩本義』以後の著述は五七部）に限定して調査した結果は以下の通りである。「汎言（氾言・泛言を含む）」は、三三部五二例が數えられ、その最古の出典は『詩本義』である。「汎論（氾論・泛論を含む）」は十七部四四例が數えられ、本論でも檢討した『毛詩正義』の用例二例を除けば、やはり『詩本義』が最古の出典となる。「汎言」「汎論」いずれかが用いられている著述は合計三四部であり、すなわち『毛詩正義』を除けば、「汎論」を使用した著述はすべて「汎言」を使用した著述に含まれる。この他に、詩經學の專著ではない學術筆記・論文中に詩經解釋に關連する論述が大量に存在するだろうことも考えれば、用例はさらに增えることが豫想される。もちろん、これらの用例の中には、撰者自身の發明ではなく先行論著からの引用を大量に含むであろうから、用例の數をそのまま經說の數とはできないため、あくまで目安として考えなければならない。しかし、

一、「汎論」「汎言」の本格的な使用が、北宋の歐陽脩に始まること、

二、その後、この概念は繼續的に使用されたこと、

三、四庫全書に著錄される北宋以後の著述五七部のうち三三部に用例が見られることから、この術語は詩經學の中でかなり一般的な術語として認められていたこと、

は讀み取ることができるだろう。

(36) 戴溪『續呂氏家塾讀詩記』の學的特徵と意義については、錢志熙氏が詳しく考察している。「永嘉學派《詩經》學思想述論」（『國學研究』第十八卷、北京大學出版社、二〇〇六。後、同氏『溫州文史論叢』、上海三聯書店、二〇一三に收錄）、拙譯「永嘉學派の詩經學の思想について（下）」（宋代詩文研究會會誌『橄欖』第十五號、二〇〇八、九八頁）を參照のこと。

(37) ただし、戴溪は本詩後半部分について歐陽脩が「汎言」として解釋する説には從わない。

(38) 小序に、「車攻、宣王復古するなり。宣王能く內には政事を脩め、外には夷狄を攘ひ、文武の境土を復す。車馬を脩め、器械を備へ、復た諸侯を東都に會し、因りて田獵して車徒を選ぶ（車攻、宣王復古也。宣王能內脩政事、外攘夷狄、復文武之境土。脩車馬、備器械、復會諸侯於東都、因田獵而選車徒焉）」と言う。朱熹もこの小序の説に從っている。

(39) 第十章第2節參照。

(40) 例えば、周頌「般」の「於皇時周、陟其高山」について朱熹の『集傳』に、「〈高山〉とは大まかに山のことを言う（高山泛言山耳）」と言うのがそれに當たる。

第十三章　いかにして詩を作り事と捉えるか？

――『毛詩正義』に見られる假構認識と宋代におけるその發展――

1　はじめに

周南「葛覃」卒章、

言告師氏　言《われ》　師氏《しし》に告げらる
言告言歸　言《われ》　言《われ》に歸《とつ》ぐことを告げらる
薄汙我私　薄《ここ》に我が私《し》を汙《あら》ひ
薄澣我衣　薄《ここ》に我が衣を澣《あら》ふ
害澣害否　害《いづれ》をか澣《あら》ひ害《いづれ》をか否《あら》はざる
歸寧父母　父母を歸寧《きねい》す

「傳」婦人には上等の頭飾り「副」と上等の着物「褘」という盛装（をはじめとする「公服」）（1）があり、それを身につけて舅姑《しゅうとしゅうとめ》に仕え、宗廟の祭りに參加し、夫にお目見えする。それ以外の衣服が「私（服）」（普段着）」である。……「寧」とは、「安」の意味である。實家に父母が健在ならば、しかるべきときに里歸りするのである（婦人有副褘盛飾以朝事舅姑、接見于宗廟、進見于君子。其餘則私也……寧安也。父母在則有時歸寧耳）

を、『毛詩正義』は次のように解説している。

王の后になっていながら「舅」がいると言っているのは、「姑」にちなんで、熟語にして使っているのである。しかも、詩は虚構の言葉にすぎない。文王が王を稱したとき、后の太姒は年老いていた(2)。だから、里歸りして會うべき父母が健在であったとは限らないであろう。何も、その存在を云々すべきは舅姑だけというわけではないのである（王后而得有舅者、因姑以協句、且詩者設言耳。文王稱王之時、太姒老矣。不必有父母可歸寧、何但無舅姑也）

毛傳は、詩中の「私」、すなわち私服を説明するために、その對概念である「公服」について言及し、それが王后（本詩で言えば周の文王の后太姒）が舅姑に仕えるときに着る服であると言う。『正義』は、この毛傳の記述から當然起こるであろう疑問に先回りして答える。その疑問とは、

太姒が王后の位についた時、すなわちその夫である文王が「王」と稱した時に、太姒にとって「舅」と呼び得るような存在――すなわち文王の父で周の先君であった公季――が存命していたはずはない、なぜならば文王は父の死去を承けて周の君主の位に就いたのだから(3)。したがって王后となった太姒が舅に仕えるために褘を着るというのは、道理に合わないではないか。

というものである。この疑問に對して『正義』は、「舅」という文字は「姑」と組み合わせて「舅姑」という熟語とするため用いたものにすぎず、實在の人物を指しているわけではない、と答える。さらに、これを敷衍するために詩

中に見えるもう一つの不合理について言及する。文王は年老いてはじめて「王」を稱したのであり、その時には太姒も當然老女となっていたであろうから、彼女の父母はすでに世を去っていたと思われるのに、「歸寧（里歸り）をする」と言っているのも、やはりつじつまの合わないことである。このように、本詩本章を廻る不合理は「禕」の問題だけではないのであるから、ことさらこれだけを取り上げて問題視する必要はないのだと言う。

このように述べた上で、本詩本章に現實的な見地からすれば不合理な二つの問題が存在する理由について、『正義』は次のような斷定を行う。

詩は設言のみ（詩者設言耳）

ここで「設言」と言うのは、事實を反映しない、作者・話者がその場限りにでっち上げた言葉、というような意味に解釋できる。したがって廣く言えば、右の試譯のごとく「虛構」と譯し得るだろう。つまり、詩とは本質的に虛構の產物なのだからその一々について事實と異なる、合理性を缺くとあげつらうのは無意味なのだと言って、問題を解消しようとしているのである。詩經の詩は事實性の追求を受ける必要のない虛構の表現體であるという認識を、疏家は持っていたことになる。これはきわめて注目すべき論斷である。

漢唐の詩經學の特徵として、「史を以て詩に附す」という解釋態度が常に擧げられる。これは、詩に詠われているのは歷史上の事實であると考え、詩の表現がいずれの史實を反映したものなのか、そのような詩句と歷史的事實の對應關係を重んじ考證するというものである。漢唐の詩經學者がこのような解釋態度を堅持したということと、右に見た「詩は設言のみ」という論斷は、眞っ向から對立する。

さらに、宋代詩經學が新たな學問的段階に入ったことのメルクマールとして、「史を以て詩に附す」という解釋態度から脫却したということがしばしば言われる。(4) しかし、『正義』の「詩は設言のみ」という論斷は、あるいは疏家がすでに歴史主義的解釋の枠組みを超越する考え方を持っていたことを表すものと見ることができるかも知れない。とすれば、これは『正義』と宋代詩經學とが解釋上の基本的認識を共有していたことを示唆するものであり、兩者の閒に學問的繼承關係が存在していたことの證左となり得よう。このように、「詩は設言のみ」という發言の眞意を探ることは、詩經解釋史の實相を考える上で重大な意味を有している。

このような問題意識を持って見直してみると、「設言」という術語は『正義』全體の中に散見される。(5) また、「設言」の同義語として「假設」という術語も複數用いられている。さらにこれに關連して「假に～」という語を用いて行われる議論の中にも詩の虛構性についての認識に關わるものが複數見出される。これらの語をキーワードにして、疏家が詩篇の假構性についてどのような認識を持っていたのか、また虛構という概念が詩篇の解釋にとってどのような役割を果たしたのかを考察することができると考えられる。

また、この「假設」「設言」という術語は、その後の詩經學の論著においても繼續的に用いられている。それらを考察することによって、『正義』の假構認識が宋代以降の詩經學者にどのように繼承されているか、繼承されているとすればそこに發展や變容が見られるか否かを考える手がかりが得られよう。そこから、『正義』がそれ以後の詩經學、とりわけ宋代詩經學に對してどのような意味を持っていたのかを考えることができる。

本論文は、以上のような問題意識に立ち、まず、『正義』における「設言」「假設」の使用例を檢討し、その內包を確認した上で、その後の詩經解釋學の論著におけるこれらの術語の使用例を見ていきたい。

2　『毛詩正義』の「假設」「設言」

『正義』全體を檢索すると、「設言」の語は十例檢出でき（「白駒」の二例を含む）、「假設」の語は二例檢出できる。

ただし、『正義』において「設言」の意味用法は一樣ではない。「實事と次元を異にする假構の表現」という意味以外に、『正義』では、單に「言語に表現する」とでも譯し得る意味での用法も見受けられる。(6) 同樣に、「假設」にも、「もしも……ならば」という單純な假定法であることを示す用法も見られる。(7) これらはいずれも本稿の問題意識からはずれるので除外すると、取り上げるべきものとしては四例が殘る。(8) 本節では、以上の「設言」「假設」の用例の內、第1節で取り上げた「葛覃」以外の例を檢討し、「設言」「假設」という術語の詩經解釋學上の意味を定義づけるとともに、『正義』がそのような概念を用いて解釋を行った理由を探ってみたい。

2―① 周南「關雎」第四章

參差荇菜　　參差たる荇菜は
左右采之　　左右に之を采る
窈窕淑女　　窈窕たる淑女は
琴瑟友之　　琴瑟もて之を友とす

［傳］琴瑟によって淑女を友としてもてなし樂しませるのがよい〔宜以琴瑟友樂之〕

これについて、『正義』は次のように言う。

毛氏は、序の「哀」の字を別の字の通假字として解釋しなかった。(9) つまり、この詩で詠われているのは、淑女を求めようと思っているがいまだ得られないということだと考えたのである。もし淑女を得たならば、琴瑟鍾鼓を準備して、この淑女を樂しませようというのである。故に、孫毓は毛傳を敷衍して、「いまだ禮樂によって友人として樂しませることができずにいる淑女のことを思っている」と言う。(10) これは、淑女を〔探し出したいと〕

思っているがまだ實現しておらず、禮樂は淑女のために準備していると言っているのである。祭事のために禮樂を準備しているのではないことがなぜわかるかというと、もし祭の時ならば、樂は祭のために準備しているのであるから、「徳が盛んだ」などという必要はない（卒章の毛傳に、「徳が盛んな者は鍾鼓の樂があるのがふさわしい（徳盛者宜有鍾鼓之樂）」とある――譯者補記）。かりに女の徳が盛んでないとしたら、祭に樂を用いないとでも言うのだろうか。さらに琴瑟によって神を樂しませようというのであれば、「友樂」などと言うことがあろうか。祭の時の樂によって、淑女とよしみを通じ樂しませるということがあり得ようか。このように考えれば、毛傳の言わんとするところが、淑女を思って得られないので、淑女を得た時のことを假想して言っているということがわかる（毛氏於序不破哀字、則此詩所言思求淑女而未得也。若得則設琴瑟鍾鼓以樂此淑女。故孫毓述毛云、思淑女之未得以禮樂友樂之。是思之而未致、樂爲淑女設也。知非祭時設樂者、若在祭時、則樂爲祭設。何言德盛。設女德不盛、豈祭無樂乎。又琴瑟樂神、何言友樂也。豈得以祭時之樂友樂淑女乎。以此知毛意思淑女未得、假設之辭也）

『正義』に據れば、毛公は「窈窕淑女、琴瑟友之」の句を、實事――詩で詠われている場面の中で實際に行われている事柄――ではなく、詩人が自分の願望が實現したときに行われるであろう事柄を想像して詠ったものと考えている。『正義』がこのように判斷する根據としているのは、「關雎」序の、「是以關雎樂得淑女以配君子、憂〈もと「愛」に作る。挍勘記に據って改める〉在進賢、不淫其色。哀窈窕、思賢才、而無傷善之心焉、是關雎之義也」である。この文中の「哀窈窕」を、鄭玄は「衷窈窕（窈窕を衷《おも》ひ）」の誤りであると考え、

「衷《おも》ふ」とは、まごころより淑女を思いやり、善を損なおうという氣持ちがないことを言う。すなわち、「逑《たぐい》を好《よ》みす」（首章に「窈窕たる淑女は、君子　逑《たぐい》を好《よ》みす(11)」と言う）ということである（衷謂中心恕之、無傷善之心、謂好逑也）

と言う。このように解釋するならば、后妃が思う淑女はすでに宮中に召されていてもよいことになる。つまり、本詩では、すでに夫の姫妾として宮中に入っている優れた資質を持つ淑女を、后妃たる太姒が嫉み妬みの心を持たずにまごころをもって遇し、協力して宮中のことに當たろうとしたことが詠われており、第三章では、后妃が自身が引き立てた淑女と協力して摘んだ荇菜を祭事に供えている時に樂が催される様が詠われていると、鄭玄は解釋するのである。(12)

これに對して毛公は、「哀窈窕」に鄭玄の言うような文字の閒違いがあると考えず、「哀窈窕（窈窕を哀しみ）」と訓ずる。(13)これを『正義』は次のように説明する。

〔太姒は〕自分の夫〔文王〕の後宮に、薄暗く奥深い部屋に住む女がいまだに召されていないことを哀れみ傷み、優れた資質を持つ人を見つけて彼女とともに事に當たりたいと思う（哀傷處窈窕幽閒之女未得升進、思得賢才之人與之共事）（巻一―一、十九葉表）

この解釋に據れば、后妃は淑女を捜し求めているところであり、淑女はいまだ宮中に入ってはいないことになる。となると、「窈窕淑女、琴瑟友之」を實事として解釋したのでは矛盾が生じてしまう。そのために『正義』は、この二句を淑女が得られた後のことを想像して詠ったものだと解釋する。そしてこのように詩人によって假想された事柄を指す術語として「假設の辭」という言葉が使われているのである。

ところで、『正義』は毛傳の意を敷衍して書かれたものであるが、「假設」を用いた『正義』の説明には、毛傳の「宜しく琴瑟を以て之を友樂すべし」という言葉とやや質的な相違があるように感じられる。毛傳の「宜しく……すべし」という言い方は、淑女に對するふさわしいもてなしの仕方を説明的に述べたもの――淑女の美德に對する評價の言辭――という客觀的な性格が強く、淑女に對する詩人の感情の深さに對する關心を持っている樣子は見られない。それに對して『正義』の「淑女の未だ得ざるを思ひて、假設せるの辭なり」という言葉は、淑女を心から求めてやまない后妃の心の内の思いに踏み込んで解釋している印象がある。この印象は、次の『正義』を見ることでより一層強まる。

毛公は次のように考える——后妃は淑女を求める自分の氣持ちに基づいてこう言う、「參差たる荇菜を求めて見つけたならば、左右の者に手傳わせながら、これを摘まなければならない、だからこそこうして淑女を求めているのだ。そこで、ここに薄暗く奥深い部屋に住む善女が、もしやってきてくれたならば琴瑟によって私の友人としてもてなし樂しませよう」と。樂を準備して彼女をもてなそうと思うのは、親愛の至りである（毛以爲后妃本己求淑女之意、言既求得參差之荇菜、須左右佐助而采之、故所以求淑女也、故思念此處窈窕然幽閒之善女、若來、則琴瑟友而樂之。思設樂以待之、親之至也）（巻一——一、二三葉表）

「故に此の……善女を思念し……」「樂を設けて以て之を待するを思ふは、親の至り」と、后妃の思念に解釋の焦點が當てられている。彼女の淑女に對する思いの深さと、その思いが發する源泉について説明がなされ、そのような彼女の思念が具體化したものとして「窈窕たる淑女は、琴瑟もて之を友とす」も位置づけられている。

毛傳と『正義』とで詩句を解釋する態度において、以上述べたような違いが存在するという筆者の推測が正しいならば、疏家は單に毛傳を敷衍したに止まらず、毛傳の説明的な捉え方を詩人の思いに踏み込んで捉え直していることになる。これは、漢唐詩經學と一括される學問體系の中に實は解釋姿勢の變化があったことを表すものである。そして、その變化を實現させる方法論的概念として「假設」が機能していると考えることができるのである。

2—② 鄭風「褰裳」首章

子惠思我　　子　惠して我を思はば

褰裳涉溱　裳を褰げて溱を渉らん

［箋］「子」というのは大國の正卿を指して言ったものである。あなたがもし私を愛して思ってくれるならば、我が國では、突が國を簒奪するという事件が起こっているので、彼を征伐して正してくれるべきである。私は衣を掲げて溱水を渡り、あなたのもとに行って國難を告げるのである〈子者斥大國之正卿。子若愛而思我、我國有突簒國之事、而可征而正之、我則揭衣渡溱水往告難也〉

子不我思　子　我を思はずんば

豈無他人　豈に他人無からん

［箋］「他人」と言うのは、先ず齊・晉・宋・衞に向かい、しかる後に楚に行くことである〈言他人者、先鄕齊・晉・宋・衞〈挍勘記に「宋衞」二字を衍字とするが、根據不充分と考え從わない〉、後之荊楚〉

狂童之狂也且　狂童の狂なるなり

について、『正義』は次のように言う。

鄭人は、突が國を簒奪し、いかんともしがたい狀況に陷ったために、大國がこれを正してくれないかと思っている。そこで、大國の正卿に次のように語ることを假構しているのである――あなた、大國の正卿がもし私を思い愛してくださり、我が國に突が國を簒奪するという事件が起こっていることを知り、心に彼を征伐して正したいと思ってくださるのならば、私は衣の裳裾を掲げて溱水を渡り、あなたに我が苦境を告げに行こう。もしあなた大國の公卿が、我が鄭國の事など心に掛けてくださらないのならば、私は、他國の疎遠な人にでも告げられないと言うことはない〈鄭人以突簒國、無若之何、思得大國正之。乃設言以語大國正卿曰、子大國之卿、若愛而思我、知我國有突簒國之事、有心欲征而正之、我則褰衣裳涉溱水往告難於子矣。若子大國之卿、不於我鄭國有所思念、我豈無他國疏遠之人

可告之乎）

『正義』が言及しているのは、鄭の莊公の沒後、太子忽（昭公）が跡を繼いで卽位したが、その弟の突（厲公）が母親の實家の宋國の後押しを受け鄭の國主の地位を簒奪した事件である（『春秋左氏傳』「桓公十一年」、『史記』「鄭世家」に見える）。これは、本詩の小序、

「褰裳」は、正されることを思った詩である。狂童が我が物顔に振る舞ったので、國人は大國が我が國を正してくれることを思ったのである（褰裳、思見正也。狂童恣行、國人思大國之正己也）

および、その鄭箋、

狂童が好き放題に振る舞ったとは、突と忽とが國を爭い、國を追い出されたり入ったりしたのに、それを正す大國がなかったことを言う（狂童恣行、謂突與忽爭國、更出更入、而無大國正之）

に從った解釋である。

本詩の內容に關しての『正義』の說をまとめれば、以下のようになろう。本詩は、突による簒奪事件に遭遇した鄭の國人が自力では危難を克服することができないので、他の大國が突を追い拂い鄭を正常に復させてくれないものかという思いを詠ったものである。そのような思いを抱いた鄭の國人が、あたかも他國の正卿が自分の目の前にいると想定して、訴えかけるように詠っている。すなわち、詩中では、「子」と呼びかけていて、あたかも詩人が實在する特定の人物に訴えかけているように見えるが、實際にはこれは架空の人物であり、鄭の國に援助をすることを承諾した大國がこの時點で存在しているのではない。詩中に詠われているのはあくまで詩人の頭の中で想像されたフィクショ

ンである。このような假構のシチュエーションを指して、『正義』は「乃ち設言して以て大國の正卿に語りて曰く……」と、言っているのである。

ところで、詩の本文には本詩が「設言」、すなわち假構のシチュエーションを詠ったものであることを明示する語句は見あたらない。『正義』は、なぜ本詩を「設言」と言うのであろうか。歴史的事實として、突の專横を正すために大國が派兵して鄭を援助したということがなかったことも理由の一つであろうが、より直接的には、小序の敍述との對應を追求したものと考えられる。すなわち、小序には「正さるることを思ふ」「國人　大國の己を正さんことを思ふ」と二つの「思」が現れ、これによって詩中に詠われているのが實際は實現していない詩人の想念であると規定されている。『正義』は、小序のこの規定に忠實に解釋するために、「設言して……」と言っていると考えられる。

このような假構の意識は、鄭玄には希薄である。これは、鄭箋中に「設言」という術語が用いられていないだけではなく、鄭箋とそれを敷衍する『正義』との閒に、ギャップがあることによっても裏付けられる。鄭箋は、「子」が指すのは、齊・晉・宋・衞であり、「他人」は楚を指すと言う。「子」に複數の國を當てているので、詩人が實際にそれらの國の大卿に對面して語っていると鄭玄が考えているとまでは言えないが、しかしそこにはなにがしか具體的な對象に引きつけて解釋しようという姿勢が見られる。一方、この鄭箋を『正義』は以下のように敷衍する。

齊・晉というのは、本來諸夏の大國で、鄭と國境を接しており、對して楚は遠く荊州に位置し、南方の異民族の大國である。だから鄭箋は例として擧げて、「子」と「他人」とに差異があることを説明しているのである。その實、「大國」というのは別に齊・晉のみに限らず、「他人」も楚だけに限られるわけではない。……『左傳』は、「謀略によって厲公を受け入れた」と言う。とすれば、〔宋・衞・陳・蔡といった〕諸侯はいずれも〔簒奪を企てた〕突に助力したのである。それなのに、本詩で「齊・晉・宋・衞〔に助けを求める〕」と言っているのは、これは鄭人が危難を告げようとしていることを言っているのであり、諸侯がすべて忽を援助したと言っているわけではない。だから、「子　我を思はずんば、豈に他人無からん」と言うのであり、これは、諸國が我が鄭國を正そうと思ってくれないので、故に遠方へ行って「他人」に危難を告げようと考えるのである。もし、當時の大國がみな突に與しないのであれば、おのずから突を征伐して鄭國を正すであろうから、鄭の國人も何も思うことなどありはしないのである

（齊・晉本〈もと「宋」に作る。挍勘記に據って改める〉是諸夏大國、與鄭境接連、楚則遠在荊州、是南夷大國、故箋擧以爲言、見子與他人之異有。其實大國非獨齊・晉、他人非獨荊楚也。……左傳稱謀納厲公也、則是其諸侯皆助突矣。而云告齊・晉・宋・衞者、此述鄭人告難之意耳、非言諸侯皆助忽、故言子不我思、豈無他人。是爲諸國不思正己、故有遠告他人之志。若當時大國皆不助突、自然征而正之、鄭人無所可思）

『正義』は、詩人が訴えかける對象を具體的に特定した鄭玄の説をわざわざ取り上げて、「其の實　大國は獨り齊・晉のみに非ず。他人は獨り荊楚のみに非ず」と、特定を無效にする説明を行う。のみならず、「若し當時の大國　皆な突を助けざれば（すなわち、大國が自分たちに味方してくれるならば——筆者補記）自然にして征して之を正さん、鄭人思ふべき所無からん」と言い、實際には援助を期待すべき大國など存在しないのだということを强調し、本詩の「子」「他人」が實體のない、詩人の想念の中だけの存在であると主張する。鄭箋に比べ、詩の內容を詩人の純然たる假構として解釋しようという姿勢が見ることができる。それによって、詩序の「思」という言葉とも解釋がより密接につながることになる。『正義』は、鄭箋の説を敷衍するという形をとっているが、實際には鄭玄において微弱であった假構意識を解釋にあたっての中心的態度として追求し、それに適合するように鄭箋自體にも解釋の手を加えているのである。

以上のように、本詩からは、『正義』が詩句を詩人の假構として捉えようという姿勢が見られること、そしてそれ

は詩解釋において詩序との對應を追求したことによってもたらされたものであることがわかる。このような解釋のための概念裝置として「設言」という言葉が使われているのである。

2―③　小雅「白駒」卒章

「白駒」の『正義』には、二つの「設言」が現れるが、一つは先にもふれた「言語として表現する」という意味の用法であり、本稿の問題意識とは關わらない。(14) 本章で問題にすべきは、卒章に於ける用法である。

皎皎白駒　皎皎たる白駒
在彼空谷　彼の空谷に在り
生芻一束　生芻　一束
其人如玉　其の人　玉の如し

［箋］この二句は友人を戒めたものである。君が行って住まいしようとするところでは、主人のもてなしは粗末なものであろうが、重要なのはその徳が玉のように麗しい賢者のもとにおることだ（此戒之也。女行所舍、主人之餼雖薄、要就賢人、其德如玉然）

毋金玉爾音　爾が音を金玉にして
而有遐心　遐心有ること毋れ

『正義』は次のように言う。

この章で言っているのは、淸らかに白い馬に乘って去っていった賢者は、今ではあの大きな谷の中に住んでいる。彼のことを思っているが實際に見ることはできないので、假に言葉に表してその姿を描寫しているのである（言有乘皎皎然白駒而去之賢人、今在彼大谷之中矣。思而不見、設言形之）

「白駒」は、周の宣王に正當に用いられなかったために、山谷に隱棲しようと白駒に乘って都を去った賢者をその友人が愛惜する詩である。『正義』に據れば、「白駒」全四章の構成はつぎのようにまとめられる。

賢者を自分のもとに引き止めたいと願う――賢者が都を去って時がそれほど經っていない時期［首章］

首章と同じ頃

賢者を呼び寄せたいと願い、なぜ來ようともしないのか、そんなわがままが通るほど君は高貴な身分なのか、とじれて責める言葉を發するが、一方で、彼がもはや都に立ち戻る意志はないと諦め、ならば隱棲の志を全うしたまえと決別の辭を送る［第二章］

賢者がもはや大國の中に隱棲し、會うことも叶わないので、彼の暮らしを想像し、またせめて手紙なりとも缺かさず送ってくれるように求める［第三章］

［卒章］

このように、大まかに捉えてみずからの友人である賢者が都を離れ隱棲しようとしているのを止めたいと願う氣持ちから、彼の意志が固いことを理解し、彼の隱棲を受け入れる氣持ちへと、心境が變化する樣子を捉えた詩と『正義』は解釋している。このうち友人の隱棲を受け入れ、もはや彼と會うこともないと諦めた後の思いが詠われている卒章において疏家は、詩人が會うことも叶わない友人の樣子を想像して詠っていると捉えて解釋をしている。ここでは「設言」は、「目の前にいないので心に思い描く」というような意味で使われている。作者の愛惜の念から發して、心の中に思い描かれたイメージを表現したものであるという認識である。作者の思いの自然の發露という意味合いが強い。

このような捉え方は、疏家が解釋のよりどころとした鄭箋には見られない。鄭玄は本章の詩句から詩人の友人に對する愛惜の思いを讀みとってはいない。そのため、友人に對する一般論的な訓戒の言葉として解釋するのみで、山谷を彷徨する友人の姿を思い描く詩人の思念を捉えていない。本章に詩人の假構を讀みとったのが、疏家の獨自の讀解であったこと、それを可能にしたものが、詩人の內面に迫ろうとする意欲であったことがわかる。

2—②で「褰裳」を考察した際、詩人が訴えようとした對象の國を鄭箋が具體的に比定しようとしたのに對して、疏家が「設言」という考え方を用いて具體的な比定を避けようとしたことに言及した。本詩においても、似たような事柄が存在する。それは「山谷」の解釋に見られる。『正義』は言う。

首章に「於焉《いづく》にか逍遙する」と言い、二章に「於焉《いづく》にか嘉客たらん」と言うのは、彼の行方を知らないことを表す言葉である。彼を思っても會うことができないので、故にその行方を知らないというのである。本章で〔「彼の山谷に在り」と言うのは〕賢者が隱居しているのであるから、必ずや山谷に潛んでいるはずなので、だから詩句に取り上げて言ったのである。人氣のない谷は一つに限らない。詩人はやはりその居所を知らないのである（上云於焉逍遙及於焉嘉客、爲不知所適之辭者、以思之不得、故言不知所在。此以賢者隱居、必當潛處山谷、故擧以爲言。空谷非一。猶未是知其所在也）

詩中に、「彼の山谷に在り」と言い、あたかも友人の具體的な居場所を明言しているように見えるのを、疏家は「山谷」が隱者の落ち着き場所としてふさわしい環境を抽象的に表したものにすぎず、特定の場所を想定して言ったものではないと說明し、詩人には友人の居所が知れないことが再確認される。このような理解によって、詩人が友人の現狀を知らないことが强調される。そのため、彼が腦裏に描く友人の形象はより虛構性の强いものとなる。疏家が自覺的かつ一貫的に、詩人が描く友人の姿は假構であるという理解のもとに解釋を行っていることがわかる。

以上、見てきたことをまとめてみよう。『正義』に見られる「假設」「設言」という術語に込められているのは、實事に從った敍述の中に、こうあって欲しいと願う未實現のシチュエーション、現實には目にすることのできない事柄を詩人が假想して詠った一段が織り交ぜられているという認識である。このような認識は、毛傳・鄭箋からは顯著に窺うことができなかった。もちろん、その著述の本旨から言えば、『正義』に述べられていることは毛傳・鄭箋の詩解釋を忠實に敷衍したものであるはずだが、少なくとも『正義』が基づいた毛傳・鄭箋には、詩の內容が假構であるという認識を中心にして、詩篇を解釋する態度は見られなかった。つまり、解釋態度において傳箋と『正義』の閒には差異がある。詩に詠われたことが假構であり得るという認識に基づいて詩經を解釋することは、『正義』の段階に至ってようやく行われるようになったと言うことができる。

假構認識は、詩に込められた詩人の思念はいかなるものであったのかという關心につながっていた。言い換えれば、何を詠うかではなく、どのように詠うか、詠うという行爲にどのような思いが込められているかについての關心である。このような關心のあり方は、宋以後の詩經學に顯著な特徵である(15)。ここから考えると、『正義』に見られる「假設」「設言」とは、宋代詩經學の先取りという面がある。つまり、『正義』は漢唐の詩經學の一部をなしながら、實は次代の詩經學に對して解釋のための方法的態度を準備する役割を果たしていたと考えることができる。この見方をとれば、漢唐詩經學と宋代詩經學という二つの詩經學の架け橋となったものとして『正義』を位置づけることができる(16)。

3　傳箋正義に見える假構認識の意味

ところで、疏家はある詩を解釋して、どのような理由により、それが實事であるか、作者の假構であるかを判斷するのであろうか。この問題を考える上で、齊風「東方之日」は興味深い材料を提供してくれる。

「東方之日」は、その小序に、

「東方之日」は、世の衰えを刺った詩である。主君も臣下も道を失い、世の男女は淫奔に走り、禮によって教化させることができなかった（東方之日、刺衰也。君臣失道、男女淫奔、不能以禮化也）

と言うように、齊の哀公の時代の禮に外れた男女關係を詠うことによって、そのような狀態を引き起こした哀公とその朝廷の臣下たちの不道德を批判した詩である。本詩の首章に次のように言う。

東方之日兮　東方の日
彼姝者子　彼の姝《しゅ》たるは子なり
在我室兮　我が室に在り

［傳］興である。日が東方から上るというは、人君が賢明で德盛んで、すべてを照らし見そなわすことである（興也。日出東方、人君明盛、無不照察也）

［箋］「東方の日」と言うのは、これに訴えているのである。姝姝然として見目よく好ましいおのこが、やって來て私の部屋にいて、私を妻としようとしている。それを私はどうすることもできない。日が東方にある

時は、まだ空は明けてはいない。「興」とは、君が不明であることを喩えている（言東方之日者、愬之乎耳。有姝姝然美好之子、來在我室、欲與我爲室家、我無如之何也。日在東方、其明未融。興者喩君不明）

在我室兮　我が室に在り
履我卽兮　履せば我　卽かん

［傳］「履」は「禮」である（履、禮也）
［箋］「卽」は就くということである。「我が室に在り」と言うのは、彼が禮を守って來たならば、私は彼に從い、彼と行こう。今このおのこは、禮を守って來ていない、ということである（卽、就也。在我室者、以禮來、我則就之、與之去也。言今者之子、不以禮來也）

本詩の解釋は、毛傳と鄭箋とで異なる。毛傳の解釋を『正義』は次のように說明する。

毛公は次のように解釋する――「東方の日」と言うのは、賢明で德盛んな主君と言うようなものである……主君の德が明らかで盛んで、すべてをみそなわす樣を喩える。この明德ある主君は、禮によって人民を教化することができるので、民はみな禮を守って婚姻を行う。故に當時の女は言う……いにしえの人君の明らかで盛んな樣を詠って、今の德の暗い有樣を批判し、婚姻の正しい禮法を詠うことによって、今の淫奔な有樣を批判するのである（毛以爲東方之日兮、猶言明盛之君兮……喩君德明盛、無不察理、此明德之君、能以禮化民、民皆依禮嫁娶、故其時之女言……言古人君之明盛、刺今之昏闇、言婚姻之正禮、以刺今之淫奔也）

一方、鄭箋については『正義』は次のように說明する。

鄭玄は次のように解釋する――當時の男女は淫奔であった。かりに女が男を拒絕した言葉を作り、當時の衰え亂れた樣を批判した……「東方の日」というのは、それによって不明の主君に告げることを喩えているのである（鄭以爲當時男女淫奔、假爲女拒男之辭、以刺時之衰亂……言東方之日兮、以喩告不明之君兮）

毛傳と鄭箋の說の分岐は、毛傳が本詩を陳古刺今——いにしえの治まった世の樣子を詠うことによって、現在の亂れた世のありさまを批判する詩——ととっているのに對して、鄭箋は詩に歌われているのは現在のありさまだと考える點にある。これが原因となり、「東方の日」に對しても、兩者は對照的な解釋を行う。毛傳が、「東方の日」とは、萬物をあまねく照らす太陽によって、明德のある君主を比喩すると考えるのに對して、鄭箋は「東方の日」は、いまだ東の空にあって上りきっておらず、その日差しもまだ弱く、世界を包む闇を一掃するには至らない太陽のことであり、それによって德が薄く世の亂れを拂うこともできない君主を興していると考える。鄭箋が毛傳と異なる說を立てる理由を『正義』は次のように說明する。

鄭箋は、本詩の序に「君臣道を失ふ」と言い、「善を陳べて惡を刺る」とは言っていないので、詠われているのは當時の實事である、したがって德明らかで盛んな君主が詠われているはずはないので、故に、「東方の日」を〔明德ある〕君主に比している毛傳の解釋を變え、詩人がみずからの思いを訴えていると解釋するのである（箋以序言君臣失道、不言陳善刺惡、則是當時實事也。不宜爲明盛之君、故易傳以東方之日者比君於日、以情訴之也）

つまり、『正義』に據れば、鄭箋が毛傳の說を妥當でないと考えたのは、小序が「善〔なるいにしえ〕を陳べて惡〔なる今〕を刺る」と言っていないからであり、そのように規定されていない以上、本詩は實事を詠ったものと解釋すべきだと判斷したということになる。

ところで、鄭箋とそれを敷衍した『正義』とを比較すると、『正義』には箋にない要素が解釋に取り入れられている。鄭箋では、單に「『東方の日』と言うは、之に愬ふるのみ」と言い、「姝姝然として美好たるの子有り、來たりて我が室に在り」と言い、「我と室家爲らんと欲す、我　之を如何ともする無きなり」と言う。詩人がすなわち「我」であり、その詩人のもとに魅力的な男性が結婚を求めてやってくると解釋されている。それに對して、『正義』は、「假に女の男を拒めるの辭を爲りて、以て時の衰亂を刺る」と解釋している。つまり、『正義』によれば、詩の主人公である女性は詩人自身ではなく、詩人が假構した人物にすぎないことになる。鄭箋の詩人＝主人公という圖式が否定されているのである。ここに見える「假に辭を爲る」――現實には存在しない事態を作者が假に想像して言語化したもの――という說明のしかたは、前章で檢討した『正義』の說明のしかたと同じであり、「假設」「設言」と同樣の解釋方法と考えることができる。

なぜ、『正義』は鄭箋の解釋の圖式に從わないのであろうか。『正義』は鄭箋の意を忠實に敷衍したものだという、その著述の本旨を重んじるならば次のように言い直してもかまわない――なぜ、『正義』は鄭箋に文字化されていない鄭玄の解釋の眞意を讀みとり、それを付加させた形で鄭箋の敷衍を行うことができたのであろうか。(文字化された)鄭箋に據るならば、詩中に現れる男性と女性との閒には道德的な資質の不均衡が存在する。女性のもとにやってきて禮に外れた婚姻を迫る男性はむろん不道德である。しかしそれに對應する女性は不道德ではない。なぜならば、彼女は男の不道德を訴えているからであり、さらに、「我が室に在る者、禮を以て來たらば、我は則ち之に就き、之と與に去らん。今者《いま》の子、禮を以て來たらざるを言ふ」と言うように、禮を外れた行爲をしようとする男を、禮に從わせるように努めているからである。

『正義』の考えでは、このままでは鄭箋は小序に言う作詩の意を十全に傳えていないと言うことになってしまう。『正義』に次のように言う。

もし、（小序が言うように）「男女淫奔す」で、男が言い出せば女はその言うがままになるという狀態であるならば、男を拒み君に訴えるような女性が存在し得るはずもない。（若然男女淫奔、男倡女和、何以得有拒男之女而訴於君者）

小序を墨守する立場をとるならば、詩中の女性が現實の存在であってはならない。この齟齬を解消するために、『正義』は、詩の內容を詩人が假構したものとするのである。つまり、『正義』が鄭箋の、少なくとも文字化された說に從わないのは、鄭箋の解釋を否定するためではなく、逆に鄭箋に手を加えることで、小序と鄭箋との整合性を確保し、それによって鄭箋の信憑性を增そうとしたからである。

詩人は、女が男を拒んだと假定して言うことによって、男が力ずくで我意を通そうとしている樣を表し、それを訴えるべきところが存在せず、女は結局は男とともに禮に外れた振る舞いをすることを明らかにし、それによって、國の民が淫奔であることを示そうとしたのである。必ずしも禮を守って男を訴えることができるような女が存在していたわけではないのである（詩人假言女之拒男以見男之強暴、明其無所告訴、終亦共爲非禮、以此見國人之淫奔耳。未必有女終能守禮訴男者也）

このように考えると、「東方之日」において『正義』が假構の概念を導入して解釋を行ったのは、小序から鄭箋への說の祖述關係に矛盾を來さないようにするため、鄭箋の說に手を加える必要があったためであることがわかる。「東方之日」の鄭玄の解釋に對する『正義』の敷衍からは、もう一つ興味深い事實が浮かび上がる。先に見たように、『正義』は毛傳と鄭箋の解釋の違いについて、

毛傳　　陳古刺今の詩として解釋する
　　　　　　↔
鄭箋　　當時の實事として解釋する

と概括していた。つまり、毛傳は詩の作者が現實の事態を批判するために、それとは對照的な、古のうるわしい世のあり方を詠ったと捉えるのに對し、鄭箋は詩人が現實の世の亂れを詠った、ルポルタージュのような詩であると捉えるとするのである。このことは、鄭箋を説明した『正義』の中に「是れ當時の實事なり」という言葉があることからも明らかである。

それに對して毛傳の「陳古刺今」という捉え方に從えば、詩中に詠われているようなうるわしい状況が確かに古には實際にあったと考えるのであろうが、それは作詩當時にあってはもはや現實には存在せず、記憶や傳承の中にのみ存在しているものである。それを詩人が頭の中でイメージに結び言語に表現したものと考えるのである。詩人の作詩行爲に照らして言えば、「陳古刺今」は詩人の生きる世界とは次元の異なる、イメージの世界を描き出すという點で、假構と同様の性格を持っている。したがって、右の毛傳と鄭箋との説の分岐を、

毛傳　　詩人の頭の中で構築された、詩人にとっての現實とは異なる世界の出來事として讀みとる
　　　　　　↔
鄭箋　　詩人にとっての現實の世界の出來事として讀みとる

という見方の違いと捉えることができる。

ところで、右のような鄭箋の見方についての概括は、鄭箋を文字通りに受け取った場合に限り正しい。しかし、『正義』が敷衍したように、詩に歌われたことを詩人が「假に辭を爲っ」た結果によるものであるとするならば、これは「當時の實事」ではないことになる。つまり、『正義』の說は前後に矛盾をはらんでいるのである。

このような矛盾がなぜ生じたかと言えば、それは小序に由來している。小序には、「君臣道を失い、男女淫奔す」と言い、本詩が哀公時代の齊の國の道德の全面的な崩壞狀況を詠ったものと捉えている。ところが、詩句では詩の主人公によって「我が室に在り、履せば我　卽かん（私の部屋にいるこの人が、禮にもとづいたならば私はついていきましょう）」という道德的な言葉が發せられている。小序で言われる一國全體の道德喪失狀態と、詩中の道德的主人公の存在との間には矛盾がある。この矛盾を解消するには、詩を非現實の狀況を詠ったものとして解釋せざるを得ないのである。

このように考えれば、毛傳の「陳古刺今」という捉え方と、鄭箋を敷衍した『正義』の「假に辭を爲す」という假構意識に基づく解釋とは、同じ動機に發したものということがわかる。小序と經文との間に矛盾を生じさせないためには、詩句を現實とは位相を異にする別次元の事柄として理解する必要があったのである。

以上の考察は、『正義』が詩解釋において假構概念を導入した理由の一端を明らかにする。漢唐の詩經學は、詩經の本文の周りを詩序——毛傳——鄭箋が重層的に覆う世界である。それらは互いに密接な關連を持つとはいいながら、それぞれ成立年代も成立狀況も異なる別個の存在である。疏家は、それらが矛盾なく一貫するように解釋しなければならない。そのような任務を遂行するにあたって遭遇する困難は多樣であろうが、その重要なものとして、詩を實事として捉えようとした場合に生ずる矛盾があった。この矛盾を解決するために導入されたのが、「假に辭を爲す」、すなわち詩の一部を假構として捉えるという考え方であった。

このように考えると、「東方之日」の解釋に見られる假構意識は、疏家が詩に直接向き合って、その言わんとするところを把握した結果ではなく、彼らが行った再解釋・再々解釋という作業の中で遭遇した論理的な困難を克服するために生まれた、すなわち、解釋を重層的に繰り返して發展してきた漢唐の經學の方法の中から生まれてきたものであったということができる。

このことは、前章までに檢討した「假設」「設言」の例にもよく當てはまるように思われる。周南「葛覃」では、毛傳に「舅姑に朝事す」と述べられていることについて、太姒が王妃となった時に舅が存命していたはずはないという矛盾について、また本詩が后妃太姒を詠った詩であると小序が述べているのに、詩中には彼女が當時存命していた可能性がきわめて低い父母のもとに里歸りすると詠われているという矛盾について、それを合理的に説明するために「詩は設言のみ」――詩の言葉は虚構にすぎない――という辯明がされていた。周南「關雎」においては、詩序に「窈窕の淑女を心から得たいと思う」と述べられているのに、詩中では「淑女を音樂によってもてなす」と詠われて、兩者の閒に時閒的な矛盾が存在することについて、それを説明するために詩中で詠われているのは淑女が宮中に入った後のことを想像して詠ったものだという説明がなされていた。鄭風「褰裳」では、大國が亂れた我が鄭國を正してくれることを「思う」と、小序に述べられているのに適合するように詩を解釋しようとして、「設言」という概念が用いられていた。これらはいずれも、小序と詩、毛傳と詩との閒に存在する詩中の狀況に關わる乖離を合理的に説明しようとして「假設」「設言」が用いられたものである。つまり、ここでも疏通という解釋方法から生じる困難を解決するために、假構認識が導入されているのである。

このように考えれば、第2節で觸れたように「假設」「設言」に見られる、詩が虚構であるという認識の形が、毛傳・鄭箋には明示的に現れていない理由も説明することができる。漢唐の詩經學における假構認識が、詩と先行の解釋および解釋と解釋との閒に横たわる乖離を説明するために編み出されたものという性格が強いとしたならば、それは墨守し祖述すべき詩經解釋として詩序・毛傳・鄭箋という先行研究が出そろい、それらを複合的に、しかもきわめて嚴密に整合的に説明することを研究の任務として課せられた義疏の段階になって、はじめて必要となったということができる。

もちろん毛傳・鄭箋においても、小序と詩との整合性を確保しながら解釋を行うことは求められていただろう。しかし、それは『正義』に求められたものとは事情はやや異なる。毛傳は基本的には語句の訓詁が主であり、一篇の趣旨を詳しく解説することは少ない。したがって、毛傳によって小序と詩との閒の乖離が露わになる可能性は低い。一方、鄭箋は毛傳とは異なり、一篇のあるいは章ごとの趣旨を説明するのが常である。しかし例えば、「東方之日」序の「男女淫奔す」を鄭箋が嚴密に敷衍しなかったために、「男は不道徳だが女は道徳的だ」ということになり、ために『正義』がそれを合理的に説明する必要に迫られたことからわかるように、鄭箋はその解釋作業の中で小序と詩句との閒に『正義』ほど一字一句の整合性は求めなかったと考えられる。そのために、詩序と詩との閒の乖離もそれほど顯在化することなく、故にそれを合理化する理論的概念を見出す必要にも迫られなかったと考えられる。詩經解釋における假構認識は、煩瑣なまでの整合性をもって再解釋再々解釋を行った六朝義疏の研究段階に至ってはじめて必要になったということができるのではないだろうか[17]。

振り返って、第1節で取り上げた「葛覃」の「詩は設言のみ」という發言にしても、やはり毛傳の疏通の課程で遭遇した不合理を解消するためになされたものである。このように考えると、『正義』における假構意識は、いまだ詩經解釋全體に關わる方法的態度とはなっていないということができる。疏家の詩經解釋の基本的な態度は、やはり「史を以て詩に附す」という歴史主義的な解釋を基調にしており、そのような態度によって疏通を行う際に生じた説の不合理というほころびを彌縫するために、假構の概念は導入された。疏家にとっての「設言」「假設」は、その基本的姿勢と異なる、いわば苦し紛れの概念だったということができるのではないだろうか。

しかし、たとえ基本的態度と異なるものであったとしても、それが實際に詩經を解釋するために用いられたことの意義は大きい。假構認識は疏家の當初の意圖を超えて、詩經を解釋するための基本的な認識を變容させるものとして働く可能性を祕めたものであり、後の詩經學の展開に大きな影響を與えたと考えられるからである。第2節で検討した例で言えば、小雅「白駒」の例はこのような潛在的可能性をかいま見させてくれる例である。本詩において「設言」という概念は、右に見たような先行の解釋と詩との閒、あるいは先行の解釋閒の乖離を説明するために用いられているわけではない。疏家は「白駒」四章の中に、ある事態の推移が詠われていると捉えた上で、當該の章が作詩の時點より未來のことが詠われていると認識し、それを説明するために「設言」という概念を用いている。つまり、本詩にあって「設言」は、疏家自身が把握した詩の全體的構成のもとに各部分を整合的に位置づけるために用いられている。そこには、疏家自身が詩に向き合ってその構造を捉えようという意欲が見られる。その意味で序傳箋の忠實な再解釋に留まらない、詩の本義に對する疏家自身の探究を支える方法的概念として機能しているということができる。假構認識による詩經解釋の新たな可能性を指し示すものとして重視すべきであると考えられる。

4　歐陽脩の「假設」

『正義』にかいま見られた、詩經解釋における假構認識は、その後どのように繼承され發展していったであろうか。宋代詩經學の著述に徵してみると、「假設」という術語は歐陽脩『詩本義』に四例現れる（巻一「麟之趾」論中に三回「假設」の語が使われているのは一例として數える。「設言」という語は見られない）。本章ではまず、これらについて検討してみよう。

曹風「候人」(18)について、歐陽脩は以下のように言う。

鄭玄は本詩を解釋して、また「天は大雨を降らせず、年の實りが熟さず、幼い者、ひ弱な者が餓えてしまう」と言うが、これはとりわけ道理に通じないにも甚だしい說である。詩に基づけば、氣候が寒冷で饑饉になったなどと言うことは書かれていない。ただ南山に朝湧き上る雲は大雨を降らせることはないということを、小人には大事は任せられないことの喩えとして用いているにすぎない（鄭又謂天無大雨、歲不熟則幼弱者飢、此尤迂闊之甚也。據詩本無天寒歲飢之事。但以南山朝隮之雲不能大雨、假設以喩小人不足任大事爾）

歐陽脩は本詩の「南山朝隮」について、これを實事として解釋している鄭箋を批判し、これは「假設」の句であると言う。これに據れば、歐陽脩も、實事に基づかない事柄を表す語として「假設」を用いている。しかし、「假設して以て喩ふ」という言い方からわかるように、歐陽脩はこれを單純な比喩表現を表すものと考えている。『正義』に見られた、實事とは別次元の、作者が頭の中で作り上げた情景を指す術語ではない。彼の用法の傾向を確認するために、さらに別の例を擧げよう。邶風「靜女」の論に次のように言う。

〔本詩第二章「靜女　其れ孌たり、我に彤管を貽《おく》る（靜女其孌、貽我彤管）」の句について毛傳・鄭箋が言うように〕もし「彤管」が王宮の女史が用いる筆のことだとしたならば、靜女はいったいどこからそれを手に入れて人に贈るというのか。もし靜女の家にもともと彤管があり、それを人に贈ったのだとしたら、彤管によってみずから男性に結婚を申し込んだことになり、これでは「靜女」と呼ぶにふさわしからぬ女ということになる。もし、詩人が假設してこのような言葉を言っているのだと言うならば、これもまた間違いである。詩人は言おうとして言葉にうまく表現できない思いがあるから、物に假託して自分の思いを表すのである。「彤管」の說のごときは、いかにしても通じないことこの有樣である。詩人はそれに假託していったいどんな思いを表現しようというのであろうか。理屈としてそんなことはあり得ない（若彤管是王宮女史之筆、靜女從何得以遺人。使靜女家自有彤管、用以

遺人、則因彤管自媒、何名靜女。若謂詩人假設以爲言、是又不然。且詩人本以意有難明、故假物以見意。如彤管之説、左右不通如此。詩人假之何以明意。理必不然也）

「詩人本と意に明らかにし難きこと有るを以て、故に物に假りて以て意を見《あら》はす」とあることからわかるように、「彤管」を何かの假託として用いることを「假設」と言っており、やはり「候人」の例と同じく、單純な比喩表現である(19)。

このように、歐陽脩はたしかに「假設」という術語をその詩經解釋に用いているが、その内包は、單純な比喩表現あるいは假託表現ということで、詩人の假構認識を指して用いたとは言えない(20)。

さらに、歐陽脩以外の北宋の諸家の詩經學の著述には、管見の限り「假設」「設言」という語は見出せない。ここから考えると北宋においては、『正義』の「假設」「設言」は本格的な繼承と發展が行われているとは言い難い。

5　朱熹『詩集傳』における「設言」

そこで、我々は目を南宋期に轉じてみよう。まず取り上げるべきは朱熹である。朱熹『詩集傳』には、「假設」という語は用いられていないものの、「設言」という語は三例見出すことができる。うち一例は、詩人が憎しみのあまり發した非現實的な誇張表現を指して言ったもので、本稿の問題意識には關わらない(21)。したがって、本章ではその他の二例を檢討する。

5―①　大雅「大明」第七章

殷商之旅　殷商の旅
其會如林　其の會　林の如し
矢于牧野　牧野に矢《つら》なる
維予侯興　維《こ》れ予《われ》　侯《こ》れ興《おこ》る
上帝臨汝　上帝　汝に臨めり
無貳爾心　爾の心を貳《ふたごころ》すること無かれ

を朱熹は次のように解釋する。

この章は、武王が紂を征伐する時、紂の軍隊は林のごとく集まって、武王を防ぐためみなみな牧野に陣を連ねたが〔軍の士氣は振るわず〕、我が武王の軍隊だけが雄々しく立ち上がろうという勢いを見せていた。しかし、人びとは心になお、武王が「紂の軍は多くわが軍は少ないので敵わないのではないか」と迷っているのではないかと恐れた。そこで人びとは武王を勵まして、「上帝は汝をみそなわしておられる。汝は心に迷いの心を懷いてはいけない」と言った。つまり天命がすでに定まっており、武王が事を決するのを天は必ず助けてくれることを知っていたのである。（此章言武王伐紂之時、紂衆會集如林、以拒武王而皆陳于牧野、則維我之師爲有興起之勢耳。然衆心猶恐武王以衆寡之不敵而有所疑也。故勉之曰、上帝臨汝、無貳爾心。蓋知天命之必然而贊其決也）

本章の鄭箋に、「天は汝武王を保護し見守ってくれる。紂を征伐するならば必ず勝利する。疑いの心を懷いてはいけない（天護視女、伐紂必克、無有疑心）」と言い、その『正義』に次のように言う。

天の意志はすでに周を興起させようとお考えであるので、武王に從う人びとはみなみな喜び樂しんでいる。武王を戒めて次のように言う、「天にまします帝は汝を保護し見守っておられる……」と。征伐に赴こうとしているこの人びとはまた喜んで戰おうとしているのである。殷を征伐することは、武王が望んですることなので、普通ならば羣衆は戰わされることを嫌がっても不思議はない。しかし今羣衆は自分たちが苦勞させられるとは思わず、かえって武王が戰おうとしないことを恐れるばかりである。これは羣衆が非常に喜び樂しんでいることの表れなのである。天が味方し人びとが戰いを勸めている、だから勝利することができるのである（天意既欲興周、其從武王之人、莫不歡樂。戒武王言、上天之帝護視於汝矣……伐之是人又樂戰也。伐殷者、武王之所欲、衆人應難之。今衆人不以己勞、唯恐武王不戰、是歡樂之甚。天予人勸、所以能克也）

朱熹の解釋はおおむね右の漢唐の解釋を踏襲したものということができる。しかし、その上で朱熹は鄭箋・『正義』で觸れられていないことを問題にしている。先の引用に續けて朱熹は次のように言う。

しかし、必ずしも武王の心に迷いがあったわけではない。このように假想して詠うことによって羣衆が氣持ちを同じくしていて、もはや武王が止めようと思っても止まらないようになっていることを表そうとしたのである（然武王非必有所疑也。設言以見衆心之同、非武王之得已耳）

つまり、「上帝　汝に臨めり、爾の心を貳《ふたごころ》すること無かれ」という言葉は人びとが實際に言ったものではなく、羣衆の戰鬪への意欲を强調するために詩人が假構した言葉だと解說しているのである。ここで朱熹が用いている「設言」の概念は、第2節で考察した『正義』における「設言」の用例と同じく、假構という認識を用いて詩經解釋を行ったものである。つまり、朱熹は歐陽脩とは異なり、『正義』が用いていた「設言」という術語を用い、詩の内容を詩人が假想したものとして解釋するという方法を、自らの解釋にとりいれているのである。

朱熹がこのような説明をした理由は明らかであろう。武王は軍の多寡によって心くじけてしまうような弱い人間ではないということを説明したかったのであろう。つまり、文王武王の勳功を褒め讃えた本詩の趣旨に添うように、勇武な武王像を一貫させるための配慮であったと考えられる。

このような説明は『正義』では行われていない。これをもって朱熹獨自の見解と考えてよいであろうか。『正義』に次のように言う。

紂を征伐するというのは、本來武王の心から出たことである。であるのに、詩人はかえって羣衆が武王に征伐を勸めていると詠っている。これは、羣衆が戰いを勸める様が甚だしいことを表しているのである（伐紂之事、本出武王之心。詩人反言衆人之勸武王、見其勸戰之甚）

この中で疏家は、羣衆が武王に征伐を勸めている場面は、詩人が意圖的に插入したものであるという考えを述べている。意圖的であるということが、すなわちこの一節が詩人の假構であり事實の裏付けを持たないと考えたということにはならないが、少なくとも、この一節に對して疏家は、實事の自然な展開とは異質な詩人の何らかの作爲性を讀み取ったのであろう。詩人が、羣衆が武王に强制されて嫌々ながら紂征伐に臨むのではなく、戰いにはやっていることを言おうとして、ことさらに羣衆が武王に征伐を勸めるエピソードを詩に插入しているという疏家の讀解は、それを事實とは異なる詩人のフィクションになるものだという朱熹の解釋と、詩人の構想に注目するという解釋態度においてそれほどかけ離れているわけではない。

このように考えれば、朱熹が本詩の解釋に「設言」の概念を用いたのは、疏家がすでに氣づいていた本詩における作爲性にスポットを浴びせ、それをより明確に示すための處置であった、疏家の解釋を發展させたものということができる。

5—② 小雅「四牡」卒章

駕彼四駱　彼の四駱に駕し
載驟駸駸　載ち驟《は》すること駸駸《しんしん》たり
豈不懷歸　豈に歸らんことを懷はざらんや
是用作歌　是を用て歌を作りて
將母來諗　母を將《やしな》はん(22)として來たりて諗《つ》ぐ

について、朱熹『集傳』は次のように言う。

賦である。……「諗」は、告げることである。使者が〔國事を果たすために〕自分の兩親の世話をしたいという思いを實現できないでいることを、主君のもとに來て告げるのである。使者がこの歌を作ったわけではない。使者の氣持ちはこうだろうと彼に成り代わって言うことによって、彼をいたわっているのである（賦也……諗告也。以其不獲養父母之情而來告於君也。非使人作是歌也。(23)設言其情以勞之耳）

ここで、使者が主君のもとにやってきて自分の父母に對する思いを歌にして訴える（「是用作歌、將母來諗」）という詩句が、使者が實際に口に出して言っているのではなく「設言」であると言っていることに注意したい。主君が使者の思いを忖度し、彼のつもりになって言葉に表現したものであり、あくまで假構の事柄であると言っているのである。

朱熹が本章をこのように解釋するのは、彼がこの詩を、主君が使いから歸還した臣下を勞う詩だと捉えたことによる。彼は本詩首章『集傳』において次のように言う。

この詩は、使臣を勞う詩である。そもそも主君が臣下を使役し、臣下が主君に仕えるのは、禮である。故に、臣たる者が王のための仕事に奔走するのは、それはただ、自分の職分として當然なすべき任務を果たしているのにすぎないのであり、自分が苦勞させられていると思ったりなどするはずがない。しかしながら主君の心情としては、臣下のそのような態度に安心したりはしない。だから宴席の場で臣下の心情を述べてその苦勞を憐れむのである。……臣は仕事に苦勞してもそれを口に出さない。主君は臣下の氣持ちを探り彼に代わって言う。上下の閒それぞれその道を盡くしているということができる（此勞使臣之詩也。夫君之使臣、臣之事君、禮也。故爲臣者奔走於王事、特以盡其職分之所當爲而已。何敢自以爲勞哉。然君之心則不敢以是而自安也。故燕饗之際、敘其情以閔其勞。……臣勞於事而不自言、君探其情而代之言、上下之閒可謂各盡其道矣）

これによれば、主君は、役目を果たし歸還した臣下が味わったであろう苦勞を思いやっているのだが、實際には臣下は自分の當然すべき任務を全うしたまでで、とりたてて特別な苦勞をしたとは思っていない。したがって主君の思いやりは純粹な同情の氣持ちから出ている。主君の思いやりと臣下の無私とが相まって、お互いの閒に深い信頼の情が存在していることになる。ここでは、「設言」の發する原因として「其の情を探る」、つまり、相手の祕めた感情に思いを致し、それを言葉に表現することが述べられている。すなわち詩人が假想の表現をする心理的要因として、同情、あるいは思いやりの存在が指摘されているのである。

『集傳』の「君其の情を探りて之に代りて言ふ」という言葉は、本詩卒章の鄭箋に對する『正義』に基づいている。

これは、〔王が〕すでにその〔臣下〕の功勞を認識していて、彼の氣持ちを探ってこれを勞うのである。それで臣下は喜ぶのである。小序の「功有りて知らるれば則ち悅ぶ」とはこのことを言っている（是明已知其功、探情以勞之。所以爲悅。序曰有功而見知則悅矣此之謂也）

これからわかるように、主君が臣下の心を讀み取って代わりに詠ったという解釋の枠組みは漢唐の詩經學以來のものであり、その淵源は本詩の小序、

「四牡」は、使臣がやって來たのを勞う詩である。功績があってそれを知ってもらえたならば喜ぶものである（四牡、勞使臣之來也。有功而見知、則說矣）

に求めることができる。

ところで、朱熹が踏襲している（もちろん朱熹はその注釋から詩序を排したのだが、その解釋に詩序の內容が反映されているという意味で）のは小序の初一句の說であり、第二句の「功有りて知らるれば則ち說ぶ」は『集傳』には反映されていない。一方、漢唐の詩經學においてこの第二句が詩篇の解釋に反映されていることは、右の『正義』からわかる。これは、『正義』と朱熹の說の顯著な違いである。朱熹はなぜ小序第二句に從わないのだろうか。言い換えれば、第二句に從わなかったことは朱熹の解釋に何をもたらしただろうか。このことを考えるための比較の材料として、小序に附された『正義』を見よう。

言わんとしているのは、およそ臣下が使者として外地に赴いたときには、ただその主君が自分の功績をわかってくれないことを心配するものである。今臣下が使いから歸ってきて、功績があり、王にそのことをわかってもらったならば、臣下は喜ぶのである。故に、文王は臣下の功績と苦勞を述べて勞いその心を喜ばせるのである

（言凡臣之出使、唯恐其君不知己功耳。今臣使反、有功、而爲王所見知、則其臣忻悦矣。故文王所述其功苦以勞之、而悦其心焉）

これを見ると、主君に勞われる臣下・臣下を勞う主君の兩者の心情についての理解が、『正義』と『集傳』とで異なっていることがわかる。『正義』に據れば、臣下は自分が王に命令された任務を果たした功績を正當に評價してもらいたいと思い、王が認めてくれないことを心配している。王は、そのような臣下の不安を察してそれを解消すべく、臣下の勞苦を彼に代わって述べている。端的に言えば、臣下の心情は無私ではない。王の行爲も自然の心情の發露によるものではなく、ある種の政治的判斷から出ている。したがって兩者の閒には、『集傳』の解釋にあったような思いやりと獻身とに滿ちた感情が流れているとは感じられない。

『正義』の說は、小序の「功有りて知らるれば則ち說ぶ」を敷衍するために生まれてきたものである。すなわち、朱熹が小序の第二句に從わなかったことで、詩中に詠われる君臣の關係を表面的で儀禮的なものに終わらせず、人閒的な眞情の裏付けを持つものとして解釋することが可能になったと言うことができる。

さらに、小序第二句に從うかどうかは、本章の假構性についての認識にも影響を及ぼしている。王が臣下の苦勞を述べるのは、自分の功績を評價してもらいたいという臣下の欲求を滿足させるためであると考えることにより、王が述べた內容が臣下が實際に味わった苦勞をどれだけ再現し得ているかが問われることになるのである。『正義』は、詩中に詠われた內容が、臣下が實際に味わった苦勞を敍述したものと理解している。だからこそ臣下は王が自分の苦勞を認めてくれたと喜ぶのである。假構とは言いながら、具體性・個別性が強く、實事との差異が曖昧になっている。對して『集傳』の解釋では、主君は臣下の氣持ちと關係なく、自分の感情の自然の發露によって臣下の苦勞を詠っているので、そこに詠われた內容の現實との對應が問われることはない。假想性がより高くなり、純粹なフィクションとしての性格が増しているのである。だからこそ、そこに主君の臣下に對する深い同情の氣持ちを込められていると理解することもできるのである。

實は、小序の第二句に從ったことにより、鄭箋と『正義』とは解釋上の困難に遭遇している。本詩卒章について、鄭箋は次のように言う。

> 主君は、使いから歸った臣下をいたわって、彼の思いを述べ連ねる。お前は言うであろう、「私はどうして歸鄕したいと思わないことがあろうか、心から歸りたいと思っているのである。だからこの詩の歌を作って、兩親の世話をしたいという思いを主君のもとに來て告げるのである」と。人の感情というのは、恆に親を思うものである（君勞使臣、述[24]序其情。女曰、我豈不思歸乎、誠思歸也。故作此詩之歌、以養父母之志、來告於君也。人之思、恆思親者）

鄭箋は、「君　使臣を勞はり、其の情を述序す」と言い、王が使臣に代わってその思いを述べたものだと言う。この點では、朱熹の「設言」說と共通するところがある。しかし、そのように言いながら、鄭箋は「故に此の詩の歌を作り、父母を養はんとするの志を以て、來たりて君に告ぐ」と言う。これは位置づけがきわめて曖昧な文である。「この詩の歌」を作ったのは誰なのか、また、「王のもとに思いを告げに來た」というのが臣下の行動なのか、彼がするであろう（あるいはした）行動を、王が代わって假想して歌ったのか、判然としない。

これは、詩句の「是を用って歌を作りて、母を將《やしな》はんとして來たりて諗《つ》ぐ」を、使臣の思いを王が代わって歌ったという小序に由來する理解の枠組みの中で說明しようとして遭遇したものである。鄭箋はこの困難をうまく解決することができなかったように思われる。

この問題は『正義』の說明により、さらに增幅する。疏家は、鄭箋を次のように說明する。

「故に此の詩の歌を作り、母を養はんとの志を以て、來たりて君に告ぐ」と言うのは、使臣が苦勞して親を思い、それを主君が知らないのでないかと考え、この言葉を陳べて主君に知らせにやって來ることを欲することを言っている。實際には、陳述したいと思っているのに、それを用いて「此の詩の歌を作る」と言っているのは、このような言葉に表現したいと思っている〔使臣の〕本當の氣持ちを、主君は勞って述べて、後についに歌にしたのである。今ある〔「四牡」の〕詩歌がもとづいて作られたものであるところから、故に使臣の言いたいと思っている内容を「歌に作った」と言うのである（言故作此詩之歌以養母之志來告於君者、言使臣勞苦思親、謂君不知、欲陳此言來告君使知也。實欲陳言、云是用作此詩之歌者、以此實意所欲言、君勞而述之、後遂爲歌。據今詩歌以本之、故謂其所欲言爲作歌也）[25]

使臣の思いを詩に表現していたのは確かに王だが、王が表現しているのは、臣下がみずから王に陳述したい（「欲陳此言」）と思っている本當の氣持ち（「實意」）であり、王はそれをいったんは臣下が述べようとしたとおりの言葉として表現して、それを後に詩歌という形式に作りかえたと言う。ここでは、王が述べたことと使臣の述べようとしたこととが等價であり、王は臣下の思いの單なる代辯者にすぎず、王みずからが假想した要素がほとんどない。したがって、假構性がほとんど失われ、臣下による實事の陳述に限りなく近いものとなっている。このため、疏家は自己撞着に陥ることになった。卒章鄭箋に對する『正義』に次のように言う。

今主君は使臣を勞って言う、「おまえは言う、どうして歸りたいと思わないことがあろうか。歌に作ってやって來て告げる」と（今君勞使臣言、汝曰豈不思歸、作歌來告）

「汝曰く、豈に歸るを思はざらんや」の後、新たな主語を提示していないので、「歌を作りて來たりて告ぐ」もやはり「汝」すなわち使臣の行動だと讀まざるを得ない。(26) つまり、ここでは王が使臣の勞苦を思いやって歌ったのではなく、使臣自身がその勞苦を歌った、と解釋していることになる。詩の內容が王によるものなのか使臣によるものなのか、『正義』自體が前後で矛盾している。このことから疏家が、本章を文王が使臣の思いを思いやって述べたものと認識しながら、その認識を詩篇解釋全體に通貫させることができなかったことがわかる。すなわち詩篇を解釋するための、とりわけ詩篇の構造を分析するための方法論を支える基礎的認識として、詩の內容が假構であるという考え方を用いることができなかったのである。

以上の二例からわかるように、朱熹の解釋に見られる假構認識は、鄭箋・『正義』にも萌芽的にはあった。この點では兩者の認識はそれほどかけ離れてはいない。ただし、これらの詩の傳箋正義においては、詩の言葉が假構であるという意識を解釋の方法的概念として積極的に用いようとはしておらず、ためにそれを解釋に充分に消化させることができなかった。このことは、詩の假構性の認識において、『集傳』が『正義』より成熟していることを表す。

詩の構造に對する理解のあり方としての假構認識は、詩の內容に對する深い理解につながっている。右に見たように詩中に流れる人閒的感情を、『集傳』は『正義』より深く捉えることができたが、そのような理解は、詩篇中に假構表現が織り込まれているという認識をもとに、作者がなぜそのような表現を用いたのかを考察する中から出てきたものである。その意味で、假構表現に對する認識は單に詩篇の構造を理解する役割のみにとどまらないのである。

このことに關連する興味深い例を擧げよう。

5―③　鄘風「干旄」首章

孑孑干旄　　孑孑たる干旄あり
在浚之郊　　浚の郊に在り

素絲紕之　素絲もて之を紕《くみ》し
良馬四之　良馬の四をす
彼姝者子　彼の姝たる子
何以畀之　何を以てか之に畀《あた》へん

について、呂祖謙の『呂氏家塾讀詩記』に朱熹の說を引用して（以下、「朱熹早年の說」と稱する）(27) 次のように言う。

これは、賢者の言葉を假構したものである。衞の卿大夫は、この旄牛の尾を旗先につけた車に乘って私に何か諮問しようとしてやって來たようだ。私は彼に對して何を與えようか。卿大夫の意に沿うために何をすればいいかわからないことを言っている。「彼の姝たる子」とは、その德が麗しいことを言う。衞の大夫を指している（朱氏曰、此設爲賢者之言。言衞之卿大夫建此干旄、欲有所咨問於我。我將何以畀之乎。言不知所以副其意者。彼姝者子言德之美。指衞之臣子）

これは、基本的には鄭箋の解釋と同様である。鄭箋を敷衍した『正義』を次に掲げる。

浚の郊外に住む處士が言った――衞の卿大夫建はこの孑孑然とした干旄を建てた車に乘って、浚の郊外にやってきた。白い絹を絲にして彼の旌旗の旒と縿に縫いつけて緣飾りとし、また綱によってそれを持ち、善い馬に乘り、四たび私に會いに來た――と。だから賢者は自分が知っている善い道を彼に喜んで告げるのである。賢者は言う――かの姝然とした忠順のおのこは、かくのごとく善を好む。私はどんな善い道を知っていて彼に教えようか――と。心の底から彼を愛していて、惜しむ氣持ちがないことを言う（浚郊處士言、衞之卿大夫建此孑孑然之干旄、來在浚之郊、以素絲爲縷、縫紕此旌旗之旒縿、又以維持之、而乘善馬、乃四見於己也。故賢者有善道、樂以告之。云彼姝然忠

順之子、好善如是、我有何善道以予之。言心誠愛之、情無所恡）

朱熹は、「良馬四之」を「良馬に乘って四度來る」と解釋する點こそ從っていないものの、全體的にはおおむね鄭說を踏襲している。しかし、一點注目すべき異同がある。鄭說を敷衍した『正義』は、「浚郊の處士言ふ」と言い、本詩を詩の主人公である隱者の發言とする。それに對して朱熹は、「此れ設して賢者の言と爲す」と言う。ここで「設爲……言」と言っていることに注意しなければならない。つまり朱熹は、隱者その人が本詩の作者であるとは考えず、詩人が隱者の言葉を假構して詩に詠ったと考えるのである。鄭箋・『正義』によれば、作者＝主人公（隱者）であるのに對して、朱熹は、作者≠主人公（隱者）と考えるのである。鄭箋・『正義』と比較して、詩が作者の假構物であるという認識を前面に出した解釋になっていることがわかる。

朱熹は、なぜ本詩の內容を作者の假構だと考えたのだろうか。章全體の內容についての朱熹の解釋はおおむね鄭箋・『正義』と同樣であるところから考えると、鄭箋・『正義』の解釋に異を唱えようとしているわけではない。とすれば、朱熹にとって假構の概念は、詩に對して特定の解釋を行うための論理裝置という次元にとどまらず、「詩とはどういうものなのか」「詩はどのように作られたのか」ということについての朱熹の基本認識と不可分につながっていたということができるのではないだろうか。つまり、詩は本質的に作者の假構の產物であるので、詩に詠われていることを單純に作者の實體驗だととってはならないということが、朱熹にとって自然の認識になっていたことを表すものだと考えられる。

ところで右の早年の解釋は、彼の詩經學の集大成である『集傳』には受け繼がれなかった。『集傳』の解釋は以下の通りである。

本章は次のことを言っている――衞の大夫がこの馬車に乘って、この旄牛の尾をつけた旌旗を建てて、賢者に會いに來た。彼の大夫が會いに來た賢者は、いったい何を與えて、大夫の禮儀正しい手厚い振る舞いに答えるのだろうか（言衞大夫乘此車馬、建此旄旄以見賢者。彼其所見之賢者、將何以畀之而答其禮意之勤乎）

「彼の姝たる子」の解釋が彼の早年の說と變わっている。朱熹早年の說では、「彼の姝たる子」を衞の大夫を指すとしたのに對して、『集傳』では、「〈姝〉は美しいということである。〈子〉は、大夫が會いに來た相手である（姝美也。子指所見之人也）」と言い、隱者を指すとする。つまり、彼の早年の說では鄭箋・『正義』と同樣、「私を訪ねてきてくれたあの姝然として德うるわしい卿大夫に、處士の私は何を與えたらよいだろうか」と、處士が自問している――ただし假構ではあるが――と解釋するのに對し、『集傳』は、「あの姝然としてうるわしい處士は、彼を訪ねてきた卿大夫にいったい何を與えるのだろうか」と解釋するのである。さらに、『集傳』においては早年の說で主張された、作者による假構だという考え方はなされず、實事としての狀況が詠われているという解釋に變わっている。

このように假構という認識が放棄されたことにより、本詩が作者の構築物であるという認識も放棄されたのではあろうか。そうではない。早年の解釋では、假構ではあるけれども、本詩は詩中の隱君子の表白であると考えられていた。詩中の出來事、および詩中に登場する衞の大夫の姿は、隱者の目に映ったものとして理解されていた。つまり、隱者は本詩の作者とは峻別されてはいるが、やはり作者に準ずる本詩の內容の語り手という特權的な地位にいるものとして理解されている。

それが『集傳』では、本詩は詩人がある情景・出來事を客觀的な視點から描いた詩として理解される。このような說の變更に伴い、詩中の隱者も表白者という特權的な存在としてではなく、衞の大夫と同樣に、詩人が客觀的に描く對象となっている。これにより、主人公（隱者）＝詩人か、主人公≠詩人かという問題も消滅することになった。そのため、早年の說で用いた「設して……と爲す」という考え方も不要になったのである。

このように考えれば、朱熹が『集傳』で假構認識を用いていないのは、本詩が假構であり、詩人と主人公が異なるという考え方を放棄したからではなく、むしろ假構の概念を用いなくとも、本詩の作者と主人公が異なることを示し得る解釋の視點を獲得したからだということがわかる。すなわち、朱熹は一貫して詩經解釋において「詩は詩人によって作られたものだ」という認識を有していたのである。彼は漢唐の解釋のごとく、詩人＝主人公という圖式に疑念無く依存することはもはやできなかった。詩中の人物と詩人とは別の次元の存在であるということを認識し、兩者の距離感を敏感に捉えながら解釋を行っていたということができる。

これらの例から、朱熹の詩經解釋における「設言」の用い方の特徴が浮かび上がってくる。彼は、「設言」を『正義』に見られたように、現實とは異なる詩人が假構したイメージを表す言葉として用いている。これは、「假設」を單に比喩的な表現を表すものとして用いた歐陽脩とは異なる。一方で、彼が「設言」を用いて説明した詩は、實事とは性格が多少異なっているという認識が、鄭玄や疏家の解釋の中でも見られた。その意味では朱熹の解釋は獨創的で斬新なものということはできない。彼の貢獻は、漢唐の解釋の中でおぼろげながら見え隱れしていた假構のニュアンスを明確な術語を用い前面に出して解釋を行ったところにある。

なぜ、これらの例において疏家は、「假設」「設言」の術語を用いなかったのであろうか。第3節の考察に據れば、『正義』において假構の概念は、詩と詩序、詩序と傳箋との閒に乖離が見られる場合、それを整合的に説明するために用いられるという傾向が見られた。『正義』にとって「假設」「設言」は、なによりも疏通の障害を解消するための方法的概念として捉えられていたと思われる。ところで「大明」「四牡」においては、詩と詩序、詩序と傳箋の閒にそのような假構認識によって解消すべき乖離は存在しない（「四牡」で指摘した鄭箋・『正義』が遭遇した解釋上の問題は、假構認識とは別の問題である）。したがって、疏家はことさらに「假設」「設言」の概念を用いる必要がなかったと考えることができる。

「大明」「四牡」の「設言」を用いた解釋には、作者と詩中の人物の關係に意識的であろうとする彼の姿が見られる。彼は詩が詩人の創作物であり、そこに描かれているのが、本質的には作者の構築した世界であり、詩人＝主人公の圖式に安易にもたれかかることはできないという認識を持っていたのではないかと考えられる。

もちろん、第2節で考察したように『正義』においても「假設」「設言」を用いた解釋には、詩篇に込められた詩人の思念に對する關心が見られた。しかし第3節で考察したように、『正義』における假構認識は主に疏通という行爲に從屬するものであって、それ自體が自立した方法意識としては成熟していなかった。それに比べると、朱熹の詩經解釋において「設言」は、彼獨自の解釋を支えるより重要な方法的概念となっているということができる。

6　南宋期の他の學者における「假設」「設言」

朱熹によって、新たな展開をもたらされた「假設」「設言」は彼以後の詩經學者によってどのように繼承されていったであろうか。南宋期の學者の中から、輔廣と嚴粲の例を考察してみよう。

6―①　小雅「皇皇者華」首章

皇皇者華　　皇皇たる華
于彼原隰　　彼の原隰《げんしつ》に于《お》いてす
駪駪征夫　　駪駪《しんしん》たる征夫
毎懷靡及　　毎《つね》に及ぶこと靡《な》きを懷《おも》ふ

南宋・輔廣の『詩童子問』に次のように言う。

使臣が主君の命を受けたならば、ただただ自分の仕事が主君の意に副うことができないで終わることを恐れる。これが、詩中に「毎に及ぶこと靡きを懷ふ」と言うゆえんである。假にもこのような氣持ちを持ったならば、諸國を訪れ視察する際には必ず、廣く遍く足を運ぶのであり、自ずから自分を甘やかすことはないのである。これこそ叔孫穆子がいわゆる、主君が使臣に教える内容なのである。思うにこのように詠うことによって使臣への戒めとするのである。そもそも使臣を教戒しようとして、ついにあからさまに教戒の言葉を出さずに、使臣の氣持ちに成り代わって詠う様はかくのごとくである。これこそ「婉にして迫らず」と言うことである。詩のまごころもり溫厚であることがわかる（使臣之受命、亦惟恐其無以副君之意、此其所以毎懷靡及也。苟存此意、則諏謀度詢、必咨于周。自然不容己也。蓋亦因以爲戒者、便是叔孫穆子所謂君教使臣之意。大欲以爲教戒而不遂直言之、乃設言其使臣之情、自如此。此所謂婉而不迫也。詩之忠厚其可見矣）

右に擧げた解釋の中で、「設言」という術語が使われている。

劉毓慶氏の『歴代詩經著述考（先秦―元代）』[28]に、輔廣とその『詩童子問』について、詳細な説明がなされている。それに據れば、輔廣は朱子に親炙した弟子であり、問答の際に聞いた師の説に基づいて著したのが『詩童子問』であるという。[29]「皇皇者華」の『集傳』に次のように言う。

主君が臣下を使いに出すのは、お上の德を廣く知らしめ、民情を深く知るためである。一方、臣下が命を受けては、また主君の意志に添えないことをただただ恐れる。故に先王が使臣を使わすにあたっては、彼が道々勤勉であることを褒め彼が心に思うことを述べ次のように言う、……思うにまたこのように詠うことによって使臣への戒めとするのである。しかしながら、その言葉の婉曲で直接的でないことはかくのごとくである。詩の眞心こもった様もまたよくわかる（君之使臣、固欲其宣上德而達下情。而臣之受命、亦唯恐其無以副君之意也。故先王之遣使臣也、美其行道之勤而述其心之所懷曰……蓋亦因以爲戒。然其詞之婉而不迫如此、詩之忠厚亦可見矣）

ここからわかるように、朱熹の解釋は確かに輔廣に受け繼がれている。輔廣は、朱熹の「〔主君が使臣の〕其の心の懷ふ所を述べて曰ふ……蓋し亦た因りて以て戒めと爲す」という言葉を、「夫れ以て教戒を爲さんと欲すれども遂に之を直言せず、乃ち其の使臣の情を設言すること、自ずから此の如し」と言い換えた。この言い換えによって、本詩の作者が「設言」を用いた動機もより明確になる。主君は、臣下に對して直接的な教戒を行うことを避ける（「婉而不迫」）ためにあえて、「設言」を用いたのである。つまり、本詩は全體としては確かに主君が使者に赴く臣下に對してその心構えを教え戒めたものであるが、教戒が露骨に教戒の言葉として發せられるのではなく、「設言」によって、すなわち、主君が使臣の氣持ちに成り代わって表現することによってなされていると、輔廣は考えるのである。なぜ、「設言」が教戒になるのであろうか。主君は臣下の氣持ちに成り代わるとは言っても、主君が成り代わるのは使臣の心構えをしっかり持ったあるべき臣下像である。理想の臣下の氣持ちを詠うことによって、使臣のあるべき姿を描くことができる。したがって主君は、目の前に控えている臣下を理想的な臣下として扱い、その氣持ちを「おまえはこう思っていることだろう」と詠って聞かせることによって、間接的に彼に使臣のあるべき姿を教え戒めることができるのである。つまり、輔廣による『集傳』の敷衍は、朱熹の明言しなかった本詩の教戒のメカニズムを明らかにしているという意味で、朱熹の說を發展的に敷衍したものということができる。

ところで、本詩の解釋に「設言」概念を導入したことによって、何が生まれたであろうか。これは、本詩首章に對する『正義』の解釋と比較することによってわかる。

この章は、文王が使臣に命じた言葉を述べたものである。……「汝等、多くの使いの者よ。命を受けたからには速やかに進まねばならない。人ごとに私的な感情を持ち、たがいに引き止めあったならば、任務に間に合わなくなってしまう。引き留めあうことなく、間に合わないことを恐れるからには速やかに進み馳驅して善きものを訪ねなければならない」(30)（此述文王敕使臣之辭。……汝駪駪衆多之行夫、受命當速行。毎人懷其私以相稽留、則於事無所及矣。既不稽留、恐無所及故當速行驅馳訪善也）

『正義』は、本章の内容を直接的な教戒の言葉として解釋している。この解釋から浮かび上がるのは、臣下を冷徹に訓戒する嚴格な支配者としての文王像である。文王と使臣との閒には、支配――被支配の關係のみが存在していて感情の交流はない。一方、輔廣の解釋による主君の口振りからは、臣下に對する深い愛情と信頼とが感じられる。これは、主君が臣下の氣持ちを思いやるというシチュエーションから生まれる雰圍氣である。つまり、「設言」を用いて解釋することは、本詩を溫かい人閒的感情に滿ちたものとして理解するために必要であったことがわかる。

このように考えると、輔廣の解釋は、5―②で考察した小雅「四牡」――本詩の直前に位置する詩――の『集傳』が「設言」概念を用いて行った解釋と同じことを目指していることがわかる。詩人が假構の手法を執ることによって、直接的ではなく閒接的に自分の思いを傳えている、と解釋することは、詩人が人閒的な溫かい感情をもって相手に對していたということを主張することにつながっている。それはとりもなおさず、「詩には溫柔敦厚の精神が具現化されている」という認識によって解釋を行おうとしたことの現れであったと考えられる。

6―②　唐風「揚之水」首章

揚之水　　揚る水あり

白石鑿鑿　　白石　鑿鑿たり
素衣朱襮　　素き衣　朱き襮《くび》
從子于沃　　子《きみ》に沃に從はん
既見君子　　既に君子を見ては
云何不樂　　云に何ぞ樂しからざらん

について、南宋・嚴粲『詩緝』(31)は次のように言う。

私が考えるに、下の〔「既見君子」の句の〕「君子」が桓叔(32)を指しているからには、この〔「從子于沃」の〕「子」とは、謀反を起こそうとしている人間を假に設定して言ったものである。例えば潘父(33)のような輩がそうである（今曰、下文君子既指桓叔、則此言子者、設言欲扳之人。如潘父之徒也）

さらに國人が互いに語り合っている言葉を假構して、「白い絹絲で中衣を作り、丹朱で縁を作り、繡黼で衿を作ろう」と言う。これは諸侯の服である。そして、「今君はこの服を桓叔に奉ろうとしている。私も君について沃に行こう、そしてあの桓叔樣にお目見えできたならば、どんなにか樂しいことだろう」と言う。彼に從えば禍から逃れることができ憂いもなくなるということを言うのである（又設爲國人相語之辭、言以素絲爲中衣、以丹朱爲緣、以繡黼爲領。此諸侯之服也。今子欲奉此服於桓叔、我將從子往沃、以見此桓叔則如何不樂乎。謂從之則可免禍而無憂也）

詩中の語り手である、主家に背こうとしている國人は詩人によって假構されたものであると、嚴粲は考える。これと對照的なのは、朱熹の解釋である。『集傳』に次のように言う。

その後、〔桓叔の封じられた〕曲沃は强勢となり、逆に晉本國は微弱になった。晉の國人は昭公に叛き桓叔に歸屬しようとし、故にこの詩を作った。……故に、諸侯の着る服を用意して曲沃にいって桓叔に從おうとし、さらに、自分が君子に會えてこの上なくうれしいと喜んでいるのである（其後沃盛强而晉微弱。國人將叛而歸之、故作此詩……故欲以諸侯之服從桓叔于曲沃、且自喜其見君子而無不樂也）

〔卒章に〕「我命有るを聞き、敢へて以て人に告げず」と言うのは、桓叔のために隱そうとしているのである。桓叔は晉の勢力を弱めようとしているのだが、民はそれを隱そうとしている。つまり、桓叔が成功することを望んでいるのである（聞其命而不敢以告人者爲之隱也。桓叔將以傾晉而民爲之隱、蓋欲其成矣）

朱熹は「從子于沃」の「子」を桓叔ととる。彼の解釋では、本詩は晉の昭公に叛き、曲沃の桓叔のもとへ奔ろうとしている國人が作ったものとされる。すなわち、詩人が自分の氣持ちを率直に表現したものだとされている。この解釋に據れば、詩人は主家を凌ぎ取って代わろうという野心を持った桓叔に荷擔している。すなわち、儒教的道德觀から見てきわめて不道德な存在になっている。

この朱熹の解釋と比較すれば、嚴粲の解釋の意圖が明らかとなる。彼は、本詩の作者を道德的な存在として捉えようとしたのである。この詩の作者が主家への謀反に本氣で與しようとしているはずがないと考えるのである。嚴粲は次のように言う。

〔「從子于沃」の〕「子」とは謀反を起こそうとしているものを指す。假にそのような人を設定したのである。作者の意圖は、國の中に相語らって謀反を起こし、曲沃に內應しようしている者がいることを言わんとしたのである。これは微妙な言い回しによって彼らのはかりごとを漏らし、昭公の耳に入れ、そうして警戒して早めに事に備えさせようとしたのである（子指叛者。設言其人。其意謂國中有相與爲叛以應曲沃者矣。此微辭以泄其謀、欲昭公聞之、而戒懼早爲之備也）

詩人は、主君の覺醒を促し危機感を持たせるために、民衆が反亂しようとしているというシチュエーションを詩に作り主君の耳に入れようとしている。つまり、詩人の假構表現は、一に彼の臣下としての忠義の心の發露であると、嚴粲は考える。この解釋に據れば、本詩は高度に政治的な意圖を有する作品ということになり、詩人はその政治的意圖を實現する手段として、假構表現を導入したということになる。(34)

嚴粲が國の民の言葉を實事ではなく假構と考えたことは、詩經解釋學史の視點から見て、どのような意義を持っているのであろうか。このことを考えるため、『正義』の解釋と比較してみよう。

國人が、「この白い衣、刺繡をした衿の服を作り、曲沃に行きこれを進呈してあなた桓叔に從いたい」と願う。國人はただただ沃に歸屬したいと願い、桓叔に會えないことをひたすら恐れ、みな、「私がこの君子桓叔にまみえることができたら、何とうれしいことではないか」と言う。心から樂しむことを言っているのである。桓叔が民心を得ることかくのごとくであり、民は晉に對して謀反を起こして從おうとしているのに、昭公はそれを知らないので、これを刺っている（國人欲得造制此素衣朱襮之服、進之以從子桓叔于沃國也。國人惟欲歸于沃、惟恐不見桓叔、皆云我既得見此君子桓叔、則云何乎而得不樂、言其實樂也。桓叔之得民心如是、民將叛而從之、而昭公不知、故刺之）

「民　將に叛きて之に從はんとするも、昭公知らざるが故に之を刺る」という言葉は、嚴粲の「此れ微辭もて以て其の謀を泄《もら》し、昭公の之を聞かんことを欲す」と一見相通ずる。これは、本詩の序「揚の水、晉の昭公を刺るなり（揚之水、刺晉昭公也）」を承けたものであるが、「刺る」――目上の者の不行狀を批判する――という行爲が、その反省を促し善に立ち返らせようという動機に出るものであることからすれば、本詩の詩人は晉の昭公に忠義を盡くそうとしているように捉えられる。とすれば、詩人の作詩の動機について、疏家は嚴粲と同様の理解をしており、また疏家は晉公に背こうとしている詩中の人物と詩人とを峻別していると言うことができる。

しかしながら、『正義』の解釋全體を見ると、はたして疏家がそのような解釋をしているのかは疑問である。『正義』には、

……それによって桓叔が有德であり、その政治と教えは寬大で公明であり、それを民に施し、民にとっての害惡を取り除き、沃國の民はみな禮儀を知るようになった、ということを喩える（以興桓叔之德、政教寬明、行於民上、除去民之疾惡、使沃國之民皆得有禮義也）

とあり、桓叔の德を率直に認め、彼を理想的な爲政者として評價している。この點は、卒章『集傳』が李氏の說を引き、

いにしえは、反亂を企む臣下はその志を實行しようとする時には、必ず先ず小さな恩惠を施して、羣衆の心を取り込もうとするものである（古者不軌之臣欲行其志、必先施小惠以受衆情）

と言い、桓叔を下心のある惡人として捉えているのとは異なる。そこから考えると、國人は草木がなびくように有德の桓叔になびいているということになり、それ自體自然で道義的に問題になることとは、疏家は思っていないということになる。

このように、詩人がどのような動機で本詩を作ったのか——晉の昭公の目を覺まさせようという忠義の心に發したのか、あるいは有德の桓叔を贊美するために昭公を貶めようとしたのか——は『正義』の解釋では曖昧である。詩序

の「昭公を刺る」を重視すれば、詩中の事柄を詩人が主君に對する忠義の意圖を持ちながらもことさらに桓叔を賛美したもので、桓叔の行動には下心がある、という解釋も導き出せたはずであるが、『正義』はそのような立場で解釋を一貫させているようには見えない。したがって、疏家の詩人に對する認識は嚴粲のそれとはやはり距離がある。

このような疏家の解釋の曖昧さは、何に由來しているであろうか。詩中の人物の目に映った桓叔像――有徳で寛大な理想的な支配者――は、時の狀況を「知らざ」る晉公を「刺る」ために詩を作った作者の捉えた桓叔像――おそらく、それは有徳寛厚な姿の裏に主家を乘っ取ろうという邪心を祕めた警戒すべき人物として捉えられていたということになろう――とは異なっているはずである。ところが、『正義』には、このような視點の違いによる桓叔像の違いを意識していた形跡は窺われない。つまり、疏家の解釋の曖昧性は、詩人と詩中の人物とは違うということを疏家がはっきり認識していなかったことに由來していると考えられる。すなわち、詩が詩人の創作物であるという觀點、詩人を作中人物と次元の異なる、詩の創作主體として捉えるという視點が疏家にはいまだ確立されていなかったのである(35)。

これと比較することによって、嚴粲の解釋の意義も明らかになる。嚴粲の解釋には、詩の創作主體として詩人を捉え、作中人物と安易に同一視しないという態度が確立されている。そのために詩に何が詠われているか――桓叔に對する憧憬――と、それを描くことによって詩人が何を表現しようとしたか――晉公が直面する政治的危機――という異なった位相の内容を捉えることができた。そのような複雜な内容を本詩は持っているという彼の解釋は、本詩の内容を假構として讀み取ることによって成り立っているのである。

6―③　小雅「鴻鴈」卒章

小雅「鴻鴈」は、

「鴻鴈」は、周の宣王を贊美した詩である。〔厲王の時代〕天下の萬民は離散し、自分の住まいに安住することができなかった。宣王は、彼らを慰問し、〔故郷に〕集まり安住できるようにさせた。獨り者の男女に至るまで、その安住の地を得た（鴻鴈、美宣王也。萬民離散、不安其居、而能勞來還定安集之、至于矜寡、無不得其所焉）という小序を持つ。その卒章を傳箋とともに掲げる。

鴻鴈于飛　鴻鴈　于《ゆ》き飛ぶ
哀鳴嗸嗸　哀しみ鳴くこと嗸嗸《がうがう》たり

〔傳〕いまだ安らかに集えるところが得られていないと嗸嗸《がうがう》然と悲しげに泣き叫ぶ（未得所安集則嗸嗸然）

〔箋〕これは「之《こ》の子」[36]〔すなわち、宣王の命を受けて諸國を巡行している侯伯卿士〕がいまだ至らない時のことである（此之子所未至者）

維此哲人　維れ此の哲人は
謂我劬勞　我を劬勞《くらう》すと謂ふ

〔箋〕この「哲人」とは、宣王の意志および「之の子」の任務を理解している者を言う。「我」とは「之の子」の自稱である（此哲人謂知王之意及之子之事者。我之子自我也）

維彼愚人　維れ彼の愚人は
謂我宣驕　我を驕りを宣《しめ》すと謂ふ

〔傳〕「宣」は、示すということである（宣、示也）

〔箋〕私が、復興のための土木工事を興し民の賦役とすると、羣衆はそれを驕慢で奢侈な振る舞いと考えるということを言う（謂我役作、衆民爲驕奢）

嚴粲『詩緝』は、本章を次のように解釋する。

　厲王末期の動亂による離散を經て、ようやく民は定まった住居を得たものの、まだ日々のたつきにもこと缺くありさま、故に鴻雁が嗸嗸然として哀しく鳴くように、使臣のもとに赴き訴える。使臣は民を憐れみ救いの手をさしのべることができた。そこで、流民は褒め讚える――この使臣は明哲であるので、わたしたちの苦勞を知ってくれる。もし彼の愚人が使臣となっていたら、我々がわがまま放題を言い、かさに掛かって援助を求めて飽くことないと言っていたであろう。「此の」と言っているのは、民が實際に目にする使臣を指す。「彼の」と言うのは、そのような〔愚〕人〔が使臣となった場合〕を假想して言っているのである（離散之餘初有定居、生理未復、故如鴻雁嗸嗸然哀鳴、赴訴於使臣。使臣能撫恤賑濟之。於是流民稱此使臣明哲、故能知我之劬勞、若使彼愚人爲使臣、將謂我宣恣、其驕求索無厭也。此云者、指見在之人、彼云者、設言其人耳）

離散していた民が宣王の使臣に救われ定住することができたことを感謝し贊美していると解釋しているのは、嚴粲が傳箋正義と同樣に、小序を尊重しそれに從った解釋を行ったことの表れである(37)。

しかし、同じく小序に從いながらも傳箋の解釋と嚴粲のそれとは大きく異なる。それは、「哲人」「愚人」が指す人物についての解釋、ひいては詠われているのが誰の思いなのかということに表れている。

右の引用からわかるように、鄭箋は、本章第三句以下は、周の中興の明君宣王に遣わされて、厲王朝の混亂の中で破壞された諸國を巡行し、家を失った民のために土木工事を興したりもした侯伯卿士の言葉であると考える。そして、「哲人」「愚人」は、侯伯卿士の行爲と意圖とを正しく理解し評價する者と、誤解して批判する者とを指していると解釋する(38)。

ただし、本詩の鄭箋の解釋は、一章の中の視點が一貫性を持っていない。本章でも、「鴻鴈于飛、哀鳴嗸嗸」は、流浪の最中にある時の民の姿の比喩だととるのに對し、「維此哲人」以下の句は流民を歸鄉させ住まいを與えるため土木工事を始めた使臣の思いが詠われているととり、詠われている時閒と主體が一貫していない(39)。さらには、鄭箋は、「愚人」を、實際に侯伯卿士を批判する無知な人閒ととり、彼に勞役を與えられたことを怨む無知な民のことを指すと解釋するが、この解釋により、詩全體としては民衆が侯伯卿士ひいては宣王を贊美しているのに、この部分に限っては逆に侯伯卿士を批判することになり、やはり矛盾が生じている。このような一貫性の缺如により、歸鄉が適った喜び、宣王（および彼の使臣）に對する感謝という、小序が提示する本詩の主題となる感情も弱められることになっている。

一方、嚴粲の解釋では、詩中の視點が一貫している。本詩小序の『詩緝』に、

本詩は、流民が作ったものである。使臣が任務に務め、天子の德に溢れた意志を天下に廣めることができた樣子を述べている。使臣を贊美するということは、宣王を贊美することにつながる（此詩流民所作。述使臣之勤勞、能布宣其上之德意也。美使臣所以美宣王也）

と言うように、本詩全體を、厲王朝の混亂により住まいを奪われた流民たちがその思いを詠ったものと捉える(40)。嚴粲の解釋においても鄭箋と同樣、詩中に使臣が登場するのであるが、しかし使臣の姿はあくまで流民の目を通して描かれていると解釋されているため、視點の一貫性が守られ、鄭箋のような矛盾に陷ることがない。「維彼愚人、謂我宣驕」を「設言」として解釋することは、このような民の視點から一貫的に解釋するために必要であったと考えられる。流民が本詩を作ったと考え、さらに小序が言うように、本詩が自分たちに安住の場所を與えてくれた使臣を贊美することを通じて、彼を遣わして宣王を贊美していると考えるならば、現實の存在として「愚人」を登場させる餘地はないからである。したがって、嚴粲が本章の解釋に「設言」概念を用いたのは、小序に從った解釋をし、さらに詩篇全

體で視點を一元化させるためであったということができる。

嚴粲の「設言」認識は、詩中の人物の感情を解釋する面ではどのような役割を果たしているであろうか。民は、自分たちをふたたび故郷に歸還させ住む家を與え、なおかつ生活の扶助まで與えてくれた侯伯卿士を指して「哲人」と稱贊し、そしてもし彼のような「哲人」ではなく、暗愚な人閒が使臣として遣わされていたら、と假想して「愚人」と言っている。現實には遭遇しないですんだ惡い狀況を想定して民が述べたものだと考えるのである。「設言」概念を用いて、あり得たかも知れない惡い事態を想像することは、逆に巡り會えた幸運に心から感謝する民の喜びを增幅させることになり、結果的に使臣および宣王に對する贊美をも強める效果を與えている。

以上、朱熹以後の南宋の詩經學者の著述から「設言」の概念を詩篇の解釋に用いている例を考察した。朱熹は、「設言」を用いて詩篇を重層的な構造を持つものとして理解することにより、解釋の可能性を大きく廣げることができた。そしてそれは、詩中の人物の感情をより生き生きと捉えるということにもつながった。『正義』においては、序と本文、序と傳箋との閒の說の乖離を解消するという、疏通のための道具という性格が強かったのを、朱熹は、詩篇の本義に切り込むための方法的概念として用いたのである。

このような「設言」の役割は、彼以後の詩經學者の例からも窺うことができる。朱熹が『詩集傳』で行った「設言」の意義の擴大は、後の學者に引き繼がれ、詩經解釋の可能性を大きく廣げることに貢獻したということができる。

7　まとめ

「假設」「設言」は、南宋以後の詩經學に繼續して用いられており(41)、詩經解釋の方法的概念として確立したということができる。

ところで筆者は前章で、宋代以後の詩經解釋にしばしば用いられる「汎言」「汎論」という術語を取り上げて論じた。この言葉は、詩篇の一部を一般論・一般的な教訓として認識することを表すものであるが、詩の一部を主内容――實事――とは異質・異次元の事柄を詠ったものとして切り出すという點で、「假設」「設言」と共通する性格を持つ。この二種類の認識の形が、宋代以降の詩經學において盛んに用いられるようになったというのは、偶然ではあるまい。これらの認識を用いることによって、詩は主内容の敍述に終始する平面的なものではなく、主内容とそれとは異なる內容とからなる立體的な構造體として考えられることになり、また、このような視點を獲得することによって、詩の解釋の可能性はより自由で廣いものとなるからである。

詩篇の內容を、主內容とそれと異なる部分とに分けて考えるということは、單に詩篇の構造についての明晰な認識を持つということにとどまらない。このような認識は、必然的に詩篇をこのように重層的な構造として表現したもの――すなわち作者――の存在を明瞭に意識することにつながる。漢唐の詩經學においては、必ずしも作者と詩中の人物を別の存在として分けて考えるということが自覺的に行われていたとは言い難い狀況にあった。それが、宋代の詩經解釋においては、作者と詩中の人物とは別の存在であり、混交して解釋してはいけないという認識がかなり普遍化していたことが、本稿で檢討した解釋から讀み取ることができる。このような認識の變化は、詩の構造に對しての關心から、詩を構造的に作った作者の存在を明確に意識したことによってもたらされたと考えることができるであろう。すなわち、詩篇は作者の意識的な創作物であるという認識である。これは、別の面からいえば、作者によって創造された詩世界をそれ自體自足したものとして捉え、そこに登場する人物たちの感情を明らかにしようという意欲も生み出したと考えられる。

このように見ると、宋代の詩經學者が詩篇の構造の分析を重視したというのは、詩篇の解釋の可能性を擴大するために必要なものであったと言うことができる。構造に對する新たな認識が、詩に込められた思いを深く讀み取るために必要とされたのである。つまり、宋代詩經學が漢唐の詩經學の軛を脱し、詩經の新たな解釋の可能性を模索するにあたって、まず詩篇がいかなる構造を持つものなのか（持ち得るのか）について根本的な見直しを行う必要があったのであり、その課題を實現するための方法的な概念として「汎言」「汎論」および「假設」「設言」が用いられたと考えることができる。これら二種類の術語によって示された彼らの解釋は、宋代詩經學の諸家が取り組んだ課題に對する彼らなりの回答であったのである。

「假設」「設言」は、筆者が前稿で取り上げた「汎言」「汎論」とは異なる成立と展開を示している。「汎言」という方法的概念は、『正義』には明確な形では見られず、北宋の歐陽脩に至って解釋の方法として本格的に用いられ、その後、繼續的に用いられるようになった。それに對して、「假設」「設言」は、『正義』の段階で傳箋とは質的に異なった解釋を行うための概念として用いられている。北宋の歐陽脩にはかえってこの概念を繼承している痕跡がなく、南宋の朱熹に至ってふたたび解釋の方法的概念として用いられ、その後の諸家に據って繼續的に用いられるようになった。

これは、宋代の詩經學者たちが詩篇の構造を把握しようと強く希求し、そのための方法的概念を樣々な形で獲得しようとしたことを表しているのではないだろうか。それは、「汎言」「汎論」のように彼らみずからが開發する形でも行われたし、「假設」「設言」のように既存の概念を再發見し、解釋のための概念として成熟させるという形でも行われたのである。とすれば、彼らが用いたのはこれまで檢討した二つに限らない、他にも樣々な方法論的概念を、詩篇の構造を把握するために驅使していた可能性がある。これについては、引き續き考察を進めていきたい。

また、宋代詩經學者が「假設」「設言」を『正義』から學んだという事實は、宋代に始まる新しい詩經學の成立に『正義』が重要な役割を果したことを表している。「漢唐の詩經學」として、ともすれば一つの學派に括られたままそれ以上の考察が行われないでいるものの中にも、質的な變化發展は確實に存在したのであり、その變化發展は通常對立的に捉えられているもう一つの學派――宋代詩經學――の形成に深く關わっており、それを育成する培地となっているのである。したがって、『正義』を漢唐詩經學の一部としてのみ考え、とりわけ漢唐詩經學が行き着くところまでいってもはやこれ以上の發展を望み得なくなった硬直した最終形態として捉え、宋代詩經學の單なる對立項とする考え方は修正を要する。

最後に、本稿の考察を通じて課題として浮かび上がった事柄を記したい。筆者は第十一章で、歴代詩經學を通じて、詩の主内容が歴史的に實在した出來事を詠っているという考え方が終始優勢であったと結論した。このことと本稿で考察した、詩の一部を假構の事柄として考えるという認識との關係は今後十分に檢討しなくてはならない問題である。もちろん、詩の主内容は歴史的事實を詠ったものではあるが、その全體的な枠組みの中で一部に假構の表現を交えるのだと理解することは簡單であるが、兩者の關係は、單に全體と一部ということにとどまらない、より深い問題を暗示しているように感じられる。

詩の内容を假構として理解するということは、それが詩の一部にすぎなかったとしても、その根本には詩篇が作者によって意識的に構築されたものであるという觀點が存在していることは、これまで檢討してきたとおりである。この點は「汎言」「汎論」についても同じことである。詩の一部が一般論であると認識することは、作者がその詩をどのような意志を持って構築したかの探究に必然的に結びつく。

このように宋代の詩經學者が共通に、詩とは作者の意志による構築物であるという認識を持っていたと考えられるのであるが、であれば、その一方で詩が歴史的に實在した出來事・事柄を敍述したものであるという認識が、宋代以降もなお優勢を保ったのはなぜであろうか。詩が作者の意志による構築物だという認識は、なぜ一足飛びに、詩とは作者による虚構にすぎない、という認識に發展しなかったのであろうか。本稿の冒頭で紹介した周南「葛覃」の『正義』の言葉、「詩は虛構の言葉にすぎない（詩者設言耳）」については、筆者は「いわば苦し紛れの概念だった」と結論した。だが、『正義』以後の詩經解釋學の展開の中で育まれた假構認識の成熟を經過してもなお、「詩は設言のみ」が詩經學者の全面的な認可を受けることがなかったのはいったいなぜであろうか。詩經解釋における歷史主義――これは、漢唐の詩經學に見られる「歷史主義」に限定されない、前稿の檢討によって得られた廣義の「歷史主義」のことであるが――とは、いったい何だったのかという問題は、今後も引き續き考察され續けなければならないだろう。

注

（1）『正義』に、毛傳が「副」と「褘」を擧げていることについて、「既擧服之尊者、然後歷陳其事、言此皆是公衣、不謂諸事皆服褘衣也。毛之六服、所施不明」と言う。これに據れば、毛傳は「副」と「褘」とを公服の代表として擧げたまでである。下文に列擧されている「朝事舅姑、接見于宗廟、進見于君子」の行事を行う時にはそれぞれ定められた公服を着るのであり、三つの行事すべてに「副」と「褘」とをつけるわけではないことになる。この『正義』の解釋は、毛傳を六服（「褘」を最上に置く六種類の公服）の用途に關する『周禮』「天官・內司服」鄭玄注の說明と齟齬することなく說明しようとしたものである。今、『正義』說に基づいて現代語譯をした。

（2）『史記』「周本紀」の「西伯蓋卽位五十年。其囚羑里、蓋益易之八卦爲六十四卦。詩人道西伯、蓋受命之年稱王而斷虞芮之訟。後十年而崩、謚爲文王。改法度、制正朔矣。追尊古公爲太王、公季爲王季、蓋王瑞自太王興」の唐・張守節『正義』に、

　二國相讓後、諸侯歸西伯者四十餘國、咸尊西伯爲王。蓋此受命之年稱王也。帝王世紀云、文王卽位四十二年、歲在鶉火、文王更爲受命之元年、始稱王矣。又毛詩〔疏〕云、文王九十七而終、終時受命九年、則受命之元年年八十九也。

と言う。ここで引用されている「毛詩〔疏〕」とは、大雅「文王」の『正義』である。さらに、同「九年、武王上祭于畢」の六朝宋・裴駰『集解』に、「大戴禮云、『文王十五而生武王。』則武王少文王十四歲矣」と言う。『史記』「管蔡世家」に、

「武王同母兄弟十人。母曰太姒。文王正妃也」と言い、太姒は武王の實母であるから、文王十五歳の時に次男武王發を生んだ太姒は（長男は伯邑考）、たとえ文王より歳下であっても數歳と違わないはずである。したがって、文王が八十九歳で王を稱した時、太姒も相應に年老いていたということになり、その實父母はすでに逝去していた可能性が高いことになる。

（3）『史記』「周本紀」に、

公季卒、子昌立、是爲西伯。西伯曰文王。

と言う。これに基づけば、文王が周の國主となったのは父親の沒後であるので、后の位についた太姒には舅がいなかったということになる。

（4）詩經學史における歷史主義的解釋の展開については、本書第十一章で考察したのを參照されたい。

（5）「設言」の本來の意味は、「ある意圖を持って言語に表現する」ということであろう。發言者・表現者がその意圖を實現するために、ある場合には現實とは異なったことを表現するという手段を執ることもあり、その場合には「設言」は「虛構の言葉を發する」という意味になるのであろう。したがって、「設言」の用例すべてが虛構の言葉を表すものとして使われているわけではないけれども、右に述べたような意味の擴大の論理的過程をわきまえれば、我々の問題意識に適合する用例か否かを判別することは可能である。

（6）『毛詩正義』の「設言」の用例中、「言表する」という意味と考えられるのは以下の通りである。

A　王風「黍離」序『正義』

論語孔子曰、如有用我者、吾其爲東周乎……孔子設言之時、在敬王居成周之後。

B　王風「采葛」序『正義』

年有四時、時皆三月。三秋謂九月也。設言三春三夏、其義亦同。作者取其韻耳。

C　小雅「伐木」首章『正義』

毛以爲有人伐木於山阪之中、……以興朋友二人相切磋。設言辭以規其友切切節節然。

D　小雅「白駒」第三章　注（14）參照。

E　魯頌「泮水」第七章『正義』

毛以美僖公之克淮夷、必美其以德、不以力。此當設言爲不戰之辭。故以觩爲弛貌。

（7）この用法に當たるのは、大雅「桑柔」の『正義』に見られる。

為謀爲毖　謀《はかりごと》を爲し毖《つつしみ》を爲すも
亂兄斯削　亂　兄《ますます》斯《ここ》に削《けづ》らる〈「兄」もと「況」に作る。挍勘記に據って改める〉
告爾憂恤　爾《なんぢ》に恤《じゅつ》を憂《うれ》ふることを告《つ》げ
誨爾序爵　爾《なんぢ》に爵《しゃく》を序《じょ》することを誨《おし》ふ
誰能執熱　誰《たれ》か能《よ》く熱《あつ》きを執《と》りて
逝不以濯　逝《ここ》に以《も》て濯《あら》はざらん
其何能淑　其《そ》れ何《なん》ぞ能《よ》く淑《よ》からん
載胥及溺　載《すなは》ち胥《あひとも》に溺《おぼ》る

〔箋〕お前がもし、このことが政治に對して何もよいことをもたらしはしないと言うならば、お前たち君臣ともにみな禍に陥ることになるだろう（女若云此於政事、何能善乎、則女君臣皆相與陷溺於禍難）

これについての『正義』に次のように言う。

王肅は、當今の政治はいったい何のよいところがあろうか。君臣ともに破滅に陥るだけである、と解釋する。このような理解もまた通じる。鄭箋がこのように解釋しなかったのは、この文は上の告げ教える言葉を承けているので、文勢から考えると受け入れられなかった場合について言っているのがふさわしい。だから、自分の忠告を拒絶する言葉を假定したものと捉え、その〔ように拒絶した〕場合に陷る狀態を示したものと考えたのである（王肅以爲如今之政、其何能善。但君臣相與陷溺而已。如此理亦可通。箋不然者、以此文承上告教之言、宜爲不受之勢。故以爲假設拒己之辭、示之不可之狀）

ここでは、當今の爲政者は破滅へと向かう政治を行っていると、現實の問題についての論評を行っていると解釋する王肅と異なる鄭玄の解釋を説明する中で「假設」という言葉が用いられている。本章の前半に爲政者への忠告の言葉が展開されているのを承けて、自分の忠告が受け入れられなかった場合に引き起こされるであろう事態を詩人が假定して述べたものだと、鄭玄は考えていると言うのである。したがってこの場合の「假設」は單純な假定法を表すものと考えることができる。

（8）もちろん、「設言」の二つの意味用法には、關連が見出せる。筆者・發話者が、その頭の中で考えや思いを言語表現として構成した後にそれを發するのが「言表する」ということであるが、もう一つの意味の（本稿で問題にする）「假構する」という意味は、筆者・發話者の思いや考えが現實に直接根ざさない内容であり、そのような内容の考え・思惟をやはり頭の中で言語表現として構成することには變わりない。つまり、二つの意味用法は、「言表する」が廣義の意味用法であり、他方「假構する」はその内容を限定した狹義の意味用法であるとまとめることができる。

（9）これは、「關雎」序の「哀窈窕」について、毛傳と鄭箋とが説を異にすることを指摘したものである。「哀」の字を鄭箋は、「衷」の誤りであると考え、「哀蓋字之誤也、當爲衷、衷爲中心恕之」と言う。これに對して、毛傳は「哀」の字は誤りではないと考えたと『正義』は指摘しているのである『正義』は毛傳を次のように敷衍する。

毛以爲哀窈窕之人與后妃同德者也。后妃以己則能配君子、彼獨幽處未升、故哀念之也。既哀窈窕之未升、又思賢才之良質、欲進擧之也。哀窈窕還是樂得淑女也、思賢才還是憂在進賢也。殷勤而説之也。

（10）清・馬國翰『玉函山房輯佚書』經編・詩類に孫毓『毛詩異同評』を集佚する。その卷上に『正義』よりこの部分を集佚して、「思淑女之未得」から「以此知毛意思淑女未得、假設之辭也」までを孫毓の言葉とするが、筆者はこれに疑問を感じる。孫毓の書は書名からもわかるように、毛公・鄭玄・王肅・王基ら注釋者の説の異同を比較檢討して、どれが優れるか評價するものである。そのような體例とこの集佚とは異なっているように思われる。この部分は、毛傳の詳細な敷衍であり、それを別の説と比較しようという意圖が見受けられない。もちろん、『正義』は「孫毓述毛云」と言うように、本來『異同評』の中にあった他説との比較檢討の部分を省略して、毛傳に對する敷衍の部分のみを引用したのであろうが、それにしても、その敷衍は他と比べて詳細にすぎる。もちろん、孫毓も時として詳細な分析・説明を行うことはあるが、しかしそこで他説との比較檢討のための説明という性格が明確であり、この箇所のような敷衍のための敷衍というのは、『異同評』全體を見渡して他に例がない。孫毓が毛傳の「宜以琴瑟友樂之」を「述べ」たのは、「思淑女之未得、以禮樂友樂之」の部分であって、「是思之而未致、樂爲淑女設也」以下の部分は、疏家が孫毓の説を説明した後、それを材料に自身の議論を展開したものと考えるのが適當ではないだろうか。以上の理由により、馬國翰の集佚には從わなかった。

（11）以上、「關雎」の訓讀については、清原宣賢加點、財團法人靜嘉堂文庫藏『毛詩』（『毛詩鄭箋（一）』、古典研究會叢書漢籍之部、第一巻、汲古書院、一九九二）を參考にした。

（12）第四章の鄭箋に次のように言う。

言后妃既得荇菜、必有助而采之者。同志爲友。言賢女之助后妃共荇菜、其情意乃與琴瑟之志同、共荇菜之時、樂必作。

（13）鄭箋を『正義』は、「言后妃衷心念恕在窈窕幽閒之善女、思使此女有賢才之行、欲令宮内和協而無傷害善人之心」（巻一—一、十九葉表）と説明する。

（14）第三章に見える。この用法の例として、少しく詳しく説明する。

皎皎白駒　皎皎《きょうきょう》たる白駒《はくく》
賁然來思　賁然《ひぜん》として來たれ

〔箋〕彼が私のもとにやってきてまみえることができることを願っている（願其來而得見之）

爾公爾侯　爾《なんじ》公なるか　爾《なんじ》侯なるか
逸豫無期　逸豫《いつよ》として期無き

〔傳〕君は公なのか、君は侯なのか〔そうではあるまいに〕。どうして〔隱遁の〕樂しみに耽ったまま、私のもとに歸ってこようともしないのか（爾公爾侯邪。何爲逸樂無期以反也）

愼爾優游　愼《まこと》に爾《なんぢ》優游《いういう》せば
勉爾遁思　爾《なんぢ》の遁思《とんし》を勉《つと》めよ

〔箋〕本當に君が〔隱遁して〕悠然と遊び暮らそうと言うのであらば、そのようにして時の至るのを待つがよい。君の隱遁の思いを實現するよう勵みたまえと言ったのは、自分がもうこの世で彼に會うことができないだろうと考え、みずから決別した言葉なのである（誠女優游、使待時也。勉女遁思、度已終不得見。自訣之辭）

『正義』に次のように言う。

作者自身が〔白駒に乗って去っていった〕賢者が來て彼に會えることを願っている。そう願って賢者が本當に來てくれたならば、彼を責めなじろうとする。賢者のことを思っても彼が來てくれないので、かりそめに彼と訣別せんとする言葉を發する。君が本當に國の外で悠々と遊ぼうということを力を盡くして實現させたいというのならば、君のその隱遁の志をどうか最後まで貫きたまえ。極言して彼に訣別の言葉を送るのである（已願其來思而得見之也。既願而來、卽責之……。思而不來、設言與之訣。汝誠在外優遊之事勉力行、汝遁思之志、勿使不終也。極而與之自訣之辭也）

ここでは、「設言」という言葉を「來てくれないので訣別の辭を作り上げ〔表現す〕る」というような意味で使われている。このように、ある言葉を意識的に作り上げ表現するというような意味で用いるのが、「設言」のもう一つの用法である。

(15) 例えば、本書第五章第7節參照。

(16) この點に關しては、本書第一章・第三章・第九章を參照。

(17) 2―①「關雎」の『正義』中に引用された孫毓の發言が「これを以て毛の意、淑女を思いて未だ得ず假設するの辭なることを知る」までであるとすれば、晉代にはすでに「假設」認識が詩經解釋で用いられていたことになる。しかし、注(10)に述べたように、筆者は孫毓の發言をここまでと考えることに不安を感じているため、現段階では態度を保留したい。ただし、假にそうだとしても、「假設」の導入が、詩經學が序傳箋の再解釋を任務とするようになってからのことという筆者の考えに齟齬するものではない。

(18) 曹風「候人」の中から、歐陽脩が問題にしている箇所と彼が批判している鄭箋およびその『正義』を以下に掲げる。

薈兮蔚兮　　薈《くわい》たり蔚《ゐ》たり
南山朝隮　　南山に朝に隮《のぼ》る
婉兮孌兮　　婉《ゑん》たり孌《らん》たり
季女斯飢　　季女斯《こ》れ飢えなん

〔箋〕薈蔚之小雲、朝升於南山、不能爲大雨、以喩小人雖見任於君、終不能成其德教。天無大雨、則歲不熟、而幼弱者飢、猶國之無政令、則下民困病〈もと「矣」の字有り。挍勘記に據って刪る〉。

〔正義〕薈兮蔚兮之小雲、在南山而朝升、不能興爲大雨、以興小人在上位而見任、不能成其德教。此接勢爲喩、天若〈もと「者」に作る。挍勘記に據って改める〉無大雨、則歲穀不熟。婉兮而少、孌兮而好、季子少女幼弱者、斯必飢矣。

（19）『詩本義』中には、本文で取り上げたものの他、「假設」という術語は二例見られる。このうち巻八、小雅「何人斯」論の、

谷風小弁之道乖則夫婦父子恩義絶而家國喪、何獨於一魚梁而毎以爲言者、假設之辭也。詩人取當時世俗所甚顧惜之物、戒人無幸我廢逐而利我所有也。

は、父や夫に捨てられた子や妻が、自分が家のために苦勞して築きあげてきたものを自分の後釜に座るものに勝手に使われる悔しさを、日常よく使う梁《やな》に託して「私のやなを人に使わせるな」と言ったものだと説明している。これも廣く言えばものの喩えの例と考えられる。巻五、檜風「匪風」論に、

今、詩人の意圖を考えるに、「誰か能く魚を烹ん」というのは、假に發問の言葉を發したものであり、言わんとするところは下の「『之が釜鬵を漑《すす》がん』の」句にある。毛傳・鄭箋は「烹魚」について解釋するのみで、「之が釜鬵を漑《すす》がん」についても何も説明していない。このため、ついに詩人の意を失ってしまったのだ（今考詩人之意云、誰能烹魚者是設爲發問之辭、而其意在下文也。毛鄭止解烹魚、至於漑之釜鬵則無所説、遂失詩人之意）

とあり、「設爲……辭」と言っているのも、「假設」と關連させて考えることができる。歐陽脩は本詩の「本義」として、

本詩の本章の「誰か能く魚を烹ん、之が釜鬵を漑《すす》がん」は、魚を料理するのが得意な人は、きっと先ず料理に用いる容器をきれいに洗うものだ、器が清潔であってこそ魚も料理できるというものだと言う。これは「誰が我ら人民を正しく治めてくれるのか、そのためにはまず國の亂れたまつりごとを正すべきだ、國の亂れが正されれば、我ら民は安らかに暮らせる、と言っているようなものである（其卒章曰、誰能烹魚漑之釜鬵者、謂有能烹魚者、必先滌濯其器、器潔則可以烹魚、若言誰能治安我人民、必先平其國之亂政、國亂平則我民安矣）

と言い、魚を料理することを國の亂れを正すことの比喩表現として用いることを指して「設爲……辭」と言っているので、「假設」と同様の用法だということができる。

（20）なお、巻一、周南「麟之趾」の論に、

「關雎」「麟趾」は同じ作者によって作られたものではない。「麟趾」の作者は「關雎」の意について全く關知するところはない。故に、昔の學者で毛鄭の學をなすものも彼らの誤りに氣づき、そこで曲説をなして次のように言う。「本當は麒麟の應などないのだが、太師が詩を編纂するとき、この義を假に設定して關雎の化が完成したからには麒

麟が出現するのがふさわしいと考えて、そこでこの「麟趾」の篇を借りて最後に置き、あたかも化が完成して麒麟が出現したかのようにした」と。そうであるならば、詩序の述べるところは詩人の作詩の本義ではなく、太師が詩を編んだときに假に設定した意義づけである。毛鄭はついに詩序の意にこだわって詩を解釋した。そのため太師の假に設定した意義づけによって詩を解釋することになってしまった。本義から遠くはずれてしまったのももっともなことである（關雎麟趾作非一人、作麟趾者了無及關雎之意。故前儒爲毛鄭學者自覺其非、乃爲曲説云、實無麟應、太師編詩之時、假設此義以謂關雎化成、宜有麟出、故借此麟趾之篇、列於最後、使若化成而麟至爾。然則序之所述乃非詩人作詩之本意、是太師編詩假設之義也。毛鄭遂執序意以解詩。是以太師假設之義解詩人之本義、宜其失之遠也）

と言うのは、詩人による表現のあり方を指してではなく、周の音樂を掌る大臣である太師が民閒から採集された民謠を編集した際に本詩に與えた役割を指して「假設」と言っているので、用法が少し異なる。しかし、いずれにしても本稿の問題意識とは關わらない用法である。

(21) 小雅「巷伯」の『集傳』に次のように言うのが、これに當たる。

これらの〔「彼の譖人を取りて、投じて豺虎に畀《あた》へん」「投じて有北に畀へん」「投じて有昊に畀へん」〕の句は、いずれも、假構の言葉を用いて、彼が死んでしまうことを望む詩人の氣持ちが甚だしいことを表す（此皆設言以見欲其死亡之甚也）

(22) 本詩第三章「父を將ふに遑《いとま》あらず（不遑將父）」について、毛傳は「將は養ふなり（將養也）」と言い、朱子もこれを踏襲する。

(23)「使人」については、南宋・呂祖謙『呂氏家塾讀詩記』、南宋・段昌武『毛詩集解』いずれも、朱熹の説を引用して「非使臣作是歌也」と作るのによって「使者」と解釋した。

(24) もと「述時」とあるが、阮元挍勘記に「述時其情、小字本・相臺本、時作序。閩本・明監本・毛本作敘。案序字是也」と言うのに從う。

(25) 鄭箋には、「以養父母之志」とあり、「父」の字がある。

(26) ちなみに、『十三經注疏　整理本』（北京大學出版社、二〇〇〇）毛詩正義でも、「今君勞使臣、言汝曰『豈不思歸、作歌來告』」と引用符をつけており、「作歌來告」を使臣の言葉としている（第五册、六五八頁）。

（27）『呂氏家塾讀詩記』に引用された朱熹の解釋については、朱熹自身によって著された「呂氏家塾讀詩記序」（淳熙壬寅九月己卯）の中で、

そうではあるが、この書の中で「朱氏」と言っているのは、實は私の若い時の淺はかな説であり、伯恭（呂祖謙）が誤って採用したものである。その後長い時を經て、私はその説が妥當でないと氣づいた（雖然、此書所謂朱氏者實熹少時淺陋之説、而伯恭父誤有取焉。其後歷時旣久、自知其説有所未安）

と辯明されているように、遲くともこの序の書かれた淳熙九年、一一八二、朱熹五九歳、には、放棄されてしまったものである。

（28）劉毓慶『歷代詩經著述考』（二〇〇二、中華書局）二七九頁。

（29）輔廣の事蹟、學術史的意義については、黄宗羲『宋元學案』卷六四「潛庵學案」に詳しい。また、彼が朱熹に指導を仰いでいた様子については、田中謙二「朱門弟子師事年攷」（『田中謙二著作集』第三卷、汲古書院、二〇〇一、二七二頁）に詳細な考證がある。

（30）毛傳に、「駪駪衆多之貌。征夫行人也。每雖。懷和也」と言い、鄭箋に、「春秋外傳曰、懷私爲每懷也。和當爲私。衆行夫既受君命、當速行。每人懷其私相稽留、則於事將無所及」と言う。『正義』の「驅馳訪善」は、本詩第二章「載馳載驅、周爰咨諏」の鄭箋に、「馳驅而行、見忠信之賢人、則於之訪問、求善道也」に基づく。

（31）嚴粲『詩緝』については、洪湛侯『詩經學史』（中國古典文學史料研究叢書、中華書局、二〇〇二）上册三五七頁および四〇七頁、戴維『詩經研究史』（湖南教育出版社、二〇〇一）三八三頁ともに、南宋詩經學の重要な著述としてその特徴と學的意義について詳細に紹介している。また、劉毓慶氏前掲書三一一頁にも詳しい解説があるのも參照されたい。それらにより要點を述べると、嚴粲、字は坦叔、は生卒年未詳ながら、當時詩人として著名であった。『詩緝』三六卷は、呂祖謙『呂氏家塾讀詩記』を主としつつ諸書から説を採りながら、詩經の文學性を重んじた解釋を展開した書として注目される。彼はまた、呂祖謙の詩序尊重の立場を受け繼いだという點で、朱熹『詩集傳』と對照的な態度に立った。本書第十六章參照。

（32）桓叔、名は成師。晉の昭侯の叔父で、大邑曲沃を與えられ、主家を凌ぐ勢力を蓄え簒奪をもくろんだ。彼の子が父の野望を受け繼ぎ、主家を伐ってみずから晉公の位に就いた。『史記』「晉世家」にこの事件の詳しい記述が見られる。

(33)『史記』「晉世家」に、「〔昭侯〕七年、晉大臣潘父弑其君昭侯而迎曲沃桓叔。桓叔欲入晉、晉人發兵攻桓叔。桓叔敗、還歸曲沃。晉人共立昭侯子平爲君、是爲孝侯。誅潘父」と言う。

(34) 本詩の嚴粲の解釋については、本書第十六章第二節參照。

(35) この問題については、本書第十五章參照。

(36)「鴻鴈」首章に「之子于征、劬勞于野」とあり、毛傳に「之子、侯伯卿士也」と言い、鄭箋に「侯伯卿士、謂諸侯之伯與天子卿士也」と言う。

(37) 嚴粲が詩序を重んずる立場をとることについては、戴維氏前揭書三八四頁、洪湛侯氏前揭書上册三五七頁を參照のこと。

(38) このような解釋は、北宋に入っても歐陽脩・王安石にも引き繼がれている。歐陽脩『詩本義』に次のように言う。

其卒章云哀鳴嗸嗸者、以比使臣自訴也。其自訴云、哲人知我者、謂我以君命安集流民而不憚劬勞爾。愚人不知我者、謂我好興役動衆爲驕奢也。

王安石『詩經新義』に次のように言う。

鴻雁以比使臣、謂宣王所遣之使臣、奔走如鴻雁之飛……維此哲人、謂我劬勞者、以我于征于桓爲劬勞也。維彼愚人、謂我宣驕者、以我矜怜、撫奄爲宣驕也……民皆離散而不安其居、必矜之甚深、哀之甚切、不爾、則無告之民不足以自存矣。哲者所懷、有同於我、是以知我之劬勞、愚者謂我宣驕而姑息於民而已。

(39) この點については、歐陽脩がすでに『詩本義』において、「上下の句で釣り合いが取れていない（上下文不相須）」と批判している。

(40) このような解釋は、おそらく蘇轍に淵源するであろう。蘇轍『詩集傳』に次のように言う。

民復其故居、勞而未定、如鴻雁之嗸嗸也、興廢補敗、不能自靖、不知者以爲宣驕耳。

(41) 例として、元以後の詩經學の著述の中で「假設」が用いられている例を列擧する。

①元・許謙『詩集傳名物鈔』卷二「河廣」

文公元年卽僖之元年也。今傳曰、衞在河北、宋在河南、是以狄未滅衞之前言之也。而言河廣之詩作於襄公卽位之後、則衞不在河北矣。其說自相枘鑿……若以一葦杭之爲假設之辭則可爲襄公卽位之後而衞非河北矣。

②明・朱善『詩解頤』卷二「白駒」

今白駒之好賢、不出於君上之誠心、而顧出於臣下之私情。……而所謂爾公爾侯者、特詩人假設之辭、而非出於君上之眞情也。

③明・朱朝瑛『讀詩略記』卷三「斯干」

吉夢之占、特假設其事。以爲頌禱非實也。何玄子謂宣王之子幽王實亡其國、夢既不靈、幻語亦何足錄、遂以是爲非宣王之詩、此眞夢語也。

④清・姜炳璋『詩序補義』卷十九「隰柔」

若君子已見則愛慕之意何妨直告、不徒爲中心之藏也。故知上三章既見君子、乃假設之辭、非實境也。何日忘之、便有相機而動之意、王心開悟、便可擧之於朝、故此篇是憂國思賢之操、非伐木救友之音。

⑤清・朱鶴齡『詩經通義』卷十、大雅「抑」

或又據亦聿既耄語以爲武公年九十五作（從國語）、此又不然。借曰未知、亦既抱子、借曰未知、亦聿既耄。若曰汝且長大矣、且老耄矣。日月逾邁、可不省乎。此皆假設進諫者之辭、非眞謂己年已耄也。

〔附記〕

本章初出稿發表後、楊金華『《毛詩正義》研究――以詩學爲中心』（中華書局、二〇〇九年九月）を讀んだ。その第一章「以文學手法解詩」において、本章と同樣の視點から『毛詩正義』の解釋學的特徵を考察し、かつ「孔穎達認識到詩是一種藝術創作、不同於現實、因此、其在疏解中明確指出詞句只是「設言」、「假言」、不能只按其字面理解」（三五頁）という結論を提出している。氏はさらに筆者が氣付かなかった「設言」の同義語「假言」「假說」および意味的に關連する「豫述」などの術語をキーワードとして考察している。これらは本章の議論に對して大きな啓發を與えるものであり、ここに注記する次第である。

第十四章　詩を道德の鑑とする者
――陳古刺今說と淫詩說から見た詩經學の認識の變化と發展――

1　問題設定

漢唐詩經學には、「陳古刺今」「思古傷今」と呼ばれる解釋概念がある。「陳古刺今」とは、古のありさまを陳述して現今の狀況を刺るという意味であり、「思古傷今」とは、古のうるわしい御代を思慕し現今の衰えた狀況を嘆き悲しむという意味である。ある詩篇がこのような意圖のもとに作られていると考え解釋することが、漢唐詩經學ではしばしば行われた（嚴密に考えれば「陳古刺今」「思古傷今」には意味の違いが認められるが、本稿ではその違いを捨象し一つの解釋概念として扱う。以下の論述では、「陳古刺今」「思古傷今」の認識に基づく解釋法を「思古說」、そのような解釋法によって解釋された詩篇を「思古詩」と略稱する）。

ある詩が思古詩であるかどうかは、典型的には小序に規定される。例えば、鄭風「女曰鷄鳴」序に、

「女曰鷄鳴」は、德ある人間をよろこばない輩を刺った詩である。古の道義を陳述してそれによって德ある人間をよろこばずに美しい容色の女を好む現今のありさまを刺ったのである[1]（女曰鷄鳴、刺不說德也。陳古義以刺今不

說德而好色也）

と言い、古の様子を描寫することによって現今の衰勢を批判するところに、詩人の作詩の意圖があると說明する。この解釋に據れば、詩人が本來主張しようとした現今の衰勢に對する批判の念は詩の表面には現れず、詩に詠われている道德に適ったうるわしい古の狀況の裏に隱されている。例えば、「女曰鷄鳴」で詠われる、夫は美しい妻と仲むつまじく暮らしながらもそれに溺れず、德ある友人が來訪すれば心からもてなし、一方妻も自分の容色を鼻に掛け夫を占有しようとしたりせず、夫のために夫の友人を懇ろにもてなすという理想的な夫婦のありさまは、作者が自分の生きる衰世に對する異議申し立てを行うための一種の媒介にすぎないと考えるわけである。詩に詠われた內容と詩人の作詩の意圖との閒に食い違いが存在すると考えるところに、この解釋法の特徵がある。(2)

檀作文氏に據れば、詩序が思古詩と規定する詩は、十三例ある。(3) また、小序には規定がないものの傳箋正義では思古詩として解釋しているものも多い。まさしく氏の言うように、思古說は「漢唐詩經學にとって詩篇解釋の通例（〈陳古刺今〉是漢學詩經學說《詩》的一個通例）(4)」なのである。一方、詩序の不可侵性が崩れ、學者が自分自身の目で詩を讀み直そうとした宋代詩經學においては、思古說に對する態度は學者によって樣々である。

思古說についての具體的な考察は目下のところ乏しい。管見の限りでは、前述した檀作文氏が、朱熹の詩經學を分析する中で、漢唐詩經學の思古詩について比較的まとまった考察を行っているのが目につく程度である。思古說は、宋代詩經學の漢唐詩經學に對する眞っ向からの反論である「淫詩說」と比較しつつ考察することが效果的である。兩者はその認識の形において興味深い相似點を持ち、また重要な差異を持つ。兩者を一つの視野の中で檢討することで、詩經の詩篇がどのようなメカニズムで道德的教化の役割を實現しているのか――端的に言えば、詩に教訓性を與えるのはいったい誰なのか――についての個々の學者の認識の違いをあぶり出すことができる。これは、詩の作者と編者との關係、そしてそこに讀者がどのように關わっているか、という一連の問題についての認識につながる問題である。歐陽脩が『詩本義』巻十四「本末論」で展開した學說――詩篇は「作者の意」「太師の職」「聖人の志」「經師の業」という相異なる四種類の意味層を持ち、詩經の本義を捉えるためには「作者の意」と「聖人の志」の究明に專心すべきであるという議論(5)――は、詩經の意味の多層性を指摘したものとして有名である。またそれは、朱熹の詩經學に大きな示唆を與え、發展的に繼承されて、その詩經學を支える學問的支柱としての學說に練り上げられた。これらのことについては、諸家の一樣に重視するところである(6)。歐陽脩のこの學說について、先に筆者は次のような說を立てた。

孔子が三千篇の中から三百篇を嚴選し、また必要とあれば自ら改編の手を加えていた、そのことによって、はじめて詩經は道德の書としての價値を付與されると歐陽脩は考える。これを裏返せば、孔子が手を加える前の詩經の原テキストは非常に素朴なものであることを許されることになる。彼は『詩本義』「本末論」において、詩經には「詩人の意」「太師の職」「聖人の志」「經師の業」の四つの層があり、「詩人の意」「聖人の志」こそが學者が追求すべき「本」だという說を展開する。從來の硏究では「詩人の意」と「聖人の志」は、同次元のものとして扱われがちであったが、右のような歐陽脩の認識から考えると、彼はむしろこの二つを異質のものとして考えていたのではないだろうか。現代的な用語で言えば、歐陽脩は詩經を文學としての解釋することと經學として解釋することとは別であると冷靜に認識し、かつ、「聖人の志」という考え方を導入して、詩の道德的な價値というのは詩の本來の意味の外側に附加されるものと考えることによって、詩經の經典性を擔保しつつ詩經の實態に卽した解釋（詩人の意）を行おうとしたのではないだろうか(7)。

本稿の考察によって、この說が成り立つかどうか檢證してみたい。

詩の作者と編者との關係に對する認識については、特に朱熹の淫詩說の學術史的意義の考察を中心問題として、西洋の解釋學理論を援用した研究が近年盛んに行われている。(8) また、歐陽脩の認識については車行健氏に優れた研究成果がある。(9) しかしこの問題をめぐって、詩經學者の認識がどのように變化し展開しつつ、漢唐詩經學から南宋朱熹に至ったのかについては、なお考察すべき課題が殘されている。

本稿では、これまでに蓄積されてきた諸家の研究成果に基づきつつ、詩の作者と編者との關係という詩經研究の基礎をなす認識の變化發展のダイナミズムを捉えるために、歐陽脩の認識が漢唐詩經學と朱熹詩經學とを繫ぐどのような役割を果たしているかを考察したい。そのための考察の視點を、思古説と淫詩説に据えたい。

2　北宋諸家および朱熹の思古説に對する態度

宋代詩經學の諸家は思古説に對してどのような態度を示しているであろうか。また、その態度はどのような學問的背景に基づき、また、宋代詩經學の發展の歷史の中にどのように位置づけられるであろうか。本章では北宋詩經學を代表する三人の學者、歐陽脩・王安石・蘇轍の思古説に對する認識を通覽し、その上で朱熹の思古説と比較し、そこに見られる解釋理念・詩經觀の變化を考察したい。

①　歐陽脩――思古説の重視――

思うに詩經の作者は、古の樣子を述べてそれによって現今のありさまを刺るのが常である（蓋詩人之作、常陳古以刺今）（巻九、小雅「賓之初筵」論）

歐陽脩はこのように言って、詩經の表現技法の一つとして思古説が重要な地位を占めるという認識を示す。第1節で紹介した小序が思古詩と規定している詩十三篇のうち、『詩本義』が取り上げている詩は五篇、その内の一篇は思古説に關するコメントはなく（鄭風「羔裘」）、三篇が思古説に同意（鄭風「女曰鷄鳴」・小雅「魚藻」・「采菽」）[10]、一篇のみが詩句の內容上、思古詩と判斷する根據に乏しいとして疑問を呈している（小雅「鴛鴦」）。詩序と同じく思古説によって解釋している例として、第1節で取り上げた鄭風「女曰鷄鳴」を擧げよう。

本詩の卒章にさらに、「あなたが相親しむ友人を招いたのを知れば、その人への心づくしの贈り物とすべきものを何か用意しましょう」と言って、自分の夫が妻のことばかり大切にするのではなく、その上さらに賢者善人を尊び友とし、贈り物によって關係を取り結ぶよう勵ましている。これがいわゆる「德を說びて色を好まず」ということであり、當時の風俗がそうでないことを刺っているのである（其卒章又言知子之來相和好者、當有以贈報之、以勉其夫不獨厚於室家、又當尊賢友善而因物以結之、此所謂說德而不好色、以刺時之不然也）（巻四、鄭風「女曰鷄鳴」本義）

詩序の思古説に明確に贊成しているのが三篇というのは少ないように思われるかも知れない。しかしながら、歐陽脩の息子歐陽發が父親のために撰した「事迹」に歐陽脩の『詩本義』撰述の態度を述べ、

『詩本義』を著し、〔傳箋を〕改正するところ百餘篇。その他については「毛鄭の說が正しい。また何を付け加えることがあろうか」と言った（爲詩本義。所改正百餘篇。其餘則曰、毛鄭之說是矣、復何云乎）[11]

と言っているのに從えば、彼が獨自の解釋を提示していない詩については、歐陽脩は傳箋の解釋に從っている可能性が高いことになる。また、詩序には思古詩である旨の言葉はないが、傳箋正義の解釋では思古詩としているもののうち、三篇の詩について『詩本義』も思古説による解釋を行っている[12]。

歐陽脩はさらに、小序が思古詩としない詩についても思古詩として解釋を行っている。その例は、周南召南に見ら

れる。周南「關雎」はその序に、「關雎は后妃の德なり（關雎、后妃之德也）」と言うとおり、傳箋正義とも文王の妃太姒の淑德を實際に見聞した詩人がそれを褒め稱えた典型的な美詩として解釋してきた。ところが、歐陽脩はこれを斥けて次のように言う。

詩中に、この淑女を君子の后とし、その容色に溺れることなく、お付きの者とともにその仕事に勤しむことができるならば、琴瑟鐘鼓によって彼女を樂しませることができる、と言っている。これはみな作詩の當時の世情がそうでなかったことを刺っているのである（謂此淑女配於君子、不淫其色而能與其左右勤其職事、則可以琴瑟鐘鼓友樂之爾。皆所以刺時之不然）（卷一、周南「關雎」本義）

「皆な時の然らざるを刺る所以なり」と言うように、歐陽脩は本詩を通常の美詩としてではなく思古詩と考える。(13)「卷耳」も同樣である。本詩の小序は、

「卷耳」は、后妃の志である。后妃は〔ただ賢者を進め、婦道を實踐することに心を砕くだけではなく〕(14)、さらに夫を補佐すべきであり、賢者を求め彼にふさわしい官位を審査し、外地に派遣された臣下の苦勞を理解する。内に賢者を推薦しようとする志を持ってはいるが、しかし腹黑くねじけた氣持ちや自分で勝手に謁見しようとする氣持ちは持たない。朝夕、一心に思い詰め、心配して疲れ果ててしまうまでに至る（卷耳、后妃之志也。又當輔佐君子、求賢審官、知臣下之勤勞。内有進賢之志、而無險詖私謁之心、朝夕思念、至於憂勤也）

と言い、この詩の作者を文王・太姒の時代に生きた人間であり、彼が實見した事柄を詠っていると捉え、通常の美詩として解釋するのに對して、歐陽脩は次のように言う。

詩人は、后妃のこのような心の中の考えを述べて言語化し、それによって周南の主君と后妃がどちらも賢者であり、その宮中でこのようなことばかりを語り合っていたことを表そうとしているのである。后妃が私的に賢者に謁見しようという言葉を發したわけではないのである。おそらく、作詩の當時がそうでなかったことを憎んでいるのであろう（詩人述后妃此意以爲言、以見周南君后皆賢、其宮中相語者如是而已。非有私謁之言也。蓋疾時之不然）

（巻一、周南「巻耳」本義）

詩人が古の文王の后である太姒を想像して詩に詠い、それによって現今の后妃が道徳に悖った振舞をしていることを刺っていると考える。やはり思古詩として解釋するのである。

歐陽脩のこのような解釋は、どこから生まれたのであろうか。周南「關雎」について歐陽脩は、

「關雎」の詩は、周が衰えた世に作られたものである。太史公は、「周道　缺けて而して關雎作れり」（『史記』「十二諸侯年表」）と言った。つまり、この詩はいにしえの御世を追想してそれによって現今のありさまを刺った詩である（關雎周衰之作也。太史公曰、周道缺而關雎作。蓋思古以刺今之詩也）（巻一、周南「關雎」本義）

まず自分の職分に勤勉に勵んでその後に樂しむ。だから、「關雎は樂しめども淫せず」（『論語』「八佾」）と言うのである。その詩は古を思って今を刺っているがその言葉は差し迫っていない。だから、「哀しめども傷まず」と言う（先勤其職而後樂、故曰關雎樂而不淫。其思古以刺今而言不迫切、故曰哀而不傷）（同右）

ここからわかるように、歐陽脩が「關雎」を思古詩とするのは、直接的には、孔子の發言、および『史記』の論述に基づいている。とりわけ、孔子の「關雎は……哀しめども傷まず」という言葉をよりどころとして思古詩と解釋したことは、彼が詩經解釋において、孔子の意――孔子が解釋した詩の意味――を優先するという理念を持っていたこ

との表れである。(15) 歐陽脩は、「卷耳」本義の中で「周南の君后」という語を用いているので、周南の諸篇に登場する君后が同じ人閒（すなわち文王と太姒）であると考えていたことがわかる。したがって「卷耳」を思古詩と捉えたのも、右の「關雎」と同樣の理由からであると考えてもよいであろう。

二南の中で思古詩である旨の明言が見られるのは「關雎」「卷耳」の二詩のみであるが、右の「卷耳」の發言から考えれば、他の詩についても、歐陽脩は思古詩と捉えていた可能性が強いことになる。このことは次の發言からも裏付けられる。

太姒は賢明な后妃であり、さらに內助の功があった。詩經の解釋をした學者は、彼女を過度に褒め稱え陳述し、とうとう「關雎」は王家の本であるとして、文王が興隆したのも太姒から始まっていると考えた。故に、諸々の詩篇が述べる德化の盛んなありさまも、みな后妃の教化が實現させたものだと言い、天下太平や麒麟や騶虞の瑞兆もまた、后妃のはたらきと教化が成し遂げたものだとまで考え、そこで、「『麟趾』は關雎の應なり」とか「『騶虞』は鵲巢の應なり」とか言ったのであるが、これはまったくもって誤った論である。そもそも、王者が興隆するのがもっぱら女德によるということがあろうか。後世、婦人によって國家が衰亡する事態を招いたために、國家のはじめの頃、婦德の助けがあって興隆したことを思ったのももっともなことである。その衰えた原因にちなんで、その興った原因を思ったのである。これが「關雎」の作られた所以である（大姒賢妃、又有內助之功爾、而言詩者過爲稱述、遂以關雎爲王化之本、以謂文王之興自大姒始。故於衆篇所述德化之盛、皆云后妃之化所致、至於天下太平、麟與騶虞之瑞亦以爲后妃功化之成效、故曰麟趾關雎之應、騶虞鵲巢之應也、何其過論歟。夫王者之興、豈專由女德。惟其後世因婦人以致衰亂、則宜思其初有婦德之助以興爾。因其所以衰、思其所以興。此關雎之所以作也）（卷十四「時世論」）

この文章で歐陽脩は、二南に詠われる「德化の盛んなる」樣がすべて后妃の教化によってもたらされたものと捉える漢唐詩經學の認識を批判するが、それは理想的な世界が現出した原因をすべて太姒一人の淑德に歸することが荒誕だと批判しているのであり、二南詩に德化の盛んな樣が描かれていることに異論を唱えているわけではない。したがって歐陽脩は、德化の盛んな樣が詠われた他の二南詩も「關雎」「卷耳」と同樣に、後世の詩人が文王の盛世を想像して詠った思古詩であると捉えていた可能性が高い。

歐陽脩の二南についての認識は、研究の過程で變遷を遂げている。歐陽脩は、彼の詩經研究の前期には二南を思古詩とは考えず[16]、文王・太姒の聖德に感化された民衆がその治世を褒め稱えて作ったものであるという、詩序をよりどころとする漢唐詩經學の學說に從っていた。それが、後期になって二南の序は誤りが多い[17]と認識を改め、これらの詩篇が周王朝の威光の衰えた康王の時代に、そのかみの文王・太姒の治世を思慕して作られた思古詩であると解釋するようになったのである[18]。この說は三家詩の說に從ったものであり、上に見たように『論語』に見られる孔子の發言、および司馬遷『史記』の記述を根據としている。歐陽脩は前期には司馬遷の記述は誤りだと考えていたが、後期に至って、孔子の發言と重ね合わせて司馬遷の說に從ったのである。その詩經研究の初期からではなく、基礎的研究の蓄積と自己の學說の省察を經た上で學問體系が完成しようとしている時期に、詩經解釋に思古說を導入したことは、思古說を歐陽脩が重視したことの表れである。

②　王安石――特異な思古說――

王安石の思古說に對する態度については、筆者は、すでに本書第五章第5節で論じた。簡單にまとめると、王安石は彼の詩經解釋において思古說を積極的に用いており、しかも彼の思古說は、詩の構造把握という點で特異である。すなわち彼は、思古詩を解釋するにあたって、しばしば、詩の始めの部分で作者が彼の生きる現在の衰世の狀況を描寫し、それを見て感慨を催し、古の治まれる御代に思いを馳せ、その樣子を想像して歌い出す、という構造を讀み取

る。例えば、小雅「楚茨」は、

楚楚者茨　楚楚たるものは茨
言抽其棘　言《われ》　其の棘を抽く

という二句によって始まるが、これを王安石は、

上の二句は、今のありさまを悲しんだものである。「楚楚者」というのは、茨が生い茂ったことを言うのである（上二句、傷今也。言楚楚者茨、則茨生衆也）

いま茨が生えている所は、むかしは私が穀物を植えたところである（今棘茨之所生、乃自昔我蓺黍稷之地）[19]

と解釋する。彼に據ればこの二句は詩人が目にしている今のありさまを詠ったものであり、詩人は今の荒れ果てた田畑を前にして悲しみ、そこから古の明王の御代を思慕し、當時の農作業の盛んな有樣を想像し詠い出すという構成になる。[20]このように王安石の思古說では、現在に生きる作者が古の世を想像して詠うという、現在—過去の二層の時間性が解釋の上で明示的に構造化されているところにその特徵がある。

③　蘇轍——思古說に對する愼重な態度と新たな認識——

『文淵閣四庫全書電子版——原文及全文檢索版』に據ると、蘇轍『詩集傳』（以下、『蘇傳』と略稱）の中に「陳古」「刺今」の語は見られない。一方、「思古」の語は九例（五つの詩）[21]、「傷今」の語は七例見える。[22]いずれの例も小序が刺詩と規定した詩である。また、毛傳が思古詩と解釋しているのに從った例もある。齊風「東方之日」がそれである。

［序］「東方之日」は、衰えたことを刺った詩である。君臣は道を失い、男女は私通し出奔し、禮によって徳化できなくなってしまった（東方之日、刺衰也。君臣失道、男女淫奔、不能以禮化也）

［首章］

東方之日兮　　東方の日
彼姝者子　　彼の姝たる者は子
在我室兮　　我が室に在り
在我室兮　　我が室に在り
履我即兮　　履すれば　我即《つ》かん

［傳］興である。太陽は東方に昇るが、［そのように］人君は明らかで盛んであり、全てのものを照らし察するのである（興也。日出東方、人君明盛、無不照察也）

［正義］毛公は次のように解釋する。東方の太陽は、明らかで盛んな君を言うようなものである。太陽が東方に昇り、萬物を照らすということで、君の徳は明らかで盛んで全ての事柄を正しく察することを喩える。この明徳を持った主君は、禮によって民を徳化することができたので、民はみな禮によって婚姻を行った……いにしえの仁君の明らかで盛んな様を言うことによって、現今の君主が暗愚であることを刺る。婚姻の正しい禮を言うことによって現今の私通して出奔する様を刺る（毛以爲、東方之日兮、猶言明盛之君兮。日出東方、無不鑒照、喩君德明盛、無不察理。此明德之君、能以禮化民、民皆依禮嫁娶……言古人君之明盛、刺今之昏闇。言昏姻之正禮、以刺今之淫奔也）

これに對して、『蘇傳』は、次のように言う。

太陽は東に昇り、月は東に輝き、その輝きは全てのところに行き届く。國に明君がいれば、民が主君を見ること、あたかも日月が常にその家の中を照らしているがごとくである。[23] そこであえて欺こうとするものはおらず、〔主君が〕[24] 出かけようとすれば、起き出して彼に付き從う。君の德が衰えると、その明德が民に行き屆かなくなり、民は主君を侮るようになり、〔主君が〕出かけようとしてもそれに付き從う者はいない。これが「衰へたるを刺る」ということである（日升於東、月盛於東、其明無所不至、國有明君則民之視之譬如日月常在其室家。無敢欺之者。行則起而從之矣。及其衰也、明不及民而民慢之、行而無有從之者、此所以爲刺衰也）

毛傳は續く第二章の、「東方之月兮」を家臣の比喩と考えるが、蘇轍は、首章の「日」とともに明君の比喩ととる。また、彼は小序の初一句「衰えたるを刺る」のみに從い、二句の「君臣　道を失い、男女　淫奔し、禮を以て化すること能はざる也」は無視する。[25] その上で、本詩を思古詩として解釋することによって、小序が本詩を刺詩と規定しているのに、詩篇の內容が明君を褒め稱えているという食い違いを解消している。[26]

この例からわかるように、蘇轍において思古說は、小序初句を尊重することと詩の內容に卽した解釋をすることとの二つの解釋態度を同時に實現しようとするときに生ずる齟齬を解消するために用いられる。歐陽脩のように、小序の規定を離れて、獨自の詩觀に基づいて解釋を行うために思古說を積極的に用いようという姿勢は見られない。

『蘇傳』には、小序が思古詩と規定しているのに從わない例も見られる。鄭風「女曰鷄鳴」は、第1節で見たように小序は思古詩と規定しているが、『蘇傳』には、本詩を思古詩として解釋していることを表す言葉は現れない。[27] これを文字通り受け取るならば、蘇轍は本詩の內容を詩人が當時の實事を詠った美詩と解釋していることになる。この解釋は、本詩の初句「德を說ばざるを刺る」にも反しており、詩序の初句は孔子由來の正しい傳承を持つものであるという蘇轍の基本認識に背くことになるが、彼の小序認識は、實際にはかなり搖らぎが見られ、[28] 小序初句に從わないということが全くあり得ないわけではない。(29) 以上のことから考えると、蘇轍は歐陽脩に比較して、思古説に對して愼重な態度を持っているということができる。

『蘇傳』には、思古説に關連して重要な發言がある。小雅「南有嘉魚」は序に、

「南有嘉魚」は、賢者とともに居ることを樂しむ詩である。太平の君子は至誠の徳があり、賢者と〈ともに朝廷に立ち、祿位を〉ともにすることを樂しむのである（南有嘉魚、樂與賢也。太平之〈もと「之」無し。挍勘記に據って補う〉君子至誠、樂與賢者共之也）

と言うように、漢唐詩經學では賢臣たちが有徳の君主のもとに集い宴を樂しむ様子を贊美した詩と解釋されてきた。『蘇傳』中にこれに對する異論は見られないことから、蘇轍も本詩を通常の美詩とし、思古詩とは捉えていないと考えられる。しかし、本詩卒章、

翩翩者鵻　　翩翩たるは鵻《すい》なり
烝然來思　　烝然として來る
君子有酒　　君子　酒有り
嘉賓式燕又思　　嘉賓　式《も》て燕して又たす

に對する『蘇傳』に次のように言う。

父と子があい親しむのは、生き物すべてに當てはまることである。だから夫不《こばと》の鳥はつねに自分の親を思ってやって來ては離れようとしないのである。君子が主君に仕えるのは、ちょうど子供が父母の世話をするのと同様

で、道義としてそうせずにはいられないのである。故に、「長幼の節は廢すべからざるなり。君臣の義は之を如何ぞ其れ之を廢せんや」（『論語』「微子」）と言うのである。思うに、孔子は諸侯國の聘を招聘されては經巡り、年老いても倦み飽きることがなかった。これが本詩の「烝然として來る」ということである。ただ諸侯で彼を用いる者がいなかったので、それでとうとうその國を棄てて去っていったのである。古の君子は士がやってくると、酒食を用意して宴を開き樂しませた。それで、士も彼のもとに留まることができたのである（父子之相親、物無不然者、故夫不之鳥常懷其親來而不去。君子之事君、如子之養父母、義有不可已者。故曰、長幼之節不可廢也、君臣之義如之何其廢之。蓋孔子歴聘於諸侯、老而不厭、乃所謂烝然來思者。惟莫之用、是以終舍而去。古之君子於士之至也、則酒食以燕樂之。故士可得而留也）(30)

ここでも蘇轍は、詩句自體は君子が賢者を酒食によって手厚くもてなす樣子を贊美したものと解釋する。しかし、それとともに孔子の事蹟について言及がなされているのが注目される。孔子は有德の君主に仕え、自分の理想を世に實現したいとの思いやみがたく晩年まで天下を遍歴した。しかし諸侯に彼を用いる者がいなかったのでついに一國に身を落ち着けることができず立ち去らざるを得なかった。蘇轍はこのような孔子の境遇と比較して、本詩に詠われた賢者を手厚くもてなす君子を「古の君子」と言い、そのような德があったからこそ士は君子のもとに留まることができたのだという。本詩の內容を古の治まれる御世におけるうるわしい狀況として捉え、孔子が遭遇した德の衰えた末世の狀況と比較するのである。これは、思古說と同樣の構造である。

あるいは、蘇轍が孔子の生涯について言及したのは「南有嘉魚」の解釋自體とは關わらず、あくまで本詩から蘇轍が連想した事柄を餘談としてつけ加えたにすぎないと言われるかも知れない。しかし、必ずしもそうとは言い切れない。本詩の前後には、詩經の編者としての孔子に關する言及が目立つ。本詩の前には、「南陔」「白華」「華黍」という三篇の逸詩が置かれている。これら三篇は、毛公の説によって配列された『五經正義』本では「鹿鳴之什」の末尾に附されていたのだが、蘇軾はこれは詩經本來の姿ではないと考え、新たに「南陔之什」を立てそのはじめの三篇とした。そこで蘇轍は次のように言う。

この三詩はいずれもその詩句が失われている。古は鄉飲酒禮燕禮いずれにもこれらの詩を用いた。孔子が詩經を編纂したときも恐らくまた收錄したのであろう……こういうわけで〔私は〕「南陔之什」を復活させた。これで小雅の什はみな孔子編纂時の本來の姿に戻ったのである（此三詩皆亡其辭、古者鄉飲酒燕禮皆用之。孔子編詩蓋亦取焉……於是復爲南陔之什、則小雅之什皆復孔子之舊）

さらに、「南山有臺」の後には「由庚」「崇丘」「由儀」の三篇の逸詩が置かれるが、これについて蘇轍は次のように言う。

以上の三詩はいずれも亡逸してしまった。鄉飲酒禮と燕禮ではやはりこれらを使用する。『儀禮』「燕禮」に「『鹿鳴』を升歌し、『新宮』を下管す」と言う。射禮を行うときには諸侯は「狸首」のリズムによって矢を放つ間隔を調整する。「新宮」「狸首」はどちらも正詩であるけれども詩句は見られない。あるいは孔子が詩經編集の際、これらを棄てて收めなかったのであろうか。さもなくば、後世に亡逸したのであろう（三詩皆亡。鄉飲酒燕禮亦用焉。燕禮升歌鹿鳴、下管新宮。射禮諸侯以狸首爲節。新宮狸首皆正詩而詞義不見。或者孔子刪之歟。不然後世亡之也）

ここでも、『儀禮』に儀式歌として存在が知られる「新宮」「狸首」の二篇が詩經に見られないことの理由を考える中で、詩經の編集者孔子が意圖あって收錄しなかったのだという說が擧げられている。このように「南有嘉魚」の前後では詩經編纂者としての孔子の意圖が強く意識されている。そもそも、蘇轍は詩經編纂者としての孔子の役割を重視し、その編集の意圖を考慮しながら詩篇の解釋を行うことがしばしばであった[31]。したがって、本詩において孔子の事蹟と關連させて詩の內容が考察されているのも單なる餘談ではなく、孔子がいかなる意圖から本詩を詩經に編入したかを說明しようとしたものと考えることが可能であろう。

このように考えれば、『蘇傳』の右の發言は、思古說に對する新しい捉え方を表すものと見ることができる。これまで見てきたように思古說とは、古のことを詠った詩句の背後に作者の現狀批判の意圖を隱し込めるという、作詩技法の一種として捉えられてきた。すなわち、詩の表面上の意味と眞の意味とのギャップは、作者自身が作り出したものである。この點は、蘇轍の思古說も基本的に同樣である。

しかし「南有嘉魚」では、蘇轍は思古說的な考え方を擴大し、詩經編纂の過程にも援用しようとしているのではないだろうか。「南有嘉魚」という詩自體は美詩として作られたが、時を經て後世の人々に讀まれるときには、彼らが生きる時代の狀況と照らし合わされて、本來作者が込めてはいなかった意味を讀み取られること、ひいては、それが詩經に編入されて儒教的道德鼓吹のための道具とされるとき、編者の時代狀況に對する認識によって新たな意義付けがなされることを示しているのではないだろうか。すなわち、詩經の編纂者である孔子は、この詩によって、過去のうるわしい世の樣に照らして孔子の時代の衰世のありさまを浮かび上がらせ、それを嘆き批判する氣持ちを讀者に訴えかけるという、思古詩的な機能を本詩に付與したと蘇轍が考えていたことを、右の文章は表しているのではないだろうか。これは、端的に言えば作者の意における思古說ではなく、編者の意における思古說、讀者における思古說であると言えるのではないか。このような、享受者が作品に新たな意義を見出し付與する現象についての認識の可能性を暗示するものとして、右の『蘇傳』は重要な價値を持つ。

④　思古說の展開についてのまとめ

以上に檢討した北宋の諸家の思古說に對する態度を大まかにまとめてみよう。

歐陽脩は、漢唐詩經學を受け繼いで思古說を重視し、二南詩に見られるように、小序の說を批判して獨自の解釋を行う場合にも思古說を活用した。彼は思古說に對して懷疑的な見方は持っていない。王安石は、思古說に對して獨自の認識を示し、詩人が彼の生きる現實の狀況に對する感慨から發して古の世界を憧憬するに至る心理的過程を詩中から讀み取り、思古詩の中に「今」と「古」の二つの時間層から成る構造が存在すると考えた。蘇轍は、右の二人とは異なりその詩篇解釋において思古說をそれほど重視しなかった。その一方で、詩經を編纂した孔子が古に作られた美詩を詩經に收錄するにあたって、自らの當世に對する感慨と批判の意圖を込めている、すなわち編者による思古說の可能性に言及した。

以上の略述から、北宋詩經學を代表する三家が思古說に對してそれぞれ獨自の態度を示したことがわかる。このような三者の認識は、詩經解釋學史の中でどのように位置づけられるであろうか。それを知るために、宋代詩經學の大成者である朱熹の思古說に對する認識と比較してみよう。

朱熹詩經學の學的體系について詳細な硏究を行った檀作文氏は、朱熹の小序批判の論點の一つとして、小序が思古說を濫用し詩篇の內容を歷史的事件に附會したことを擧げ、朱熹が思古說に對してきわめて否定的な認識を示していたことを、『詩集傳』・「詩序辨說」等に據りつつ論證している。(32)以下に、氏の考察を簡單にまとめてみたい。

朱熹は、小序が小雅「楚茨」に始まる一羣の詩を「思古傷今」の詩とすることを批判して次のように言う。

　この「楚茨」から「車舝」に至る十篇の詩は……小序は、それらが變雅の中に配列されていることから、いずれも「傷今思古」の作と考えた。詩經の詩篇には、もとよりそのような「傷今思古」の作はある。しかしながらそのような詩篇が十篇も相連なっていて、しかもその詩が衰世のありさまを詠っていることを表す語句が詩中に一つもないというのは考えにくいことである（自此篇至車舝凡十篇……序以爲其在變雅中、故皆以爲傷今思古之作。詩固有如此者、然不應十篇相屬、而絶無一言以見其爲衰世之意也）（「詩序辨説」[33]小雅「楚茨」）「詩には固《もと》より此の如き者有り」と言っているように、朱熹は詩篇の中に思古傷今の詩もあり得ることは一應認めていた。しかし、「應に……絶へて一言として以て其の衰世の意爲るを見《あらは》す無きことあるべからず」というように、思古傷今の詩はその詩中に、詩の内容としては古のことであるけれども、それは現實のありさまを批判するために詠われているのだということを表す語句があるのが基本だと考えていた。すなわち、作者の生きる現在の様子を批判した語句があり、詩中に現在と過去という二層の時間が併存していることを讀者が感得できるような構造になっていると考えていたということになる。

このような認識を持った朱熹は、當然ながら小序の思古傷今という規定をほとんど承認していない。さらに、「思古」の語が『集傳』の解釋中には見出せない[34]ことから考えても、朱熹は思古説による詩篇解釋に否定的な立場を取っていたことがわかる。結論として檀氏が、「朱熹は漢唐詩經學が〈陳古刺今〉という考え方に基づいて〈刺詩〉と認定したものの、おおむねすべてをその詩句の内容を根據として、美詩として理解すべきであると考えた（朱熹對漢學詩經學以〈陳古刺今〉爲有所認定的〈刺詩〉、大抵都以其辭意爲根據、當作美詩來理解[35]）」と言うように、詩句の内容自體を重んじるという解釋姿勢を尊重した朱熹にとっては、思古説のほとんどは、詩の外部から規定された根據のない解釋概念にすぎないと考えられたのである。

以上、檀氏の考證に基づいて朱熹の思古説に對する態度を概觀した。ここで、北宋三家と朱熹とを並べて考えてみよう。時には大膽な否定も辭さないが、基本的には詩序を詩篇解釋のよりどころとして尊重する歐陽脩と、詩序を「詩の作者自身が作ったもの」と考え尊崇する王安石[36]の二人が思古説を積極的に活用しているのに對し、詩序の第二句以下を本來のものではないと考え排除する蘇轍（思古詩であることを表す言葉は、基本的に詩序の第二句以下に現れる）、詩序を大膽に否定する朱熹の二人が思古説に對して愼重ないしは否定的な態度を示している。思古説に對する態度と詩序に對するそれとが對應している。そもそも思古詩のほとんどは、詩の表面に詠われるのは古の事柄であり、詩人の今を示す言葉は現れず、詩句を讀む限りそれが思古詩であるということはわからない（王安石の構造的な解釋はあくまで例外である）。思古詩であることを明示するのは、詩序に他ならない。すなわち、思古説は詩序に大きく依據するものであり、故に思古詩の存在感の漸進的な稀薄化は、宋代詩經學における詩序に對する懷疑と否定の進行の過程と足並みを揃えているのである。

朱熹は、「この詩もまたこれが陳古刺今の目的で作られた詩であるということを表す語はない（此亦未有以見其陳古刺今之意）」（「詩序辨說・女曰鷄鳴」）と言った。このような「辭意」重視は、諸家が指摘するように朱熹のみならず廣く宋代詩經學全體に見られ、宋代詩經學の發展の原動力となった解釋理念である。[37] 思古説が重んじられなくなったのは、宋代詩經學において「詩を以て詩を說く」[38] すなわち、詩序を代表とする外在的な詩說に據らず、詩句そのものが詠う內容に依據し、自分自身の目で詩篇の本來の意味を捉えようという解釋態度が發展したことの必然的な歸結と考えられる。

ところで朱熹は、詩中に過去と現在の二層の時間が併存していることを表す語句がないことを理由に、思古説を認めなかった。彼の認識を參考にすれば、我々は先に觸れた王安石の思古説を同時代的に位置づけることができる。王安石は、詩篇のはじめに詩人が自分の生きる今の狀況に感慨を催すという一段を讀み取った。彼の解釋は、一見奇異に見え、宋代詩經學の中で孤立しているように見える。しかし、見方を變えれば彼の解釋は、詩句の中に詩人の生きる今と憧憬の對象である過去という二層の時間を讀み取ろうとしたものである。これは、朱熹と同樣、思古詩にはそれが現實批判のために作られた詩であることを明示する語句が詩中に存在しているはずである、という認識の表れである。兩者が道を異にするのは、朱熹が詩を平明に讀み取った結果、そこに時閒の二層性を明示する言葉が見出せないとして、思古詩であることを否定するのに對し、王安石が思古詩であることを證明するために、詩にあえて複雑な構造を讀み取り、詩篇の中からある意味で强引に作者の現在の層を抽出したところにある。これは小序の眞實性を篤信し、小序に基づいた詩解釋を行う王安石にとっては當然のあり方であったということができるであろう。つまり、王安石も「詩に言語化された內容に忠實に解釋する」という宋代詩經學の解釋理念を共有していたということができる。

蘇轍『詩集傳』が暗示する、詩經編纂の際に孔子が、本來美詩であったものに思古詩的な機能を付與したという考え方も宋代詩經學史の學的發展を考える上で示唆に富む。それは、詩人が作詩時に込めた意味とは別に、詩經の一篇として編入されたとき教訓的意義が込められることがあり得る、すなわち詩篇が詩經の一篇として發する道德的なメッセージは、必ずしも詩人自身が意圖したものではなく、むしろ詩經の編者によって付與されたものであるという考え方に通じるからである。

3　歐陽脩の準淫詩説の性格

前章で考察したように、大きな傾向から見ると思古説は歐陽脩から朱熹までの展開の中で、次第に適用範圍を狹められ解釋概念として顧みられなくなっていった。そのことから考えると、歐陽脩の思古説認識は前代の詩經學の影響を色濃く殘すものということになる。このような認識は、新時代の詩經學の開拓者たる歐陽脩にとっては孤立的・例外的なものなのであろうか。それとも彼の詩經學の本質的な性質につながるものなのであろうか。本章では、いまひとつの解釋概念を取り上げ、歐陽脩と朱熹とを比較しながら、この問題を考えてみたい。

思古説がその影響力を次第に弱めていく一方で、宋代詩經學では淫詩説に基づいた解釋が次第に存在感を増してきた。詩經の詩篇の中には、不道德な男女が自分たちの禮に外れた戀愛を無反省に謳歌した詩（「淫詩」「淫奔詩」と呼ばれる——以下、「淫詩」に統一）が存在する。そのような不道德な詩篇が人々を道德的に教化する目的を持って編纂された詩經中に收められているのはなぜか。その理由は、それらの詩を讀んだ者に詩中に展開される不道德な振舞に對する嫌惡感を抱かせ、自分自身はそのような罪惡には陥るまいと自己反省させることによって、結果的に讀者を正しい道德へと導く、そのような意圖を持って、孔子はあえて淫詩を詩經に編入したのである——淫詩説を簡單にまとめるとこういうことになろう。この認識は、儒教道德の枠内において、詩篇を男女の自由な戀愛感情を詠った詩として讀み、詩句により卽した解釋をすることを可能にしたという意味で、詩經解釋學史上、大きな意義を持つ。淫詩説を全面的に展開し詩篇解釋に驅使した人物こそ朱熹であった。以上は、周知の事柄である。

さらに、朱熹の淫詩説に相似た解釋（以下、「準淫詩説」と呼ぶ）[39]が歐陽脩『詩本義』にも見られ、朱熹の先蹤となっていることも多くの研究者が指摘するところである。[40]この點で、歐陽脩の準淫詩説は宋代詩經學の進むべき道を指し示したものであり、彼の思古説認識とは對照的な意義をもつ。したがってその實態を考察することは、歐陽脩の思古説認識が彼の詩經學の中でいかに位置づけられるかという問題を考えるための、重要な手掛かりを提供してくれるものと期待できる。

前節③で見たように、蘇轍は齊風「東方之日」を毛傳を受け繼ぎ思古詩として解釋したが、歐陽脩は準淫詩説を行う。

「東方の日」というのは、昇ったばかりの太陽である。思うに、「彼の妹たる子」の顏色が輝くように美しく生き生きとしているのが、太陽の昇るがごとくであると言っているのである。「我が室に在り、我を履《ふ》みて卽《つ》け」[41]

というのは、彼女を迎えて出奔しようとする言葉である。これは男女が淫らな風氣に毒されて、ただその美しい容色を稱贊して互いに褒め稱え合うことばかり知り、禮儀を顧みない樣子を述べているのである。これはいわゆる〔本詩の小序に言う〕「禮もて化する能わず」と言うことである（東方之日、日之初升也。蓋言彼姝之子顏色奮然美盛、如日之升也。在我室兮履我卽兮者相邀以奔之辭也。此述男女淫風、但知稱其美色以相誇榮而不顧禮義。所謂不能禮化也）

（卷四「東方之日」本義）

朱熹も、以下のように本詩を淫詩として解釋する。この點で、朱熹の解釋は歐陽脩の說を繼承したものと考えることができる。

この女が私の後を追いかけてついてくるということを言っている（言此女躡我之跡而相就也）（『集傳』卷五「東方之日」）

この〔「東方之日」〕詩は、淫らな關係を通じて出奔した男女が自ら作った詩であり、「刺」の要素はない。とりわけ、詩序の「君臣　道を失ふ」というような事柄は詩にはどこにも言っていない（此男女淫奔者所自作、非有刺也。其曰君臣失道者、尤無所謂）（「詩序辨說」）

ところで、朱熹は「詩序辨說」に、「其の君臣　道を失ふと曰へる者は、尤も謂ふ所無し」と言い、本詩の小序が詩句の内容に基づかない無稽の論であり解釋のよりどころとはなり得ないと批判している。すなわち、朱熹にとって詩序を否定することは、本詩を淫詩として解釋するための前提條件となっている。

これに對して歐陽脩は、本詩で詠われている、淫らな風氣に毒され正しい儀禮を顧みずひたすら相手の容色に溺れる男女のありさまが、詩序の「禮もて化する能わず」という言葉に對應していると言う。彼はまた次のようにも言う。

毛傳が「太陽と月が東方にある」という詩句を君臣が盛んで明らかな様を詠ったものと解釋しているのなどは、これでは、詩序に言う「君臣　道を失ふ」と言うこととどうして通じることができようか。この毛傳の解釋もまた本義を失っている（若毛既謂日月在東方爲君臣盛明、則與詩序所謂君臣失道者義豈得通、此其又失也）（巻四「東方之日」論）

歐陽脩は、小序の言わんとするところと齟齬することを理由に毛傳の解釋を否定している。ここから、歐陽脩は準淫詩説を行うことが、小序に忠實に解釋することと考えていることがわかる。

歐陽脩と朱熹とでは、導き出された解釋は同様であるが、解釋を導き出す思考のプロセスは正反對である。兩者の差異の原因は、詩序が本詩を刺詩と規定していることをどう評價するかという點にある。

このような例は、他にも見ることができる。邶風「靜女」は、歐陽脩と朱熹の解釋は相似る。

衞の宣公が二人の夫人と道ならぬ交わりをもち、鳥獸に等しい行いをしたので、衞の風俗はそれに感化されて、禮義は崩壞し、淫亂な風氣が横行し、男女は競って容色によってお互いに誘惑し合い、競って自らの自慢をしてそれが悪いことだと思わなかった。深窗に靜かに暮らし誘惑しがたい女でさえなおそうだった。しとやかな女性を取り上げ彼女でさえこうであるから他は推して知るべきである。故に詩は衞人の言葉を述べて次のように言う……（衞宣公既與二夫人烝淫、爲鳥獸之行、衞俗化之、禮義壞而淫風大行、男女務以色相誘悦、務誇自道而不知爲惡、雖幽靜難誘之女亦然。舉靜女猶如此則其他可知、故其詩述衞人之言曰……）（『詩本義』巻三「靜女」本義）

この詩は、私通し出奔しようとして待ち合わせをすることを詠ったものである（此淫奔期會之詩也）（『詩集傳』巻二「靜女」）

しかしながら、「靜女」序、

「靜女」は、時世を刺る詩である。衞君は道無く婦人は德がない（靜女刺時也。衞君無道、夫人無德）

［箋］君主とその夫人に道德がないため、故にしとやかな女が私に彤管の法を贈ってくれたことを陳述する。このような德を持っているならば、現在の夫人に替えて衞君のつれあいとするにふさわしい（以君及夫人無道德、故陳靜女遺我以彤管之法。德如是、可以易之爲人君之配）

についての兩者の評價は正反對である。歐陽脩は、

「靜女」の詩は「刺る」ために作られた。毛鄭の解釋はいずれも本詩を美詩ととった（靜女之詩所以爲刺也。毛鄭之説皆以爲美）（卷三「靜女」論）

と、小序の規定に從い本詩を刺詩と捉え、その上で毛傳鄭箋の解釋では本詩は美詩となり小序と齟齬してしまうので誤りだと批判している。さらに、

小序の「靜女は時を刺るなり……」に據れば、君臣上下國中の人間はすべて批判されるべきであり、誰が惡いと名指しで一部の人間を取り上げると言うわけにはいかない。だから「時を刺る」と言っているのであり、これは當時の人はすべて批判されるべきであることを説明しているのである。これに據ればすなわち衞の風俗、男女が淫奔に奔ったことを述べた詩なのである。以上のことを根據として詩を解釋すればその本義に達することができる（據序言靜女刺時也……君臣上下擧國之人皆可刺而難於指名以偏擧。故曰刺時者、謂時人皆可刺也。據此乃是述衞風俗男女淫奔之詩爾。以此求詩則本義得矣）（同右）

と言う。ここにも詩序を準淫詩說のよりどころとする歐陽脩の態度が表れている。歐陽脩にとって準淫詩說とは、詩序を忠實に墨守することから必然的に生まれてくるものだったのである。

それに對して、朱熹は「靜女」序を、

本詩の序は詩の內容にまったくそぐわない（此序全然不似詩意）（「詩序辨說」）

と言い、詩序を一蹴する。やはり、朱熹の淫詩說は詩序を批判するところから生まれるものだったのである。

歐陽脩の準淫詩說が朱熹の淫詩說と大きく異なるのは、朱熹が詩中の語り手（不道德な人閒）すなわち作者と考えるのに對して、歐陽脩は詩中の語り手と作者とを別個の存在として考える點にある。

右に引いた二例の歐陽脩の解釋にはいずれも「述ぶる」という語が見える。この語は、詩人が第三者の言動を敍述するということを表す。このことは、次の用例を見るとよくわかる。

陳の風俗では、男女は淫亂な風俗を喜んでいて、詩人はその中でとりわけはなはだしい子仲の子を、彼が國の中の木の下で常に舞い踊って〔女性を〕誘惑していることを名指しして言い、そこで彼が誘惑する言葉を述べる……下文ではまた、彼が約束して行くことを述べ……（陳俗男女喜淫風而詩人斥其尤者子仲之子常婆娑於國中樹下以相誘說、因道其相誘之語……其下文又述其相約以往……）（『詩本義』卷五「東方之枌」本義）

詩人が陳國の中でとりわけ淫亂な風俗に毒されたものを「名指しし（斥）」「彼が相手を誘う言葉を言う」と、第三者の客觀敍述であることを明言した上で、「又た述ぶる」と言っているところから、「述」という言葉が客觀的な敍述を示すことがわかる。(42)

歐陽脩に據れば、準淫詩とは作者が刺詩として――現狀批判のために――作られた。詩は淫らな振舞をする主人公の一人稱で詠われるが（「東方之日」參照のこと）、これは詩の作者があえて不道德な男女の口吻を使って詠っているものので、詩中の語り手イコール作者というわけではない。作者はあくまで道德的な人閒なのであるが、あえて不道德な男女に成り代わったかのごとく詩を詠うことによって、讀者に嫌惡感を抱かせ、それによって讀者を道德的生活に向かわせる契機とするのである。すなわち、歐陽脩の準淫詩說において、詩に道德的な機能を付與するのは作者その人ということになる。

これは朱熹の淫詩說とは對照的である。朱熹は淫詩說が刺詩であることを否定した。淫詩とは不道德な男女が自らの淫らな振舞を恥ずかしげもなく詠ったものであり、作者と詩中の第一人稱とは一致する。つまり、作者は不道德な人閒なのである。ここには、詩の道德的な力は讀者がそれを讀み嫌惡感を感ずることによってはじめて生まれるのであり、それは作者の作詩の意圖とは食い違う（作者は自分の詩を讀むものが、自分に對して嫌惡感を起こすだろうとは思っていない）という考え方が見られる。

歐陽脩の準淫詩說は、彼自身の創意になるものだろうか、あるいは先行する學說があったのであろうか。檀氏が紹介する[43]ところでは、朱熹が淫詩と解釋した詩二四篇の中の七篇[44]が、詩序では「淫を刺」った詩と考えられているという記述が、元・馬端臨『文獻通考』「經籍考五」にある。馬端臨の擧げる七篇の內、鄘風「桑中」・鄭風「溱洧」・同「東門之墠[45]」・陳風「月出」の四篇において、歐陽脩の準淫詩說と關連する解釋が見られる。例えば、「月出」は、「好色な人閒を刺った詩である。朝廷に位あるものが德を好まず、美しい容色を喜んでいるのである（刺好色也。在位不好德、而說美色焉）」という小序を持つが、その首章『正義』に、

朝廷に位ある者がこうしたありさまであるので、故にこのことを陳述してこれを刺る（在位如是、故陳其事以刺之）

と言う。「其の事を陳ぶ」と言うが、詩句自體は自分の戀人の美貌を稱え彼女に會えない憂悶を託つ心情を吐露したものになっている。すなわち作者が、好色な男の口吻に託して詩句を詠うという二重構造になっている。これは、歐陽脩の準淫詩説と同様の構造である。[46]

『詩本義』には右の四篇の解釋はないが、第2節で引いた、「『詩本義』を著し、〔傳箋を〕改正するところ百餘篇。その他については『毛鄭の説が正しい。また何を付け加えることがあろうか』と言った」という歐陽脩の『詩本義』撰述の態度から考えれば、やはり、漢唐詩經學の説に從っている可能性が高いと言うことになる。もちろん單純には結論づけられないが[47]、しかし歐陽脩の準淫詩説は、漢唐詩經學の詩説に發想を得、それを傳箋正義に異説を立てる場合にも應用し、その適用範圍を擴大したということができるのではないだろうか。

以上の考察をまとめれば、詩中の內容が淫奔な男女の言葉であってもかまわないという認識を示したこと、また彼の準淫詩説が朱熹の淫詩解釋に繼承されていることは、歐陽脩が朱熹の先達であったことを表している。しかしながら、詩の內容が淫らであることと詩の作者が淫らであることとは同じではないと考え、詩の作者にあくまでも道德性を求めようとしたこと、また、準淫詩説が漢唐詩經學にも部分的に見られることは、歐陽脩が漢唐詩經學の影響から完全に脱却していないことを示す。

なお、本稿の問題意識とは直接關わらないが、歐陽脩の準淫詩説には注意すべき特徵がもう一點あることを付言したい。それは、詩中の事柄が當事者による自述ではないにせよ、作者が實際に見聞したもの、つまり現實に起こった事件を詠ったものであると考えている點である。「東方之枌」において、作者が淫風蔓延する陳國の狀況を指彈するために、國人の中でももっとも墮落した子仲の子を名指ししてその行狀を詠ったという捉え方にそのことははっきり現れている。彼は、作者が虛構の人物を創作して詠ったとは考えないのである。詩篇の眞實性と事實性とを一體視することが歷代の詩經解釋學の顯著な傾向であったことについては、本章第十一章で論じた。歐陽脩の準淫詩説においてもそれが確認できることを注意しておきたい。

詩篇の内容が實際に起こったことという前提は朱熹の淫詩説にも踏襲されている。淫詩はその當事者自身が詠ったものであると考える點で、むしろその前提は一層強まっていると言うことができる。そもそも朱熹は、漢唐詩經學の準淫詩説を批判する際にも、詩中の事柄が現實に起こったということを前提にしている。

李茂欽が問うた、「先生はかつて呂東萊（祖謙）と淫奔の詩について論争なさいました。東萊は、淫詩は詩人が作ったものと言い、先生は淫奔者の言葉とおっしゃいました。今に至るまで先生のお説が理解できません。」……先生はおっしゃった、「もし他人に隱し事があるのに、すぐさま詩に詠って、彼の悪い點を暴き刺ったならば、それは現今の輕薄な人閒が、好んで人をからかう詞を作って鄕里の者を嘲笑するようなたぐいで、鄕里全體から悪み嫌われてしまう。詩經の詩人は穩やかで眞心があるので、そんなことはしないだろう。」（李茂欽問、先生曾與東萊辨論淫奔之詩。東萊謂詩人所作、先生謂淫奔者之言、至今未曉其說。……先生曰、若人家有隱僻事、便作詩訐其短譏刺、此乃今之輕薄子、好作謔詞嘲鄕里之類、爲一鄕所疾害者。詩人溫醇、必不如此(48)）

淫詩を當事者の自作ではなく第三者の作だとする說が成り立たない理由を説明して、そうだとしたら、詩人が他人の祕密を暴き立てて喜ぶ不道德な人閒になってしまうからと言う。ここから自述であれ第三者による敍述であれ、詩中に詠われた事柄が實際に起こったものであると朱熹が考えていることがわかる。詩中の内容が虛構であるという可能性を朱熹は考慮していない。詩中の内容の事實性を篤信するという點においては、朱熹も傳統的な思考を踏襲しているのである。

4　詩の道德性の由來についての認識

宋代詩經學にとって思古説と淫詩説（あるいは準淫詩説）は、かたや前時代の學問の名殘を引きずった時宜に合わない遲れた學説、かたや前時代の硬直した解釋を打ち碎き清新な解釋を導き出す力を持つ、新しく鍛え上げられたばかりの切れ味の鋭い利器として、まったく對照的な存在ということになる。歐陽脩は、そのいずれをも詩經解釋の方法論として用いているのである。このことを手がかりに据えて、歐陽脩の詩經學の性格、その詩經學史における意義について考えてみたい。

まず、思古説と朱熹の唱えた淫詩説とを比較し、その相似點と相違點とをまとめてみよう。

思古詩において、詩句自體が表現しているのは詩人の生きる現在からは隔絶した過去の世界に起こった出來事である。しかし詩人が眞に訴えたいことは過去の盛世にはなく、それとの對比、あるいは落差の感覺によって浮かび上がる現在の沒落した状況を傷み刺る思いである。そこでは、詩句自體が表現している内容と、詩人が訴えようとしている内容とが一致していないので、讀者は詩句を讀んでその裏に隱されている詩人の意圖を正しく探り當て、そこから教訓を讀み取るという讀解上の操作が必要とされる。

一方朱熹に據れば、淫詩は不道德な作者によって作られたもので、詩句自體には不道德な男女關係があからさまに詠われている。しかし、それは反面教師として讀者に教訓を與え得るが故に詩經に收録された。讀者は、自らの戀を謳歌し戀人を贊美する詩句を讀んで、それに嫌悪感を抱き、そのような行爲から遠ざかろうと自らを戒め道德的な生活へと向かうという一定の反應を示すものと考えられている。詩句自體が表現しているのが率直な戀愛の謳歌であるのに、讀者が受け取るべき道德的教訓は放恣な戀愛感情の抑制であり、兩者の間に大きな斷絶がある。

詩の内容について思古詩の讀者が思うのは、「このような『うるわしい』ことは、私の世界にはない」であり、淫詩説の讀者が思うのは、「このような『淫らな』ことは、私はしてはいけない」である。このように、思古詩と淫詩説とに共通しているのは、詩句自體が表現する内容と讀者が詩篇から受け取る道德的メッセージとが乖離しているという點である(49)。

それでは、兩者の相違はどこにあるか。思古説においては、詩句の内容と道德的メッセージの食い違いは作者によって本來的に與えられたものである。つまり、思古詩に言外の道德的意味を付與するのは作者であると考えられている。それに對して、淫詩説においては、その道德性は作者が企圖したものではなく、詩經の一篇として收められたときにはじめて生じたものである。すなわち、淫詩に言外の道德的意味を付與したのは編者ということになる。

次に視點を變えて、讀者の反應という見地から思古説と淫詩説とを比較してみよう。兩説とも、詩句自體が表現している内容とそこに込められた道德的なメッセージとが一致していないという點では、いずれも詩篇には難解性が存在することになる。それにもかかわらず、讀者を教化するという役割を詩篇が果たすことが信じられているからには、兩説いずれにおいても、讀者がこの構造上の難解さを等しく克服できると考えられていることになる。つまり、詩句の意味と、（作者によってであれ編者によってであれ）付與されたメッセージとの間にはねじれがあるにもかかわらず、付與されたメッセージは確實に讀者に傳わる――メッセージ發信と受信との間にはねじれはない――と想定されている。

なぜ、讀者が詩句の表面に現れない意味を讀み取ることができるのであろうか。淫詩においては、詩句が表現しているのが不道德な内容であり、それを讀んだ者誰しもが唾棄すべき行いとして嫌惡感を感じるはずだからということがその理由となるだろう。故に編者は心安んじてその詩を反面教師として讀者の眼前に提示できるのである。

一方、思古詩において讀者はなぜ當該の詩が古代に作られた素樸な美詩であるとは考えず、それが作者にとって永遠に憧憬の對象でしかない世界を詠ったものだと理解できるのだろうか。第2節で觸れたように、その根據は突き詰めればその詩に付された小序にある（漢唐詩經學の場合）。あるいは『論語』に見える孔子の發言にある（歐陽脩の「關雎」論の場合）。このように考えると、思古詩はたしかに詩人が思古詩として作った――詩の表面上の意味と言わんとする意圖との閒に作者自身が故意にねじれを作った――のだが、それを讀者が正しく理解できるのは、編者の言說を通してであるということができる。(50) 先ほどは、思古詩と淫詩との違いを、編者の關わりの有無に求めたのだが、實は思古說が成り立つためには、淫詩說と同樣に編者の存在が不可缺なのである。

つまり、思古說と淫詩說とはいずれも詩篇が道德的な力を發揮するために編者の存在を必要とする。違いは、思古說においてはいまだ作者と編者の役割が混然としているのに對して、淫詩說ではそれがはっきり分離しているということである。

一方、歐陽脩あるいは彼が基づいた漢唐詩經學の準淫詩說では、詩中の語り手と作者とが別個の存在であると考えることによって、作者の道德性を保持しようとしていた。彼の理解では詩の教訓的な意味は、朱熹の淫詩說のように詩經の編者によって後天的に付與されたものではなく、作者によって本來的に詩に込められたものとなる。したがって、準淫詩說において作者と編者の關係は、思古說と同樣に混然として役割が別ちがたいものとなる。歐陽脩は思古說と準淫詩說において一貫して作者を道德的な存在と考えるという點で、漢唐詩經學の認識を踏襲しているのである。

以上のことから、第1節で揭げた問題――歐陽脩が「詩人の意」と「作者の志」との關係をいかに捉えていたか――を考えるための材料が得られる。

「詩人の意」と「聖人の志」の關係については、車行健氏が「本末論」を詳細に分析し理論的な考察を行っている。(51) 氏は、歐陽脩にあっては「詩人の意」と「聖人の志」とは一體化して捉えられ、「詩經の詩篇を書いた詩人（たち）は等しく古代の賢者であり、人格的修養・理性的態度・思辨的能力および表現技巧などの側面いずれも優れていたので、それ故に彼等は外部の環境から感じたこと、見聞したことを、良好な表現技巧を通して詩篇の中に再現できるだけではなく、そこに美刺諷諭の内容を注入することもできたのである」[52]と言う。詩人にこのような高い境地を保證するのは、氏に據れば孔子の存在である。孔子は當時存在していた詩羣の中から、詩を選んで『詩經』を編纂していく中で道德的な見地から「刪錄」を加えた。このことにより、「聖人（孔子）の刪錄を經て成った『詩經』の、その中の〈詩人の意〉と〈聖人の志〉とは、二にして一、一にして二、渾然と一體化している」[53]のである。かくして、歐陽脩にとって「詩人の意を知る」ことは「則ち聖人の志を得る」ことに他ならなかったのである。[54]

王倩氏は、歐陽脩と朱熹の詩經學理論を比較し次のように言う。

> 歐陽脩は、「詩人の意」と「聖人の志」とを明確には區別しておらず、ただ、「詩人の意を知れば、すなわち聖人の志を得」と言うばかりで、二つの側面をいかにして一つにするかと言う問題に關しては前代の學者を超える方法を提案することはできなかった（歐陽脩對「詩人之意」與「聖人之志」并未作明確劃分、只說、「知詩人之意、則得聖人之志」、在兩方面如何統一的問題上未能提出超乎前賢的辦法）[55]

氏の論は、歐陽脩の認識の限界を指摘したものとして車行健氏とは觀點と評價が異なっているが、やはり、歐陽脩が「詩人の意」と「聖人の志」とを區別していなかったことを指摘している。兩氏の考察は、主に理論的な方面から行われたものであり、實際の詩篇解釋の分析による論證はなされていないが、本稿での考察は兩氏の結論が正しいことを傍證するものである。したがって、第1節で掲げた筆者の舊說――歐陽脩は「詩人の意」と「聖人の志」とが異なるものであることを認識して詩篇解釋を行っていた――は、基本的に修正が必要である。黃雅琦氏は、美刺說を中心的解釋理念とする漢唐の詩經學について次のように言う。

このことから考えると、「小序」を代表とする美刺説が、解釋學的操作において犯した最も重大な過誤としては、なによりも「聖人の志」と「詩人の志」の違いをはっきりと分かつことができなかったというところにある（由此觀之、以《小序》爲代表的美刺説、在詮釋學操作上、所犯的最嚴重失誤、首先在于未能釐清聖人之志與詩人之志的不同）(56)氏の議論に接續する形で、歐陽脩においても「詩人の意」と「聖人の志」とが未分であったこと、その大きな原因として歐陽脩も、時に大膽な批判を行うことはあったが、やはり小序を詩篇解釋の中心的理念に据えていたことが擧げられると言うことができるだろう。

5　歐陽脩の「詩人の意」と「聖人の志」についての認識のもう一つの性格

しかしながら、なお問題は簡單には片づけられないのではないかという氣がする。歐陽脩の詩篇解釋の場での自覺的な態度としては、これまで見たように、また車行健氏と王倩氏の言うように、「詩人の意」と「聖人の志」とを一體のものとして把握していた、あるいは詩篇解釋の場においてそれらを別個の概念として分離して考えるまでに至らなかったことは事實である。王倩氏は、歐陽脩の「本末論」で提起されながらいまだ未分の狀態に置かれていた「詩人の意」と「聖人の志」との質的相違を、朱熹が認識しそれらを階梯化して把握したと指摘する。

朱熹は、「詩人の意」が純粹に指しているのは、詩人が物に感じて言葉に發した感情のことであり、そこには道徳的な判斷はいまだなされていないと考えていた（朱熹認爲詩人之意純粹指的是詩人感于物而所道之情、是未作道徳判斷的）(57)

「詩人の意」の中には確かに善を褒め稱え惡を惡む內容が含まれているが、しかしそれは〔詩經を編纂した孔子という〕聖人によって導かれ正される必要があった。〔朱熹〕はさらに論を進めて「聖人の志」の內實をより深め、……聖人が善を勸め惡を抑え、天下を教化し理想的な狀態を實現させるという職責を持っていることを指し示したのである（「詩人之意」中誠然有善善惡惡的內容、但有待于聖人導之以正。進而對「聖人之志」加以深化、……展示聖人勸善抑惡以化成天下的職志）(58)

しかし、いまだ理論的な構築はなされていないにせよ、歐陽脩においてもこの二者の質的な相違に氣付いていたのではないかと思われる。

まず、「本末論」の記述について考えてみよう。確かに、歐陽脩は車行健氏の言うように、「詩人の意を知れば、則ち聖人の志を得」と言い兩者を一體化しているけれども、その一方では「詩人の意」を、

詩を作って、ある事柄を敍述し、それが善であれば褒め稱え、惡であれば刺る、これがいわゆる「詩人の意」であり「本」である（作此詩、述此事、善則美、惡則刺、所謂詩人之意者本也）

と說明し、「聖人の志」を、

詩に詠われた美と刺とを見極め、その善と惡とを認識し、それによって善を勸め惡を戒める、これが「聖人の志」であり「本」である（察其美刺、知其善惡、以爲勸戒、所謂聖人之志者本也）

と說明している。これに據れば、詩人は確かにある事柄について褒め稱えたり刺ったりするけれども、それを見極め（「察」）、認識し（「知」）た上で、それらに「勸戒」という道德的な效用を持たせるのは聖人であることになる。しか

も、聖人によって見極め認識される、詩人の「美刺」については次のように言う。

事に觸れ物に感じそれを言葉に表現し、それによって善なるものは褒め稱え、悪は刺る氣持ちを言い、宣揚と怨み憤りの思いを口から發し、喜怒哀樂を心の中から言う、これが「詩人の意」である（觸事感物文之、以言善者美之、悪者刺之、以發其揄揚怨憤於口、道其哀樂喜怒於心、此詩人之意也）

ここに見えるように、歐陽脩の言う「詩人の意」は、何かに遭遇して生まれた率直な感情を吐露したものという性格が強い。それはいまだ個人的な感情であり、天下を教導するための道徳的な機能を自覺して作られてはいない。それを「勸戒」の具として道徳的メッセージ發信の媒體をするのは聖人ということになる。このように見れば、朱熹によって認識され整序化されたと王倩氏の言う「詩人の意」と「聖人の志」の相違についての認識は歐陽脩にも萌芽的には存在したと言えるのではないだろうか。

何澤恆氏は、歐陽脩の次のような詩を紹介している[59]。

詩三百五篇　　詩　三百五篇
作者非一人　　作者は一人に非ず
羈臣與棄妾　　羈臣と棄妾と
桑濮乃淫奔　　桑濮は乃ち淫奔
其言苟可取　　其の言　苟《かりそめ》に取るべきも
厖雜不全純　　厖雜にして全くは純ならず
（「詩を學ぶ僧惟晤に酬ゆ（酬學詩僧惟晤）」[60]）

この詩には、詩經は多種多様な作者の作品の集合であり、淫詩を含み、雜多で純粋ではない（厖雜不全純）、すなわち詩篇の作者は必ずしも道徳的に優れた人間ばかりとは限らないという認識が明確に示されている。(61)やはり、詩人はその感情を道徳的な意味を考えることなく、率直に表現しただけという考え方が表れている。

さらに以前筆者が論じたように、歐陽脩は、孔子が當時存在していた三千篇に上る詩篇の中から嚴密な取捨選擇を行って道德に資する詩三百餘篇を選び出しただけではなく、選び出した詩に對して時には道德に資するように改編の手を加えてもいたという考えを述べている。(62)ここからも、詩經の詩篇を道德の鑑たらしめた存在として、作者よりも編者である孔子を重んじる彼の認識が窺える。

第四章第7節で論じたように、『詩本義』卷九「賓之初筵」論に次のような言葉がある。

鄭玄は、禮の學問に長じていた。本詩における鄭玄の解釋は、禮學者の說を故意に用いて詩人の意に附會したものであり、本來の意味では恐らくないだろう。しかし、意味はこれでも通じるので、害にはならない。詩を學ぶものはそれに從うか否か自らの判斷で選擇すべきである（鄭氏長於禮學。其以禮家之說曲爲附會詩人之意、本末必然。義或可通、亦不爲害也。學者當自擇之）

禮制による解釋で牽强附會な解釋を行ったと鄭玄を批判しながら、その說は詩の本義ではないけれども、道德的な役割という意味では意義があると認め、學者それぞれの選擇に任せる姿勢を示している。これは、「本末論」の分類で言えば、「經師の業」に當たるものについての論評であるが、ここにも詩には本來の意味と、現實社會の要請から付與された意義とが併存し、後者にも一定の存在意義があるという認識を見ることができる。

これらの事柄は、これまで論じてきた、漢唐詩經學の認識を受け繼ぎ、「詩人の意」と「聖人の志」を一體のものとして考え、詩篇の作者を道德的な存在として解釋する姿勢と徑庭がある。このように、「詩人の意」と「聖人の志」についての歐陽脩の認識は內部に矛盾を含んでいる。この矛盾は、歐陽脩の詩經學の體系性という點から言えば破綻であり瑕疵であるが、しかし、彼の詩經學が後の學者に繼承され發展されていったその流れ——特に、宋代詩經學を集大成した朱熹の詩經學との關係——という見地から考えれば、このような體系性の破れは後に擴大成熟して、宋代詩經學の獨自の發展を支える認識の基盤となったとも考えることができる。また、このような體系性の破れがあったからこそ、準淫詩説に見られるように、漢唐詩經學と朱熹詩經學とを仲介するいわばクッションとしての役割を歐陽脩は果たしたのではないだろうか。

なお、歐陽脩が、詩篇を作った作者の創作意圖と詩經を編纂した編者の意圖との二種を想定したこと——それを實際の詩經解釋では一體視して考える傾向が强かったにせよ——にも、あるいは『正義』の影響があった可能性がある。第三章第3節で筆者はその可能性を表す根據の一つとして、周南「麟之趾」の例を紹介したが、これが孤證ではないことを示すもう一つの例を擧げよう。小雅「天保」がそれである。

［序］「天保」は、下の者が上に立つ者に報いることを詠った詩である。主君が目下の者を自分の庇護下にあるものとして扱い、その政を完成させることができたならば、臣下はそれにうるわしい德を贈り主君に報いることができるのである（天保、下報上也。君能下下以成其政、臣能歸美以報其上焉）

［箋］「下を下とす」というのは、「鹿鳴」から「伐木」までの詩は、みな主君が臣下を鄭重に扱うことを詠った詩であることを言う。臣下もまた稱贊の言葉を王に返し、主君の尊さを稱え天の福祿が與えられんことを祈念し、それによって主君が臣下に贈った歌に答えるのももっともなことである（下下、謂鹿鳴至伐木皆君所以下臣也。臣亦宜歸美於王、以崇君之尊而福祿之、以答其歌）

この序および箋について、『正義』は、

「天保」の詩を作った者は、下の者が上の者に報いることを詠ったのである（作天保詩者言下報上也）と、小序の說が作詩者の意圖を說明したものであるかのように言うが、その後で、

しかしながら、「詩」とは「志」であり、作者それぞれがおのおの自然に吟詠するのである。〔「鹿鳴」から「天保」〕六首の詩は同一の作者によって作られたものではない。鄭箋に「上篇の歌に答える」と言うのは、詩經の編者である孔子が訓を示して、それぞれの詩の教える內容を全體として見たとき大きな道德を形成していることを教えようとしたのである。……この「天保」がその前の五篇に答えるためにわざわざ作られたということではない。なぜならば、上の五篇は同一の作者の手によるものではなく、またある詩の作者が他の詩の作者と話し合って作ったわけでもないので、相對應するはずがないからである。鄭箋が「亦た宜しく」と言っているのは、そのような教えを示すため〔の配列であることを言おうとしているの〕であり、他の詩に答えるためにわざわざこの詩が作られたのではないのである（然詩者志也、各自吟詠。六篇之作、非是一人而已。此爲荅上篇之歌者、但聖人示法、義取相成。……非此故答上篇也。何則上五篇非一人所作、又作彼者不與此計議。何相報之有。鄭云亦宜者示法耳、非故報也）

と言い、小序に言っていることが作詩の意圖ではなく、編者の意圖であると說明している。これは、歐陽脩の「詩人の意」と「聖人の志」に對應するものである。これから考えるならば、歐陽脩の「本末論」の主張は、彼の獨創ではなく、漢唐詩經學を詳細に研究する過程で發想のヒントを得たものであると考えることができる。歐陽脩の詩經研究が漢唐詩經學の單純な否定・分離の上に作られたものではなく、むしろ漢唐詩經學から榮養を吸收した上でそれを自分なりに消化し發展させたことによって形成されたことが窺われる。また、そのように考えれば、歐陽脩の「本末論」

を發展させた朱熹の淫詩說認識も、その淵源は『正義』に求められることになる。朱熹は、漢唐詩經學を一體のものと捉えてまとめて否定したが、實はその中にも質的變化は存在し、その一部が歐陽脩の介在を經て朱熹の詩經學に繫がっていたということになる。

さらに、第2節③で取り上げたように蘇轍に、編者の思古說とでも名付くべき思考があった。これは、詩人の意圖、詩の本來の意味とは別個に、編者が現實の要請によって道德的意義を新たに付與したという考え方を暗示するものであった。これは淫詩說に典型的に表れる朱熹の認識に通じるものではある。歐陽脩の詩經學の底流に、すでに右に見たような認識が存在したことと考え合わせれば、宋代詩經學の底流に「詩人の意」と「編者の意」との關係についての學的關心が繼續して存在し、それが徐々に成熟して朱熹の詩經學に結實したという認識の發展史を見出すことができるのではないだろうか。

6　淫詩說における難點

朱熹は、詩經解釋から思古說を基本的に排除した。これにより、詩中の時間層と作者が言わんとした時間層とのギャップがなくなった。また、淫詩說を唱えたことにより、詩中に詠われた內容と讀者が受け取る道德的なメッセージとの食い違いも、作者と編者という異なる人格の關與によって起こったと合理的に說明できる。兩者により、作者が表現內容と表現意圖とを故意に乖離させたという想定は必要がなくなる。すなわち、詩に言外の本義を假定する必要がなくなるのである。朱熹においては詩句を重んじた解釋體系が一貫しているということができるだろう[63]。

それに對し、歐陽脩は思古說を踏襲したことで詩經解釋に言外の本義を假定しなければならなかった。また、朱熹に先驅けて準淫詩說を行ったが、そこでも作者の道德性を保持するために、詩中の語り手と作者とが別の人格であるとし、言外の本義を假定しなければならなかった。歐陽脩がこのような説をとったのは、できる限り小序の規定に沿った解釋を追求したためであった。「詩を以て詩を説く」という宋代詩經學の流れから言えば、歐陽脩の解釋理念と方法は、いまだ漢唐の詩經學の影響を強く殘したものであったということができる。先に引用したとおり、黄雅琦氏は、漢唐詩經學の弱點を論じて、「『小序』を代表とする美刺説が、解釋學的操作において犯した最も重大な過誤としては、なによりも『聖人の志』と『詩人の志』の違いをはっきりと分かつことができなかったというところにある」と指摘した。この指摘は、歐陽脩にも當てはまり、氏の言うとおり、この問題を克服したことが朱熹詩經學の大きな成果であると言うことができる。

ところで、黄氏は漢唐詩經學の美刺説の問題を今ひとつ指摘して次のように言う。

その次に擧げるべきは、〔「小序」を代表とする美刺説が〕讀者のテキスト解釋權をほしいままに無效化したところにある。一方、朱熹の「淫詩説」は、……および聖人が「淫詩」を殘して削除しなかったのは、「〔讀者に、詩中に詠われた〕戒めるべき行爲を嫌惡させる」ためであるという論法は、解釋權を讀者に回復させようとしたものであり、これは、解釋活動においてテキストが優先されるべきことを間接的に承認したに等しい（其次則在任意取消了讀者的文本詮釋權。而朱熹之「淫詩説」、……以及聖人存「淫詩」而未刪、是爲了「惡可戒」等説法、則將詮釋權還給了讀者、也等于間接承認了文本在詮釋活動中的優先性）(64)

氏は、朱熹の淫詩説が讀者にテキストを解釋する權利を回復させようとしたものであったと言うが、はたしてそうだろうか。先に筆者は、淫詩説が成り立つ理由、言い換えれば、讀者が詩句の表面に現れない意味を讀み取ることが期待できる理由を推測して、「淫詩においては、詩句が表現しているのが不道德な內容であり、それを讀んだ者誰しもが唾棄すべき行いとして嫌惡感を感じるはずだから」と述べた。これは、問題をあまりに單純化してはいないだろうか。黄雅琦氏は別の箇所で、淫詩說の孕む弱點を次のように鋭く指摘している。

實際には、作者が邪な要素のある思いによって詩を作ったのに、讀者の方では邪な要素のない思いによってその詩を讀むことができるというのは、解釋學の理論に據るならば、もちろんケースとしてはあり得る。しかし、問題は、かりにテキストの內容に「邪なるところ有る」ことを認めるとすれば、もはやすべての讀者がみな「邪なるところ無き」解釋を行うことができることが保證されなくなってしまうところにある（其實、作者以有邪之思作之、讀者卻能以無邪之思見之、就詮釋學的理論來說、自是可有之義。然而問題在於、如果承認文本內容爲「有邪」就無法保證每一位讀者都能做出「無邪」的詮釋(65)）

氏は、淫詩說は詩の作者が善惡賢愚多樣であるということを前提にする一方で、その讀者は淫詩の邪な性格を正しく認識するという點で一樣に賢であり善であるということをやはり前提にしているというところに、學說としての不整合があることを指摘する。淫詩を讀んで詩中の內容に憧憬を抱く讀者が萬が一いたならば、詩經は道德的な教化を發揮するどころか、世を害する書物となってしまうであろう。朱熹の考え方に據れば、孔子が淫詩を詩經に編入したときには、當該詩を讀む讀者は一樣に詩中の內容に嫌惡感を抱くと確信していたことになる。淫詩說は、作者においてはその多樣性を許容しながら、讀者についてはその多樣性が考慮されていないのである。讀者が一樣に嫌惡の反應をすることを前提にしている以上、淫詩說は、氏の言うように、讀者のテキスト解釋權を恢復しようとしたとは言えないだろう。歐陽脩が「詩人の意」と「作者の志」を一體のものとして把握したために起こった矛盾を合理的に解決して成立した朱熹の解釋學の體系も、それ自體の矛盾が存在しているのである。

劉原池氏は、以下のように言う。

このように、詩文を讀解するには、讀者は必ずその精神を「虛心」な狀態において讀書をしなければならず、先入觀を抱いて解釋をしてはいけない。そうしてこそはじめて詩文が本來言わんとするところを全面的に把握することができるのである。朱熹は一再ならず心を無にし思いを平靜にしなければならないと强調している。彼は、「心を虛ろにし氣を平らかにし、本文の下に集中し、無心な狀態にしておかなければならない」と言うが、これは、讀書の際の特殊な心理狀態を指しているのではなく、「先儒の舊說を一字たりとも頭にとどめておかない」ように、すなわち漢儒の詩經解釋の覆いを取り拂い脱却することを求めているのである。したがって、「己の意を以て作者の志を迎え取る」、すなわち作品との對話においては、「虛ろで靜かであること」が必要な先決條件であり、「心を虛ろにし氣を平らかにす」るという狀態に身をおいてこそはじめて本當に何者にもとらわれることなく「己の意を以て作者の志を迎え取る」ということを成し遂げることができるのである（可見、解讀詩文、讀者必須處於「虛心」的閱讀狀態、不能在存有先入爲主的詮解、纔能全面掌握詩文的本意。朱熹一再强調要虛心靜慮、他說「虛心平氣、本文之下打疊、交空蕩蕩地」、這幷非指一種特殊的閱讀心理狀態、而是要求「不要留一字先儒舊說」、亦卽要擺脫漢儒說《詩》的遮蔽。因此、「以己意迎取作者之志」卽與作品的對話、是以「虛靜」爲必要的先決條件、只有處於「虛心平氣」的狀態中、纔能眞正做到無執無礙的「以己意迎取作者之志」(66)）。

朱熹の想定している讀者は、自分の精神を虛心にして先入觀を持たない狀態にして讀書に臨む人間であることがわかる。劉氏の引用する文章の中で、朱熹はまた、

他の一切を問題にしてはいけない。ただただ本文の本意のみを追求せよ。そうすれば、聖賢の教えも感得できる。そこに先入主があったら、それにとらわれて、正しい教えを捉えることはできなくなる（一切莫問、而唯本文本意是求、則聖賢之指得矣。若於此處先有私主、便爲所蔽而不得其正(67)）

と言っていることからも、讀書に際しては極めて純粹かつ嚴正な態度が要求されること、そうでなければたやすく誤った理解に陷りやすいと考えていることがわかる。彼にとって讀書行爲とは、極めて神聖かつ嚴格なものであったのである。ここからも朱熹は、精神力や知力、判斷力の程度が樣々な讀者の存在は念頭になかったのではないかと考えられる。

歐陽脩が「本末論」で唱えた、詩の意味の多樣性を生む四種の主體、「詩人の意」「太師の職」「聖人の志」「經師の業」は、いずれもメッセージ送出に關與する側である。つまり、「本末論」はメッセージを送出する側における多樣性についての理論であり、メッセージを受け取る讀者の側の（賢愚善惡などの）多樣性に起因する詩の意味の多樣化は考慮されていない。すなわち、詩篇には、一つであるか複數であるかは別として、メッセージの送出者によってそれ自體に固有の意味が込められ、かつそれが變質することなくそのままの形で讀者に傳わるという認識なのである。

一方朱熹の淫詩說は、確かに讀者の受容のあり方を考慮し、讀書行爲によって讀者の心理に道德的な反應が發生するメカニズムについて言及している。しかし、讀者によって受け取る意味が多樣であり得ることはやはり考慮されていない。歐陽脩の「本末論」も、朱熹と同樣の問題點を抱えてはいるが、その理論が意味を送出する側で自己完結しているために問題點が顯在化していないのに對し、淫詩說は讀者の受容ということをメカニズムの要素として認識しながら――淫詩說において道德的な力は、淫詩を讀む讀者が自ら反應して生み出されるものだと考えられている――、その多樣性についての檢討を閑却しているために問題が顯在化しているのである。

さらに、朱熹の淫詩說にはもう一つの不整合がある。それは、淫詩を詩經に編入した者の意志をめぐる問題である。淫詩說は、詩經の編者の緻密な計算に基づく確固たる意志の存在を前提としている。すなわち、詩經の編者である孔子は、淫詩が逆說的なメカニズムによって讀者に對して道德的な力を發揮し得ると考えたがために、淫詩を詩經に編集したということになる。

ところで、孔子はその當時殘存していた詩篇を取捨選擇することなく詩經を編纂したと、朱熹は考えている。この認識は疏家のそれと近い。彼は、詩經が現在のラインナップになったことに關して、孔子の關與は度外視しうると考えているのである。

おそらく、孔子は詩をそれほど棄て去ってはいないだろう。司馬遷は「古詩は三千篇あったが、孔子はその中から削り捨てて三百篇を選定した」と言ったが、おそらくそんなにたくさん捨て去ったりはしなかっただろう（怕不曾刪得許多。如太史公說古詩三千篇、孔子刪定三百、怕不曾刪得如此多(68)）

人々は、「孔子が詩を刪した」と言うが、思うにただたくさんの詩を集めただけであり、往々にしてただ定本に仕立て上げただけであろう（人言夫子刪詩、看來只是採得許多詩、往往只是刊定(69)）

人々は、「孔子が詩を刪した」と言うが、思うにただたくさんの詩を集めただけであり、孔子は詩を捨て去ったりしたことはなく、往々にしてただ定本に仕立て上げただけであろう（人言夫子刪詩、看來只是採得許多詩、夫子不曾刪去、往往只是刊定而已(70)）

刪詩について問うたところ、先生はおっしゃった、「どうして聖人が筆を執ってあれを削ったりこれを殘したりなどしたことがあろうか。やはり傳承されていたものに基づいて論ずるしかなかったのだ」（問刪詩。曰、那曾見得聖人執筆刪那箇、存這箇。也只得就相傳上說去(71)）

しかし、詩經の成立に關する孔子の關與の度合をこのように低く見積もった場合、先に述べた淫詩をめぐる編集者の綿密な計算と意圖は充分說明できない。

この點に關していえば、むしろ歐陽脩の認識の方が、淫詩の存在を説明する理論としては整合性が高い。南宋・段昌武が引用した文章に據れば歐陽脩は、孔子が當時殘されていた三千篇に上る詩篇の中から三百首を嚴選し、さらに必要に應じて手を加えて詩經を編纂したと考える。このような彼の認識は、讀者に與える詩篇の效果を編者が計算した上で、詩經を編集したという淫詩説を支える理論としては優れているだろう。

朱熹の淫奔詩に存在する以上の難點を考慮しつつ、再び讀者がいかにして詩篇の道德的メッセージを正しく讀解できるのかを問うてみよう。それ自體としては愛し合う男女の眞情の吐露に他ならない淫詩を、だれもが正しくそれを反面教材として讀み、道德的教訓を引き出すためには、何が必要であろうか。それは、讀者が朱熹の解釋に忠實に讀むということである。すなわち、朱熹の注釋が讀者の讀み取りを支配するのである。このように、淫詩説とは、注釋者がすなわち自分の地位を絶對化することによって機能するものであり、注釋とは、理想の讀者たる自分を再生産するためのメディアであった。その意味で、朱熹の、「此れ淫奔期會の詩なり」（邶風「靜女」『集傳』）「淫女其の私する所の者に戲れて曰く（淫女戲其所私者曰）」（鄭風「山有扶蘇」『集傳』）などという注は、彼が外部的存在による規定に過ぎないとして否定した思古詩の序の、「此れ古を陳べて今を刺る」「古を思ひて今を傷む」と、機能的には同等のものと言うことができるだろう。皮肉な見方ではあるが、淫詩が萬人の讀者に對して道德の鑑となり得るためには朱熹の注釋が不可缺であるという點から言って、朱熹の淫詩説は思古傷今説に相似していると言うことができる。

注

（1）「德」「色」を「有德の者」「美色の者」と解釋したのは、鄭箋に「德謂士大夫賓客有德者」と言い、『正義』に「陳古之賢士好德不好色之義、以刺今之朝廷之人、有不悅賓客有德、而愛好美色者也」と言うのに從った。

（2）檀作文氏が思古説を説明して、「凡是一篇詩、在漢儒看來一定是要對時政有所美刺的。凡是時代在前（周初文武成康時）

的、一律是〈美〉、時代在後的、一般就認定是〈刺〉。若是世次在後、而文意爲美的、便説是〈陳古刺今〉」と言うのは、思古説がどのような解釋上の問題を解決するために用いられたかを簡潔にまとめたものである。檀作文『朱熹詩經學研究』（學苑出版社、二〇〇三）、二頁參照。

（3）檀作文氏前掲書、第一章第二節「朱熹對《序》的具體批評」中の「濫用〈陳古刺今〉」、四六頁。

（4）同右、四八頁。

（5）「本末論」に言う、四つの異なる意味的・解釋的位相を簡單にまとめれば以下のようになる。
一、詩人の意　個々の詩篇が民間の詩人によって作られた段階。事物に感じ美刺の義を込め、喜怒哀樂を言葉に表したものが詩となった。
二、太師の職　民間の歌謡が諸國の采詩官によって採集され、太師のもとで、朝廷の祭宴、民間の宴席で演奏するために樂章として編成された段階。
三、聖人の志　孔子の手によって教化に資するように改編を施され、六經に列せられた段階。
四、經師の業　春秋戰國の混亂、秦の焚書坑儒などを經て、學者が残缺を整理し義訓を施した段階。「詩人の意」「聖人の志」という詩の本義を正しく捉え解釋した場合と、「太師の職」という詩の末義にとらわれ、詩の本義にもとる解釋を行ったために混亂をさらに深めてしまった場合とがある。

（6）特に、王倩『朱熹詩經思想研究』第一章第三節に「對歐陽脩〈求詩本義〉思想的借鑒」として、兩者の學的關係が考察されている（北京大學出版社、二〇〇九）。

（7）本書第四章第7節。

（8）筆者が裨益を受けたものに、
檀作文氏前掲書
黄雅琦「朱熹淫詩説在詮釋學上的意義」（『詩經研究叢刊』第十三輯、學苑出版社、二〇〇七）
劉原池「朱熹之《詩》學解釋學」（『詩經研究叢刊』第十六輯、學苑出版社、二〇〇九）
王倩氏前掲書
等がある。

（9）車行健『詩本義析論――以歐陽脩與龔橙詩義論述爲中心――』第二章「歐陽脩《詩本義》的《詩》義觀及對《詩》本義的詮釋」（臺灣・里仁書局、二〇〇二）。

（10）「魚藻」が思古詩であることに贊成する説は、『詩本義』卷十三「一義解」に見える。

（11）四部叢刊正編『歐陽文忠公集』附錄五、二葉表。

（12）曹風「鳲鳩」・小雅「賓之初筵」・「大東」。

（13）ただし、『詩本義』卷二、召南「野有死麕」本義には、「詩三百篇大率作者之體不過三四爾。有作詩者自述其言以爲美刺、如關雎相鼠之類是也」と言う。「詩を作る者　自ら其の言を述べて以て美刺と爲す」と言うのに據れば、詩人と詩中の語り手とが同一であるということになる。とすれば詩人は自分の生きている世の中のことを詩に詠ったと言うことになるので「思古刺今」の詩とは言えなくなる。これは「關雎」における説と矛盾することになる。本論で述べるように二南についての歐陽脩の認識には變化が見られ、前期には二南詩は「思古刺今」ではなく通常の美詩と考えており、これならば「野有死麕」の説と矛盾しない。歐陽脩早年の詩經解釋が殘存したものという可能性が考えられるが、詳しい考證は今後に譲りたい。

（14）「卷耳」序の『正義』が「后妃非直憂在進賢、躬率婦道、又當輔佐君子」と疏通するのに從って補った。

（15）歐陽脩が、詩經の編者として孔子が大きな役割を果たし、詩經には孔子の思想が深く刻印されていると考えていた。このことについては、本書第三章第6節を參照のこと。

（16）前期における二南認識は、『詩本義』卷十五「二南爲正風解」に見える。

　天下は紂をにくんで文王を主君と仰いではいたけれども、しかしながら、文王は天下をすべて治めることはできていなかったので、やはり紂に服し仕えていたというのである。とするならば、二南の詩は文王が紂に仕えているときであり、征伐の號令は出していたけれども、いまだ天命を受けてはいなかったのである。どうして、周の王室が衰えてから「關雎」がはじめて作られたということがあろうか。これは、史家の誤りである。（天下雖惡紂而主文王、然文王不得全有天下而亦曰服事於紂焉、則二南之詩作於事紂之時、號令征伐、不止於受命之後爾、豈所謂周室衰而關雎始作、史氏之失也）

この文章の執筆時期は、劉德清『歐陽脩紀年錄』（上海古籍出版社、二〇〇六）に據れば、景祐四年（一〇三七）、歐陽脩三一歳の年である。同書同條（九九頁）に次のように言う。

於夷陵疑經惑傳、訾議毛鄭、首倡經學新風氣、撰《詩解》八首（巻六十）、訾議毛鄭、力主舍傳從經。

（17）『詩本義』巻一「麟之趾」論に、「孟子去詩世近而最善言詩、推其所説詩義、與今序意多同、故後儒異説爲詩害者常賴序文以爲證。然至於二南、其序多失而麟趾騶虞所失尤甚」と言い、同「野有死麕」論に、「詩序失於二南者多矣」と言う。

（18）後期における二南認識は、『詩本義』巻十四「時世論」に集中的に現れている。

昔孔子は關雎に言及し、「哀しめども傷まず」と言った。司馬遷もまた、「周道缺けて、詩人之を衽席に本づけ、關雎作れり」（『史記』「十二諸侯年表」）と言った。そして齊魯韓の三家はいずれもこの詩が康王の御世のまつりごとが衰えたときに作られたものだと言っており、いずれも鄭玄の説と認識の違いが見られる。思うに以上の説は常に「哀傷」という觀點から説明している。これから考えれば、「關雎」は周の衰えた頃に作られた詩だと考えるのが適當だと思われる（昔孔子嘗言關雎矣。曰哀而不傷。太史公又曰、周道缺、詩人本之衽席、關雎作而齊魯韓三家皆以爲康王政衰之詩、皆與鄭氏之説其意不類。蓋常以哀傷爲言、由是言之、謂關雎爲周衰之作者近是矣）

慶暦四年（一〇七七）三八歳の年に、鄭玄『詩譜』の殘本を手に入れ、それを自らの手で補い完成しようとしたが、このような編年研究に携わったことが前期と後期の學説の變化のきっかけとなった可能性もあるだろう。劉德清前掲書の當該年の記事に「七月……於絳州得鄭玄《詩譜》殘本」とある（一六五頁）。

（19）程元敏輯『三經新義輯考彙評（二）—詩經』（中華叢書、臺灣、國立編譯館、一九八六）、一九三頁。

（20）一方、鄭箋は、「伐除蒺蔾與棘、自古之人何乃勤苦爲此事乎」と言い、この二句は古の明王の御代、民が苦勞して耕地を開墾したことを詠っていると解釋する。詩全體が古のありさまを贊美しており、詩人の「傷今」の思いは言外に込められていると考えるのである。

（21）巻二、邶風「綠衣」・巻十二、小雅「鼓鐘」・同「楚茨」・同「信南山」・巻十三「桑扈」である。

（22）巻三、王風「大車」・巻四、鄭風「羔裘」・巻六、秦風「無衣」・巻十二、小雅「楚茨」・同「瞻彼洛矣」・同「裳裳者華」・巻十四、大雅「瓠葉」である。

（23）「譬如日月常在其室家無敢欺之者」の斷句および解釋については、異論があるかも知れない。詩の「在我室兮」「在我闥兮」と『蘇傳』の「在其室家」が對應していると考えた。また、その主格が「東方の日」「東方の月」であると考えたが、その理由は、『蘇傳』に「日は東に升り、月は東に盛んにして、其の明は至らざる所無し」「明は民に及ばず」とあることから、蘇轍は太陽や月の光が民の家まで照らしたと解釋していると考えたためである。

(24)「行く」の主格を主君と考えたのは、「無敢欺之者」と「行則起而從之」の「之」が同一人物を指し、かつ、「無敢欺之者」と「明不及民而民慢之」の「之」も同一人物を指すと考え、「民慢之」が「民が主君をあなどる」という意味になることは比較的明瞭なので、そこから「行則起而從之」も民が主君に從う意味だと判斷した。

(25)これは、小序の初句を孔子以來の正しい傳承によるものと尊重し、二句以降は後世の學者の雜多な增益にすぎないとする、蘇轍の詩序觀が典型的に反映したものである。本書第八章參照。

(26)鄭玄は、本詩について毛傳とは異なる解釋をする。すなわち、首章の「東方之日」、二章の「東方之月」ともに、地平線から姿を現したばかりで、まだ弱い光しか發していないととり、君臣の不明さを喩えるものと考える。その上で、この詩は全て當今の衰えた狀況を詠っており、思古詩ではないと解釋する。

(27)「女曰鷄鳴」の『蘇傳』は以下の通りである。

夫婦相戒以夙興。婦人勉其君子曰、雞既鳴、明星見矣。可以起從外事。弋取鳧雁、歸以爲肴、相與飲酒、偕老而不厭。且非特如此而已。苟子有所招來而與之友者、吾將爲子雜佩以贈之。言不留色而好德也。明星啟明也。弋繳射也。加中也。史曰、以弱弓微繳加諸鳧鴈之上。宜和其所宜也。雜佩衡璜琚瑀衝牙之類。問遺也

(28)郝桂敏『宋代《詩經》文獻研究』(中國社會科學博士論文文庫、二〇〇六、中國社會科學出版社)第三章第一節參照。また、本書第八章も參照されたい。

(29)李冬梅『蘇轍《詩集傳》新探』第二章第一節「詩序觀」は、實例を擧げつつ、「蘇轍對於《詩序》所定意旨的批駁、有批駁《詩序》首句爲誤的、也有批駁首句以下的發揮語爲誤的」と言い、初句に反對することもあったと指摘する(四川大學出版社、二〇〇六)、七六頁。

(30)「夫不之鳥」、『兩蘇經解本』「擇木之鳥」に作る。

(31)このことについては、本書第六章第4節を參照のこと。

(32)檀作文氏前揭書、四五頁。

(33)朱子全書第一冊三七三頁。

(34) 唯一検出される邶風「綠衣」の「我思古人有嘗遭此而善處之者」は、經文中の「我思古人」を敷衍したものに過ぎず、考察の對象とはならない。

(35) 檀作文氏前揭書四八頁。

(36) 本書第五章第4節參照。

(37) 本書第十二章第1節參照。

(38) 『朱子語類』卷八〇、詩一「綱領」に、「今人不以詩說詩、却以序解詩」と言う（理學叢書、中華書局、二〇七頁）。

(39) 朱熹の淫詩說に相似た歐陽脩の解釋をどう名付けるかは、諸家によってまちまちである。次注に擧げる劉展氏のように、朱熹のそれと同じく「淫詩」「淫奔詩」と呼ぶ研究者もいる。しかし本論で考察するように、歐陽脩の淫奔詩的解釋は朱熹のそれとは重大な差異がある。また、蔣立甫氏のごとく、儒教的價値判斷を伴わない「愛情詩」という枠組みの中に包含させる研究者もいる。しかし、本稿の考察ではこれらの詩に對する詩經學者の倫理的價値判斷がいかなるものであったかが重要な要素となる。以上のことから、本稿では「準淫詩說」という用語を用いたい。この術語は、本書の中國語譯を擔當していただいた李棟女史（復旦大學博士課程）により提案されたものであることを、ここに感謝の念とともに記す次第である。

(40) 何澤恆『歐陽脩之經史學』第二章「歐陽脩之詩學」に、その詩序批判の中でも「國風中に淫らな詩句があることを指摘したことが當然ながらとりわけ目を引く（自以指陳國風中有淫辭一事爲尤甚）」と言い、邶風「靜女」・陳風「東門之枌」・召南「野有死麕」解釋を擧げて論ずる（國立臺灣大學出版委員會、一九八〇）。張啓成「論歐陽脩《詩本義》的創新精神」に、その「靜女」解釋を取り上げ、「朱熹《詩集傳》論《靜女》曰、〈此淫奔之詩爾〉。歐氏首創、朱氏唱和。雖然〈淫奔〉二字反映了歐氏認識的局限、但《靜女》屬戀歌情詩的性質則由此明確、歐氏之創見、功不可沒」と言う（『貴州社會科學』、一九九九、第五期）、八五頁。蔣立甫「論歐陽脩對《詩經》的文學研究」では、この問題を「愛情詩」という術語で論じる（潘嘯龍・蔣立甫『詩騷詩學與藝術』（上海古籍出版社、二〇〇四）。他に、劉展「歐陽脩《詩本義》〈淫奔詩〉說解讀——以《靜女》詩爲例」（『科技信息（人文社科）』、二〇〇八、第二三期）がある。

(41) 「履我卽兮」について、歐陽脩（および朱熹）の解釋は傳箋正義と大きく異なる。『集傳』を參考にしつつ、歐陽脩の意を表すように訓讀した。

(42)「又作詩者自述其言以爲美刺」(『詩本義』巻二、召南「野有死麕」論)というように、登場人物の言動イコール作者の言動であると考える場合には、「自述」と言う言い方がなされる。

(43) 檀作文氏前掲書、八一頁。筆者は、『文獻通考』の記載を中華書局影印本によって確認した(同書一五四〇頁)。

(44) 鄘風「桑中」・鄭風「溱洧」・同「東門之墠」・齊風「東方之日」・陳風「月出」・同「東門之楊」・同「東門之池」。

(45)「東門之墠」の解釋は毛傳と鄭箋で異なり、鄭箋で準淫詩説が見られる。

(46) 漢唐詩經學にすでに準淫詩説を行っていること、しかしそれが第三人稱的な立場で事件を敍述しているという點で朱熹の淫詩説とは異なることについては、檀作文氏がすでに觸れている。

漢詩經學將詩的作者默認爲國史一類人、具體到「淫詩」的解説時、將其作者處理爲事件的局外人、認爲作者只是以第三人稱的身份來敘述這事件、他的目的乃是要抨擊這淫亂之事、以及造成這風氣的政治背景、這樣做、實際上是取消了這類詩歌在一般意義上的抒情性、而將其處理成純粹的政治美刺詩。朱熹對這類詩歌的抒情主體、則做出了合理而有意義的確認。既然是自作、便是「淫奔者」以第一人稱自歌其事、自抒其情、這實際上乃是認定其爲一般意義上的抒情詩。(前掲書、四頁)。

(47) 例えば、毛傳と鄭箋とで解釋の異なる「東門之墠」については、歐陽脩は傳箋いずれに從うのか明らかにすべきところであるがそれがなされていないことから見ても、歐陽發の記述を鵜呑みにして『詩本義』全體に無條件に適用することはできない。

(48)『朱子語類』巻八〇、詩一「解詩」、二〇九二頁。

(49) 車行健氏も、『詩本義』「女曰鷄鳴」論を引いて、本詩の本義についての認識は、詩句の意味に比べて、「明顯多出了諷刺的意涵、而且對這首詩的指涉對象由古之賢夫婦轉移到當時人。……作品的語文意義和作品本義間確實是存在著一道鴻溝」と述べる(車行健氏前掲書、五七頁)。思古説・準淫詩説に焦點を合わせて分析したものではないが、歐陽脩の詩經解釋における詩句の意味と作詩の意圖との乖離についての問題を捉えたものとして重要な指摘である。

(50) 漢唐詩經學の認識では、詩序は孔子の弟子の子夏が作ったものとされる。子夏は、もちろん詩經の編者ではない。しかし、彼の詩序が尊崇されるのは、孔子の教えを忠實に反映していると考えられたからである。したがって、突き詰めれば、詩序も詩經の編者孔子の考えが貫かれたものであるという意味で、これを廣く「編者の意」の一種と考える。

(51) 車行健氏前掲書。
(52) 「其所謂包含了〈詩人之意〉和〈聖人之志〉、換句話說、作者本意的實質內涵包含了這兩者。在歐陽脩看來、寫作《詩三百》的詩人（們）均爲古代的賢者、不管在人格修養・理性態度・思辨能力以及表達技巧等方面都是優秀的、所以他們不但能夠將其對外在環境的感受及聞見、通過良好的表達技巧、呈現在詩篇中、而且也於其中注入了美刺諷喩的內涵」（同右、五八頁）。
(53) 「不但將那些不具有美刺勸戒內容的詩篇予以刪汰、從而確保了《詩三百》內容的純正、而且也使其擁有垂訓後世的作用、使這部古代詩歌總集具備〈經〉的性質。所以事實上、經過聖人刪錄後的《詩經》、其中的詩人之意和聖人之志就是二而一、一而二、渾融一體」（同右、六〇頁）
(54) 同右、六一頁。
(55) 王倩氏前掲書、六三頁。
(56) 黃雅琦氏前掲論文、二一三頁。
(57) 王倩氏前掲書、六二頁。
(58) 同右。
(59) 何澤恆氏前掲書、七三頁。
(60) 『歐陽脩詩文集校箋』上冊一〇一頁（上海古籍出版社、二〇〇九）。洪本健箋注に「本詩原未繫年、置慶曆七年（一〇四七）詩閒、疑卽作於是年左右」と言う。これに從えば、歐陽脩四七歲、「詩解」八首撰述（景祐四年、一〇三七）の十年後、鄭玄「詩譜」殘本發見（慶曆四年、一〇四四）の三年後に當たる（劉德淸前掲書に據る）。
(61) 『詩本義』中にも、詩の作者は一人ではないという說を載せる。
(62) 本書第三章第6節參照。
(63) 以上の議論を傍證するものとして、淫詩說に類して、國君の地位を簒奪しようという野心を祕めた有力者を褒め稱える詩という解釋がある。例として、鄭風「叔于田」が擧げられる。歐陽脩は、本詩を次のように解釋する。
詩人は大叔が人々の心をつかみ、國人が彼を愛したことを言う。叔が田獵に出かけると彼が住んでいた里は、まるで誰もいないかのように〔閑散としていると〕感じられる。本當に人が誰もいないわけではない。いるにはいるのだが、叔がうるわしくしかも思い遣り深いのには誰も及ばないのであるということである……みな叔を愛する言葉である（詩人言大叔得衆、國人愛之、以謂叔出于田、則所居之巷、若無人矣、非實無人、雖有而不如叔之美且仁也……皆愛之之辭）（巻四「叔于田」本義）

「詩人……國人 之を愛するを言ふ」と言うことから、詩人が詩中の悪人を慕う不道徳な人間の言葉を引用していると歐陽脩が捉えていたことがわかる。ところで、本詩に對する漢唐詩經學の解釋を歐陽脩の解釋と比較すると興味深い。本詩の詩序、

「叔于田」は莊公を刺った詩である。共叔段は京にいて武具や武器の手入れをし、田獵に出かけた。國の民は彼を慕って彼のもとに歸服した（叔于田刺莊公也。叔處于京繕甲治兵以出于田。國人說而歸之）

について、首章『正義』は以下のように言う。

これは、みな共叔段を喜ぶ言葉である。當時の人々は共叔段が田獵に行くと、町中に人っ子一人いなくなったように思われる。どうして人がいないことがあろうか。人はいるのである。しかし、彼らは桓叔に及ばないのである。共叔段は誠にいい男でしかも仁徳がある、と言っている。國人が共叔段に心を注ぎ、彼を喜ぶことかくの如くである。しかるに莊公はそれを禁止しようとしないのである。故に彼を刺っているのである（此皆悅叔之辭。時人言叔之往田獵也。里巷之內全似無復居人。豈可實無居人乎。有居人矣。但不如叔也。信美好而且有仁德。國人注心於叔、悅之若此。而公不知禁。故刺之）

『正義』は、「國人心を叔に注ぎ之を悅ぶこと此の若し。而して公　禁ずるを知らず。故に之を刺る」と言う。詩の内容は國人が共叔段を慕う言葉であるが、このような状況を莊公が座視するばかりで挽回しようとしないことを「刺っ」ていると言う。これから見ると、疏家は詩中の語り手と作者とを別の人格として捉えていると考えられる。すなわち、當時の人の言葉をそのまま詩人が引用したと考えることで、當時の人と詩人とを區別し、それによって詩人の道德性を確保しようとしたと考えられる。ここには、兩者ともに、詩中の語り手は不道德な人間であるが作者は道德的な意圖を持ってそれをそのままの形で引用した、という認識が示されており、歐陽脩のそれと類似している。ここから考えると、本詩の歐陽脩の解釋は『正義』の說を踏襲したものと考えることができる。

一方、朱熹『集傳』は、「叔于田」について次のように言う。

共叔段は不義であったが人々の心をつかみ、國人は彼を愛した、だからこの詩を作った（段不義而得衆、國人愛之、故作此詩）

「衆を得、國人　之を愛す」は歐陽脩の解釋と共通するが、歐陽脩がこれを「詩人言ふ」の目的語とし、それによって詩人が國人の言葉を詩に引くという構造を讀み取るのに對して、朱熹は詩中の人物と異なる詩人の存在を暗示していない。「故にこの詩を作る」という表現からも、朱熹が共叔段に心醉する國人がこの詩を作ったと捉えているらしいことがわかる（ただし、朱熹は「或疑此亦民閒男女相說之詞也」と言い、「詩序辨說」に、「此詩恐其民閒男女相說之詞耳」と言うように、本詩を淫詩とする別解も示している）。

この點をもう少し明らかにするために、內容的に「叔于田」に類する唐風「揚之水」について見よう。本詩の小序は以下の通りである。

「揚之水」は、晉の昭公を刺った詩である。昭公は國を分割してそれで叔父の桓叔を曲沃に封じた。曲沃は勢い盛んで強力になり、一方昭公は微弱になった。晉の國人は謀叛を起こして曲沃に歸服しようとした（揚之水、刺晉昭公也。昭公分國以封沃。沃盛強、昭公微弱。國人將叛而歸沃焉）

首章の『正義』に次のように言う。

桓叔が民心を得ている樣はこのようであり、民は謀叛を起こして桓叔に從おうとしているのに昭公はそれを理解していない。だから刺るのである（桓叔之得民心如是、民將叛而從之而昭公不知。故刺之）

疏家の解釋に據れば、「揚之水」は全篇、桓叔が人德があり曲沃が強勢に向かっていて、民は彼に歸服したがっているありさまが詠われている。そこに現れる民は、主君に謀叛を起こそうとしている不道德な存在である。しかし、詩人は作中の民衆と同じではない。彼は民衆の行いが不道德であることを知りながら、その主君に注意を喚起するためにあえて彼らに身に成り代わってその思いを詠っているのである。詩文中にはそのような構造であることを表すものは何もないにもかかわらず、作中世界と作者とが別の次元に經っているといると解釋することによって詩人が不道德な人閒であることを免れようとするのである。

これに對して、朱熹『集傳』は次のように言う。

晉の昭公は、その叔父である成師を曲沃に封じた。これが桓叔である。その後、曲沃は盛強になり、逆に晉は微弱になった。國人は晉に謀叛して曲沃に歸服しようとして、故にこの詩を作った。……故に諸侯が曲沃に於いて桓叔に服從することを願い、かつ桓叔という君子にであったことを自ら喜び、すべてを樂しいと思うのである。……桓叔の命令を聞いて、それを人に告げたりすまいというのは、桓叔のために隱そうとしているのである。桓叔は晉の勢力を削ごうとしているのだが、民は彼のためにそれをひた隱し、彼が成功するようにと思っているのである（晉昭侯封其叔父成師于曲沃、是爲桓叔。其後沃盛强而晉微弱。國人將叛而歸之、故作此詩……故欲以諸侯之服從桓叔于曲沃、且自喜見君子而無不樂也……聞其命而不敢以告人者爲之隱也。桓叔將以傾晉而民爲之隱、蓋欲其成矣）

「國人　將に叛きて之に歸せんとするが故に此の詩を作る」と言っているところから、國人がこの詩の作者であると朱熹が考えていることがわかる。この詩においても、朱熹は詩人が不道德な國人の言葉を故意に引用したという構造を讀み取らず、詩人＝不道德な國人と捉えている（『詩本義』卷四に本詩の解釋が載せられるが、そこからは詩人と詩中の語り手である國人との關係について、歐陽脩がどのような認識を持っていたかは知ることができない）。

以上の二例からわかるように、詩中の語り手が、不道德な價値觀に立っていると讀み取れる場合、唐代の疏家は、詩中の語り手と作者とを別個の存在として措定し、詩人は何らかの道德的な意圖を實現するために、不道德な人物の言葉を引用したと考える。そのように考えることによって、詩の內容の不道德性にもかかわらず、その作者が道德的な存在であることを擔保するのである。この認識は、歐陽脩も同樣である。一方、朱熹にはそのような顧慮はない。彼は詩中の內容が不道德であると考えられる場合でも、語り手と作者とを分けようとはしない。朱熹は詩の作者が常に道德的な存在であるとは考えず、時には不道德であってもかまわないのである。これは淫詩說と基本的に同構造である。これを、本書では「類淫詩說」と名付けたい。この術語も、「準淫詩說」と同樣、李棟女史（復旦大學博士課程）により提案されたものであることを、感謝の念を込めて記したい。

(64)　黃雅琦氏前揭論文、二一三頁。
(65)　黃雅琦氏前揭論文、二一四頁。
(66)　劉原池氏前揭論文、三三〇頁。
(67)　『晦庵先生朱文公文集』卷四八「答呂子約」（『朱子全書』第二二册）、二二一三頁。
(68)　『朱子語類』卷二三、論語五「爲政篇上」、五四一頁。

(69) 同右、五四二頁。

(70) 同右。

(71) 『朱子語類』巻八〇、詩一「綱領」、二〇六五頁。

第十五章　詩人のまなざし、詩人へのまなざし

――詩經における詩中の語り手と作者との關係についての認識の變化――

1　問題設定

詩經の詩篇は、その創作―受容・解釋―再受容・再解釋の過程で、相關連しつつも互いに異なる複數の意味の位相を幾重にも內包することとなった。この事實を歷代の詩經學者が認識していたことを車行建氏は指摘し、その代表的な言說を列擧している。(1) それらを整理して示せば、次のようになる。

1　詩人之意〔本義〕・太師之職〔末義〕・聖人之志〔本義〕・經師之業〔末義〕（北宋・歐陽脩『詩本義』「本末論」(2)）

2　詩人之意・編詩之意（清・姜炳璋『詩序補義』綱領(3)）

3　作詩者之心・采詩編詩者之心・說詩者之心・賦詩引詩者之心（清・魏源『詩古微』(4)）

4　作詩之誼・讀詩之誼・太師采詩瞽矇諷誦之誼・周公用爲樂章之誼・孔子定詩建始之誼・賦詩引詩節取章句之誼・賦詩寄託之誼・引詩以就己說之誼（清・龔橙『詩本誼』(5)）

右の四家が述べる意味の位相には、それぞれ繁簡の差があるが共通點もある。龔橙は、「讀詩の誼」（「誼」は「義」

の古今字[6]をそれ以下の諸々の「誼」と竝列させる形で擧げている。だが、太師・瞽矇、周公、孔子等、それぞれの立場に由來する目的と方針こそ異なるものの、いずれも既存の詩を「讀む（あるいはそれ以外の方法で享受する）」という行爲を前提としているという點から言えば、むしろそれらは「讀詩の誼」の下位區分と位置づけられるものである。すなわち龔橙の說は、單純化すれば作詩の誼――讀詩の誼という模式に收斂させ得る。姜炳璋は「詩人の意」と相竝ぶものとして「編詩の意」を擧げている。だが、詩經の編集という行爲が、既存の詩を編者の觀點によって讀解して見出した意味に基づいてなされることに着目すれば、これを「讀詩の意」と讀み換えても大過ないだろう。このように見ると、四說いずれも詩人が詩に込めた意味と享受者が解釋を通じて見出した意味という對比關係を軸としていることになる。四說の差異は、享受者のヴァリエーションをどの程度に分節するかによって生じたものである。

しかし、歷代の詩經注釋者は右の四家のいずれも指摘していないもう一つの意味の位相を意識していた。それは、詩中の語り手と作者（詩人）とを同一視するか別存在と捉えるかという問題である。あるいは、詩中で歌われている主人公と詩中の語り手とを同一視するか別存在とするかという形をとることもある。すなわち、作詩の意の內部をさらに構造化して捉えるか否かという問題である。これについて、歷代の詩經學者は樣々な態度を採り、そのことが解釋に影響を與えている。

『毛詩正義』において、作中の語り手・主人公が作者と一體ではないという發言がしばしばなされていることについては、例えば楊金花氏が、「正義の著者孔穎達は……詩中の主人公が詩篇の作者本人とは同一ではないことを認識していた（孔穎達……認識到……詩中的事主也不等同於作者本人[7]）」と指摘するとおりである。筆者もこのことを、少なくとも詩の一部に虛構が存在し得ると正義が認識していたことの證左の一つとして、本書第十三章において檢討した。作中の語り手と作者とを別存在として捉えたこと、これは『正義』の解釋學的達成の一つと考えることもできるように思われる。しかし、はたしてそのように考えてよいかどうかは愼重に考察する必要がある。

朱熹の詩經解釋を特色づけるものとして名高い淫詩説は、詩經の一部の詩篇を不道德な事柄を詠った詩と捉え、これらを孔子が詩經の一篇として收録したのは、讀者が淫詩を讀んで詩中の行爲に對して嫌惡感を抱き、自身はそのような不道德に陷らないように道德的な生き方を心がけるようになることを期待したためと考える説である。これらの詩篇にあっては、詩中の不道德な行爲や感情が無反省に謳歌されているからこそ、讀者に嫌惡感を抱かせ、反面教師としての役割も期待できる。したがって淫詩説とは、道德的な無反省という點で、作中の語り手・主人公と作者との閒に乖離はないと考えることによって成り立つ説である。實際『詩集傳』を見ると、これらの詩は作者が自らの行爲を詠ったものであると解釋されている。(8)檀作文・王倩兩氏は、『集傳』には淫詩説をはじめとしてこのような觀點に立った解釋がしばしば見られることを「詩歌の抒情主體と作者との一體化」として説明し、朱熹が文學性の高い解釋を實現し得た大きな要因として注目している。(9)これに據れば、作中の語り手と作者とを別存在として捉える『正義』の認識は、むしろ詩篇の敍情性を充分に把握することを阻害したということになる。それはなぜであろうか。この問題には、現代の我々の通常の文學理解では測れない部分があるのである。

歷代の詩經解釋學史においては、詩經の詩中に登場する人物は歷史上に實在していて、そこに詠われた事柄は實際に起こったことであると考えて解釋を行うことが主流であった。(10)漢唐詩經學の集大成の位置を占める『正義』は、もちろん「史を以て詩に附す」という認識に立っている。詩中の出來事が實際に起こった事柄でありながら、それを詠ったのはその出來事の當事者ではない――その場合、詩の作者はいったいどのような役割を果たしていると、疏家は考えているのであろうか。彼らの認識構造の中には一筋繩ではいかない論理が存在することが豫想される。

この問題は、詩經の文學的解釋の歷史を考える上で重要な問題であるだけに、これまでに多くの研究者によって考察がなされている。特に、檀作文氏・王倩氏は朱熹の詩經學を考察する中でこの問題を取り上げ、詳しい考察を行っている。ただ、この問題をめぐっては、その歷史的展開の樣相・詩經の編集者についての認識との關係・道德性を追求した解釋との關係など考察すべき點がなお多く殘されている。本章はこれらの諸點を解明するための基礎的作業として、漢唐詩經學の集大成としての『正義』、宋代詩經學の先驅けとしての歐陽脩、宋代詩經學の集大成者としての朱熹という三人の代表的學者の認識の形の比較を行う。考察にあたって、檀氏・王氏をはじめ先人の研究成果に負うところ多いのは言うまでもない。

詩人は詩世界に對してどのようなまなざしを投げかけているか、詩人は詩の内部から我々讀者をいかなるまなざしで見つめているか、そして歷代の詩經學者は、詩人をいかなるまなざしによって捉えているか——本章は、詩經の詩篇をめぐる「まなざし」の問題の考察である。

なお、人格の一致不一致ということについては、詩中の語り手と作者の他に、作中の主人公と語り手との關係を含み得ること、先に述べたとおりである。だが、本章では考察の焦點を主に前者に合わせ、後者に關しては付隨的に扱う。これは、歷代の詩經の注釋においては、この兩者は一致するという認識のもとに解釋が行われることが多いことから、議論が煩雜に陷ることを避けようとしたためである。

本章では各詩篇について『毛詩正義』・『詩本義』・朱熹『詩集傳』、および「詩序辨說」、それぞれの解釋の比較を行う。說を對比する便宜を考えて、各詩篇ごとに一連番號を附し、正義（『毛詩正義』）・本義（『詩本義』）・集傳（『詩集傳』）・辨說（「詩序辨說」）の略號で出典を示す。

2　詩中の語り手と作者との關係についての認識のヴァリエーション

前章に列擧した問題羣を検討するに先立って、詩の語り手と作者との關係についての認識のヴァリエーションとその流れを概觀するために、正義・歐陽脩・朱熹の三者の解釋を見てみよう。取り上げる詩は、衞風「氓」である。

衞の宣公の時、世に蔓延していた不道徳な風氣に犯され、浮氣男の言うがままに出奔した女性が、容色衰え男に棄てられ、男を怨み若き日の自分の淺はかな振る舞いを後悔するという内容を持つ本詩に對して、本詩小序の『正義』は次のように言う。

①正義　その〔欲望のままに男は女を誘惑し女は男に従い出奔して恥じないのが當たり前になっていた衞の國の〕中に、あるいは〔男に棄てられ〕困じ果てて自らその連れ合いに棄てられ失ったことを悔いる者もいた。故に、彼女が自ら悔いていることを敍述し、それによって當時の風氣を刺っているのである。「美する」というのは、この婦人が、正道に立ち戻って自ら悔いていることを美《ほ》め、それによって當時の淫溢な風氣を刺っているのである（其中或有困而自悔棄喪其妃耦者、故敍此自悔之事、以風刺其時也。美者、美此婦人反正自悔、所以刺當時之淫泆也）

本詩は、「來りて絲を貿《か》はんとするに匪《あら》ず、來りて我に卽《つ》いて謀《はか》らんとす（匪來貿絲、來卽我謀）」「我の爾《なんじ》に徂《ゆ》きしより、三歲食貧しきあり（自我徂爾、三歲食貧）」というように、女性が自分の境遇を一人稱で物語る形で詠われているが、『正義』は「故に此の自ら悔ゆるの事を敍べて、以て其の時を風刺する也」と言うように、作中の語り手と作者とは異なっていて、女性が語った事柄を作者が敍述して詩として定着させたと考える。また、そのように女性の不幸を敍述したのは、當時の亂れた風氣を批判するためだったと言い、詩が社會的な目的意識をもって作られたという考え方を示している。同時に、「其の中に或いは……者有り」という言葉から、詩に詠われた人物と事柄が實際に存在したものだという認識を基盤にしていることもわかる。實在した女性によって語られた彼女自身の境遇を、第三者である詩人が敍述し詩という形式に定着させた、詩の内容を廻って、事件の當事者であり語り手である實在の人物と、それを敍述した詩の作者という二者の關與を想定し、故に詩の内容と表現體としての詩とは直接結ばれず、ある種のフィルタの介在によって敍述の視點が屈折していると考えるのである。

『正義』がこのように、作中の語り手と作者とを別存在として解釋したのは、小序の說に從ったためである。本詩の小序に次のように言う。

「氓」は、時勢を刺る詩である。衞の宣公の時、禮義は消え亡びて、淫蕩な風氣が蔓延し、男女の別もなく、ついに互いに誘惑し出奔するのが當たり前になった。年をとり容色が衰えると、また互いに裏切り棄て去ったものだった。その中にあるいは〔男に棄てられ〕困じ果ててその連れ合いを失ったことを後悔する者もいた。故に彼女の境遇を敍述しそれによって風刺した。正道に立ち戻ったことを美め、淫泆を刺った（氓、刺時也。宣公之時、禮義消亡、淫風大行、男女無別、遂相奔誘。華落色衰、復相棄背。或乃困而自悔、喪其妃耦、故序其事以風焉。美反正、刺淫泆也）

小序は「『氓』は時を刺るなり」と言い、本詩が作られたのは、不幸な女性が自分の身の上を嘆くという個人的な目的のためではなく、社會性を持った目的意識によるものであると明言する。さらに「正に反《かえ》るを美《ほ》め、淫泆を刺る」と、女性の行動を道德的見地から評價しているとも言う。この考え方に立てば、作中の語り手である女性は本詩の作者たり得ない。『正義』はこの小序の認識に從って、作中の語り手と作者とを別存在と捉えたと考えられる。故に、作中の語り手と作者とが異なるという認識は、『正義』に至ってはじめて出現したものではなく、漢唐詩經學通じての基本的認識と考えることができる。

このような認識は、歐陽脩も持っている。『詩本義』は本詩について、

①本義　いま考察するに、本詩は全篇みな女性がその男を責める言葉である（今考其詩、一篇始終皆是女責其男之語）詩に敍述されているところに據れば、女性が棄てられ追い出されて怨み悔やんで、男が彼女と知り合ったばか

りのころの眞心こもった様子を追想し敍述し、彼がとうとう自分を裏切り棄て去ったことを責める言葉が書かれている（據詩所述、是女被棄逐、怨悔而追序與男相得之初殷勤之篤、而責其終始棄背之辭）と言い、一見女性自らが本詩を作ったと考えているかのように見える。しかし、彼は次のように言う。

序にはただ「そのことを敍述してそれによって風刺した」と言っていることに基づけば、この詩は詩人が女性の言葉を敍述したものである（據序但言序其事以風、則是詩人序述女語爾）

詩は、女が「わたしはあの男に誘惑されて出奔した」と言ったのを敍述している（詩述女言我爲男子誘而奔也）

「詩人は女の語を述ぶ」「詩は女の言を述ぶ」と言っているので、歐陽脩は『正義』と同樣、やはり小序の記載に基づき、詩中の語り手と作者とは別存在であると考えていることがわかる。[11]

ところが、朱熹においては認識が一變する。『集傳』は本詩を淫詩として捉え次のように言う。

①集傳　本詩は、淫婦が人に棄てられ、その顚末を自ら述べ、それによって自分の悔恨の氣持ちを言い表そうとしたものである（此淫婦爲人所棄、而自述其事、以道其悔恨之意也）

朱熹は、「淫婦……自ら其の事を述ぶ」と言い、本詩の作者が本詩の語り手である女性自身であると言う。彼の解釋では、『正義』と歐陽脩のそれに存在していた詩中の語り手と作者との閒の距離が消失しているのである。

先に、『正義』と歐陽脩が詩中の語り手と作者とを別存在として捉えたのは、小序の說に從ったためと述べた。朱熹は、「詩序辨說」において、本詩の小序を批判して次のように言う。

①―辨説　本詩は刺詩ではない。宣公についての詩だというのはその根據は不明である。「故に其の事を序す」以下もまた正しくない。「正しきに反るを美す」と言うのも、とりわけ理に適わない（此非刺詩。宣公未有考。故序其事以下亦非是。其曰美反正者尤無理）

ここで彼は、本詩が刺詩であることを否定している。詩中の語り手と作者とが一體であるという認識が、詩序の「美刺」説の否定と密接に結びついていることが確認できる。

以上から、本稿で扱う問題の見取り圖が描けたのではないだろうか。詩中の語り手・主人公と作者の關係について、『正義』（およびそれに結實する漢唐詩經學）は別存在と捉え、歐陽脩はその說を繼承したのに對し、朱熹は語り手・主人公と作者とを同一視した。彼らの認識の差異は、小序の說に從うか否かという違いから生まれたもので、それはすなわち作詩の目的に、個人的感慨の吐露に止まらない、社會に向けられたメッセージ性が存在したか否かという認識に直結している。

右の三者の注釋中には、「述」（また「敍」、およびその同義語としての「序」）という言葉が使われている。これらの術語を含む文には、詩中の內容がどのような立場から、何に基づいて、何を材料として、表現されているかについての注釋者の考えが示されていることが多い。これを手掛かりとすれば、問題を考察する材料を收集することも容易になるのではないかと期待できる。以下の章では、このキーワードを活用しつつ、右の見取り圖に從って、その內部に潛む問題點を考察していきたい。

3　メッセンジャーとしての詩人――『正義』の認識

『正義』が、詩中の語り手・主人公と作者との關係とを別存在として捉えて解釋を行っていることから、どのような問題を引き出すことができるであろうか。以下にいくつかの例を見ていきたい。

鄭風「出其東門」首章に次のように言う。

出其東門　其の東門を出づ
有女如雲　女有りて雲の如し
雖則如雲　則ち雲の如しと雖も
匪我思存　我が思ひ存するに匪ず
縞衣綦巾　縞《かう》衣《い》綦《き》巾《きん》あり
聊樂我員　聊《いささ》か我を樂しましむ(12)

本詩の解釋は、毛傳と鄭箋とで大きく異なっているが(13)、ここでは鄭玄の解釋と『正義』による敷衍を問題にする。

②正義　鄭玄は次のように解釋する――鄭國の人民は戰亂に追い詰められ、男女がお互いを見捨てなければならなくなったが、心に相手への愛情を思い切ることができず、いつまでも未練に思っていた。詩人は、彼らの氣持ちを敍述してその言葉を陳べた。鄭國の民の中に、その妻を棄てた者がいて、鄭國の都城の東門の外に出てみると、夫に棄てられた女が、風に吹かれる雲のように、東へ西へとあてどなくさまよっているのが見えた。この女は棄てられて、その心が雲のように定めなく漂っているのである。しかしこの女は雲のようであるけれども、わたしが心に掛けているその相手ではない。自分の妻ではないから、だからわたしの心には殘らない。あの棄てられた多くの女性の中にうすぎぬの白い服、青色のスカーフを付けている者がいるが、あれこそわたしの妻だ。い

ま彼女とは緣を切って立ち去らせたのだが、とりあえずはしばらくここに留めて、わたしの心を慰めさせようと思う。民が夫婦の關係を保とうと思う、その氣持ちはこのようである。しかし戰亂に追い詰められて、妻を養うことができないでいる。だからこれによって憐れむのである（鄭以爲、國人迫於兵革、男女相棄、心不忍絕、眷戀不已。詩人述其意而陳其辭也。言鄭國之人、有棄其妻者〈もと「者」無し。挍勘記に據って補う〉自言出其東門之外、見有女被棄者、如雲之從風、東西無定。此女被棄、心亦無定如雲。然此女雖則如雲、非我思慮之所存在、以其非己之妻、故心不存焉。彼被棄衆女之中、有着縞素之衣、綦色之巾者、是我之妻、今亦絕去、且得少時留住、則以喜樂我云。民人思保室家、情又若此。迫於兵革、不能相畜、故所以閔之）

『正義』は鄭箋に基づき本章の大意を説明する中で、「詩人　其の意を述べて其の辭を陳ずる也」と言う。「其の」というのは、上文の「國人」のうち「男女相棄て」たものを指す。したがって『正義』はこれが、作者が詩中の語り手の思いと言葉とを敍述して作ったものだと考えていることがわかる。

ところで、右の疏では、詩に詠われた時代、鄭國には配偶者と緣を切って追い出さざるを得なかった者が多數いたと言う。その場合、詩人は「其の意」と「其の辭」を陳述したというのは、多數の人々の言動を總合して詩を作ったと言うことになるのであろうか。もしそうであるとすれば、歴史的事實に基づいているとはいえ、多くの材料から詩に相應しい言動を選擇し組織して一つの物語に仕上げたということになり、創作過程における詩人の主體性はそれだけ大きなものとなるであろう。はたして、『正義』は詩人にそのような役割を認めていたのであろうか。

このことを考える上で、本章末二句に對する鄭箋、「『縞衣（うすぎぬの白い衣）』『綦巾（青色の紋樣をあしらったスカーフ）』というのは、自分が、彼のためにこの詩を作ってあげた男の妻が着ている衣裝である（縞衣綦巾、己〈もと「己」無し。挍勘記に據って補う〉所爲作者之妻服也）」が參考になる。この中の「己所爲作者」は、詩人が特定の人物に代わっ(14)

て本詩を作ったと、鄭玄が考えていたことを表す。作者が第三者の立場から本詩を作ったとする『正義』の説が、鄭箋に基づくことが確認できる。さらに、『正義』は次のように敷衍する。

すなわち、詩人が本詩を作った時、確かに國全體の出來事を取り上げてはいるけれども、詩中の言葉は具體的な對象について發せられているのであるから、だから鄭玄は、「『縞衣綦巾』というのは、彼のためにこの詩を作ってあげた相手の男の妻が着ている衣裝である」と言ったのである。「己」とは、詩人が自らを指して言った言葉である（則詩人爲詩、雖擧一國之事、但其辭有爲而發、故言縞衣綦巾所爲作者之妻服也。己謂詩人自己）

『正義』が、「一國のことを擧ぐ」と言っているのは、本詩小序に「亂を閔《あはれ》む」と言い[15]、個別の人物や事件ではなく、全體狀況について詠った詩だと規定しているのを承けたものと考えられる。詩は確かに國全體の狀況を浮かび上がらせるために作られているが、表現されているのは、あくまで個別の事象であると、『正義』は言う。詩に込められたテーマと、具體的な表現內容とを區別している。詩中の「縞衣綦巾」も詩人がその詩句を「爲にして發し」た對象の妻について詠われたのであり、そのことを鄭玄は、「己の爲に作りし所の者」と言って說明していると考えるのである。社會性を帶びた意圖をもって、現實に存在していた人物の實際に起こった事柄を素材にして詠ったのであり、詩の內容自體に限って言えば、現實をありのままなぞっているという認識である。

詩人が現實の事象を第三者の立場から敍述するという考え方は、疏家に對して特徴的な關心を喚起している。すなわち、作者はどういう經緯で作中の內容を知り得たかという關心である。邶風「谷風」序の、「谷風、夫婦道を失へるを刺る也（谷風、刺夫婦失道也）」の『正義』に、

③―正義　これは、妻に對する夫の接し方が禮から外れていることを指していて、これが「夫婦道を失へり」とい

うことであり、夫婦ともに刺っているわけではない。その妻は夫に縁を切られた後になって、夫が自分を棄て、道に外れた待遇を自分に與え、新しい妻に溺れたことを陳べている（此指刺夫接其婦不以禮、是夫婦失道、非謂夫婦竝刺也。其婦既與夫絶、乃陳夫之棄己、見遇非道、淫於新婚之事）

ここには「其の婦……乃ち陳ぶ」とあり、夫に棄てられた妻が自ら作った詩であると『正義』が考えているように見える。本詩第三章の、

涇以渭濁　　涇《けい》は渭《い》を以て濁る
湜湜其沚　　湜湜《しょくしょく》たる其の沚《みぎわ》

という句に對して鄭箋は、「これは絶縁されて立ち去る道中に見た風景であり、それにちなんで自らを喩える比喩として使ったのである（此絶去所經見、因取以自喩焉）」と言い、あたかも詩中の語り手である妻が、實際に見た風景を詠っていると考えているように見える。さらに、これに對する『正義』に、

『鄭志』に張逸が、「どうして『絶縁されて立ち去った』と言うのですか」と問うた。〔鄭玄は〕それに答えて言った、「衞は東河にあり、涇水は西河にあるので、故に絶縁されて立ち去り、もはや戻らないことがわかる。涇水は衞の國境沿いにはない[16]。詩を作るにあたっては、その土地その土地の風物を歌うのが當たり前であるから、故に本當に絶縁されて衞の國を立ち去ったということがわかる。この婦人はすでに絶縁されて、涇水まで來て彼女自ら自分の志を喩えたのである（鄭志張逸問何言絶去、答曰、衞在東河、涇在西河、故知絶去、不復還意。以涇不在衞境、作詩宜歌土風、故信絶去。此婦人既絶、至涇而自比己志）

と、「此の婦人……自ら己の志に比す」と言っているのを見ると、その印象はいっそう強まる。しかし、これに續く『正義』を見ると實はそうではないことがわかる。

邶人で本詩を作った者が〔女の〕言葉を知ることができたのは、恐らく、〔女に〕從って見送った者がこの事を語ったために、詩人は彼女の思いを述べ傳えることができたのであろう。禮に據れば、臣下は國境を越えた交際はしない。この詩で述べ傳えられているのは、庶民であるが故に國を越えて結婚できたものであるように思われる（邶人爲詩得言者、蓋從送者言其事、故詩人得述其意也。禮、臣無境外之交。此詩所述、似是庶人得越國而昏者）

ここには、本詩を作ったのは作中の語り手（夫に棄てられた妻）ではないという認識が示され、この女性の言葉を傳聞した詩人がそれをもとにして詩を作ったと考えられている。しかも、『正義』に據れば、詩人は女性から直接その言葉を聞いたわけではなく、女性を見送って途中まで付いていった人物から事の次第と彼女の言葉を聞いて作ったと推測している。女性（作中の語り手）――見送った者――詩人という二重の傳聞關係が想定されている。詩人は、事件の當事者どころか傍觀者ですらなく、傳聞者の位置に置かれ、詩中の出來事への關與度が著しく稀薄である。

これに基づいて、前文の「此の婦人　既に絶たれ、淫に至りて自ら己の志に比す」という言葉の意味を考えるとどうなるであろうか。この句に據れば、詩中の比喩は詩人ではなく女性自身によって語られていたことになる。すなわち、詩の内實は作中の語り手によってすでに表現されており、詩人はそれをそのまま用いて詩を作ったということになる。本詩の中で詩人が創意を凝らした部分は、疏家の念頭にほとんど上っていない。傳聞過程の複雜さにもかかわらず、詩中の内容は變質を受けていないのである。筆者は先に、「氓」の『正義』を分析して、「詩の内容を廻って、事件の當事者であり語り手である實在の人物と、それを敍述した詩の作者という二者の關與を想定し、故に詩の内容と表現體としての詩とは直接結ばれず、ある種のフィルタの介在によって敍述の視點が屈折しているという認識をここに見ることができる」と述べた。しかし、本詩の『正義』を見ると、實際の出來事と表現體としての詩との間には確かに複數のフィルタの介在が想定されているけれども、內容そのものはあたかもフィルタがないがごとくにほとんどもとの姿のまま透過しているという、奇妙な認識が見られるのである。

出來事と表現體としての詩との間におけるフィルタの介在、およびそれにも關わらず內容の變質を伴わない透過という認識は、『正義』の詩篇解釋においてしばしば見られる。例えば、「《小弁《しょうはん》》は、幽王を刺った詩である。〔褒姒の讒言を信じた幽王によって放逐された〕太子〔宜咎〕の守り役が作った〔小弁、刺幽王也。大子之傅作焉〕」という小序を持つ小雅「小弁」『正義』に次のように言う。

④ 正義　もろもろの詩序は〔例えば、「『何人斯』、蘇公　暴公を刺る」とか「『巷伯』、幽王を刺るなり。寺人讒に傷むが故に是の詩を作るなり」とか〕みな篇名の下にその詩の作者を言う。この詩のみが詩序の最後に「大子の傅《もりやく》作れり」と言うのは、この詩が太子の言葉を述べているからである。太子は詩を作って父を刺るわけにはいかない。守り役が太子の意を汲んでその思いを述べて刺ったので、序の書き方を變えてその事情を傳えたのである〔諸序皆篇名之下言作人、此獨末言大子之傅作焉者、以此述太子之言。太子不可作詩以刺父、自傅意述而刺之、故變文以云義也〕

この詩には、讒言にあって放逐された太子宜咎の父幽王に對する怨みの氣持ちが詠われているが、これを疏家は宜咎自身の作ではなく、彼の守り役が彼の言葉を述べて作ったものだと言う。しかし、守り役の役割は太子の發言を詩という形に定着したというに止まり、やはり內容は變質していない[17]。

小雅「四牡」は『正義』に據れば、文王が外地での任務を終えて歸ってきた臣下を慰勞する詩であるが、文王は臣下の立場に成り代わってその苦勞を一人稱で詠っていると考えられている[18]。本詩卒章の鄭箋に、「主君は使者の任務を果たして歸ってきた臣下を慰勞し、彼の氣持ちを述べる。お前は、『私はどうして歸りたいと思わなかったでありましょうか。本當に歸りたかったのです。だから、此の詩の歌を作って、父母の面倒を見たいという志を、主君のもとにやってきて告げるのです』と言う。人の思いというのは、常に親のことを思うのである〈君勞使臣、述序〈もと「時」に作る。挍勘記に據って改める〉其情。女曰、我豈不思歸乎、誠思歸也。故作此詩之歌、以養父母之志、來告於君也。人之思、恆思親者〉」と言うのを、『正義』は次のように説明する。

⑤―正義「故に此の詩の歌を作り、母を養はんとの志を以て、來たりて君に告ぐ」と言うのは、使臣が苦勞して親を思い、それを主君が知らないのでないかと考え、この言葉を陳べて主君に知らせにやって來ることを欲することを言っている。實際には、陳述したいと思っているのに、それを用いて「此の詩の歌を作る」と言っているのは、このような言葉に表現したいと思っている〔使臣の〕本當の氣持ちを、主君は勞って述べて、後についに歌にしたのである。今ある〔「四牡」の〕詩歌がもとづいて作られたものであるところから、故に使臣の言いたいと思っている内容を「歌に作った」と言うのである〈言故作此詩之歌以養母之志來告於君者、言使臣勞苦思親、謂君不知、欲陳此言來告君使知也。實欲陳言、云是用作此詩之歌者、以此實意所欲言、君勞而述之、後遂爲歌。據今詩歌以本之、故謂其所欲言爲作歌也〉

これについて先に次のように考察した。「使臣の思いを詩に表現していたのは確かに王だが、王が表現しているのは、臣下がみずから王に陳述したい〔「欲陳此言」〕と思っている本當の氣持ち〔「實意」〕であり、王はそれをいったんは臣下が述べようとしたとおりの言葉として表現して、それを後に詩歌という形式に作りかえたと言う。ここでは、王が述べたことと使臣の述べようとしたことが等價であり、王は臣下の思いの單なる代辯者にすぎず、王みずからが假想した要素がほとんどない。したがって、假構性がほとんど失われ、臣下による實事の陳述に限りなく近いものとなっている」[19]。ここでも、使臣の勞苦という出來事が文王というフィルタを通して詠われていると考えられながら、『正義』自體が解釋において文王というフィルタをいかに扱うべきか考えあぐねている様子が見て取れる。

邶風「簡兮」では、以上見てきたような作中の語り手と作者との關係についての言説は表れないが、作中の人物と語り手との關係について説明した部分がある。漢唐詩經學の解釋に據れば、本詩首章・二章では詩人により碩人の様子が客觀的に描寫されるが、卒章に至って敍述の仕方が一轉する。

云誰之思　　云《ここ》に誰をか之れ思ふ
西方美人　　西方の美人
彼美人兮　　彼の美人は
西方之人兮　西方の人なり

これについて、鄭箋は、「わたしは誰を思っているというのか。周の王室の賢者を思っているのである。彼が大いなる人物を推薦して、ともに王のもとに仕えさせてくれるのを思っているのである。〈彼の美人〉とは碩人のことである（我誰思乎。思周室之賢者、以其宜薦碩人與在王位。彼美人、謂碩人也）」と言い、本詩卒章は主人公たる碩人の思いを述べる内容に轉換していると考える。この轉換を説明して『正義』は次のように言う。

⑥ 正義　碩人は寵用されないために、わたしに次のように言わせる、「いったい誰を思っているのか。西方の周の王室の善き人を思っているのである。もしその善き人に出會えたならば、この碩人を推薦して王朝に出仕させてくれるはずだ。かのうるわしく優れた碩人は、そうなったならば、王朝にあって、西方の人となるだろう。しかし誰も推薦してくれない」と（碩人既不寵用、故令我云、誰思之乎。思西方周室之美人。若得彼美人、當薦此碩人、使

在王朝也。彼美好之碩人兮、乃宜在王朝爲西方之人兮、但無人薦之耳）

「碩人　既に寵用されざるが故に我をして云は令む」という言葉は、詩中の人物（碩人）と作中の語り手との關係を説明したものであり、これまで見てきたような作中の語り手と詩人との關係ではない。けれども、碩人が歌い手に自分の思いを歌わせているといい、かつ歌い手は、第三人稱を用いてはいるけれども、碩人の思いをそのまま傳達する役割を擔っている。やはり、詩を廻って二重の關係を想定しながら、語り手の主體的働きを想定せず、したがって內容はフィルタの透過によって變質しないという認識を見ることができる。これまで見てきた、作中の語り手と作者との關係についての認識と相似している。

以上のように、漢唐詩經學は、詩が現實に起こった出來事を詠うという前提のもと、詩の成立に複數の存在が重層的に關與していると考えた。これは一見、詩の創作主體としての作者の意義を認めているように思われるが、實際にはそうではなく、詩篇の成立をめぐって複數の人物の重層的な關與を想定するにもかかわらず、詩の內容がそれによって變容するという認識は『正義』の解釋には乏しい。その實質的な役割を認めないにもかかわらず、詩中の語り手とは別の存在として作者を想定するという認識のねじれが見られるのである。

4　『正義』の認識の意味

『正義』が、作中の語り手と作者とを別存在として捉える根據、言い換えれば、ある詩を詩人が自己の體驗を表現したものではなく、第三者の體驗を傳達するために作られたと考える根據としてまず擧げられるのは、小序の記述に從ったためということである。[20] このことは、「氓」「小弁」を取り上げた際に指摘したとおりである。

これを逆から考えれば、ある詩を自述詩であると『正義』が判斷する根據も小序に求められる。例えば、「邶鄘衞譜」の『正義』においても、鄘風「載馳」を許穆夫人の自作とする主たる根據として小序の記載が擧げられている。[21]

⑦正義（a）ただ、「載馳」一篇のみ、その序に、「許穆夫人の作れる也」と言う。『春秋左氏傳』「閔公二年」に、「許穆夫人『載馳』を賦す（許穆夫人賦載馳）」と言い、[22]『列女傳』は、本詩を夫人の自作と稱する。[23]あるいはこの詩は許穆夫人の自作の詩なのであろう……許穆夫人の詩が衞國に保存されることができたのは、夫人が衞國の出身で、その言葉も衞のために發せられたものなので、故にその詩を衞に歸屬させたのだろう（唯載馳一篇序云、許穆夫人作也。左傳曰、許穆夫人賦載馳、列女傳稱夫人所親作。或是自作之也……許穆夫人之詩得在衞國者、以夫人身是衞女、辭爲衞發、故使其詩歸衞也）（巻二之一、三葉裏）

しかしながら、作中の語り手と作者とが別存在か同一かを判斷する上で、『正義』は詩序を絶對的なよりどころとしているかというと、必ずしもそうとは言い切れないところがある。現に右の『正義』においても、小序の確言にもかかわらず「或いは是れ自ら之を作る」と、煮え切らない言い方をしている。このことは、衞風「河廣」についての發言を見るといっそう明らかになる。[24]「邶鄘衞譜」の『正義』[25]においては次のように言う。

⑧正義（b）宋の襄公の母の方は、その身はすでに實家の衞に歸っていて、もはや宋國の妻ではない。その詩〔「河廣」〕は必ずしも自作ではないだろう。故に衞風に編入されているのである（宋襄之母則身已歸衞〈もと「宋」に作る。校勘記に據って改める〉、非復宋婦、其詩不必親作、故在衞也）（同右）

ここでは、疏家は「其の詩は必ずしも親《みずか》ら作らざりき」と言い、「河廣」が宋の襄公の母の自作であることに否定的な考えを示しているのである。これは、兩詩の序の次のような記述の仕方の差異にその理由を求められよう。

「載馳」は、許穆夫人が作ったものである。彼女の宗國の顚覆をあわれみ、救ってあげられないことを自ら悲しんだのである。衛の懿公は狄人に滅ぼされ、國人は散り散りになり、漕邑に露宿した。許穆夫人は衛の滅亡をあわれみ、許が小國で、救ってやる實力がないことを悲しみ、里歸りして自分の兄で懿公の後を繼いだ戴公を慰問しようと思ったが、それもまた義としてできず、故にこの詩を賦したのである（載馳、許穆夫人作也。閔其宗國顚覆、自傷不能救也。衛懿公爲狄人所滅、國人分散、露於漕邑。許穆夫人閔衛之亡、傷許之小、力不能救、思歸唁其兄、又義不得、故賦是詩也）

「河廣」は、宋の襄公の母が實家の衛に戻され、〔息子のいる宋を〕思って、その思いを止めることができなかったので、この詩を作った（河廣、宋襄公母歸于衛、思而不止、故作是詩也）

「載馳」序が「許穆夫人作也」と明言しているのに對して、「河廣」序では「宋襄公母作也」と言わず、「故に是の詩を作る」と言っている。この句には主體が明示されておらず、「宋の襄王の母が作った」ともとれるし、「詩人が襄王の母の様子を見て詩を作った」ともとることができる。「河廣」を、「載馳」とは違い詩中の語り手と作者とが異なると考えるのはこの點に據るだろう。したがって、「邶鄘衛譜」『正義』が小序の説に從っていないとまでは言うことはできないが、疏家（あるいは『正義』のもととなった六朝義疏の著者たち）がこの句をこのように解釋した根據は、小序以外にあったであろうことを伺わせる。それは何だろうか。これを考えるため、この部分の前後の『正義』を詳しく見ていこう。

⑧―正義（c）「木瓜[26]」は齊を美め、「猗嗟[27]」は魯を刺っているの〔に、「木瓜」は衛風に、「猗嗟」は齊風に収められているの〕は、それぞれの詩が作られた國の風に從っているのであり、敍述された國の風には収められてい

ないのである（木瓜美齊、猗嗟刺魯、各從所作之風、不入所述之國）（卷二之一、三葉裏）

（a）（b）（c）の『正義』には、詠われている對象・作中の語り手・作者の關係についての、三つの類型が論じられている。これを表15—1によって表してみよう。表中網掛けをしたのは、詩篇の編入先との閒に何らかの齟齬が見られる點である。

衞風「木瓜」・齊風「猗嗟」の場合は單純で、詩の內容がどこの國のことを詠っているかに關わらず、それらが作られた國の風に編入されたということである。それに對して、「載馳」と「河廣」の場合は事情がやや複雜である。兩詩は、ある國に住む女性が他國のことを思う姿が詠われているという點で共通している。「載馳」は許國に嫁いだ女性が實家の衞を思った詩であり、「河廣」は實家の衞國に歸された女性がもとの嫁ぎ先の宋國のことを思った詩である。「載馳」の作者に擬せられている許穆夫人は、故鄕の衞の滅亡を悲しみ衞國に自ら赴きたいと思うが、それが諸侯の夫人として許されない行爲であるために斷念し、その思いを「載馳」に込め詠ったと說明されている。その彼女が許國において作った詩が、衞の一部である鄘の風に收められている理由を、『正義』は、「許穆夫人が衞の出身であること」「その內容が衞に關する詩であること」という二つを擧げて合理化している。對して「河廣」は、宋の國に嫁いで息子を生みながら實家の衞に歸された女性が、息子の卽位後、宋を思う姿が詠われている。これが宋ではなく衞の風に收められている理由を、『正義』は、「宋の襄王の母はすでに衞に歸されて、もはや宋の人閒ではないこと」「自作ではないだろうこと」の二つを擧げている。

さらに疏家は次のように言う。

⑧—正義（d）「綠衣」「日月」「終風」「燕燕」「柏舟」「河廣」「泉水」「竹竿」の詩は、衞の夫人と衞の女性の事を敘述している。であるのに、これらを邶と鄘と衞の三つの國〔の風に〕に分屬させることができたのは、この

詩譜の說に從えば、必ずや三國の人によって作られたものであり、衞の夫人や衞の女性が自ら作ったものではないからである。「泉水」と「竹竿」はいずれも實家に歸ろうと思う女性を敍述しているが、それぞれ邶風（「泉水」）と衞風（「竹竿」）という異なる國の風に分かれて收められていることからすると、明らかに邶と衞の二國の人が作った詩である。女性が他國にあるのに、衞の人がその女性の詩を作ることができたのは、恐らく大夫が國と國との閒を訪問するために往來して、その女性が歸りたいと思っている樣を見て、彼女のために歌を作ったのである（綠衣、日月、終風、燕燕、柏舟、河廣、泉水、竹竿述夫人衞女之事、而得分屬三國者、如此譜說、定是三國之人所作、非夫人衞女自作矣。泉水、竹竿俱述思歸之女、而分在異國、明是二國之人作矣。女在他國、衞人得爲作詩者、蓋大夫聘問往來、見其思歸之狀、而爲之作歌也）

「女は他國に在りしに、衞人 爲に詩を作るを得しは、蓋し大夫 聘問往來して、其の歸るを思へるの狀を見て、

	木瓜・猗嗟	載馳	河廣（詩譜正義・詩篇正義異說）
編入先	衞・齊	鄘（衞國の一部）	衞
作者	衞人・齊人	異國（許）人	衞人
作中の語り手	衞人・齊人	異國（許）人 衞出身 語り手＝作者	元異國（宋）人 衞出身→歸衞 語り手≠作者
詠われている對象・內容と編入先との關係	異國（齊人・魯人への美刺）	本國（衞への思い）	異國（宋への思い）
編入先に收められている理由	詩が作られた國の風に編入 詠われている國の風には入れない	作者が衞出身 衞に對しての思いが詠われていること	主人公はすでに衞に歸っている＝ 宋の人間ではない 自作ではない

表15―1　「邶鄘衞譜」正義で言及される三種の詩の關係

之が爲に歌を作れる也」と言っているのが注目される。これは前章で考察した、詩人のニュースソースについての關心が現れたものである。ここから、詩の制作の過程で國を跨いだ情報の流通があり、その結果、詩篇の舞臺となっている國と詩篇が編入されている國風とが食い違うことになると疏家が考えていたことがわかる。詩篇の收錄狀況は、その物理的な流通・移動・收集を反映しているという認識である。すなわち、ある土地で作られた詩篇が何らかの理由で他國に移動し、その國の太師によって宮中に保存されたため、詩經編集の際、その國の風に收められたということであり、問題は單に詩經という書物內で齟齬があるということに止まらないのである。「載馳」において、收錄されている國風と作者の屬する國とが異なるのは、詩篇が國家を跨いで移動した結果である、と疏家は考えたのであろう。「載馳」が許國夫人の自作であるならば、彼女が實家である衞の滅亡（後に再興される）[28]を悲しみその思いを自ら詠うという、眞情の發露が作詩の動機となる。この場合は、衞國への思いやりの證としてこの詩を許から衞へと送ったり、あるいは許へ派遣された使者が衞へと持ち歸り、衞の太師によって保管されることは充分想定できよう。一方、「河廣」が自作でなく、しかも宋室によって追い拂われた人閒の思いを詠った詩であるならば、衞から宋に送られたり、宋の使者が衞から持ち歸ったりする蓋然性は乏しい。自作でないということは、詠われている內容が他國への思いであったとしても、それは主人公の眞情を吐露するためではなく、何らかの目的のために手段として詠われているのであり、しかもその目的は自國（衞國）のためであるはずだから、宋の人々の心に響くものではないだろうからである。

以上の考察から、疏家がある詩の作中の語り手と作者とを別存在と捉える動機が浮かび上がってきた。それは、まずは、小序の記載に從って解釋を行ったことの表れとして考えられるが、また、詩の舞臺になった地域と詩が配列された編の地域とが食い違うことを合理的に說明するため、という要因も指摘できる[29]。作者に關する問題とはいうものの、そこでは編者の意に合致するか否かが判斷基準となっている。そしてその背後には、作中の語り手の眞情の吐露ではない、何らかの社會的目的が作詩の動機となっているという認識がある。ある詩を自作としてとるか、作中の語り手と作者とが異なるととるかは、その詩を眞情の發露によって成ったものと捉えるか、何らかの對他的な目的意識を持って創作されたものと捉えるかという問題に繫がっているのである。

詩人は目的意識を持って詩を作ったと、疏家が考えていたことを表す箇所が『正義』にはある。毛詩大序に、

事變に達して其の舊俗を懷ふ者なり。(30) 故に變風は情に發して、禮義に止まる。情に發するは、民の性なり。禮義に止まるは、先王の澤なり。是を以て一國の事、一人の本に繫がる、之を風と謂ふ。天下の事を言ひ、四方の風を形はす、之を雅と謂ふ（達於事變而懷其舊俗者也。故變風發乎情、止乎禮義。發乎情、民之性也。止乎禮義、先王之澤也。是以一國之事、繫一人之本、謂之風、言天下之事、形四方之風、謂之雅）

という文章がある。詩人は世の亂れに遭遇して怨み悲しみの感情を發するが、その感情を横溢させるだけではなく、現實の亂世を、古の先王の恩澤を受けた治まれる御世の風俗と對比させているのであり、理性的な思考を經て詩作を行うと言う。疏家も右の大序中の「是を以て」という接續詞を取り上げて、

⑧【正義】「是を以て」というのは、上の言說を承けて下に發言を行うことを表す言葉である。詩人が詩を作るときには、このように配慮するのだということを言っているのである（是以者、承上生下之辭、言詩人作詩、其用心如此）

と言い、作詩行爲は單なる感情の流露ではなく、確乎たる目的を實現するためになされる理性的行爲であることを强調する。さらに、「一國の事、一人の本に繫がる」については、『正義』は次のように說明する。

「一人」というのは、詩の作者のことである。詩の作者は、自分一人の心を詠っているだけである。要するに、言っていることはおのれ一人の心であるのに、それが一國の心になるのである。詩人は國全體の思いを見てそれをおのれの心にするから、だから國全體に關わる事態がこの詩人一人に繋がれて表現されるのである（一人者作詩之人。其作詩者、道己一人之心耳。要所言一人心。乃是一國之心、詩人覽一國之意以爲己心、故一國之事繫此一人使言之也）

詩人が詠う內容は個人的な感情の吐露であっても、それは一國の狀況を反映したものであると言っている。ここには、詩人が社會的な目的意識を以て詩を作ったという疏家の認識が現れている。

このような考え方は、個別の詩篇の『正義』においても見出される。例えば、小雅「菁菁者莪」小序、「『菁菁者莪』は、人材を育成することを樂しんだ詩である。君子が人材を成長させ育成することができれば、天下は喜び樂しむのである（菁菁者莪、樂育才也。君子能長育人才、則天下喜樂之矣）」の『正義』に、

⑨―正義　さらに、序に「之を喜樂す」と言うのは、〔君子が人材を育成できることが〕このようであるのを他人も見て喜ぶのであり、ただ育成されている人材だけが喜ぶわけではないのである。作者は天下の感情を敍述してこの歌を作ったのである（又序言喜樂之者、他人見之如是而喜樂之、非獨被育者也。作者述天下之情而作歌耳）

と言う。ここでも詩の作者が天下の人々を代表しその共通感情を、詩の中で表現していると考えられている。また、第3節で取り上げた鄭風「出其東門」『正義』では、「詩人　詩を爲《つく》るに、一國の事を擧ぐると雖も、但だ其の辭は爲《ため》にして發する有り」と言う。當時の風俗を指彈するために、ある人物を實例に擧げて詠ったのであると說明しており、ベクトルは逆ながら、やはり、一人↓全體という關係を見出すことができる。[31]

このように『正義』において、詩自體に、「詩は思いを表現するもの」と「詩は美刺の器」という兩義性が內在す

るという認識が見られる。これは、毛詩大序が標榜するものであるが、お互いに性格を異にして時には矛盾する性格を持つ。したがって、この二つの精神を解釋に具現するためには、二つの異なる人格を必要とする場合があった。[32]もちろん、詩の内容が詩人による虛構だという認識があれば、二つの人格を想定する必要はないが、しかし、歷代の詩經解釋學は、詩篇に詠われている事柄が歷史上現實に存在した事柄であるという認識を解釋の基盤に据える傾向を一貫して持っていた。現實に生きた事件の當事者は出來事の渦中にあって、必ずしもみなが道德的な反省を行い、それを人々に發信し得るわけではない。そのような條件下で、大序の精神を解釋に浸透させるために、作中の語り手と作者とを別存在と考える必要があったと考えることができる。

ただし、前章で述べたように、『正義』の實際の解釋では、兩者の機能分擔が明確に意識されているということはできない。詩人は、語り手の言動の傳達者として、それに對する批評を行わないまま詩に定着したと解釋されることが多かった。これから考えると、『正義』の認識は小序と詩との整合性を保ち、詩篇の配列狀況を説明するためのものという面が強く、いまだに具體的な解釋の上に反映されたものとは言えない。

5　表現者としての詩人——歐陽脩の認識

第2節で觸れたように、歐陽脩の詩經解釋においては、詩中の語り手と作者とを別存在として捉える、言い換えれば、詩人が第三者の立場から詩中の人物の言葉を敍述して詩を作ったと理解する傾向が強い。[33]これは、『正義』と同様の認識である。[34]それではこの認識に、『正義』と異なる彼獨自のものは存在しないであろうか。このことを考えるため、邶風「北風」を例として擧げたい。『詩本義』では、本詩の「論」で、

⑩―本義　「北風」は、もともと衞の主君が暴虐な政をし、人民がそれに苦しめられ、風雪に曝されることを避けもせず、手に手を取りあって國から立ち去るような事態になったことを刺った詩である……詩句はすべて、民が互いに〔いっしょに國を立ち去ろうと〕呼び招いている言葉である（北風本刺衞君暴虐、百姓苦之、不避風雪、相攜而去爾……皆民相招之辭）

と言い、またその「本義」で、

　詩人は、衞の主君が暴虐な政をし、衞の人民が逃散したことを刺って、衞の人民がお互いに呼び招きあっている言葉を敍述している（詩人刺衞君暴虐、衞人逃散之事、述其百姓相招之辭）

と言い、本詩が苛政に苦しめられ衞國から逃亡する人民の言葉を敍述したものだと考えられている。このような認識が「述」という用語によって表現されていることを含めて、これは前章で見た『正義』の認識と相似している。しかし、歐陽脩の解釋には『正義』と異なる意識が認められる。本詩の「論」の次の發言が注目される。

　詩人は、前の部分でも後の部分でも、衞の君臣について敍述しているのに、その中閒だけ國を去ろうという民の言葉によって問いかけたりはきっとしないだろう（詩人必不前後述衞君臣而中以民去之辭問之）

これは、本詩の構成についての『正義』の次のような解釋に對する批判である。

　本詩は君主の暴虐を刺ることを主とするので、首章と二章の上二句はいずれも君主の政治が酷薄で暴虐なことのみを言う。卒章の上二句でようやく君臣ともについて言う。三つの章の第三・四句はいずれも民が手と手を取って國を去ることを言い、第五・六句では國を立ち去ろうという氣持ちを言う（此主刺君虐、故首章二章上二句皆獨言

君政酷暴。卒章上二句乃君臣竝言也。三章次二句皆言攜持去之、下二句言去之意也）

この『正義』の言わんところを理解するために、首章を例に擧げよう。

北風其涼　北風　其れ涼たり
雨雪其雱　雨雪　其れ雱《はう》たり
［箋］寒冷な風は、萬物に害を與える。［毛傳にこの二句が］興であるというのは、主君の政治と教化が酷薄で暴虐なため、人民を散り散りばらばらにさせていることを喩えているということである（寒涼之風、病害萬物。興者喩君政教酷暴、使民散亂）
惠而好我　惠ありて我を好《よ》みするものならば
攜手同行　手を攜《たずさ》へて行を同にせん
［箋］性仁愛にして、しかもわたしを好んでくれる人は、わたしと手と手を携えて連れ立ってこの國を去ろう（性仁愛而又好我者、與我相攜持同道而去）
其虛其邪　其れ虛なり　其れ邪《ゆる》やかなり
既亟只且　既《ことごと》くに亟《すみ》やかなれ
［箋］今政權に座っている人は、以前は威儀あり、虛心でゆったりとし、寛仁の德を示していたものだが、今ではみな亂暴で情け容赦のない行いをしている。民が去らなければと思っているのはこのためである（言今在位之人、其故威儀虛徐寬仁者、今皆以爲急刻之行也。所以當去以此也）

鄭箋に據れば、第一句と第二句では、詩人が主君の政治を刺った言葉である。續く第三・四句は暴政に耐えかねて國を去ろうとする民の言葉が敍述され、第五・六句は國を去ろうとする民の動機が表現される。この章だけ見ても、詩人の政治批判と民同士の呼びかけおよび民の政治批判が特別な工夫もなく連結され、視點がめまぐるしく變わっていることになる。歐陽脩は、このような解釋では詩篇が不合理な構成を持つことになってしまうと批判しているのである。

　ここには詩人の役割についての、『正義』と異なる歐陽脩の認識が表れている。歐陽脩も、詩人は他者の言動に基づいて詩を作ると考えている。しかし詩人は、『正義』の理解のように單なる傳達者としての立場に甘んじているわけではない。事實を素材としながらも、それらを一貫した視點と整合的な構成の中に融解し、一個の統一體としての詩に錬成していると、歐陽脩は考えている。『正義』に比べ、詩篇の成立に對する詩人の主體的役割が大きい。

　このことは、本詩卒章についての『正義』の次のような解釋と比べるとより明確になる。右に引用したように、『正義』は卒章第一・二句、

莫赤匪狐　　赤しとして狐に匪《あら》ざるは莫し
莫黑匪烏　　黑しとして烏に匪ざるは莫し

を衞の朝廷の君臣の暴虐を刺った言葉と解釋する。ただしこの二句は、「衞の人民が當時の政治を憎んで……もって次のことを興し（衞之百姓疾其時政……以興……）」たものであると說明している。すなわち、時政批判を込めた比喩が人民によって發せられたものであり、詩人はそれをそのまま記錄したと、『正義』は考えるのである。詩の道德性の擔い手であるはずの詩人は何ら主體性を發揮しておらず、單なる傳達者の役割しか果たしていないことになる。これに對して歐陽脩は、この二句を次のように解釋する。

狐と兔がそれぞれ類を別にして集まると言う。言わんとするのは、人民がおのおの仲のよい者同士で呼び合って、仲閒ごとに分かれてそれぞれ連れだって立ち去ることである（謂狐兔各有類也。言民各呼同好、以類相攜而去也）
彼はこの比喩が詩人によるものであり、かつそれは本詩の主題である逃亡する人民の姿を比喩するために作られたとして、詩篇の敍述の一貫性を強く主張している。先に引用した「詩人　衞君の暴虐、衞人の逃散の事を刺りて、其の百姓　相招くの辭を述ぶ」という發言が、詩人が明確な表現意圖と視點とを持って創作を行ったことを指摘したものであることがわかる。

衞風「氓」は、第2節で述べたように、『正義』も歐陽脩も、本詩が夫に棄てられた女の言葉を綴ったものであると考えるが、漢唐詩經學の中で鄭玄は、詩中に女以外の人物の言葉を記錄した部分が一章分挾み込まれていると解釋する。すなわち、第三章のみが國の賢者が道を踏み外そうとしている女を諭した言葉であると言う。これを歐陽脩は次のように批判する。

①―本義〔この章の詩句は〕みな女が棄てられ逐われて困じ果てて、自分のしたことを後悔する言葉である。鄭玄は、國の賢者がこの婦人が欺かれたのを刺って、そのために「ああ」といって戒めた言葉と解するが、前章の「私の財產をもってあなたについていった（以我賄遷）」と下章の「桑の葉が落ち出すと（桑之落矣）」がどちらも女性が自分で語った言葉なのに、その閒の數句ばかりが國の賢者の言葉だというはずがあろうか。（皆是女被棄逐、困而自悔之辭。鄭以爲國之賢者刺此婦人見誘、故于嗟而戒之、今據上文以我見賄遷、下文桑之落矣、皆是女之自語。豈於其閒獨此數句、爲國之賢者之言）

歐陽脩は、鄭玄の說では敍述の視點が搖らいでしまうと批判している。「詩人　女の語を序述せるのみ」と、內容が事實に基づくことは認めるものの、歐陽脩の考える詩人の役割は單なるメッセンジャーに止まらない。ここにも

「北風」と同じく、詩人は一貫した視點と整合的な構成のもとに詩を作ったはずだという考え方が表れている。統一した表現體としての詩を作り上げた者としての詩人の役割が強く意識されている。

このように、同じく「詩人」とは言っても、歐陽脩における内實は『正義』と異なる。『正義』においては、道德的主體としての性格が強かったが、その性格が詩篇の内容の解釋に充分に反映されているとは言えない。一方、歐陽脩の考える詩人はむしろ表現者として役割が與えられ、實際の解釋にもその存在が強く意識されている。詩中に「我」と言って、詩人自らが姿を現す小雅「節南山」第七章の解釋は象徴的である。

駕彼四牡　　彼の四牡に駕せば
四牡項領　　四牡　項領《かうりやう》たり
我瞻四方　　我　四方を瞻《み》れば
蹙蹙靡所騁　　蹙蹙《せきせき》として騁する所靡《な》し

詩中に「我　四方を瞻る」とあり、『正義』もこれをもちろん詩人の自稱と解釋してはいる。しかし、『正義』は「四牡」を王の車を引くものとと解釋し、この二句は諸侯が王の命令に從わないことの比喩だと考える。(35) そのため、「我」には具體的な形象化がなされず、そのためその感慨も抽象的な言葉に止まっている。

これに對して、歐陽脩は「我」がどういう存在か詩中に描き出されていると考える。

⑪―本義　「彼の四牡に駕せば、四牡　項領たり。我　四方を瞻れば、蹙蹙として騁する所靡し」と言うのは、この詩の作者が、「私がこの太い首を持つ四頭の雄馬に車を引かせ、天下を眺め渡せば、王室は混亂し、諸侯は抗爭を繰り廣げ、四方いずくにも行くべき場所がない」と言うのである（駕彼四牡、四牡項領、我瞻四方、蹙蹙靡所騁

云者、作詩者言我駕此大領之四牡、四顧天下、王室昏亂、諸侯交爭而四方皆無可往之所）

ここには、馬車を驅って天下を眺め渡し爭亂を嘆き悲しむ詩人が登場する。敍述者でありながら自らの姿を詩中に描き出している。第4節で、詩人の感慨は個人的なものではあるけれども、それは一國全體の共通の感慨でもあると捉え、個人が集團の中に融解していく印象のある『正義』の解釋を見た。それに比較すると、ここには自分の感慨を高い調子で歌い上げる、確乎たる形象と人格を持った詩人が成立していることがわかる(36)。これは、次章に見る朱熹の詩人認識の先蹤と位置づけることができる。

6　『正義』と朱熹との比較

朱熹の詩編解釋では、詩中の語り手と作者とを同一視する傾向が著しい。このことについては、すでに檀作文・王倩兩氏が詳しく論じているが(37)、行論の關係上、本稿でもこのことを前章までに取り上げた詩篇について確認してみよう。

鄭風「出其東門」を、亂世の中で夫婦の緣を全うできない男女の悲しみを詠ったとする『正義』とは異なり、朱熹は當時淫亂な風氣が蔓延していた中でも、道德を見失わずに生きる夫婦の詩と考える。朱熹は次のように言う。

②―集傳　人が淫奔な女を見てこの詩を作った。これらの女は確かに美しく數も多いが、しかしわたしが思いを掛ける相手ではない。この女たちは、自分の妻が貧しくてむさ苦しいながら、まずまずともに心樂しく暮らせるのにおよばないと思ったのである。當時淫蕩な風氣が蔓延していたが、その中にもこのような人がいる。自分自身の價値觀を守って、世俗の流行に流されない人閒ということができる。羞惡の心は人それぞれがみな持っている

ことを、信じないわけにはいかない（人見淫奔之女而作此詩。以爲此女雖美且衆、而非我思之所存。不如己之室家、雖貧且陋、而聊可自樂也。是時淫風大行、而其閒乃有如此之人。亦可謂能自好而不爲習俗所移矣。羞惡之心、人皆有之、其不信哉）「人　淫奔の女を見て此の詩を作る」と言っていることから、この詩には作者自身が體驗した事柄が詠われていると、朱熹が考えていることがわかる。詩中の「我」は作者と一致し、詩中の語り手の發言が、すなわち作者の發する道德的メッセージに他ならない。(38)『正義』が、詩中の「我」は妻を棄てざるを得なかった夫であり、彼が訴える悲しみと諦めの言葉自體は道德的なメッセージではなく、それを詩に定着した詩人の「亂を閔《あはれ》」（小序の言葉）むという目的こそが道德的メッセージなのだと解釋するのとは對照的である。

小雅「四牡」では、朱熹は次のように言う。

⑤―集傳　この詩は、使臣を勞う詩である。そもそも主君が臣下を使役し、臣下が主君に仕えるのは、禮である。故に、臣たる者が王のための仕事に奔走するのは、それはただ、自分の職分として當然なすべき任務を果たしているのにすぎないのであり、自分が苦勞させられていると思ったりなどするはずがない。しかしながら主君の心情としては、臣下のそのような態度に安んじたりはしない。だから宴席の場で臣下の心情を述べてその苦勞を憐れむのである。……臣は仕事に苦勞してもそれを口に出さない。主君は臣下の氣持ちを探り彼に代わって言う。上下の閒それぞれその道を盡くしているということができる（此勞使臣之詩也。夫君之使臣、臣之事君、禮也。故爲臣者奔走於王事、特以盡其職分之所當爲而已。何敢自以爲勞哉。然君之心則不敢以是而自安也。故燕饗之際、敍其情以閔其勞。……臣勞於事而不自言、君探其情而代之言、上下之閒可謂各盡其道矣）

臣下が自分の苦勞を口にしないでいるのを、文王が推し量って詩に表現したのが本詩だと考えている。臣下の言葉が文王による假構と捉えられ、文王の視點で詩全體を一貫させているため、『正義』にあったような、表現しているのは文王であるのに表現されているのは臣下が實際に思っていることそのもので、表現者の存在意義が消失しているというようなねじれはない。

朱熹の解釋では、作者と語り手とをこのように同一視することによって、詩篇を抒情の器と見、詩中に詠われる感情そのものを詩人が表現しようとしたことと捉えることが可能になった。これが詩經を文學的に解釋することを促進する働きをしたことは、檀作文・王倩兩氏が詳しく説明しているとおりである。

ところで、この問題を別の面から考えることもできる。『正義』は、詩中の語り手は感情を發露して言葉に表現する者、作者は批評的態度でそれを敍述する者、と分けた。つまり、詩中の語り手を抒情性の主體、作者を道德性の主體と捉え、作者は、ある出來事を物語りながら、それを道德的見地から批評し讀者へのメッセージとして發信している、と理解したのである。朱熹の認識ではこのような役割分擔が消失し、語り手＝作者が、詩篇の敍情性と道德性をふたつながら受け持つことになる。したがって、詩中の語り手の言葉、あるいは彼を主人公として物語られる出來事は必然的に道德性を強く帶びたものにならざるを得ない。この意味で朱熹の認識は、彼の解釋における主人公像の可能性に限定をつけているということもできる。このことは、「出其東門」からも見ることができる。『正義』の解釋から立ち現れる主人公像は、亂世の過酷な現實に翻弄され、自分の妻を守りきることができず、かといってきっぱりと思い切ることもできず未練を殘す主體性に缺ける人物であるのに對して、朱熹の解釋から立ち現れる主人公像は、周圍の狀況に惑わされず、自分自身の道德觀によって生き方を貫こうとする意志の強い人間である。

この他にも例えば、小雅「小弁」では、朱熹は「詩序辨説」において本詩の小序を批判して、

④—辨説　本詩は、明らかに放逐された子の作であることは疑う餘地はない。しかし、それが必ずや宜臼であるかどうかはわからない。小序が、さらに「宜臼の守り役による作だ」と言うのはとりわけその根據がわからない

（此詩明白爲放子之作無疑、但未有以見其必爲宜臼耳。序又以爲宜臼之傳、尤不知其所據也）

と言い、また「小弁」題下注においても、

④ 集傳　幽王は申から妃を娶り、太子の宜臼が生まれた。後に褒姒を手に入れ彼女に惑い、子の伯服が生まれ、その讒言を信じ、申后をしりぞけ、宜臼を放逐した。かくして宜臼はこの詩を作り自ら怨んだのである。小序に「太子の傅が太子の情を述べてこの詩を作った」と言うのは、いったい何を根據としたものかわからない（幽王娶於申、生大子宜臼。後得褒姒而惑之、生子伯服、信其讒、黜申后、逐宜臼。而宜臼作此以自怨也。序以爲大子之傅述大子之情以爲是詩、不知其何所據也）(39)

と言い、小序の説を斥ける。作者が宜臼であるか否かにおいては、説に搖らぎが見られるが、いずれにしても、本詩を放逐された子自身が父親に對して怨みを述べたものと考える。

ところで、『正義』が本詩を太子自身の言としなかったのは、子供が父親への批判を詩に詠うのは不孝であり、詩經の詩がそのようなことを詠っているはずがないという判斷があった。これは、孟子の時代からすでに議論の對象となっていた問題である。齊の高子が「小弁」は「怨ん」でいるが故に小人の詩だと言ったのに對して、孟子は、親の重大な過失を怨むのは、親に對する愛情のなせるわざで仁なる行爲であり、怨まなかったらそれこそが不孝であるのだと辯護した。(40)『集傳』は「小弁」の解釋の中で、この孟子の説を引用する。これは、本詩を太子の自作と解釋する前提として、太子が父を怨んで詩を作ることが道義上問題ないことを證明するためと考えられる。主人公の道德性を確保した上で、作者と語り手との一體化がなされているのである。(41)

さらに、小雅「采綠」を見てみよう。『正義』の解釋に據ればこの詩には、夫の長い不在を悲しむ妻の姿が詠われている。詩の中で妻は、夫が外地に出かけるのについていけばよかったという後悔の言葉を出す。これは、妻が夫への強い思いを溢出させたものであるが、女性が夫について外地に出たいと思うことが禮に外れているので、詩人はこれを批判したのだと『正義』は説明する。『正義』の理解に據れば、作者は詩中の人物に對して批判的な態度をとっていることになる（詳しくは、第7節で檢討する）。

朱熹は、『正義』のこのような理解を否定する。彼は「詩序辨說」で次のように言う。

⑫ 辨說　本詩は夫と離れて暮らす妻の自作したものであり、他人が彼女を刺ったものでもなく、また妻がお上に對する批判の氣持ちを表現したものでもない（此詩怨曠者所自作、非人刺之、亦非怨曠者有所刺於上也）

朱熹は本詩を女性の自作とする。詩中の語り手がすなわち詩の作者であるので、詩中の言葉に對する批評的態度も當然あり得ない。このような考え方は、詩句の解釋に興味深い影響を及ぼしている。第三章を見てみよう。

之子于狩　　之の子　于《ここ》に狩れば
言韔其弓　　言《われ》　其の弓を韔《ちやう》せん
之子于釣　　之の子　于に釣せば
言綸之繩　　言　之の繩《つりいと》を綸《よ》らん

『正義』は次のように言う。

⑫ 正義　婦人は……次のように言う、「私は本當は夫とともに外地に行くべきであった。もしあの人が狩りに出かけようとするならば、私は彼のために弓を弓袋に納めてあげなければならない……あの人が釣りに出かけよう

とするならば、私は彼のために絲を縒って釣り絲を作ってあげなければならない……今夫を目にすることができないので彼を思い、當初そのようにしなかったことを後悔しているのである[42]（婦人……云、我本應與之俱去。若是子之夫往狩與、我當與之韔其弓……是子之夫往釣與、我當與之綸之繩……今不見而思、故悔本不然）

疏家は、詩中で詠われているのは、夫に付いていったとしたら自分がするであろう行爲を妻が假想して言ったものだと解釋している。妻が夫に付いて外地に旅することが禮に外れる行いであるが故に、もし夫に付いていったとしたら自分はこうしたはずだと空想すること自體が、詩人の批判の對象になるのである。これに對して『集傳』の解釋は異なる。

⑫─集傳　夫が歸ってきて、狩りに行きたいと言ったなら、私は彼のために弓を弓袋に納めてあげよう。釣りに行きたいと言ったなら、私は彼のために釣り絲を縒ってあげよう。[43]夫に強く焦がれ、深く思い、どこにでもいっしょに行きたいと思う。（言君子若歸而欲往狩耶、我則爲之韔其弓。欲往釣耶、我則爲之綸其繩。望之切、思之深、欲無往而不與之俱也）

「君子　若し歸らば」と言っているのが注目される。朱熹は、『正義』と異なりこの章を夫が歸宅した後のことを妻が空想して言ったものととっているのである。朱熹がこのように解釋を變えた理由は、一つには狩りや釣りといった日常的な行動を、徵用に驅り出された夫の行動として詠ったものと解釋することに不合理を感じたことがあったであろう。しかし、その他に別の動機もあったのではないかと考えられる。朱熹の解釋には、夫に付き隨って外地に行きたいと思う妻の形象は現れない。彼女はただただ夫の不在を悲しみ、その早い歸宅を待ち望んでいるだけである。このような妻の姿は、『正義』が言う道德に照らしても、刺るべきところはない。[44]つまり、朱熹は解釋を變えることによって、眞情を發露させつつ、道德に外れない語り手＝作者の形象を引き出しているのである。このように考えると、朱熹は、『正義』と道德觀を共有した上で、主人公が不道德に陷ることを回避するため、夫に付き隨っての行動ではなく、夫の歸宅後の行動を夢想していると解釋を變えたのではないかと推測できる。(45)

宋代詩經學の解釋の中では、詩中の人物の道德性が强化される傾向があるが、作者＝語り手という認識は、この解釋の傾向と足並みを揃えていることになる。(46)

7　詩人と編詩

姜炳璋は、『詩序補義』綱領の中で次のように言う。

「詩人の意」があり、「編詩の意」がある。例えば、邶風「雄雉」は婦人が夫を思う詩で、邶風「凱風」は七人の息子が自らを責める詩であるなど、これらが「詩人の意」である。「雄雉」を宣公を刺る詩とし、「凱風」を孝子を美める詩とするなど、これらが「編詩の意」である。朱子は詩句に沿って詩篇の意味を解釋したが、これはたいてい、詩人の意によって詩の言わんとするところと見なしたものである。國史は政治の得失の跡を明らかに認識したが、これは編詩の意を一篇の要としたものである。(47)

「編詩の意」とは、採詩の官から奉呈された民謠等の中から、太師が儀禮や教化に資するものを選び保存すべき詩とした時に見出された意味ということであるが、これを言い換えれば、詩が社會的な存在となった時に見出された意味である。これと對應させるならば、「詩人の意」すなわち、詩の作者が詩に込めた意味とは、詩が社會的存在になる前、詩に本來的に內在している意味と考えることができる。姜氏は、一篇の詩には本來的に內在している意味と、社會的存在としての意味とが併存しており、朱熹と國史との解釋の違いとは、このうちのどちらに視點を置くかによって生まれたもので、どちらが正しくどちらが誤っているということではないと考えたのである。姜氏のこの見解は、車行健氏が、「姜氏は、詩の意味を形成する相異なる道筋を整理することによって、傳統的詩經學において詩の意味に種々さまざまの解釋が生じている現象を、根本まで遡って明らかにしようとしたのである。このような目的意識は、魏源、龔橙と一致している（姜氏……嘗試著從《詩》義形成的不同管道之分梳、來對傳統《詩經》學中《詩》義解釋紛歧的現象做一番正本清源式的釐清工作、這種用心企圖卻是與魏源、龔橙一致的）(48)」と言うように、詩の意味の多層性の本質に迫ったものと評價することができる。

ところで姜氏の說を、本稿で考察した詩中の語り手・主人公と作者との問題と關連させて考えてみよう。右の文章の中で編詩の意として擧げられている「宣公を刺る」は「雄雉」の、「孝子を美む」は「凱風」の小序の初句である。つまり、姜氏は「編詩の意」＝小序と考えている。漢唐詩經學では小序を詩の本義と考えるので、姜氏は漢唐詩經學にとっての「詩人の意」を「編詩の意」と呼び換えたことになる。この場合、姜氏のいわゆる「詩人の意」は、詩篇のさらに內部に求めざるを得ない。それに對應するのは、『正義』が詩中の語り手・主人公の言動と認識するものということになるだろう。つまり、姜氏の言う「詩人の意」と「編詩の意」とは、漢唐詩經學では、詩中の語り手と作者との關係に相當し、そのいずれもが詩に內在する意味と考えられていたものである。第1節で、姜氏の發言は詩篇の意味の多層性を、詩人の意と讀詩の意——詩人が詩に込めた意味と享受者が解釋を通じて見出した意味——という觀點から捉えたものと述べたが、『正義』の論理に當て嵌めてみると、詩篇の內部を構造化して捉えたものと讀み替えられるのである。逆の見方をすれば、『正義』にとっての詩人とは、詩の內部と外部との境界線上に位置する曖昧な性格を持つ存在と言うことができるのではないだろうか。

一方、小序の說に對して懷疑的な立場をとる朱熹にとっては、當然、編詩の意は詩經本來の意味とは認められない

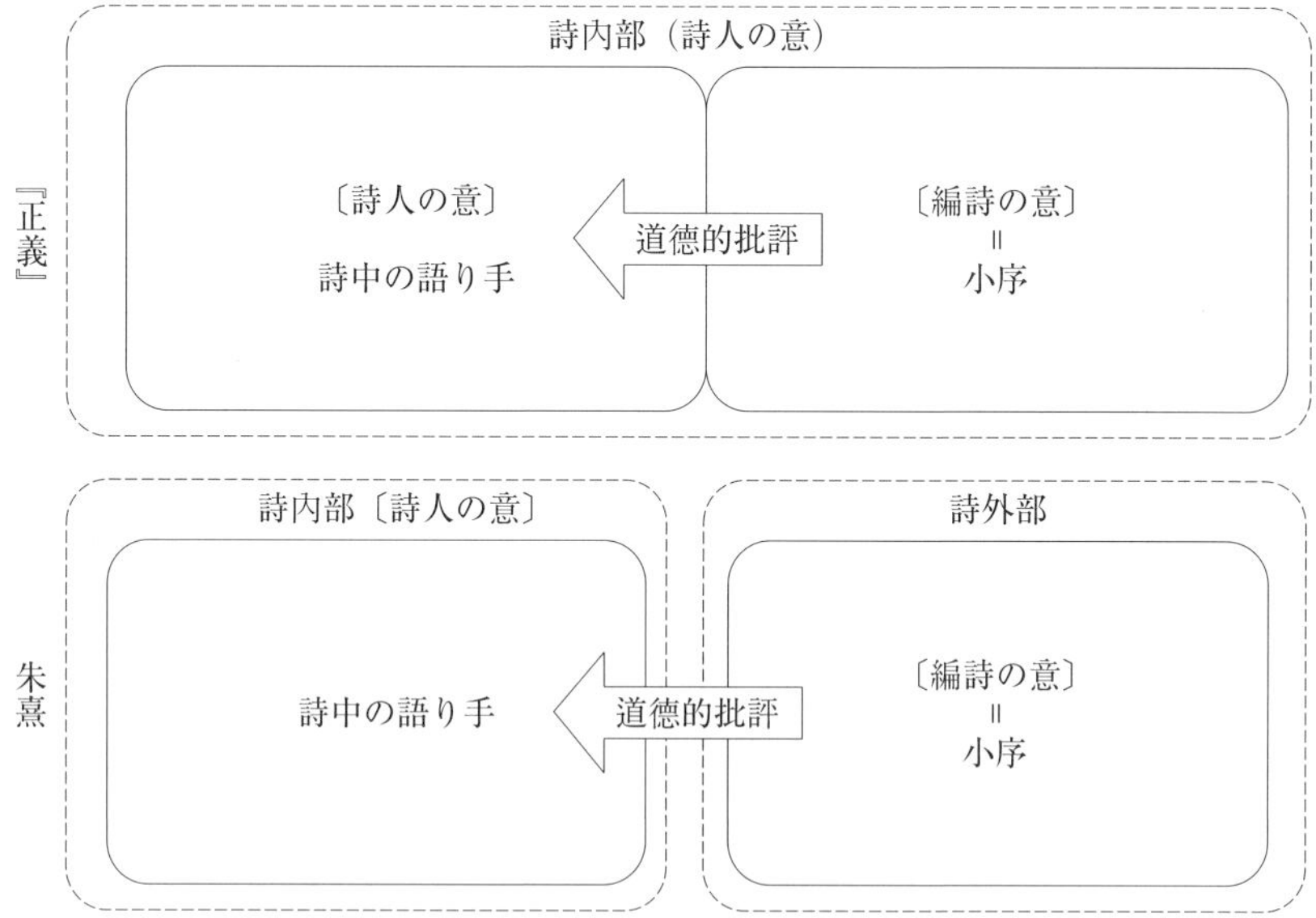

圖15―1　詩の二重性についての『正義』と朱熹の認識の差異（姜炳璋の說を參考に整理）
〔　〕內は姜氏の用語

ので、「詩人の意」は詩に內在するが、「編詩の意」は外在的な意味と認識される。このように考えれば、『正義』と朱熹も同じように詩に二重の意味があると考えていたのだが、その二重性が、『正義』は詩自體に內在すると考え、朱熹は內部と外部に分かれて存在すると考える點が異なっているということになる。これを圖示すれば、圖15―1のようになる。

『正義』は詩に二重性が內在することを認識していたが、第3・4節で指摘したように、それは小序の說や詩篇の配列狀況を說明するための認識という性格が強く、詩篇の內容の具體的な解釋にはこの認識が充分に反映されているとは言えず、詩人が單なるメッセンジャーの役割しか擔っていないように見える。さらに第十四章で指摘したように、『正義』が小序を解釋する時、基本的に「作……詩者」と言い、小序を說明することがすなわち作詩の意圖を說明することであるという考え方を示すが、その中に小序が編者の意圖を說明していると考えて解釋している例を見出すことができ、詩人の意と編者との意とを必ずしも明確に區別しているとは言えないように思われる[49]。このように、疏家において詩人の位置付けが曖昧でありその獨自の役割が充分に認識されているとは言えないことも、右に述べたことを參考にすれば説明できるように思われる。

小雅「采綠」の『正義』を例にとって考えてみよう。本詩序、「『采綠』は、〔夫が行役に行き歸還の時期が過ぎて久しいのに歸ってこないため〕夫と離れて暮らすことを怨んでいるのを刺った詩である。幽王の時、夫と離れて暮らすのを怨む者が多かった（采綠、刺怨曠也。幽王之時多怨曠者也）」の『正義』では、「作采綠詩者……」と言って詩人の意を説明せず次のように言う[50]。

⑬―正義　婦人が夫と長い間別れて暮らすこと自體は王の政治に關わることではないが、これを小雅に收錄したのは、夫と離れて暮らすのを怨んでいるのは夫が行役から歸るはずの時期が過ぎている〔のに歸ってこない〕からで、これは王の失政であるので、そこでこれを收錄して王を諷刺したのである（婦人之怨曠非王政、而錄之於雅者、以怨曠者爲行役過時、是王政之失、故錄之以刺王也）

ここでは『正義』は、作者がある目的意識を持って詩を作ったとは述べておらず、この詩に政治的意圖を附したのは、作者ではなくこれを「錄し」た者だと言っている。これは、これまで論じてきた『正義』の認識と相矛盾しているように見え、あたかも『正義』の認識に搖れが存在するように見える。しかし、『正義』を讀み進めていくと、次のように言う。

本詩前半二章には妻が憂えて思っている樣子が歌われ、後半二章でははじめに夫について出かけなかったのを悔やんでいる。いずれも夫から離れて暮らすことを怨んでいる内容である。夫に從って外に出かけようとするのは禮に外れるが故に、彼女を刺るのである（經上二章言其憂思、下二章恨本不從君子、皆是怨曠之事。欲從外則非禮、

故刺之）

禮に據れば、婦人は人を送り迎えするときに家の門を出ることはない。ましてや夫に付き從って旅をするなどということが許されようか。憂いに沈んでいるその心情は確かに憐れであるが、夫に付き從っていきたいという言葉は非難すべきである。だから本詩の作者はこのことを陳述したのであり、その是非の判斷は自ずから明らかである（禮、婦人送迎不出門、況從夫行役乎。雖憂思之情可閔、而欲從之語爲非、故作者陳其事、而是非自見也(51)）

本詩はもともと、夫の旅について行けばよかったと後悔する妻を刺るために作られたものであり、作者はその目的のために妻の言葉を敍述したと、『正義』は考えている。詩中の登場人物と作者とが異なる存在であると認識している。小序の「怨曠を刺る」は、作者の意を説明したものだが、これとは別に編者の意があると言っているのである。それでは、『正義』はなぜ作者の意圖を解説するより、詩を錄したものが「王を刺る」ために收錄したことを説明するのを優先したのであろうか。序の『正義』のなかで「これを小雅に收錄したのは」と言っているのが注目される。右に見たように、作者の意圖は夫と離ればなれになった妻を刺ることにあったと序は言っている（と鄭箋は考えている）。であるならば、これは諸國の民を風刺したものであるので國風に收められるべき詩であり、王政を美刺する小雅に收められるのは不適當ということになる。この問題を解消するために、疏家は作詩の意圖とは別に錄者の意圖を想定し、詩の本來の道德的意圖（妻の禮に外れた思いを刺る）とは異なる道德的價値（そのような心理狀態に民を陷らせた王の失政を刺る）を編者が本詩に見出して、これを小雅に收錄したと考えたのである。つまり、この詩を廻っては、作中の語り手＝主人公・作者・編者（本詩を小雅に編入した者）という三者三樣の思いと意圖が重層的に重なっていると、『正義』は考えているのである。これをまとめれば表15―2のようになる。

「采綠」では、詩人と編者とが詩中の出來事に對して同じく道德的見地から批判を行うが、それぞれが異なる對象

表15―2　小雅「采綠」正義の認識

作中の語り手＝主人公	作者	編者（本詩を小雅に編入した意圖）
夫の歸りの遲いことを憂い、夫に付いて行きたかったという思い	妻の思いが禮に外れていることを刺る意圖	民にそのような思いを抱かせている王の失政を刺る意圖

に向けられていると、疏家は考える。この齟齬が、小序の『正義』において、詩人の意ではなく編者の意を説明するという通例とは異なる書き方を生んだのであろう。このことからかえって、道德的見地からの批評という役割を負う點で詩人と編者とは同質であると、『正義』が考えていたことがわかる。もし、批評內容に相違がない場合には、兩者は融合して捉えられたであろう。「〇〇詩を作る者は……」という『正義』の表現は、作者と編者とを融合して捉えたものと考えることができる。

漢唐詩經學では、小序が述べていることこそが詩の本義と信じられていた。小序を解明することがすなわち詩人が詩に込めた意味を解明することになる。かつ、小序は詩篇の道德的意義を明らかにするものであったから、道德的評價をすることこそが詩人の役割となる。一方で、『正義』の認識では小序は孔子が讀み取った詩篇の意味（を弟子の子夏が記錄したもの）であり、かつ、孔子は當時殘されていた詩篇を、そのままの形で收集し詩經を編纂したと考えられていたから[52]、それはすなわち太師が詩篇に見出した意味となる[53]。小序を媒介にして、詩人の意と編詩の意とは融合する。詩人の役割について疏家の認識を曖昧にさせた理由は、ここに求められよう。この關係を示したのが圖15―2である。

これに對して歐陽脩の解釋では、『正義』の認識を繼承しつつも、詩人は表現者であるという認識が前景化され、詩中の語り手・主人公と詩人とが別存在であるということが『正義』より明確に意識されている。その理由は、歐陽脩が詩人の意・聖人の志・太師の職・經師の業と、詩の意味の多層性を整理したためであろう。彼は、詩の本義とし

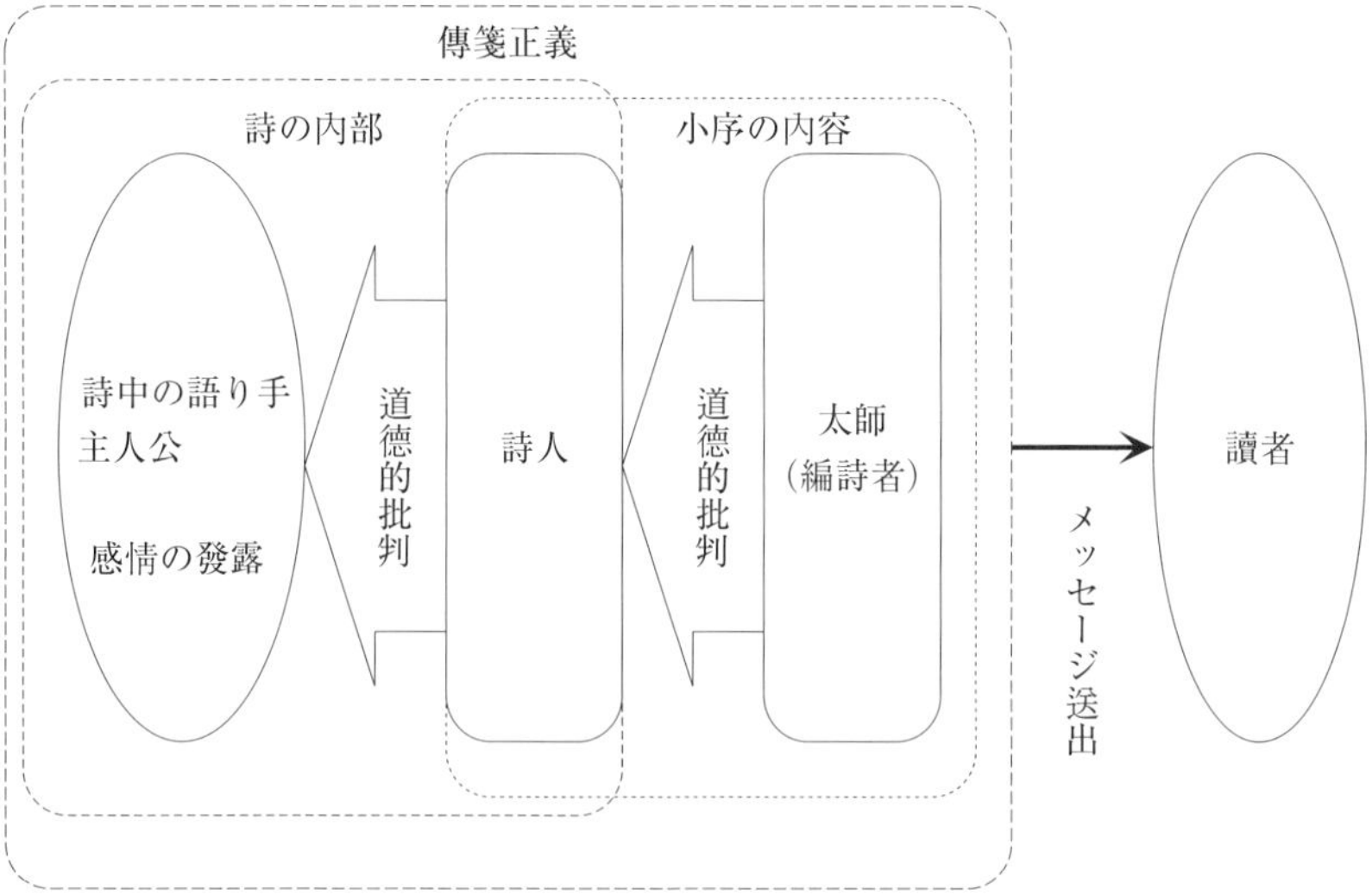

圖15—2　疏家の認識

て詩人の意と聖人の志とを分けた。歐陽脩は、孔子が詩經を編纂する際に、その當時殘されていた三千篇に及ぶ大量の詩篇の中から教化に資するもの三百餘篇を嚴選し、しかも選び拔いた詩篇を自らが手を加えその價値をいっそう高めたと考えた[54]。また、一方で彼は詩篇の作者を貴賤賢愚相異なる樣々な階層の人閒とも考えた[55]。故に、詩經の道德性の源泉を孔子に歸して、これを「聖人の志」と呼んだのである。これは詩中の語り手と作者とが別存在であるという『正義』の認識と對應しているが、『正義』が道德的批評の役割を詩人と太師との兩者に付與し詩の內部と外部に分けて置いたのに對して、歐陽脩はこれを聖人の志に一本化し詩の外部に置いた。このことにより、詩人の作詩の意圖を解釋する上で、その道德的批評性を追求する必要が相對的に薄れ、文學性の擔い手としての詩人の役割を考察する餘地が生まれたのではないだろうか。『詩本義』「本末論」に、詩人の意を說明して、

詩が作られるのは、事に觸れ物に感じ、その思いを言語を用いて表現し、善なるものは褒め稱え、惡なるものは刺り、宣揚と怨み憤りの思いを口から發し、喜怒哀樂

を心の中から言う、これが「詩人の意」である（詩之作也觸事感物、文之以言、美者善之、惡者刺之、[56]以發其揄揚怨憤於口、道其哀樂善怒於心、此詩人之意也）

と言い、感情を横溢させて詩を作るものとして詩人を捉えている。また、聖人の志を説明して、

孔子は周王朝の末期に生まれ、はじめて、破壞された禮樂を整えた。かくして雅と頌とを正し、その煩雜で重複したものを削り、六經の列に竝べ、その善惡を明らかにして、善を勸め惡を戒めるよりどころとした、これが「聖人の志」（孔子生於周末、方修禮樂之壞、於是正其雅頌、刪其繁重、列於六經、著其善惡、以爲勸戒、此聖人之志也）

と言い、詩經という經典を編んだ孔子の道德的意圖が强調されている。[57]道德的批評の役割が孔子に移動されることによって、『正義』とは對照的に、詩中の語り手と詩人との親和性が强くなっていることがわかる。このように考えると、歐陽脩は漢唐以來の、詩中の人物と作者とは異なるという認識を繼承しつつも、『正義』にあった詩中の人物＝感情の發露者、作者＝道德的批評者という圖式を放棄することによって、一個の統一體としての詩を創作した存在である作者の意義を追求する方向に認識を深めることができたと言うことができる。これを示したのが圖15―3である。

朱熹は、歐陽脩のように「聖人の志」という詩の外部にあるものを詩の本義と見なして、詩自體と同列に扱うことはしなかった。また、朱熹は小序を詩篇解釋のよりどころとしなかったために、詩中の內容を作者が美刺するという小序の規定からも解放され、詩篇內部を二重の意味層を分ける必要もなくなった。ただその一方で彼は、詩篇の內容は歷史的に實在したものだという認識を前代の詩經學から引き續いて持っていた。これらの認識を總合してもっとも素直にもっとも單純に考えれば、詩中の語り手・主人公と作者とが同一の存在であるという結論が導き出される。彼の認識はこのようにして生まれたものだと考えることができる。

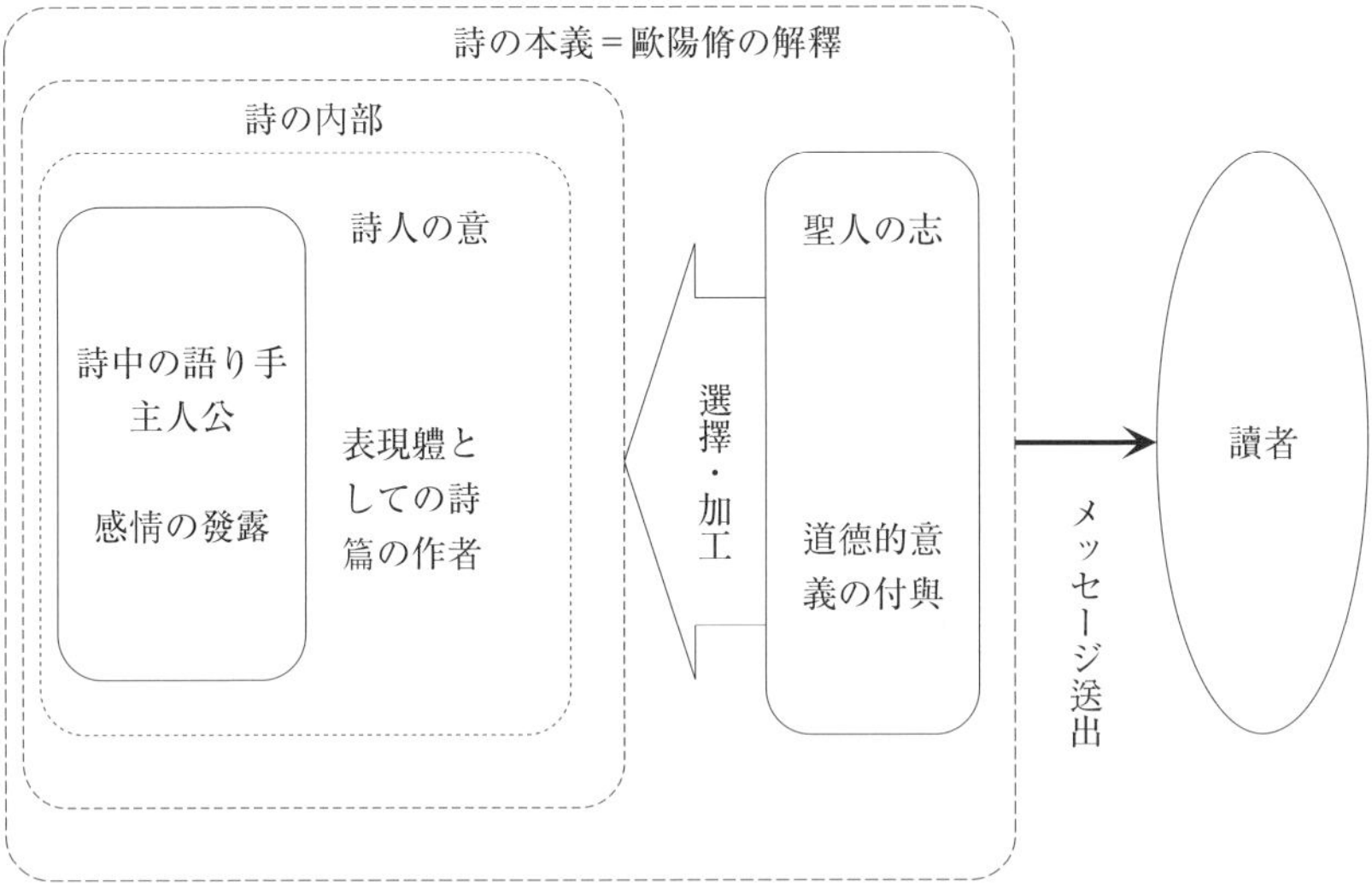

圖15—3　歐陽脩の認識（本義に屬する詩人の意と聖人の志に限定してまとめた）

ところで、詩をそれ自體で自足した存在と認識するならば、道徳的教化の力も詩篇自體に内在されていなければならない。『正義』と歐陽脩においては、道徳的メッセージの送出者として詩篇の内容に對する批評者が想定されていたが、朱熹においては詩篇の内容そのものが道徳的メッセージを讀者に投げかけていることになる。詩中の語り手と詩人を一體化するということは、詩中の内容が道徳に合致したものであるように解釋を行うということを意味するのである。第6節で見たように、朱熹の解釋が道徳性を強化する方向に働いているのはこの要請を滿たすためであると考えられる。

このような認識のあり方と彼の淫詩説との關係を整理してみよう。非淫詩の場合は、詩篇から道徳的なメッセージが詩篇から發信され、讀者は詩の内容に共感することによってそれを正常に受信する。それに對して、淫詩説の場合は、不道徳な作者により不道徳なメッセージが詩篇から發信され、讀者は詩の内容に嫌惡しそれに拒否的な反應を示す。詩經の中には淫詩と非淫詩が併存しながら、いずれにおいても道徳的な役割を果たすという朱熹の認識は、享受者の反應を考えることで成り立っている。

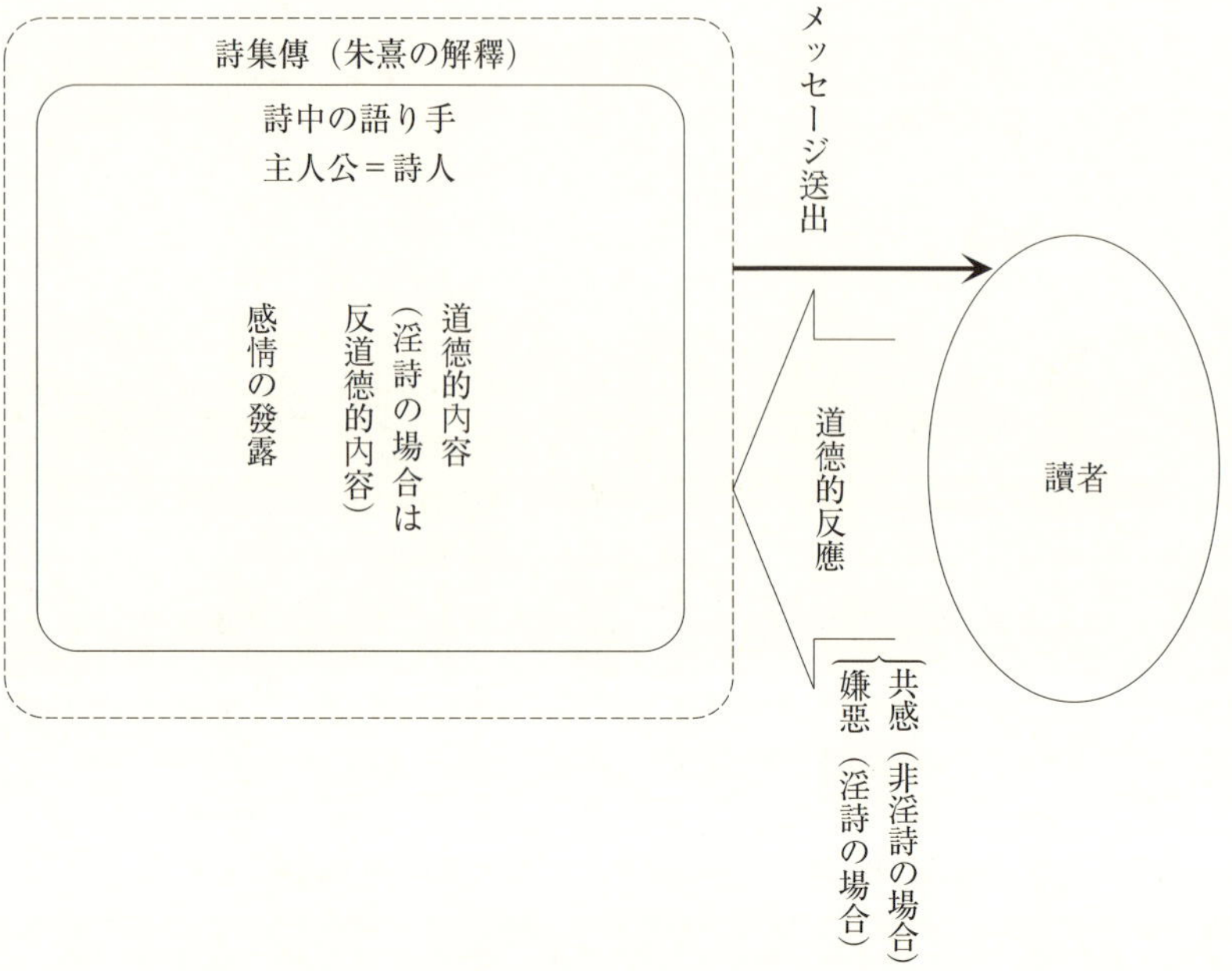

圖15—4　朱熹の認識

詩の道德的機能の實現が讀者の反應に委ねられているということは、詩の内容の批評者が、『正義』における作者、歐陽脩における聖人ではなく讀者に移動していることになる。ただし、この場合の讀者の反應の可能性は、共感か嫌惡かの二つしかない。また詩篇の内容も、完全に道德的か完全に不道德かの二種類しかない。さらに、それを明示しているのは朱熹の注であり、讀者は朱熹の解釋に從って道德的な反應をすることが想定されているため、讀者の解釋の主體性が認められているとは言えない。つまり、眞の意味での批評者は朱熹である。筆者は先に、歐陽脩が詩經成立における孔子の役割を重視したことは、彼の「人情說」を勘案するならば、結果的に歐陽脩個人の感性と價値觀によって詩經を解釋することの正當性を確保することに繫がったと論じた(59)。これに倣って考えるならば、朱熹が詩經解釋において讀者の道德的反應を不可缺のものとして認識したことは、朱熹の解釋に絕對的な力を持たせる效果があったということができる。以上を示したのが圖15—

4である。

ところで、朱熹の考える詩人は、表現者として詩篇の藝術性を生み出す者という點では、歐陽脩と同じであるが、それに加えて、道德的にも正しい眞情を流露する者でもある。事件の當事者であり、かつ文學者としても道德人としても優れた存在なのである。抒情と作者の一體化という認識は、詩人の眞情に對する理解を促進したことは確かだが、一方で、詩人をオールマイティーな存在とするものでもあるのである。[60] 彼も歐陽脩と同じく、詩人は様々な階層の賢愚善惡多様な人々であると述べているが、[61] 皮肉なことに、朱熹の考える全人的な詩人としてはそのような人々はかならずしもふさわしくない。もっともふさわしいのは、大序が變詩の作者としてあげる「國史」ということになるかもしれない。逆から言えば、詩篇の成立における國史の役割を重んじた『正義』は、實際には作者と詩中の語り手とを別存在としたことにより、詩中の出來事の當事者の地位性格を自由に想定し得る立場に立ったということができる。これは、詩が現實に存在した人物が實際に遭遇した出來事を詠っているという認識を、歷代詩經學が共通に解釋の基盤としていたことから生まれた皮肉な現象である。これまで見てきたことと考え合わせると、詩中の語り手と作者との關係を廻る諸問題は、いずれも詩經解釋學における歷史主義を基盤にして展開されているのである。

『正義』の詩人は、詩中の出來事に對していまだに曖昧なまなざししか有していない。歐陽脩の詩人は、表現者としてのまなざしによって詩中の出來事を見つめている。兩者に對して、朱熹の詩人のまなざしは道德的な反應を促すべくむしろ讀者に投げかけられている。別の見方をすれば、疏家はいまだ明確な視點に立って詩人を見つめているとは言えない。歐陽脩は詩人を詩の作者として認めることで、確乎たるまなざしを獲得した。朱熹の詩人に對するまなざしは、全人的な存在として重んずるか、逆に救いようのない墮落した人間として見下げるかという、極端かつ單純なものとなっているということができよう。

注

（1）車行建『詩本義析論――以歐陽脩與龔橙詩義論述爲中心』（臺灣・里仁書局、二〇〇二）第一章、三頁。

（2）詩之作也觸事感物、文之以言、美者善之、惡者刺之、以發其揄揚怨憤於口、道其哀樂善怒於心、此詩人之意也。古者國有采詩之官、得而錄之、以屬太師、播之於樂、於是考其義類而別之、以爲風雅頌而次比之、以藏于有司而用之宗廟朝廷、下至鄉人聚會、此太師之職也。世久而失其傳、亂其雅頌、亡其次序、又採者積多而無所擇、孔子生於周末、方修禮樂之壞、於是正其雅頌、删其繁重、列於六經、著其善惡、以爲勸戒、此聖人之志也。周道既衰、學校廢而異端起、及漢承秦焚書之後、諸儒講說者、整齊殘缺以爲之義訓、恥於不知、而人人各自爲說、至或遷就其事、以曲成己學、其於聖人有得有失、此經師之業也（『詩本義』卷十四「本末論」）

（3）有詩人之意、有編詩之意。如雄雉爲婦人思君子、凱風爲七子自責、是詩人之意也。雄雉爲刺宣公、凱風爲美孝子、是編詩之意也。朱子順文立義、大抵以詩人之意爲是詩之旨、國史明乎得失之跡、則以編詩之意爲一篇之要（清・姜炳璋『詩序補義』綱領）

（4）夫詩有作詩者之心、而又有采詩編詩者之心焉、有說詩者之心、而又有賦詩引詩者之心焉（清・魏源『詩古微』、道光初修吉堂刻二卷本、卷之上「毛詩明義　二」、『魏源全集・詩古微』、嶽麓書社、一九八九、五四頁）

（5）有作詩之誼、有讀詩之誼、有太師采詩瞽矇諷誦之誼、有周公用爲樂章之誼、有孔子定詩建始之誼、有賦詩引詩節取章句之誼、有賦詩寄託之誼、有引詩以就己說之誼（清・龔橙『詩本誼』序）

（6）『說文解字注』三篇上、言部「誼」に據る。

（7）楊金花『《毛詩正義》研究――以詩學爲中心』（中華書局、二〇〇九）一〇八頁。

（8）淫詩說の例は、檀作文『朱熹詩經學研究』（學苑出版社、二〇〇三）に詳しい。

（9）檀作文氏前揭書。王倩『朱熹詩教思想研究』（北京大學出版社、二〇〇九）。

（10）本書第十一章。いわゆる「詩を以て史に附す」が漢唐詩經學の特徵であり、宋代に至って批判された、というのは、あくまで詩中に詠われた事柄が歷史上著名な事件に對應しているという認識について言ったものであり、これを穿鑿と批判した宋代以降の詩經學においても、やはり詩中に詠われたのが作者の虛構ではなく、歷史上のある時點で實際に存在した人物達による實際の出來事であると考えられている。朱熹の淫詩說もこのような認識の上に成り立っている。

（11）歐陽脩は、『詩本義』卷二「野有死麕」論において次のように言う。

詩三百篇を大まかに見ると、作者の用いた詩體というのは三、四種にすぎない。作者が自分の言葉を敍述して美刺の意を表したものがある。「關雎」や「相鼠」といった類いがこれにあたる。作者が當時の人々の言葉を記錄してその出來事を表現したものがある。「谷風」は當時の夫婦の言葉を記錄したものであり、「北風　其れ涼し」は衞の國から亡命しようとする人々の言葉を記錄したものであるなどがこれにあたる。作者がまずその出來事を敍述しその人人の言葉を記錄して、詩を締めくくったものがある。「溱洧」の類いがこれにあたる。作者が出來事の敍述と當時の人の言葉の記錄とを相交えて詩篇に仕立てたものがある。「出車」の類いがこれにあたる。しかしいずれにしても文章の意味は有機的に繋がって章が成り立っている（詩三百篇大率作者之體不過三四爾。有作詩者自述其言以爲美刺、如關雎相鼠之類是也。有作者錄當時人之言以見其事、如谷風錄其夫婦之言、北風其涼錄去衞之人語之類是也。有作者先自述其事、次錄其人之言、以終之者、如溱洧之類是也。有作者述事與錄當時人語雜以成篇、如出車之類是也。然皆文意相屬以成章）

ここで歐陽脩は、詩中の「事」の表現のされ方を、

一、作者が自分自身の言葉で敍述したもの
二、當時の人閒の言葉を記錄することによって表現したもの
三、作者による敍述と當時の人閒の言葉を前後に竝べたもの
四、作者による敍述と當時の人閒の言葉を交錯させたもの

の四つに分類している。二・三・四において、當時の人の言葉を「錄し」たと言っていることから、詩に詠われた事柄が現實に起こったものであり、また詩中の發言も現實に發せられたものだと考えていたことがわかる。一で例に擧がっている「關雎」は、歐陽脩の說に據ればいわゆる「思古傷今」「陳古刺今」に屬する詩であり、一方「相鼠」は、當時の爲政者に對する痛罵の言である。「思古傷今」「陳古刺今」詩は、詩人の言語による過去の出來事の再現であり、その內容の事實性を歐陽脩がどのように捉えていたかは若干曖昧なところがあるのを除けば、基本的に一も事實に基づいた內容と考えてよいだろう。つまり、歐陽脩によって想定されている詩經の內容はすべて（歷史的あるいは同時代）の事實に基づいたり、記錄したりしたものということになる。

（12）訓讀は、清原宣賢講述、倉石武四郎・小川環樹校訂『毛詩抄――詩經（一）』（岩波書店、一九九六）三九五頁を參考にした（以下同じ）。ただし、右書の訓讀は毛傳の訓詁に基づいているので、鄭箋の解釋にあわせて一部改めた。例えば「聊」は、右書では毛傳に據って「ねがふ」と訓じているが、これを「いささか」に改めた。

（13）毛傳は、「思不存乎相救急……願室家得相樂也」と言う。これは、本詩を詩人が生き別れになった夫婦を憐れんで作ったものと解釋したものであると、『正義』は考えて次のように疏通する。

言我出其鄭城東門之外、有女被棄者衆多如雲……詩人閔之、無可奈何、言雖則衆多如雲、非我思慮所能存救。以其衆多、不可救拯、唯願使昔日夫妻更自相得……詩人閔其相棄、故願其相得則樂

（14）鄭箋に「綦、綦文也」と言い、『正義』に「……綦是文章之色、非染繒之色……謂巾上爲此蒼文、非全用蒼色爲巾也」と言う。

（15）「出其東門」序全文は、「出其東門、閔亂也。公子五爭、兵革不息、男女相棄、民人思保其室家焉」である。

（16）渭水は現在の甘肅・陝西を崋山北方で黄河に流れ込む。したがって、現在の山西河北をその領土とする衛とはかけ離れている。

（17）太子が詩という形式で父を刺ることは道德的に許されない行爲であるために、太子の守り役の介在を小序と『正義』は必要としたと考えられる。この『正義』については、本書第十七章第7節でも取り上げるのを參照のこと。

（18）本書第十三章第5節參照。

（19）同右②。

（20）これについては、檀作文・王倩氏などがすでに指摘するとおりである。檀作文氏は、「在具體解説這類作品時、《序》將其作者處理成事件的局外人（〝國史〟一類人）、他只是以第三人稱的身份來敍述這現象」（檀氏前掲書八二頁）と言い、王倩氏は、「《毛詩》將詩歌的抒情主體與詩歌作者分割開來、詩人是詩歌所敍世情的旁觀者、從總結政教的經驗教訓出發體察詩歌抒情主體的感情、冷靜分析詩作中蘊含的教化內容」（王氏前掲書二〇二頁）と言う。

（21）もう一例擧げる。豳風「鴟鴞」を、小序の『正義』は周公の自述詩であるとして次のように言う。

故に、周公は詩を作って、管叔蔡叔を誅罰しないわけにはいかない事情を言い、成王に送った。詩を「鴟鴞」と名付けた……この詩は周公が自らその思いを述べたものである（故公乃作詩言不得不誅管蔡之意以貽遺成王、名之曰鴟

鴞焉……此周公自述己意）

『正義』がこのように言う根據は、本詩小序に、「『鴟鴞』は、周公が亂を救う詩である。成王はいまだ周公の志を理解しなかったので、周公はそこで詩を作って王に贈りこれを『鴟鴞』と名付けたのである（鴟鴞周公救亂也。成王未知周公之志、公乃爲詩以遺王、名之曰鴟鴞焉）」と言うのに從ったものである。

(22) 杜預の注に、「載馳、詩衛風也。許穆夫人痛衛之亡、思歸唁之、不可、故作詩以言志」と言う。

(23) 漢・劉向撰『古列女傳』卷三「仁智・許穆夫人」（四部叢刊正編14、據長沙葉氏觀古堂藏明刊本影印本）に、「許夫人馳驅而弔唁衛侯、因疾之而作詩云」「許不能救、女作載馳」と言う。

(24) この詩の小序について、鄭箋は、「宋の桓公の夫人は、衛の文公の妹であり、襄公を生んだ後、暇を出され〔衛に戻っ〕た。襄公が卽位し、夫人は宋を思ったが、義として往くことができなかったために、詩を作って自らの思いを止めた（宋桓公夫人、衛文公之妹、生襄公而出。襄公卽位、夫人思宋、義不可往、故作詩以自止）」と言い、本詩が宋の襄公の母の自作であるとする。この箇所の『正義』も、「作河廣詩者、宋襄公母、本爲夫所出而歸於衛。及襄公卽位、思欲嚮宋而不能止、以義不可往、故作河廣之詩以自止也」と言い、鄭玄の見解に同意している。同じ疏家が、「邶鄘衛譜」と「河廣」序とで明らかに矛盾する解釋をしているのは、六朝の複數の義疏類を用いて『正義』を編集した際の杜撰の痕跡と見なすべきであろう。これと同樣の例を大雅「抑」についても考察したことがある。本書第十八章第4節を參照のこと。

(25)「邶鄘衛譜」の「七世至頃侯、當周夷王時、衛國政衰、變風始作、故作者各有所傷、從其國本而異之、爲邶、鄘、衛之詩焉」の『正義』。

(26)「木瓜」の小序に、「木瓜、美齊桓公也。衛國有狄人之敗、出處于漕、齊桓公救而封之、遺之車馬器服焉。衛人思之、欲厚報之、而作是詩也」と言う。

(27)「猗嗟」の小序に、「猗嗟、刺魯莊公也。齊人傷魯莊公有威儀技藝、然而不能以禮防閑其母、失子之道、人以爲齊侯之子焉」と言う。

(28) 鶴を愛し淫樂奢侈に溺れた衛の懿公は、その治世の九年、北狄の翟に攻め殺されたが、齊の桓公が衛のために諸侯を率いて翟を討ち、楚丘に城を築き文公を立てた。

(29) さらに、第3節で取り上げた邶風「谷風」『正義』の、「邶人で本詩を作った者が〔女の〕言葉を知ることができたのは、恐らく、〔女に〕従って見送った者がこの事を語ったために、詩人は彼女の思いを述べ傳えることができたのであろう」などもその例として擧げられる。また、邶風「式微」小序『正義』に「此經二章、皆臣勸以歸之辭、此及旄丘皆陳黎臣之辭、而在邶風者、蓋邶人述其意而作、亦所以刺衞君也」ということから、「式微」「旄丘」が黎國の臣下の言葉の敍述をその内容とするのに邶風に収められていることを説明するために、作中の語り手（黎臣）と作者（邶人）とを別存在として考えたということがわかる。

なお、本稿では詳しく考察することはできないが、その他にも自述と捉えた場合に生ずる道徳的な難點を回避するためという理由も指摘できる。著名な例として召南「摽有梅」において、詩中の「我」が作中の語り手が自分自身を指していったのではなく、作者が作中の語り手に假託して用いたものであること、そのように考えなければ、作中の語り手＝主人公の女性に道徳的に問題が生じてしまうと、『正義』が論じていることが擧げられる。すなわち、「摽有梅」首章の「求我庶士、迨其吉兮」の「我」を解釋して、鄭箋は「我、我當嫁者……求女之當嫁者之衆士宜及其善時」と言い、『正義』は「言此者以女被文王之化貞信之教興、必不自呼其夫令及時之取己。鄭恐有女自我之嫌故辨之言我者詩人我此女之當嫁者亦非女自我」と言う。清原宣賢は、これについて「文王の化を蒙て、正い女が我をようで給れとは、なにかいはうぞ。詩人がかう作たまでぞ。心得事ぞ」（『毛詩抄』、岩波書店、第一册一〇六頁）と言う。

(30)　この「事變に達して其の舊俗を懷しむ者なり」というのは、思古説の根據となる言説である。

(31)　小雅「我行其野」小序の「『我行其野』は宣王を刺った詩である（我行其野、刺宣王也）」の鄭箋、「彼が不正な手段で妻を娶り、荒廢した政治を行い、亂れた婚姻の流行が甚だしかったことを刺っている（刺其不正嫁取之數而有荒政、多淫昏之俗）」について、『正義』は次のように言う。

本詩の中で敍述されているのは、ある一人の出來事についてである。しかし作者は一國全體のことを綜合して詩句に表現しているので、故に、これは禮によらない婚姻が國の風俗となっていることが詠われているとわかるのである（詩所述者、一人而已。但作者摠一國之事而爲辭、故知此不以禮昏成風俗也）

また、衞風「氓」序の『正義』でも、

「復た相ひ棄背せらる」より上の文は、當時一國のことを總合していったものである。「或いは乃ち困じて自ら悔ゆ」以下は、本詩に敍述されている事柄、すなわち困窮して後悔している言葉を指す（復相棄背以上、摠言當時一國之事。

或乃困而自悔以下、敍此經所陳者、是困而自悔之辭也）

と言う。これらは、詩中に詠われているのが、當時の時勢を刺るためにある一人の女性の身に起こった事を取り上げたのだと考えていて、詩中の主人公を指して「一人」と言っている。しかし、二詩は主人公の獨白という形で詠われているので、結局は語り手を指して「一人」というのと變わりない。

（32）このことは、檀作文・王倩兩氏前掲書が指摘するとおりである。

（33）歐陽脩が詩中の語り手と作者を別存在と捉えていたことについては、すでに本書第十四章第3節で考察した。ただしそこでは、彼の詩經學におけるその意義、また疏家の認識との差異について、いまだ深い考察を行ってはいなかったので、本章ではこのことを論じたい。

（34）以下に、『詩本義』において「述」の語を用いて詩中の語り手と作者とを別存在と捉えている例を擧げる。

○述……之語

［鄭風、女曰鷄鳴、論］女曰雞鳴、士曰昧旦是詩人述夫婦相與語爾。其終篇皆是夫婦相語之事、蓋言古之賢夫婦相語者如此

○述……之言

［小雅、角弓、本義］其七章八章又述骨肉相怨之言云

［邶風、靜女］故曰刺時者謂時人皆可刺也。據此乃是述衞風俗男女淫奔之詩爾……故其詩述衞人之言曰

［衞風、氓、論］詩述女言

○述……之辭

［卷八、小雅、蓼莪］此述勞苦之民自相哀之辭也

［卷八、大東］其六章以下皆述譚人仰訴於天之辭也

［卷九、漸漸之石］詩人述東征者自訴之辭也

［卷十三、一義解、羔裘］據詩乃晉人述其國民怨上之辭云

［卷十三、一義解、召旻］皆述周之人民呼天而怨訴之辭也

（35）『正義』の解釋は以下の通り。

當所乘駕者彼四牡也。今四牡但養大其領、不肯爲用、以興王所任使者、彼大臣也。今大臣專己自恣、不爲王使也。臣既自恣、莫肯憂國。故夷狄侵削、日更益甚。云我視四方、土地蹙蹙然至狹、令我無所馳騁之地。以臣不任職、致土地侵削、故責之也

(36) なお、歐陽脩におけるこのような詩人の役割についての認識については、本書第三章第3節參照。

(37) 前掲檀作文書・王倩書。

(38) なお、本詩は『詩本義』では取り上げられていないため、歐陽脩の認識は不明である。

(39) この詩の解釋については、本書第十七章第3節を參照されたい。

(40) 『孟子』「告子 下」に、「公孫丑問曰、高子曰、小弁、小人之詩也。孟子曰、何以言之。曰、怨。曰、固哉、高叟之爲詩也。有人於此、越人關弓而射之、則己談笑而道之、無他、疏之也。其兄關弓而射之、則己垂涕泣而道之、無他、戚之也。小弁之怨、親親也。親親、仁也。固矣哉、高叟之爲詩也。曰、凱風何以不怨。曰、凱風、親之過小者也。小弁、親之過大者也。親之過大而不怨、是愈疏也。親之過小而怨、是不可磯也。愈疏、不孝也、不可磯亦不孝也。孔子曰、舜其至孝矣、五十而慕」と言う。

(41) ただし、『孟子集注』においては、朱熹は「小弁」の詩は「周幽王……廢宜臼。於是宜臼之傅爲作此詩、以敍其哀痛迫切之情也」と言い、小序の說に從っている。

(42) 鄭箋に、「爲に繩を緻にす（爲之繩緻）」と言い、『正義』に「釣竿の上には繩を須《もち》ふ、則ち己　之が與《ため》に繩を作らん（釣竿之上須繩、則己與之作繩）」「釣と弋射とは、其の繩　皆な生絲もて之を爲《つく》る（釣與弋射、其繩皆生絲爲之）」と言うのを參考にして譯した。なお、上記鄭箋の訓讀は、清原家の訓點に從った（『靜嘉堂文庫所藏　毛詩鄭箋（二）』、古典研究會叢書　漢籍之部　第二卷、汲古書院、一九九三、三六三頁）。

(43) 『集傳』に、「絲を理《おさ》むるを綸と曰ふ（理絲曰綸）」と言う。

(44) 本詩小序「曠を怨むを刺る」の『正義』に次のように言う。

妻が夫を思うのは、夫への深い愛情と妻としての堅固な道義がなせるわざで、禮の上で批判すべきところはない。故に、本詩の作者が譏っているのは、妻がただ夫を思って憂えているだけではなく、夫について外地に行きたがっているのが禮に外れている點であることがわかる（婦人思夫、情義之重、禮所不責、故知譏其不但憂思而已、欲從君子

於外、非禮也）

詩人は、妻が夫に從って外地に行く、あるいはそうすればよかったと後悔しているのが禮に外れる故に刺っているのだと、『正義』は言う。

（45）この問題については、本書第Ⅳ部において詳しく檢討する。

（46）作者＝語り手が道德性を保持しつつ眞情を發露させていると解釋できない場合は、詩自體が不道德な感情を露わに表現していることになる。その場合、孔子がその詩を詩經に編入したのは、讀者が詩の内容に嫌惡感を抱き、自分はそのような不道德に陷るまいと自己反省をすることを期待してのことであると、朱熹は説明する。淫詩説による解釋である。

（47）原文は、注（3）を參照。

（48）車行建前揭書、八九頁。

（49）周南「麟之趾」序の『正義』に、「此麟趾處末者、有關雎之應也……大師編之以象應、敍者逃以示法耳……明是編之以爲示法耳」と言い、召南「騶虞」序の『正義』に、「以騶虞處末者、見鵲巢之應也」と言い、小雅「天保」序の『正義』に、「作天保詩者、言下報上也……然詩者志也。各自吟詠、六篇之作、非是一人而已。此爲答上篇之歌者、但聖人示法、義取相成、比〈もと「此」に作る。挍勘記に據って改める〉鹿鳴至伐木於前、此篇繼之於後以著義、非此故答上篇也。何則。上五篇非一人所作、又作彼者不與此計議。何相報之有。鄭云亦宜者、示法耳、非故報也」と言う。本書第三章第3節・第十四章第5節參照。

（50）この詩については、第五章第4節參照。

（51）これは、本詩の序に對する鄭箋、

夫と離れて暮らすことを怨むというのは、君子が外地に派遣されて期間の時期が過ぎたためのことである。それに對して「これを刺っ」ているのは、彼女がただ憂い思っているだけではなく、夫について外地に行きたいと思っているのが、禮に外れていることを譏っているのである（怨曠者、君子行役過時之所由也。而刺之者、譏其不但憂思而已、欲從君子於外、非禮也）

を敷衍したものである。

（52）この問題については、本書第三章第6節參照。

(53)　毛詩大序「故詩有六義焉……」の『正義』に、「詩各有體、體可有聲、大師聽聲得情、知其本意」(巻一之一、十一葉表)とある。これは、詩篇は風雅頌という詩體の別、歌われ方の別が本來あったが、詩篇が演奏されるのを聽いた太師が、その詩に込められた情からその本意を知った、ということである。「本意」、すなわち小序に示されるべきものを、太師がすでに認識していたということになる。

(54)　本書第三章第6節參照。

(55)　本書第十四章第5節參照。

(56)　この部分は、詩人が道德的批評の役割を擔っていたことを言っているように見えるが、「其の善悪を著し、以て勸戒と爲す」と言って孔子が道德性の實際上の主體であると位置づけていることからすれば、詩人のそれは感情の吐露という性格がなお強いと考えられる。これについては、本書第十四章第5節參照。

(57)　この問題については、本書第十四章第5節參照。

(58)　本書第十四章第6節參照。

(59)　本書第三章第6節參照。

(60)　車行建氏は、「歐陽脩の認識では、詩經の詩篇を書いた詩人(たち)は等しく古代の賢者であり、人格的修養・理性的態度・思辨的能力および表現技巧などの側面いずれも優れていたので、それ故に彼等は外部の環境から感じたこと、見聞したことを、良好な表現技巧を通して詩篇の中に再現できるだけではなく、そこに美刺諷諭の内容を注入することもできたのである(在歐陽脩看來、寫作《詩三百》的詩人(們)均爲古代的賢者、不管在人格修養・理性態度・思辨能力以及表達技巧等方面都是優秀的、所以他們不但能夠將其對外在環境的感受及聞見、通過良好的表達技巧、呈現在詩篇中、而且也於其中注入了美刺諷喩的內涵」(車氏前掲書、五八頁)と言うが、そこではなお「聖人の志」による道德性の保證が必要とされている。詩それ自體の道德的自律性が認められているという點で、朱熹の詩人(非淫詩の作者)こそが眞に完全無缺な存在ということができる。

(61)　例えば、『朱子語類』巻八十「詩一・綱領」に、「大抵國風是民庶所作、雅是朝廷之詩、頌是宗廟之詩」(理學叢書本第六册三〇六六頁)と言うなど。

第十六章　作者の意圖から國史と孔子の解說へ

——嚴粲詩經解釋における小序尊重の意義——

1　はじめに

南宋の嚴粲（生卒年不詳）[1]の『詩緝』（淳祐八年、一二四八、刊刻開始、淳祐十一年、一二五一、以後成書——周東亮氏の考證に據る）[2]は、朱熹（一一三〇～一二〇〇）の『詩集傳』、呂祖謙（一一三七～一一八一）『呂氏家塾讀詩記』と竝んで、南宋詩經學を代表する著述としてつとに評價が高く[3]、その學問的性格と詩經學史上における意義について、近年、黃忠愼氏による專著[4]のほか、複數の學者による研究成果[5]が發表されている。特に黃氏の著作は、嚴粲詩經學の全體像とその意義とについて、經學・理學・文學の三つの視點から詳細に考察した成果がまとめられており、今後の嚴粲研究の原點とすべき業績である。

嚴粲の詩經解釋の特徵として常に擧げられるもののうち、次の二つが特に重要である。一つは、嚴粲が、詩經の文學性を重視した解釋を行ったこと、特に詩篇の作者の創作意圖、表現意圖の解明を重んじたことである[6]。もう一つは、嚴粲が小序を解釋の規範として尊重したことである[7]。詩序は、漢唐詩經學においては、孔子の弟子子夏の手になるものとして解釋の絕對的なよりどころとされたが、宋代になると、その說の正しさに對して多くの學者から疑問が呈せられ、小序を遵奉すべきか否かについて、兩宋を通じて活發な議論が繰り廣げられた。とりわけ、南宋の朱熹が『詩集傳』を著すにあたって小序を排し、自分自身の目で詩篇を熟讀玩味し獨自の解釋を行ったことは、宋代詩經學の學問的達成を具現するものとして高い評價が與えられてきた。これに對して、嚴粲は朱熹の詩經學に大きな影響を受けたが[8]、こと小序に對する態度については、朱熹とは反對に尊序の立場をとった。

從來の研究では、右の二つの特徵は、それぞれ獨立して取り上げられる傾向が強く、相互の關係については十分な考察がなされていない[9]。あるいは、嚴粲は詩經解釋にあたって文學性を重視した解釋を目指したが、小序尊崇の態度が障壁となって、それは充分に展開されることができずに終わったと説明されることもある[10]。

しかし、兩者の關係をそのように捉えるだけでは、朱熹以後にあって、しかも朱熹から大きな學的影響を受けて、彼と比肩されるような本格的な詩經研究を行った嚴粲が、朱熹と異なり尊序の立場をとったことの意味を十分に説明することはできないのではないだろうか。もちろん、小序を墨守すべき至高の存在と考えるか否かは、歷代の學者それぞれにとって、傳統的權威に對する自らのスタンスを示す大問題であり、いわば儒者としての自己規定に關わる事柄である。しかし、それは同時に詩篇の解釋のしかたに直接影響する問題でもある。そうである以上、それぞれの學者が選擇した尊序あるいは反序の立場が、その詩經解釋の方法論の中にどのように組み込まれ、どのように機能しているか、という視點から考察する必要もある。すなわち、詩經解釋における機能的側面から、尊序・反序の意義を考えるということである。これは反序に屬する學者に對してはまだしも、尊序の立場をとる學者の詩經學に對しては、充分になされているとは言えない。本稿は、そのような視點から嚴粲にとっての尊序の意味を考察してみたい。

本論に入る前に、嚴粲の小序認識について基本的な事項を確認しておこう。嚴粲は小序を尊重したとは言っても、小序のすべてを尊重したわけではなく、第一句（以下、「首序」と稱する）のみを由來正しいものとして尊重し、第二句以下（以下、「後序」と稱する）に對しては是是非非の態度をとった。彼は、小序首序の成り立ちについて次のように言う。

詩題の下の第一句は、國史が著したもので、「首序」と稱する。それ以下は詩經を解釋した學者の言葉で、「後序」と稱する（題下一句、國史所題、爲首序。其下說詩者之辭、爲後序）（「詩緝條例」）

嚴粲は、「首序」は詩篇を管理した諸國の國史官の手になるものと考えた。作詩と同時期に、後世が知り得ない事情に通じた者が書いたものなので、最も據るべきものだと考えたのである。(11) これに對して、後序は後世の學者による解說の文章であり、依據するに足るものと誤ったものとが混在していると考えた。(12) 實際、『詩緝』には後序の誤りを指摘したものが多い。このように小序を分割する認識は、北宋の蘇轍・程頤以來の說を繼承したものである。(13)

ただし嚴粲は、今見る首序は國史が題したものそのままではなく、詩經を編纂した孔子の手が加わっていると考えた。鄭風「有女同車」首序「『有女同車』は、忽を刺るなり（有女同車、刺忽也）」について、嚴粲は次のように言う。

いずれも最終的に國を追われたり、いったん追われまた國主に返り咲いたりしたために、首序は彼らを「鄭伯」とは稱さず、本詩序では「忽」と、「擊鼓」序では「州吁」と、「墓門」では「陳佗」と稱したのである。これらはいずれも春秋の筆法を用いたものである。このことから首序には孔子の手が加えられていることがわかる（以其終失國、出入、皆不稱鄭伯、此首序稱忽、擊鼓稱州吁、墓門稱陳佗、皆用春秋書法、知經聖人之手矣）

嚴粲は、首序は詩篇が詠う對象に對する毀譽褒貶の意を表すために字句を選び拔いて書かれていて、『春秋』の一字褒貶と同樣の書法によっていると捉え、このことを根據にして、首序には『春秋』を編纂した孔子の手が加わっていると考えた。つまり、首序は、まずは國史が作詩の狀況を說明するために書いたものであるが、孔子は彼の道德的評價を示すために、字句を書き換え潤色を加えたと考えたのである。首序には作者と同時代の人間でなければ知り得ない情報が示されていると同時に、詩篇に歌われた事柄や人物に對する孔子の評價も示されているからこそ、二重の意味で尊ぶべき存在なのである。

個々の詩篇の解釋に卽して、作者と小序との關係についての嚴粲の認識を見ると、おおむね二種類に分類できる。一つは、詩人の作詩の意圖と小序の說とが合致していると捉えるものである。嚴粲の詩經解釋の中ではこれが多數を占めている。この場合、小序が提示する道德的意義は、詩篇にすでに具體的に表現されていて、小序はそれを要約したということになる。從來の硏究では、このケースに視點が集中している。しかし、嚴粲の詩序觀、詩篇解釋の性格を考えるためには、それだけでは不充分である。

嚴粲の詩經解釋においては、もう一つ、詩人の意と小序の說との閒に齟齬があると捉える場合が、少數ではあるが存在する。つまり、小序は詩篇に表現されていない事柄を述べていると考えるケースである。嚴粲はなぜこのような齟齬が生じたと考えているか、齟齬があるにもかかわらずなぜ序を尊ぶのか、齟齬は何を意味していると考えているかを分析することによって、彼の詩序觀、特に詩篇解釋との關係をより深く知る手がかりを得ることができる。故に、本章ではこのケースに焦點を當てて考察を進めていきたい。

黄忠愼氏は次のように言う。

後の學者が詩經の詩篇を解釋するときに追求した言外の意というのは、往々にして作詩者の言外の意ではなく、編詩者あるいは序詩者の言外の意であり、詩經を編集し、詩序を書いた聖人、國史の意であった。嚴粲もそうであり……『詩緝』の中で言われる「言外の意」のほとんどの部分は、實はすべて聖人や國史の言外の意である（後來的學者在詮釋三百篇的詩文時、他們所追求的言外之意往往不只是作詩者的言外之意、而是編《詩》者、序《詩》者的聖人、國史之意。嚴粲就是如此……在《詩緝》裡說的「言外之意」有絕大部分其實都是聖人、國史的言外之意）(14)

さらに氏は、嚴粲が言う「言外の意」には、詩の內容と詩序との不整合を調整する働きがあったことを指摘している。[15] 黃氏の指摘を出發點とし、その內實とメカニズムを明らかにしたい。

なお、本稿で引用した經說のうち、特に書名を記さないものはすべて嚴粲『詩緝』からの引用である。また、前述したように、嚴粲は小序のうちの首序を聖人の意を體現しているとして遵奉し、後序については後の詩經學者による敷衍として絕對視はしなかった。しかし、個々の經說を見ると事實上後序に基づいている例も多く、彼の解釋を考えるに當たっては、後序を完全に無視することはできない。[16] このことから、本稿で小序を引用する際には必要に應じて、後序を含めた全文を引いた。

2　コミュニケーションの道具としての詩

嚴粲が、詩人の意と小序の說との閒に齟齬があると考えるものは、その性格の違いによってさらに二つのケースに分けられる。本章ではその一つ目のケースを考えるために、淫詩的詩篇（以下、「類淫詩」と稱す[17]）を材料として取り上げよう。

すでに諸家が言及しているように[18]、嚴粲は、朱熹の淫詩說――詩篇に作者自らの不道德な男女關係が詠われていると捉える解釋法――に否定的な態度をとった。[19] 彼のこのような態度が、小序首句を篤信する解釋姿勢の歸結するところであるのは見やすいことである。類淫詩とは、このような淫詩と類似しつつも性格が少々異なる詩羣のことを指すために假に名付けたものである。類淫詩に詠われているのは、淫詩と同じく不道德な行爲ではあるが、男女の戀愛ではなく、主君に對する謀反を詠ったものをその典型とする。これらの詩篇では、詩の語り手が謀反を企てている人物を贊美している。したがって、これらを不道德な人閒によって作られたものと考える學者もいる。類淫詩は、詠われた事柄が男女の戀愛のごとき卑俗な內容ではなく、主君への謀反という國家の大事に關わる罪惡であるので、詩人がどういう意圖でこれらの詩を作ったのかを解明することがより重要な問題となる[20]。その解釋を見ることによって、作詩の意圖と小序との關係についての解釋者の考え方を見るのに役立つ[21]。

二篇の詩を取り上げよう。鄭風「叔于田」と唐風「揚之水」である。この二篇は漢唐詩經學以來、それぞれ兄の莊公から鄭國を簒奪しようと畫策する太叔段、晉の乘っ取りの企てを胸に祕め、甥の昭公によって封ぜられた領地の曲沃で地歩固めに勤しむ桓叔、名は成師という二人の反逆者についての詩と考えられている。二篇の小序に次のように言う。

> 「叔于田」は、鄭の莊公を刺った詩である。叔段は京に住まいし、武具や武器を整えて田獵に出かけようとすると、國人は喜んで彼に歸服する（叔于田、刺莊公也。叔處於京、繕甲治兵以出于田、國人說而歸之）
>
> 「揚之水」は、晉の昭公を刺った詩である。昭公は國を分割して〔桓叔を〕沃に封じた。沃は强勢になり、昭公は微弱になった。國の民衆は昭公に叛いて沃に歸服しようとした（揚之水、刺晉昭公也。昭公分國以封沃、沃盛强、昭公微弱、國人將叛而歸沃焉）

この二篇の詩には二人への贊美が詠われる。朱熹は、これは二人に心服する民が彼らを美め稱えたものだととる。

> 太叔段は不義であったが民衆を味方に付け、國人は彼を愛して、故にこの詩を作った（段不義而得衆、國人愛之、故作此詩）（「叔于田」『集傳』[22]）

〔本詩卒章で「我聞有命、不敢以告人」とあり〕その命令に聞き從いそれを人に教えたりしないというのは、桓叔のために隱蔽しているのだ。桓叔は晉を我が物にしようとし、民衆は彼のために隱蔽しているのは、桓叔の謀略が成功してほしいと思っているのである（聞其命而不敢以告人者、爲之隱也。桓叔將以傾晉、而民爲之隱、蓋欲其成矣）（「揚之水」『集傳』）

朱熹の解釋に據れば、その語り手はすなわち作者であり、したがって二詩は簒奪を企てる謀反人を擁護する不道德な人閒によって作られた詩篇ということになる。

嚴粲は、いわゆる淫詩と同じく、こうした詩においても語り手＝詩人とはとらなかった。鄭風「叔于田」首章『詩緝』に次のように言う。

段は田獵で驅け回るのを好んだ。彼の一味は、阿諛して言った、「段が田獵に行くと誰もがみんな付き從って、ちまたには住んでいる者が誰もいなくなってしまう。住んでいる者が本當に誰もいなくなるわけではない。いるにはいるが、太叔段がまことに美しくて思いやり深いのにはかなわないのだ」と。どうして段が本當に美しく思いやりが深いことがあろうか。これは段の一味の者の言葉である。ちょうど河朔の人々が安祿山や史思明を「聖」と呼んだのと同じことである。詩人の意圖は、このように段が善ならず、羣れなす小人が互いに唆し合うようでは、必ずや惡事の緣口となり、自らに禍するに至るだろう、莊公はどうして彼らを禁じないのかということである。だから小序は、「莊公を刺る」と言う（段好田獵馳騁、其黨諛說之謂段之往田獵也、人皆從之。里巷之內、無復居人。豈盡無居人乎。雖有居人、但不如叔之信美且仁也。段豈眞美且仁哉。其黨私之之言、猶河朔之人謂安史爲聖也。詩人之意、謂段之不令而羣小相與縱臾如此。必爲厲階以自禍。莊公曷爲不禁止之乎。故序曰刺莊公也）

また、唐風「揚之水」卒章『詩緝』に次のように言う。

もし桓叔を助けて彼の氣持ちを隱してあげようというのであれば、この詩を作らなければよかったのだ。また、すでに聲に出して詩として桓叔の企みを詠い、采詩者がこれを廣めてその君を諷するようにした。いったい桓叔の氣持ちを隱そうなどという意圖があったであろうか。故に、「敢へて人に告げじ」と言っているのは、實はそれによって昭公に告げようとしているのである。「我　命有るを聞く」と言っているのは、また、桓叔の企てがすでに完成して、禍がもうそこまで迫っていることを表現したのであり、昭公を激しく搖さぶって目を覺まさせようという思いが至って切實なのである（若助桓叔而匿其情則此詩不作可也。亦既聲之於詩、使采詩者颺之以諷其君矣、安在其爲匿之也。故言不敢告人者、乃所以告昭公。言我聞有命者、又以見其事已成、禍之甚迫、所以激發昭公者至切切也）[23]。

嚴粲は朱熹の說に反對し、この二篇の語り手は作者が假構した存在で、作者は簒奪の危機にありながらそれに氣づかない鄭君・晉君の目を覺まさせようと、太叔段・桓叔が民の歡心を買って着々と地歩を固め、野望を實現しようとしている危險な狀況をよりリアリスティックに傳えるために、あえて虛構の人物の口吻に託したのだと解釋する。嚴粲の解釋は、「莊公を刺る」「晉の昭公を刺る」という小序の首句に從ったものであり、この點では漢唐の解釋と大差はない。違いは、二詩が鄭の莊公・晉の昭公を刺ったものとなぜなり得るか、そのメカニズムを明確に説明した點にある。

この二篇の詩は、詩中には、詩序の言うような莊公・昭公を刺った直接的な表現はない。このことについては、嚴粲も「叔于田」序について次のように言う。

「叔于田」「大叔于田」の二篇は、どちらも叔段の勇武な素質を美め、その他のことに言い及んだ言葉は一語とてないが、首序は、莊公を刺った詩としている。これはおそらく『春秋』（隱公元年）が「鄭伯　段に克つ」と書して、〔兄である莊公が〕〔弟の段〕に對する教えを失ったことを刺っているのと同じなのである。首序は聖人

の手を經ている（二叔于田、皆美叔段之材武、無一辭他及、而首序以爲刺莊公。蓋與春秋書鄭伯克段譏失教之意同。首序經聖人之手矣。）

嚴粲は、二詩が國君を刺る意圖を持っていながら、詩中に直接的な風刺の表現を用いていないことを、「春秋の筆法」に擬えて説明している。その場合、小序首序は、『春秋』における三傳のように、表現の裏に隱された作者の意圖を説明するものと位置づけられるであろう。嚴粲は、首序は孔子の手を經てなったものだと言うが、孔子は詩人の殘した表現の眞意を汲み取り解説したということになり、彼自身がまとめた『春秋』の簡潔な表現の眞意を汲み取り解説した左丘明・公羊壽・穀梁俶の役割を、詩經に對して行ったということになるだろう。

しかし、詩經の詩篇の表現を、春秋の筆法に喩える嚴粲の説には難點がある。(24)『春秋』においては、史官が歴史的事件を記述する際に、どのような用語や表現を選擇するかに事件や人物に對する自分の評價を込めていると言われる。三傳は、記事の表現を手がかりにして史官の意圖を汲み取った。つまり、史官は隱微な形ではあるが、措辭の中にすでに自身の意見を述べているのであり、三傳の著者はそれを發見し解讀する仕事を行ったのである。

これに對して、二詩においては、嚴粲も言うように莊公への批判を讀み取る手がかりになるものは詩句上には何もない。先入見なく讀めばこれらの詩は、簒奪を企てる惡人に與する民衆の稱贊の表現にしかならない。このことは、嚴粲も次のように認める。

詩を解釋するのに首序を用いなければ、二つの「叔于田」はいずれも太叔段を美めた詩となってしまう（説詩不用首序則二叔于田皆爲美叔段）

同様の發言は、他にも「揚之水」と同様、晉の桓叔を詠った唐風「椒聊」に見られる。(25)

詩の內容と、作者の意圖とは食い違っている。詩を解釋するのに首序を用いなければ、本詩は桓叔を美めているとも言えることになる（言在此而意在彼也。說詩不用首序則以此詩爲美桓叔亦可矣）

したがって、詩序の詩篇に對する役割は、『春秋』の記事の筆法の特徵を分析することによって著者の毀譽襃貶の意を讀み取る春秋三傳とは異なる。首序は、その著者が詩の熟讀玩味以外の何らかの手段によって知り得た詩の表現には表れていない作者の意圖を提示したものということになる。三傳が『春秋』內部から抽出したものを提示するのに對し、小序はいわば詩の外部から情報を補完しているのである。

內容のみを見た場合、二詩を謀反人を稱贊したものと解釋することがむしろ自然であることを嚴粲が認めたのは、ある意味で朱熹の解釋の正當性を認めた發言である。しかしそれにもかかわらず、嚴粲は結局のところ朱熹の說を否定し、首序に從って解釋をしなければならないと主張する。これは、二詩は詩自體で意味を自足し得ておらず、必ず首序と組み合わせなければ、正しい讀解には至り得ない、すなわち詩篇が作者の意圖を十全に讀者に傳える媒體として常に機能しているわけではないと、嚴粲が考えていたことを意味する。作者の意圖を萬人に理解させるという意味から言えば、普遍性の缺如であり、缺陷である。それを補うものが小序だということになる。[26] 嚴粲の尊序とは、詩の不完全性についての認識と不可分なのである。このような認識は、反復熟讀によって詩自體から十全に意味を汲み取ることができると考える朱熹とは大きく異なっている。[27]

なぜ、詩篇が作者の意圖を讀者に傳える上で不完全だということが起こり得るのだろうか。「椒聊」首章「彼の其の之の子、碩大にして朋《たぐひ》無し（彼其之子、碩大無朋）」について、嚴粲は次のように言う。

桓叔は日々に强大さを增し、昭公はきわめて危うい狀態になっている。昭公に告げているので、桓叔を「彼」と稱しているのである（桓叔日彊、昭公其危哉、爲告昭公、故稱桓叔爲彼也）

ここでは、嚴粲は「彼」という語の用法を根據に、本詩が昭公個人に警告をするために作られたと言う。詩篇は、作者が個別的な狀況下において、特定の相手に對してメッセージを發するために作られたものと考えているのである。同様の認識は、「叔于田」と同じく太叔段を詠った鄭風「將仲子」序に對する解釋に、より鮮明に現れている。

叔段は昔から鄭君の地位を奪い取ろうという企みを持っていた。莊公はもとよりそのことで含むところがないわけにはいかなかった。さらに段は勇武な才能を持ち、母親の寵愛を賴りにし、羣れなす小人と結び、宗國に不利益をもたらそうとした。これが、莊公が深く忌み嫌ったものである……思うに、莊公はしばしば術策をめぐらし物事が自然に成就するのを待つ計略をなした。心を用いること不仁である。段は淺はかで、羣小に唆されて宗國を乘っ取ることを企んだが、それがどうして實現しようか。もとより段は恐るるに足らぬ相手なのである。段が莊公を襲擊しようとしている時になって、莊公は、「〔段を攻擊しても〕よろしい」と言った。おそらく段を屠る口實を段自身が作ってくれたのをこれ幸いとし、かくては人々は自分のことを責めたりはできないはずだと踏んだのだろう。どうして涙を流して言ったなどということがあろうか。公はもとより冷酷な行爲をためらうような人閒ではない。しかし、『春秋』は、孔子の定めた、歴史的事件や人物を批評するための原理によって書かれているのに對して、變風の詩の言葉は國人が風刺し諫言するために書かれたものなので、同列に論ずることはできない。本詩はただ莊公と祭仲とが段を殺そうと企んだので、莊公が祭仲の企みを拒んだ言葉を虛構して、天をも感動させる公論によって莊公の目を覺まさせようとしたのである。このようにしてこそ、詩人の溫柔敦厚の旨を失わないというものである（叔段舊有奪嫡之謀。莊公固以不能釋然于懷矣。而又挾材武、怙母寵、結羣小、將不利於宗國。此莊公之所深忌也……蓋挾數用術爲秋實黃落之計。設心不仁矣。觀段之淺露、爲羣小所縱臾而欲謀宗國、何能爲者邪。固易之矣。及段將襲鄭公曰、可矣。蓋幸其釁自彼作、謂人不得以議我。豈有涕泣而道之之意哉。公固非不忍者。然春秋乃聖人褒

貶之法、變風乃國人諷諫之辭、不可以竝論也。此詩止以公與祭仲有殺段之謀、故設爲公拒祭仲之辭、以天理感動之公論開悟之耳。如此則不失詩人溫柔敦厚之旨）

「春秋は乃ち聖人の襃貶の法にして、變風は乃ち國人の諷諫の辭なり、以て竝論すべからず」は、次のことを指摘したものと思われる。すなわち、『春秋』の筆法は、後世の史官、あるいは孔子が過去の歴史的事件を振り返って、自分たちの價値基準によってそれを評價したものであるのに對して、變風の詩は、事件の渦中に卷き込まれた詩人が必死の思いで爲政者に對する諷諫を行うために作ったものである、したがって冷靜な歴史的觀照のエッセンスとしての『春秋』とは異なり、詩には現狀打破のための詩人の策略、作爲が含まれている、ということである。「將仲子」の作者は莊公と祭仲が太叔段を殺そうと企てているのを諫めようと、莊公が祭仲の企みを拒否したと假定してその言葉を詠ったのだと嚴粲は言う。莊公に諫言してはいるが、その無道をあからさまに暴いて責めるのではなく、それとなく教え諭し、莊公があるべき自分と現實の自分との距離を目の當たりにし、罪に氣づくよう仕向けている。詩經大序に言う「譎諫（婉曲に諫める）」の表現と解釋するのである。また、首章を解釋して次のように言う。

國人が莊公と祭仲とが段を殺害しようという企てを持っていることを知り、その氣持ちを反對にとり、公が祭仲を拒む言葉を發したと假構して、それによって公を諷した……莊公がこのような言葉を實際に發したことはない。詩人が公に代わって言ったのだ……公を諷して、たとえ叔段を愛さなくとも、父母を恐れないというわけにはいかないだろうと言ったのである。つまり、「譎諫」したのである（國人知公與祭仲有殺段之謀。乃反其意、設爲公拒祭仲之辭以諷之……公未嘗有是言也。而詩人代公言之。……諷公縱不愛段、獨不畏父母乎。蓋譎諫也）

引用文の最後の部分は、詩中の、

豈敢愛之　　豈に敢へて之を愛せんや
畏我父母　　我が父母を畏る
仲可懷也　　仲は懷ふべきなり
父母之言　　父母の言
亦可畏也　　亦た畏るべきなり

を説明した部分である。實際とは逆に、莊公が祭仲の太叔段殺害計畫を拒否しているとして、その拒否の言葉を述べたと考える。段を愛さないばかりか、母后が怒るだろうことを顧みもしない莊公に、それを悟らせるために、逆轉した自分の姿と言葉を故意に突きつけ、悔い改めさせようとしたと考えたのである。

嚴粲の解釋に據れば、本詩はきわめて切迫した重大な場面に、主君を改悛させるために巧妙に作り上げられた虛構ということになる。詩人がこのような虛構を用いたのは、主君を批判してしかもその怒りを招かないためである。つまり、戰略的なレトリックなのである。その意味で、本詩は作者から莊公へのコミュニケーションの道具である。

詩が特定の狀況下で、特定の人物に向けてメッセージを傳えるために作られたとしたならば、日常會話におけると同樣に、作者と相手とは「場」を共有しており、詩篇もそこに存在する言語外のコンテキスト、すなわち暗默の了解に依存していることになる。詩句に一字として「刺」の要素がなくても、言葉の裏に批判し目を覺まさせようとする思いがあることは、當の相手には傳わり得る。嚴粲の詩經解釋が、詩篇の「言外の意」を重視したことは、諸家が注目するところであるが(28)、少なくとも一面では、「言外の意」はこのような作者と特定の相手との閒の狀況的コンテクストを意味している。簡單に言えば、詩篇は本來的には人閒一般に向けての教化のために作られたものではないという意識である。

だとすれば、詩篇に込められた作者の意圖は、後世の讀者にとっては、理解困難な要素を含む。というよりも、むしろ完全な理解は不可能なものである。「將仲子」のように、主君に諫言するという特殊な狀況で、「譎諫」の精神を具現するために、故意に第三者にはわからないようなレトリックを驅使して詩を作ることもあった。作者がこの詩に託した眞意は、詩人と莊公の二者の閒にのみ共有されるべきものであり、本來外部には知られるべきではないものであろう。詩には、同時代性の制約、作者の韜晦という要素によって、作った者と、彼が詩を作って聞かせようとした相手の當人同士にしか通じない要素がある。

このように嚴粲は、詩はある特定の時と狀況下において作られた個別性を有しており、その時代、社會狀況のコンテキストに支えられて、初めてメッセージが十全に傳わるという意識を強く持っていた。國史は、そのような本來ならば當事者以外は理解し得ないはずの情報を何らかの手段で知り得、それを首序として、詩篇の情報の缺落を補完している、だからこそ詩篇の意味を完全に知ることは、首序を拔きにしてはあり得ないと、嚴粲は考えた。陳風「東門之枌」小序『詩緝』に次のように言うのは、このことを指したものである。

首序の源流はきわめて古い。まさしく詩篇が作られたその當時のことであり、國史がその事柄を詩篇の前に記しておかなかったとしたら、孔子であってもそれを知るよしがなかったであろう（首序之源流甚遠。方作詩之時、非國史題其事於篇端、雖孔子無由知之）

3　「閔《あわれ》む」のは誰か？

しかし、前章で檢討したことのみで、首序の說が詩篇の內容と食い違っていることの理由をすべて說明できるわけではない。詩篇の内容と首序との關係について、嚴粲はもう一つのケースを想定している。鄭風「出其東門」を検討しよう。本詩の首章について、嚴粲は次のように言う。

> 鄭國が亂れ、男女は互いを棄て去るようになった。ある人が鄭國の東門を出て、雲のようにたくさんの棄てられた女性を見かけた。彼女たちは雲のようにたくさんいるけれども、誰も私が思いをかける相手ではない。私の心は、白絹の衣を着、もえぎ色の模様のスカーフを被った人のもとにある。彼女こそが私の妻だ。とりあえず彼女と相樂しく暮らし、願わくはお互いに棄て去るようなことがなければそれで滿足だ。どうして他人の夫婦のことを憐れむ餘裕などあろうか。これは、當時の世の混亂に感じ、自ら顧みて自分たち夫婦の間も無事に保つことができないのではないかと恐れているのである。「縞衣綦巾」というのは自分の妻を稱する言葉である。「荊《いばら》の釵《かんざし》、布《あさぬの》の裙《スカート》」と言うような〔貧しい身なりを形容する〕ものである（鄭國之亂、男女相棄。有出其東門見婦人之見棄者、其多如雲。雖如雲之多、皆非我思慮所存也。我心所存在於服白繒之衣綦文之巾者、是我之室。且得相樂、幸不相棄足矣。何暇閔憐他人之室家乎。此感時之亂、自顧其室家亦恐不能相保也。縞衣綦巾稱其妻、猶云荊釵布裙也）

嚴粲の解釋に據れば、詩中の語り手は、自分たち夫婦の行く末を心配することにかまけて、他人のことなど「閔《あわれ》み憐《あわれ》む」ゆとりなどないと言っている。ところが、嚴粲が重んじたはずの本詩首序には「出其東門、亂を閔《あわれ》む也（出其東門、閔亂也）」とある。小序が本詩を「閔む」詩だと規定しているにもかかわらず、嚴粲は「閔む」暇などないと詠った詩だと解釋するのである。兩者は互いに齟齬しているにもかかわらず、彼は首序が誤っているとは言っていない。それでは嚴粲は、首序の「閔む」とは、いったい誰が閔むことを言ったものと考えるのであろうか。

これと類似した例として、周南「兔罝」が擧げられる。本詩の小序に、「『兔罝』は、后妃の化なり。關雎の化行はるれば、則ち德を好まざる莫し。賢人　衆多なり（兔罝、后妃之化也。關雎之化行、則莫不好德、賢人衆多也）」とある。

これについて嚴粲は次のように言う。

　詩人は、ウサギ捕りの網を仕掛ける人が、卑しい職業に身を置きながら敬虔な態度を保持し得ているのを見て、彼が登用すべき人物であることを知った（詩人因見兔罝之人處賤事而能敬、便知其材之可用）

　これを見ると、序と作詩の意圖とは合致していると嚴粲は考えているように見えるが、以下に續く彼の說を見ると、そうではないことがわかる。

　序を著した者は、詩人がウサギ捕りの網を仕掛ける人が賢者であることを贊美しているのによって、當時、德を好む賢者が多かったことを知り、さらにそれが關雎の德化のたまものであることを知った。類推して物事に廣く通じ[29]ることのできるものでなければ、ともに詩を議論する相手とすることはできない。敬虔な態度を保持できるということは德を好むということである（序者因詩人美兔罝之賢、便知當時多好德之賢、又便知其爲關雎之化、非知類通達者、未可與言詩也。能敬則是好德）

　嚴粲の思考を辿ってみよう——詩人は、ウサギ捕りの男の人物に感心し、登用すべき人材だと稱贊している。そこで詠われているのは、あくまで偶然の邂逅であり個人的な感想である。これに對して、序者はこの詩から、當時ウサギ捕りの中にさえ賢者がいたのだから、當時賢者は多かったのだろうと推察して、「賢人　衆多なり」と書いた——。詩人が詠おうとした特定の人物への稱贊ではなく、當時の德盛んな樣をこそ讀み取らなければならないと考えたのである。このような理解に立つならば、序が述べているのは、作詩の意ではないということになる。嚴粲は、本詩において、序者は詩人の作詩の意圖を代辯しているのではなく、「兔罝」の詩から自らが讀み取ったことを小序に記したのだと考えている。

これは、『正義』や朱熹とは對照的な認識である。

本詩はウサギ罠を仕掛ける男が賢者だということを詠っているだけなのに、小序に「賢人衆多なり」と言っているのは、鄭箋に據れば「ウサギ捕りの男は卑賤な仕事をしているが、それでも、恭しい態度をとることができる。とすれば、賢人はたくさんいるのである。取るに足らないものを取り上げることによって、それ以外のより顯著なものを理解させるのである（經直陳兔罝之人賢而云多者、箋云、罝兔之人鄙賤之事。猶能恭敬。則是賢人衆多、是舉微以見著也）（「兔罝」小序『正義』）

文王の教化が世に行われて風俗は美しくなり、才能優れた賢者が多數現れ、ウサギ捕りの野人でさえも、このように登用するに足る才能を持っている。故に、詩人は彼の仕事の様子によって興を起こしてこれを美めた。文王の德化の盛んなことはここからわかる（化行俗美、賢才衆多、雖罝兔之野人、而其才之可用猶如此、故詩人因其所事以起興而美之、而文王德化之盛因可見矣）（「兔罝」首章『集傳』）

『正義』や朱熹は、當時、賢者が多いことを傳えようとしたのは、序者ではなく詩人自身であり、詩人は卑しいウサギ捕りの仕事に就く賢者を例示的に詠うことで、賢者が多いことを暗示したのだと考えている。彼らの解釋に據れば、詩人の意と首序との閒には懸隔はない（むろん、朱熹は小序を遵奉して本詩を解釋したわけではなかったが、結果として出された解釋は小序の説を踏襲したものとなっている）。

このことと相關連して考えるべきものとして、邶風「綠衣」が擧げられる。本詩小序、「『綠衣』の詩は、衞の莊姜が自分自身を傷み悲しんだ詩である。妾が身分をわきまえずに驕り高ぶり、婦人である莊姜はその位を追われ、そしてこの詩を作った（綠衣、衞莊姜傷己也。妾上僭、夫人失位、而作是詩也）」について、嚴粲は次のように言う。

莊公が妾を溺愛し常理を亂したことが、實に衞の禍を生み出す原因となったので、聖人は「綠衣」の詩を詩經に編入して後世に殘して、夫婦が道德を治める源を明らかにし、周南召南の道義を說き、世の戒めとした。女性の怨みの感情が詠われているところに、本詩の意義を見出したわけではない。本詩は〔衞國を追われた〕莊姜の自作であるのに、〔衞の一部である〕邶の風に編入されているのは、おそらく邶の人が傳えて詠っていて、それを采詩者が邶の地で採集したのであろう。『正義』はこの詩を邶の國の人閒が作ったものだと言うが、私は從わない（莊公溺愛亂常、實胎衞禍、聖人存綠衣以明夫婦治道之原、申二南之義以垂世戒、非取女子之怨也。此詩莊姜所自作而屬邶風者、蓋邶人傳詠之而采詩者得之於邶耳。疏以爲邶國之人作之。今不從）

嚴粲は、『正義』が本詩を邶の人が作ったものだと言うのに反對して、本詩を莊姜の「自作」詩だと考える。本詩小序について『正義』は、

　本詩小序に「而して是の詩を作る」と言い、別の詩序では「故に是の詩を作る」と言うのは、いずれも詩の作られた理由を敍述したものであり、必ずしもその人の自作だと言っているわけではない（此言而作是詩、及故作是詩、皆序作詩之由、不必卽其人自作也）

と言い、「邶鄘衞譜」の「故に作者　各おの傷む所有り、其の國本に從ひて之を異にし、邶鄘衞の詩と爲す（故作者各有所傷、從其國本而異之、爲邶鄘衞之詩焉）」について、

「綠衣」「日月」「終風」「燕燕」「柏舟」「河廣」「泉水」「竹竿」の詩は、衞の夫人（莊姜）や衞の女性の事を述べているが、それを〔邶・鄘・衞の〕三つの國（地域）の風に分屬させることができたのは、「詩譜」の說に據れば、定めし三つの地域の人が作ったものであり、婦人や衞の女性の自作ではないからであろう（綠衣日月終風

燕燕柏舟河廣泉水竹竿述夫人衞女之事、而得分屬三國者、如此譜說、定是三國之人所作、非夫人衞女自作矣）

と言う。疏家は、衞を追われた莊姜が作った詩が衞の一地域である邶の地で採集され保管されるはずはないという理由から、「綠衣」の詩は莊姜が作った詩ではないと考える。それに對して、嚴粲は、莊姜が作った詩が、邶の地に傳えられ邶の人に詠われ（邶人傳詠之）、それを衞の采詩官が採集した（采詩者得之於邶）と考えれば矛盾はないと反論した。本詩が「邶風」に編入されていることを重んじて、その理由を說明しようとする點では嚴粲も『正義』と同樣であるが、作詩と傳來に『正義』とは異なる經路を想定することで、自述詩であることを主張しているのである。

　しかし注意すべきは、本詩が詩經に收められたことに、作者莊姜の作詩の意圖は重要ではなかったと嚴粲が考える點である。彼は、孔子が本詩を詩經の一篇として採ったのは、この詩に詠われた「女子の怨み」ゆえではなく、「夫婦治道の原を明らかにし、二南の義を申《の》べて以て世の戒めに垂らん」としたからであると考える。作者（と嚴粲が考える）莊姜の作詩の意圖――夫に棄てられた自分の身の上を悲しむという個人的感慨――と、孔子が詩經の一篇とすべき詩として見出した道德的價値（存詩の意）との閒に齟齬がある、言い換えれば、孔子は詩の本來の趣旨とは異なる道德的意義を見出していると、嚴粲は考えるのである。

　「出其東門」「兔罝」と「綠衣」との嚴粲の解釋には、興味深い相違點と共通點とがある。「出其東門」においては、詩人が本詩に込めたのは個人的感慨であるのに、小序は當時の鄭國の全體的狀況に對する感情――「亂を閔む」――が詠われていると言う。「兔罝」の詩は賢者を稱贊するという道德的な內容を持って作られたが、しかし嚴粲はそれはあくまでも作者の個人的な感想に止まり、本詩の詩教「賢人衆多なり」とは異なると考えた。つまり、小序は作者の意圖とは異なる道德的意義を見いだしていることになる。一方、「綠衣」の作者莊姜は個人的感慨を詠ったのに對して、小序も「衞の莊姜　己を傷む」と言っているので、作詩の意圖と小序との閒には食い違いはない。しかし、孔子は本詩に作詩の意圖とは異なる道德的價値を見出して詩經に採用したことになる。つまり、齟齬が「出其東門」「兔罝」では作詩の意と小序との閒にあるのに對して、「綠衣」では作詩の意および小序と孔子の存詩の意との閒にあるのである。かついずれにしても嚴粲は、道德的意義を賦與したのは作者以外の者だと考えている。

以上からわかることは、嚴粲は、詩の意味と道德的意義は、詩人の作詩の意と、首序の說、詩經を編集した孔子の意圖（「錄詩の意」「存詩の意」）との閒で變容する、そしてそれぞれの關係は詩によって多樣である、しかも三篇いずれにおいても、詩篇が詩經の一篇として擔っている道德的意義は、詩人の作詩の意に發しているのではないと考えていたということである。

このように見ると、嚴粲が小序を尊重したのは、單純にそれが詩人の意圖を正しく說明しているからというわけではない。詩が個別の狀況下で個人的な感想を吐露したものだとすれば、そこで詠われている內容はきわめて個別的であり、普遍性に乏しい。しかし、それが詩經に收められた時點で、詩は萬人の道德陶冶に奉仕する詩教のための存在となった。そこでは、本來の個別的で特殊な內容の表現の中に、萬人に通ずる道德的意義を見出すという作業が行われなければならない。特定の個人に向かって發せられた一回性の強いメッセージを、普遍的な道德的教訓とするためには詩の外部に昇華裝置が必要となる。首序が「賢人　衆多なり」と言い、文王の理想の御代を憧憬すべきと促しているのは、そのような昇華の結果の道德的メッセージなのである。

これから考えれば、本章の始めに提起した、「出其東門」首序が「亂を閔む」というのはいったい誰が閔むのか、という問いにも答えることができる。嚴粲の解釋に據れば、「出其東門」の語り手は、妻を思い、自分たちの將來に不安を抱くだけで、他人や世を憐むゆとりなど持たなかった。「出其東門」は、ごく個人的な感情を吐露するために作られた詩である。しかし、序者である國史は、あるいはこの詩を詩經に編入した孔子は、詩中の人々、亂世に生きる人々の不幸に對し憐みの情を抱いたのであろう。そしてこの感情を喚起したということに、本詩の道德的意義を見い出し、首序に記したのであろう。すなわち、本詩の效用とは、讀者に亂世を憐むという感情を起こさせることにある。したがって、「出其東門」首序の「亂を閔む」とは、作者が本詩に込めたメッセージではなく、本詩の讀者が起こすべき、國史や孔子と同様の感情的反應の指針を提示したものということになる。

4　詩篇の不完全性についてのまとめ

詩篇が本來、ごく限られた人閒關係の中でのみ通じるコミュニケーションの道具であった、あるいは、詩篇は本來、作者が出會った個別的な事柄、作者の個人的な思いを詠ったものであった、この二つの認識のいずれにしても、詩篇はそれ單獨では後世の讀者のための存在とはなることができない。詩篇の不完全性についての嚴粲の認識は、このようなことを指していると考えることができる。小序とは、そのような缺陷を補い、詩篇に普遍的な道德性・教訓性を付與するものなのである。

したがって、嚴粲が時に序者の意圖と聖人の意圖を同一視しているように見えることがあるのも不思議ではない。兩者とも、詩人の作詩の意圖とは別次元で、詩篇から道德的意義を見出し付與する役割を果たすものだからである。また、彼が小序を注釋してたびたび「春秋の筆法」に擬するのに、「將仲子」中で詩の本文に對して、「春秋は乃ち聖人の褒貶の法にして、變風は乃ち國人の諷諫の辭なり、以て竝論すべからず」と言い、兩者を區別しているのも、彼が小序の說くところは詩の本來の趣旨と別次元のものであると認識していたことの當然の歸結である。嚴粲にとって詩は事件の當事者として、切迫した狀況へ對應するために作られたものであるのに對して、小序は、個別的な事柄から普遍的な道德を抽出する作業の成果であるという意味で、『春秋』の史官が果たした役割に酷似する。

このような認識は、同じく尊序の立場に立ちながら、嚴粲の詩經學を漢唐の詩經學と明確に區別するものである。

漢唐詩經學では、小序は詩人の作詩の意を説明したものだと考えられた[30]。そこでは、詩の內容が詩教と直接結びついていると認識され、詩人の意と編詩者の意とが明確に區別されていない[31]。故に詩人は道德的な思索者・行爲者、あるいは批評者である必要があった。

嚴粲は、詩人の作詩の意と、國史による首序の說、詩經を編集した孔子の意圖という三者を區別した。この三者は、歐陽脩が『詩本義』「本末論」で提唱した「詩人の意」「太師の職[32]」「聖人の志」に相當する（なお、後世の經師の手になる後序は、「本末論」の「經師の業」に當たる）。ただし、歐陽脩とは異なり、嚴粲は三者に本義、末義の優劣を付けず、實狀に卽して分析しようとしている。これは、歐陽脩以來の詩の意味の多樣性についての認識を發展させたものと捉えることができる。

5　「作者」を重視した解釋の諸相

以上のように、嚴粲は詩人の意圖と序者・聖人の意圖とは食い違うことがあると考えていた。このような考え方は、詩篇の解釋に對してどのような役割を果たしたであろうか。この問題を考える前提として、詩人、すなわち詩篇の作者についての嚴粲の認識を概觀する必要がある。第1節で述べたように、嚴粲が、詩篇の作者の存在を重視したことについては、先學によってすでに考察が行われているが、ここではそれらの業績を踏まえながらも、本稿の問題意識に基づき、筆者なりの視點で整理してみたい。

右に見たように、『正義』は「出其東門」「綠衣」を、作者の自述ではなく人から傳聞した事柄を詩に詠ったものと捉えていたのに對して、嚴粲は作者が自分が實際に見た事柄と自らの思いとを詠った詩だと考えている。このような例は、他にも見出すことができる。邶風「谷風」第二章について、嚴粲は以下のように言う。

前章では、もともとは自分の夫と年老いるまでともに暮らしたいと望んでいたことを詠った。この第二章では、自分が棄てられたことを述べる。「私はとぼとぼと道を行く」というのは、立ち去りがたいという氣持ちがあり、現實が自分の願いに反していることを思っているのである（上章言本望與其夫偕老、此章述其見棄、言我行道遲遲、有不忍去之意者、念事與心違也）

また、同詩第四章では彼は端的に、「棄てられた妻がその昔、家を守ることに勤しんだ事を述べる（棄婦陳其往時治家勤勞之事）」と言っており、本詩を自述詩と認識していることがわかる。一方、『正義』は自述詩ではなく、作者が第三者から傳聞した内容を詠っているとし、次のように言う。

邶人で本詩を作った者が〔女の〕言葉を知ることができたのは、おそらく〔女に〕從って見送った者がこの事を語ったために、詩人は彼女の思いを述べ傳えることができたのであろう（邶人爲詩得言者、蓋從送者言其事、故詩人得述其意也）（第三章『正義』）

興味深いことに、朱熹も「出其東門」「綠衣」「谷風」いずれも、嚴粲と同じく自述詩と解釋している。(33) 嚴粲は同じ尊序の立場に立つ『正義』には與せず、かえって小序を重んじない朱熹の說に與しているのである。詩人が人づての情報を用いて詩を作ったという間接的な捉え方を排し、詩と詩人とを直接結びつけようという志向を持っていたという點で、朱熹と嚴粲の間に共通性が見られることになる。これは、詩には作者の眞實の思いがみなぎっているという認識を兩者とも持っていたことを表すであろう。

嚴粲は、「見る所に據りて詩を作る（據所見作詩）」と言って、風景・事物など詩中に詠われている事柄が詩人が實際に見ていると考えて解釋することが多い。これも、詩篇に對する作者の存在を重視する彼の態度の表れということができる。一例を擧げよう。小雅「漸漸之石」卒章の「豕《いのしし》有り　白き蹢《ひづめ》（有豕白蹢）」の句について、嚴粲は次のように言う。

今武人は戰場へと向かい、白い蹄の猪が羣れなして川を渡るのを見た（今武人行役、見豕白蹢而羣然涉水）

作者である武人[34]が實際に見た光景を詩に詠っていると解釋している。これは、『正義』の毛傳の疏通に原型が見えるとは言え[35]、鄭箋、およびその疏通[36]、および朱熹の說[37]とは異なっていて、嚴粲の獨自性を示す例ということができる。嚴粲も、詩の主人公と詩人とは異なる存在であると捉えて解釋することも多い。しかし、その場合でも嚴粲の詩人の捉え方は特徵的である。

作者の重視は、詩の虛構性についての認識ともつながっている。衞風「考槃」は、衞の莊公に受け入れられず深谷に隱れ住む賢者の姿とその思いとを描いた詩である[38]。嚴粲は本詩卒章を解釋して、次のように言う。

しかしながら、〔本詩各章に〕「永く諼《わす》れじと矢《ちか》ふ」「永く過らじと矢ふ」「永く告げじと矢ふ」と言うのは、やはり賢者が高潔に振る舞い、僻遠の地に逃れ隱れ、そこで生涯を終えようと思っているのを、作者が形容して言ったものである。賢者は自らこのように言ったわけではない（然永矢弗諼、永矢弗過、永矢弗告、亦作者形容其高擧遠遯、有終焉之意耳。賢者不自言其如此也）

ここには、從來の解釋では必ずしも重視されてこなかった、詩の主人公である賢者と詩の語り手との關係について說明がなされている。嚴粲は、隱者の氣持ちを詠った詩中の言葉は、作者が「形容」したものであると言う。「形容」という語は、主人公の人閒性を描き出すために、作者がイメージとして描き出したという意味と捉えられる。つまり、そこには一種の想像力の働きがある。詩に描かれた隱者の姿とその思いは、實際の隱者のそれをそのままトレースしたものではなく、あくまで作者が想像によって作り上げたものだと、嚴粲は考えている。(39) 詩の主人公と作者との位相の違い、あるいは兩者の距離感に對する關心をそこに見ることができる。言い換えれば、たしかに本詩の主人公は深谷に隱れ住む賢者であるが、嚴粲の解釋作業では主人公の姿を描き出した作者の存在が強く意識されているということになる。

嚴粲の解釋における、「設言」――詩中で詠われている事實を超越した虚構、假構――に對する關心もこれと關連して考えることができる。衞風「河廣」首章の、

誰謂河廣　　誰か河を廣しと謂ふ
一葦杭之　　一葦せば之を杭《わた》らん
誰謂宋遠　　誰か宋を遠しと謂ふ
跂予望之　　跂《つまだ》てば　予　望《のぞ》みなん

に對して、嚴粲は次のように言う。

〔宋の襄公の母で、實家の衞に戻された桓公〕夫人は、義として宋に行くことは許されなかったのだが、それを誰かが宋は遠いからと言って、自分が〔宋に行くのを〕邪魔しているとかりに捉えて、このように詠ったのである。言葉を作って自らを慰めたのである（夫人義不可往宋而設爲或人以遠沮己已。爲辭以解之）

從來の解釋では、「誰か宋を遠しと謂ふ」という句は單に「宋は遠くはなく目と鼻の先にある」ということを反語的に言ったものと説明されていたが、(40) 嚴粲は、心から行きたくてたまらないのにそれが叶わない自分の心の悶えを表現するために、惡意のある人間が自分を邪魔して行かせないという筋を作者が假構したと捉えている。作者がその感

情を單純に吐露したものとして詩を捉えず、感情をどのような表現に結晶させ、詩を言語的構築物として成立させているかという關心をもって、嚴粲が解釋を行っていることがわかる。

詩中に詠われているのが作者が實際に見たことであるという認識と、作者が假構したことであるという認識、この二つの認識は方向こそ異なるが、いずれも作者の存在をきわめて重視しているという點で共通している。先に見た、詩を傳聞ではなく作者が自分が遭遇した事柄とそこで生じた思いとを自ら詠ったものと捉える解釋のあり方においても、作者の存在が強く意識されていた。作者の存在を重視するということは、言い換えれば詩篇の表現に視點を置き、その表現にどのような作者の意圖が込められているかに、解釋の重點を置くということである。

このような嚴粲の解釋態度は、毛詩大序の解釋に端的に表れている。毛詩大序の、

上は以て下を風化し、下は以て上を風刺す。文を主として譎諫し、之を言ふ者罪無く、之を聞く者以て戒めとするに足る。故に風を曰ふ（上以風化下、下以風刺上。主文譎諫、言之者無罪、聞之者足以戒。故曰風）

について、嚴粲は次のように言う。

「文を主とす」とは、文辭を主とすることを言う。章をなして歌うことができ、人々はその言葉を玩味して樂しむ。思うに、詩經は文を主として『春秋』は事を主とする。人にその詩句を玩味し樂しませた後に、それを手がかりにして、諷諫の意を込める。あるいは物に託し、あるいは古の理想の御代を詠っているが、表現していることと言わんとすることとが異なっている。[41] 本心をあらわにしない言葉によって諫めはするが、直接的にその過失を言わない。そのため、これを言うものは罪せられることなく、これを聞くものは、また自ら戒めるに足る（主文者謂主於文辭、成章可歌、使人玩其辭而樂之。蓋詩主文而春秋主事也。既使人玩其辭而樂之、因以寓其諷諫。或託物或

陳古、言在此意寓於彼、詭辭以諫、而不斥言其失。言之者所以無罪、聞之者亦足自戒）

これを、鄭箋・『正義』と比べてみよう。

〔鄭箋〕「文を主とす」とは、音樂の音階にあいかなっているということである。「譎諫」とは婉曲的に詠い、直諫しないことである（主文、主於樂之宮商相應也。譎諫詠歌依違、不直諫）

〔正義〕詩人が詩を作るときには、心に基づき意を主とし、音階にかなった文によって、音樂に乗せ、また間接的に譎諫して、主君の過失を直言しない……「譎」とは、だますという意味で、音樂に託し間接的に諫めるというのは、だますという意味であるのでこれを「譎諫」と言うのである（其作詩也、本心主意、使合於宮商相應之文、播之於樂、而依違譎諫、不直言君之過失……譎者、權詐之名、託之樂歌、依違而諫、亦權詐之義、故謂之譎諫）

鄭箋と『正義』の「譎諫」解釋は、いかに主君を批判してその怒りを回避するかという隱匿効果に視點が定められているのに對して、嚴粲の解釋では、詩をいかに魅力的なものにするか――それによって批判されたものを喜ばせる、という現實的效果は考えられているものの――という、詩の藝術性についての關心が窺える。また「主文」の解釋において、漢唐の詩經學では音樂美の追求についての記述ととっているのに對して、嚴粲は詩的表現の追求と捉えている。言語表現の仕方にこそ詩の本質があるという認識が窺われる。これも、嚴粲の詩經解釋が言語表現の裏に祕められた作者の意圖に對して深い關心を抱いていたことから導き出された認識であろう。

作者の存在を重視するという嚴粲の解釋態度は、朱熹のそれと相似し、『正義』と隔たりをもつものである。「假設」「設言」という認識を本格的に解釋に利用したのも、やはり朱熹の時代であった。(42) ここにも嚴粲と朱熹との解釋手法の共通性を見ることができる。ここに、我々は、小序に對してどのような態度をとるかということを超えて、漢唐の詩經學と差別化される、宋代詩經學としての共通の志向を見出すことができる。

したがって、嚴粲の首序尊重は、嚴粲の詩經學が例えば朱熹と比較してどれだけ退行しているか、すなわち彼の經學者としての守舊性の表れとして見るだけでは不充分である。彼がそのような立場をとった學問的必然性と意義は、彼の詩篇解釋との關係から、すなわち首序を尊重したことが、作者を重視し詩篇の表現を重視した彼の解釋にどのように役立ったかという視點から考察していかなければならない。その際に、詩篇解釋において作者の意圖を重視した嚴粲が、小序は作者の意圖ではなく國史・孔子の意圖を表したものと考えているという事實が、この問題を考えるためのヒントとなるであろう。

6　嚴粲詩經學における首序尊重の意義

嚴粲の詩經學と朱熹のそれとの端的な違いが、尊序と反序という點に求められるのは間違いない。それでは、嚴粲は朱熹と同じく作者の存在を重視するという解釋態度を持っていたのに、なぜ小序に對して朱熹と正反對の態度をとったのであろうか。

詩經は儒學の經典であり、至高の道德的存在であった。歷代の詩經學者は誰もがこのことを大前提にして、それぞれの解釋學を構築しなければならなかった。その場合、詩の道德性の由來はどこに求められるか、について自分の立場を明確にしなければならない、かつそこで表明した自己の立場に詩篇の解釋は支配されることになる。このような條件下にあったことを念頭に置くならば、朱熹が『詩集傳』によって小序を否定した後にあって、嚴粲が小序を尊重する立場をとったことが解釋學史的な視點から言って、いかなる意義を持っていたかという疑問にも答えることができるのではないだろうか。

嚴粲の理解では、詩篇が人類の道德的陶冶に資する存在となったのは、あくまで國史によって序が付され、孔子の審定を經て詩經に編入された時である。その時に、本來個別的な事柄を詠い、個人的な感情を吐露するために作られた詩篇に普遍的意義が付與された。この事情は、作詩の意圖と首序の說とが矛盾しないと嚴粲が考える大多數の例においても變わりないであろう。個々の詩篇が持っていた個別的な狀況についての道德的メッセージが、國史によって首序として明示され、孔子によって潤色されることで、はじめて人類全體へのメッセージとして定着されたのである。だからこそ、嚴粲にとって小序は尊ぶべきものなのである。

ところで、筆者は前章第7節で、朱熹の注について次のように述べた。

詩の道德的機能の實現が讀者の反應に委ねられているということは、詩の內容の批評者が、『正義』における作者、歐陽脩における聖人(43)ではなく讀者に移動していることになる。ただし、この場合の讀者の反應の可能性は、共感か嫌惡かの二つしかない。また詩篇の內容も、完全に道德的か完全に不道德かの二種類しかない。さらに、それを明示しているのは朱熹の注であり、讀者は朱熹の解釋に從って道德的な反應をすることが想定されているため、讀者の解釋の主體性が認められているとは言えない。つまり、眞の意味での批評者は朱熹である。

第3節で、「出其東門」首序の「亂を閔む」はこの詩を讀んだ者が抱くべき思いを提示したものということになると述べたが、首序が讀者が起こすべき道德的な反應を提示するとすれば、これは朱熹の注と同樣の役割を持っていることになる。ここにも、朱熹と嚴粲との詩經解釋學上の影響關係が想定できるかもしれない。と同時に、ここから兩者の認識の違いも窺い知ることができる。

朱熹の詩經解釋は、基本的に讀者が詩篇に對して一樣な感情的反應を起こすことを前提にしている。例えば、彼の淫詩說は、讀者が詩の內容と作者に對して必ず嫌惡感を抱くことを前提にしなければ成り立たないものである。言い換えれば、讀者が朱熹と同様の理想の讀者でなければ、朱熹の考える詩教は實現され得ない。これはフィクショナルな考え方である。したがって、朱熹の詩經學は讀者に主體的な讀解と思索を求めながら、現實には彼の解釋に從って詩を讀解することを強制せざるを得ない。理念と現實との閒に齟齬がある。

それに對して、首序を尊重する嚴粲の詩經學においては、詩の教育的作用は一に首序に從うところから生まれる。讀者は、詩に外付けされた首序の說を見ることによって作詩の狀況を讀解の要素に加え、また詩篇からどのような道德的意義を讀み取るべきかの指針を得る。したがって、詩篇の內容それ自體に對しては、讀者が一樣な反應を起こすことを前提とする必要がない[44]。尊序の立場をとることによって、朱熹が陷った難局を廻避している。

反序と尊序は、宋代詩經學を二分する解釋態度として、水と油のように完全に相容れないものとして考えられることが多い――これは、『集傳』には小序の說に基づいて解釋を行った例がはなはだ多く、實際上は朱熹は小序に強く依存していたということとは別の問題である――。少なくとも解釋理念としての反序と尊序は、相容れない對立項として認識されている。かつ、尊序に對してはその學問的保守性を強調されることが多い。しかし、反序と尊序とをそのように對立の相でのみ見るのは、また進步的か停滯的かという相でのみ見るのは、問題を單純化したものではないだろうか。

上述したように、朱熹と嚴粲の詩經學の態度には共通項が多い。特に、朱熹も嚴粲と同樣、作者の存在を強く意識し、詩を作詩の場に還元して解釋しようとするのは、宋代詩經學者が共有していた學問的志向の表れということができる。しかし、朱熹は、詩經の詩篇は道德的教化に資するものであるという儒教的詩經觀に則りつつ、小序を排して獨自の目で詩篇を解釋しようとした。詩篇と讀者との閒を取り結ぶ仲介者を設定しない以上、讀者が讀み取るべき意味は詩篇に明示的に表現されていなくてはならない[45]。このことにより、詩自體から道德性を（淫詩においては逆に徹底的な不道德性を）讀み取らなければならないという、解釋上の拘束を自らに課さざるを得なかった。詩の作者を重視しながら、彼の考える作者（あるいは詩篇の主人公）は道徳的であるか、淫詩においては不道徳であるかのいずれかで、道徳に關わらない行爲をしたり感情を吐露したりする人物はいないことになる。

對して傳統的な尊序の立場に身を置いた嚴粲は、首序を尊ぶことによって道徳的意義の源泉を首序に還元することができ、詩の內容自體に必ずしも道徳的意義を求めなくともすむようになる。詩中の主人公や詩の語り手の行爲や感情と、道徳的意義とは同じではなく、詩の內容と詩教との閒に一つの段階――突き詰めれば孔子の目――が存在すると考えることによって、詩を道徳的に合致するよう解釋するという制約から解放され、詩の解釋の可能性を擴大することができ、彼が詩篇解釋において作者の表現を追求することを可能にしたと言えるのではないだろうか。またそれによって、詩を作詩の現場に復歸させ、そこでの個別性、一回性を追求することが可能となり、結果的に朱熹以上に作者を重視した解釋を行うことができたのではないだろうか。

前章までに檢討した、嚴粲が首序と詩の內容とが食い違っていると言う例を見直すと、そこで提出された解釋には、作者の存在を意識し、その表現意圖を明らかにするという志向が見られる。「將仲子」では、作者が主君を諫めるために戰略的な假設を用いていると解釋されていた。「出其東門」では、自分たちの平穩な生活を守ることに懸命で他人の不幸を閔むいとまがないという、亂世の過酷な狀況に生きる人閒の心理を、「綠衣」では夫に棄てられた妻のひたすらな悲しみをヴィヴィッドに讀み取っていた。「兔罝」では、作者が優れた人物を目の當たりにして抱いた感想が描かれていると説明されていた。このような讀解は、詩教としてメッセージ發信はもっぱら首序が擔っていて、かつそれは序者や孔子によって與えられたものであり、詩人の作詩の意圖はそれとは異なるところにあるという認識によって、はじめて可能になっている。つまり、これらの詩においては、道徳的な意義の讀み取りは一に首序に從うという態度をとったことが、詩篇の解釋において作者やその表現意圖を重視することとつながっているのである。

さらに、小序を尊崇するとは言っても、嚴粲は蘇轍の小序觀を繼承し、尊崇の對象を孔子の審定を經ていると彼が考える首序のみとし、後世の經師の敷衍の文章であると考える後序はその對象とはしなかったが、その意義も同じ方向から捉えることができる。これについては、蘇轍の詩序觀と詩經解釋の關係について本書第八章で考察したことが、嚴粲にも當てはまる。すなわち、後序を尊崇の對象から外したことで、準據すべき詩序の規定は、きわめてシンプルなものとなり、解釋の餘地が大いにあるものとなった。詩篇の道德的意義の主體たる首序を、さらにどのように解釋するかは嚴粲自身の考えに任されるようにしたことで、結果的に詩篇の解釋の自由度を廣げることができた(46)。嚴粲は、後序を「說詩者の辭」と考え副次的な地位においたことは、決して後序の價値を全面的に否定したものではない。彼は、後世の學者の誤った說と正しい說とが混在していると考え、後序を選擇的に用いている。事實、個別の解釋においては後序の說に基づいているものは非常に多い。このように考えれば、彼が首序のみを尊崇したことは、その經學史的理由はさておき、解釋の自由度を廣げるための機能主義的な選擇と捉えることができる。

このように見ていくと、詩經は風敎のための存在であることを大前提にしなければならない儒學としての詩經學においては、尊序はむしろ、詩篇の多樣な解釋を可能にする働きがあったと言えるのではないか。序に從うというのは、一見自らの目で詩經を解釋することを放棄しているように見える。しかし、嚴粲の尊序は、漢唐のそれから變化している。彼は首序の說は作者の意圖とは位相が異なるという認識を持っており、彼にとって首序の役割は、作詩の意圖を傳えるものから、讀詩の方向性を示すものへと變化している。このような認識に立った上で、首序に從うならば、道德的意義を序に託すという選擇肢を確保することができる。道德的意義は詩に外付けされていると考えることによって、詩篇を解釋する場合には道德性を顧慮することなく行うことができる。すなわち、詩篇を自由に解釋する可能性は、むしろ反序の立場に立つ朱熹より大きくなる。黃忠愼氏は、

殘念なことに、どの讀者が作品世界に浸り、玩味し、體得した詩の意味がいずれも同じか相似ていたものにな

ることを擔保するために、嚴粲が提出した解決方法は、なんと讀者に「首序」の信賴性を自覺させ、それが述べている方向に讀者が作品を熟讀するということであった。この提案は人々が頭を痛めた問題を單純化するものではあったが、同時に『詩緝』の文學性を經學臭によって覆い隱すという結果をもたらさざるを得なかった（可惜的是、爲了確保每一個讀者所涵泳、玩味、體會的詩意都相同或相似、嚴粲提出的解決方案居然是提醒讀者「首序」的可靠性、要讀者朝此方向去涵泳、此一建議固然將擾人的問題簡單化、卻又使得《詩緝》的文學性不免爲經學氣味所掩了）(47)と言う。讀者それぞれの讀解行爲を想定し、それが詩經の意義を實現するために、首序に從うというプログラムを嚴粲が考えたという指摘は卓見である。しかし、その影響については、朱熹のそれが現實には困難に陷ったことを考えるならば、むしろ黃氏の結論とは逆の意義を見出すことができるように思われる。

宋代詩經學は、作者の表現意圖を重視した解釋を行うという共通の志向性を持っていて、小序のくびきから脫することはそれを實現するものと考えられた。しかし、彼らは同時に詩は道德的存在であるという前提にも立っていた。朱熹は小序を否定したために、この兩者の衝突によって解釋の隘路に嵌まり込んでしまった。嚴粲はこのような流れを承けて、再び小序を見直しそこに新たな性格を付與することによって、詩經解釋の難所を切り拔けようとしたのではないだろうか。このように、反序と尊序とは互いに依存し補完し合う關係で捉えることができる。

すなわち、嚴粲が朱熹以後にあって尊序の立場をとったのは、詩篇の眞の意義を追求するための合理的な選擇だったと言うことができるのではないだろうか。このように考えると、嚴粲の尊序は、むしろ朱熹の目指した詩經解釋の方法をより發展させるために機能しているということができる。もちろん、嚴粲がそのような解釋戰略に立って、自覺的に尊序という立場を選擇したとまでは言えないだろうが、しかし、結果的には彼の尊序の態度は、朱熹以後にあって、そのような解釋上の優位性を與えることになっている。そのような、機能的な側面を無視することはできないと筆者は考える。南宋詩經學において、尊序が持續したのは、儒學上の信念の問題という以上に、解釋學史的な必然性を持っていたということができるのではないだろうか。

本稿で扱った、詩の本文が作者の意圖を十全に表しておらず、序が情報を補完することではじめて十分な解釋に至るというケース、詩人の意圖と相異なる次元の道德的意義を序者・孔子が見出したケース、この二つは第1節で述べたように、『詩緝』全體から見れば少數である。多くは詩人の意と首序の說が合致しているととり、詩人が道德的意圖を持って詩を作ったと解釋している。その意味では、本稿で分析したことは、嚴粲の詩經解釋のごく一部を切り取ったにすぎないと言われるかもしれない。しかし、少なくとも首序をそのようなものとして解釋する可能性を開き、相對體的に自由な立場で解釋をする餘地を作ったという意味で、この問題は嚴粲の詩經學全體に關わる。その意味で、本章で分析した、詩人の意と首序の說との關係は、嚴粲の詩經學を考える上で無視できない問題なのである。

注

（1）黃忠愼『嚴粲詩緝新探』（文史哲學集成、臺灣、文史哲出版社、二〇〇八）では、嚴粲の生年を一一九七年とするが、惜しむらくはその根據を示していない。故に本稿では、しばらく諸家に從い、生卒年不詳とする。

（2）周東亮「《詩緝》的成書時間及其『以詩解《詩》』」（『西南交通大學學報（社會科學版）』、第十三卷第一期、二〇一二・一）。

（3）代表的な評價として、『四庫全書總目提要』經部・詩類一の「詩緝三十六卷提要」の「宋代說詩之家、與呂祖謙書並稱善本。其餘莫得而鼎立。良不誣矣」が常に擧げられる。

（4）黃氏前揭書。

（5）注（1）（2）以外に、筆者が目睹したものに次のようなものがある。

・周東亮・金生揚「論江湖詩人嚴粲生平及其學術」（『重慶科技學院學報（社會科學版）』、二〇〇八、第二期）。

・熊祥軍・任菊「論嚴粲《詩緝》的以《詩》言《詩》」（『昭通師範高等專科學校學報』第三二卷第六期、二〇一〇・

十二)。

・熊祥軍・任菊「論嚴粲《詩緝》的文學思想」(『語文學刊』二〇一二、第六期)。

・宋均芬「《詩緝》概述研究」(『漢字文化』二〇一二、第三期、總第一〇七期)。

・宋均芬「《詩緝》(明味經堂刻本)音注存在的文字問題考校(上)」(『漢字文化』二〇〇八、第一期、總八一期)。

などがある。他に、戴維『詩經研究史』(湖南教育出版社、二〇〇二)、洪湛侯『詩經學史』(中華書局、二〇〇二)、郝桂敏『宋代《詩經》文獻研究』(中國社會科學出版社、二〇〇六)の該當部分も參考にした。

また、臺灣の修士論文に、

・李莉褒「嚴粲《詩緝》之研究」(國立中興大學中國文學系研究所碩士論文、一九九七)

・程克雅「朱熹、嚴粲二家比興釋《詩》體系比較及其意義」(國立中央大學中國文學研究所、一九九一)

の二篇、大陸碩士論文に、

・李錦英「嚴粲《詩緝》研究」(二〇一一年、第三期)

の一篇があることを知ったが、いずれも全文は見ることができず、「摘要」のみしか見られなかった(臺灣の二篇は、臺灣博碩士論文知識加値系統、http://ndltd.ncl.edu.tw/、閲覧日、二〇一二年十二月二八日、大陸の一篇は、CNKI、中國優秀碩士學位論文全文數據庫、http://gb.oversea.cnki.net/kcms/、閲覧日、二〇一二年十二月二五日)。

(6) 黄氏前掲書、第四章「嚴粲《詩緝》的以文學説《詩》及其在經學史上的意義」に詳しく考察されているのを參照。

(7) 黄氏前掲書、第一章「嚴粲《詩緝》的解經態度與方法及其在經學史上的意義」(一)「《詩》教的特質」を參照。

(8) 黄忠愼氏は、「經過實際的統計、我們已經確定《詩緝》所引『朱氏曰』遠多於『呂氏曰』、『《詩紀》曰』」と言い、その注に、「《詩緝》引朱子之解共計五七七處、引呂氏之言則僅一七五處」と述べ(黄氏前掲書一二二頁)、さらに詳細な「嚴粲《詩緝》引朱子與呂祖謙之次數統計表」によってそれを證明している(同、一七一頁)。

(9) 例えば、郝桂敏氏が「這説明嚴粲解詩既受到當時從文學角度解詩風氣的影響、又能堅守《小序》之説」(郝氏前掲書六五頁)と言うのを、この例とすることができる。

(10) 例えば、黄忠愼氏は、次のように言う。

不過、若以新派、舊派的二分法來區隔宋代的研《詩》學家、嚴粲屬於「舊中帶新」者、「舊中帶新」依然是舊、加以他對《詩序》首句全盤接受、詩旨的理解已先被說教型的舊說侷限住、則其以文學說《詩》的格局與氣象自然不可能太大、則已是預料中事了。（黃氏前掲書一一八頁）

(11) 陳風「東門之枌」序『詩緝』に次のように言う。

首序之源流甚遠。方作詩之時、非國史題其事於篇端、雖孔子無由知之。或欲併首序盡去之、不可也。古說相傳猶不之信、千載之下、一一以胸臆決之、難矣……首序未易盡去也。

(12) 陳風「東門之枌」序『詩緝』に次のように言う。

後序附益講師之說。時有失詩之意者、一斷之以經可也。

(13) 本書第八章・第十章參照。

(14) 黃氏前掲書三〇頁。

(15) 同右。

(16) 郝氏前掲書六五頁參照。

(17) 本書第十四章注（63）參照。

(18) 郝氏前掲書六四頁など。

(19) 淫詩說を否定した端的な發言として、例えば、陳風「澤陂」序『詩緝』に次のように言う。

變風多男女之詩、或疑似後世艷曲、聖人宜刪之、非也。刺淫之詩非淫者自作、乃詩人作詩譏刺其如此、所謂思無邪也。聖人存之以立教、使後世知爲不善於隱微之地、人得而知之。惡名播於無窮而不可湔洗、欲其戒謹恐懼也。讀詩者能無邪爾思則凜然見聖人立教之嚴矣。

ただし、例外と考えられる例もある。鄭風「溱洧」卒章『詩緝』に次のように言う。

鄭衛皆淫聲、孔子獨先於鄭。今鄭之淫詩顧少於衛何也。詩之見在者孔子所存以爲世戒也。聖筆所刪多矣。言鄭聲淫者、舉其大體言之。不繫今詩之多寡、不必盡黜國史所題、例目之爲男女之詩以求合於鄭聲淫之說也

これに據れば、嚴粲は原理的には『詩經』中に淫詩が存在し得ることを認め、それが見られないとすれば、それは孔子が『詩經』を編纂するにあたって淫詩を排除したためだと考えている。鄭風「東門之墠」小序「刺亂也。男女有不待禮而相奔者也」について、

丰、東門之墠、溱洧三詩、皆以鄭亂之故、男女不正、故皆曰刺亂也。出其東門言閔亂、亦此義。

と言い、首章について、

東門有墠、其墠之外有阪、茹藘之草生焉。此男子所居之處也。女欲奔之而未遂、故言其室則近、不難至也。其人甚遠、未得就之也。

と言い、二章について、

女欲奔而而得、望男之就己也。

と言うのを見ると、嚴粲は本詩を自述詩と捉えているように思われる。だとすれば、彼は本詩を淫詩と見なしていることになる。

(20) 筆者は、詩中に不道德な戀愛が謳歌されているとする解釋について、作者を不道德な人物と捉えているか否かで淫詩說（作者は不道德）―準淫詩說（作者は道德的）に分類した。これに從えば類淫詩說についても嚴密には類淫詩說（作者は不道德＝朱熹說）―準類淫詩說（作者は道德的＝嚴粲說）と分類すべきであろう。ただし、本章の考察ではその二つの性格の違いには議論がわたらないため、煩雜を避けて類淫詩說と汎稱する。

(21) なお、行論の便宜上、嚴粲の解釋に從い、詩が特定の事件・人物を詠ったものとして記述した。それが實際にその事件・人物を詠った詩なのか否かという考證は、本稿では行わない。

(22) ただし、朱熹『集傳』は「叔于田」について、「或疑此亦民間男女相說之詞也」と、本詩が淫詩である可能性も示唆しているが、本稿ではこれを取り上げない。

(23) あわせて、本書第十三章第6節において、嚴粲の本詩解釋を分析しているのを參照のこと。

(24) ただし筆者は、嚴粲が詩序を「春秋の筆法」に擬えて說明することが常に誤っていると主張するわけではない。例えば、鄭風「有女同車」首序の「『有女同車』は、忽を刺る也（有女同車、刺忽也）」に對して『詩緝』が次のように言うのは、言語表現の特徵から著者の意圖を推し量るという「春秋の筆法」を正しく捉えて、それに擬えたものということができる。

彼らが、最終的に國を追われたり、一端亡命してから改めて國守として歸國したことを理由にして、詩序はいずれも「鄭伯」と稱せず、本詩の首序では「忽」と言い、「擊鼓」では「州吁」と稱し、「墓門」では「陳佗」と稱したのである。これはいずれも春秋の書法を用いたものであり、これによって首序が孔子の手を經ていることがわかる（以

其終失國、出入、皆不稱鄭伯、此首序稱忽、擊鼓稱州吁、墓門稱陳佗、皆用春秋書法、知經聖人之手矣）

(25)「椒聊」首序に、「『椒聊』は、晉の昭公を刺ったものである（椒聊刺晉昭公也）」と言うが、詠われている内容は、小序二句以下に、「君子は沃が强勢で、政治をよく治めているのを見、それが今後も勢力を擴大し盛大になり、その子孫が晉國を自分のものにしてしまうであろうことを知った（君子見沃之盛彊、能脩其政、知其蕃衍盛大、子孫將有晉國焉）」と言うように、桓叔の治政を詠っていて、昭公に對する風刺の言は表れない。これについて、嚴粲は首序の正しさを主張して次のように言う。

この詩は、桓叔の强さを詠い昭公に言及していない。その意圖は、昭公の弱さを憂えることにあり、桓叔を主眼とはしていないのである（此詩言桓叔之彊而不及昭公。其意則憂昭公之弱而非主桓叔）

(26) 作詩の意圖を十全に傳えるには、詩のみでは不完全で、それを補うものが小序があるということについては、錢志熙氏がすでに指摘している。「從歌謠的體制看風詩的藝術特點——兼論對《毛詩》序傳解詩系統的正確認識」（北京大學學報（哲學社會科學版）、vol.42, No.2、二〇〇五・三）參照。

(27) 朱熹は、『詩經』は詩篇を繰り返し讀むことによりその眞意に達することができると考えている。つまり、詩篇はそれ自體で自足しており、外部的な情報に頼らなくても眞意を摑み得るという認識である。檀作文『朱熹詩經學研究』（學苑出版社、二〇〇三）參照。

(28) 黄氏前掲書第一章第二節「美刺説與言外之意的關聯」、郝氏前掲書一五七頁參照。

(29)「知類通達（類を知りて通達す）」は、『禮記』「學記」の語。竹内照夫氏に據れば、「知類」とは、「類推して事理を理解し問題を解釋する能力」（新釋漢文大系『禮記　中』、一九七七、五四五頁）のこと。

(30) それが端的にわかるのは、『正義』が小序を疏通する際に、例外はあるが基本的に、「作〇〇詩者……」という形式を用いることである。詳しくは、本書第十五章第7節參照。

(31) 同右。

(32) 詩篇の管理者として、歐陽脩が『周禮』「春官・太師」の、「教六詩、曰風、曰賦、曰比、曰興、曰雅、曰頌」に據って音樂を掌る太師を取り上げているのに對し、嚴粲が毛詩大序に據って、文書を掌る國史をそれに當てているのは、彼が詩の本質として音樂性より文學性を重視したことの表れと考えることもできよう。これについては後述する。

（33）「出其東門」首章『集傳』に、次のように言う。
人が淫奔な女を見てこの詩を作った。これらの女は確かに美しく數も多いが、しかし私が思いを掛ける相手ではない。この女たちは、自分の妻が貧しくてむさ苦しいながら、まずまずともに心樂しく暮らせるのにおよばないと思ったのである（人見淫奔之女而作此詩。以爲此女雖美且衆、而非我思之所存。不如己之室家、雖貧且陋、而聊可自樂也）
「綠衣」首章『集傳』に、次のように言う。
莊公が妾に心を惑わされたため、正夫人である莊姜が賢女でありながら位を失ったので、この詩を作った（莊公惑於嬖妾、夫人莊姜賢而失位、故作此詩）
『正義』に見られたような説明はないことから、朱熹は「故に此の詩を作る」は文字通り、莊姜がこの詩を作ったと言っていると考えられる。「谷風」『集傳』に、次のように言う。
妻が夫に棄てられたので、故にこの詩を作って、自分の悲しみと怨みの情を述べた（婦人爲夫所棄、故作此詩以敘其悲怨之情）
なお、「出其東門」についての朱熹の解釋については、本書第十五章第6節を參照のこと。
（34）本詩首章の、「武人　東征して、朝するに皇《いとま》あらず（武人東征、不皇朝矣）」の『詩緝』に、「武人である私は東征して久しく外地にあり、天子に朝見することができない。苦勞の多い地に身を置いても、主君を忘れることがないのである、（我武人東征久處于外、不得朝見天子、雖在勞苦之地、不忘君也）」と言うことから、嚴粲がこの詩を自述詩と捉えていると考えられる。
（35）『正義』に、「此時征伐戎狄、役人勞苦、而有豕豬之白蹢、進而涉入水之波漣之處矣。是在地爲將雨之徵也」と言う。しかし、疏家は作者が「見た」と言うことを强調していないことは注意すべきである。
（36）鄭箋の『正義』に、「荊舒之人似衆豕、其君猶白蹢者」と言うように、鄭玄はこの句を比喩ととっている。
（37）『集傳』に、「豕涉波、月離畢、將雨之驗也」と言い、作者が實見したかどうかを問題にしていない。
（38）小序に、「莊公を刺る也。先公の業を繼ぐ能はず、賢者をして退きて窮處せ使む（刺莊公也。不能繼先公之業、使賢者退而窮處）」と言う。
（39）ただし嚴粲も、詩人が詠っている賢者が作詩の當時實在していただろうことには疑いを挾まない。詩人は實在の友を今目の前に見ることができないから、その姿を想像しているのである。その意味で嚴粲は、詩で詠われることが實在の出來事や人物に基づいているという、詩經學の傳統的な思惟の形を踏襲している。これについては、本書第十一章を參照のこと。

(40) 鄭箋に、「誰謂宋國遠與。我跂足則可以望見之。亦喩近也。今我之不往、直以義不往耳、非爲其遠」と言い、『集傳』は、「誰謂宋國遠乎。但一跂足而望、則可以見矣。明非宋遠而不可至也、乃義不可而不得往耳」

(41) 「言は此に在り、意は彼に寓す」という語は、「椒聊」の注釋にも「言は此に在り、意は彼に在り」という形で現れていた。言語表現には表れないところに、詩人の意圖があるという表現は、嚴粲の詩經解釋が志向するものを端的に表している。「言在此、意在彼」を説明するための解釋法は、漢唐詩經學からあり、それが例えば、「陳古刺今」であり、「託物」である。これらの手法は嚴粲の詩經解釋では活用されているが、このうち、「陳古刺今」は、朱熹の詩經解釋において排されたものである（檀作文前掲書、第一章第二節「朱熹對《序》的具體批評」中の「濫用〈陳古刺今〉」、四六頁）。これも、朱熹が嚴粲と異なり、詩が表現するところからのみ意味を汲み取ろうという志向を持っていたことの表れである。

(42) 本書第十三章參照。

(43) 歐陽脩は嚴粲とは異なり、孔子は詩篇を詩經に編入するに當たって、道德的意義が發揮されるように、既存の詩句に自ら手を加えたと考えた。このことは、彼が疏家や朱熹と同樣、詩篇自體から普遍的な道德的メッセージを讀み取ることができるはずだと考えていたことを表す。これについては、本書第三章第6節參照。

(44) 黃氏前掲書一三三頁參照。

(45) 例えば、嚴粲が詩の言外の意を重視するのとは對照的に、朱熹の『詩集傳』の中で、「言外」という語は、齊風「猗嗟」題下注の一例のみしか見出せない。

呂祖謙、號は東萊は次のように言った――本詩三章の主君を批判する氣持ちというのは、みな言外にある。再三嗟歎していると言うことは、それが莊公に大いに缺けていると言うことである。言わずとも理解できるのである（東萊呂氏曰、此詩三章譏刺之意、皆在言外。嗟歎再三、則莊公所大闕者。不言可見矣）

この一例にしても、呂祖謙の「言外」説を引用したもので、かつ、「言わずとも見るべし」と言うように、そこに詠われている作者の思いは推測することがきわめて容易なものであった。したがって、本例も朱熹自身が詩の言外の意を重視したことを示したものとは言えない。むしろ、彼は詩を詩の語句自體のみで解釋しようとしていた。

(46) 嚴粲が、後序を「說詩者の辭」と考え副次的な地位においたことは、決して後序の價値を全面的に否定したものではない。彼は、後世の學者の誤った說と正しい說とが混在していると考え、後序を選擇的に用いている。事實、個別の解釋においては後序の說に基づいているものが非常に多い。

(47) 黃氏前揭書、一五七頁。

第Ⅳ部　儒教倫理と解釈

第十七章　國を捨て新天地をめざすのは不義か？
――詩經解釋に込められた國家への歸屬意識の變遷――

1　はじめに

中國では、儒教の經典に對して、歴代おびただしい數の注釋書が著された。それらの注釋は、單に學術的な興味から經典を古典作品として客體化して研究したものではなく、人間として生きるべき道を教える經典の眞の意味を明らめ、實踐道德に資せんとしたものであった。しかしながら、從來の經典の注釋に對する研究は、その學術史的價値を探ることに力が注がれるか、あるいは注釋者の形而上學的な思想を探るための資料として用いられることが多かった。それに比べて、そこに込められた注釋者自身の實踐道德についての考え方を明らかにする努力は充分になされてきたとは言い難い。そしてその傾向は、經典の中でも古代の詩歌を集めた、文學的な性格の最も強い古典である詩經の注釋書の研究において、最も顯著である。

しかしながら、經典の注釋書の中には歴代の王朝のもとで標準的な經典解釋と認定され、科學の場においては、そこで示された解釋に基づいて解答することを求められるような權威を付與されたものもある。本章で取り上げる詩經について言えば、唐の孔穎達等撰『毛詩正義』、北宋の王安石撰『詩經新義』、南宋の朱熹撰『詩集傳』などがそれにあたる。これらの注釋は、國家官僚になるための最大の關門である科擧の受驗を志す知識人に暗唱するほど熟讀されることによって、彼らの道德的價値觀形成に大きな影響力を持ったであろう。

また、その他の注釋書の中にもその當時の代表的な知識人によって著されたものがあり、著者の人格的な求心力によって知識人サークルの中で大きな影響力を持ったものと考えられる。詩經でいえば、北宋の歐陽脩撰『詩本義』や蘇轍撰『詩集傳』などがそれにあたる。こうしたことから考えれば、歷代の詩經注釋書に注釋者自身の政治的・道德的な價値觀がどのように反映されているか、その樣相を探ることは、それぞれの時代の精神を把握する上で重要な意義を持つであろう。事實、北宋・歐陽脩の『詩本義』の中には、先人の詩經注釋に對して、道德的な見地から解釋が誤っているとする例をしばしば見ることができる（實例は後述する）ことも、この考察の重要性を示唆してくれる。以上のような筆者の假說が正しいか否かを、本章の考察を通して檢證したい。

分析の主題として、「國を捨てて新天地を目指すのは不義か」という問題を取り上げた。詩經の中には、夫に棄てられて婚家を離れる女性、主君に疎んじられて朝廷を追われた臣下の苦衷を詠った詩篇が數多くある。それらの詩篇には、彼・彼女たちの夫や主君、家や國に對する思いが詠われている。それらの詩篇に對する解釋の中に、家や國に關わる道德についての注釋者自身の主張が現れることがある。それらの事例を通時的に比較することによって、上述の問題に關わる意識・價値觀の變化を追跡できるのではないかと考えた。このような見通しのもとに、詩經解釋の中に國家や共同體に對する歸屬意識・公的な意識がどのように現れているかを探っていきたい。

筆者は詩經をあくまで歷史的な存在として扱う。詩經は、傳統中國においては何よりも「經」であった、そのことを重視したい。詩經は、儒教の經典の一つとして人々を道德的に教化するという目的のために孔子が編纂したものとされ、故にそこに收められている詩篇も何らかの意味で、教化に資する內容を有していると考えられていた。筆者は、詩歷代の詩經解釋の變遷の樣相を問題にするものであるから、やはりこのような傳統的な詩經認識に從う。筆者は、詩經の詩篇の眞の意味がいかなるものであるかではなく、詩經の詩篇がいかなる意味を持つと考えられてきたかを明らかにすることを研究の主題に据えるものである。

考察の順序として、初めに政治的な主張のメディアとして詩經の注釋がどのように用いられていたかを瞥見する。次に、詩經に現れた人物が道德的な見地からどのように捉えられてきたか、その變遷の樣を考察する。次に、臣下たるもの、いかなる道德を持つべきであるのかという問題を考察するために、隱遁という行爲がどのようにとらえられてきたかを探っていく。次に、國家への歸屬意識の變遷を探るため、臣民が主君や國家を捨てるという行爲がどのように評價されているかを考察したい。

2　政論としての詩經解釋

詩經の詩篇の內容を解釋する中に、注釋者が現實政治に對する自分自身の見解や主張を盛り込むことの例として、しばしば取り上げられるのは王安石の『詩經新義』である。この書は、王安石が彼の實施した科擧改革のために、それまで科擧の標準的なテキストとされていた『五經正義』にかわって、當時の狀況にふさわしい新たな經解釋を示すために作った「書」「詩」「周禮」三經の新義の一つであり、その成り立ちからしてきわめて政治的な性格をもつものである。その中で王安石は、自分の推進している新法を正當化するような詩經解釋を行ったと言われている(1)。

戴維氏は『詩經研究史』の中で、王安石が新法宣傳の意圖を持って行った詩解釋の例として小雅「出車」を擧げている。本節では氏の說を紹介しつつ、王安石の解釋を檢討するとともに、この問題に關連する他の學者の詩說を檢討しながら、詩經解釋が政治的主張のためのメディアとして機能している樣子を見ていきたい。

問題となるのは、「出車」首章の次の詩句についての注釋である。

我出我車　　我　我が車を出だす
于彼牧矣　　彼の牧に

この句を王安石は次のように解釋する。

古は、兵士は民閒に隱れ、馬は野原に放牧された。兵士と馬車が出發する時は、馬車を放牧地に向かわせた
（古者兵隱於民、而馬則牧于野。兵車之出、則以車而就牧地也）

これについて戴氏は次のように言う。

（清・畢沅の）『續資治通鑑』卷六九の記載に據れば、熙寧五年に「保馬法を行う。王安石がこの政策を發議したところ、文彥博と吳充がそれが不便であるとの意見を出したが、王安石は持論をますます強く主張した（行保馬法、王安石始建此議、文彥博吳充以爲不便、安石持論益堅）」とある。「保馬法」とは、役所が馬を貸し出し、民に養わせるというもので、從來役所が馬を養っていたやり方を改めたものである。王安石の「出車」の注釋に「（上記引用文につき省略――筆者注記）」とある。これは、おそらく當時の反對意見を聞き、王安石が詩經をこのように解釋することにより、自分の變法を辯護しようとしたのであろう。(2)

たしかに上に引いた詩句には、「馬」という文字が現れない。王安石は「牧」という文字から、そこで「馬」が養われていると考え、出征することになって戰車を牧場まで運んできて、そこでそれを引く「馬」に繫げたと考えたのであろう。しかし、馬車をわざわざ牧場まで引いてきて、そこで馬に繫ぐというのは手順として不自然である。戴氏はここに牽強附會を感じ取り、詩篇の客觀的な解釋から逸脫した、注釋者王安石の意圖を感じ取ったのであろう。

彼以後の注釋者の説明を見てみよう。蘇轍は「牧、郊也」と解釋し、朱熹も「牧、郊外也」と解釋している。これは、本詩の第二章に、

我出我車　我　我が車を出だす
于彼郊矣　彼の郊に

という句があり、これが、首章の繰り返しだという認識から出た解釋である。つまり、彼らは、出征した兵士を乘せた馬車が戰地に急ぎ、早くも郊外までやってきたと考えるのである。このように考えると、王安石に見られるような、不合理な點はなくなる。南宋の李樗が、王安石の説を「未だ必ずしも詩人の意を得ず（未必得詩人之意）」と批判し、蘇轍の説を「此の説簡勁たり（此說爲簡勁）」（『李黄解』小雅「山車」）と評したのも無理からぬところであろう。

しかし、その他の學者の著した詩經の注釋書の中にも、程度の差こそあれ、客觀的な解釋の域を超え、現實の政治に對する政論が込められている例を見出すことができる。その例を、まさに王安石が政治的主張を注釋に織り込んだ「出車」第三章の以下の句に對する、程頤の注釋に見ることができる。

天子命我　天子　我に命じて
城彼朔方　彼の朔方に城《きづ》かしむ
赫赫南仲　赫赫《かくかく》たる南仲《なんちゅう》
玁狁于襄　玁狁《げんいん》を于《ここ》に襄《はら》ふ

「玁狁」の語は、この詩の前に置かれた小雅「采薇」に、すでに現れる。「采薇」の小序に、

周の文王の時代、西方には昆夷が侵入し、北方で玁狁が攻撃をしかけてきた（文王之時、西有昆夷之患、北有玁狁之難）

とあり、毛傳にも「玁狁は北狄なり（玁狁北狄也）」すなわち北方の異民族のことであるという訓詁を載せている。鄭箋は、より具體的に「北狄今匈奴也（北狄は今の匈奴なり）」と規定している。傳箋正義に據れば、「出車」のこの句は、北方にいた「玁狁」との戰いに備えるために、天子は私に命じて「朔方」すなわち北方に城を築かせた、そして、武功赫赫たる元帥南仲によってみごと玁狁に勝利することができた、という內容を歌っているということになる（傳箋に據れば、「天子」は殷の紂王、「我」は周の文王という）。

この詩句に對して程頤は、次のように注している。(3)

異民族を防ぐ道は、守備を根本とし、攻擊を先としなければ、それで事は濟むのである（禦戎之道、守備爲本、不以攻擊爲先、其事卒矣）

程頤の解釋は、傳箋の解釋と比較すると「彼の朔方に城《きづ》かしむ」という句を非常に重く見たものであることがわかる。傳箋正義の解釋では、

元帥南仲が玁狁との戰いに備え前線に城を築き　↓　戰をし　↓　勝利した

という一連の過程の內、「戰をし」が言外に隱されていると考えられている。このことは鄭箋に、

戰爭に行き堡壘を築き、そして將軍と兵士がここから出征するのを褒め稱えている（戍役築壘而美其將率自此出征也）

と言い、『正義』に、

天子は私に、北方の地に堡壘を築き、軍功赫赫たる南仲にそこから玁狁を征伐しに行き、そうして、玁狁を平らげさせるように命じた（天子命我城築軍壘於朔方之地、欲令赫赫顯盛之南仲、從此征玁狁、於是而平除之）

と言い、詩句の内容を敷衍して説明している中に、玁狁との戰鬪という一段を插入していることから明らかである。

それに對して程頤は、

城を築く　↓　すなわち玁狁に勝利する

と考え、玁狁に勝利した理由を城を築いたことに直接求めている。つまり城を築いてそこに軍隊が立てこもって威容を示しただけで、玁狁は恐れて降伏する、ととっているのである。これは、本詩の注釋としては短絡的で不自然な印象を否めない。なぜ程頤は、このような性急な因果關係を求めようとしているのであろうか。

この問題を考えるヒントは、朱熹の注にある。朱熹は、この詩句に次のように注釋している。

「朔方」とは、今の靈州（寧夏回族自治區武縣）・夏州（陝西省靖邊）の地である。……程子は次のように言う（以下、程頤の解釋を引用――筆者注記）（朔方今靈夏等州之地、……程子曰……）[4]

ここで、朱熹が「朔方」に傳箋と異なる訓詁をしているのに注目したい。毛傳は、「朔方」を「北方」ととり、鄭箋は民族を特定して「匈奴」と解釋していた。それに對して、朱熹は、「靈州」「夏州」という具體的な地名を擧げている。この「靈州」「夏州」は、現在の陝西省から寧夏回族自治區にかけての地で中國の西北方に位置し、毛傳に言う「北方」とは若干方角が異なる。また、この地は鄭玄が言う「匈奴」の支配領地（現在の内モンゴル自治區）ともずれている。さらに「采薇」の詩序で、「北有玁狁」とともに「西有昆夷」を擧げ、鄭箋が「昆夷、西戎也」と注していることから考えれば、「靈州」「夏州」は西戎の領域であり、そこにいる民族は詩序や鄭箋の理解では「昆夷」ということになるであろう。なぜ朱熹は、「玁狁」に傳箋とは異なる地域と民族を當てたのであろうか。

この靈州、夏州というのは、宋の時代にあっては非常に大きな意味を持つ地名である。なぜならばこの地は、宋と西夏——北宋の西北にあって、しばしば北宋に對して攻撃を仕掛けてきて、北宋の國力を疲弊させる大きな原因になったチベット系タングート民族の國家——との抗争の舞臺となった地だからである。

北宋後期、對西夏戰略において朝廷を二分する論争があった。西夏はチベット系のタングート民族の國家であるが、實はチベット系の民族といっても多様で、西夏を取り巻くような形で、さまざまな種族がそれぞれ居住し、互いに抗争を繰り廣げていた。この情勢に宋はいかに關わっていくべきかという問題で當時、大きな論争が繰り廣げられていた。王安石ら新法派が積極論に基づく政策を推進したのに對して、程頤もその一員である舊法派は消極論を唱えて反對したのである。

對西夏積極派の根據となったのは、王韶(5)が、熙寧元年（一〇六八）に神宗に上奏した「平戎三策」である。その概略は以下のごとくである。

> 西夏を制壓するためには、まず黄河上流および湟水流域地方を回復し、西夏が兩面に敵國を抱えるようにしなければならない。
>
> 西夏は當時、チベット族の唃斯囉《かくしら》の立てた青唐王國（今の西寧）と抗争しており、景祐二年（一〇三五）にも戰争をして打ち負かすことができず、南進を阻まれていた。この青唐王國が、西夏が宋に侵入するのを防ぐ防波堤の役割を果たしている。萬が一、西夏が青唐王國を破ったら、大攻勢を仕掛け、甘肅一帶を攻め落とし、その地

域に住む宋に歸服していないチベット族をことごとく征服することであろう。

ところが、現在、唃厮囉の子孫はそれぞれ自立して分裂狀態にあり、西夏に對する抵抗力が衰えている。いまチベット族が居住している、武威の南、洮州・河州・蘭州・鄯州などの土地は、本來は中國の國土である。宋は、チベット族が分裂している情勢に乘じて、これらの土地を併合すべきである。そうすれば、青唐族も歸順することだろう。

こうすることによって、西夏の運命もまた宋の手中に握られることになる。この策によれば、中國の手足となって働く異民族を得られ、しかも西夏にとっては連合の相手を失わせ孤立させることになる(6)。

この計畫に基づいて宋は塞外經營を開始し、多くの戰闘を重ね莫大な戰費をつぎこんで、青唐族を招撫して、武勝を中心に熙河路を設置し、對西夏の防衛線とした(7)。

この政策を舊法派は強く批判したのである。彼らの主張の例として、蘇軾の上奏文を擧げよう。


先頃、王韶が熙州・河州を奪取したおり、全軍みな勝利を收めたものでありましたが、かりに、王韶に先見の明があったとしたら、わが宋に反旗を翻した部族を討ち、その地を忠順なものに與え、西羌族の豪族酋長を用いるのみにとどめていたならば、今のような事態には至らなかったことでありましょう。戰闘が絶えず續き、わが中國を疲弊させるに至ったその理由はと言えば、王韶が戰闘によって奪取した土地をわが宋の郡縣としてしまったことにあるのです（乃者王韶取熙河、全師獨克、使韶有遠慮、誅其叛者、易以忠順、卽用其豪酋而已、則今復何事。其所以兵連禍結、罷敝中國者、以郡縣其地故也(8)）

宋が熙州・河州などを建て、チベット族の地を中國に編入したことによって、西北諸民族は、中國が國土擴張の欲望をもっているのではないかと疑い警戒し、そのために事態はいっそう紛糾してしまったというのである。

昔から西羌の問題には、ただ彼らが恨みを解いて同盟を結ぶことを恐れたものであります。もし西羌の周り中敵だらけということになれば、これこそ中國にとって都合のいいことであるのは疑う餘地のないことであります（自古西羌之患、惟恐解仇結盟、若所在爲讐敵、正中國之利、無可疑者）(9)

西北諸民族の紛爭に乘じ、對西夏包圍網を人爲的に作り上げようとした王韶の經略を蘇軾は不可とし、これ以上紛爭に介入せず、彼らを緊張狀態のまま對立させておくのが、中國のとるべき政策だと考えた。つまり、舊法派の主張は、宋がチベット系諸族の抗爭の中にわざわざ乘り込んでいくことはないのであり、放っておいて諸民族が抗爭し合うにまかせておけば、それで異民族同士の消耗戰の結果、西夏も國力が疲弊してしまうであろう、そうすれば宋としては、軍隊も消耗せず國費も浪費せずに、いわば漁夫の利を得る形で西夏の國力を弱めることができるというものである。

當時、この西北問題は、王安石の新法政策によって引き起こされた國內問題に加えて、新法派と舊法派のもう一つの重大な爭點になっていた。そのような目で見ると、程頤の詩經解釋に見える「異民族を防ぐ道は、守備を根本とし攻擊を先としなければ、それですべて事は濟むのである」という意見は、王安石らの積極侵攻論を批判して、舊法派の愼重論の立場から西北政策を主張したものと考えることができる。

この問題をめぐってなされたと推測できる詩經解釋は、他にも擧げることができる。蘇軾の弟子でいわゆる「蘇門の四學士」の一人である張耒に『詩說』という詩經研究の著述がある。この中には、王安石の新法に對する批判と、「烏臺詩案」（後述）により蘇軾が彈壓されたことへの感慨など、時勢を感じて自分の思いを發したものが多いと、『四庫提要』は述べている。その一つとして、次の經說に王安石の對西夏政策に對する批判を見ることができると言

う。(10)

大雅「巻阿」の詩に、「爾《なんぢ》の土宇　昄章あらん（爾土宇昄章）」と言う。そもそも、天下を治める者は、國土を擴大しようと勤めなくても、幸いにも國内をよく治め得たならば、國土は外へ向かって廣がっていくものなのである。それは、つまり歸服する人々が多ければ、その人々が歸服することによって彼らの居住地が國土に編入されるからである。故に、周の周公が攝政をしていた時代、廣がった國土の面積、諸侯に取り立てられた者の數は、殷の末期を超えていた。しかし、歴史資料に鑑みるに、周公が國土を擴張しようとした事實は記載されていない。これが、「國内をよく治めたならば、歸服する人々が多い」ということなのである。周公が國外に侵攻し討伐して土地を得たわけではないのである。そもそも國土が削られるのは、政治にとって憂いとなるわけではない。しかし國内政治が亂れたならば、人々は手に手を取り合って去っていくものである。人が去ったならば、土地も彼らにしたがって削られていく。だからこそ、〔大雅「桑柔」で〕芮伯が「憂心殷殷たり、我が土宇を念《おも》ふ」と憂え、〔大雅「召旻」で〕凡伯が幽王を「日びに國を蹙《ちぢ》むること百里」と刺り、そのかみの先王の盛大なる御代を述べ列ねて「日びに國を闢《ひら》くこと百里」といったのである。つまり、「土宇昄章」と「蹙國百里」とは、治亂の跡を観察する所以なのである（巻阿之詩曰、爾土宇昄章。夫治天下者、雖無事于恢大、幸而治得于内、則土宇廣于外、蓋人歸者衆、則各以其地附之矣。故周公之時、斥大九州之略、建侯之數過于商之末世、而攷之傳記、無周公斥大之事、所謂治得于内則人附之者衆、非周公侵伐攻取而得之也。夫土地削、非政之病、然政亂于内、則人相與攜持而去、人去之、則地隨以削、故芮伯所以憂心殷殷、念我土宇、而凡伯之刺幽王以日蹙國百里、而上陳先王之盛時、曰日闢國百里也。蓋土宇昄章與夫蹙國百里者、所以観治亂之迹也）(11)

蘇軾の弟、蘇轍も小雅「漸漸之石」の、

武人東征　武人が東征すれば
不皇朝矣　朝廷に出仕する暇など無くなる　［首章］
武人東征　武人が東征すれば
不皇它矣　他のことなど考える餘裕が無くなる　［第二章］

という詩句に注して次のように言っている。

現在諸侯は天子に謀反を起こし、天子は武人を派遣して制壓しようとしているが、私が見るに、亂がますます激しくなるばかりで、諸侯を降伏させ朝廷に出仕させる餘裕などない。孔子は言った、遠くの民が服さなければ文徳を修めることによって服して來させる（『論語』「季氏」）と。遠くの民は德によって心服させるべきで、力で打ち負かすべきではない。武人は彼らを來させることはできない。……武人に征伐させたなら、その他のことを考える餘裕などなくなる。つまり、誅伐することばかり考えるのである。そして亂はますます激しくなるばかりなのである。（今諸侯背叛而欲以武人征之。吾亦見其益亂而已、不暇使之朝也。孔子曰、遠人不服則脩文德以來之。遠人可以德懷而不可以力勝。武人非所以來之也……使武人征之、而尚何暇及其他哉。蓋亦知誅之而已。此亂之所以益甚也）

天子は武人を派遣して亂を治めようとしているけれども、私が見るに、これでは亂がますます激しくなるばかりである。遠くの民を服すには德義で懷かせるべきであって、武力というのは異民族統治のためには有效な手段ではないのだと、蘇轍は解釋している。これも前述の文脈で見ると、詩經解釋に託して、新法派の西北民族征服のための武力行使を批判したものではないかと考えられる。當時、こういう形で經書解釋の中に自分の政治的主張を盛り込む手法が廣く行われていた樣子が窺える。

なぜ、このように經書の解釋という形で政見を述べたのだろうか。もちろん、經典の中に自分と同じ政治的主張が述べられていると言うことによって、自說を權威づけようとしただろうことは、推測に難くない。その他に見逃すことのできない要因として、士大夫の言論を廻る當時の狀況がある。すなわち、「烏臺詩案」の影響である。當時、蘇軾は詩人として絕大な人氣を誇っていたが、舊法派であった彼は、王安石の新法政策に對する批判を込めた一連の詩を作った。それを書肆が蘇軾に無斷で編集して刊行し大いに世に廣めた。これに對して、御史臺（「烏臺」はその雅名）が天子と國家に對する冒瀆だと彈劾したために、蘇軾は獄に繫がれ、一時は死刑を覺悟するまでの事態になった。結局、死罪は免れたものの黃州に流罪になり、弟の蘇轍をはじめとして彼と詩の應酬をした多くの名士が連座して罪を問われた。内山精也氏は、この事件は、詩歌による政治批判が罪に問われたという意味で、中國文學史において大きなエポックを成す、さらに、これが當時の出版業の興隆を背景にした言論彈壓事件ということでも大きな意義を持つ、と言う(12)。

その後も、舊法黨と新法黨との抗爭が續き、徽宗時代、新法黨で宰相の蔡京が舊法派に對して激しい彈壓を行い、舊法黨に目される人物の名簿を彫った石碑を各地に立て、それらの人々およびその子孫が中央官に就くことを禁じ（元祐黨籍碑）、蘇軾・黃庭堅ら舊法派の大物の文集を禁書にしたりもした。先に詩說を引用した、程頤・張耒・蘇轍といった人々も、みな舊法派として彈壓を受け、逼塞を餘儀なくされた當事者である。

このように北宋後期、舊法派の人間は、發言が非常に不自由になっていた。そういう狀況下で、經書の注釋は、反對者の批判の口實を與えずに自分の政治的主張を正々堂々と發表するための媒體となったのではなかろうか。ただし、これらの情況については、稿を改めて檢討しなければならない。ここでは、考え得る理由を今後の研究の課題の備忘として記すに止める。

以上、詩經の注釋の中に、注釋者自身の政治的・道德的な主張が込められることがあることを見てきた。このような事例を精神史の資料として積極的に活用することで、中國人の意識・價値觀の變化を讀み取ることができるのではないかというのが、筆者の假説である。

3　私憤から公憤へ——道德性への配慮——

詩經の詩篇の多くは、諸國の民謠を採集して編纂されたと言われるように、當時の人々の喜怒哀樂を詠ったものである。とりわけ「國風」に收められた詩篇には、當時の民衆の個人的な感情が詠われていて、その內容は必ずしも道德的なものであるとは限らない。このような詩に、歷代の注釋者たちはどのようにして道德的價値を見出そうとしていたのであろうか。そこに、何らかの解釋學上の操作は行われていなかったであろうか。

本章では、このことを考えるために、個人的な恨みや怒りを詠っている詩を題材にして、それを歷代の注釋者がどのような立場から解釋を行っているかを分析してみたい。

邶風「谷風」は、小序に、

「谷風」は、夫婦の閒から道義が失われたことを刺《そし》る詩である。衞の國の人々はお上の振る舞いに感化され、新婚の妻に溺れもとの妻を棄て去り、夫婦のえにしは絕たれ、國の風俗は亂れ廢れてしまった（谷風、刺夫婦失道也。衞人化其上、淫於新昏而棄其舊室、夫婦離絕、國俗傷敗焉）

というように、新婚の妻に溺れた夫に家を追い出された正妻が自分の悲しみを歌った詩である。この詩の第三章に次の詩句がある。

毋逝我梁　我が梁《やな》に逝《ゆ》くこと毋《な》かれ
毋發我笱　我が笱《うへ》を發《あば》くこと毋かれ
我躬不閱　我が躬《み》すら閱《い》れられず
遑恤我後　我が後を恤《うれ》ふるに遑《いとま》あらんや
（・笱　魚を捕る道具。竹製の筒で入った魚が中から出られないような細工を施したわな。）

これに對して、鄭箋は次のように注している。

「毋《な》かれ」というのは、新婚の妻に禁ずることを比喩する。おまえは私の家にやってきて、私の主婦としての勤めを横から奪い取ってはいけない〔ということである〕。「躬」は「身みづから」、「遑」は「暇がある」、「恤」は「憂える」という意味である。私は自分の身の心配で頭がいっぱいなのに、どうして私が去った後の私の産んだ子供を心配している暇があろうか（毋者、喩〈もと「諭」に作る。挍勘記に據って改める〉禁新昏也。女毋之我家、取我爲室家之道。躬身、遑暇、恤憂也。我身尚不能自容、何暇憂我後所生子孫也）

『正義』は、これを敷衍して次のように言う。

言っているのは、人よ、私のやなの所に行かないように、私の魚笱《うえ》をあばかないように、他人のやなの所に行き、他人の笱《うえ》をあばいたならば、きっと魚を盗んだ罪に問われますよ――ということで、新婚に禁じて、おまえは私の夫の家には行ってはいけない、私の主婦としての勤めを奪ってはいけない、そうしたなら必ずや夫の寵愛を盗んだ咎があるぞ――ということを比喩する。しかし、新婚の妻に禁じたところで、夫がついに私を憎み、とうとう私は追い出されてしまったので、心に自分の生んだ子のことを思い、自分がいなくなったらきっとつらい目に遭うだろうと考える。が、また、自分がむごくあたられたことを思い返し、あきらめてこう言う、これからの我が身の振り方すらきちんと考えられないのだから、私がいなくなった後の我が子のことを心配する暇がどうしてあろうか、と。母と子はもっとも親密な關係であるから、お互いに心配し思い合うはずなのに、自分にはその暇がないと言うのは、自らの恨みと苦痛が極點にまで達しているからなのである（言人無之我魚梁、無發我魚笱。以之人梁、發人笱、當有盜魚之罪。以興禁新昏、汝無之我夫家、無取我婦事。以之我夫家、取我婦事、必有盜寵之過。然雖禁新昏、夫卒惡己、至於見出、心念所生、己去必困。又追傷遇己之薄、卽自訣。言我身尚不能自容、何暇憂我後所生之子孫乎。母子至親、當相憂念、言己無暇、所以自怨痛之極也）

これを見ると、鄭箋とそれを敷衍した『正義』との閒に、微妙な立場の違いがあることがわかる。鄭箋では詩句の意味を直截に解釋するだけで、母親であることを放棄した主人公を、なんら道德的な見地から問題視していない。それに對し『正義』では、彼女がなぜ我が子を顧みる餘裕がないのかということを問題視し、怨みと悲痛で理性を失ったからこそこのような思考をするに至ったのだと、主人公の狀況を説明して辯明しているのである。子を棄てるに至った責任は主人公の外部的情況にあり、主人公は道義的な責任がないという正當化をそこに讀み取ることができる。

鄭箋では、母が子を棄てるということを特に道德的な見地から問題にしていないのに、『正義』ではそれをしているのは、『正義』にあっては、主人公である母が子を棄てる、という內容は經典の內容としてはそのままでは受け入れがたく、正當化のための何らかの理由付けが必要なものとして意識されているのである。別の觀點から言えば、鄭箋においては、この詩の主人公が道德的な振る舞いをすることは求められておらず、棄てられた我が身をひたすら悲嘆する主人公が描かれていればそれでよいと考えられている。それに對して、『正義』では、主人公は道德的な存在であることが求められている（現在そうでないのは、過酷な情況が強いた例外的な情況として捉えられている）。

この詩の小序に規定された「夫婦の閒から道義が失われたことを刺る詩である」という主題は、女性が棄てられて恨み嘆いている姿を描くことで充分表現されており、その女性が道德的に無辜であることは必ずしも必要とはされていない。これから考えれば、鄭玄の理解は、小序に從って詩解釋をするという條件は充分滿たしている。にもかかわらず、『正義』が女性の道德性を確保しようという目的から再解釋をしているのは、鄭箋と『正義』とでこの詩が人々を「教化」する力を持つ、その源をどこに求めるかについての認識が異なっていることを示すであろう。すなわち、鄭箋は國の亂れが人々を不幸に陷れたその實例を擧げることによって、國を平和に保つことの重要性を感得させることができ、それで教化の目的は果たし得ると考えているのであろう。一方、『正義』はそれだけではなく、本來的に道德にかなった主人公が不幸な目に遭うことによる同情を喚起することが、教化を實現するためには必要であると考えているのであろう。道德的な意味で主人公に求めるものが、鄭箋と『正義』とでは異なっているのである。

宋代の詩經學者はこの問題をどのように考えているであろうか。『蘇傳』に次のように言う。

　他人のやなに行き他人の笱をあばくというのは、他人が成し遂げた功業に據ることを言うのである。新婚の妻が前の妻の成し遂げた業績に據りながら、その成し遂げるまでの苦勞を知りもせず、輕々しく使おうとする。私は棄てられたといっても、なおその後が續かないことを心配して、それで警告してやめさせようとするのである（逝人之梁而發人之笱、因人之成功之謂也。新昏因舊室之成業、不知其成之難、則將輕用之。我雖見棄、猶憂其後之不繼也。故告而止之）

蘇轍の解釋では、「我が後」というのは自分の子どものことではなく、自分が立ち去った後の家のことである。ここには、主人公が子供を棄てるという情況は現れてこない。彼女は棄てられた身でありながら、なお婚家の行く末を案じている、無私な人閒としてとらえられている。『正義』に比較して、主人公の道德的位置づけがいっそう高まっていることがわかる。

朱熹の『詩集傳』も、次のように言う。

その上、「毋逝我之梁、毋發我之笱」と言い、新婚の妻が私の場所に居座り、私の仕事をしないでと戒めようとすることに喩える。そしてまた、自らの身が受け入れられないのを思い、私が去った後のことを心配する暇などはないと考え、新婚の妻に禁ずることができないことを知り、思いあきらめる言葉である（又言毋逝我之梁、毋發我之笱、以比欲戒新昏毋居我之處、毋行我之事。而又自思我身且不見容、何暇恤我已去之後哉。知不能禁而絶意之辭也）

朱熹はこの章を、自分が去った後、新婚の妻が家を勝手に切り盛りすることを心配するということを歌っていると、解釋している。『蘇傳』とは異なって個人的な感慨を詠ったものと解釋しているが、鄭箋と『正義』に見られた、我が子を棄て去る母という道徳的に問題のある形象が解釋から消えている點では、蘇轍の解釋と同じである。

「谷風」と同じ詩句は、小雅「小弁」卒章にも見える。「小弁」は詩序に、

「小弁」の詩は、周の幽王を刺ったものである。太子の養育係が作ったものである（小弁、刺幽王也。大子之傅作焉）

とあり、周の幽王が褒姒を妃とし、その子どもを皇太子とし、元の妃と太子を追放したことを批判した詩だと言われ、この章は、追放された太子が發した言葉と解釋されている。毛傳は、

父を思うのは孝である（念父、孝也）

といい、ここに太子の父の幽王に對する孝の念が込められているという。一方、鄭箋は次のように言う。

他人のやなの所に行き、他人の笱をあばいたならば、きっと魚を盗んだ罪に問われるだろう。これによって、褒姒が、淫色によって王に氣に入られ、私たち太子とその母が受けていた寵愛を盗んだということを言う。父を思うのは、孝である。太子は王がこれからも讒言を信じて止まることがなく、私が死んだ後、また讒言されるものが出るであろうが、それをどうにもできないことを思い、あきらめて言う、「我が身すらどうなるかわからないのに、私が死んだ後のことを心配するいとまがあろうか」と（之人梁、發人笱、此必有盜魚之罪。以言褒姒淫色來嬖於王、盜我大子母子之寵。念父孝也。大子念王將受讒言不止、我死之後懼復有被讒者、無如之何。故自決云、我身尚不能自容、何暇乃憂我死之後也）

鄭玄の解釋は、たしかに表面的には毛傳の「父を思うのは孝である」という訓釋を敷衍する形をとっているが、その實、そこで語られているのは、自分を追い拂った褒姒とその子に對する恨みをぶちまけ、自分の悲しみに浸りすべてを放棄しようとしている主人公の姿である。毛傳の言う、父を思う孝子の姿は、そこでは具體的な形象としては何ら肉附けされてはいない。

『正義』の敷衍には箋との考え方の違いは見られず、鄭箋と同じく自己中心的、あるいは自分の思いにとらわれた人間という形象で主人公を捉えていると考えられる。

それに對し、『詩本義』は次のように言う。

やなというのは、昔の人が生活をするために缺かせない道具であり、とりわけ大切にしていたものであった。それで、いつも他人が勝手にそこに行ったりするのを嫌ったものである。詩にはしばしば取り上げられるが、前後の文脈から意味を判斷すればよいのである。……「谷風」「小弁」の道に背いてしまったら、夫と妻、父と子の恩義も絶え、家も國も滅んでしまう。やなどというつまらない道具の問題ではない。それなのに、常にやなのことを詠うのは假設の言葉である。詩人は當時世俗でもっとも大切にされたものを例に取り、人が私が追い出されたのをこれ幸いとして、私の持ち物を自分のものにしないようにと戒めているのである（所謂魚梁者、古人於營生之具、尤所顧惜者、常不欲他人輒至其所、於詩屢見之、以前後之意推之可知也。……谷風小弁之道乖、則夫婦父子恩義絶而家國喪。何獨於一魚梁、而每以爲言者假設之辭也。詩人取當時世俗所甚顧惜之物、戒人無幸我廢逐而利我所有也）（『詩本義』「何人斯」論）

『詩本義』では、「谷風」「小弁」の主人公は我が身の不幸ではなく、自分の利益のため人を追い出しその所有物を我がものにするという行爲がはびこることによって、夫や妻、父と子の恩義もなくなって、そのことによって家も國も滅んでしまうということを心配しているのだ、と解釋している。詩中で主人公が、日常卑近な事柄に拘っていると見えるのは、あくまで比喩的な表現にすぎず、眞の意圖はより高次な憂いなのであると考えている。鄭箋や『正義』が、主人公を自分の悲しみにとらわれている人閒として捉えていたのに比較すると、『詩本義』の解釋に現れた主人公の視線は外に向かい、大局的なところを見据えており、自己を超越して自分の去った後の家や國のことを憂えている。そこにあるのは、個人的な感慨ではなくて公的なものに對する憂悶である。

王安石の解釋では、「小弁」の主人公はよりはっきりと、愛國者の形象を持って立ち現れる。

「毋逝我梁、毋發我笱」というのは、太子が放逐されても最後まで國のことを忘れず心配しているのである（毋逝我梁、毋發我笱者、太子放逐而其憂終不忘國也）

『蘇傳』も同じで、やはり褒姒とその子が國家を破滅させることを恐れて、それを王に告げているのだと、つまり政治的な行動を取っていると解釋している。

すでにこのように王に告げ、また褒姒伯服が國の勳業を害することを恐れ、やなや笱を臺無しにしてはいけないと告げる。「谷風」と同じ精神である（既以此告王、又恐褒姒伯服之害其成業、故告之以無敗梁笱、猶谷風之義也）『詩集傳』も同様である。

王はそこで褒姒を后とし、伯服を太子にした。それで、彼らに對して「毋逝我梁、毋發我笱、我躬不閱、遑恤我後」というのは、おそらく譬えの言葉である。……「小弁」が作られた時には、太子はもう既に廢嫡されている。それなのになおこのように言うのは國の亂れがどこから起こったかその根本原因にさかのぼり、そこから徐々に亂れが大きくなったことを説明しようとしているのである（王於是卒以褒姒爲后、伯服爲太子、故告之曰、毋逝我梁、毋發我笱、我躬不閱、遑恤我後、蓋比詞也。……小弁之作、太子既廢矣。而猶云爾者、蓋推本亂之所由生、言語以爲階也）

このように、宋代の學者の解釋は、鄭箋・『正義』と際だった對照を示す。一言で言うと主人公の思いが私憤から公憤へと變化しているのである。

次に、先祖に對して自分の境遇を訴えた詩を取り上げ、歴代の注釋者の求める主人公像がいかなるものであったかを考察しよう。小雅「四月」首章の、

先祖匪人　先祖　人に匪《あら》ずや
胡寧忍予　胡《なん》ぞ寧《いづく》んぞ　予を忍びんや

について、鄭箋は次のように言う。

私の先祖は人ではないのか。人ならば艱難を察知するはずなのに、どうして〔子孫の〕私をこの亂世に生まれ

合わさせたのだろうか（我先祖非人乎。人則當知患難、何爲曾使我當此亂〈もと「難」に作る。挍勘記に據って改める〉世乎）

鄭箋は、この句を「私をこんな亂世に巡り會うように生んだとは、わが先祖は人でなしだ」と罵っていると解釋している。先祖に對する憤りを發するというのは、「孝」を至高の德目とする儒教的な價値觀からすれば、きわめて不道德なことと言わざるを得ないが、鄭玄はそのような主人公の言動を特に問題にしていない。それはやはり、主人公の苦しみを捉えることに解釋の主眼が置かれていて、主人公が道德的な人閒であることを求めていないからである。

『正義』は、鄭箋を次のように敷衍する。

人は苦しみのあまり本分に反し、窮すれば親をも告發する、だから私の先祖は人ではないと、道理に背いた言葉を發したのである。明らかに恨みの思いがはなはだしいのである（人困則反本、窮則告親、故言我先祖非人、出悖慢之言、明怨恨之甚）

先祖を「人でなし」と言うのは、道義的に言えば許されないことではあるが、それをあえて言っているのは、この主人公が理性を失うほど困窮しているからなのだと辯明をしている。そうすることによって主人公の道義的な責任を輕減しようという配慮であると考えられる。「先祖匪人」という詩句の扱い方に見られる鄭玄と『正義』の意識のずれは、先に見た「谷風」と軌を一にしている。

宋代の詩經解釋の中では、王安石の『新義』だけは異質で、鄭箋と同じく主人公の發言を道德的な見地から問題にはしていない。

先祖は人ではないのか。やはり人だ。それならば、自分の子孫を亂世に遭遇させて平氣でいていいわけがない

（先祖匪人乎。亦人爾。則不宜忍其後使之遇亂也）

しかし、その他はいずれも鄭箋とは異なり、主人公に道德的正當化を目的にした辯明を施す。この點は『正義』と同樣である。『蘇傳』と『集傳』の解釋を示す。

かくして君子は自ら亂世に生きる身であることを悲しんで言う、「先祖は人でなしではないか、私をこのような時代に生まれさせて平氣だとは」と。これはいわゆる窮すれば本分に反するというもので、「浩浩たる昊天、其の德を駿《なが》くせず」（小雅「雨無正」）と「先祖　人に匪ずや、胡ぞ寧んぞ予を忍びんや」とは同樣の心情からの發言である。どちらも恨みを持っていく相手がないからこう言うのであり、その實は、先祖に罪を着せているわけではないのである（是以君子自傷生於亂世曰、先祖非人哉、而忍生我於是。此所謂窮則反本。浩浩昊天、不駿其德。先祖匪人、胡寧忍予一也。皆無所歸怨之辭也。其實以爲非其罪也）（『蘇傳』）

我が先祖は人ではないのか。なぜ私をこのような禍に巡り合わせたのか。とがを着せる相手がないのでこう言うのである。（我先祖豈非人乎。何忍使我遭此禍也。無所歸咎之詞也）（『集傳』）

『蘇傳』は、實は先祖に罪を着せようという意圖はないのだと言い、『集傳』では、苦しみのはけ口がないから鬱憤のやり場がないから、だから先祖を罵っているのであると、主人公の立場を辯護する。『詩本義』になると、まったく解釋が違っている。

かの代々祿を食み高い位についている家臣たちは、先祖以來の任に就いているだけで、自分自身は地位にふさわしい人材ではないのだ、このような時節にどうして安閑として先祖から予えられた祿と位に安閒としていられようか。思うに時勢の害悪に氣がついていないのである（如彼世祿在位之臣、自其先祖以來所任、己非其人、當時何安然忍予之祿位者。蓋未見其害）

歐陽脩は、「予」を「與える」、「匪人」を「その任にふさわしからぬ者」ととる。このように解釋することによって、鄭箋や『正義』に見られた自分自身の先祖に對する非難という文脈を消しているのである。

以上のように、宋代の詩經解釋のほとんどは、鄭箋とは異なって、先祖を人でなしだと罵る詩句を道德的に合理化する解釋を行っている。

同様の例を、小雅「正月」第二章に見ることができる。

父母生我　　父母　我を生む
胡俾我瘉　　胡《なん》ぞ我をして瘉《や》ましむる
不自我先　　我よりも先ならず
不自我後　　我よりも後ならず

［箋］天は、父母に私を生ませたのに、どうして私に平穏に壽命を全うさせずに、このような暴虐の政治に遭遇させ疲弊させるのか。このような世がどうして私の先でも後でもないのか。困窮と苦しみの心情からとにかくも身を免れようとするのである（天使父母生我、何故不長遂我、而使我遭此暴虐之政而病。此何不出我之前、居我之後。窮苦之情、苟欲免身）

父母が私を生んでこんな亂世に巡り合わせた、どうしてこういう亂世が私より先の時代とか私より後の時代ではなくて、こともあろうに私の生きる時代にやってきたのかと嘆き悲しんでいるが、これもやはり不道德な言い方だと考えられる。なぜならば、亂世が自分の生まれる前や死んだ後であったらよいというのは、自分が安穏な暮らしを送るために、いま自分が遭遇している困苦を自分の先祖や子孫に轉嫁させようと願うということになるからである。『正義』はこの點を問題にして、やはり理性を失うほど苦しんでいるから、だから本心ではないのだと辯明している。

忠恕なる者は、自分の欲しないものを、人に施したりはしない。ましてや暴虐の政治を自分の前や後に押しつけたならば、〔それに苦しむのは〕父母でなければ子孫である。これは窮乏困苦のあまり、とにかく身を逃れようとしての發言である（忠恕者、己所不欲、勿施於人、況以虐政推於先後、非父母則子孫、是窮苦之情、苟欲免身）

『詩本義』や『集傳』となると、これは自分の巡り合わせをただただ嘆いているだけで、別に先祖や子孫が自分の身代わりになってくれたらよかったなどとは考えているわけではないと説明している。

父母が私を生んだからには、私に病氣になってほしいとは思いはしない。しかしこのような艱難辛苦を味わうのは、おそらくそういう時節に巡り會ってしまったからなのだ。「我が先後ならず」と言うのは、ただただ、自分が運悪く巡り合わせてしまったことを嘆いているだけなのだ（言父母生育我、猶不欲使我有疾病、而乃遭罹憂患如此、蓋適丁其時爾。其曰不自我先後者、直歎己適遭之爾）（『詩本義』）

苦しみのあまり父母を呼び、自分がこの時勢に巡り合わせてしまったことを悲しむ（疾痛故呼父母、而傷己適丁是世也）（『詩集傳』）

以上見てきたように、鄭箋では、主人公が自己中心的な思考をし、自分の個人的な憤懣をあからさまにぶちまけることに對する抵抗感は持っていなかったが、『正義』では、それを道徳の枠内で整合性をつけるように再解釋している。主人公が自己中心的な思考をしている場合には、彼の置かれた特殊な状況を説明することによって、それを何とか正當化しようとしている。詩經の主人公に、自己中心的な思考が本來あってはいけないという考え方がそこには見られる。

宋代になると、その志向はいっそう強まり、主人公が自己中心的な思考をしないで、自分の身ではなくて家や國の行く末を憂えるという解釋も行われるようになる。つまり、詩經の中で出てくる人々というのが道德的な存在であるという、そのような一面が强調される解釋をしているのである。ここに、宋代の詩經學者の解釋の姿勢を窺うことができる。

いずれにしても鄭玄が、主人公が不道德な人閒であることを意に介していないのは、際だった特徴である。彼は、主人公に道德的な價値を見出すのではなく、詩中に詠われた不幸な情況自體から教訓性を見出そうとしている。そのような立場からすれば、詩中に詠われるのは、殘酷な情況であればあるほど、教訓的な效果が期待できるだろう。したがって、主人公も道德的であるよりは、道德に反する思考・行動をするほど絶望の淵に沈んでいる方が望ましいとさえ言える。このような主人公像は、一般に鄭箋とともに「漢代詩經學」と一括されている毛傳にも現れないものである。また、彼の注釋を再注釋した『正義』も、鄭箋から浮かび上がってくるこのような人物像をどうにかして道德的な價値觀の枠内に納められるように再解釋しようと努力していることから、鄭箋とは異なる人物像を求めていることがわかる。つまり、鄭玄の解釋は漢唐の詩經學の中で孤立しているのである。鄭玄の解釋は、彼と同時代に生きた王粲の「七哀詩」を想起させるところがある。

出門無所見　　門を出づるも見る所無く

白骨蔽平原　　白骨　平原を蔽《おほ》ふ
路有飢婦人　　路に飢えたる婦人有り
抱子棄草閒　　子を抱きて草閒に棄つ
顧聞號泣聲　　顧《かへり》みて號泣の聲を聞くも
揮涙獨不還　　涙を揮《ふる》いて獨り還らず
未知身死處　　未だ身の死する處を知らず
何能兩相完　　何ぞ能く兩《ふたつ》ながら相ひ完《まつた》からん

（城門を出ると、何ひとつ見るものもない。ただ白骨が一面に平原を埋めているだけだ。道傍で腹をすかした女人が、抱いている子を草むらに棄てるのを見た。ふりかえって子の泣き聲に涙しつつも、女はそのまま立ち去っていく。「わたしだって、いつどこで死ぬやらわからないんだもの。おまえといっしょに、どうして生きていけよう。」——譯文は松枝茂夫編『中國名詩選』上、岩波文庫、一九八三、三一二頁に據る）

鄭玄と王粲の生きた後漢から三國にかけては、中國が戰亂に明け暮れ、大混亂のただ中にあった時代であった。當時は、母親が自分の命を全うするために子どもを棄てるというのは、むしろ卑近な現實だったと思われる。この點から考えると、鄭玄の解釋は、亂世に生きる者としての感覺や經驗が反映されたものということができるかもしれない。皇帝によって國家安定の象徵として統一的な經典解釋を示すように命令され『毛詩正義』を撰述した孔穎達等は、道德的な人閒という觀點から鄭箋を軌道修正しようとしたのではないだろうか。

4　臣下の義——隱遁の政治的機能

次に、臣下の義という問題を考察したい。主君に受け入れられない臣下が隱遁することを描いた詩を取り上げ、歴代の詩經學者が注釋によって、隱遁者にどのような形象を與えているかを探っていきたい。それを通して、隱遁者が君臣の義をどのように考えているか、隱者にとって祖國の朝廷がどのようなものとして考えられているかが浮かび上がってくる。それはとりもなおさず、注釋者自身の君臣の義の考え方、國についての道德觀を示すものであるだろう。

本章で取り上げるのは、衞風「考槃」という詩である。この詩は小序に、

莊公を刺った詩である。〔莊公は〕父祖の功業を受け繼ぐことができず、賢者を朝廷から退かせ終生〔谷閒で〕暮らさせるようにした（刺莊公也。不能繼先公之業、使賢者退而窮處）

というように、主君に受け入れられずに山谷の閒に隱遁生活をする賢者を描いた詩とされている。つまり、「野に遺賢なし」とは反對の情況を詠った詩である。まず、詩の全文および傳と箋の解釋を示そう。

考槃在澗　槃《たの》しみを考《な》して澗に在り
碩人之寬　碩人の寬なるなり

［傳］「考」は「成す」という意味である。「槃」は「樂しむ」という意味である。山が川を挾んでいるのを「澗」と言う（考成。槃樂也。山夾水曰澗）

［箋］「碩」は「大きい」という意味である。この谷に生涯暮らしそれに滿足している者は、その姿形は大人

のごとくであるが、顔には飢えて(13)やつれ果てた様子が現れている（碩大也。有窮處成樂在於此澗者、形貌大人、而寛然有虚乏之色）

獨寐寤言　獨《ひと》り寐《い》ねて寤《さ》めて言ふ
永矢弗諼　永《なが》く諼《わす》れじと矢《ちか》ふ　［首章］

［箋］「寤」は「目覺める」という意味である。「永」は「長い」という意味である。「矢」は「誓う」という意味である。「諼」は「忘れる」という意味である。谷で獨り寢、目覺めては獨り言を言い、いつまでも「主君の惡を忘れはすまい」と自ら誓うのである。終生ここを離れるまいと決意してこのように言うのである（寤覺。永長。矢誓。諼忘也。在澗獨寐、覺而獨言、長自誓以不忘君之惡、志在窮處、故云然）

考槃在阿　槃《たの》しみを考《な》して阿《あ》に在り
碩人之薖　碩人の薖《か》なるなり

［傳］曲がってのびた丘を「阿」と言う。「薖」は寛大な様子である（曲陵曰阿。薖寛大貌）

［箋］「薖」は飢えた様子である（薖飢意）

獨寐寤歌　獨り寐《い》ねて寤《さ》めて歌ふ
永矢弗過　永く過《よぎ》らじと矢《ちか》ふ　［第二章］

［箋］「過《よぎ》らじ」というのは二度と主君の朝廷に入るまいということである（弗過者、不復入君之朝也）

考槃在陸　槃《たの》しみを考《な》して陸に在り
碩人之軸　碩人の軸《じく》なるなり

［傳］「軸」は「進む」という意味である（軸、進）

［箋］「軸」は「疲れ果てる」という意味である（軸、病）

獨寐寤宿　獨り寐《い》ねて寤《さ》めて宿《しゅく》す

永矢弗告　永く告《つ》げじと矢《ちか》ふ　［卒章］

［傳］人には告げまい（無所告語也）

［箋］もう主君に善き道を告げ教えたりはするまい（不復告君以善道）

この「考槃」は、歴代多種多様な解釋がされている。上に示した範圍でも、「薖」や「軸」の訓詁に見られるように、毛傳と鄭箋ですでに説が異なり、それにより詩全體の解釋にも大きな差異が生まれている。特に各章の最後の句、「永《なが》く諼《わす》れじと矢《ちか》ふ」「永く過《よぎ》らじと矢ふ」「永く告げじと矢ふ」という句をどのように解釋するかというのが、議論の焦點になる。

鄭箋では、「終生、主君の悪を忘れまい」「二度と主君の朝廷に足を踏み入れまい」「二度と主君に善き道を告げ教えたりするまい」と解釋する。そこには、主君の無道・罪惡に對してあからさまに非を鳴らす人物像が出てくる。彼は、隱者としての現状に自足しておらず困窮し衰弱している。そして、そのような情況に自分を追い込んだ主君を激しく憎惡しているのである。

『正義』に據れば、毛傳と鄭箋とは異なった解釋をしていると言う。『正義』に、毛傳の説を次のように解釋している。

この詩の毛傳の解釋は不明であるが、……魏の王肅の詩經解釋はみな毛傳を敷衍したものであるが、その注に「山谷の閒に終生暮らし、その樂しみを成し遂げることができたのは、彼に大人としてのひろやかな德があったからである。だから、山谷に住んで、一人寢ては目覺め、先王の道を忘れたりすまいと、常に誓おうと獨り言を言う。君子がひろやかな德を持ち續け、道を篤く信じ、その志を詩に歌い、常に道を守ることを自ら誓い、そこからはずれたり道を誤ったりはすまいと誓うのである」と解釋するが、これはあるいは毛傳の言わんとするところを正しく捉えていると思われる（此篇毛傳所說不明、……王肅之說皆述毛傳。其注云、窮處山澗之閒、而能成其樂者、以大人寛博之德。故雖在山澗、獨寐而覺、獨言先王之道長自誓不敢忘也。美君子執德弘信道篤也。歌所以詠志、長以道自誓不敢過差。其言或得傳旨）

　主人公が、「忘れはすまい」と誓っているのは、主君の惡逆無道な振る舞いではなく、「先王の道」なのだと言う。先王とは理想的な世の中を現出した、いにしえの聖天子のことであるが、そこで行われていた理想的な道德を忘れたりすまいというのである。この解釋に見える主人公は、隱遁生活に自足しており、隱棲を人格陶冶の場として捉える精神の餘裕を持っている。鄭玄の解釋の中の隱者像とはきわめて對照的である。『正義』は、毛傳―王肅の說と鄭玄の說のいずれにくみするか、態度をはっきりとは表明してはいない。しかし、王肅の說に對して、「魏の王肅の詩經解釋はみな毛傳を敷衍したものである」と言うのは、『正義』の本來の立場とは異なっている。なぜならば、鄭箋は毛傳の意味を明らかにするために書かれたというのが、『正義』の說であり[14]、一方、王肅は鄭玄の學問を眞っ向から批判して自身の經學を展開したものである以上、本來『正義』も王肅に批判的なはずであるからである。そうでありながら、この詩句に對しては、王肅の說が毛傳の意を正しく傳えているというために、彼の詩經解釋は「皆な」毛傳を敷衍した、ということを理由に擧げているのは、『正義』の基本姿勢と異なっているのである。ここから考えると、この詩句の解釋については、『正義』はおそらく、鄭箋の解釋には批判的で王肅の說にくみしているだろうと推測できる[15]。

　それでは、宋代の學者はこの詩をどのように解釋しているだろうか。王安石の『新義』は鄭箋の說に從っているが、それは例外的である。『詩本義』には次のように言う。

「考槃」の詩の意味が……もし鄭箋の説のとおりであるとしたら、進んで朝廷に入ったら喜び樂しみ、退いて隱遁したら恨み憤るということになり、これでは運命を甘受することを知らない底意地の悪い人間であり、どうして賢者ということができようか。……もし鄭箋の説のとおりであるとしたら、孔子は詩經を編纂する際、決してこの詩を入れたりはしなかったであろう。（考槃……如鄭之說、進則喜樂、退則怨懟、乃不知命之狠人爾、安得爲賢者也……如鄭說、孔子錄詩必不取也）

歐陽脩は、道德的な見地から鄭玄の説を強く批判する。(16) 相手から厚遇されようが迫害されようが、自分は道德に基づく一貫した態度を示すべきだという考え方が根底にある。臣下は放逐されても、君主に對する怨みの心をあらわにすることは許されないのであり、隱者といえども君臣の義からは自由ではないのである。歐陽脩が君臣の義を重視していたことは、『詩本義』の中にしばしば表れる。一例として、小雅「正月」の解釋を擧げよう。

〔周の〕幽王・厲王を歌った詩は、恨み刺る言葉をこれでもかと竝べ立て主君の惡事を暴いている。孔子がこれを詩經に入れたのは、それらの詩が主君の過失を暴き立てているところを評價したのではない。主君の心を改めることが難しく、諫め諭す言葉も彼らの耳に入らないのだけれども、臣下はそれでも主君を愛する忠義の心を持ち續け、天下の民の苦しみを言葉を盡くして申し上げ、主君の惡事を嚴しく指摘し、主君が恐れ愼み、罪を悔い改めることを冀うのである。彼らが悔い改めず、失敗し滅び去るような事態になったならば、後の王の戒めとするためにそれを記録するのである（幽厲之詩、極陳怨刺之言、以揚君之惡。孔子錄之者、非取其暴揚主過也。以其君心難革、非規誨可入、而其臣下猶有愛上之忠、極盡下情之所苦、而指切其惡、尙冀其警懼而改悔也。至其不改悔而敗亡、則錄以

爲後王之戒）

王が善か惡かにかかわらず、臣下たるものは主君に忠義を盡くすべきだという考え方が見られる。同様に、道德的一貫性を持つべきだという「考槃」についての彼の發言には、朝廷を離れて隱棲してしまっても、臣下としての最低限の義は守るべきだという考え方があると考えられる。このような認識に立って、歐陽脩はこの詩を次のように解釋する。

「槃《たの》しみを考《な》して澗に在り、碩人の寬なるなり。獨り寐《い》ねて寤《さ》めて言ふ、永く諼《わす》れじと矢《ちか》ふ」というのは、碩人が山谷の閒に居住し、そこを狹苦しいなどと思わずに獨り言を言うということである。「この樂しみを忘れまい」と自分に言い聞かせるのである。「碩人の寬なるなり」というのは、谷に住むのはたしかに手狹だが、賢者はそれを廣いと思うのである。「永く過らじと矢ふ」というのは、谷の中に滿ち足りて樂しく暮らし、他の所へ行こうなどと思わないということである。「永く告げじと矢ふ」というのは、自分がこの樂しみを手に入れ、妄りに他人に語ったりしてはいけないということである（考槃在澗、碩人之寬。獨寐寤言、永矢弗諼、謂碩人居於山澗之閒、不以爲狹而獨言、自謂不忘此樂也。碩人之寬、澗居雖狹、賢者以爲寬也。永矢弗過、謂安然樂居澗中、不復有所他之也。永矢弗告者、自得其樂不可妄以語人也）

ここには、山谷での隱遁生活に自足している賢者が現れる。これは、王肅と『正義』の解釋を受け繼いだものと言える。つまり、歐陽脩の隱者像は、

一、山谷での隱棲に自足する……王肅―『正義』から受け繼いだもの

二、隱棲して、現實的には君臣の關係が解消されてしまっても、なお君臣の義を守り續ける

という、二つのイメージから成り立っている。彼の後の宋代詩經學の「考槃」解釋には、この二つのイメージを發展させた隱者像が現れる。『蘇傳』では、

「澗」とか「阿」とか「陸」とかは、どれも人間が樂しく暮らせるところではない。今そういうところで樂しく暮らすと言うのは、必ずや激しく憎むところがあってここで暮らすしかどうしようもないからなのであろう。……「弗諼」は、昔の戒めを忘れてはいけない、「弗過」は、二度と〔主君のもとに〕行くまい、「弗告」は、二度と〔主君を〕諫めるまいという意味で、もう仕官はしないことを自らに誓っている（澗也阿也陸也、皆非人之所樂也。今而成樂於是、必有甚悪而不得已也……弗諼、既往之戒不可忘也、弗過、不可復往也、弗告、不可復諫也。皆自誓以不仕之辭也）

と言う。「昔の戒めを忘れまい」「二度と行くまい」「二度と諫めるまい」という解釋は、表面上は鄭箋と同じように思えるが、蘇轍の解釋においては、「忘れてはいけない」のは、主君の悪ではなく、昔の戒め――もう仕官はしない――という誓いなのである。つまり、蘇轍の解釋では、鄭玄のように主君の悪を告發する姿勢ではなく、自らの行動に對する誓いという側面が强調されている。細かい差異ではあるが、鄭箋にあった「王の悪を忘れまい」「二度と王に善い道を教えまい」という主君に對する怒り、恨み、復讐の思いが影をひそめている點に注意をすべきである。「必ずや憎むところがあって」というのも、その對象が鄭箋のように明示されていない。

朱熹は、山谷での隱遁生活に自足する賢者の姿を歌うと解釋している。

この山谷の中で暮らす樂しみを決して忘れまい、……これ（ここで一生暮らすこと以外のこと）を越える願いを持つまい、終生ここに住む意志を言う。……この樂しみを人に告げたりするまい、と自らに誓う（自誓其不忘此

樂也……自誓所願不踰於此、若將終身之意也……不以此樂告人也）

蘇轍と朱熹の解釋は、君主に對する憤懣を「思いあきらめた」諦念に變え、山谷の暮らしに自足する隱者の形象がとらえられている。これは、基本的には王肅と『正義』以來の隱者像を繼承したものと位置づけられ、歐陽脩の隱者像一の性格が強い。

宋代には、歐陽脩の隱者像二の面が强調された隱者像も現れる。

南宋・謝采伯『密齋筆記』卷一に鄭俠、字は介夫（王安石の新法に苦しむ民衆の姿を描いた「流民の圖」を皇帝に奉り左遷された。この事件は、王安石の失脚の端緒となった）の解釋が引かれている。

「弗諼」とは、主君を忘れまいということ、「弗過」とは、主君が過ちを犯したと言うまい、ということ、「弗告」とは、（主君の仕打ちを）他人に告げたりするまい、ということである（弗諼者、弗忘君也。弗過者、弗以君爲過也。弗告者、弗以告他人也）(17)

これは、隱遁してからも主君に對する忠誠心を失わない隱者像である。このような解釋は、程頤の「詩解」にも見られる。

賢者は、朝廷から退いて山谷の閒に終生暮らしていて、身體は德に滿ちて健やかであっても、心は朝廷にあって寢ても覺めても主君への思いを忘れることができず、自分が主君に善き行いを教導することができないことを深く殘念に思い、その理由を述べる（賢者之退、窮處澗谷閒、雖德體寬裕、而心在朝廷、寤寐不能忘懷、深念其不得以善道告君、故陳其由也）

程頤は、「弗諼」「弗過」「弗告」の「弗」を禁止の意味ではなく、「～できない」の意味に取る。つまり「長く忘れじ」ではなく「長く忘れず」と解釋するのである。そうすることによって一連の詩句が隱者の決意を表すものではなく、忠君愛國の思いを抱き續ける隱者の姿を詠ったものに轉換される。程頤の弟子の楊時『龜山集』には、次のように言う。

「考槃」の詩に「永矢弗過」とあり、これを「主君の朝廷に足を踏み入れるまいと誓う」と解釋するものがいるが、これは誤りだ。昔、このことを常秩、字は夷甫（一〇一九～一〇七七）の子の立（字は子充、崇寧元年に黨籍に入れられる）に聞いた者があって、立は答えて、「古の人の中には、その主君を敵や仇のように思っていた者があったのだろう」と言ったが、これも道理を害する答えである。なぜならば、『孟子』（「離婁　下」）に、「主君が家臣を犬や馬のように見なせば、家臣は主君を仇や敵のように見なす」と言っているのは、これは主君のために言った言葉なのである。君主に向けての發言であれば、相手（家臣）にした仕打ちが自分（主君）の身に返ってくるという道理を説くことは當然あり得る。一方、君子が自分をいかに律するかということを考えるならば、（主君に對し）このように薄情なはずはない。『孟子』（「公孫丑　下」）に、「王が行いを何とかして改めてくれないものか、私は毎日毎日これを願っている」と言う。君子の心というのはかくあるものである。「考槃」の詩では、その當時、主君は賢者を隱遁させ生涯山谷に暮らすような境遇に追いやったことは、罪せられるべきである。しかし、かりにいつの日にか過ちを悔い、善き道に戻ろうという心が生まれ、私をふたたび任用しようとしたならば、私はきっとまたその朝廷に立ち戻ることであろう、いったい決してその朝廷に歸らないと言うことがあるだろうか（考槃之詩、言永矢弗過。説者曰、誓不過君之朝。非也。矢陳也。亦曰、永言其不得過耳。昔者有以是問常夷甫之子立、立對曰、古之人蓋有視君如寇讎者。此尤害理。何則、孟子所謂、君之視臣如犬馬、則臣視君如寇讎。以爲君言之也。爲

君言則施報之道、此固有之。若君子之自處、豈處其薄乎。孟子曰、王庶幾改之、予日望之。君子之心蓋如此。考槃之詩、雖其時君使賢者退而窮處爲可罪。夫苟一日有悔過遷善之心、復以用我、我必復立其朝。何終不過之有(19)

楊時の解釋には、程頤の「退隱してなお主君を思い續ける」隱者像から、さらに一歩進んで隱棲はあくまで一時的なものであり、機會が再び廻ってきたら、――主君の目が覺めたら――、喜んでまた出仕しようと思っている隱者像が現れる。いわば官僚豫備軍としての隱者像であり、愛國者としての隱者像である。彼にとっては、山谷はもはや終生の隱棲の場所ではなく一時的な避難場所にすぎず、隱遁は自足の境地ではなく假の姿に過ぎない。これを主君側――政權側――から言えば、隱棲とは、自分が追放した反對勢力を、反體制的な行動に身を投じさせることなく、體制内で飼い殺しにするためのシステムとして機能している。隱棲の地とは、反對者が主君への忠誠心を持ち續け、將來の再登用を期待しつつ、身を寄せる避難所なのである。

『李黃解』に載る、南宋・黃櫄の說は、程頤や楊時の說を集大成したような說である。

主君のことが忘れられない、主君の朝廷に行くことができない、主君に善なる行いを教導することができない、といつまでも訴える。これは、賢者が主君を愛する心が眞心に滿ち、この上もなく忠義の心が厚いことのあらわれである（永陳其不忘君父之意、又永陳其不得適君之朝、又永陳其不得告君以善道。此賢者愛君之誠而忠厚之至也）

彼は、「矢」を「誓う」の意味ではなく「陳ずる」の意味に取って解釋し、主君を思い再任を熱烈に希望する隱者像を描いている。

＊＊＊　＊＊＊

　このように見ていくと、鄭箋の主君への恨みを口に出してはばからない隱者像から、『正義』以降、主君に反抗的な態度を持たず自足する隱者像へと轉換していることがわかる。さらに、宋代にはいっそう體制順應的な、隱遁生活をしていても、主君に忠義を盡くそうと思い惱むという隱者像も出現する。つまり、鄭玄の自己中心的な隱者像から、歐陽脩（蘇轍・朱熹）の隱遁生活をして政治的に無害な存在としての賢者、程頤や楊時などの第一線を退いたけれども機會があったら政權の場に復歸したいと考える、官僚豫備軍・愛國者としての政治的意味合いをもった隱者という解釋に變化している。

　鄭玄の隱者像から考えれば、政權側から見て臣下（あるいは反對者）を隱棲させるというのは、彼を憤懣に滿ちた反體制的勢力として、まことに危險な立場に追い込むことであった。それが、宋代の詩經學において、隱遁というものが持つ意味は、全く正反對になり、體制維持のための一種の裝置とすらなっている。つまり、隱者といえども、一旦結んだ君臣のつながりからは自由ではなく、その思考・言動もなお國家の政治的構成員の一人という枠組みの中に規制されているのである。そして、機會があったならば朝廷に復歸する心構えを持ちつつ日々を送ることが望まれる。すなわち、政治的な迫害を受けた人物や不遇をかこつ人物などを、體制を脅かす存在に追い込むことなく、引き續き國家に歸屬させるための一種の安全瓣という役割で考えられていたとも思われる。

　このような隱者像への變化は、中國の思想史全體のパースペクティブの中で考察がなされなければならないであろう。特に、『論語』で孔子が説いた隱棲の論理との關係は、儒教道德の浸透を考える面でも重要であろう。また、宋代、愛國者と隱者の二面を持つ陶淵明への尊崇が高まったこと、特にしばしば、彼が諸葛孔明の大略を抱いた隱者と稱されたり、儒家の風格を持つとされたことは(20)、詩經の隱者の解釋の變化を考える上でも見逃せない問題であろう(21)。これらについては、稿を改めて考察したい。

5　詩經解釋の中の殉國意識

次に、殉國意識――國へどれだけ歸屬するかという意識――について、歷代の詩經解釋からどのような變遷を讀み取ることができるかを見ていきたい。考察の對象は、三種類に分類できる。まず政治參加できる身分か否かという視點から、士大夫と民衆とに分けられる。さらに、士大夫は、王あるいは自分の主君と姓を同じくするかしないか、すなわち王、主君と同族であるか否かという見地から二種類に分類する。以下、この三分類――同姓の臣、異姓の臣、民衆――について、それぞれの國家への歸屬意識がいかにあるべきと考えられていたかを見ていきたい。さらに、國家・主君への歸屬意識への究極の表現である殉死についての解釋を見ていきたい。

①　同姓の臣は國を捨てられるか？

まず王や主君と同姓、すなわち王や主君と同族である臣下はどのように身を處するべきと考えられているであろうか。邶風「柏舟」は、詩序に、

「柏舟」の詩は、仁であるが不遇であることを詠う。衞の頃公の時、仁人が不遇であり小人が君側にのさばっていた（柏舟、言仁而不遇也。衞頃公之時、仁人不遇、小人在側）

というように、主君に遠ざけられた臣下の嘆きを詠った詩であるが、第二章に、

亦有兄弟　　亦た兄弟有り

不可以據　以て據《よ》るべからず

という句があることから、鄭箋は、

兄弟の道義を用いて相手を責めていることから、衞君と同姓の臣下のことを言っている（責之以兄弟之道、謂同姓臣也）

と言い、この主人公は衞君と同姓の臣下であると推論している。この詩の卒章に次のような詩句がある。

日居月諸　日や月や
胡迭而微　胡《なん》ぞ迭《たが》ひに微《かすか》なる
心之憂矣　心の憂ひあるや
如匪澣衣　澣《あら》はざる衣の如し
靜言思之　靜かに言《われ》之を思ふに
不能奮飛　奮い飛ぶこと能はず

［傳］鳥のように翼を羽ばたいて飛び去ることができない（不能如鳥奮翼而飛去）
［箋］臣下が主君に重んじてもらえなくても、なお國を立ち去るに忍びない、というのはこのうえもなく情愛が厚いのである（臣不遇於君、猶不忍去、厚之至也）

鄭箋の「この上もなく情愛が厚い」という句は、何を言っているのであろうか。『正義』には、次のように解釋する。

この〔詩の主人公である〕仁人は兄弟の道によって主君を諫めているところからして、主君と同姓の臣下である。故にこの上もなく厚い恩を受けているので、去るに忍びないのである。〔鄭玄の著した〕『箴膏肓』に「楚の鬻拳《いくけん》は同姓で國を去ることのできないほどの恩義があった」と言い、『論語註』に「箕子・比干は國を去るに忍びなかった」（逸文と思われる―筆者補記）と言い、これらはいずれも同姓の臣下には親族として受けた恩情があるからである。主君が無道であっても、これを見捨てて去るに忍びないのである（此仁人以兄弟之道責君、則同姓之臣。故恩厚之至、不忍去也。以箴膏肓云、楚鬻拳同姓有不去之恩。論語註云、箕子比干不忍去、皆是同姓之臣有親屬之恩。君雖無道、不忍去之也）

つまり、『正義』では、鄭箋が「臣下が、君に正當に遇されなくとも、なお朝廷を去るに忍びないでいる（臣不遇於君、猶不忍去）」ことの理由として「君主が臣下に與えた恩がこの上もなく大きい（厚之至也）」ことを擧げていると取る。前句では主格が臣下だったのが、後句では君主に替わっているのである。つまり、同姓の臣下は「主君が無道」であっても、國を去ることはできないのである。

しかし、この鄭箋の解釋としてはより平易な解釋があり得よう。鄭箋を轉折なく讀めば、情愛が厚いのは臣下だと解釋することもできる。すなわち、「主君に重んじてもらえなくてもなお國を立ち去るに忍びない、そういう臣下の情愛がこの上もなく厚い」と解釋するのである。ちなみに清原宣賢講述『毛詩抄』でも、「小人はともにまじはつていれば、いづくへもいにたけれども、君を思ふ忠節の心が有程に、えいなぬぞ。鳥を以てたとゆるぞ。爰が敦厚の詩ぞ」と説いており、[22] 鄭箋の「厚の至りなり」を臣下の心の「厚さ」と取っていると考えられる。これと『正義』の説とのいずれが正しいかの判斷はしばらく置くとして、この解釋が充分成立しうることは疑えないであろう。

臣下が國を立ち去るということをいかに評價するかという觀點から考えれば、この二種類の解釋の方向性は反對である。すなわち、『正義』の解釋では、同姓の臣下が主君に疎んじられても國を去らないのは、ごく自然なことであるのに對し、筆者の提示した、あるいは『毛詩抄』の解釋では、それは例外的な行動、忠節の心がこの上もなく厚い臣下にしてはじめてあり得ること、ということになる。前者の解釋に據れば、同姓の臣下は原則として國を去るべきではないと考えられており、後者の解釋に據れば、同姓の臣下であっても、主君に疎んじられたならば、國を去るのが本來は當然のことである、ということになる。これから考えれば、『正義』はあり得べき二種類の解釋から、あえて轉折の大きい方を採用し、「同姓の臣下は國を去るべきではない」という主張を展開していると言うことができる。(23)

筆者の想定が正しいとするならば、鄭玄は、主君から正當な待遇を受けられない場合、臣下がその國を捨てて自由に別の國に移るのはむしろ自然な選擇であり、故に不遇でありながらなお國を去るに忍びない本詩の主人公の心はこの上もなく「厚い」ものとして評價されているわけである。これが『正義』になると、この詩の主人公は主君と同姓の臣下であり、主君からこの上もない厚い恩を受けているので、だから去るに忍びないのだと解釋を變えており、同姓の臣下の倫理に對する解釋が變化していることになる。(24)

ただし、『正義』が唱えるこの拘束は多分に情誼に基づく心情的なものであり、理念的には、『正義』も先の引用に續けて次のように言って、臣下の移動の自由を認めている。

しかしながら、主君と臣下とは義によって合うものであり、道徳がついに行われないならば、同姓であっても國を去る道理がある。故に、微子は國を立ち去ったが、箕子・比干とともに「三仁」と稱えられた。明らかに、同姓の臣下も立ち去ることができる道理がある（然君臣義合、道終不行、雖同姓有去之理。故微子去之、與箕子比干同稱三仁。明同姓之臣有得去之道也）

ただ、國を去るには、そこに至る強い理由「道が終に行われず」が必要であり、「主君が無道であっても、これを見捨てて去るに忍びないのである」と言われている點はやはり、注意すべきである。同姓の臣は國を立ち去るにあたっては、異姓の臣下よりより強い倫理的な規制が存在すると考えられていたということができる。

ここで參考にしたいのが、戰國時代の文學者屈原である。屈原は楚の同姓の臣で、楚の主君に受け入られず放逐されてもなお憂國の思いやみ難く、各地を放浪したあげくついには汨羅に身を沈めた人物である。彼は多くの作品の中で楚國と楚王への熱い思いを歌っているが、その一例として『楚辭』九歌「湘君」を擧げよう。

心不同兮媒勞　心同じからざれば媒《なかだち》勞《つか》れ
恩不甚兮輕絶　恩甚しからざれば輕がるしく絶ゆ

これに對して、後漢の王逸は、

この詩句で言っているのは、人と人との交わりがそもそも淺く、恩も深くなければ、簡單に交わりも絶えてしまうものだ、ということである。言わんとするところは、自分と主君とは同姓で先祖を同じくするので、主君と交わりを絶って離れてしまうことは道義上できない、ということである（言人交接初淺、恩不甚篤、則輕相與離絶。言己與君同姓共祖、無離絶之義也）

と注する。ちなみに『文選』巻三二はこの「湘君」を收録しているが、唐代に著された五臣注には、「李周翰曰く（翰曰）」として、

主君に使える道もこれ（心の通わない結婚、恩義の薄い交友）と似たようなものである（事君之道亦類此焉）

と、たいへんあっさりとした解説をしている。王逸の注は、詩句に書かれている内容の裏を讀もうとしているもので、

解釋としては過剩であると言うことも指摘できよう。これは、裏返せば、王逸が注で述べていることは、彼にとってはなはだ重要なもので、無理にでもこのように解釋しなければならないと考えられていたことを表す。つまり、王逸も同姓の臣であれば主君に對してとりわけ強い忠誠心を持つということを強く主張しているのである。ところが、彼と同時代と言ってよい鄭玄はそれとは異なり、同姓の臣であっても自由に國を移動してよい、と考えていると思われる。それが『正義』では、自由を保留するような形で、同姓の臣というのは移動の自由が規制されていると考えている。ここから、同姓の臣下の行動倫理については、錯綜した議論があったものと推測できる。また、これを逆から考えれば、同姓の臣が移ることが規制されるということは、異姓の臣であればかなり自由に移動が認められていた、道德的な束縛を受けていなかったことが言えるのではないかと思われる。これについては、次小節で詳しく檢討しよう。

蘇轍や朱熹の詩解釋になると、同姓の臣という問題は全く現れない。兩者とも、「亦有兄弟」の句を、主人公と主君とが同族關係にあることを示すとはとらず、主人公とその兄弟と解釋する。その上で、『蘇傳』には、

　月は當然光が微かになったりするが、太陽はそうではない。太陽と月がかわるがわる微かになるということがあろうか。君子と小人は互いに争い合う。しかし小人でその志が得られないというのは當たり前のことであるが、君子でありながら志を遂げられないというのは、太陽が微かになるのと同じようなことだ。であるからこれを心配して、垢じみて汚れた衣が洗われないようなもので、憂いの思いがいつまでも心から離れないのである。憂いが深いので翼を羽ばたかせて避けたいと思うが、それができないのである（月當微耳、日則否、豈有日月更代而微者歟。君子與小人常迭相勝。然而小人而不得其志者常也。君子而不遂、如日而微耳。是以憂之不去於心、如衣垢之不澣、不忘濯也。憂患既深、思奮飛以避之、而不能矣）

と言う。彼の解釋では、「飛び去ることができない」ということが前提として受け入れられており、なぜ飛び去るこ

とができないのかという考察はなされない。蘇轍は、主人公が主君と同姓の臣であるかどうかにかかわらず、國と主君を棄てることは、はじめから選擇肢の中に入っておらず、だからこそ閉塞情況の中でもだえ苦しむ、と解釋している。

『集傳』は、

比である。……太陽はいつも明るいのが當たり前で、一方、月は時に缺けることがある。これはちょうど正妃と嫡子が尊敬されるのが當たり前で、多くの妾は地位が低いのが當たり前であるのと同じことである。今、多くの妾の方がかえって正妃と嫡子の上に居座ってしまった。これは太陽と月とがかわるがわる缺けているようなもの（不條理な事態）で、だから憂いとするのである。心にもやもやとした恨みが鬱積し、洗わない衣のようである。飛び去ることができないことが恨めしい（比也……言日當常明、月則有時而虧、猶正嫡當尊、衆妾當卑。今衆妾反勝正嫡、是日月更迭而虧、是以憂之、至於煩冤憒眊、如衣不澣之衣、恨其不能奮起而飛去也）

と言い、朱熹はこれまで檢討してきた學者とは異なり、この詩を夫の愛情を受けられない妻の歌と解釋する。しかし、やはりこれも、『蘇傳』と同樣、飛び去ることとできない理由は問題としておらず、飛び去らないことを前提にした解釋である。これから考えると、蘇轍と朱熹の二者は、たとえ理解者が得られず孤立したとしても、自分の屬する共同體を離脱して自由を求めるということは、容易に認められない事態であると認識していたと考えられる。

以上見たように、鄭箋にあった、同姓の臣下が君主のもとを離れ去ることができるという解釋は、『正義』にも引き繼がれていたが、宋代になると現れない。これは、一つには「亦有兄弟」を、主人公と主君の關係を表しているという鄭箋の解釋が、牽强附會なものであり、詩句を平易に讀み取れば、文字通り主人公とその兄弟と讀むべきであろう、という詩句に沿った解釋を行った結果の、學問的な判斷によるものであったろう。しかしそのような態度によって出された彼らの解釋に見える主人公像は、鄭箋と『正義』に比べて、自分の屬する集團に對する歸屬意識が强固なものになっていることは否定できない事實である。そして、このような主人公の情況に對して蘇轍や朱熹が特に違和感を懷いている樣子がないことから考えれば、彼らの解釋による主人公の歸屬意識は、注釋者自身の價値觀を反映していると考えても誤りはないであろう。

②　異姓の臣は國を捨てられるか？

次に、異姓の臣は、どのように行動すべきと考えられていたかを見たい。小雅「小明」という詩の第四章を擧げる。

嗟爾君子　嗟爾《ああなんぢ》君子
無恆安處　恆《つね》に安處すること無かれ

［箋］恆は常也。嗟女《ああなんぢ》君子とは、其の友の未だ仕へざる者を謂ふ也。人の居るや、常に安んずるの處無しとは、當に安に安んずるとも能く遷《うつ》るべきを謂ふ。孔子曰く、「鳥は則ち木を擇《えら》ぶ（『春秋左氏傳』「哀公十一年」）」と（恆常也。嗟女君子、謂其友未仕者也。人之居、無常安之處、謂當安安而能遷。孔子曰、鳥則擇木）

鄭箋をどのように解釋するかについて、時系列的には逆になるが、まず歐陽脩の說から檢討を加えたい。『詩本義』に次のように言う。

> 鄭玄は、「嗟爾君子」を友人でいまだ出仕していないものを指すと解する。しかしながら、詩中の大夫は亂世に巡り合わせ、出仕したことを悔いているのであるからには、なすべきはいまだ出仕していない友人に、安居して出仕しないように勸めることであり、「一つ國に腰を落ち着けてはいけない」と教えることなどあろうはずが

ない。思うに鄭玄は、大夫が出仕していない友人に「亡命して他國に行け。周の國に留まってはいけない」と勸めていると解釋しているのであり、だからこそ「鳥は則ち木を擇ぶ」ということわざも引くのであろうが、出仕を悔いるものは退隱せずして窮地に陥ったことを悔いるもの、鄭玄の説のごとくならば、周の大夫はみな國に對して二志を抱き、友に周に背いて亡命するよう教えていることになり、これでは教えを垂れる詩と云うにふさわしからぬものである（鄭乃以嗟爾君子爲其友之未仕者。且大夫方以亂世悔仕、宜勉其未仕之友以安居而不仕、安得教其無恆安處。蓋鄭謂大夫勉未仕之友去之他國、無安處於周邦也、故引鳥則擇木之説、夫悔仕者悔不退而窮處爾、如鄭之説則周之大夫皆懷貳志、教其友以叛周而去、此豈足以垂訓也）

歐陽脩は、鄭玄は「大夫が出仕していない友人に對して亡命して他國へ行け。周の國にとどまってはいけない」と勸めていると解釋していると言う。そのように考えた上で、鄭玄を批判して、「鄭玄の説のごとくであれば、周の大夫というのはみな國に對して二思を抱くことにな」り、これでは國家に對する反逆であると、非難している。

一方、『正義』は、鄭箋をいかに解釋しているだろうか。

「ああ君、有德でありながらいまだ仕えていない君子よ。人が人生を送る場で、常に心安らかに樂しく過ごせるところなどない」と言っているのは、仕官の身の上に安んじることのないようにせよ、君はただ安んじて天命を待ち、仕官を求めることに汲々としてはいけない、ということである。

「常に安んずるの處無し」とは、隱遁と出仕と、安んずるところが常ならぬことを言うのである。「安きに安んじて能く遷る」とは、明君がいなければこの遷りゆき隱れ住んでいる遷遁の安居に安んずるべきであり、明君が現れたならば、遷りゆきて彼に仕えることができるようにすべきことを言う。これは出仕するにも隱遁するにも必ず時期を見るべきで、いずれかの境遇にいつまでも安んじてはならず、時が來るのを待って別の境遇に遷るべきだというのである。孔子が「鳥は則ち木を擇ぶ」といった。これはちょうど臣下が主君を選ぶようなものであり、だからこの安きに安んじて主君を選んで遷ることができるのである（無常安之處、謂隱之與仕、所安無常也、安安而能遷者、無明君、當安此潛遁之安居、若有明君、而能遷往仕之、是出處須時、無常安也。必待時而遷者。孔子曰、鳥則擇木、猶臣之擇君〈もと「遷也」有り。挍勘記に據って削除する〉、故須安此之安、擇君而能〈もと「而能」無し。挍勘記に據って補う〉遷也）

「常に安んずるところなし」とは隱遁と出仕とを使い分ける、ということだと考えている。明君がいなければ隱遁に安んじ、明君が現れたならば彼（主君）に仕える、そのような臨機應變の態度を取るべきだというふうに鄭玄は解釋しているというのである。

このように、鄭箋に對して、『正義』と『詩本義』では、全く異なる解釋を行っている。『正義』では、鄭玄は、政情に應じて立場を變えるべきだと言っているけれども、その立場というのは、出仕するか隱遁するかという、その二項のうちから選擇すべきだと言っていると解釋する。つまり君主に受け入れられなければ隱者になれと勸めていると取る。國を捨てて他國へ行けと勸めているとは取らないのである。第4節で考察した、隱遁が國家の安全瓣として働いているという、程頤らの「考槃」解釋の圖式が想起される。ところが『詩本義』に據れば、鄭玄は君主に受け入れられなかったら、いろいろな國を、この國に受け入れられなかったら違う國に行き、そこで受け入れられなかったら次の違う國に行けと言っていると解釋する。その上で、それでは國家に對する反逆を友人に勸めていることになる、と鄭箋を強く批判しているのである。

このように見ると、鄭玄の眞意がどちらであるかは別にして、『正義』と『詩本義』は結果的には同じ倫理觀を背景にして鄭箋を解釋していることになる。『正義』『詩本義』いずれでも、君主に受け入れられない臣下が他の國に移動してそこで仕官するという選擇肢は、否定されているのである。士大夫が他の國に行って故國に對して敵對關係をとるのは不道德だと考えられているのである。兩者の違いは、その倫理觀に鄭箋を整合させようとするか、その倫理觀によって鄭箋を批判するかという、鄭箋への對し方の相違に過ぎない。

これに對して、『蘇傳』『詩集傳』では、朝廷を去るという情況すら詩解釋から消えている。

長く外地で苦勞していれば、必ずきっと內地で長く安樂に暮らせる日が來る。だから、外地で苦勞している友人に對して「安樂な暮らしが常に得られるものと思ってはいけない」と教える（有久勞於外、則必有久安於內者矣。故告之、使無以安處爲常）（『蘇傳』）

ああ君子よ、いつでも安らかに暮らせると思ってはいけない。言わんとすることは、苦勞のさなかにあっては、安逸な暮らしのことばかり思っていてはいけないということである（嗟爾君子、無以安處爲常。言當有勞時、勿懷安也）（『詩集傳』）

蘇轍と朱熹の解釋は、友人に對し、現在の情況・自分の屬する集團の中で苦しくても努力するように勸めているというものである。自分の屬する集團から離脱することなくその範圍內で思考する、という發想は、前節で見た邶風「柏舟」の解釋と軌を一にする。傳箋正義と比較した場合、やはり、國を去る・集團から離脱するということに對する認識が變化している樣子を見ることができる。

このような認識の違いは、君臣關係がどのような性質のつながりであるかについての認識と深く關わっている。檜風「羔裘」は小序に、

「羔裘」は、大夫が道義によって主君のもとから立ち去る詩である。國家は狹小で、主君は道德を行わず、き

れいな衣服を着るのを好み、無爲に遊び宴會を開いて、氣を引き締めて政治にあたることができない。故にこの詩を作った（羔裘、大夫以道去其君也。國小而迫、君不用道、好絜其衣服、逍遙遊燕、而不能自强於政治、故作是詩也）

［箋］道義によって主君のもとから立ち去るとは、三たび諫めても聽き入れられず、郊外で放逐されるのを待ち、〔主君から決別の意味を表す〕玦（缺けた輪の形をした玉の一種）を受け取った後でようやく國を立ち去る（以道去其君者、三諫不從、待放於郊、得玉玦乃去）

というように、主君を諫めて聞き入れられず、國を立ち去ろうとする大夫の歌である。大夫が國を去る時には、主君側から暇を出したという形式を取ることになっており、大夫は主君から君臣の義を絶つという意味を表す玦玉を受け取るために一旦郊外で待機するのが禮であった。この詩は、大夫がその狀態——立ち去ろうとして立ち去らない狀態——にある時に詠われた詩だという。それがわかる理由を『正義』は、次のように説明する。

詩序に「道を以て其の君を去る」と言っているので、すでに君を捨てて立ち去ったのである。詩に「豈に汝を思はざるや」と言う。詩人の意はなお主君を思っている。故に、すでに主君を捨てたが、放逐されるのを待ちいまだ君臣の義を絶っていない時にこの詩が作られたことは明らかである（序言以道去其君、既已舍君而去。經云、豈不汝思。其意猶尙思君。明己棄君而去、待放未絕之時作此詩也）

主君のことを思いやる詩句があるから、國を立ち去る前だとわかるという論理は、裏返せば、國を立ち去ったならば、もはや主君のことを思うことはない、ということになる。第二章鄭箋の『正義』に次のように言う。

詩序に「道を以て其の君を去る」と言っているので、この臣下はすでに君を捨てて立ち去ったのである。もしすでに玦玉を受け取った後ならば、君臣の義は絶たれ、もはや主君のことを思うはずはないのである。だから、これは三たび諫めて聞き入れられず、放逐されて國を立ち去るのを待っている時に、君を思って心配しているのだということがわかる（正義曰、序云以道去其君、則此臣已棄君去。若其已得玦之後、則於君臣義絶、不應復思。故知此是三諫不從、待放而去之時、思君而心勞也）

ここには、君臣の義が儀禮によって結ばれたり絶たれたりする一種の契約であり、きわめて淡泊なものであるという認識を窺うことができる。

宋代にはこのような、解釋は現れない。『蘇傳』は、次のように言う。

檜君は贅澤な服裝を好むが故に、宴會の席に朝廷で着る服を着、自分の朝廷では天子に謁見する服を着た。主君がこのような振る舞いをするのはたしかに過失であるが、しかし重大な悪というわけではない。それなのに、大夫がこの理由で國を去るのはなぜだろうか。孔子が魯を立ち去ったのは魯君が〔齊から贈られた〕女の樂團に溺れたためであった。しかし彼自身は「祭りのひもろぎが屆けられなかったためである」と言っていた。これはつまり、君主の大きな悪をあからさまにするのをはばかって微罪を理由にしたためである。檜大夫が羔裘を理由に國を立ち去ったのは、孔子がひもろぎを理由にしたのと同じような事情があったのではなかろうか。これがすなわち「道を以て其の君を去る」ということの意味である（檜君好盛服、故以其朝服燕、而以其朝天子之服朝。夫君之爲是也則過矣、然而非大惡也。而大夫以是去之何哉。孔子之去魯爲女樂故也、而曰膰肉不至。蓋諱其大惡而以微罪行。檜大夫之羔裘則孔子之膰肉也歟。此所謂以道去其君也）

ここには、『正義』に見られた儀禮的な契約關係によってつながった淡泊な君臣關係は見られない。むしろ、立ち去った後も主君の悪を公言するのをはばかる主人公の姿からは、見捨てたはずの主君の體面を守ろうとする臣下としての義を感じることができる。

『詩集傳』は、次のように言う。

　舊說に、檜君が、贅澤な服を着るのを好み、無爲に遊び宴會を開き、政治に勤めようとしなかった、だから詩人はこれを憂えた、という（舊說、檜君好潔其衣服、逍遙遊宴而不能自强於政治、故詩人憂之）

朱熹が「舊說」というのは、先に引いた『正義』の文である。それにもかかわらず、朱熹は、『正義』が、詩序にしたがって主人公が國を立ち去ったと言っている部分は引用していない。つまり、朱熹はこの詩が主君を棄てた大夫の詩である、という說に從っていないのである。ここには、そもそも「主君を棄てた臣下」という形象が表れないのである。

この詩の解釋からも、國を立ち去り君子の義を絶つ臣下という形象が詩經に現れることを、宋代になるとタブー視していることがわかる。

③　民の行動倫理

次に民の行動倫理の方を見よう。小雅「正月」第三章に、

瞻烏爰止　烏を瞻《み》れば爰《ここ》に止まる
于誰之屋　于《ここ》に誰の屋にぞ

という詩句がある。これについて、『正義』は次のように言う。

毛公は次のように考える。……今わが國の民草の境遇はかくも哀れであり、いずこで天祿を受けられるというのだろうか、これは天祿のないことを言うのである。ここで烏が止まるところに目を向けて見ると、彼らはいったい誰の家に止まるのであろうか。これによってわが民草の歸すべきはいずれの君主であろうかということを興する。烏は金持ちの屋敷に集まり食べ物を求める。これは、民草が明德を持つ君主に歸服して天祿を求むべきであることを喩えている。民に歸するところがないことを言って、王の惡の甚だしいことを表しているのである（毛以爲……今我民人見遇如此、於何所從而得天祿乎。是無祿也〈もと「也」に作る。挍勘記に據って改める〉。此視烏於所止、當止於誰之屋乎。以興視我民人所歸、亦當歸於誰之君乎。烏集於富人之屋以求食。喩民當歸於明德之君以求天祿也。言民無所歸、以見惡之甚也）

つまり、民が國で非常に不自由で苦しい暮らしを強いられているのを見て、民に新天地を求めて、新たな國を求めて移動した方がいいと勸めている詩であると解釋するのである。

『詩本義』は、傳箋正義のこのような解釋に對して次のように言う。

毛鄭の考えは違う。彼らは烏が金持ちの家を選んで集まるのは、人民が明君を選んで歸服することを喩えていると考える。これでは、大夫ともあろうものが國に忠義を盡くす心もなく、王の惡事を止めさせようともせずに人民に謀反を教えるということになる（毛鄭之意不然、謂烏擇富人之屋而集、譬民當擇明君而歸之、是爲大夫者無忠國之心、不救王惡而教民叛也）

歐陽脩の傳箋正義に對する批判は、それが誤った解釋であるという理由からだけではない。彼は、不道德な解釋であると考えて、傳箋正義を強く批判しているのである。民がよりよい暮らしのために、新天地を求める行爲を「叛」

と否定している。『正義』と『詩本義』を比較するならば、『正義』が、民には移動の自由があると考えるのに對して、『詩本義』は、民もやはり國を去るべきではないという道德的な態度のもとに傳箋の説を批判しているのである。同じく宋代の『蘇傳』と『集傳』の説を見てみよう。

王よ、烏が誰の家にとまるか御覽なさい。食べ物があって網や矢で捕まえられる恐れのないところこそ烏がとまるところです。どうして王は、民を刑罰によってがんじがらめに縛り付けようとなさるのですか（王視烏之所止者誰之屋歟。有以飮食而無畢弋之患、烏之所止也。奈何以刑御民、使無所措手足哉）（『蘇傳』）

この詩で言っているのは、不幸にして國の滅亡に遭遇したら、この無辜の民もみなとらえられて召使いにされてしまうだろう。いったい誰のもとに行って養ってもらうことになるだろう。ちょうど烏が飛んで、いったい誰の家に止まるかわからないようなものである（言不幸而遭國之將亡、與此無罪之民、將俱被囚虜而同爲臣僕。未知將復從何人而受祿、如視烏之飛、不知其將止於誰之屋也）（『集傳』）

蘇轍の解釋には、民が違う國に移動するという形象がまったく現れない。また、朱熹に據れば、この詩は國が滅んで他國の虜囚となることを詠っているのであり、民が主體的に國を捨てることを詠ったものではない。民が國を去るという解釋は忌避されている。つまり、蘇轍・朱熹も歐陽脩と同樣に、民に移動の自由があるとする傳箋の解釋には從っていないのである。宋代になると國を移動することに對する倫理的な規制というのが非常に強くなり、士大夫のみならず民衆にあっても移動の自由を認めないように變化してきたと考えられる。

④　殉死

最後に、祖國と主君に對する歸屬意識の最大の表現である殉死を歌った詩に對する解釋をみてみよう。秦風「黄鳥」は詩序に、

「黄鳥」の詩は、三人の良き家臣を哀悼したものである。秦の國の人々が穆公が人閒を自分の道連れとして殉死させたことを刺って、この詩を作ったのである（黄鳥、哀三良。國人刺穆公以人從死、而作是詩也）

というように、秦の三良という三人の名臣の死を悼んだ詩である。『左傳』文公六年、『史記』「秦本義」などに見える紀事に據れば、秦の名君であった穆公が、自分の死去に際して百七十人（一説には百七十七人とも）もの人を殉死させ、その中には子車氏の三子奄息・仲行・鍼虎という忠良な臣下が含まれていたので、人々がみなそれを惜しんで作った詩であると言われている。

交交黄鳥　交交たる黄鳥
止于棘　棘に止まる
……　……
臨其穴　其の穴に臨みて
惴惴其慄　惴惴《ずいずい》として其れ慄《おそ》る
彼蒼者天　彼の蒼たるは天
殲我良人　我が良人を殲《つく》せり
如可贖兮　如し贖《つぐな》ふべくんば
人百其身　人　其の身を百にせん

これに對する毛傳の解釋を、『正義』の敷衍とともに擧げる。

［傳］黄鳥はその時々で行ったり來たりしてふさわしい場所を見つける。人は壽命を全うすることで最終的にふさわしい〔死に〕場所を手に入れる。（黄鳥以時往來得其所、人以壽命終亦得其所）

［正義］今、穆公は善き臣下を自分の道連れとして死なせるのは、彼らにふさわしい死に場所を與えないことになる（今穆公使良臣從死、是不得其所也）

毛傳は、この三良の死を素直にただ悲しむという解釋をしている。殉死という不條理な死を命じた穆公に對しての批判というのは裏に流れているのかもしれないが、それほど強く表れていない。ましてや殉死の命に從って自分の命を絶った三人に對する批判はまったくない。

一方、鄭箋は次のように言う。

黄鳥はナツメの木にとまり、自分の安全を求める。このナツメがもし安全でないならば他に移る。これによって、臣下が主君に仕えるのもまた同じ道理であることを比喩する。今穆公は家臣を道連れとして死なせたので、彼らが黄鳥がナツメにとまる道理を實現できないことを刺っている。（黄鳥止于棘、以求安己也。此棘若不安則移。興者喩臣之事君亦然。今穆公使臣從死、刺其不得黄鳥止于棘之本意）

これについて、『正義』は次のように説明する。

鄭玄は、「黄鳥……」の句を以下のことを興したものと考える――臣下が主君に仕えるのは、そうすることによって道義を實踐しようと求めるのである。道義がもし實踐できないのであればその地を去り別の地に移動する臣下にはその國に留まるかその國を去るかを選ぶ道があり、生死をともにしてまで主君に從うことはできないのである。今、穆公は、臣下を殉死させたために、主君に仕える本旨を失ってしまった、ということである（鄭以爲……以興臣仕於君以求行道、道〈もと「道」無し。挍勘記に據って補う〉若不行則移去。言臣有去留之道、不得生死從君。今穆公以臣從死、失仕於君之本意）のである――ということである。言わんとすることは、

鄭箋には「臣下が主君に仕えるのは道義を實踐するためである」と言うが、『正義』は、「臣下が主君に仕えるのは道義を實踐するためである」と言うが、鄭箋にはそのような言葉は表れない。鄭箋で、鳥が木に止まるのはその身の安全を求めるためだといい、「臣下が主君に仕えるのもまた同じ道理であることを比喩する」という言葉から考えれば、臣下が主君に仕えるというのは自分の生活を保證してもらうためであり、したがって、もし主君が自分の生活を保證してくれなくなったならば、國を移動すべきなのだと解釋していると考えられる。すなわち、鄭玄は主君と臣下との關係を非常にドライに割り切っている。そこに、「道德實踐のため」という理由を附するのは、鄭箋の説を説明したのではなく、『正義』が自身の價値觀を織り交ぜて鄭箋を再解釋したものと考えられる。

これから考えれば、鄭箋では、穆公の行爲が臣下の移動の自由を踏みにじるものであり、批判されるべきものであると考えているのは當然であるが、さらに、『正義』で「生死　君に從ふを得ず」と言っているように、移動の自由を行使せずに、主君の不條理な要求に唯々諾々と從って自分の命を絶った三良に對しても批判の目は向けられていると考えられる。この點は、毛傳とは大きく異なる態度であると言えよう。

この詩の解釋は、宋代にはどのような展開を遂げるであろうか。王安石の解釋は、三良の道義を問題にしている點で鄭箋と同方向である。

この詩の首章では「交交たる黃鳥」が「ナツメの木に止まる」と言い、第二章では「桑の木に止まる」と言い、

卒章では「楚に止まる」と言っているのは、黄鳥が本來、奥深い谷から飛び立って高い木に移るのとは異なっている。これによって、三良が止まったところから、高い道義に進むことができず、不本意な死を遂げなければならなかったことを悲しんでいるのである（始曰止于棘、中曰止于桑、終曰止于楚、則與出自幽谷、遷于喬木者異矣。以哀三良所止不能進趨高義、而終於死非其所也）

これに對し、『蘇傳』では、殉死を命じた穆公と父の命に從って實行した息子の康公を批判する詩と解釋している。

穆公は子車氏の三人の息子を殉死させたが、彼らはいずれも秦の國の善きおのこであった。國の人々はそれを悲しんで詩に歌った。この詩が言っているのは次のことである――臣下が主君に身を託すのは、黄鳥が木にとまり、和やかに鳴き交わすようなものだ、今三人だけはそのふさわしい死に場所を得られないのは、鳥にも劣る――。「人其の身を百にす」とは、百人で彼らのうち一人の身代わりになりたいということである。しかしながら、三良の死は、穆公が命じたものであり、康公が父の言葉に從いそれを變えようとしなかったのは、魏顆の振る舞いとは異なる。だから、「黄鳥」の詩は、そのどちらも刺っているのである（穆公以子車氏之三子爲殉、皆秦之良也。國人哀之爲賦。此詩言臣之託君、猶黄鳥之止于木、交交其和鳴。今三子獨不得其死、曾鳥之不若也。人百其身者、欲以百人贖其一身也。然三良之死、穆公之命也。康公從其言而不改、其亦異於魏顆矣。故黄鳥之詩交譏之也）

魏顆は、春秋、晉の人。父が病氣になった時、はじめその妾を自分の死後、他に嫁がせよと言っていたのが、病が篤くなるにおよび、自分に殉死させせよと命じた。魏顆は、父の死後、「病が篤くなった時の言葉は精神が惑亂して發したものだ」と言って、父の妾を他に嫁がせた。後に晉と秦が戰った時、ある老人が草を結び秦の將軍をつまずかせて、魏顆に捕まえさせた。その世、夢に老人が出てきて、自分が妾の父であり、娘を生かしてくれた恩に報いたのだと告げた。このような人物と比較することによって、父の遺命に盲目的に従った康公の態度を、父と竝べて批判しているのである。

『集傳』になると、より大きな政治的視點が入ってくる。

私が考えるに、穆公はこのようなことをしたからにはその罪は道義的な指彈を逃れられない。しかし、あるいは、穆公の遺命がこうであったとしても、三良が自殺してこれに從ったのであるから、彼らも罪無しとはいえない、と言うかも知れない。今、「臨穴惴慄」の言葉から考えれば、これは子の康公が父の惑亂した命令に從って、彼らに無理矢理死を迫って父の道連れとして穴に埋めたのだから、その罪は歸すべきところ〔穆公と康公〕があるのである。また『史記』によれば、秦の武公が亡くなった時にはじめて人間を殉死させ、その數六十六人だったという。穆公の時にはとうとう百七十七人も殉死させ、三良もその中に入った。おそらくそのはじめは異民族の風習から出たのだが、賢明な王や諸侯がその罪惡を罰しなかったため、それが風習として定着し、穆公という賢明な君主のもとでもやめることができなかった。この出來事を論ずる者は、ただ三良の不幸を憐れみ、秦の衰亡を嘆くばかりだが、天子の政が天下を治められなくなり、諸侯が自分勝手に命令を下し、このように人を何のはばかりもなく殺すようになったということについては、だれもそれを非難すべきこととは思わないのである。ああ、久しい間、俗見が人々の目を曇らせてきたものである（愚按、穆公於此、其罪不可逃矣。但或以爲穆公遺命如此、而三子自殺以從之、則三子亦不得爲無罪。今觀臨穴惴慄之言、則是康公從父之亂命、迫而納之於壙、其罪有所歸矣。又按史記、秦武公卒、初以人從死、死者六十六人。至穆公遂用百七十七人、而三良與焉。蓋其初特出於戎翟之俗、而無明王賢伯以討其罪、於是習以爲常、則雖以穆公之賢而不免。論其事者、亦徒閔三良之不幸、而歎秦之衰、至於王政不綱、諸侯擅命、殺人不忌至於如此、則莫知其爲非也。嗚呼、俗之敝也久矣）

朱熹は、蘇轍と同樣、殉死を命じた穆公と、それに盲從した息子の康公に罪があると考えている。しかし、よりいっそう問題にすべきは、王の教化というのが秦まで行き渡らなかったことこそ問題の根元であると考える。殉死は蠻族の風習であり、秦が王の教化を受けず蠻族の風習をそのまま存續させたために、三良の悲劇は起こったのである。したがって、教化を天下に行き渡らせることができなかった天子こそ、最終的な罪を負わなければならないと言うのである。

以上の考察をまとめると、鄭箋では臣下の移動の自由を強く主張しており、だからこそその自由を行使しなかった三良にも非があると考えるという點で特異である。ここで特異というのは、後の時代に比べて特異というだけではなく、おそらくその前の毛傳、あるいは同時代の他の學者と比べても、特異なものだったのではないかと思われる。それに對して、宋代の詩經解釋には、殉死した三良に對する批判はまったく現れず、殉死を命じた爲政者の、あるいは教化を行き渡らせることができなかった天子の責任を重視している。つまり、主君と臣下との關係というのは非常に固定したものであり、だからこそ上に立つ主君は、責任のある命令を下さなければいけないという論理なのであろう。そのような傾向の究極が『集傳』であり、そこではきわめて政治的な視點に立った解釋がなされている。

***　***

以上、漢代から宋代にかけて、國家に對する歸屬意識の變化を詩經解釋から探ってきた。宋代になると、同姓の臣・異姓の臣・民衆いずれも、國を捨てて他國へ移ることは不道德な行動であると認識されていると考えられ、國家に對する歸屬意識を前面に出した詩經解釋が一般的となっていると言うことができる。つまり、中國に對する強い歸屬心が普遍的に要求されるようになってきたのである。このような認識による解釋が、詩經の詩篇の正しい解釋であるとされたことは、詩經の讀者――典型的には科擧を受ける知識人・官僚豫備軍――の國家に對する歸屬心理というものを強化するような役割を詩經解釋が擔い始めていると考えることができる。

6　おわりに

以上の檢討を通して、漢唐の詩經學で比較的緩やかだった道德的な拘束力を、宋代の詩經學者たちは强化する方向で解釋しているということが明らかになった。道德的な人閒で、國家に歸屬する人閒で、政治的な人閒という人閒像である。

宋代の經學者が漢唐の儒學を否定して新たな經學を構築したのは、基本的には漢唐の經學が學問的にいろいろ矛盾點を抱えていたことが大きな理由であると言われている。例えば、歐陽脩は、『正義』が讖緯思想の影響を受け、そのために奇怪で詭辯的な經說が混入していることが問題であると指摘している(25)。しかし本章の考察により、それとは別に、あるいはその問題意識が具體的な改善への方向性として結實したものとして、經典に現れた人閒像を、道德的、政治的、國家歸屬的人閒という位置づけにおいて强調していこうという志向が働いていたということが明らかになった。

第1節で述べたように、本章では、經典注釋を注釋者の價値觀・主張を展開する媒體として捉え、そこから中國人の道德的價値觀の變遷を探ることができるのではないかという假說が妥當か否かを檢討することをねらいとしたが、考察を通じて、その妥當性は證明されたように思われる。今後、様々な問題について經典注釋を資料として積極的に利用していきたい。

本章で考察した問題について言えば、もちろん、それではなぜそのような價値觀の變遷が起こったのか、何がその轉機となったのか、という理由は考察すべき問題として殘されている。これについては、本章では充分に檢討する餘とについての理由について、考えられる可能性を列擧し、次なる考察の出發點としたい。

第一に、科擧制度の進展が大きな理由として擧げられる。唐代にも科擧が行われていたが、いまだに貴族制がかなり殘存していて、相對的に科擧の役割も限定的であった。それが宋代になると、科擧が政治的な立身出世のための唯一の道になっていき、原則的にすべての知識人が科擧を受驗するようになった。それにより知識人層が增大するとともに、科擧に合格しさえすれば國家官僚になれるため、在野の知識人と國家官僚との階級的な壁が消失した。このような中で、全人民に對して同一の道德觀を教える必要が出てきたのであろうと思われる。當然その中で、科擧の教科書としての經典の注釋書も重要性を增すことになる。道德的な人閒や國家への歸屬意識を持った人閒像を經典の注釋書によって宣揚することが要請されるようになったのではないだろうか。

第二に、出版文化の發達が擧げられる。宋代には、出版文化が急速に發展した。その一例として次のようなエピソードがある。宋王朝成立（九六〇）から半世紀近くたった景德二年（一〇〇五）に、國子監（國立の教育機關）の祭酒（學長）であった邢昺に、眞宗皇帝が、印刷に附するために五經を刻した版木がどれぐらいあるかと尋ねたところ、邢昺は、「國初には四、〇〇〇足らずしかありませんでしたが、現在は十餘萬となり經傳、正義はすべて備わっています」と答えたという。さらに彼は、「私が若年の折、師のもとで儒學を學んでおりました當時は、經書を疏まで備えている人たちは百人に一・二人もおりませんでした」と言った。昔は筆寫によって書物を手に入れていたので疏まで備える餘裕のあるものは少なかったのである。「それが今では印刷術が大いに完備したことで、士大夫から庶民に至るまで家ごとにみな所有しております」と言ったという(26)。

このように、昔は『疏（正義）』というものを所有している人は、それほど多くいるわけではなかった。したがって、『正義』に何が書かれていようとそれほど影響力はなかったであろうと考えられる。それが科擧を志す人閒がすべて持つことができる條件が整ってくると、注釋書が人々に與える影響力は甚大なものになる。そこに不道德なことが書かれていれば、あるいは國家に對して不都合なことが書かれていれば、由々しき事態になってくるだろうと想像できる。

北宋の時代に經學の刷新を志した歐陽脩・王安石・蘇軾・蘇轍等は、いずれも高位高官に登った知識人の代表である。そのような彼らが、政治家・教育者の立場に立って、漢・唐の學問を見直した時、そこに道德や國家にとって不都合な點があると考え、それを改めるために、それぞれが自分たちの經學研究の道に進んでいったのではないかと考えられる。

第三の理由としては、宋代には異民族國家、遼・西夏・金・元などが巨大な存在感を誇りつつ、宋に對峙するようになり、唐代のように大國意識で鷹揚に構え、獨尊の地位に安住するという常識が通用しなくなっていた。それらの異民族國家と反目しつつ交流していく中で、人々は自分たちの國家に對する強固な歸屬意識が求められてくる。そのことが、經書の中で國家への歸屬感というのを强調する契機になっていったのではないかと考えられる。

＊＊＊　＊＊＊

本章の考察は、詩經という一經を對象に、さらに國家と人閒という一つの主題に卽して、歷代の注釋書に現れた考え方の變遷を探っていったに過ぎない。今後、他の主題・他の經典についても同樣の方法を用いていきたい。

分析を通して、鄭玄の詩經解釋の特異性が浮かび上がってきた。彼の詩解釋には、後漢末の中國の大動亂期を生きた體験が濃厚に感じられる。いわば亂世の思想というべきものを、彼の詩經研究から讀み取ることができる。

ただ、鄭玄の解釋が特異であるといっても、唐代にはそれを毛傳と竝べて詩經のスタンダードな解釋として採用し、『正義』がそれを再注釋したのであるから、當時、鄭玄の解釋を受け入れる餘地、あるいは考え方があったことは明らかである。唐代の人々は鄭玄の解釋を取り入れながら、『正義』に見られるように、その特異性を薄めようとする方向で努力しながら受容していった樣も見えてきた。そのような、加工をしながら受容するという面倒な手續きをあえてしながら、彼らはなぜ鄭箋を正統的な解釋として採用したのかという疑問も出てくる。

また、宋代の詩經解釋が、おおむね傳箋正義とは異なる認識のもとに解釋を行っている中で、王安石の『新義』だけは、鄭箋と同じ倫理觀による解釋を行っている例を多く見た。ここに、他の諸子とは異なる王安石の詩解釋の姿勢と倫理觀を見ることができるかもしれない。

これらの諸問題をより詳しく探っていくことで、經學の大成者である鄭玄の實像に迫り、また、漢唐の儒學と宋代の儒學との連續性および斷絕の實像に迫ることができるのではないかと考えられる。今後の課題としていきたい。

注

(1) 例えば、戴維『詩經研究史』(二〇〇一・九、湖南教育出版社) 第六章「宋代研究史」第一節「北宋『詩經』研究」に、「王安石の三經義〔書・詩・周禮〕訓釋は、彼の變法改革のために行われたものである。その『詩經新義』の中で變法についてなされた訓釋には、牽强附會なものが多い」(二七八頁) という。

(2) 戴維前掲書二七九頁。

(3) 『二程集』一〇七五頁。

(4) 夏州は、隋代、朔方郡と呼ばれ、唐代にも天寶元年(七四二)から乾元元年(七五八)まで朔方郡と呼ばれた。朱熹の地名の比定は夏州の古稱に基づいたものとも考えられる。しかし、いずれにせよ、彼が、詩序・鄭箋の訓詁と異なる說をあえて立てたことの理由は、考察すべき問題であることには違いはない。

(5) 王韶は、『宋史』卷三二八(中華書局排印本、第三〇冊、一〇五七九頁)に本傳がある。

王韶、字は子純、江州德安の人。進士に及第し、新安主簿、建昌軍司理參軍に任命された。制科を受驗したが合格せず、陝西を客游し、邊防のことを廣く調査した。熙寧元年(一〇六八)、宮廷に詣でて「平戎策三篇」を奉った。

神宗に採用され、秦鳳經略司機宜文字に任命され、熙河の役を主導した。

（6）『宋史』「王韶傳」參照。

（7）王韶と熙河の役、および宋と靑唐國との關係については、榎一雄氏の「王韶の熙河經略について」（『蒙古學報』第一號、一九四〇／『著作集』第七卷　中國史、一九九四、汲古書院）、Tutomu Iwasaki, *A study of Ho-hsi*（河西）*Tibetans during the Song Dynasty*（The memoirs of the Toyo Bunko, 44, 1986）を參考とされたい。

（8）『續資治通鑑長編』卷四〇五、哲宗　元祐二年、一〇八七、九月丙子、二一日（中華書局排印本、九八七三頁）

（9）同九八七五頁。

（10）『四庫提要』經部　詩　存目「張耒詩說」。

（11）『張耒集』七二四頁。

（12）「烏臺詩案」の顚末と歷史的意義については、内山精也「東坡烏臺詩案考――北宋後期士大夫社會における文學とメディア――」（上編、宋代詩文硏究會會誌『橄欖』第七號、一九九八／下編、同第九號、二〇〇〇。後、同氏『蘇軾詩硏究――宋代士大夫詩人の構造――』、硏文出版、二〇一〇、に收錄）に詳細な考察がある。

（13）『毛詩抄　詩經』（一）二七〇頁の說に從い、鄭玄は「寬」を飢えた樣子ととったと解釋し譯した。

（14）『正義』は、鄭玄が箋を執筆した意圖を次のように說明している。

鄭玄は、毛亨の詩經硏究が詳しく完備したものであると認識し、それに從いその意をわかりやすく說明した。毛傳の意味を明らかにし、歷史的事實などを說明した。だから、特に「箋」と稱したのである。（鄭以毛學審備、遵暢厥旨。所以表明毛意、記識其事、故特稱爲箋）（『正義』卷一「周南關雎詁訓傳第一、毛詩國風、鄭氏箋」疏）

（15）例えば、『李黃解』に見える黃櫄の說では、毛鄭を同說と解している。『正義』が傳箋異說としているのは、必ずしも自明なものではなかったことがわかる。

（16）歐陽脩が、鄭箋を批判する際に用いた論理構成、特に孔子が詩經を編纂したという傳承を批判の根據にすることについては、本書第三章を參照のこと。

（17）叢書集成初編本六頁。

（18）『孟子』の原文は、「君之視臣如手足則臣視君如腹心。君之視臣如犬馬則臣視君如國人。君之視臣如土芥則臣視君如寇讎」

であり、常立の引用は因果關係を説く上で、孟子の原意をやや逸脱するところがある。

(19)『龜山集』卷七「語錄・荊州所聞（甲申四月至乙酉十一月）（文淵閣四庫全書本1125-204）。

(20)宋代の陶淵明像の展開については、李劍鋒『元前陶淵明接受史』（二〇〇二、齊魯書社）第三編に詳しい。

(21)また、程傑氏は詩歌に詠われた梅の形象の變遷を論じ、唐代から宋代中期までは高雅な美女のイメージだったのが、宋代中期に「性轉換」がなされ「花中の丈夫」として高士や隱者のイメージが付與され、さらに南宋末期に至り、愛國的な隱者のイメージをもって詠われるようになったと指摘する（『宋代詠梅文學研究』中卷「『美人』與高士—詠梅模式之五」、安徽文藝出版社、二〇〇二。『橄欖』第十號、宋代詩文研究會、二〇〇一、に拙譯がある）。本節で論じた隱者のイメージの變遷と重なる部分があり興味深い。

(22)『毛詩抄　詩經』（一）（一九九六、岩波書店、一三四頁）

(23)『正義』において、このように自分の論理に合致させるように、鄭箋の文脈を讀み替えて再解釋していると見られる手法がしばしばとられていることについては、前揭本書第三章にて考察したのを參照のこと。

(24)前述の『正義』に引用された『箴膏肓』の中で鄭玄は「同姓の臣下が君主から厚い恩義を受けているため國を去ることができない」と言っており、本詩の箋とは食い違っている。これについては待考としたい。

(25)歐陽脩「論刪去九經正義中讖緯劄子」（『歐陽脩全集』卷一一二、中華書局排印本第四册、一七〇七頁）

(26)『宋史』卷一九〇「儒林一・邢昺傳」。宋代の出版情況については、井上進『中國出版文化史——書物世界と知の風景——』（名古屋大學出版會、二〇〇二）第八章「士大夫と出版」に詳しい。引用文の譯文も同書を參考にした。

第十八章　詩によって過去の君主を刺ることは許されるか？
――『毛詩正義』追刺説の考察――

1　はじめに

漢唐の詩經學は、詩經の詩は美刺――政治の得失をあるいは贊美し、あるいは諷刺すること――のために作られたという考え方を基本的な認識とする。この「美刺」についての考察は、これまで數多くなされてきた(1)。ところで美刺に關連して、『毛詩正義』には、「追美」と「追刺」という考え方を用いて詩篇を解釋している例が見られる。

「追」とは「追述」、すなわち古人――多くは君主・主君――の事蹟を後の世の詩人が追想して敍述することを意味し、追想して贊美することが「追美」であり、追想して批判することが「追刺」である、と定義することができよう。つまり「追美」「追刺」とは、詩經の詩人たちが過去の人物・事件にどのように向き合って詩を作ったか、についての疏家の考え方を表す術語である。これら、とりわけ「追刺」は微妙な問題をはらんでおり、また後世の學者の反應も多様である。しかしながら、その詳しい考察は管見の限りいまだなされていない。

本章では、『正義』における「追刺」說を詩經解釋學の方法的概念として分析し、その意義を考察してみたい。「追刺」とはどのようなものなのか？

「追刺」は、『正義』の解釋においてどのような機能を果たしているか？

「追刺」は、どのような理由から生まれた解釋概念か？

疏家は「追刺」という概念をどのように扱っているか？

このような問題を考えていくことによって、疏家が序傳箋の疏通を行う際に儒教倫理的見地からいかなる問題に直面し、それにどのように對應したかを知るための一つのモデルケースを得られるものと考えられる。さらに、次章で「追刺」説に對する宋代以降の詩經學者の反應を調べ、歷代の詩經解釋學において儒教的倫理觀が解釋の方法論構築に對していかなる影響を與えたかを考察するための基盤も、本考察によって固められると期待する。

なお、本章で引用した『正義』については、後の議論における參照の便宜をはかり、章ごとに一連番號を振って示す。

2　『正義』の追刺説

追刺についてのまとまった説明は、大雅「抑」小序の『正義』に見られる。本節では、まずそれを紹介する。大雅「抑」の小序に次のように言う。

「抑」は、衞の武公が周の厲王《れいおう》を刺り、またそれによって自らも戒めた詩である（抑、衞武公刺厲王、亦以自警也）

周の厲王は、姦臣の榮夷公を側近として利を好み暴虐な政治を行い、自分を批判するものを處刑し、民衆の口を封じたために民心を失い、ついに反亂を招き彘《てい》（山西省霍州）に放逐された。(2) 一方、衞の武公(3)は、厲王の孫幽王《ゆうおう》が犬戎に攻め殺されたとき、兵を率いて外敵を追い拂い、幽王に疏んじられていた太子宜臼《ぎきゅう》を天子（平王）として迎え、周王朝の命運を繫ぎ、その功績によって公に敍爵された人物である。(4) 彼は九十五歳の高齢になってもなお治政に意を用い、はばかることなく自分を諫めるよう臣下に命じ、さらにみずからを戒めるために「懿《い》」を作り日夜誦したと、『國語』「楚語上」は傳えている。『國語』に注を撰した呉の韋昭は、この「懿《い》」こそ大雅の「抑《よく》」の詩だと言う。(5) 臣民の自由な政治批判を保證し、それに虛心に耳を傾けることが正しい政治のために肝要だと考えた武公が、言論を封殺したために民心を失って破滅した厲王を刺る「抑」の詩を作り、他山の石としたということになる。

「抑」小序の『正義』は、韋昭の說に依據した上で次のように言う。

2—① 『國語』「楚語」に、「昔　衛の武公は年九十五になりながら、なおもその國人を、『卿以下、師長に至るまで、いやしくも朝廷に出仕するものは、わたしが耄碌したと言って見捨てないでくれたまえ』と戒めた。そして、『懿』を作り自らを戒めた」とある。韋昭はこれに注して、「私が考えるに、『懿』とは、『詩經』大雅『抑』の篇である……」と言う。もし韋昭の言うとおりだとすれば、武公は齡八、九十になって、はじめて「抑」の詩を作ったことになる。『史記』「衛世家」に據れば、武公は、僖侯の子で、共伯の弟である。宣王十六年に卽位して衛國の君主となった。とすれば、厲王の時代には、武公は諸侯の庶子の身に過ぎなかった。いまだ國君となっておらず、朝廷での職務もなく、國政の善悪は身に關わりなかったわけであるから、詩を作って王を刺るはずがない。必ずや、後の時代になってからこの詩を作って追刺したのであろう。正經の美詩には後の王の時代になって、先の王を追美して作られたものがある。であるならば、どうして刺詩に限っては後の王の時代になって、先の王を追刺して作られてはならないことがあろうか。

詩の作者は、詩を作って前の時代の悪行を批判し戒めようとしても、批判された當人がすでにこの世を去っていては、忠義を盡くそうとしても何の役にも立たない。そうであるならば、後世になって追刺することにいったい何の意味があるのだろうか。詩は、人がメロディに乘せて歌い上げ、情が憤りを發して生まれるもので、善行を見てはその功績を論じたく思い、悪行を見てはその過失を言いたく思い、それを獻じて諷諫することができ、それを詠っては胸に溜まった思いを發散することができる。もともとは、自分の心の結ぼれをほぐしたいと願って作るので、必ず諫止に用いるために作るわけではないのである。過去の人間のあやまちは、確かにもはややり直させることができないけれども、將來の主君は、あるいはその行いを改めさせることができるかもしれない。前の時代の悪行を刺っているけれども、それによって今後の龜鑑にしたいとこいねがうのであるから、必ずしも暴虐な主君が現に存在していて、はじめて言葉に表現することができ、その人がすでにこの世を去ってしまったら、すぐさま批判の口を閉ざさなければならないというものではない。「雨無正」の篇は厲王が彘に流された後のことが詠われている、と鄭玄は言う。すでに朝廷から追い出され、厲王自身は國政に口出しをすることはできないのだから、彼を戒めようとしても、やはり實效性はない。この「抑」の詩と「雨無正」の意圖とは同じことである。このことによって、韋昭の言葉が眞實を捉えていることがわかるのである（楚語曰、昔衞武公年九十有五矣、猶箴儆於國曰、自卿以下、至於師長、苟在朝者、無謂我耄而捨我。於是乎作懿以自儆。韋昭云、昭謂懿、詩大雅抑之篇也……如昭之言、武公年耄、始作抑詩。案史記衞世家、武公者、僖侯之子、共伯之弟。以宣王十六年卽位、則厲王之世、武公時爲諸侯之庶子耳。未爲國君、未有職事、善惡無豫於物、不應作詩刺王。必是後世乃作追刺之耳。正經美詩有後王時作、以追美前王者、則刺詩何獨不可後王時作、而追刺前王也。詩之作者、欲以規諫前代之惡、其人已往、雖欲盡忠、無所裨益、後世追刺、欲何爲哉。詩者、人之詠歌、情之發憤、見善欲論其功、覩惡思言其失、獻之可以諷諫、詠之可以寫情、本願申己之心、非是必施於諫。往者之失、誠不可以追、將來之君、庶或能改。雖刺前世之惡、冀爲未然之鑒、不必虐君見在、始得出辭、其人已逝卽當杜口。雨無正之篇、鄭爲流彘後事、既出居、政不由己、雖欲箴規、亦無所及、此篇彼意於義亦同、以此知韋氏之言爲得其實）（卷十八之一、八葉表）[6]

『國語』の韋昭注を是とするならば、武公が「抑」の詩を作ったのは平王の御代、厲王の時代から七十年から八十年前後の時を隔ててのことで[7]、厲王の時代には武公はまだ十數歳、衞の釐公の庶子の身分であり周の朝廷に出仕してはいなかった。つまり、武公は自分が親しく目睹したわけではない厲王の惡行を、はるか後代になってから詩に作って批判したことになる。詩は美刺のために作られたという漢唐詩經學の考え方からすれば、詩を作って主君の惡行を刺ること自體は何ら異とするに足らないが、しかしだからといって過去の君主を批判することまでもがそのまま許されるかどうかは別である。『國語』「楚語上」に、次のようなエピソードが載る。楚の恭王が臨終に當たり、鄢陵《えんりょう》の戰いで晉に敗北した責任を感じ、自分の死後、「靈」か「厲」といった暴君につける謚號を用いるよう遺言した。恭王の死後、臣下がその遺言に從おうとすると、子嚢が反對して、

> それはいけない。そもそも主君に仕えるものは、主君の善行を優先すべきであり、彼の過失に據って評價すべきではない（不可。夫事君者先其善、不從其過）

と戒め「恭」の謚號をつけさせたという。韋昭はこれに注して、

> 「其の善を先にす」というのは、まず主君の善行を取り上げそれを稱贊するということであり、彼の過失を取り上げあげつらったりしないのである（先其善、先擧君之善事以爲稱、不從其過行也）

と言う[8]。ここで問題になっているのは、先君の謚號をいかなる觀點から定めるべきかということで、詩經における「追刺」とはその性格が若干異なるものの、亡くなった主君の惡事を後世に喧傳することは愼むべきだという通念が、當時から存在していたことがわかる。

したがって、「抑」に見られるような「追刺」という行爲——自分が直接被害を被ったわけでない先王についての

詩を作ってその非を鳴らすこと――は、儒教倫理に照らしてデリケートな問題となるであろう。右の『正義』は、この問題を解決するために行われたものである。そこに見られる疏家の説明は、「追刺」が漢唐詩經解釋學の中でいかなる意義を持っていたのかを考え、またそれを通して詩經學者がどのようなことに配慮しながら解釋を行っていたかを探るために、格好の素材を提供してくれる。

3　追刺は追美と對稱性を持つか?

前章で述べたように、追刺は倫理上微妙な問題をはらんだ行爲と考えられる。にもかかわらず、『正義』はなぜ詩經に追刺詩があると考えるのだろうか。それは、詩經には「追美」があるからである。疏家は、「正經の美詩には後の王の時代に作られ、先の王を追美したものがある。であるならば、どうして刺詩に限っては後の王の時代に作られ、先の王を追刺してはいけないことがあろうか」と言っていた。追美の詩がある以上、追刺の詩も當然あり得るという論法である。同様の説明は、「小大雅譜」の『正義』でも見られる。

3―①　先に「小宛」の詩を検討して、詩中に歌われている出來事は「雨無正」の前〔すなわち、厲王が彘に流される以前〕に起こったことであると述べた[9]。ところがこの詩が今〔「雨無正」の後、すなわち〕厲王が彘に流された後の位置に置かれている〔すなわち、厲王が彘に流された後に作られた〕のはなぜかというと、詩の基本的なあり方として、歌われている出來事が前のことでも、詩が作られたのは後ということがあるからだ。故に、大雅の中で文王武王を詠った詩には、成王の時に作られたものが多いのである。功績を論じ徳行を襃め稱える詩は、後の位置に置いてその美徳を追述することができる。とすれば、過ちを刺り過失を譏る詩も、また後世になってなおその悪徳を風刺するのである（前檢小宛、謂事在雨無正之先。今而處流彘之後者、以詩之大體、雖事有在先、或作在後。故大雅文武之詩、多在成王時作。論功頌德之詩、可列於後、追述其美、則刺過譏失之篇、亦後世尙刺其惡）（卷九之一、十葉裏）

ここには、詩人が古人に對して行う論評を、追美—追刺という、對稱性をもった二つの概念からなる枠組みによって捉えようとする疏家の認識が見られる。これは、美詩と刺詩とを對稱的に捉える漢唐詩經學の基本的認識からすれば自然な發想と言えよう。しかし、美—刺の對稱性が詩經に存在するからと言って、追美と追刺の對稱性も同じように存在すると主張することが本當にできるであろうか。

意外なことに、『正義』において「追美」という語は、先の「抑」の例を除いて一例しか見出すことができない。それは、周頌「酌」の以下の『正義』である。

3—②　鄭玄は次のように考えた、「大武」の樂は、武王が紂を討伐したことを象ったものであるが、それは文王の功績に由來している。だから、大武の樂が完成したことを宗廟に報告するのにちなんで、文王の事跡を追美したのである……武王は、文王のおかげで、正しい道を歩むことができたと言うのである（鄭以爲、大武象武王伐紂、本由文王之功。故因告成大武、追美文王之事。……言武王以文王之故、故得道也）（卷十九之四、十六葉裏）

小序に據れば、「酌」の詩は、禮樂を制定し「大武」の樂歌を完成させたことを周公旦が宗廟に報告したときに、その樣子を見た詩人が、「大武」で歌われている武王の武功を思って作ったものである。ただし鄭玄は、詩中で詠われているのは、武王の武功の礎となった文王の勳功であると言う。[10]文王の勳功を詠うことで間接的に武王の武功を褒め稱えようとしていると考えるのである。詩人がそのかみの文王の御代を追想して贊美したことを指して、『正義』

は「追美」と言う、この例以外には、ある詩を追美の詩と言って說明した例は『正義』中にない。

それでは、疏家は「酌」以外に詩經には追美の詩はないと考えているのであろうか。そうではない。「追美」という語こそ用いていないものの、詩經中に古人を追美した詩は數多く存在すると疏家は考えている。その代表例としては、大雅の「文王之什」に屬する詩羣を擧げることができる。早くも鄭玄『詩譜』「小大雅譜」の中で、次のように言う。

文王が天命を受け、武王が遂に天下を平定した。盛んなる德が興隆する樣を詠うのが大雅の始まりであり、「文王」に始まり「文王有聲」までがそれに當たるが、これらは德の盛んに興隆することによって、授かった天命の始まりをたずね、そのかみの祖先たちの美德を述べたのである（文王受命、武王遂定天下。盛德之隆、大雅之初、起自文王、至于文王有聲、據盛隆而推原天命、上述祖考之美）（卷九之一、一葉裏）

文王と武王の功業を詠った大雅の諸篇の中で、大王・王季らの父祖の美德を贊美している――「上述祖考之美」――と言う。これを「追美」と考えてよいだろう。これからわかるように、大雅中に、後の時代の詩人が古人の美德を追想し贊美した詩が存在するというのは、鄭玄以來の認識である。さらに、3―①中に、「大雅文武の詩、多くは成王の時に在りて作る」と言うように、文王・武王の勳功を詠った大雅の諸篇は成王の時代に作られたと疏家は考えている。2―①で、「正經の美詩には後の王の時代になって、先の王を追美して作られたものがある」と『正義』が言う「追美」の詩に、これらの詩が含まれると考えてよいであろう。

さらに、鄭玄は「周頌譜」の中で、

周頌は、周の王室が功績を成し遂げ、天下を太平にし德を遍く行き渡らせるのを實現したことを詠った詩である。それらが作られたのは、周公が攝政となり成王が卽位したばかりの頃である（周頌者周室成功致太平德洽之詩。其作在周公攝政成王卽位之初）（卷十九之一、一葉表）

と言うが、その周頌の詩には、文王武王の功業が詠われているものが多い。先に擧げたように、周頌「酌」が「文王の事を追美し」たものであると『正義』が言っていることを考えれば、これらの詩も疏家はやはり追美の詩だと認識していると考えてよいであろう。

このように見ると、疏家は「追美」を詩經の詩の典型的なあり方の一つと認めていたということができる。一方、「追刺」はどうであろうか。はたして、「追刺」という概念は「追美」と對稱となるほどの存在感があると、疏家は本當に考えていたのであろうか。これは大いに疑問であると筆者は考える。以下に、その根據を擧げていこう。

疏家の言葉を疑わせる一つ目の根據は、『正義』が「追刺」と認定する詩が少ないということである。「抑」以外の例を以下に列擧する。

A　鄭風「有女同車」序

「有女同車」は、〔鄭の莊公の太子の〕忽を刺った詩である。鄭の國人は忽が齊の公女を娶らなかったことを刺ったのである。太子はかつて齊を救援して功績があった。齊侯は、娘を忽に嫁がせたいと願った。その娘は賢女であったにもかかわらず忽は娶らなかった。そのためとうとう〔忽とその兄弟が莊公の跡目を爭ったとき〕大國の援助を得ることができず、放逐の憂き目にあった。(11) 故に國人はこのことを刺ったのである（有女同車刺忽也。鄭人刺忽之不昏于齊。太子忽嘗有功于齊、齊侯請妻之齊女。賢而不取。卒以無大國之助、至於見逐。故國人刺之）

の『正義』に次のように言う。

3—③　序に言う「妻《めと》らしめんことを請ふ」たのは、鄭の莊公の時代である。それなのに、本詩を莊公の詩としないのはなぜかというと、齊の公女を娶らなかったのは、忽の意志から出たことだからである。〔莊公の死後〕忽が一旦は國主の位に就きながら、大國齊の援助を得られなかった時になって、國人ははじめて〔忽が齊女を娶らなかったことを〕追想し刺ったのである。小序に「嘗て齊に功有り」と言っているので、明らかに本詩は、忽が鄭君となった後で昔のことを「追刺」して作られたのであり、莊公の時代に作られたものではないのである。故に、莊公の詩とはしないのである（此請妻之時、在莊公之世。不爲莊公詩者、不娶齊女、出自忽意。及其在位無援、國人乃追刺之。序言嘗有功於齊、明是忽爲君後追刺前事。非莊公之時。故不爲莊公詩也）（卷四之三、七葉表）

B　唐風「鴇羽」序

「鴇羽」は時勢を刺った詩である。晉の昭公以後、五世にわたり國は大いに亂れた。君子は外地での仕事に遣わされ、その父母に孝養を盡くすことができなかった。それでこの詩を作った（鴇羽刺時也。昭公之後大亂五世。君子下従征役、不得養其父母、而作是詩也）

〔箋〕「大いに亂るること五世」というのは、昭公・孝侯・鄂侯・哀侯・小子侯のことである（大亂五世者、昭公・孝侯・鄂侯・哀侯・小子侯）

の『正義』に次のように言う。

3—④　小序に「大いに亂るること五世」と言っていることからすると、本詩は亂の後に作られたものである。ただし、亂は昭公の時に始まったので、昭公を「追刺」したのである。故に昭公の詩とするのである（此言大亂五世、則亂後始作。但亂従昭起、追刺昭公。故爲昭公詩也）（卷六之二、七葉表）

C　豳風「九罭」序

「九罭」は、周公旦を賛美した詩である。朝廷が〔周公の忠義の心を〕理解しなかったことを周の大夫が刺ったのである（九罭美周公也。周大夫刺朝廷之不知也）

序の「朝廷」を、鄭玄は「朝廷の臣下」ととり、本詩は、武王の死後、成王がいまだ幼少で、周公が攝政として時の政治を執ったとき、當時の朝廷の臣下が周公に簒奪の意志があるのではないかと疑ったことを刺った詩ととる。(12)これについて『正義』は、

3―⑤　鄭玄は次のように考える――周公は疑惑を避けて東都洛邑に居ること三年、(13)成王は雷雨大風の天變に遭遇して、周公を都に迎えたく思ったが、朝廷の羣臣はなお管叔・蔡叔の流言に惑わされて、周公の志を理解しなかった。その後、金縢の書を開き見るに及んで、成王は自ら出迎え、周公は歸還して攝政となった。周の大夫はそこでこの詩を作り、周公を賛美し、以前、朝廷の羣臣が理解しなかったことを「追刺」した。この詩は、周公が東都から歸り攝政となって以後に作られたはずである（鄭以爲、周公避居東都三年。成王既得雷雨大風之變、欲迎周公、而朝廷羣臣猶有惑於管蔡之言、不知周公之志者。及啓金縢之書、成王親迎、周公反而居攝。周大夫乃作此詩、美周公、追刺往前朝廷羣臣之不知也。此詩當作在歸攝政之後）（巻八之三、六葉表）(14)

D　小雅「小宛」

以上の三例に加えて、「追刺」の語こそ用いていないものの、小雅「小宛」も追刺の詩であると『正義』は考えている。3―①で小雅「小宛」について、詩中に詠われているのは厲王が彘に流される以前の出來事であるが、作られたのは厲王が彘に流された後であると言っているので、疏家は、政治を執っていたころの厲王の振る舞いを「小宛」

の作者が思い起こして刺ったと考えていたことがわかる。

「抑」を合わせると、詩經中で疏家が追刺と認定しているのは五例にすぎない。追美を、大雅や頌の典型的な詠い方と考えていることと比べると、その數は歴然と少ない。

「追刺」が「追美」に釣り合う存在と考えることができないのは、單に數が少ないためだけではない。二つめの根據として、『正義』における「追刺」の用法の曖昧さが擧げられる。「追美」と見なされる詩は、後世の作者（例えば、周公の治世期に活動していた詩人）が先君（例えば、文王・武王）の事蹟を思い起こして贊美するという點で内容上の共通性を持っていた。作者の生きる今の世の繁榮の基礎を作ったという意味では現在とつながっているということもできようが、基本的には詠われている事柄は、現在から獨立してそれ自體で完結した過去、作者にとって客體化された過去として認識されている。この點では、「追美」の意味内容は一義的に定義できる。これと比べると、先に擧げた四例の「追刺」詩に詠われている過去は、その性格におのおの違いが認められる。

Aの鄭風「有女同車」では、刺られている對象である忽はなお世に生きている。詩の作者は、忽みずからが招いて現在の苦境に陷ったことを刺っている、と疏家は考え、それを「追刺」と呼んでいる。現在進行中の事件の發端ということからすれば、詠われているのは現在と隔絶された過去とはいえない。

さらに、忽に對する評價も微妙である。鄭風「揚之水」序に、

「揚之水」は、臣下がいないことを憐んだ詩である。君子は、忽に忠義の臣下、善良なる士がおらず、ついに死に追いやられたことを憐んでこの詩を作った（揚之水、閔無臣也。君子閔忽之無忠臣良士、終以死亡、而作是詩也）

と言い、忽を「閔《あわれ》み」の對象として捉えている。「有女同車」で忽は批判されているとは言っても、それは彼の犯した一度の判斷の誤りに對する批判であって、その人格を道德的な見地から斷罪しているわけではない。ここから察せ

られるように、漢唐の詩經學者の忽に對する評價は、「抑」の作者が厲王の人格全體を憎惡し批判しているのとは質的に異なっている。

Bの唐風「鴇羽」序で「大いに亂るること五代」というのは、昭公が叔父の成師を大邑曲沃に封建し、晉の公室を凌ぐ勢力を持たせることになってしまったことがきっかけとなり、その後の五代をかけてついに曲沃が晉を乘っ取るに至った大政變を指す。詩人はこの大事件の直接の原因を作った昭公を追想して刺っている。昭公はすでに物故しているけれども、「有女同車」と同じく現在に渡る事件の發端としての位置づけであるので、詠われている過去は完全に現在と隔絶されているとは言えない。

③の豳風「九罭」は、周公が攝政になる前、羣臣がかつて周公を疑っていたことを刺ったもので、刺られているのは作者と同時代の人々であり、過去と言っても現在にごく近い(15)。

これら三例は、「追刺」とはいうものの、それは詩人と同時代人の過去の過失に對する批判、現在にまで續く事件の一時期を捉えての批判であり、作者の生きる現在に連續している。その意味では、同時代の人物・事件を論評した通常の刺詩と性格は近く、刺られている人物がすでに世を去り、また詠われている事件もすでに過去のものとして完結し客體化された「抑」とは異なる。④の小雅「小宛」は第6節で檢討するように、この詩が作られたのが厲王の生前か死後か、疏家は結論を出していない。假にこれが厲王の生前に作られたと疏家が考えていたとすると、客體化された過去を贊美するのを典型とする「追美」に對應するのは「抑」一例のみということになる。すなわち、典型的な「追刺」と疏家が認定する作品は、きわめて限られているのである。

4　『正義』に見られる異説

また、「抑」の解釋についても、2―①に掲げたものと矛盾する説が『正義』中に存在し、それに從えば「抑」も追刺と認定されないことになる。「小大雅譜」の「大雅民勞、小雅六月の後、皆な之を變雅と謂ふ。美惡各おの其の時を以てし、亦た善を顯はし過ちを懲らす。正の次なり（大雅民勞、小雅六月之後、皆謂之變雅。美惡各以其時、亦顯善懲過。正之次也）」の『正義』では、前掲の『國語』の「抑」に關する記事と韋昭注を引いた上で、それに疑義を唱えて次のように言う。

4―①　韋昭は、「〔『國語』で武公が作ったとされる〕『懿』とは今の詩經の『抑』の詩である」と言う。そうであるならば作られたのは平王の時ということになる。しかしながら、「抑」の詩を檢討してみると、詩中に詠われているのはみな厲王が快樂に耽って荒んだ生活をしていることを具體的に刺っているので、王はなお政權を失ってはいない[16]。また、詩中に「〔一般庶民が愚かであるのは生まれついてのことなので不思議ではないが〕哲人が愚かな振る舞いをしているのは、王に罪せらるることを恐れてわざと愚をよそおっているのである[17]（哲人の愚なるは、亦た維れ斯の戾《つみ》なり）」と言っている。これらのことから考えれば、詩中の出來事は、幽王が國人によって彘に放逐される前、〔恐怖政治を敷いて〕臣民が王を批判するのを封じようとしたころのことである。韋昭の説は必ずしも信じられるものではない（韋昭曰、懿今抑詩。則作在平王之時。然檢抑詩、經皆指刺王荒耽、仍未失政、又言哲人之愚、亦維斯戾、則其事在流彘之前、弭謗時也。韋昭之言、未必可信也）（卷九之一、十葉表）

詩中で厲王が暴政を振るっていることが詠われている以上、詩が作られた時には厲王は在位していたはずであり、平王の時代になって、武公が厲王朝を追想して作ったのが「抑」の詩だという考え方は成り立たない、故に『國語』で武公が齢九十五で作ったとされる「懿」イコール「抑」だとする韋昭の說は閒違いであると言っている。

それでは、韋昭注に據らずに『國語』を讀むとどうなるであろうか。『國語』「楚語上」の本文を見直してみよう。

　昔　衛の武公は年九十五になりながら、なおもその國人を、「卿以下、師長や士に至るまで、いやしくも朝廷に出仕するものは、わたしが耄碌したといって見捨てないでくれたまえ」と戒めた。そして、「懿戒」を作り自らを戒めた（昔衛武公年數九十有五矣、猶箴儆於國曰、自卿以下、至于師長士、苟在朝者、無謂我老耄而舍我。……於是乎作懿戒以自儆也）[18]

傍點で示したように、『正義』に引用された文章との閒にはいくつか文字の異同がある。その中でもっとも重要な異同は、『正義』所引の文章では「懿を作る（作懿）」にしているのを、「懿戒を作る（作懿戒）」に作っている點である。これならば、「戒」を文體名と見なし、武公が作ったのは「『懿』というタイトル（あるいは「懿《よ》い」という修飾語）の戒という文體の文章」と解釋することができる[19]。文章中に厲王に關連する語句が現れないことも考え合わせると、この『國語』の記事は武公が厲王を刺る詩（あるいは文章）を作ったことを證明した資料とはならず、「抑」が武公によって作られたことも、後世の詩人が厲王を追刺したものであることも證明するものではない、ということになる。

この說は、先に見た「抑」の『正義』と眞っ向から對立するものであり[20]、「抑」が追刺詩であることを否定する立場に立つものである。同じ書物の中に、これほど懸け離れた說が共存しているのはなぜであろうか。『正義』という書物が六朝の諸義疏を總合して成立したものであるという事情から考えれば[21]、孔穎達等、『正義』の編集者が、參考にした異なる學者の義疏から、その說の懸隔を考えずに引用した結果であると考えるのがもっとも合理的であろう。ということは、先に見た「抑」を厲王追刺の詩とする說は、六朝期において決して定論ではなく、有力な異論があったということになる。

そもそも、詠われていることが厲王が政權を執っていたときのことである以上、詩が作られたのもその當時であるはずだという考え方そのものに、詩經の詩人が過去の出來事をどのように詠ったかについての特徵的な認識が現れている。後の時代の詩人が厲王を批判するならば、厲王が彘に放逐された後に視點を据えるはずで、その結末を無視して厲王が政權を握っている時點だけを切り取って詠うはずがないというのが、右の説の論旨である。詩人が過去の出來事を詠う際には、その出來事に決着がついてしまった段階に視點を据えて、過去の人物の生涯、事件の全體を總括する立場に立って敍述するのであり、事態がまだ推移している途中の時點を切り取り再現して詠うはずがないという認識が現れている。彼らにとっての過去は、事の結末を知った上で論評するための凝固し客體化されたものであり、想像力によって事態の渦中に飛び込み追體驗するためのものではないのである。彼らが考える追想のあり方は、ごく單純な形式なものである。

　ところで右の説には、「抑」の詩は厲王の暴政を經驗した當事者によって作られたものであるという考え方が見られるが、これは「抑、衛の武公　厲王を刺り、亦た以て自ら警《いまし》むるなり」という「抑」の小序の記述をも否定している可能性が高い。『史記』「衛世家」、「十二諸侯年表」に從えば、厲王當時、武公はいまだ釐公の庶子で十代の若年であり[22]、周の朝廷に出仕していなかったので、厲王の惡行を親しく見聞する立場にはなかったことになる。したがって、「抑、衛の武公　厲王を刺り」という小序の記述は誤りだということになる[23]。漢唐の詩經學においては、詩序は孔子の弟子子夏が孔子の教えに基づいて作ったものとされ、解釋の根本的よりどころとされる。したがって、詩序の説を否定することになる右の『正義』はきわめて特異な説と言うことができる。漢唐の段階でも、詩序が必ずしも不可侵の存在でなかった可能性を暗示する例として貴重であると同時に、追刺に對する違和感は、漢唐詩經學の根幹である詩序の否定さえもあえてするほど強かったことがわかる。

以上の考察から、『正義』は「追刺」を「追美」と對應するものとして定義してはいるけれども、實際には「追刺」という概念はきわめて限定的にしか用いられていないことがわかった。これは、通常の美刺と比較した場合、きわめて特徵的である。なぜならば、一口に「美刺」と併稱されるが、實際には詩經には、美詩よりも刺詩が壓倒的に多いというのが定說だからである。(24) 錢鍾書氏が指摘するように、詩經の詩は、通常美詩に分類されるものも含めて實際はすべて「刺詩」であるとする言說も古くから行われた。(25) 詩經は、本來「刺」と相性がよいのである。現實の政治と當今の爲政者に對する論評においては批判を主とするのに、過去の事件・過去の人物に限っては批判の言辭を認めにくいというのは、注目に値することである。

これが意味することは、二つの側面から考えることができるであろう。一つは、詩經の中に收錄された追刺詩が實際に少なかったということである。これは、中國古代において先君を刺った詩が作られることが稀だったということと、民閒の歌謠や朝廷の儀式歌を採集・編纂して詩經が成立する過程において、先君を刺った詩が選擇的に排除されていったということとの二つの可能性を含む。いずれにしても、中國古代から人々の閒に追刺に對しての心理的規制力が強く働いていたことを意味していよう。

もう一つは、詩經が成立した後、序傳箋を始めとする先行研究を承けて漢唐詩經學を集大成した疏家が、その詩經解釋において、「追刺」の概念を用いて解釋を行うことに愼重な態度をとったということである。一言で言えば、疏家にとっては、「追刺」は使用の難しい概念だったのである。本章では、後者の側面にスポットを當てて考察を進めたい。詩經の成立過程とは別に、このことも考察の對象とすべき重要な問題を含むことは以下の議論が進むとともに明らかになっていこう。

5　『正義』「追刺」說の分析

第2節で紹介した楚の恭王の諡號に關する逸話に見られるように、先代の君主の非を鳴らす行爲が、君臣の儒教倫理に抵觸する恐れがある以上、追刺という認識は疏家にとって應用し難いものであったということは容易に推察できよう。しかし、なお疑問は殘る。これを逆の立場から問いかけることもできる。倫理的に難があるにもかかわらず、なぜ『正義』は追刺という概念を採用したのだろうか、疏家は、追刺という概念をあえて使って、詩篇のいかなる問題を說明しようとしたのだろうか、この問題を考える視點を得るために、2—①の「抑」の『正義』について、改めてその論理を分析してみたい。

『正義』は、追刺說に對するあり得べき批判を豫想して次のように言う。

詩の作者は、詩を作ることによって前の時代の悪行を批判し戒めようとしても、批判された當人がすでにこの世を去っていては、忠義を盡くそうとしても、何の役にも立たない。そうであるならば、後の世になって追刺することにいったい何の意味があるのだろうか。

風刺詩は、風刺する對象を戒告し教導することを目的とするから、すでにこの世にいない人物を風刺する追刺詩には存在意義がないという批判である。これは、風刺詩の存在意義を實用主義的な觀點から捉えたものである。詩は第一義的には、作者が自分と現實的な關係を持つ特定の人物に向けてメッセージを傳えるために作られたものであり、詩の作者と詩の內容との閒には同時代的な關係が成り立っているという考え方を見ることができる。

この批判に對して『正義』は、二つの側面から答えている。ひとつ目は、詩は、人がメロディに乘せて歌い上げ、情が憤りを發して生まれるもので、善行を見てはその功績を論じたく思い、惡行を見てはその過失を言いたく思い、……もともとは、自分の心の結ぼれをほぐしたいと願って作るので、必ず諫止に用いるために作るわけではないのである。

である。ここでは、詩が生み出される心理的動因の觀點から說明がなされている。詩とは、作者の感情が自然に溢出して生まれるものである。だから詩の作者は、必ずしも教化の責任を自覺し、道德的配慮を持って詩を作るとは限らない。教化の實效性を持たないことを理由にして追刺の存在意義を疑う意見を、詩は必ずしも現實的效用を目指してのみ作られるわけではないと言って斥けている。これはいうまでもなく、「毛詩大序」の、

詩は志の之く所なり、心に在りては志と爲り、言に發しては詩と爲る。情は中に動きて言に形《あら》はる。言ひて足らず、故に嗟歎す。嗟歎して足らず、故に永歌す。永歌して足らず、知らず手の舞ひ、足の蹈むを（詩者志之所之也、在心爲志、發言爲詩。情動於中而形於言。言之不足、故嗟歎之。嗟歎之不足、故永歌之。永歌之不足、不知手之舞之、足之蹈之也）

に基づく考え方である。これに據れば、詩の存在意義を現實的效用の有無によって考える必要がなくなる。

もう一つの說明は、

それを獻じて諷諫を行うことができ、過去の人間の過失は、たしかにもはややり直すことができないけれども、將來の主君は、あるいは行いを改めることができるかもしれない。

である。ここでは、詩の效用の側面から批判に答えようとしている。疏家が想定する批判は、風刺の對象が實在しな

ければ風刺は實效性を持たないというのが趣旨であった。これに對して、追刺の詩は批判されている當人ではなく、その詩を讀む、あるいは聞く後世の享受者の道德的覺醒を促すことを效用としていると反論する。詩は、必ずしも作者の現實的な關係のある特定の人物にのみ向けられて發せられるわけではないと言って、詩のメッセージの普遍性・永續性を主張している。

このように考えれば、右の議論は、詩篇の意味層を一元的に捉え、かつ現實的效用の有無、しかも同時代的な效用の有無のみに詩の存在意義を見出そうとする考え方に對して、詩篇の存在意義は作者の込めた本來的な意味と享受者に與える現實的效用との二つの側面から捉えるべきであり、かつ現實的效用とは同時代のみではなく、後世に對する效用をも考えるべきであると答えたものと、まとめることができる。(26) 疏家は、このように論じることによって、詩經における追刺の存在を主張するのである。

ところで前者の説明においては、作者が追刺詩を作るに當たっては現實的な效用を考えているわけではないと言っている。一方、後者の説明においては、その詩は將來の主君の道德的覺醒を目的としている――そのような現實的な效用を付與されている――と言っている。二つの説明は、充分に整合的ではない。二つの説明の閒の乖離は、どのようにすれば解消できるであろうか。

この乖離を解消するためには、感情の表出のみを目的とした者――詩の作者――と、後世への教訓という意味を詩に付與した者とが別であると考えればよい。つまり、作者は現實的な效用・道德的意義を考えず詩を作ったが、その詩に別の人閒が人々の教化に資するように新たな意味・機能を付與したと考えればよい。その人閒とは、詩經の編述に携わった者ということになる。つまりここには、詩の作者と、その詩を詩經という全體の一部分に位置づけた人閒――詩經の編者――という二つの存在を考え、一篇の詩には、作者の創作意圖と、詩經の編者が付與した現實的效用――道德的役割――という別次元の性格が、二重に存在している、という考え方を見ることができる。これは、北宋の歐陽脩が『詩本義』「本末論」の中で唱えた、詩篇の意味的な多層性――詩人の意・大師の職・聖人の志・經師の業――を持つという認識の先蹤と見なすことができる[27]。

また疏家の説明には、作者の作詩の動機――現實的效用に配慮することのない、感情の自然の流露――と、作られた詩の持つ現實的效用――後世の享受者に道德覺醒を促すこと――とは、必ずしも一致する必要はないという考え方が見られる。作者の意圖を本來的な意味として「體」と位置づけ、編者の付與した效用を「用」と位置づけて、中國の傳統的な思惟形式である「體用」の一種として扱うことも可能であろう。これは、「淫奔詩」が詩經に收錄されている理由についての、南宋の朱熹による説明を想起させる。詩經の中には、無知な男女がみずからの不道德な男女關係を詠った詩がある。それらの詩が詩經という至高の經典に收められているのは、詩自體は不道德な内容に違いないが、それを讀んだ人閒が詩中の内容に嫌惡感を抱き、自分はこのようなことをすまいと考え結果的に道德的生活を目指すことを、企圖してのことである――これが、朱熹の淫詩説である[28]。ここには、必ずしも道德的な配慮をもって作られたわけではない詩に、それを詩經の體系に組み入れた人閒が道德的な役割を果たすよう新たな意義づけをする、という圖式が見られる。これは、『正義』の追刺説と論理構造が同樣である。

以上の考察から、追刺をめぐる疏家の思惟には、詩篇の意味の多層性、體と用の問題が存在することが明らかになった。このことを鍵概念として、漢唐詩經學における追刺の役割について考察していきたい。

6　「追刺」と認定しない例

前章で分析したように、追刺を正當化する議論の中で、作詩の動機と現實的效用とを別の次元で捉えようという認識が疏家にはあった。しかし、『正義』の文中に現れた範圍の中で考えれば、この二者の關係は明確に説明されているとは言い難い。それはなぜだろうか。疏家が、作詩の動機（作者の意）と現實的效用（編者の意）という二つの意味層をどのように捉えていたのであろうか。あるいは疏家の認識にはどのような限界があったのであろうか。そして何が疏家の認識にそのような限界をもたらしたのであろうか。

詩經の詩篇の中には、『正義』の解釋自體から判斷すると、「抑」と同じく典型的な追刺の詩として考えるのがふさわしいにもかかわらず、「追刺」であることを『正義』が否定している例もある。詩題が亡國の悲しみの代名詞として用いられている王風「黍離」がそれである。本詩は小序に、

「黍離」は、宗周鎬京をいたむ詩である。周の大夫が使いで外地に赴き、宗周にやってきて、いにしえの宗廟や宮室を通りかかったところ、いずこも〔開墾されて農地となり〕イネやキビに覆われていた。周王室の顚覆をいたみ、彷徨して立ち去るに忍びず、この詩を作った（黍離閔宗周也。周大夫行役、至于宗周、過故宗廟宮室、盡爲禾黍。閔周室之顚覆、彷徨不忍去而作是詩也）

と述べられているように、周の都鎬京に犬戎が侵入し幽王が殺されたため、周王朝が滅亡の危機に瀕し、平王を立て都を洛陽に遷すことによってかろうじてその命脈を保った事件の後、舊都を通りかかりその荒廢を目の當たりにした詩人が周王朝の衰亡を悲しんだ詩である。その悲しみは、このような事態を招いた元凶である幽王に對する恨みに轉化され、各章末二句に、

悠悠蒼天　　悠悠たる蒼天
此何人哉　　此れ何人ぞや

という詩句が繰り返される。これを鄭箋は、

なんと遠いことだろう蒼天は、と言って仰ぎ見て訴え、天に己の言葉を察してほしいと思っている。この亡國の君はどんな人だと言うのは、甚だしく憎んでいるのである（遠乎蒼天、仰愬欲其察己言也。此亡國之君何等人哉、疾之甚）

と解釋し、『正義』も、

6―① この亡國の君は、いったいいかなる人であって、周の宗廟をかくまで荒れ果てた廢墟としてしまったのか。憎むこと甚だしいので、故に「此れ何人ぞや」と言う（此亡國之君、是何等人哉、而使宗廟丘墟至此也。疾之太甚、故云此何人哉）（卷四之一、五葉表）

と敷衍している。「亡國の君」すなわち幽王[29]について、名を呼ぶことすら潔としないほど甚だしく憎悪していると言っているのであるから、彼を批判する氣持ちが詩句に詠われていると『正義』が考えていることは明らかである。

このように見ると、本詩はまさしく典型的な追刺の詩となると思われる。ところが、『正義』はそれを否定して次のように言う。

6―② 周室が顚覆したというのはまさしく幽王の亂のことを言う。王室が覆り滅ぼされ、東のかた洛陽に遷都することを餘儀なくされ、その舊都を喪失してしまった。この詩は平王の時代に作られたものではあるが、しかし作者の心は幽王の敗亡を恨んでいる。ただ、宮室に黍稷《キビ》が生い茂っているのを悲しむことが主たる内容となっていて、幽王を追刺しているわけではない。故に平王の詩とするのである。また、宗周が滅んだのは、平王の咎ではないので、平王を刺ってもいないのである（周室顚覆正謂幽王之亂。王室覆滅、致使東遷洛邑、喪其舊都。雖作在平王之時、而志恨幽王之敗。但主傷宮室生黍稷、非是追刺幽王。故爲平王詩耳。又宗周喪滅、非平王之咎、故不刺平王也）（卷

四之一、四葉表）

疏家は、この詩の作者が西周の滅亡を招いた暗君幽王を心に恨んでいることを認めているにもかかわらず、この詩は宮室の衰亡を嘆くことを主たる內容としているから、幽王を追刺した詩ではないと言う。ここには、「刺」についての疏家の特徴的な考え方が表れている。「黍離」の詩で溢出している感情は、周の幽王に對する「傷み」の情であり、「恨み」の情である。しかし、疏家に據れば本詩は幽王を「刺った」詩とは言えない。つまり、疏家は「刺」とは溢出した感情と等價ではないと考えている。これはそれなりに頷ける考え方ではある。「刺」が目上の存在に對する論評行爲である以上、それは理性的な價値判斷を伴った行爲であり、單なる感情の溢出とは異なるからである。別の言い方をすれば、溢れ出た感情を理性のフィルタで透過したのが「刺」だと言うこともできるであろう。

しかし、この認識は第5節で分析した疏家の追刺の說明と矛盾している。そこでは、「もともとは、自分の心の結ぼれをほぐしたいと願って作るので、必ず諫止に用いるために作るわけではない」と言い、古の君主の惡行に對する感情が自然に溢れ出て作られたものが「抑」という追刺の詩だと述べていたからである。この觀點からすれば、幽王に對する傷み恨みの感情が溢れている「黍離」は、自ずから「追刺」と認定すべきもののはずである。だが、疏家はそれを否定しているのである。

なぜ『正義』は、「黍離」の詩を幽王を「追刺」した詩と考えないのであろうか。『正義』に次のように言う。

6―③　『史記』「宋世家」に次のように言う、「箕子は周王に朝見しようとして、殷の都の跡を通りかかったところ、城はこぼたれ、キビが生い茂っていた。箕子はこれを悲しんで『麥秀』の詩を作って歌った。詩に、「麥秀漸漸たり、禾黍　油油たり。彼の狡童は、我に好からず」と言う。『狡童』というのは紂のことである」と。〔「麥秀」の詩が〕殷墟を通りかかって紂を悲しんでいるのだから、〔周の舊都を通りかかったことを詠った〕この〔「黍離」の〕詩も幽王を傷んでいることは明らかである。しかし、幽王を刺ることを主としているわけではないので、だから雅に編入しなかったのである。「何等人」というのは、「何物人」というのと同じである。大夫はそれが誰なのか知らなくて「いかなる人ぞ」と言ったのではない。憎むことが甚だしかったからである（史記宋世家云、箕子朝周、過殷故墟。城壞生黍。箕子傷之、乃作麥秀之詩以歌之。其詩曰、麥秀漸漸兮、禾黍油油兮。彼狡童兮、不我好兮。所謂狡童者紂也。過殷墟而傷紂、明此亦傷幽王。但不是主刺幽王、故不爲雅耳。何等人猶言何物人。大夫非爲不知而言何物人。疾之甚也）（巻四之一、六葉表）

ここでも「麥秀」が殷の紂王を傷んで作られたと同様、「黍離」も周の幽王を傷んで作られたと言い、また作者が幽王を心の底から憎悪していることが再確認されている。しかし、この詩は幽王を刺ることに主眼が置かれているのではないから、雅（小雅あるいは大雅）に編入されていないのだと言う。鄭玄「王城譜」に據れば、王風の詩は平王が洛陽に遷都して後の詩である。[30] 幽王の詩であれば小雅か大雅に編入されているはずであるが、[31] そうではない以上、「黍離」は幽王を詠ったものではない、したがって幽王を追刺した詩ではないという論理である。

これを逆から言えば、かりに「黍離」が「王風」ではなく小雅か大雅に編入されていたならば、幽王を刺る詩ということになり、疏家も本詩を追刺の詩と認定していたということになる。ここからわかるのは、追刺であるかどうかを決定するのは、詩の内容がどうであるかということではなく——幽王に對する作者の感情が「黍離」に詠われていることは疏家も認めていた——、その詩が詩經中でどのように位置づけられているかによる、と疏家が考えていたということである。詩經において、ある詩をどこに編入するかを決定するのは、作者ではなく編者である。つまり、疏家は追刺を、作者の創作意圖を表すものではなく、編者の編纂意圖を表す概念として用いている。

追刺の概念を用いて説明を行った『正義』が前後で矛盾している例が、小雅「小宛」にも見られる。3—①の中で、疏家は「小宛」は、詩中に詠われているのは厲王が彘に流される以前に起こったことであるが、詩が作られたのは彘に流された後であるので、厲王を追刺した詩である、と説明していた。ところが、同じこの少し前では疏家は次のように言う。

6―④　「小宛」は、「爾《なんぢ》の所生（父祖の意――筆者注(32)）を忝《はづかし》むること無かれ」と言って王に教えている。〔「民勞」「十月之交」「小旻」とこの「小宛」とは〕みな王に善事を行い民を導くよう教えている。だから詩中に詠われた出來事はやはり厲王が彘に流される前のことである（小宛誨王無忝爾所生。皆教王爲善以導民。其事亦在流彘前矣）（卷九之一、十葉表）

「王に誨《おし》ふ」「王に教ふ」と言っているこの王は厲王を指す。と言うことは、この部分では疏家は、「小宛」は、厲王を教えるために作られた詩であると認識していることになる。これは、本詩を追刺の詩であると述べていることと矛盾する。追刺の詩であるならば王がすでに政權を失った後に作られたものであるので、王に改善を促そうと教えたところで無意味だからである。

疏家はなぜ矛盾を犯して本詩を追刺と解釋したのであろうか。それは、本詩の置かれている位置にある。3―①で疏家は、

この〔「小宛」の〕詩は今、〔「雨無正」の後、すなわち〕厲王が彘に流された後の位置に置かれている〔すなわち、厲王が彘に流された後に作られた〕のはなぜかというと、詩の基本的なあり方として、歌われている出來事が前のことでも、詩が作られたのは後ということがあるからだ。……過ちを刺り過失を譏る詩も、また後世になってなおその悪行を風刺するのである。

と述べていた。疏家に據れば詩經の詩は、例外も數多く存在するものの基本的には作られた順序に従って配列されている。この認識に基づき、本詩が厲王が彘に流されて以後に詠われたと考えられる「雨無正」の後に配置されていることから、本詩が作られたのも「雨無正」以後、厲王が彘に流された後のことであると考えるのである。疏家は、内容ではなく置かれた位置に基づいて、本詩を「追刺」の詩と認定している。

「黍離」においては疏家は、詩の本文に後世の詩人が前代の亡國の君主幽王を傷み憎んだ詩句があるのに、編纂者がそれを幽王の詩を收めた小雅あるいは大雅に編入しなかったことに従って、それを追刺詩と認定しなかった。一方、「小宛」においては、詩の本文に據る限りでは、現に天下に君臨している王を作者が諫めていると解釋できる詩句があるにもかかわらず、それが王が天下を失った後に作られた詩の位置にあるのに従ってあえて追刺と解釋した。この二つの事例に共通しているのは、追刺という概念が詩の本文に何が書かれているかを考察することから導き出されたものではなく、その詩が詩經中の特定の位置を與えられたことの意味を考える中から出てきたものであるということである。すなわち、作者の意を明らかにするためではなく、編者の意を明らかにするために用いられた概念である。

以上の考察から、疏家にとって追刺という概念はどういう意義を持つものだったのかがわかる。第5節で疏家は、詩篇には作者の意と編者の意という二つの意味層があるので、追刺の意味は、作者の込めた感情と享受者に與える現實的効用との二つの側面から捉えるべきであるという認識を示していたが、實際の解釋において追刺は、編者によって後に付與された現實的な効用を説明する概念として用いられ、作者がその詩にどのような感情を込めているかを説明するためのものとしては用いられていないのである。端的に言うと、追刺は詩の本義を明らかにするためではなく、疏通のための概念として用いられているのである。このことは、疏家は詩經の詩篇には、作詩の動機として作者の感情の自然な流露があることを認識してはいたものの、この認識に基づいて詩經解釋の理論・方法論を構築するまでには至っておらず、實際の詩篇解釋においては編者が付與した現實的効用の解明に解釋の力點を置いていたことを示し

ている。(33)

7　まとめ

追刺をめぐる疏家の思惟を考察する中から二つの問題が浮かび上がってきた。一つは、彼らが詩經の詩學の體系の中で「刺」を位置づけるに當たって愼重な態度を見せていたことである。

上は以て下を風化し、下は以て上を風刺し、主文にして譎諫《きつかん》す、之を言ふ者罪無く、之を聞く者以て戒むるに足る。故に風と曰ふ（上以風化下、下以風刺上、主文而譎諫、言之者無罪、聞之者足以戒。故曰風）

詩經の詩は論評のためにあるというのが漢唐詩經學の基本的認識である。詩によって目上に對する批判を行うことは理念的には保證されていたと、右の『毛詩』大序は述べる。しかし、刺詩についての『正義』の解釋を見ると、目上に對する論評には實際には様々な制約が課せられていたと疏家が考えていたのではないかと思われる例がしばしば見られる。一例として、小雅「小弁《せうはん》」を擧げよう。「小弁」序の、

「小弁」は、幽王を刺った詩である。〔褒姒の讒言を信じた幽王によって放逐された〕太子〔宜咎〕の守り役が作った（小弁、刺幽王也。太子之傅作焉）

に、『正義』は次のように言う。

7—① もろもろの詩序は〔例えば、「『何人斯』、蘇公　暴公を刺る」とか「『巷伯』、幽王を刺るなり。寺人　讒

に傷むが故に是の詩を作るなり」とか〕みな篇名の下にその詩の作者を言う。この詩のみが詩序の最後に「大子の傅《もりやく》作れり」と言うのは、この詩が太子の言葉を述べているからである。太子は詩を作って父を刺るわけにはいかない。守り役が太子の意を汲んでその思いを述べて刺ったので、序の書き方を變えてその事情を傳えたのである（諸序皆篇名之下言作人、此獨末言大子之傅作焉者、以此述太子之言、太子不可作詩以刺父、自傅意述而刺之、故變文以云義也）（巻十二之三、四葉表）

太子の守り役が彼に代わって詩を作ったのは、子たるもの自分の父親を刺る詩を作ることは許されないからだ、と疏家は言う。詩による目上の者に對する批判は、萬人に許されていたわけではないと、疏家は考えるのである。

ここで興味深いのは、「小弁」は太子の守り役が太子の言葉を詩に仕立てた（「此れ太子の言を述ぶ」）と言っているところである。これによれば、太子は自分の父を刺る言葉を口にしていることになる。すなわち、子が父を刺ることはあり得るとは疏家も認めている。認められないのは、それを詩の形に定着させることだと疏家は考えているのである。これは、詩作が一般の言表行動と性格が異なるという認識の表れである。單なる發言は、感情の自然な流露であろう。一方、詩にして刺るというのは、感情の自然な流露ではなく、その社會的影響を考慮した上で目的意識をもってする外部に對する公的な行爲であるという認識が疏家にあったことがわかる。疏家が追刺を認めながら、その活用については愼重な態度を示したことも、やはり同様の理由によるものと考えられる。

「毛詩大序」の「主文にして譎諫す」について、鄭玄は、

「主文」とは、音樂の宮・商のメロディにあい應じることを主とするということである。「譎諫」、とは、ゆったり抑揚をつけて歌に詠って、直に諫めたりしないことである（主文、主與樂之宮商相應也。譎諫、詠歌依違、不直諫）

と注する。これについて『正義』は、

7―② 臣下が詩を作る場合、眞心に基づき誠意を主張して、宮・商など五聲が互いに調和し合う「文」（メロディー）に（歌詞を）適合させる。その歌詞を音樂に乘せて、それとなくぼんやり「譎諫」（遠まわしに忠告）し、ズバリとは君主の過失を言わない（其作詩也、本心主意、使合於宮商相應之文、播之於樂、而依違譎諫、不直言君之過失）（巻一之一、十二葉表。譯文は、岡村繁譯に據った）[34]

7―③「譎」とは、權詐（うまくペテンにかける）という意味の字である。この詐術を音樂の歌唱に適用し、それとなくぼんやりしたポーズで「諫める」のも、やはり權詐という意味に合する。だからこれを「譎諫」と表現したのだ（譎者、權詐之名、託之樂歌、依違而諫、亦權詐之義、故謂之譎諫）（巻一之一、十二葉裏。同右）[35]

と説明する。これを見ると、臣下が主君を諫める場合、詩の形式に載せて詠うからこそ罪せられない――詩の形で批判を行うということが批判者の安全を保證する――と疏家は考えているように見えるが、「小弁」の『正義』はむしろ逆に、詩として表現する方が、公的な發言として様々な拘束を受けると、と言っているようである。

第6節で見た「黍離」には、「悠々たる蒼天、此れ何人ぞや」という幽王に對する傷み憎しみと感情を流露させた言葉があるにもかかわらず、幽王に對する「追刺」ではないと『正義』は解釋していた。このことを右の認識を援用して説明すれば、詩の中で先君に對して單純に感情を溢出させるよりも、冷靜な判斷を伴った追刺を行うことの方がより認められにくい、という考え方が現れたものということができるかも知れない。いずれにしても、「小弁」においても「黍離」においても疏家は、感情にまかせた發言と「刺」とは、性格が異なる、そして、先君に對する單なる感情の吐露は許されても、公然たる批判は簡單には許されなかったと考えている。

追刺をめぐる疏家の思惟の考察から浮かび上がったもう一つの問題は、疏家が作者の意と編者の意圖の二つの意味層の存在に氣付いていたことと、そうでありながら、詩篇の解釋にあたっては、編者の意味の解明に意を注いでいたということである。つまり、『正義』は、詩の解釋にあたっては、作者がどのような思いから詩を作ったかということではなく、詩經の編者がなぜその詩を詩經の一篇として採用したのか、その詩に道德教化に資するべきどのような社會的機能をもった意味を付與したのかを明らかにすることを、自らの解釋の主眼としていたということである。したがって、作者による、感情の流露を目的とした作詩活動よりも、民閒から採集された詩に人々を教化することを目的として新たな意味を付與し再編成するという編者による編纂活動の方が、よりいっそう儒教倫理に適合するよう配慮を求められることになる。疏家がそのような考え方のもとで詩篇の解釋を進めていたとすれば、追刺という概念を廣範に用いることが難しかったであろうことは想像に難くない。

北宋の歐陽脩は、『詩本義』「本末論」の中で次のように言う。

ある詩を作りある事柄を述べ、善行であれば贊美し、惡行であれば批判する、このような詩人の意は本（本質的なこと）である。その名を正しその類を分かち、詩經のあるジャンルの一篇として編入したり違うジャンルに編入したりする、このような太師の職掌は末（枝葉末節）である。その詩の美刺するところを察し、詠われたことの善惡を知り、善を勸め惡を戒めたりする、このような聖人の志は本である。詩人の意を探究し聖人の志に達するのは、經典を研究する學者の本である。太師の職掌を講じ、いにしえから傳わった解釋を失ったために、みだりに自說を唱えたりするのは、經典を研究する學者の末である（作此詩、述此事、善則美、惡則刺、所謂詩人之意者本也。正其名、別其類、或繫於彼、或繫於此、所謂太師之職者末也。察其刺美、知其善惡、以爲勸戒、所謂聖人之志者本也。求詩人之意、達聖人之志者經師之本也。講太師之職、因其失傳而妄自爲之說者經師之末也）

追刺という概念を作者の意を明らかにするためではなく、編者の意を説明するために用いた『正義』は、右の歐陽脩の定義によればまさしく「經師の末」ということになるだろう。疏家にとって追刺の概念は、詩經の本文・序・傳・箋の閒に存在する矛盾や乖離を説明するために案出された、いわば苦し紛れの概念ということができる。したがって、それは『正義』においてはその潛在的な可能性を十分に發揮することなく終わった。漢唐の詩經學の限界を超克して新たな詩經學を構築しようとした歐陽脩による、前代の詩經學の總括は正鵠を穿っている。

しかし、その一方で『正義』が追刺の概念を説明して、作者の意と編者の意の二層の存在を前提にしていることが、詩篇の意味・機能を詩人の意・太師の職・聖人の意・經師の業の四層に辨別する歐陽脩の認識の先驅と位置づけられることをやはり重視すべきであろう。結論を出すためには、なお愼重に考察する必要があるが、歐陽脩が『正義』を參考にしてその學説を發想した可能性もあるからである。第5節で、疏家の追刺についての説明が朱熹の淫詩説と同樣の論理構造を持っていることを指摘したが、これも、『正義』の苦し紛れの説と宋代の詩經學を支える理論との閒に學的繼承關係があった可能性を示すものと考えることもできよう。假にそうだとすれば、皮肉な見方ではあるが、『正義』が漢唐の詩經學の體系を守るために案出した解釋の認識は、漢唐の詩經學を乘り越えて新たな詩經學を構築しようとした、宋代の詩經學者のために學的基盤を提供したことになる。別の言い方をすれば、歐陽脩と朱熹は唐代の疏家によって提出されながら充分に解決されないまま殘された課題を、みずからの課題として引き受け發展させることを通じて、その新しい詩經學を構築していったと言えるかもしれない。

本章で取り上げたのは、「追刺」についての疏家の考え方という一つの小さな問題にすぎないが、『正義』と北宋の詩經學とを一續きのものとして考えるべきことを示唆しているように思われる。他の問題についても、同樣に『正義』と宋代詩經學との閒の學的認識における共通性が見られるであろうか。これは今後檢討していかなければならない課題である。

また、本章では、儒教倫理に沿った解釋を行うという儒家としての基本的立場と、序傳箋の疏通という著述の本旨のはざまで、追刺という解釋概念を案出しながらもその廣範な運用に二の足を踏んでいる疏家の様子を見た。ここで浮かび上がった儒教倫理と詩經解釋との衝突という問題は、北宋以後の詩經學者も同様に直面したであろう。彼らはこれにどのように對處したであろうか。本章の考察をもとにして、引き續きこの問題に取り組んでいきたい。

注

（1）例えば最近の研究成果として、施榆生「『毛詩序』與『美刺說』」（『電大教學』一九九八年第五期）、劉毓慶・郭萬金「『詩小序』與詩歌『美刺』評價體系的確立」（『太原師範學院學報（社會科學版）』二〇〇七年第六期）、梅顯懋「『毛詩序』以美、刺說詩探故」（『社會科學輯刊』二〇〇五年第一期）などがある。

（2）『史記』「周本紀」、『國語』卷一「周語上」參照。厲王放逐は共和元年、紀元前八四一年のことである（中華書局排印本『史記』「十二諸侯年表」五一二頁に據る）。

（3）中華書局排印本『史記』「十二諸侯年表」に據れば、在位宣王十六年（紀元前八一二）〜平王十三年、（紀元前七五八）。

（4）『史記』「衞世家」に、「〔武公が卽位して――筆者補注〕四十二年、犬戎《けんじゅう》が周の幽王を殺した。武公は兵を率いて周の救援に赴き、犬戎を平定して、すこぶる功勞があった。周の平王は武公に命じて、その侯爵を公爵に昇格させた。武公はその五十五年に沒し、子の莊公揚《よう》が立った（四十二年、犬戎殺周幽王、武公將兵往佐周平戎、甚有功、周平王命武公爲公。五十五年卒、子莊公揚立）」（譯文は小竹文夫・小竹武夫に據る。『史記3・世家上』ちくま學藝文庫、一九九五、一三一頁）と言う。武公の卽位および卒年については、『史記』「十二諸侯年表」に照らしても確認することができる（中華書局排印本、第二冊五二一・五三六頁）。

（5）テキストは、清・董增齡撰、光緒庚辰章氏式訓堂精刻本影印『國語正義』を用いた。同書卷十七（一九八五、巴蜀書社、下册一一二五頁）の韋昭注に、「懿讀曰抑」と言い、董增齡疏に、「古抑・意・懿字皆相通」と言う。郭錫良『漢字古音手册』（北京大學出版社、一九八六）に據れば、「懿」「抑」いずれも、上古音では聲母が「影」、韻部が「質」に屬する。

（6）本章に引用した『正義』および鄭玄『詩譜』については、檢索の便宜を考えて、『毛詩正義』の卷數および帖數を示した。

（7）武公が「懿」を作ったのが、平王元年（紀元前七七〇）のことだとすれば、厲王放逐から七一年後となり、彼の最晩年平王十三年（紀元前七五八）のこととすれば、八三年後となる。董增齡が「卽以平王元年計之、上距厲王流彘之歲已六十七年」（前掲書一一二五頁）と言うのは何に據るか不詳。

（8）同右、一〇八八頁。

（9）「小大雅譜」の『正義』に次のように言う。

〔「民勞」「十月之交」「小旻」「小宛」は〕みな王に善事を行い民を導くよう教えている。だから詩中に詠われた出來事はやはり厲王が彘に流される前のことである。ということは、厲王の小雅の中で「雨無正」の一篇だけが、その出來事が彘に流された後のことを詠っていることになる（皆教王爲善以導民。其事亦在流彘前矣。則厲王小雅雨無正一篇事在流彘之後）

（10）「酌」序の『正義』に、「鄭以爲、武王克殷、用文王之道、故經述文王之事、以昭成功所由」と言う。

（11）『史記』「鄭世家」參照。

（12）毛傳は、本詩を成王を刺る詩ととる。これについて『正義』は次のように言う。

作九罭詩者美周公也。周大夫以刺朝廷之不知也。此序與伐柯盡同、則毛亦以爲刺成王也。周公旣攝政而東征至三年、罪人盡得、但成王惑於流言、不悅周公所爲。周公且止東方、以待成王之召。成王未悟、不欲迎之。故周大夫作此詩以刺王。經四章皆言周公不宜在東、是刺王之事。

これに據れば、流言に惑わされて周公に疑惑を抱いた成王が、東方の遠征を終えた周公が都に歸還することを許可しようとしないことを刺った詩と、毛公は解釋していることになる。現に進行中の事態に對する批判なので、「追刺」ではないことになる。

（13）『尙書』「金縢」に、「周公居東二年」とある。疏家は、豳風「東山」序に「周公東征、三年而歸」とあることなどに基づき、「三年」というのは周公が都を出發してから歸還するまでに三年を經たことを言い、「二年」というのは周公が東土で實際に過ごした時間の長さを言ったまでで、實質は同じと言う。また、王肅の「東、洛邑也」という說を引用する（十三經注疏整理本第三册『尚書正義』四〇〇—上）。本詩の『正義』に「周公避居東都三年」と言うのは、これらを承けてのことと考えられる。

(14) 「豳風譜」の『正義』で、疏家は王肅の説を紹介し、

大夫既美周公來歸、喜見天下平定、又追悪四國之破毀禮義、追刺成王之不迎周公、而作破斧・伐柯・九罭也。伐柯序云、刺朝廷之不知。王肅云、朝廷斥成王也。肅又云、或曰東山既歸之詩而朝廷不知猶在下何。曰同時之作。破斧悪四國而其辭曰、周公東征、四國是皇。猶追而刺之、所以極美周公（巻八之一、六葉裏）

と言う。これに従えば、「破斧」「伐柯」も追刺詩となるが、疏家は王肅の説を異説として紹介していることに鑑みて、本章では檢討の對象外とした。

(15) 右に紹介した、「破斧」「伐柯」を追刺詩とする王肅の説でも、現存の成王の過去の過ちを刺っているので、やはり「九罭」と同様である。

(16) 「失政」の解釋、「政治の法を誤る」（『大漢和辭典』）という常訓と異なるが、「荒耽」であるからにはすでに爲政者のあるべき道を失っている（失政）ので、常訓では意味が通らないこと、また、ここでは、厲王が放逐されたか否かが議論のポイントとなっていて、誤った政治を行ったか否かは問題にならないことから考えて、「政權を失う」と解釋した。『春秋左氏傳』「襄公三十一年」に、「穆叔……曰、『晉君將失政矣』……及趙文子卒、晉公室卑、政在侈家」とある。

(17) この詩句の解釋は、鄭箋および『正義』の説に従った。詳しくは、第十二章參照。

(18) 四部叢刊景印明金李刊本巻十七、十一葉表。および前掲『國語正義』巻十七、下册一一二二頁（ただし『國語正義』は「于」を「於」に作る）。

(19) 韋昭注に「三君云、懿戒書也」とある（同右、一一二五頁）。韋昭「國語敍」に自分の注釋の方針を述べる中に、「因賈君之精實、采唐虞之信善」（同右、上册二頁）とあることから、「三君」とは韋昭以前に『國語』の注釋を著した後漢の賈逵と虞翻、呉・唐固を指す。

〔補記〕

本章初出論文發表後、馮浩菲『歷代詩經論説述評』（二〇〇三、中華書局）を讀み、第七章「關於《國風》」三「王風論」において、清・魏源『詩古微』の説を檢證批判する形で、「抑」について詳細な考證が行われていることを知った。本章

の關心とは直接關わらないが、しかし「抑」の作詩の事情についての解釋史を考える上で參考になる。特に、本章において筆者が提示した、『國語』「楚語」を韋昭注に從わずに讀んだ場合、「懿」が「戒」という文體の文章となるという說は、すでに淸・方玉潤『詩經原始』、姚際恆『詩經通論』にあることを、氏の議論によって知ることができた。

(20) なぜ、このような事態が生じているのであろうか。『正義』は唐の孔穎達等の撰ではあるが、實際には劉焯・劉炫をはじめとする六朝義疏の成果を總合して作られた。岡村繁氏は、「『毛詩正義』の編修は、私の見た限り、かなり安易な方法に墮している傾向が認められ、甚だしい場合は、のりとはさみで稿本（または自稿）をつなぎ合わせたのではないかと疑われるような個所さえ少なくない」（岡村繁『毛詩正義譯注』「解說」、中國書店、一九八六、七頁）と言う。本例も、その總合の仕方の杜撰さに起因する自己撞着の一例と見なすことができよう。

(21) 前注參照。また「毛詩正義序」に、「其近代爲義疏者……然焯炫竝聰穎特達、文而又儒……今奉敕刪定、故據以爲本。……今則削其所煩、增其所簡、唯意存於曲直、非有心於愛憎〈もと「增」に作る。挍勘記に據って改める〉」と言う。

(22) 注（4）參照。

(23) ただし、武公が周王朝に出仕していない若年の身でありながら、衞國内にいて、都の情況を傳聞して厲王を批判した「抑」の詩を作ったという考え方も、一應できなくはない。

(24) これについての直感的な把握としては、古く朱自淸が「詩言志辨」において、「所以『言志』不出乎諷與頌、而諷比頌多」と指摘している（『朱自淸全集』第六卷、江蘇教育出版社、一九九〇、一三五頁）。施榆生前揭論文に、「據統計、『風』、『雅』各篇序中明言『美』者二十八、明言『刺』者一百二十九」（一六頁）と言う。梅顯懋前揭論文に、「『毛詩序』中涉及言美、刺內容的就有二一〇篇、占『詩經』總數的2／3還强。其中以王公后妃爲美、刺對象的有一六九篇、接近於美、刺篇目總數的９０％。而這一六九篇當中、言『刺』者一二二篇、占以王公后妃爲美、刺對象詩篇的７０％以上」（一五七頁）と言う。

(25) 錢鍾書「詩可以怨」に、「雖頌皆刺」という認識が古くから存在していたことを例證している（『七綴集』、上海古籍出版社、一九八五、一二一頁）。謝建忠氏は、「風雅在『毛詩』經學闡釋裏的主要功能特徵是怨刺、頌美居於其次的地位、由此可以說批判現實是風雅概念的主要功能特徵」と言う（『「毛詩」及其經學闡釋對唐詩的影響研究』、四川出版集團巴蜀書社、二〇〇七、一一六頁）。『正義』も、「毛詩大序」の「上以風化下、下以風刺上、主文而譎諫、言之者無罪、聞之者足以戒、故曰風」について、「唯說刺詩者、以詩之作皆爲正邪防失、雖論功誦德、莫不匡正人君、故主說作詩之意耳。詩皆人臣作之以諫君、然後人君用之以化下」と言う（卷一之一、十二葉表）。これも「雖頌皆刺」の一例とすることができよう。

(26) ただし作者の動機という側面からの疏家の說明には、難點がないわけではない。『國語』の說に據るならば、「抑」の詩は厲王の時代から八十年後に作られたものである。『正義』では「詩は、人の詠歌せるもの、情の發憤せるもの、……惡を睹ては其の失を言はんと思ひ」と、感情が溢出する前提として詩人がその現場に遭遇することが想定されているが、「抑」の例ではそれは當てはまらないことになる。いかに國家を搖るがす大事件とはいえ、自分が直接的な被害を受けていない、目睹したわけではなく傳聞・記錄によって知り得た出來事に對して、事後八十年を經てなお悲哀・憎惡の激情を溢出させて詩を作ったという說明が、果たして說得力を持つか否かは大いに議論の餘地のある所であろう。

(27) このことについては、本書第三章第3節、およびその注(22)を參照されたい。

(28) 『朱子語類』卷二三「論語五・爲政編上」（理學叢書、中華書局、第二册五四〇頁）參照。

(29) 鄭箋に對する『正義』の中に、次のように言う。

大雅「正月」に、「赫赫たる宗周、褒姒 之を滅せり」と言うので、「亡國の君」とは、（褒姒を后とした）幽王のことである（正月云、赫赫宗周、褒姒滅之。亡國之君者、幽王也）（卷四之一、六葉裏）

(30) 「王城譜」に、「晉文侯鄭武公迎宜咎于申而立之、是爲平王。以亂故徙居東都王城。是王室之尊與諸侯無異。其詩不能復雅。故貶之謂之王國之變風」（卷四之一、二葉裏）と言う。東周以後、周室の威令は天下に行き渡らず、その權威は諸侯と變わらぬまでに落ちたから、もはやその詩を雅に編入することはできないから、「王風」と名付けて諸侯國の詩である風に編入したと言う。

(31) 「小大雅譜」に、「小雅大雅者、周室居西都豐・鎬之時詩也」と言い、『正義』に、「以此二雅、正有文・武・成、變有厲・宣・幽、六王皆居在鎬豐之地、故曰豐鎬之時詩也」（卷九之一、一葉表）と言う。

(32) 「小宛」『正義』に、「毋無忝爾所生」を解釋して「無辱汝所生之父祖已」（卷十二之三、三葉表）と言うのに據る。

(33) このことに關しては、劉毓慶・郭萬金前揭論文が詩序を論じて、「可以說、以『美刺』爲核心的詩歌評價體系、是以『詩言志』理論爲導向、以歷史化、政治化爲基礎而建立的。但由上可知、這箇『志』竝不一定是詩人之志、更多的是採詩、獻詩、編詩者之志」（六七頁）と言うのが參考になる。これに據れば、詩序がすでに美刺說を作者の意ではなく、編者の意を明らかにするために用いているということになり、疏家が追刺說を編者の意を明らかにするために用いたのは、小序を解釋の基本とする漢唐の詩經學の學問體系に共通の指向によると說明することができる。

(34)　前揭岡村繁著書、一五四頁。

(35)　同右、一五六頁。

第十九章　なぜ過去の君主を刺った詩と解釋してはならないか？

――宋代詩經學者の追刺說批判――

1　はじめに

筆者は前章において、『毛詩正義』中に見られる「追刺」という解釋概念について考察を加えた。追刺とは、過去の人物――多くの場合は過去の君主――の悪行に對して後世の詩人が批判を加えることであり、詩經の詩篇がそのような意圖から作られたと考え解釋した例が、『正義』に存在する。追刺は、漢唐の詩經解釋の中心概念である美刺のうちの「刺」の一つのヴァリエーションと位置づけられるが、刺詩が批判する對象の道德的覺醒を促すという目的をもっているのに對し、追刺においては批判の對象がすでに世を去っていて改心させることができないため、現實的な效用を伴わない、批判のための批判となってしまうという問題がある。そのように倫理的な問題を含む追刺という概念を疏家があえて解釋に用いている理由を考察した結果、疏家は作者がどのような思いを詩に込めているかを明らかにするためではなく、當該詩が詩經の中の特定の位置に置かれていることの意味を說明するために、すなわち作者の意ではなく編者の意を明らかにするために用いていることがわかった。また考察の過程で、疏家には歐陽脩が『詩本義』「本末論」において唱えた「詩人の意、大師の職、聖人の志、經師の業」という詩經の意味的多層性についての認識の萌芽とも言うべき發想がすでに見られること、また疏家は、美刺の觀念を詩經解釋の根本として重視しているものの、實際には「刺」についてかなり愼重な姿勢をとっていたらしいということが見えてきた。

本章では、前章を承けて、宋代以降の詩經學者が追刺に對してどのような議論を行ったかを見ていきたい。それを通じて、彼らが詩篇による批判という行爲をどのように考えていたか、詩經をいかなる存在と捉えていたかを考察したい。

前章では、『正義』の中で追刺という概念についてもっとも詳細な説明が行われている大雅「抑」を主として分析し、そこから浮かび上がってきた問題について、關係する他の詩の『正義』にも目を配りながら考察を行った。本章においても、前章の手順を受け繼ぎ論を進めていきたい。

2　『正義』の「抑」追刺説に對する異論

概觀すれば、宋代の詩經學においては「抑」を追刺として解釋することに批判的な意見が多かった[1]。けれども、同じく「抑」を追刺詩と考えることに反對するといっても、その理由は、大きく言って二つの局面に分かれる。彼らの反對の第一の理由は、「抑」の詩句自體が、この詩が追刺のために作られたことを否定しているから、ということである。例えば、南宋・呂祖謙『呂氏家塾讀詩記』は、次のように言う。

『史記』に、武公は宣王三十六年（十六年の誤り――筆者補記）[2]の年に卽位したという記載がある。『國語』もまた、武公が九十五歳にして「懿」を作って自らを戒めたと言う。これについて、〔『國語』の注を撰した〕呉・韋昭は、「懿」とはすなわち「抑」のことであると言う。かくして「抑」を解釋した者はとうとうこの詩は厲王を追刺したものだと考えた。今、「抑」の詩句を考察すると、「今に在りて、興《おこ》りて政《まつりごと》を迷亂《めいらん》し」「手　之を攜《ひ》くのみに匪《あら》ず、言《ここ》に之に事を示す。面　之を命ずるのみに匪ず、言《ここ》に其の耳を提《つ》む」「我が謀を聽用せば、庶《こひねがは》くは大悔《たいくわい》無からん」などという言葉がある。これらはどうして追刺の言葉と言えようか。『史記』や『國語』の記載は根據とすることができない。ひたすら詩それ自體を正しいものとして信ずればよいのである（史記載武公以宣王三十六年卽位、國語亦稱武公年九十五作懿以自儆。韋昭謂懿卽抑也。説者遂以爲此詩乃追刺厲王。今考其文、如曰、在於今、興迷亂于政、曰匪手攜之、言示之事、匪面命之、言提其耳、曰聽用我謀、庶無大悔。夫豈追刺之語乎。史記國語殆未可據。一以詩爲正可也）（巻二七）

呂祖謙が「抑」を追刺詩と捉えることに反對するのは、詩句が現在のことを詠う口振りになっていて、過去のことを回想する表現になっていないのが、詩人が事態の渦中に身を置いていることを示していると考えたからである。[3]このような態度によって「抑」を解釋した嚆矢は、北宋・歐陽脩である。

詩の内容から考えると、武公は厲王の朝廷で卿士の身分にあった者であり、厲王が無道な振舞いをするのを見、そこで詩を作って王が自らの行動を愼まずに、過失や罪惡に陷ってしまったことを刺っている……〔大雅「蕩」の作者である〕召穆公と〔本詩の作者〕衞の武公とは、厲王の時代の人である（考詩之意、武公爲厲王卿士、見王爲無道、乃作詩刺王不自修飾而陷於過惡……召穆衞武厲王時人）（『詩本義』巻十一）

歐陽脩は、詩句に厲王の無道な振舞いが詠われ、またそれを諫める言葉があることから、本詩の作者武公は厲王朝で卿士の身分にあったと結論する。このように考えることによって、本詩は追刺詩ではなく、作者が自分が現に仕える君主を教え戒めた典型的な刺詩と解釋されることになる。

南宋・范處義は、このような態度を解釋の原則的理念として捉える。すなわち、詩句の表現に卽して解釋を行う正當性の根據を、詩經の至高の地位に由來する、他の文獻に對する價値的優越性に求めるのである。

「抑」の詩は厲王を刺り、またそれによって自らを警めた詩である……武公は宣王三十六年（十六年の誤り――筆者補記）になってようやく卽位し、幽王の時代になってはじめて周の朝廷に入って卿となった……そうであるならば、厲王の時代には武公は衞の公子の身分にすぎなかった……學者はこのことをうまく說明することができずに、とうとう本詩は幽王を刺ったものではないかなどと疑った。經典に書かれている內容を捨てて後世の注釋を信ずるのは、道理から言って許されないことである。突き詰めて說明したならば、この詩は武公が公子の時代に作って厲王を刺り、年老いてなおこれを口に出して歌ったと考えて、どうして惡いことがあろうか……〔『國語』の、武公が齡九十五になって〕「懿」を作ったという說を無視しさえすれば、詩經に、武公が「抑」を作ってまた自らを警めたと言っているのも、信じられる。經は聖人が編纂したものであり、一方、『史記』『國語』の記事は出所が雜駁である。學者たる者、何を捨て何を取るべきかわきまえずにいてよいものだろうか。ましてや、「抑」という篇名は本文の「抑抑たる威儀」に基づいてつけられているのであるから、「懿」に作ってよいはずがない（是詩刺厲王亦以自警……武公以宣王三十六年始卽位、至幽王時始入爲卿……然則厲王之時武公特衞之公子耳。學者求其說而不得、遂疑是詩爲刺幽王。舍經而信傳、理所不可。究而言之、武公爲公子則作是詩以刺厲王、至老猶誦之以自警、何爲不可哉……去其作懿之說則經抑以自警爲可信。經聖人所刪、史記國語其事雜出、諸家學者可不知所去取哉。況抑之名篇以抑抑威儀爲主、不當爲懿也）[5]

范處義は、經典が聖人によって編纂された眞なる存在であり、その眞實性は外在的な根據によって證明される必要のない自明のことである、と考える。また彼は、詩序は孔子の教えを眞正に傳えるものであると考え、詩篇を解釋するための根本的なよりどころとして尊崇した。したがって彼は、詩の意味は詩序および經文が表す内容を第一義とすべきだと考える[6]。經の外部の存在にすぎない史書の記録が詩經の詩句および詩序の指し示す「史實」と齟齬する場合、檢討するまでもなく史書の記事が誤っているとして、『國語』の記事および韋昭注に基づいて本詩を追刺詩とする説を斥ける。詩篇解釋において、詩經の外部に存在する史料との整合性を重視する解釋方法を否定する范處義の態度は、次の言葉に明快に表明されている[7]。

衞の武公の事蹟については、詩經に書かれていることを信頼すべきである。『史記』『國語』などに詩經と齟齬する記事があったとしても、それは根據とするに足らない（衞武公之事當以經爲信、史傳異同不足證也）[8]

ただし、范處義は歐陽脩とは異なり『史記』に示される武公の年齢についての記録には從う。その上で、本詩が武公が厲王を刺った詩だという小序を合理化するために、武公が若年の頃に作ったものという説を立てる[9]。

以上三者の説は、詩句および詩序という詩經のテキストそのものに從うのが解釋の本道だという認識から、『國語』韋昭注に從って「抑」を厲王に對する追刺詩とした『正義』説を斥ける點が共通している。詩篇を解釋する際に外在的な歴史記録に齟齬しないように配慮するのではなく、詩句そのものを尊重し、その表現に卽して詩を讀み解こうとしている。その意味では、漢唐の詩經學の特徴である「史を以て詩に附す」という態度から脱却して、新たな解釋姿勢を模索したものとして重視すべきである[10]。

ただし、このような態度による解釋は前章で指摘したとおり、『正義』にも見られた。すなわち、「小大雅賦」の『正義』に載せられている「抑」についての異説は、厲王が快樂に耽って荒んだ生活をしているありさまが詩中に具體的に詠われていることを理由に、追刺であることを否定していたのである[11]。このことから考えると、宋代の三者の説の淵源は『正義』にすでにあり、そこでは不十分な形で存在していたものを、彼らは解釋の基本的理念に昇華させ

て展開したものと位置づけることができる。(12)

ところで、歐陽脩・范處義・呂祖謙の說は、詩經解釋學史の流れの中に置いて考えた場合、充分な說得力を持っているとは言い難い。なぜならば、彼らが『正義』の說を知っていたことは明らかであるにもかかわらず、(13)彼らの說には、『正義』が「抑」を追刺詩として解釋するに至った論據に對する有效な反證が示されていないからである。

まず、歐陽脩の說では、『史記』『國語』に見える衞の武公の年齢および活動時期に關する記事がまったく無視されており、それらをなぜ無視するかということも說明されていない。『詩本義』を通觀すると、『春秋左氏傳』『國語』『史記』などの史書の記載を根據にして、序・傳・箋・『正義』の解釋を批判することが多い。(14)このことから考えると、彼の「抑」說は、彼の詩經解釋の基本的方法論に反しており、全體的な體系と一貫性を持たない孤立的な論である。

范處義が言う、本詩を武公の公子時代の作とする說については、『正義』がすでにその可能性を檢討している。


『史記』「衞世家」に據れば、武公は僖侯の子で、共伯の弟である。宣王十六年に卽位して衞國の君主となった、とすれば、厲王の時代には、武公は諸侯の庶子の身に過ぎなかった。いまだ國君となっておらず、朝廷での職務もなく、國政の善惡は身に關わりなかったわけであるから、詩を作って王を刺るはずがない（案史記衞世家、武公者僖侯之子、共伯之弟。以宣王十〈もと「十」の上に「三」有り。挍勘記に據って削除する〉六年卽位、則厲王之世、武公時爲諸侯之庶子耳。未爲國君、未有職事、善惡無豫於物、不應作詩刺王）（卷十八之一、八葉表）

『正義』はこのように本詩が武公公子時代の作という可能性を想定した上で、朝廷に位を持たず厲王の振舞いを親しく見聞することができない身で、武公を批判する詩を作ったはずがないという理由から、その可能性を斥けている。疏家の反對の理由の中には、君主を批判するにふさわしい身分か否かという、作者の社會的地位の側面からの顧慮とともに、詩とは人閒の抑えきれない感情が流露して作られるものである以上、事件の渦中に身を置かない人閒が作ることはできないはずだという、作詩行爲に對する本質的な認識があったであろう。[15] 范處義の説は、『正義』の指摘する難點を解決した上でなされてはいない。したがって、充分な説得力を缺いている。

さらに、呂祖謙も「『史記』『國語』は殆んど未だ據とすべからず」と言ってその信憑性を否定しているが、その彼も本詩の作者を衞の武公としていることは疏家と變わらない。そうである以上、武公がいつどのようなシチュエーションで本詩を作ったのかについて彼自身の見解を説明しなければ、『史記』『國語』批判としてはやはり不充分であるがそれがなされていない。[16]

このように三者は、『正義』の議論を無視し、論證としては不充分な説を提出している。これは、彼らの説が純粋に詩句の表現の樣相を虚心に見つめた結果得られたものというよりも、むしろ、『正義』の追刺説を回避しようという意圖が先行して、そのために編み出されたものではないかと疑わせる。事實、追刺という行爲自體に對して批判を展開する言説が宋代の「抑」解釋には見られる。これについて次節で檢討したい。

3　「追刺」に對する倫理的疑念

「抑」を追刺詩として解釋することに反對する第二の理由として、追刺という行爲に對する違和感が擧げられる。宋代の詩經學者の「抑」解釋の中には、追刺に對して倫理的な抵抗感を示したものがある。その典型的な例として、南宋・朱熹の説が擧げられる。

例えば、「抑」の詩の小序に、「衞の武公　厲王を刺り、亦た以て自ら警むるなり」と言う。後の世になってさらに、武公の時代に厲王はすでに死去していたことを問題にし、それを解決するためにこの詩は追刺の詩だ、と言った。およそ詩が「美め」たり「惡ん」だりするのは、その當人に知らせるためである。どうして追刺などということがあり得ようか。私なりに作者の思いを忖度するに[17]、この詩はただ自ら警めているだけである（如抑之詩、序謂衞武公刺厲王、亦以自警也。後來又考見武公時厲王已死、又爲之說是追刺。凡詩說美惡、是要那人知、如何追刺。以意度之、只是自警[18]）

朱熹はこの發言通り、『詩集傳』の中で「抑」の詩を武公が自らを警めた詩としてのみ解釋し、詩句から厲王に對する批判を讀み取ろうとしなかった[19]。「およそ詩が……」と言うように、朱熹の發言の射程はひとり「抑」を追刺詩として解釋することに對する批判に止まらず、追刺という行爲そのものを問題としている。朱熹に據れば、「刺」という行爲は、詩人が特定の人物の過誤を詩に詠って本人に聞かせることによって、彼が覺醒し正道に立ち戻ることを期待して行われるものである。批判されている當人がすでにこの世におらずその道德的覺醒が望めない以上、追刺という行爲は無意味なものになる。このように朱熹は、美刺の效用を同時代性の觀點から考え、追刺の無效性を主張する。ここには、詩というものが特定の相手に對する具體的で現實的な訴えかけのために作られたものであり、作者と相手との一對一のコミュニケーションの手段であるという認識が見られる。

朱熹が明確には述べていない追刺の不道德性については、歐陽脩の說が參考になる。前章で紹介した歐陽脩の「抑」解釋においては、追刺という行爲に對する倫理的な抵抗感は明示的には示されていなかった。しかし、彼もやはり朱熹と同樣の價値觀に立って解釋を行っていたと考えられる。それは、『詩本義』の別の箇所に追刺に對して倫理的な側面から批判を加えた說があるからである。小雅「節南山」に對する議論がそれである。

思うに、刺というのは、相手が過ちを改めるのを期待してなされるのであり、主君の惡事を後世の人々に暴露しようとしての行動ではない。前の時代の王を追刺するということなどは、過ちを改めさせようにも間に合わないし、王の悪事を後の世になってから暴き立てるなどということは古人がしないことである。故に〔「節南山」の詩が〕平王の時代に幽王を刺るために作られたという説は成り立たない（蓋刺者欲其改過、非欲暴君惡於後世也。若追刺前王、則改過無及、而追暴其惡、此古人之不爲也。故言平王時作詩刺幽王者亦不通也）

相手に對する現實的な效果が望めない以上、追刺とはいたずらに死者を鞭打つ冒瀆行爲に過ぎないのではないかという倫理的な疑念が殘ることになるのである。ここに見られる論理は、そのまま「抑」にも適用できる。このように、追刺を不道德な行爲とする考え方は、後世に至るまで殘った。『正義』が「抑」を追刺詩とする根據とした『國語』「楚語上」に對して、『國語正義』を著した清・董增齡が行った説がそれである。

〔『國語』の著者〕左丘明は、武公が九十五歳になってはじめて「懿」の詩（韋昭の『國語注』に據れば、すなわち「抑」の詩――筆者補記）を作ったという。當時は、平王の時代にあたる。かりにこの年を平王元年として計算してみると、厲王が彘に流された年から隔たることすでに六十七年になる。孔穎達の『正義』は、この詩は後の世に厲王を追刺するために作られたものだと言う。武公は周の卿士の位にあった人で、六十年あまりたった後の時代になってから、先の時代の王の過失や悪事を暴きあげつらうはずがない。このように考えると、小序や『正義』の説は根據とするに足りない（左史言武公九十五始作懿詩、當在平王之世。卽以平王元年計之、上距厲王流彘之歲已六十七年。孔疏謂後世乃作追刺之耳。武公爲周卿士、不應於六十餘年之後暴揚先王之過惡、則序義疏義未足據也）[20]

董增齡はこのように言って、朱熹と同樣に「抑」の詩は追刺詩ではなく、武公が自らを戒めた詩であると考える。ところで、歐陽脩と朱熹と同樣の議論は、すでに『正義』において行われていた。すなわち、追刺説に對して次のような反論があり得ることが、疏家によってあらかじめ想定されていた。

詩の作者は、詩を作って前の時代の悪行を批判し戒めようとしても、批判された當人がすでにこの世を去っていては、忠義を盡くそうとしても何の役にも立たない、そうであれば、後世になって追刺することにいったい何の意味があるのだろうか（詩之作者、欲以規諫前代之惡、其人已往、雖欲盡忠、無所裨益、後世追刺、欲何爲哉）（巻十八之一、八葉表）

そしてこれに對して疏家は、詩は作者の感情の自然な發露として作られたものであるから、必ずしも現實的な效用の見地からのみ論ずることはできないと言い、また、追刺詩はそれを讀んだ後世の人々に道德的反省を促すため作られたものであるとも言って、「抑」を追刺詩として解釋することの正當性を主張した。(21) これから見れば、追刺という行爲に對する疑念は、宋代以前から存在していたということができる。歐陽脩・朱熹らの說は、そのように詩經解釋の底流に流れていた倫理的疑念を、正面から取り上げ、それを道德性の見地から論斷したものと位置づけることができる。

4　「此れ何人ぞや」をめぐって

詩篇を過去の君主を批判するものとして解釋することは、宋代以降忌避されるようになったと考えられる。それを表すもう一つの例として、王風「黍離」の解釋の變化を擧げたい。王風「黍離」は、暗愚な幽王が美姫褒姒の色香に溺れ國政をおろそかにしたために、異民族の犬戎に隙を衝かれ攻め滅ぼされた後、衞の武公をはじめとする諸侯の盡力により、幽王の嫡子宜臼が王位に就き、都を遷して辛くも周王朝の命運を繋いだという事件の後、使者として遣わされた大夫が舊都を訪れ、その荒廢を目の當たりにして作ったと言われる詩である。(22) 各章の後半に、

知我者　　我を知る者は
謂我心憂　我を心の憂ひありと謂ふ
不知我者　我を知らざる者は
謂我何求　我を何をか求むると謂ふ
悠悠蒼天　悠悠たる蒼天
此何人哉　此れ何人《なんびと》ぞや(23)

という悲痛な言葉が繰り返される。この「此れ何人ぞや」について、前章で述べたように鄭箋と『正義』は、「この亡國の君はいったいいかなる人であるか（此亡國之君何等人哉）」と解釋し、作者は憎惡のあまり幽王の名を呼ぶことさえ潔しとせず、本來問うまでもない疑問文の形で幽王を指し示していると考えるのである(24)。ここには、詩篇の中に作者の幽王に對する激しい憎惡の念があからさまに表現されているという認識が見られる。鄭玄や疏家は、前代の王に對して感情を露骨に表すことをタブーとしていないのである。

ところが、この句の解釋に對しては南宋期に至って異論が百出する。まず、南宋・李樗の「黍離」注釋の中には、程頤の弟子、楊時の解釋とそれに對する李樗の批判という二つの説を見ることができる。

楊時、號は龜山は次のように言う、「周が洛陽に遷都して以後、政治もまた衰えた。〔本來であれば天子についての詩として雅に編入されていたはずの〕「黍離」は降格されて〔諸侯國の詩を收めた〕國風に編入された。周王室は衰亡してすでに久しかったのである。このような状況は思うに幽王の時代から釀成されてとうとうここまで至ったのである。『黍離』の詩に『此れ何人ぞや』と言うのは、罪科を歸すべき相手がいないのである」と。またこのように解釋する必要はなかろう。詩に「此れ何人ぞや」と言っているのは、曖昧で婉曲な表現を用いたものである。「罪科を歸すべき相手がいない」と解釋する必要はない。これは思うに、周の大夫が、この人だと名指しして〔刺るのを〕はばかったのである（楊龜山曰、周自東遷而後、政亦衰敗。黍離降而爲國風、則宗周之亡久矣。蓋自幽王馴致至此。其詩曰、此何人哉、無所歸咎也。亦不必如此。詩言此何人哉。蓋言含蓄之辭。亦不必謂之無所歸咎。此蓋周大夫不欲指斥其人也）(25)

李樗が引用する楊時は、詩人が「此れ何人ぞや」と言っているのは、「咎を歸す所無き」がためであると考える(26)。特定の人物に對する批判ではなく、幽王以來、詩人の生きる現在に至る頽勢に對するやり場のない嘆きが詠われていると考えるのである。むろん、その流れの開いた元凶として幽王は意識されているが、彼個人に對する憎惡の念を際だたせるのではなく、むしろいかんともし難い歴史の非情な流れの中に彼に對する憎惡の念を稀釋させようとするところに楊時の說の特色はある。

一方、李樗の說は、「此れ何人ぞや」が幽王を指していると考える點では鄭箋・『正義』と異ならないものの、詩人がなぜこのような表現を用いたのかという理由について別の解釋をする。鄭箋・『正義』は、幽王を名指ししないのはその名を口に出すのも潔しとしないほど憎んでいたためであったと考えるが、李氏は、幽王の惡事をあからさまに批判するのを憚ったためであると考える。鄭箋・『正義』とは逆に、李氏は詩人の先代の君主に對する配慮を見出しているのである。

李樗は楊時に異論を唱えているけれども、『正義』に對置した場合、詩人の憎惡・批判の對象を曖昧なものにしているという點で兩者の說には共通點がある。つまり、『正義』に見られた詩人の幽王に對する露骨な憎惡の感情が、解釋から消えているのである。

興味深いことに、李樗は右に紹介した說の他にもう一つの解釋を擧げている。

「我を知る者は、我を心の憂ひありと謂ふ。我を知らざる者は我を何をか求むると謂ふ」とは、周の王室がかくのごとくにくつがえってしまった今、私を理解しない者は、私がいったい何を求めているのか、この場所に長く立ち止まっているのはいったい何者なのか、と言う（知我者謂我心憂、不知我者謂我何求、周室之顚覆如此、不知我者謂我何求、久留於此者何人也）(27)

これまで擧げた説が、いずれも「何人ぞや」が――具體的であるか曖昧であるかという違いはあるが――詩人が批判している對象を指すと解釋しているのに對して、李樗のこの説では、詩人が自分自身を指して言ったものと解釋する。つまり李樗は、この「此れ何人《なんぴと》ぞや」の句は前の「我を知らざる者は、我を何をか求むると謂ふ」を承けて、自分の姿をもし他人が見たらさぞかし「この男はいったい何者なのだ」と言うだろうと假想して言ったものだと考えるのである(28)。

南宋・范處義は、「此れ何人ぞや」を、「我を何をか求むると謂」う「我を知らざる者」に向けられたと考える。

あの知らざるものはいったい何者であろうか。言わんとしているのは、宗周が轉覆したというのに、〔もと宮殿があった廢墟である〕この場所にやってきても憂えることを知らぬというのは、また人として當然持っているべき情を滿足に持っていない人閒である、ということである（彼不知者亦何人哉。意謂宗周顚覆、至此而不知憂、亦不近於人情矣）(29)

范處義の解釋では、詩人が批判を向けているのは周を衰亡に追い込んだ者ではなく、周の衰亡を見ても憂えることのない人物である。つまり、君主ではなく詩人の同輩に對する批判と解釋することによって、この詩は臣下たるものの持つべき義を訴えかけたもの――すなわち、現今の世情に對する異議申し立て――と考えるのである(30)。

以上のように、南宋の諸家による「此れ何人ぞや」の解釋は多種多様である。しかし、いずれの說もこの句を幽王に對する批判ととらない（あるいは直接的な批判ととらない）點では共通している。これは、『正義』と比べるときわめて對照的である。

このような解釋の傾向は、いつから起こり、どのように普及していったかは明らかではない。北宋の詩經學者のうち、歐陽脩『詩本義』と程頤『詩說』には「黍離」の解釋はない。王安石『詩經新義』では、「此れ何人ぞや」に對する解釋は現存しない。蘇轍『詩集傳』は、

平王が東遷して宗周は廢墟となり、宗廟や宮室はことごとく禾黍の畑となった。通りかかったものは悲しみ、彷徨して立ち去るに忍びず、この詩を作った（平王東遷而宗周爲墟。宗廟宮室盡爲禾黍。過者閔之、彷徨不忍去而作是詩）

と、詩の大意を漠然と說明するに止まる。我々の前には、鄭箋・『正義』と解釋の方向性が一擧に變わった南宋の狀況しか殘されていないことになる。さらに、右に擧げた南宋の諸家の著作にはいずれも、なぜ『正義』の解釋に從わず獨自の說を立てるのかという理由は說明されていない。したがって、「此れ何人ぞや」の解釋の變化の過程とその理由は明らかではないが、しかし、「抑」に見られる歐陽脩・朱熹による追刺に對する倫理的側面からの疑義を照らし合わせてみるならば、これらも南宋期までに過去の君主に對して直接的な批判を忌避する風潮が遍在していたことを示す例と考えることができるのではないだろうか。

5　「刺」に對する疑念

以上論じてきたことを、もう少し視野を廣げて考えてみよう。第3節で引用した言葉の中で、朱熹は「抑」が追刺詩であることを否定する理由として、「およそ詩が『美め』たり『惡ん』だりするのは、相手に知らせるためである」ことを擧げていた。これを見る限り朱熹は、特定の相手を道德的に覺醒させるために刺詩を作るのが詩經の一般的なあり方であったと考えていたように見える。しかし朱熹には、追刺のみならず「刺」という行爲自體についてもそれが作詩行爲として一般性を持つとは考えていなかったことを表す發言が複數存在する。

① 溫柔敦厚というのが、詩の教えである。もし詩篇がどれもこれも人を刺ったものだとしたら、どうして溫柔敦厚と言えようか（溫柔敦厚、詩之教也。使篇篇皆是譏刺人、安得溫柔敦厚[31]）

② 詩經の小序は、すべて信ずるに足らない。いったい詩篇が特定の人間を美《ほ》めたり刺ったりしたものだと必ずわかるものだろうか。詩人にはまた、ふと偶然に思い立って詩を作るということがある（詩小序全不可信。如何定知是美刺那人。詩人亦有意思偶然而作[32]）

③ おおよそ古人が詩を作るのは、今の人間が詩を作るのと同様で、また、自ずから物に感じて情を述べ、その思いを吟詠して詩を作るということもあったのだ。ことごとく他人を刺るために作られたということがいったいいつあったであろうか。ただ、小序を作った者が原則を立てて、詩篇ことごとくについて美刺の觀點から解釋をしようとしたために、詩人の作詩の意圖が牽强附會の解釋をされて滅茶苦茶にされてしまったのだ。それに、もし今の人が他人が何かをしたのを見た途端に、すぐ詩一篇を作ってそれを美めたり、あるいはそれを刺ったりするというなら、それはまったく道理に合わないことだ。そのようであったとしたら、また世間の無知な人間が、でたらめに人を褒め稱えてこびへつらったり、人をひっつかまえて嫌がらせをする[33]ようなもので、そこにどうして

先王の恩澤を見出せようか。どうして情性の正しきものとすることができようか（大率古人作詩、與今人作詩一般、其閒亦自有感物道情、吟詠情性。幾時盡是譏刺他人。只緣序者立例、篇篇要作美刺說、將詩人意思盡穿鑿壞了。且如今人見人纔做事、便作一詩歌美之、或譏刺之、是甚麼道理。如此、亦似里巷無知之人、胡亂稱頌諛說、把持放鵰、何以見先王之澤、何以爲情性之正(34)）

朱熹は、小序が美刺の體系に固執して作詩の意圖を捉えようとしたために牽强附會な解釋に陷ってしまい、その結果、詩の教えである溫柔敦厚の精神にそむくものになってしまったと批判する。以上の事柄に關しては、朱熹の詩經學を考察した諸家が一様に指摘するところである(35)。ここでは、「刺」は溫柔敦厚に相反する危險性を内包するものと考えられている。すなわち朱熹は、大序以來詩經の根本義として重んじられてきた美刺と溫柔敦厚とを二律背反的に捉え、しかも溫柔敦厚を優越させたのである。このような考え方が詩の讀解に反映されている例を擧げる。

④　寬厚溫柔が詩の教えである。今の學者のように豳風「九罭」の詩をその主君を責めた言葉であると解釋するならば、いったいどこに寬厚溫柔の意味を求めることができるというのであろうか（寬厚溫柔、詩教也。若如今人說九罭之詩乃責其君之辭、何處討寬厚溫柔之意(36)）

『集傳』では、この言葉通り、

この詩も周公が東都洛邑に滯在していたとき、洛邑の人々が周公にまみえることができたことを喜んで詠ったものである（此亦周公居東之時、東人喜得見之而言）

と言い、「九罭」を美詩として解釋し、成王に對する批判を讀み取らない。

⑤　この衞風「考槃」は、賢者が逼塞して暮らすことを餘儀なくされているのに、それを樂しみと觀じて安んじて過ごすことができることを美めた詩で、詩句の意味はきわめてわかりやすい。しかし、詩文には主君に棄てられたという意味を表すものはないから、また、莊公を刺った詩と解釋することはできない。詩序はおそらく誤っているのであるが、しかしそれでも道義を害する要素はない。鄭玄に至ってとうとう、「主君の惡を忘れまい」「主君の朝廷に足を踏み入れるまい」「主君に善なる事柄を教えまいと誓う」と解釋したが、これは道義を害することと甚だしいものがある。そこで、程頤は、語句の解釋を變え、「主君を忘れられない」「主君に善を教えられない」と作者の思いを述べていると解釋した。このように解釋すれば、たしかに忠義とまごころのある穩やかな言葉と解釋できる。しかし、程頤にしても、鄭玄の過ちが小序の誤りから發しているということに氣づかなかった。もし直接詩の言葉に據れば、もともと主君と關係などありはしない（此爲美賢者窮處而能安其樂之詩、文義甚明。然詩文未有見棄於君之意、則亦不得爲刺莊公矣。序蓋失之、而未有害於義也。至於鄭氏、遂有誓不忘君之惡、誓不過君之朝、誓不告君以善之說、則其害義又有甚焉。於是程子易其訓詁、以爲陳其不能忘君之意、陳其不得過君之朝、陳其不得告君以善、則其意忠厚而和平矣。然未知鄭氏之失生於序文之誤、若但直據詩詞、則與其君初不相涉也）(37)

⑤の例は、示唆的である。朱熹は詩中にそれを示す語句がないということを根據にして、詩序および鄭箋が「考槃」を衞の莊公を刺った詩と解釋するのを批判する。これは、詩篇はその表現自體に從って解釋すべきという認識から、本詩を刺詩と捉えることに反對したものである。しかし、その一方で朱熹は、詩序およびそれに基づく鄭玄の解釋に據った場合、「其の義を害すること又た甚しきもの有り」、すなわち、詩の内容が臣下の義に背くものとなってしまうことを問題にする。これは、詩が道德に悖るものになってしまわないか否かという觀點から、先人の解釋の當否を判斷したものである。このことは、彼が程頤の說を引用して、「是に於いて程子其の訓詁を易へ……則ち其の意は忠厚

にして和平なり」と評價しているところにもよく現れている。程頤は、詩の表現を先入観なく虚心に讀み取ることによって本義を探ろうとしているのではなく、道德に適う意味を導き出したいという意圖を先行させ、それを實現するために解釋行爲を行っている。そのような解釋姿勢を評價していることからも、朱熹が「刺」という行爲そのものに對して懷疑的であったことが推測される。

朱熹が程頤の說を引用したことからもわかるように、「刺」に對する疑念は、朱熹のみが抱いていたわけではなく、宋代詩經學の諸家によって共有されていたと考えられる。詩經解釋において、漢唐の解釋では盛んに用いられていた「刺」が、宋代の解釋では用いられなくなる傾向がまま見られるからである。例えば、小雅「雨無正」に次のように言う。

浩浩昊天　浩浩たる昊天
不駿其德　其の德を駿《なが》くせず
降喪饑饉　喪饑饉を降し
斬伐四國　四國を斬伐す

［箋］これは、幽王が大いなる天の德を受け繼ぎ伸ばそうとしなかったため、遂に大いなる天がこのような死亡や饑饉の災害を下し給い、天下の諸侯がそこで互いに侵略しあうような事態を引き起こしたことを言う（此言王不能繼長昊天之德、至使昊天下此死喪饑饉之災、而天下諸侯於是更相侵伐）

［正義］詩人は幽王に告げて、「廣やかで大いなる天は、王が天の德を受け繼ぎ伸ばし、それに從って行動することがおできにならなかったため……」と言う（詩人告幽王言、浩浩然廣大之昊天、以王不能繼長其德、承順行之……）(38)

鄭箋・『正義』は、詩句自體には幽王を暗示する語が存在しないにもかかわらず、幽王を行爲の主體として解釋に登場させる。解釋上の操作を行うことにより、幽王という暴君に對する詩人の批判を前面に押し出したのである。

これに對して、蘇轍は次のように言う。

　幽王の亂の際、罪無くして災いにあった民は、罪科を歸すべき對象が無かったので、「實に天がそうなされた」と言った（幽王之亂、民之無罪而被禍災者、無所歸咎、曰、天實爲之）(39)

蘇轍は右の詩句の解釋に、あえて幽王を登場させることはしない。それだけではなく、幽王の時代を詠った詩と言いながら、あえて「咎を歸する所無し」と敷衍する。災難に苦しむ人民たちの、幽王に對する怒り、恨みを詩句から除去しようとしているのである。蘇轍のこの解釋は、第4節で取り上げた李樗の「黍離」の「此れ何人ぞや」の解釋中に引用された楊時の説を彷彿とさせる。楊時は、「黍離」の詩を幽王に對する直接的な批判を表したものではなく、王朝の衰亡を悲しんだものと捉え、「此れ何人ぞや」の句を「咎を歸する所無き」がために發せられたものだと考えた。亂世に遭遇した詩人の感情が亂世を導き出した一人の王に向けられているとは考えずに、漠然とした悲しみとして捉えようとしているところが、蘇轍と楊時の兩者に共通している。

詩序を尊重する立場に立つ南宋・嚴粲も、邶風「雄雉」卒章の解釋の中で、

　國君を名指しするのを避けて、自分の夫の同僚に告げて言う（不欲斥國君而呼其夫之同寮告之言）(40)

と、「國君を斥《さ》すを欲せず」という一語をあえて解釋に加えている。これも、主君の惡事をあからさまにしなかったと言うことによって、詩人の道德的性格を強調しようとしたものと考えることができる。蘇轍・楊時・嚴粲は、一様に詩人が主君を刺ることになるのを避けるよう配慮して解釋を行っているように思われる。これを前述の朱熹の例に

合わせて考えると、漢唐の詩經學では「刺」の概念を用いた詩篇解釋が廣範に行われているのに對し、宋代では解釋に「刺」を持ち込むことに愼重になっていると見ることができる。

このような詩篇解釋に見られる態度の變化は、周裕鍇氏が分析した宋代の思想狀況と關連づけて考えることができるだろう。氏に據れば、宋代においては、詩人の激情が文學創作の動因となるという從來の考え方が變化し、詩人は平靜の心に基づいて文學創作を行うべきだと考えられるようになった(41)。さらに、宋代には載道文學としての詩歌の役割が再認識され、その前期には多くの詩人によって時勢を批判した「諷諫」の詩が盛んに作られたが、詩が政治的な機能と力を有するものであるという認識が一般化するにつれ、逆に詩に諷諫の意味を込めることが次第に難しくなっていくという皮肉な狀況が生まれた(42)。つまり、宋代、詩歌のもつ現狀批判の役割が認識されるようになったことで、かえって現狀批判は適切な限度・仕方によって行われるべきであると考えられ、許容される範圍を超えた批判は冒瀆として指彈されることになった。そのために、作者が社會狀況に對する自分の感情を率直に詩歌に表現するのが難しくなるという皮肉な結果をもたらすに至ったと、氏は指摘する。

統治者が、詩歌とは政治鬪爭の道具の一種であると意識した時、諷諫という行爲には、きわめて愼重に、法度の許す範圍内で行われることが求められるようになった……詩の諷諫の役割を極端に强調する考え方から、時事的な事柄を直接詠うことを避けるようになってしまった、これは宋人がはじめ思いもよらないことだった（當統治者意識到詩歌是一種政治鬥爭工具之時、諷諫就需要非常小心地在法度允許的範圍内進行。……由極端强調詩的諷諫功能到不敢直辭寄詠時事、這是宋人所始料未及的(43)）

すなわち、宋代には刺詩が作られにくい環境が徐々に形成されていったのである。これまで見てきた詩經解釋の變化は、周氏の言う詩歌を媒體とした言論活動をめぐる環境の變化と符合している。つまり、從來詩篇の重要な機能として認められてきた刺の概念を解釋に取り入れることに宋人が消極的な態度をとるようになったことは、當時の文學に對する認識の變化を反映していると考えられるのである。宋人が自ら詩を作る際に持った「詩はこのように作らねばならない＝このように作ることは許されない」という意識が、詩經という至高の經典中の詩篇を解釋する際にも働いたと考えることができる。すなわち、宋代の學者には、詩篇は「このように作られているはずだ＝このように作られているはずがない」という意識がまず土臺にあって、それに合致するように解釋を行った結果、詩篇の解釋から刺の要素が驅逐されていったのではないだろうか。このような思想狀況の變化があったとすれば、追刺が宋人によって忌避されるようになったのも、當然のことと言えよう。

前章で見たように、疏家も「追刺」という行爲は倫理的に問題があるのではないかという疑念を持っていた。この點、宋代の學者と同樣である。しかし、彼らは、詩が作者の自然な感情が流露して作られるものである以上、過去の君主を刺るということも道德的には疑問が殘る行爲とは言えあり得ることだと判斷し、追刺說による解釋を行った。それに對して、宋代の學者は、追刺は臣下の義に照らして許される行爲ではないという信念に基づき、そのような詩はあるべきではないと考えて追刺說を排除した。つまり詩經解釋において、唐代の「あり得ること」と容認する姿勢から、宋代の「あるべきでない」と拒否する姿勢への變化が見られるのである。ここに宋代の詩經學において道德的嚴格性が强化されていった樣子を見ることができる。(44)

6　詩經解釋における倫理的要請と文學的要請

ところで、前章に擧げた「刺」に對する疑念を表明した朱熹の發言を見ると、「溫柔敦厚」の精神に反する故に刺詩は「あるべきでない」という理由と竝んで、「詩人にはまた、ふと偶然に思い立って詩を作るということがある」

「おおよそ古人が詩を作るのは、……自ずから物に感じて情を述べ、その思いを吟詠して詩を作るということもあったのだ」というように、詩人は自らの思いを率直に吐露して詩を作るものだから、ということが擧げられていた。すべての詩が道德的感化を目的として作られたわけではない、故に詩句に現れていない刺の要素を無理に讀み取るのは誤りだと考えるのである。「あるべきではない」という理由に對して、こちらは「讀み取れない」という理由とまとめることができよう。このように、朱熹の「詩」に對する疑念には、性格を異にする二つの理由が錯綜しているのである。

これは、「抑」追刺說批判においても類例があった。宋代の學者が「抑」を追刺詩と解釋することに反對したのは、第3節で見た追刺が道德的に問題があるという理由と竝んで、第2節で見た詩句の表現する內容に卽して詩の意味を考えようという態度があった。ここでも、「あるべきではない」と「讀み取れない」という二つの性格が共存している。右に擧げた朱熹の詩經解釋の論理は、宋代の學者に普遍的なものであったと言うことができる。それだけではない。追刺解釋に對する右の二つの反對の理由は、すでに疏家によって意識されてきたものであった[45]。これから考えれば、「あるべきではない」と「讀み取れない」との錯綜は、詩經解釋學史に早くから存在する現象であったということができる。

「讀み取れない」という態度、すなわち、詩の表現自體に卽して解釋を行うという態度は、朱熹の詩經學を論じた諸家が共通して重視するものである[46]。すなわちここに、朱熹が漢唐の詩經學の「史を以て詩に附す」という歷史主義的解釋から脫却し、「詩を以て詩を解す」という解釋に轉換したという、詩經解釋學史上の方法論の一大劃期を見るのである。

一方、「あるべきではない」という態度は、儒教の徒として詩經を解釋するという道德的要請に基づくものである。この態度も諸家によって言及がなされている[47]。ただし、この態度は、詩經解釋を儒教の枠組みに封じ込め、自由な解釋の發展を阻害した抑制要因として捉える意見が多い。つまり、「讀み取れない」と「あるべきではない」とは、互いに相反する解釋姿勢として、かたや詩經學の進展をもたらした態度、かたや詩經解釋を停滞させた態度として捉えられる傾向がある。

しかし、兩者の關係はそれほど單純なものではない。本章で見たように、追刺や刺を用いた解釋から脱却するために、この二つは同じように働いていた。つまり、倫理道德意識が變化したことと、詩經を文學として解釋する指向が強まったこととの雙方相俟って、新たな視點から詩篇を解釋する契機として働いているのである。このことから考えると、この二つはもっと微妙に絡み合っていると考えるべきではないだろうか。

ここから、詩經解釋學における、解釋の方法論の構築・發展と儒教倫理との閒の微妙な關係を見ることができる。道德的なリゴリズムというと、とかく新たな方法論の開拓に對する抑制要因として見がちである。もちろんそのような側面が强かったであろうことは否定できない。しかし、一面では、ここに見えるように、道德的な要請が新たな詩經觀の發展の契機になっていた面もあったのである。「あるべきではない」という先入觀によって舊說とは異なる解釋を模索する中で、「讀み取れない」に見られるような、文學的解釋の方法を編み出していったこともあったと思われる。筆者は先に、疏家が序傳箋を疏通せんがために苦し紛れに編み出した解釋が、宋代詩經學の新たな方法論の構築のための基礎となったことを指摘した(48)。詩經解釋における道德的要請も同じように、そこから苦し紛れに編み出した解釋が文學的解釋のためのきっかけを作ったことがあったのではないだろうか。古人は詩經を文學的存在としてと同時に道德的な存在として扱ってきた。したがって、その解釋學の發展も、二つの側面が絡まり合い相互に作用し合いながら進展したことは當然のことであろう。このように考えると、詩經學における道德的な側面と解釋學的問題とを分けて考えることができないことがわかる。我々が、詩經解釋學の實相に觸れるためには、このような異質の性格のいずれかに目を閉ざすことなく、その絡み合いを直視しなければならない。

7　以上述べたことの但し書き

本章では、宋代の詩經學者の中に、追刺説を回避する傾向があることを論じた。しかし、本章の論旨に背く説があることも事實である。例えば、第4節で考察した王風「黍離」について、朱熹『集傳』は次のように言う。

すでに當時、本詩の作者である私の思いを理解してくれる人がないことを嘆いた上で、さらに、このような事態を引き起こしたのはいったい誰であろうかと悲しみ、追想して怨むこと甚だしいものがある（既歎時人莫識己意、又傷所以致此者果何人哉、追怨之甚也）

また、嚴粲『詩緝』は次のように言う。

亡國の恨みで、目に映るものすべてが悽愴としていて、ただ悠悠たる蒼天に呼びかけて、「このように天下が覆るような事態に至らせたのはいったい何者であろうか」と訴える。それが誰か名指ししないで、追想して恨むこと深いものがある（亡國之恨、悽然滿目、唯呼悠遠之蒼天而訴之曰、致此顚覆者是何人乎。不斥其人而追恨之深矣）

兩者の解釋の中には、「追怨」「追恨」という「追刺」とよく似た語が用いられており、鄭箋・『正義』と同樣の説を述べているように見える。しかし、解釋の文脈から考えると、そこには鄭箋・『正義』とは異なる點がある。たしかに、「此を致す所以の者は果して何人ぞと傷む」という言葉からは、亡國の事態を引き起こした者を指彈するために本詩が作られたと朱熹が解釋しているように見える。しかし、この言葉は獨立して出ているのではなく、上の「既に時人の己の意を識る莫きを歎き」の句を承け、「又た傷む」という形で累加されているのであり、上下二句が一體となって、「追怨することの甚しきなり」に收斂されている。そこから考えれば、作者の「追怨」は亡國の君主という特定の個人に對する批判ではなく、彼の失政に起因する亡國の悲しみとその悲しみを同じくしない人間に取り圍まれて狀況に對する絕望がない交ぜになった感情を示していると考えられる。「追刺」が狀況から距離を置いて狀況を客體として眺め批判する行爲を指すのに比べ、「追怨」の方は、過去から現在になだれ込む狀況に身を浸した詩人の心の內から溢れ出す感情を表しているという違いが認められる。また、そこに流れている感情は、鄭箋・『正義』の「黍離」解釋に見られる激しい憎惡ではなく、作者を取り巻く時空（亡國の餘波・周圍の無理解）によって引き起こされる怨みである點で、より內面化された感情であるという點でも異なっている。

このことは嚴粲の解釋に見られる「追恨」にも當てはまる。「其の人を斥《さ》さずして追恨することの深きなり」という言葉は樣々に解釋できるだろうが、これが上の「亡國の恨み」に呼應している點に注目すれば、「追恨」は亡國の君主個人に向けられたものというよりは、やはり亡國という事態そのものに向けられていると考えられる。そのように考えれば、「其の人を斥さずして」というのも、第4節で見た楊時の解釋――「『此れ何人ぞや』と言うのは、罪科を歸すべき相手がいないのである」――と同樣の解釋だと考えることができる。

以上の考察からは、「追怨」「追恨」は、「追刺」と語の形こそ似ているけれども、過去の不幸な出來事を追想して發した作者の感情の昂ぶりを表したものであるという點で、先人を批判する行爲であるが故に倫理的な疑念を注がれる「追刺」とは質的に異なっていると考えられる。ただし、果たして確かにそのように言えるのかは、今後他の用例について檢證していかなければならない。

さらに、「追刺」と似た語として「追咎」という語が宋代以後の詩經解釋の書物にしばしば現れる。例えば、范處義の「雨無正」に次のように言う。

本詩には「既伏其辜、周宗既滅」という詩句がある。おそらく幽王の後の時代に作られ、前の時代の過失を追咎し、それによって後の時代の戒めとしようとしたものであろう（是詩有既伏其辜周宗既滅之語、蓋作於幽王之後、追咎前日之失、以爲後來之戒）[49]

ここでは、「追咎」は幽王など過去の特定の人物を批判し、後世の人々を教化しようとしたものという説明がなされており、「追刺」とほとんど同じ意味で用いていると考えていいであろう。したがって、本章で論じた、追刺、あるいは過去の君主を憎惡するという行爲が宋代以降詩經解釋から忌避されるようになっていったということは、全面的な現象というわけではなく、あくまでそのような傾向が強まったと理解されなければならないであろう。また、このことは第6節で考察した、追刺、あるいは先代の君主に對する憎惡が詩經解釋から消えるようになった理由として考えられる、倫理道徳意識の變化と、史書や詩序などに頼る姿勢から詩句の表現自體を重視する姿勢へという解釋意識の變化の二つの要因がどのように關係しているのか――筆者は、兩者が有機的に相互作用をして詩經解釋學の變化發展が實現したと結論したのであるが――、さらに愼重に檢討すべきことを示唆するものであろう。したがって、本章の考察と結論は、一應の途中經過報告として考えられなければならない。

最後に、「抑」を追刺詩とする解釋が淸代に至って再び表舞臺に登ったことを附言する。淸・陳奐の解釋がそれである。

『史記』に據れば、平王がようやく武公を公に任命したのであり、幽王の時代に武公は諸侯でこそあったが、周の卿士であったという話は聞かない。それから考えれば、相として周の朝廷に入ったのは平王の時代であったことは間違いない。彼は、相として朝廷に入って「賓之初筵」の詩を作ったが、それは幽王を刺ったものであった。「抑」は厲王を刺った詩である。兩詩はいずれも平王の時代に作られた。それなのに（「抑」の）小序に「厲王を刺る」と言うのは、作詩の意圖に基づいて述べたものである。本詩は、「殷鑑遠からず」という意圖で作られたものだから、そこで「蕩」の詩の後に置かれたのである。『正義』が、本詩を厲王を追刺したものと言うのは正しい（據史記、平王始命武公爲公、武公於厲王時未爲諸侯、幽王時雖諸侯、不聞爲周卿士、則入相於周、斷在平王之世。入相而作賓之初筵、刺幽王作。抑刺厲王。兩詩皆作於平王時、而序云刺厲王者、本作詩之意而言、取殷鑑不遠之意、因遂坿於蕩篇後。正義以爲追刺厲王是也）（『詩毛詩傳疏』巻二五）

陳奐は、『史記』の記事に基づいて、「抑」を追刺詩とするばかりか、『正義』も追刺詩とはしていない「賓之初筵」をも追刺詩とした(50)。これからわかるように、彼には宋代の學者が抱いたような「追刺」の概念に對する疑念はない。ただし、右の陳奐の說からは、追刺について『正義』を含めて歴代の詩經學者が疑念を共有し、そしてあるものはその疑念を拂拭するための論理を構築しようとして、またあるものはその疑念に基づいて本詩に對して新たな解釋を提示しようとして、努力を傾注し續けてきたその解釋の歴史がまったく捨象されている。それらの營爲は、本章で見てきたように、現實世界の中に生きる解釋者自身の生活實感・價値觀を詩經の詩篇に投影して行われたものである。これを、客觀性を缺いた非歴史的な解釋態度として批判することもできようが、しかしそこには、詩經という古代の文獻を客體としてではなく、自分たちの生と切り結ぶ生き生きとした存在として捉えたいという思いも確かに看取できる。その點から言えば、陳奐の解釋態度は、古典を古典として、純粋に論理的考察の對象として冷靜に捉えようとする近代的な學問姿勢と評價することもできるが、逆に、それは詩經が自分たちをいかに教化してくれるのかという生々しい關心を捨て去った上で實現したものだと、いささか物足りなさを感じさせると言ったら、あまりに獨りよがりな印象であろうか。

注

（1）もちろん、『正義』を踏襲して、「抑」を追刺詩と考えた學者もいる。その代表例として、蘇轍『詩集傳』が擧げられる。彼は、「宣王十六年、衞武公卽位。年九十有五而作此詩。蓋追刺厲王以自警也」と言う。

（2）『史記』「十二諸侯年表」に據れば、宣王十六年が「衞武公和元年」である（中華書局排印本、第二冊五二二頁）。後に擧げる南宋・范處義の『詩補傳』も同じく「三十六年」に作る。清・嘉慶重刊宋本『十三經注疏』（藝文印書館影印本）も「三十六年」に作る。これについて、阮元『毛詩注疏挍勘記』に「閩本明監本毛本同。案浦鏜云、三衍字、是也」と言う（注（6）參照）。また、嚴粲『詩緝』に「疏以爲武公宣王《ママ》三十六年卽位。恐誤矣」と言う。以上から考えると、范處義・呂祖謙・嚴粲の見た『毛詩正義』のテキストも『挍勘記』の擧げる諸本と同樣、「三」が衍字となっており、范・呂はその誤りを踏襲したと考えられる。

（3）姚永輝「呂祖謙《呂氏家塾讀詩記》中的『詩史互釋』」（中國詩經學會編『詩經研究叢刊』第八輯、學苑出版社、二〇〇五、六七頁）に呂祖謙が「詩を以て史を釋し」た例として、本詩の解釋を引く。

（4）注（2）參照。

（5）『詩補傳』（詩經要籍集成第五冊、據通志堂經解本影印、學苑出版社、二六四頁）。

（6）范處義『詩補傳』についての專論に、黃忠愼『范處義《詩補傳》與王質《詩總聞》比較研究』（文史哲大系二三一、臺灣、文津出版社、二〇〇九）があり、范處義の經典の神聖性についての認識・詩序尊崇の態度について詳しく論じている。

（7）經文の内容を優越的に考える范處義の解釋態度については、本書第十一章第3節も參照されたい。

（8）『詩補傳』卷二四（二六四頁）。

（9）南宋・嚴粲『詩緝』も「厲王之世、武公爲諸侯庶子、作此詩刺厲王、因以自警。至老常誦之也。詩補傳得之」（卷二九「抑」序『詩緝』）と言い、范處義の說に從う。

（10）この問題に關しては、本書第十一章を參照のこと。

（11）本書第十七章第4節を參照のこと。

（12）ちなみに、前章では『正義』に見える「抑」の異說を検討して、そこに疏家の「詩は過去をどのように詠うか」ということについての認識も現れていることを指摘した。詩が現實の事態を詠う表現をとっているから作者は事態の渦中にあったはずだという思考の筋道は、見方を變えれば、作者が想像力によって過去の事件を追體驗するという詠い方があり得ることが考慮されていないことを意味する。これは、本文に擧げた宋代の三者の說についても言えることである。彼らの詩經解釋においても、作者と詩の內容とが現實的な次元で直接的に對應していると考える傾向があることがわかる。この問題については、本章第十一章も參照されたい。

（13）歐陽脩と『正義』との關係については、本書第三章を參照のこと。

（14）このことに關しては、本書第十一章を參照のこと。

（15）「抑」『正義』の中に、「詩は、人がメロディに乘せて歌い上げ、情が憤りを發して生まれるもので、善行を見てはその功績を論じたく思い、惡行を見てはその過失を言いたく思い……自分の心の結ぼれをほぐしたいと願って作る（詩者、人之詠歌、情之發憤、見善欲論其功、覩惡思言其失……本願申己之心）」（卷十八之一、八葉表）と言う言葉がある。

（16）以上の說と比較して、清・翁方綱の說は注目に値する。

孔穎達『正義』に侯包の說を引いて、「衞の武公が周の王室を刺り、またそれによって自らを戒め、齡九十五になってもなお、臣下にこの詩を朗唱させて側らから離そうとしなかった」と言う。言っている內容はやはり『國語』「楚語」から取っているけれども、韋昭の說とは少しく異なっている……侯包が〔「抑」の詩を〕「王室を刺った」ものであると言っているのも、やはり比較的抽象的な言い方であり、侯包のこの說の方が正しいと考えるべきである。「楚語」には「王を刺る」と言っていないけれども、清・朱鶴齡が、「詩中で『爾』『女』『小子』と相手を呼んだり、『手攜耳提』『諄諄藐藐』などの言葉があるのは、みな老成した者が若者に訓戒して言う口振りをしたものであり、それは、實際には當時の王を風刺し、またそれにちなんで自らを戒めているのである」と言うのと、矛盾はしない。厲王の時代に、武公はまだ諸侯の庶子の身であったことから、南宋・嚴粲や清・陳啓源が「抑」の詩は武公が庶子の時に作られたと解釋するのはもちろん正しくないし、北宋・蘇轍がこの詩が厲王を追刺したものと言ったり、南宋・李樗が幽王を刺ったものと言っているのも、やはりいずれも正しくない。私が思うに、小序に「厲王を刺る」と言っているのは、經師の閒で代々傳承された說で、根據のないものではないのだろうが、それがいつの時代に作られたかを考える材料はない。故に、侯包の說に從って、王室を刺り、かつ自らを警めたと解釋するのがよく、そうすれば、様々な說もみな包含することができる（孔疏引侯包云、衞武公刺王室、亦以自戒。行年九十有五、猶使臣日誦是詩而不離

於其側。其意亦取楚語爲説、與韋昭小異……其云刺王室、亦爲較渾、當以侯包此説爲正也。楚語不言刺王者、朱氏鶴齡曰、篇中爾女小子及手攜耳提、諄諄藐藐等語、皆設爲老成人訓戒後生之言、意實在諷刺時王、亦因以自警。此説與朱傳未始不相合也。至謂厲王之世、武公方爲諸侯之庶子、而嚴氏陳氏皆以爲作于爲庶子時固非矣。蘇氏又以爲追刺厲王。李氏又以爲刺幽王亦皆非也。愚謂序以爲刺厲王、此在經師相傳、必非無因、而其作於何時則無從而考矣。故莫若依侯包謂刺王室兼以自警、則衆説皆融貫耳（『詩附記』卷七、伯克萊加州大學東亞圖書館編『翁方綱經學手稿五種』第三種、上海古籍出版社、二〇〇六、四〇九頁）。

翁方綱は、小序の説を尊重はしながらも、本詩の作詩年代の嚴密な比定を放棄して、「王室を刺った」詩という漠然とした理解にとどめようとする。これはもちろん、「闕疑」を尊ぶという學問的な姿勢の表れと言うべきであるが、同時に、宋代の學者が持っていた、作詩の狀況を明らかにすることによって本詩の表す道德的意味に迫ろうという過剰なまでの思い入れが無くなり、詩篇を純粹な學問的關心の對象として客體化して扱うという、解釋對象への姿勢の變化を見て取ることができる。第7節で清・陳奐の解釋を考察したのも參照されたい。

(17) 原文「以意度之」は、『孟子』「萬章　上」の、「故説詩者、不以文害辭、不以辭害志、以意逆志、是爲得之」を意識しての發言と考えてこのように譯した。

(18) 『朱子語類』卷二三「論語五・爲政篇上」（理學叢書、中華書局排印本第二冊五四一頁）。

(19) 「衞武公作此詩、使人日誦於其側以自警」と言い、北宋・董逌《とうゆう》の言葉を引いて、「刺厲王者誤矣」と言う。

(20) 清・董增齡撰、光緒庚辰章氏式訓堂精刻本影印『國語正義』卷十七（一九八五、巴蜀書社、下冊一一二二頁）。

(21) 本書第十七章參照。

(22) ただし『正義』に據れば、本詩には幽王に對する「疾《にく》しみ」「恨み」の情が溢れてはいるが、追刺のために作られた詩ではないとされる。その理由については、本書十八章を參照。

(23) 詩篇の訓讀については、清原宣賢講述、倉石武四郎・小川環樹・木田章義校訂『毛詩抄　詩經』（全四冊、一九九六、岩波書店）を參考にした。

(24) 詳細は、本書第十八章第6節を參照されたい。

(25) 『李迂仲黃實夫毛詩集解』卷八（通志堂經解7、江蘇廣陵古籍出版社、一九九三、三一三頁）。

(26) 楊時の文集『龜山集』には、相當する詩説は見出せない。ただし、李樗の引用文中の「黍離降而爲國風」は、『龜山集』巻八、經解、春秋義「始隱」・巻十、語錄「荊州所聞」・巻二五「孫先生春秋傳序」の三個所に見られる。「楊龜山曰」がどこまでかかるかが問題となるが、「亦不必如此」の下に述べられた説が李樗自身のものとすると、その上はすべて楊時の說ととるのが妥當であろう。よって、これは楊時の詩解釋の逸文と考えられる。

(27) 同注(25)。

(28) 李樗は、このように詠う詩人がどのような心情なのかを説明してはいない。清・翁方綱は李樗の說を敷衍して、亡國の悲哀に打ちのめされてあてどもなくさまよっている様が、詩人の思いを知らない人物には不審な振る舞いに思われたので、このように問いかけられたのだと説明する(『詩附記』巻二、八六頁)。

(29) 『詩補傳』巻六、七三頁。

(30) 南宋・王質も、范處義と同趣旨の解釋をしている。

東周に仕え忠義の心を胸に抱いた士が、自分の仕える主である周王を舊都宗周に連れ歸りたいとの思いを持って、陳と秦の宮廷にやってきたのであろう。あるいは王室を尊ぶべきことを說いて諸侯を牽制する言葉を述べた……ただ心に祕めた憂いは明らかにしがたいので、理解してくれないのはいったい何者だ、そのようなものは私の仲間とするに足るべきものではないと告げたのである(當是東周懷忠抱義之士來陳秦庭以奉今主歸舊都爲意。或以尊王室制諸侯爲辭……徒隱憂難明告以不知者爲何人此等人非我輩人也(『詩總聞』巻四、詩經要籍集成5、清道光二六年錢氏刊本、三七四頁)

(31) 『朱子語類』巻八十、詩一、綱領(理學叢書、中華書局排印本、第六冊二〇六五頁)。

(32) 同右二〇七四頁。

(33) 「放鵰」の語、各種辭典類には採られていない。ここでは、同音の「放刁」の音通と考えて解釋した。南宋・王質『詩總聞』巻五、齊風「東方未明」に、「此必是醉亂之中、偶有徵召之命。而以非時召臣咎其君、以迲狂駭人罪其使。……俗所謂放鵰者也。既挾持其君、又挾持其將命之人……此臣當是忮腸凶德者也」(三八八頁)と言うのが參考になるであろう。

(34) 同右二〇七六頁。

(35) 檀作文『朱熹詩經學研究』(學苑出版社、二〇〇三)、鄒其昌『朱熹詩經詮釋學美學研究』(商務印書館、二〇〇四)、莫礪鋒『朱熹文學研究』第五章「朱熹的詩經學」（南京大學出版社、二〇〇〇）。
(36) 『朱子語類』卷八十一、詩二、九罭、二一一五頁。
(37) 「詩序辨説」衞風「考槃」（『朱子全書』第一册、上海古籍出版社、二〇〇二、三六七頁）。本詩に對する朱熹の解釋は、本書第十六章を參照のこと。
(38) 『毛詩正義』八五四頁上段。
(39) 蘇轍『詩集傳』卷十一、一〇八頁上段。
(40) 『詩緝』卷三、五九頁。
(41) 「『不平の鳴』に對する反駁と修正として、宋人は、『自持』という新たな觀點を提起した。……作詩という行爲は、情感が『平靜でない』というところから生まれるのではなく、逆に、『その心の中に動搖するものがない』というところに基づく。これが宋儒の典型的な考え方である……これを、唐儒の代表である孔穎達が『毛詩正義』（毛詩大序『正義』）の中で言及した、詩とは『心志の憤懣を紓ぶる所以』であり、『物に感じて動』き、『悅豫の志』や『憂愁の志』を『言う』ものであるという考え方と比べるならば、きわめて異なっていることがわかる（作爲對「不平之鳴」的反駁和補救、宋人提出「自持」的新觀點……詩之作幷非出於情感的「不平」、而是基於「無所動於其心」。這是宋儒的典型看法……這與唐儒代表孔穎達在《毛詩正義》裏所談詩「所以紓心志憤懣」、「感物而動」、「言悅豫之志」、「憂愁之志」相較、顯然形同胡越）」（『宋代詩學通論』甲編「詩道篇」、上海古籍出版社、二〇〇七、六一頁）。
(42) 「宋代に起こった文字の獄は、……詩を作る者と詩を解釋する者との閒で詩が有する政治的な役割について認識が一致していたということを側面から説明している。諷諫が一旦埒を超えたならば誹謗中傷となり、それを言った者は罪ありということになってしまう。宋代の文字の獄が仁宗慶曆の後に出現し政教を主張する詩論の强化と歩みを同じくしたというのは、決して偶然ではないのである（文字獄……從側面説明作詩者和解詩者對詩的政治功能的理解是一致的。諷諫一旦越界成爲譏刺訕謗、言之者也就有罪了。宋代的文字獄出現於仁宗慶曆之後、與政教詩論的强化正好同步、這決非偶然）」（同右、三九頁）。
(43) 同右、四〇頁。
(44) この問題については、本書第十七章を參照のこと。

（45）本書第十八章參照。
（46）注（35）參照。
（47）檀作文前掲書第四章「理學思想與朱熹詩經學之關係」。
（48）本書第一章。
（49）『詩補傳』卷一八、一七五頁。范處義は、本文で擧げた他にも、「於是作此詩之大夫既歸過於其長、謂離居而去、不任國事、莫知我勞勸。又追咎當時三公及其餘大夫、莫肯夙夜無在公之節〔第二章〕」「此章上則追咎幽王爲惡不悛〔第三章〕」と本詩が「追咎」のための作だと指摘する。
（50）『詩毛氏傳疏』「賓之初筵」序の『疏』においても、「入入相也。武公入相在周平王之世、是詩爲追刺幽王而作」と言い、本詩が追刺詩であることが再確認されている。しかし、『正義』にはそのような說はないばかりか、小序も「賓之初筵、衞武公刺時也。幽王荒廢、媟近小人、飲酒無度、天下化之、君臣上下沉湎淫液。武公既入而作是詩也」と言い、「當時の時世を刺る（刺時）」「武公は朝廷に入った後でこの詩を作った（武公既入而作是詩也）」という言葉に表れているように、やはりこの詩を武公が自分が體驗している事柄を詠った詩であると規定している。陳奐の說は、この小序にも從わずに立てられたという點で獨自性の高いものである。

第Ⅴ部　宋代詩經學の淸朝詩經學に對する影響

第二十章　訓詁を綴るもの
――陳奐『詩毛氏傳疏』に見られる歐陽脩『詩本義』の影響――

1　問題の所在

清の陳奐（一七八六～一八六三）の『詩毛氏傳疏』は、考證學的方法による詩經研究の集大成的な著述と認められているが、そこには次のような二つの異質な研究態度・方法が混在している。

一、嚴密な考證による字義の解明……考證學的方法を突き詰めることによって、詩經の眞の意義を解明することを目的にする。

二、詩序・毛傳を墨守し疏通する事……漢儒の方法論の究明を目的とする。(1)

陳奐の意圖は、字義の嚴密な考證により、詩序・毛傳の意味を解明し、それによって詩經の本義に達することにあった。しかしながら、この二つの研究態度は本質的に相容れないものであり、そのため、彼の詩經研究の學問的な一貫性が失われることとなった。端的に言えば、陳奐は秦漢の際の大儒、毛亨の『毛詩故訓傳』を墨守するために、客觀的な考證によって詩經の眞の姿に迫るという目的を犠牲にしているのである。(2)

『詩毛氏傳疏』に見られるこのような特徴は、これまで必ずしも重視されていなかったように思われる。(3)　從來の陳奐研究において、考證學イコール漢學であり、考證學者が漢代の注釋を奉じるのは當然であるという認識を研究の出發點における大前提として受け入れてきたためであろう。そのため、客觀的考證という學的方法論と漢學の墨守という學的態度の間に存在する乖離が、その研究にどのような影響を與えているのかという考察の視點に充分な注意が拂われることがなかったのであろう。

しかし、『詩毛氏傳疏』を詩經解釋學の流れの中に位置づけて、その學術的性格とその達成とを考えようとするならば、この問題は見逃すことができないものであると筆者は考える。詩經解釋學史は、常に歴代の解釋の複雜で有機的な絡み合い（前代の詩經解釋學の成果の繼承と、それに對する批判に基づく獨自の解釋理念・方法論の構築）によって織りなされてきたのであるが、陳奐の詩經研究に見られる矛盾は、既存の學問體系を繼承し發展させることと新たな學的方法論を構築することとを同時に實現しようとした時に生じる問題を浮き彫りにするものであり、これは詩經解釋學史における普遍的問題を考えるための恰好の事例となり得るからである。その意味で、陳奐の言う「墨守」の意義は眞摯に考察しなければならない。

『詩毛氏傳疏』に相矛盾する研究態度が混在することになったのは、陳奐の師承による。彼は、戴震によって開拓された詩經研究の後繼者たる段玉裁と王念孫・王引之父子に教えを受け、彼らの詩經研究の成果を受け繼いだのであったが、しかし、段玉裁と二王では、詩經研究の目指すところに大きな違いがあった。そのため、彼らの業績を受け繼ぐ形で『詩毛氏傳疏』を完成させた陳奐の詩經研究にも、異質な方法論が混在することになったのであった。上記の二項のうち、一は主に王念孫・王引之の學問を受け繼ぐもの、二は段玉裁のそれを受け繼ぐものとまとめることができる。ここに、戴震以來の考證學の進展にともない、戴震の持っていた考證學の目的が大きく變貌してきた、すなわち、清朝考證學の學問の成熟に伴う質的變化を見ることができる。戴震には、字義の考證によって彼以前の詩經學を超える、彼獨自の詩經學の體系を打ち立てようという全體的な構想があったのだが、それが、段玉裁にあっては、詩序・毛傳という漢學の權威的解釋を疏通することにすり替わり、二王にあっては全體性の追求を放棄することによって字義の考證を精密化する方向に進んでいったのであった(4)。

ところで、學問方法の一貫ということを犧牲にしてまでも、陳奐がその詩經研究で何よりも大切にした詩序・毛傳の疏通とはいかなるものであろうか。陳奐は、具體的にはどのような見通しのもとに、どのような論理を用いて詩序・毛傳を疏通しているであろうか。視點を變えて言えば、同じく詩序・毛傳に從いながら、陳奐が鄭箋・『正義』とは異なる詩經解釋を行うことができた要因はいったい何であっただろうか。詩序・毛傳を墨守することによって詩の眞の意味に到達できると陳奐が考えていた以上、この問題は、彼が詩經の詩篇をいかに解釋すべきであると考えていたかということに他ならない。

この問題を考察するためには、陳奐の詩篇解釋を歷代の詩經解釋學の流れの中に放り込んで見直してみる必要がある。特に、從來は水と油の關係のように考えられ、考察の俎上に載せられることがほとんどなかった(5)、宋代の詩經學との關係を考えることは不可缺である。宋代は、「詩經は序傳箋に從って解釋するもの」という秦漢以來の先入觀を棄て、詩經を本當に解釋するとはいかなることであるのかを、はじめて眞劍に考えた時代だからである。そうして練り上げられた宋人の詩經解釋の方法論は、詩經解釋學史において決定的な意味を持つものであり、それがどのような影響を及ぼしているかということは、清朝考證學の詩經學の解釋方法を考えるにあたっても重要な論點として檢討されなければならない。

筆者はこのような考察を進めていく中で『詩毛氏傳疏』の經說の中に、北宋の歐陽脩が『詩本義』で展開した議論に淵源したのではないかと考えられるものが複數存在することに氣づき、兩者の學問的な關係を眞劍に考察すべきではないかと考えるに至った。

周知の通り歐陽脩の『詩本義』は、詩序・毛傳・鄭箋という漢唐の詩經學の據って立つ權威を眞っ向から批判して、

「人情」を根幹に据えた獨自の詩經解釋を展開し、南宋の朱熹によって大成される宋代詩經學の先驅けとなった著述である。毛傳を墨守することを高らかに宣言した陳奐の詩經學とは、對極的な位置にある。事實、『詩毛氏傳疏』の中に、歐陽脩の『詩本義』から經說を明示的に引用した例はほとんど見あたらない。筆者の目に觸れたのは、『詩毛氏傳疏』邶風「擊鼓」卒章疏の一例のみである。

歐陽脩『詩本義』に魏の王肅の說を引用して、「本詩の『爰居』以下の三章は、衞の國人で從軍するものがその妻に與えた決別の言葉である」と言う（歐陽脩詩本義引王肅云、爰居而下三章、衞人從軍者與其室家訣別之辭）[6]。

これにしても、陳奐は『詩本義』に引かれた魏の王肅の詩說を紹介するのが目的であり、歐陽脩の經說自體を問題にしているわけではない[7]。さらに、これと同じ引用がすでに清・朱彝尊の『經義考』にあり[8]、陳奐はそれを再引用しているに過ぎない可能性もある。

しかし、『詩本義』は『通志堂經解』『四庫全書』に收められ、また筆者の目睹した限りでも、陳啓源[9]、戴震[10]、錢大昕[11]などの詩經研究の著述において『詩本義』からの引用が見られる。さらには、陳奐の同時代人で、陳奐が一時は自分に代わって毛詩の研究を大成してくれる人と見込んだほど親炙した友人である胡承珙[12]の著した『毛詩後箋』には、盛んに宋元明の詩經學者の說が取り上げられ議論の俎上に載せられており、その中で歐陽脩の詩說も頻出する[13]。したがって、清朝考證學者は『詩本義』を檢討する價値がある著述と認識しており、また、陳奐がこの書に觸れ得るための客觀的な條件は備わっていたと考えられる。陳奐がこの書を見ていた蓋然性は高い。そうでありながら、彼が自著に歐陽脩の詩說を明示的に引用することがほとんどないというのは意識的な態度と判斷するのが合理的であろう。

陳奐は、おそらく歐陽脩の詩經學をほとんど問題にしていなかったであろうことが推測できる。歐陽脩だけではなく、蘇轍・呂祖謙・朱熹などといった宋代の學者の名前が現れることはきわめて少ない[14]。『詩毛氏傳疏』條例の中で、毛亨の經說を解說し證明するに足るものは、鄭玄の箋、孔穎達の疏、および現代の詩經を研究する學者の說もみな根據として引用した（有足以申明毛氏者、鄭箋孔疏與近人說詩家亦皆取證）

と言うが、彼にとって宋代の學者は「以て毛氏を申明するに足る者」の範疇には入らないと考えられていたようである。ここに我々は、純乎たる漢學の徒としての陳奐の矜持を見るべきであるのかもしれない。

このように陳奐自身によって學問的立場が異なると意識されていたと見られる『詩本義』と『詩毛氏傳疏』の閒に、實は經說の繼承關係があったとすれば、それは重大な問題を含んでいるだろう。本章は實例の分析を通して、兩者の關係が本當に存在するかどうかを檢證し、もし存在するならばそれが何を意味しているのかを考察していきたい。この考察によって、陳奐の詩經研究の性格を明らかにし、先に提起した陳奐における毛傳の疏通のあり方という問題についても、從來とは異なる視點からの解答を提示することができるのではないかと考える。また、學的態度として宋代の詩經學を峻嚴に排除した典型が陳奐だとすれば、その彼と宋代詩經學の創始者たる歐陽脩の關係は、宋代詩經學と清代詩經學の關係を考察するためのこの上ないモデルケースであり、宋代の詩經學と清朝詩經學の兩者の本質的な性格に、新たな光を與えてくれるのではないかと考える。これは、歐陽脩が『詩本義』で提出した經說および詩經研究の方法が、陳奐の時代までにどれほどの受容の廣がりを持ったかを考える手がかりともなるだろう。さらに、考察を通じて詩經解釋學と文學との關連を考える上でも、宋代詩經學が重要な意味を持つことも明らかにできるのではないかと期待する。

2　實例の檢討

それでは、『詩本義』と『詩毛氏傳疏』との閒で、經說の類似性を見出すことのできる經說を、關係の性質ごとに檢討してみたい。

①　字義の考證に關する例

邶風「二子乘舟」は、序および毛傳に從えば次のようなエピソードを背景にしている。衞の宣公は息子の伋の嫁として齊から女を迎えたが、その美貌に惹かれてこれを奪い、二人の閒に壽と朔の二子が生まれた。宣公は、朔とその母による伋に對する讒言を信じ、伋を齊に遣わすと僞り道中で彼を刺客に殺させようとした。それを知った壽は、事の次第を伋に話して止めようとしたが、伋は、「君命に背いて逃亡するわけにはいかない」と聞き入れなかったため、彼の持っていた節を盜んで先に道を急ぎ、身代わりとして刺客に殺された。伋は後からやってきて、刺客に「主君はお前に私を殺すよう命じたのに、壽にいったい何の罪があって殺したのか」と責めやはり殺された。[15] 本詩は次のような詩句で始まる。

二子乘舟　　二子　舟に乘れるがごとし
汎汎其景　　汎汎たる其の景《かげ》あり

これについて、毛傳は次のように言う。

衞の國の人々は、伋と壽とが身の危險を知りながらとうとう死地に赴いたのが、ちょうど船に乘って、行く當てもなく、[16]流れに乘って迅速に進み、邪魔されることもないさまと同じであると悲しんだものである（國人傷其渉危遂往、如乘舟而無所薄。汎汎然迅疾而不礙也）

このうち、「不礙」をいかに解釋するかが論點になるのであるが、『正義』では「礙」の字に特に説明を加えていないので、文字通り「さまたげる」の意味で解釋していると考えられる。右の譯文もこれに從った。

歐陽脩は、毛傳の解釋に對して批判を加え、

毛傳の説に從えば、壽と伋とは相次いで死地に赴きどちらも殺されたのである。それをどうして「流れに乘って迅速に進み、邪魔されることもなく」などと言うことができようか。これは〔死ぬとわかっていながらあえて行って殺された壽と伋の〕の比喩としては似つかわしくないものであり、本詩の作者の意圖を汲んだ解釋ではない（據傳言壽伋相繼而往、皆見殺。豈謂汎汎然不碍、引譬不類、非詩人之意也）

と言い、次のような解釋をする。

本詩は、あの舟に乘るものが流れに乘って舟をコントロールすることもなく、ついに舟が轉覆したために溺れてしまったのが、哀れむべきではあるが人の模範として尊ぶことはできないことを、比喩として用いている。これはちょうど『論語』〔「述而」〕で「素手で虎と組み合い、徒《かち》で大河を渡り、死んでも悔いない者」と言われているのと同じことである（以譬夫乘舟者、汎汎然無所維制、至於覆溺。可哀而不足尙。亦猶語謂暴虎馮河、死而無悔也）

ここで歐陽脩は毛傳の「礙」を『正義』と同様「さまたげる」という意味にとった上で、「不礙」が自由でとらわ

れない境地をイメージさせるので、母と弟の悪心と父の非道を償い兄の身代わりとして殺されるため死地に赴いた壽、また父の命に背くことを恐れ殺されるとわかっていながらみすみす死地に赴いた伋という二人の兄弟の比喩としてふさわしくないとして、毛傳を非合理だと批判しているのである。

一方、陳奐は「礙」について次のように言う。

『説文解字』に「礙は止なり」と言う。毛傳の意味は、「迅速で止まろうとしない」という言葉で詩中の「〔舟の〕景《かげ》」の字が遠く行くという意味とまさしく合致すると解釋しているのである。[17]「汎汎」とは流れる様である（説文礙止也。傳意以迅疾不止、釋經中景字與遠行之意正合。汎汎流貌）

陳奐は、『正義』と異なり「礙」を「止」の意味で解釋することによって、詩が舟の果てしなく流れ遠ざかっていく様子を詠っていると言うのである。こうすることで、殺されると知りながらみすみす死地に赴く兄弟の姿が見送る人々から遠ざかっていく様子を比喩していると解釋することができる。またそれによって、毛傳の「不礙」という訓詁も詩句の眞意を正しく捉えていると主張することができる。陳奐は、『説文解字』の釋義を根據としてこの説を述べているが、語の通常の意味ではない意味で「礙」を解釋したのは、『正義』のように「礙」を「さまたげる」ととると詩句の解釋に問題が生じてしまうと考え、それを解消し毛傳が詩句を合理的に解釋していると主張するためであったと考えられる。この問題意識は、歐陽脩と同じである。言い換えれば、本詩句の合理的な解釋がいかにあるべきかについて、歐陽脩と陳奐は同樣の認識を持っていたということができる。同樣の認識に基づきながら、歐陽脩は毛傳を批判し獨自の解釋を示し、陳奐は毛傳を正當化できるように考證を行ったという點が異なっているだけなのである。

②　比喩の認識に關する例

②—a　周南「關雎」

關關雎鳩　關關たる雎鳩は
在河之洲　河の洲に在り
窈窕淑女　窈窕の淑女は
君子好逑　君子の好逑なり

この詩で詠われる「雎鳩」という鳥について、毛傳は「『雎鳩』は王雎也。鳥の摯にして別有るなり（雎鳩、王雎也。鳥摯而有別）」と言う。これに對して鄭玄は、

「摯」という言葉は「至る」という意味である。王雎という鳥は、雌雄の愛情が至って深い、けれども雌雄の別をわきまえ夫婦が別々に暮らすことをいう（摯之言至也。謂王雎之鳥、雌雄情意至、然而有別）

と、「摯」を「至」の音通と考えて解釋する。孔穎達の『毛詩正義』も、鄭玄説が毛傳の意圖を正しく捉えたものだと考え疏通する。

これに對して、歐陽脩は次のように批判する。

先儒の中で「雎鳩」を解説したものは大變多いが、みな水鳥だということ以上の説明はない。ただ毛公のみが至當な訓詁を述べて、「鳥の獰猛で、夫婦の別をわきまえたものである（鳥摯而有別）」と言っている。すなわち、水上に暮らす鳥で、魚を捕らえて食べるので、鳥類の中でも獰猛なものである。ところが鄭玄は、「摯」を「至」と讀み替えて「雌雄の情愛が至って深い」というが、それは誤りである。鳥獸の雌雄はみな情愛がある、どうし

て雎鳩の情愛だけが至って深いなどとわかろうか。このように言うと「詩人は本來、后妃の淑善の美德を歌うのに、かえって獰猛な鳥を比喩に用いるというのはおかしいではないか」と言う人が出てくるだろう。それに對して私は「詩人は雎鳩の獰猛な性質には目を附けず、ただその雌雄の別れて暮らすところにのみ注目したのである」と答えよう。雎鳩が川の中洲にいて、その鳴き聲を聞くに和やかで、その生活を見るに雌雄別れて暮らしている。ここを詩人は詩に用いたのである（先儒辯雎鳩者甚衆、皆不離於水鳥、惟毛公得之曰、鳥摯而有別、謂水上之鳥、捕魚而食、鳥之猛摯者也。而鄭氏轉釋摯爲至、謂雌雄情意至者非也。鳥獸雌雄皆有情意、孰知雎鳩之情獨至也哉。或曰、詩人本述后妃淑善之德、反以猛摯之物比之、豈不戾哉。對曰、不取其摯、取其別也。雎鳩之在河洲、聽其聲則和、視其居則有別、此詩人之所取也）

『正義』が傳箋で說の違いがないと考え疏通したのに對し、歐陽脩は鄭玄が毛傳の眞意を捉え損なっていると考える。『正義』が傳と箋とを一體のものと考えるのに對して、歐陽脩は兩者を分けて考え、傳が正しく箋は誤りとするのである。さらに、獰猛な鳥を后妃の比喩にするのはふさわしくないのではないかという疑問を、獨特の比喩理論——詩人が何かを比喩する時には、比喩として用いる事物の一つの特徵のみに注目し、それ以外の屬性は捨象する——によって解決しようとする點が注目される[18]。

一方、『詩毛氏傳疏』は、次のように言う。

『定本』は「摯」に作り、『釋文』には「〈摯〉は一本に〈鷙〉に作る」とある。「摯」と「鷙」は通用し、「摯にして別有り」とは雌雄が別れて生活することを言う（定本作摯、釋文摯本亦作鷙、摯與鷙通、摯有別者雌雄別居）

陳奐も歐陽脩と同樣に、毛傳の「摯」が「獰猛な」という意味であると考え、鄭箋の「摯」＝「至」という說を採用していない。ここで彼は、猛禽が文王大姒の比喩としてふさわしくないのではないかという問題には言及していないが、これは、彼がこの問題はすでに解決済みであると考えたためであろう。このことは、戴震『杲溪詩經補注』の次の説を見ることによってわかる。

（「摯」を「至」の音通とする）鄭箋の説は誤りである。古の文字においては、「鷙」は「摯」と通用した。……雎鳩が雌雄別居するというのは、生まれつきの性質のなせる業であり、それで本詩は雎鳩に意を寄託したのである。およそ、詩の言葉がものを用いる場合にはその一端を捉え、必ずしもその種類（が比喩にふさわしいか否か）に拘泥しない（箋説非也。古字鷙通用摯。……雎鳩之有別、本於其性成。是以詩寄意焉。凡詩辭於物、但取一端。不必泥其類）

戴震は、歐陽脩と同じく毛傳を鄭箋から分離させることにより、毛傳の正しさを主張している。「獰猛な鳥は文王大姒の比喩としてはふさわしくない」という疑問に對する反論は、歐陽脩の比喩理論を援用したものである。陳奐の經說は戴震の說にテキスト上の裏付けを與えたものであり、その論理自體は戴震の說に據っていると考えるのが、戴震―段玉裁・二王―陳奐という師承關係から言って自然であろう。陳奐は、比喩の問題は戴震の考證によって解決されていると考えたために、『詩毛氏傳疏』の中ではことさら說明を加えていないのであろう。このように考えれば、陳奐の經說は、歐陽脩の業績を基盤にして成り立っていると言うことができる。さらに、陳奐の當時、歐陽脩の比喩理論が廣く認められていたことも知ることができる。

②―b　王風「采葛」

彼采葛兮　　彼の葛を采る

一日不見　一日も見ざれば
如三月兮　三月の如し　［首章］
［傳］興である。「葛《クズ》」は絺綌《ちげき》（葛で織った布）を作る材料である。ことは取るに足らないものであるが、一日主君にまみえなければ、讒言に遭うのではないかと憂い恐れるのである（興也。葛所以爲絺綌也。事雖小、一日不見於君、憂懼於讒矣）
［箋］興というのは、葛を採る仕事を臣下が小事で使いとして外國に行くことに喩える（興者、以采葛喩臣以小事使出）

彼采蕭兮　彼の蕭を采る
一日不見　一日も見ざれば
如三秋兮　三秋の如し　［第二章］
［傳］「蕭《ヨモギ》」は、祭祀に備えるためのものである（蕭所以共祭祀）
［箋］「彼の蕭を采る」というのは、臣下が大事で使いとして外國に行くことに喩える（彼采蕭者、喩臣以大事使出）

彼采艾兮　彼の艾を采る
一日不見　一日も見ざれば
如三歲兮　三歲の如し　［卒章］
［傳］「艾《ヨモギ》」は、病を治療するためのものである（艾所以療疾）
［箋］「彼の艾を采る」というのは、臣下が急な用事で使いとして外國に行くことに喩える（彼采艾者喩臣以急事使出）

「葛《クズ》を採る（采）」「蕭《ヨモギ》を採る（采蕭）」「艾《ヨモギ》を採る（采艾）」をいかに解釋するかが問題の焦點である。歐陽脩は、毛傳がこの三つの行爲を大臣が實際にする仕事と考え、鄭箋が大臣の仕事の輕重を比喩するものと考えるのに對し、これらはいずれもつまらない仕事であり、いやしくも讒言者によって王との信頼關係を裂かれるのを恐れなければならないような、人から嫉妬されるほどの高い地位にある大臣が自ら攜わるべきことでもなく、たとえ比喩としても大臣の仕事の輕重を喩えるのにふさわしからぬものなので、傳箋の解釋はいずれも誤りだとする。[19]

その上で、これらはちっぽけな草であってもそれを少しずつ摘んで集めていけば最後にはたくさんになることが、小さなことについての讒言でも繰り返し繰り返し行われれば、はじめはまともに取り合おうとしなかった主君もついにはそれに耳を傾け中傷を信じるようになってしまうということを比喩していると考える。[20]

一方、陳奐は次のように言う。

> 興というのは、「采る」という行爲で「事」について言おうとしているのである。「葛を采る」「蕭を采る」「艾を采る」というのはいずれも取るに足らない仕事である。主君に讒言をするのも、些細なことから始めるのが常である。だから比喩として用いたのである。……毛傳に「事雖小、一日不見於君、憂懼於讒矣」と言うのは、本詩全體の意味を總括的に解釋したものであり、事柄はきわめて取るに足らないことであっても、君子が主君に對しては、一日面會しなければ、すでにその閒に人に讒言されて閒を裂かれてしまうので、それで憂えているのである。「葛は絺綌の材料」「蕭は祭祀に供えるもの」「艾は病を治療するためのもの」と言うのは、ただこの三つの植物に説明を加えたもので、詩句の興としての意味を説明したものではない。鄭箋は毛傳を誤解し、「小事」というのがもっぱら首章のみを解釋したものと考え、「蕭」が大事、「艾」が急事に喩えるとし、そのためにまた敷衍の解釋をしているが、これは正しくない（興者采之爲言事也。采葛・采蕭・采艾、皆事之小者。讒之進而事毎始於

細小、故以爲喩。……傳云事雖小、一日不見於君、憂懼於讒矣者、此總釋全章之義、言其事雖甚細小、然君子之於君、一日不見、已爲讒人所毀、故憂懼及之、葛爲絺綌・蕭供祭祀・艾以療疾、此唯解物、不言興意、箋誤會傳、以小事專釋首章、蕭喩大事、艾喩急事、因又申說之、非是）

毛傳は「采葛」「采蕭」「采艾」を小さな讒言が積もり積もって大きな災いになることの比喩と解釋しているのに、鄭箋は毛傳の説を誤解してしまったのだ。また首章の毛傳「事小なりと雖も……」は本詩全體の意味を述べたものであるのを、鄭玄は首章だけにかかると誤解し、そのために、二章が「大事」、三章が「急事」を表していると附會してしまった、陳奐はこのように、鄭玄が毛傳を誤解したということによって、毛傳の正しさを確保しようとするのである。

歐陽脩とは異なり、陳奐は毛傳の訓詁を正當化しているが、兩者とも解釋の方向性は共通し、「采葛」「采蕭」「采艾」がみなつまらない仕事であること、いずれも讒言を比喩するもので大臣の仕事を比喩するものではないと考える點でも共通している。つまり、陳奐は歐陽脩の示した比喩解釋に合致するように、毛傳の意味を説明しているということができる。

また歐陽脩は、毛傳に「葛は絺にして布を織る」「蕭は祭祀用具」「艾は醫藥品」と説明されているのを見て「采葛」「采蕭」「采艾」を實際に大臣がする仕事と誤解していると考えたが、それに對して陳奐は、これらの毛傳は單に「葛」「蕭」「艾」の百科事典的な説明を行ったに過ぎず、詩句の内容の解釋に關わるものではないといって、合理化する。これは、毛傳の訓詁には詩句の解釋に關わる説明の他に、詩句に登場する事物に對する百科事典的な説明をした部分が混在しているという論理であるが、これは②―aで歐陽脩が「雎鳩は摯（獰猛である）」という毛傳の訓詁を處理するために用いたのと同じ論理であることも興味深い。陳奐は、歐陽脩が詩解釋に用いた論理を用いて、歐陽脩の毛傳批判をかわそうとしているのである。

③　詩の主題（小序）と詩句との關係

②—aに掲げた「關雎」首章の毛傳に次のように言う。

言ふこころは后妃關雎の徳有り、是れ幽閒にして貞專なるの善女、君子の好《よ》き匹たるに宜し（言后妃有關雎之德、是幽閒貞專之善女、宜爲君子之好匹）

鄭箋に次のように言う。

言ふこころは后妃の德和諧せば、則ち幽閒にして深宮に處る、貞專の善女は君子の爲に衆妾の怨ある者を和らげ好みすることを能くす。言ふこころは皆な后妃の德に化し、嫉妬せず、三夫人以下を謂ふ。（言后妃之德和諧、則幽閒處深宮、貞專之善女能爲君子和好衆妾之怨者。言皆化后妃之德、不嫉妬、謂三夫人以下）

これを、『正義』の疏通に基づいてまとめれば次のようになる。

文王の后妃大姒は、夫を心から愛しく思っているが、夫婦の別を守り、後宮の奥深くに退いて、文王が他の女性を愛してもそれを嫉妬しない。そればかりか、彼女自ら夫のためによい女性を見つけようとする。后妃がこのようなひろやかな心ばえを持っているので、深窓の内に暮らしている貞淑な善女は、妃妾として文王に仕えることができる。

この解釋では、詩中の「窈窕の淑女」が、正妃大姒ではなく、その下にいて文王に仕える妃妾（鄭箋に從えば、三夫

人九嬪の一人）を指すことになる。また、本詩の序には、

是を以て關雎は淑女を得て以て君子に配せむことを樂《ねが》ひ……（是以關雎樂得淑女以配君子……）

と言うが、この解釋に從えば、「后妃の大姒が夫の文王のために淑女を見つけてめあわせたいと願う」という意味になる。(21)

歐陽脩は、これを批判し、「窈窕の淑女」とは大姒その人を指していると考える。その理由は以下の通りである。もし、傳箋の言うように「窈窕の淑女」が三夫人九嬪の一人のことを指すとするならば、本詩はまず、比喩として雎鳩の様子を描寫した後、三夫人九嬪のことを詠っていることになる。これでは、この詩は文王と大姒のことを詠った詩でありながら、詩中に文王と大姒についての言及が一言もなされないということになり、おかしい。

いにしえびとは簡素質朴であり、このような迂遠な歌い方をしたりはしない（古之人簡質、不如是之迂也）

と言い、傳箋正義の解釋を「人情にもとるものである（此豈近於人情）」と批判する。彼は、いにしえびとの詩風についての彼なりのイメージに基づいて、詩の内容を解釋する。

歐陽脩は、「關雎」序の「關雎は后妃の德なり」に從えば、詩中に詠われるのは大姒のこと以外ではあり得ないと考え、そこから傳箋正義に對して批判を加えている。つまり、本詩において歐陽脩は、傳箋正義と同じく詩序に基づき詩を解釋しているのだが、まさにその立場から傳箋正義が詩序と矛盾していると批判するのである。

これに對して、陳奐は、

「窈」は婦德が幽靜であるということで、「窕」は婦容が閒雅であるということである。いにしえは女性が嫁ぐ

前は、女師が婦徳・婦言・婦容・婦功を教えた。后妃も實家ではやはりそのとおりだったのである（窈言婦德幽靜也、窕言婦容閒雅也。古者女未嫁、女師教以婦德・婦言・婦容・婦功、后妃在父母家、有如是也）と言い、この詩が、大姒が文王に嫁ぐ前、實家で婦德を涵養していた頃のことを詠ったものであると考える。

「大明」の毛傳に、「〈文ありて厥《そ》の祥を定む〉とは、大姒に文德があるということである」という。これすなわち「窈窕たる淑女」ということである。……つまり、后妃にはこのような美德があるから、彼女を善女といい、君子の良き連れ合いにふさわしいのである（大明傳文定厥祥、言大姒之有文德也。卽此云窈窕淑女也……言后妃有是德、是謂之善女、宜乎爲君子之好配也）

と言い、他の詩の用例を引いて、大姒＝善女（淑女）と考える。また、彼は本詩の詩序を、

「序」に「是を以て關雎は淑女を得て以て君子に配するを樂《ねが》ふ」というのは、「關雎」の詩を作った者が、淑女を見つけて、君子の連れ合いにしようとするのである（序云、是以關雎樂得淑女以配君子、言作關雎詩者、在得淑女配君子也）

と解する點も、前述の傳箋正義の說と異なっており、歐陽脩と解釋を同じくするところである。

それでは、陳奐は本詩の解釋について、毛傳と鄭箋は誤っていると考えるのであろうか。そうではない。彼は、次のように言う。

鄭玄が箋を作り、「后妃善女　能く君子の爲めに衆妾の怨みを和好す（后妃善女能爲君子和好衆妾之怨）」と言う。「樛木」の箋では、「后妃　能く和諧なれば、衆妾　其の容貌を妬忌せず（后妃能和諧、衆妾不妬忌其容貌）」と言う。

〔この二つの鄭箋を總合して考えれば〕鄭玄もまた「〔衆妾から妬忌されない〕淑女」とは「后妃」を指すと解釋していることになる。……『正義』が「后妃　淑女を得て以て君子に配せんことを思ふ（后妃思得淑女以配君子）」と言うのは毛傳・鄭箋の意圖を取り違えたものである（鄭玄作箋云、后妃善女能爲君子和好衆妾之怨。樛木箋后妃能和諧、衆妾不妬忌其容貌。鄭亦以淑女指后妃、……正義謂后妃思得淑女以配君子、失傳箋之恉矣）

つまり彼は、傳・箋は本來正しく解釋していたのに、それを疏通した『正義』が毛亨と鄭玄の意圖を誤解してしまったのだと考えるのである。

陳奐が鄭箋を正當化する過程を見てみよう。陳奐は鄭箋を引用して、

　后妃善女能爲君子和好衆妾之怨

に作る。これを先に引用した十三經注疏本『毛詩正義』の鄭箋と比べると、

　言后妃之德和諧、則幽閒處深宮、貞專之善女能爲君子和好衆妾之怨者

と、傍點を附した文字を繋げて一句にしていることがわかる。陳奐の論理を敷衍するとすれば、この句の解釋は次のようになるだろう。

　后妃の德は和らぎなごやかであり、ひっそりと深宮に住まい貞淑で專一なよき娘なので、君子のために、たくさんの妃妾の中で怨みの思いを抱いている者たちの心を和らげ仲良くさせる。

いささか强引な省略のしかたとの印象を否めない。

これに對し『正義』の鄭箋解釋では、

后妃の德が和らぎなごやかであるので、ひっそりと深宮に住まい貞淑で專一なよき娘が（后妃の德に感化され、嫉妬の心を持たなくなり、さらに他の人閒を感化して）君子のために、たくさんの妃妾の中で怨みの思いを抱いている者の心を和らげる。

と、「后妃」と「淑女」とは別人であると解釋する。右に述べたように一句全體の疏通としては、『正義』の說は曲折があって迂遠な印象を與えるが、この鄭箋の理解という點では、陳奐に比べて自然な解釋と言うことができよう。

陳奐の詩經學の基本姿勢からすれば、鄭箋を正當化する必要は本來ない。にもかかわらず、このような强引な解釋をしてまでも、鄭箋が正しいことを證明しようとしたのは、この鄭箋が毛傳の忠實な敷衍となっているため、鄭箋の正しさを證明することが、毛傳を補强することになったためであろう。

歐陽脩は、『正義』の疏通に從って傳箋を解釋し、傳箋が誤っていると批判する。それに對し、陳奐は、『正義』の疏通が誤っていると考え、傳箋は正しく詩を解釋していると考える。この點を見れば、歐陽脩と陳奐の傳箋解釋は對照的である。しかし、その兩者の解釋が向かう方向は、一致している。それは、「后妃」＝「淑女」であると考える點である。さらには、『正義』が誤っていると考える點でも、兩者は一致している。それに絡めて傳と箋の經說をいかに評價するかという點で、兩者は說を異にしているだけである。陳奐は、『正義』が傳箋の解釋を誤ったと考えることで、歐陽脩が指摘した解釋上の問題點を『正義』に歸し、そうすることによって、傳・箋を正當化している。つまり陳奐は、歐陽脩の傳・箋に對する批判をかわしつつ、歐陽脩の解釋に從っているということができる。

詩序を傳箋がどのように捉えているかという問題について、陳奐の說が『正義』と異なり、歐陽脩の說を繼承していると認められる例として、他に周南「螽斯」も擧げることができるが、これについては第一章で詳しい考察を試みたので、それを參照されたい。

④　句構造の把握に關する問題

邶風「柏舟」の第二章と第三章には、同樣の構造を持った句が三度現れる。當該句に對する毛傳と鄭箋を附して、以下に示す。

我心匪鑒　我が心は鑒《かがみ》に匪《あら》ず
不可以茹　以て茹《はか》るべからず　［第二章］

［傳］「鑒」とは、形を知るための道具である。「茹」は「はかる」という意味である（鑒所以察形也。茹度也）

［箋］鏡が物體の形を映し出す時、物體の形や色を忠實に映し出すだけで、それが本物か僞物かまでは映し出すことはできない。私のこころはこういう鏡とは違う。私はたくさんの人々の善惡裏表について、心ではかり知ることができる（鑒之察形、但知方圓白黑、不能度其眞僞、我心非如是鑒、我於衆人之善惡外內、心度知之）

我心匪石　我が心は石に匪ず
不可轉也　轉ずるべからざるなり
我心匪席　我が心は席に匪《あら》ず
不可卷也　卷くべからざるなり　［第三章］

［傳］石は固いけれども、それでも轉がすことができる。むしろは平らではあるけれども、それでも卷くことができる（石雖堅、尚可轉、席雖平、尚可卷）

［箋］自分の心が堅固で公平であること、石やむしろにも勝ることを言う（言己心志堅平、過於石席）

『正義』は、傳箋同説として疏通する。この説では、二章と三章の同様の構造を持つ詩句が、意味的な構造としては異なってしまうことになる。歐陽脩はこの點を突き傳と箋を批判する。彼の説を要約して示す。

本詩の第二章と第三章は同じ構造である以上、意味も相似たものであるはずである。したがって、第二章は「鑑は……できるが、私の心は鑑ではないので……できない」という意味となるのは明らかであるのに、傳箋がそう解釋していないのは誤りである。その原因は、毛傳が「茹」を「度」と訓釋したことにある。「茹」は大雅「烝民」の「柔らかなるをば則ち茹《くら》ふ、剛きをば則ち吐く（柔則茹之、剛則吐之）」というように、「納（受け入れる）」という意味である。つまり、第二章は「鏡はあらゆるものの姿形をその美醜に關わらず、みな内に受け入れ映し出す。本詩の主人公の心は鏡とは異なり、善惡を無差別に許容することなどできない。善ならば受け入れるが惡ならば受け入れない。彼が善惡併せ呑むことを潔しとしないので、君側の小人たちの嫉妬を受け、そのため不遇をかこつことになった」という意味である。(22)

これに對して、陳奐は鄭玄が三家詩に從い毛傳と異なる訓釋をしていると考え、次のように言う。

（毛傳の）「茹は度なり」というのは、『爾雅』「釋言」に據ったものである。鏡というのはものの形を映し出すものである。私の心は鏡のようなものではないので、人は私の心の内を推測することはできない。上の章で「私の心に祕められた憂いの思いは、だれもその本心をわかってくれる人がいない」というのを承けたものである。「鑒に匪ざれば茹るべからず」というのは、下の章で「石に匪ざれば轉がるべからず」「席に匪ざれば卷くべからず」というのと、同じ句法である。鄭箋は「鏡はものの形體を映し出すだけで、その眞僞は映し出すことはできない。私の心は衆人の善惡裏表を知ることができる」と解釋するが、しかし本詩の經文にははっきりと「鑑ははかることができるが、我が心ははかることができない」と言っている。鄭箋に從えば、「鑑ははかることができないが、私の心ははかることができる」ということになってしまう（茹度、爾雅釋言文。鑒所以察形之物、我心非如鑒、人不可以測度於我意、承上章而言、我心之隱憂、人無有能明其志者耳、匪鑒不可茹、於下文匪石不可轉、匪席不可卷、句法一例。箋謂鑒之察形、不能度其眞僞、我心度知衆人之善惡外內、但經明言鑒可度、我心不可度、依鄭説則爲鑒不可度、而我心可度矣）

陳奐は、傳と箋とが説が異なると考えることによって、毛傳は正しく解釋していたと正當化する。ここで箋が誤っていると考える根據は、歐陽脩と同じく、「同様の構造の詩句は意味構造も同様であるはずだ」という認識である。一方、歐陽脩は傳箋が解釋を誤った原因を毛傳が「茹、度也」と訓釋したことに歸したが、陳奐は毛傳の訓詁に誤りはないとする。そのために、彼は第二章第三章を同樣の構造で解釋することと、「茹」を「度（はかる）」という意味で解釋することを兩立させなければならない。そこで、「茹」の主格を以前の説とは變え、「他人は、鏡を見るようには私の心の内を見ることができない」と解釋することによって、問題を解決しようとするのである。このように、示された解釋自體は異なるが、解釋の方向性という點では、歐陽脩と陳奐とは同樣の認識を示しているのである。

⑤　詩の構造についての認識

鄭風「女曰鷄鳴」について、『正義』の解釋によって訓讀を示す。

女曰鷄鳴　　女曰く　鷄鳴けりと
士曰昧旦　　士曰く　昧旦なりと
子興視夜　　子興きて夜を視れば

明星有爛　明星爛たる有り
將翺將翔　將に翺《かう》せんとし將に翔《しやう》せんとして
弋鳧與鴈　鳧と鴈とを弋《い》ん　［首章］

弋言加之　弋て言《われ》之を加せん
與子宜之　子と之を宜《さかな》にせん
宜言飲酒　宜なるかな言　酒を飲みて
與子偕老　子と偕に老いん
琴瑟在御　琴瑟　御に在り
莫不靜好　靜好ならずということ莫し　［第二章］

知子之來之　子の來たるを知らば
雜佩以贈之　雜佩以て贈らん
知子之順之　子の順なるを知らば
雜佩以問之　雜佩以て問《おく》らん
知子之好之　子の好《よろ》しきを知らば
雜佩以報之　雜佩以て報いん　［末章］

箋は、本詩の首章は夫婦の會話、二章と末章は客に對する主人の語りかけという構成で讀みとる。本詩には各章「子」という呼びかけの言葉が用いられるが、鄭玄の解釋に據れば、首章の「子」は妻が夫に呼びかけた言葉であるのに對し、二章と末章の「子」は主人が客に呼びかけた言葉ということになる。[23] それを承けて、『正義』は傳箋とも同様の解釋をしていると取る。

歐陽脩は、鄭箋の解釋を詩の構成を無視したものと批判する。

「女は曰ふ雞鳴なりと、士は曰ふ昧旦なりと」というのは、夫婦がともに語らっている様子を詩人が描寫したものである。この詩は一篇全體が夫婦の語らいの樣子なのである。つまり、いにしえの賢い夫婦の語らいはかくのごとくであったと言っているのである。そうすることによって、妻はその容色によって夫にかわいがられようと思わず、夫も妻をその容色ゆえに氣に入ることなく、家においてお互いに勵まし合ってお互いの賢明さを全うさせるのである。ところが、鄭玄は本詩卒章の「知子之來之」という句の「子」という言葉を異國からきた賓客と考え、その上あらかじめ珩や璜などで作った雜佩を用意しておき、また、「實際ものはないけれども、こう言って自分の好意を傳えるのである」と言う。これらは詩文には書かれていないことであって、あれこれと勝手な解釋をして詩の本義を失ってしまったものである（女曰雞鳴、士曰昧旦。是詩人述夫婦相與語爾。其終篇皆是夫婦相語之事。蓋言古之賢夫婦相語者如此。所以見其妻之不以色取愛於其夫、而夫之於其妻不說其色、而內相勉勵以成其賢也。而鄭氏於其卒章知子之來之以爲子者是異國之賓客、又言豫儲珩璜雜佩、又云雖無此物、猶言之以致意。皆非詩文所有、委曲生意而失詩本義）

ここで、歐陽脩は「其の終篇皆な是れ夫婦相語れるの事なり」と言っているが、實際には、妻が夫に語りかけた言葉としていることが彼が「本義」と示した以下の文章からわかる。

妻がその夫に早く起きて、出かけてかもや雁を狩り、それを酒の肴としなさいと勸めている。歸ってきたらいっしょに樂しみ、琴瑟を和して、樂しんで淫しないようにし、そうしてともに年老いようと願う。卒章で「知子之來」と言っているのは、仲のよい相手に對しては贈り物をしなければならないと言っているのである。このように言って、妻だけを大切に思うのではなく、賢者を尊び善人に親しみ、贈り物でよしみを通じなければならないと言っているのである。これすなわち（詩序に言う）「德を說びて色を好まず」ということであり、（このようにいにしえのうるわしきありさまを詠うことによって）現今の人々がそうでないことを刺っているのである（謂婦勉其夫早起、往取鳧鴈、以爲具飲酒。歸以相樂、御其琴瑟、樂而不淫、以相期於偕老。凡云子者皆婦謂其夫也。其卒章又言知子之來、相和好者當有以贈報之。以勉其夫、不獨厚於室家、又當尊賢友善、而因物以結之。此所謂說德而不好色。以刺時之不然也）

彼の解釋の要になるのが、「およそ『子』と言っているのはみな妻がその夫を呼んでいっているのである（凡云子者皆婦謂其夫也）」である。おそらく彼は、一篇の詩の構成として、鄭箋のように前後で對話の相手が變わるような散漫な構造はあり得ないと考え批判したのであろうが、一篇の中で現れる「子」という言葉は同じ内容を指しているはずだということを根據としているために、考證として充分に成立しているのである。

陳奐も同じ根據を用いて鄭箋を批判している。

　案ずるに、この詩の内容はみなつながり連なって流れている。首章の「子」と二章の二つの「子と」と三章の三つの「子を知る」というのはいずれも女が夫を呼んでいる言葉である。鄭箋が（第二・第三章の）「子」を「賓客」ととっているが、それでは首章の「子」と意味が違ってしまうのである（案此篇詩意皆蟬聯直下。首章之子與二章兩與子三章三知子皆女謂士之詞。箋以子爲賓客則與首章之子不同義矣）（第一章疏）

陳奐は、首章の「女曰鷄鳴、士曰昧旦」の「曰」を「曰語詞」と言い、「女鷄鳴而起、士昧旦而起」と解釋する。

つまり、この二句は夫婦の對話ではなく、客觀描寫の句とするのである。この客觀描寫を承けて、妻が夫に「子興視夜……」と語りかけ始めるのであり、その後一篇全體が妻が夫に語る言葉となるのである。歐陽脩の解釋でも第三句以下は、すべて妻から夫への言葉となっていたことを考えれば、その構成をより緊密にするために「曰」を虚字と解釋し、對話ではなく一方的な語りかけと考えていると考えられる。すなわち、陳奐は詩篇の構成に關しては、基本的に歐陽脩の説に據っているということができる。

3　歐陽脩と陳奐の關係のあり方

前章で檢討した諸例に見られる、歐陽脩と陳奐の共通の考え方をまとめてみよう。

①・②—b・③　詩・詩序をいかに解釋すれば合理的な解釋と言えるかという問題についての認識。
②—a　ある事物を比喩として用いる場合、詩人はその事物の一つに目をつけるものだから、必ずしも比喩として用いる事物と比喩されるものとの閒に全面的な對應を求める必要はないという認識。
④　同樣の構造の詩句は意味構造も同樣であるはずであるという認識。
⑤　一篇の詩の中で、前後で描寫の主體や對話の相手のように、視點が急に變わるような散漫な構造はあり得ないという認識。

これに、②—aや②—bに表れた、毛傳の中には詩の事物についての百科事典的な説明を補足的に述べる例があり、すべてが詩で詠われている狀況に關連した注釋とは限らない、という考え方を附け加えてもよいかもしれない。

このように、『詩本義』と『詩毛氏傳疏』との閒に、詩經解釋の發想の類似とでも呼ぶべきものが認められる。しかもそのような類似は、①・②―b・③のような字義の考證というような部分的・個別的なものだけではなく、②―a・④・⑤のように、詩の構成と內容をいかに把握するかという全體的・本質的な把握に關する問題においても存在する。このような例においては、陳奐は歐陽脩の詩經學の提示する設計圖に基づいて、自身の考證を行っているという印象を我々に與える。もちろん、兩者の關係の樣相は複雜で、陳奐が歐陽脩の立論をほぼそのまま受け繼いでいる例もあれば、歐陽脩の批判に反駁する形で議論を進めているものもある。しかし、後者にしても考證を通して何を解決しなければならないかという問題意識を歐陽脩と共有していることになるので、やはり解釋の發想を歐陽脩から受け繼いでいると考えることができる。つまり、歐陽脩の經說は、陳奐に考證の方向性を示していると言うことができる。

無論、前章で擧げた諸例では、『詩毛氏傳疏』に歐陽脩の『詩本義』を參照したことを示す言葉はない。したがって、筆者は陳奐が歐陽脩の『詩本義』を直接參照してその說を引用したと主張するものではない。筆者は本書第一章において、周南「螽斯」の解釋史を通覽して、本詩の詩序についての陳奐の說が、南宋の金履祥が提出して以來、歷代の學者に繼承されたものであり、その說は歐陽脩の經說に發想されたものであることを指摘した。これは、宋代の詩經學者が提出した學說が、その後、元明清の學者の詩經研究に取り込まれ普及し、オリジナルにさかのぼる必要がないまでに一般化し、その流れの中で陳奐も採用したという例である。このような經說の受容のあり方は、②―aの、歐陽脩→戴震→陳奐という形にも伺われる。陳奐は、自分が採用した解釋の原點が歐陽脩の經說にあるということは、自覺していなかったのかもしれない。

しかしそうだとしても、我々が陳奐の詩經學の性格を考察する時に、彼自身意識することがなかった（かもしれない）その說の源流を問題にする必要がないということにはならない。むしろ、陳奐が無自覺であったとすれば、彼の思考經路において、歐陽脩の思考の形が血肉化されていたということになり、歐陽脩の詩經研究が陳奐に與えた影響はいっそう本質的なものであったことになる。陳奐の詩經學を考える上で、歐陽脩の詩經學は、やはり重要な意味を持つであろう。

『詩本義』はまとまった著作としては、初めて、詩序・毛傳・鄭箋という、漢唐の詩經學の根本を支える學說を批判的に檢討し、宋代の詩經研究の道を開いた著述である。特に、歐陽脩の議論は、行き當たりばったりの議論ではなく、獨自の詩經觀に基づいた一貫性を備えた方法論によるものであり、それが、後の詩經研究の推進力になった。したがって、陳奐が『詩本義』を直接參照したか否かに關わらず、前章で見たような陳奐の經說を成り立たせる研究の視點や方法論の開拓者として、歐陽脩に論點を歸結させることができる。つまり、かりに歐陽脩と陳奐に見られる個別の說の相似が偶然のものであったとしても、その說を發想し得るための詩經觀・詩經研究理念の開發者として、歐陽脩はやはり決定的な位置を占める。したがって、發想の脈絡として兩者の相似點を問題にすることには意味があるのである。出發點と終着點とに視點を集中することによって詩經解釋學の展開の樣相を把握するという意味で、問題を歐陽脩と陳奐の關係に收斂させ、陳奐が歐陽脩の說に影響を受けたと考えるのは正當である。

禁欲的に詩序と毛傳とに從って漢代詩經學を復元することを志した陳奐の詩經解釋の中に、漢唐の詩經學の超克を目指した歐陽脩的な思惟が深い影響を與えていたとすれば、それは、清朝考證學が目指した漢學の復古とはいったい何だったのかという問題と密接に關連する。このような見通しのもとに、『詩本義』と『詩毛氏傳疏』との關係の意義について考察を深めていきたい。

4　對『毛詩正義』という共通項

第2節の検討によって明らかになった歐陽脩と陳奐の説の關連のパターンをまとめてみよう。

一、歐陽脩の説をそのまま踏襲。『正義』が傳箋同説と考えるのに對して、歐陽脩と陳奐は傳箋異説で傳が正しく箋が誤っていると考えている。……②―a

二、歐陽脩は『正義』に基づき傳箋が同じ説を述べていると考え、それを批判する。陳奐は傳と箋では説が異なり、傳は正しく箋は誤りと考える。……②―b

三、歐陽脩は『正義』に基づき傳箋が同じ説を述べていると考え、その上で傳箋が誤っていると批判する。陳奐も傳箋が同じ説を述べていると考えるが、それを疏通した『正義』が傳箋の眞意を捉え損なっているのであり、傳箋は本來正しい説を述べていると考える。……③

四、『正義』は傳箋同説とするが、歐陽脩は傳箋異説と考え、そのいずれもが誤っていると考える。陳奐は箋が傳の眞意を捉え損なっているのであり、傳は本來正しい説を述べていると考える。……④

五、『正義』は傳箋同説とする。歐陽脩は傳に對してはコメントをせず、箋は誤っていると考える。陳奐は箋が誤っていて、傳は正しい説を述べていると考える。……⑤

六、『正義』は傳箋同説とする。歐陽脩は傳が誤っているとするが、陳奐は毛傳を正當化する。箋に對しては兩者ともコメントなし。……①

『詩毛氏傳疏』という著述の本旨から言って、陳奐のすべての考證が毛傳の正しさを證明することに收斂されるのは當然のことであるが、そこに至る道筋での歐陽脩との關係にはいくつもの種類がある。その違いは、傳と箋との關係をどう捉えるかということと、『正義』の疏通をどう考えるかということによることがわかる。『正義』と陳奐は同じく毛傳を墨守する立場に立つものでありながら、それぞれによって提示された毛傳の解釋、そして詩篇全體に意味の捉え方にかくも大きな差異があるのは注目すべきことである。同じように、歐陽脩と陳奐という、詩經研究の目指す方向性が對蹠的な兩者の閒で、詩篇の意味の捉え方にかくも大きな類似があるのはやはり注目すべきことである。これはとりもなおさず、『詩本義』と『詩毛氏傳疏』との關係を考える上でのキーポイントとなるであろう。

『詩本義』と『毛詩正義』との關係については、筆者は本書第三章において分析を行った。『詩本義』は、史上初めて詩序・毛傳・鄭箋に對して本格的な批判を行った著述という面を強調されることが多い。しかし、歐陽脩は決して序・傳・箋の學術的價値を無視しようとしたのではなかった。例えば、詩序に對して部分的に疑問符を投げかけてはいるが、やはり詩篇を解釋していくにおいて最良の指針であると認めていることなどは、その最も顯著なあらわれである。つまり、彼は過去の詩經研究の業績について從うべき說と批判すべき說を峻別して、據るべき說を取り込みながら、自分の研究を行っていこうという態度を持っていた。「漢唐の詩經學がアプリオリに遵奉してきた、體系性・關係性のチェーンを外すことが、歐陽脩の詩經の讀み直し、古注の讀み直しの基盤になっていると考えることができる」「このような方法的態度によって、『正義』から大きな影響を受けながら、それの持つ體系性・統一性に束縛されることなく彼自身の構想した詩經學の體系の中で自由に活用することができたと考えられる」という結論に筆者は到達した。

そのような彼にとって、序・傳・箋を一體視し統合的に疏通した『正義』は、立ち向かうべき大きな對象であったと考えられる。すなわち、序傳箋の說を批判するにせよそれらに從うにせよ、『正義』の序傳箋疏通を無批判に受け入れるのではなく、それぞれを自分自身の目で見直し、その意味を再考察するという作業を彼は行ったのである。傳箋の疏通という『正義』の方法から離脱して、過去の詩經研究を個別的に再檢討していくという點が、歐陽脩の詩經研究を支える最も重要な點ではないかと筆者は考える。

ところで、傳と箋を切り離すという方法は、陳奐の詩經學にとっても不可缺の方法であった。陳奐『詩毛氏傳疏』自敘に次のように言う。

唐の貞觀年閒に作られた、孔穎達、字は沖遠の『正義』は毛傳と鄭箋をいっしょにして疏通した。これからというもの毛亨と鄭玄の二つの詩經學が一つの書物として合體させられてしまうことになった。……近代の詩經の研究者は毛傳と鄭箋を混同して學び、時代の違いを認識せず、一家の學を專修することを尊ばず、鄭玄が箋を著した動機も明らかにせず、その上毛傳が簡單な言葉によって深い內容を表現しているのをやっかいに思い、その全貌を知ることもできず、言葉足らずで偏向した解釋に陷り、滿足な業績を上げることができなかった。この二千年閒、毛傳が存在してはいるが事實上滅んだも同然になっているのも、至極當然なのである（唐貞觀中、孔沖遠作正義、傳箋俱疏。於是毛鄭兩家合爲一家之書矣。……近代說詩兼習毛鄭、不分時代、不尙專脩、不審鄭氏作箋之旨、而又苦毛義之簡深。猝不得其涯際、漏辭偏解、迄無鉅觀。二千年來、毛雖存而若亡、有固然已）

これと同樣の認識は、陳奐の師、段玉裁の『毛詩故訓傳定本小箋』題辭にも見える。

毛傳を理解してはじめて鄭箋を理解することができる。兩者の說が同じか違うか、簡單か詳しいか、粗略か精密かを考察して、どちらの說が正しいか否かを判斷するのである。今に行われる詩經のテキストは毛傳鄭箋を一緖にしているので人々は兩者の違いについての考察をおろそかにしている。やはり、兩者を別々のものとして分けて、段階的に分析していくのがよかろう（讀毛而後可以讀鄭。攷其同異略詳疏密、審其是非。今本合一而人多忽之。不若分爲二、次第推尋也）

つまり、從來の詩經研究が毛傳と鄭箋とを一體のものとして解釋していたために、毛傳鄭箋いずれの眞意をも見失う結果に終わってしまったという過去への反省を踏まえ、兩者を別個の存在としてそれぞれ獨自に考察を行うことによって、兩者の眞の意義を解明しようという方法論である（もちろん、「兩者の眞の意義」とは言っても、段玉裁と陳奐が主として解明しようとしたのは毛傳の詩經學である）。そして、從來の詩經研究の方法的な混亂をもたらしたそもそもの原因を『正義』の疏通に歸している。このように、彼らは、『正義』の枠組みを超えて、詩序・傳・箋という漢代の訓詁に正面から向かい合うことを學問的態度として自らに課したのである。

毛傳・鄭箋を切り離すことによってそれぞれの言わんとするところを捉え直そうとした點で、歐陽脩と陳奐とは共通の姿勢を持っている。また、『正義』を直接對峙すべき存在とすることでも兩者は共通している。

陳奐の方法論の先達という目で見た場合、宋代の詩經學者の中でも、歐陽脩の序傳箋を尊重しつつ批判するという方法論は獨特の位置を占めている。例えば、朱熹などは、詩序・傳・箋という漢唐の詩解釋を捨象して、裸の詩を剝き出しにして本義を考えていこうという態度を持っている。詩の本義に到達するためにもっとも信頼できる漢代の訓詁に遡ろうとする陳奐にとって、朱熹の方法論はあまりにかけ離れている。

それに對して、歐陽脩のそれは、祖述者と批判者というスタンスの違いはあるが、陳奐と同じく漢代の訓詁と正面から取り組もうという姿勢を持っているという意味で、大いに參考と成り得る。特に、『正義』の解釋にとらわれず、詩序・毛傳・鄭箋をそれぞれ別個の著述と捉えて、それぞれの眞意を探ろうとしたところは、鄭箋と切り捨てることによって、詩序・毛傳の眞意を捉え、そこから詩經の本義に迫ろうとした陳奐の方法論にとって有益な示唆を與えたのではないか。このように考えると、歐陽脩は陳奐の詩經研究を先取りしていると言うことができる。ここに、陳奐の考證に歐陽脩の影が見え隠れする原因があるのではないだろうか。

5　陳奐の考證學に對する歐陽脩の詩經研究の貢獻

前節で、歐陽脩と陳奐が『正義』に對する態度において共通點があることを指摘した。本章では、一歩進んで陳奐の考證を成り立たせる要素として、歐陽脩の經說がどのような役割を持っているかを考察したい。陳奐は毛傳の疏證にあたって、なぜ歐陽脩を利用しなければいけなかったのか。そもそも、毛傳を疏通するとは、いったいどういうことであろうか。

ふりかえって見れば、『正義』が毛傳と鄭箋を疏通しようとしたのには正當な理由がある。それは、鄭箋自體が毛傳の意圖を明らかにするために書かれたことが鄭玄自身によって言明されているからである。

前章で見たように、陳奐は毛傳と鄭箋を嚴密に分け、毛傳のみに據って詩篇の意味を解釋していこうとしていた。しかし毛傳は、詩篇全體の本義を捉えるためにはあまりに斷片的な字句の訓詁である。これによって詩篇を解釋するためには、毛傳を讀み解くための理論が必要となってくる。喩えて言えば、毛傳とは眞珠の珠のようなものである。一個一個の訓詁がいかに正しく價値あるものであろうと、そのままではばらばらな眞珠の珠のようなもので、全體として繫がりをつけることはできない。そこから一篇の詩の意味を讀みとるためにはそれを繫ぐ論理が必要である。ちょうど、眞珠の珠が絲で綴られてはじめて一つの首飾りとなるように。『正義』は、毛傳を鄭箋によって綴ろうとしたのであり、鄭箋執筆の動機が「毛の義若《も》し隱略なれば則ち表明し」と謳われている以上、疏家の意圖そのものは正當なものである。陳奐が『正義』と方法論を異にして毛傳から鄭箋を切り離そうとするからには、鄭箋に代わり、毛傳を綴る論理を獨自に探さなければならない。

陳奐の詩經解釋の方法論については、諸家によって多くの考察が行われている。[24] また、陳奐自身によっても、『詩毛氏傳疏』凡例や、巻末に附載される「毛詩説」中の「毛傳章句讀例」「毛傳淵源通論」などにおいて説明されている。爾雅の援用、荀子の詩説の重視、鄭衆（字は仲師）・許愼（字は叔重）等後漢の學者の説の利用などはその重要なものである。これらは、いずれも師承という點から毛傳と密接な關係を持つと考えられているものであり、學的類縁關係の中から毛傳を綴る論理を求めようとしたものと考えることができる。

さらに陳奐は、『詩毛氏傳疏』の中で毛傳の凡例（一般法則）を發見し考察を加えている。これは、毛傳に内在する論理を發見してそれによって毛傳を疏通していこうという態度の現れということができる。その多くはすでに諸家の考察の中で紹介・分析がなされているものであるが、行論の必要上、ここでもいくつか例を擧げよう。

〔この〕毛傳〔の「薄は虚字である」という訓詁は〕は、詩經全體の「薄」の字に適用されるものである（傳爲全詩薄字發凡也）（周南「芣苢」首章疏）

凡そ、經文では一文字なのに、毛傳では同じ文字を重ねてもちいるものがある。これは、一文字では意味を表しきれない場合、重ねることによって、それが形容している様相をはっきり表そうとしたものである。毛傳は以下これに習う（凡經文一字、傳文用疊字者。一言不足則重言之、以盡其形容者。例準此）（邶風「谷風」卒章疏）

思うに、『爾雅』が詩を解釋する場合には、しばしば二つの異なる説を併記する。毛傳にもこのようなやり方をとっているものがある。いずれも、聞き傳えた異なる説を古訓として保存しようとしたものである（蓋爾雅釋詩之例每存兩説。……毛傳中亦用此例。……皆傳聞異辭備存古訓也）（邶風「匏有苦葉」首章疏）

毛傳は文字の訓詁を解釋し、さらに經全體の意義を解釋する。詩經全體で毛傳はこのような體例を持つ（傳既釋字之訓、又釋經之義。全詩傳例如此也）（周南「關雎」[25]首章疏）

凡そ毛傳の體例として、まず經文に從って順序どおりに解釋を行い、その後一篇の意味を全體的に通釋し、詩の作者の意圖を明らかにする（凡傳例先依經文次弟作解、後乃統釋經義、以發作詩者之恉）（召南「野有死麕」首章疏）

詩經全體の中には、上の章の毛傳が下の章の詩句を兼ねて解釋しているものがある。また、下の章の毛傳が上の詩句を兼ねて解釋しているものもある。これはその例である（全詩中有上章合下章發傳者。又有下章合上章發傳者。此其例也）（齊風「東方之日」卒章疏）

凡そ、詩が三章からなる場合、卒章が上の二章と言葉遣いを異にするものがある。さらに、卒章が上の二章と言葉遣いは同じだが、意味が異なるものがある。毛公は傳を著す際、言葉遣いの變化に從い、また意味の違いに基づいたので、ゆえに往々にして卒章の傳の訓詁が上の二章と異なる場合がある。鄭箋はそうではない（凡詩三章有末章與上二章辭異者。……又有末章與上二章辭同而意異者。毛公作傳、循辭之變、本意之殊、故往往不與上二章同訓。箋不然矣）（周南「桃夭」卒章疏）

凡そ、「興」の體というものには、比喩に意味を込めたものもあり、その言わんとする意味をはっきりと述べたものもある。これはその例である（凡言興體有寓意於喩言者。又有明言其正意者。是其例也）（召南「草蟲」首章疏）

毛傳で、首章において「興である」と言っているのは、以下の章全體についてもまとめて言うものである。詩經全體この方式を用いる（傳於首章言興以晐下章也。全詩放此）（周南「樛木」首章疏）

右に見えるように、陳奐の發見した凡例は多岐にわたっている。特定の文字・品詞に對する訓詁の提示の仕方、詩經の修辭についての指摘のしかた・詩經の詩篇の構成についての認識とそれに對應した解釋の體例など、様々な次元の凡例があり、毛傳に內在する論理をあたう限り明らかにしようという陳奐の意志が讀みとれる。これは、とりもなおさず個別の毛傳の訓詁だけでは追い切れない毛亨の詩經解釋の一貫した論理を捕捉しようという意圖であろう。だが、殘念ながら、このような凡例は抽象的に過ぎ、それのみでは、個々の詩篇の解釋を行うのには不十分と言わざるを得ない。凡例研究によっては明らかにしきれない毛傳と毛傳の閒をつなぐ論理が必要となる。別の言い方をすれば、詩のあるべき姿についての認識をまず確立し、それに從って毛傳を敷衍・疏通していくことが必要となるということである。それでは、そのあるべき姿とはいったいどこに求めればよいであろうか。第2節で檢討した事例における『詩本義』と『詩毛氏傳疏』との說の類似點は、いずれも詩のあるべき姿とはいかなるものであるかということについての、兩者の認識の相似を示している。つまり、陳奐が歐陽脩の詩解釋から學んだ最も本質的なものはここにあったのではないだろうか。

ここで視點を變えて、歐陽脩の『詩本義』が陳奐にとってどのような利用のしやすさがあるかを考えてみよう。歐陽脩の『詩本義』に對する歷代の學者は、その持平の論とともに、詩人的感性に基づいた詩經解釋に對して高い評價を與えてきた。彼の詩人的感性は、個別の字義の考察においてとともに、詩篇を全體的に捉えて意味を探ることにもよく現れている。それは、とりわけ比喩の解釋や詩の構成についての發言に顯著に見られる。彼は、優れた詩とはいかなるものであるかという確固とした觀念を有していて、それに照らして、詩篇がどのような表現をしているはずであるか、またどのような構成をとっているはずであるかという見地から、詩の本義を求めようとした。それに對して、『正義』までの詩經解釋は、詩篇の語句ごと、詩句ごとに詳細きわまる考證を行うが、語句と語句、詩句と詩句の閒の有機的な關係に着目して、詩篇の意味を全體的に捉えるという視點は稀薄であった(26)。

陳奐が毛傳と毛傳との閒をつなぐ論理を求めるに當たっては、歐陽脩の詩經研究のこのような特徵が、大いに參考になったのではないだろうか。それは、第2節の②で擧げた比喩の解釋についての考え方と、⑤で擧げた詩の構成についての考え方において顯著に表れている。このように考えれば、陳奐は、詩全體への配慮のもと詩篇の意味を明らかにする歐陽脩の方法論に學んだと言えるのではないだろうか。比喩的に言えば、陳奐は毛傳の個々の訓詁から詩篇全體の意味を組み立てるために、歐陽脩の解釋を設計圖として用いていると考えられるのではないだろうか。

＊

個別の字義の考證ではなく、詩篇全體の意義を捉えるための方法論を問題にした場合、以上檢討してきたように、陳奐の考證においては、歐陽脩の詩經研究の成果からの影響を無視することはできないと考えられる。筆者は第1節で、「學問方法の一貫ということを犧牲にしてまでも陳奐がその詩經研究で何よりも大切にした、毛傳の疏通とは、具體的にはどのように行われているのであろうか」という疑問を提出したが、以上の考察によって、彼の毛傳疏通は毛傳に內在する論理を發見するという行き方だけでは行われ得なかったということが明らかになった。そこには、毛傳の訓詁が示している點と點とを、歐陽脩の論理でつないでいるという側面を見て取ることができる。「近代　詩を說くに、毛鄭を兼習し、時代を分かたず、專脩を尙ばず」と從來の詩經研究の姿勢を批判し、「專脩」と「墨守」とを尊んだ陳奐が本來目指したであろうものとは異なる方法を用いなければ、毛傳の疏通は出來なかったのである。これは、漢代經師の注釋の「疏通」によって詩篇の一貫した意味を理解しようという方法が限界を持っていることを表す。

清朝考證學の學的方法としての「考證」に關しては、これまで諸家によって詳しく檢討がなされてきた。戴震流にいえば、字――詞――道という順序を踏むことにより、文字の訓詁を窮め、文字から構成される言葉の意味を明らかにすることが、言葉によって形作られている經全體の意義の把握に自ずからつながるのであるが[27]、實際の考證には、それと同時に、道――詞――字という論理の流れが用いられていたことが、諸家によって指摘されている[28]。これは、その經の言わんとしていることの神髓をまず捉え、それを手がかりにして、經の中の言葉、あるいは言葉を成り立たせている文字の意味を考えていくというものである。それではこのような思考の起點としての「經義」は、いったいどこから生み出されたのであろうか。陳奐の詩經學に關して言えば、詩篇の言わんとするところを捉える論理として、歐陽脩の詩經解釋學が重要な影響を與えていることが、本章の檢討によって明らかになったと考えられる。

歐陽脩の詩學の根幹をなす「人情說」とは、自分たちの常識や生活實感をそのまま適用させて經の眞の意味を解釋することができるという理念であり、古人と今人の生活實感・感性が同じであるという、非常に樂觀的な非歷史主義の上に成り立つものである。一方、淸朝考證學の學的理念は、注釋者の主觀を排し、言語に表れたもののみを考察の對象とし、その正しさを確信できるもののみを證據として、古代の文獻の眞の意義を明らかにしようとするものであり、「人情說」とは對照的な態度を取るものである。にもかかわらず、淸朝考證學の方法論を嚴格に守ることを標榜する陳奐の詩經解釋に歐陽脩の詩經解釋の發想が影響を與えているのである。これは、淸朝考證學の方法論とは異質の、主觀に基づいた論理を導入しなければ、毛傳の疏通は成し遂げられなかったことを表している。また、そしてその意味で陳奐の詩經研究は、漢代詩經學の流れとは別に宋代詩經學の流れをも受け繼ぐものであったということができる。

淸朝考證學の眞骨頂が、客觀性の追求＝字義の嚴密な考證にあることはもとより疑うことはできない。しかし、その學問としての本質的な性格は言語學というより文獻學であり、その硏究の目的は、一つ一つの文字や言葉の辭書的な意味を明らかにすることではなく、人閒の思想や感情を表現した、あるいは人閒世界の事件や制度を記述した、ひとまとまりの文章の意味を一個の全體として正しく把握することであった。經典を構成する一篇一篇の文章を解釋しなければならない以上、文章をどのようにして總體的に捉えるかについての方法論を構築することが不可缺である。それは、彼らが標榜したように漢代の學者の訓詁を分析することのみによっては達成不可能だったのではないか、少なくとも、詩經學においてはそのように言うことができる。陳奐は、毛傳のみによっては捉えきれない詩篇の全體的な意味を捉えるために、歐陽脩が漢唐の訓詁學から離脱するために構築した方法論を援用せざるを得なかったと言えるのではないだろうか。

6　以上述べたことについての但し書き

以上、陳奐が歐陽脩の詩經解釋の方法論を受容して、自らの詩經研究に生かしている有樣を考察してきた。しかし、陳奐にとって歐陽脩の詩經學はあくまで參考にすべき多數の先人の業績のうちの一つにすぎなかったことには注意しておかなければならない。また、陳奐は、歐陽脩の詩經研究の方法論を體系として受容したわけではなかった。ある箇所で歐陽脩の解釋の方法を用いていても、別の箇所ではその方法論に從わないということがしばしばあった。その例として、小雅「青蠅」の比喩についての解釋が擧げられる。

營營青蠅　營營たる青蠅
止于樊　樊に止まる

〔傳〕興である。「營營」とは行ったり來たりする樣子である。「樊」とは、まがきである。（興也。營營往來貌。樊藩也）

〔箋〕興とは、ハエという蟲は、白いものを汚して黑くし、黑いものを汚して白くする。これを、奸佞な輩が善惡を轉倒し混亂させることに喩えているのである。「まがきに止まれ」と言い、これを外に閉めだし、ものから遠ざけようとしているのである（興者蠅之爲蟲、汙白使黑、汙黑使白。喩佞人變亂善惡也。言止于藩、欲外之、令遠物也）

歐陽脩は鄭箋が、蠅の「白いものを黒く、黒いものを白く汚す」習性を、讒言が善惡を轉倒し混亂させることの比喩としていると解釋するのを、非合理な説と批判する。その理由は二點あり、

一、蠅は白いものを黒く汚すことはあっても、黒いものを白く汚すことはない。

二、蠅のつける汚れは、ほんのちっぽけなものであり、善惡を混亂させる重大な害惡である讒言の比喩にはふさわしくない。

というものである。そして彼は、蠅が羣がって飛ぶ羽音の騷音を絶え間ない讒言の比喩として用いていると解釋する。(29)このうち一は、彼の詩經解釋の基本的な方法――「人情に合わない」「理が通らない」という見地から毛傳鄭箋の解釋を批判する方法――をよく表すものであり、二は、詩經の比喩についての彼の認識をよく表すものである。特に、二は、第2節の②で檢討したように、陳奐もその詩經研究にしばしば取り入れた方法論である。

一方、この詩については陳奐は、次のように言う。

鄭箋は「ハエという蟲は、白いものを汚して黒くし、黒いものを汚して白くする」と言う。『易林』『論衡』『初學記』にはいずれもハエが「白いものを汚す」という言葉がある。『後漢書』「楊震傳」に「青蠅　素に點ず」と言うのも同じである。ここでは「まがきに止まる」と言っているが、『漢書』に、昌邑王賀が靑蠅の糞が西階の東に五、六石ばかりも積もっている夢を見たと言う。糞というのは汚れである。これらはみな三家詩にもとづいたもので、毛傳の言う「興」の意味を説明するに足るものである（箋蠅之爲蟲、汙白使黑、汙黑使白。易林・論衡・初學記竝有靑蠅汙白之語。後漢書楊震傳靑蠅點素同。茲在藩、漢書昌邑王賀夢靑蠅之矢積西階東可五六石。矢卽汙也。此皆本三家詩、可以申明毛詩之興義也）

陳奐は、歐陽脩の議論にまったく反應を示さず、鄭箋の「人情に近からざる」比喩解釋を受け入れ、毛傳の説とし

て疏通している。これは『正義』の疏通と同じである。彼が鄭箋の説が正しいと考える根據は、他の先秦・漢代の文獻に同樣の記述が存在するということである。すなわち、彼はここで、歐陽脩のように説が合理的かどうか、言い換えれば、彼自身の常識的な感覺で受け入れられる説かどうかという基準ではなく、それが、その當時一般的に行われていた説かどうかということから當否を判斷しようとしている。これは、詩經という古代の文獻を歷史的な文脈において考えようとするものであり、まさしく清朝考證學本來の學的方法をよく反映するものである。これと同樣の例は、召南「鵲巢」・豳風「破斧」・小雅「鹿鳴」などにも見ることができる。陳奐が歐陽脩の比喩説とそれを支える「人情説」とに全面的に依存していたのではないことがわかる。

これが意味するところを、歐陽脩・陳奐の兩面からもう少し考えてみたい。

歐陽脩の側から考えるならば、これは彼の詩經解釋の基本的な方法である「人情説」の弱點・限界を示すものということができよう。「人情説」とは、人間の常識・理性は不變であるので、歐陽脩が自分自身の常識・理性に基づいて詩經を解釋することによって、詩經の眞の意味に到達できる、という考え方である。これは、今をもって古を解する、という方法であるが、ここには「昔の人も今の人も基本的に同じ」という樂觀的すぎる考え方があり、歷史的推移・變化に對する鈍感さを見ることができる(30)。事物の歷史的變化ということを基本的な認識として、古代文獻を歷史的に考證しようと努力を傾注した清朝考證學者にとっては受け入れることができない考え方であったろう。歐陽脩の詩經解釋に陳奐が全面的に依存することがなかったのは、そのような宋人と清人の學的認識の違いを表したものといえる。

次に、陳奐の側からこの問題を考えてみよう。陳奐は鄭箋の説が正しいということを證明するために、他の古代の文獻の用例を列擧した。しかし、他の文獻の用例を示しただけでは、その當時、同樣の詩解釋があったということが證明されるだけであり、その解釋が詩の本義、すなわち詩人の本意を捉えた説であることの證明にはならない。歐陽脩の議論の趣旨は、鄭箋の説が詩の本義を捉えていないというにあるが、陳奐の考證では、歐陽脩の鄭箋批判には嚴密には答えたことにはならない。

これは、陳奐の詩經解釋の目的意識を表すものである。彼にとってあるべき詩經解釋とは、詩序・毛傳を疏通することに他ならないのであり、詩の眞の意味を捉えるために詩序・毛傳を超克しようという志向はなかった。もちろん、彼は詩序・毛傳こそが詩の眞の意味を説いているという認識を前提にしたからこそこのような態度を取ったのであるが、この前提が正しいかどうかを檢證しようとはしなかった以上、それはあくまで篤信以外の何者でもない。本詩について言えば、毛傳と同時代の文獻に同樣の説が述べられているということを根據に、鄭箋が毛傳の解釋を正しく捉えていると結論するのであり、果たして毛傳が詩經の解釋として正しいか否かを檢證する必要を彼は認めなかったのであり、故に、歐陽脩のように合理的な見地から説の當否を檢討する姿勢が陳奐には見られないのである。

先に述べたように、歐陽脩の「人情說」は、古代文獻の解釋方法として弱點を持っていたが、かといって、詩經の眞の意味を捉えるということを解釋の目的として考えた場合、陳奐の考證は歐陽脩の「人情說」を超える方法を提示している譯ではない。皮肉な見方をすれば、陳奐はその詩經解釋を毛傳疏通という目的に限定したために、歐陽脩が「人情說」に據ったために落ち込んだ罠を回避することができたのだが、それは詩篇の眞の意味を追求するという歐陽脩の詩經學の持っていた大きな視野を、陳奐は自らに禁ずることを意味していたということになる。本章で檢討した例には、圖らずも二人の詩經解釋學の目的の違いが露呈している。陳奐は（清朝考證學の詩經研究はと言い換えてもよいかもしれない）、歐陽脩の「人情說」に代わって詩の本義に到達すべき方法を見いだすことはついにできなかったのである。

7 結論

このように、あくまで限定的なものであったとはいえ、陳奐の詩經研究に歐陽脩の詩經學が與えた影響の重要性は無視することはできない。第1節において、筆者は陳奐の詩經學には、

一、嚴密な考證による字義の解明……考證學的方法を突き詰めることによって、詩經の眞の意義を解明することを目的にする。

二、詩序・毛傳を墨守し疏通する事……漢儒の方法論の究明を目的とする。

という矛盾した研究態度・方法が混在していることを指摘した。これにならって第6節の考察をまとめてみると、詩序・毛傳を疏通するという側面の中においても、

一、詩序・毛傳の斷片的な說から詩篇の全體的な解釋を導き出すために、歐陽脩の方法論を援用して詩篇の意味の構造を解明しようとする。

二、詩序・毛傳を絕對視するために、詩經全體を一貫した論理で解釋することを放棄する＝詩序・毛傳の疏通に研究を限定し、詩篇の眞の意義を明らかにすることを放棄する。

というもう一つの矛盾が存在していることがわかる。これは、陳奐の詩經學が異質の學的態度・方法論の複雜で重層的な絡み合いによって成り立っていることを示している。このような複雜な構造體の諸要素を丹念に解きほぐすことなしに、彼の學問の本質を把握することはできない。そのために、陳奐が歐陽脩の詩經學から學んだものが何であったのかということは重要な問題となるのである。

本書第三章で筆者は、『毛詩正義』と『詩本義』との關係を考察し、歐陽脩が前代の詩經學とは異なる獨自の體系

を構築するため『毛詩正義』を乘り越えようとしながらも、實際には『毛詩正義』から陰に陽に大きな影響を受けていたことを考察した。歐陽脩の詩經學にとって『毛詩正義』は超克すべき壁であると同時に搖りかごでもあったのである。今また『詩本義』と『詩毛氏傳疏』との關係を考察して、歐陽脩がその礎を築いた宋代詩經學の體系とは異なる學問を陳奐は構築しようとしながら、實際には大きな影響を『詩本義』から受けていた樣子を考察した。

『毛詩正義』と『詩本義』の關係、『詩本義』と『詩毛氏傳疏』の關係、この兩者はパラレルであり、漢學と宋學、宋學と清朝考證學との關係の實相を暗示するものである。すなわち、宋學は漢學に、清朝考證學は宋學に反發しそれと異なる理念と方法によって構築されたものではあったが、實際にはそれを單純な反發として斷絶的に捉えることはできない。その反發の內部は、密接な影響・繼承の關係によって浸潤されているのであり、そのような結合しながら反發しようとするエネルギーこそが、詩經學の展開の推進力となっていたと考えられる。

また、このような目で見た時、歐陽脩を始めとする北宋の學者たちの思惟が後の詩經學に與えた影響が絶大なものであったことが理解できる。その意味で北宋の諸家が詩經學にどのように切り込んでいったかを考察することは、詩經解釋史の實態を知る上で不可缺な作業となるだろう。

さらに、第2節で陳奐は歐陽脩から直接學んだのではなく（彼はむしろ歐陽脩を含む宋代詩經學を自己の詩經研究から排斥しようとしていた）、彼が受け繼いだ清朝考證學の先輩たちの業績を經由して歐陽脩の思惟を受け入れていたと考えられる例を見た。すなわち、陳奐以外の清朝考證學者もすでに歐陽脩の影響を受けていることが豫想される。ここから考えれば、本章で考察した問題は單に歐陽脩と陳奐という個人的な關係に止まるのではなく、清朝考證學の詩經學の形成過程に關わる問題であるということができる。清朝考證學的詩經研究の先驅けとして、歐陽脩の詩經學の意義を考えることができるのではないだろうか。

さらに視點を一歩進めれば、我々は、宋代の詩經學の洗禮を受け、そのフィルターによって漉された形で漢學の再構築をおこなったのが清朝詩經學であるということを、しっかりと認識し直さなければならないであろう。すなわち、清朝考證學の詩經研究を、單に漢代の詩經學の復古という面から見るだけでは不充分である。彼らの考證を成り立たせている論理は何かということに注目した場合、これまで關係を論じられていなかった様々の時代や學者の研究が果たした役割をきちんと考察する必要があるだろう。本章では、歐陽脩と陳奐の關係に焦點を當てたが、言うまでもなくこれは一つの例に過ぎない。その他の宋代の詩經學者も清朝考證學に様々な影響を與えているであろうことが推測される。それらの事例を一つ一つ考察することが、宋代詩經學の意義・清朝考證學の詩經學の性格の雙方を明らかにするために必要であろう。また、それによって從來個別的に考えられる傾向があった各時代の詩經學の相互の有機的な關係を考察する材料が得られ、ひいては、歷代詩經學の展開を新たな目で見直すこともできるであろう。本章の議論は、このような問題設定のための一つの布石になるものと筆者は考える。

注

（1）『詩毛氏傳疏』自敍に次のように言う。

　要明乎世次得失之迹而吟詠情性有以合乎詩人之本志。故讀詩不讀序、無本之敎也。讀詩與序而不讀傳、失守之學也。

（2）拙論「陳奐『詩毛氏傳疏』の性格」（慶應義塾大學文學部『藝文研究』第七〇號、一九九六）參照。

（3）これまでの陳奐研究の業績は、林慶彰・楊晉龍主編『陳奐研究論集』（二〇〇〇、臺灣、中央研究院中國文哲研究所籌備處）に集成されている。

（4）拙論「清朝詩經學の變容——戴段二王の場合——」（同右第六二號、一九九三）。なお、拙論「戴震の詩經學——『杲溪詩經補注』の立場と方法——」（『日本中國學會報』第四四集、一九九二）も參照のこと。

（5）宋代と清代の詩經學の關係についての論文としては、胡念貽「論漢代和宋代的『詩經』研究及其在清代的繼承和發展」（『中國古代文學論集』、一九八七、上海古籍出版社）、郭全芝「『毛詩後箋』與『詩毛氏傳疏』比較」（『文獻』、二〇〇一年七月第三期）がある。

（6）「撃鼓」三章、「于嗟《ああ》闊《はる》かなり、我と活《い》きず。于嗟《ああ》洵《はる》かなり、我と信《はた》さず（于嗟闊兮、不我活兮。于嗟洵兮、不我信兮）」について、鄭玄は、衛の州吁《しゅうく》の暴慢に耐えかねた兵士たちが戦場を前にして逃亡してしまった時、残った兵士が戦友がともに交わした生死の契りを破ってひとりだけ逃げ出したことを恨み嘆いたものだと考える。これを歐陽脩は不合理な解釋だと批判し、この章は兵士が出陣する際に妻に告げた決別の言葉だと解釋する魏の王肅の説を支持する。陳奐は、鄭玄の説は三家詩の説に據ったもので毛亨の解釋とは異なるとした上で、王肅の説こそが毛傳を正しく理解したものであると言う。

（7）『玉函山房輯佚書』經編詩類『毛詩王氏注』も、王肅のこの詩説を歐陽脩『詩本義』から集佚する。ただし、諸目録を閲するに、王肅の毛詩注二十巻が著録されるのは『新唐書』藝文志までであって、『宋史』「藝文志」には著録されない。また、歐陽脩が編纂に關わった『崇文總目』にも著録されない。したがって歐陽脩が實際にこの書を見ていたのか、見ていたとすればどういう形で見ていたのかは不明である。あるいは、『毛詩正義』が本詩第四章で王肅の詩説を「王肅云、言國人室家之志、欲相與從生死、契闊勤苦而不相離、相與成男女之數、相扶持倶老」と引用しているのを、歐陽脩は要約して示したにすぎないという可能性も捨てきれないと思われる。

（8）『經義考』巻一〇一　詩四の「毛詩音　佚」の注。

（9）『毛詩稽古編』周南「關雎」に、「歐陽修本義云不取其摯、但取其別」と言う（皇清經解巻六〇）。

（10）『經考附錄』巻三「詩之編次」に、「歐陽永叔曰正變之風十有四國而其次比莫詳……」と言う（『戴東原先生全集』、復印安徽叢書景印歙縣許氏藏汪氏不疏園初寫本、一九七八、臺灣、大化書局、五一七頁）。

（11）『潛研堂文集』巻六　答問三に、「歐陽永叔乃謂別有拙鳥處鵲空巣、今謂之鳩、與布穀絶異」と言う（呂友仁校點本、一九八九、上海古籍出版社、七一頁）。

（12）陳奐『師友淵源記』に次のように言う。

（胡承珙）は、ただ毛亨の傳に努力を傾注した。私と學問の志と方法が同じであったので、書簡を往復して討論し、一月と途絶えることがなかった。私は、墨莊（胡承珙の字）は、詩經を研究すること年久しいので毛亨の詩經學について必ず一書を完成させるであろう、とひそかに思った。かく考えて私がすでに行っていた詩經の研究を義類（文字ごとに考證を集めたもの）に編纂したのであった。彼の臨終の時になって、……はじめて彼の行った毛詩研究というのは、章句を取り上げてそれについての議論を行った札記體のもので、完全な注釋書というわけではないことを知った。そこで私は奮發して義類を疏の體例に改めた（唯專意於毛氏詩傳。志術既同、往復討論、不絕於月、竊謂墨莊治詩有年、於毛氏經傳必爲完書、故己所治詩、特編爲義類。及其病革之日、……乃至所治毛詩條列章句、不爲完書、奐遂奮焉以義類揉疏）（據光緒十二年錢唐汪氏函雅堂刊本影印、周駿富輯『清代傳記叢刊029、學林類45、臺灣・明文書局、一九八五）

(13) 例えば、同書卷一、周南「關雎」に、「歐陽本義疑於摯爲猛鷙、且謂雎雄皆有情意、孰知雎鳩之情獨至。其說固矣」と言う。歐陽脩の詩說の引用は同書卷一、周南だけでも五例を數える。

(14) 郭全芝前掲書では、『詩毛氏傳疏』の引用文獻について、十三經以外の先秦文獻が三十一部前後、漢代の文獻四十部前後、魏晉南北朝から唐代にかけての文獻二十部以上、清人の文獻六、七十部なのに對し、宋代十數部、明代に至っては十部に滿たないという統計を示し、陳奐には、「一般に唐以前の古い文獻および近人の說だけしか引用しない」という特色があると指摘する（同論文二〇四頁）。

(15) 本詩の毛傳のほか、『春秋左氏傳』桓公十六年に事の經過が記載される。

(16) 「薄」は、ここでは「いたる」の意味として譯した。『廣雅』釋詁一に、「薄、至也」（王念孫『廣雅疏證』卷一上、七葉表、高郵王氏四種之一、江蘇古籍出版社、一九八四）とある。

(17) ちなみに、王引之『經義述聞』卷五「汎汎其景」條には、「景」は「憬」の假借とする說が示されている。魯頌「泮水」に「憬彼淮夷」とあり、その毛傳に「憬遠行貌」と言うので、本詩次章の「汎汎其逝」と同じ意味で解釋できると言う。『毛詩後箋』は、この說を採用している。陳奐も當然、王引之の說を知っていたはずであるが、『詩毛氏傳疏』にはこの說は反映されていないようである。その理由については不明であるが、結果として彼の解釋は歐陽脩の說にいっそう近似することとなった。

(18) 本書第四章第5節參照。

(19) 『詩本義』の原文は以下の通り。

采葛・采蕭・采艾皆非王臣之事、此小臣賤有司之所爲也。讒人者害賢材、離閒親信、乃大臣賢士之所懼、彼詩人不當引小臣賤有司之事以自陳。此毛鄭未得於詩、而强爲之説爾、故毛直以謂采葛者自懼讒、而鄭覺其非、因轉釋以爲喩臣以小事出使者、二家之説、自相違異、皆由失其本義也。

(20)『詩本義』の原文は以下の通り。

本義曰、詩人以采葛・采蕭・采艾者、皆積少以成多、知王聽讒説、積微而成惑、夫讒者疎人之所親、疑人之所信、奪人之所愛、非一言可效、一日可爲。必須累積而後成、或漸入而日深或多言之竝進。

(21)『正義』に次のように言う。

后妃にはこのような美德があるばかりでなく、嫉妬することがなく、淑女を見つけて夫に娶せたいと思っている。だから、深窓のうちにひそやかに暮らしている貞節な善女は、君子の良き連れ合いとするにふさわしい。后妃が嫉妬しないので、善女が后妃とともに夫に仕えることが出來る。それで「宜し」というのである。○鄭玄は下二句のみ異なる。つまり、幽閒の善女とは三夫人九嬪のことであり、彼女たちは后妃の美德に感化されてまた嫉妬の心もなくなったので、君子文王のために衆妾の仇あるものをなだめ靜め、みなを仲良くさせると解するのである。(后妃既有是德、又不妬忌、思得淑女、以配君子、故窈窕然處幽閒、貞專之善女、宜爲君子之好匹也。以后妃不妬忌、可共以事夫、故言宜也。○鄭唯下二句爲異、言幽閒之善女謂三夫人九嬪既化后妃亦不妬忌、故爲君子文王和好衆妾之怨耦者、使皆説樂也)

(22)『詩本義』の原文は以下の通り。

我心匪鑒、不可以茹、毛鄭皆以茹爲度、謂鑒之察形、不能度眞僞。我心匪鑒、故能度知善惡。據下章云、我心匪石、不可轉也。我心匪席、不可卷也。毛鄭解云、石雖堅尚可轉。席雖平尚可卷者。其意謂石席可轉卷、我心匪石席、故不可轉卷也。然則鑒可以茹、我心匪鑒、故不可茹。文理易明。而毛鄭反其義以爲鑒不可茹、而我心可茹者、其失在於以茹爲度也。……蓋鑒之於物、納影在內、凡物不擇姸媸、皆納其景、時詩人謂衞之仁人、其心非鑒、不能善惡皆納、善者納之、惡者不納、以其不能兼容、是以見嫉於在側之羣小而獨不遇也。

なお本文中に引用された大雅「烝民」の書き下しは靜嘉堂文庫所藏『毛詩鄭箋』に從った。

(23)第二章の鄭箋に「子、謂賓客也」と言う。『正義』も、首章の疏通では「夫起卽子興也」と言うのに對して、二章では鄭箋に基づき「我欲爲加豆之實、而用之與子賓客作肴羞之饌」と言う。

(24) 例えば、山本正一「陳碩甫小論」、林慶彰「陳奐『詩毛氏傳疏』的訓釋方法」、滕志賢「試論陳奐對『毛詩』的校勘」など。これらはいずれも、前掲『陳奐研究論集』に收められている。
(25) 邶風「柏舟」第三章疏でも「先釋經字、再釋經義、全詩通例如此」と、同樣の指摘がなされている。
(26) 本書第四章參照。
(27) 例えば、戴震「與是仲明論學書」に、「經之至者道也、所以明道者其詞也、所以成詞者字也。由字以通其詞、由詞以通其道、必有漸」と言う(『戴震文集』卷九、一九八〇、中華書局、一四〇頁)。
(28) 例えば、近藤光男「『屈原賦注』について」(『清朝考證學の研究』、一九八七、研文出版、所收)、濱口富士雄「清代考據學における解釋理念の展開」(『清代考據學の思想史的研究』、一九九三、國書刊行會、所收)など。
(29) 『詩本義』の原文は次の通り。

然蠅之爲物、古今理無不同……今之靑蠅所汙甚微。以黑點白、猶或有之。然其微細、不能變物之色。詩人惡讒言變亂善惡、其爲害大。必不引以爲喩。至於變黑爲白、則未嘗有之。乃知毛義不如鄭說也……蓋古人取其飛聲之衆、可以亂聽。猶今謂聚蚊成雷也。

(30) 音韻學史における大きなトピックである「協韻說」――音韻が歴史的に變化すると言うことに氣づかず、中古音によって上古の文獻の詩經・楚辭の押韻を考え、その齟齬を合理化するために生み出された說――という誤った學說が盛んに言われたのも、これと同じく歷史的變化に對する無理解と、自分たちの常識の汎用性についての過度の樂觀から生まれたと考えられるかもしれない。

まとめ

以上、宋代詩經學の成立と發展の過程についての考察を行ってきた。とりわけ宋代詩經學の諸家が前代の詩經學から何を繼承し、いかに變容させながら、自らの解釋の方法論を形成していったのか、彼らの方法論はいかなる學問的理念によって支えられていたか、そしてそれは詩經學史全體においてどのように位置づけられるのか、といったことに照準を合わせて研究を進めてきた。

各論考では個別の主題に卽して考察を行ってきたが、その過程で相關連する諸問題をも議論の俎上に載せることを避けなかった。詩經注釋の中では、様々な問題に對する様々な觀點からの考察が有機的に絡み合って重層的かつ躍動的な議論が展開される。それを著した注釋者の思考の實相を、できるだけ生の形で捉えたいと思ったからである。ただ、そのために一貫した論脈が見えにくくなってしまったことは否めない。そこで、これまでの研究を通して見えてきた事柄を三つの視點によってまとめ、全體的な見取圖を示してみたい。三つの視點とは以下の通りである。

一、代表的な詩經注釋書の分析から浮かび上がる宋代詩經學の特徴、および各時代の詩經學との影響關係
二、詩經解釋の方法論の基盤となる認識
三、儒學的道德觀および時代狀況の詩經注釋への反映

なお文中、該當する問題を中心的に扱った本書の章を示したので、詳細についてはそれを參照されたい。

1　刷新が內包する繼承、繼承から生まれ出づる刷新

本研究の基礎的作業として、歐陽脩『詩本義』、王安石『詩經新義』、蘇轍『詩集傳』、程頤「詩說」といった、北宋詩經學の代表的な著述を取り上げ、その學的理念と方法論とを分析しつつ、それぞれが先行研究あるいは同時代の詩經學といかなる關係を取り結びつつ獨自の學問を形成しているかを檢討した。各學者は詩經の眞の意味を把捉すべく多樣な理念と方法論とによって個性豐かな研究を行ったが、それらを俯瞰してみると、それぞれの詩經學を支える根幹の部分において共通の學問的關心と研究姿勢が見出される。これを、北宋詩經學に通底する學問的性格と捉えることができるだろう。いやひとり北宋に限らず、南宋を含む宋王朝一代の詩經學の本質を構成するものであり續けたと考えることができる。

①『毛詩正義』の重要性

北宋詩經學は、漢唐詩經學との濃密な關係性のもとにはじめて成立することができた。ここで言う濃密な關係性とは、漢唐詩經學を批判し打破すべき對象に据え嚴しく對峙したことに止まらない。北宋詩經學は自らが誕生し成長するのに必要な養分を吸收するための、また確然と自立すべく鞏固な根を張るための土壤としたという意味でも、漢唐詩經學と濃密な關係を持ったのである。

漢唐詩經學を構成する詩序（傳子夏撰）・傳（傳秦～漢・毛亨撰）・箋（後漢・鄭玄撰）・『毛詩正義』（唐・孔穎達等奉敕撰）

の中でも、北宋詩經學の形成に對して直接的かつ根本的な影響を與えたのが『正義』である。このことは從來あまり注目されてこなかったが、歐陽脩『詩本義』の經說が成立するために『正義』が不可缺の役割を果たしていたことから證明される（第三章）。歐陽脩以外の諸家においても多かれ少なかれ同樣の現象が見られ（第八章）、宋代詩經學の確立は『正義』なしにはあり得なかったことがわかる。

『正義』が宋代詩經學の確立に果たした貢獻とはどのようなものであっただろうか。歐陽脩は、詩經の比喩について、「詩人は事物を比喩として用いる時、その全體ではなく一部分の屬性のみに注目する」と「詩人は單なる類似を越えて、比喩されるもの、あるいは詩全體の雰圍氣に相應しい事物を比喩に用いる」という二つの認識を提唱した。この二つの比喩說は、視野の廣狹・視點の相違を含みつつも、いずれも『正義』に「興は一象を取る」「興は必ず類を以てす」という關連した發想が存在していることから、歐陽脩はそれらを換骨奪胎して自らの學說を作り上げた可能性がある（第四章）。なお、このような比喩說は王安石にも見られる（第五章）。

歐陽脩が本末論で提唱して以來、宋代詩經學を支える解釋原理となった、詩篇の意味の多層性についての認識も、その萌芽を『正義』に求めることができる（第三・十三・十四章）。北宋詩經學で大きな役割を果たした「設言」「陳古刺今（あるいは思古傷今）」といった、詩篇の構造を重層的に捉える術語も、それぞれ濃淡の差を見せつつもいずれも『正義』に用例が見られ、解釋概念としての唐から宋への繼續性を見出すことができる（第十三・十四章）。朱熹の「淫詩說」の源として注目される歐陽脩の「準淫詩說」[1]は、『正義』にすでに先行例が存在する（第十四章）。

さらに追刺說——詩人が亡き君主の罪惡を詩によって暴き立て刺っていると捉える解釋の仕方——に對して宋代の詩經學者の多くは否定的見解を表明したが、彼らが反對の根據とした認識も、その原形を『正義』に見出すことができる（第十八・十九章）。

このように、詩經の詩篇の修辭・構成・詩經の受容のあり方から生じる意味の多層性・メッセージ發信のメカニズム・道徳性の枠組みといった、新時代の學問としての北宋詩經學を特徴付ける、極めて多岐にわたる重要な問題についての認識の種子を『正義』の中にすでに見出すことができる。このような認識は「陳古刺今」説以外、毛傳と鄭箋にはほとんど見られないことから、『正義』（あるいはその源泉となった六朝の義疏）の著者によって發見されたものと考えることができる。それを宋代詩經學が繼承したということは、とりもなおさず、序・傳・箋という漢代までの詩經解釋に對して、『正義』と宋代詩經學とが共通の問題意識を抱いていたことを表す。北宋詩經學の諸家は『正義』を熟讀玩味することによって、詩經が文學としていかなる特徴を有するか、詩經が經典たり得る根據はどこに求められるか、詩經を解釋するというのはいかなる行爲であるのかといった、根源的な問題についての考察を開始したと言うことができる。

從來このことが氣付かれにくかったのは、ひとえに宋代詩經學の淵源と見られる經説が、『正義』では散發的な形でしか現れず、一貫性を持って全面的に展開されることがなかったからである。それは、『正義』の持つ學問的性格に制約されてのことである。『正義』が序・傳・箋という漢代までの權威的な經説を疏通する、すなわち正當化することを旨として作られたものであったために、漢儒と異なる疏家獨自の思考が見えにくくなっていたのである。

しかし疏通という營爲は、言うなれば疏家が自身の思考を用いて漢代の學者の思考をトレースする作業である。疏家の思考は、彼らが生きた時代の常識や思潮を反映したものであり、漢代の學者のそれとは自ずから異なる以上、疏通の過程で様々な難所に遭遇せざるをえない。その際、彼らは序・傳・箋の説と自らの常識的な思惟との親和性を保つために、時にはこじつけに近い强引な解釋、論理の歪曲を行って、序・傳・箋の正當性を主張した。『正義』の、漢代詩經學とは異なった認識、宋代詩經學の淵源と捉えられる認識は、序・傳・箋の説に違和感を感じつつもそれを正當化するという彌縫の努力の綻びから覗いた、疏家自身の思考の實相と捉えられる。故に、我々はそこに宋代の學者と同様の問題意識と思考の筋道を辿ることができるのである。

一方、宋代の詩經學者は、『正義』が遭遇したまさしくその難所を漢唐詩經學の破綻として捉え、自らの學問を作り上げるために取り組むべき問題と位置付けた。そして、疏家が編み出した彌縫のための論理を轉用し、肉付けし、新たな方法論として成熟させた。彼らは、『正義』という鑛山の中から、萌芽的な狀態で見られる方法的發想という鐵鑛石を掘り出し、それを原材料として新しい詩經學を切り開くための利劍を鍛え上げていったのである。漢代のスタンダードな解釋を超克することを目指した宋代詩經學にとって、『正義』は超克すべき問題點の所在を教えるだけではなく、超克の論理と方法を準備してくれた存在であったことになる。

したがって、序・傳・箋と『正義』とを一體視する詩經學史觀は修正を要する。『正義』は、漢代以來の詩經學の化石という死せる存在ではなく、新しい詩經學を生み養う生命力を祕めた存在であったのである。

學術の方法としての「疏通」の意義についても再考の必要がある。「疏通」は通常、古注を敷衍する行爲、あるいは複數の古注間の齟齬を埋める行爲として理解されるが、むしろ古注と疏家自らの認識との乖離を埋めようとする行爲としての面にスポットを當てるべきである。『正義』の疏通に見られる千言萬句を費やした曲解・强辯には、疏家獨自の思考が反映されているのであり、この意味で疏通は新たな創造という性格を持つのである。その新しさは微細な要素に分散して存在しているために、『正義』全體として眺めた時、創造性のない饒舌として目に映るかもしれないが、實はそこには變化をもたらす可能性が豊かに含まれているのである。

『正義』の新しさとは、靜謐に淀んだ湖沼の中に細動しつつ浮游するプランクトンに喩えられ、歐陽脩をはじめとする北宋詩經學の諸家は、プランクトンを捕食するために泳ぎ回る魚に喩えられよう。生きるのに必要な榮養分を攝取するための魚の游泳が水流を生む。そのような魚が一尾ならず出現することによって水流は複雑なものとなり、また小さな魚を食らう大きな魚の回遊が水流をより大きなものとする。その繰り返しによって、澱んだ湖沼には複雑で大きな波動が絶えることなく卷き起こるようになる。『正義』から北宋詩經學への變化はそのように捉えることができるのではないだろうか。故に、『正義』は詩經解釋學史上、最重要の存在の一つとして常に意識されるべきであり、より精密で深い研究が今後繼續的に行われなければならない。

②　古注釋の素材化

宋代の詩經學者が前代の詩經學の成果を用いる際に採っていた戰略的態度も明らかになった。それは端的に言えば、本來經說と經說とを強固に結合していた連環を外し、それぞれをばらばらの部品に還元するということである。歐陽脩は鄭箋が本來有する毛傳の敷衍という著述の意圖を無視し、毛傳とのつながりを斷ち切り、孤立的な經說として讀み取った上で批判を行った（第三章）。蘇轍は、毛傳から訓詁を引用する際に、毛傳の文章をばらばらに解きほぐし必要な部分のみを切り出した上で、場合によっては毛傳の本來の意圖と正反對の意味を表す訓詁として讀み替えさえして、自說の論據に用いた（第九章第2節）。

蘇轍・程頤により提唱され、後に嚴粲などの南宋の詩經學者にも受け繼がれた、小序に對する認識も同樣に考えることができる。彼らは小序の首句と二句以下との成立が異なるとして、前者を眞正の詩序、後者を後代の學者が首句を敷衍したもので錯誤を含むと捉えた。そうではありながら、實際には彼らの解釋には二句以下の內容が取り込まれている例が多く見出され、逆に首句であっても無限定に依據せず批判を行うことがしばしばある。選擇的に用いるという態度は、首句であれ二句以下であれ一貫している。

首句と二句以下とを分割する說は、たしかに小序成立の歷史的經緯についての認識から立てられたものであるが、それが詩篇解釋に對してどのような機能を果たしたかに注目すると、別の風景が見えてくる。小序首句は通常、極めて大まかな作詩の意圖を述べるに止まり、詩と史實との具體的な對應が說明されるのは多くの場合二句以下においてである。したがって、首句には從うが、二句以下の內容については愼重な態度をとる（あるいは依據するか否かを選擇する自由を確保する）というのは、詩篇が何を詠っているかについての注釋者なりの解釋を展開する自由度を高める效果がある（第八・十章）。この點に着目すると、この學説も古注に對する戰略的態度が具現したものと捉えることができる。小序内部の意味的連環を斷ち切ることによって、注釋者自身の有用性の基準に從って選擇的に用いることのできる、解釋のための部品と化すことができたのである。

③　宋代詩經學の學者閒での影響關係

王安石と程頤とは政治的に對立し、しかも程頤の詩經研究は王安石の『詩經新義』に對するアンチテーゼであったと言われる。(2) 確かに著述の動機ということで言えばそういう側面が強い。しかし詩篇解釋の方法論という視點から見ると、兩者とも詩句に極めて濃密な意味が込められているという立場から、詩篇の論理性を重視しつつ解釋を進めており――これを批判的に表現すれば、詩經を深讀みしすぎるということになる――、兩者には親近性がある（第十章第5節）。同じような現象は、やはり政治的には對立していた蘇轍と王安石の閒にも見出すことができる（第七章）。それればかりか、程頤の詩經解釋を「義を取ること太だ多し」、すなわち詩篇から意味を過剩に探りすぎると批判した朱熹でさえも、この態度を踏襲するところがある（第十章）。つまり、詩篇が複雜な構成のもとで複雜な内容を表現しているという考えを前提にして、ストーリー性や論理的展開を讀み取ろうとする解釋態度は、宋代詩經學の共通の學的志向性と捉えることができる。

このように、解釋理念や方法に着目して分析したならば、從來異質とされていた學者の詩經學の閒にも共通する部分が多く、異質とされてきたのは、主として政治的立場のような詩經解釋の外部に存在する要因から類推したにすぎない可能性が高いことがわかる。このような視點から、宋代詩經學史を再考する必要がある。特に、王安石と朱熹の詩經學の關係については、いわゆる王學が當時の、あるいは後世の學術に與えた影響を解明するのに重要な資料を提供すると期待され、今後詳細に檢討されなければならない問題である。

④　宋代詩經學が淸朝詩經學に與えた影響

漢唐詩經學に對する批判から生まれたとされる宋代詩經學が、實際には『正義』に結集される義疏の學から大きな學的影響を受けていたのと同樣に、淸朝考證學の詩經學も、それが反對したと一般に言われる宋代詩經學から實は大きな影響を受けていた。その實情の一端を、淸・陳奐の『詩毛氏傳疏』の中に歐陽脩『詩本義』の學術的影響が濃厚に見出せることから明らかにした（第二十章）。陳奐が歐陽脩から繼承したと考えられるものは、字義の解釋に止まらず、詩篇の構造についての認識という、詩經解釋の本質に係わる事柄に及んでいて、きわめて大きなものがある。陳奐は、毛傳の墨守をその詩經學の根本に据えた。それにも關わらず、なぜ歐陽脩の詩經學の影響が見出せるのであろうか。毛傳とは基本的に詩篇の字句についての訓詁であるため、個々の訓詁を集積したとしてもその總和として詩篇全體の言わんとする內容が求められるわけではない。したがって、毛傳に依據して詩篇全體の意味を知るためには、個々の訓詁を綴り合わせるための論理が別に必要となる。その際に陳奐は、歐陽脩『詩本義』の詩篇解釋の論理を援用したのである。

郭全芝氏は、陳奐の詩經研究が朱熹『詩集傳』から大きな學術的影響を受けていることを明らかにした。[3] これを參考にすると、陳奐はひとり歐陽脩から影響を受けただけではなく、宋代詩經學の學術成果を總合的に取り入れていると考えられる。毛傳墨守を高らかに掲げ漢唐詩經學に排他的に依據し、宋代詩經學を意識的に排除する學問姿勢を持っていた陳奐にして、宋代詩經學からの影響が色濃く見られるということは、問題を淸朝詩經學全體に擴張し、淸朝考證學の漢學標榜の內實を再檢討する必要があることを示している。淸朝考證學が復興しようとした「漢」なる學問は、漢代の古注釋を淸代に生きる彼ら自身の論理によって再構築したものであるが、その論理の大きな部分が、宋代詩經學が作り上げたものを繼承していると見ることができる。詩篇の構成を重視することを通じて作者の意圖や感情を明らかにしようという宋代詩經學の學的志向性は後代に着實に繼承され、清朝考證學の詩經學を生み育てる培基となったと考えることができる。(4)

2　宋代詩經學の解釋理念と方法

各詩經學者に卽した考察を通じて、北宋詩經學を一貫する學的志向性の存在が確認された。それでは、この學的志向性はいかなる內實を有するものであっただろうか。またそれはいかなる歷史的展開を見せているであろうか。

①　詩篇の內容は實際に起こったことである

宋代の學者の詩經の詩篇の捉え方には、前代の詩經學から變わることのなかったものがある。それは、詩篇に詠われている出來事は現實に起こったことであり、そこに登場する人物も歷史上に存在した人々であるという考え方である。

漢唐の詩經學は歷史主義的な解釋を行ったが、(5)宋代詩經學はそのような解釋態度から脫却したとしばしば言われる。たしかに、「歷史主義的な解釋」を、詩篇を歷史的に著名な事件に結びつけ、詩句の一つ一つについてその對應關係を探る態度と取った場合、そのような解釋は漢唐詩經學にとりわけ顯著に見られ、宋代の學者によって牽强附會と批判されたのは事實である。しかし、「歷史主義的解釋」の概念を擴大し、著名であるか否かを問わず歷史上に實在した人物や實際に起こった出來事が詩篇に詠われているという前提で行われる解釋と捉えた場合、このような態度は宋代の詩經注釋にも普遍的に見られる。ただに宋代のみに止まらない。この認識は、漢唐――宋元明――淸を通じて詩經學の歴史を通じて根強く存在し續けた（第十一章）。つまり、宋代を含む歴代の詩經學者の解釋學的挑戦は、廣義の「歴史主義的解釋」を地の色とするフィールドで行われたのである。

もちろん、この地の色には學者によって濃淡がある。例えば、程頤はあるいは例外として考察しなければならないかもしれないほど、この認識からの自由度が高かったように思われる。このことは、他の學者の注釋では、詩經が『春秋』と結びつけられる傾向が強いのに對して、程頤においては『禮』と結びつけられる傾向が強かったことと關係があるように思われる。また、この面において程頤の詩經解釋の態度と清代の戴震のそれとは相似する（第十章）。このことについては、今後さらなる検討を行っていきたい。

②　詩篇の構造に對する關心、「作者」に對する關心[6]

檀作文氏が論じているように、漢唐詩經學の詩經解釋では一篇の詩のうちのある章・ある詩句・ある語の意味を考える時に、他の章・他の詩句・他の語との關係を考慮せず孤立的に解釋する傾向が強かった[7]。漢唐詩經學の基調には、「分散的思考」とでも呼び得る思考があったのである。

それに對して北宋の諸家は、一篇の詩を有機的な統合體として捉え、部分を必ず全體の内において考えようとし、詩篇の筋の整序化を目指した解釋を行った。例えば、王安石（第五章）や蘇轍（第七・八章）について見たように、詩篇が漸層法によって詠われているという視點、つまり章を經るに従って、出來事、あるいは作者・登場人物の心理が變化し進展するという視點によって解釋するのを好んだのはよい例である。

宋代詩經學における詩篇の構造の把握の仕方をよく表すものとして、以下の三種類の術語を上げることができる。

第一に、「汎論」「汎言」である。詩篇の一部を、一般論とか一般的な教訓を詠ったものと捉える解釋の仕方である。この認識は『正義』には見られず、歐陽脩の『詩本義』で用いられ、その後繼續的に用いられるようになった（第十二章）。

第二に、「假設」「設言」である。詩篇の一部分を、出來事をそのままなぞったものではなく作者が假構したものと捉える解釋の仕方である。この認識は、傳・箋には見られないが『正義』では見られる、しかし本格的には朱熹『集傳』で用いられ、その後繼續的に用いられた（第十三章）。

第三に、「思古傷今」「陳古刺今」である。古の理想の世の中を思いあこがれて、それとの對比で今の世の亂れたありさまを嘆き悲しみ批判する、という枠組みで詩の內容を捉える解釋の仕方である。「思古傷今」「陳古刺今」は、詩序に規定されており、當然傳・箋・『正義』もそのように解釋する。その點では宋代詩經學は漢唐の詩經學以來の解釋方法を踏襲する部分が大きい。しかし、王安石においては解釋のしかたが特徵的である。彼は、思古詩が時間的に構造化されていると考え、詩中に作者が古の世を想起するに至る狀況を詠った部分と、想起された古の世の有樣を詠った部分という二つの相異なる時間層を讀み取った（第五・十四章）。

三つの事柄に共通するのは、漢唐詩經學では詩篇の構造を單純なものとして捉え、詩篇全篇にわたって歷史上實際に起こった出來事やそこから生まれた感慨を詠った主內容だけが敍述されていると考える傾向があったのに對し、宋代詩經學では詩の構造を重層的なものとして讀み取る特徵があるということである。そこでは、詩篇の一部分が主內容と次元の違うものとして切り出され差異化されている。必然的に、この種の解釋においては、そのように意圖して詩篇を構成した主體である作者の存在が強く意識されることになる。言い換えれば、これらの解釋認識は詩篇を構想した作者の意圖を明らかにしようという志向が反映されたものということができる。

これに關連するものとして、詩篇の比喩に對する歐陽脩の解釋理念を擧げることができる。歐陽脩が『詩本義』の中で用いた、「詩人は事物を比喩として用いる時、その全體ではなく一部分の屬性のみに注目する」と「詩人は單なる類似を越えて、比喩されるもの、あるいは詩全體の雰圍氣に相應しい事物を用いて比喩を行う」という二つの比喩認識は、ある意味で互いに矛盾するが、兩者は詩人が實見しそれから詩篇を發想したものを比喩として用いたという認識によって統合される。詩人は彼の眼前で繰り廣げられた印象的な情景に心を搖り動かされて詩想を湧き起こし、そこで彼が目に留めたある事物を比喩として用いるのであり（したがって、比喩は主内容と密接な關係を持つものになる）、比喩に詠われるのは、その事物のうち詩人の心を搖り動かすに至った印象的なある一つの狀態や行動である（したがって、比喩は事物の一部分の屬性が切り出されて用いられることになる）。このような考え方の中にも、詩篇の作者の意識に對する注釋者の強い關心が具現化されている（第四章）。

これらの例を總合すると、北宋の諸家は、詩篇とは作者が明確な意識を持って、次元の相異なる事柄を複合的に組織して作った構造體であったという認識を基本にして解釋をしていたことがわかる。言い換えれば、彼らは解釋を通じて作詩の現場を追體驗しようとしている。そのような態度が、作者がどのような狀況にあって、どのような心理によって詩篇を作ったのかを明らかにしようとする注釋を生み出したのである。

漢唐の詩經學の關心は、詩が「何」を詠っているのかというところに置かれていたが、宋代の詩經學の關心はそれに止まらず、詩は「誰」が「どのよう」に詠っているのかに擴がっている。そのために、解釋の可能性は大きく擴大され、しばしば「文學的」と評される生彩ある解釋が實現したと考えられる。またこのような認識に到達したことこそが、詩篇に詠われたことが歷史的に實在するという認識を漢唐詩經學と共有しつつも、また自身の學問を形成するにあたって漢唐詩經學の成果を大いに取り入れつつも、その單なる燒き直しではない獨自性を持った新しい時代の詩經解釋學を確立できた大きな要因であったと考えられる。

③　意味の多層性と詩の道德性の源泉・道德的メッセージの發信者についての認識

宋代詩經學の諸家には、また別の視點からの構造への關心が見られる。それは、詩篇の意味（あるいは詩篇が發するメッセージ）の多層性と、意味の生み出し手たち相互の關係性についての關心である。

この問題は、歐陽脩の「本末論」の中で本格的に取り上げられた。そこでは、詩篇は詩人の作詩の意圖（詩人の意）のみならず、それを收集整理した朝廷や諸國の官僚の意識（太師の職）、詩經を編纂した孔子の配慮（聖人の志）、およびそれを研究した歷代の儒者の解釋（經師の業）という、位相の異なる複數の意味を含んでいるという學說が展開されている。この學說は、後の詩經學に大きな影響を與えた。

「本末論」では、「詩人の意」「聖人の志」は本質的價値を有するのに對して、「太師の職」「經師の業」は枝葉末節に止まると、四つの意味の位相を價値的に區別している。これは、詩經解釋史の實相を解明しようという視點から言えばさしあたり重要ではない。重要なのは、詩經が儒教の經典であったが故に、詩篇は來源の異なる意味に幾重にも覆われることになった、そのメカニズムを明確に示したことである。彼以後の學者は詩經解釋に從事する時、古い經說がどのような位相に位置付けられるか、いかなる目的意識によって生み出されたものなのかを意識して參照しなければならなくなったと同時に、自らがいかなるスタンスで古い經說を取り扱うのかに自覺的であらずにはすまされなくなったのである。

歐陽脩の視點は總體的に言えば、詩篇は作者が詩に込めた意味（詩人の意）と享受者が詩から讀み取った意味、つまり作詩の意と讀詩の意とを含有しているという發想に立ち、讀詩の意をさらに三層（太師の職・聖人の志・經師の業）に分割したものである。言い換えれば、詩篇の意味層が一層の內在的意味（作者によって本來的に表現されあるいは暗示された意味）と多層の外在的意味（作者以外の者によって見出され後付けされた意味）に分けられている。後の學者達も基本的にこの認識を踏襲する。

しかし歷代の詩經注釋においては、詩の語り手によって詠われている思いと作者の創作意圖とは必ずしも一致しない、あるいは詩中の主人公の思いとその出來事を述べている語り手の意圖とは時として食い違うという認識が見られる。つまり、詩の作者が詩中の語り手に對して、あるいは詩中の語り手が詩の主人公に對して第三者的な立場に立って、詩中の出來事、主人公の思いに對して、ある種批評的な態度で臨んでいるという認識が見られるのである（なお、歷代の詩經注釋の中で詩篇の語り手が主人公と別人格であるか否かが問題になることは相對的に少なく、またそれは詩篇の語り手と作者とが別人格であるという認識の亞種として考えることができる。したがって、以下の行論では、議論が煩雜に渡ることを避けるため、詩篇の內在的意味の位相を語り手と作者との關係に絞って論じたい）。このように、詩篇の內在的意味がさらに複數に構造化されていることが氣付かれ配慮されている。さらに、詩篇の意味の位相の中で、內在的意味と外在的意味とを隔てる閾は、時代により學者によりかなり自由に移動している。故に、詩篇の意味の多層性を考察するには、一層の內在的意味←→多層の外在的意味の對比という傳統的な認識を踏襲するのではなく、右のように內在的意味を多層的に捉える視點を導入し、かつ內在的意味と外在的意味とを連續的に捉える方が合理的である。

それは詩經解釋における以下のような要因があるためである。まず、詩篇の登場人物は歷史的に實在し、詠われた內容は歷史上實際に起こったものであるという認識が、詩經解釋學史を通じて支配的であったことである。そのため、詩中の出來事の當事者が詩篇の作者たり得るか、そうでないとしたら、作者は出來事に對してどのような立場で臨んでいるか、さらに詩中で詠われた出來事が起こった時や所と當該詩の詩經における編入先とはどういう關係にあるか、いかなる經過を經てそこに編入されるに至ったかが解明すべき問題となったのである。

もう一つは、詩經が儒教の經典であり、人類を道德的に教化する存在であったということである。それ故必然的に、詩篇からは讀者に對して道德的なメッセージが發せられていることになり、そのメッセージを誰がどのように發したのかが問題になるのである。

以上のような觀點から、詩篇の意味の多層性についての歷代の詩經學者の認識を分析した。これはまた、詩經の有力な道德性的源泉の一つである詩序についての認識がいかに變遷したかを再考することにもつながる。

漢唐詩經學では、詩篇の語り手と作者（あるいは詩中の主人公と語り手）とは必ずしも一體ではないという考え方が見られる。その認識による詩經解釋にはいくつかの特徴がある。

第一に、右のような認識にもかかわらず、詩中に詠われた內容に對する作者の主體的役割はほとんど考慮されることがなかったということである。詩中に詠われた出來事――すなわち歷史上實際に起こった出來事――、あるいは詩中の人物の發言――すなわち歷史上實在した人物が實際に行った發言――は、作者の目や思考を通して詩篇の中に定着されたと考えているにもかかわらず、作者によって變質を被った可能性について、漢唐の學者達はほとんど考慮することがない。詩人は單なる事實の報告者、詩中の登場人物や語り手の言葉の傳達者の役割を擔う者としてのみ考えられている。すなわち、漢唐詩經學の詩經解釋において、詩中に描かれた世界と創作の現場とを切り離して考えるという發想はあったものの、作者に對する理解は曖昧で、その役割は充分に認められているとは言えない。

第二に、作者は詩中の出來事の當事者でなく傍觀者に過ぎない、またある場合には出來事の起こった場所とは異なる土地に住んでいて、傍觀者ですらなく傳聞者にしか過ぎないのであるが、そのような作者が、いかなる經路で詩中の出來事・語り手の思いを知るに至ったかを說明しようとすることである。

作者の役割に對する認識が乏しかったにもかかわらず、詩の語り手と作者との非一體性が主張された理由は、二つの側面から考えることができる。一つは詩篇の編入狀況を整合的に說明するためである。例えば、詩經の詩篇の中には、內容から考えるとある國の風に收錄されていて然るべきであるのに別の國の風に配屬されている例がある。これについて疏家は、詩の作者が何らかのニュースソースによって他國で起こった事件を知り、それを自國において詩に詠ったためであると考え、その閒の事情を說明しようとしたのである。當然ながらその議論は、詩篇が采詩の官によって收集され、王室あるいは各國の太師により選別され保存されたという詩經成立についての傳承を前提にして行われる。

もう一つは、詩序との對應を得るためである。漢唐の詩經學者にとって詩序は、子夏が孔子の教えを受けて著したものであったが、孔子の教えは詩歌の作られた狀況とその道德的な意義を十全に說明していると考えられた。故に、詩序そのものは作者ではない人閒によって作られた、詩篇の外部の存在であるものの、內容的には「作者の意」と合致するとされたのである。詩序の多くは、詩中の出來事に美刺の觀點から道德的批評を加えているが、その批評も孔子の考えであると同時に、「作者の意」そのものでもあるということになる。とすれば、作者は詩中の登場人物と一體ではないということになるのである。

このように見ると、詩篇の語り手と作者とが相異なるという漢唐の學者の認識は、詩篇そのものを讀解することによって得られたものではなかったことがわかる。詩篇が生み出された事情を說明するためではなく、詩篇が詩經の一篇として存在することについての事情を說明するために必要とされたものと言うことができる。ただし『正義』では、詩篇それ自體と詩經の構成要素としての詩篇とを辨別することに自覺的でなく、兩者の違いが不分明のまま論述がされている。すなわち、疏家においては、「詩人の意」と「編者の意」が混淆した狀態で捉えられていたのである。

（第十五章）

宋代に至ると、詩の語り手・作者・讀者（編者・注釋者を含む）の位相について深い考察が行われ、相互の關係について樣々な說明がなされた。その代表として、歐陽脩・朱熹・嚴粲を取り上げて分析を行った。

歐陽脩は、漢唐の說を踏襲して、詩中の語り手と詩の作者とは異なる人格を持つと考えた。しかし漢唐の詩經學者とは違い、歐陽脩は詩篇が作者によって意圖的にまた構築的に創造されたものという視點を持っており、詩篇の作り手としての詩人の意義を重視していた。歐陽脩は漢唐の詩經學と異なり、詩序を子夏の撰と考えず解釋の絕對的な依據とはしなかったが、それが『孟子』の詩說と合致するところが多いことから古い成り立ちを持ち、詩篇の生まれた時代に相對的に近い時代に書かれたものであるので信賴性が高いと認めた。

さらに、歐陽脩は詩經の成立における孔子の役割をきわめて重く見た。彼は、詩篇の作者は社會の様々な階層の貴賤賢愚等しからぬ多様な人物であったと考えていた。そのような人々によって作られた詩篇が大量に殘っていたものの中から、孔子が教化の具として相應しい内容であるか否かという觀點によって嚴選したものが詩經の詩篇であると考え、そこに詩篇の道德的意義の根據を見出した。時には道德的内實を充實させるために孔子は詩篇を改作することさえあったと歐陽脩は考えている(8)。

このような認識により、歐陽脩は詩篇の文學的意義と道德的意義の源泉を辨別した。詩篇の道德的意義の源泉が詩經の編者である孔子に歸されたことによって、作者の意義については詩篇の文學性の源泉という側面が強調されることになった。つまり、「聖人の志」にまとめられる詩教としてのメッセージの外在性が認識されることにより、詩の内在的意味である「詩人の意」を文學的側面に純化して解釋する可能性が擴大したのである。歐陽脩の發想自體は、『正義』に萌芽的な形で存在していた認識を參考にし發展させたものと思われるが、漢唐の詩經學では道德的メッセージの由來を詩の内部に求めるか外部に求めるかがいまだ不分明のままだったのに比べて、彼は詩の文學的性格と道德的性格とを明確に辨別したのである（第四・十四・十五章參照）。

朱熹は、その淫詩説に典型的に現れているように、詩中の語り手と作者とを同一視した（第十四章）。また、彼は詩序を棄てて、讀者が詩を熟讀することによって自分自身でその眞の意味および道德的な意義を會得できると考えた。このような認識により、詩篇の意味の位相は單純化され、讀者が讀み取るべき意味はすべて作者自らにより詩篇に内在されていると考えた。かくして、詩經の意味・メッセージは一元化された送り手（作者）と一元化された受け手（讀者）の閒の問題として捉えられ、詩篇解釋の任務は作者の意圖と思いを追求することに還元された。これは、宋代詩經學が志向してきた解釋における「作者」重視の方向性を極點まで推し進めたものである。

しかし、朱熹にとっても詩經が儒教の經典であることは動かなかった。そのため、道德的メッセージは、作者によって詩篇に內在させられていると認識されることになった。これが、作者と讀者および詩篇の性格についての認識を束縛した。

この認識に據れば、詩人は詩中に詠われる出來事の當事者であり、出來事とそれによって喚起された感情を生き生きとそして藝術的に表現するために詩篇を構築した文學者であると同時に、後世の人閒が學び從うべき教訓を詩篇に込めた傳道者として捉えられる。出來事の當事者であるとともに知性・感性・德性に優れた人閒なのである（ただし、例外として朱熹は、詩經中には淫詩と呼ばれる一羣の詩篇も孔子によって編入されていて、これは詩中に詠われた不道德な行いに讀者が嫌惡感を抱き、反面教師として自身の道德的な生き方を目指すようになることを狙ったものと考えた。淫詩の作者は讀者の誰もが反感を覺えるような不道德な人物ということになる）。朱熹も歐陽脩と同樣に詩人の多樣性を意識していたが、彼の理論により立ち現れてくる作者像は彼の意識を裏切って、高潔な人物か唾棄すべき人物かという極端な二種類の可能性に限定されてしまうことになった。

また、作者と讀者の閒における媒介者の必要性を否定したことは、讀者像をも限定する結果をもたらした。讀者が詩序に賴ることなく自分自身で詩經の眞の意味、または道德的メッセージを正しく捉えられるはずだという假說は、作者が傳えようとした唯一の意味を讀者が間違いなく見出すことができるということを意味する。この假說を成り立たせるためには、理想の讀者が必要とされるとともに、讀解の多樣性の可能性も無視されることになる。これはフィクショナルな想定であり、現實には讀者が詩篇の道德的メッセージを正しく讀み取るために朱熹の注釋に賴らざるを得ず、彼の注が漢唐詩經學における小序の役割に取って代わることになった。ここでもまた朱熹の理論が彼の意圖を裏切っている。

さらに、すべての讀者が熟讀玩味によって詩經の眞の意味を自ら捉えられるはずだという想定は、詩篇の意味・道德的メッセージが誰にも明らかに傳わるような形で詠われているはずだという結論を導き出す。微妙な意味、道德的な評價を下し難い曖昧な內容が、詩篇に詠われている可能性を受け入れる餘地がなくなってしまう。朱熹が詩篇における「言外の意」を考慮することがほとんどなかったのはこのためと考えられる。作者の意圖と思いを正しく追求することを解釋の目的にしながら、解釋の可能性にあらかじめ限定がつけられることになったのである。詩序を棄てて讀者が自律的に詩を正しく解釋できるという信念は、詩經は道德的な存在であるという認識と組み合わされることによって、解釋の隘路に嵌まり込まざるを得なかったのである（第十五章）。

朱熹が『詩集傳』を刊行してから約六十年を經て『詩緝』を著した[9]嚴粲は、朱熹の詩經學から甚大な影響を受けた。嚴粲の解釋において朱熹と同様、詩中の語り手と作者とが一體であると考える傾向が顯著であるのはその一例である。しかしそれにもかかわらず、彼は朱熹と異なり詩序を尊重する立場をとった。一見矛盾している、はなはだしくは學問的に朱熹の到達點から退行しているとさえ見えるこの現象も、朱熹が嵌まり込んだ解釋の隘路から脱出するための方法論的選擇の現れとして捉えることができる。

嚴粲は、詩篇とは本來極めて個別的な出來事に遭遇して呼び起こされた個人的な感慨が詠われたものと考えた。あるいは、ある特別な歴史的狀況にあって、難局を乗りきるために政治的な效果を狙って特定の對象に向けてメッセージを傳えるために作られたものだと考えた。したがって詩それ自體は、本來的には萬人を道德的に教化するために作られたものではなく、普遍的な教訓も詠われているわけではなかった。

そのような詩が讀みようによっては人類普遍の教えとなるということを發見したのは、作者とは別の人間、すなわち詩序を書いた太師や詩經の編者の孔子である。特に孔子の目は詩經全體に行き渡っていて、太師の書いた詩序も孔子の改筆が入ることによりその道德的教えが一層強まっている。このように、詩篇には成立事情の異なる作者の意と編者の意があるために、詩篇の本來的意味と、詩經の一篇として擔う道德的意義とは時として食い違うことになる。故に、讀者が詩篇を道德的に讀み取るためには、小序に従わなければならない。嚴粲はこのように考え、詩經の道德的メッセージの發信源を小序に一任させることにより、詩篇自體を解釋する上では道德的讀解の足枷を外され、作詩の狀況と作者＝語り手の思いを他への顧慮をすることなく存分に追求することができるようになった。

すなわち嚴粲は、朱熹が一體化した、出來事に遭遇した者ならではの感情の自然の發露とそれを讀んで讀者が感得すべき道德的意義とを峻別することによって、出來事に遭遇して自然に湧き上がった詩情を表現した作者に解釋の焦點を合わせることを可能としたのである。嚴粲のこのような方法論は、「詩人の意」と「太師の職」「聖人の志」とを對比させる漢唐詩經學や歐陽脩の認識の價値を再認識し解釋の方法論に導入したものと位置付けられるが、別の見方をすれば、朱熹の目指した作者重視の解釋をより本格的に實現させるための戰略であったと考えることができる。すなわち、彼の尊序復歸は學問的退行現象ではなく、朱熹の構想した詩經學をさらに進めるための戰略的選擇であったのである。このように考えれば、朱熹と嚴粲とを反序か尊序かで對立的に捉える必要はなくなる。嚴粲は、朱熹の學術的後繼者と位置付けられる（第十六章）。

④　詩序に對する態度について

詩篇の意味の多層性に對する認識の變遷を考察することにより、諸家の詩篇解釋の方法論を構成する要素の一つとして、小序の說がどのような機能を果たしていたのかが明らかになった。それにより、從來、詩經學者とその著述を詩經學史上に定位するための基準として多用されてきた、小序を由來正しいものと信じその說に從う（尊序）か批判的に捉える（反序・攻序・廢序——以下、「反序」に統一）かという觀點からの分類の有效性に再考の餘地があることも明らかになった。

例えば、程頤は尊序の立場、蘇轍は反序の立場に立つ學者として分類されるが[10]、兩者とも小序を初一句と二句以下との成り立ちが異なると考える點では變わりない。また例えば、宋代詩經學はしばしば、詩序を詩篇解釋の絕對的なよりどころとする態度から脱却していく流れとして捉えられ、その流れを完成させたのが朱熹と考えられているが、しかし實際には朱熹以後にも尊序の立場をとる學者は絶えなかったばかりか、嚴粲のように朱熹の繼承者と言うべき學者が、詩序に對しては朱熹と反對に尊序の立場をとったという現象もある。尊序・反序の對立の視點からのみ詩經解釋學史を見るだけでは、これらの現象をうまく説明することはできない。

宋代の詩經學者の學術の本質を考える上で、尊序と反序の對立はそれほど本質的な問題ではない。むしろ、宋代の詩經學者たちはたとえ尊序の立場に立つ者であっても、その小序尊重は限定的であり機能主義的であったことをより重視すべきである。彼らは、漢唐詩經學のように小序を小序なるが故に犯すべからざる存在として絶對視したのではなく、小序が自身の詩經解釋の方法論を構築する上で有效であったが故に尊んだのである。だから、小序に對して相矛盾する態度が自己の内部に混在することも許容したのである(11)。

小序を尊ぶ理由として、「詩人の意」からの近似度と「聖人（孔子）の志」からの近似度という二つの觀點が擧げられる。前者は小序は詩篇の作者と時代的・地域的に近接する者によって著されたが故に、正確な情報を傳えており尊ぶべきであるという考え方である。この觀點からの代表的な説は、小序を著したのは朝廷や諸國の國史であるという説であり、これは程頤等によって主張された。それに據れば、國史は采詩の官によって收集された詩篇を整理したが、彼らは詩が作られた時期や場所から遠からぬところにいたが故に知り得た作詩の事情を小序に書き殘したという（第十、注（33）參照）。この種の認識を極點まで推し進め、小序を著したのは詩篇の作者自身であると考えた王安石のような學者もいる（第五章第6節）。

後者は、詩經の道德性の由來を重視するもので、小序に述べられた内容は詩經の編纂者孔子が詩篇から見出した道德的意義を傳えているからこそ尊重すべきであるという考え方である。詩序は子夏により孔子の教えに基づいて書かれたという『正義』の説はその代表的なものである。ただしこの觀點に立てば、それでは小序に書かれた道德的教えは詩篇そのものとどのような關係になっているのかということが問題になるが、上述のように『正義』ではこの點に關して本格的な考察は行われなかった。

この問題を正面から受けとめ、かつ前者の立場と融合させた學者が南宋の嚴粲である。彼は尊序の立場に立っていたが、蘇轍・程頤と同様に小序の初句と二句以下とは成り立ちが異なると考えた。彼は小序首句は國史の作であり、作詩から近い時期に書かれたために正しい情報が述べられていると考えた。それとともに、小序は孔子により改作されていて、孔子が見出した道德的意義が述べられていると考えた。しかも、その道德的意義は作詩の意圖とは必ずしも一致せず、このように讀めば詩篇から普遍性を持った道德的教訓を讀み取ることができるという道筋を孔子が示したものであると考えた。このような考え方により、嚴粲は、詩序の情報を有效に解釋に利用しつつ、その道德的メッセージに束縛されることなく詩人の心情を重んじた作詩の意圖を解釋する自由を擴大することができた（第十六章）。

このように小序は、その成り立ちに疑問符が付けられた後でも、詩經を儒教の經典として捉えた上で詩人の本來の作詩の意圖を追求するために有用なよりどころとしての意義を見出され、價值を持ち續けたのである[12]。

3　解釋における道德的・政治的意圖と文學的意圖との不可分性

詩經は儒教の經典の一つであり、人々を道德的に教化するという役割を擔っているというのは、古典中國を一貫して支配した認識であった。詩經解釋は根本にこのような倫理上の要請によって枠付けられていたが、それぞれの時代の歷史的狀況のもとで、その反映のされ方は多様であり、またそこには歷史的な變遷が見られた。宋代詩經學の形成過程においても、時代の倫理的要請が大きな要因として働いている。

①　詩篇解釋に見られる道德倫理强化の傾向

宋代は、士大夫階級が政治の實權を握った時代であり、また政爭がしきりに起こった時代であった。北宋時代、詩經研究に携わった學者達の多くは一方で官僚として活躍し、また互いに激烈な鬪爭を繰り廣げていた。こうした狀況の中で、詩經學者たちが詩經注釋を一種の媒體として用い、そこに自分の政治的意見を込めた例を見出すことができる。特に王安石の政策をめぐって新法派と舊法派がしのぎを削っていた時には、兩派とも詩篇解釋を通じて盛んに自己の政見を表現していたことは古くから知られる。

そのような目覺ましい例でなくとも、宋代の注釋を詩經解釋學史の流れにおいて見ると、前代から詩篇の解釋が變化しているものの中に、宋代に形成された道德的價値觀が强く反映している例を數多く見出すことができる。例えば、國家や自分の所屬する集團に對する歸屬心に關連する事柄を詠った詩句の解釋をめぐっては、宋代の解釋では歸屬心を强化する方向に動いていることがわかる。漢唐詩經學においては、亂世にあって不幸な生活を餘儀なくされている者が國を捨て他國に移ることについて條件付きながらも比較的寬容な態度をとり、そのような形象を詩篇に讀み取る解釋が行われていたのが、宋代に至るとそうした行爲は嚴しく忌避され、國を捨て他國に移る行動を讀み取らないような解釋に變化している。これは、國家の周圍を强大な異民族國家に取り圍まれていた宋代の歷史的狀況の中で求められた道德倫理が、詩經解釋に反映したものと考えられる（第十八章）。

また、「追刺」の問題を考察した結果、宋代になるとすでに亡くなった主君を批判するという行爲が不道德と考えられ、解釋から忌避されていく現象があったことが明らかになった。ここには、詩歌の中で自由な政治批判をすることがタブー視されるようになった當時の歷史狀況が反映されていると考えられる（第十九・二十章）。

このように、宋代の詩經解釋では解釋を通じて詩篇の道德性を强化する傾向を見ることができる。

②　道徳的解釋を導き出す方法

儒教的道德觀は、現代に生きる我々の目には守舊的な道德觀と映る。故に我々はともすれば、そのような觀點からなされる詩篇解釋は學問的發展の阻害要因としかならないだろうという先入觀をもって見てしまいがちである。しかし考察を通じて見えてきたのは、宋代の詩經學者達が新たな解釋を導出するために、舊來の儒教倫理からの離脱が前提條件として求められているわけでは決してなかったことである。そればかりか、儒教倫理を强化することと、新たな解釋學的方法論を構築することとがしばしば足並みをそろえているケースが見られた。つまり、道德的な問題を解決するために用いられた論理が、文學的な問題に關する分析方法の發展と不可分の關係にあるということである。

例えば、「追刺」詩を、「當の對象がもはやこの世におらず、批判することによってその道德的覺醒を望むことができない以上、その批判はただ亡き主君の罪惡を暴くだけで、臣下の義に悖る行爲である」と疑問視する說に對して、『正義』は、「詩は抑えきれぬ感情が溢れ出て生み出されるものであるから、必ずしも諫止のために作られるわけではない」という理由と、「亡くなった人の行爲を批判することによって、將來の主君のために他山の石とすることができる」という理由の二つを擧げて反論している。前者は詩が生み出される心理的動因からの說明であるのに對して、後者はそれとは視點を異にする詩の現實的な效用に着眼しての說明である。ここには、いまだ充分に自覺的ではないが、詩篇の意味層を作者の本來の意圖と讀者に與える現實的效用の二層に分ける思考法が見られる。これは前節で檢討した詩篇の多層性についての認識の原形であり、宋代詩經學を發展させる解釋學的認識の萌芽と見なし得る（第十八章第5節）。つまり、ここでは詩經の道德的問題に關する議論が、詩經解釋學の學問的方法を發展させる契機になっているのである。このことは、詩經解釋學において文學的問題と道德的問題が地續きであったことを表す。儒教的觀點を强化するための解釋が必ずしも詩經學を前進させるための阻害要因にならず、むしろ方法論の發展のために種子を提供した場合もあったのである。

詩經學史を考える上でこのことは重要である。學問的發展を考える時に、守舊的か進歩的かという我々の價値觀で事柄を區別して、それによって彼らの解釋の進歩性を測ろうとしては實相を見失う恐れがある。様々な價値觀や要請がお互いに絡まり合って太い繩のように伸びていく、詩經解釋學の歴史はそうしたイメージで捉えられるべきである。

＊＊＊　＊＊＊

宋代詩經學に通底する學的志向を一言で言えば、詩篇の構造の解明と論理性の追求とを融合させたものと言うことができるだろう。この特徴は筆者が取り上げた宋代詩經學者のいずれにも見出すことができた。そのような研究姿勢はしばしばその解釋に、朱熹が程頤の詩經解釋を批判して言った「義を取ること太だ多し」という言葉によって表されるような、過剩解釋の傾向をもたらした。故にこれを宋代詩經學の風氣のもたらした解釋學上の弱點と見ることもできよう。これは、歴史的事實や禮制といった詩篇外部のものと詩の言語との對應關係を追求することから生じた漢唐詩經學の過剩解釋とは様相を異にした、もう一つの過剩解釋のあり方ではある。しかし、そのような負の側面はあるにせよ、この態度が宋代詩經學を確立させるに大きく力があったことは認めなければならない。

本研究においては、宋代詩經學の諸家における理念と方法論の共有、漢唐詩經學・宋代詩經學・清朝考證學の詩經學の繼承關係という相互の「つながり」という側面に着目しつつ検討を行った。端的に言えば、本研究が從來の詩經學史研究と比較してなにがしかのオリジナリティを有するとすれば、それは個々の業績の獨自性に注目するよりも、宋代詩經學の個々の業績同士を綴り合わせるものの實像を見極め、また詩經學の歴史という長い綱の中に宋代詩經學史の兩端をしっかりと編み込むことを企圖したということにすぎない。このような考察の手法は、相互の同質性を過度に重視し、それぞれの異質性・獨自性についての検討を閑卻していると批判を受けるかもしれない。そして、同じく宋代に生まれた研究であるからには、あるいは同じく詩經を對象にした研究であるからには、そうした同質性・共通性が存在するのは自明のことにすぎないと言われるかもしれない。

しかしながら、あるいは言わずもがなと思われるかも知れない同質性・共通性にあえて拘泥してその內實を追求してみたならば、宋代詩經學の本質を考察するための、また二千年を超える歷史を持った詩經學の本質を考察するための新たな知見と、今後の研究の發展に寄與しうる研究の視點をなお數多く獲得することができるのではないかと筆者は考える。本研究のささやかな成果は、そのための一步として位置付けられる。

注

（1）『正義』に、あるいは歐陽脩に見られる、詩中の人物が不道德な戀愛感情を無反省に謳歌している樣子が詩篇に詠われているという認識に基づいた解釋は、朱熹の淫詩說の先縱と言えるものであるが、詩篇の主人公と作者とが別人格であり、作者は主人公の行動に批判的な立場から詠っていると考える點で、淫詩說とは大きく異なっている。このような解釋認識を「準淫詩說」と呼ぶ。なお、淫詩說とは儒教的倫理に反する不道德な男女の戀愛について言うものであるが、朱熹『詩集傳』の中には、主家に謀反を起こそうとする人物を愛し庇った民衆によって詠われたとして解釋する例が複數見られる。これは、詠われているのが戀愛感情ではないという意味で淫詩說と同日には論ぜられないが、國家に對する造反という、淫詩を輕く凌駕する不道德な感情が詩篇に詠われていると考える點で、詩經解釋の道德性、詩經の意味の多層性を考察する際には缺くことのできない資料となる。このような立場に立った解釋を「準淫詩說」と區別して、「類淫詩說」と呼ぶ。

（2）戴維『詩經研究史』（湖南教育出版社、二〇〇一、二八九頁・二九六頁）。

（3）郭全芝「『詩毛氏傳疏』與『詩集傳』」（『清代《詩經》新疏研究』、安徽大學出版社、二〇一〇、第三章第四節）。

（4）この問題については、拙稿「振り捨てきれない遺産――戴震『毛鄭詩考正』における宋代詩經學の引用の意義――」（慶應義塾大學日吉紀要『中國研究』第十號、二〇一七）、「同情と配慮のレトリック――戴震『毛詩補傳』に見られる嚴粲詩經學の影響――」（『日本宋代文學學會報』第三集、二〇一七）も參照されたい。

（5）劉毓慶『從經學到文學――明代詩經學史論』上編第一章第一節「明前『《詩經》學』的變遷」（商務印書館、二〇〇一）は、漢代の詩經學について、「這是一個將《詩經》全面經典化、政治化、歷史化的時代」と言う（二六・二七頁）。

（6）宋代詩經學における詩篇の構造の把握の仕方についての三つの論點は、すでに拙論「宋代詩經學對詩篇結構的認識以及與『毛詩正義』的關係」（李棟譯、『國際漢學研究通訊』第四期、二〇一二年）において概括的に論じた。本小節は結論部分の内容を一部踏襲しているが、宋代詩經學に關する筆者の研究を總括するために必要な論述として、一部改編を加えつつ引用したい。

（7）檀作文『朱熹詩經學研究』（學苑出版社、二〇〇三）。

（8）ただし、孔子が自ら詩篇を改作したという說は、南宋・段昌武『毛詩集解』卷首に歐陽脩の說として引用されるものが最も古く、歐陽脩の文集からは探し當てることができない。その意味で、眞に歐陽脩の言葉であるという確證は今のところ得られていない。

（9）束景南『朱熹年譜長編』（華東師範大學出版社、二〇〇一）に據れば、『詩集傳』刊行は淳熙十三年、一一八六年。『詩緝』は淳祐八年、一二四八年自序刊。

（10）戴維前揭書を見ると、程頤については「程氏是主張尊《序》的」（三〇〇頁）と言うのに對して、蘇轍については「蘇轍改變《詩經》形式最大的是删汰小《序》、前儒對小《序》也只是懷疑、但並未有人動手删汰、可見蘇轍的勇氣」（三〇八頁）と言い、詩序に對する兩者の態度の違いを强調している。

（11）蘇轍・程頤のように、小序初句を由來正しく從うべきとし、二句以下を後代の學者による二次的な言說として信頼性に留保條件をつける者であっても、個別の解釋においては二句以下の說に大きく依存し、あるいは初句を大膽に否定することを躊躇わないという例が多く見られる。

（12）南宋の朱熹以後の學者における詩序認識の實態については、拙論「嚴粲詩緝所引朱熹詩說考」（慶應義塾大學日吉紀要『中國研究』第七號、二〇一四）、「段昌武毛詩集解所引朱熹詩說考」（慶應義塾大學日吉紀要『中國研究』第八號、二〇一五）を參照されたい。

論文初出一覧

はじめに　書き下ろし（ただし、左掲論文から部分的に引用編集）

＊＊＊　＊＊＊

第Ⅰ部　歷代詩經學の鳥瞰

第一章　原題「イナゴはどうして嫉妬しないのか?——詩經解釋學史點描——」
（慶應義塾大學日吉紀要『言語・文化・コミュニケーション』第三五號、二〇〇五年九月）

第二章　「『詩經』の注釋を讀み比べる」
（平成二二年度　極東證券寄付講座　文獻學の世界『注釋書の古今東西』、慶應義塾大學文學部）

第Ⅱ部　北宋詩經學の創始と展開

第三章　「歐陽脩『詩本義』の搖籃としての『毛詩正義』」
（宋代詩文研究會『橄欖』第九號、二〇〇〇年一二月）

第四章　「『詩本義』に見られる歐陽脩の比喩說——傳箋正義との比較という視座で——」
（慶應義塾大學文學部『藝文研究』第八三號、二〇〇四年一二月）

第五章　「詩の構造的理解と『詩人の視點』——王安石『詩經新義』の解釋理念と方法——」
（宋代詩文研究會『橄欖』第一二號、二〇〇四年九月）

第六章　原題「穩やかさの內實——北宋詩經學史における蘇轍『詩集傳』の位置一　蘇轍『詩集傳』と歐陽脩『詩本義』との關係——」
（宋代詩文研究會『橄欖』第一四號、二〇〇七年三月）

第七章　原題「穩やかさの內實——北宋詩經學史における蘇轍『詩集傳』の位置二　蘇轍『詩集傳』と王安石『詩經新義』との關係——」
（『慶應義塾大學商學部創立五十周年記念日吉論文集』、二〇〇七年九月）

第八章　原題「穩やかさの內實——北宋詩經學史における蘇轍『詩集傳』の位置三　小序および漢唐詩經學に對する認識——」
（慶應義塾大學日吉紀要『言語・文化・コミュニケーション』第三九號、二〇〇七年一二月）

第九章　原題「穩やかさの內實——北宋詩經學史における蘇轍『詩集傳』の位置三　小序および漢唐詩經學に對する認識——補訂」
（慶應義塾大學日吉紀要『中國研究』創刊號、二〇〇八年三月）

第十章　「深讀みの手法——程頤の詩經解釋の志向性とその宋代詩經學史における位置——」
（慶應義塾大學日吉紀要『中國研究』第四號、二〇一一年三月）

第Ⅲ部　解釋のレトリック

第十一章　「それは本當にあったことか?——詩經解釋學史における歷史主義的解釋の諸相——」
（慶應義塾大學日吉紀要『中國研究』第二號、二〇〇九年三月）

第十二章　「一般論として……——歷史主義的解釋からの脫却にかかわる方法的概念について——」
（慶應義塾大學日吉紀要『言語・文化・コミュニケーション』第四〇號、二〇〇八年一二月）

第十三章　「いかにして詩を作り事と捉えるか？――『毛詩正義』に見られる假構認識と宋代におけるその發展――」（宋代詩文研究會『橄欖』第一六號、二〇〇九年三月）

第十四章　「詩を道德の鑑とする者――陳古刺今説と淫詩説から見た詩經學の認識の變化と發展――」（宋代詩文研究會『橄欖』第一七號、二〇一〇年三月）

第十五章　原題「詩人のまなざし、詩人へのまなざし――『詩經』における詩中の語り手と作者との關係についての認識の變化――」（慶應義塾大學日吉紀要『中國研究』第五號、二〇一二年三月）

第十六章　「作者の意圖から國史と孔子の解説へ――嚴粲詩經解釋における小序尊重の意義――」（慶應義塾大學日吉紀要『中國研究』第六號、二〇一三年三月）

第Ⅳ部　儒教倫理と解釋

第十七章　「國を捨て新天地をめざすのは不義か？――詩經解釋に込められた國家への歸屬意識の變遷――」（『表象文化に關する融合研究』（平成十二年度～平成十六年度私立大學學術研究高度化推進事業（學術フロンティア推進事業）研究成果報告書、第四巻「融合研究」、二〇〇五年三月）

第十八章　「詩によって過去の君主を刺ることは許されるか？――『毛詩正義』追刺説の考察――」（慶應義塾大學日吉紀要『言語・文化・コミュニケーション』第四一號、二〇〇九月一二月）

第十九章　「なぜ過去の君主を刺った詩と解釋してはいけないか？――宋代の學者の追刺説批判――」（慶應義塾大學日吉紀要『中國研究』第三號、二〇一〇年三月）

第V部　宋代詩經學の清朝詩經學に對する影響

第二十章「訓詁を綴るもの――陳奐『詩毛氏傳疏』に見られる歐陽脩『詩本義』の影響――」

（宋代詩文研究會『橄欖』第一三號、二〇〇五年一二月）

＊＊＊　＊＊＊

まとめ　原題「繼承と刷新――宋代詩經學の理念と方法――」

（慶應義塾大學日吉紀要『中國研究』第九號、二〇一六年三月）

參考文獻

《古典の部》

『十三經注疏　整理本』（北京大學出版社、二〇〇〇）
竹内照夫譯　『禮記　上・中・下』（新釋漢文大系29、明治書院、一九七九）
『史記』（中華書局排印本）
『漢書』（中華書局排印本）
小竹武夫譯、『漢書』（ちくま學藝文庫、一九九八）
『宋史』（中華書局排印本）
『楚辭補注』（中國古典文學基本叢書、中華書局）
『文選』（中國古典文學叢書、上海古籍出版社）
『呂氏春秋』（諸子集成、中華書局）
『藝文類聚』（上海古籍出版社影印宋紹興刊本）
『藝文類聚』（上海古籍出版社、一九八二）
『四庫全書總目提要』（臺灣商務印書館）

王安石『詩義鉤沈』（邱漢生輯校、中華書局、一九八二）
王安石『臨川先生文集』（四部叢刊正編）
王念孫『廣雅疏證』（高郵王氏四種之一、江蘇古籍出版社、一九八四）
王引之『經義述聞』（高郵王氏四種之三、江蘇古籍出版社、一九八五）
王充『論衡校釋』（黄暉校釋、新編諸子集成（第一輯）、中華書局、一九九〇）
翁方綱『詩附記』（伯克萊加州大學東亞圖書館編『翁方綱經學手稿五種』第三種、上海古籍出版社、二〇〇六）
歐陽脩『歐陽文忠公集』（四部叢刊正編）
歐陽脩『歐陽脩詩文集校箋』上册一〇一頁（洪本健箋注、上海古籍出版社、二〇〇九）
賈誼『新書』（文淵閣四庫全書）
魏源『詩古微』（『魏源全集・詩古微』、嶽麓書社、一九八九）
許愼『説文解字』（宋・徐鉉校訂、影印陳昌治同治十二年刻本、中華書局、二〇一三）
段玉裁『説文解字注』（影印經韵樓藏本、上海古籍出版社、一九八八）
龔橙『詩本誼』（夏傳才・董治安主編『詩經要籍集成』、學苑出版社、二〇〇二）
姜炳璋『詩序補義』（歷代詩經版本叢刊）
吳曾『能改齋漫錄』（文淵閣四庫全書）
司馬光『溫國文正司馬公文集』（四部叢刊正編）
謝采伯『密齋筆記』（叢書集成初編本）
朱彝尊『經義考』（四部備要）
朱彝尊『曝書亭集』（四部叢刊正編）

朱熹『朱子全書』（朱傑人・嚴佐之・劉永翔主編、上海古籍出版社、二〇〇二）

周中孚『鄭堂讀書記』（中國目錄學名著第一集、一九六五再版、世界書局）

錢大昕『潛研堂文集』（呂友仁校點本、一九八九、上海古籍出版社）

蘇軾『蘇軾文集』（中華書局排印本）

蘇籀『欒城遺言』（文淵閣四庫全書）

蘇轍『潁濱先生春秋集解』（『兩蘇經解』、京都大學漢籍善本叢書第一期、一九八〇、同朋社）

蘇轍『欒城集』（中國古典文學叢書、上海古籍出版社）

莊子『莊子集釋』（郭慶藩集釋、新編諸子集成（第一輯）、中華書局、一九六一）

　福永光司『莊子』（中國古典選、朝日新聞社、一九七八）

戴震『經考附錄』（『戴東原先生全集』、復印安徽叢書景印歙縣許氏藏汪氏不疏園初寫本、一九七八、臺灣、大化書局）

戴震『戴震文集』（中華書局、一九八〇）

晁公武『郡齋讀書志校證』（孫猛校證、上海古籍出版社、一九九〇）

陳啓源『毛詩稽古編』（皇清經解卷六〇）

陳振孫『直齋書錄解題』（徐小蠻・顧美華點校、上海古籍出版社、一九八七）

陶淵明『陶淵明集箋注』（袁行霈箋注、中華書局、二〇〇三）

董增齡撰『國語正義』（光緒庚辰章氏式訓堂精刻本影印、一九八五、巴蜀書社）

　大野峻譯『國語　上・下』（新釋漢文大系、明治書院、一九七五）

馬國翰『玉函山房輯佚書』（國學集要外編第一種、臺灣、文海出版社、一九七四）

馬端臨『文獻通考』「經籍考」（浙江古籍出版社、一九八八）

皮錫瑞　『經學歷史』（中華書局、一九五九）
楊時　『龜山集』卷七（文淵閣四庫全書本）
羅願　『爾雅翼』（石雲孫點校、安徽古籍叢書、黄山書社、一九九一）
李覯　『直講李先生文集』（四部叢刊正編）
李燾　『續資治通鑑長編』（中華書局排印本）
陸佃　『埤雅』（文淵閣四庫全書）
陸德明　『經典釋文』（上海古籍出版社、一九八五）
黎靖德編　『朱子語類』（理學叢書、中華書局、一九八六）
劉毓慶等編　『詩義稽考』（學苑出版社、二〇〇六）
劉勰　『文心雕龍義證』（詹鍈義證、中國古典文學叢書、上海古籍出版社、一九八九）
　興膳宏譯　『陶淵明・文心雕龍』（世界古典文學全集、筑摩書房、一九六八）
劉向　『古列女傳』（四部叢刊正編）
（朝鮮）宋時烈『程書分類』（徐大源校勘評點、上海辭書出版社、二〇〇六）

《現代の部・書籍》

汪惠敏　『宋代經學之研究』（國立編譯館主編、師大書苑發行、一九八九）
王水照主編　『宋代文學通論』（宋代研究叢書、河南大學出版社、一九九七）

王　倩　『朱熹詩經思想硏究』（北京大學出版社、二〇〇九）
王　力　『詩經韻讀』（上海古籍出版社、一九八〇）
華孳亨　『增訂歐陽文忠公年譜』（『昭代叢書』丙集補、縮葉影印道光二四年世楷堂刊本、上海古籍出版社、一九九〇、第一册）
何澤恆　『歐陽脩之經史學』（文史叢刊之五十四、國立臺灣大學出版委員會、一九八〇）
郝桂敏　『宋代《詩經》文獻硏究』（中國社會科學博士論文文庫、中國社會科學出版社、二〇〇六）
郭錫良　『漢字古音手册』（北京大學出版社、一九八六）
郭全芝　『清代《詩經》新疏硏究』（安徽大學出版社、二〇一〇）
洪湛侯　『詩經學史』（中華書局、二〇〇二）
黄忠愼　『范處義《詩補傳》與王質《詩總聞》比較硏究』（文史哲大系二三一、臺灣、文津出版社、二〇〇九）
黄忠愼　『嚴粲詩緝新探』（文史哲學集成、臺灣、文史哲出版社、二〇〇八）
孔凡禮　『蘇轍年譜』（學苑出版社、二〇〇一）
蔡世明　『歐陽脩的生平與學術』（文史哲學集成四十八、文史哲出版社、一九八六修訂再版）
謝建忠　「毛詩」及其經學闡釋對唐詩的影響硏究』（四川出版集團巴蜀書社、二〇〇七）
車行健　『詩本義析論――以歐陽脩與龔橙詩義論述爲中心――』（臺灣、里仁書局、二〇〇二）
周裕鍇　『中國古代闡釋學硏究』（上海人民出版社、二〇〇三）
章權才　『魏晉南北朝隋唐經學史』（廣東人民出版社、一九九六）
鄒其昌　『朱熹詩經詮釋學美學硏究』（商務印書館、二〇〇四）
錢志熙　『溫州文史論叢』（上海三聯書店、二〇一三）
錢鍾書　『管錐編』（中華書局、一九八六、第二版）

宋柏年『歐陽脩研究』（宋代文學研究叢書、巴蜀書社、一九九四）
宗福邦・陳世鐃・蕭海波主編『故訓匯纂』（商務印書館、二〇〇七）
東景南『朱熹年譜長編』（華東師範大學出版社、二〇〇一）
戴　維『詩經研究史』（湖南教育出版社、二〇〇一）
檀作文『朱熹詩經學研究』（中國詩歌研究中心學術叢刊、學苑出版社、二〇〇三・八）
張立文・祁潤興『中國學術通史――宋元明卷――』（人民出版社、二〇〇四）
程俊英・蔣見元『詩經注析』（中國古典文學基本叢書、中華書局、一九九一第一版）
程　傑『宋代詠梅文學研究』（安徽文藝出版社、二〇〇二）
滕志賢『詩經引論』（江蘇教育出版社、一九九六）
馬宗霍『中國經學史』（中國文化史叢書、上海書店據商務印書館一九三七年版復印）
裴普賢『歐陽脩詩本義研究』（東大圖書公司、一九八一）
裴普賢『歐陽脩詩本義研究』（臺灣、東大圖書有限公司、一九八一）
莫礪鋒『朱熹文學研究』（南京大學學術文庫、南京大學出版社、二〇〇〇）
潘嘯龍・蔣立甫『詩騷詩學與藝術』（上海古籍出版社、二〇〇四）
馮其庸審定・鄧安生纂著『通假字典』（花山文藝出版社、一九九八）
馮浩菲『歷代詩經論說述評』（中華書局、二〇〇三）
楊金花『《毛詩正義》研究――以詩學爲中心』（中華書局、二〇〇九）
葉國良『宋人疑經改經考』（臺灣、國立臺灣大學文學院、一九八〇）
楊新勛『宋代疑經研究』（中華書局、二〇〇七）

李劍鋒『元前陶淵明接受史』（齊魯書社、二〇〇二）
李祥俊『王安石學術思想研究』（北京師範大學出版社、二〇〇〇）
李冬梅『蘇轍《詩集傳》新探』（四川大學「儒藏」學術叢書、四川大學出版社、二〇〇六）
劉毓慶『從經學到文學――明代《詩經》學史論』（商務印書館、二〇〇一）
劉毓慶『歷代詩經著述考』（中華書局、二〇〇二）
劉子健『歐陽脩的治學與從政』（新亞研究所、一九六三）
劉德清『歐陽脩論稿』（北京師範大學出版社、一九九一）
劉德清『歐陽脩紀年錄』（上海古籍出版社、二〇〇六）
劉復生『北宋中期儒學復興運動』（大陸地區博士論文叢刊、文津出版社、一九九一）
林葉連『中國歷代詩經學』（中國文學研究叢書、臺灣學生書局、一九九三）

＊＊＊　＊＊＊

井上　進『中國出版文化史――書物世界と知の風景――』（名古屋大學出版會、二〇〇二）
岡村　繁『毛詩正義譯注』（中國書店、一九八六）
土田健次郎『道學の形成』（創文社、二〇〇二）
目加田誠『定本詩經譯注』（目加田誠著作集第二卷、龍溪書社、一九八三）
目加田誠『詩經研究』（目加田誠著作集、龍溪書社、一九八五）
吉川幸次郎『詩經國風　上・下』（中國詩人選集、岩波書店、一九五八）
賴惟勤監修・說文會編『說文入門――段玉裁の「說文解字注」を讀むために――』（大修館書店、一九八三）

白川　靜　『詩經國風』（東洋文庫518、平凡社、一九九〇）

《現代の部・論文》

于　昕「蘇轍著《詩集傳》攻《序》的內容和特點」（『第四屆詩經國際學術研討會論文集』、二〇〇〇）
郝桂敏「歐陽脩與蘇轍〈詩〉學研究比較論」（『遼寧大學學報』、二〇〇一・三）
郭全芝「『毛詩後箋』與『詩毛氏傳疏』比較」（『文獻』、二〇〇一年七月第三期）
郭全芝「『詩毛氏傳疏』與『詩集傳』」（『清代《詩經》新疏研究』、安徽大學出版社、二〇一〇）
胡念貽「論漢代和宋代的『詩經』研究及其在清代的繼承和發展」（『中國古代文學論集』、上海古籍出版社、一九八七）
黃雅琦「朱熹淫詩說在詮釋學上的意義」（『詩經研究叢刊』第十三輯、學苑出版社、二〇〇七）
施榆生「『毛詩序』與『美刺說』」（『電大教學』一九九八年第五期）
朱　剛「蘇轍晩年の詩について——箪瓢　吾　何をか憂へん、詩を作りて中腸熱す——」（種村和史譯、宋代詩文研究會『橄欖』第十二號、二〇〇四年九月）
朱自清「詩言志辨」（『朱自清全集』第六卷、江蘇教育出版社、一九九〇）
周東亮「《詩緝》的成書時間及其『以詩解《詩》』」（『西南交通大學學報（社會科學版）』、第十三卷第一期、二〇一二・一）
周東亮・金生揚「論江湖詩人嚴粲生平及其學術」（『重慶科技學院學報（社會科學版）』、二〇〇八、第二期）
錢志熙「從歌謠的體制看風詩的藝術特點兼論對《毛詩》序傳解詩系統的正確認識」（『北京大學學報（哲學社會科學版）』Vol. 42, No.2（二〇〇五・三）
錢志熙「永嘉學派《詩經》學思想述論」（『國學研究』第十八卷、北京大學出版社、二〇〇六）

錢鍾書　「詩可以怨」（『七綴集』、上海古籍出版社、一九八五）

宋均芬　「《詩緝》概述研究」（『漢字文化』二〇一二年第三期、總第一〇七期）

宋均芬　「《詩緝》（明味經堂刻本）音注存在的文字問題考校（上）」（『漢字文化』二〇〇八年第一期、總八一期）

譚德興　「試論程顥程頤的《詩》學思想」（中國詩經學會編『詩經研究叢刊』第六輯、學苑出版社、二〇〇四）

張啟成　「論歐陽脩《詩本義》的創新精神」（『貴州社會科學』、一九九九年第五期、總第一六一期）

陳明義　「蘇轍《詩集傳》在《詩經》詮釋史上的地位與價值」（林慶彰主編『經學研究論叢』第二輯、臺北聖環圖書公司、一九九四）

程元敏　「三經新義修撰通考」（『三經新義輯考彙評（一）――尙書』）

程元敏　「三經新義與字說科場顯微錄」（『三經新義輯考彙評（一）――尙書』）

鄧國光　「唐代詩論抉原――孔穎達詩學」（『中華文史論叢』、第五十六輯）

滕志賢　「試論陳奐對『毛詩』的校勘」（林慶彰・楊晉龍主編『陳奐研究論集』、臺灣、中央研究院中國文哲研究所籌備處、二〇〇〇）

梅顯懋　「『毛詩序』以美、刺說詩探故」（『社會科學輯刊』二〇〇五年第一期）

熊祥軍・任菊　「論嚴粲《詩緝》的以《詩》言《詩》」（『昭通師範高等專科學校學報』第三二卷第六期、二〇一〇・一二）

熊祥軍・任菊　「論嚴粲《詩緝》的文學思想」（『語文學刊』二〇一二、第六期）

姚永輝　「呂祖謙《呂氏家塾讀詩記》中的『詩史互釋』」（中國詩經學會編『詩經研究叢刊』第八輯、學苑出版社、二〇〇五）

劉毓慶・郭萬金　「『詩小序』與詩歌『美刺』評價體系的確立」（『太原師範學院學報（社會科學版）』二〇〇七年第六期）

劉原池　「朱熹之《詩》學解釋學」（『詩經研究叢刊』第十六輯、學苑出版社、二〇〇九）

劉　展　「歐陽脩《詩本義》〈淫奔詩〉說解讀――以《靜女》詩爲例」（『科技信息（人文社科）』、二〇〇八、第二三期）

林慶彰「陳奐『詩毛氏傳疏』的訓釋方法」（林慶彰・楊晉龍主編『陳奐研究論集』、臺灣、中央研究院中國文哲研究所籌備處、二〇〇〇）

＊＊＊　＊＊＊

石本道明「蘇轍『詩集傳』と朱熹『詩集傳』」（『國學院雜誌』一〇二〔一〇〕〔通號一一三四〕、二〇〇一・一〇）
Tutomu Iwasaki "*A study of Ho-hsi* (河西) *Tibetans during the Song Dynasty*" (The memoirs of the *Toyo Bunko*, 44, 1986)
內山精也「東坡烏臺詩案考——北宋後期士大夫社會における文學とメディア——」（上編、宋代詩文研究會會誌『橄欖』第七號、一九九八／下編、同第九號、二〇〇〇／『蘇軾詩研究』、研文出版、二〇一〇）
江口尙純「歐陽脩の詩經學」（『詩經研究』第一二號、一九八七、一二）
榎　一雄「王韶の熙河經略について」（『蒙古學報』第一號、一九四〇／『著作集』第七卷　中國史、汲古書院、一九九四）
木島史雄「『經典釋文』の著述構想とその變用の構圖——（書物の情報表示形式の適正化）の視點から——」（『東方學報京都』第七一冊、一九九九）
近藤光男「『屈原賦注』について」（『淸朝考證學の研究』研文出版、一九八七）
坂田　新「歐陽脩『毛詩本義』について」（『詩經研究』第一號、一九七四・一〇）
田中謙二「朱門弟子師事年攷」（『田中謙二著作集』第三卷、汲古書院、二〇〇一）
田中和夫「『毛詩正義』に於ける司馬遷『史記』の評價について」（『毛詩正義研究』、白帝社、二〇〇三）
種村和史「淸朝詩經學の變容——戴段二王の場合——」（慶應義塾大學文學部『藝文研究』第六二號、一九九三）
種村和史「陳奐『詩毛氏傳疏』の性格」（慶應義塾大學文學部『藝文研究』第七十號、一九九六）
種村和史「戴震の詩經學——『杲溪詩經補注』の立場と方法——」（『日本中國學會報』第四四集、一九九二）

種村和史「宋代詩經學對詩篇結構的認識以及與『毛詩正義』的關係」（李棟翻譯、『國際漢學研究通訊』第四期、二〇一二）
種村和史「嚴粲詩緝所引朱熹詩說考」（慶應義塾大學日吉紀要『中國研究』第七號、二〇一四）
種村和史「段昌武毛詩集解所引朱熹詩說考」（慶應義塾大學日吉紀要『中國研究』第八號、二〇一五）
種村和史「振り捨てきれない遺產——戴震『毛鄭詩考正』における宋代詩經學の引用の意義——」（慶應義塾大學日吉紀要『中國研究』第十號、二〇一七）
種村和史「同情と配慮のレトリック——戴震『毛詩補傳』における嚴粲詩經學の影響——」（『日本宋代文學學會報』第三集、二〇一七）
内藤湖南「支那目錄學」（『内藤湖南全集』第十二卷、筑摩書房、一九七〇）
野間文史「邢昺『爾雅疏』について」（『五經正義の研究——その成立と展開——』研文出版、一九九八）
濱口富士雄「清代考據學における解釋理念の展開」（『清代考據學の思想史的研究』國書刊行會、一九九三）
邊土名朝邦「歐陽脩の鄭箋批判」（『活水論文集』二三號、一九八〇）
增子和男「歐陽脩『詩本義』版本の諸問題」（『神奈川大學附屬學校研究紀要』第一號、一九八七・六）
山本正一「陳碩甫小論」（林慶彰・楊晉龍主編『陳奐研究論集』、臺灣、中央研究院中國文哲研究所籌備處、二〇〇〇）

後書き

校正が終わったゲラの山を眺めていて、生來飽きっぽい性格の自分がよくも一つのテーマをめぐってかくも長きにわたって論文を書き續けられてきたものだと思う。その理由はと言えば、やはり詩經解釋學史というテーマ自體の持つ盡きせぬ魅力のなせる業であろう（自分の研究分野を呼ぶ際、「詩經學」という簡勁で響きも高い呼稱を用いたいのは山々なのだが、「詩經學」には、詩經の原義研究——歐陽脩の言葉で言えば詩人の意の研究——と、詩經を歷代の人々がどう讀んできたかに焦點を當てた研究という、研究對象も目的も手法も大きく異なり一つにまとめるのは無理がある二種類の學問分野を含むという曖昧さがある。早い話が、現代の詩經の原義研究そのものが、いつの日か詩經解釋學史研究の俎上に載せられることだろう。そういうわけで、あえて無骨で餘韻に缺ける「詩經解釋學史」という呼稱を使っている）。

詩經解釋學史にはいったいどんな魅力があるのだろうか。まずは、詩經解釋の持つ長い歷史と分厚く多樣な著述の堆積である。詩經が編纂される前、民閒や宮廷で樂器の演奏や舞踊を伴って歌われていたであろう歌謠に何らかの價値を見出した誰かが收集保存の作業を開始したその時から解釋の步みが始まったと考えれば、詩經解釋學の歷史はまことに悠久である。その歷史の舞臺に登場するのは、毛亨・鄭玄・孔穎達・歐陽脩・王安石……といったビッグネームのみならず、李樗・黃櫄・嚴粲・段昌武のように一般には知名度のない學者に至るまで、みなそれぞれに個性豊かな役者揃いである。彼らの學問を研究していると、その人品骨柄が詩篇の注釋という禁欲的な文章から抑えきれず溢れ出てくるのをまざまざと感じる。一筋縄ではいかぬ面々の生の思惟を追いかけることが何よりも樂しい。

次に擧げられるのは、詩經解釋學史の中に包含される問題の多樣さである。本書で扱ったものに限っても、文學理論・儒學史・政治史・道德倫理など多岐に亘る。學識が不足していることは自覺しているが、その問題の存在を傳えるだけでもこの學問に對する貢獻と考え、惡戰苦鬪しながら無謀な冒險を繰り返してきた。それぞれの問題について、今後より相應しい人々が精密で通徹した研究を行うことによって、本書の論述は破棄され更新されるべきである、本書で私が提起した問題にはそれだけの價値があると信じている。

そして、それら多樣な問題はけっして孤立的に存在するのではなく、互いに絡まり合って複雜な樣相を示している。詩經解釋學史の諸問題は、一つの視點、一つの要因だけでは實相に迫ることはできない。きつく綯い合わされた綱をほどいていく地道な作業の中で、思いがけない風景が立ち現れてくるのを目にするのも大きな魅力である。この學問が發展するためには、多方面に亘る知識と研究遂行能力を持つ（私はとても無理である）專門家たちが結集して取り組む必要がある。その意味ですぐれて學際的な研究領域であると思う。

また詩經解釋學史研究は、世界の文學理論研究と手を携えることによって豐かな可能性が期待される分野であると思う。私が日頃論文の英語タイトルを相談している英文學を專門とする同僚からたびたび、私が論文で扱ったテーマが歐米の解釋學や受容理論の問題意識と重なるところがあり興味深いと言われたりする。私の論文の評價については過分のお褒めの言葉と受けとめるべきこと承知しているが、一方で、詩經解釋學史研究が歐米の文學理論と問題意識を共有することは紛れもない事實なのであろうと思う。歐米の解釋學は聖書の解釋を淵源にするという。とすれば、中國において儒教の經典がどう讀まれてきたかに關心を持つ學問は、當然ながら歐米の解釋學史と同樣の問題系に逢着せずにはいられない。そのように考えれば、中國の經學は歐米の聖書に比すべき至高の書物として、それぞれに來歷と性質の異なる五種の經典を有する。この五種類の光で、歐米で發達した解釋理論を新たに照らし出すことが充分期待できよう。とりわけ、教化の具であり最古の詩集でもあるという複雑さを持つ詩經の解釋學史は、眞っ先に世界規模の文學研究に參入するにふさわしいものであろう。

詩經という古代のテキストを核にした悠久で豊潤な解釋の歴史と取り組んできて、「古典」とはいったい何だろうかと考えるようになった。テキストそのものが古典なのではなく、テキストに歴史の手垢が付いてはじめて古典となるのである、と言うよりも一層また一層と重なり續けて成った手垢の堆積そのものが古典の實體なのではないかという思いに驅られることさえ往々にしてある。近年中國ではこれまで知られていなかった思想的・文學的文獻を含む（他でもない「孔子詩論」をはじめとする詩經關係の文獻も内に含む）出土資料が地下から續々と發見されている。古代のテキストが古典として認知される前の狀態としてあるもの、あるいは古典として認知される過程を生々しく物語るものも多い。私の興味に引き寄せて言えば、古代の文獻が後世の人々の解釋によって浸潤される前の狀態を表すもの、あるいは徐々に浸潤されつつあるものということになる。こうした資料に基づいた研究と對話することによって、古典中國における解釋史の意義もより深く考察することができるのではないかと夢想している。

詩經解釋學史は近年急速に研究環境が整いつつある。複數の注釋書の相互比較ということについて言えば、研究に大きな便宜をもたらす大規模な叢書・研究彙編が立て續けに刊行されている。例えば、『詩經要籍集成』（中國詩經學會編、學苑出版社、二〇〇二）・同二編（夏傳才主編・王長華副主編、學苑出版社、二〇一五）・『歴代詩經版本叢刊』（田國福編、齊魯書社、二〇〇八）である。合計三八二種（ただし若干の重複を含む）のテキストが收められている。さらに『日藏詩經古寫本刊本彙編（第一輯）』（王曉平編著、中華書局、二〇一六）のように、海外における詩經受容史・研究史を視野に入れた編纂事業も進められている。こうした大型叢書の刊行により歴代の詩經研究を一望のもとに見渡すことが容易になった。『詩經集校集注集評』（魯洪生主編、現代出版社、二〇一五）は、詩篇ごとに主要な經説を收集した大規模な編著であり、『詩義稽考』（劉毓慶氏等編、學苑出版社、二〇〇六）は注釋書以外の詩經解釋に關わる文章を同じく詩篇ごとに丹念に蒐集した勞作である。今後、本書で行ったような歴代の注釋の比較は格段に進化し、より精緻で立體的な研究も可能となることであろう。

このような大規模な編纂事業から窺えるように、大陸・臺灣では自國の文化の中樞を占める詩經に對して熱心で持續的な注目が集まり、多くの研究者が着實に研究成果を積み重ねている。二〇〇一年に第一輯が刊行された『詩經研究叢刊』は、二〇一七年七月現在すでに二八輯を數えている。專著や雜誌論文、博士論文、修士論文という形で多種多様なテーマに對する研究成果が陸續と發表されている様子は、今やインターネットを介した各種データベースにより居ながらにして目の當たりにできる。「漢籍電子文獻瀚典(全文檢索系統」(臺灣・中央研究院、http://hanji.sinica.edu.tw/)と「文淵閣四庫全書電子版」は、私が研究を始めた當初から手放せない「工具書」であり續けている。こうしたデータベース環境がなければ、私は一篇たりとも研究成果を殘すことはできなかったであろうこと肝に銘じている。

詩經解釋學史研究は、學術的意義も高く研究環境も整った學問領域である。日本の研究者も積極的に參加すべきである。言うまでもなく日本は詩經研究の長く厚い歴史を持っており、我々はその恩惠に與ることができる。一例を擧げれば、清原宣賢の『毛詩抄』である。『毛詩正義』を讀んで意味が取れなかったり自分の讀みに自信が持てなかった時に、『毛詩抄』を開いて疑問が氷解したことは數多い。中國においては、『毛詩正義』の研究こそあれ、管見の限り『毛詩正義』讀解のための參考書はないことを思えば、日本人が『毛詩正義』という、學術的にきわめて重要な價値を有しながら讀解がそれほどたやすくはない文獻についての最上の參考書（もちろん、清原宣賢は漢唐詩經學だけではなく朱熹の詩經解釋にも造詣が深く、『毛詩抄』にもその一端が示されていることも承知しているが。また、現代の研究者によって、岡村繁『毛詩正義譯注　第一册』、中國書店、一九八六、田中和夫『毛詩注疏譯注　小雅（一）（二）』、白帝社、二〇一〇・二〇一三、などのような精密な譯讀が發表されていることも承知しているが、『毛詩正義』全篇にわたって參考にし得る簡便的確な參考書として『毛詩抄』を凌駕するものはいまだないと思われる）を手輕に利用できることは研究上の大きなアドバンテージである。

しかしながら、現今の日本の學會において詩經解釋學史研究者は少ない。以前は研究仲閒の少なさに半ば開き直って、それならば私が他の目を氣にすることなくこの學問を骨の髓までしゃぶり盡くしてやろうなどとうそぶいてみたりもしたが、今やそのような傲慢な考えはない。詩經解釋學史は廣大かつ深遠で、私一人がどうあがいてもその萬分の一も味わい盡くすことなどできはしない。またこれ程面白く稔り豊かな學問分野がいつまでも放っておかれるはずはない。長い目で見ればいずれその魅力に人々が氣付き、たくさんの研究者が結集しこぞって研究に取り組むであろうと謙虚に樂觀している。

私にとって、詩經解釋學史は巨大なテーマパークのような存在である。そこで私は長らく思う存分樂しませてもらってきた。調子に乘って遊びまわったあげく、自分の所在もわからない迷子のような狀態になってしまったくらいに。本書は、そんな自分の位置を確認し、次に樂しむべきアトラクションを見つけるために、これまで遊び戲れてきた、そしてこれからも遊び續けようと思い定めている樂園を自分なりにわかりやすく描いたガイドマップである。このガイドマップはまずは自分のために作られたものではあるが、できれば讀者諸賢にもこのテーマパークの魅力を知り、この出會う人のまばらな樂園に足を踏み入れていただくための案內となることをひそかに期待している。本書を通じて今後多くの研究仲閒ができればこれに勝る喜びはない。

＊＊＊　＊＊＊

私が我が儘な研究生活を過ごすことができたのは、一々名前を擧げることはできないほど多くの先生・同僚・友人の教導と援助と切磋琢磨とに惠まれたればこそである。ここに深甚の感謝を表する。

本研究は、慶應義塾大學に提出した博士論文に最小限の修正を加えたものである。審査にあたってくださった、主査高橋智氏（慶應義塾大學文學部中國文學專攻）・副査佐藤道生氏（同國文學專攻）・內山精也氏（早稻田大學教育・總合科學學術院）・顧永新氏（北京大學中文系）、そしてすべての過程にわたって溫かなお取りはからいをいただいた關根謙氏（慶應義塾大學文學部名譽教授）の諸氏からは、本研究に對して多くの核心を突く批評を賜った。本書においてその學恩に充分報いられなかったことを殘念に思うとともに、いただいた助言は今後の研究の確かな指針として心にしかと銘記している。

內山精也氏は、さらに本書刊行について研文出版に紹介の勞を執ってくださった。邊幅だけは大きな論著につき、出版にあたって全篇を收めることは叶うはずもなく大鉈を振るって壓縮しなければならないだろうこと覺悟しつつも、さてどこをどう壓縮したらよいものか途方に暮れながら研文出版（山本書店出版部）の門を叩いた日のことを思い出す。本研究の概要と構成についての私の説明を聞いた後、山本實社長は、「そういうことでしたらこのままの形で出版しましょう」とおっしゃってくださった。望外の言葉に宙に足が浮くような感覺を味わいながら歸途に就いたこの日の喜びは、後日「版を組んでみましたところ、總頁が千頁を越えそうです」という連絡を受けた日の困惑と申し譯なさ、自宅に屆いた段ボール箱いっぱいの初校ゲラを目の當たりにした時に襲われた目眩のような感覺、そこから始まった大わらわの數ヶ月の疲勞困憊と眼精疲勞、それとともに終始續いた昂揚感と幸福感とともにいつまでも忘れることはないであろう。この上望みようもない形で本研究を世に問う機會を與えてくださったことに對して心より感謝を申し上げる。

なお本書の出版については、獨立行政法人日本學術振興會平成二九年度科學研究費補助金（研究成果公開促進費）「學術圖書」の助成を得た。

種村 和史（たねむら かずふみ）
一九六四年青森県生まれ
慶應義塾大學商學部教授 博士（文學）
論考 「段玉裁の詩經研究に見られる說の搖らぎ——試論——」（『次世代中國古典文獻データベース構築の基礎的研究』、平成十四～平成十六年度科學研究費補助金研究成果報告書）、「江湖詩人と儒學：詩經學を例として」（『アジア遊學』第180號、勉誠出版）、「衰運への感受性——「氣數」の詩語化の過程、および戴復古の歷史的意義——」（宋代詩文研究會『橄欖』第20號）、「後退りしながら飛ぶ鳥のように——郝經の詩文における「氣數」の位相——」（中國詩文研究會『中國詩文論叢』第35集）

詩經解釋學の繼承と變容
——北宋詩經學を中心に据えて——

二〇一七年 九月二五日 第一版第一刷印刷
二〇一七年一〇月 五日 第一版第一刷發行

定価［本体一五〇〇〇円＋税］

著者 種村 和史
發行者 山本 實
發行所 研文出版（山本書店出版部）
〒101-0051
東京都千代田区神田神保町二―七
TEL 03（3261）9337
FAX 03（3261）6276
振替 00100-3-59950
印刷 富士リプロ㈱
製本 大口製本

ISBN978-4-87636-426-8

引用注釋一覽表

凡　例

・本表は、本書本文および注で引用（一部の要約も含む）した、歴代の學者の詩篇の解釋に關する經説を列擧したものである。詩經の總論的な問題に關する經説は引用書目索引について見られたい。
・經説の所在は、本書章番號と頁數によって示す。「3-129」は、第三章129頁を示す。章番號の「p」は「はじめに」を表す。章番號の頭に「＊」を付けたものは、各章の「注」中の引用であることを表す。
・引用書名・篇名表示は、「詩」は詩篇の經文を示す。他は基本的に本書で用いた略稱で示すが、學者名で示した場合も多い。
・一つの經説を分割しながら連續的に引用している場合は、その始めの頁數のみを示す。
・小雅・大雅の「什」の分類は、『毛詩正義』に據った。

毛詩正義序				＊3-147　＊18-864
詩經書題			正義	3-129　＊17-827
詩譜序				＊3-152
			正義	＊3-152
國風	周南	毛詩大序		5-221　5-230　5-232　8-342　15-685　16-744　18-847　18-856　＊18-864
			箋	16-745　18-857
			正義	4-167　＊4-185　5-223　5-232　5-234　15-685　＊15-718　16-745　18-858　＊18-864
			新義	5-221　5-230　5-231　5-235
			黄櫄	＊5-250
			詩緝	16-744
		關雎	序	10-427　13-543　14-612　20-918
			詩	1-39　4-172　13-542　20-911
			傳	1-39　4-172　13-542　13-544　20-911　20-917
			箋	1-39　4-172　7-318　13-543　＊13-599　＊13-600　20-911　20-917　20-920
			正義	1-39　13-542　13-544　＊13-599　＊13-600　20-917　20-921　＊20-950
			詩本義	4-172　14-612　14-613　20-911　20-918
			程解	＊10-439　＊10-441
			蘇傳	6-271　7-317　8-352　＊8-365　＊8-368
			呂記	10-427　＊10-438
			陳啓源	＊20-948
			戴震	9-913
			胡承珙	＊20-949
			陳奐	20-912　20-918　20-936
		葛覃	詩	3-124　13-538
			傳	3-124　13-538
			箋	3-124
			正義	3-125　13-539　＊13-596
			詩本義	3-125　3-141

國風	周南	卷耳	序	2-69　8-336　9-388　14-612
			詩	2-67　4-176　5-216　9-388
			傳	2-82　4-176　5-217　9-388
			箋	5-217　8-338
			正義	2-78　4-176　5-217　＊5-248　9-389　＊14-653
			詩本義	2-71　＊8-367　＊9-396　14-613
			新義	5-220
			蘇傳	2-71　6-277　8-337　9-388
			辨說	2-73
			集傳	2-75　2-77
			目加田誠	＊2-84
			吉川幸次郎	2-68
		樛木	詩本義	6-276
			陳奐	20-937
		螽斯	序	1-30　3-139　5-188
			詩	1-28　3-139　5-189
			傳	1-30　5-189
			箋	1-31　3-139　5-190
			正義	1-31　1-42　＊1-60
			詩本義	1-42　3-140　＊4-184
			新義	1-51　5-189
			蘇傳	1-44　5-191　＊5-245
			呂記	1-46　1-47　1-51
			集傳	1-48　5-191　＊5-246
			語類	＊1-63
			詩緝	1-49　1-50
			段玉裁	1-55
			焦循	1-55
			胡承珙	1-54　1-55
			陳奐	1-53
			王先謙	1-56
			毛詩抄	＊1-63　＊1-64

國風	周南	桃夭	詩	5-208
			傳	5-208
			箋	5-208
			新義	5-208
			陳奐	20-937
		兔罝	序	16-733
			正義	16-735
			詩本義	＊4-183
			蘇傳	6-288
			集傳	16-735
			詩緝	16-734
		芣苢	陳奐	20-936
		麟之趾	序	3-103
			箋	3-103
			正義	3-104　＊15-717
			詩本義	3-103　＊3-146　＊13-602　＊14-654
	召南	鵲巢	詩本義	4-163　4-173
			錢大昕	＊20-948
			陳奐	20-943
		草蟲	詩	6-283　6-285
			傳	＊6-295
			箋	6-284　＊6-295
			詩本義	6-283　6-285　6-286
			蘇傳	6-283
			陳奐	9-937
		行露	詩本義	＊4-183
		摽有梅	詩	＊15-714
			箋	＊15-714
			正義	＊15-714
			詩本義	＊4-183
			毛詩抄	＊15-714
		江有汜	蘇傳	＊8-371
		野有死麕	詩本義	3-140　＊14-653　＊14-654　＊14-657　＊15-711

國風	召南	野有死麕	陳奐	20-937
		騶虞	正義	＊3-149　＊15-717
	邶	邶鄘衞譜		＊15-713　16-736
			正義	3-117　15-680　16-736
		柏舟	序	17-801
			詩	＊9-393　17-801　20-922
			傳	17-802　20-922
			箋	17-802　20-922
			正義	17-803
			詩本義	20-923　＊20-950
			蘇傳	8-355　＊8-367　＊9-393　17-806
			集傳	17-807
			陳奐	20-923　＊20-951
			毛詩抄	17-803
		綠衣	序	＊8-367　16-735
			正義	16-736
			蘇傳	＊8-367
			集傳	＊14-656　＊16-757
			詩緝	16-736
		燕燕	詩	5-215
			箋	5-215
			新義	5-215
		日月	序	＊9-395
			詩	9-379
			箋	9-381
			正義	9-379　＊9-395
			蘇傳	9-380
		擊鼓	詩	6-261　＊20-948
			箋	6-262
			正義	＊20-948
			詩本義	6-262
			蘇傳	6-263
			陳奐	20-906

國風	邶	凱風	序	＊8-367
			詩	4-171
			箋	4-171
			正義	4-171
			蘇傳	＊8-367
		雄雉	序	8-330
			詩	8-331
			傳	8-331
			箋	8-331
			正義	3-117
			蘇傳	8-333
			詩緝	19-885
		匏有苦葉	序	3-118
			詩	3-119
			傳	3-119
			箋	3-118
			正義	3-119
			詩本義	3-118　3-120　3-140　＊3-146　＊4-183
			陳奐	20-936
		谷風	序	15-673　17-776
			詩	15-674　17-777
			箋	15-674　17-777
			正義	15-673　＊15-713　16-741　17-777
			蘇傳	17-779
			集傳	＊16-757　17-780
			詩緝	16-741
			陳奐	20-936
		式微	正義	＊15-714
		簡兮	序	10-424
			詩	10-423　15-678
			傳	10-423
			箋	10-423　15-678
			正義	10-424　15-678
			新義	10-424

國風	邶	簡兮	程解	10-424
			蘇傳	＊10-438
			集傳	＊2-84　10-425
		泉水	蘇傳	6-271　＊8-371
		北風	詩	15-689　15-690
			箋	15-689
			正義	15-688　15-690
			詩本義	15-688　15-691
		靜女	序	14-630
			詩	P-7
			箋	14-630
			正義	P-10
			詩本義	4-166　13-564　14-629　＊15-715
			集傳	14-629　14-651
			辨說	14-631
			目加田誠	P-8
		新臺	序	8-341
			詩	8-341
			詩本義	3-129
			蘇傳	8-341
		二子乘舟	詩	20-908
			傳	20-909
			詩本義	6-269　20-909
			蘇傳	6-269
			王引之	＊20-949
			陳奐	20-910
	鄘	牆有茨	詩本義	4-166　＊8-372
		桑中	序	11-476
			詩	＊11-494
			集傳	11-476
			辨說	11-477
			朱熹（讀呂氏詩記桑中篇）	11-477
			胡承珙	＊11-495

國風	鄘	桑中	方玉潤	11-480
			目加田誠	＊11-496
			錢鍾書	11-483
			程俊英・蔣見元	11-482
		蝃蝀	詩	10-411　＊10-436
			箋	10-411
			正義	10-411
			程解	10-411　＊10-436
			蘇傳	10-412
			集傳	10-412
		相鼠	詩本義	4-168　4-170　5-238　8-362
		干旄	詩	10-420　13-575
			正義	＊10-437　13-576
			新義	5-236　10-422
			程解	10-421
			呂記	13-576
			集傳	13-577
		載馳	序	15-681
	衞	淇奧	序	5-195　＊8-370
			詩	5-195
			傳	5-195
			箋	5-197
			正義	5-195
			新義	5-195
			集傳	＊5-246
		考槃	序	＊16-757　17-790
			詩	17-790
			傳	17-790
			箋	17-790
			正義	17-792
			詩本義	3-135　17-794　17-795
			新義	17-793
			蘇傳	17-796
			鄭俠	17-797

國風	衞	考槃	程解	17-797
			楊時	17-798
			黄櫄	17-799　＊17-827
			集傳	17-796
			辨說	19-883
			詩緝	16-742
		碩人	序	＊10-436
			詩	10-414　＊10-436
			傳	10-414　＊10-436
			箋	＊10-436
			新義	＊5-247
			程解	10-415　＊10-436
		氓	序	15-668
			詩	3-110　＊8-371　15-667
			箋	3-111　＊8-371
			正義	3-111　15-667　＊15-714
			詩本義	3-111　15-668　15-691　＊15-715
			蘇傳	＊8-371
			集傳	＊2-84　15-669
			辨說	15-670
		河廣	序	15-681
			詩	16-743
			箋	＊15-713　＊16-758
			正義	＊15-713
			集傳	＊16-758
			詩緝	16-743
			許謙	＊13-605
		有狐	正義	＊10-438
			集傳	＊2-84
		木瓜	序	＊15-713
	王	王城譜		18-853　＊18-865
		黍離	序	18-850
			詩	18-850　19-877
			箋	18-851　19-877

國風	王	黍離	正義	＊13-597　18-852　＊18-865　19-877
			蘇傳	19-880
			楊時	＊18-897
			李樗	19-877　19-879
			范處義	19-879
			集傳	19-890
			詩緝	19-890
		揚之水	詩	6-278
			傳	6-280　＊6-295
			箋	＊6-295
			蘇傳	6-279
		中谷有蓷	蘇傳	7-315
		兔爰	序	8-334　＊8-366
			詩	＊8-365
			傳	＊8-365
			箋	＊8-366
			蘇傳	8-333
			集傳	＊8-366
		葛藟	詩	＊6-294　7-304
			箋	7-305
			正義	7-305
			新義	7-308
			蘇傳	＊6-294　7-306
		采葛	詩	20-913
			傳	20-914
			箋	20-914
			正義	＊13-597
			詩本義	4-163　4-165　4-182　＊20-949　＊20-950
			陳奐	20-915
		丘中有麻	序	11-447　12-514
			詩	11-447　12-514
			傳	11-448　12-514　＊12-531
			箋	11-448　12-514　＊12-531

國風	王	丘中有麻	正義	11-452　11-462　＊11-488　＊11-489　＊11-490　12-514
			詩本義	11-454　＊11-490　12-515　＊12-531　＊12-532
			蘇傳	＊11-491
			程解	11-458
			李樗	11-468
			黃櫄	11-460　11-466
			范處義	11-468　11-471
			呂記	＊11-491
			集傳	11-472
			辨說	11-476
			詩緝	11-469
			許謙	11-475
			朱彝尊	11-473
			錢澄之	11-470
			胡承珙	11-466
			馬瑞辰	＊11-489
			陳奐	＊11-493
			管世銘	11-468　11-474
			方玉潤	11-481　＊11-496
			目加田誠	11-478　＊11-496
			程俊英・蔣見元	11-482
	鄭	將仲子	詩	16-731
			詩緝	16-729　16-730
		叔于田	序	＊14-659　16-724
			正義	＊14-659
			詩本義	＊14-658
			集傳	＊14-660　16-724　＊16-755
			辨說	＊14-660
			詩緝	16-725　16-726
		羔裘	序	5-199
			詩	5-199　5-200
			傳	5-199　＊5-246

國風	鄭	羔裘	箋	5-199　5-201
			正義	5-199　5-201　＊5-246
			新義	5-199　5-201
			蘇傳	＊5-246
			集傳	＊5-246
		女曰鷄鳴	序	6-265　14-607
			詩	6-263　6-266　20-924
			箋	6-266　＊14-651　＊20-950
			正義	6-263　6-265　6-266　＊14-651　＊20-950
			詩本義	6-264　6-267　14-611　＊15-715　20-926
			蘇傳	6-264　＊14-655
			集傳	＊6-294
			辨説	14-625
			陳奐	20-927
			毛詩抄	6-263
		有女同車	序	16-721　＊16-755　18-837
			正義	18-838
			詩緝	16-721　＊16-755
		山有扶蘇	集傳	14-651
		褰裳	序	13-547
			詩	13-545
			箋	13-546　13-547
			正義	13-546　13-548
		東門之墠	序	＊16-754
			箋	＊14-657
			詩本義	＊14-657
			詩緝	＊16-755
		揚之水	序	18-840
			詩	6-279
			傳	＊6-295
		出其東門	序	＊15-712　16-733
			詩	15-671

國風	鄭	出其東門	傳	＊15-712
			箋	15-672　＊15-712
			正義	15-671　15-686　＊15-712
			集傳	15-693　＊16-757
			詩緝	16-733
		溱洧	詩緝	＊16-754
	齊	鷄鳴	詩	5-190
		還	序	8-339
			詩	8-340
			蘇傳	8-340
		東方之日	序	＊10-440　13-554　14-617
			詩	＊10-440　13-554　14-617
			傳	13-554　14-617
			箋	＊10-440　13-554　＊14-655
			正義	13-555　14-617
			詩本義	14-627
			程解	＊10-440
			蘇傳	14-618　＊14-654
			集傳	＊10-441　14-628
			辨說	14-628
			陳奐	20-937
		東方未明	詩	10-415
			傳	10-415
			箋	10-416
			程解	10-416
			蘇傳	10-419
			集傳	10-418
			王質	＊19-897
		南山	詩本義	＊8-371
		盧令	序	8-339
			詩	8-338
			蘇傳	8-338
		猗嗟	序	＊15-713
			集傳	＊16-758

國風	魏	園有桃	詩	5-209
			傳	5-209
			正義	5-209
			新義	5-209
		碩鼠	集傳	＊2-84
	唐	蟋蟀	正義	＊3-154
		山有樞	詩	5-210
			傳	5-211
			新義	5-211　＊10-438
		揚之水	序	13-586　＊14-660　16-724
			詩	6-277　13-583
			箋	6-278
			正義	13-586　13-587　＊14-660
			詩本義	4-182　＊4-184　6-278　＊6-295
			蘇傳	6-279
			集傳	13-585　13-587　＊14-660　16-724
			詩緝	13-584　16-726
		椒聊	序	＊16-756
			詩	16-728
			詩緝	16-728　＊16-756　＊16-758
		杕杜	新義	＊10-438
		羔裘	詩本義	＊15-715
		鴇羽	序	18-838
			箋	18-838
			正義	18-838
		葛生	序	10-430
			詩	9-383　10-431
			傳	9-383
			箋	9-383　10-431
			正義	10-431
			程解	10-430
			蘇傳	9-384　＊10-442
		采苓	程解	＊10-437

國風	秦	終南	序	＊8-365
			蘇傳	＊8-365
		黄鳥	序	17-817
			詩	17-817
			傳	17-818
			箋	17-818
			正義	17-818
			新義	17-819
			蘇傳	17-820
			集傳	17-821
	陳	宛丘	序	8-357
			詩	8-356
			箋	8-356
			蘇傳	8-357
			集傳	＊8-369
		東門之枌	詩本義	14-631
			詩緝	16-732　＊16-754
		衡門	詩	9-374
			傳	9-374
			箋	9-374
			詩本義	＊8-372
			蘇傳	9-375
		東門之池	序	8-343
			詩	8-343
			正義	8-344
			蘇傳	8-343
		墓門	序	8-328
			蘇傳	8-328
		月出	序	14-632
			正義	14-632
			新義	＊5-249
		澤陂	蘇傳	6-272
			詩緝	＊16-754

國風	檜	羔裘	序	17-811
			箋	17-812
			正義	17-812
			蘇傳	17-813
			集傳	17-814
		隰有萇楚	序	8-335
			詩	6-268
			箋	6-268　8-335
			正義	6-268　8-336
			蘇傳	6-268　8-336
		匪風	詩本義	＊13-602
			新義	＊5-246
	曹	候人	詩	＊13-601
			箋	＊13-601
			正義	＊13-601
			詩本義	＊3-148　13-564
		鳲鳩	序	4-173　8-327
			詩	3-100　3-101　8-326
			箋	3-101
			正義	3-101　＊3-148　4-173
			詩本義	3-93　3-101　＊3-149　4-173　＊4-184　＊8-365
			蘇傳	8-327
	豳	豳風譜	正義	＊18-863
		鴟鴞	序	＊15-713
			正義	＊15-712
		東山	序	＊18-862
		破斧	詩本義	4-170
			陳奐	20-943
		九罭	序	18-839
			正義	18-839　＊18-862
			集傳	19-882
			語類	19-882
		狼跋	程解	＊10-437

小雅	鹿鳴之什	小大雅譜		18-836　18-842　＊18-865
			正義	18-834　18-842　18-854　＊18-862　＊18-865
		鹿鳴	序	7-303
			詩	7-301
			傳	7-301
			箋	7-301　＊7-321
			正義	＊10-441
			詩本義	＊10-441
			新義	7-302
			程解	10-428
			蘇傳	7-301
			李樗	7-303
			集傳	＊10-442
			陳奐	20-943
		四牡	序	13-571
			詩	13-569
			傳	＊13-603　＊13-604
			箋	13-573　＊13-603　＊13-604　15-676
			正義	13-571　13-574　15-677
			呂記	＊13-603
			集傳	13-569　15-694
			段昌武	＊13-603
		皇皇者華	詩	7-302　13-580　＊13-604
			傳	7-302　＊13-604
			箋	＊13-604
			正義	13-583　＊13-604
			集傳	13-581
			輔廣	13-581
		常棣之華	序	10-428
			程解	10-428
		伐木	序	5-202　8-325
			詩	5-202　8-325
			傳	5-203　＊5-246　8-325

小雅	鹿鳴之什	伐木	箋	5-203　＊5-246　＊8-365
			正義	＊8-365　＊10-442　＊13-597
			詩本義	4-170　5-204　＊10-442　12-517
			新義	5-204　10-423
			程解	10-423　10-429
			蘇傳	8-324
			集傳	＊5-246　＊10-442
		天保	序	14-643
			箋	14-643
			正義	14-644　＊15-717
		采薇	序	17-768
			傳	17-768
			箋	17-768
			程解	10-429
			辨說	＊10-441
		出車	詩	6-281　17-766　17-767
			箋	6-282　17-768
			正義	17-769
			詩本義	6-282　8-360
			新義	17-766
			程解	17-768
			蘇傳	6-281　17-767
			李樗	17-767
			集傳	17-767　17-769
		杕杜	序	6-275
			詩	6-275
			箋	6-275
			正義	6-275
			蘇傳	6-275
		（南陔）	蘇傳	14-621
	南有嘉魚之什	南有嘉魚	序	14-619
			詩	14-619
			蘇傳	14-619
		（由庚）	蘇傳	14-621

小雅	南有嘉魚之什	湛露	詩本義	4-179
		菁菁者莪	序	15-686
			詩	9-386
			箋	9-386
			正義	9-387　15-686
			詩本義	＊3-147
			蘇傳	＊6-294　9-386
			陳奐	＊9-395
			胡承珙	＊9-396
		六月	詩	＊8-368　9-378　9-381　＊9-394
			傳	9-382　＊9-394
			箋	＊8-368　＊9-394
			正義	＊8-368　9-378　9-382　＊9-394
			蘇傳	＊8-368　9-378　9-382　＊9-394
		采芑	詩	7-309
			正義	7-309
			新義	7-312
			蘇傳	7-310
		車攻	序	＊12-536
			正義	12-523
			集傳	12-522
	鴻鴈之什	鴻鴈	序	13-589
			詩	4-169　13-589　＊13-605
			傳	＊4-184　13-589　＊13-605
			箋	4-169　＊4-184　13-589　＊13-605
			詩本義	＊3-152　4-168　＊4-184　＊13-605
			新義	＊13-605
			蘇傳	＊13-605
			詩緝	13-590
		白駒	詩	13-550　＊13-600
			傳	＊13-600
			箋	13-550　＊13-600
			正義	13-550　13-552　＊13-597　＊13-600

小雅	鴻鴈之什	白駒	蘇傳	7-313
			朱善	＊13-606
		我行其野	序	＊15-714
			箋	＊15-714
			正義	＊15-714
			新義	＊10-438
		斯干	詩本義	3-129　4-168
			朱朝瑛	＊13-606
		無羊	詩本義	＊12-533
	節南山之什	節南山	詩	15-692
			正義	15-692　＊15-716
			詩本義	15-692　19-874
		正月	詩	3-95　＊3-150　17-786　17-814
			箋	3-95　17-786
			正義	3-96　＊3-150　17-787　17-814
			詩本義	3-95　3-136　＊3-150　17-787　17-794　17-815
			蘇傳	17-816
			集傳	17-787　17-816
		十月之交	序	3-94
			箋	3-94
			正義	3-94
			詩本義	3-94
		雨無正	詩	19-884
			箋	19-884
			正義	19-884
			蘇傳	19-885
			范處義	19-892　＊19-899
		小宛	詩	＊1-61　3-97　10-426　＊18-865
			傳	＊1-61　3-97　10-426
			正義	＊1-61　3-97　10-426　＊18-865
			詩本義	3-96
			新義	10-426

小雅	節南山之什	小弁	序	15-676　17-780　18-856
			傳	17-780
			箋	17-781
			正義	15-676　18-856
			詩本義	17-781
			新義	17-782
			蘇傳	17-783
			集傳	15-696　17-783
			辨說	15-695
			孟子集注	＊15-717
		巧言	詩本義	3-140
		何人斯	詩本義	＊4-185　＊13-602
		巷伯	集傳	＊13-603
	谷風之什	蓼莪	詩本義	＊15-715
		大東	序	12-518
			正義	12-519
			詩本義	＊15-715
		四月	詩	＊3-146　17-783
			箋	17-783
			正義	17-784　＊3-146
			詩本義	3-136　＊4-185　17-785
			新義	17-784
			蘇傳	17-785
			集傳	17-785
		北山	詩	7-300
			傳	7-300
			箋	7-300
			新義	7-300
			蘇傳	7-300
		小明	序	＊12-535
			詩	3-108　17-808
			箋	3-108　＊12-535　17-808
			正義	3-109　17-809
			詩本義	3-108　17-808

小雅	谷風之什	小明	蘇傳	17-811
			集傳	17-811
		鼓鐘	詩	5-191
			傳	5-191
			新義	5-192
			蘇傳	5-193
			集傳	5-193
		楚茨	序	5-225
			詩	5-227　14-616
			箋	5-227　＊14-654
			新義	5-228　14-616
			李樗	5-228
			辨說	14-623
		信南山	序	5-225
			詩	5-229
			正義	＊5-249
			新義	5-229　5-232
	甫田之什	瞻彼洛矣	序	5-225
			詩	5-226
			傳	5-226
			箋	5-226
			新義	5-226
		鴛鴦	詩本義	＊8-372
		車舝	詩	5-216
			新義	5-216　＊5-247
		青蠅	詩	3-126　20-941
			傳	3-127　20-941
			箋	3-127　20-941
			正義	3-128
			詩本義	3-127　＊4-185　20-942　＊20-951
			陳奐	20-942
		賓之初筵	序	＊19-899
			詩	3-113
			箋	3-114

小雅	甫田之什	賓之初筵	正義	3-113
			詩本義	3-112　＊3-151　14-610　14-642
			陳奐	＊19-899
	魚藻之什	魚藻	序	＊8-370
			詩本義	＊14-653
			蘇傳	＊8-370
		角弓	詩本義	＊15-715
			劉玉汝	12-527
		都人士	詩	7-302
			傳	7-302
		采綠	序	5-236　15-702
			詩	5-218　15-697
			傳	5-218
			箋	5-218　＊15-716　＊15-717
			正義	5-218　5-237　＊5-248　15-697　15-702　＊15-716
			新義	5-220　5-237
			呂記	＊5-249
			集傳	15-698　＊15-716
			辨說	15-697
		隰桑	姜炳璋	＊13-606
		漸漸之石	詩	16-742　＊16-757　17-774
			正義	＊16-757
			詩本義	＊15-715
			蘇轍	17-774
			集傳	＊16-757
			詩緝	16-742　＊16-757
		何草不黃	詩	5-212
			箋	5-212
			正義	5-212
			新義	5-212
大雅	文王之什	文王	詩本義	＊3-146　＊3-151
		大明	詩	13-566
			箋	13-566

大雅	文王之什	大明	正義	13-567
			集傳	13-566
			詩緝	12-526
		棫樸	詩	3-116　5-213
			箋	3-116　5-213
			正義	3-116　5-214
			詩本義	3-116　3-129
			新義	5-214　＊5-247
		思齊	詩	1-40
			傳	1-40
		皇矣	詩	10-399　10-403　10-405　10-412　12-524
			傳	10-405　＊10-435　12-525
			箋	＊10-435　12-525
			正義	10-400　10-406　＊10-435　12-525
			詩本義	10-406　＊10-435
			程解	10-401　10-404　10-407　10-413
			蘇傳	＊10-435
			呂記	12-526
			集傳	10-401　10-409　10-413　＊10-435
	生民之什	生民	詩	3-102
			傳	3-102
			箋	1-45　3-102
			正義	3-102
			詩本義	1-45　＊3-146　＊6-295　＊8-372
			蘇傳	1-45　＊6-295
		鳧鷖	正義	＊3-154
			詩本義	＊8-372
		卷阿	詩	4-175
			箋	4-175
			正義	4-175
			張耒	17-773
		民勞	序	＊12-536
		板	詩緝	12-526

大雅	蕩之什	蕩	詩	12-519
			箋	12-520
			正義	12-520
			詩本義	＊3-152　＊4-185　＊8-371
		抑	序	12-501　18-830
			詩	12-502
			傳	＊12-531
			箋	12-505　＊12-531　12-512
			正義	12-505　12-507　12-511　＊12-531 18-831　19-872　19-876　＊19-895
			詩本義	12-501　12-502　12-509　＊12-531 19-869
			蘇傳	＊19-894
			范處義	19-870　＊19-894
			王質	＊19-897
			呂記	19-868
			集傳	＊19-896
			語類	19-873
			戴溪	12-521
			詩緝	＊19-894
			朱鶴齡	＊13-606
			翁方綱	＊19-895　＊19-897
			陳奐	19-892
			方玉潤	＊18-864
			姚際恒	＊18-864
		桑柔	詩	11-461　12-516　＊13-598
			箋	12-516　＊13-598
			詩本義	11-461　12-517　＊12-533　＊13-598
		烝民	詩	11-463
			傳	11-463
			正義	11-464
		召旻	序	＊8-370
			詩本義	＊15-715

頌	周頌	周頌譜		18-836
		思文	詩本義	3-103　＊3-152
		酌	正義	18-835　＊18-862
			詩本義	3-93
		般	詩	＊12-537
			集傳	＊12-537
	魯頌	有駜	詩	4-165
			傳	4-165
			箋	4-166
			詩本義	3-93　4-166
		泮水	正義	＊13-598
			蘇傳	6-271
		閟宮	詩	＊3-149
			正義	＊3-149
			蘇傳	＊8-369
	商頌	商頌譜		＊3-153
			正義	＊3-153

引用書名著者名索引

凡　例

- 本索引は、本書中の古典籍からの引用のうち、詩經の詩篇についての經說を除いたものの索引である。
- 書名（一部篇名）の後に、引用文の所在を本書章番號と頁數によって示す。「3-129」は、第三章129頁を示す。章番號の「p」は「はじめに」を、「e」は「まとめ」を表す。章番號の頭に「*」を付けたものは、各章の「注」中の引用であることを表す。
- 著者名の後に、→で書名・篇名を示す。
- 『詩本義』『朱子語類』からの引用の内、各詩篇の具體的解釋に關する發言の所在は、「引用注釋一覽表」に示す。

ア　行

カ　行

サ　行

タ　行

ラ　行